中国小说学会

2023年度

好小说排行榜

Mini-story

Short story

Novella

Novel

Web fiction

中国小说学会　编选

中国兴化市委宣传部　承办

作家出版社

图书在版编目（CIP）数据

中国小说学会2023年度好小说排行榜 / 中国小说学会编. -- 北京：作家出版社，2024. 11. -- ISBN 978-7-5212-3196-0

Ⅰ. I247

中国国家版本馆CIP数据核字第2024Q18G61号

中国小说学会2023年度好小说排行榜

编　　者：中国小说学会
责任编辑：向　萍　陈亚利
封面设计：杜　江　周　侠
出版发行：作家出版社有限公司
社　　址：北京农展馆南里10号　　**邮　　编**：100125
电话传真：86-10-65067186（发行中心）
86-10-65004079（总编室）
E-mail:zuojia@zuojia.net.cn
http://www.zuojiachubanshe.com
印　　刷：唐山玺诚印务有限公司
成品尺寸：185×260
字　　数：914千
印　　张：41.75
版　　次：2024年11月第1版
印　　次：2024年11月第1次印刷
ISBN　978-7-5212-3196-0
定　　价：138.00元

中国小说学会2023年度好小说评委会

评委会名誉主任：

冯骥才（天津）中国文联副主席　中国小说学会名誉会长

评委会主任：

吴义勤（北京）中国作家协会副主席　中国小说学会会长

评委会副主任：（以姓氏笔画为序）

周新民（湖北）教　授　　赵利民（天津）教　授

评委会成员：（以姓氏笔画为序）

卢　翎（天津）教　授　　丛治辰（北京）教　授　　刘卫东（天津）教　授

刘海涛（广东）教　授　　安　静（北京）评论家　　安殿荣（北京）评论家

李　莉（湖北）教　授　　李国平（陕西）评论家　　李洪华（江西）教　授

李晓东（北京）评论家　　杨　辉（陕西）教　授　　肖惊鸿（北京）评论家

宋　嵩（北京）评论家　　张　涛（吉林）评论家　　张元珂（北京）评论家

张堂会（江苏）教　授　　金春平（山西）教　授　　单小曦（浙江）教　授

郝敬波（江苏）教　授　　段守新（天津）评论家　　晓　华（江苏）评论家

徐　刚（北京）教　授　　郭　艳（北京）评论家　　崔庆蕾（北京）评论家

曾　攀（广西）评论家

中国小说学会2023年度好小说排行榜

小小说 · 微型小说排行榜

1	《开满窗户的山坡》	刘亮程	《大家》2023年第4期
2	《大雁快飞》	申　平	《羊城晚报》2023年4月19日
3	《轻舟已过万重山》	非　鱼	《小说林》2023年第4期
4	《小蒜煎饼》	王　苟	《山西文学》2023年第1期
5	《灯光》	秦　俑	《百花园》2023年第6期
6	《口碑》	相裕亭	《广西文学》2023年第10期
7	《L教授的火车》	安石榴	《作品》2023年第5期
8	《玄关》	欧阳华丽	《安徽文学》2023年第1期
9	《反诈乌龙》	赖海石	《参花》2023年第2期
10	《打瞌睡》	安　谅	《新民晚报》2023年10月27日

短篇小说排行榜

1	《天空划过一道白线》	东　西	《人民文学》2023年第1期
2	《手稿，猴子，或行李箱奇谭》	徐则臣	《万松浦》2023年第2期
3	《松木的清香》	万玛才旦	《十月》2023年第1期
4	《鲸路》	龚万莹	《收获》2023年第4期
5	《昙花现》	黄咏梅	《钟山》2023年第1期

6	《花喜鹊》	付秀莹	《长城》2023年第4期
7	《白色罕达犴》	海勒根那	《民族文学》2023年第5期
8	《洗澡》	罗伟章	《人民文学》2023年第5期
9	《春天果然短暂》	马小淘	《北京文学》2023年第11期
10	《麦田望不到边》	汤成难	《长江文艺》2023年第3期

中篇小说排行榜

1	《逍遥仙儿》	石一枫	《十月》2023年第1期
2	《落日珊瑚》	孙　频	《钟山》2023年第1期
3	《余墨》	房　伟	《当代》2023年第4期
4	《遭遇“王六郎”》	梁晓声	《人民文学》2023年第9期
5	《裸露的山体》	娜仁高娃	《民族文学》2023年第11期
6	《去云那边》	须一瓜	《收获》2023年第5期
7	《入瓷》	葛　亮	《万松浦》2023年第1期
8	《后海》	阿　占	《中国作家》2023年第3期
9	《辟提艾斯蒂》	秦　岭	《芙蓉》2023年第6期
10	《海边的向日葵》	肖　勤	《芙蓉》2023年第2期

长篇小说排行榜

1	《星空与半棵树》	陈　彦	人民文学出版社2023年3月版
2	《欢迎来到人间》	毕飞宇	人民文学出版社2023年7月版
3	《河山传》	贾平凹	作家出版社2023年10月版
4	《浮生》	陈　仓	江苏凤凰文艺出版社2023年12月版
5	《芬芳》	周瑄璞	作家出版社2023年10月版

网络小说排行榜

1	《道诡异仙》	狐尾的笔	起点中文网
2	《深空彼岸》	辰　东	创世中文网
3	《我的治愈系游戏》	我会修空调	小说阅读网
4	《全军列阵》	知　白	纵横小说
5	《我在精神病院学斩神》	三九音域	番茄小说
6	《洛九针》	希　行	起点女生网
7	《星际第一造梦师》	羽轩W	晋江文学城
8	《大国蓝途》	银月光华	七猫中文网
9	《拥抱星星的天使》	妖怪快放了我爷爷	掌阅
10	《向上》	何常在	七猫中文网

目录

小小说·微型小说及评论

短篇小说及评论

中篇小说及评论

长篇小说评论

网络小说评论

小小说·微型小说及评论

序 言

质量和创作的新突破

刘海涛

2023年的上榜小小说呈现了一种“单篇质量有突破，系列创作成品牌”的发展态势。单篇突破，是说有获茅盾文学奖的大小说作家，以绚丽的文学想象和新颖的文体方法，创造出一种新形态的小小说文本，展示了这种文体的艺术标高；一批创作思维和创造激情较为灵活充沛的小小说作家，对已经形成的小小说文体模型进行创新试验，突破一些已有理论归纳的模型和方法，创造性地将它们发挥为一种新的小小说技巧。这些高质量的单篇作品，在反映时代精神和人性内涵上，有着亮眼的出彩表现。系列创作形成了品牌，是说有一批几十年来孜孜不倦地探索“系列小小说”写法的“专业户”，以千篇以上的巨额数量和本年度的高水平作品，形成这一类作家个人的“小小说品牌形象”，为这种独特的小说文体的创新发展，提供了新鲜和有益的文学经验。

刘亮程的《开满窗户的山坡》用一种充盈着浪漫诗意的散文语言，讲述了一个充盈着历史文化和时代精神的小小说故事内核。这些充满诗意的浪漫想象，实际上是作家在自己的主观世界里孕育着的新山乡巨变。安石榴的《L教授的火车》讲述了L教授一生的故事和他种种奇特怪异的行为方式，在小小说人物塑造上有着用新方法刻绘的好效果。赖海石的《反诈乌龙》运用“翻三番”情节模型制造了意外结局，但这篇作品的故事情节在做了两次180度的反转后，却拆析出一个高度概括当前人们现实生活的人生哲理。秦俑的《灯光》，把现实生活中一个小细节写成了一篇历史记忆和现实诗意完美融合的小小说，对小小说的细节理论有了创造性的发展运用。王荀的《小蒜煎饼》用第二人称的叙述方式创建了一种新颖的叙事文本来表达人生哲理，多种小小说的叙事技巧的综合运用构成了作品趣味盎然的可读性。欧阳华丽的《玄关》则在小小说的场面描写中用特定的错位叙事方法，升华了作品的文学创意，写出了职场生活里纯粹的同学友情被世俗功名熏染而出现的尴尬误判。上述作品在小小说的文本形态、写人方法、细节锤炼、情节设置和场面描述上，均有可圈可点的艺术创新，突破了已有的小小说创作模型和构思套路，给了读者一种新鲜和惊喜的阅读印象。

相裕亭在30多年的文学生涯中致力于一种“新笔记系列小小说”的创作，用一种形成了鲜明艺术个性的小小说叙事方式，讲述着不同人物类型、体现不同时代精神的人生故事，塑造了一批性格个性生动、文化内涵丰富的小小说典型人物。他的《口碑》，用小小说的“升三级”的叙事方法，对一个农村妇女处理人际关系时狭隘自私的言行做了传神的描述，对国民深层人性中那些与现代化不合拍的一面，做了引人深思的含蓄批评。申平的“动物小小说”的创作数量已在千篇以上，他在花城出版社出版的《马语者》获得了广东省鲁迅文学艺术奖。形成了创作品牌后，他仍然深入地继续着新的探索试验。其《大雁快飞》的构思和创意，既新鲜离奇又紧贴现实，刷新着“动物小小说”的写法。非鱼的《轻舟已过万重山》截取了大时代里普通知识分子的一个生活小场面，用小小说“折叠叙事”的方法，创造了一个充满时代感和历史沧桑感的文学化的小小说场面，这是她在3年疫情期间创作的22篇“《河上有风》系列”的优秀代表作。安谅的系列小小说“明人日记”已经超越了千篇大关，这一篇《打瞌睡》仍然是以明人作为小小说的故事讲述人，给读者描述了一个自身性格有特点、教书育人有方法，永远活在学生心中的老知识分子形象。这将小小说人物形象的光彩和小小说写人的方法，做了相当充分的发挥和挖掘，使小小说常用的正写、侧写、暗写等写人方法与小小说人物的艺术魅力得到了充分的展现。

以若干篇小小说组合为一个“题材意蕴聚焦，地域集中，人物承接牵引，事件延伸渗透，格调风格一致”的“系列小小说”，既有单篇小小说的审美趣味，又有一部中短篇小说的艺术特征。系列小小说能够形成一个小说创作品牌，是当代小小说发展到成熟阶段的必然产物，显示了中国当代小小说文体创作的新格局。

开满窗户的山坡

刘亮程

县上给村里拨了廊坊保护款，每家补贴1.8万元，要求把旧窗户门都换成塑钢的，否则不给钱。村里半数人家住拔廊坊，这种早期汉民住居的老房屋，因为廊檐往外拔出来一两米，有立柱支撑，形成廊，取名拔廊坊。住拔廊坊的人家得了补贴，好多旧木窗木门被拆了，扔在一边。换了塑钢门窗的人家，当年冬天就后悔了，说塑钢门窗太单薄，不保暖，也不好看。到第二年有些人家看顺眼了，说新换的塑钢门窗好，玻璃大，屋里亮堂。也有人家把拆掉的木门窗又换了回来。

我们连买带捡收集了好多旧木门窗，堆在书院。最先的打算是用这些旧木门窗，把书院朝马路的那段院墙围起来。原来的院墙一段是干打垒土墙，一段是红砖垒的，都残缺不整，到处是豁口和窟窿。我想把破院墙拆了，做一个最别致的院墙，名字叫村庄纪念墙。我在记事本上画出草图，大概方案是：收来的每家的旧门窗，用墙垛单独隔一个单元，门朝外，门楣上有这家的姓名和来历。每个门上配一把锁，钥匙发给那家人，什么时候他们想进书院，或是想进自己家的老门了，拿钥匙来打开。

几十户人家的门窗连成一个长长的墙，看过去户挨户住了许多人家，每户人家的门窗都不一样，大小不一样，漆色不一样，漆掉光后木头的老旧还是不一样。

我给村里这些人家留了一扇门，这样书院就成了全村人的。他们可能也不会来开那个已经扔掉的门，那扇门里再没有他们的一样东西。但也不一定，在某个夜里，某人被月光喊醒，穿鞋出门，拿着我给的钥匙，梦游似的行到书院墙根，找到镶嵌在院墙上他家的旧木门，开锁，推门，却怎么也推不开。他不知道我从里面也上了锁，那锁的钥匙在我这里。他推窗户，也推不开，窗户从里面销住。他扒窗户上往里望，一院子的月光树影。

我这样想的时候，仿佛在替另一个人做梦。一定有人会做这样的梦。如果我真的把这些旧木窗做成院墙立在路边，全村人都会因它而做梦。我也会一个一个地梦见他们。每个窗户曾经都是一家人的眼睛，他们扒窗户往外看时，就在村庄的内部。我有可能从这些旧门窗里窥见他们的生活，在有月光的夜晚，那些从来关不严实的门缝、变形的窗框里走掉的人声，仿佛又回到屋里。我在每一个窗户后面停下来，扒窗户朝外望，我会看见这一户人家曾经长达几十年上百年的张望。我会看见他们所看见的，把他们再一次遗忘。

这个想法让我激动了半个冬天和一个春天，我想等夏日天长了再动手做这件事情。那时候，从天亮到天黑，有17个小时，足够人把好多想法变成现实。可是，没等到夏天，我的这个想法就被另一个想法取代了。

一日，沟上头的老郭来书院找自己的旧木窗，我们50块钱买他的，他要买回去。我说，你自己找去吧。老郭在摞了一大堆的门窗下面，认出自己家的旧窗户，他围着那堆破烂转过来转过去，蹲下，手伸过去摸见自己家窗户的边，想拉出来，怎么可能呢，他的窗户上面，压着整个村庄人家的破门烂窗，他只有把上面的窗户、门全移开，才能拿出自己的窗户。老郭爬到破烂堆上，试图搬开上面的门窗。那些沉重的老木头窗户，他连一个都搬不动。我袖着手，没有过去帮他。我也搬不动。

我问老郭，你把这个破窗户拿回去干啥？

老郭说，他在山坡上挖了一个洞，做猪窝，想在洞顶上装一个窗户，这样猪就能看见太阳了。

这样猪也能看见星星了。我随口说了一句。

我知道老郭挖猪窝的那片山坡，就在他家对面，坡上黑洞洞地开着好几个猪窝，外面暴热时，猪躲在洞里乘凉。晚上猪在洞里睡觉。老郭和别人不一样，竟然想给猪洞安一个窗户。

他的想法启示了我，我突然想到用这些收购来的窗户，把一座山上安满窗户。

那个山坡下原是一所废弃的小学，房顶扒了，留半个破墙圈，靠山面水。山坡上是麦田，麦子翻过山从西边的坡下到沟里，又上坡，翻山越岭生长向远方。我的计划是在小学原址上盖一院房子，做客栈。小河湾里种菜、养鸡，一条木栈道伸到山根那排矮榆树下面，往上就是麦田了。我上下远近地打量这座山，想着把它用旧窗户镶嵌起来该多有意思。我无法把整座山镶起来，我收集的窗户也不够，我只是把山的下部用窗户一层层镶起来，镶到几十层，窗户里装上灯，从河对岸看，整个山坡的麦地开满窗户。到夜晚，整座山因为亮着的窗户而悬空起来，看上去仿佛许许多多的人家住在半空。我会把这些窗户主人的名字留在窗框上，有一天他们从地里回来，找不到门，或者门锁的钥匙丢了，他们找到窗户，朝里看，全是厚厚的土，是麦子扎的根本。

这个想法也破产了，原因是我根本干不了多少事情，书院建设就把所有的精力和财力都耗了进去。想想刚来这个村庄时我有多大的心劲啊，开车走遍沟沟梁梁，每个山梁上都有机耕道，沟里有拖拉机路。我把车开到每条路尽头，然后步行到漫坡金黄的麦地尽头。那时候我想，我要看看这个村庄，到底有多少让我惊讶的风景藏在沟底坡顶。

我到菜籽沟那年，和村里签有70年的独家旅游开发经营权，作为乙方的我，承诺在村里建一座书院，用收购的几十个老宅院，邀请艺术家入住作为其工作室，建成菜籽沟艺术家村落，利用自己和艺术家们的知名度，让这个不为人知的村庄成为中国的名村。而作为甲方的菜籽沟村委会，则把村庄70年的旅游独家经营权给乙方，再不收取任何费用。菜籽沟村长20公里，宽5公里，面积100平方公里。这么大一块地方的70年独家旅游经营权，就归我所有了。那时我50岁刚出头，想在这个村庄干一番大事。但是仅仅过了几年，那个开发村庄做旅游的打算就被我忘记了，合同也早扔到一边。无论我，还是村委会，都想不起曾经签过这样一个合同了。

现在，山坡下那块地方仍荒着，村里把地卖给一个老板，说是投资开客栈，合同签了，还没动工。或许明年后年也不会动工。老板怎么会把钱投在这个一百年也收不回本钱的项目上呢。只有我这样的人，会为一个梦投资，为一个天真的想法和冲动投入。我已经把自己的4年时间丢在菜籽沟，算是掉进沟里了。4年前我51岁，人过50岁了，心还在40岁，时常冲动地用40岁的心驱动50岁的身体。住进学校的第二年，养了两条狗，要自己垒狗窝。我年轻时盖过大房子的，这点小工程算啥。靠院墙平好地基，和泥巴，搬砖，一会儿满头大汗，只垒了两层砖没劲了，正好有来书院要工钱的村民，我说，给你100块钱，把狗窝盖好。村民说，这么点活要啥钱，把上次干活的钱给我结了就行了。

垒一个小狗窝的劲，也许早在多少年前，我在沙湾城郊村给自己盖结婚用的大院时就已经用完，早在我们家从老沙湾搬到元兴宫，在一块荒地上打土墙上房泥时就已经用完。

但我50多岁的时候又来劲了。

我心里有建一个书院的劲。在那个山坡上开满窗户的劲，也一直在心里攒着。窗户也在书院院墙边攒着，风吹雨淋，一年年腐朽。等它们朽到窗框散架，完全不能用，这要不了多少年。那时我散步走过它们身边时，会作何感想呢？

我确实是一个适合想事情的人，我想的许多事情写成了书。

在我想过的所有事情中，在菜籽沟一座山上开满窗户这件事，早已经无数次地在我心里完成了。某日天色渐暗时我开车路过，朝河那边的山坡望，看见满山的窗户依次地亮起来，从山根一直亮到山顶。

那个曾经想在山坡上开满窗户的我，已经远去。仅仅过了4年，许多事情便不用去实现了。其实这是多好的事。

诗化小说的当下文本

——评刘亮程《开满窗户的山坡》

李晓东

刘亮程无疑是新时期散文大家，他的《寒风吹彻》入选华东师范大学版高中语文教材，而散文集《一个人的村庄》，更成为当之无愧的经典。长篇小说《本巴》，荣获最新一届茅盾文学奖。微小说《开满窗户的山坡》，便融合了小说与散文的精华意蕴，形成了诗化小说的难得的文本，读之，有沈从文、汪曾祺韵味。

刘亮程十年前离开乌鲁木齐，到昌吉州杨木垒县菜籽沟村建木垒书院，“半耕半读”。因此，这篇作品可以说是小说，但也可能事为真实，应作散文视之。那么，便产生了文体融合，是小说笔法写的散文？还是散文意蕴营构的小说？当然，对于刘亮程这样的大家，文体本已不构成界线。既然视之为小小说，姑以此为基点评之。

意境，是诗化小说的特质，也是其着力追求的境界。与喧嚣的城市不同，静谧是乡村的风格。因此，小说通篇呈现的都是“静”。静静的村庄、静静的山坡、静静的书院……连拆下来的木头门窗，都静静的，没有声响、没有反抗，甚至没有哀而不伤。内含于其中的，是对于事物变迁的自然适应，拆下、装上，都自然而然，无须多言。而小说整体叙述，却用了西方经典散文中的“娓语体”，以我的视角，静静地讲述村庄的故事。

“文似看山不喜平”，小说尤其讲究冲突。如何在一派静谧氛围中展现冲突，考验作者之功力。刘亮程别出心裁，以村民拆下来的旧门窗为书院围墙，旧主人可以用老钥匙打开门，进到书院。这看似浪漫的设计，却隐藏着数层冲突。其一，旧与新之冲突，旧的门窗，却用在新的围墙上；其二，产权的冲突，我捡回村民扔掉的旧门窗，产权已属于我，旧主人却能打开门；其三，门与院子的冲突，由于没有交易，门也许还为旧主人所有，然进门之后的院子，却与门之主人没有关系，自家的门，进了别人家的宅院，浪漫的事，可能引起法律风险。可能的是，一个夜晚，某门之旧主，欲开门进院，门窗却推不开，原因盖在于，“钥匙在我这里”“窗户从里面销住”。那么，这个浪漫最终被现实粉碎了。

大雁快飞

申　平

白露才过几天，一场寒潮突袭了草原。家住草原边缘的李进，一大早就被他爹吼起来，让他跟着去捡牛粪。

一出门，18岁的李进就冻得直哆嗦。他背上背篓，拿起粪叉，咬牙跟爹往草原方向走。他今年高考失利，爹不让他复读了，说：现在上了大学也是自己找工作，还不如早点在家干活呢！

翻过山岗，就到了草原。风更猛烈了，人哈出的气立即变成了白雾，又在唇边结成了冰粒。今年的天气这是咋了，也太反常了！

天渐渐亮了，路两侧已经枯黄的草地上，开始出现了一堆堆、一溜溜黑乎乎的牛粪。爷俩各自走到路的一侧，开始捡拾那些湿的和半干的牛粪，捡满一篓，就找个高岗倒出摊开，接着再捡。这活李进老早就干过，以前村里家家户户都烧牛粪，牛粪成为人们争抢的东西。这几年包产到户了，庄稼的秸秆都烧不完，已经没人捡牛粪了。但是爹却仍然在捡，他是要留着秸秆喂家里牛羊呢。

捡了几筐牛粪，身上已经开始发热了。李进忽然发现，在一处低洼的地方，卧着一片灰白色的东西，好像是一群羊。走近了才看清，哪里是羊，分明是一群大雁，一只只趴在地上一动也不动。咦，这群大雁这是咋了，见人来怎么不飞呢！李进走过去，喊叫了几声，又用粪叉去碰，雁群依然不动。李进忽然明白了，这些大雁是被突如其来的寒潮冻死了。

李进立即放下背篓，跑上高岗，挥手喊叫他爹。他爹快步走过来，看到一地死雁，立即高兴地叫起来：啊呀，发财了，发财了！他过去挨个踢着大雁，然后扔下背篓，对李进说：你在这里看着，别让别人抢去。我回去赶车，咱拉回去，卖钱花！

看着爹连跑带颠走了，李进的目光又落在那些大雁身上。大雁有的是两只靠在一起，有的是单独趴着；有的脑袋插在翅膀里，有的耷拉在地上。他弯下腰，用手摸着它们，嘴里小声地说：哎呀，你们怎么就能冻死呢，真是太可惜了。

李进从小就崇拜大雁。听说这鸟生活在遥远的西伯利亚，每到秋天来临，就可以看见它们一群群从头上飞过。奇妙的是它们一会儿排成一个“一”字，一会儿排成一个

“人”字。有时候，它们也会在草原上歇歇脚，以前就有猎人乘机猎杀它们。但是这几年提倡保护动物，国家严控枪支，已经没人敢动它们了。望着这群大雁，李进心中不知为什么忽然想到了自己的同学，想到了大家在操场上走步唱歌的画面。可是一场高考下来，同学们有的展翅高飞了，有的也遭遇了严寒，比如自己……想到这里，李进心中不由泛起一阵酸楚。接着他开始把大雁往一起堆。每捡起一只，都会仔细观察，他觉得这么大的家伙竟然可以在天上自由飞翔，真是不可思议，现在即便死了，也还是那么美丽迷人。

一共35只大雁，李进一只只抱到土坎下，挤挤挨挨地形成一大堆。望着这堆大雁，李进想着它们很快就会变成老爹手里的钞票，成为人类的口中食、腹中餐，竟然有点心疼。不过他又想到，反正它们已经死了，这也许是个机会，可以乘着老爹高兴，和他商量一下自己去复读的事情。忽然，他发现一只大雁似乎动了一下。他急忙扑过去，伸手去摸它，透过羽毛，他感觉到它的身体似乎有了温度；再摸别的，好像也在回暖。哦，大雁并没有死，它们是被冻僵了呀！现在它们被集中到背风的坎下，就又缓了过来。李进心中一喜，但是马上又是一沉：如果大雁跑了的话……

这时候，李进知道自己可以做一件事，那就是上前去扭大雁的脖子。只要抓住用力一扭，它们的小命就完了。家里杀鹅、杀鸭就是这么干的。他提起一只大雁，比画了一下，却下不了手。这么美丽的鸟儿，怎么可以杀害呢！且不说国家提倡保护动物，就是没提倡，也不能杀生害命呀！而且它们的命运，和自己是多么相似啊！

想到这里，李进把心一横，脱下身上的羽绒服，盖在了雁群的上面，他瑟缩着身子跺脚大喊：大雁大雁，快快醒来，快快醒来！

啊，大雁真的开始一只只地动起来了。醒来的大雁看见他，显得惊慌失措，开始四散逃跑，但是它们行动笨拙，一时无法起飞。这时不知从哪里跑来两只野狗，扑过去追咬大雁。李进急忙拿起粪叉，喊叫着过去打狗，又扔石头把它们撵得远远的。等他返回来的时候，发现大雁已经全部苏醒了。它们聚在一起鸣叫，好像在商量事情。看见他来，忽然一起扇动着翅膀奔跑，接着就一只只腾空而起，越飞越高。但是它们并没有马上飞走，而是在李进的头顶上绕了两圈，嘎嘎地叫着，似乎在向他表示感谢。

李进从地上捡起羽绒服，也开始在草地上奔跑起来。他挥舞着衣服，大声地喊叫着：大雁大雁，快点飞吧，高高地飞吧，飞到南方去吧！

李进突然停住了，因为他看见，他爹赶着一辆毛驴车，正站在不远处看着他。他立刻蔫了，什么也没说，穿上衣服继续去捡牛粪。他知道，今天的一场打骂是避免不了啦，复读的事情也泡汤了。

奇怪的是，这天爹什么也没说。晚上娘告诉他，你爹同意你去复读了。李进忙问原因，娘说：你爹说你早上在草地上奔跑喊叫的样子挺稀罕人的，觉得也应该让你像大雁一样高高飞。他也知道是你有意放跑了大雁，还夸你有爱心呢。

啊，这真是意想不到的结局！李进的眼泪立刻涌了出来。

爱的奇迹

——评申平《大雁快飞》

晓　华

申平的《大雁快飞》是一篇低开高走的作品。小说开始于主人公李进的高考落榜，他是个有梦想的人，想继续复读、继续高考，以改变自己的人生。但父亲不这样想，上了大学还得自己找工作，不如早点回家干活。

已经绝望了的高中毕业生李进没有想到，他的转机竟然在这个捡牛粪的早晨发生了。当爷儿俩默默捡着牛粪时，李进看到了低洼处的一群大雁。猛一看，这群大雁已经“死”了。对李进父亲来说，这是一笔不小的财富。早就不能猎杀了，现在大雁却送到了眼前。当父亲欢天喜地回家赶车时，李进反将这些大雁堆到避风处。“死”去的大雁让李进心痛，并由此想到自己的命运，他也仿佛成了那些死去的大雁，再也翻不了身，飞不上天。没承想因为他把大雁转移到避风处的偶然之举竟让雁群起死回生。原来大雁并没有死，只不过被突降的寒流冻僵了。细心的李进发现后，便将自己的羽绒服脱下来盖在大雁的身上，他很着急，担心父亲回来后会将这些大雁杀了。

好在雁群慢慢苏醒，渐渐恢复了体力，它们飞起来了。就在雁群将飞未飞时，父亲到了，他并没有急着赶过来，而是在远处看着大雁，看着自己的儿子。当大雁飞走时，小说的结局也到了，这是父亲对李进新的人生安排，母亲告诉李进，父亲同意他复读。

这是一个完满的结局，大雁南飞了，李进也可以重新放飞自己的梦想。但这一切又是如何成为可能，如何实现的呢？无疑是爱的力量，是爱的唤醒，是爱的力量的传递。这个过程并不是没有波折，父亲第一时间看到僵死的大雁首先就认为自己发了大财，李进也曾有一念之差，只要将大雁脖子一拧，就成了人的盘中餐。但人性几乎同时焕发出了爱的力量，李进救助了大雁，也救助了自己，并且激发出了父亲的理解。

一次生命的挽救是偶然的，但爱的力量却是必然的。

轻舟已过万重山

非　鱼

从混沌中清醒过来之前，吕青舟的脑子里是满的。

满到什么程度？她感觉微微地侧一侧脑袋，那些密密匝匝的东西就会像水一样淌出来。那些东西是什么？她不确定。

手机还在播放着小视频，一个接一个，各种正常不正常的声音交替。电视机也开着，是一个老的婆媳家庭剧。也许就是这些嘈杂的声音让她的午睡似睡非睡，也让她的脑子满满当当。

吕青舟关了手机视频，调低了电视机的声音，泡一杯绿茶，努力让自己清醒起来。

她把茶杯靠近面部，热气升腾，毛孔一个一个张开，就像杯子里慢慢舒展的茶叶一样。喝一口茶，青涩的味道在口腔里氤氲，一直到咽喉。睡眠不好，她并不经常喝茶，但她喜欢看那些嫩芽在杯子中起起伏伏，喜欢闻来自春天和草木的那种味道。

茶是女儿寄回来的西湖龙井。一想到女儿，吕青舟的心又乱了。飘在远方的女儿总是说累，说没意思，工作没意思，周末休息没意思，甚至正在谈着的恋爱，她也觉得没意思。她想让女儿回来，可老周不同意，他说孩子都是她惯的，矫情。

谁的日子好过？我一天天还累呢，到单位被领导驱使，到家被你唠叨，我还烦呢。老周说。

她很讨厌老周这种态度。一辈子没有什么大的追求，得过且过。对，一个平庸的好人。可最近，他连一个平庸的好人都当不下去了，牢骚渐多，尤其是提到女儿的事，他总是态度消极，很不耐烦。

能怎么办呢？老周、小周，她似乎都无能为力。浓重的挫败感袭来，前一刻营造起来的一丝平静又被打破了。

她赶紧放下茶杯，换电视频道，转移注意力。这是她这两年屡试不爽的一个办法，当发现即将陷入某种不良情绪时，立即喊停，她不能让自己变成那种脸色蜡黄、焦躁不安的怨妇。

一个人文栏目在讲车马慢时代人与人交流的方式——书信。一字一句一笔一画，字斟句酌，传情达意，红笺小字，云中谁寄锦书来。看得出来，主持人和嘉宾都有过无数

“见字如面”的经历，两个人聊得很投入，也很有感染力。

轻舟已过万重山，怎么就提到了这句诗呢？吕青舟感觉从后背到脸上瞬间热了起来，冒出了薄薄的一层汗。曾经，有过那么一个人，也与她鸿雁传书，每封信的结尾都是轻舟已过万重山，或者轻舟没过万重山。

三十多年前的吕青舟沉浸在自己的世界里，满脑子都是同班的他，是晚自习后操场上澄明的月光。除了语文和历史，她的其他课学得一塌糊涂。高考后，他顺理成章收到了来自哈尔滨的大学通知书，她不出意外没过线。两个月后，为了努力和他一样，她选择了复读，还倔强地选择了理科。也就是在复读的那一年，他们开始频繁写信。

他的字很好看，写出来的句子也很好看。他用桦树皮给她写舒婷的诗，她视若珍宝，他写下的每句话，她都视若珍宝。每周最快乐的时光，就是去学校传达室取他的信。

一年之后，她除了积攒的厚厚一摞信，还有各种绚丽的梦，依然一无所获。

老吕从老师口中知道了这件事，大为光火。他把吕青舟再次落榜的原因全归结在他头上。等他暑假去找她时，老吕将他痛骂了一顿，让他永远死了这条心。

原本属于青春的一段美好时光，就这样迅速凋零。她把他的信捆扎起来，用报纸裹得严严实实，放在一个隐秘的角落。连同他。

后来，吕青舟和他走上了两条相似又不相似的道路。她进企业，读汉语言文学函授大专、自学考试本科，调进机关写材料，和老周结婚，生了小周，按部就班工作，按部就班被提拔。他读了研，又读了博，成为国内知名的植物园林专家，担任一个国家级森林公园的领导，应该也会结婚，生子。她在心里叫他“教授”。

那些信，婚后她悄悄带到了她和老周的家，却无意间被老周发现，他们大吵了一架，他撕开报纸，把信封扔得满地都是。她抱着不满一岁的小周哭了半夜，最后一气之下一把火全烧了，包括那张桦树皮。实际上，那些信她后来从没有打开过。

信，被烧毁的信。他，写信的教授。她的心紧紧地缩在一起，缩成一块石头一样，几乎不能呼吸。

她赶紧换频道，一闪一闪中，一个既熟悉又陌生的面孔突然呈现在她面前，是教授。他作为栏目顾问正在讲述中国园林艺术，娓娓道来，博雅温和。

脸与脸不足两米，四目相对。吕青舟惊呆了，她什么也听不到，只牢牢地盯着他。

这个世界，竟如此奇妙。太玄幻了。

两分钟之后，画面切换，教授不见了。握在手中的茶已经凉了，黄昏一点一点降临，客厅的光线渐渐暗下来。

关了电视，看看手机，到了该做晚饭的时间了。

吕青舟长长地舒了一口气。不过是一个平常的下午，两档电视节目的拼接，却让她的轻舟再过了一次万重山。

仅此而已。

意外的断章
——评非鱼《轻舟已过万重山》

安　静

非鱼如同行走在中年女性吕青舟的神经末梢上，通过一个生活场景精准书写出她的日常光景和内心风暴，既有浓郁烟火气的现实感，又弥漫着淡淡的抒情性。小说从吕青舟的大脑处于混沌写起，小视频的声音，电视机的声音，这些嘈杂的声音充满了她的生活，平庸的老周和任性的小周也让她有一种浓郁的挫败感。为了不让自己变成一个焦躁不安的怨妇，吕青舟尝试通过调换电视频道来转移自己的情绪，一个栏目正在讲车马慢时代人与人靠书信来交流，那些隐藏在暗处的情感之光扑面而来，她想起了曾经与她鸿雁传书的那个人，想起了三十多年前的沸腾青春，以及迅速凋零的绚丽的梦。结婚后，当老周发现她保存的信后大吵一架，她也将信付之一炬。而此刻，电视的另一个频道却是那个给她写信的人在讲中国园林，这是现实中意外的断章，也是生活中暗自热烈的咏叹调，非鱼设置的这个独特场景使小说在思想容量、美学体积和空间张力上更为丰沛。对主人公吕青舟而言，这既是一个精神性的时刻，也是一个自我拥抱的时刻。

作为时代的有心之人，非鱼总能把“生活物语”转化为“个人情语”，借助电视频道的转换唤起当年的爱恋，更写出无奈却也梦幻的现实况味。作者从最真实的日常经验层面展开叙事，又举重若轻地在文学经验上完成书写，反转之魅和发现之心使这篇微小说变得熠熠生辉。从某种意义上来说，吕青舟隐秘的“私人经验”又具有某种社会和文化的属性，也是作为个体的一群女性在面对当下现实时的命运处境和情感自洽，天性中的遗忘与牵挂，现实中的偶然与必然。吕青舟无法活成一面旗帜，但也没有零落成泥，只有温柔的自我和解，只有轻舟已过万重山，“仅此而已”。我们在非鱼的笔下目睹了那些岁月光影里的情感故事，也看到了在命运的尘埃里散发着平凡且闪耀的女性之光。

小蒜煎饼

王　莳

那是周末的上午，你正在书房写小说，一缕阳光透过落地窗照进来，暖暖的很舒服。“嘭嘭嘭——”的敲门声，打乱了你的思绪。谁呀？你站起身，边想边出来开门，看到娘站在门口，一手提着鸡蛋一手提着淘洗干净的小蒜。双手接过娘拎的东西，你微笑着把娘迎进家门。

“小茜和涵涵呢？”娘笑眯眯地问。

“小茜带着涵涵去上早教了。”你说着，给娘沏了一杯茶。小茜是你的妻子，涵涵是你不满三岁的儿子。

娘系上围裙，挽起衣袖，走进厨房，“当当当——”切着小蒜，搅拌面糊，又往面糊中打几个鸡蛋，搅匀，准备摊小蒜煎饼。

小蒜煎饼是你的最爱，从啥时喜欢吃这道美食，你已记不清了。只记得小时候，娘的奶水不够吃，你饿得哇哇直哭，娘就给你摊小蒜煎饼。你吃着小蒜煎饼，就不哭了，脸上挂着泪珠却洋溢着笑容。每次过生日，娘问你想吃啥，你总是说想吃小蒜煎饼。这时候娘不论多忙，都要停下手中的活计，背着铁锨，提着竹篮，到田间地头挖小蒜。有了小蒜后，娘先用水淘净泥土杂质，再放到蒸馍箅子上控水，切碎。调面糊的时候，娘说过，要慢慢加水，边加水边搅和，调出的面糊不起疙瘩。面糊的稀稠度应适中，用勺子舀起来，倒下去，以缓慢的直线流下为宜，放一个小时左右醒面后，摊出来的小蒜煎饼才能完整有味。大学毕业后，你在省城参加工作，逢年过节回老家看望娘，还是嚷嚷着要吃小蒜煎饼。好在，老家离省城不远，坐公共汽车需要一个多小时时间。娘来省城时，常常备好小蒜、鸡蛋，给你摊你爱吃的小蒜煎饼。

不大一会儿，小煎饼的清香，就从厨房弥漫开来。

“娘，这么快就做好了。”你还像小时候似的，这样说着，快步来到娘的身旁，把小蒜煎饼切成片，蘸着辣子醋水，吃得有滋有味，两眼直勾勾地看着娘不疾不徐地摊小蒜煎饼。

娘用的是平底浅沿锅，直径有40厘米。先往平底锅上擦油，再舀一勺面糊倒进锅里，然后双手端起锅耳朵，上下左右摇匀，再放到灶台上。随着水分蒸发，大约一分钟，娘就摊好了一张小蒜煎饼。

娘在省城住了三天，就要回老家去。“娘，再住几天吧，涵涵离不了你呀。”你拉着娘的手，想留娘。

“不啦，我得赶紧回去。”娘笑呵呵地说，“家里的鸡呀，让邻居招呼喂食，也不是常法。”

“娘，”你突然想起了什么，转身从卧室拿出一把钥匙，放到娘的手上，“再来，就不用敲门了。”

“嗯。”娘把这把钥匙，与老家的钥匙串在一起，抬起头来，问道，“你知道，娘为啥总给你摊小蒜煎饼？”

“我从小就爱吃这个呀。”你不假思索地回答。

“这只是其中之一。”娘无限深情地说，“听老年人讲过，小蒜营养价值特别高。你是高血脂高血糖，多吃小蒜煎饼，对身体有好处。”

这一刻，你的眼睛潮潮的，强抑制着，没让泪水流出来。“娘，中秋节放假，我就回去看您。”

“好的。”娘笑得挺开心。

目送娘坐着公共汽车，渐行渐远，小茜瞅你一眼，问道：“娘知道你爱吃小蒜煎饼，你知道娘爱吃啥吗？”

“知道呀，娘爱吃红薯油饼。爹活着的时候，娘每次过生日，爹都亲自下厨，给娘烙红薯油饼，娘可爱吃了。”说完这句话，你一下子沉默了，若有所思。

离中秋节越来越近，你和妻子小茜已经做好了回农村老家的准备，到万家乐超市给娘买件紫红色的大衣，一双运动鞋，还有一些生活用品。意想不到的是，在中秋节那天，小茜的单位要组织中秋诗会，涵涵的早教班要举行亲子游戏，你的杂志社约稿还没有完成。看看实在走不开，你就给娘打了个电话，说不回去了。

小茜和涵涵要参加的都是中秋节上午的活动。吃过午饭，你没有心思品尝圆圆的月饼，开着车，与小茜、涵涵一起，向老家的方向驶去。

老家门前的广场上，你停好车，看到家门紧锁，心想娘可能在邻居家闲聊，就掏出钥匙打开房门。伙房门后有半篮红薯，你灵机一动，想学着爹的样子，烙红薯油饼，给娘个惊喜。你先把红薯洗净、蒸熟、去皮，搅成薯泥，放到面板上掺面，边掺边揉，直到形成面团，然后切成面块，撒上面粉擀成饼状。

小茜忙着生火，你忙着往平底锅中倒油，油热，就开始放饼。你拿着小铲子，不时地翻动着，正反两面起好多泡泡，吱吱冒着热气，香甜爽口的红薯油饼就烙制而成。看到自己像模像样烙成的红薯油饼，想到娘吃红薯油饼时那种开心的样子，一种自豪感涌上你的心头。

“娘，您在哪儿？”左等右等不见娘回来，你给娘打了个电话。

“娘正在给你摊小蒜煎饼呀。今天是中秋节，万家团圆的日子。你们忙，没有时间回老家，娘就到省城来了。”电话那头，娘格外兴奋，没有一点儿疲惫的样子。

你赶忙用保温饭盒，装起刚烙好的红薯油饼，驱车回省城。看到你们一家三口，娘笑逐颜开，端出香喷喷的小蒜煎饼。你也把自己烙制的红薯油饼端出来,与娘摊的小蒜煎饼放在一起。

你用小蒜煎饼卷着娘事先调制好的绿豆芽、土豆丝、豆腐皮，与小茜、涵涵吃得满口留香。而娘却坐在那儿，不动声色。

“娘，这是您喜欢吃的红薯油饼，我做的，您尝尝吧。”你给娘夹块红薯油饼，放在娘面前的小碟里。

“我胃溃疡，已经有五年不能吃红薯油饼了。”娘向你摆摆手，喃喃地说。

看着白发苍苍的娘，你顿感无地自容，脸上热辣辣的，眼里闪着泪光。娘因患胃溃疡，五年不吃红薯油饼，作为儿子的你，竟然一点儿也不知情。

评王苟《小蒜煎饼》

刘海涛

王苟的《小蒜煎饼》是眼下众多的反映母子亲情的作品中写得很有生活情趣和文化内涵的一篇。它用第二人称的叙述方式创建了一种新颖的小说文本来表达人生哲理。母亲最擅长给儿子做他喜欢吃的“小蒜煎饼”，在中秋节里特意赶往省城给儿子做；而儿子在这一天却带着全家赶回乡村要给母亲做她最喜欢吃的“红薯油饼”。儿子自以为是给了母亲一个中秋节的惊喜，小小说的巧合叙事使儿子的孝行扑了一个空；当儿子吃上母亲做的小蒜煎饼时，母亲却因患胃溃疡已有五年不吃红薯油饼了。这一场在中秋节发生的母子之间的巧合与误会，却让儿子产生了内疚和羞愧之情。母亲一生中永远惦记着儿子，而儿子对母亲的情况毫不知情。这一细节，对两代人在实施爱与孝中的不对等、不平衡的家庭生活现象，做出了一种深刻的让人反思的文学概括。

这篇小小说的叙事用上了“误会+巧合”的方法，母子双方在中秋节这一天因为互爱的心意和行动双双错过了。这样的巧合首先就凝结了小小说叙事的趣味性。其次，这篇作品在“误会+巧合”上，又叠加使用了“对比+空白”的叙事方法，凸出了故事主人公的一种对母亲、对生活的新发现。母亲从小到大永远记得儿子的饮食爱好与生活习惯，但儿子对母亲的饮食爱好与生活习惯却忽略了，这是小小说特有的对比构成了生活中一种典型的错位。正是这样的“对比错位”创造的故事文本，让读者在熟悉的生活中发现了一种被生活现象遮盖了的忽略和错失。儿子为什么在长达五年的时间里对母亲的身体疾病和生活习惯发生了改变而毫不知情？作品没有点破，只留下了一块“空白的文本”供读者深入思考。一个第二人称的叙述视角，用“误会+巧合”和“对比+空白”叠加使用的方法，使得这篇小小说故事文本有了新颖和深刻的创意。

灯　光

秦　俑

是很久之前的事了吧。

那时候的郑州，电是珍稀资源。一个家里，两个房间共用一个灯泡，这没啥奇怪的，大家都习以为常。家里拢共就两个灯泡，这个开着，那个必然关着。有时“哧”一下，开着的灯也突然灭了，这也没啥奇怪的。那个时候的电啊，说断就断了。断电的不会提前发通知，被断电的也不觉得有多不堪。家里有准备的点上一支蜡烛，继续吃饭看书写字。舍不得燃掉那半截蜡烛头的，摸黑洗漱干净，上床闭眼就能呼呼大睡。

很怀念那时候的生活，简单，质朴，而又充满热情。

但是，也有烦恼。

最烦恼的是要上早班。我们是德化街北口那边一家商场的餐食员，早晨六七点，就有商场的工作人员陆续来上班。我们得提前准备员工早餐——多半是自制的豆浆、现蒸的馒头包子，还有炸油条，都是日常最普通的吃食，就是做起来特别费时间。

凌晨四点多，哪怕是夏天，也要穿两件衣服，要不然会打你一身湿湿的雾气。要是冬天，就得全身裹得严严实实的，只露两只眼睛和一对鼻孔在外头。我们同事几个从家里出发，近一点儿的走路，远一点儿的骑自行车，从郑州的不同方向会集到二七广场。到二七纪念塔的时候，偶尔能碰个面。都是年轻女孩儿，碰面了，笑嘻嘻打个招呼，用手电筒闪对方的眼睛，或是互相回应着按响自行车的铃铛，有说有笑的，其实是为了给各自壮胆。

说起来，我们几个算是单位里胆大的女孩儿。凌晨四五点，如果没有月亮，郑州城还笼罩在一片漆黑的夜色中。没有路灯，只能靠一只手电筒。每次走到二七塔的时候，脑袋里会飞快地闪过一些奇奇怪怪的零星片断，一些市井流传的形形色色的传奇物事，越想心里越发毛。

那时候，二七塔周围的高楼还没有这么多，塔身上的灯也不会长亮。每次从解放路那边走过来，一抬头，就看到二七塔冷冰冰地杵在那儿，我脚下的步子便忍不住地加快。绕是绕不过去的，只能硬着头皮往前走，眼睛盯着脚下的路。越靠近塔边，手电筒的灯光就好像变得越暗淡，似乎被什么冲淡了似的。

直到有一次，记不清是我从二七塔路过的第多少回了。那次我带的手电筒没电了，天还特别黑，空气中弥漫着一层薄薄的雾气。我使劲甩了甩手电筒，关了再打开，灯光似乎喘了一喘，叹了口气，又马上熄灭了。四周全是黑色，很厚很厚的那种黑，什么也看不到。路是熟悉的，但没有了光的指引，似乎就变得跟平时不一样了，软乎乎的，像踩在棉花上。手脚也一定是冰凉的，背上却快要渗出汗来。为了壮胆，我故意大声清嗓子，故意用力踹地面，心还是慌得很。平时经常偶遇的同事也没见一个。我叫了一声“王小妮”，没人应。又叫了一声“花大姐”，也没人应。慌乱中，一句歌词突然从我的嘴里蹦了出来：

“东方红，太阳升……”

这是当时流行的歌曲，也是后来二七塔每日报时用的音乐。歌声吼出来，我的胆子大了不少。而且，不知道是被我的歌声吵到，还是凑巧，二七塔的某个楼层上亮起了一线微弱的灯光。我看了看，雾气朦胧中，我分不清这是一盏油灯，还是一盏电灯。眼里有了光，心里便没了怕。有了这一线微光，脚下的路便变得硬实起来，心跳缓和下来，眼前的世界也逐渐分明起来。楼是楼，树是树，一切都回归了它们本该有的样子。

就是从这次起，再经过二七塔，我都能看到这盏灯。它总是在差不多同一个时刻亮起。从解放路街口出来，远远地，我就看到了这盏灯。在雾中时它是微黄的，在雨中时它是闪烁的，在风中时它是飘摇的。很快，我的小伙伴们也发现了这盏灯。我们惊喜地分享着一盏灯的秘密，一起想象着这盏灯背后那个温暖的人。

一盏灯，照亮了我们前行的路，也温暖了我们整个青春。

一晃过去好多年，那个在商场当餐食员的毛头女孩儿考进电台做了新闻主播，而那个久负盛名的大型商场也早已经成为历史，被人们渐渐遗忘。有一次，我参加电台组织的一个主题活动，要以二七塔为主题做一期深度的访谈宣传。采访中，一位曾参与塔楼维修的工程师讲到了这么一个故事：

为了完成维修任务，他有几个月时间住在塔楼上。他的睡眠很轻，醒得也早。每天，他都能听到楼下第一批来德化街上班的女工人的声音。往往凌晨四五点的时候，天特别黑，路上伸手不见五指。那是一个闪耀着理想光芒的年代，每个人的心中都燃着一团火。为致敬那些早起为建设新郑州做出贡献的人，他每天都会在这个时候，短暂地拉亮维修部的灯……

小善是人性的光明
——评秦俑《灯光》

李晓东

“灯”可谓文学最常见的母题之一，写灯光的作品，古今中外，比比皆是，佛家讲“千年暗室，一灯即明”，中国古代文人喜“秉烛夜游”，冰心《小桔灯》照亮前行的路，而《里尔克的灯光》则闪耀着永恒的亲情。

在如此丰富的文学传统下，能以“灯光”为题写出新意，可以说挑战不小。年纪尚轻，然已在小小说创作、编辑、评论等诸多领域耕耘既深的秦俑，却能于看似平易中别出一枝，自有新花，以微光穿越暗夜，用小善展现人性光明。

与长、中、短篇小说比起来，小小说与中国传统之笔记小说联系更直接、紧密，而笔记小说，无论《搜神记》《阅微草堂笔记》，还是《聊斋志异》，“性喜谈鬼”是共同特色。而谈鬼，首在氛围。《灯光》一开始，即营造出神秘、幽深，甚至有些恐怖的感觉。在黎明前的暗夜里，走来几位姑娘，但她们不是夜游的仙女，或者美丽的侠客，而是为生活奔忙，又为市民准备每日必备之早餐的年轻的普通劳动者。“农夫眼中无春色”，她们无心欣赏朝阳将至的浪漫，也没有夜行英雄的气概，所有者，唯有害怕。害怕的，并不担心被抢劫或其他侵犯，而完全是孩子式的“怕黑”。

小说高明之处正在于，用一个“怕黑”，具体而微地把十八九岁年轻女子的性格表现出来。而后，整个小说便在“黑”的笼罩下展开了。“黑”和“亮”，成了一对如影随形的冤家。女孩子们用打招呼、用手电、用歌声，冲破无边的暗夜。然而，当这些手段都无效之后，绝望中，却看到了最希望见到的灯光。这灯光从本来高耸得有些怕人的二七塔上亮起来，非常微弱，甚至分不清是电灯还是煤油灯。然而“眼里有了光，心里便没了怕。有了这一线微光，脚下的路便变得硬实起来，心跳缓和下来，眼前的世界也逐渐分明起来。楼是楼，树是树，一切都回归了它们本该有的样子”，这境界，可与《里尔克的灯光》相媲美。而且，清晨一点点来了。

二七纪念塔，是纪念“二七大罢工”，1923年中国共产党领导的江汉铁路工人为反对北洋军阀举行的罢工，林祥谦烈士就是在此次罢工中被砍死的。反抗暴政、举行革命、救国救民于水火，是大善。然而，大善之目的，根本上是为了普通人能和平康宁、安居乐业。正如魏巍在《谁是最可爱的人》开篇中所说，平常的幸福，正是英雄流血牺牲争取和保卫的。二七塔上的维修工人，没有恼怒早行的姑娘为壮胆发出的声响打扰了他的黎明觉，而是打开维修部的灯，为她们引路……可谓“举手之劳”“动动手指”，属于最小的善，却闪耀着人性的光明。

口　碑

相裕亭

近门一个堂嫂的胳膊磕了。可能是骨折了，她自己说是磕断了。在镇上卫生院打了石膏，挂了吊臂。回到村上，她也没有在家好好休息几天，一早一晚地都在小街上赶狗唤鸡地走来晃去。大明子回乡时，堂嫂那事儿都已经过去一个多月了。大明子听娘那样一说，感觉还怪好玩呢，堂嫂那么大个人了，怎么赶羊到河坡下吃草时，还把自己的胳膊给磕了呢？

大明子在市里工作。

平日里，每隔两三个星期，他就会回乡来看望父母。有时，还带着城里的儿子或是媳妇一起回来。

这一回，大明子快两个月没有回来了。组织上安排他到省城学习去了。中间，恰好赶上堂嫂的胳膊磕了。不知道内情的堂嫂，还认为大明子是故意躲着她那事儿呢。

按照常理，堂嫂的胳膊磕断了，大明子是该回来看望一下的。与大明子辈分相同的几家近门妯娌，或割肉买鱼，或拎鸡送蛋，都来看过堂嫂了。唯独大明子夫妻俩躲在城里，好像堂嫂磕了胳膊那事儿，他们一点都不知道似的。

这回，大明子从城里回来，听娘那样一说，他还是来看望堂嫂了。

堂嫂呢，原本胳膊上的绷带都已经取下来了，看到大明子来了，她又把那圈被她戴得灰乎乎的绷带套到脖子上，在大明子跟前走来晃去，显得她胳膊还没有痊愈似的。

大明子跟堂嫂开玩笑，说："哟！嫂子你这不成了王连举了吗？"

王连举是京剧《红灯记》里面的一个叛徒。那人在出卖身边同志时，赶在日本人追击他的时候，自己往自己的胳膊上打了一枪，以便取得日本人的信任。

堂嫂可不是那样的。堂嫂是在赶羊下河坡吃草的时候，一脚踩空，跌落到沟坎上，正好被一块石头给垫了一下子，当场就把她胳膊给"垫折"了。

此番，大明子说堂嫂的胳膊像王连举，堂嫂笑盈盈地说："我若像王连举就好了，跟着鸠山去吃香的、喝辣的。"

堂嫂说的鸠山是日本宪兵队里面的小队长。

大明子说堂嫂："看你想三想四的，还想跟着鸠山，叛国投敌呀！"

堂嫂说："我要有那个本事，就不跟你哥受这穷罪了。"

"嘛！我哥对你孬呀？天天挣钱给你花。"

堂嫂说："鬼了，你哥挣的钱都打了水漂了。"

大明子那堂哥是个石匠，准确一点说，是个乡间的瓦工小头头。一年四季，带着村上一帮子人修桥、铺路。冬闲时，也接手村上人家修建民宅的活儿。但这活儿"油头"不大，乡里乡亲的，不好要价太高。给公家修桥、建堤坝的"虚头"倒是蛮大的，但公家的钱不好要。往往是新任领导不认前任领导的"账"，弄得大明子那堂兄苦不堪言。堂嫂说堂哥挣的钱全打了水漂了，大概就是指堂哥垫付公家工程款的事儿。当然，堂嫂那话也是说给大明子听的——她故意在大明子跟前哭穷。

大明子可倒好，与堂嫂嬉说了一番趣话后，就算是来看望过堂嫂了，嘻嘻哈哈地起身便走了。

这样一来，堂嫂可就不高兴了！

堂嫂明里暗里地翻出好些"旧账"，说大明子考上学那会儿，她家小二子冬天连件棉裤都没有穿上，愣是给了他大明子二十块钱。那是十几年前了，那个时候的二十块钱，顶现在的二百、三百还要多呢。再者，就是大明子媳妇在城里坐月子时，堂嫂这边是扯了六尺花布，送去了三十九个鸡蛋的。尽管那花布与鸡蛋，没有直接送到城里去，但都送到大明子母亲家里了。

眼下，堂嫂这边胳膊磕了，他个大明子，甩着两把"水萝卜"（空着两手），跑过来"水话"了一番，一个子儿都没有掏，拍拍屁股就走了。

"还是识文断字的人呢，人情世故都不懂一点！"

堂嫂气呼呼地跟堂哥说大明子的不是时，堂哥理都没理女人的那个碴儿。

在堂哥看来，女人家，屁大点的动静，都能当作炸雷一样去惊呼，他懒得跟女人去扯那闲片子。

但过后，堂哥细细地想想，大明子那事情做得确实是有些不太对。你孬好也是城里"吃工资"的人，大老远地从城里跑回来，明知道你嫂子的胳膊磕了，咱家不要你的钱，你拎扎香蕉，或是称两斤苹果来总行吧！你怎么空着两手就来了？但那话，堂哥是在自己心里说的，他没有像堂嫂那样，把埋怨的话都挂在嘴上。

堂嫂可不管那些，她人前人后地说了大明子一些不来礼路的话。大明子在城里听不到，但大明子母亲与堂嫂家隔着一条巷子，大明子的母亲能听不到吗。

挨过了两个星期，大明子又从城里回来时，母亲便拐着弯儿劝说大明子，让他拎点礼物，去看看他堂嫂。

"嘛！我去看她什么？"

大明子没好说，堂嫂那胳膊早就好了。大明子甚至想说，上次他去堂嫂那里时，她胳膊上的绷带都解下来了，一见他去了，那女人故意又把绷带吊在脖颈上，在他跟前晃来晃去，他才不理她那个碴儿呢。

这样说来，堂嫂那边自然就与大明子家生分了。

刚开始，堂嫂只是不到大明子家来串门了。后期，堂嫂在小街上与大明子母亲走个对面时，她还故意把脸子别到一边，去看旁边人家墙头上长势并不怎么旺盛的茅茅草，或是假装张望天空中飞舞的小燕子。弄得大明子母亲心里怪不是滋味。

可巧的是，在那期间，堂嫂家又发生了一件事情。堂哥在盐河口修水闸时，从高高的石垛子上跌下来，当场把大腿骨磕断了，拉到镇上卫生院。镇上卫生院的医生看他失血过多，建议转到县上，或到市里大医院去治疗。

这个时候，堂嫂自然想到在市里工作的大明子，当即打电话给他。

大明子听说堂哥伤得很严重，连夜找了朋友一辆车，把堂哥拉到市里第一人民医院，挂号、就诊，包括托人找值班的护士长要床位（床铺），前前后后忙乎了大半夜，总算把堂哥的事情给安排妥当了。

转天，也就是堂哥的病情稳定下来以后，大明子想到前期堂嫂胳膊磕了时他没有“表示”，惹出了堂嫂很多话柄子。这一回，他就多掏一点，省得再让堂嫂说三道四的。正常情况下，像大明子与堂哥、堂嫂那样的关系，掏个三五百块钱也就可以了。可这一回，大明子一家伙掏了一千块钱给堂嫂。

原认为堂嫂该高兴了。没料想，堂嫂接到那钱以后，没等大明子走出病房，她便转过身来，冲着病床上的堂哥说：“你看看，你们到底是一脉相承的兄弟！”

言下之意，她这个做嫂子的，过门都快三十年了，在他们兄弟的眼里，还像个外人一样，一个钱儿都不值。也就是说，当初她胳膊磕了，大明子是一个子儿都没有往外拿。而今，轮到他这堂哥躺到病床上了，人家一把就甩出了十张大票子。

堂嫂说那话时，眼圈还红了。不经意间，堂嫂的眼窝里，还滚出了几颗晶莹的泪蛋蛋。

评相裕亭《口碑》

刘海涛

相裕亭在30多年的文学生涯中致力于一种“新笔记系列小小说”的创作，在人民文学出版社、上海文艺出版社、百花洲文艺出版社出版了《盐河旧事》等5部小小说集，用一种形成了鲜明艺术个性的小小说叙事方式，讲述了不同人物类型的、体现不同时代精神的人生故事，塑造了一批性格个性生动、文化内涵丰富的小小说典型人物。这篇《口碑》，用小小说的“升三级、翻三番”的叙事方法，将一个农村妇女处理人际关系时狭隘自私的言行做了传神的描述，对有碍社会主义和谐社会建设的以自我为中心的深层人性劣根，做了一种生动传神的文学刻画，对国民深层人性中那些与现代化不合拍不和谐的一面，提出了一种精准深刻的含蓄批评。

《口碑》对堂嫂那种永远从自身视角看待人世和处理人事的“小农意识”的描写，是从多个角度、进入多人的内心做出的流畅生动的叙事。作品用第三人称的叙述视角，先从大明子听母亲说堂嫂骨折后便去看望堂嫂讲起，可大明子却看到：堂嫂见他来了就立即把绷带重新套回脖子上了；大明子和堂嫂之间的一段表里相矛盾的对话，突出的是堂嫂外表上的“装穷”和内心里的虚荣。此时的堂嫂的不高兴大明子空手看她的心理，又是通过堂哥的内心活动来表述的。到了故事的高潮，堂哥受伤住院，大明子不但帮助联系住院还给了一笔不少的钱。堂嫂见此竟“眼红”而流泪了，这个细节的内涵又换为从堂嫂的内心感受的角度来表达了。《口碑》就是这样在极短的篇幅里生动刻画的那种与现代意识不合拍的狭隘自私的人性劣根，是从母亲、大明子、堂哥以及堂嫂等多人的内心体验和感受上进行反复渲染。这是一种真正老到的文学叙事方法，从不同人物的内心角度做出了一种突出特征的小小说式的渲染和描写。这种流畅无缝、交叉切换的心理叙事的技巧，使一个小小说典型人物在短小的篇幅里站立起来了。

L教授的火车

安石榴

L教授50年代末出生，家中老大，父母可能因为贫困也可能因为天天吵架，早亡。

L教授的两个弟弟两个妹妹，不，还要加上两个弟妹、三个妹夫——其中一个妹妹结了两次婚，以及八个侄辈，十七人，全由L教授一手辅助长大。虽然他和一个弟弟一个妹妹年龄相距一岁和两岁，可他们还是由他带大。

L教授有时候觉得自己是一棵大树，而他们是树上的红果子。有时候又觉得和他们在一起就重合了中学历史书中的一幅插图：张衡地动仪。自己是中间那部分，而他们是那一圈张着嘴的蟾蜍，等着每一次地动，等着“珠子”掉进比脸大的口中。不过说实话，L教授想象自己是大树的时候更多，因为他喜欢绿树红果。关键是，他确定他爱他们。

L教授没结过婚，也就没有老婆，没有孩子。他的床上永远都是他一个人，任何女人男人都没有上过他的床。他的两个妹妹总是哭着说他们连累了他。他解释过很多次，他说没那回事，与他们一毛钱关系也没有，他就是那么奇怪。他们都不信，就像不信他没有安排好自己的遗嘱一样。他们总会抽冷子问上一句：将来这个大别墅给谁呀？其中两个侄子、一个外甥受他引领资助，留学过欧洲和北美，谈论这个的时候加上一句洋腔儿：我无意冒犯。

L教授没有和女生发生过绯闻，一次也没有。他也没有“奴役”过他的研究生和博士生。

退休后没有停下来，开讲座、参与学术研究、给企业当顾问、为客户上庭辩护，这些和他在教职的时候没有什么变化。就像人们常说的那样，生活在继续。

捐助的事情也依然在继续。他每个季度匿名登录一次水滴筹，并不查验求助者的申请资料，排名前十的账号，他依次每个捐助200元人民币。有时候也会因为暴雨如注，它们在他的窗玻璃上不停地倾诉；或者落叶飘飞，他在树篱下见到一只僵直的红尾巴蜻蜓；或者大雪迷离，他隔窗追随着一个孤独的人踽踽独行。这样的情形下，L教授就继续滑动手机屏幕，捐助的名额可能增加到二十名。

每年旧历十二月三十，照例所有亲眷都集中在L教授家里，整个家族欢聚三天。L

教授事先预备下丰盛的食物塞满厨房和两个立式超大冰箱，并总在新年钟声响过之后，拎起他的拉杆箱去参加一个重要的会议。亲眷们把他送到车上，他叮嘱他们在他的家里吃好玩儿好，便驾驶他的车，离开郊区别墅小镇，直奔市中心。

市中心一处超高建筑中有他一个公寓房间。这是L教授人间唯一的秘密，世界上没有第二个人知道。房间里家具和摆设一律是当代北欧风格，隔音做成家装中的顶流。房间正中间被一座超大火车沙盘占据了。这个巨大沙盘里的所有模型都是精工制作，和实物一模一样，只不过微缩了不等的倍数。

L教授输入指纹解锁房门，把拉杆箱推到角落里的柜子中，拉上窗帘，摁下几乎所有开关，房间里立马雪亮，一列火车奔驰而来！它从一座山中隧道呼啸而出，奔向一片松林，闪过与铁轨平行的高速公路上的各种车辆，进入高楼耸立的城市，但它没有停，继续奔驰。它爬上一架铁路桥，桥下江面开阔碧蓝，却只有一叶扁舟漂浮在水中，大江两岸绿色田野的尽头错落着几点黑瓦粉墙的农舍，平畴当中偶尔有一两棵孤独的树挺立着。火车车轮与铁轨摩擦出令L教授沉醉的声音，前方已见一个沿铁路铺展的小镇，在镇外一条乡间小路与铁道交界处，黑黄条纹隔离杆外站着一个西装男，他拖着一只黑色拉杆箱，目光越过铁轨，注视着远方。

火车前途上依然千山万水，高峻的岩石山、茂密的竹林交错横陈，岩羊在山坡回望，溪流掩映在竹林中，更远处还有水库、风力发电大翅膀、湖泊，半圆形欧洲风格的机车库……这时候，另一列火车相向而来，火车带起细腻风声，瞬间交缠一股复杂的流变。它们在小镇水塔旁边相遇，又各奔前程。相向而来的火车驰过十字路口的西装男，他的目光未变。火车循环往复、嘶嘶作响、风起风息，一次一次经过十字路口的西装男，他拖着黑色拉杆箱，一直注视着远方。

L教授坐在房间西南角上的皮质单人沙发中。他已经换了一身居家服，左手端着一杯红酒，两腿分开，赤足，舒舒服服坐在沙发中。他这个位置正好与十字路口拖着拉杆箱的西装男遥遥相望——他是巨型沙盘中唯一的人类。火车还在奔驰，铁道口的信号灯亮起红色，L教授隔着山山水水、铁轨、红色信号灯、铁轨与车轮间辗转的嘶嘶声、空气中微微震颤的风声，向那个人举起了杯。

我爱你们，也爱自由

——评安石榴《L教授的火车》

刘海涛

这篇作品讲述了L教授一生的故事和他种种奇特怪异的行为内容和行为方式：他50年代末出生，父母早亡，一手带大了弟妹及侄辈十七人；他一生从未结婚，对学生从没有“压榨”；他每个季度都会登录水滴筹，匿名捐助10—20名需要者；每年到了年三十，他都要将所有的亲眷召集到自己的别墅里过年；而他自己就拖上拉杆箱外出参加会议……作家通过“升三级”的文学渲染，把L教授反常的个性化言行写足了。

当故事情节进入高潮时，作家叙述了一个更奇特的情节。L教授在年三十晚上拖着拉杆箱，并不是参加什么学术会，而是来到市中心的一个超高建筑中，进入他的一个谁都不知道的秘密公寓。作家细致地、有声有色地描绘L教授来到了有着巨大火车沙盘的秘密公寓时的独特动作；火车模型在森林、群山、田野和小镇中穿行；一个拖着黑色拉杆箱的西装男，站在小镇和火车站交会的路口，西装男的目光越过铁轨，注视着远方；而L教授换上居家服，坐在皮质的单人沙发上，左手端着红酒，向着那个拉着黑色拉杆箱的西装男，举杯遥祝……

作家用富有诗意的文学语言，描绘着火车沙盘的全景和L教授怪异的动作。他独有的和西装男对饮红酒的动作，实际上是将L教授的奇异的言行举止，再一次推向了令人不可思议的高潮细节。这样的富有诗意的文学讲述，让读者在自己的想象中还原出了一个这样的人物形象：他是一个在贫困家庭中成长起来的学者；是一个充满爱心、为家庭亲人而努力活着的文化人；为了家庭的所有亲人，他牺牲了个人的幸福，成功地扛起了一家之主的重任。但是，他的内心深处，他人性中最深层的欲望，仍是走向诗和远方；他只能在自己独一无二的生活方式和隐秘的虚拟世界里，才能实现和享受着自己的人生理想和人生欲望。这是一个充满了爱心，渴望着自由，在日常生活中自律自强的中国特定的一代知识分子的文学形象。

玄　关

欧阳华丽

下班后我特意拐弯到香雪路，为妻子买她爱吃的茯苓糕，刚巧糕点店附近一家茶叶店在做促销活动，很是实惠，我便又买了两盒茶叶。正打算回家，突然想起自己的老同学肖勇，就住在前面路口的丽景苑。想当年自己和他是大学四载上下铺的兄弟，他搬家后自己只为他暖居时来过一次，一晃两年过去了，两人各忙各的互相也没有过来往。我一边想一边拿出手机，想问下他在不在家。谁知翻出电话，我已经到了路口，看着肖勇开着车轻快地驶进小区，我的调皮劲儿上来了，对，不打电话，上楼给他一个惊喜。

坐电梯来到肖勇家，摁过门铃，门很快开了，出现在面前的是一张久违而又熟悉的脸。见到我，肖勇又惊又喜："你小子今天怎么不声不响来了？"

"怎么，不欢迎啊？"我开玩笑。

"怎么会，快请进。"肖勇把我让进了屋。

我顺手把手上的东西放在了玄关处，换上拖鞋，进了客厅。

"来，别客气，喝茶，吃水果。"肖勇的妻子很热情，把吃的喝的摆了一桌子。

落座后喝着茶寒暄了一阵，肖勇忽然让妻子和孩子进了里屋，问我："林峰，我看你是无事不登三宝殿，要有什么事尽管实话实说，只要做得到，我一定帮忙！"

"你想哪去了，没事就不兴我来看看你？说来，自从你买房搬家后，我们只见过一次吧？"

"对，大家都忙。"

"听说你升科长了？恭喜恭喜呀！"我诚心道贺。

肖勇摇摇手："小单位，手上也没实权，不值一提。"他随即又认真地问我："听说你和陈小东合伙搞了个公司？"

我点头："是的，小公司，混口饭吃。"

他感同身受地附和我："是呀，现在哪一行都不好做。你还记得我们班的'孙大炮'吗？"

我笑："当然，号称天上飞的、地上跑的无所不知的那一位。"

"他现在做工程承包，上次来找我，好说歹说想让我给帮个忙，把我们单位家属楼的改建承包下来。你想，我就一个小科长，位卑言微，能帮上什么忙？所以说实在的，自己能力有限，在同学面前我很惭愧呀。”

我忙说：“同学之间，情谊为重。能帮则帮，不能帮，同学也不会见怪。别放在心上。”

两人东拉西扯了一阵，我说起自己的房子老旧，由衷羡慕肖勇的新房气派，地段也好。肖勇说：“唉，你不知道，一套新房把我的家底都给掏空了，现在每个月还得挤出钱还房贷，表面看着光鲜，日子过得紧巴巴……”

不知道是不是自己有些多心，我暗自觉得肖勇在担心我开口跟他借钱，赶快为他找了个台阶让他安心：“我那两居室虽小，但我住得挺安心，离上班的地方也近，现在也没有买新房的打算，倒没有还贷这些压力。”

接着继续聊天，我无意中说到了孩子慢慢长大，马上小升初，不料这又引起了肖勇的误解：“林峰，按说这孩子小升初是比较关键，关系到孩子以后上高中考大学，我家老爷子怎么也得帮忙，可实话告诉你，他眼下虽然还在教育局，但今年已经退居二线，手中没有了实权——现如今势利眼多，这种情况他是有心无力，没人还会买他的账！”

我一听忙作解释：“肖勇，孩子的事你用不着费心，我的房子虽然小，可是是学区房，上学没问题。”

两年没见，本来想跟肖勇多聊一会儿，可眼看话不投机，我有些尴尬地坐了一会儿便起身告辞。没想到临别时他又瞪圆眼睛问我：“林峰，说实话，你今天找我真没什么事呀？”

我点点头：“就过来看看你，真没什么事。”

“那要真没什么事，你就把东西带走，俗话说无功不受禄。”

我有些奇怪地反问：“什么东西呀？”

肖勇向玄关处努努嘴：“茶叶呀。老同学，我家各种茶都有，你自己拿回去喝吧。”

我哭笑不得，本想好好解释一番，可话到嘴边反倒不由自主地说：“不值几个钱，但礼轻情义重，你就收下吧。”

“嗐，你这人真是见外，下不为例呀！”肖勇笑眯眯地送我出门。

那天懵懵懂懂出了丽景苑回到家后，妻子伸手向我要茯苓糕，我才想起给妻子买的糕点，被我顺手塞在了茶叶袋子里。

不期而会，玄之又玄
——评欧阳华丽《玄关》

安　静

《玄关》展现了微小说本体的叙事魅力，浓缩而饱满，简洁中又充满力量感。欧阳华丽有“以小见大”的能力，在一千多字的作品中通过两位老友的相见生发出被熏染的人际关系和被扭曲的兄弟情，可谓是立足小天地，做足大文章。主人公“我”偶然走到老同学肖勇家附近，就想顺便给他一个惊喜，并把自己买给老婆的茯苓糕放在他家的玄关处，因为是顺手放进茶叶袋里的，所以这袋茶叶让肖勇起了疑心，判定“我”有事找他。刚刚升职的肖勇本来就很小心，谈话中暗示出自己没有权力，也没有钱可借，老爷子也不能帮忙让孩子上学，而“我”则一一回应和解释。一系列的对话结束后，一种悲凉的气韵弥漫开来，作者将人性的复杂和欲念剖解到了极致，即使是大学同学，在千疮百孔的人际关系中也变得暧昧和复杂起来，那种无所拘束的兄弟聊天已渐渐远去。欧阳华丽在从容中一步步写出火候，不动声色地击中了大时代之下朋友之间的情感困境和心理症结，其实背后是她对生活的细腻体察和对文学的热爱。

“我”和肖勇之间的对话片段与心理活动构成了文本的精神内核，哭笑不得的“我”发出了灵魂的追问，难道没什么事就不能去看看朋友？对肖勇来说，这场见面惊吓多于惊喜，纯粹的兄弟情已经被各种利益绑架了。一场不期而会，玄之又玄。欧阳华丽以精湛深厚的叙事力道打开了兄弟俩的心理暗道，并捕捉到了人与人之间、人与时代之间的关系和秘密，主人公和肖勇看似不动声色地聊天，实则凝神聚气在试探中拉扯，呈示出生活中遇到的棘手问题。因此，叙事中外在的对话结构和内在的精神内核有了巧妙的碰撞，从而建构出更为驳杂而丰富的心理空间，小说的风景也因之而成。

反诈乌龙

赖海石

有一段时间，电信诈骗非常猖獗。“猜猜我是谁”“转账到安全账户”等套路轮番上演。我在社会上摸爬滚打多年，见多识广，从未中招。如果有兴趣，我还会把骗子玩得团团转。

那次，我接到一个陌生电话，对方直呼我名：“大海，忙不忙啊？”

对方声音嘶哑，我问：“你是谁？感冒了吗？”

他说：“我的声音都听不出来了？唉，昨晚荔枝吃太多，上火了。”

我心里已明白八九分，便想要一要他：“你在家吗？你是不是李大明啊？”——其实我的同事李大明此时就坐在我旁边的办公桌前。

“嗯嗯，我在家，我是大明，我现在遇到一点儿麻烦……”

对方是骗子无疑了。我打开了免提，示意同事们一起听。

我说：“有什么麻烦，我能够帮到你吗？”

他说：“我昨晚喝醉了，跟人打架，把人家打住医院了，你能不能汇……”

我打断他的话：“我正想打电话告诉你呢，我上次借你的三十万元，本来说好下个月还给你的，我现在有钱了，提前还给你，今天早上已叫我老婆送去你家了。”

他停顿了一下，显然没有反应过来：“你说送了多少钱过来？”

我一字一字地说：“三——十——万——元，我是欠你这个数吧？”

他说：“对，对，三十万。”

我说：“估计现在快到你家门口了，你别走哦！领导来啦，先挂了。”

同事们哈哈大笑。

我公安局的朋友老刘，说他们最近搞警民共建，抓电信诈骗，若我有线索请配合。我问怎样配合，他说把我手机和他们的系统联网……如此这般。

这天，机会来了。

我接到一个陌生来电，一接通，对方就说：“大海……”

嗓子嘶哑，明显又是骗子。

我一边问“你是哪个”，一边按老刘教的方法接入他们系统。

对方说："你小子，我的声音都听不出来？"

我说："知道知道，有什么事？"

他说："我甲状腺做了手术，声音哑了，医生说三个月恢复正常，现在都半年了，还不见好。人家说如不赶快治好，一辈子都会哑声。听说进口的甲状腺素药有用，我想买点试试。可钱不够，你能不能寄点钱过来？我现在就在银行。"

我知道他编一大堆"手术""药"之类的话，目的就是：要钱。而且已经在银行等着了。

这时，公安那边反馈回来的信息显示，骗子的位置已锁定，因骗子在外地，要协调那边的公安协助抓捕，需要时间，叫我尽量拖住，三十分钟内不要让骗子挪地儿，别让他溜了。

我对骗子说："钱不是问题，要多少？"

他说："两千元吧。"

我说："你不要走，我回去宿舍拿银行卡，马上回来转账。"

他说："哦，那我等等……"

放下电话，我激动不已，盼望骗子马上被绳之以法。

二十多分钟后，我接到指示，那边便衣公安已到位，要我继续通话好让他们找到骗子。于是我拨通了电话："喂，我银行卡拿来了。你报卡号过来，我这就转账。"

于是他一字一字地向我报一串数字，报着报着，听他那边吵了起来："……你们抓我干什么……"

我知道，那边"收网"了。

晚上，老刘打电话叫我去他单位和他一起去喝庆功酒。我驱车过去。老刘一见我，就拉着我的手走，说："花了好半天才把骗子接回，我带你去见见他。这骗子，还赖上你了，冒充是你父亲。"

我见到那人，脑袋"嗡"的一声：他真是我父亲。

我说："爸，您怎么搞起诈骗来了？"

"我几时诈骗了？我骗谁了？"父亲哑着嗓子说。

我说："爸，您嗓子怎么这样？"

父亲说："我上午不是在电话里跟你说了吗？甲状腺，手术后声音就哑了。医生说没事，大多数人甲状腺手术后声音都会哑。听说进口的甲状腺素药有用，可钱不够，这才叫你寄点儿钱过来。"

我说："您没跟我说，我不知道您有这病呀。"

父亲说："这两年多，你回过一次家？打过一次电话？问过我一声身体好不好？寄过一分钱？我电话号码早就换了，叫你存，你存了吗？怎么会把我当成骗子？"

我低下头，无言以对。我每天在外瞎忙，真是忙瞎了。我尴尬地看着老刘，恨不得地上有条缝一头钻进去。

惩恶并非等于扬善
——评赖海石《反诈乌龙》

李晓东

当小偷被微信和支付宝消灭后，电信诈骗便成了社会公害，大者，有缅北电诈集团的覆灭，小者，几乎每个人都有被骗子冒充朋友行骗的经历，虽然被骗成功的比例很小。因此，“反电诈”，可以说具有了先天的正义性。然而，作为成熟微小说作家的赖海石，却有点“反其道而写之”，结尾的反转，不是欧·亨利式的温情与感动，却是反食其果的尴尬与乌龙。作者意欲表现的主题，可概括为“惩恶并非等于扬善”。

真正的“善”必须具备两个要素，主观的善良与结果的良善。主人公第一次积极主动反电诈的动机，并非为了维护正义、铲除犯罪现象，而透着“抖机灵”“显聪明”的小心思。电诈者在骗他，他也在骗对方，而且似乎手法更加高明。因此，虽然事实结果是犯罪分子被戏弄，起因却非善，而是“小恶”，尽管仅为心理之恶。刘备纵横天下，以一卖草鞋的小贩而三分天下有其一，临终留给蜀汉新主刘禅的却是一句“勿以善小而不为，勿以恶小而为之”，其重点，当在后句，即“勿以恶小而为之”。

扬善的欠缺，是当今社会一大特色。无论在网络空间还是线下舆论场，“好人”仿佛消失了很久，反而，贪官污吏、不法商人、教师失德、校园霸凌等现象屡见不鲜，人与人之间，无不防范，个个害怕成为“受害者”。

其实，“善良”是一个词，也是两个词。“善”为起因，在主观；“良”为结果，在客观。善的起因不一定能得到良的结果，但并不能因此而不为善，甚至认为，良的结果一定不会得到，从而拒绝善，进一步，还要以“道德绑架”将其污名化。由此而来的，不仅是对他人的冷漠，亲情同样被隔绝。

小说中的主人公，正在这种社会氛围下养成自己的思维。他两年多不与父亲联系，父亲做了手术，产生说话声音沙哑这样明显可见的后果，他同样无所知，这不是茫然，而是漠然。循此逻辑，小说最后那个违反人伦天理的结尾，就是必然的了。这才是《反诈乌龙》最出色的地方。它不同于常见的，批评不孝、弘扬孝道的微小说作品，而是揭开社会氛围的深层底色。虽未明言，却寄希望于“扬善”这一最具代表性的中国传统优秀文化，能在中华民族伟大复兴的背景下，真正得到复兴。一个恶的思维和戾气充斥的环境，是不利于中华民族伟大复兴的，是与中华优秀文化根本相悖的。

打瞌睡

安 谅

在一家知名报社，明人与校友老金总编侃侃而谈。老金忽然回忆起当年的往事："我们上大学语文课的第一堂课时，那位脑门前秃，身子瘦若芦苇秆，穿着有些陈旧的宽大的白衬衣，蓝色长裤，足蹬一双灰不溜秋的牛皮凉鞋的老教授，用带有浓重苏北口音的普通话自报家门，说自己是头上不长草的卢姓，也就是人称的虎头卢。他说，我也属虎，却无虎性。所以，开课之前，我先明确一下，上课要来，不来得请假。但上课允许充耳不闻，允许打瞌睡，或者闭目养神，不过，不得打呼噜，影响别人。如果出现呼噜声了，那得罚站，还得罚背诗文，否则，考试成绩要降一个等次。我都听呆了，哪有这等好事，你知道，我那时老是睡不够，半夜了，同宿舍的几位同学还牌瘾很大，点着蜡烛硬扛。"

老金向明人叙说着三十多年前的情景，仿佛就在昨日。

他说，我当时听了挺开心，我的舍友苏缘回头向我眨眨眼。我想，你别太得意，你不是半夜老耗着，不想放下牌吗，现在咱们课上可以比试比试了，我知道他睡觉呼噜声响，但我没感觉打过呼噜。以后和他及其他同学熬个通宵也不怕了，老先生允许你睡觉，就不用常找理由请假赖床了。

"你还真在课上睡觉了？那位卢老师的课，我也上过，讲得还是挺生动的，特别是随口说起的文学典故，简明扼要，却很有意味，很博学，很吸引人的。"明人说。他当年听过卢老师的系列讲座。

"是呀，他讲得确实精彩，我眼皮都没耷拉过。听得津津有味。连着好几课，笔记都做得很细致。"老金叙述着，手舞足蹈的，表现了当时的兴奋状态。

"但有一次，我真扛不住了。前晚睡得太迟，打牌时又喝了点咖啡，两三点才上床，苏缘他们脑袋一搭枕头，就都睡着了，苏缘还打起了呼噜，浪涛一般跌宕起伏，把我吵得在床上翻来覆去，更是难以入眠了。可想而知，第二天一早的大学语文课，我坐在后排，撑了十来分钟，不得不闭一会儿眼。老先生慢条斯理的讲课声，我依稀听见，感觉自己是似睡非睡。而苏缘那些家伙至少睡足了几个小时，没吃早餐，带了馒头，在上课时偷偷地吃着。骤然，我鼻腔里发出了一串粗重的声响，我下意识地想收住，却没能收住，将我自己也彻底惊醒了。我发现，课堂上所有的目光都聚焦而来，只有老先生继续讲着课，仿佛并未听到我的声音。我强自镇定，也心存侥幸。可讲完一个段落，老先生换了一个话题，问刚才是谁发的声音，瓦釜雷鸣似的。他要我起来，选择是背诵诗文呢，还是学末成绩准备在考试成绩基础上，降一个等次。”

“语文成绩本不太好拿高分，很多人都碰巧在及格线上，降一个等次，可就过不了了。”明人莫名地为老金捏了一把汗。

“就是呀，我犹豫了一会儿，选择背诵诗文。老先生说好，就读课本里的，你的学号是多少，就在那一页的诗文，你背诵一下。”老金说道。

“老先生倒是有办法呀！”明人笑道。

老金带点苦相地说：“我当时可笑不出来，我学号是34，我怎么知道34页是谁的作品呢，课还没讲到那一页呢，如果是前面几页，我听过课，还听得很认真，课文也反复读过好多遍，至少还能念出个大概来。正头疼之时，向我诡笑着的苏缘忽然喊出了一声，他的学号是5号。我吃了一惊，乍一想，这家伙是在帮我，第5页应该有一段《诗经》里的词，我完全背得出的，但我抬眉瞥了一眼正凝视着我的老先生，冷静了一下，还是说了自己的学号。老先生微微点了点头。按学号我翻到那一页，竟是巴金的一篇短文，选自他的《真话集》，我还真读过，但背是背不出的，其中只有几句警言妙语，我是记得住的。我颇显尴尬。只得老老实实地报告老先生，全文我背不出，但我说了这篇文章的大概内容，记住的几句，自然一字一句地清晰吐出。我还特意讲了巴老这本书写作的背景。教室里鸦雀无声。我停住了口，有些不知所措地望向老先生。老先生挥挥手，让我坐下了。他就说了一句，如果你晚上好好休息，白天好好听课，你会讲得更好！”老金眼睛发亮起来。

“听口气，老先生好像是在鼓励你。”明人说。

“岂止是鼓励，对我来讲，这是对我的表扬呀，讲得更好，不就是这个意思吗？我心里一下子轻松了许多。之后，我深想，愈来愈觉得这位老先生的高人之处，他处罚了我，实际上也批评了我，却令我如沐春风一般地心情舒畅，而且得到了很愉悦的鞭策，我后来控制了打牌，更多地投入了学习之中，当然，大学语文成为我最喜欢，也是最为用心的一个科目。你猜我学末成绩如何？”老金向明人询问道。

“估计，应该是不错的。良好吧？”明人斟酌道。

“是优秀！而且是全班唯一优秀！”老金笑逐颜开地说。

“哦哟，没想到，一个呼噜让你这么幸运，真是难得！”明人由衷赞道。

“应该说是老先生，卢教授给我带来的激励和指导。

评安谅《打瞌睡》

刘海涛

安谅40年来创作的系列小小说“明人日记”，是从中国当代最基层、最普通的日常生活中选材，塑造了一系列普通平凡的人物群像。这对中国当代小小说文体的发展是一个宝贵的贡献——他把中国新时代平常生活里的凡人形象，艺术地演绎为小小说的文学人物。《打瞌睡》是安谅千篇系列小小说“明人日记”的代表作。在这篇作品里明人不是故事的“目击者”而是故事中的次角人物，故事的主角是作品中没有出场的卢教授。

明人与校友老金有天谈起了在校时共同的老师卢教授。老金30多年前有一次听卢教授的“大学语文”课时打了呼噜，被卢教授用特殊的方式处罚了。老金说卢教授对他的处罚既严格有效，又激励有方，使老金有了如沐春风般的心情舒畅，并改变了老金的思维和习惯，影响了他的一生。这个当代小小说人物画廊中的一个闪耀着爱和美的教师典型，在这一篇作品里是真正的主角。表面上看起来，这篇作品是通过老金与明人的对话来叙述老金读大学时的一个成长故事，而实际上这篇作品的真正主角卢教授没有出场，他在作品的“幕后”推动着老金和明人的成长。作品也没有用卢教授的独特人生和个性来制造小小说的空白文本，而用侧写方法创造的卢教授形象，成了促进整个故事里明人与老金成长的动力源。这样的侧写、暗写故事主角的叙述方式，在安谅的其他作品中屡屡可见。2022年的“中国好小小说”上榜作品《你是一棵吉祥草》，也是这样的构思方式和叙事方法：作品表面上是从明人的视角去写巩总的故事，而巩总退休前后情绪情感的转变，得力于那位没有正面出场的公路养护工吉师傅，他用吉祥草的寓意影响、改变了巩总退休后的心态。安谅的这种塑造人物的方法，体现了小小说文体独特的创作规律和审美特征。

短篇小说及评论

序言

时代之思、情感之谜与智慧之形

张元珂

自“短篇小说”这种新文类创生以来，关于何谓短篇和短篇何为的探索与实践就从未止息过。它的无穷魅力在于谁也不能，也无法穷尽“短篇小说”在内涵、外延及具体实践中的奥妙。2023年，由中国小说学会评出的“好小说·短篇小说”关于这一命题的回答依然继续在这条“延长线”上展开。

其一，短篇小说是一种思考方式。一方面，短篇小说是时代发展的“晴雨表”，是记录、思考和书写时代的“急先锋”。因而，对现实生活的艺术描写和对“现实感”的深刻表达，从来都是其固有传统。海勒根那的《白色罕达犴》聚焦新时代的生态问题，不仅对树木、植被、动物等大自然生灵及景象多有充分而细腻的描写，还对人与自然彼此间相互影响、相互依存的关系作了深刻思考和表达；汤成难的《麦田望不到边》通过讲述作为主角的乡下老农马永善在配合外来者拍摄乡间生活过程中在情感上所经受的巨大落差，以此来揭示当今众拍客镜头中的所谓和谐、优美的田园生活的虚伪性，以及由此在拍者与被拍者之间所生成的隔膜景观。另一方面，短篇小说往往通过对故事、情感或关系模式的独到营构，继而以隐喻或寓言方式反映重大题材，探讨公共话题。罗伟章的《洗澡》以那场发生于四川的大地震为背景，以遭受情感挫折的“他”为视点，书写灾后重建及经此一遭后“他”在生活和心灵上所发生的质变，从而达成对人、灾难本身及其内在关系的深层反思；万玛才旦的作品《松木的清香》以派出所警察“我”和某青年牧民为讲述视点，交叉叙述并呈现主人翁多杰太跌宕起伏、不能自主的人生历程，以此达成对不可控、非我式生命景观的深思与深描。向外大幅拓展、介入现实、干预生活、思考问题，构成了这四篇小说最为珍贵的文本品格。

其二，短篇小说是一种情感形式。黄咏梅的《昙花现》以“我”和母亲为视角交叉讲述林莉的惨痛情史：她的生命足够凄美、幽艳，她的一生也足够孤僻、悲戚，读之触动人心；马小淘的《春天果然短暂》以“我”为视角讲述姑姑的恋爱、婚事、情变，表现她不为世俗所绊、不为他者所囿，即使落魄也遵从内心、坚守自我的生命观。这个角色是“独特的这一个”；龚万莹的《鲸路》展现她们在受伤与疗伤之间的种种内心风景，既从殡葬店妙香姨的视角讲述宝如的丧女之痛、之困、之惑，也借此揭示妙香姨的内在之伤、之悔；付秀莹的《花喜鹊》把一位进城务工老人面对不菲私利时那种既想据为己有但又深陷自责的心态及言行精准、生动地表现了出来，而小说在整体上所折射出的情调又很温暖，所展现出的情感也很有感染力。这四个短篇在向内深度指涉、表达情感、勘验心灵、慰藉生命的书写向度及艺术效果上都甚为典型。这再次表明，女性小说家依据自有感觉书写女性生活，表现女性情感，表达生命体验，也向来自成一体、一脉。

其三，短篇小说是一种智慧形态。东西的《天空划过一道白线》是一篇偏于哲理表达的文本。“等待”是一种普遍性的人类际遇或经验。中外文学经典中关于“等待”的经典形象、深刻主题、小说意象也较为常见。这个短篇在此基础上开拓关于“等待”的故事，勘验关于“等待”的主题，可以看作作家东西对标经典并向难度与深度迈进的一次尝试与有力实践。在小说中，三个人物在“等待者”与“被等待者”之间不断互换角色，并在错过与出走之间拼尽全力向着自设的目标奔去，但又毫无例外地落空，宛然走进了一个周而复始的恰似圆形的循环怪圈，由此彰显出一种徒劳而荒诞的人生况味；徐则臣的《手稿、猴子，或行李箱奇谭》有意制造一种真假参半、虚实相映、朦胧恍惚的文本世界。在这个世界中，既有关于历史、传奇、现实等异域光影的描写，也有对作为个体的“我”之琐碎生活、言行及心态的记述，还有关于“我”与印度作家恰马尔之间交往经历的交代。作者不厌其烦地并置这些既有一定关联又看似无甚关系的人、事、物，其旨归在于以此达到对短篇小说中由种种不确定性要素所导致的“恍惚之美”的表达。总之，这两个短篇因在表现理趣、开启智性、揭示可能等审智实践上“先行先试”而从2023年数以千计的短篇小说中脱颖而出。

天空划过一道白线

东　西

杜八又喝醉了，躺在后山的草地上乱喊乱叫，一会儿骂他老婆一会儿骂他儿子。全村人都听得见，但他们听多了听烦了就下意识地屏蔽他的内容而只听他的声音，好像他的声音是一种自然现象，时不时会来那么一下。也有连声音和内容一起听并听得心惊肉跳的，那是他八岁的儿子杜远方。杜八喷出来的每一个字都跟杜远方有关，哪怕他只喷他的老婆或他的命运，那也是指桑骂槐含沙射影。所以，每次杜八开骂，杜远方就远远地躲着，把脖子缩了再缩，恨不得一头钻进泥里。杜八的骂声时高时低时远时近，像锋利的钢针，扎得杜远方头皮发麻脊背冒汗全身颤抖。直到杜八骂累了，睡过去了，杜远方才踮着脚尖来到他身边，把手指伸到他的鼻孔前试探，感觉还有气进出，心里便又腾起一丝美好的盼望。他像等待一个即将改正错误的孩子那样坐在一旁等待，有时从上午等到傍晚，有时从傍晚等到深夜，没有其他选项，他就他爹这么一个亲人。

现在是午后，天空一片碧蓝，干净得像用水刚刚洗过，太阳照得地皮发烫，整个山谷瓦亮瓦亮。阳光树叶青草泥土以及水塘的气味混合发酵，一股熏人的杂香弥漫。鸟虫声不时响起，偶尔插入人的呼喊、鸡的打鸣和牛马的走动声，空气因这些声音的突然闯入产生微妙的气流，即开即合。杜远方坐在后坡的那棵伞状的树下，一团椭圆形的树荫像一滴硕大的墨汁滴在他身上，仿佛一团水珠滴在一只小小的蚂蚁身上。离他十米远的草地上躺着杜八，由于担心他被晒坏，杜远方折了一些枝叶把他覆盖。每次折枝叶时杜远方都一边折一边怨自己不够狠心，想这么丢脸的爹醉死他算了晒死他算了，可每次他所做的和他所想的总是相反。

太阳往西偏了一点，树荫大了一圈，热气在风的吹拂下减弱。杜八已经睡了一个小时，胸腔顶着的枝叶一起一伏。透过枝叶的缝隙，杜远方看见杜八额头上大颗大颗的汗珠。他想帮他擦汗但没带毛巾，他想把他叫醒，但试过多少次了，这种时候即使摇他拍他掐他拉他都是白干。至少他要睡到太阳落山，杜远方正想着，却不料杜八忽地扒开枝叶坐起来，大叫一声儿子哎，快来看啊……他一边呼喊一边指着天空，根本没看见儿子就坐在离他不远的身后。可他知道只要他这么一喊，杜远方无论躲在哪个犄角旮旯，准会停下手里的动作抬头张望，跟他分享这份不期而至的眼福，他也会因为儿子能够分享而产生美妙的获得感和幸福感。

一切仿佛静止了，包括心跳和时间，包括听到呼喊的村人和动物，甚至包括植物、风和那些飘荡的气味……杜远方随着他的手势看去，心里顿时涌起莫名的欢喜。他看见天空划过一道白线，那是一道又直又细的白线，像一团雾一束云一根长长的香烟，在碧蓝的天空无声地迅速地划过，最终两边都看不到头。或一年或半载，村庄的上空就会划过一道白线，而每次划过最先发现的都是杜八，仿佛他对这道白线有第六感。大家都觉得白线好看，比什么彩虹什么火烧云都好看，尤其是在碧蓝碧蓝的晴天，但大家都不知道它是什么划出来的。有人说那是超音速飞机划的，可白线的前方却看不见飞机。有人说那是火箭划的，也有人说那是导弹飞过留下的印子，可谁都说得不够自信，下结论时连舌头都捋不直，每个音节都打飘，仿佛它是无法破解的又一世界大奇迹。

奇迹还发生在杜八的身上，无论他喝得多醉睡得多沉，只要这道白线一出现他就立刻清醒，好像它是他的Wi-Fi，一下就把他激活了。他突然觉得天空是那么漂亮，好看得都让他想哭，连疙疙瘩瘩的心情都荡平了。他兴奋，好像他是这道白线的发明人，抑或因为自己最先发现它而发现了自己与众不同的天分。我跟他们不一样，他想，我本来就不属于这里，老婆跑了算什么？孤单和被人看不起又算什么？通通都抵不上这道白线，仿佛它把他所有的困难都打败了。

在杜八心情好的时候，杜远方会向他打听妈妈的情况。他说你妈好漂亮。说完他得意一笑就咬紧了嘴唇，不愿再多说关于她的任何一个字，好像伤自尊了。但是杜远方忍不住要问，而他有时也忍不住想说，尤其是喝醉以后。于是，他断断续续地像吝啬鬼发红包似的一次说一点点，一次比一次说的信息量少。你妈怪我只讲这里空气好风景好，却没告诉她这里偏僻。你妈是在广东瓦塞皮革厂打工时跟我好上的。你妈说别指望我们家抽屉里会有什么像样的东西，其实我们家连一只像样的抽屉都没有。你妈骂我是酒鬼醉汉。平心而论，你妈没跑之前我也喝酒，可从来没醉过。你妈叫刘丽洲。你妈说我骗了她的感情。儿子哎，长大了你就知道，感情这东西是能骗的吗？谁骗我试试？

从八岁问到十岁，杜远方才获得这些零零星星的信息，但这些信息怎么也不能让他拼凑出一个完整的母亲。他一直在找母亲的照片，装衣服的箱子里没有，装稻谷的木桶里没有，米缸里没有，镜框后面没有，枕头下、席子下也没有。家里能藏的就这些地方，他找了不知多少遍，以为只要这么找下去总有一天照片会被感动地跳出来。他找得眼圈都撑大了，眼珠子都定了，杜八才从衣服的夹层里掏出一个扎紧的小小的布袋。他接住，手心仿佛被烫了一下，问，这是什么？杜八说你妈走之前把照片烧了。他仔细地打开布袋，里面是一撮纸灰。他把纸灰倒到桌上摊成照片的形状，每天要看好几回，幻想纸灰能变回照片，就像幻想衣服能变回棉花。倒腾中，纸灰越来越少，有的沾在桌面再也装不回去，有的被风吹走，于是，他再也舍不得把纸灰从布袋里倒出来，生怕连这一点纪念也会从指缝里溜掉。

一天晚上，杜八又喝醉了。这次他没骂老婆也没骂儿子，而是一把鼻涕一把眼泪地哭，哭得全村人都不适应，好像发生了自然灾难，连牲口和家禽都竖起了耳朵，连树也静悄悄的，没有一丝风。杜远方突然看不起他，觉得他像个小孩自己反而像个大人，他矮下去了自己却高大起来。他说，你为什么不骂了？语气里除了不习惯他的不骂之外似乎还夹杂着一丝挑衅。杜八心里一阵内疚，说对不起，儿子，有时骂不是骂而是爱。杜远方说那你继续骂呗，骂了你心里会好受些。杜八说你都读初中了，再骂人家就笑话你了。杜远方问，那你为什么哭？杜八说想你妈了。杜远方说，想她为什么不去找她？杜八说，我要是去找她了，那你怎么办？杜远方说家里那么多粮食，够我吃两年了。杜八说，你当真？杜远方说当真。杜八不信，久久地盯着杜远方的眼睛。杜远方一点都不露怯，跟杜八对视。杜八第一次从杜远方的眼里看到了一股蛮气。

几天之后的早晨，杜八背起了行李，杜远方站在门口送行。天亮了许久，但太阳还没露出来。山谷腾起一层层雾，把远山近树都染白了。雾越来越宽越来越厚，朝着村庄缓缓飘移。杜八说只要一找到你妈，我就立刻把她带回来。杜远方问，你知道她在什么地方吗？杜八说不知道，然后抬头看了一眼灰蒙蒙的天空，接着说，但我知道她是沿着天空划过的那道白线走的，我会沿着这个方向找下去，直到找到她为止。说完，杜八转身走去，他的背包一耸一耸的，铁壳水壶在屁股上一甩一甩的。随着杜八的远去杜远方感到左胸被强大的吸力拉扯，仿佛要把他的皮肤撕脱，仿佛要扯出他的心脏。他用意念按住自己的双脚，但双脚却不由自主地飞奔起来。他叫了一声爹。杜八停住，回过头来，说你要上学，你有你的前途。杜远方说可我想跟你一起走。杜八说如果你要跟着，那我就不走了。杜远方停住。杜八又转身走去，他走一步回一次头，回一次头说一句你回去，像驱赶一只跟随的小狗。他一连说了五次你回去，就被大雾笼罩了。杜远方再也看不见他的背影，只听到噗哒噗哒的远去的脚步声。杜远方想追，但天上忽然哐的一声，太阳冒出来了，它的万道金光像万道金箭穿雾而下，噼噼啪啪地扎向大地，震得地皮都抖了。真好看，雾里有一条条斜斜的金黄的光线，光线里有一团团一缕缕飘浮的乳白色的雾。儿子哎，快来看啊……杜远方听到从远处传来杜八的呼喊，便坚持着仰视。他知道这一刻不能看爹的方向，否则他又会忍不住追上去。

从杜八离开的那一刻起杜远方就开始了等待。这天，他眼睁睁地看着日光怎么一点点变淡，又怎么一点点变暗，直至整个被夜色吞没。他没开灯，坐在门槛上盯着黑沉沉的坳口，想象他爹像一盏灯那样突然出现，想象他爹带着他妈像两盏灯那样一起出现，他们一边奔跑一边喊他的名字。可是，坳口没有出现他期待的灯，眼前只有萤火虫在飞舞，它们像他爹发回的信号，左三圈，右三圈，亮一下，灭一下，一共三下。它们重复着循环着，让他生起希望又坠入失望。他提醒自己没那么快，爹最多才走到县城，从县城往前走，一边走一边打听，至少要走一个月才走到海边。即使到了海边他也不一定马上能找到，至少要打听一个月吧。掰着指头一算，两个月过去了，就算他爹撞了狗屎运真把他妈找到了，但她还愿不愿意回来？她有没有重新成家？如果她没有重新成家，那得给他爹三天时间劝她。三天后他把她说服了，他们一起坐车往回赶，这得多少时间？

至少也得两三天吧？也就是说他们回来至少是两个月之后的事情。那太久了，他恨不得现在他们就回来，恨不得他们从来就没有离开。

杜远方不停地想，竟然忘记了饥饿，虽然有几个瞬间真切地感受到了饿意，但他不愿意承认，也不想生火做饭，好像只有一动不动地坐在门槛上想，他爹才能快点回来。所以，一旦有了饿意他就赶紧想他爹，仿佛想爹能填饱肚子。他一遍一遍地想象他爹寻找他妈的过程，从他爹出村时开始，到他们回村时结束，如此循环反复，想象陷入了怪圈。想到天亮，他满怀信心地认为七天，只要七天时间他爹和他妈就会出现在他面前。他甚至认为这都不是想象，而是伸手可及的真实，因为他连他们的声音、表情、气味、动作都想象出来了，虽然母亲的面貌有些模糊。

可是，他等了两年多时间，把自己等高了，把坳口看矮了，把门槛坐光滑了，也没把他爹等回来。他开始担心爹是不是出事了。有人说，两年多时间，即使你爹找不到你妈也应该回来了，他怎么忍心留下你一个人不管？有人说没准儿你爹已经成了孤魂野鬼，也有人说你爹是不是被哪个女的拐走了……不会的，我爹不会不管我的。虽然他总是这么斩钉截铁地回答，但心里却越来越虚，因为他的等待已远远超出了他的预期。他开始感到害怕，害怕自己的等待没有意义，害怕某天突然传来关于爹的坏消息。于是，他自言自语以舒缓压力，有时也跟墙壁说话，好像墙壁能听懂他的心事能录下他的声音。他把想跟他爹说的话全部说完，写了一张字条压在饭桌上，就背起了行囊，锁上了大门。村民们站在路边为他送行，有的人送钱，有的人送食物，有的人送祝福。他把他们送的揣在身上，沿着他爹走的方向去寻找。走着走着，他感到前方的吸力渐渐变弱，身后的吸力却越来越大，忍不住一回头。全村人都在朝他挥手，他们的手像风里翻飞的树叶。而他的家孤独地站在村头，被狂风呼呼地吹着，仿佛快要被吹哭了。

杜家的小屋从此大门紧闭，既没有人的声音也没有烟火气，更没有坐在门槛上的盼望眼神。外墙的颜色越来越深，上面渐渐出现了褐色的水渍。从屋后长出的一株青藤沿着墙壁往上爬，即使枯萎了也仍然紧紧地趴在上面，好像那是它的床。小草从地缝拱出，沿着墙边断断续续弯弯曲曲。天黑以后，屋里屋外被夜虫的声音淹没，每当人们经过它们就停止鸣叫，一旦脚步远去，它们又放肆地歌唱。风吹断了屋角李树的两根枝丫，一枝断落了，另一枝还没有完全折断，吊在树上渐渐枯黄。三格玻璃窗被石头砸坏，一些玻璃碴儿掉进屋内，一些没有完全破碎的玻璃仍卡在框上。路过的村民偶尔会趴在窗口朝内张望，看着满地的灰尘和零星的鸟粪，感叹这一家子就这么消失了，一个都可能回不来了。

嘭的一声，杜家的大门在杜远方出走两年后的一个深夜被打开，打开它的人是刘丽洲。刘丽洲拿起压在饭桌上的字条，拍掉上面的灰尘，看见一行字：爹，饭我帮你做好了，在锅里。刘丽洲转身揭开锅盖，锅里黏着一坨黑，那坨黑变得已无法辨认，就像一团黑炭。她不知道字条是什么时候留下的，没写日期。他的字写得比她的工整好看。他该长得比我还高了吧？孩子他爹为什么没回来吃这餐饭？明显，这屋里已经很久没人住了。难道他们进城打工去了？也许我不该回来，也许他们并不欢迎我。但大门的锁头还是原来的锁头，钥匙还放在老地方，这钥匙到底是他们为我放的还是他们其中一个为另一个放的？一时间她竟无所适从，好像她不曾是这里的主人，好像他们就躲在某个角落看着她，考验她，继而再决定接不接纳她。生疏了，这地方，这房子，已经没有她的半点痕迹。要不是老高被人谋杀了，要不是老高被人谋杀后突然冒出三个妻子和六个子女驱赶她谩骂她，让她分不到丝毫遗产，甚至怀疑她是凶手，那她是无论如何也没有脸面回到这里的。人就这么贱，只有落难的时候才想起谁对自己好，才知道自己最想依靠谁。她对着空荡荡的屋子叫了一声远方，叫了一声杜八，说了一声我回来了，就像跟他们打招呼或者给自己壮胆，然后放好行李，打开水龙头，清洗落满灰尘和鸟粪的地板。起夜的人听到杜家有响动，看见杜家的灯突然亮了，便悄悄走过来，趴在窗口一看，当即惊叫：天杀的，你怎么现在才回来？他们都去找你了，你怎么现在才回来？你跑到哪里去了？怎么跑了这么多年？她想不清这些问题，更回答不了，只是默默地清洗地板。恍惚间地板一片血迹，她仿佛在清洗老高的被害现场，但再一恍惚血迹消失。

这个刘丽洲和从前的那个刘丽洲有区别了。从前的刘丽洲嫌地面脏整天踮着脚尖走路，既不下地干活儿也不做任何家务，大部分时间都跷着二郎腿遥望远方，像一只受伤的鸟在积聚起飞的能量。她是因为怀上了孩子才勉强同意跟杜八回乡的，如果他们不回乡而只靠杜八一个人打工挣钱，那是无法应付一个孕妇在城里的开销的，尤其是像她这种喜欢模仿有钱人生活的孕妇。凭怀孕这一条，再凭没来之前杜八对家乡的过度美化，她就有资格做个懒人。但是，现在的刘丽洲勤快得像一支秒针，她把杜家荒芜的田地打理干净，种上粮食、蔬菜和水果，希望用丰收的景象迎接他们回来。然而，一年过去了他们没有回来，两年过去了他们仍然没有回来，她开始担心儿子的安全。闲聊时，村民们跟她讲儿子的可爱，讲儿子如何想念她。他们说他在梦里叫妈妈那是再平常不过的事，用照片的残灰想象照片也不算稀奇，最令人震惊的是他整天照镜子想象母亲的容貌，一照就是几个小时，因为他爹说他长得像母亲。村民们说得越是生动刘丽洲就越挂心，她担心他迷路了，遇上了坏人，被人谋害了。当然她也曾想象他在城里打工发财了，娶上漂亮的老婆了。但是担心总是多于放心，于是她出发了，在一个静悄悄的清晨。她决心把儿子找回来，否则这辈子都内心不安。她想象儿子行走的路线，想象他有可能去的地方，想象这个世界到底有多大，想着想着，天就下起了瓢泼大雨，仿佛在阻止她挽留她。可她不但没有回头，反而加快了步伐。

雨断断续续地下了五天，第六天杜八就回来了。村民们说，挨刀砍的，你怎么现在才回来？刘丽洲等了你两年，五天前刚离开。杜八惊呆了，看着刘丽洲留下的字条和那些粮食，满含热泪。这几年，他找得太辛苦了。他一边寻找一边打工挣钱，干过搬运工、安装工、泥瓦工和油漆工，睡过桥洞、公园和工地。他的皮肤粗糙了，手指变形了，目光里多了一点凶狠或者坚毅。他找到了刘丽洲在海边的家，但她的父母也不知道她去了哪里。他们说她从来没回去过，也不跟家人联系。一个活生生的人失联了，他们竟然说得比丢了钥匙还轻松。他怀疑他们说谎，却没有办法证实。他找到了他们一起打过工的瓦塞皮革厂，她的工友说她回来过，但上了一个星期的班就走了。他每到一个地方就找当地公安局查她的身份证，但都没有她活动的痕迹，仿佛连她的身份证都具备隐身功能。他被关于她的假消息指引，又被假消息中的假消息蒙蔽，走了许多弯路，认识了许多不该认识的人。绝望时，他以为她已经退出了这个世界，没想到，真幸运，她还好好地活着，而且还回来了。

这天傍晚他喝了许多酒，喝醉后他就骂老婆和孩子。但他不是真骂，只是用这种方式怀念过去。村庄好久没响起他的骂声了，村民们听得既亲切又伤感。在他的骂声中，西边层层叠叠的山峦上夕阳像一枚软软的蛋黄正在下沉，天边铺出一片霞光，那片霞光像铺满了金黄色稻谷的宽阔无边的晒谷场。在霞光的映衬下，天空忽然划过一道白线，就是过去他经常看见的那种白线。他一激灵，酒醒了大半，对着天空大喊，儿子哎，快来看啊……他一遍一遍地呼喊，越喊越苍凉，仿佛要把杜远方从这个世界的某个角落喊出来。黄昏因为他的呼喊充满感情。

刘丽洲留下的字条是：老杜，别找我，如果三个月之内找不到儿子，我就回来。他把字条装进左胸口袋用力按压，好像那里多长了一块肉。有了这张字条，他的心里多少踏实了一点点，但他不踏实的是不知道儿子在哪里。他以为儿子一直在等他，没想到儿子也离开了。第二天，他到县公安局报案，让他们查查儿子的下落。儿子的下落没查到，杜八又回来了。他坐在门前遥望坳口，等待奇迹出现，甚至把凳子搬到楼顶，好像坐得高看得远就能看到奇迹。可三个月过去了，刘丽洲竟然没回来，他等得脊背直冒冷汗。也许她根本就不想回来，也许她又遇到了合适的男人，也许她被人骗了，也许在寻找过程中她忘记了寻找，这样的遗忘在他寻找时也曾产生。如果说儿子留下的那张字条是盼望，那她留下的这张字条会不会是阻止？难道她在阻止我去找她？他越想越觉得不对劲，后悔回来的当天没有立刻去追赶她。等待变成了煎熬，继而产生恐惧，同时产生屈辱。他重新出发，谁都拦不住，除了寻找他们还想寻找真相。

杜家的大门再次紧闭，由于没有烟火气，墙壁很快就长出了霉斑，风雨放肆地刮淋，外墙的颜色仿佛人的表情越来越凝重、越来越悲伤，好像谁都可以欺负它。然而，一个寒风呼啸的下午，杜远方回来了。因为风太大，吹得树叶门窗喳喳直响，以至于村民都说他是被风刮回来的。这时，距离他爹离开只有三个月的时间，村民们为他们父子的错过惋惜得直拍大腿。杜远方同样惋惜，拿着他爹留下的字条，右手微微一抖却马上稳住。他已经学会了掩饰，甚至学会了忍住眼泪，但他却无法掩饰他右手的小指，那里短了一小截，虽不影响工作却略显突兀。他长高了，留着短发，脸部轮廓柔和，皮肤比过去白，眼神里透射出迷茫与忧郁。他讨厌喝酒，却学会了抽烟。

只要他们还活着就会找到我，杜远方说。他如此有信心是因为他带回了一部手机。他说凡是他经过的大街小巷都贴满了寻人启事，上面写着知道杜八和刘丽洲下落者请拨他的号码，有酬谢。村民们问他，有什么酬谢？他说钱，他打工积攒了一些钱，酬谢至少两千块。村里几乎没有手机信号，偶尔有也是一闪即过，就像害羞的姑娘丢给她刚认识且喜欢的男人的眼神。手机一直不响，他每时每刻都盯着，除了睡觉。一天中午，西北风呼呼地刮，他坐在门口遥望枯黄的远山。树叶都落了，光秃秃的树枝张牙舞爪，像坚硬的粗细不一的铁丝在风中震鸣。忽然，他感到脖子的某个点一冷，紧接着脸上也出现了不同的冷点。他缩了缩脖子，知道那是雪。雪零零星星地下着，在风中飘摇，仿佛天上撒落的麦片。这时，手机就像卡了鱼刺似的突然响了半声，他立刻按下接听键，却听不到对方的声音。信号不好，他歪着头用脖子夹住手机，飞快地爬上屋角的那棵李树。当他爬到李树的半腰时声音出现了：儿子哎，我是你妈，你在哪里？他大叫一声妈……失声痛哭，眼泪如雪片簌簌而下。雪越来越大，他就站在雪花飞舞的李树上一边哭一边跟他妈说话。

两天后，刘丽洲回来了，分离了十九年多的母子终于见面。刚见面时他们还不太适应，伸出去的双手只到一半就缩了回来，但缩了不到三分之一又立即伸了出去，把对方紧紧拥入怀里。他们有许多话想说却不知从何说起，于是，刘丽洲就变着花样做好吃的，仿佛要用吃的来代替她满腹的语言。他们一边吃一边打量对方，当眼神相遇时都尴尬一笑，露出友好的表情。几天了，他们仍然没有深度交流，好像交流是敏感部位，抑或彼此都觉得只要待在一起交不交流已不再重要。杜八留下的字条是：找不找得到你们我都会回家过年。离过年还有半月，刘丽洲忙着准备年货、清洗被褥、打扫卫生。刘丽洲做什么杜远方就跟着做什么，哪怕只需要一个人做的事他也要搭手。空闲时，杜远方会坐下来抽烟。他把香烟叼在嘴里，用镀金的打火机叭地把香烟点燃，又叭地把打火机盖上，仿佛抽烟就是为了听打火机发出那两下动听的金属声，一副很享受的样子。由于他短了一截的小手指过于扎眼，一开始刘丽洲并没有注意打火机。当她习惯了他的小手指后，那只打火机像一声惊雷瞬间把她吓得脸色惨白。

她说，你认识老高？他说我不认识老高。她说老高就是那个死鬼。他说死鬼我也不认识。她说你的打火机是金做的。他说不可能，最多是镀金。她说，镀金的哪有这么沉？他掏出打火机掂了掂，说确实沉。她说，你在哪里拿到的打火机？他说路过一个砖厂时，在路边的草丛里捡到的。她想说当时她就在那个砖厂帮老高管财务，但她没好意思讲，因为她就是被老高从瓦塞皮革厂诓走的，老高有钱而且还说自己单身。他问，你为什么对这只打火机感兴趣？她说，你看没看见打火机上印着一个“高”字？他说看见了。她说那是老高定制的，全世界只有这么一只。他说别人也可以定制，天下姓高的不止他一个。她说老高抽烟时也像你这样叭的一声把火打燃，然后又叭的一声把火盖上。他说，难道我要把它还给老高吗？她说，你不知道他死了吗？他哦了一声，不再说话。她盯着他的眼睛，他迎着她的目光。她想起跟老高相处的日子，想起老高在砖厂附近被谋杀后，身上唯一消失的就是打火机。想到这儿，她感到脊背冰冷，率先把目光撤回来。

她沉默了，忽然被恐惧笼罩，仿佛有两束刀子般的目光在暗处盯着自己。她害怕了，害怕杜八回来后问她这些年是怎么过来的，害怕杜八喝醉了还会像过去那样骂她，更重要的是害怕杜远方的那只打火机不是捡来的。腊月二十八清晨，她清点完所有的年货后便悄悄地走了。杜远方一起床，就看见了她留在桌上的字条：儿子，我找你爹去了。杜远方想爹不是马上要回来了吗，她为什么还去找他？她在撒谎。杜远方冲出门去，外面已是白茫茫的一片，雪覆盖了山川大地。他沿着她留下的脚印追赶，发誓一定要把她追回来。然而，他们都没有回来。除夕这天，杜八回来了。过完正月十五，他就背上行李去寻找母子俩。

杜家的小屋越来越寂静，越来越显得孤独。一年半载，他们中的某位会回来住几天，然后又以寻找其他两位的理由离去。如此循环，他们一个寻找一个，在这个世界上转着圈圈，却没有谁愿意永久地停下来。等待是漫长的，他们没学会等待；寻找是美好的，他们却用来逃避；停止已不适应，他们过惯了流动的生活。每当天空划过那道白线的时候，村民们便倍加思念杜八一家。村民们仍然觉得白线好看，他们仰望着，仰望着，忽然就听到一阵歌声。歌声仿佛来自天上，仿佛是那道白线唱出来的：

天空划过一道白线，地面走出许多圈圈……

自我的疼痛与总体的苦难

——评东西《天空划过一道白线》

曾　攀

东西的短篇小说《天空划过一道白线》处理的是文学中的经典母题：出走与寻找、消失与等待、错过与重逢。整个小说既有传统的讲故事的固有形态，表面上看起来似乎是一出家庭悲剧，穷困潦倒的生活使一家人不断地、轮流地离家出走，又在颠沛流离之后逐一返归家中，从彼此错过，又在特定的时空重逢，却始终无法完成伦理的契合，正是在如此的若即若离的精神状态中，传统的乡土价值开始发生裂解，隐含的现代经验的疏离和现代主体的分裂，在杜八、刘丽洲、杜远方一家于城乡之间、传统与现代之间的离散中，不断显露出来。

值得一提的是，从结构上来看，小说整体上具有一种循环往复的叙述方式，如是亦与故事所传递出来的圆形蕴藉相关联。不仅如此，叙事总体的语言瘦硬、奇崛，颇有东西本人早期《没有语言的生活》《目光愈拉愈长》等代表作的叙事风格，充满悲悯的同时又充满隐喻，出离简单的家庭悲剧的言说，同时仿佛人物之间的关系和彼此的命运都是设定好的，充满宿命感的同时又时而旁逸斜出。可以说通过这部小说，东西完成了自我内部的以及人物行迹命运之间的多重对照。

总而言之，通过《天空划过一道白线》可以见出，东西的语言还是一如既往地极简精练，在一个宏大的城乡演变的社会背景中，在人性遭受挤压和变形的境况中，依旧能够做到挤干水分，如坚硬的藤条抽打焦渴的灵魂。在这个过程，人的瘦硬的内心于焉显影，使其不断感受到疼痛，觉察自我的悲戚与世界的苦难。由是不得不说，东西在一个短篇之中触及如此宏大和丰富的命题，非常耐人寻味：当周而复始的“出走”与“归来”成为执念中能够改变命运的行动或现实时，便确乎存在着某种永恒的更迭以及新生的可能。

手稿、猴子，或行李箱奇谭

徐则臣

飞机上睡了一路，我有精神跟他们耗。他们那种吊儿郎当的敷衍态度，让我觉得还有戏，所以见着工作人员，不管是谁，我都要申诉一番，让他们想办法找到我的行李箱。已经来了两茬工作人员。五月夜晚的新德里机场温度宜人，我和恰马尔先生坐在各自的行李箱上，一边聊天一边等他们的寻找结果。

恰马尔是个印度作家，我们在刚结束的加尔各答的一个文学活动上认识。他去过两次北京，见到个北京来的，就生出他乡遇故知之感，逮着空就跟我聊。恰马尔住德里，我想在回国之前看看泰姬陵，泰姬陵离德里不远，我们俩就订了同一趟航班。办理值机时，我原想只托运超标的大行李箱，登机箱随身带，恰马尔说，费那事干吗，一块儿托了。他以地主的豪迈把我的小行李箱也拎到传送带上。下飞机取行李，他的行李箱、我的大行李箱都到了，但我的小登机箱不见了。恰马尔原本可以取了行李就回家，因为我的登机箱没了，他不好意思一走了之，对我丢失的箱子他认为自己负有责任。我们一遍遍嘱咐工作人员帮忙找。恰马尔宽慰我，在印度，没有哪一只行李箱在风尘仆仆的旅行中被弄丢过。他说的就是机场。

我们已经在行李转盘前坐了一个半钟头，眼见着转盘转了又停、停了又转，乘客们一拨拨来，取了行李又一拨拨走，第四轮了，我的登机箱仍然没有出现在空荡荡的传送带上。从转盘那头走过来两个穿制服的工作人员。之前的工作人员显然已经被我搞烦了，去找了两趟之后，再也不回来了。这两个可能是新当班的，恰马尔示意我继续跟他们理论。

“听说了，”两人中胖一点那个是头目，微笑时油汪汪的腮帮子上还有两个酒窝，他用动感十足的弹舌英语回答我，“他们跟我汇报过。真对不起，我们把机场往下挖了半米，还是没找到。”他看了一下手表，马上零点，“您先回去，找到了我们及时通知您。”

我摇摇头，不行。必须今晚就找到。

“全是细软？”他又露出职业的微笑，两个油汪汪的酒窝更深了。

“比细软还值钱。”

真的，比细软还值钱。我后悔没有将小行李箱随身携带。在加尔各答临时买的登机箱，淘到两件印度木雕，太占地方，一个行李箱装不下，此外，就是想把小说手稿随身带，搁手边更放心。那段时间正写长篇小说《王城如海》，用八开的大稿纸。我习惯手写，出门带着也方便，一卷纸，铺到桌上就可以开工，不必像电脑那样，开机关机都有强烈的仪式感。想到那烦琐的程序，我就没了写作的欲望。以我的写作习惯，这个手稿一旦丢掉，我肯定不会重写。重写对我来说像背书一样不可忍受。所以，只要不打算扔掉，要确保每张稿子都不能少。丢了，那就找回来。

“今晚就得找回来，”以恰马尔的经验，“今晚找不到，以后更别想了。”我们查过，系统显示，我的登机箱已经跟着这架航班来到了新德里。我的这位印度朋友说，他也一直没弄明白，为什么行李箱一旦丢了，就永远丢了。

“我们只能承诺您继续找，”胖酒窝说，两手一摊，“别的我也没办法了。”

跟他着急是没有意义的。我拍拍取到的大行李箱：“我就坐在这里，直到箱子找到。”

胖酒窝又对我油汪汪地一笑：“好吧，您是作家。我们继续找。”带着瘦下属走了。

我突然醒悟过来，问恰马尔：“是不是需要这个？”我对他捻动右手的拇指和食指。

通货就是通货，这动作全世界都懂。恰马尔难为情地说：“有，当然好啊。”

好，我们坐下来继续聊天。如果他们回来时还是两手空空，我得让他们攥点东西回去，继续找。我和恰马尔聊北京，聊中国和印度，也聊文学。还聊到《王城如海》，故事发生在北京。我没有告诉恰马尔，《王城如海》的写作遇到了障碍，这也是我出国把稿子带在身边的原因。我期待这个神奇的国度能给我灵感，及时地把断掉的情节续上。

二十分钟后，新德里过了零点。胖酒窝没回来，回来的是他的瘦下属，有五十多岁？肤色变了，年龄就很难判断。深棕色的瘦下属对我摆摆手，还是没找到。恰马尔给我使了个眼色，我走到瘦下属跟前，向他伸出手。半晌不夜地握手，他显然没料到，他本能地把右手后撤一下，然后重新犹豫地伸过来。我们在手心里完成了交接。两只手松开后，他又把手递过来。我没明白，分量不够？他半握的拳头固执地杵在我手边，还对我眨了眨他的毛毛眼。这个印度老男人的睫毛是真长。他的眨眼似乎有某种真诚的力量，我握住了他的手。纸币又回到我手心里。

“我再去找，”他用口音极重的英语说，“您能跟我儿子谈谈，你们的文学吗？”他做出一个写字的动作，“他马上就来。”

“当然。”

瘦下属去行李房的路上掏出手机开始打。五分钟后，过来一个三十岁左右的小伙子。也可能不到三十，比他爸的肤色浅一点，但依然不足以恢复我的判断力。父子俩穿着同样的工作服。他的英语没他爸的口音重，跟恰马尔的发音比较接近。

他来谈文学，但话不多，席地坐在我和恰马尔对面，开口更多是提问，像个记者。对提问他似乎相当娴熟，每一个问题都问得干净利索，提前备了课一样。问我，也问恰马尔。主要是我，虽然我告诉他，他的同胞恰马尔也是作家，但丢箱子的是我。他问我的问题计有：

印度之行的目的；平常写小说、诗歌、散文还是戏剧；登机箱里的那部长篇小说写的是啥；为什么在这个电脑时代还要手写；丢失的箱子里还有什么；这个登机箱的来历，即在哪里买的，为什么要买，从加尔各答到现在，这箱子还有哪些值得一说的故事；如果今天晚上找不到，我会作何感想；关于我屁股底下坐着的大行李箱，也问了几句。

最后他说："这箱子一看就是个好东西。"

就在我认为他只是在做失物招领处的常规调查时，我们聊起了文学。他在写作。"您知道，我的工作就是把一个个托运的行李箱和货物从这里拎到那里，"他出示他手掌关节处磨出的一个个老茧，"再从那里拎到这里，一天到晚。我见过世界上几乎所有品牌的行李箱，但我喜欢写作。写小说、散文，诗也写。像先生您一样。像恰马尔先生一样。您在写作中总能一帆风顺吗？"

当然不能。我告诉他，大部分时间我写得磕磕绊绊、跌跌爬爬，比如丢失的《王城如海》中，有个坎儿半个月了也没爬过去。小说里写到雾霾和环境污染，除了肉眼所见和PM2.5的科学测量，我找不到一种更为独特和形象的表达方式。

"手稿带在身边，没想过会丢？"他问。

"没有人会为了丢一件东西才把它带在身边。"我说，"我得没事就盯着它看，以便及时地找到爬坡过坎的方法。有人跟我说，印度到处都是灵感。"

"您还没找到？"

"目前没有。"

"也可能已经找到，只是您没有意识到。"

这么说也不是没有道理，印度是个神奇的国度。

"假如找到了，你会继续带着它在印度旅行吗？您说您还想去参观泰姬陵。"

"当然，"我拍拍放在脚边的双肩包，这才是名副其实的随身，"我会把它装进这个包里，晚上睡觉也抱在怀中。"

谈话到此差不多可以结束了，他从裤兜里掏出一个简陋的手机，一通按键。然后我就看见他的瘦父亲眨着毛毛眼从行李大厅的拐角处走过来，推着我的万向轮登机箱。谢天谢地！我从箱子上跳下来。毛毛眼说，我的箱子还是在行李房找到的。一定是我箱子的万向轮太好使，工作人员轻轻一推就跑远了，混进了另外一趟航班的行李堆。能找到，是因为那趟航班的所有行李箱要么继续托运开始下一个旅程，要么都被放到传送带上被乘客们取走了。我的箱子和另一只箱子孤零零地被推到了遥远的墙角。那只箱子更可怜，托运的票号莫名其妙地消失了，主人是谁都不知道。

"您知道吗，"毛毛眼说，"在我走到墙角之前，至少检查了三百只箱子。"

我向他伸出手，他果断地把右手送过来。握住的那一瞬间，他在我的手心里抓一下。没找着。他迅速松开我的手，嘴角的微笑摊平了。

跟我一样激动的是恰马尔，凌晨一点，他终于可以心无挂碍地回家了。他的新婚妻子已经给他打过两个电话。

“泰姬陵非常伟大，”小伙子也从地上站起来，他的握手远比他父亲持久有力，“不过您也可以关注一下沿途的神牛和猴子。”

小伙子提醒得很好。我把大小行李箱都寄存在酒店，背着双肩包出门去看泰姬陵。包足够大，我把小说手稿带上了，然后是洗漱用品、两件换洗衣服，还有空装了两本书，其中之一是奈保尔的《幽暗国度：记忆与现实交错的印度之旅》。泰姬陵在阿格拉，在德里以南两百公里外的朱木拿河南岸。因为要看沿途的神牛和猴子，我选了长途汽车。晃晃悠悠四个多小时才到。

在印度，坐汽车比火车和飞机看得更清楚。沿途要带客，汽车总往人多的地方钻，从城镇到乡村，两百多公里中的人间烟火我差不多看了一半。在印度牛享有神圣的地位，谓之神牛，不干活儿，可以自由地在大街上走来走去。这我知道，文字和影像资料及各种传闻里比比皆是，但坐在尘土飞扬的长途车里亲眼见到，还是挺震撼。它们既是神，又是仙。是神，因为印度人供着它们，提供吃喝是义务；是仙，因为它们自在放旷，旁若无人，行当所欲行，止当所欲止。看心情，想歇着了，大马路中间扑通就躺下了，人和车都得绕着它走。拉屎撒尿也一派天然，在哪儿就哪儿，绝不委屈自己半步。

汽车穿过某镇子的一条街巷，前头正好有头雄伟的犍牛横在巷子里，尺寸正合适，把磕磕巴巴的水泥路面占了个完整。来往的行人过巷子，不愿从路两边的泥水里蹚过，都弯腰驼背，手脚并用地从牛肚子底下钻来钻去。他们对这种过路方式毫不为意，犍牛岿然不动，高人一般淡定，显然也习惯了自己的威严。我们的司机示意停车，等犍牛离开。路边有小店，可酌情采购，其他个人事宜，自行解决。我下车买了一瓶水。内急的乘客去了路边，背对我们就解开了裤子。该干的事都干了，犍牛还卡在巷子中间，同车的乘客有急性子的，不去赶牛，只催司机。大胡子的司机连抽两根烟，牛还在，只好上了车，一连串地摁喇叭。那牛傲慢地看看我们的车，完全是瞧不上地晃晃大脑袋，踱着方步让开了道。

路上见到猴子的频率没有牛高，但数量绝对有压倒性优势，一只猴子出现了，意味着接下来会有一群猴子现身。它们不在路面上出没，而是攀在树上、墙头和屋檐上。大小各异，成群结队，搞不清同伙和门派。它们兀自在高处喧嚣追逐，丝毫不惧人间的清规戒律。它们也吃百家饭。有人从车内把面包和饼抛给它们，眼看着掉落地上，猴子们的胳膊好像突然变长，魔术般地就给捞上来了。我喜欢小猴子，最小的只有两三个拳头大，走在墙头和屋檐上还有颤巍巍的胆怯，嫩黄的毛色在太阳下闪着温暖的光。成年猴子大多通体柴灰，长毛被泥水和食物黏成绺、团成坨，整个一副流浪汉的邋遢模样。

从德里和泰姬陵来回的路上，唯一一次看见猴子下地，是在一个叫不上名字的小城。汽车穿过城市的中心大道，在路边一栋建筑的废墟前，一个本地男人正对着墙根撒尿，松松垮垮的裤子吊在屁股后头。不知道从哪里突然钻出一只小猴子，一跃而起，抱住了男人的裤子，然后，它和那条肥大的裤子一起滑落到男人的脚后跟处。很多人看见了那男人的光屁股和两条长满黑毛的大腿。

泰姬陵之壮观和漂亮，无须我赘言，关于泰姬陵的故事也很动人，想必很多朋友也知道，我也不必啰唆。我在阿格拉待了两天，然后回到德里。单从旅行观光的角度，我也觉得这时间花得值。我应该看到了一部分真实的印度。回到国内重新开始《王城如海》的写作，我发现更值了。

在印度，小说毫无进展。原封不动带回北京，依然“寸步难行”，设想出的几种方式最终都过不了我自己这一关。正打算暂时放弃，收到恰马尔一封邮件，此时距我回国已经二十三天了。他说徐先生，您还记得新德里机场那个跟咱们聊文学的小伙子吗？他很可能是一个潜伏在机场的小说家。他甚至是一个只写“行李箱的故事”的主题小说家。如果我没猜错，他写到了您，当然也可以说，他虚构了您。

恰马尔用英文写成的信挺长，嘘寒问暖的部分暂且略过，只说那个潜伏的小说家。

两天前，恰马尔陪老婆逛商场。老婆试衣服，他在商场的椅子上坐下，顺手捡起旁边座位上的一张报纸。当天的晚报，有个创作园地，相当于咱们中国报纸的副刊，看到一个专栏的题目：行李箱的故事。这天报纸上刊载的是专栏的“之十七”。这第十七个故事讲的是一个突尼斯商人，托运的行李箱丢了。不是丢在新德里机场，而是在迪拜机场分拣错了，被送到了孟买。从孟买转到德里，他在机场接收时，打开箱子发现多了一万八千美元。若只是天上掉下美元，突尼斯人就闷声笑纳了，问题是包钱的纸上写着一行字：此钱有主，慎毋私吞，否则灭全家！底下附了个号码。突尼斯商人再爱钱，也不敢拿一家人性命去冒险。此刻，他太太正带着六岁的双胞胎女儿等在酒店，待他取回行李箱后一起出门观光。他跟行李处说明了情况并报了警。

专栏作者作为工作人员之一，参与了处理。在文章中，他有节制地介绍突尼斯人的身份、印度之行的打算，以及行李箱里的内容，重点提到一尊写意的甘地半身雕像。这种风格的甘地雕像作者从没见过，他在文中坦诚地表示了一个印度人的惭愧。为此他请教了突尼斯人，这位外国友人告诉他，他是甘地的粉丝，这尊雕像是两年前从阿尔及利亚一位雕塑艺术家那里高价请来的。价格昂贵，因为是限量版。甘地活了七十八岁，该艺术家就做了七十八尊，然后把模子毁了。他的这尊编号三十七。接下来，作者写到美元和包装纸的调查结果。根据威胁电话打回去，顺藤摸瓜抓到了孟买机场的一名工作人员。此人例行开箱检查行李时，在某行李箱里发现了这沓包裹的现金，财迷了心窍，把钱顺自己兜里了。要在往常，他把肚子挺一挺，腰间和鞋子里分别藏一点，没准就混出去了，但那天碰上领导突击检查，揣怀里容易露馅，分开藏时间又不允许，只好慌忙写句话，就近塞到旁边一只箱子里。他果然没机会再打开那个箱子，但他依然心存侥幸，甚至为自己的机智得意，万一箱子的主人真被“灭全家”吓着了，拨了电话，他就赚大发了。作者写道：

“此人的确等到了电话，不过是警察打来的。”

花了漫长的篇幅讲完这个故事后，恰马尔说：“徐先生，其实我想告诉您的是下面这个故事。”

看过突尼斯商人的故事，恰马尔先生对这个专栏有了兴趣。他在网上搜到这专栏。上一次，也就是第十六个“行李箱的故事”，题为《丢失的手稿、突如其来的猴子，或行李箱奇谭》。恰马尔觉得文中的中国作家很可能是我，便把文章从印地语翻译成英语，发给了我。

有个从加尔各答来的中国作家，在新德里机场落地，发现托运的一个行李箱不见了。他声称箱子里放了一部长篇小说手稿，丢了等于要他的命，所以务必帮他找到。该作家坚决不离开取行李的转盘，从晚上十点一直耗到凌晨一点，四茬工作人员帮他掘地三尺地找。当然找到了。问题在于，箱子找到后，箱体上没有任何托运标识，工作人员监督他开箱验物时，手稿没找到，从箱子里爬出来一只气息奄奄的猴子。那猴子有多小呢，请各位发挥一下想象力。没错，拳头，没有正常人的一个拳头大。作为一个见过不下两万只猴子的印度人，我负责任地说，这么小的猴子我在印度从没见过。我查了资料，世界上最小的猴子叫侏儒猴，主要生活在巴西西部、哥伦比亚南部、厄瓜多尔东部和秘鲁东部的雨林里，体长约十四到十六厘米。那猴子比侏儒猴大一点。我也听说，中国古代的文人喜欢养一种宠物，叫墨猴，平常塞在袖子里，或者放进笔筒里，写毛笔字的时候，它就跳出来给主人磨墨。不知道这种墨猴跟行李箱爬出来的猴子比，谁大谁小。

那只拳头小猴晕晕乎乎爬出箱子，先是揉鼻子，打完一个尖细的喷嚏才睁开眼。它缓慢地转动脑袋和小眼睛，又揉起鼻子，再打两个喷嚏。这小东西肯定是对某工作人员身上的气味有了反应，那家伙每天都要往胳肢窝里喷三次香水，靠近了我也晕。

私自在托运行李中夹带活体动物算违法行为。那位中国作家辩解，他根本没有托运过什么活体动物，见到这只猴子，他跟我们一样震惊。事实上，他跟我一样，从没见过这么小的猴子，在加尔各答参加文学活动的几天里，一只猴子他都没见到过。他甚至对于猴子如何神奇地钻进他的行李箱完全没兴趣，他关心的是，已经写好的那部分长篇小说手稿去了哪里。他说，以他糟糕的写作经验和习惯，丢失的稿子他不会再重写，也就是说，现有的大约小说篇幅三分之一的手稿如果真的丢失，等于这部小说也就废了。所以，本该活蹦乱跳的猴子此刻病病歪歪，没能缓过劲儿来，而困得眼皮打架的作家先生却急得火烧火燎，差不多要上蹿下跳了。

我们领导，行李管理中心的头儿，嘱咐我好好安抚这位焦躁的中国作家，他和我的同事这就跟加尔各答机场方面联系，一定要搞清楚中间出了什么岔子。接下来的聊天中，我听说中国有一出古老的戏剧，叫《狸猫换太子》，但我认为，手稿变猴子这事儿，比狸猫换太子更神奇。

中国作家喋喋不休地跟我说他的小说，谈起小说时他甚至都不看我，更像是自言自语。他的心思一直在手稿上。这我能理解。写作是创造，辛辛苦苦创造出来的东西不翼而飞，搁我可能比他还着急。他说这部长篇的写作遇到了困境，一个先锋戏剧导演找不到合适的方法，让英国来的教授形象地、超现实地感受北京的气味。我说这事好办啊，就地取材。

“就地取啥材？”他问我。

“猴子啊。”我提醒他，“那活猴爬出箱子先打喷嚏后睁眼，说明什么？对气味敏感。您把这只猴子带回去。”

“往哪儿带？非法托运活体动物我已经说不明白了，还往回带？”

“不是带回中国。是带进您的小说里。”

“一只印度产的猴子，没拳头大，被小说人物带到了中国？”

“完全可能。这只不合适，再换一只，反正咱们印度猴子够用。您不是想去看泰姬陵吗，去阿格拉一路上的村村镇镇，有一棵树，就有一只猴子。”

我们探讨了半天猴子引入小说的可能性，中国作家未置可否。他的心思在别处。如他所说，写就的手稿没了，后面再精彩的故事也等于零。这人的写作习惯真是古怪，为什么就不能重写呢？

同事呼叫，让我带中国作家去行李管理中心。加尔各答方回复，调看了办理值机的现场录像，是一个印度青年男子帮徐先生把登机箱拎上的托运传送带，画面上没看出任何猫腻。安检人员经验丰富，工作十一年从未出过岔子，他郑重声明，过检时没发现任何异常，别说一只猴子，就是一只跳蚤也别想混上飞机。接下来箱子去到了分拣中心。现场录像显示，满屋子的行李箱除了被扔来扔去，没人动过。打开某个箱子取出一堆稿纸，再装进一只猴子，此事绝无可能。我们头儿也说，倘若箱子里头真装了一只猴子，被咱们搬运行李的大力士这么个扔法，有九条命也摔没了。

中国作家也一再声称他也莫名其妙，他对猴子不感冒，《西游记》里孙悟空的花果山就在他老家，快四十年了他从没去过。他不关心猴子，他关心的，是如何找回他的小说稿。

天地良心，我们机场也把各个环节的录像调出来查看，同样没见到哪个环节出差错。除了搬运行李时下手重了点。最后警察站出来了，他问中国作家：

“您在印度很有名吗？”

“没有名。”

“那就是了。一个无名的外国作家，放在行李箱里写了半截的稿子，您告诉我，谁会感兴趣？”

“应该没有人。”

“这不就是了？我再问您个问题，这只打喷嚏的印度猴子珍贵不？”

“这体型，应该比较罕见。”

“您在印度无人知晓，您在印度也没有亲人朋友，存在别人送礼和行贿的可能吗？”

“应该不存在。”

“您看，您什么都懂。我再问您个问题，务请您照实回答：您真是个作家吗？”

“什么意思？”

“不好意思，我不懂文学。但我知道再傻的猴子也不会无缘无故钻到一只行李箱里。如果方便，可能得请您改变一下行程，配合我们调查。我们对出现一只猴子跟您对丢失一份手稿一样感兴趣。请吧。”

亲爱的读者朋友，别问我接下来这位中国作家怎么样了，我不知道；也别问我丢失的手稿和突如其来的小猴子是怎么一回事，我跟你们一样想不通。我的确写过几篇稀奇古怪的旅行箱故事，但这种奇谭，本人也是第一次经历。

文章到此结束。

恰马尔在邮件中先说，真够扯的，跟作者的名字一样，辛格·辛格，一看就不想让别人知道真名。接着他又说，但得承认，写得挺好玩。当然他的阅读体验也挺奇怪，读第一遍觉得荒诞不经，第二遍感到了些许意思，读过第三遍，突然问了自己一个问题：这一定就是假的吗？继而回想我们在加尔各答相识，然后一路同行到新德里机场，直到凌晨一点等来走失的登机箱，他不由得恍惚，他所见的是否只是事情的局部，或者，干脆就是假象？恰马尔是个实诚人，他承认自己到网上搜了是否有我在印度的犯罪新闻，遗憾没找到。他也承认，为了这封信，他特意喝了两罐啤酒，趁着酒劲儿才打开电脑，因为他的一个隐秘的目的是，想证实我是否已经平安回到北京。

接到恰马尔的邮件是在傍晚，饭后例行散步之前。没急着回复，看完就合上电脑出了门，散步时间比平常多了半个钟点。准备往回走时，脑袋里突然一亮，辛格·辛格这文章写得好啊，解决了长久困扰我的问题，为什么不能是一只比拳头还小的、来自印度的、超现实的猴子呢？小说中的教授完全可以把它带进北京，当然首先要从印度把它带回到伦敦。他是如何发现这个猴子的？我想起去阿格拉的半道上，经过一座城市，一个站在路边撒尿的印度男人被一只猴子拽掉了裤子。在小说里，尿急站到路边的不是教授，而是他正值少年心性的儿子。有了！在多出来的那半个钟头里，我反复论证了这段情节的可行性。

没任何问题，我迈开大步往家跑。

我给这只猴子取名汤姆。如果你读过我的长篇小说《王城如海》，你应该会看到这一段：

> ……突然，随着一声诡异的尖叫，小汤姆从教授的口袋里钻了出来。这个聪明的小东西，悄没声息地把扣子给解开了。它的尖叫里带着解放和自由的快意，饱含着奔赴新生活的激情。它跳下地，横穿舞台，横穿拥挤喧嚣的咖啡馆，奔向了下一个场景……

2022年5月18日，远大园

真实与虚构之间的精致之美
——评徐则臣《手稿、猴子，或行李箱奇谭》

郝敬波

对小说家而言，写出短篇小说的方寸之美是具有挑战性的。小说家必须发现这种美，而且能够在极短的篇幅内有效地表达出来，这需要小说家具有出色的审美能力和叙事能力。徐则臣在这方面的表现越来越让人感到惊喜，近年来他创作的系列“异域”题材的短篇小说就是例证。其中，《手稿、猴子，或行李箱奇谭》是让人印象深刻的短篇小说。

这篇小说写了作家“我”在印度的一次游历。小说开始交代了“我”在新德里机场丢了行李箱，行李箱里装有未完成小说的写作札记。故事的叙述很像一篇纪实散文，突出了真实性。如果读者了解这篇小说的写作背景，更能感受到叙述的真实性，因为徐则臣确实曾在新德里机场发生过这样的事情，箱子里有《王城如海》的手稿，这与小说开端的叙述是一样的。小说开篇描述了一个真实的场景和事件，为读者提供了一个真实感的阅读通道。当然，作为小说的读者，我们知道故事很快会向虚构的方面发展。

真实向虚构的转换是自然而迅速的。经过一番周折，行李箱失而复得。在这个过程中，“我”认识了机场搬运行李箱的一个三十岁左右的青年人，他的出现，使叙述开始转向神秘的虚构。青年人喜欢写作，向“我”问了许多创作方面的问题，并提醒“我”去往泰姬陵的沿途关注神牛和猴子，至此故事开始向另一个方向发展。小说对沿途的神牛和猴子进行了描述，但笔墨并不算多。接下来，叙事的空间转向北京，“我”回到国内，继续创作《王城如海》，同时，通过印度作家朋友恰马尔的信件续接之前的叙事。恰马尔信中告诉“我”，那个在机场与“我们”聊文学的青年人，“很可能是一个潜伏在机场的小说家。他甚至是一个只写‘行李箱的故事’的主题小说家”，他在小说中还写到了“我”。至此，故事线索向复杂的方向延伸。复杂之处是故事中出现了故事，叙述者暂时转化为叙述的对象。那个机场青年人在当地报纸专栏上写的两则“行李箱主题”的小说，其中一则以全文的形式出现。青年人的小说写到了“我”丢失行李箱的事情，并且虚构了细节：行李箱里没有“我”声称的手稿，而是爬出来一只奄奄一息的拳头般大小的猴子。诡异的猴子事件在青年人的小说中是个谜，没有答案。不过，读者和“我”一起，在青年人创作的另一个行李箱的故事中似乎找到了解释的可能性：行李箱的管理人员为了某种计划把这只稀贵的小猴子塞进了“我”的行李箱，同时丢掉了“我”的手稿。这只是互文阅读下的一种解释，但增加了整个故事的复杂性，使叙述真正进入一种真实与虚构之间。

置入青年人创作的“行李箱的故事”，似乎形成了“小说中有小说”的技术特征，但应该指出的是，这里徐则臣不是想“玩技术”，他从来不是一个“技术主义者”。置入的这则小说的叙事功能非常重要，首先，它呼应了“我”在去往泰姬陵沿途上的见闻，特别是遇见猴子的细节；其次，它延展了“我”对创作《王城如海》的思考，异域的见闻带来了写作的灵感；最后，它深化了“我”对世界的某种认知，打破了真实与虚构的界限。因此，小说的置入在这篇小说中更应该被视为一种简洁的叙述方式，它使得复杂的诉说在很短的篇幅内得以完成，表现了短篇小说的精致之美。

语言也是这个短篇中值得关注的问题。小说弥漫着一种“徐则臣式”的创作味道，这首先是语言造成的。昆德拉在《小说的艺术》中说“小说首先是建立在几个根本性的词语上的”，那么，手稿、猴子、行李箱就是这篇小说的关键词，它们指向小说的主题，也体现了徐则臣独特的艺术思维。人类语言学家萨丕尔认为“语言不仅仅指称、塑造、解释和发现经验，而且也取代经验”，而徐则臣印度之行也是探寻新的经验，他所选择的词汇也参与了新经验的形成。如何把手稿、猴子、行李箱在一个短篇中组织起来，表达一种新的经验，这是徐则臣为自己设置的难度。显然，徐则臣完成了这个挑战。

松木的清香

万玛才旦

我气喘吁吁爬到三楼楼梯口时，远远看到一个穿皮袄的牧民蹲在我的办公室门口抽烟。

我走到门口，停下来看那个牧民。他二十几岁的样子，卷发，古铜色皮肤，是个青年。

青年牧民站起来问我："这个办公室里上班的人是不是你?"

我看着他，点了点头。

青年牧民的样子有点张扬，站起来看了看自己手腕上的电子表，问："你为什么迟到了二十三分钟?"

我也看了看手表，确实迟到了二十三分钟。我们下午两点半上班，现在是两点五十三。

我问他："你有什么事吗?"

青年牧民咄咄逼人，问："你们国家干部上班可以随便迟到吗?"

我往前一步，拿出钥匙准备开门。

我开门时，青年牧民还在抽烟。

进去后，青年牧民也准备跟进来。他手里还捏着那根已经抽了一半的烟。

我把他挡在门口，说："你先把烟掐掉再进来!"

他看了我一眼，把手里的烟头扔到门口的水泥地上，用脚尖使劲踩了踩。水泥地上的烟头被他踩成了碎末，散发出烟丝的味道。之后，他就进来了。带进来一股浓烈的烟草味和汗臭味混杂在一起的奇怪的味道。

我只好走过去打开了窗户。窗户外面的阳光白晃晃一片，冬天凌厉的寒风"呼呼"地扑了进来。

青年牧民进来，慢条斯理地坐在了靠墙的那张长沙发上。

之后，青年牧民手腕上的电子表响了，发出一种怪异的女人的声音："北京时间，下午三点整。"

我被这怪异的女人的声音吸引了一下，扭头看他。他也在看我。

我拿一块抹布一边擦办公桌，一边问："你什么事？"

青年牧民说："我们村里的一个人死了，我来开那个人死了的证明。"

我说："那叫死亡证明。"

青年牧民看着我说："就是那个东西。"

我又问："那个人是在哪里死的？"

青年牧民说："在医院里死的。"

我说："那你应该先在医院开死亡证明，没有医院的证明我们开不了。"

青年牧民说："那个人没有身份证，没有户口本，医院让我们先来找你们开证明。"

我问："他的身份证、户口本哪去了？"

青年牧民说："没找到，应该是丢掉了。"

我问："死者年龄多大？"

青年牧民说："三十二岁。"

我警惕地问："怎么死的？"

青年牧民说："喝醉酒骑摩托车撞到大车上的，拉到医院没多久就死了。"

我接着问："死者跟你什么关系？"

青年牧民说："我们一个村子的。"

我停下擦桌子，问："你有没有报案？"

青年牧民说："没有，我直接从医院赶来的。"

我问："肇事司机现在在哪里？"

青年牧民说："他和我们村长在医院里，肇事司机吓坏了，跟丢了魂似的。"

我问："死者家人呢？"

青年牧民叹了口气说："没有什么家人了，都死了。"

我问："医院怎么联系到你们的？"

青年牧民说："死者手机里有我们村长的电话号码。"

我坐下来，打开了电脑。

我问："死者是哪个村的，叫什么名字？"

青年牧民说："多杰太，纳隆村的。"

我坐下来在电脑里查找，很快就找到了。

我问青年牧民："你过来看，是不是这个人？"

青年牧民站起来，走到我后面，看着电脑屏幕上的照片说："就是他。"

我盯着照片看了一会儿，说："这个人我也认识。"

青年牧民从侧面看着我，问："你怎么认识他？"

我说："我们小学时一起念过书。"

青年牧民说："我知道了，他父母死后，他县上当局长的舅舅把他接到县上念书了。"

我说："他小学没毕业又回去了。"

青年牧民说："后来他县上当局长的舅舅也死了，他又回来了。"

多杰太和我是小学同学。我记得他刚到我们班上时应该是二年级，他的汉文很差，连自己的名字都不会写。

老师把"多杰太"三个字分开写在黑板上，让他跟着念。三个字占了整个黑板。

老师念："多，多少的多。"

多杰太念："多，多少的多。"

老师念："杰，杰出的杰。"

多杰太念："杰，杰出的杰。"

多杰太停下来问："老师，杰出是什么意思？"

班里的同学都笑起来，老师看着他说："不要管它什么意思，跟着我念。"

老师接着又念："太，太好了的太。"

多杰太跟着念："太，太好了的太。"

后来，同学们就叫他"多少的多，杰出的杰，太好了的太"，一长串名字，不知道的人总是问这是什么意思。他当时觉得这样叫他很有意思。

青年牧民可能也觉得这个有点好笑，就笑了一下，但是笑得很勉强。

那时候，我的学习成绩很好，基本上每个学期期末考试都是班上的第一名。多杰太为了提高自己的学习成绩，就从家里带来各种零食巴结我。我得到那些平时根本吃不到的零食之后也尽可能地帮他。我不知道那么多零食是从哪里拿来的，每次都不一样。有一次我还问他你舅舅家是不是开小卖部啊，他笑着说不是，他舅舅给他买的。我当时想，他这个当局长的舅舅家里该多有钱啊！

可是没有想到小学三年级上学期的期末考试成绩出来之后，多杰太成了我们班里的第一名，藏文考了98，数学考了91，更没想到的是汉文竟然考了100分。而我只占了第三名的名次。班主任老师一个劲地夸他，叫那些学习差的学生要好好向他学习。当年教他写汉文名字的那个老师也对他竖起了大拇指，说这样下去以后上个大学没有任何问题。那个时候，我们那里还没有多少大学生，平时听说谁谁家的谁谁谁是个大学生，都惊讶得说不出话来。这种情况让我对他恨之入骨，十二分地后悔这两年收他各种零食，给他补习功课。之后，他对我还是很好，仍然时不时从他舅舅家里拿各种零食到学校给我吃，但是我连他的一个水果糖都不再吃。他总是说没事，你就吃吧，哪怕你吃了也不用给我辅导功课。我放狠话说要不是你之前一直死皮赖脸地求我，我才不愿意给你辅导功课！三年级第二学期的期末考试成绩出来后，他还是考了第一名，而我成了第五名。从那之后，我就没再好好理他，他也不怎么理我，班里原先看不起他的那几个同学，反而成了他的朋友。

青年牧民笑着说："你们城里的小孩心眼挺小的。"

我也笑了笑说："现在想想还真有那么点小心眼的意思啊。"

青年牧民说："那就是小心眼。"

我只好转移话题，说："再后来，我们小学快毕业时，他又回去了。几个老师都说这个孩子这样回去真是太可惜了。我心里倒是挺高兴的。他走后的那个期末考试，我的成绩又上去了，考了全班第一名。"

这时，青年牧民有点不耐烦地打断我说："行了，行了，既然已经找到了，就赶紧给他开已经死了的证明吧。"

这次我没有纠正他。

我正要开死亡证明时，青年牧民说："后来他没再继续念书，成了一个小混混。"

我停下来看他眼睛。

青年牧民没再继续往下说，突然打了一个喷嚏。

青年牧民接着又打了一个喷嚏。

我觉得他的样子很奇怪。

青年牧民做出继续要打喷嚏的样子，我盯住他看，他就忍住了。

外面的风变大了，我把窗户关上。

青年牧民说："赶紧开吧，多杰太的尸体还在医院的停尸间里放着呢。"

我突然停下来对他说："我先去请示一下我们所长。"

青年牧民说："在你们这里办个事情真是很麻烦！"

我没有理他，出去了。

所长的办公室在二楼，他正在里面喝茶看一本书，我跟他汇报了情况。

所长说："开上证明你也跟着去一趟，到县交警大队备个案。"

我和青年牧民开着警车出发去县上。

刚上路，青年牧民说："我这辈子没坐过警车，心里有点害怕。"

我说："只要没做坏事，就不用害怕。"

青年牧民说："这是专门抓坏人的车，没做坏事心里也害怕。"

路上，我给青年牧民又讲了多杰太的一件事。

大概三年前，多杰太还找过我一次。

那天下午，我正在上班，一个牧民突然打开了我的门。

我被吓了一大跳。

那个牧民站在门口看我。

我问："你有什么事？"

那个牧民站在门口突然哈哈大笑起来。

我又问："你有什么事吗？"

那个牧民突然变得很严肃，说："我是多少的多，杰出的杰，太好了的太。"

我站起来说："多杰太！"

虽然我喊出了他的名字，但是我基本上认不出他了。站在我面前的这个牧民基本上已经不是我记忆中的多杰太的样子。在他用那样的方式念出自己的名字之后，我才叫出了他的名字。

他说："你总算认出我了，哈哈哈。"

我敷衍着说："你变了，我差点就认不出你了。"

他说："你没多大变化，走在大街上我也能认出你。"

之后，他说："今天我请你吃饭吧，咱们出去吃。"

我刚好中午没事，就跟他出去了。

那天，他穿得还算整洁，气色也不错。

我俩去了一家看上去干净整洁的藏餐馆。不知咋的，吃饭的人特别多。老板我们认识，是个充满活力的小伙子。他笑着说今天上菜可能不会那么快，需要等一等啊。我说没事没事，我们可以慢慢等。老板说那好，我们尽量快点上。我问多杰太咱们吃什么，他说你看着点吧。我就要了两斤手抓羊肉，一份牛肉包子。我问他这些够不够，他说够了够了，吃不了等于浪费。

老板给我们先上了一壶奶茶，说："先喝点奶茶吧，不然等着干着急。"

我说谢谢，谢谢，老板说不好意思，不好意思，奶茶是我送你们的。

喝奶茶时，我问多杰太："咱们念小学时你的学习成绩不是很好吗？后来怎么没有继续念书啊？"

多杰太叹了一口气说："命嘛，每个人的命不一样嘛。"

我说："你那么聪明，应该继续念下去的。"

多杰太说："我也觉得我这个人脑袋瓜还挺聪明的，就是命不太好嘛。"

我说："其实命还是有改变的机会的。"

多杰太笑着说："说实话，你的脑袋瓜没我脑袋瓜聪明，这个你承认吗？"

我也笑了，说："我承认，念小学时你很快就超过了我，这个我是万万没有想到的。"

他还是笑着说："后来我才想明白了，那时候你不太理我，不吃我给你的零食，是因为你忌妒我，是不是这样？"

我说："后来我上了大学之后，想起小时候的一些事，觉得那时候我是确实有点忌妒你的。我想你一个牧区来的孩子，刚来时连自己的名字也不会写的家伙，为什么就能超过我呢？"

多杰太笑了，说："你终于承认了，我还以为你不会承认呢，你们这些读了书的人就是心胸开阔，就是不一样。"

我说："这有什么不敢承认的，那时候我们都是小孩子嘛。"

多杰太笑着问："那你现在还承认我的脑袋瓜比你的脑袋瓜好使吗？"

我笑着说："现在就不好说了，要是咱俩一起读了大学就知道了。"

他一下子变得伤感了，说："是啊，这就说明我的命没你好啊！如果我的命跟你一样好，我想我也跟你一样读了大学，成了国家干部吧？"

我赶紧说："当然当然，这是最基本的。"

他马上又开朗起来，说："算了，说这些没有用，这些都是命里注定的事情，谁也改变不了。"

我看着眼前这个几乎认不出来的小学同学，不知道该再说什么。

他却指着我说："本来今天我是准备好了请你吃饭的，但是现在一想，应该由你来请啊，你都是堂堂正正的国家干部了，应该请我这个小老百姓、小学同学吃个饭啊，哈哈哈。"

我马上说："好，好，完全没问题，完全没问题。"

我们喝完一暖瓶奶茶，点的东西终于上来了。老板说手抓羊肉给你们多加了半斤，包子多加了六个，送的，不收钱。我说感谢感谢，不用这样。

最后，手抓羊肉基本上被多杰太吃了，我吃了几个牛肉包子。

他边吃边说："手抓羊肉不错，牛肉包子也不错。"

吃饭时，我们还喝掉了七瓶啤酒。

那天中午，除了吃饭，我们还没话找话地聊了一些事情。

最后，我问他："你真的相信命吗？"

他说："当然相信，不然咱俩之间为啥会有这么大的差距呢？"

我看着他，不知道该怎么接话。

他却说："人跟人的命运就是不一样，这是改不了的。"

我说："你也不能这样说吧。"

他说："我这种人注定只能活成这个样子了。"

我没再说什么，也不知道该说什么。

青年牧民突然问我："他没有问你借钱吧？"

我说："没有，他没有跟我提过钱的事。"

青年牧民说："那算好的。他借了很多人的钱，借了都不还。"

我问："他借那么多人的钱干吗？"

青年牧民说："唉，几年前多杰太开始打麻将赌钱，我们村里也有几个跟他差不多的混混，但是那几个根本就不是他的对手，几个月之后就把一点本钱在多杰太手里输了个精光。他后来去了州上，跟州上的那些混混们赌，我们都担心他很快就会输个精光滚回来，没想到他在州上也站住了脚。听说还赢了不少钱，买了个二手的桑塔纳，找了个城里女人，过起了城里人的日子。有一次他还开着那个桑塔纳，带着那个城里女人回村里了，很风光，村里人看他的眼神都是羡慕连带忌妒的——"

我一边开车一边问："那他后来怎么就成了那个样子？"

青年牧民说："后来，后来他就不行了。"

我问："怎么了？"

青年牧民说："后来听说他惹了州上的一个地头蛇，那个地头蛇专门从兰州请来了一个打麻将赌博的高手，设局让他上当。听说那时候多杰太手上有一百万人民币，我们吓坏了，心想这家伙真是很厉害！听说他们打了三天三夜的麻将，最后多杰太输了，一百万就没有了，那个二手桑塔纳也没有了，女人也离开了他——”

青年牧民叹了一口气，我继续开车。

青年牧民接着说：“他到处找人借钱就是从那时候开始的，他说他一定要把输掉的赢回来，但是从那以后，好运气就离开他了，他越赌越惨，最后背了一屁股的债，而且喝酒喝上瘾了，你要知道之前他虽然赌博，但酒是轻易不喝的。”

我一边开车一边想，我那次见他应该是在他输了钱之后吧，但是我想不通他怎么就没问我借钱。他那次即便问我借钱，我也是没有什么钱可以借的。我那时候正在凑钱买房，准备跟交往了三年的女朋友结婚呢。

看我不说话，青年牧民问：“之后你还见过他吗？”

我说：“没有，那是最后一次见他。”

青年牧民说：“等会儿你又能见到他了。”

我点了点头。

青年牧民说：“听说他还借了高利贷，最后还不上，右手的一根手指头被人剁掉了呢！”

我没有说话，继续开车。那天还下了点小雪，路面有点滑。

到了医院，青年牧民指着一个中年牧民说：“这是我们村长。”

中年牧民过来跟我握手。他看上去满脸沧桑，额头上的皱纹一道一道的，整个人裹在藏袍里，疲惫不堪。

青年牧民又指着另一个人说：“他是肇事司机。”

肇事司机不是本地人，应该是个甘肃人，看上去很紧张。

我们拿着证明办了医院的手续。

我见到死者时，有点出乎意料。他身上没有明显的伤痕，差不多跟我上次见到时一样。

我问肇事司机：“是你撞的吗？”

肇事司机辩解道：“不是我撞的，是他自己撞我车上的。”

我问肇事司机：“什么意思？”

肇事司机有点紧张，说：“那天我给寺院拉水泥，回来路上突然从倒车镜里看到有人骑着摩托车直接撞到我车上了。”

我问：“然后呢？”

肇事司机说：“然后我停车下去看，一个人和一辆摩托车翻倒在路边，摩托车挡风玻璃碎了，人倒在地上不动。”

我又问：“然后呢？”

肇事司机说：“然后我把他送来了医院。”

中年牧民插话说：“我们接到医院电话，赶到医院时，他已经死了。”

肇事司机说："他那天喝了酒。我送他来医院时，他身上全是酒的味道。"

中年牧民补充道："医生也说他喝了酒，我们到医院时还闻到他身上的酒味。"

我仔细看了看躺在太平间床上的赤身裸体的死者的尸体，他的右手确实缺了一根手指头。

我对中年牧民和青年牧民说："你们先去火葬场办手续，我带肇事司机去一趟交警大队，再来找你们。"

之后又对肇事司机说："你开上卡车跟在我后面，注意不要跟丢了。"

肇事司机点头，嘴里说："不会跟丢，交警大队位置我知道，去过好几次。"

下午五点半，我和肇事司机、交警扎西赶到火葬场时，中年牧民跟我说："你们来了刚好，我们请寺院的活佛算过了，正好今晚八点可以火葬，不用再等。"

我马上问："死者在哪里？"

中年牧民说："我们已经收拾好了。"

随后，他带我们去了火葬场停尸间。

我们看到死者已经被绑成了一团，呈双手合十打坐状放在墙角，上面盖着一条哈达。

我问："你们怎么这么快就收拾好了？"

中年牧民说："火葬前就得这样收拾好啊，再过半小时就火葬，不然怎么让亡者入葬？"

我看了看交警扎西，他马上说："死者今晚不能火葬，死因可疑，我们得等法医的尸检报告。"

中年牧民说："不行，已经绑好了，不能再解开！"

交警扎西对我说："你跟他们解释，必须等尸检报告出来才可以！"

中年牧民和青年牧民态度也很强硬，鼻子里发出"哼哼"的声音，不理我们。

交警扎西看着他俩问："听说死者出事之前还喝过酒？"

中年牧民说："我们到医院时从他身上闻到了酒味。"

肇事司机也赶紧说："我送他去医院时，他身上全是酒味！"

交警扎西问："出事之前他跟谁一起喝的酒？"

中年牧民和肇事司机赶紧摇头，说："不知道。"

交警扎西说："所以我们必须得查清楚。"

中年牧民说："他平常就是个酒鬼！"

交警扎西说："调查清楚前，你不要随便讲话，这是要负法律责任的！"

中年牧民和青年牧民互相看了看，又一起看我。

我把他俩拉到一边讲了事情的严重性，但他俩似乎还是没有意识到这些。

我只好说："今晚肯定不能火葬。"

中年牧民看着我和交警扎西说："你俩也是黑头藏人，这尸体一旦绑上了就不能解开，而且下葬的时间也不能随便改，你们年轻也许不懂这些规矩，但你们可以问问家里的长辈啊。”

交警扎西说：“规矩是规矩，法律是法律，现在得按法律来。”

我对中年牧民说：“打个电话跟活佛解释一下，不然出了问题谁也负不了这个责任!”

中年牧民拉上青年牧民去给活佛打电话。他俩拿着手机点头哈腰说了不少话。

打完电话，中年牧民过来说：“错过今晚的时间节点，下次火葬还要等七天。”

交警扎西不说什么，拿出一根烟点上。

我说：“只能这样了。”

青年牧民说：“现在怎么办?”

交警扎西说：“你俩先回去吧，有事再找你俩。”

肇事司机站在一边，可怜兮兮的样子，问：“那我怎么办啊?”

交警扎西说：“事情查清之前你不能离开县上。”

肇事司机张了张嘴没再说什么。

第二天，我开始调查死者喝酒的事情。我按死者手机的通话记录把最后一个号码拨了过去，找到了最后跟他联络过的人。

那人听说多杰太死了，不相信，说这怎么可能。

我说我是派出所的，他就马上相信了。

那人在电话里说了一些生命无常之类的话。

我在电话里问那人：“他去找你干什么?”

那人说：“他来找我借钱。”

我问：“你有没有借钱给他?”

那人说：“没有。谁都知道借钱给他等于打水漂。”

我问：“你跟他是怎么认识的?”

那人说：“我跟他是在州上认识的。那时候他有点钱，人也挺张扬，我们就认识了，成了酒肉朋友。他这个人喜欢花钱，我们出去吃饭喝酒玩都是他买单，从来不让我们买单。对了，那时候我也在州上做点小买卖，后来买卖不行了就回来了。”

那人顿了顿之后又说：“其实我对他这个人了解不是很多，我们也就酒肉朋友而已。”

我问：“他说了借钱干啥吗?”

那人说：“他说他遇到了一个女人，他要娶那个女人做老婆。”

我问：“那天他有没有喝酒?”

那人说：“没喝。”

我问：“你之前知道这个事情吗?”

那人说：“不知道。我只知道那两年他有钱的时候有一个城里女人跟过他，后来他输光之后那个女人就离开他了。”

我问：“他还跟你说了什么?”

那人说：“我没给他借钱之后，他还拿出一个女人的照片说你可能觉得我在跟你撒谎吧，我向三宝发誓，我这次说的可是真话，我遇到这个女人之后，就去寺院对着佛菩萨发誓以后不再赌博了，以后要好好过日子。我还看了一眼照片上的女人，就是一个看上去三十多岁的女人，长得挺朴素的，红脸蛋，感觉很老实。我还问他你以前借别人的那些钱怎么办啊？他说想办法还呗，总会有办法的。”

我问：“他问你借多少钱？”

那人说：“他说十万，十万就够了。”

我咳嗽了一下，那人接着说：“虽然他那天的样子看起来不太像在撒谎，但我也不可能借钱给他的，他欠别人的钱实在是太多了。”

我点了一根烟，问那人：“还有什么要补充的吗？”

那人说：“他那天穿了一件半新的黑西装，还打了一条红领带，看上去感觉怪怪的，不太像平时的他。”

我问：“还有吗？”

那人想了想，接着说：“对了，他那天还带着一瓶青稞酒。”

我赶紧问：“然后呢？”

那人说：“然后就没什么了。没借到钱他就骑摩托车走了。”

我问：“他走之前没喝那瓶青稞酒吗？”

那人说：“没有，他走之前没有打开那瓶青稞酒。”

我说：“他有没有跟你说什么？”

那人想了想又说：“他走之前从随身背着的包里拿出那瓶青稞酒说我们认识这么多年了，我以为我们是那种真正的朋友，来之前还想着你借我钱之后咱俩可以喝掉这瓶青稞酒，小小地庆祝一下，现在看来是不用打开酒瓶盖子了。”

我问：“他还说了什么吗？”

那人肯定地说：“没有，没有再说什么。他把那瓶青稞酒装回包里就骑着摩托车走了。”

我说：“他被送到医院抢救时，医生说他喝了酒。”

那人说：“那我不知道。他可能是在路上喝掉了那瓶酒。”

我问：“为什么这样说？”

那人说：“我猜的。可能他没借到钱，心情不好就喝了青稞酒。他离开时，我看他情绪有点低落。”

查来查去，最后的结论是他自己在路上喝了酒。

周一下午三点，尸检报告出来了。

交警扎西把尸检报告交给我说：“可以排除其他因素，就是一场正常的交通事故，而且是死者自己的责任。我们调看了监控，是死者自己超速撞上卡车导致颅内出血死亡的。”

我还想问几个问题，最后都没有问。

交警扎西说："你通知他们可以火葬了。"

过了几天，中年牧民和青年牧民开着一辆皮卡来了。

他们也不跟我说话，直接去收拾尸体。

尸体放太长时间变得僵硬了，但他们最后还是让尸体呈现出双手合十打坐的样子。

火葬场管理员是个瘸子，四五十岁的样子。他穿着一件油腻的大衣一瘸一拐地过来问我们用柴油烧还是用松木烧。

中年牧民和青年牧民问："有什么区别？"

管理员说："主要的区别就是价格，柴油烧六百块，松木烧一千块。"

中年牧民和青年牧民商量了一下说："柴油烧就可以。"

管理员点点头，一瘸一拐地往焚尸间门口走。

我叫住管理员说："用松木吧，这个钱我出。"

中年牧民和青年牧民看着我，似乎在猜我在想什么。

我只是对他俩点了点头，没有说什么。

死者被我们放进了那个佛塔状的焚尸炉里，被管理员一把火点着了。焚尸炉里面发出"噼里啪啦"的奇怪声音。

没过多久，焚尸间里面充满了一股奇怪的刺鼻的味道。我有点不适应，用手捂住了鼻子。

之后，我和中年牧民、青年牧民出来抽烟了。

点上烟之后，我问他俩："亡者之前有没有跟你们说过要跟一个女人结婚之类的事？"

青年牧民表情木然地摇头。

中年牧民想了想说："有一天晚上他突然给我打电话跟我说他跟一个女人好上了，打算娶她。还说那个女人也愿意嫁给他。"

我问："还说了什么？"

中年牧民说："他说他想回村里住了，问我修缮一下他家的老房子大概需要多少钱，还问我娶个女人各种乱七八糟的开支大概需要多少钱，我估算了一下就说简单一点十万块钱差不多了，他说他大概知道了。我问他你怎么突然想回来了，他说他年纪也不小了，就想回来了。"

这时，青年牧民说："他那么个人，回村里踏踏实实过日子不太可能吧，再说还有女人愿意嫁给他也是很奇葩的事情呀！"

中年牧民说："不知道，也有可能吧，这世上什么样的事情都是有可能发生的。"

青年牧民突然问我："你为什么问这些事情？"

我说："没什么，没什么，随便问问。"

他们没再说什么，我也没再问什么。

我们三个正在抽烟时，管理员拿着一根木头正往焚尸间走，随口说："刚刚落下了一根木头，我把它放进去。"

我喊住管理员，从他手里接过那根木头仔细看。那是一根松木，似乎还没有干透。

四周没有风，空气像凝固了一样，很冷。我把那根松木拿到鼻子下面闻了闻。突然间闻到了一股淡淡的松木的清香，很特别。

管理员、中年牧民和青年牧民在用奇怪的眼神看着我。

我把那根松木递给中年牧民，他也把松木拿到鼻子底下闻了闻，说："这味道很好闻。"

中年牧民把那根松木递给青年牧民，让他闻。

青年牧民闻了闻，说："嗯。"

管理员看着我们说："肯定是松木的味道好闻啊，柴油的味道太冲了，我到现在还不适应。"

我们没再说什么。中年牧民把那根松木递给管理员，管理员拿着松木进了焚尸间。

之后，我们三个又各自抽起了烟，谁也不愿意再多说一句话。从我们站着抽烟的位置能看到焚尸间房顶的烟囱里冒出一股黑乎乎的烟。中年牧民偶尔突然念诵几句经文。

抽完烟，中年牧民对青年牧民说："咱俩去给亡者点个酥油灯吧。"

说完，他俩就去了专门为亡者家属定制的小佛堂。我继续站在那里点上了一根烟。

大概三个小时之后，多杰太变成了一小袋骨灰。青年牧民手里拿着那袋骨灰，面无表情地看着管理员把焚尸间的门关上。我看着青年牧民手上的那一袋骨灰，有一种很恍惚的感觉。

中年牧民和青年牧民问管理员哪里可以撒骨灰。

管理员指着火葬场门口右侧一个小山包说可以撒在那里，那个地方被某个大活佛加持过。

我说："你们可以把骨灰带回村子里吧？"

中年牧民说："这种非正常死亡的，我们一般不会把骨灰带回村子里的。"

我把手头的烟扔掉，跟他们一起往外面走。

那天外面的风不是很大，我们把骨灰撒到外面那个四周全是各种垃圾的小山包上，一些细碎的粉末状的骨灰沾在了我们的手上，我们的脸上，我们的头发里，我们的衣服上。

我想，一些骨灰肯定也被我们吸进了肺子里。

撒完骨灰，掸掉残留在手上、脸上、头发里、衣服上的骨灰后，我们三个人不由得咳嗽了起来。

"喀，喀喀，喀喀喀，喀，喀——"

三个人咳嗽的声音短促而有力，听起来是那么地富有节奏感。

叙事策略与人物命运的共振

——评万玛才旦《松木的清香》

安殿荣

《松木的清香》刊于《十月》2023年第1期。这是万玛才旦在世时最后一篇公开发表的小说。得知他离世的噩耗，身边的朋友们都非常意外，无不为之扼腕！我曾与万玛才旦老师在一些活动中有过为数不多的几次见面，他为人谦逊，低调少言。我更多的是通过他的小说和电影来感知他的内心世界和艺术追求，以及他对生命的感悟、对世界的认知。

许多杰出的导演都自己写剧本，例如谷克多、爱森斯坦、伯格曼和赫尔措格。万玛才旦也有多部电影改自他的小说。从他小说的结构和质地可以看出，他在创作小说时，就带有强烈的电影意识。《松木的清香》就是这样一个短篇，阅读时每时每刻都能感受到文字背后有一只善于调度的镜头，从环境特写到人物刻画，都给予了颗粒度饱满的呈现，使读者具有很强的在场感，并采用交替、补充讲述的手法，使这个篇幅短小的作品，展现了主人公多杰太颇为曲折和令人惋惜的一生。

短篇小说因篇幅有限，对写作技巧和戏剧冲突的设置往往有更高的要求。《松木的清香》至少设置了三层戏剧冲突。

第一层冲突设置在小说开篇，来自多杰太命运的两个主要讲述者——“我”（户籍民警）和青年牧民。小说开篇为“我”和青年牧民的相遇，营造了一个极为紧张的、具有强烈冲突感的空间氛围。他们在楼道里相遇，青年牧民蹲在办公室门口抽烟，看到“我”咄咄逼人地发起责问：“这个办公室里上班的人是不是你？”“你为什么迟到了二十三分钟？”“你们国家干部上班可以随便迟到吗？”步步紧逼的三连问，强化了青年牧民与户籍民警之间的对立情绪。“我”没有正面回答，打开门后，一句“你先把烟掐掉再进来”，用制度和规则约束青年牧民，打破“我”迟到的尴尬，结束了两人对峙的第一回合。

空间是交往的媒介，当叙事空间转到“我”的办公室，这方空间随即被味道、光影、温度、声音等赋能，马上生动起来。先是青年牧民“带进来一股浓烈的烟草味和汗臭味混杂在一起的奇怪的味道”，“我只好走过去打开了窗户。窗户外面的阳光白晃晃一片，冬天凌厉的寒风'呼呼'地扑了进来”，还有青年牧民电子表发出的奇怪声音的报时“北京时间，下午三点整”。这些味道、色彩、声音，对于主角多杰太的故事来说，都是闲笔，但正是这些闲笔，在小说甫一开篇，便将读者拉进一个鲜活的场景之中，呈现了不同类型人物聚合在同一空间后产生的奇妙反应，开启了不同命运线条的碰撞与纠缠，也奠定了小说的讲述基调。当“我”发现青年牧民要为之开死亡证明的那个人自己也认识后，他们从各自不同的视角，相互补充，回顾多杰太命运多舛的一生。

第二层冲突弥漫在小说全篇，主要源自多杰太与“我”的命运差距，也是多杰太在自己命运认知上的冲突。从牧区转学过来、连自己的汉文名字都不会写的多杰太，经过一年的努力，竟然成了班里的第一名，他知道自己是聪明的。但是已经失去父母的多杰太，很快又失去了庇护他的舅舅，使他没有机会再读书，成了一个小混混，后来还沾染了赌博的恶习，感受过一夜暴富的人生得意、风光无两，也尝过借贷无门、走投无路的苦果，最后在绝望中选择了死亡。多杰太成年后曾找过“我”一次，最感叹的就是：“我也觉得我这个人脑袋瓜还挺聪明的，就是命不太好嘛。”就是这层潜在的不甘心，形成了多杰太命运的基调。这层冲突的展现，得益于作家对讲述者的成功调度，通过“我”、青年牧民、中年牧民，以及最后一个与多杰太通话的人对多杰太的回忆，读者在简短的篇幅之内，对多杰太一生中几个关键的人生节点有了充分了解，并随他命运的转折起伏而感叹不已。

小说结尾部分，新的冲突——传统规矩与法律之间的冲突凸显出来。中年牧民按照“黑头藏人”的传统规矩处理多杰太的尸体，还请活佛算过，当晚八点实施火葬。但因为死因不明，交警提出必须要进行尸检。这层冲突的设置，重点不在渲染两者的对立，而是借此戏剧性，突出藏族人众生平等的观念，以及对生命的虔敬之心。这也使读者突然明白了小说开头青年牧人与户籍民警的冲突，他急于开出死亡证明，也是为了不耽搁火葬时间。

这三重冲突依次铺开，推给读者的是关于命运的思考以及对生命的态度。同样聪明的两个人，甚至是更聪明的多杰太，始终没有过上“我”这样的体面生活。也许是基于这个原因，“我”主动为多杰太的火葬选择了更好的松木。这里面也不乏一种惋惜和补偿的态度吧。小说结尾还特别写到对多杰太骨灰的处理。“一些细碎的粉末状的骨灰沾在了我们的手上，我们的脸上，我们的头发里，我们的衣服上。”“一些骨灰肯定也被我们吸进了肺子里。”这是一层很深刻的隐喻。四处飞扬的骨灰沾染到“我们”的身上，渗透到“我们”的身体里，引起了“我们”短促有力、富有节奏感的咳嗽，更强调了一种命运的相关性，体现了生命之间的相互纠缠、交叉与渗透。因而，他者命运的复杂性，也不仅仅存在于单独的个体，这也是小说讲述个体命运的意义所在。

万玛才旦通过这三层冲突的设置，使人物命运波澜立现，也使小说主题表达更为丰富深刻，余味悠长。美国一位评论家曾说，叙述故事的方式本身就是一个故事。同样一个故事，能讲好也能讲糟；有人能把一个故事说得娓娓动听，更有人能把它讲得十分精彩。这取决于讲故事的人是谁。万玛才旦无可争议是一个很会讲故事的人。然而天妒英才。斯人已逝，相信万玛才旦的文字和镜头留给我们的思考将是深刻的、恒久的。

鲸路

龚万莹

有人找我，说妙香姨快去后厨，家属又在闹。

我过去，就听见宝如说，果盘摆番石榴，要撒甘梅粉，没别的，就是女儿喜欢。春卷不要虾，狗儿虾也不行，只放猪肉。白灼章鱼换醋肉，醋肉要够酸，但不能太酸。红糟肉要用真的红糟，不要随便用叉烧糊弄。就算是丧席，也要给外地特意赶来的宾客吃好，不要让人吃得哭爸哭母。

差不多，免计较，厨师帮工还想辩解，旁人都猛使眼色让他别说话了。

差淡薄，差一点，差一勺糖都不行。我女儿就差那一步，宝如说。

我出来讲，算了啦，家属想做点事，由她。我把帮工偷拉到一边，跟他说，我跟厨房早交代过了，大家就顺着说好好好，尽量尽量，拿纸笔假装记。等她走了该怎么做就怎么做，别看她千交代万交代，这款样子的，到时候开席，一口也吃不进，吃进也吃不出味。谁叫你那时偷懒不在，该听的都没听啊。

宝如的心情，大家不是不知。她来殡葬一条龙店里时，真正面如死灰。其实平日需要服务的死者，来处无非是医院和养老院，多是我们这种老家伙，虽然伤心都是伤心的，也不至于过分意外。灯头蜡烛，什么时候灭了就灭了。可是这次的死者是三岁小孩，按照本地风俗，连告别式都不该有。“无缘的孩子”，草草入殓便是，不适合大操大办。远一点的乡下，信封建的，孩子烧掉后直接扔山上或荒冢里，免来缠身，你不想做我的小孩，那你就走吧，快去投胎免留恋。宝如和她丈夫却说我们不忍，还是想花钱给她办葬礼。

可问题是，孩子的尸体都找不到。

反复折腾半年，最后是把冲上岸的小件粉红蓬蓬裙以及孩子最爱的玩具放一起烧掉。焚化时，宝如不哭不号，眼角干燥得起火星，倒是她的丈夫几乎站不稳。店里没有专门给孩子的小号骨灰盒，所以那一点点的灰烬，只能稀疏地装进常规盒子里。宝如说捧起来，大约是女儿出生时的分量。虽然没尸骨，但重量是真的。孩童的幼骨，烧出来非常细小，大约也就这点重。

有葬礼也好，给事情做个了结。毕竟岛上警察局很快就找到了海边店铺的监控，杙果冰店外那一只摄像头刚好扫到孩子小小的身影。她敏捷地在浪边游走，又一点点攀上礁石。有一度，那孩子起身，要离开礁石区，可又突然停住，对海招手，回到石头上。潮水慢慢上攀，孩子浑然不觉，还向前走了一步。然后就是那个巨大的浪。一周内，除了裙子，没再捞到什么，事情早成定局。葬礼上，还是请了诗班献诗，但宝如拒绝牧师的安慰，跟他讲了一个上午的宇宙大爆炸。我忙着布置灵堂，分发包着话梅糖和红丝线的毛巾，走来走去的时候，听她在那里讲物质转换，物质不灭。牧师说好哦，好，你慢慢说不要急，好的大爆炸。宝如说世间不可能有什么规则，也没有人在天上守护我们，不然我女儿那么乖，养得红膏赤脂，人人爱，怎会遇上这事。谁会知道，孩子一路跑到乱石角，平常我们从来不去那里。牧师说苦难是奥秘。宝如没在听，她还在说最好是再来一场大爆炸，把所有的分子重新组合，死的都可以活过来，无变成有。这多难，不比神话容易。

葬礼之后就是红糟肉宴。家属虽然在开席之前闹腾，通常吃完红糟肉，丧宴散场，逝者化灰，人的情绪也差不多消化殆尽。走的时候，哪怕有喝多的，互相稍微搀扶，一步一脚印走得也满带热气。宝如却不是。她干燥得令人不安，体内随时在进行着一场爆炸。走路的姿态，让我恍然间有种熟悉感。

宝如的鱼丸店离我们不远。出事前生意很好，她自己说，若不是生意太好，也不至于没发现孩子跑走。葬礼前他们似乎勉强重开过一个礼拜。我去吃过一次。宝如跟往常一样坐在店门口包丸子，一个又一个丸子从她虎口处蹦出来。她丈夫站在那口大铁锅前面负责煮，拿一只比脸还大的铁勺不停地捞，与先前一样。有人问宝如，有没有鱼丸，她就说，再也不卖海里捞出来的东西了，她的孩子还在海里面，任何一口都可能是孩子的血肉。从今往后，只有素丸、贡丸和牛肉丸。然后她就开始细说，她是怎么发现孩子丢掉的，然后沿着街找，又去了岛上主要的三个沙滩找，最后半座岛上的人都发动起来帮忙找，天越来越黑，越找越急。她说我只是突然间发现了一件事是真的——死这种事情是随机发生的，比如所有来店里的人，至少会有一个死于非命，他们的孩子里，或许也有一个会不能活到长大。是真的，死会来找我们，它一直都在随机开枪，但我们还浑然不觉地在路上走。所有食客听得脖子发凉，吃到嘴里的丸子也内里冰硬。我换了假牙，当时咬紧牙根拼到最后，还是放弃了，那牛肉丸好像怎么也煮不熟。

葬礼后，宝如来找我们，给骨灰盒选了壁葬。现在位置紧缺，都要靠抢，我陪她挑到的位置，竟刚好在三岁小孩的高度，蹲下来，就能看见那张小小的相片。可等墓碑制作好了，宝如却迟迟不肯将骨灰盒封入墓穴，钱也拖着没缴。我打电话催款，没人接。菜市场、街道上，也一直没看见他们夫妻的身影。

他们一家住在海街的鱼丸店楼上。宝如和她丈夫大概是在七八年前，旅游最旺的时候来岛上的，在靠海的商业街开了家鱼丸店，挂上黄底红字的招牌，写着百年老字号宝如鱼丸。俗又有力。虽然名号是假的，但比起其他狂加硼砂骗游客的店，她家的鱼丸还是加了货真价实的鲨鱼肉，用大骨汤熬熟，味道足赞。宝如个子高，脑子活，店里店外都是她一把罩。我们殡葬一条龙的人，常夸宝如会做人。店里懒得做饭的时候，就去他们店买些鱼丸面来吃，只要是本地人，她总多给几颗丸。但最近经过鱼丸店，不仅店面卷帘门紧锁，楼上也毫无灯光。

这样的事，岛上并不少见。时不时，就有孩子因为生病、意外离开。然后那些孩子的父母就跟失踪了一样。悲伤让人从内向外坍塌，缩小到看不见，除非他们能被时间重新泡发。但大部分人，就这样消失了。未必是死了，就是缩在我们生活背景的某一处，在日常笑声覆盖不到的地方，无光的所在。家人死了以后，死亡就成了家人，住在家里，不肯离去。

我常失眠，凌晨辗转睡不着时就会去海滩。夏天在这座城市消耗得慢些，但到了年底，热气也差不多耗尽了。冬天海边常空无一人，实在太冷。前些天，我在海滩看到宝如。她丈夫不在，就她自己，坐在离海浪很近的阶梯上。她双手捧抱着一条白色的东西，仰着头。月光下我看不清，只觉得那东西湿漉漉地发着光。海风冷飕飕，我脊背发凉，不敢上前，就回去了。

想了几天，我决定去找宝如，一来是去看看她现在怎么样了，二来还是催款，那钱还是我们店里先垫付的，不然那墓穴早就没了。但是年底了，我们岛上许多有新亡人的家庭，要在大年初三“烧新床”。所以殡葬店里堆满了各式纸扎房屋，小套房、双层别墅或是带车库的无敌皇宫，总之丰俭由人。店里自创的纸扎，细节做得精细，外围粘着碧绿或者莹蓝的亮片，房间里还摆上纸床，让用户在地下不需打地铺。卖得特别好，所以这些天都忙这个，想出去却老离不开。快出门时，我接到宝如丈夫的电话，他说，妙香姨，我暂时回老家收拾一下房子，但我不放心宝如，请你去家里看看。求你了，我也没别人能交代了。

宝如夫妻俩来岛上这么多年，我连男人的名字都不知道。刻墓碑的时候，一家三口的名字刻在一起，我才知道男人叫志坚。也是，做餐饮的人哪有交朋友的时间？每天从早做到晚，一周七天地干，拼命卖才能追平越来越高的店租，拼命干才能有好日子。他们在岛上其实并无依靠。我想了想，说，志坚你放心吧，我正要去。

转行到殡葬店这些年，我尽量不跟死者家属多联系，而他们也避之唯恐不及，毕竟在大部分人眼里，我们代表死亡。可是殡葬不能只当生意做，死亡是个连绵不绝的事，人情在，生意才能做不完。大家都知道，只要他们开口，能帮的我都会多帮些，这是我们店在这人越来越少的岛上还能维持下去的原因。而且，宝如这边我无法完全抽离，想来，是希望对自己的遗憾有些弥补。

我们店里，原本有对夫妇。女的给死人化妆，男的在外面当电工，有时候也来店里帮忙修理东西，很会赚钱。夫妻俩疼孩子。孩子长到十六岁，上重点高中，人很帅。他们很少让小孩来店里，但那孩子每周日在路上遇到我，看我手上有重的东西，就会帮我拿。很乖。他妈有点洁癖，明明不是她的事，也总要把店里收拾得很干净。他爸说，他们要是出去吃，都要吃好，不会随便去那种差饭店。

可一日，孩子踢足球，昏过去。送去医院做全身检查，怎么就检查出胃癌。人家是爸妈的心肝宝贝，全力以赴治。到第五个月的一个礼拜天，这孩子身躯很难受，就跟父母说，爸爸妈妈，你们叫医生给我救一下。他真的艰苦。父母就含着泪，跟他说，不是爸爸妈妈不救你，然后才把实际情况讲出来。孩子听完，认了，没一两天就死了。他的命本来就是到尾了。死后，自然是我们店去处理。当时我跟他们说，你们都知道，闽南风俗是孩子的葬礼不能做得太热闹的。他爸说这个孩子很乖很听话，没让我花过钱。所以，我照样要给他租灵堂，找诗班，给他弄得好好的。他妈在我们店里干了好多年了，忠厚，也同意给孩子弄得堂堂正正的。葬礼上父母是很不忍，但也没办法了。葬礼后，女人来店里，辞了工，说要换换心情，之后我就没见过这对夫妻。

过了差不多一年多的一个春节，医院给我打电话说，有个女的死在大岛医院，叫我过去。哎哟，去了才知道，原来死者是那女人。我说怎会这样？她丈夫说孩子死后半年，女人也开始不舒服，检查出来是肝癌。给医生看，医生说再活也就半年。然后他们就决定说，要放弃。他儿子是他们亲自陪着医病的，知道最后在医院待着也没用，所以就要放弃。离开医院，夫妻俩就去台湾玩。我问你们有没有去101吃小笼包？丈夫说，我跟你说啊，我们可不是去吃什么小笼包，我们去一定是去吃好料。什么好料都吃，只要她吃得下。他们爱去台湾，因为说话能通，东西也能吃。所以一年的时间，去了三次。两个人留那些钱干什么？妻子到最后，很难受了，再去医院，在医院里死。这样后，丈夫伤心得很，他说我一切都没了，儿也没，妻也没。我没希望了，我觉得生活没意义了。一切都是悲观失望。我说，你不能这么说，生活还要继续。你要坚强。我自顾自给他说了很多很勉励的话。结果，过了两年，有个陌生女人给我打电话，她说她小弟过身了，叫我去。那天其实我没去，顾着在别处忙，后来去了才发现，是这个男的自杀了。他在租的房子里，设计了一套电线缠身的方法，给手腕和心口通电，但又不引起短路，还认真放了告示，让人记得先断电再处理他。

本来他夫妻俩在岛上有房子，三房一厅。孩子死后，他们就搬出来，租了两房一厅住。他妻子死后，男人又出来自己租了一个单间。他的生活也算是度日如年了。身边有钱，都花了。结果他自杀，遗嘱写得太清楚了，上面说，我这房子是租的，本来想去公园，可是在公园连想死都没办法死，人都在看。实在逼得没法，才在这里，用这方法结束。你尽量不要让人知道，尽量静静给我拿下来，不要影响后面人家租房子。我，欠了房东房租多少钱，放在抽屉里一分不少。信还交代说，第一个发现他的人，一定要来找妙香姨，还写了我的电话。

那天我回到店里，自己静静坐着，突然想起那段时间有一日坐公交，看见他在街上过马路，就在我眼前，安安稳稳地行过去。很平常的一幕，不知道为什么一直留在心里。那时候我有种感觉，有些人走向死亡的时候，带着无可阻挡的姿势。就那一瞬，我有过这想法，但后来忙，也没再找过他。再次见他，已是尸体了。我不是故意的，但确实那阵子在自己的事情里，离得远了，也没去关注他们。

在女人的葬礼上，那男人其实问过我，他说妙香姨你见过世面，能不能推荐我，还有哪些地方好去旅游？可是后来有人过来找男人说话，这对话就断了。我有些后悔，那时候那么拙口笨舌，只会劝人家坚强。我应该找到他，跟他说，我们店里来了年轻人，跟我们说过，其实还有很多地方可以去。都柏林，马耳他，捷克斯洛伐克，巴西，南极，世界上有的是地方可以去。有伴就结伴去，没伴就自己去，没钱就攒攒钱再去。至少在远处插根标杆，有个模糊的目标也好。可我没说。说了，是不是事情就会有些不同。

我一想这些事，心中就纠缠，越到晚上，脑子越清楚。许多事都能弥补，偏偏死这事无可弥补。还在想着，就走到鱼丸店，卷帘门锁着。我把耳朵凑近，听见里面隐约发出鬼吼鬼叫，有东西爆裂，有女人尖叫，有子弹和脚步声。我用力捶门，宝如从楼上探出她的蓬脑袋，叫我从后门绕进去。

我推开了那道虚掩的门。走上二楼，电视机里面是近来流行的僵尸灾难片，每个人头被咬掉，血喷满地，城市爆炸，还蹦跳着拿枪轰对方。宝如关掉电视去给我泡茶，我把满手的袋子提进厨房。角落有一包橘子，晦暗的绿色立体霉菌像火药一样洒满果实。我想帮忙把发霉的橘子拿出来扔掉，一伸手，果子像瘫软的肉一样，里面的汁水混合着霉菌粉末炸落一地。地上还有一盆文竹，已经彻底变成亚麻黄，再浇水也活不过来了。窗户大开着，夕阳的光线从靠海的那边，伴着冷风射进来，家里流淌着长长的阴影。我打开冰箱，把带来的炸醋肉、拌面、韭菜合、蚵仔煎、白灼本港鱿鱼放进去。

宝如一边道谢，一边递茶给我，问我最近怎样。我说店里忙，快要初三烧新床了嘛。宝如说唉，新亡人果然不止我们一家，可惜我不信这个，不然就找妙香姨你买。我说我也不信，这个是烧给活人更多于死人。

前几天我看见你了，我说。

宝如没回答，从抽屉里掏出十块二十块的一沓钱，叫我点点看。我慢慢地数钱。近年来算数越来越缓慢，稍微有点分心，就必须重来一遍。幸好宝如很安静。过了一会儿，海的气味从窗外爬进来，柔软地瘫倒在我们身边。我数好了，没错。月亮已经出来了。我们坐着，开始一口一口喝茶。顺着窗看去，夜里的海是水泥色的。灯塔白光，可以看见这水泥海面并不规则的纹路。

宝如说，妙香姨，我近来还是无法睡。做梦时总痒，感觉密密麻麻的鱼虾在啃皮肉。醒来太安静，想到孩子最后一刻浸在水里，不知有没有受苦。想哭，但不想在这房子里大声号，整条街都能听到。那天我去了海边，还是想着，或许能找到女儿。活的女儿。后来又想，哪怕是海交出她的尸体也行。坐在海边，我忍不住骂这个海，你带走了我的女儿。突然，黑色的浪推过来一个东西，我赶紧捧起来，原来是只死鱼。滑溜溜的，不重。我抱了它一会儿，然后埋了它。就埋在窗外的海滩。

风真凉，我打了个喷嚏。宝如赶紧起身把窗关上。

窗外的那片海是颤动的、巨大的生命体，却轻易被玻璃隔去了声响。我们继续喝着手心的暖茶，与窗外黑色的岛屿、灰色的海面对峙着，一言不发。一艘黑色的长船，默默从左到右推动。

你们要走吗？我看见房间里堆满纸箱。

对，志坚说要我一起回老家。收拾到一半，我们又吵。我用力踹他，把他踢出门，他没回来。他竟然要把我女儿的东西扔掉。

我刚才开冰箱的时候看见了，保鲜层是空的，最中间只有一个儿童塑胶碗，摆了一片咬了一口的煎菜头粿，用保鲜膜缠裹着。那时候我就大概猜到了状况。陷在悲伤中出不来的人，悲伤成了他们身上的利刺，不是向内扎就是向外扎，反正要见血。亲近的人，再怎么忍也很难让人满意。

我说，要不要先吃点东西。宝如啊，等到十五，我跟你和志坚去你们老家走走。我心里想的是，过了初三，就是初四，过了春节，等到十五。日子只要一天能熬过一天，人就能好起来。

宝如说好。

我说宝如啊，还有很多地方可以去。还有很多事可以做。

她说好。

我从宝如家出来，外面的风越来越大。月亮是半块烂掉的果实，逐渐歪倒在大地上，被大风吹来的厚云掩埋。月亮每天在天上永恒地朽坏着，永远被天狗吞吃着。生命太短是可怕的。但永恒更可怕。我们就被夹在中间左右为难。

接下来几天，我忙完店里的事，都找宝如一起吃晚饭。宝如开始会说一些她女儿的事情。她唯一一次出行，就是去年春节带着女儿去外地旅游。女儿看着博物馆里巨大的母鲸标本，突然眼睛挤成缝，淌出水，肉乎乎的小手在脸上不停地抹。她断断续续地说，妈妈，肚肚。宝如感觉好笑，仔细看了那个标本，才发现母鲸肚皮上有条缝起来的明显疤痕。她抱住女儿，跟她说，板子上写了，这是搁浅的鲸，科学家把内脏和脂肪拿出来，再填充、缝好，就做成标本啦。可女儿还是哭，摇着头指宝如的肚子。宝如说她后来才明白，女儿是想到了她肚子上剖腹产留下来的疤痕。那时，女儿凑近宝如的耳朵，抽抽搭搭地问，妈妈也会死吗？妈妈要是死了，我去哪里看你？这让我想起自己小时候，在白色的庭园里，跟我阿母说过一样的话。阿母，你会死吗，死了以后，我去哪里看你？

宝如说她永远记得，女儿的最后一个清晨。站在二楼窗户那，背后满天白云跟炸开了一样汹涌。女儿特意叫她来看，天空中有鲸鱼！鲸鱼！前几天还在画册上学到的鲸鱼。她顺着女儿胖胖的小手指，看到远方小岛上浮着一只粉红色的发光小鲸，两三秒的工夫，迅速暗淡下去被剥夺了色彩。后来，云都化开，海面一片粉红。宝如总想不通，为什么女儿要在大冷天走到那片荒海滩上。后来她又说，女儿可能是想去看鲸鱼。可是，我们岛上从来没有鲸鱼。更多的时候，她就反反复复说同一句话：孩子都没顾好，我做人家什么老母？

短短的时间里，宝如把这些话重复了几十遍，可她自己浑然不觉。痛苦就是一种会痛的苦。废话。痛苦就是烈火的窑，就是一辆又一辆的车，轧过你的心、你的头。每一天，她女儿离去的那一幕都借由她的口，反反复复上演。已经过去了两百多天，她失去了女儿几千次。还有更多次失去，在面前等她。她说她停不下来，想太多次，以至于梦中也是，日日夜夜地重演死亡。我明白她。

终于有一天，她能下楼了。我们一起在沿海的小路走，能看见远处灯光晦暗的岛。突然浪变得很大，天上也落雨，我俩衣服都淋湿了，走路时用力靠在一起，才觉得暖一些。她鼻音浓重，聊到她的儿时回忆。她在离我们很远的岛屿长大。

她小时，在海边捡到过一个比她还小的孩子。后来，有个斗笠遮住面庞的渔人父亲来接那孩子。暴雨中行船来到她身边，一把抱住那孩子，可又忍不住结结实实往他屁股来了一下，怎么走得那么远，回得那么晚。孩子纳入船舱，伸出小小的手向她招摇。那面容难辨的父亲，像冥海船夫，向她庄重地点头，然后摇着手中的两支桨，渐行渐远，直到海已经翻腾成一片白水，直连灰白的天。瞬间，压住全部天空的云层融化开，如同烟雾一般向四处弥散。那时候，她就知道，大雨将止。不属于她的孩子，被他的父亲带走，越来越远。就在那一刻，水中有白海豚跃跳。她一直记得儿时那个画面，不知为何就是忘不掉，似乎有些讯息还没传达。

而我，也跟她说起一些平常不跟别人讲的话。比如我少年时，怎么在庭园的人工湖里发现我的阿母。我没有想明白，她究竟是如何下决心要走那条通往水底的路，她怎舍得抛下我一人。就在那天，阿母吃醉酒，还笑盈盈地跟我说，妙香，有了你，阿母今生没遗憾。我生气她吃酒，就没说话。我没说阿母我欢喜跟着你，有你我安心。她就这样死了，使我害怕不仅在此生，在永生，都会跟她永远分离。阿母的笑脸，就是死亡的容面。她捞出来以后，样子跟睡了一样。我守在她身边，一直到别人把我拔起，扔到一边。我说不清，一个人的路，是注定的，还是不停变化的。说完我有些后悔，怎说了这些。

宝如眼神发沉，我知道她进到记忆里去了。我们都沉默。鸽子的影子在桌角旋了好几圈，宝如才开口，说她知道我当过语文老师，本来很怕我会跟其他人一样，忙着给她各种建议，还年轻，再生几个，别跟丈夫吵架，大家都不容易，或者是，让爸妈来陪你什么的。可我什么都没说，只说了自己的经历。

她说话的时候，我大多时间只是听着，有时也会发呆，年老就是如此。特别是吃饱以后，很困，坐着睡过去，醒过来，她还在说。在她家时，就任她说，我自己跑去厨房里做饭。我想，别的办法没有，就是吃和讲，吃和讲，好像一只小船的两支桨，把人从茫茫冥海的边缘划到人世的岸上。她丈夫回来过一次，把家里的纸箱都搬走了，说再收拾一下那边的房子就差不多了。

渐渐地，也能在菜市场看见宝如，她说老是让我带菜来吃不好意思，也去买些肉给我做丸子。她家中开始有了水果，桌子上摆着撕开皮的芦柑，或是切成金色星星的杨桃。有一次她还做了很厚工的五香卷。开始在乎体面和公平，我想她是好些了。我为她高兴，也开始有些失落。

我开始自觉与宝如保持恰当的距离，她不找我，我也不主动打扰。

吃到这个年纪，我发现扶人走一段难走的路，要准备好路走完后对方会尽力避开你，因为你见证了那段不堪的日子。不要期待有什么感谢，更多是疏远。对方毕竟好起来了，这才是重点。但我的心还多少有些不安，宝如仍不肯让骨灰盒安葬，事情没有真的完。

除夕前一天晚上，事情太多了，我还在店里忙，电视里有个戴眼镜的主持人，为数不多的头发跟海风疯狂缠斗。他正站在海边，播报着一具鲸尸今天清晨在海边搁浅，好像已经死了几天。现场的人看起来都很慌乱，毕竟我们这片海，从来不在鲸鱼活动的路线中，数百年来没出现过鲸鱼，死的活的都没有过。电话突然响了，是宝如，说同意把骨灰盒交给我，封入墓穴里。空气里水分湿浓，我抓了把伞，就出门去找她。

说好了等我，我去找她的时候，后门大开着。走上二楼喊她，没人应。我按着心口，走进去，屋里一个人也没有。她房里的老浴缸，水一个劲往外漫，水龙头还开着。我把水关了。心想，不好。不好。举目四望，去哪找人？窗帘这时候被风托起，轻轻打了我后脑勺一下。我看过去，窗外那片海滩上有许多人。我看不清，就怕出什么事，就下楼往沙滩赶。

到了沙滩，拨开人群，沙滩躺着那只鲸鱼，看起来像是幼鲸。鲸鱼身边竟是宝如。她拿来家中浸湿的床单、浴巾搭在鲸鱼身上，天空中开始有微雨，宝如挥动手里的毛巾，不容空中的海鸟落在它身上，有几只野狗试图靠近，也被她赶走。

一边挥，宝如还一边大声地猛打电话，怪对方怎么不派人来。有穿着制服的人，走到她身边劝，大姐，这鲸鱼已经死了，别忙了。

没死。

死了，尸体冲上岸之前就已经死了好几天了。渔港的人都来看过，你就别添乱了。

没死。

哎哟都快过年了，大姐你别再闹了。

没死，要有信心。宝如转过头不理他。

在电视里，我看过介绍。抹香鲸虽然巨大，可幼仔还是难逃虎鲸的攻击。敌人来袭，所有成年鲸会把孩子团团围住，用肉身筑成堡垒。可是，再严密的阵型也有缝隙，滑溜溜的、残酷的虎鲸就钻进去撕咬柔软的幼鲸。有的母鲸依然会衔着孩子的尸体，在海底潜游，不知要到什么样的时刻，才会松口。

宝如看到我，说妙香姨，快叫你店里的人都来帮忙啊，把这鲸鱼推回海里。我闻鲸鱼身上那味道，知道肯定是死了。但看到宝如不遗余力，又是披浴巾，又是拿着塑胶桶疯狂泼水，我感觉她身上憋了那么久的这股力气，总归要发出来，发出来，日子就能过下去。我没拦她。

过半小时，又有更多人来，消防、公安、海港的都来了，判断鲸鱼已死，但不知道应该谁来负责。最后商定用车先拖去处理。

都闪开！宝如大叫，开始发疯一样拼命推，要把这鲸鱼推进海里，好像把它推回去，就能跟海洋一命换一命似的。有人上去拉她，一使劲，她摔到沙滩上。大家认出来，这是宝如鱼丸店老板娘，又赶紧扶她起来。她一声不吭，继续冲上去推。有人跟我说，妙香姨，你去劝劝吧，这样下去不是办法。我怎么劝？就像离岸流一样，表面上海浪往岸上推，可是下方却伸出千百只手，把你往海里拉。这就是这个女人每天过的日子。彻头彻尾浸泡在痛苦里的，是宝如一家。到底不是贴身悲剧，就算在葬礼上人们会忍不住哭泣，但离开了就放下了，晚上都能安然入睡。而宝如一家，每分每秒都在承受无法弥补的损失，生命有一块被切除了，此生不会再补上。所以眼前这个女人有使不完的劲，因为她有使不完的悔。我想了很多，身子却没动。

正僵持着，人群突然裂开缝隙，走出宝如的丈夫志坚。他脚步犹疑地蹭过来，然后一把抱住宝如，轻拍她的背，说，好了，好了宝如。我也走上去，把宝如发红的指头抓在手里，像捏着十只幼鱼仔。

有冰冷的颗粒击打头壳。

我抬头，天空中所有的云急速奔来，大雨将至。

瞬间，天空中的发光体都被遮蔽，整座岛屿被夜熏黑。有辆黄色的小型工程车，亮着零星的灯，缓慢地开过来。岛上不允许机动车和自行车的存在，去哪里都要走路，唯一允许的这辆车，也只有紧急时能用。

宝如被我们拉开，人们手忙脚乱地把鲸的尸体架到车上。这车跟鲸鱼比起来，还是太小了些，后面还加了一辆板车，汽车加人力推，才勉勉强强移动着。刚放上车，那鲸鱼竟越看越怪，极速鼓胀起来，仿佛一颗巨大的气球，将要升空而起。

嘭！

突然间，一股巨大的声响震动四方。眼前一片血红。

接着，是一股浓烈的恶臭。就算过了一个礼拜，我仍然会说，那沙滩的气味依然好似死者集会。十年来，我处理过几个死了很久才被发现、身体流出汤汁的人。但把他们全召唤过来，也没有这只鲸臭。

天空下起了鲜红血雨，宝如的头面都被血浇透了。沙滩和路面都被染红了，白烟从车上的鲸鱼那里涌过来。那只鲸鱼竟然爆炸了，震开了它身上的绳索。

我眼前一黑，湿黏与死的气味覆盖了我。用手一拨，是鲸的内脏碎块乱飞。此时志坚头上停着一块肝脏，臭得他满脸扭曲，直翻白眼。宝如，伸出手要帮他清理，却在血与臭气中笑起来，难以自抑地笑。或许这个爆炸来得正是时候，肝脏来得正是时候。

大风此刻突然降临，空气跟煮沸了一样，所有的叶子和灰尘都在上下翻飞。死荫幽暗的黑天，燃炸紫色的闪电，崩出金色的裂纹。在极高之地，天空如同一枚精心装饰过的奥秘。黑夜开始变得如白昼发亮。

站在沙滩上，背后是海街。商业街上的鱼丸店，二楼有宝如空荡荡的家。宝如鱼丸店后面，是奶油蛋糕一样的双层建筑，然后是一栋栋不超过三层楼的房子开始连绵。雨瞬间变大，淋湿近处的岛，也淋湿远处的岛。

雨水从零星几滴变成了压迫的整体，从云朵淋漓而下，贯通大海。海面被雨戳出千疮百孔，又毫不费力地自动痊愈。天地都是水，现在的水和过去的水，连成一片完整的水域，在风中摇曳。海被雨绵密搅动，翻涌起云雾。

暴雨猛灌之下，小车不堪重负，开始倾斜。

鲸，从车上滑落。

众人惊呼。车下，雨水沁湿的沿海石头路，又被血液和黏浆淋漓得滑溜溜。鲸被道路上的水流冲着，向海岸缓缓而去，滑出一条血路。它平静地顺着流水，仿佛在鲜血的道路上得了复活。血路跨过沙滩，绵延到海里，此时，有白色的海豚跃出海洋，一面面旋转的白色旗幔。有人喊，快看，十年不见的白海豚回来了。白色的精灵们在海中浮动着，踊跃着。

此时的宝如，身体中突然裂变出锋利嘹亮的哭声，闪电般耀眼，连黑夜也无法遮蔽她。志坚揉着她的肩，悲哀，哭号，恰恰说明过去的事已经过去。我突然想起宝如说过的那段关于渔夫的儿时记忆，或许那画面早已将过去之事与未来之事完全透露给了她，可直到如今，才显现出可辨的面貌。而我也借由宝如，瞥见那张脸。

相距她那时遇见冥海渔夫，已是多年，雨却大约是一模一样。雨在空中被风吹着，像是半透明的巨型游魂在旅行。他们摇摆，如垂挂的波浪，撞在一起，成为大群，于是整个世间就白茫一片。黑沉沉的岛屿显得凝滞，被轻盈的白色水汽随意踏在脚下。

暴雨中，宝如满脸的血污被洗刷殆尽，眼睛开始流露出柔软的丝线。她的目光穿透人群，紧紧盯着那只墨黑的囚徒。它终于在透明的雨里，挣开了绑索，借由血，向着大海的方向泅潜。

志坚在一旁抹开了脸，准备湿漉漉地拥抱宝如。而她，突然闭上眼，嘴里轻轻呢喃。去吧。

去吧。去吧，天地间无阻无碍。

人生除此无大事
——读龚万莹《鲸路》

宋　嵩

人的一生中有四大“过不去”——生、老、病、死，而无论是“生”还是“老”“病”，最终都指向最后的死亡。因此，“死亡”堪称人类必须面对的终极问题。中国传统文化对待死亡的态度是非常暧昧的：既不得不面对，又避之唯恐不及，因此才会衍生出关于死亡以及死后世界的五花八门的想象，甚至成为传统造型艺术（包括但不止包括绘画、雕塑、建筑等方面）的取材源泉之一。而敢于在文学作品，特别是在小说中直接谈论关于“死”这一话题的作家至今并不多见。在此意义上，青年作家龚万莹及其在《出山》《鲸路》等一系列作品中的大胆尝试便尤其值得我们关注与肯定。

如果探究小说（特别是短篇小说）赖以存在的“动力学”，无非可以分为“情节驱动型”和“情绪/感驱动型”两大类。而《鲸路》的情节非常简单，甚至可以说没有什么情节，无非是写一位失去了三岁女儿的母亲的心理状态、情绪起伏。因此，这篇小说可以看作典型的“情绪/感驱动型”。但即使是在短小的篇幅里蕴含进了主人公宝如无比纠结、哀痛的情感，寄托了她对女儿无尽的哀思，作者依然巧妙地在其中融进了丧葬店主妙香姨（也就是叙述人“我”）和前丧葬店员工夫妇失去亲人（妙香姨年少丧母，员工夫妇则失去了上重点高中的孩子）的经历，并在这“一主二副”的对比中阐发了对“死亡”这一终极问题的看法。

对于宝如三岁的女儿，“这次的死者是三岁小孩，按照本地风俗，连告别式都不该有”。对于员工夫妇罹患了胃癌的十六岁儿子，“你们都知道，闽南风俗是孩子的葬礼不能做得太热闹的”。而对于抛下年少的妙香、“下决心要走那条通往水底的路”的阿母，小说中并没有告诉我们她的葬礼是个什么样子，而多年后妙香的记忆里也只有“我守在她身边，一直到别人把我拔起，扔到一边”。但无论风俗如何规定，葬礼如何操办，一场或繁或简的白事过后，亲人们吃过“红糟肉”散去，只剩下无尽的哀伤环绕着丧亲的家人。而当白发人送黑发人，这种哀伤就更加刻骨铭心。于是我们看到，宝如夫妇的鱼丸店“再也不卖海里捞出来的东西了”，而冰箱的保鲜层里从此只保留着女儿咬过一口的煎菜头粿；员工夫妇无法走出中年丧子的心理阴影，女人很快也患癌撒手人寰，而男人则以一种极端的方式与这个对他们并不友好的世界告别。就连妙香，那个在幼年丧母多年后从事起了与“死亡”关系最密切、要天天跟它打交道的丧葬业的老女人，虽然看惯了人世间的生离死别，却仍然会将儿时的记忆深深掩埋，轻易不敢示人，就像宝如脑海中那个与“冥海渔夫”联系在一起的儿时画面，“不知为何就是忘不掉，似乎有些讯息还没传达”。

死亡以及与死亡相关的记忆和想象，总是带有鲜明的“超自然”色彩，或是笼罩着神秘主义的气息，甚至往往与宗教情结纠缠在一起。在《鲸路》中，它们和岛屿海边时常弥漫的浓雾一起，共同奠定了小说黯淡、迷惘而又让人不安的基调。教堂唱诗班，纸扎，诡异得近乎恐怖的“冥海渔夫”回忆，宝如女儿离世前看到的远方小岛上空“浮着一只粉红色的发光小鲸”，以及那条搁浅在海滩上，最终以一场惊天大爆炸轰毁人间苦难的鲸鱼……这一系列看似互不相干的意象被串联在一起，透露出了关于“过去之事”与“未来之事”的一切秘密。曾经让人百思不得其解的“冥海渔夫”，“直到如今，才显现出可辨的面貌。而我也借由宝如，瞥见那张脸”。那就是命运之神，或者说是司掌人生道路之神；他为所有人指出的共同方向，便是死亡。人生除此无大事，因此，一切“生老病乐苦”就没有了本质上的差别；而我们所缺少的，唯有那份看穿生死的清醒，那份对待人生、对待生命的豁达心态。

昙花现

黄咏梅

阳台那里有一个区域，信号一定会不稳定。有可能是那根粗大的廊柱，挡住了网络通行。这是父亲的判断。不过语音竟然不受影响。从疫情开始到现在，两年不能回家，视频通话变成我的必修课。做惯家务的母亲动手能力强，加上比父亲年轻几岁，她操作手机更流畅，提及家里每个角落每件物事，她都能准确移动镜头让我看见。她每次非要炫耀种的花，一说起，就动身晃去阳台，手机扫向凌空加盖的那排花架子，月季、海棠、石斛兰、绣球花……运气好的时候，镜头会定格在一朵绛色的月季花上，背景是河对岸绿茵茵的榜山，看着像一幅画。但大概率画面会停留在她脸上某个松垮垮的局部，或者一排锈迹狰狞的铁栏杆。

“妈，别往阳台走。”我对着手机大声喊，像来不及阻止一个人踏进路边的水洼，眼睁睁看她麻利地拉开那扇镶嵌着隔音玻璃的移门，又迅速关上。

这一次，镜头刚好停在晾衣竿一端挂下来的几只年代久远的竹篮。闭着眼睛我都能认出那里用牛皮纸包着的草药，凤尾王、一点红、百花草、蒲公英、车前草……

“林姨妈走了。”母亲的声音从几只满当当的竹篮里跑出来，跑到一千多公里以外我的手上。

“我知道，妈你说过了，是在养老院。”

频繁视频，我们已经没有什么话题可聊，不像真的坐在一起，围着功夫茶盘，东扯西扯，就连微微感受到空气中湿度加重了，我们都可以一起抱怨今年的“黄瓜季”过于绵长，导致人酸软无力，然后顺着这个话题交流祛湿养生的做法。我们相聚的时间多半都是这么度过的。屏幕画面有限，一周或两周甚至更早以前说过的话，又经常被当作新的事情被母亲说一遍两遍，倾听很考验我。要是有耐心的话，我会装作第一次听，中间还提些已经知道答案的问题，但多半我会像现在这样，简单总结试图阻止她主题不集中的絮叨。

“嗯。她好像知道自己要走，给我打电话说，阿莲，我要回家了。我问她是不是小坚要来接她回家，她没说是，也没说不是，又重复两句，我要回家了。之后电话就断了。不像是挂断的。养老院那里信号总是不好。”

第一次讲这些的时候，母亲尽力克制，哽咽得像个孩子。我比她更早流下了眼泪。母亲自责在电话断掉以后没回拨过去。她反复强调自己以为林姨妈说的回家，是指小坚来接她回家过中秋，就想着等过两天中秋节再给她打电话，毕竟她接电话的时候，锅里正处于小火转大火的收汁阶段，她怕搞焦了那只花一下午功夫卤起来的猪肚。她们之间从来没有什么要紧的事情要急着打电话，几十年都没发生什么要紧的事。母亲责怪自己现在很没用，已经不能同时做两件事。

"我哪里知道，她说回家，其实是走。"母亲说得平静。我也静静在听，眼睛盯着屏幕，希望信号如同福至心灵，会跳出母亲的脸。可那几只静止的篮子一动不动。

"妈，翻篇吧，不要再去想这些负能量的事。"

不记得从什么时候开始，父亲将一些不好的消息统统称为"负能量"，要求我们的通话避开负能量．恨不得在耳朵外竖起一根粗粗的廊柱。对于七八十岁的老人们，不好的消息无非就是生病和死亡。这些年，陆陆续续从他们那里听到的负能量，多数来自他们认识或者知道的远远近近的人。与其说害怕这些负能量会影响血压、脉搏的数值，不如说是害怕负能量的残酷本身。中年以后，我也不知不觉害怕残忍的事情，在手机上看网剧，遇到诛心的情节，会不由自主拉进度条跳过。

"嗯，你爸在书房。"我忽然意识到母亲跑到阳台的廊柱后边，不是为了重复讲林姨妈的去世。一下子心被揪了起来。说到底，害怕听到他人的负能量，不就是害怕负能量终于降临我们自身？我担心那里微弱的信号支撑不了母亲的吞吞吐吐。好在，那几个篮子虽然纹丝不动，但母亲的声音还很连贯，除了在一些地方是因为她本人的停顿。

母亲是求我做件事——找一找钟俊仁，如果他还在的话，"告诉他，林姨妈回家了……但是要让他明白，她是走了，时间是2021年9月16日，酉时"。

我的几个姨妈当中，林姨妈最好看。母亲一直是承认的。她们当年一起从农村被招到文工团，到各个区县演样板戏。不是科班出身，但都在十七八岁的年龄，学东西也快。林姨妈必然是主角。《红灯记》里她是铁梅，母亲是慧莲，而徐姨妈和王姨妈因为骨架宽大，肉多，显老，往往只能轮流化妆演李奶奶。《红色娘子军》里，林姨妈是吴琼花，她的腿又长又直，"向前进，向前进，战士责任重，妇女怨仇深"，她稳立舞台中央，腿绷直抬高，一点不影响脸上昂扬的表情，母亲她们几个则站边边，矮下去半截，腿潦草上踢。林姨妈身材比例好，腰短，腿长，脖子细，穿肥大无形的土布衫都好看，又有一张小鹅蛋脸，化妆最省心。母亲说，她最费事的是眉毛——样板戏要求一字粗眉。林姨妈的柳叶眉是她的苦恼。我看过林姨妈演戏的照片，只觉得她五官精致，哪里都好看，唯独那道粗黑的眉毛突兀，好在底下有一双明眸救场。在她们几个人的生活合影照中，即使不站在C位，我也能一眼确认林姨妈的主角相。我母亲仅有过一次主角时刻。因为长得的确蛮像陶玉玲，她在《霓虹灯下的哨兵》里捞到了演春妮。

主角往往会遭到嫉妒的，但林姨妈和配角们玩得很好，她们的友谊跨越半个世纪。

文工团解散之后，她们得到了样板戏的回馈——安排进城里工作。林姨妈在棉纺厂，徐姨妈在印刷厂，王姨妈在工人医院，而母亲因为早在进城前嫁给了父亲，作为家属被安排到了政府后勤处。四个人按着时间给出的剧本，各自演着人生这出大戏，结婚生子，工作至退休，继而含饴弄孙。那些样板戏的岁月，仅作为几张黑白照片存放在各家的相册或抽屉里。父亲书桌的玻璃板下，压着母亲演春妮的一张后期放大处理过的黑白照片，不过已经不完整——围巾、额头、脸颊、脖子以及斜襟扣子系得紧紧的胸部，这些地方都被我和弟弟的彩色照片盖住了，而我们那些彩色照片又陆续被他们两个孙儿的搞怪大头贴盖住了大半。

林姨妈跟我母亲最亲密，她是我家的常客。她挨着母亲窃窃私语的样子，倒像是母亲的妹妹，实际上她比母亲大一岁。奇怪的是，我并没有遗传到母亲对林姨妈的亲密，整个童年我最怕见到她——她的到来必然伴随一个热烈的见面礼，这种热烈不见得是有多喜欢我，而是进他人家门那一刻的开心。她抓住我，像啃苹果一样，口水印在我胖嘟嘟的脸颊，接着又从正面乱亲一气。我肯定是挣扎躲避过的，但这讨厌的见面礼几乎伴随我整个童年，等我长到有足够的力气，能让她感到我的挣扎是认真而不是出于小孩子的忸怩，她才停止这样做。有一次，林姨妈开玩笑问我，妹妹，分了新班级，同桌男同学好不好看？我大方地点点头。又问，有多好看啊？我恶作剧地大声喊，像钟俊仁那么好看。那时，我已经不止一次从母亲与林姨妈的窃窃私语中听到过这句话。林姨妈用手把整张脸捂起来，手心里传出一阵咯咯咯的笑声，像是在害羞，笑过之后，忽然将我一把拉到她的腿边，不顾我的挣扎，对我一阵乱亲。她亲得很用力，好像怀着某种善意的报复，又好像在我脸上撒娇，嘴里咬牙切齿般喊出钟俊仁这个名字。

“妈，林姨妈嘴巴好臭。”我终于确认我的不适来自那些口水的臭味。我小时候有一些奇怪的逻辑，比方说看到满脸皱纹的老人，我会悄悄对母亲说，这个老爷爷好痛欸。同样，林姨妈的口臭让我认定她总是不开心，甚至觉得她身体里藏有什么东西在腐烂。

“你林姨妈白长了一张好脸壳。”母亲认为林姨妈不经营自己，更不经营家庭。样板戏主角在台上演着别人的人生，催人振奋，台下却一塌糊涂。但这反倒使林姨妈和母亲她们之间构成了一种平衡，和谐安好一辈子。她们时常聚会，各自牵着两个或三个孩子，呼呼喝喝，鸡飞狗跳。只有林姨妈单丁独户，偏坐一侧，瘦瘦的两腿间夹着一个同样瘦瘦的小萝卜头。小坚向来不合群，融入不到我们这些时而合作时而互相抢地盘的孩子们中间，他咯嘣咯嘣咬完一块水果硬糖，就开始闹着要回家找爸爸，嘴里被塞进一块新的水果硬糖才消停。塞多两次，他不干了，脸埋在林姨妈腿上故意使自己憋气，两只手在林姨妈身上抓来挠去。林姨妈一点办法都没有，只得草草收兵回家。她们说，小坚好像不是林姨妈生的一样，养不熟，也治不住。林姨妈根本没有心思研究出对付小坚的办法，同样，她也没心思研究出跟林姨父家和万事兴的秘诀。那个沉默寡言的林姨父，一辈子在生产资料局工作，凭票购物的时候有过点小权力——我们家第一台黑白电视机，就是托林姨父拿到票买的。新旧世纪交替之际，单位转企，毫无斗志的林姨父干脆提前退休回家。他总是一个人到河边小公园看人下象棋，间中按捺不住低声发几句议论。像小坚一样，林姨父也没能融入棋局作为对弈的任何一方。他和林姨妈各玩各的，直到最终先于林姨妈独自走上黄泉路。

20世纪70年代，独生子女这个词还没有被造出来。只有一个孩子的家庭，时常被人暗戳戳地揣测问题出在男方还是女方身上。林姨妈生下小坚，刚出月子，就跑去工人医院找王姨妈，瞒着林姨父做了结扎。我母亲知道这事后，把王姨妈大骂一通。王姨妈说，你来拦拦看？林莉这个癫婆，死都解不开那个结，她一遍又一遍搬出钟俊仁来说，你叫我怎么劝？母亲一听，怒气顿时熄成叹气。

那只节育环早早地在林姨妈子宫深处套上了一个结，就好比现在一个已婚人士把一枚戒指套在了无名指上。只不过，这种宣誓的形式不是出于爱，而是——拒绝。因为身体里的这枚“戒指”，林姨妈跟林姨父关系变得很糟糕。有段时间，林姨妈像是把家当成旅舍，一到晚上就爱跑我们家。有时给我妈的家务搭把手，更多会坐在窗下一张板凳上，默默地织毛衣。母亲没工夫理她，父亲在书房写领导发言稿，我和弟弟趴在桌子上写作业，差点忘记了屋子里还有个林姨妈。到我们准备刷牙洗脸睡觉了，她才理平针脚，毛线团一卷，小篮子一装，塞到板凳底下，伸个懒腰，好像刚结束夜班收工。隔天，她又来我家上“夜班”。

中秋节晚上，林姨妈也照样来。月亮还没升起，她就拎着用油纸包的四只大月饼和一网兜柚子，直接爬到天台等我们。那时我们住在宿舍楼最顶一层。我家门口往上还有一截楼梯，尽头是一扇虚掩的小木门，从小木门走出去是个公共的天台。除了邻居偶尔趁天好爬上来晒晒被子，这里几乎属于我们家自用。母亲施展农民出身的本领，在天台四周用大大小小的花盆种满了蔬菜，中央搭起一个高高的瓜架，丝瓜、苦瓜、葫芦瓜、葡萄……藤蔓四处攀爬，绿叶密密麻麻隔出来一个小天地。父亲从家里牵出根电线，在瓜架上吊两只小灯泡，这里就变成了一个小茶室。天气好的时候，我们在地上铺席子，放张小茶几，坐到这个小天地里喝喝茶嗑嗑瓜子望望天。逢着节假日父亲有空，检查我和弟弟背诵唐诗宋词，也在这里进行。“谁知林栖者，闻风坐相悦。草木有本心，何求美人折！”父亲最欣赏这几句，摇头晃脑单拣出来背。这些时候母亲是插不上嘴的，她只会简单的“鹅鹅鹅”。母亲指着夜空中那三颗等距排列的星说，看，扁担星，多平。白毛女逃进深山老林，夜夜望星空，盼救星。林姨妈穿着破衣裳，一头披散的白发，对着夜空苦大仇深地唱。舞台一侧那棵纸皮糊起来的树梢顶端，挂着三颗整齐的红五星。团长在台下一看，蒙了，这一场，八路军还没杀到，哪里来的红五星？仔细又一想，后边出场那些八路军帽子上不是两颗扣子？谢幕之后，团长调查这几颗无中生有的星星，才知道，我那几个没文化的姨妈，为了增加舞台效果，请钟俊仁在部队仓库里翻出些褪色废弃的旧红旗，剪下三颗红星，用毛线整齐穿在一起。高高挂着的扁担星陪伴凄苦的白毛女。

样板戏从上边出发到区县，专业性会大大减弱，业余班子业余演出，在故事情节大方向不变的情况下，道具会因地制宜作些微调整，有时细节也会结合当地观众的喜好进行改动。比方说，《沙家浜》的芦苇荡在我们这里变成了一塘荷田，《智取威虎山》里座山雕的皮草大衣改成了我们这里有钱人穿的香云纱袄。类似这样的改动很常见，是为了更能引起当地观众的共情。反正这里的观众谁也没有看过正版的演出。但这三颗被姨妈她们发挥出来的扁担星，使团长大发雷霆，责令她们逐个写检讨书。

“这个死馒头，差点要给我们定性为‘破坏革命样板戏’。”母亲笑着骂的那个人，我们经常见。中山电影院放映新电影时，等观众都在位置上坐好，我和弟弟到门口跟检票员讲，“馒头让我们来的”。要是还不给进，我们会绕到电影院的侧门，那里有间小屋子，馒头叔叔一准儿在那里面办公。他会赶在剧场熄灯前把我们领进去。在空旷的影院前厅，他挺着圆滚滚的肚子在我们前面小跑，腰上一串钥匙抖擞雀跃，如同我们看“霸王戏”的心情。退休后，姨妈她们经常约他在西江边饮早茶，杯盏一推，几个人打斗地主，轮番赢他的钱。

“妈，八路军帽子没有红五星的啊？”我弟弟那一阵的理想是当解放军，他拿母亲做衣裳余下的布条绑在小腿上，皮带在腰上一捆，深深吸着气，木头枪困难地插进皮带内侧，敬起军礼也是雄赳赳的。

“救白毛女的八路军是没有的。”母亲只记得戏里的服装。

父亲说：“八角帽才有红五星，国共合作后，红军改编为八路军，帽子正前方缝两颗扣子，是为了跟国军的帽子区分开来。”

弟弟就吵着母亲给他的帽子缝上两颗扣子。

比起父亲那些小园香径独徘徊的诗词，我更爱听母亲讲她们演样板戏的故事，台前和幕后，戏里和戏外。

天台的避雷针塔下，有块小平阶，林姨妈在那里扦插种下了两盆昙花。林姨妈不知从哪里听说，昙花好养，又可以入药，煲汤清热解毒，种昙花符合她的日常需求。这两盆昙花也是她经常来我家的一个理由。施肥，修剪枝叶，在林姨妈的精心照料下，它们长得比母亲种的菜还肥壮。每到夏天，叶子边缘会伸出一些长长的花苞。大清早，母亲给她的蔬菜浇水，翻开那些像海带一样肥厚的叶子，找到一朵垂头丧气软塌塌的花，咦，这朵昨晚开过了。好像刚发现昨晚那里发生过一些不为人知的事情。

总会有那么几朵昙花像是被林姨妈施下了魔法，准时在月圆时分开放。我从没见过昙花开放的整个过程。往往只看到，昙花挣脱紫色的衣裳，昂起头，好像下定决心要出来跟我们一起望月。它的嘴巴刚刚张开一个小口，我就哈欠连连。那些发誓要等昙花开的话，就像大人哄孩子入睡前的承诺。迷迷糊糊被父亲从天台上抱回床，第二天醒来记起，跑去看，那几朵昙花又整齐地扣好了紫衣裳，什么事都没发生似的，开花只是做了个梦，跟我一样刚醒过来。不过它们不再昂起头，泄了气般垂落在叶子下，远远看就像那里晾着我和弟弟的几双白袜子。

除了林姨妈，我们家没人看见过昙花开到尽头的样子。在我们小时候的那个年代，大家作息都还很“农民”，早睡早起。我们小孩子自然是抵挡不住瞌睡，父母那时候似乎也特别缺觉，绝对不会为一个月亮一朵花熬夜。但林姨妈对熬夜很不以为奇，好像在夜晚醒着是她练习出来的一个本领。她独自在天台守一整夜，等昙花开，又像是为了送走天上那轮圆月。南方的中秋夜，暑气仍盛，躺在席子上一夜到天明也不觉得凉。暗夜里，昙花与明月同色，因过于洁白亦有光一样的明亮。

“昨晚昙花怎么开的呀?”我们问林姨妈。

林姨妈表演给我们看。她将五个手指尖拢在一起，自己制造出某种节奏，一下，一下……直到将手掌张开到最大，每根手指仍保持微微的弯曲。“最大的时候，有我们吃饭的碗那么大。”

很多年以后，我在微信上看到有朋友发夜晚昙花开放的全过程视频。类似于孔雀开屏。在那洁白的花苞里，仿佛含着一股力量，先是挣开了紫红色的棱脊，接着冲破白色花瓣的重重包裹。绽放如同破裂。由于经过剪辑技术处理，五小时的花开过程，被压缩成一分多钟，但不觉得急速，倒使人安静地看到一种时光流淌的节奏。最终，视频定格在花开的极致处，果然“有我们吃饭的碗那么大”。

开过的昙花，林姨妈会将它们剪下，用毛线针在粗茎上穿个小孔，绳子一穿，倒挂在晾衣竿上，跟那些她不时从北山上、河滩边、公园里摘来的凤尾王、一点红、车前草、蒲公英、百花草、鸡骨草之类的挂在一起。等到晒干晒透，这些她称为“看门药”的东西，就会被逐样分成几等份，包在一种黄色的牛皮纸里。“看门药”在我家以及每个姨妈家的阳台上都挂着。我结婚后搬到现在住的家，阳台上也同样有，只是，在我的那些牛皮纸面上，母亲生怕我不会分辨，让父亲用钢笔分别写上了：凤尾王2015。一点红2015。车前草2018。蒲公英2019。……

这一类常见的野草晒干后变成了“看门药”，它们分别负责一些常见的病症：凤尾王负责小腹坠胀、车前草负责小便不畅、蒲公英负责白带异常、鸡骨草负责口苦口臭……事实上，这些仅仅是林姨妈的常见病症。久病成医，她总觉得大家——主要指女人，都会像她那样，在戴上那枚“戒指”之后，仿佛就携带了终生不愈的妇科病，从小腹到腰到双腿的整个下半身，连绵不绝的酸酸胀胀，描述不准是什么滋味，总之是那种可以忍着不去医院的症状。

记得有一次，我生完孩子回家度产假，林姨妈专门拿一包金婴子来，吩咐母亲用40度酒加红枣枸杞浸泡。每天饮半两，专门保养被胎儿伤害过的子宫。初为人母，我仍沉浸在对婴儿奶香芬芳的甜蜜期，听到她用“伤害”二字，心里觉得印证了小时候对她母爱淡薄的判断。不过有一次，我突然感到小腹剧痛，母亲从阳台的篮子里扯了一把凤尾王，煮水，一大碗喝下去，症状竟很快消失。从此对林姨妈那些“看门药”有了些许迷信，虽然极少使用，还是会让它们挂在我家，看门。

我母亲认定，最终是那枚“戒指”要了林姨妈的命。对照自身，母亲甚至认为那

“戒指”早已经腐烂在林姨妈的子宫里。五十二岁告别月经那年，母亲在父亲的陪同下，去医院将那枚戴了二十多年的“戒指”取下。本来以为是个门诊小手术，没想到，随着子宫的衰老、萎缩，“戒指”嵌入肉内，与子宫相连相生，需要用钳子将它一点点剥离。手术花了两个多小时才结束。因为出血量大，母亲从门诊转到住院部，吊水消炎，前后三天才出院。母亲说，比任何一次生孩子都疼。她朝父亲乱发脾气，好像这“戒指”真的是父亲当年送给她的劣质礼物。父亲任由母亲骂，他向来严肃的脸上出现一种我几乎没怎么见过的坏笑。

经母亲这次经历的提醒，我那几个姨妈才忽然记起她们身体里那枚“戒指”。日久年深，她们已经忘记了它的存在，如同忘记了自己年轻时的模样。徐姨妈退休后马不停蹄接连带大三个孙子，一直拖拉到六十多岁才有空闲想想自己的身体，多亏了一次剧烈不止的腹痛，检查出那枚戴了三十多年的“戒指”已经逃离她荒芜的子宫，跑进腹腔里试图继续寻求安居的沃土。幸而发现得还不算晚，做掉一个腹腔的大手术后，徐姨妈说话的中气少去一半，“好在几个孙子已经念书了，完成任务了”。提起自己的身体状况，徐姨妈总不免这么说明。

但林姨妈一直都记得的。她的一生被它硌得酸酸胀胀，下半身状况迭出，但却从未承想过将它取出，她与它共存到生命的最后一刻，直至将它带进坟墓。她的去世离奇，听小坚说，突然连着几天吃不下东西，人就没了。后来，养老院里有个母亲认识的护工，小心翼翼在电话里跟母亲讲：“你那个姐妹，刚走掉的那个林莉啊，一点不‘突然’的。来这里之前就有子宫癌，不治疗，不让说。儿子也没来管。难受了，就让我们护工帮着煲点草药喝喝。癌啊，喝草药能喝好的？”放下电话，母亲哭一阵，骂一阵。两个姨妈知道后，也是哭一阵，骂一阵。

我以为林姨妈害怕怀孕是为了保持身材，就像现在很多女明星那样。

“你别忘了，林姨妈怎么说都是女主角，跟你们不一样的，她会在意自己的形象。”跟母亲逛街买衣服，懊恼一条裤子的加大码断货时，我不止一次这样打击过她那如同怀胎六月的大肚腩。

母亲哈哈一笑，一副云淡风轻的样子。“草台班子的女主角，谁还记得谁演过谁。”那些几十年前坐在台下看到过她们的人，用母亲的话来说，“多半已经入土的入土，老懵懂的老懵懂了吧。”

林姨妈吃再多再好都不可能胖。“这个钻牛角尖的人，怎么会胖？”母亲接下去又要提到钟俊仁。

掐腰的红衣裳，翠绿色的裤子，喜儿的大辫子扎上了红头绳。林姨妈把钟俊仁看痴了。作为当时地委书记的贴身警卫员，常常得以坐在前排看戏，谢幕接见演员的时候，他也在场。他近水楼台，顺利获取了林姨妈的芳心。在人们眼里，他们两个的确般配。无论什么时候，母亲讲起钟俊仁，即使往往带着一种惋惜的语气，都不忘赞美他的英俊。退休在家，母亲跟我一起看港剧《原振侠》，见到黎明出场，她会指着屏幕说，钟俊仁就长得像他，脸型和鼻子特别像。我曾经狂热喜欢过黎明，无数次想过，不知道什么样的女人才能嫁给他。要是我有一个这样的林姨父，我跟林姨妈会不会亲密一些？不过也有可能会更疏远，至少她不会以经常到我们家玩为乐。

在情感道路上跌跌撞撞，我拖拉到三十四岁终于出嫁，婚事定下之前，母亲有一次拉我进房间，关上门，那架势像是要独授我一份沉甸甸的家传之物。“妹妹，结婚一定是要跟自己喜欢的人。”仿佛一句经典的台词，母亲存了好多年终于说出口。

林姨妈没能跟自己喜欢的人结婚，原因在她。人生中某件重要事情出了一个错，好像之后容易一错再错。而对于那个时代的女人而言，没有什么比嫁人更为重要的事情了。林姨妈跟钟俊仁的恋爱在那个小县城是很轰动的，又因为得到地委书记的认同而有了极大的正确性——这其实在很多人看来可以列为光荣了。没想到，1968年，我们这一片开始武斗，两派对垒，地委书记错站在了“422”一派，钟俊仁不可避免跟着倒霉。

在一个明月皎洁的夜晚，钟俊仁拿着一张地委书记签署的结婚介绍信，跑来征求林姨妈的意见。那个时候，传言已经四起，大趋势大家也看清楚了。地委书记命运未卜，他此前所有的政绩都将被推翻甚至被视为反面教材，他的派系队伍即将溃散，有他名字签署的文件将统统失效。而林姨妈和我母亲她们，也已经听说钟俊仁将被“流放”到山区农场护林。时年二十七岁的钟俊仁向林姨妈拿出那封信，但并没有提及自己的明日厄运。他不提，她也没问。两个人，坐在被黑夜笼罩的小河边，隔着这张未被捅破的窗户纸。黎明到来之际，希望跟月亮一起隐去，失望渐渐日出东方。年轻的林姨妈没能正确地做出决定。我猜，“正确”这两个字，是跟我说起这事的时候，母亲自己加上去的。

在这张结婚介绍信作废之前，像是部署某个战略，由地委书记牵线，钟俊仁迅速跟另一个女人结了婚。一个黄昏，县长途汽车站的黎司机给母亲她们几个带来了一包喜糖，托运人是来自二百多公里以外松村农林站的钟俊仁。

“妈，这不能怪林姨妈，他不说出来，难道打算骗她结婚？”

“从来就没有人怪她，是她自己怪自己。”母亲苦涩地笑笑。

在母亲仅存的几张老照片里，有一张林姨妈、母亲和徐姨妈三人的剧照。林姨妈坐在铺满稻草的木板上，母亲和徐姨妈则分别坐在她的左右，大概是因为寒冷，三个人身体紧紧挨着，目光望着同一个远方，脸上却是那种夸张的坚定。这是在狱中临刑前话别。再说几句话，母亲和徐姨妈就会被国民党拉出去枪毙，独剩林姨妈一人，等待乌豆那一幕经典的刑场救人。《杜鹃山》，林姨妈演视死如归的铁血队女党员贺湘。她们演过很多场类似于这种表达坚强意志的戏。演得多了，好像感觉自己真的连赴死都不害怕。我母亲告诉我，有一个晚上，她们到梅花村演出，因为第二天一早要开大会迎接最高指示，她们连夜走三十几里的山路回县城，半途掉队了，她们举着仅有的一盏煤油灯，路过一片磷火乱飞的山坟地，她们大声唱着歌走过去，一点都不感觉害怕。可是那次，她们商量了一整夜，拼命劝阻林姨妈，再也不能回到松村那种穷山旮旯里生活了。她们对那种穷极无望的生活更感到彻骨的害怕。她们对“新生活”满怀激情和希望，坚强的意志在“新生活”的召唤下变得风吹草动，即使用爱情这种美好的东西也难以固定。

谁说不是？爱情从来就是生活的一种。仅仅是其中一种。

母亲在舞台上只演过一次爱情戏。就是她当主角的《霓虹灯下的哨兵》。春妮的丈夫——三排排长陈喜，被上海南京路的“香风”腐化，一度丧失革命意志，幸而最终被英雄感化，回归正确的革命道路。有一幕：陈喜嫌弃糟糠之妻，将他们的定情物——一只针线包，扔得滚落舞台。那只针线包是林姨妈一针一线做出来的，被母亲像勋章一样留下来，纪念自己的这次主角身份。小时候我时常偷穿母亲的衣服，在一只大大的樟木箱里见到过它。红缎面上一只手绣的小鸟，展着灰色的小翅膀。

挂掉视频，不一会儿，我收到母亲微信传来的照片，不是原图——她总是忘记点下边那个小圈。但那张旧纸片上的字够大，够严肃，笔画不作潦草地勾连，好认：钟俊人 邕县良宁镇自然资源所。我第一个反应竟然想笑。原来他的名字是这样的，几十年来，我一直很自然地认为是钟俊仁。要早知道是这样的“俊人”，估计每次听到我都会忍不住笑出来，我甚至怀疑，之所以隔着那么遥远的记忆，使得她们对他的俊美不减赞赏，多半是受这个名字的暗示。

为了腾出老房子给小坚二婚，林姨妈收拾好一些自己的东西，准备住到北山脚下的养老院。这张旧纸片就在这些东西里面。去养老院之前，她把它放到我母亲的手中。

“哪天我走了，想办法，告诉钟俊人。”这句话让我母亲伤心了好多天。她们在一起好了那么多年，互相帮忙的不过是些柴米油盐、芥豆之事，这张旧纸片就像一个即将奔赴“刑场”的人托下的愿望。母亲想起前半生她们一起演过的那些英勇故事，觉得这件事情非做不可。

我其实并不太抱希望，潜意识里还有些嫌麻烦。这不是一个电话打过去就能完成的。人海茫茫，大费周章去为一个已经离世的人完成一件事，其实仅仅只是为了告慰活着的人。何况是这样的一件事。这又算是一件什么事呢？

在电话里，我跟母亲兜来兜去，最后说出了我的心里话：“妈，你算一下，五十三年了，五十三年间没任何联系的一个人，说不定他早就不在那个地方了。”其实我想说的意思是，说不定他早就不在了。但这话我不敢对一个跟他年龄相仿的人讲。

“我觉得不会。嗯，不一定会。她之前还去找过他。”母亲把声音压得很低，很轻。

我才忽然醒悟，这张旧纸片上的地址不是松村，不是那个把母亲她们吓怕的穷山旮旯。

“之前是什么时候？有电话号码吗？”我仍然希望一个电话能搞定，或者加个微信搞定。现在跟人联系，即使是一个陌生人，不需见面，在微信上也能说很多话，交代很多事。

“呃，只有这个地址。”母亲在心里算了一下，“林姨父去世那年，应该是2007年。”

我在心里迅速地算了一下。“妈呀，十五年前了欸，那还叫什么之前啊，妈，你这是什么时间概念呀……”十五年前，我的孩子才刚刚出生。

2007年，林姨妈偷偷跑去松村找钟俊人。谁也不知道她想干吗。她对母亲她们从没说过，直到她将那张纸片放到母亲手上。她也只是简单告诉母亲，她“之前去找过他”。那时，松村已经不存在了，合村并镇，钟俊人就在纸片上这个地址。现在，拉进度条一样，我从五十三年前前进到十五年前，要找到十五年前的钟俊人。即使时间“咻”一下缩短，我也觉得并不是件容易的事。

我默默在我的人际圈里搜索了一番，确定在邕市有联系的只有一个老同学，不过她的工作跟自然资源一点不沾边，她是个中学老师。硬着头皮电话打过去，简单把事情说了一下，装作好像为了找这个人我在很多地方已经说过很多遍似的。我认为她顶多只会帮我打几个电话，毕竟只是——这样的一件事。倒是反复回味刚才在那通电话里，我灵机一动，将钟俊人这个人定义为“我姨妈的前男友”。老同学还以为要找的是这个单位的在职人员，觉得难度不大，答应得也干脆。不过，当我接着说出他的年龄，她沉默了好一会儿，最后改口说，那我帮你问问，我尽力啊。

这事要不是身处其中，外人总归是会觉得过于戏剧性，能否做成，但也不是编剧说了算。

那通电话后，几天没消息。有一天傍晚，在社区做核酸，工作人员扫一扫我的健康码，一个机器里立即准确地念出了我的名字。我的心里亮了一下。

按照我提供的思路，那个老同学找到了她一个学生的家长，这个家长在邕县卫健委工作。果然，几天之后，万能的大数据让我们锁定了生于1941年的钟俊人。他属于良宁镇一个叫益民社区的网格管理范围。

我添加了一个微信名为“人在旅途”的人，头像是有山有湖的风景。此人是良宁镇平安养老院的院长。对于我和母亲来说，“人在旅途”现在是这个世界上离钟俊人最近的人了。在我的微信朋友圈里，居然有几个人不约而同叫“人在旅途”，有男有女。如果不是及时添加备注，我根本分辨不出谁是谁。他们平时不怎么发圈，一到周末，美景美食几欲刷屏，各种节假日会分享官方制作的贺卡。我猜，“人在旅途”也属于这类中年人。

加上不到一分钟，“人在旅途”发来一张照片。他老得不像一个刚跨入八十岁的人。要是按照我小时候那种奇怪的逻辑，这个人一定会被我列为“好痛欸”的那类。除了因为肉少而倔强挺直的鼻子，他脸上每一个地方都塌下来了。不过花白的板寸头，让我确信他就是我要找的钟俊人。这一点跟母亲多年来对他的描述是吻合的。吸引我注意的是，在他长满老年斑的手上，竟然拿着一张报纸。从他的姿势上看来，拍照是为了使镜头更好地展示这张报纸。

这张照片不是特意为我拍的。每个月，“人在旅途”都会为那里边的老人拍这样的照片，然后上传到社区街道办的一个系统，照片被确认后，这些老人才能领到每月80元的养老补助金。因为疫情的缘故，本人没法前往街道办确认身份并领取80元，“人在旅途”每个月就多出了这么一桩任务。像道具一样，他们手上会拿着一张当天的报纸，上边的日期就是他们当月活着的证明。

“他只认得出少数人。脑萎缩啦。”“人在旅途”用语音发给我。她果然懒得打字。

我将照片转给母亲。隔了很久，母亲才给我回电话：“怎么那么老了啊。好像真的是他，眼睛和鼻子都像钟俊人。”

又过了一阵。“人在旅途”发来一段视频。时长一分三十七秒。

跟我想象的不相上下，“人在旅途”的确是个中年妇女，肥胖。唯一称得上特征的是她的穿着——一件紧身的橙色毛衣，一条黑白竖条纹的阔腿裤。她一出现便夺走了我的注意力。

她凑近椅子上的老人，嗓门很大，说出了我写给她的那段话。

“你还记得林莉吗？”她跟我说过，钟俊人是那里边唯一一个讲普通话的老人。好在，她的普通话讲得还行。

在养老院做久了，“人在旅途”很能把握跟老人说话的节奏。她停顿了一下，看看他的反应。

“嗯，是的，住在梧市的那个林莉。”我不清楚她是怎么能接收到他表达过“是的”的意思。我一点都看不出他有任何反应。

“林莉有个亲戚，让我告诉你，林莉回家了，时间是2021年9月16日，傍晚六点左右。”在我写给她那段话里，在“酉时”的后边，我用括号注明“傍晚六点左右”。看到她这么讲，我竟生起一丝得意，仿佛相比整件事，我更期盼这个地方的出现，更为自己的用心感到满意。

“人在旅途”又停了下来。这次停得比上一次久一点。

“你听懂了吗？林莉过世了。林莉过世了，听懂了吗？”

说完，她指了指我这边，让他看过来。他的眼睛就看向我了。我突然感到有些慌乱，好像他真的能看见我。好在，他那双深凹下去的眼睛，一如往常只能看见他所身处的熟悉的周遭，那些将伴随他到达人生终点的时间地点和人物。他脸上的迷茫没有一丝改变。想到这个，我顿时释然。

视频结束了。那么短，短到我都很难在它底部的进度条进行拖曳。一拖就到了开始，或者到了结束。它并非像人们回忆中的时间，自成节奏，有的会被无限压缩，有的会被尽力拉长。

生命的重量与质感

——评黄咏梅《昙花现》

郭　艳

小说《昙花现》的主人公是林姨，她是和母亲从小一起长大的好闺蜜。四个女孩从乡村走出来，各自经历不同的人生。叙述者“我”的母亲和另外两个闺蜜相貌平常，演样板戏大多是配角，人生似乎也平静淡然。小说回溯了“我”和父母家人闲坐、灯火可亲的家庭氛围。林姨虽然美貌，会跳舞，是样板戏主角，但用自己的一生讲述了一个落寞凄苦的故事。一生不幸福的林姨并不是悲剧的主角，也不是苦难人生的主人公，然而原本应该幸福开心的林姨，却因为自己两次选择而让自己的人生充满了错位、纠结与痛苦。第一次因为政治原因，她选择离开了自己的恋人，导致后来婚姻的不幸。第二次则是自己的主动选择。林姨在生下第一个孩子之后，她自行上环，从此不再为丈夫生育。她和丈夫结婚原本就不是因为爱情，终止生育之后，婚姻几乎名存实亡。从林姨的所作所为来看，该坚持爱情的时候，屈服于社会环境的逼压，该守护婚姻的时候，却总想着一个虚无缥缈的爱情。

《昙花现》尽管篇幅短小，但是却在舒缓自如的叙述中，从容地倾诉了不同视角中两代人的心声。我是叙述者，叙述者视角中我的父母已经老去，文本中用很多细节摹写了老母亲在日常生活细节中的表现。作为叙述者来说，母亲的茶室，喝茶聊天的温馨场面，童年旧事的回忆，等等，这些都无法掩盖父母日渐老去的事实。与此同时，林姨则用一生的时间演绎自己失落爱情之后的落寞。她为了躲避自己家庭婚姻中的痛苦和寂寞，常年来我家消磨夜晚时光。林姨能够熬夜看昙花开放，也能够在中年之后的某一天去寻找过去的爱人。然而在一般人眼里，林姨是个不负责任的母亲，不称职的妻子，最终在养老院里孤独终老，结束了自己里外都意难平的一生。林姨的坚持和选择一方面似乎有着独特的不同寻常的意义，一方面又在现实伦理的层面充满着虚妄的无意义。

这篇小说对于人的生命状态有着深深的同情之理解。林姨其实从某种程度上更加戏剧性地揭示了人生的本质真实：人生最值得珍视的东西往往都如昙花一现。可能很多人因为各种原因，从来不曾有过真正的激情、爱或者某种类似的精神情感，于是在庸常中，人往往会为自己的庸常安稳而心安理得。小说从另一个角度，叙述了我一家平凡而温馨的生活，正是因为母亲迥异于林姨的生活，我才能够以不一样的视角去叙述林姨的故事。结尾林姨曾经心爱的男人早已记不得她了，呆滞茫然的眼神解构了林姨的爱情以及她的一生。由此昙花一现的激情抑或爱情又似乎透露着某种戏谑和嘲弄人的意味。

《昙花现》作为短篇小说的成功在于文本自身丰富而复杂的人性洞察和意蕴指向。林姨的一生仅仅是时光的注脚，活成了旁观者的悲叹。我眼中日益老去的父亲和母亲，那种家人灯火也无法消弭的衰老折旧的无力感，带着亲情的凝视，恰恰是时间的主题。昙花一现的青春和美丽往往也是人生的精辟比喻：无论痛苦欢乐抑或悲伤幸福，生命作为时光的过客都是昙花一现。而并没有多少人有兴趣去在暗夜里等待昙花的绽放，一如我们常常以平凡的庸常和鄙陋当作岁月静好一样。《昙花现》里面对于女性命运和子宫之间的关系有着非常精彩的神来之笔。在一个女人通过上环来节育的年代，节育环一方面终结了生育给女性带来的疼痛，另一方面又以隐秘的方式继续在女性的身体里发挥着持久的影响。它的存在提醒着人的某种状态，身不由己的，难以言说的。节育环无疑是一种隐喻的象征性符码，幽闭的疼痛的被隐秘控制的……这些词都可以用来形容女性和女性的命运。而昙花也是某种隐喻和象征，它在夜晚瞬间绽放，一如女性之美的短暂易逝，甚至于所有的美和美好都无法被看见。昙花现无疑指向女性身心美好的瞬间和永恒。

总而言之，《昙花现》讲述了母亲和林姨之间几十年的姐妹情谊。小说从日常生活流的角度，以非常放松的笔触讲述了时光的流逝，人的命运的无常，人性的简陋与复杂，生命的脆弱与坚强。在一个短篇的文本中，承载了很多生命的重量和质感。

花喜鹊

付秀莹

进了四月，院子里的花事渐渐繁忙起来。玉兰都开了，白玉兰，紫玉兰，黄玉兰，一树一树的，灿烂极了。海棠还要晚几天。院子里种的是日本晚樱，纷纷落落一大片。迎春花这时候大多开始谢了。这种花开得最早，每年不到三月里就星星点点，娇黄耀眼。迎春，是来给人间报信的。报什么信？春天的信呀。连翘就不一样了。这东西，跟迎春长得极像，乍一看，分不出是哪个。都是金黄颜色，都是琐琐碎碎的花朵，亲姊妹一般。可若是仔细辨认，还是有分别的。迎春几个瓣儿？连翘几个瓣儿？每次见人们大惊小怪的，举着手机拍啊拍，老陈心里就叹一声。

老陈是这个小区的园丁，负责院子里这些个花花草草。他成天穿一套灰蓝色工作服——就是那种叫作劳动布的，质地结实粗硬，已经洗得发了白——笑呵呵的，骑着他那辆旧三轮车，车上放着他的工具，铁锨啊，锄头啊，园艺剪刀啊，还有一些树苗、种子、肥料，杂七杂八一堆。老陈在这个院子里工作，总也有十多年了吧。院子里的这些住户，谁家几口人，在哪个单位上班，夫妻和睦不和睦，子女是不是出息，他心里都有一本账。老陈不爱说话，这也是他的优点。不像那些个爱扯闲话的人们，保洁大姐啊，保姆阿姨啊，钟点工啊，保安啊，喜欢议论东家长西家短。因此，院子里的人们都对老陈抱有很大的好感。谁家有了不穿的衣物，用不着的东西，吃不完的食品，都会送给老陈。老陈也不客套，大大方方拿上，道一声谢。不卑不亢的。倒让人们对他生出一种敬意来。

院子里新搬来一户人家。是一家三口。夫妇两个，一个儿子。男主人矮胖，已经过早谢了顶，啤酒肚也有了，看上去总有四十大几五十来岁吧。那女主人呢，高挑身材，白皙文静，留着俏丽的短发，显得干净利落。老陈心里暗暗为这女的委屈。老家芳村有句话，好汉无好妻，赖汉娶花枝。果然不差。那儿子应该在上中学，成天穿一套蓝白相间的校服，瘦瘦高高的，戴近视眼镜，背一只大书包，也不理人，有这个年纪的男孩子那种又酷又孤独的派头。

因为住一楼，私心里，老陈跟这户人家感情上好像更亲近一些。这院子里的房子，一律是落地窗，卧室落地窗，客厅落地窗，还都不准装防盗网。这也是物业的规定。物业的理由是，要保持小区外观的美观和统一。这规定看上去不近人情，可这也正是物业的底气。人家治安好哇。这么多年，你听说谁家出过事儿？安全，安静，安逸，安心。这家物业中心进门的宣传栏上，就是这么写的。这户人家楼后头，是一大片绿地，种着很多植物，榆叶梅，紫叶李，红花碧桃，木槿，柿子树，山楂树，剑兰，白丁香，小叶女贞，总有十多种吧。前几天，老陈把枯败了一冬的剑兰整理好，拿草绳捆住。又给桃树和月季剪了枝。植物这东西，跟人一样，你要对它们好，它们都是领情的。它们通情达理，知恩图报，肯定会还给你一年的惊喜。什么时候该浇水，什么时候该施肥，什么时候该喷药，什么时候该修枝整叶，老陈都清清楚楚，从没有耽误过。

这一天，老陈给院子里的植物们浇水，端着粗大的水管子，滋滋滋滋滋滋，大股大股白花花的水流冲向半空，落在花草树木上，飞溅起一片片彩虹水雾，湿漉漉绿蒙蒙。空气里流荡着新鲜泥土的腥味，还有植物汁液带着苦涩味的青气，夹杂着浓浓淡淡的花香。阳光很好，照在身上，暖洋洋熨帖舒服。老陈沉浸在这熟悉流利的劳作中，心思不知道飞到哪里去了。有人路过，说一句，浇水哇。他也不理会。不知道什么鸟，远远地叫一声，又叫一声。

一楼的窗子忽然打开了，正是那户人家的女主人。见老陈抬头看她，冲着老陈微微一笑，老陈愣了一下，嗯一声，算是回答。女主人笑起来很好看，眼睛弯弯的，一对小虎牙露出来，生动俏皮。老陈很后悔没有好好答应一声，哪怕随便搭讪一句也好。没上班？忙着呢？早啊？这些年，老陈的那口家乡话也改得差不多了。如果不仔细听，一点破绽都听不出来。那女主人把雪白的纱帘拉开，又把窗子再打开一些。晾衣杆晃悠悠摇下来，老陈看见，女主人在晾衣服。水管子里的水柱子唰啦啦喷出去，团团簇簇的小叶女贞被洗涤得新鲜生动，滚动着晶亮的水珠子。老陈把水管子小心挪动着，不让水点子溅到她家阳台上。阳台上的实木花架子上，高高下下摆着一些植物。有的已经开了花，有的还打着花骨朵，有一盆巨大的凤尾竹，摇摇曳曳的，把碎碎的影子摇落在落地窗上。那女主人来来回回走来走去，看样子，是从洗衣机里拿一件，晾一件，也不嫌麻烦，把每一件衣服都仔细抻平了褶皱，弄得平平展展，才把它晾在衣架上。趁着她走开，老陈偷眼看看那一衣杆子衣服，衬衣，裙子，丝巾，袜子，还有内衣，裤衩，奶罩，女人家的小零碎，就那么没心没肺在风里招摇着，真叫人难为情。那女主人费了好大工夫，才把衣服晾好。老陈低头干活，没有看见她是什么时候离开的。窗子半开着，那些新洗的衣服五颜六色，在阳光下散发出好闻的香味，清新的，干净的，琐细的，是温馨的家常的气息，跟外头这些花花草草的香气混合在一起，叫人心里觉得莫名地妥帖，有种年月安稳的意思。老陈轻轻叹口气。

疫情以来，他总有大半年不回家了。这种陌生而又熟悉的家常气息，叫老陈情不自禁有点怅然。这么多年了，老陈都是一个人在北京。媳妇呢，在老家。怎么办？没办法。家里还有地呢，还有一摊子家务事，种地，管老人，伺候孙子，喂着一群鸡，还捎带着在邻近打点零工，红白喜事，人情往来，七事八事，都在媳妇那瘦瘦的肩头上担着。老陈呢，出来好多年，也习惯了。园丁这工作，说辛苦也辛苦，说清闲呢，也算清闲。看你怎么比。那些在工地上卖苦力的，那些蹲在街边面前竖个牌子等零活儿的，那些没日没夜送快递的送外卖的，哪个容易？老陈乡下出身，人又勤快，闲不住。在家种地不辛苦？那才是真的辛苦。汗珠子掉地下摔八瓣儿，春耕夏种，秋收冬藏。这还不算。老陈在外头多年，什么苦没吃过？他这个人，知足。这也是他的好处。知足常乐。人哪，就怕不知足。在老家，人们把知足叫作识局。老陈是个识局的人。知道好歹，懂进退。如今又闹疫情，一闹就是两年多了。到底什么时候是个头儿，谁都不敢说。眼看着人们工作也难找，钱也难挣——光他知道的老乡们，有多少回去的？要不是实在没办法，谁愿意回去？谁愿意放着大城市的钱不挣，跑回老家去闲着？每每想到这个，老陈就暗自庆幸。幸亏啊，幸亏。

空气里浮动着淡淡的雾霭，飞尘，花粉，水汽，露水的湿气，氤氲一片，叫人忍不住打个喷嚏。一只橘猫懒洋洋走过来，睡不醒的样子。这院子里流浪猫多，说是流浪猫，其实日子过得挺滋润。有住处，有吃喝，好像还有人管洗澡。一个个养得油光水滑，干干净净，没有一点流浪猫的流浪气质。神情呢，也是从容的，优越的，甚至还有那么一点莫名其妙的傲慢。娘的。比我还恣。老陈把水管子朝着那猫虚晃一下，那猫受了惊吓，转身就逃，一面还扭头看他，眼神警惕。老陈高兴起来。

一阵高跟鞋嘎噔嘎噔脆响，一楼那户女主人打扮着，背着小包出来了。老陈低头干活儿，他以为她会跟自己再打声招呼。忙着呢师傅。那么他就会说，出去啊，天气不错呀。他的声音应该是沉稳的，亲切的，一个在这院子里工作了十多年的老园丁，也算半个主人了吧——至少，也算个老熟人了。可是没有。女主人低头看着手机，高跟鞋嘎噔嘎噔从他身边走过，声音似乎格外清脆。老陈心头忽然有点乱纷纷的，也不知道为了什么。他看了一眼那个苗条颀长的背影，米白碎花长裙子一飘一飘，翅膀似的，空气里飘着一股淡淡的香气，像是果香，又像是花香。老陈端着水管子，对着那些花花草草胡乱扫射一番，花草们在水流的冲击下一阵东倒西歪。窗帘打开着，明晃晃的落地窗上映照出老陈的影子，花草树木的影子，影影绰绰的，可以看见客厅里的家具摆设，墙上是一幅很大的字画，有一片阳光落在那玻璃面上，反射出碎碎的光斑，跳跃着，有一点正好落在阳台栏杆上。栏杆上挂着一个空花盆，被什么碰歪斜了，老陈也是手贱，鬼使神差地，竟然费劲地穿过密密实实的冬青墙，过去把它扶正。一个不大的紫砂花盆，花盆里有残存的泥土，干枯的叶子，看不出早先种的是什么植物。刚要转身离开，忽然看见阳台实木地板上，靠近栏杆的边缘处，有个东西亮晶晶地耀眼。是一条金项链！老陈把那项链攥在手心里，左右看看无人，心里怦怦怦乱跳着。怨不得呢，一大早左眼皮就一直跳啊跳。芳村有句话，左眼跳财，右眼跳灾。果然。

老陈在院子里忙了半晌，心里头乱七八糟的。两个小人儿在心里头打架，你来我往，谁都不肯让谁。午饭也吃得心神不宁，潦草几口，没滋没味。吃完饭，赶紧躲到自己的那间小屋里去。这小屋在小区二号楼的地下一层，平时存放杂物，也兼着老陈的宿舍。屋里摆设很简单，一张单人床，一张小方桌，都是小区里人家淘汰下来的，质量挺好，被老陈擦得干干净净。屋子小，没有放椅子的地方，老陈就坐在床边，伸手把那条项链掏出来。项链细细的，绞花，在灯光下发出璀璨的光芒。吊着一个小金葫芦，小巧玲珑，活灵活现的。在乡下，葫芦是吉祥物，葫芦，就是福禄的意思。人们喜爱葫芦，其实就是图个吉祥如意。那细细的项链静静地躺在老陈的手掌心里，常年劳作的粗糙大手，越发衬托出那项链的精致金贵。老陈想把那搭扣系上，笨手笨脚的，半天没有弄好，倒弄出了一身汗。他娘的。治不了你。鼓捣半天，到底给扣上了。那个小金葫芦悠悠荡啊荡，荡得老陈心里头越发乱糟糟的。他这是怎么了？居然，偷偷摸摸把人家东西拿回来了。活了半辈子，老陈什么时候做过这种事，鬼鬼祟祟的，一点都不体面，不磊落，不光明，真是的，好像是忽然鬼迷心窍，脑子一昏，就把人家的东西拿回来了。说拿还是客气的，给自己留了情面——他不愿意说那个字眼，偷——其实，这跟偷有什么不一样呢。人家的阳台，人家的防腐实木地板，人家的阳台栏杆，阳台外头种着茂密的冬青卫矛，一堵绿墙似的，除了园丁，别人根本走不到跟前去。这条项链，肯定是人家晾衣服的时候，不知怎么掉落下来的。要么在兜里装着，要么被丝巾挂着，要么就干脆是女主人原本戴着干活，搭扣松开，掉地下了。不管怎么回事，老陈可以肯定，这条吊着小金葫芦的细细的金项链，就是那个文静苗条的女主人的。老陈把项链凑到鼻子下面，轻轻闻了闻，好像有一股淡淡的香气，再仔细闻一闻，又好像没有。老陈狠狠骂了自己一句。不要脸！什么东西！一面把那项链拿一张纸巾包起来，放在枕头底下，想了想，又拿出来，揣进自己衣兜里。

午休时间，小屋里很安静，白炽灯管发出嘶嘶嘶嘶的声响。这地下一层采光不好，进屋就得开灯。老陈看着小方桌上那个挺大的搪瓷水杯，上头写着朝阳绿化几个字，深蓝勾边，白底蓝字，杯子边上有一块漆，忘了怎么碰掉了。就这么个这，一个细链子，就把你弄糊涂了？真是的。活了大半辈子，大世面没见过，可风风雨雨也是多少经过一些的。老陈是一个要脸面的人。在芳村，谁不知道老陈呢，大名陈爱国，小名二夹子——老陈在家里排行老二。可是到了城里，人们不知道陈爱国，也不知道二夹子。人们都叫他老陈。老陈老陈，是亲切的，也是温暖的。即便是早些年，他还不算老的时候，人们也都叫他老陈。谁叫他长得老相呢。老陈就老陈。他答应得痛快，私心里觉得，老陈这叫法，好像是更有那么一点城市的意思。给他们老陈老陈地一叫，他觉得自己真的成了城里人了。老陈，小张，大刘，魏师傅。城里人都这么叫。有多少回了，老陈在院子拾了这个捡了那个，都是要立时三刻上交的。有一回他捡了一串钥匙，沉甸甸一大串，当时就交到物业前台。失主千恩万谢，一口一个师傅，一口一个您，非要送他一箱苹果。他哪里肯要。还有一回，他捡了一个手机，崭新的华为，亮闪闪诱人。手机这东西可不得了，跟别的不一样，这么说吧，如今手机比钱包还重要，人们简直是一刻都离不得。买东西刷手机，坐地铁刷手机，叫车用手机，认路用手机，现在疫情，到哪里都是先让刷北京健康宝。真是要命。丢了手机，简直就是丢了性命。老陈连饭都没顾上吃，硬是找到了那个失主。那人是个黄头发的小伙子，打扮挺酷挺潮，哇哇大叫，高兴得给了他一个大大的拥抱。弄得老陈怪不好意思。

从小屋上到地面，四月的阳光扑面而来，不大热烈，却是温煦宜人。他想起昨晚，媳妇跟他视频，说二小子的对象差不多定下了，可人家嫌买的手机不是苹果的，闹意见呢。怎么办呢？媳妇在视频里叹口气，眼巴巴看着他。好像是，他是齐天大圣孙悟空，拔根毫毛，吹口气，一下子就能变出一个崭崭新的苹果手机来。老陈冲着太阳眯起眼，感觉四下里光芒万丈。这个细细的金项链，吊一个那么惹人疼的小金葫芦，要是那对象见了，恐怕就不敢闹意见了吧。这么金贵的东西，又这么洋气别致，怕是只有在北京城，才能买得到吧。说起来也是闹心。他那二小子左手有点小残，小时候淘气伤了一根手指头，家里人不觉得，找对象的时候，这就是个毛病，是个"挑儿"。好不容易找下个对象，年纪大些，模样丑些，倒都不碍，只要肯跟咱踏实过日子就行。可如今的闺女们，哪个是省油的灯？眼下人家闹意见，说是为了一个手机，其实也还是为了那点"挑儿"。谁叫自家小子有短处呢。老陈叹口气。这条细细的金项链，说不定就能替二小子把个媳妇给牢牢拴住，拴在他们老陈家，生儿育女，传宗接代，了了他们老两口的一桩心事。一只花喜鹊扑棱一下飞起来，落在不远处的一棵银杏树上，拖着长长的尾巴，悠闲地东看西看。花喜鹊，尾巴长，娶了媳妇忘了娘。芳村人都这么说。

二号楼后头，有一组石桌石凳，几个老头老太太坐在那里晒太阳，聊闲天。都一律戴着口罩，只露出两只眼睛。老远看见老陈过来，跟他打招呼，问他怎么不戴口罩哇。老陈笑笑，没事，院子里没事儿。有个老太太说，疫情倒是没大事儿，不出院儿。主要是花粉，花粉过敏。絮絮叨叨倾诉起自己花粉过敏的痛苦。这老太太长得白白胖胖，十分富态，戴着绿油油的玉镯子，脖子里是一条细细的金项链，随着她的动作，在阳光下闪闪烁烁。真是奇怪。平时老陈怎么没注意这些个琐碎事呢。这老太太，总也有六十多了吧，比他媳妇要大上十多岁。要是两个人站到一起，恐怕都要说这老太太更年轻，更面嫩。他想起媳妇那枯瘦的脸上，细密的褶子挤在一起，偶尔一笑，哗啦一下打开，好像是打开一把忧愁的扇子。老太太还在诉说过敏的苦楚，流泪，打喷嚏，眼睛痒鼻子痒，哎呀，痛苦极了。一棵粗壮的白玉兰树，把石桌石凳笼罩起来，雪白的华盖一般。玉兰花开得繁茂，仿佛一只只白鸽子，静静停驻在树枝上。

二月兰开得泼泼剌剌。每年这个季节，路边，树下，草丛里，深紫浅紫，一片又一片，到处都是二月兰的影子。这东西命贱，不娇气，好养活，花期还挺长。每年二月里开始冒头，直到四月末，进了五月份，还能星星点点看见它们。老陈拿着锄头，给那块花圃松土。弯腰的时候，裤兜的那个小东西硬硬的硌人。老陈动一下，它就硌他一下。好像是提醒，又好像是警告。老陈心里不知怎么忽然生出一股子邪火来。叫你硌叫你硌叫你硌。他奋力挥舞着锄头，花圃的泥土湿漉漉翻出来，新鲜而湿润，夹杂着浓郁的芳香的土腥气。这花圃老陈准备种花，学名不知道怎么叫，乡下人称死不了。这也是老陈自作主张。在老家芳村，这种死不了很常见。因为好养活，几乎不用管它，它就能自己发芽长叶，开一种细碎的好看的小花，乍一看也平常，要是密密层层的花朵簇拥在一起，就显出一种繁华热闹来。老陈喜欢这种花，就是喜欢它这种皮实劲儿，不事儿。你看这院子的花草们，哪个不得小心伺候着，饶是这样，还动不动闹毛病，动不动给你点颜色看。阳光哗啦啦泼洒下来，满天满地都是。老陈出了一身大汗，感觉畅快了很多。这花圃在五号楼后头，隔着一条甬道，就是那户人家住的六号楼。老陈埋头干活，一双耳朵却竖起来。恍惚中，他仿佛老是听见有嘎噔嘎噔的高跟鞋声。真是毛病了。一个项链。看把你给弄的。人家住着这样的小区，这样的大房子，还在乎这么一个细细的项链？那户人家的家里，他倒是没有进去过，他一个园丁，干粗活儿的。可不说别的，你光看人家扔出来的那些垃圾，都是高级礼盒的包装，衣服啦，食品啦，化妆品啦，茶叶啦，烟酒啦，西洋参啦。这么说吧，人家不差这一星子半点子。坏了可以再换。丢了可以再买。在人家那里，不过是小事儿一桩，小菜一碟。在自己这儿是个西瓜，在人家那里，不过是一粒芝麻。丢了一粒芝麻，有啥大惊小怪？说不定，人家那女主人梳妆台上多的是各种首饰，金银珠宝，玉石翡翠，各种各样。说不定人家丢了这项链根本就没注意，像掉了一根毫毛，轻飘飘任它去。可是，在自家这里，这项链就能给有“挑儿”的二小子拴住一个媳妇，派上天大的用场。老陈长长吁出一口气，暗暗下定决心，要是那只花喜鹊飞回来，飞到六号楼后头，飞到那棵银杏树上，他就立马把项链还给人家。可要是那只花喜鹊，它不飞回来呢？老陈心里哆嗦了一下。不飞回来，也是天意。天无绝人之路。老天爷饿不死瞎眼的雀儿。他们老陈家活该要喜事临门。

春天的黄昏，院子里浮动着淡淡的暮霭，夹杂着丝丝缕缕的花香，草香，饭香，菜香。人们在外面忙碌一天，都纷纷回家来。下班的下班。下学的下学。有送快递的送外卖的，穿着工作服，匆匆进楼出楼。那户人家的儿子先回来了，背着大书包，塞着耳机，照例谁都不理。老陈发现，一楼的窗子纱帘拉上了，暖色的灯光渗透出来，密密层层的冬青卫矛上落下重叠的暗影。老陈蹲在花圃旁边的草地上，眼巴巴盯着那棵银杏树。四下里安静极了，夕阳仿佛给院子镀上了一层毛茸茸的薄金。平日里，这院子的鸟很多，叽叽喳喳吵人。真是怪了，今天，这个黄昏，竟然一只鸟都没有。至少，这棵银杏树上，一只鸟都没有。没有布谷，没有鸽子，也没有——花喜鹊。

夕阳渐渐隐没在楼群后头。天边是一片绯红的影子，晚霞在静静地燃烧。老陈感觉身上的汗水在悄悄退去，紧绷绷的，像盔甲。院子里路灯还没有亮起来。有人家的灯光从窗子里流泻而出，水波一样，融化在越来越深的暮色中。忽然，一阵嘎噔嘎噔的高跟鞋声响起来，由远而近，越来越近。老陈的心一下子提到了嗓子眼儿。

还忙着呀，师傅。那女主人的声音清脆动听。

老陈慌忙站起身，起得有点猛了，一时间头晕目眩。暮色四合，满园花木仿佛被涂上了一层深深浅浅的灰调，而点点灯火次第亮起来。鬼使神差地，他从兜里掏出那个温热的纸包，递给那女主人，结结巴巴，半天才说出一句囫囵话。

花喜鹊——它没飞回来——

城乡伦理交汇下的“涟漪”
——评付秀莹《花喜鹊》

李洪华

付秀莹在《花喜鹊》中将她一贯熟识的芳村人事延展到了喧闹的城市。小说经由园丁老陈的一段日常生活插曲，演绎了商品经济时代城乡伦理交汇下的“涟漪”。像付秀莹的大多数小说一样，《花喜鹊》的动人处不在故事本身的精彩，而主要来自叙述的魅力和延宕的意味。通常而言，在短篇小说的有限空间里，大多数人都会惜字如金地直奔人物和主题，哪有冗余的笔墨和闲暇的心思花费在无关紧要的花花草草上呢？可是，《花喜鹊》在主人公老陈出场之前，竟以一段“四月的花事”开篇。那些“琐琐碎碎的花朵”虽然“娇黄耀眼”“灿烂极了”，但作者在叙事起点这样漫不经心的态度，对于短篇小说的阅读期待而言，无疑是一种冒险的考验。

从叙事主体来看，《花喜鹊》没有引人入胜的故事，甚至可以说是一段没有故事的叙事，两个关键性的人物，老陈和“女主人”之间都几乎没有正面接触，更谈不上由浅入深的交往，不过是开头和结尾的两次简单“招呼”。显然，作者的用心不在叙述的表面，而在隐含的意旨，即通过人物的内心波澜，反映转型时期城乡伦理的变动。主人公老陈由乡入城做匠丁十多年了，周围的人们甚至都不知道他在芳村的大名陈爱国和小名二夹子，而只是叫他老陈。然而，即便还不算老的陈爱国，也觉得“老陈，是亲切的，也是温暖的”，因为这称呼里不但藏着熟络和感情，更有一种身份的认可。在老陈看来，这称谓里“有那么一点城市的意思”，给他们老陈老陈地一叫，他觉得自己真的成了城里人。虽然这只是叙述中间的一个插叙，前后还安排有非常重要的关节，但这却是理解小说的关键。因为作者表面讲述的是园丁老陈拿项链和还项链的小事件，实际上反映的却是商品经济时代城乡伦理冲突下的大问题。

在消费主义甚嚣尘上的商品经济时代，城乡之间日益加剧的鸿沟不只是表现在物质生活的表面，而且更加显豁地反映在精神世界的内里。然而，付秀莹的小说向来不会在激烈的矛盾冲突中表现爱憎悲喜，《花喜鹊》仍是以“心平气和、善解人意”的方式，向现实生活中并不尽如人意的人们，传达一种温情脉脉的宽容、理解和同情。小说中，老陈拿项链的行为即便不是那么光彩，就像老陈心里想的那样，“其实，这跟偷有什么不一样呢”“活了半辈子，老陈什么时候做过这种事，鬼鬼祟祟的，一点都不体面”，但作者的叙事指向显然不是讽刺和批评，而是费尽周章地为这一偶发事件进行开脱，一是反复用“鬼使神差”“鬼迷心窍”来描述老陈的非理性冲动，二是用大量篇幅表现老陈在是非曲直面前所进行的激烈内心斗争，三是在前情铺垫中不吝笔墨地叙述老陈十多年来如何通过自己的朴实善良和“不卑不亢”赢得人们的尊重。

最后，老陈还是“鬼使神差”地从兜里掏出金项链还给了“女主人”。这个水到渠成的结尾虽然并没有产生多少让人惊喜的审美效果，但那一句“花喜鹊——它没飞回来——”的囫囵话却延宕出丰富的意味。如果说“金项链”是现代城市伦理的表征，那么“花喜鹊”则是传统乡土伦理的隐喻。当举棋不定的老陈试图把还不还“金项链”与“花喜鹊”飞不飞回来联系在一起时，这就不只是一种自我开脱的迷信心理，而更是“重物欲”的现代城市伦理与“讲道德”的传统乡土伦理之间的冲突与较量。因而，老陈对“金项链”的不当占有既是一次非理性冲动的偶然行为，也是现代城市伦理（追求物欲）对传统乡土伦理（重视情理）不断改塑的必然结果。十多年来，老陈不但适应了城里的生活方式，有着相对稳定的工作和收入，而且接受了城里的价值观念，做个“识局的人”“知好歹，懂进退”，连“那口家乡话也改得差不多了”。最后，“金项链”虽然物归原主了，但“花喜鹊”却永远不会飞回来了。在强势的城市文明冲击下，节节败退的乡土文明难以避免式微的宿命。

值得重视的是，付秀莹在对老陈失当举止表示宽容理解的同时，更对社会转型过程中城乡伦理冲突及其问题的复杂性有着敏感的洞察。小说中，老陈不只是在“金项链”的问题上“鬼使神差”，而且对那些在风里招摇的“女人家的小零碎”有些心旌摇荡，还对那些陌生而又熟悉的“家常气息”情不自禁地怅然，付秀莹不但生动描述了老陈在城市改塑下的蜕变及其留存的乡土本色，而且还对老陈由乡入城后的精神孤独和生命本能等无法回避的一些根本性问题含蓄地表示了隐忧。由此，我们说《花喜鹊》在优雅的话语和丰富的意味中出色地完成了一般短篇难以达成的叙事任务。

白色罕达犴

海勒根那

这是一片白桦与落叶松的次生混交林，林子快有几只松鼠的叫音那么高了，尖尖的树冠已能遮住天空上的鹰隼。护林员纳卡穿山入林，狠吸着春天让人迷醉的草木香气，在这万千芬芳里，他也嗅到了一股别样的味道，那该是落叶松毛虫和白桦尺蠖的尿液味儿。林子生虫害了，纳卡望了望树枝上那些蠕动的小东西，有两条虫甚至拉着细线落到了他的脖颈上，他小心地捏起来放进标本瓶。要抓紧为林子喷洒农药。纳卡想着这些，不知不觉来到一条溪水边，从林中山上流下的泉水可真清冽，让他忍不住喝上几捧，淙淙的水声牵住了他的脚步，他索性躺卧下来。再起身时他就望到了那个不远处蹲坐的人，正不停地往溪水里投掷石子。纳卡与陌生人打了声招呼，对方头也不抬，也无回应。纳卡好奇地走近他，嚯，好多年没看到有人穿着猎装了，那古旧的式样只有博物馆里才有，并且又脏又破。

“老乡，你在这里干什么？”

男人这才转过头来，他的脸黑漆漆的，仿佛好久没洗过：“我吗？我在听水花的声音呢，一边在这里等你。”

“等我？”

“是的，豁牙。”

“豁牙”是纳卡的小名，他少年时被野猪撞飞过，摔掉了两颗门牙，现在嘴巴里还空洞洞的，不过这个名字可有些年没人叫了。“你怎么会知道我的？”纳卡好生奇怪。

“当然知道啦，我是你的舅舅阿日坤哪。”

“阿日坤？舅舅！”纳卡越发惊诧起来，“您不是……”

汉子竖起食指，示意他不要说下去：“豁牙，我知道你们早就放下了猎枪，现在不时兴打猎了，而且你还做了护林员，所以我一直等你路过这片树林，想与你讲讲过去的故事……”

纳卡望着眼前的舅舅，从他模糊的脸颊上倒能辨别出母亲家族的模样，可又有几分不真，像遥远的梦。“您在等我？要与我讲您的故事？”

“确切点儿说，是我和一头罕达犴的故事。”

“一个狩猎的故事?”

“就算是吧。”汉子眼里飘忽着一团雪絮，他的声音一点儿也不混浊，好似林子里的风，“那是一头又高又大、浑身雪白没有一点儿杂色的犴，连睫毛、颌囊、四蹄和犄角都是白色的，它穿行在林子里就像一座会移动的雪山，谁见到它都会惊讶，都会赞叹。你不知道，我还曾亲手摸过它像雪一样干净的皮毛呢。”

“嘿！可真神奇。”

“猜你就会感兴趣，我的外甥。”阿日坤抓了抓乱糟糟的头发，“不过，这会儿要是有点儿口烟就好了。”

“口烟?”纳卡连忙掏了兜，还没等递与黑脸汉子，他便一把夺了去，动作敏捷得令人惊异，转瞬，一捏烟末儿已被他抿在嘴巴里，然后舒坦地闭上眸子，待他重新睁开山猫似的眼睛，就冲纳卡谦卑地笑一笑，接着，黑脸汉子清了清喉咙，就像风清了清林子，他的故事便似脚下的溪水哗哗啦啦地流淌起来了。

那年冬末快开春的光景，乌力楞（氏族公社）的几个男人——图嘎、乌讷、尼日特和我，带着猎狗牵着十几头驯鹿去呼玛河狩猎，这个季节是“鹿胎期”，幸运的话会收获上等的鹿胎膏。先前“阿额小组”根本不想带我，按他们的话说，我是那种用铁锥都扎不出血的人，的确，与这些“老猎”相比，我干起行猎的活计总是不够利落，拖泥带水，而且我的枪法也不够准，明明有三只狍子，我用枪一打竟然能逃掉五只，其实那是我不忍心击中怀孕的母狍，故意放的空枪；再有就是我的胆子小，从不敢一个人钻林子，怕遇到凶猛的野兽和游魂。可这些并不是我的错，要知道我从小是个孤儿，和乌娜吉姐姐一起长大，没有父亲的引领，我的性格只能像冬天的柳条一样脆弱。而且，我在学校里学的是兽医，毕业后干的也是给驯鹿治病的活计，这本身就与打猎无关。不过这次，我是向塔坦达（组长）图嘎保证过的，绝不会拖他们的后腿，所以，出发前我就笨鸟先飞，早早穿好猎装，把行囊捆绑在驯鹿背上，我还坚持和他们一样，要牵上两头驯鹿上路。看到我急匆匆、满头是汗的样子，乌讷和尼日特俩人直撇嘴，“冬天的公棒鸡还下蛋了呢。”乌讷说。“那一定下在了纳卡的裤裆里。”尼日特到我的屁股后头摸了一把，俩人笑得像公棒鸡打鸣似的。图嘎看不过眼去，虎下脸训斥他俩：“打猎是要闭上嘴巴的，你俩懂不懂规矩?”

这个季节，风冷硬得像刀子，割得林子咔嚓咔嚓地响，山岭上的雪表面融化又冻结，一点儿也不松软，就连负重的驯鹿踩上去也只会留下浅浅的蹄印。我们天明赶路，夜宿篝火旁，差不多走了两天多的时间，第三天中午才到达呼玛河畔。几个人冻得哆里哆嗦，嘴都张不开了，没人再说话，说话怕牙齿像冰块那样掉落下来。图嘎选了林中一片空地作为“额吐”（露营点儿），我们卸下行李，绊好驯鹿打发它们去密林里觅食。这边吊锅里已煮起奶茶，在炭火里埋了列巴和几只灰鼠。烤了半天火，图嘎的腮帮子才松动了些，话语也融化开了，开始慢声慢语和我们商议，饭后怎么分头行动，谁往哪边走。图嘎用目光问我打算跟谁一起行猎，我摇了摇头，闷头啃着灰鼠肉，半天才和他们说：“谁的尾巴我也不当，这次我要一个人去打猎。”“咴咴，阿日坤兽医，林子里可有大老虎。”乌讷作张牙舞爪状。“拉戈达博如坎（狼神）来了，我也不会怕。”我斩钉截铁地说。

是啊，阿日坤，你这次争着来打猎就是要历练一下自己的胆量，二十几岁的男人再不能胆小如鼠，让乌力楞的姑娘们瞧不起了，特别是自己的心上人妞日卡，那个有一双泉水般眼睛的姑娘，望到她就让我口渴，我的心里就想下一场大雨。那天下午，我是第一个背起猎枪和背夹上路的猎人，并且拒绝了图嘎让我带上猎狗的好意。

“记得不要往远走，天黑前回来！”图嘎在后边喊我，我连头都没有回。

我们之所以这么远来呼玛河狩猎，是因为它的两岸还存有兴安岭最后的原始森林，而距离我们较近的金河、得耳布尔河流域的成材林差不多都被开发光了，很难见到狍子、马鹿、野猪这些大型野生动物的踪影了。我朝着东南方向的山林爬去，透过一人高的灌木丛能俯瞰到冻结成冰的呼玛河，像一条弯弯曲曲的蓝玛瑙闪闪发光。钻林子时，我还不忘用砍刀在树后留下记号，以便原路返回。再往山顶就进入一片白桦林了，林下杂生着密密的达子香丛。一只飞禽不知从哪儿惊飞出来，落到不远处的树杈上，吓了我一跳，瞧仔细了原来是只松鸡，我举枪瞄准，一声清脆的枪响过后，松鸡扑棱棱地跌落下来，嘿，这家伙足有一只犴皮靴子重，我拾起它来，放到背夹里。接下去我又码到了一只灰鼠的足印，在树隙的雪地上，不过我把它的行迹方向弄反了，跑了好一段冤枉路。不知不觉，我钻过了差不多两座山岭，真没白费功夫，我的背夹里又多了三只飞龙，这么顺手的行猎对于我来说还是第一次，以致忘记了时间和疲累。

天色朦朦胧胧地黑下来，我以为到了傍晚，其实那是阴天造成的，正准备返程的时候，山岭忽然刮起了呼啸的北风，整个森林都跟着披头散发地摇曳起来，地上的雪屑像游蛇似的四处乱窜，我来时的脚印很快被抹掉了。真糟糕，我想找到自己留下的返程标记，却因为天黑辨认不清树上的刀痕，等我莽莽撞撞地进入一片落叶松林里，便彻底迷失了方向，那些挨挨挤挤的树木都瞪着陌生的眼睛瞅我，像是不欢迎我这个人类，进而排列成一个偌大的迷宫，我往哪里走前面都挡着不见尽头的黑森林。长了尾巴的雪就是那一刻从天而降的，不一会儿就把大森林变成了一锅粥。因为长时间爬山，我的棉衣棉裤都被汗水湿透了，外面套的狍皮猎装也冻成了盔甲，此时浑身的寒冷可想而知……我开始惊慌起来，不知该往哪里走，又不能原地不动，一种无助的恐惧把我死死抓住，我只有凭着感觉胡乱地往松林外摸索。

林子彻底黑下来了，手电筒照见的只有纷乱的雪花和树林，望不出一米远的距离。风雪很快把我变成了雪人，脸上和手脚又麻又胀，时而一阵刺痛，像被蛇咬了似的。

“白纳查神救救我，给我指指路吧。”我心里不断哀求着。

不知走了多久，又似乎在原地踏步，我始终不能走出森林的围困，两条腿比整座山还沉，眼睛也不停地被雪片封冻住。有那么一阵儿，我仿佛嗅到了死神的气息，带着甜滋滋的腐肉味道，正拼命地拖拽着我的腿，要把我拉进它长满獠牙的嘴里……恍惚中，我又被一股热烘烘的困意包裹住，一步也不想再走，那是一口温柔的陷阱，向我暧昧地招手，让我无法自拔，我就背靠一棵大树坐下来，那会儿猎枪早已不知去向，我褪起袖口，像刺猬一样蜷缩成一团，任凭大雪噗噜噗噜地将我覆盖，顾自晕晕沉沉地睡去。

你问我睡了多久？这个我真不记得了，后来，我是被一股温暖的气息唤醒的，像是星神奥伦的手指在触摸我的脸、我的耳鼻，我睁开眼睛，看到一团模糊又晶亮的白，像闪电的光芒突兀在大雪中，把雪色都比得黯淡了。对，你猜得没错，就是那头白色的高得像雪丘似的罕达犴，就是它，这头神兽，用它的鼻息、它的嘴唇、热热的舌尖和火炭一样的躯体唤醒了我，然后不声不响地转过身去，待我爬起身跟上它，它就一耸一耸地走在前面，不紧不慢，带我从林中穿行。它的在冬天脱掉的犄角刚刚长出新枝，偶尔碰到两旁树木就会发出梆梆的声响，震落一树积雪。这么走了不久就钻出了落叶松林，此刻雪似乎停了，天地间一片幽暗又静谧的雪光，我朝四周望一望，发现呼玛河就在山坡下，被雪覆盖的河床像条白哈达飘在那里，一个死里逃生的人禁不住泪湿眼眶，等我再去看那头白犴，它已转身入林，只留下一片空茫，要不是森林间传来稀里哗啦的响动，我还以为刚刚的一切只是梦境。

有了呼玛河做指引，我很快找到了方位，沿着河岸走不多时，就听到远处有人呼唤我的名字，那是图嘎他们在找我呢。

我后来是被图嘎他们架回额吐的。三个人帮我剪掉冻成冰坨的猎装和棉衣棉裤，拽下靴子，接着轮番用雪揉搓我的全身，直到血液重新流淌回我的血管，他们还挺奇怪呢："阿兽医还真行啊，竟然没被冻死。""真是奇迹啊，白纳查神显灵了。"

乌讷和尼日特两个人又扛来了站杆，将篝火加旺，我就这么背靠篝火，闻着热烈的人间烟火味儿，身上覆满毛皮和羽绒被，死睡了半宿，第二天天光大亮才醒来……我福大命大，只冻伤了两只耳朵和半边脸，外加三根脚趾，几个伙伴已为我涂上了冻伤膏，没什么大碍。雪后的天气平和得像什么也没发生一样。图嘎给我端来肉粥，我的棉衣棉裤也被他烤干缝好，他可真是个好塔坦达。这会儿，乌讷带着一身霜雪和寒气从外面回来，他不知从哪里找回了我的猎枪，从肩上卸下来，放在我身旁。

我能活着归来，"阿额"的几个人都很钦佩，一改过去对我的鄙视。乌讷摸摸我的额头，问我："大英雄，还记得你是怎么找回营地的吗？"

这个我当然记得，可冥冥中似乎有个声音告诉我不能说破，那是白犴和我之间的秘密，就支支吾吾地与他们说："我在一片林子里迷路了，睡了一会儿又醒来，谁知道后来是怎么钻出林子来到呼玛河边的。"

"阿兽医，你一定隐瞒了什么，不是吗？我为了找回你的枪一早就码着你的脚印走了一趟，那片林子我也钻了进去，我想问你的是，那个大家伙的蹄印是怎么回事？我看好像是它把你引出林子的。"乌讷眯缝着一只眼睛定定地瞅我。

"没，没有什么大家伙。"我避开他的目光。

"到底是怎么回事儿？阿日坤，有什么不能说的吗？"图嘎走过来，"我们身边可点着篝火呢，猎人是不能当着拓博如坎（火神）撒谎的。”

图嘎的话戳中了我，此时我心里就像揣了只乱跳的兔子，好吧，说出去又怎么样呢，那确实是事实啊……于是我试着坐起来，把昨天雪夜里的遭遇一股脑地与他们讲了，当我说到是一头罕达犴救了我，把我引出险境的，乌讷和尼日特都瞪圆了眼睛：“你确定是一头犴带你走出林子的?”我使劲点点头：“这个千真万确，我发誓。”

乌讷瞅着我，忽然咧开嘴哈哈大笑，笑得弯腰撅腚的，口水都流出来了。

“这有什么好笑的吗?”我羞恼地说。

“阿兽医，我看你的脑子也冻坏了，一头犴能救个猎人，你的意思是山鼠也可以给狐狸带路啦?”乌讷说。

“你看走眼啦，肯定不是什么白犴，怕是‘白胡子老头’（白纳查神的俗称）救了你。”图嘎噗噗地吹着奶茶。

“我看他是做了个梦。”尼日特一脸不屑，“我昨晚还梦见一个白胖的姑娘跟我好了呢。”

“好吧好吧，就算我做了个梦。”我不再和他们争辩，跟几个没见过飞机的人就不能说房子可以在天上飞。我重又躺回睡袋里，咴，雪后的阳光真耀眼，在树隙间挂了一串又一串彩色光环，仿佛轻轻一摇就能发出驼铃似的叮当声。三个人喝过驯鹿奶茶准备打猎去了，图嘎临走又加了几块木段在火里，和我说：“今天你就别乱动了，看好火，暖好身子，等我们回来。”

做一个“莫日根”（好猎手）真需要磨炼意志啊，不仅要有好枪法，还要禁得起翻山越岭爬冰卧雪的考验。我琢磨着这些，又想起那头白犴，想起它身上的松雪气味儿，天鹅绒似的皮毛，和它在黑夜里闪着绿宝石光亮的眸子……乌讷、尼日特，你俩能相信风神、雷神、火神，却不相信一头真正的犴神在森林里存在着，不，那也不该是什么神，而是一头真正的罕达犴，与我们族人一样善良的罕达犴。

那天晚上星星出齐时图嘎他们才回来，好好的几个人去打猎，回来的时候竟然两个抬着一个。

“尼日特怎么了?”

“他从雪坡上滑了下来，摔断了腿。”乌讷呼哧带喘，一边没好气地说。

我上去帮忙，把尼日特从桦树杆做成的担架上抬下来。图嘎剥开他的裤管，尼日特的右腿错折着，骨头渣都支在了皮肉外面。塔坦达示意我和乌讷摁住他，一边将猎刀柄塞在他嘴里，让他咬紧，自己则灌了一大口白酒喷到伤处。猛地，图嘎将那断腿捋直抚平，疼得尼日特浑身像触电一样颤抖，差点儿没把刀柄咬断。

接连的倒霉事儿让大家都没了兴致，露营地像冷雾一样沉闷，只有呼呼猎猎的篝火苗伸长舌头舔着夜空，也舔着几个猎人疲惫的身影。我那会儿已经煮好了飞龙汤，盛了满满一碗肉递给尼日特，尼日特推开了，只顾哼哼唧唧地呻吟。

从湿透的猎装看，图嘎他们应该走了很远的路，可却两手空空，什么也没带回来。

“你们什么也没打着吗？那怎么还伤到了？”我问。

图嘎瞥了我一眼。

“最起码也该打到几只松鸡灰鼠啊。”我仍不识趣地说。

乌讷不耐烦起来：“我们当然不会像你一样放空枪了，小的猎物我们根本不稀罕。”

“那你们打到了什么？”说完这话不知怎么的，我忽然心头一紧，盯着图嘎的眼睛，“告诉我，塔坦达！”

“没有，”图嘎慌乱地摇头，“我们就是去打猎，你没看到吗？我们今天不走运，什么也没猎到。”

“乌讷说你们没放空枪。图嘎，你说过，猎人不能当着火神撒谎！”

俩人的目光开始躲躲闪闪，好半天，图嘎才抬起头：“好吧，阿日坤，实话和你说了吧，我们找那头罕达犴去了。”

图嘎话音刚落我就惊呆住了：“你们……你们真的去找白犴了？”

没人再答话，都闷不作声。

我一把抓住图嘎的衣领：“告诉我，你们把它怎么样了？”

“放开手！”图嘎以他塔坦达的威严命令我。

“不！”那一刻我的眼泪不争气地流下来了，“你们这几个骗子，是不是杀了它？”

图嘎忍耐着我，乌讷这时走过来使劲掰开我的手，他力大无比，把我推倒在地，“它又不是你的女人，要知道我们是猎民，别说一头犴，就是一头熊我们也要替乌鸦啄了它。”

“可是，你们不是说那只是个梦吗？为什么还要去找它？”我满脸是泪，冲他们愤恨地嘶喊。

“行啦，一个大男人哭什么呀？”图嘎往嘴里抹着口烟，“真懦弱，连一头犴都可怜！告诉你吧，我们只是打伤了它，那头白犴可够强壮的，中了两颗子弹竟然被它逃掉了，我们三个真没用。”

那天夜里我一宿都没怎么合眼，眼前都是白犴遭受枪伤痛苦挣扎的情形，它忍痛逃去，是死是活都未可知，可怜的罕达犴，是我害了你啊，我不断地自责，又不断以萨满的方式为它祈祷。第二天天还没亮，我就爬起身准备去寻白犴，我忍着脚趾的疼痛，跛着足。

“阿日坤，你要去哪儿？”图嘎叫住我。

我没搭理他，昨晚我就发过誓，再不会与几个骗子犯话，在我看来，他们比狼还凶残。

“你受了冻伤，不要一个人进山去，那样你会死掉的。”图嘎抓住了我的肩膀，我抖落开他，他的声音严厉起来，“我说不让你去就不能去，要不然我就用枪打断你的腿，像尼日特那样，把你俩一起拖回去，省着连个尸首都找不见。”他咔嚓几下给枪上了子弹。

那次行猎我们无功而返，就这么灰头土脸地回去了。要不是尼日特大腿骨折需要马上救治，图嘎和乌讷还会去追猎那头受伤的罕达犴，他们血管里流淌的是猎人的血，也流淌着一堆冰碴子。归途中，图嘎牵着驯鹿拉着雪爬犁，尼日特捂得严严实实躺在上面，一路哎哟哎哟地叫。我故意落在最后，离他们远远的，看着他们耷拉着身体真像下不出蛋的公棒鸡。

回到乌力楞的那段日子里，我仿佛得了场大病，总是魂不守舍，吃饭睡觉都不得安稳。我甚至出现了幻觉，总听见有人在叫我，那声音像盘山小路一样悠长又曲折，隔着重重雾霭，那是罕达犴的叫声，可它分明在叫我的名字"阿——日——坤——"

乌娜吉姐姐扭着鼻子问我："你怎么了？不是得萨满病了吧？"她的鼻头是酒后卡到树桩上撞歪的，说话鼻塞得很。

"我在悔恨自己，我想那两枪应该打在我的身上……"我痛苦地说。

"你会在梦里见到它的，把你的话和它说说吧，它会原谅你的。"

乌娜吉姐姐打小就疯疯癫癫的，整天胡说八道，不过，她的脑子一点儿也不糊涂，预测起事情来比莫日根的枪口还准，祖母活着时就说她是做萨满的料。

那天晚上，真如乌娜吉所言，我梦见了那头白犴，在一片郁郁葱葱的樟子松林里，我望到它闪电一样白的身影，我放声呼唤它，"呼嘿儿呼嘿儿"，它听见了我的呼声，转过头看我，闪着那对星星似的眸子，那里边没有怨恨，也没有敌意，但却距离遥远，远得真像星星……

天蒙蒙亮的时候我从梦里醒来，却想再回到梦中去。那个梦好真实啊，就像刚刚发生过似的，我揉了揉眼睛，发现手指缝里挂着一缕犴毛，白如银针的犴毛，我惊讶极了，难道白犴真的光临过我的梦吗？

我的心上人妞日卡住在另一处斜仁柱里，她刚刚大学毕业，就成了驯鹿饲养能手。我走到她的门前，犹豫着要不要进去和她说会儿话，她看到了我，像只百灵鸟似的飞出来。

我帮她和额沃（祖母）给驯鹿喂盐，驯鹿乱哄哄地挤来挤去更让我心乱。

"怎么，有什么不开心的吗？"妞日卡问。

额沃是山林里最老的一棵树，也是族人们最敬重的老人，我正想解心里的疙瘩，就把心事与她俩说了。

"你一定要去找那头白犴，"妞日卡的眼睛流淌着泉水，"阿兽医，你要去救它！"

"可图嘎说我懦弱，连一头犴都可怜……"

"不，你的心是用金子做的，所以才柔软，而他们的心是铁打的。"

"是啊，"额沃接过话，她脸上长满了老松树皮似的褶皱，头发白得像银丝，话音里有股浓浓的松香味儿，"山林里连一根小草都有灵魂，都要人去尊敬，阿日坤，我们族人打猎，就像从河里舀水喝一样，够用就可以了，从来不会浪费一滴水，因为猎杀的都是生命，祖先早就规定了像星星一样多的禁忌，什么可以打什么不可以打，说得和清水里的石头一样清楚。可现在的年轻人都被外面教坏了。"

老人说着话，一边展开枯树枝似的手指，掌心里摊满了盐，两头驯鹿争相舔舐，眼睛要鼓冒出来似的。

听过妞日卡和额沃的话，我的心胸像被细雨淋过一样清爽，而妞日卡的话就是细雨里淋湿我心口的那几滴。

晚上我睡不着觉，捂着怦怦的心跳去敲妞日卡的门，她在斜仁柱里面问："你是谁？"

"我是……罕达犴。"我抖着嘴唇说。

妞日卡打开门来，伸手拥抱住了我："我猜就是你，白色的罕达犴……"

那晚的月光可真干净，透过木帐的烟囱口洒在我俩身上，像珍珠的光亮。

四月的山岭里已能嗅到潮湿的泥土味儿，那是春天的气味儿，更是妞日卡身上的气息。我备了三头驯鹿，驮了铺盖、白面豆油和卷心菜，带了兽医箱和一袋子盐，唯独没带猎枪。

乌娜吉刚好从河边背冰块回来，看到我驮了那么多东西，问我："你这是要去贝加尔湖吗？"

"不，我要去找那头受伤的白犴。"

"我劝你不要去，阿日坤，我做了一个不吉利的梦，你最好不要出门，特别是不要去山林里。"

"乌娜吉，我也做了一个梦，"我和她说，"我的梦可是好兆头，我要去救那头白犴，否则天气转暖，它伤口腐烂会死掉的。"

姐姐摇了摇乌鸦窝似的头，嘴里叨叨咕咕，我已走出很远，她又叫住了我："阿日坤，我忘了和你说，昨天我在林子里遇到了图嘎和乌讷，两个人又背着枪去山上打猎了。"

"天！"我惊叫了一声，不用说，他俩一定贼心不死，又去追猎受伤的罕达犴了。

头两天，我一直码着运材路前行，油漆板公路很狭窄，来回的运材车辆尘土飞扬，咣咣当当，我和驯鹿时不时要靠边站，以躲避那些冒烟咕咚的家伙。第三天我远离了公路，又翻过几道山岭就进了呼玛河深处的泰加森林。鹿铃叮叮咚咚，布谷鸟这儿叫一声那儿叫一声，我牵着驯鹿走在越来越稠密的树林里，却没有心思流连这初春的景色。下午的光景，一辆皮卡越野车从左侧的自然路斜插过来，与我相遇。车上下来几个男人，大声地说话、吐痰，一个剃寸头的人脖子上拴着驯鹿才戴的链子，冲我打着招呼：

"哎，老乡，你这是要去打猎吗？"

他们身上有股猪饲料味儿，那是山里没有的味道，很陌生。我摇了摇头："我不去打猎。"

"那你进山干什么？"

"闲，闲逛。"我说。

几个人听了嘻嘻哈哈地笑起来，寸头说："你真逗乐，你们猎人都这么逗乐吗？"

另一个戴墨镜的，嘴角叼着烟卷问我："大兄弟告诉我，这附近哪儿能打到熊瞎子？

老犴也中，我们转悠两天了，喏，只打到了这些不够塞牙缝的小东西。”他指了指后车厢，里边堆满松鸡、飞龙、灰鼠、雪兔。

听他说这话我眉头锁紧，头摇得像萨满鼓一样：“这个我不知道。”

“哎，都说你们猎民实在，你这么说就不厚道了。”墨镜又吐了一口痰。

我的脑门儿冒着汗，想了想便给他们指了与呼玛河相反的方向。

“那是回镇子的路，你搞错了吧，老乡！”

“算了，咱们还是自己探探路吧，多绕点儿弯子总能打到大家伙。现在猎民老乡也学奸了，生怕咱们抢了他们的生意。”

“真有意思哈，猎物又不是他们养大的。”

几个人大咧咧地说着话，对着一棵粗树墩胡尿一气，顺手把烟头儿抛在尿窝里，转身上了车。

“咴！”我冲戴墨镜的招手，示意他回来。

他扒着车窗摘下墨镜。

我指了指他尿窝里的烟头儿，“把它弄灭，”我对他说，“这是森林，会失火的。”

“老乡，你还是看好自己的驯鹿吧。”他乜斜我一眼，丢下这句话，皮卡车一溜烟去了。

我心里一边祈祷，一边弯腰拾起那枚烟头儿，熄灭后揣进垃圾袋。这些不守规矩的人，他们还朝树墩上滋尿呢，那可是神灵坐的地方，还叫什么熊瞎子、老犴，族人可不敢这么乱叫，我们把熊都尊称为“合克”（爷爷）、“额沃”，熊神的耳朵灵着呢，它什么都能听见。这些强盗，他们亵渎了神灵，什么都别想得到，萨满可说过——贪婪的眼睛什么也不会看见。

呼玛河还没解冻，但已有了鱼腥味儿。我沿着河岸寻觅露营点，无意中瞥见了最不想看到的，那是一处新“额吐”，从掩埋炭灰的方法和露宿痕迹看，那该是族人里的“老猎”留下的。我心事重重，刨了冰块煮饭，一边烧了狍子肩胛骨做占卜，测下白犴的凶吉。烧裂的骨缝呈神秘的闪电状，我把它举在篝火前，透过火光，影影绰绰的，我看到了那头白犴，它在一片漆黑的森林里左冲右突，好像陷入什么困境……这么说它还活着，这足以让我宽慰，我又仔细观察了骨裂的走势，判断白犴的方位，不出意外的话，它应该在呼玛河左岸的山岭里。

太阳还没早起，山林铺满了厚厚的白银，到处闪着亮晶晶的光，那是早春的雾凇。我揣了砍刀，背了医药箱钻入林子。

你不知道那时盗猎人有多猖獗，我磕磕绊绊穿越了几片森林，就发现了至少十几个“捉脚”和钢丝套，这些可不是真正猎人做下的，再坏的“莫日根”也不会干这种伤天害理的事儿。我咬着牙，见一个拆一个。

如果不是神灵相助，在重重密林中要想找到一头犴真像在大海里捞针。我又进入一片白桦林，拿出狍骨比对，发现上面的裂纹一如眼前的山脉，凸起的骨脊像极了森林背后那座巍峨的雪山。林间的冰雪还没融尽，一片肃冷与寂静，风蹲在树梢上不声不响，反倒是衣物擦过树枝和脚踩冰雪的声音一传多远。我把砍刀镶嵌在一个树杈间，举起双手，猎人相信神示，白犴就在其中。我尽量将脚步放缓，搜寻了不知多久，林子里什么都没有，甚至听不见鸟叫，只有稀疏的阳光不时从高空的树隙间泼洒下来，把林地弄得斑斑驳驳。

突然，白桦林深处传来一个微弱的声音，我侧耳谛听，没错，那是罕达犴的叫声，曲曲弯弯地传来，像一只大鸟粗憨的啁鸣。顺着声音的方向寻去，透过密密匝匝的林木间隙，我望到了那个耀眼的身影，如同梦境一般浮现在那里……喜极的泪水一时迷蒙了我的眼睛。

我走近了它，小心地，生怕它受到惊吓起身逃掉。可眼前的罕达犴却不像我二十几天前见到的那头大兽了，它满身泥土、污垢和血迹……我看到了它身上溃烂的枪伤，正流着脓水，散发着腥甜的味道，而它的身躯也缩小了一半似的，瘦削得就剩下了一把骨头。它望着我，眼神像烛火一样黯淡，没有惊恐也没有喜悦。嚯，原来它想逃也逃不得了，一根粗如手指的钢丝套勒紧了它的脖颈，深入到血肉里去了。它的周边，所有能够到的树皮都被它啃食光了，包括地上的积雪、腐叶……“我的白纳查神啊！”我颤抖着手，试图给它松绑，可钢丝套似乎连针都插不进去。手忙脚乱地，我掏出了铁钳、锤子、钢锥，白犴见到这些亮晃晃的工具惊恐起来，一股逃生的力量让它像条被抛到岸上的大鱼，好一阵狂蹦乱跳，直到钢索让它窒息，让它皮开肉绽，鲜血淋漓。它喘吁着，嘴里喷吐着白沫，绕在一棵白桦树后躲避着我。可我要救下它，否则它会随时死掉……我急得满眼是泪，“妞日卡，帮帮我吧！”我呼唤着心上人，此时她若在该多好啊，她会给我智慧和力量的……我努力向罕达犴证明自己只是一个施救者，没有一点儿恶意，终于，白犴似乎听懂了我的话，剧烈起伏的身体渐渐平复下来，我趁机上前，费好半天劲儿才将铁钳嵌入钢索里……白犴重获自由，却头也不回地一瘸一拐地逃去，可它的枪伤还没处理呢，我招呼着它，紧跟在它的后面。

它虚弱不堪，颠跑不动了，费力地走着。我与它保持着距离，有时故意绕到它的上风头去，让它远远地嗅到我的气味儿，慢慢熟悉我这个没有危险的人，在它停下歇息时，我还要咳嗽几声，弄出一些响动，让它感知到我的存在。但白犴从不用正眼瞧我，也不吃不喝，对一切都充满警惕。等它钻出白桦林，就进入一片红柳和榛丛遮蔽的山涧，那儿有一条细细的从高山泻下的不冻泉，仿佛山谷唯一流动的血脉，飘散着袅袅雾气，渴坏了的罕达犴急迫地把泉水衔在嘴里，饮罢又使劲抖了抖躯体，似要把那一身的脏污、屈辱与伤痛都抖落开去。它扭过头来看了看我，像是看到了一个不太亲近的同类，然后默不作声地离去了……它开始捋食红柳枝和山毛榉，嘴巴像挥着一把唰唰作响的镰刀。不远处就是一片密不通风的原始冷杉林了，我判断它应该在那里过夜，此时天色已晚，我不得不反身去寻我的驯鹿和露营地。

可原路返回的我又遇到了什么？一口陷阱！一心想着白犴的我差点掉进去，它的两边横着木杆，留着唯一“通道”，覆满厚厚的腐殖叶。要不是一只棒鸡从旁边飞出来惊吓到我，我肯定会朝那个“通道”走去。我用棍子撬开了陷阱，露出它的真容——足有一间房子那么大的狰狞的嘴巴，就是一头大象掉进去也休想活命。

第二天，我是牵着驯鹿进山的，为了不弄出声响我解下了鹿铃。我有备而来，心中便有了主意，脚步也轻快了一些。伤口溃烂的白犴应该不会走远，它还会来不冻泉饮水，我将在那里守候它。

不出所料，傍午时，阳坡那边传来了响动，像一股缓慢的风从远到近摇曳着树丛，犴齿剪枝的嚓嚓声越来越清晰，我盯着那个方位，红柳丛和榛树林的掩映下，那头白犴来了，它的身后是起伏不定的针阔叶混交林，混交林的背后是高入云端的雪山，那是怎样一幅泰加森林的美景啊，我赞叹着，心想，就是画家也难以画出来啊。

白犴似乎嗅到了林中驯鹿的气味，这让它多少放松一点儿，再往前走，我就暴露在它的视线里了，它迟疑了一番，却闻见了我撒在泉边的几把盐巴，那是反刍动物无法抗拒的美味，而且它没感到威胁，胆子大起来，等它捡食干净我就再丢下一些，引它不断靠近……后来我就打了几声口哨，那是呼唤驯鹿吃盐巴的声音，不一会儿，三头驯鹿从林子里钻出来，走近我身边，我抓了盐，像额沃那样摊开手掌让它们舔食，这么做是为了让罕达犴在一旁看到。

第三天下午，白犴已经探着大鼻子和粗糙的舌头在我的手里吃盐了，它眯缝着赭石色的小眼睛，四条细腿绷紧肌肉，做着随时逃跑的准备。我感受着它温热的鼻息和嘴唇上松针似的长须，一边用手轻轻地抚摸它的皮毛，为它挠痒，它懂得了我的好意，或许把我当成了一截树桩，干脆将身体蹭过来，我趁机查看了它的伤口，那里溃烂得差点儿露了骨头。

下次我就用驯鹿的铁挠给它梳理皮毛，精精细细地，从上到下，由里到外，像玉石匠洗刷一件珍贵的玉器。白犴接受着这一切，偶尔转过头看我，目光里满是温情，它喘着粗气嗅着我的气味儿，甚至伸出舌头舔了舔我的手指，那或许是在表达一种亲昵。

信任是一天一天建立起来的，等到我可以触碰它的伤口时，算下来我已在丛林里与白犴相处近一周了。它习惯了我的存在，更似乎依赖起我的陪伴，我、驯鹿，和罕达犴，暂时就游荡在这片丛林之间，像几个伙伴相互依偎。驯鹿和罕达犴的食物不同，前者只在森林里翻找地衣和苔藓，而后者喜欢灌木丛的枝叶，所以它们更易相处，互不打扰。夜晚，我就陪在它们附近露营，白犴有独处的习性，它趴卧在朦胧的夜色里，像一艘停靠林中的大船，而我就枕着它嚯嚯的错齿声入睡。

那几天我只顾着白犴，却不料驯鹿出了事。当天下午其实我听到了那两声枪响，距离很远，似从一口焖锅里隐约发出的，白犴惊愣了半天才缓过神来。到了傍晚，三只驯鹿反常地没回来饮水，我去找它们，却一无所获，直到夜晚三星打横时，一只驯鹿才慌慌地回到我的宿营点儿，另外两只仍不见踪影，这让我有种不祥的预感。第二天我顺着枪声的方向搜寻过去，在冷杉林的背后，我见到了驯鹿，它俩已经变成了两张驯鹿皮，上面洞穿着弹孔。偷猎者把它们当野鹿猎杀了。

我悲愤不已，又无可奈何，眼下，让白犴尽快离开这个是非之地是当务之急。回到宿营点儿，我便用火烧过手术刀和镊子，以挠痒痒的方式让白犴趴卧下来。在这之前的几天里，我曾不止一次用酒精给它的伤口消毒，为的是让它适应疼痛……白犴好像知道我要做什么似的，一动不动地任我摆弄……我先用手术刀一点一点地剔除伤口周边的腐肉，它浑身痉挛着，就是一个铁打的猎人也会疼得叫出声来，可白犴都没动弹一下……一颗带血的弹头被我夹出来，接着我又开始处理下一个伤口。我的手心和额头全是汗水。“好了，就要好了。”我不断安慰它，好像它是个乖顺听话的孩子。等取出第二颗弹片时，我已禁不住内心的激动，谢天谢地，让我与一头驼鹿这么亲近，而我拯救的仿佛不是这头白犴，而是我自己，还有族人犯下的错……

去除了弹片的罕达犴行动自如起来，在我身边顽皮地蹦跳了几下，摇晃犄角左挑右挑的，最后定定地瞅着我这个施救的人，目光像五岁的孩童那么清澈，里面充满了情感，原来不只是人类才懂得爱啊。

罕达犴去丛林里觅食，我点火做饭，掏出一瓶老白干酒放在火旁温热，准备犒劳一下自己。如果这世界真像人们祈愿的那样该有多好啊，白犴的伤口隔不了多久就会愈合，它奔入泰加森林深处就脱离了危险境地，而我也要返回乌力楞去，从此不会再摸一下猎枪，我不能阻止别人打猎，可我能做好我自己，逢人就讲一讲白犴的故事，我还要把自己所做的一切告诉给妞日卡，其实这些时日，我无时无刻不想她，在我最束手无策时，都是她附我耳边说——“阿日坤，你是好样的！阿日坤，坚持下去，你能做到！”独自在山林的夜晚寂寞又寒冷，我也是枕着妞日卡的温暖入眠的，虽然她不在我身边，但我与她有说不尽的话。谁知就在那天中午，一场突如其来的森林火灾烧毁了这一切……

大火来临时我还丝毫没有察觉，我以为那呛人的烟雾是身边的炉火造成的，等到烟气越来越大，把我呛得鼻涕一把泪一把的，我才感到情况不对，这时北方的山林上空已烟雾弥漫，凭经验我已想到出什么事儿了，山火正向这边袭来，天！一定是那些肆无忌惮的家伙弄失了火！慌乱中的我已找不见唯一剩下的驯鹿，好在白犴就在不远处，我拼命地呼喊它，给它警示，让它离开。后来我看到了白犴奔逃的身影，它早预知了火情，我提着的心放下一半。那天风力不大，我辨别了一下呼玛河的方向，宽阔的冰河应该是最好的隔火带，我便奔着那里逃生。

我呼哧带喘一刻也不敢停歇，不知跑了多久，天空已被升腾的灰烬笼罩，变得灰蒙蒙的，分不清黄昏还是什么时辰。等我爬上一道草坡，便望到了前面那几棵嵬嵬的樟子松树，那是接近呼玛河的标志，我这才手扶膝盖喘一口气。忽然间，我听到有野鹿的叫声从身后传来，回头看正是那头白犴，它抬着前蹄停在不远处的白桦林外面，歪着犄角望着我。原来它并没有自顾逃命，竟追随了我一路，我的鼻子一酸，反回身去，迎向它，它一颠一颠地向我跑来，我拥抱住它的脖颈，就像拥抱离散又重逢的亲人，我和它说："傻瓜，你应该自己逃走才对啊，怎么跟着我来了……"我这么说它，它也不显委屈，一个劲儿用头蹭我的身体，它那么高大，脖颈就有一棵大树那么粗，在我面前竟像个孩子似的撒欢，笨拙地蹦跳，与我使劲儿亲昵，那会儿我的眼泪都流下来了。

可是，纳卡，不幸的事情就是在此刻发生的，两声枪响从哪个方向发出的呢，把森林的耳朵都震疼了，我整个人随着瘫跪下来……我的后背遭到不明物的痛击，强大又尖锐无比的力量让一口鲜血喷涌出我的口鼻。罕达犴一定嗅到了那股熟悉的火药味儿，差点儿要了它性命的味道，它惊恐万状，撒腿狂奔，却又忽地停下来，它该是想起了我这个伙伴，随即转过身来，而我向它最后挥了挥手，要它离开。罕达犴犹豫着，可枪声又起了，击飞了它脚下的冰屑，刮过它高扬的脖颈……后来我的意识就模糊了，眼中仿佛有一大团雪花向远方飘去，直到融化在山岭间……

转瞬，几个人杂沓的脚步声来到我的身边，围住我乱哄哄地说话，"糟了，打死人了。""怎么回事？明明是两头老犴，怎么一头变成了人啊？""是啊，真见鬼了。""我们弄失了火，现在又打死了人……"

听话语好似图嘎、乌讷他们，似乎又不是，口音里边带着一股猪饲料味儿……我的大脑一片空白，只感到几个人影在头顶上晃动，晃动，随后一切又恢复了平静，森林里一片肃穆，连冰雪融化的声音都听得见……

讲到这里，阿日坤语调低沉起来："那场大火烧掉了不少林子，和我判断的一样，呼玛河挡住了火势，后来人们花费了好几天时间才将它扑灭……大火过后，乌娜吉姐姐和族人带着猎狗找到了我，先前他们还以为我是被烟熏死的，后来发现我背部透着两个弹孔，好似两个冰窟窿……不久，来了很多警察，可是现场早被山火破坏掉了，警车来了又走走了又来，折腾了好多天。

"妞日卡也来了，其实我不想让心上人见到我的不幸而伤心。按照族人的规矩，在外面遭遇不幸的人要风葬，好在高岗上的那几棵樟子松还幸存着（团团火簇从它们的头顶飞过，落到河水里熄灭了），人们就把我安葬在了那棵最粗壮的樟子松枝杈间。妞日卡仰起头望着树上的我，只听见风刮树梢的呜呜声，那么单调、枯燥，她从驯鹿脖颈解下一副鹿铃，爬上树去，把它系在我的耳畔，这样，风一吹我就听到驯鹿的声音了，那也是乌力楞的声音，家的声音……妞日卡发现我睁着眼睛正痴痴地看她。'睡吧，阿日坤，睡着就不痛了。'她为我盖住了穿透腹部的冰窟窿，可我还舍不得闭上眼睛，妞日卡把头贴在我的胸口，却瞥见了我眸子里飘忽的那团白，'我看到你的影子了，白犴，你没有走远，还在林子里呢……'说完，妞日卡哭了，眼睛里的泉水涓涓不断地流下来，像这条不冻泉似的，绕过山涧，一直流进呼玛河里去……

"是的，正如妞日卡所说，我没走远，也不会走远，我记挂这片山岭呢，而且就要住到高高的树上去，放眼就能看到大片山林和呼玛河，当然也可以看到那头白色的罕达犴了，它一定逃出了山火和偷猎者的魔爪，强健的身形还会出现在这片山林，那是大兴安岭的魂魄……"

“阿日坤舅舅。”纳卡叫了一声。关于舅舅的故事，他从小就听家族说起过，不过那只是一棵树简单的主干，现在它枝繁叶茂了，而且所有的叶片都清晰可见。纳卡表情忧伤，还未从故事的重重雾霭里走出来，但他急切地与舅舅说：“您知道吗？整座兴安岭二十几年前就不许采伐了，所有的猎人都放下了猎枪，你看到了吧，岭上的树木又多了起来，包括野生动物，一切都在变好。”

“我当然看到了，豁牙，烧光的林地又长满了新树，没事儿干的时候我会从樟松上爬下来，整天钻林子，漫山的绿染透了我的眼睛。去年秋天，一头棕熊带着两只幼崽路过这里，在我的樟子松树下蹭痒痒，梦中的我还以为是地震了呢。”阿日坤忍不住笑起来，树林也跟着呼呼啦啦响过一阵儿，“还有一群群狍子总是从我眼前蹿过，翘着一朵一朵的白屁股，要不是它们嘟嘟地放臭屁，我还以为那是遍地开放的野百合花呢。”

说话间，树林上空的流云变成了铅灰色和绛紫色，转眼已是黄昏，阿日坤舅舅吐掉嘴唇上最后的烟末儿，抬起屁股与纳卡告别：“我就要回樟子松树上去了，之所以和你讲上这些，是因为这些年来我左望右望，看到许多消失的鸟兽都回归了，却始终没见那头白犴的身影，可我分明嗅到了它的气味儿，听到了它的叫声，我就想到了你，豁牙，你做护林员常年巡护山林，没准儿能见到它，到时别忘了来告知我一声。”

纳卡使劲点点头，算作回应。他想起应该再问问舅舅的近况，可阿日坤像头诡秘的野鹿一般，在茂密的枝叶摇动处，转眼隐没了踪影。纳卡告别的手势还停在空中，榛莽的林子却已恢复平静，那一刻只有溪水匆匆赶路的细碎声响。难道刚刚的一切是一场梦境？可为何又像夕光刺目那么真实？纳卡爬起身，胡噜胡噜屁股，怅然若失地钻出眼前这片梦幻般的树林。

春天是护林员最忙碌的季节。回到护林站的纳卡，那两天打了一通又一通的电话，又来到瞭望塔爬上爬下。第三天下午，新调任的中心站站长随同两个工作人员来到纳卡的驻地，了解森林病虫害情况。一行人驱车去实地考察。

随同人员给纳卡介绍年轻的新站长：“咱们白犴站长可是林业专家，和你一个民族，大家都管他叫白博士。”

纳卡一怔：“站长叫什么名字？”

站长笑了笑，露出一口整齐的牙齿：“我来自巴依格家族，叫白犴，额宁（妈妈）说，她生我的时候梦到了一头白色的罕达犴。”

纳卡张着的嘴巴半天没合拢……

白犴博士名副其实，谈起生态学、森林动植物保护学头头是道。从林中一走一过，他就能叫出每一棵不起眼的小草的名字，什么门属，哪些动物爱吃它。这会儿他弯腰拾起几颗兽类粪便，用手指捏一捏，放在鼻子前嗅一嗅，兴奋地和工作人员说：“这是原麝的粪便，它们可是林中‘稀客’啊。”

“对了，白博士，前些天你不是用红外线摄像机拍到了六头犴吗？那是一家六口呢。”工作人员说。

“六头罕达犴？”纳卡惊讶着，“那里边有白色的吗？”

“这个没有，”白博士摇摇头，“我想，它只会在额宁的梦里出现。”

转天，在储木站改造成的飞机场里，纳卡与白犴博士随同几个穿迷彩服的护林员登上了一架小型飞机，随后一溜烟向森林深处飞去。

机舱里，他们俯视着重峦叠嶂的山岭，比照地图上的标记，为一片又一片的次生林、过火林喷洒灭虫药。太阳再抬高一些的时候，厚布幔似的晨雾也渐渐消散开去，裸露出莽莽苍苍的大岭。纳卡欣赏着机舱外的景色，一边有意无意地辨别飞机投在林冠上的影子。就在这时，他发现一团雪在丛林里飘动，嚯，那是一头白色的罕达犴，没错，它正穿行于茂密的灌木丛中，跨越银亮亮的小溪，进入一片大峡谷，宽阔的呼玛河正在那里静静地流淌。白犴码着河岸跳跃、飞奔，像极了滑行在浩瀚绿海里的一叶白色扁舟……纳卡激动得不知所措，赶忙呼唤白博士来分享这一奇景，年轻站长扒窗下望，却只看到绿如烟海的山岭和将山岭一分为二的呼玛河，还有从空中掠过的三五对野鸭、几群飞鸟，再无其他。这就奇怪了，纳卡揉了揉眼睛，竟也不见了那物的踪迹，难道刚刚那一幕是自己的幻觉？挠头诧异间，忽见平如明镜的河面有个东西露出头来，如同白鲸一般漫游而去，看仔细了确是一头白色大犴无疑。

白博士一时惊诧住了，嘴里喃喃自语：“咴咴，这该就是妞日卡额宁的梦境啊。”

说者无意，纳卡听到站长的话却惊讶极了：“您刚才说您的额宁叫——妞日卡？”

“是的，妞日卡是我的额宁，她很美，有一双泉水般的眼睛……”

那会儿，机舱里的人都在俯瞰山岭间这天地造化的一切，极力捕捉着那个强劲的自由自在的生灵，此时，唯独纳卡转过头去，泪水正模糊着他的视线……是的，他要把这所知所见禀知阿日坤舅舅，告诉他，兴安岭上日月常新，森林的魂魄犹在……

自然生态叙事的新探索

——评海勒根那《白色罕达犴》

安殿荣

进入新时代以来，随着国家的倡导和治理，以及人们对自然生态环境的保护意识不断加强，自然生态文学又热闹起来，涌现出一批优秀文学作品。醉心于草原题材的海勒根那是这一领域颇具旗手特质的作家，创作了《六叉角的公鹿》《鹿哨》《把我送到树上去》等系列作品。刊于《民族文学》2023年第5期的《白色罕达犴》是其中较为突出的一篇，其特点主要表现在作家对自然生态叙事的新探索上。作家将魔幻现实主义的表现手法与民族叙事相融合，将历史与当下贯通，以白犴形象在过去与当下的不同幻化，引发读者对自然生态保护的思考，也展现了新时代以来自然生态方面的崭新图景。

少数民族作家因其生存环境和民族文化传统，在自然生态文学创作上具有先天优势，并取得过瞩目成绩。改革开放以来，在商品经济大潮冲击下，用资源换金钱的短视行为随处可见，对森林的砍伐、对动物的滥杀，成为有些人谋财的重要手段。这与很多民族信奉的万物有灵、人与自然相互依存的观念相悖，因此在相当长一段时间内，罪与罚成为自然生态文学一个重要主题，作家善于用因果报应的方式，让人类重新审视自身行为方式和价值观念。比如乌热尔图的很多作品，都凸显了过度狩猎带给人类的惩罚。《白色罕达犴》则在旧有罪与罚的叙事模式上，对小说叙事展开新的探索。作品采用历史和当下两个故事套叠的方式进行讲述，一面通过魔幻手法写纳卡与舅舅阿日坤的相遇，并开启阿日坤对过去的回忆；一面用现实手法写护林员纳卡视角下重新焕发生机的大自然。

对过去的讲述是对罪与罚主题的延续。这一部分使用了第一人称进行叙述，将阿日坤舅舅从兽医到猎人再到山林守护者的形象塑造得非常饱满。阿日坤舅舅有过两次进山。第一次是带着猎枪进山，尝试成为一名真正的猎人，却在恶劣的天气下几乎丧命，幸而得到白犴的守护和引路，可同伴得知白犴的存在后，却重伤了白犴；第二次是带着药箱，为救治白犴而进山。阿日坤看到白犴被钢丝套勒紧脖颈、身上流着脓水、瘦削得只剩下一把骨头。此时的白犴，无疑是被人类伤害得千疮百孔的自然的象征。经过阿日坤舅舅的不懈努力，终于救下白犴，他与白犴之间的互救，体现的就是人与自然最紧密的关系，是对于和谐共生的生态观念的认同，以及人类应当承担起保护生态环境、维护生态平衡的责任和义务。然而阿日坤舅舅在一场森林大火中，被偷猎者当成老犴打死了。但他的魂灵依旧游荡在林子里，留恋于这片山岭，于是，也有了阿日坤舅舅和纳卡之间穿越时空、充满魔幻色彩的邂逅。而且作者让阿日坤舅舅的魂灵有机会看到了兴安岭禁猎禁伐后的变化，并将寻找白犴的任务交给了纳卡。

对当下的叙事，则采用全知视角展开，更适合对兴安岭的生态图景做整体的描摹和展望，对阿日坤舅舅的讲述也起到了起承作用。在作品开头部分，描写了当下这片森林的美好景象："这是一片白桦与落叶松的次生混交林，林子快有几只松鼠的叫音那么高了，尖尖的树冠已能遮住天空上的鹰隼……"护林员纳卡在采集虫子标本，为林子除病虫害做准备，也是在这时，他看到了在水边蹲坐的舅舅，引出舅舅对过去的回忆。在小说的结尾部分，又回到了对当下的讲述，并将现实故事赋予了传奇色彩——新来的林业专家就叫白犴，他的母亲竟然也与舅舅的恋人妞日卡重名。这种惊人的重合是对遥远过去的一种呼应，使读者在白犴博士与白色罕达犴之间，产生某种联想，而现实中的白犴博士，更像是人与动物某种精神的缔结，寓意着对这片森林的共同守护。

从过去到当下，从阿日坤个人对白犴的守护，发展到人类对生态保护形成共识，这是《白色罕达犴》采用套叠讲述的方式，实现了历史与当下的贯通，带来欣慰与喜悦。作者也凭借生动的语言，让读者感受到兴安岭的美妙，那重峦叠嶂的绿色山岭、宽阔闪亮的呼玛河、"滑行"在浩瀚绿海中的白犴，是妞日卡的梦境，也是当下来之不易、值得珍惜的美好。

洗 澡

罗伟章

伤员都运走了，死者都以尽量体面的方式埋了，活下来的，马不停蹄地悲伤，也马不停蹄地清理废墟。这是地震后的第三天。孙亮也有三天没拉伸睡过一觉了。他经营的民宿，只裂了几条细纹，客人一个没伤，但村民的房子，垮塌过半，伤了十九个，死了两个。燕儿坡一百四十多人，外出打工的六十多，剩下八十来个，死伤近三成。孙亮把老人和孩子安置在民宿里，年轻人都去抢险。他刚好五十岁，也算村里的年轻人。

实在撑不住的时候，他会去村口吹吹凉风。那里有个满月石盆，或坐或躺，都很称心。地震扬起的尘土，把石盆变成了土盆，不过那是无关紧要的，三天下来，他浑身都像是土做的。这样子让自己满意。他没有袖手旁观。他不是本地人，非要说，也只能算本县人。六十公里外的县城，曾经有他的家，他在那里出生、成长，上大学后，父母调走，他就没再回来过。九年前，县里开发峡谷，需民宿设计师，他是这道上的行家，应县里召唤，回来“做贡献”。这是当时县长的说法，按他的身价和给他的报酬，说得也恰如其分。

峡谷里的民宿都是他设计的，本想干完活儿就走，可那天到了燕儿坡，他决定留下来。暮春时节，起伏的山体成了花海的波峰浪谷，遍野涌动着颜色、香气和光芒。花的光芒在夜晚也能照耀。百花在下，星群在上，天地辉映。但真正打动他的，是风。燕儿坡卧于半山，从河谷上山的公路，那时还没完全修通，他带着同伴步行上来，每一步都踏着岚烟。来到村口，一队风正好经过，满山摇响，四方动荡。“那是我第一次听到猎猎风声。”以前在家乡时，他没到过峡谷，之后走南闯北，见过了千般景致，但也没听到过这种风声。那是大地的深呼吸，刀砍斧削般的硬度，硬度里潜藏的妖娆，把他“吃”住了。

燕儿坡民宿是他出资建的，取名听风阁。

他在听风阁坐镇经营。但和村民的关系处得并不好。不是不好，是不亲。他和他们，是各自独立的两个世界。他身上的城市味儿太重了。但他并不想为了融入有丝毫妥协。气味只会同化，不会融入。怕自己被同化，便很少去村舍走动，多数时候，是躲在听风阁看书、听音乐、喝咖啡、泡功夫茶，当然，也听风。他把他的城市搬到了峡谷深处。

峡谷处于地震带上，尽管县志没有关于地震的任何记录，他还是按要求设计了峡谷的所有民宿。因造价高，别处是否全照设计施工，他不清楚，但听风阁是他亲自把关的，造价的四成都埋在了地下，足以抵抗八级强震。也只是有备无患罢了。他和峡谷人一样，不相信会有地震，正如健康的人不相信自己会生病，活着的人不相信自己会死亡。

八月九日那天午后，他像往常一样，坐在前庭的躺椅上看书。

看了半页，就睡了过去。

睡过去是另一本书。

仿佛在上海，转眼又到了西湖，阳光细碎，湖面深蓝，朝远处望，是大片雾。雾里藏着多少时光里的往事。他的故事也成为往事了。活到将近四十岁，他没正经爱过，因此也懒得结婚，可前段时间，一个女人从波光粼粼的西湖南岸，带着水汽，走入了他忙碌而干燥的生活。爱在水汽里发芽。每个星期，他都从上海去杭州见她，每见一次，爱就向深处扎一寸，被切割的感觉，让他疼痛。他由此知道，爱是让人痛的，以前没爱过，是因为没痛过。然而，正当他准备把自己往后的日子都交到她手上，她却跟别人好上了。

那个“别人”，是他朋友，他曾带着那个朋友，和她见过几次。

那段时间，他眼前的一切都是红色的。开着车过马路，绿灯也是红色的，后面摁破了喇叭，他也只是像块石头，遭致的怒骂，像石头被爆开。他把身体和心，都掏成了深井，让爱在井里洋溢，可猛然间，一半抽空，一半迷茫，他成了皮囊和游魂。好多个夜晚，他都去酒吧，喝得醉醺醺的，在大街上乱走，有时从子夜走到天亮，当曙色从城市里涌起，比街灯更加悲悯地为他指示着方向，他才看清这并不是家的方向。

是故乡救了他。在他为情所伤失魂落魄的时候，故乡召唤他了。

他留下来不走，“猎猎风声”或许只是一个借口、一个比喻。

故乡是一回事，故乡人是另一回事。他在每个细节上，包括说话的方式，走路的姿势，都禁止自己成为故乡人。他要让她认得出他。尽管不再跟她联系，也不再跟她的他联系，但他总感觉有一双眼睛，甚至两双眼睛，在某一处闪闪发光。他要活得气宇轩昂，让那一双或两双眼睛黯淡下去。爱，已经说不上了，忌恨也说不上了，因为他不再痛了，但被一刀割去的尊严，并没像韭菜那样长出来。长出来的是脸上的线条，那是风吹的，风雕刻着他，让他在脸上留下风的力度和气息。他的脸似乎越长越长。

她终究认不出他来了。

好像也无所谓了。

确实是不再痛了。

但他从来没有忘记她。从某种角度说，十余年来，他都和她一起生活。在这个午后，他坐在前庭的躺椅上，拿在手上的书是她送的。他读得几乎都能背诵。“打猎归来的狮王，满面红光地穿过平原”，这天读到这句，他停下来，想象着那孤独而盛大的场面，想着想着，就迷糊过去了。远古神话里，睡神和死神是孪生兄弟，那个满面红光的狮王，那个死亡制造者，却同时制造着空阔天地间的生机，如同上天，制造着夜晚和日出。而他，是只能看见日出的人，所以不完整，要被抛弃。

睡梦中，那些沉痛的回忆，又在狮王的满面红光里复现。

他的脏腑被抓了一把。

接着被狠狠地抓了一把。

他遽然醒来。眼睛睁开，首先看到的，是灯柱在晃，墙壁在晃，首先想到的，是两个疑问：谁在摇房子？谁在摇大山？疑问形成意识之前，就被铺天盖地的响声淹没。这响声很奇，奇在没有东西不响。当本来以为不会响的东西也响，世界就变得陌生了。

“小琪……”十余年来，他第一次出声地叫了那个女人的名字。

“小琪呀，我差点死啦!”

那时候，落脚听风阁的游客已经下山。他劝他们稳一稳，但劝不住。逃离，似乎永远是最安全的。可手机断了信号，无法付款，游客急得乱嚷，急得哭，有个四十来岁的女士哭得妈天妈地，像她刚出生，要奶吃，却被抽走了怀抱。他给了他们个微信号，游客明白那意思，如获大赦，纷纷保证，什么时候恢复通信，就什么时候加号打款。

游客还没走，服务生就焦心断肠地跑了，他们都是本村人，说要回家看看。

燕儿坡的村舍，在听风阁上方，相距不过百余步栈道，但看不见，只听得见，高大的水杉、丛集的灌木、倒挂的藤萝，切断了目光，却切不断声音。声音像来自地窖，阴气森森。狂暴的狗吠，追赶得阴气四散奔逃。这天阳光灿烂，阳光并不因为地震就不灿烂，它不惊不诧，走着自己的路，照得山水光明，可当那声音传来，阳光也软了腿，仿佛被绊了一跤。

孙亮也被绊了一跤。

院坝里两块石板之间，可能是哪位游客掉了瓶矿泉水在那里。

其实是因为余震。

重新站稳后，他叫了那声小琪，说自己差点死了。

听风阁除了他，再没别人，从县城请来的厨师也进村看灾情去了。他希望如此。他要啃啮自己的孤单。他要以自己的孤单来惩罚那个抛弃了他的女人。

这种自怜自爱，注定得不到回应。

你早就是小琪的茫茫人海了，是死是活，她早就不关心了。跟她分手过后，将近两年的时间里，他每天二十四小时开着手机，等待她的信息——等待她的忏悔和解释。至少要给一个解释。没有她的任何信息。他因此恨所有给他信息和打他电话的人，因为都不是她的信息和电话。后来他很早就关机。特别是驻扎燕儿坡后，他以日升月落计算时间，太阳从对面山头的松垛上落下去，落到树下的草窝里，变成冷却的阴影，他就把手机关了。有些日子，他整天都忘记了开机。可是今天，分明断了信号，他却渴望跳出一声问候。

然后他就告诉问候他的人：我差点死了。最好是什么话都不说，根本就不回复。让她去猜。让她以为他真的死了。让她背负绝情的债务，度过每一个白天黑夜。

然而，对孤单和“惩罚”的索求，最终成了自戕。他恐惧起来。听风阁最安全，可这时候他非常恐惧。情不自禁地，他也朝村里走去。他不想去，是恐惧逼着他去。平时，他很少跟村民接触，村民跟他也是。他隐隐约约感觉到，村民心里怨他。简陋的农舍，吃不上旅游这口饭，饭都被他吃了。他只是在村里招了几个服务生。想修房子，娶媳妇，村民还是只能外出务工。他的样子村民也不喜欢，一米八二的个子，太高了，峡谷人都矮，是便于攀爬的基因选择。他还留披垂至肩的长发，用橡皮筋束住，这在峡谷人看来是女人的打扮。

或许，最看不惯的，是他没有女人。山里穷慌了的男人才没有女人，是娶不上，你那么有钱，为什么没个女人？未必你打扮成女人就当自己有了女人？

他知道村民这样看他，心想我不是没有女人，只是那个女人跟了别人而已。

但他在心里拥有她。

他把心里的拥有当成真正的拥有。

许多时候，这想法并不能说服自己，甚至让他厌恶，因此村民看他的眼神，同样让他厌恶。他和他们之间，此时不仅不亲，还抱着某种程度的敌意。

难以置信的东西，却往往真实地存在着、发生着，这是生活最不可思议的地方。她抛弃他，嫁给了他的朋友。他离开城市，来到乡野。亲身经历地震。敌意。恐惧。敌意在恐惧面前不值一提……他混乱的脑子里跑过这些念头，双脚打绊，踉跄上山。

栈道已拦腰折断，只能从旁边的林子里钻。枝条和刺藤，动不动就拍他一掌，扫他一腿，锥他一针。当他走出林子，眼前的景象让他震撼。房屋大多断了脊梁，摊了一地，如果那些木头砖块是水，就从地底下流走了。狗跑来跑去叫，人却如木偶。有人的头发被血浸透了，但已看不出是血。分明不见谁张嘴，却到处响着人才能发出来的声音。

“娃娃呢，我家老头子被埋了哇……”

不知过了多久，终于有了第一个清晰的声音。发出这声音的老人，颠颠扑扑上前，一把抓住了他的手。紧跟着，更多的人朝他围过来，更多清晰的声音响起：弟弟埋了，爸爸埋了，孙子埋了……痛的沉渣再次泛起，说不出来由。或许是他感觉到，自己不仅没被怨恨，还被依赖。曾经，他也这样被依赖过。心里抽空的井，壁上已长满青苔，然后青苔也干枯了，住满了蝙蝠，而这时候……他将老人揽进怀里，以怒吼的腔调，给他的服务生发布指令：把所有老人和孩子，立即送到听风阁。又是以怒吼的腔调，让各家各户清点人数。出入峡谷的路多半毁损严重，救援队不可能短时间赶到，必须自救。清点了人数，才能心中有数。

救援队是当天晚上到的。他们来之前，已救出了六个伤员，都是轻伤。

到第三天清早，两个死者和别的伤员也找到了。救援队把重伤员抬走了。

称燕儿坡为村，其实只是村的很小一部分。峡谷地区面积广大，随便一个村，都有方圆十余公里。之所以选定燕儿坡建民宿点，是因为这里有温泉和滑草场，视野也相对开阔。燕儿坡隶属鸡唱村。从村委会过来，要走三个多钟头。到第三天，村干部也没来。山上到处是滑坡，滑坡倒也拦不住山民，但要关照的地方太多，太分散。何况，村委会本身是否安全，也是未知数。连村民小组长也不住在这里，也有好几里路。

几天来，听风阁供给所有人吃喝。没有电，就架大锅，烧柴火。断了水，但水是不缺的。地震像个干渴的巨人，一口就把温泉喝得罄尽，多条山溪也骤然枯竭，好在听风阁底下有个石潭，清澈的潭水毫无损伤。食物也不缺，听风阁食物储备充足，近期又不可能有游客，正好拿来招待村民。谁想睡觉，也是去听风阁，那里开着所有的房间。

到第二天夜里，除手机信号外，水电都通了，就变得更有保障，更有秩序了。

然而，所谓秩序，只是灾后秩序，不是正常生活的秩序。

当重伤员被运走，死者停放在废墟上，真正的伤疤才亮出来。

有个死者已经臭了。她是下窖摸红苕被埋的，窖里温度本来就高，又是大热天，还被封住。另一个死者浑身是血，身体没臭，血也臭了。必须立即安埋。但按照峡谷地区的风俗，死者至少要在家里住三天，请来阴阳，作法念经。燕儿坡本身没有阴阳，要翻山越岭，去二十里外的桑树坪请，整个峡谷都是灾区，桑树坪的阴阳同样是灾民，自己家都忙不过来，哪有心思外出？即使能外出，也不能等。大灾之后须防大疫。

当孙亮说出及时安埋的话，死者亲属呼天抢地，别的人也反对：“又不是死猪死狗……”

孙亮没接话，只说：“大家都饿了，先吃饭。”

那是第三天上午十点多钟，还没吃早饭。

孙亮让厨师先备两份供品，他带着一个服务生，端着供品，去敬到两个死者灵前，并让那服务生守住，然后把死者亲属也劝到了听风阁。

饭菜快上席的时候，孙亮对众人说：“春娃和冉嫂，不仅要及时埋，还要深埋。这是为大家好。不是我为大家好，是他们两家人为大家好。走，我们现在就去埋。全村都去给春娃和冉嫂送葬。这是天灾，燕儿坡从没遇到过的天灾，一个人的死，是我们共同的伤痛。我知道你们祖宗八代两三百年住过来，讲究辈分，今天就不讲了，我们都去给他俩当孝子！”

都沉默。

都坐着不动。

然后，春娃的母亲首先起身……

峡谷人家，到一定岁数，就都提前备着棺木，冉嫂自己有，春娃没有，只好找人借。垮塌的房屋刮坏了生漆，但棺床未损。把人送到墓地，存有纸钱的人家都拿来烧化，听风阁的两个服务生，各自捧着一份供品。下葬之前，春娃的母亲把供品接过去，端到儿子面前，说："娃，你孙叔叔也来了，你的肉哇菜的，都是你孙叔叔给的，你吃吧，吃了上路吧……"

孙亮闻言，流出了眼泪。

埋了死者，活人才吃饭。

然后是清理村道，收拾残局。

孙亮一直待在村里，跟他们一起拿扫把，挥铁锹，搬砖块，抬木头。村民劝他歇着，他说累了的时候我知道歇。到下午四点多钟，确实累得不行，他便又朝村口的石盆走去。

暑气蒸腾，石盆上却凉飕飕的。

对他来说，这凉意是一种仁慈。就像地震，既然是自然现象，发生在白天，也算是老天的仁慈了。他本来只想找个清净地方坐会儿，却不由自主地躺了下去。他抽着烟，尽力睁大眼睛，是怕一旦睡过去，就要错过和村民在一起的整个白天。

天上云朵如丝。天空也寂寞，也在找存在感。白云就是天空的存在感。世间的一切，都是这样吗？地震，也是大地在找存在感吗？他由此想起一个人来，这个人住在养老院里，平时对工作人员骂不绝口，甚至动手打人，节日里送给他的玫瑰花，他当着人的面，一片一片撕碎。后来，他死了，死之前留下一句话："我不是故意为难你们，我是想你们别忘记我。"这个人，是"他"的父亲。这个"他"，是他曾经的朋友，小琪的丈夫。

真奇怪，今天怎么想起"他"来了？他捋着自己的思绪：由天空和大地的存在感，想到养老院那个人，由养老院那个人，再想到"他"。

可他感觉到，正是因为要想到"他"，才有了前面那些弯弯绕绕。十多年来，"他"是他的深渊，甚至是枪口，他不愿去想，更不愿凝视。不是怕，是恨。然而，恨其实也是怕。

更怪的是，今天想起来，怎么既不恨也不怕了？

他居然敢于大大方方地说出那个人的名字了：胡应华。

他干脆又喊了两声：胡应华。胡应华。

胡应华不是个坏人，对父亲也并非不孝。父亲好酒，脾气古怪，胡应华上大学后，父母离异，从此，父亲更是酗酒成性，不上六十身体就垮了。胡应华工作忙，不能照顾老人，迫不得已，才把父亲送到养老院。但每个星期都去看望，无论自己多么焦头烂额。他比孙亮小几岁，但早已结婚，且有个女儿，女儿不满四岁，夫妻就离了，胡应华独自带着女儿。

"她宁愿去当后妈，也不跟我。"

孙亮被伤，伤得最深的有三根刺，这是其中一根。

可是今天，连最深处也不痛了。

躺在石盆上，面对高远蓝天，他使劲揉了揉胸口。确实不痛了。

一切都过去了。他差不多要祝福他们了。

但他并没忘记自己当初说的话。他说："我们都死了。"

话说出来之前是水，说出来后就成了石头，刻在时间上。——这是一本书上讲的。她送给他的书。她送过他五本书，每本书他几乎都读得能够背诵。说了就说了吧，刻在时间上就让它刻吧。一切都终将过去。就像"听风阁"几个字，他是请人刻在右侧一块天然石壁上的，可是，永恒的时间却不会永恒地保留着那几个字。

不过，此时此刻的天高地阔，是不是本身就代表了永恒？

"通了！通了！"

一个女子丫手丫脚地朝他跑来。

那女子名字就叫小丫，能干，实诚，孙亮让她做了收银员。她是给孙亮报告，手机信号通了，那些游客都加她微信了，打款了。孙亮给游客的微信号，就是小丫的。

他坐起来，点点头。干土乱飞。他把头拍了一下，结果越拍越多，把脸都罩住了。

"这证明他们都很安全。"他在尘网里说。

然后和小丫一起，回到村里，又跟着大家搬石运土。

不一会儿，孙亮接到镇长的电话。镇长跟他同姓，平时就有联系。孙镇长来电话之前，鸡唱村支书给燕儿坡的小组长打了电话，小组长打给一个村民，知晓了这里的全部情况，并经由支书汇报到了镇上。孙镇长打电话来，是对孙亮表示感谢。

吃晚饭的时候，孙镇长又来了电话，这回是告诉孙亮：明天上午，省电视台要来峡谷采访，他们经过研究，决定让省台重点采访燕儿坡。到时候，县领导和镇上领导都会跟来。

孙亮不想影响大家吃饭，没急于说出这个消息。

几天来，虽然每顿饭都开，但每顿饭都吃得有一筷子没一筷子。

他不急于说，还有个原因，他在思考，电视台记者来，肯定要采访他，他应该如何面对镜头。自从坐镇听风阁，他就没再面对过镜头了；刚回县里的时候，也有过采访，那都是县电视台。现在是省台。县台很难传播出去，省台就不一样了。省台的很多节目，不仅在台里放，还做成各种视频，视频都是孙悟空，翻个筋斗就十万八千里，那么，她就会看到。

本来以为不痛的地方，又有些反应了。

是的，他要让她看到，他并没有因为她垮掉。

连地震都没让他垮掉。

他照样活得气宇轩昂。

然而，这种想法刚冒头，他心里就涌起一阵悲怆，却又把握不住悲怆的方向。很可能是四面八方。只是，四面八方的悲怆竟没让他空，反而更加充实，这是让他深感诧异的。

气宇轩昂，不是他一个人的。

当村民吃完了饭，他站起来，转告了镇长的话，然后他说：

“领导是来看望灾区，电视台采访，也是采访灾区，听风阁好好的，不是灾区，因此我就不在镜头里出现了。是你们出现。我只是想，以往，我们在媒体上看到的灾民，都是灾民的样子，而灾民的样子也会形成灾民的心态，事实证明，我们燕儿坡受了大灾，垮了房子，死了人，但燕儿坡人很争气，大悲大勇，积极自救，我们是灾民，又不是灾民！”

村民等着他说下去，他又说：

“所以，我们要干干净净地面对镜头！地震弄得我们灰头土脸，但几天下来，都没洗过澡，没换过衣服，好些家庭也没衣服可换，从废墟里抢救出来那些，不是被钉子挂破了，就是脏得完全洗不出来。但也不是没有办法，我们就用穿在身上的换。”

大家一时没明白他的意思，于是他解释：今天晚上，所有人都洗个澡，然后好好睡一觉，连续多少个钟头没横着睡过一觉了，这样下去，铁打的身子也会拖垮，不如趁这个时候，认认真真像模像样地睡够。脱下的衣服，由服务生洗，男人的就晾到外面，天亮后绝对能吹干，女人的就用烘干机烘，很快就又能穿上身了。

确实想好好睡一觉了。

确实想洗个澡了。

夜里，听风阁的各个房间，先是把尘土和汗盐板结的衣服从门缝里递出来，随后响起哗哗的水声。水声响到前半夜，服务生忙到后半夜。

次日上午十点零七分，领导和电视台记者来了。

燕儿坡的灾情，在峡谷地区不算最重，最重的是月亮湾、土黄岭、扇子垭、桑树坪，都有不下五个人遇难，除上述地方，就数燕儿坡重了。然而，他们看到的燕儿坡人，却衣着整洁，精神饱满，垮塌的房子面前，站立着一组“打不垮的群像”。

当天晚上，省台的《新闻联播》，把关于燕儿坡的新闻放在了头条，并且加了编者按，“打不垮的群像”就是编者按里的话。

孙亮组织全体村民在听风阁收看了新闻。

他坐在角落里，思绪飞到很远，飞到了江南。她看得见吗？知道他就在燕儿坡吗？只要她看到，就会知道。村民都说他好话，对他表达深沉的感激。这些，对他不重要，他希望她看到，并不是让她听别人说他的好，而是让她知晓，他这个孤独的游魂，而今又走入了人群。这群人和他休戚与共。不是同化，是融入。他真正得救了。

他发自内心地祝福她，也祝福他们，祝福所有人。

至于若干天后，因为那条新闻，燕儿坡在救灾补助上吃了亏，村民因此又有了怨言，说不应该洗澡，不应该穿那么干净，他也不把那些怨言放到心里去。

他觉得，这一切都是可以改变的，可以解决的。

一切终将过去

——评罗伟章《洗澡》

张　涛

从《谁在敲门》开始，罗伟章就擅长在琐碎的日常叙事中书写个体的幽微细腻情绪。短篇《洗澡》言简意赅，寥寥的文字中却循着主人公孙亮的回忆与视角，经历一场洗净心灵污垢的“洗澡”。此“洗澡”不仅仅是字面意义上的涤荡身体，更是一场思想和心灵的重焕生机。

在罗伟章的《洗澡》中，主人公孙亮为逃避感情挫伤，以民宿设计师的身份，从县里搬到了峡谷。途经燕儿坡之时，他被风光吸引，决定不走了，在这里盖了能抵御大地震的民宿“听风阁”。孙亮虽然在燕儿坡开民宿，却鲜与村民有交流，甚至觉得村民看不起自己。他对人群兴致寡淡，并不想融入，进行自我隔绝。

地震前的孙亮时时沉浸在爱情受挫，被女人、友人双重背叛的失意中难以自拔，他时常感觉孤独，自怨自艾，郁郁寡欢。听风阁是孙亮夜深人静自我舔舐伤口的小小居所，他的心还停留在个人的爱恨中，历经十年，仍难抽离。

直到这一天，一场大地震猝不及防地到来。民宿里的客人毫发未损，而山上的普通村居，又如何能承受地震的摧残?

“地震，也是大地在找存在感吗?”

孙亮思绪万千，犹豫片刻，还是情不自禁地朝着村庄走去……疮痍满目的景象让他震惊。生死攸关的时刻，孙亮摒弃了个人的小伤痛，在自己的伤痛还没彻底痊愈的当下，他为村民扶危济困，帮助他人之时，内心竟也得到了前所未有的平和。

灾难面前，孙亮放弃了个人的得失，疲劳劳累，心也在融化，“更怪的是，今天想起来，怎么既不恨也不怕了”?

“一切都终将过去。就像‘听风阁’几个字，他是请人刻在右侧一块天然石壁上的，可是，永恒的时间却不会永恒地保留着那几个字。”

是的，孙亮渐渐明白，一切终将过去，就像内心的伤痛，已开始慢慢愈合。个人失意后可以佯装“气宇轩昂”，怀揣着个人的小心思想让前女友知道自己过得非常好，那么在真正的地震灾难面前，他推己及人，在群体伤痛后，了悟要充实，要堂堂正正，同样活得“气宇轩昂”。

孙亮此时充当了村民们心灵的引路人角色。当准备接受省电视台采访时，孙亮对劫后余生、满脸疲惫不堪的村民说：“我们要干干净净地面对镜头！”这声呼吁宣告孙亮正式和昔日的自己告别。一场酣畅淋漓的洗澡就此开始。

此时的洗澡被赋予了三重隐喻。

一是生理上的洗去尘埃和污垢，休憩以后重新出发；二是心灵与精神上的洗涤，重建家园，面对前途蓄积累累勇气；三是主人公孙亮也通过这次“洗澡”实现了心灵的自洽，他终于放下了昔日困扰他多年的爱恨，复归群体，宛若重获新生。

洗澡之后，这群没有被灾难打倒，而是“衣着整洁，精神饱满”，在垮塌的房子面前的村民，深深打动了电视台，称赞他们是一组“打不垮的群像”。

收看新闻时，孙亮虽然在角落里，心灵上已经与燕儿坡的村民休戚与共，“不是同化，是融入”。融入集体之后，孙亮洗去了自身曾经的自怨自艾，洗掉了爱恨情仇。在更广袤的集体面前，与其说，是孙亮帮助了受灾群众，毋宁说，集体的洪流彻底救赎了孙亮个体的孤独。疲惫不堪的他和村民，洗澡之后，回归到了真正的故乡，他不再是冷眼旁观的“异乡人”，而是和村民一样，是一个整体，他终于摒弃了个人忧伤，走进了恢宏的救赎之路。

“洗澡”以后，孙亮真正得救了。“他发自内心地祝福她，也祝福他们，祝福所有人。”

并不复杂的情节，体量也不庞大的故事，罗伟章却将孙亮的内心转变写得幽微深入，是洞察人心之笔。我们每个人都曾是孙亮，也许是因为爱情，也许是因为工作，也许是因为其他什么，我们曾沉溺于此，猜不透，想不开。倘若没有灾难，倘若我们将视野移入不远处阔达的地方，看一看那充满烟火气的人群，看一看群体里才有的巍峨、壮阔、豁达与不屈，心中的块垒会不会也能浇落不少？

一切终将过去，但愿我们也时常给心灵来一次“洗澡”。

春天果然短暂

马小淘

1

我妈告诉我，胡铁刚再婚了。听到胡铁刚这个名字，我甚至反应了一下，大概有十年没有人提起过他了。他是我姑父，准确地说是前姑父。这些没有血缘的所谓亲戚关系，听起来是那么回事，其实链接非常脆弱的，比如舅妈、姨父、姑父、婶儿，只要我真正的亲戚和他们离了婚，他们立马就失去了亲戚称谓，如果有新亲戚被“提拔”上来，他们简直算得上不带走一片云彩。

十几年前，我姑姑坚决地和胡铁刚离了婚。我妈曾在电话里苦口婆心地劝，彼此外边都没有人，没什么原则性的问题，又有孩子，胡铁刚好歹不是个坏人，凑合凑合一辈子就过去了。姑姑非常沉稳地听着我妈在电话里输出，临了只说了一句：我和他实在没有共同语言，我的心已经粉碎了。

我清楚地记得这句有点琼瑶的台词，也记得我妈当时脸上的表情——震惊、不解、心疼，非常复杂。此前的一两年，我姑就在电话里罗列了很多要离婚的理由。比如胡铁刚异常自私，大夏天买个小西瓜回家自己吃，等她和孩子回去时只剩下一垃圾桶西瓜皮；比如胡铁刚胆小怕事，邻居家的狗总在他们家门口撒尿，让他去找邻居说说，他推三阻四，其实就是不敢；比如他脚臭还不爱洗；比如他呼噜声特别大……听起来当然没有包二奶养小三赌博嫖娼那么糟心，但是细想也确实很难一起生活。我妈本着宁拆十座庙不毁一桩婚的腐朽思想，总是劝我姑要心胸开阔。劝不动的时候，她也会突然厉声呵斥我姑，当时都说这个人除了老实没什么能耐，不是你自己急三火四要结婚的吗？

每次放下电话我妈都和我爸复盘一遍，我爸总会隔空数落我姑一番，虽然我姑根本听不见。我妈第一次告诉我爸我姑动了离婚的念头时，他几乎想也没想就给我姑打了电话，因为他认为我姑一定是被胡铁刚欺负了，比如家暴之类的。他要第一时间了解情况，为他妹妹做主。然而事情并没有他想象的那么鸡飞狗跳，只是鸡零狗碎而已。感情还行的夫妻其实对严酷的婚姻生活缺乏认识，他们以为只有暴力、黄赌毒让人绝望，并不知道还有水滴石穿般的失望。

我之所以掌握了这么多细节，都是假装不经意蹭听到的。毕竟那时候我还在读中学，他们认为我不该懂这些。但是我对姑姑的事总是格外上心，中学时的我正在叛逆期，几乎讨厌过身边所有的亲戚，比如我舅舅爱随地扔烟头，我小姨说话基本不算话，我舅妈总喜欢烫各种毛骨悚然的丑头，但我从来没烦过姑姑，也可能是因为我们没有生活在一个城市。

小的时候姑姑带过我，三岁到七岁的四五年中，姑姑住在我家。彼时，十九岁的姑姑没考上大学，或者更准确地说是根本没有参加高考，我爸说她不喜欢学习，上课就头疼，到食堂就自动康复，问她学校怎么样，她说白馍馍做得不错。那时我爸已经和我妈结婚五年，并且安顿在了他们读大学的北方城市，也是我妈的老家。有一天忽然收到了我爷爷即将到访的电报，而后没两天我爷爷就出现了，还带着我姑姑。据我妈说，我爷爷言简意赅告诉我爸，家里要翻修老房，没地方住，让我姑在我家先住一年。我爸要带着我爷爷玩两天，我爷爷勉强玩了一天就返程了，留下了并不是十分痛快的我爸和有点不知所措的我姑。

姑姑是我爷爷唯一的女儿，我爸作为她的大哥，比她大了十来岁，其实两人并没有太多共同成长的经历。她当时一嘴中原口音，在语言非常接近普通话的我们那儿，一听就是外地人。最关键的问题是，我们家当时住的是一屋一厨，根本没有多余的地方做我姑姑的闺房。最后还是我妈找了一层层关系租了我们家一楼的一小间房，我们住二楼，姑姑住一楼。我总是在一楼和二楼两头流窜，找到了一种住别墅的感觉，虽然那其实是个邻居无数的筒子楼。那时候租房这事并不普及，所以姑姑的房子算是借的，给单位交一些钱，借那间房。现在回想，借这间房可能也给我爸妈造成了不小的经济压力。但不知道是工作不好找，还是他们心疼姑姑，反正那几年姑姑并没有上班，主要就负责看着我。

当时我还没上幼儿园，白天都待在我妈单位的托儿所，我性格有点孤僻，能感受到阿姨们并不十分喜欢我。于是，我从托儿所退学，和姑姑在家待了一年。那一年我们俩总是形影不离，十九岁的她和三岁的我。

据我妈说，那时候的故事有两个版本。我们院里的人总看见我欺负姑姑，诸如当众哭闹非要买烤鱼片；诸如把皮筋一头绑树上一头让姑姑拽着；诸如把娃娃塞进姑姑洗袜子的盆里，姑姑洗着洗着露出一只手，吓得踢翻了盆，反正是任性的我和无奈的她。而我姥姥家人总看见因姑姑的失误而遭罪的我，比如我在前边跑，姑姑在后边追，即将抓住我的瞬间她没控制好力度把我推倒了；比如她把我抱在沙发上换裤子，我推着她的肩膀大头朝下栽下去了，我姥姥说她当时听到咚的一声，不敢相信那是我头部触地的响动，几乎展开了我即将变成一个弱智的恐怖想象。两个版本应该都是真的，我一直是个暗搓搓调皮的鬼心眼小孩，我姑姑也多少有点粗心大意。这些事我都不记得了，但我隐约知道即使是三岁，我也明白我在家里的优先级排在姑姑前边，作为爸妈的嫡女，我清楚自己的优越性。所以那时候我常常威胁她——我要告诉我爸妈你对我不好。

其实姑姑对我特别好，纵容溺爱就是我能真切感觉到的好。那时候流行一种儿童羽毛球，球拍是一个圆形的动物脸，球能吸附在球拍上，两人对打时可以直接将球吸着接住。我没注意过别人是怎么玩的，我和姑姑玩的时候我只负责站着，姑姑会瞄准我的球拍把球扔过来。所以我四岁正式上了幼儿园后为此出了丑，老师问谁会打羽毛球，我跃跃欲试，被选中后我直挺挺站好，等着对方将球精准投喂。老师和小朋友被我的僵直姿态震惊了，让我到场边稍事休息，我看到大家满场奔跑奋力接球，才明白我其实不会玩这种球。

姑姑接送我去幼儿园，回家的路上会给我买一盒巧克力豆，我妈说表现好的时候可以买，姑姑认为我每天表现都很好。我和姑姑都不喜欢喝牛奶，我妈却每天逼着我俩喝，姑姑总是表情苦涩地咽下去，我有时候会想办法倒掉。长大后依然没习惯牛奶，每次拒绝我妈，她都会说“和你姑一样”!

幼儿园阿姨告诉我妈我发不好平翘舌，经常出现“一二山是”的发音。这其实是东北小孩非常容易走上的“邪路”，并没有什么可大惊小怪，但是我妈却异常心焦，作为大学老师，她坚持说一口比较标准的普通话，不能接受我不三不四的发音。于是我妈每天反反复复地教我数数，我姑也跟着配合示范，结果我妈发现姑姑说的虽然不是“山是”，却好像是“森似”，四勉强可以，三实在是另一种噩梦。于是我妈革除了她助教的身份，号召她和我一起学习，一时间走廊里总是回荡着我和姑姑一起努力“思安三”“思义四”的饶舌声。

那几年我和姑姑一定还发生了很多故事，只是我已经记不大清楚了。谁能指望一个四五岁的孩子记下事情的全貌呢！想起姑姑，好像有很多记忆在我脑海里盘旋，却又想不起什么具体的。

我只记得姑姑走那天，我们并没有道别。就是平平无奇的一天，去幼儿园接我的是爸爸，不是姑姑。到家后，妈妈说姑姑回老家了，奶奶给她找了对象。我号啕大哭，不能接受从此要孤身面对两个统治阶级。妈妈抱着我安慰了很久，还承诺她放暑假会带我回老家找姑姑。

姑姑那次回家就是奔着胡铁刚去的，两人彼时刚刚相识，即将迎来热恋。

此前姑姑也曾回过一次老家，也是号称回去见对象，却在我爸的暴跳如雷中收场。那次好像也是我奶奶张罗的，奶奶二十一岁生下我爸，在她眼里女人过了二十，头等大事就是结婚生子，姑姑再蹉跎下去可不是开玩笑的。姑姑被召唤回去相亲，却没相中对方。我奶奶向我爸告状，说我姑挑三拣四，在城里待几天就不知道自己是谁了。姑姑一言不发只在电话里泣不成声，我爸本着没有调查就没有发言权的严谨态度回了趟奶奶家。他去见了见我姑的相亲对象，没忍住对我奶奶大喊大叫了一番。那不是个傻子吗?

你给你亲闺女相了个傻子！第二天我爸把我姑领回了家，回来后我爸我妈我姑三人揶揄了我奶和那个傻子好几天。我问谁是傻子，他们说大人的事少打听，又忍不住告诉我，姑姑差点要和一个傻子结婚。

我奶奶认为，我爸阻挠我姑的婚事，是希望她能在我家干活儿，是自私自利。但事实上我妈那时候并不忙，也觉得我姑做事粗枝大叶，并不指望她真干点什么。然后，我奶奶不屈不挠地给我姑推介了胡铁刚，两人先通了信，互寄了一张照片，一来二去就真产生了所谓的爱情。

胡铁刚的家在另外的镇上，此前和我奶奶家并无交集，反正是通过七拐八拐的介绍和我奶奶搭上了关系。他是三代单传，家里还有一个姐姐，据说家庭条件不错。奶奶见他浓眉大眼，几乎可以算是一眼相中。不过，有了病急乱投医能凑合傻子的前情，奶奶的相中也不具备什么参考价值。姑姑怕胡铁刚也是个呆头呆脑的大傻子，和奶奶说要先通信了解。于是，那阵子我总看到姑姑靠在床边，一盏小小的台灯，她在读信。这个春心荡漾的场景过于清晰了，越清晰就越可疑，我总有些怀疑它是假的，是我成年后幻想出来的。

反正不久之后，姑姑和胡铁刚就建立了比较明确的恋爱关系，然后姑姑就走了，对我来说是不告而别，对大人们来说大概是一切按计划进行。

2

好在放暑假的时候，妈妈真带我回了奶奶家。其实幼儿园是不放暑假的，暑假是作为老师的妈妈的暑假。那个暑假过后我也要上小学了，上了学就会拥有属于自己的暑假。

来迎接我们的除了姑姑还有胡铁刚。胡铁刚身材微胖，面白无须，头发是自来卷，看起来既不铁，也不刚。我觉得他名字起得文不对题，他看起来特别像个主食，叫胡馒头、胡豆包之类的可能更合适。我妈假笑着打量了他一番，没有显露出明显的好恶。他说起话来吐字发音不太利落，词语在嘴里好像经历了过度咀嚼，都连成了一片。我揣测我妈不会十分喜欢他，毕竟她那么喜欢普通话。

待了几天，我妈就回去了，说是让我在奶奶家玩，过一阵我爸来接我。于是，我彻底放飞自我，每天招猫逗狗，当然大部分时间还是小尾巴似的跟在姑姑屁股后边，也少不得常常和胡铁刚接触。

我妈走后，姑姑又郑重地把胡铁刚介绍给我。好像他头几次的亮相都是彩排，这回才是正式公演。他们要去市里逛街，我忘了是原本就计划带着我，还是我看不出眉眼高低没拿自己当外人，反正胡铁刚来接姑姑的时候，我自动跟了出去。

“他是姑父。”姑姑颇有些严肃地对我说。

“我知道啊，他不是叫铁刚嘛！”我自以为懂事地转向胡铁刚，“胡姑父好！”

“不用带姓，就是姑父。”姑姑纠正着我自以为是的礼貌。

后来想想，这中间的微妙差异还真有点意思，有胡姑父，就好像还有王姑父刘姑父李姑父似的，带了姓的姑父立马降了档次，不是亲姑父了。那时候他俩其实还没领结婚证，这简单的介绍足以证明姑姑对他的认可。

我们先是骑了自行车，而后坐了大巴，到了市里。姑姑很有些得意地告诉我，胡铁刚在市里上班，是自行车厂的质检员。我们先是逛了大集，又逛了百货公司。姑姑好像对百货公司更感兴趣，而我喜欢大集。胡铁刚给我买了糖人、糖稀、糖葫芦，还让我骑在他脖子上。细密的汗珠隐约渗出他卷曲的头发，我能听到他有些粗重的呼吸。他既诚恳又局促，大包大揽卖力表演一个称职的姑父。

“姑父你累吗？”

“不累。”他发音含混又语气坚定地回答。

我迅速被感动，认为他是个善良的大人。我妈不让我吃糖人、糖葫芦，她说那些东西不卫生，也不许我玩糖稀，她认为糖稀这个东西就不应该存在，除了拉低人的气质毫无意义。所以，对我来说，那是一个打破禁忌、忘乎所以、所有愿望都被满足的好日子，我沉浸在放纵的快感中，非常幸福。

姑姑也有收获，胡铁刚给她在百货公司买了一个蓝粉花封皮的笔记本，在大集上买了两个发夹。两人一路上一会儿羞涩地对视，一会儿默契地看向远方。我觉得姑姑和平时不太一样，她时不时发出过分清脆的笑声，有点做作，又有点紧张，而胡铁刚的笑是无声的，他巴结地看着姑姑笑，好像贴了一张微笑面具，时刻保持着笑容可掬。毫无疑问他们都很快乐，空气中涌动着糖果般甜美的气息，初夏的天空碧蓝如洗，所有人兴高采烈。

下午我们去一个公园划了船，湖水被船桨划破，忽然传来青蛙咕咕呱呱的声响。我被青蛙叫催了眠，恍恍惚惚在船上睡着了。等我醒来时，已经在归途的大巴上。姑姑抱着我，我的腿搭在胡铁刚腿上，两人咕咕哝哝说着悄悄话，看起来不是在议论是非，就是互诉衷肠，当然我基本确定是后者。即使睡了一觉，我依然感到疲惫，看他俩演了一天的青春恋爱戏，我好似一个丧失了新鲜感的旁观者，觉得在这对爱侣旁边有点寂寞。

第二天傍晚，我奶奶问我对胡铁刚印象怎么样。我不能完全听懂奶奶浓重的口音，需要姑姑翻译一些关键词汇。我说，胡铁刚是个好人，给我买了很多好东西。姑姑一边翻译一边温柔地看着我。

而我忽然意识到糖人糖葫芦都已经新陈代谢了，糖稀也玩完扔掉了，胡铁刚对我的大方只留在了昨天，如今什么也没有剩下。还是姑姑比较聪明，和花钱买吃的比起来，还是买物件更容易得到持久的快乐。我坚持要看看姑姑昨天买的发夹。姑姑从裤兜里掏出一块手绢，手绢里包着那两个发夹。

"给我戴上试试呗。"我倚在门框上，提出的其实不是申请，而更像一种要求。

"这个不适合小孩。"姑姑略有些为难地看了我一眼。

说实话，我几乎是有些震惊的。姑姑极少拒绝我的要求，可以说她的一切都愿意和我分享，我也把对她的侵略当成了一种日常。一般我只要说给我看看、给我试试，她都会说给你吧。而且那两个发夹一个是紫色的叶子形，一个是一串彩色的心，真没看着多成熟。客观地说，"不适合小孩"基本不成立。

"我又没说要，就给我看看总行吧？你现在怎么这么抠啊？"为表不满，我有点阴阳怪气地说。

姑姑把发夹递给我，其实我相中了那一排彩色的心，以为只要稍加暗示，姑姑就会主动把它送给我。

情况和预料的出入略大，我只轻描淡写地扫了两眼，故作姿态以掩饰自己的小心思。迅速把发夹递回到姑姑手里，我眼睛看向了别处。姑姑也似乎想回避我，接过发夹往外走。不知道是我递得不结实，还是她接得太草率，那个紫色叶子形的掉到了地上。姑姑已经启动的双腿有了行走的惯性，一只脚说时迟那时快地踩了上去。都不用捡起来，定睛一看，我就发现紫色的发夹裂开了。

姑姑捡起发夹，对着门外抬头细看，月光从发夹的裂口清冷地穿过。

"噢，踩坏了吧！不舍得给别人看，掉地下踩坏了吧！"我一时有些尴尬，竟选择起哄来掩饰。其实我心里非常内疚，我知道紫色发夹的意外是我非要侵占它的私心造成的。但我不敢面对，又想假装和自己无关。我看了一眼就还回去了，我只是想看一眼，是姑姑自己没拿稳，并且踩上去的也是姑姑本人。我是目击者，不是嫌疑人。

可能不算报废，但至少也是重伤，发夹以一种残酷的姿势躺在姑姑的掌心里。

"哈哈哈，踩坏了！"不知道我为什么要假装幸灾乐祸，好像不说点什么无法证明自己无辜一样。

忽然，我看到姑姑眼里的泪水。她捡起发夹，热泪盈眶，默默走了。

月光清亮，姑姑伤心的背影被拉得有点长。背影上看不见眼泪。忽然来了一阵风，院子里只有一棵树，树梢上叶片缓缓抖动，好像一声声轻轻的叹息。

我感觉非常糟糕，为了掩饰窘迫，抓了几个奶奶刚炸好的丸子喂狗。狗为突然的好运欢欣狂吠，奶奶愤怒地端走了装丸子的盆，还对着我说了句大概是令行禁止的话。翻译不在，我没有听懂，全靠意会。

没过多久，姑姑牵着我去吃晚饭。她好像已经整理好了情绪，无辜开裂的紫色发夹好像从未存在一样。我们谁也没有再说起过它，不是仅仅那天晚上那个暑假，而是一直。直到我上高中谈了恋爱，男朋友送我一条十四块八的手链，我一下子想起姑姑包在手绢里的两个发夹。那晚姑姑的泪水一下子涌上我的眼眶。

3

再后来，姑姑和胡铁刚结婚了，姑姑生了个女儿，接下来去缝纫机厂上班了，和胡铁刚一起在市里生活。我上了小学、初中、高中，隔几年过年时才见姑姑一次。我们好像变得生分了，一方面她有了自己的孩子，是别人的妈妈了；一方面我渐渐长大、学业繁重，不再是一个需要陪伴和照顾的小女孩了。

我最后一次见胡铁刚，大概是我小学五年级吧。也是春节，二叔生了二胎，姑姑心思都在她三岁的小女儿身上，家里好几个五岁以内的小孩，我和他们只是血缘上的亲人，因为年龄差距根本玩不到一块儿。大人们进进出出张罗过年，我发现我没那么喜欢奶奶家了，小时候喜欢的那些土路，那些苹果树，那些奔跑的鸡鸭鹅狗，都变得乱哄哄的。我忽然无法忍受农村的厕所，也看不惯很多乡亲有随地吐痰的坏习惯。在热烈的节日氛围中，我时不时装出有点兴奋的样子，其实有些形单影只。同样略显格格不入的还有胡铁刚，据说他不太擅长家务，于是姑姑请示了我爸我妈，让他带我去了县城。他又胖了一些，可能是太白，显得不太结实。

"姑父你这肚子好像也能生个孩子。"我拿食指戳了戳他突起的腹部，他敞怀穿一件藏蓝色的羽绒服，里边是一件紫红的毛衣，应该是姑姑织的。

"再过几个月就生了。"他腼腆地笑笑，以最大可能的幽默配合着我。

县城大集上暴土扬长，有一种既喜庆又糟心的热闹，胡铁刚含混的口音让我几乎听不清他在说什么，只是嗯嗯啊啊地敷衍着。我已经对糖人糖稀糖葫芦都没什么兴趣了，并且非常自然地认同了我妈的观点，它们确实看起来卫生情况存疑。胡铁刚问我要什么，我显得犹犹豫豫，异常矜持。最后，他给我买了一兜黑枣和一个纸灯笼。

我一路吃着没洗的黑枣，发现其实所谓讲卫生也不过是一种心理状态，你觉得它脏，它才脏。我拉着姑父温暖干燥的手，像握着一块暖烘烘的大砖头。

再后来，姑父这个形象在我记忆中就模糊掉了。我上了初二之后就没有真正的假期了，爸妈告诉我，我的任务只有学习，其他所有事情与我无关。连看一集电视剧都必须配以自责的表情，我也确实没心思关注别人的日子。偶尔听到关于姑姑的消息也不过只言片语。到我考上了北京的大学，不辱使命地完成了学习任务，才在复盘中拼凑出了姑姑那些年的经历——姑姑下岗了，缝纫机慢慢退出了普通家庭的日常生活，当然也就不需要缝纫机厂生产那么多缝纫机了。胡铁刚也下岗了，也没有那么多自行车需要他质检。我无从深究到底谁先谁后，我妈也记得并不十分牢靠，总之安稳体面瞬间崩塌，变故仓皇劈面而来，坚决要扫他们全家的兴。我记得我妈有阵总去邮局寄包裹，都是给姑姑的衣服和床单被罩之类的。但哪怕寄的都是香奈儿，大概也难以抚慰姑姑的崩溃吧。姑姑给街道办扫了一年院子，又在饭店里刷过碗，最后做了家政，比较稳定地当了住家保姆，那家的孩子是个哑巴。胡铁刚开了一阵中巴，干过保安，还和我姑一块儿刷过碗，都是干一段就被辞了，间歇性地打着零工。所谓贫贱夫妻百事哀吧，两人之间的不痛快也在两手空空时凸显出来。准确地说，主要是姑姑不痛快。胡铁刚已经被失业打击得心力交瘁，不理解姑姑为什么还有闲心嫌弃他吧唧嘴、抖腿、打呼噜。

拉锯了几年，姑姑带着女儿从胡铁刚的房子里搬了出来，租了一间平房。这中间，我爸我奶都曾试图力挽狂澜，我奶的理论是包办婚姻都能生儿育女一辈子，怎么自由恋爱还说散就散呢！我爸的逻辑是胡铁刚不曾跌破底线，他虽然烂泥扶不上墙，但至少还是一堆泥，不是什么更脏的东西，甚至他认为胡铁刚非常无辜，是姑姑没事找事。他对姑姑说，他原本就是个不争气的东西，又不是忽然变坏的，你当初选错了，现在就该吞下苦果。姑姑平静地听了他们的意见，然后一意孤行拽着胡铁刚去了民政局，变成了离异妇女。

姑姑离婚后我曾经问我妈，为什么非让姑姑回老家，怎么不让她在我们这边结婚呢？她要是嫁到这边，也许就是另外的故事了，我也可以常常见到她。

我妈特别无奈，她说当时大家都挺保守，把户口看得挺重。“你记得咱们楼下那个脸色焦黑的老于吗？有癫痫，三十多了也没对象，老是面目狰狞地蹲在院里。他们家人竟然来找过我，问我能不能让你姑和他交往。当时我就急了，直接翻脸把他们撵出去了。想什么呢这帮人！但是我也意识到现实有多势利，农村户口，没有学历，没有工作，虽然你姑姑干净立正的，找上门的都是些乱七八糟的玩意儿。后来你姑喜欢胡铁刚喜欢得五迷三道的，你爸看不上胡铁刚，但我觉得两个年轻人挺真挚的，我们不该干涉。谁知道这个胡铁刚，还真是恨铁不成钢！最后哪哪儿都指望不上。”

4

我大二那年的寒假，和我爸一起去了姑姑家。那时候姑姑已经攒钱买了两限房，算是从低谷中重新扑腾了回来。虽然那房子谈不上装修，四面白墙配水泥地，陈设简单，毫无个人情趣、特色，仿佛随时准备撤离。更重要的是，也无法违心地说整洁，地面上有毛球和水渍，踩上去黏糊糊的感觉让人心中一凛。卧室、客厅、阳台都放有大小各异的纸箱子，纸箱子外部有肉眼可见的灰尘，窗台上放着书本、蜡烛、塑料袋、一碟剩菜，有的抽屉没有关严，插线板上有一层浮尘，桌子上有抽纸、卷纸、手提包、针线盒以及各种凌乱小物，椅子背上搭着各色衣服，门口的穿衣镜不干不净似乎正在朝照妖镜进阶，整个房子好像小偷刚刚离去的盗窃现场。姑姑穿着一身浅紫色运动服出来迎接我们，看起来清清爽爽，简直是淤泥中的花朵。

姑姑拍了拍我的头，我冲她笑笑，我们彬彬有礼，像历史剧里两个上朝的大臣，端庄正派，说面和心不和简直也可以。然后，我们一起吃晚饭，说了很多无关痛痒的话。

席间我爸又习惯性地批评了姑姑好几轮，从她家的脏乱差环境推导出她自暴自弃的结论，他天生就是一个心眼还行、做派烦人的大哥，不由自主爱给别人上课，把所有好意表述得不怀好意。

“姑，你家真是不太利索。你还号称干家政的，工作能力令人担忧啊。”回去的路上，我半是好奇半是没话找话地对姑姑说。

“就是每天都在收拾屋子，回家就不想收拾了。不然我整天除了收拾屋子就没别的事了，一辈子都在重复收拾屋子。正好你妹假期去她爸那儿了，我就彻底不收拾了。”

我好像有些理解了，却依然觉得姑姑家太乱了。

第二天我们一起逛了街，我看上任何东西她都觉得太贵了。我们去了百货大楼，我相中一件外套，已经比北京便宜不少了。我正打算掏钱，姑姑却和服务员拉扯上了价格。我几乎是落荒而逃，觉得在商场讲价有点难堪，伤害了我少女的虚荣心。逛了俩小时，我渴了。我要买两瓶饮料，姑姑说她一点不渴，并且一把按住我的钱包，执意为我那瓶结账。我喝着姑姑买的饮料，傻乎乎冲姑姑笑，一时间不知道说什么好。

我们漫无目的地在商场转着，我不敢看任何具体的东西，目视前方，几乎可以称之为巡逻。转到商场顶层，发现有个小型录像厅。一个小包间，三小时，可以点一到两个电影，三十五块钱，赠果盘。我邀请姑姑看电影，她表情犹疑，显露出既有兴趣又想拒绝的神色。

“我们好像没一起看过电影呢，看一次嘛。”我挽着姑姑的手，发现她手指很是粗壮，摸着既有安全感又让人心疼。

而后我们又为了谁掏三十五块钱撕扯起来。姑姑有一种长辈的执拗，好像让我花钱是不道德的。我不得不苦口婆心告诉她，我虽然还在上学，却已经有些收入了，我想请她看电影。

我们看的是《泰坦尼克号》，那个录像厅的片源实在有限，除了武打，就是爱情，没太多选择的空间。这片子我六七年前看过影碟，姑姑却是第一次看。杰克和露丝那经典的船上飞翔姿态，让我想起来多年前和姑姑、胡铁刚一起逛大集的时光。胡铁刚把我高高举过头顶，大抵是为了巩固在姑姑心里的地位，彻底占领她的芳心，他对我也爱屋及乌到有些谄媚。

姑姑哭得乱七八糟，到后来杰克沉入水底，她几乎是在呜咽。我小心翼翼坐在旁边，非常轻地往嘴里塞了一片苹果，其实我不是真想吃，我是每每无所适从就做出声东击西的举动。苹果还没有咽下去，我也哭起来。为了姑姑，为了胡铁刚，为了爱情，逝去的爱情就像留在对方手里的把柄，让人饱受折磨、黯然神伤。

电影结束，姑姑泪眼模糊抬起头突然打掉我放在嘴边的手：“跟你说过多少次了，咬指甲不卫生。”那个瞬间我仿佛穿越回了四岁，一下子感到了熟悉的踏实。

我们说起一些我小时候的事，姑姑说有一年春天，我们去江边野餐，带了面包、香肠，坐在草地上。然后忽然下雨了，我们跑着去躲雨，我爸戴着一副那时候流行的大墨镜，边跑边抱怨天气预报不准。我记不得姑姑说的春天野餐了，但也能轻易想象那画面。春天总是特别短。

“姑你为啥非要离婚呢?”

“害怕，我一想到以后就害怕。我们当初都太小了。他没见过女的，我没见过男的，糊里糊涂就感觉爱得可深了。后来一想爱他啥？不知道。我们从来没有一起做过一件年轻时候曾经谈论的事情，除了生孩子。当然了，谈恋爱还是挺好的。我记得我从你家走的时候正演《红楼梦》呢，还没播完我就回家了，你奶奶家又没有电视，我刚回来天天琢磨林黛玉和贾宝玉怎么样了。但是我能见到胡铁刚，挺高兴的，也就不那么惦记电视了。但是日子一长，发现他的脑子就是一团糨糊。你哭了，他问谁欺负你了；你翻个白眼，他觉得你是困了；你说钱不够，他说那别买了。干保安嫌累，开车嫌苦，和他一起下岗的给人装空调挣了钱，问他去不去，他说怕摔死。老说等他以后有钱了，老盘算一夜暴富。又懒又笨，还自私，我就越来越烦他，觉得什么忙帮不上，还总添乱。我在外边当保姆还挣钱呢，我在家伺候他能不抱怨吗？让我下最后决心的是，有一次你二叔送来一只烧鸡，他随便夹了一块给孩子，自己把两个鸡腿全吃了，我不需要他把鸡腿留给我，但他至少要分给孩子一个吧。我再看他，觉得就是头猪。”

“婚姻这个炼丹炉把你烧成了火眼金睛了。奸懒馋滑，随波逐流，没有责任感。和这种男的走到半路就已经对目的地产生了恐惧，对吧?”

“对，还是你们有文化的会说。”

“你不能依靠他，又不想领导他。干脆算了吧!”我那时正是意气风发的年纪，热衷于对各种事评头论足。

“我发现，我不惦记这个人了。年轻时候担心他吃饱了吗？他累吗？后来我发现他无论如何也能吃饱，他根本不会累着自己，日子再紧，他也呼呼大睡。我对他的牵肠挂肚都没了。也未必是他多么不好，但我就是忍不住想修理他数落他。我变得特别厉害，我发完脾气静下来想一想，也不知道自己在干什么，再这么过，互相折磨，对他也不是好事。”

“姑父辜负了你。”

“我倒也没觉得自己被辜负，也不想总结。他没做什么坏事，只是不好，不香不臭的。”姑姑皱着眉，努力和我说清复杂的心情。

“最好的办法就是他也做自己，你也做自己，你们分头做自己。”

“很多人都觉得是我不对，觉得我非要离婚是瞎折腾。说别人都是这么凑合过来的，我太矫情了。我不明白为什么所有人都说不可以离婚。”

“可能他们那些人觉得，家庭有利于社会稳定。”

“我又不是离婚后去打砸抢，我一个人也依然遵纪守法啊！并不是要有一个男人才是一个家，我和你妹也是一家人家。你不知道我离婚之后晚上没人打呼噜，吃饭没人吧唧嘴，那个安静啊，刚开始我都忍不住停下来仔细听，真没怪动静了，都有点不敢相信。解脱了，离了心里透亮多了。农村里很多老太太，挨了一辈子打，也就那么过来了，最后儿孙满堂，七十八十的时候也会办个寿，好像和和美美的，还挺心满意足的。但我不想过那种生活。”

“姑，以后我给你办，在五星级酒店，给你办个大寿。你好好活！”

“我不稀罕那个。”

我觉得姑姑就是温水里最机警的青蛙，在被烫死之前跳出来了。别的青蛙还都议论她，你看她一惊一乍的，跳出去干啥！

5

“你知道胡铁刚结婚了吗？”我忍不住给姑姑打了视频电话。

“我告诉你妈的！”姑姑脸上竟然是掌握了第一手情报的得意和炫耀。

“你怎么知道的？你还偷偷关注人家？”

“你二叔告诉我的。他那个破房子拆迁了，得了点钱，就找到了对象。非常好啊，我也希望他能有好日子过。”

“人家拆迁了，你后悔不？哈哈哈哈哈哈。”

“那你可太不了解你姑了。”

她像祝福路人一样祝福前夫的新婚，大概只有不和他一起生活，才有可能谅解他。

我想起几个月前与姑姑一起吃饭，她穿着我妈给她买的白衬衫黑裙子，端庄得像个退休干部，让人想不到她做过缝纫机扫过大院刷过碗，最终赖以谋生的工作是保姆。我问她考不考虑找个男朋友，她说前几年认识了一个，但是对方有个女儿总是提防她，她处了一阵觉得没意思，就算了。姑姑在手机相册里翻出那个前男友的照片给我看，一个白胖老头戴个眼镜，智商不高又很爱思考的样子。十几年来，那是我第一次听说姑姑的情感生活有了风吹草动，却竟然已经是过去式了。

生活好像不曾给姑姑留多少余地，很多事她自己说了都不算，她仿佛攥着一把受潮了的火柴，费尽心力，也照不亮前路。她想安稳上个班，但她下岗了；她想扫个大院，都得到处赔笑脸。唯有婚姻是她自己选的，她喜欢过胡铁刚，后来不喜欢了，于是她干脆利落为自己作了一次决定。

我觉得姑姑可能还是挺寂寞的，建议她去上老年大学。

“我不喜欢上学。”姑姑不屑地表态。

“老年大学不一样，都是消遣，画画、写字、唱歌、跳舞，还可以交朋友，不排名、不考试，也没人让你考老年研究生，没压力。”

“那也不上，我从小就不喜欢学习，也不喜欢画画写字唱歌跳舞，老了也不花钱找罪受。”姑姑撇撇嘴，一脸拒绝，“我有那闲工夫，还不如再找点活干，你不知道，我可有劲儿了!”

姑姑把头发往耳后掖了掖，我发现她鬓边有了明显的白发，眼角也已经有些耷拉了。一看就是被生活折腾过的样子，地位、伴侣、钱，她一个都没有，陌生人眼里可能很不起眼，乏善可陈。姑姑年轻的时候，我们院里邻居说她长得像栗原小卷。我记得栗原小卷演过一个叫《生死恋》的电影，她在里边打了网球，死于爆炸。

吃完饭，姑姑送了我一幅十字绣，她一针一线给我绣的。三朵颜色各异的大牡丹，说实话乍看我觉得挺难看的，但是我揽在怀里假装很喜欢。走出饭店，我忍不住把十字绣又拿出来看了看。从前，姑姑并不多么心灵手巧，女红一般。我知道十字绣都有图纸，几乎不算原创，却依然感觉到了姑姑的气息。那三朵大牡丹，开得凡俗饱满、不管不顾、勇敢赤诚，好像用尽力气要盛放出一个热闹的春天。

作为少女的小说家与她看到的世界

——评马小淘《春天果然短暂》

丛治辰

作为小说家的马小淘，好像始终是少女。从《慢慢爱》《琥珀爱》那样的爱情故事，到《章某某》里初涉世事的辛酸经验，乃至于近年的《骨肉》《春天果然短暂》，讲述者的年纪不过二十来岁。

《春天果然短暂》里说："我那时（大二）正是意气风发的年纪，热衷于对各种事评头论足。"这大概恰是马小淘坚持其叙述视角的原因。正要从孩童长成妇人的少女，未来一片苍茫，充满挑战与魅力；而站在人生的临界点上，她们格外敏感于什么是新什么是旧，什么是世界要强加给自己的，而什么是自己一定要坚持与追求的。因此，她们有着格外的热情，去观察、感受、思考与表达。而如果我们相信没有任何人可以彻底地超越其所处的时间与空间，超越其所处时空的人类共同经验，那么这些少女所讲述的，又何尝只与她们自己有关?

就像马小淘那种从来伶牙俐齿的语言风格，欢腾活泼，不无尖利，真正是"意气风发"，难道只是作家的个性使然？至少我们不得不承认，上溯三四十年，这样的叙事语调断难在文学作品中出现。与马小淘年龄相仿的这一代人，出生成长在一个经济不断繁荣、文化日益多元的时代，又多是独生子女，拥有前所未有的自我意识。传统的家族伦理观念不是没有，但已逐渐淡漠；城市在不断扩张当中，旧日的乡村图景已支离破碎；与之相应，那些多少年来被视为惯例甚至真理的观念及习俗，也不复权威的力量。或许可以说，马小淘的少女时代赶上了世界的少女时代：一切都在日新月异地变得俏丽，但是尚未婚配，没有一纸婚约和世俗偏见的束缚，也没有被一地鸡毛的琐碎磨损。唯其如此，才会发出那样清脆、响亮、连珠炮一般的声音。

也唯其如此，我们才能理解在《春天果然短暂》当中，为什么"我"会一再强调自己和亲戚们的疏离、成长造成的尴尬与孤独，乃至于城市与乡村的隔膜——"家里好几个五岁以内的小孩，我和他们只是血缘上的亲人，因为年龄差距根本玩不到一块儿。大人们进进出出张罗过年，我发现我没那么喜欢奶奶家了，小时候喜欢的那些土路，那些苹果树，那些奔跑的鸡鸭鹅狗，都变得乱哄哄的。我忽然无法忍受农村的厕所，也看不惯很多乡亲有随地吐痰的坏习惯。在热烈的节日氛围中，我时不时装出有点兴奋的样子，其实有些形单影只。”——一个五年级的小女孩早已厌倦了幼稚的游戏，她的脑袋在高速运转，形成自己的看法；而她看到的世界，同样在高速向前飞奔，把不同地方和不同人群撕扯开来。所以这小女孩孤独的身影，绝不仅仅流露出个体成长的烦恼，更是时代变迁的必然。

事实上，并不只是在五年级的时候，而是在整篇小说的叙述中，“我”和“我”所讲述的人和事，都保持着一种谨慎的距离。在奶奶迫不及待要把姑姑嫁出去的时候，在长辈们对姑姑的离婚表示反对的时候，以回忆姿态讲述故事的叙事者业已成年，她不是不理解他们在讨论的事情，只是不想发表意见。社会发展造成的观念撕裂，让“我”始终是一个孤独的叙事者。而或许只有这样一个孤独的叙事者，才能理解她所聚焦的小说人物，另一个孤独的人，一个从出场就以被拒斥的形象出现的人物：“我”的姑姑。

除了和“我”相处的那四五年少女时光，姑姑的故事基本是围绕她的婚姻展开的，尽管那段婚姻和春天一样短暂。两个年轻人相识相爱，觉得这世间再没有人比对方更好，一点微不足道的礼物都值得珍惜，足以流泪；然后顺理成章地结婚了，却在日常生活的消磨里逐渐厌倦，甚至厌恶；如果再加上经济的困窘，就更加难以为继；于是离婚，不相往来，直到多年之后可以笑谈对方的再婚——那意味着淡漠、遗忘，意味着真正的别离。吊诡的是，爱情与婚姻居然从来都不是一个人的事，小说中格外耐人寻味的，是其他人关于姑姑婚姻的态度。作为一个老派的家长，奶奶以为把女儿嫁出去乃是头等大事，至于嫁的是什么人，则不那么重要；可是如果要离婚，那就断断不可。哥嫂当然开明一些，至少知道不能嫁给一个傻子，可是既然嫁了，没有大的过错就缺乏离婚的合法性。就此而言，他们和奶奶亦区别不大，无非是嫁鸡随鸡嫁狗随狗的老一套——何况无论鸡狗，都是姑姑自己选的。可是如果选了一只瘟鸡，难道一定要吃下去吗？姑姑选择不吃，因此受了很多苦。她下岗，做保姆，一个人拉扯孩子。多少年之后，当年那个羞涩朴实长得像栗原小卷的十九岁姑娘，变得指节粗壮；但是她豁达明朗，明明白白地为自己而活，那个曾经的少女，终究完成了自己的成长，也提供了一个或许艰辛，但是独立，不依附于任何人的女性形象。

或许这样的故事每天都在发生，任何时代都有，一点也不新鲜。但只有在少女马小淘的关注与追问下，姑姑的选择才成为一个问题，才会提醒我们去思考姑姑的疑惑：“很多人都觉得是我不对，觉得我非要离婚是瞎折腾。说别人都是这么凑合过来的，我太矫情了。我不明白为什么所有人都说不可以离婚。”——个人的幸福感，就那么不重要吗？就此而言，《春天果然短暂》所讨论的又岂止是女性的命运？它所追问的问题，分明与所有人相关。

麦田望不到边

汤成难

1

六十出头的马永善做了一回男主角。马永善是他在电影里的名字，实际上他叫杨本丁，闷子，闷瓜，闷葫芦，杨本丁是大名，后三个是外号。小官庄的人只叫他外号。

马永善坐在矮板凳上，对面坐着导演和女演员，两个人正在讲戏，声音忽高忽低，有时导演突然转过身对马永善说一句，马永善便仰起头看向他们。矮板凳实在太矮了，贴着地面，人坐上去，像是蹲在地上，这样的姿势使得马永善更显得虔诚和卑微。

门缝里挤进来的风摇得烛火呼呼地动，人的影子也在墙上恍恍惚惚。从马永善的角度看导演和女演员，他们的下巴显得格外明亮和奇怪，仿佛是这间屋子里唯一的活物，反倒是脖子，潜在黑暗中，如同涂抹了一层浓墨。

马永善说自己不会演戏。最初他就是这么跟导演说的，导演连忙摆手，说，不要演，做自己就好。他让马永善不要在意镜头，平时怎么说就怎么说，平时怎么做就怎么做。马永善点点头，又摇摇头。

从前马永善每天要对牛说很多话，现在，他要把那些话分一部分出来对女演员说。马永善迟钝着，老半天也吐不出一个字来，导演说，你莫紧张，慢慢来。马永善还是说不出话。女演员就说，喏，这样吧，你把我当作那头牛吧，现在你就对牛说。马永善眉毛一耸，脸上愁苦起来，他说黑团吆，今年春耕不需要你了，都交给了机器，你莫担心，好好吃草，假若以后再也不耕地了，我也要给你养老送终——

黑团是牛的名字。导演说，马永善这段话说得很好。你看，是不是不需要演的，做你自己就好。马永善低着脑袋，憨憨应着。

导演来小官村拍纪录片，一眼就相中了马永善，那天马永善牵着他的黑牛站在河坝上，看着远处麦田里的一辆黑色轿车发呆，轿车如一条小船，被麦浪推着向前。

轿车里坐着的是导演，他要拍一部关于苏北平原的纪录片，童年时他来过这儿，对平原上的这个小村庄有着不一样的情感。原本让他的村主任姨父作为纪录片男主角，当河坝上出现一人一牛时，导演被这幅画面吸引了。

晚上，马永善就见到了导演，是由导演的姨父杨共和领来的。这两人经过小桥爬上河坝去往马永善家的路上，就吸引来不少目光。

马永善住在河对岸，两间低矮的瓦房缩在河堤上。门对着小河，小河不宽，弯弯曲曲将小官庄绕了一圈，从高处看，小官庄呈碗状，马永善的房子就像是漏出碗外的两颗米粒儿。

导演看到马永善的那一刻，就确定下来了，他说马永善眼睛里有东西，而这个东西正是他想要的。

马永善听不懂，他搓搓手，又揉揉眼睛，好像人家正批评他。他是出了名的闷子，闷子是小官庄人送给他的外号，要不是导演找他拍片子，大概没人会记得河对岸还住着这个人。

导演是三十多岁的年轻人，之前也拍过一两部纪录片，少人问津，像他这样执着于电影却又籍籍无名的导演实在太多了，好在拍纪录片不需要太多经费，只需要大把时间。年轻人有的就是时间，他告诉马永善，他要在小官庄待一段日子，拍摄快要到来的夏收。

不影响你农忙的，你干你的，他拍他的。杨共和补充一句。

事情就这么定下来了，准确地说，是村主任杨共和替马永善把事情确定了，他说，马永善，你这个闷子，让你遇上好事了，你就等着在大电视上看自己吧。

2

女演员叫田杏，也曾红过，前不久刚过完四十六岁生日，她已经很久没有拍戏了，这个年龄也不太容易接到戏。在家里待得太久，人容易闷出毛病来，听说有这么一部关于苏北平原的纪录片，毫不犹豫答应了。她不要报酬，反正闲着也是闲着。

田杏到小官村的第一天，马永善正在打谷场上平整场地，所以没见着。听说她的到来引起小官庄的小小骚动，人们被那张白得发亮的脸皮子吸引住了。很快田杏就进入了角色，换了衣服，穿得跟农妇没什么两样，头发也不披着了，潦草地揪在脑后，脸也不白了，不知怎么就暗淡了下去。

田杏在纪录片里饰演马永善的老婆，而现实中的马永善是没有老婆的，按理说，在农村像马永善这样既不残缺又不懒惰的人不至于打光棍，但马永善却是个例外。年轻时也有人给他介绍过对象，都没相中，再后来，别人也相不中他了。九十年代初，马永善到集市上买了头耕牛，有了牛的马永善觉得自己有了伴。

马永善睡在瓦房里，牛睡在牛棚里，半夜，牛打一声响鼻，马永善就会醒来，声音从窗户钻进来，噼噼啪啪落在他的枕边，马永善翻个身，说一句，黑团吆，快睡觉哦，明天还要早起干活咧。

有时夜里，马永善躺在床板上竖着耳朵听，外面一丝响动都没有。马永善反倒睡不着了，他起身开门，摸索到牛棚。黑团半卧着，马永善说，黑团吆，你好好睡觉哦，明天还要起早干活咧。马永善弯下腰，摸着黑团的脊背慢慢坐下，他将身子靠紧黑团，一股稻草和牲畜混合的气味窜进鼻子里，马永善深吸一口，他喜欢这个气味，浓烈，实在，顿时觉得心口被填满了。

其实，有一段日子黑团也是住在瓦房里的，那时候它还小，睡在灶膛前的草堆里，早上站在门边等马永善开门，门开了，自己跑出去，喝水，撒尿，顺便打个响鼻。有一次，马永善睡过头了，黑团走到他的床边，粗重的气息喷在马永善脸上，痒痒的，马永善故意不理它，黑团就用还没长结实的角轻轻拱着，拱他的胳膊，拱他的腰，拱得马永善咯咯地笑，他摸摸黑团头说，黑团吆，你这么勤快，叫你的主人也懒惰不得哦。黑团长得快，灶膛口很快就容不下它了，马永善才在瓦房边上给黑团盖了间牛棚。

田杏住在马永善的瓦房里，这是她要求的，为了保证拍摄效果，吃住行都和马永善一起。矮瓦房里一下子热闹起来，光他们的衣物就堆了一小角，还有摄像器材，等等，只留下一条窄窄的道，好在不影响走路，也不影响拍摄。

比起那些娇气的女演员，田杏似乎敬业得多，她和导演、导演助理在屋子一角收拾出一小片空地，铺上稻草，作为睡觉的地方。马永善要把自己的床让出来，他睡稻草。导演没同意，他说那样就不对了。

人休息时，摄像机是不休息的，一只用于拍固定场景的机器被支在三脚架上，拍摄月光悄悄移动，拍摄灯火虚虚地照着，就连人咳嗽的声音，翻身的响动，都被摄像机捕捉了去。

夜里，田杏不停翻身，稻草窸窣作响，马永善说，丫头哎，地上凉哦。田杏咳嗽一声，说，莫得事，莫得事。再翻身时，马永善便跑出去又抱一捆草来，他说铺厚实了，寒气就不会往身上钻了。

这一夜，马永善没睡踏实，屋子里突然多出的人让他有点不适应。他似乎嗅到一股气味，淡淡的，略带着香气，黑暗中气味游丝一样地飘着。

第二天，马永善照例早早起床，去牛棚看看黑团，等他再回屋时，田杏已经起来了，正在锅边做早饭呢，她对这个“家”倒是没一点生分——麻利地往灶膛里添柴，到锅台上和面，从水缸里舀水……屋子里弥漫着热气，叫人心头暖暖的。

田杏招呼马永善快来吃早饭。从门口到饭桌这短短路程，曲里拐弯的，马永善两腿让着大大小小的包慢慢蹭进去，以往只走四五步，现在要磨碎成七八步。他越来越喜欢这种被塞满的感觉，每个动作都要被什么拖拽一下。

早饭盛上来了，是稀饭汤圆，白白胖胖的汤圆浮在碗面。他多久没有吃过汤圆了？一个人过日子是简单的，潦草的，要吃面食了，就做些面疙瘩。马永善夹了只汤圆送进嘴里，面糯糯的，黏黏的，拖拽住牙齿。就像他在这个屋子里走路一样，挤挤挨挨的东西拖拽住他的腿。他喜欢上了这感觉。

3

麦子秀了，六月的阳光普照着，大地一片灿烂。小官庄的人不说“麦子成熟了”，只说“秀”，跟镰刀上“锈”一样，有了金色和分量。在田埂上走几圈，麦穗上捻一捻，心里便定了收割的日子。日子一到，半夜就要爬起来，打水烧饭，把一天的食物装进篮子里，带到田头，镰刀早就从墙上取下来了，在井边磨得雪亮。

其实，割麦的事是可以交给机器的，拦上一辆从村子经过的收割机，半天光景就能收拾干净。但马永善不屑那样，不就是花点力气吗？他喜欢每一根麦穗儿从手上经过，要不然整个农忙时间都觉得不够踏实。

天蒙蒙亮他们便往麦地去了，草尖正结着露珠，裤脚很快就湿了。马永善牵着牛，黑暗中谁也不说话，好像要攒着力气对付一天的劳作。

黑团走得慢，四蹄缓慢交替，它一天天老了。每天黑团都要和马永善去地里，它知道一头牛的职责在哪里，要是哪天将它拴在牛棚里，它就不乐意了，不吃不喝，好像愧对那几捆青草。马永善心疼黑团，便每天带着它，运柴时，自己肩上多扛点，让牛背上轻一些。

马永善放慢脚步，他和黑团的步调那么一致，这是几十年生活在一起的默契。天空比先前透亮了一些，好像他们并不是走在路上，而是在一点点摆脱黑暗。

田杏还不会割麦，几天前她就向马永善“请教”了，马永善带田杏去割草时教了她几招——握镰刀的姿势，两脚的距离，手的着力点，等等，田杏学得快，割起草来很像那么回事了。但草是草，麦秸秆是空心的，草秆是实心的，手里的镰刀是最能感觉得出来。

他们从麦地一头向另一头割过去，一手薅住麦子，一手握住镰刀，一把，又一把，这个动作要重复上十几遍才能挪动一小步。马永善弯着腰，一刻不敢停将下来。雾气很重，头发眉毛被打湿了，汗水将衣服紧紧锁在身上。太阳还没出来，但眼前白亮许多，麦田望不到头，这叫人既欣慰又惧怕。

马永善是干惯了农活的，两人很快就拉开了距离，马永善转身帮田杏割上一阵，待到追上来了，再齐头并进。

如果不是一旁的相机，没人能看出这是在拍摄，更没人能发现这个动作麻利的女人是个演员呢。

马永善直起腰，惯性地看看前方，再看看身后，麦子被收拾得妥帖，躺倒了一片。马永善肚子饿了，他丢下镰刀一边招呼田杏一边往篮子走去。

田杏从篮子里取出食物和水，这是半夜就准备好的，几只烧饼和一锅稀饭，田杏给马永善盛了一碗，自己也盛上一碗狠狠喝一大口。

吃罢早饭，太阳也出来了，被麦芒划过的皮肤又痒又疼，马永善就着水渠洗一把脸又回到麦地里。他问田杏，累不？

累，田杏笑说，牙齿在脸的衬托下显得白亮，最初拍摄时还需要往脸和手臂打油彩，这些天显然不要那么费事了，脸上皴黑很多。她说第一次体会到“谁知盘中餐，粒粒皆辛苦”。

马永善说，去田头歇着吧。田杏摇摇头说这可不行。

这一天的拍摄结束得早，用导演的话说，拍到不少“好东西”。他们又扛着摄像机去补拍了一些场景的空镜头，田杏没什么事做，也不愿先回去，歇了会儿便继续和马永善割麦。田杏问马永善他有多少地，马永善说有三亩七分地。

田杏愣了会儿，她对田亩与产量没有什么概念，便问，够吃不？

够吃，马永善笑笑，说不光够他和黑团吃，就是再加两个黑团也够的。

嗨，黑团，田杏仿佛突然想起什么似的问马永善，年轻的时候怎么没给自己找个老婆？

马永善愣了愣，说，那时……那时候没相中吆。

田杏笑了，说自己年轻时也没有相中的，现在也独身。停了停，又说，一个人过挺好的，干他们这一行的，独身才是对的，演艺圈里离婚率太高了。有人说是诱惑太多，也有人说是压力太大，很多人都有抑郁症。田杏薅住一把麦子用力割去，她说自己也患过抑郁症……

马永善发现田杏并不需要对话，她在自言自语，也许，她只想倾诉，对他，对着麦子，对着这一眼看不到头的平原。

马永善离田杏不远，当他割到左边时，田杏的声音便小了些，割到右边时，田杏就在他耳边说话。所以马永善总是割着右边的麦子，左边留出一大片。田杏说话的时候，马永善是不需要回应的，就像他与黑团，他对黑团说话时，黑团也无须回应。田杏说自己抑郁症也有几年了，整夜整夜地睡不着，接不到戏的时候会严重一点，不过，现在已经好多了，慢慢走出来了。她说也许跟自己闲着有关，如果每天都像这样割麦，一定倒头就睡着，哪来的抑郁症呢。说完田杏笑起来，笑声在马永善耳边叮当直响。

晚上，田杏胡乱吃两口就睡觉了，她感到浑身酸痛。躺下没一会儿，外面的狗叫声把她吓醒了，她怕狗，叫声似乎就在窗下，还不止一条。马永善朝窗外喊了喊，狗叫得更凶了。田杏尖叫着，把脑袋缩在被子里。马永善说，莫怕，莫怕，是村里的狗。便开门去撵狗。

等狗叫声远了，田杏却不敢继续睡在靠窗的地方，她把铺盖卷挪到马永善床边，紧紧挨着床腿。马永善又要把床让出来。田杏说不要，这样就很好。

田杏很快又睡着了，用她的话说，每天都这么干活，哪来的失眠呢。

马永善反倒睡不着了，田杏细微的呼吸声，就在他的耳边。除了黑牛，他还没有感受过这么近的呼吸。那呼吸声像被风吹起的一根羽毛，离开了地面，又不在高处，偏偏在他的周围轻轻地飘游着、拂动着。马永善直直地躺着，不敢翻身，生怕一丝的响动惊走了这片羽毛。

半夜，牛棚里传来呼噜呼噜的声音，声音与往常不大一样。马永善起身摸出手电去牛棚，田杏也跟着去。黑团的脑袋搁在地上，眼睛微微睁开，马永善舀一勺水递到黑团嘴边，黑团没张开，只用鼻子呼呼喘气。

如果算成人的年纪，黑团已经七八十岁了。马永善想到黑团刚来的时候，还是一个小牛犊，身上的绒毛尚未褪尽，阳光底下金灿灿的，而如今，它老态龙钟了，毛稀疏了。黑团躺在他的眼前，好像那么多日子就这样全部摆在了他的面前。马永善鼻子酸酸的，腿脚顿时没有了力气，他撑住一根木柱慢慢坐下。田杏扶住他，也陪他坐着。手电筒的光暗了下去，电池耗尽了，黑暗中田杏递给他一张纸巾，马永善接过来，将纸巾紧紧攥在手里。

4

整个麦收，到这儿才完成一半，脱粒要在打谷场上进行，东家西家借三五个男丁，记着工日，改日再一一还回去。这就是抢收，从割麦，脱粒，晒麦，扬尘，归仓，一点都不能马虎，但马永善习惯一个人了，他是个闷子，不喜欢与别人多话多事。

现在，有田杏帮着他干活，虽然力气小了点，虽然动作还不熟练，但马永善感觉不一样了。

割下的麦子从前都是由黑团运到打谷场上，现在马永善舍不得黑团再吃劲，他将麦子一捆捆装在板车上，再将板车的纤绳套在自己肩颈上。田间小路坑洼不平，车轮常常陷入泥沼中。田杏便快步跟上，用力推着板车。

有时田杏在前面拉车，马永善在后面推。他的目光从不落在田杏身上，当然，也包括导演，对于一个闷头闷脑的人来说，总是爱低头，每次目光快要靠近谁了，就赶紧弹跳开去。有一次，田杏突然杵在他面前，让他有些措手不及，准确地说，让他的目光措手不及。眼前的这个女人头发随意夯着，脸皮子有些皴黑。他觉得这画面好熟悉啊，好像在哪儿见过，他拼命回忆，却一点也想不起来。

麦子堆到打谷场后，夜里人就不回去了，不是防着小偷，也不是害怕鸟食，或许只是这样才踏实吧。田杏也要留下来，她说自己六岁那年也睡过打谷场，她想重温童年呢。那时跟她的太爷爷一起，太爷爷住在乡下，六岁的孩子记不了太多，只记得麦子堆积如山，她以为那就是山。于是从一侧爬上“山”，再从另一侧滑下来。太爷爷爱喝酒，晚上变戏法似的从草垛里摸出一瓶酒，分金亭，酒瓶淡绿色的，塑料盖子，打开时，瓶盖“啵”的一声。

田杏突然转向马永善，问他爱不爱喝酒。马永善想了会儿，说，年轻的时候，喝过。

田杏咧着嘴笑，说自己年轻时也喝酒，现在很少喝。

夜深了，打谷场上亮着几盏灯，昏黄的灯光打出一个个光圈。后半夜马永善醒了，看着头顶缀着星星的天空发呆，田杏睡在他旁边，中间隔着一两捆麦子，她翻身的声音，轻咳的声音，都让马永善一惊，真像是做梦啊，他屏声静气，连喘气都不敢用力。他木木地看着天空，直到田杏突然喊他的名字才回过神来。田杏喊的是“马永善”，田杏说，哎，马永善，马永善，你也醒啦？马永善一愣，随即应了声。他差点忘记自己的本名了。

田杏伸了个懒腰说好像睡饱了，没想到在麦草上睡得这么香。她说天空太漂亮了，星星竟然有这么多。

马永善清了清嗓子，说是啊，星星多咧。头顶的灯闪了闪，熄灭了，仿佛这漫漫长夜也倦了。灯熄灭后发现天亮了一些，田杏不再睡了，她从草垛上爬起来，穿好鞋，向打谷场西侧的通洋河走去。没一会儿，田杏的声音便从那儿传来，她喊马永善，快来看看，这是什么？

马永善赶过去，发现田杏正站在桥墩下，指着一只白色的鸟问道。

这是鹭鸶。马永善说。

鹭鸶是啥？白鹭对吗？

不是，鹭鸶是鹭鸶。

白鹭是不是比这大，鹭鸶小一些吧？田杏疑惑。

鹭鸶小点，白鹭大点，鹭鸶喜欢站在牛背上，它喜欢和爱吃草的家畜做伴。

哦，原来它也有伴侣——田杏在逗趣。

他们站在桥墩下看鹭鸶，鹭鸶一动不动，灰黑的天空里白色尤其醒目。

田杏弯下腰用河水洗了洗脸，注意力才从鹭鸶转到了河水上。她问这条河叫什么名字，比马永善门前的那条宽多了。

马永善说这是通洋河，他家门前的那条河是它的小河。

通洋河？通往海洋，这名字好。田杏笑起来。

这条河是五十年前开挖的，那时候村里老少都参加了挖河。马永善慢悠悠说道，他说挖河时自己只有十几岁，也去上工了，他是孤儿，平时吃不饱肚子，人瘦，力气小，但大人们都很照顾他，每次都把馒头烧饼省下来给他。一晃五十年过去了……不过，马永善顿了顿继续说，这条河，隔几年就要挖一次，清理河淤，加宽大坝……马永善停了下来，他发觉自己竟然对田杏说了这么多话。

为什么每年挖河？田杏皱着眉头问。

这一带是洼地，地势低，如果发洪水了这里先被淹，通洋河是排洪河，所以，要挖河清淤，把河床加宽，把河堤加固——

田杏看了一眼河堤，说她的太爷爷也挖过河，哪一条河她不知道。她伸着脖子向远处看，又将目光落在脚下的桥墩上，他们便同时发现桥墩下隆起的土坡像一座岛，桥墩连着桥墩，岛连着岛。“岛”上有牛脚印，深深浅浅围着桥墩一圈。

看来黑团也来过这儿，田杏说。

不是黑团，村里除了黑团还有一头耕牛呢。马永善说。

牛脚印里的土凹陷下去，比其他地方潮湿，几株细瘦的油菜像刚刚反应过来，迟开着几朵黄花。田杏掐下一小把，感叹说，一个牛脚印就是一片春天嘛。

天越来越亮，薄雾缥缈，看不远，只看得见脚下的这座“小岛”，他们坐在同一个桥墩下，慢慢悠悠地闲聊着，河水缓缓从身边流过，有一刹那，马永善突然分不清此刻是戏里戏外，哪又是真实与虚幻。导演总叫他“做自己”，可现在他不知道是不是自己了，好像从他的身体里飞出来一个人，那个人是自己，却又不是自己。

5

麦子归仓后，纪录片也快杀青了。经过这样的一番劳作，麦子变得不太一样了，麦子长在地里只能叫农作物，进了谷仓，才能叫粮食。在打谷场上经过扬尘的洁净麦子，堆成锥形小山，每一粒麦子都吸饱了阳光。这一次，马永善仍然没有让黑团拖运，而是自己用板车一袋一袋拉回来。板车麻花辫一样的纤绳嵌在皮肉里，木木地疼，尽管有田杏帮他推车，肩膀还是红肿了起来，他一点都不在乎，感觉身体里有使不完的劲儿。很多时候，马永善也感到不解，身体里怎么比从前多出了力气。

粮食运完的这一天，开始下雨了，苏北平原的雨季来得比往年早了一些，马永善记得小时候梅雨时节正好插秧，天上地上都水盈盈的，现在，不知道是雨季往前赶了，还是秧苗儿生长迟缓了。他们刚把最后一袋麦子卸掉，雨就倒下来了，真的是倒啊，看不清雨珠，只见得天地间白亮亮一片。

再做不了别的事了，于是早早吃了晚饭，尽管都累得不想说话，大家仍然照例在桌子边坐着。电还没到，点着火油灯，火苗将昏黄的光洒在桌子上。马永善倚在墙上，将手伸进衣兜，突然，他触摸到什么——是一小把麦子，脱粒时蹦进去的。他将它们掏出来，放在桌子上。这些脱离队伍的麦子反倒不像是麦子了，它们被置放在桌面时，像在期待着别的用场呢。马永善捻起一小撮，放进嘴里嚼着。

好吃吗？田杏调皮地问。马永善点点头，他说小时候经常嚼麦子，嚼烂后到水里洗一洗，就是泡泡糖了。田杏惊讶地睁大眼睛，好像这是件令人难以置信的事。于是她也抓起一些放进嘴里。

这个晚上，就连一旁的导演也抓了一把麦子放进嘴里认真嚼着，大家都不说话，却专注地动着嘴巴。麦子被嚼碎后黏在一起，在水里冲洗掉麦麸，只剩白净的部分，软而黏，除了甜味欠缺，和泡泡糖没什么两样。田杏饶有兴致地嚼着，像个小女孩。她的热情似乎并不是泡泡糖，而是嚼出泡泡糖的过程。屋内十分安静，除了麦子、舌头和牙齿相互作用的声音外，不再有其他的响动。桌上的火油灯苗偶尔摇曳几下，墙上的影子也忽地晃一晃。马永善一边嚼，一边看着窗户，他想起了很多年前，那时还是孩子的他，坐在灯下嚼泡泡糖的样子，他觉得这样的夜晚竟然勾起自己的回忆，那些快要记不起来的事情都一一来到了眼前。

窗外黑乎乎的，雨点敲击着窗户，风吹过平原，发出浑厚而低沉的哨音。

纪录片终于拍完了，最后一个镜头定格在早晨，那是雨季难得一见的晴日，马永善和田杏走向麦田的背影，太阳已经升起来了，被连日来的雨水洗得发亮，金灿灿的，汇集了所有麦子的光芒。从镜头里看，他们身上像镶了一道金边。

杀青的这晚，导演买来一些食物，鱼，鸡，龙虾，还有当地比较出名的老鹅，小小庆祝了一番，大家喝了一点酒，相互说着真诚又客套的话。导演的姨父杨共和也来了，他比平时多喝了几杯，很感慨，拉着每一个人推心置腹。田杏也喝酒了，脸上很快就有了红晕，她端起酒杯敬导演，说自己很久没有这么轻松自然地拍过片子了。导演说不要感谢他，应该感谢马永善才对。一旁的马永善支支吾吾，说自己不会演戏的。田杏说正是你的不会演戏才让这个角色更真实，她说有几次感到很崩溃，觉得自己没法将角色拿捏到位，但当她看到马永善时，就有了底气，有了方向……

田杏一口气说了很多，借着酒劲又说到小官庄的水，麦地，打谷场，桥墩，还有小官庄特有的土豆，她说这些天吃了那么多土豆，都有感情了，说从来没有吃过这么好吃的土豆，粉粉的，还略带甜味。

马永善认真听着，却感到眼前恍惚，他不知道田杏还是不是电影里的那个人，像是，又不是。

田杏他们已经订好了第二天从市里飞往北京的机票，行李也收拾完毕，大大小小的包裹堆在门口，随时待命，有两个小包总是从包堆上滚出去，好像比它们的主人更要迫不及待地离开。屋里空了不少，曾经拖拽住脚的地方又开阔了。

次日一早，他们就要离开，之所以如此迅疾，是担心路上出现状况，这一夜的雨使人发愁，天像是漏了。每年雨季，从小官村到县城的路就不太好走了。

他们仍是坐的那辆黑色轿车，所有的行李和人都被挤塞进去。车门是杨共和帮忙关上的，因为里面的人实在腾不出手来。田杏的一根衣带卡在车门外，杨共和刚要打开门，被田杏叫住了，她担心打开后再难关上，所以用力地将衣带慢慢抽回去。马永善看着留在车外的衣带一点点缩短，直到消失在门缝里，心里有种说不出来的滋味。

轿车沿着小官庄的土路向前驶去，马永善站在河坝上朝远处看，上一次这样眺望还是两个多月前，那时候还没有收割，满世界都是泛黄的麦子。他还记得轿车行驶在麦浪中的场景，像船行在水面上。而现在，麦子收割了，一切都裸露出来，连轿车飞快的车轮都看得清楚。

6

直到轿车消失不见，马永善才从大坝上下来。

又下雨了，雨滴麦粒一样地纷纷扬扬。他的两条腿像注满了水，重得拎不起脚。马永善刚走到门口，就看见装着土豆的塑料袋了。那是他一天前新挖的土豆，打算给田杏带走的，但田杏勉为其难地拿了一只，说，一个就好，留个纪念。她挑了一只乒乓球一样滚圆的小土豆放在手心里。那一天，她一直玩弄着“乒乓球”，导演打趣说，快要盘出包浆了。现在，马永善看见那枚留作纪念的土豆正躺在塑料袋旁边。田杏没有带走。

从桥墩下采回来的油菜花也早蔫了，它们还没来得及完全盛开。马永善还记得田杏摘下花时说的话，她说一个牛脚印就是一个春天。是啊，那时候还有晚春的气息，很多花草还没有开够。

他去牛棚里坐了会儿，紧紧地依着黑团，他觉得幸亏还有黑团，还有黑团没有离开他。

几只牛蝇憩在牛腿上，黑团无动于衷，它已经老得甩不动尾巴了。他为黑团赶走牛蝇，五根紫甘薯一样的手指抚摸着它的脊背。黑团的毛稀稀拉拉，皮变得硬而疲沓，皮和肉分离出来，好像用力一拎，就能将整张皮从身上揭下来。

他将脸靠上去，黑团特有的气味钻进鼻子，在这种气味的安抚下，他睡着了，睡得很香，还做了几个梦，梦里他变成孩子，骑在黑团身上，黑团驮着他向麦地走去。牛背一耸一耸的，他在牛背上前后摇晃。

醒来后他呆愣很久，梦里的一切多真切啊，再看看躺在地上的黑团，分不清哪个才是梦。

他在黑团额头抚摩一阵，起身走出牛棚。他去了打谷场，再从打谷场到三湾口，又从三湾口走到小岔路……好像一时间找不到事做，广袤的平原上已经没有一株麦子了，满眼望去，只剩一片麦茬。他觉得心里也空得很，和这麦田一般空空荡荡。

马永善缓慢走着，脚步来到了桥墩。雨已经停了，毛茸茸的河面平静了。那天看到的牛脚印里的草已经不见了，倒是在别的地方冒出了一些新芽。他看着河水发呆，浅灰的天空倒映在河水里，显得天空更加深远。一个小石块不小心被踢了出去，跌跌撞撞弹跳着，石头跌进河里，瞬间就沉入河底，不见了，可刚刚还很平静的河面却泛起了涟漪，如同有了心事，一圈一圈地，似乎永不停歇地波动着。

从桥墩上下来，他走不动了，立在田野里，平原多么辽阔，又多么荒凉。向东看，是一道地平线，向西看，是地平线，向南看，是地平线，向北看，还是地平线，除了地平线，还是地平线，他觉得自己被这几道地平线牢固地框住了。

7

马永善回到村子的时候，田杏他们也回来了，是的，马永善没有听错，他们又开着那辆黑色轿车回到了小官村。

从小官村到县城必经的一座桥被冲坏了，其实桥面还是好好的，只是一根桥桩被水冲断。考虑到危险，乡政府派人将桥两头拦住，禁止车辆和行人通过。田杏他们向拦在桥头的人恳请，交涉，斡旋，直到傍晚，都没被放行。

他们不得不又回到了小官庄。

这一次，他们没有住到马永善家，而是住在导演的姨父杨共和家。毕竟，拍摄工作已经结束了。

第二天，马永善一直没出门干活，他担心导演和田杏过来而找不到他。然而，他们没有来，傍晚，马永善拎着那袋土豆去了杨共和家，远远地就看见那辆黑色轿车停在杨共和家的槐树下，杨共和正在猪圈前喂食，看见马永善，喊了一声，手上拎的啥好东西啊?

马永善说是土豆，给、给、给他们的。

杨共和皱起眉，说，土豆又不是什么好东西。说完接过袋子往猪圈栅栏上一钩。

马永善和杨共和站在猪圈前看猪哼哼唧唧吃食，半晌也不见导演和田杏出来，马永善没问，倒是杨共和开口了，他说几个人都在睡觉，下午睡到现在还没起，城里人就爱睡觉。

天空飘过几粒雨，远处响起雷声。马永善说他得回去了，晒在外面的豆子还没收。

夜里马永善睡在牛棚里，好像有预感一样，黑牛在天亮前断了气。

第二天，村里几个力气大的帮忙将黑团抬到大坝上去埋了。马永善往挖好的坑里填了一些草，有人说你垫草干什么，牛都死了，还费这事。马永善不说话，将草铺得蓬蓬松松。一锹锹的土往黑团身上覆盖去，先是脚，头，再是脊背，当黑色看不见了，马永善的心也空了。他用沾满泥的手揉了揉眼睛，站在渐渐隆起的土坡前一动不动。

从大坝回来时，他走在最后头，心里沉沉的，脚步软软的。一连两天马永善都没有出门，坐在黑团睡觉的牛棚里发愣，他多么希望有人能跟他说说话，或者发出一点声音也好。黑团不在，田杏不在，导演也不在，好像他们还在熟睡。

雨一日不停地下着，无穷的水要从天上倒下来，原先的麦地里早已蓄满了水，再过些时候，秧苗儿长高了，就得插秧了。水田里有机器在耕耘，机器后面一根细瘦的烟囱在突突突地吐着黑烟，原本黑牛干的活都交给了它们。

傍晚时候，雨小了，马永善去地里干活，突然看见不远处的田杏，似乎正在来马永善家的路上。她并没有继续走，而是立在路边，打电话。田杏穿了件米色裙子，跟从前农妇的形象简直换了个人。马永善不知道自己该不该过去，他觉得她是田杏，又不是田杏。

这么想着的时候他已经来到田杏身旁了，田杏的电话刚刚挂断，她朝他点了点头，马永善支支吾吾刚要说话，刚要告诉她黑团死了，田杏手里的手机又响了。

马永善只好慢慢往前走，等他转身回来时，田杏已经不见了。

天黑前，马永善又去了杨共和家，槐树下的黑色轿车不见了，他心里一紧，问杨共和，对方说开去桥口了，去看看啥时候能够通行。

而田杏正在卧室里，因为马永善听见她打电话的声音了。她的情绪不太好，声音时高时低，有时会突然吼一声，惊得马永善和杨共和不约而同往她的窗口看去。后来，大概电话打完了，卧室里没有了声音。马永善竖着耳朵听，一边与杨共和说话，还故意咳嗽，加大嗓门，他多么希望田杏听见他的声音能从卧室走出来。很久过去了，门里仍是静悄悄的，杨共和看了一眼紧闭的门，说，怕是又睡着了。

一切都改变了，一切又好像没有改变，那些从前和黑团说的话现在不知道对谁说了。一天，马永善遇见杨共和，说想问他一个问题，杨共和等了半天，马永善也没说出个话来，杨共和快要离开了，马永善才支支吾吾问——你说，是不是梦？杨共和被问得云里雾里，回说，哎呀，你这个闷子——

马永善愣在路上，他很久没有听过这个名字了，也快忘记自己还有这样一个名字。

他看见那簇蔫了的油菜花又开了几朵，金灿灿的，简直像耀眼的灯光。他把油菜花插到了黑团坟上，回来路上，弯道去桥墩下洗手，当他刚要从水边站起来时，听见了田杏的声音。千真万确，他听见了，田杏的声音像雨滴落在河面上。

河水淙淙，向远处流去。

麦田守望者的无助与忧伤

——评汤成难《麦田望不到边》

张堂会

《麦田望不到边》讲述了一个麦田守望者杨本丁的乡村生活故事，读来令人感到无尽的忧伤与绝望。杨本丁是一个六十出头的独居男人，人们都叫他闷子、闷瓜、闷葫芦，平时与一头叫作黑团的老牛相依为命，过着一种安静自足的生活。因为一个偶然的机会被一个纪录片摄制组相中，成了电影纪录片里的男主角马永善，他的平静生活由此被搅动起了阵阵涟漪。导演拍摄的是一部反映乡村生活的纪录片，需要营造一种真实的乡村生活场景，不会演戏的杨本丁完全是一种本色表演，他的一系列割麦、运输、脱粒、晒麦、扬尘、归仓等娴熟的劳作行为获得了导演的赞赏，不会演戏反而让马永善这个角色更加真实。同时，在拍摄过程中，他与女演员田杏之间产生了一种微妙的情感联系。田杏觉得自己无法将角色拿捏到位，多少次都感到很崩溃，但看到了马永善时就有了底气和方向。田杏在拍摄乡村劳动过程中感受到了一种前所未有的满足与平静，把以前的抑郁烦恼都抛诸脑后。马永善对田杏也有了一种诉说自己的冲动，然而，这一切只不过都是一种临时的幻象。当拍摄完成之际，摄制组和演员一行决绝地离开了小官庄。马永善送给田杏留作纪念的土豆被丢在塑料袋旁边，田杏并没有将它带走。田杏走了，黑团死了，自己没有了倾诉的对象。一切都改变了，一切又好像没有改变，马永善无法从影像的生活中走出来，被困在一望无际的田野里。最终，他好像真的听见了田杏的声音，像雨滴落在河面上，河水淙淙流向远处。

汤成难用冷峻、忧伤的笔墨诉说平凡小人物的内心波澜，书写被时代潮流抛离的底层人物的苦难与忧伤，拷问人性，充满了一种悲天悯人的情怀。在现代化语境中，像马永善这样守望麦田、固守传统农耕生活方式的人越来越少了。导演看到马永善的那一刻就确定下了他演男一号，因为马永善眼睛里有着别人所没有的东西。在当下大机器生产时代，马永善不屑雇用收割机来割麦，亲自下地用镰刀割麦，他喜欢每一根麦穗从手上经过的感觉，这样自己的心里才觉得踏实。他将割下的麦子一捆捆装在板车上，再将板车的纤绳套在自己肩颈上。麦子堆到打谷场后，夜里人就睡在麦草垛上，仰望着星空群星闪烁。马永善的生命如同乡野里的稗草一样卑微，但他也有自己的精神情感需求。面对现代化的洪流，他有自己的孤独与迷茫。作为一种远去的历史背影，他这种生存方式也终将隐入尘烟，但他身上的单纯自守与安贫乐道也不失为现代迷失者的一味抚慰剂，演员田杏正是在这种乡村诗意生活的拍摄中治愈了自己。汤成难重返乡村现场，在历史与现实的交汇点上，书写马永善这样对土地怀有深沉依恋的老一代农民的卑微、脆弱与无助，表达对他们的担忧和同情。

小说具有多重意味，营造出一种特殊的反讽情境。一面是马永善牵着黑牛站在河坝上看着麦田的田园风景；另一面是轿车如一条小船行驶在乡间小路上的现代画面。乡村被现代传媒影像消费，传达出一种亦真亦幻的诗意。而真正的乡村底层人物的卑微情感谁去理解，如何抚慰，似乎并没有人去关心。马永善平时与老牛黑团相依为命，有什么话只能对着老牛诉说，人与牛构成了一种镜像和隐喻，既彰显了人与动物的和谐相依，也形象地传达出底层人物的内心孤独。小说叙事委婉，场景描写逼真，感情表现细腻动人，意象营造富有情思和哲理。丢弃的土豆如同一个极佳的隐喻，赠送给城里人的土豆被弃之如履，真挚的乡村情感得不到珍视。马永善的心情如同平静的河面被石子搅动，泛起了一圈一圈的涟漪。“他走不动了，立在田野里，平原多么辽阔，又多么荒凉。向东看，是一道地平线，向西看，是地平线，向南看，是地平线，向北看，还是地平线，除了地平线，还是地平线，他觉得自己被这几道地平线牢固地框住了。”老农民马永善在现代传媒面前情思萌动，却又分不清现实与演戏的区别，被牢牢地框在了乡野大地上。

中篇小说及评论

中國小說史略

序　言

深描生活肌理，书写心灵交汇

李　莉

2023年度好小说上榜的十部中篇小说，各有特色，又有共性。上榜作品大多表现了生活“边缘”，而“边缘”恰好是历史、文化、人性的深厚处，是人物心灵闭锁与敞开、上升与沉降、小我与大我各层级的交汇场。细腻的笔法洞察生活“边缘”的复杂与深刻，反映传统在时代新变中的坚守与超越，反映时代在不同生活角落遗留的种种痕迹以及生活的自我革新力量。

现代社会经济迅猛发展，人们生活节奏加快，心理压力随之而来。那些常见却又非常人所能触探、理解的“边缘”地方、“边缘”人物心理，成为本年度中篇小说的关注点。

最耀眼处，是透过复杂的日常境况刻画人物心理或是他们对某些专门知识的执着。须一瓜的《去云那边》用一天时间叙述一连串“意外”事件。刘医生因“交通事故”偶遇一个自闭症患儿，交谈各种“云”知识与“云”游戏活动，打开了孩子的心灵天空，获得其母亲欢心。肖勤的《海边的向日葵》叙述年轻女医生短时间内遭受医闹讹诈、丈夫出轨、丈夫意外坠亡、公安调查、单位停职、抑郁症患者商陆的多年暗察与追求，最后弃职回归乡居。作者深入人物心灵最隐秘处，揭示情感缠绕中自我松绑的艰难与互相关照的珍贵友谊。文学的精神抚慰作用及其治疗功能是文学与心理学的接壤点。梁晓声的《遭遇“王六郎”》采用大篇幅对话，让作家“我”与偶遇的“王六郎”畅谈文学，治愈其精神病。其父母的势利却让年轻人再次进入精神病院。秦岭的《辟提艾斯蒂》将目光指向特殊群体——心理援助志愿者与PTSD（创伤后应激障碍）患者的救助与被救助之关系。小说主人公获得圆满结局，表明灾难性事件中心理干预和疏导存在“救人建‘心’”之重要意义。葛亮的《入瓷》书写了20世纪30年代广州湾“自梳女”（终身不嫁）代表阿云自强不息的故事，她利用各种机会自觉传承“非物质文化遗产”广彩瓷画类，借此排除现实的纷扰求得心灵抚慰。

上述五个中篇小说从不同层面表现了特殊人物的心灵状况，自闭症患者、抑郁症患者、精神病患者、创伤后应激障碍患者、与传统抗争的“自梳女”，通过与他人的有效交流克服种种心理障碍重新拥抱生活。

还有些作品能紧跟时代发展动向，表现时代潮流中“边缘”人物的生活世界。房伟的《余墨》撕开了高校知识分子之间的内卷现象。师生间、高校间存在诸多难以言明的复杂关系，留下无数叹息和思考。石一枫的《逍遥仙儿》揭示小学教育的内卷。一群小学生家长在“培优”路上各显神通，最后敌不过村妇“逍遥仙儿”的质朴。内卷造成的损伤和损耗值得警惕与深思。

孙频的《落日珊瑚》表现海岛新事物——珊瑚民宿的兴衰历程，揭示人性的狭隘与开阔。胸怀宽广者运气不会差，这一理念在阿占《后海》的主人公谷子（冯谷海）身上表现得淋漓尽致。地位卑微的谷子前半生在后海摸爬滚打，后半生做前海的上门女婿。妻子病逝，他重返后海与兄弟、朋友重建新生活。这两部作品以“海”之变反映近半个世纪来中国社会的巨变。娜仁高娃的《裸露的山体》则讲述沙窝地“酒客”一家人的情感故事，将“现在”“过去”交织于“酒客”死亡前后的各种事件，标题极富隐喻意味。

传统中篇小说，常会凸显某个人物做主人公；2023年度上榜的中篇小说，建构了多元主人公形象，即作品不以单个人物为主，而是以两个甚至多个人物形象作为代表，具有鲜明的“群像”特征。表现手法上，主线串联支线，形成树状结构；同时采用主角“我”和配角“他”的多维视角，现实交织回忆，推进情节，创新表现艺术。

总体看，十个中篇小说深描生活肌理，洞悉人心；融时代风云和社会大潮于细节，展示不同心理场域中文化创造者、文化传承者的平凡与非凡。

逍遥仙儿

石一枫

正所谓“上风上水上海淀”，在这精英扎堆、名校如云的地方，学区房一室难求，“鸡娃”更是很多家长的日常。三个来自不同阶层的家庭在这里相遇，开始了互帮互助的“鸡娃”之路。随着一纸教育“减负”限令的到来，家长们的焦虑燃至顶点，一个危险的计划逐渐成型，众人皆被推到风口浪尖之上……

我落人中然自在，本是天上逍遥的仙儿。

——引自二手玫瑰《仙儿》

1

现在想来，我早就见过王大莲和苏雅纹。当时我女儿芽芽才两岁。

那个年纪的孩子，正处于从四足动物向两足动物进化的过渡阶段，而我媳妇小张却像很多妈一样，生怕错过一个天才，于是一股脑地给她报了很多的班。再往前追溯，这种班芽芽其实在出生之前就已经上过，比较典型的形式，是一群即将瓜熟蒂落的孕妇躺在木地板上，由一位“中央院”的老师给她们播放肖斯塔科维奇和斯特拉文斯基的交响曲。不能有莫扎特，莫扎特都俗了。按照老师的理论，音乐是在语言之前产生的，所以孩子能听懂：“感受一下，有没有踢你?”

地上的大肚子们纷纷呼应：“踢了踢了。”

这给我媳妇小张造成了一些压力。她偷偷对我说，怎么她的肚子里没动静呀？而事实证明，动静太大了也不好，一天有位孕妇正在被踢，突然就提前破水了，流了一地。大家还得七手八脚地把她送到医院去。

一路上，她喊道：“我不去公立医院，我订好了和睦家的——”

等芽芽出生，那些班就得由她亲自参加了。与之相应，带芽芽“上班”的任务，则从小张移交给了我——那段时间她比我忙，动不动还要跑趟横店。对此我也没什么怨言，反正已经在家养了很久的浩然正气，再不出去看看人，我都担心自己会跟生活决裂。

况且别人家带着孩子“上班”的尽是些年轻的妈妈，其中几位还挺有风韵的。

至于“上班”的情况，倒没必要多说。我想讲的是芽芽辛劳历程中的一个小插曲：一天刚上完美术正在学英语，忽然听说她的游泳班“爆”掉了。

此类事件，也不稀奇，无非摊子铺得太大，资金链断裂之类。班开班灭，万物守恒，财来财去，日子照过。当时我看到商场顶层的“水娃娃”门口攒聚了一群人，便也啃着汉堡溜达过去。怀着对我媳妇的幸灾乐祸，我还用手机取了个景，采用了李沧东风格的长镜头，将现场那种庸常而又苍凉的气氛呈现给她。

我对她说：“你看，又黄一个。”

小张倒也每临大事有静气：“能退多少是多少吧。”

根据她的指示，我在人堆儿外面排队。盘算一下，课程已经上了大半，剩下额度不多，也犯不着为那点儿钱跟谁拼命。估摸着不少家长也是这么一个心态，普遍鸡肋，所以这次爆雷爆得相当和谐；工作人员按部就班，把各家需要退款的数目登记在册。站在我前面的是几位娉婷的妈妈，大家早混得眼熟，正在有一搭无一搭地聊天，内容无非谁家孩子能背一千个英语单词之类。时值初夏，她们中的某些人换上了皱巴巴的“三宅一生”连衣裙，可知这个牌子最近很流行。

不过未几，稳定的局面被打破了，因为一只鸭子。

率先发现情况的是位妆容精致、扮相还有几分书卷气的妈妈，她正含笑听人说话，忽然瞪大了眼，望向“水娃娃”的玻璃大门。我也循迹望去，就看见鸭子从一排更衣柜后面晃晃悠悠地飘出来了。当然，它不是一只真的鸭子，而是塑料充气的小黄鸭，平时就浮在游泳班那五彩缤纷的水池子里；现在脱水而出，才发现个头儿还真不小。记得观摩鸭鸭被教练摆弄来摆弄去的时候，我听见过它发出悦耳的叫声：嘎嘎，嘎嘎。现在它又叫了：嘎嘎，嘎嘎。这声响让游泳班的工作人员也回头，“咦”了一声，从前台跑向更衣柜，围堵住了鸭子，或正举着鸭子的人。那是个三十上下的女人，穿身商场保洁员的制服，和衣服相匹配的，是一张糙红的圆脸和两膀子鼓鼓囊囊的肉。

那么她要做什么呢？工作人员先“呔”了一声：“干吗干吗？”

女人被迫站定，似有些发怔：“把它拿回家呀。”

“我是说，谁让你拿了？”工作人员继续呵斥。

女人说：“你们不退钱，我还不能拿点儿东西？”

“交费报班的才退钱，难道你也交了吗？”

“当然交了，而且我早就来了，可半天也没人搭理我。”

三言两语，大致听清原委：这女人的确是在游泳班消费过的，但却不是正常的购课储值，而是定价几十块钱的“单次体验”。为了招徕客户，很多机构都会推出类似的优惠。现在班都爆掉了，体验券自然也就失效，因此这女人前来退款，可人家对她又很敷衍，只让她“一边儿候着去”。候了许久，无人问津，她就急了，决定拿走一些实物作为补偿，正好这只鸭子就是现成的了。

而在掰扯的过程中，我听见这女人一嘴京腔，却极其响亮，有种大开大合的气势。在印象中，只有自幼身处旷野的人，才会说话有如叫阵。

她的大嗓门果然招致了不满，工作人员屡次提醒她“小点儿声”。

女人却无辜地说，她也没想吵，她就想“讲个理”。

工作人员便又说，讲理可以——目前正式学员还没办妥，哪儿有工夫顾及你这“限时特价折上折”？再说到你私自拿走教学用具，这个问题就严重了，定性成盗窃也不为过。游泳班前台是个学生样的小姑娘，伶牙俐齿。她在邀请你办卡的时候，哥啊姐啊叫得亲热极了，但对付起另一种人就是另一副嘴脸了。她凌空抢过鸭子，又用两根手指一扒拉，就把那女人扒拉到了前台一侧。女人壮实的身形亦步亦趋，表情木讷，让人联想到某种大型食草动物。不过她的脑子一定还在缓慢地转动，半晌又开口，仍是大嗓门：

“我不是偷，我就是等不了了……我还有活儿呢。”

前台小姑娘铁面无私：“不要找理由，偷就是偷。”

至此，女人被晾起来示众，听候发落。她的神色又现出了愤懑与茫然。在这个过程中，我的手机录像仍然开着，有意无意地锁定了她。我的镜头语言也从李沧东变成了阿巴斯，包含着一种“克制而疏离的痛感”。

而随即，左近悠悠地飘出一个声音：“何必呢？人家也不容易。”

说话的还是刚才那个文静的妈妈。她进而指出，不管怎么说，这个“保洁工大姐”也是交了费的，既然交了费，不在钱多钱少，排队时理应有个先来后到；再说到所谓的“偷”，不正是因为游泳班对人家的权益置若罔闻，才逼得人家出此下策吗？

此言一出，立刻得到了几位妈妈的呼应，七嘴八舌，反把前台小姑娘说愣了。但她很懂得看人下菜碟，立刻挥挥手：“算了算了，走吧你。”

看到女人还想说什么，她又催：“赶紧的，要不是这几位‘姐’——”

那女人真就迈开步子，往玻璃门外走去。她的情绪好像要比动作来得慢半拍，等走出人群，才回身道：“谢谢你们。”

仍是大嗓门。众人笑了，都说不用谢。一时间，气氛充满了友爱，那位文静的妈妈脸上泛出光来，圆润的嘴唇鲜嫩欲滴。她也许还想到了另一些事情：比如几十块钱的体验费对于大家都不算什么，但对保洁工而言，没准儿就是从牙缝里省出来的了；再比如这位保洁工想必也有孩子，而她的孩子却注定不能在城市的空中游泳……我继续对准保洁工，给了那张饼状红脸一个特写。

但就在这时，手机记录下了极具爆发力的一幕：本来那女人僵立片刻，如在思索，突然却低头弯腰，哞一声喊，直朝人群撞了过来；她冲回前台附近，一把从地上又抱起了那只黄鸭子，将它高高举起，再往电梯口跑去。

到了儿，她也没放弃那只鸭子。前台小姑娘满脸苍白：“有没有人管管呀。”

镜头里又多了俩保安，六只手在取景框里撕扯、纠缠。而这时，我忽略了打斗中的人们，只是追踪着那只鸭子。它从这只手上传到那只手上，歪歪斜斜地滑出了电梯左近的护栏。商场的结构是这样的：高达六层，中间则是一个挑空天井，从上面看去有如深渊。当鸭子飞入天井，便获得了自由翱翔的空间，它从容地掠过水晶吊饰和塑料招牌，隐没在光海之中。为了跟拍，我移步换景，推拉摇移，恨不得半个身子也探到栏杆外面去了。

好在没人留意我的这个怪癖。等我按灭摄像头，回过身来，女保洁员已经不见了。她来得凶猛，走得彻底，转眼之间消失了踪迹。

围观者们惊魂甫定，大家还在议论：多险呀，幸亏掉下去的只是一只鸭子。

我又听见了那位文静的妈妈的声音，仍然是悠悠的，但其意味就要比刚才复杂多了："唉，他们这些人哪——"

2

以上所述，是我与王大莲以及苏雅纹初次相见的情形。那时我还不知道她们叫王大莲和苏雅纹。等到我们正式认识，我女儿都可以接受法定教育了。

很惭愧，送芽芽报到仍然是我去的，别人家大多还是妈妈。又很惭愧，为了让芽芽上学的路途舒适一些，我们专门换了一台奥迪旅行车，但蹭到小学附近，才发现很多家长根本不必亲自开车——他们的标配是硕大无比的"丰田"保姆车或者"奔驰"商务车，那种车子的标配则是专职司机，有些还戴着白手套呢。说到这里，就要介绍一下我们所在的那个住宅区了：它位于"上风上水"的北五环外，因为毗邻中关村地区和几所高校，更兼之兴建了一所规格很高的小学，所以一跃成为了北京声名赫赫的学区房。我们也目睹着身边的房价打着滚儿地往上翻，那真是一个如梦似幻的历程；当初在这儿买了一套小两居，大约也是在我媳妇口中，我所干过的唯一有远见的事儿了。

现在房子又发挥了作用，让我女儿得以和那些"宁有种乎"的优秀儿童同窗共读。在外教体验课上，我也不得不钦佩小张的先见之明——经过此前的训练，芽芽好歹能用英语介绍她的另一个名字"贾斯敏"。而她班上的"斯坦利"都已经会演唱甲壳虫乐队的"Hey Jude"了。

"你可得好好学习，"我欢欣鼓舞地勉励芽芽，"瞧你们条件多好呀。爸爸上小学的时候，课外活动就是去臭水沟里捞蛤蟆骨朵。"

这个岁数的孩子已经挺有虚荣心了，我的忆苦思甜让芽芽觉得掉了份儿。她立刻对一旁的"斯坦利"说："我爸爸是导演，拍的片子网上就有。"

我只是讪笑着，尽心地用一台DV对芽芽进行拍摄，为她的开学第一天留下纪念。没承想，这个行为引起了"斯坦利"的兴趣。他是个清秀的男孩儿，留着一丝不苟的小分头，眼神里有种同龄孩子少见的沉稳，仿佛时时都在深思。他问我认不认识张艺谋，我说我哪儿配啊；他居然还讲到了"构图"，请我有时间指导一下他的美术作品。我被说得一愣一愣的，心想这孩子迟早能在少先队里混上一官半职。

而“斯坦利”又不遑多让地对芽芽介绍起了他妈：“我妈妈是编辑部副主任，她编的书还是学校的指定读物呢。”

我向一侧颔首，看见了那张精致、文静的脸。离游泳班的“爆”掉已经过去了几年，而这位妈妈竟没有见老。当然，我们这片的家长长期都在各种班上穿梭，重逢也不能算是多么大的巧合。保持着本地居民固有的体面与矜持，我们浅浅点了下头。

我说：“你们家‘斯坦利’懂得真多，我们这个就不行……”

芽芽撇嘴。那位妈妈对孩子倒是熟得快，替芽芽整了整马尾辫说：“可是我们漂亮呀，漂亮不就够了嘛。”

那声音还是悠悠的，我不确定是否暗含了某种敷衍，甚而讽刺。住得久了就能知道，这也是我们这片居民们惯常的语调，他们非常善于在轻描淡写之中表现出优越感，而跟着他们的言外之意三跳两跳，你心里也会不禁惴惴的，不知道自己到底是听懂了还是想多了。总之令人疲惫，哪怕你刚刚受到了恭维。

我也只好又笑了笑。就在这时，身后突然荡来一声喊：“嘿，真是你们呀——”

那声音从秩序井然的校园里席卷而来，不光“斯坦利”的妈妈，周围的家长们也骤然回首。我看见了一张皴红的脸，既扁且圆，让人想起放了过多番茄酱的煎蛋，脸旁飞扬着钢丝般奓起的乱发，还是棕黄色的，就像煎蛋被摊在了一盘薯条上。那女人的手上，还拖着一枚圆滚滚的肉丸子——也是个小男孩，鼓胀得没脖子没腰。这对欧式早餐般的母子步履如风地奔到我们面前，站定先喘，热气腾腾。

“远远儿就看见你们啦，我半天都没敢认。”女人揪住领口，大幅度地呼扇，一对胸部在巨大的“LV”商标下面跳动着。说时迟那时快，她又抡起一只“爱马仕”坤包，如同女牧人甩出了套马杆，从一队三四年级的小学生中套住了另一个胖男孩。两个肉丸子背着如出一辙的“巴宝莉”书包，形状也完全一致，只是体量有所差异，他们滴溜溜地滚动着、撞击着，久久不能平息。

“这是我们家大的，这是我们家二的。”她介绍道。当她说“二”的时候，前面缀了个“n”的发音。这是京郊某些地方居民的口吻，比如“贴饼子熬小鱼”到了他们嘴里，就成了“贴饼子闹小鱼”。

我和那位文静的妈妈仍然懵懂着：“您是……”

女人就“咳”，一拍巴掌：“你们不记得我，这不稀奇，但不妨碍我记得你们。当初在游泳班……”

我和文静的妈妈面面相觑，似乎明白了：“哦，您就是那个……”

“对呀。大莲子，王大莲。”她自报姓名，好像以前就告诉过我们似的。

“眼拙了眼拙了。您那时候不是商场的……”我扫了眼对面母子三人浑身披挂的logo。包、鞋、衣服，几乎把商场里的奢侈品牌凑全了。

女人又补充道：“保洁员？早辞了。谁他妈干那个呀。”

文静的妈妈下意识地捂住了“斯坦利”的耳朵。而既是故人相见，那位王大莲不免说起了黄鸭子：“为个破玩意儿，差点儿让孙子们把我从楼上掀下去”；继而又给了俩肉丸子一人一个“搂脖儿”，“还不谢谢你叔你婶儿”。俩肉丸子令行禁止，齐声说“谢谢叔，谢谢婶儿”。面对两位贤侄的如此大礼，我很想指出，作为“叔”我倒没什么意见，关键是“婶儿”是否乐意。果不其然，叔可忍婶儿不可忍，文静的妈妈撇清道：

“平白扯上我做什么，要谢就谢他吧。”

但继而，她的话又让我想起了一个小小的谜团：当初那只鸭子飞下顶楼，保安也下去找过，它却居然消失不见了。就好像鸭子自己长了脚，跑掉了。而那场混乱的始作俑者——王大莲——也跑了，这便让前台小姑娘叫苦不迭。她说她也是打工的，现在丢了东西，只能由她个人赔偿；她又说你们倒是怜贫惜弱，怎么不考虑一下她的苦衷呀。一说二说哭起了鼻子，令诸位妈妈都很尴尬。也是活该嘴欠，我看了看周围的脂粉圈，索性说，得了，算我的吧。顺手就扫了码。钱倒不多，只不过我那天明明是去登记退费的，结果不光没能止损，反倒饶进去一笔。

后来我媳妇批评我：“又见不得女的抹眼泪儿吧？我还不知道你那点儿劣根性。”

综上所述，也可以这样理解：尽管我与王大莲只有一面之缘，却为她的冒失行径买了单。当文静的妈妈用轻巧而不失调侃的口吻说清原委，王大莲的脸便愈涨愈红了。她掏出手机，要把那只鸭子的钱扫给我，还让我“尽管说个数儿”。我说算了，她硬不依，扯住我的胳膊摇来摇去的。前保洁员的手劲儿真够大的，险些把我的DV也摇到地上去。

我就有点儿烦了，甩开她的手：“让人看了笑话——”

王大莲如同被蜇了一下，又扬起壳儿上镶满碎钻的新款折叠屏手机，啪地往大腿上一拍，怨道：“都赖这个破玩意儿，要带着现钱不就方便了嘛。”

那架势让我想起我去世多年的奶奶，一个喜欢在夏天挥舞着蒲扇骂街的老太太。我不禁扑哧一笑，王大莲也咧嘴对我笑，露出一嘴硕大的牙。后来还是文静的妈妈打圆场，说孩子都在一个学校，来日方长嘛。大家便又拉起小朋友们，拖拖拉拉往学校外面走去。出了正门再过两条街，就是王大莲以前干活儿的那个商场，遥遥望去有如玻璃碉堡。四下孩子飞跑，车辆蠕动，越发堵得水泄不通了。有学校的地方都是这样，拥堵程度也和学校的名气成正比。因为在附近找不到停车位，我和文静的妈妈都把车放在了商场，这时便结伴穿街过去，王大莲和她的两个胖儿子也跟在我们后面。

而这一路上，她又让我们刮目相看了两次。

第一次是在刚刚走出学校所在那条街时。我们听见胖儿子之一嚷嚷：“妈，到家啦，该拐弯儿啦。”

王大莲呵斥他：“我还不认识家？我送送你叔你婶儿。”

我们不得不站定：“到家就回呗……我们认识路。”

这么说着，文静的妈妈却往街口一侧瞟了一眼。那是一片密度极低的小区，楼宇簇新，一望可知都是夸张的大户型。在这片地方，甩着个“爱马仕”上街算不得奢侈，住在紧邻学校的高档社区里就是真正的奢侈了。又对于送孩子而言，自己开车的羡慕有司机的，但金字塔的塔尖反而是“腿儿着”的，因为一出家门就能进学校。文静的妈妈目光悠悠的，又变得复杂起来了。

而王大莲则说：“我陪你们到商场，顺便跟他们说句话。”

也不知她所指的“他们”是谁，于是也就有了另一个刮目相看。未多时，大家来到商场的停车场，各自找到了车，文静的妈妈开的是辆小巧的“沃尔沃”。我们依次开到收费处的栏杆前面，就见王大莲正靠着岗亭，跟窗口里的老头呱呱唧唧地说话。那老头黄面鼠须，嘴上斜叼着烟屁，看到我们来，王大莲一指：“三大爷，就他们。”

“三大爷”在烟雾腾腾中一摆手，示意我们直接过。王大莲又说：“您看清楚点儿，这可是我朋友，以后也不能收钱。”

“三大爷”作色：“怎么着，嫌我眼神儿不好？”

王大莲说：“那不能够，牌桌上见过您的本事。”

听这意思，我和那位文静的妈妈不仅此次停车不必缴费，以后也获得了“自己人”的特权。如果这是王大莲对我们的回礼，可比区区一只黄鸭子贵重得多。我感到必须说点儿什么了，把车停在路边，自己开门出来。文静的妈妈也下了“沃尔沃”，微蹙着眉，低声说：“这不是走后门吗？”

又嘀咕：“我是担心孩子……习惯了这一套，以后到国外怎么融入人家的社会呀。”

她的思虑的确比我长远。但当我们走到王大莲面前，嗫嚅几秒，王大莲却先开腔了：“千万甭客气，客气就是驳了三大爷的面儿了。

岗亭里，“三大爷”又点上一根烟，目如鹰隼地扫我一眼。而王大莲却转瞬忘掉了上个话题，又向我们抛出了新的话题。她罕见地压低了大嗓门：“对了，再跟你们商量个事儿……你们俩的孩子是在一个班上吧？”

我只好接着她说：“是呀。”文静的妈妈也说“是呀”。

王大莲又说：“可我们家‘二’跟他们不是一个班。你说这样行不行，让‘二’也转到你们那个班去，大家有个伴儿，不是正好吗？”

我们就晕了。片刻，文静的妈妈说：“但学校……不都把班分好了吗？”

“可谁也没说分好了就不能改呀。”这时王大莲全没了征询人家意见的拘束，她抡起她的“爱马仕”，让金光闪闪的西洋马车在空中驶过一道闪亮的弧线，“我跟他们说去。等转班过去，你们只要让孩子跟别人说，早就认识我们家‘二’就行啦。”

我们就更晕了。提到孩子，我又看了眼街边的车。只见芽芽从“奥迪”旅行车里往外招手笑，而王大莲家的“大”和“二”正扒着窗户，争先恐后地朝她做鬼脸。我眨了眨眼，转回头来对王大莲说：“孩子们不都认识了吗？”

王大莲的脸上又喷出喜悦的红光：“他叔，有你这话就行。”

等她揪着俩胖儿子离去，留下我和文静的妈妈站在街上发愣。要知道，芽芽所上的小学光是进去就很难，如果不是早年间侥幸落了户，你或者要买下天价的房子，或者就要有通天的手段；也总听家长们抱怨，他们在别处都是有头有脸的人物，可被小学老师训起来就像训孙子一样——而这个王大莲呢，能说转班就转班，随便挑，这又得是多大的面儿？比之于此，“三大爷”那边的停车费简直不值一提了。

也正因此，文静的妈妈感慨如下：“这……是个什么人呀。”

3

王大莲“是什么人”，其实倒不太难猜。在北京，尤其在北京曾经是郊区后来才并入城区的地方居住，你也免不了会遇到她“这种人”。记得那天回家，威逼利诱地把芽芽按在小书桌前读英语，我忽然动了个念头，翻箱倒柜地找出几年前的旧手机，把当初在商场里拍摄的那段视频拷出来，捧着平板观看。

此时重温旧作，镜头运用就显得幼稚了，对大师们的模仿痕迹太重。但最后那段对黄鸭子的跟拍却堪称神来之笔——忽略了“人”而聚焦于“物”，和《阿甘正传》里那根著名的羽毛异曲同工。我瘫在沙发上抚摸着肚子，咯咯笑出声来。

恰好小张回来，翻着白眼问我：“又打着试镜的名义看女演员去了？”

我把视频划到王大莲举着鸭子奔跑那段：“你也看看。”

小张更深地翻了我一眼：“哟，口味变了？”

“人家的形象也变了……咳，这都哪儿跟哪儿啊。”我让她别打岔，先给她展示了当初之王大莲，又描述了今日之王大莲，还把芽芽叫来做证，“今天碰见的阿姨——气宇轩昂那个，是不是挺有意思？”

芽芽捂着眼睛，相当惊悚地“哇”了一声。我又笑了：“张爱玲说过，别致就好。”

小张却没兴趣和我进行美学层面的讨论，顺势又开始数落我、勉励我。内容和以前差不多：作为一名导演，我成天漫无目的地东拍西拍也不是个事儿，毕竟作品要变成商品才算完成了它自身，对不对？但她又给我带来了一个好消息：有部纪录片已经完成了前期拍摄，不过制片方很不满意，决定临阵换将——想来想去，我正合适，小张还替我谈了个不错的价钱，只等我点头了。我想起来，那部片子在筹备之初就找过我，没谈拢正是因为制片方比较“事儿逼”，此外我对题材也不感兴趣。但小张又对我打鸡血兼赶着鸭子上架：目前相当于菜都切好了，没人掌勺，也容不得那些家伙叽叽歪歪了；至于题材，现如今你还能拍什么？你想拍的谁让你拍呀？还是丢掉幻想，先让工作的齿轮转动起来再说。

她说得固然有理，我懵懂地点了点头。我这样自我安慰：答应的是媳妇，养活的是女儿，这就好像比直接做“鸡”做“鸭”更容易让人接受一些。

小张承认我做出了悲壮的牺牲，还主动请缨接替我照料芽芽，反正她手头的项目已经接近杀青了。此后几个月，我都在捏着鼻子连轴转。时而在老少边穷地区采景，时而在会所里被人拎着脖子灌酒，我的脸时而黑，时而红。令我欣慰的是，芽芽长势良好，当我与她视频通话，看到她的眉眼越发明艳，都有一丝她妈年轻时的影子了。

我也问她："在学校交到什么新朋友了吗?"

芽芽说："一个是'斯坦利'，另外两个是'大'和'二'。'斯坦利'和我最好，帮我做作业，'大'和'二'就有点怪怪的了……"

从她的话里，我得知了两个信息：第一，王大莲言出必践，她们家的"二"果然转了班，与芽芽和"斯坦利"做了同学；第二，那俩肉丸子在学校里仍以数字为代号，而不像其他孩子那样除了学名还有英文名。

难道在外教课上，老师也要称他们为"one"和"two"吗?

我又问："他们怪在哪儿呀？难道欺负你了吗?"

芽芽嘟嘴皱眉："那倒没有，不过……哎呀不跟你说了，我得弹钢琴去了。"

女儿很忙，比我还忙。等从外地回来，都已经快入冬了，街道上流淌着银杏叶子，熠熠闪光。也是贱，过去送芽芽"上班"时，我还会痛感家里乾纲不振，现在却怀念起那种生活来了。于是甫一进门，就急着跟小张进行交接。温习完芽芽的课表和教材，我又关怀小张："你怎么样，对家庭妇女的角色还习惯吗?"

小张不忿："谁家庭妇女了，那些当妈的哪个不比你学历高。"

看来她很快就融进了新圈子——这也是一个制片人的特长。我说："嚯，都混得很熟了。有没有互相探讨驭夫心得？很可惜你们影视界都是些畸形婚姻，不足与常人论。"

小张又"切"，继而兴致高涨地介绍起了芽芽班上的妈妈们。诚如她所言，那些女眷都不是泛泛之辈，混迹其间，让她很有认同感。试举一例，别处的女人听说她的工作性质，都会兴致勃勃地打听明星八卦，还尽有托她要签名的，而在新环境里，大家就对花边新闻不那么感兴趣了，或者说感兴趣也不好意思当众谈论，"苏雅纹最瞧不上这种话题了"。那么妈妈们都聊些什么呢？当然要以孩子为主，这是题中应有之义，此外她们非常热衷于探讨"如何平衡家庭与事业之间的关系"。在这个议题上，小张意外地获得了话语权，她在剧组里按下葫芦起了瓢的状态被称作一项"系统工程"。

"就连苏雅纹都说，她可做不到像我这样成天出差……"明明刚回家的是我，小张却劳苦功高起来了。

我没法不留意到苏雅纹这个名字："这又是谁?"

小张便描述了苏雅纹：在出版社工作，很会化妆，开辆"沃尔沃"。她又说："你不是早就和人家搭上话了吗?"

这才知道，那位文静的妈妈名叫苏雅纹。又从小张言必称苏雅纹可以推测，苏雅纹是那群妈妈里的妈妈头。这当然有着"母以子贵"的因素：苏雅纹的儿子"斯坦利"不仅成绩优异，而且擅长绘画，好几部"作品"都在外面获过奖呢。但关键在于，苏雅纹本人也是那么有态度、有风格、有腔调。说到这里，小张又试举一例：小学班上不是都有妈妈群吗？妈妈们的群昵称不都是“××妈”吗？苏雅纹却提出，该称谓很有问题，将妈妈降格为孩子的附庸，无异于否定了“女性独立存在的价值”。

我插嘴：“她还引用了波伏娃吧，‘第二性’什么的？”

不得不承认，小张的热情让我稍感嫉妒。而对我的挑衅嘴脸，小张又翻了个白眼。她继续把事情讲完：苏雅纹的意见得到了班主任的由衷拥护。还得补充一下，那位老师虽然刚刚分配到小学，可却是一所985高校的博士，这个头衔也让妈妈们感到满意。在苏雅纹与博士班主任的倡导下，她们纷纷把群昵称改成了如下模式：本人姓名（孩子姓名）。比如苏雅纹就是“苏雅纹（斯坦利）”。不要小看这个变化，它不亚于一种姿态，一个宣言——有个育儿公众号专就此事刊登了一篇文章，题目如下：

《我不是××妈——优质女性的自我回归》。

而听了半天苏雅纹，我不由得感到了疲惫。不知为什么，那种“用力活着”的人总是会把疲惫传染给我。哪怕为了放松，我也需要一个新的话题，当小张去洗漱，我跟过去问：“对了，还有个王大莲呢，你也认识她了吗？”

小张回身，嘴巴半张，电动牙刷嗡嗡响着：“你说哪个？‘二’他妈妈吗？”

这一称谓让我想起了一段相声，高英培说：“‘二’他妈妈，拿大木盆来，这拨儿全是咸带鱼。”而在接下来的夜晚，我为自己的多嘴付出了代价。小张变得越发亢奋，甚而忘掉了我们夫妻小别重逢后的例行公事，又召开了一场澎湃的、喋喋不休的吐槽大会。一边吐，她还一边敷了张草莓面膜，让自己的脸也变得红彤彤的，同时绘声绘色地模仿起了王大莲。我媳妇在剧组待久了，也具备了颇为深厚的表演功底，因此王大莲随风潜入夜，盘踞在了我们的卧室里。

小张谈起王大莲，是这么开头的：“我们都不稀得说她。”

她使用的第一人称代词不是“我”，而是“我们”。

4

据我媳妇描述，王大莲刚一“入班”，就暴露出了自绝于妈妈们，甚而自绝于老师的倾向。该倾向又层层加码，最初只在微信的“班级交流群”里体现。

顾名思义，这个群的功能是让老师和家长们畅所欲言，互通有无。一时间群内交流十分踊跃，从给孩子们报什么社团，到老师打算有针对性地提升孩子们哪方面的能力，不一而足。但没过多久，麻烦来了。麻烦的名字叫作“王大莲（二）”。那是一天晚上，学校发布了音乐社团的报名方案，老师要求有基础的孩子家长说明，孩子已经学到了何种程度，尤其是学弦乐的要提前报备。为什么单把弦乐拎出来呢？在群里，苏雅纹替老师解释，弦乐的难度更高。她还普及了一个知识：在美国很多“藤校”的招生指南里，被认可的“音乐特长”首先指的就是弦乐。苏雅纹家的“斯坦利”果然是学小提琴的。说到这里，小张便又焦虑，问我当初给芽芽选了钢琴是不是一个战略失误？

我嘴硬："你又不懂了吧，钢琴本质上也是弦乐。"

小张说："你不要抬杠好不好？人家明明给算进了键盘乐。"

我说："你不要跑题好不好，不是在说王大莲吗？"

于是暂时撇开钢琴的构造不提，说回王大莲。而说到王大莲，仍然涉及了"弦乐"这一定义。这时王大莲就在群里发言了。大家看到"王大莲（二）"甩进来一条语音，点开仍是大嗓门，仿佛怒气冲冲："等会儿等会儿——什么叫弦乐呀？"

如此追根溯源，问得大家一愣。紧接着，便有人往群里发了个链接，是网上百科对于"弦乐"的详细说明。一般是指西洋管弦乐团中的弦乐组，根据发音方式，又可分为擦弦乐器、拨弦乐器与击弦乐器。想当年，钱钟书因为能背词典而被誉为神人，而现在，随便一个孩儿他娘也等于钱钟书。

但王大莲又说话了："你们能不能再说清楚点儿，究竟哪些家伙什算弦乐？"

大家便接龙，向她举例。有说小提琴、中提琴和大提琴的，还有说低音贝斯和竖琴的。继而有人说：弹棉花算不算？这明显就是开玩笑了，不经意间露出了揶揄的口吻。大家哈哈哈，放出形态各异的表情包。

但王大莲的大嗓门里包含了真切的不满："这不是扯淡吗？你们弹过棉花吗？絮子糊嗓子眼儿，干一天咳嗽半个月。"

她先带偏话题，反说人家扯淡，妈妈们就静默了。那静默里也有不满。又过了片刻，还是苏雅纹紧扣主题，她说："您的问题很好解决，您总知道自己的孩子学了什么乐器吧？说出来，大家告诉你该去哪组不就行了嘛。"

王大莲说："那倒不用麻烦，我们没学。"

苏雅纹不可置信："没学？什么都没学？"

王大莲用不雅词汇表示强调："对呀，屁都没学。"

既然屁都没学，那您矫情这么半天？顺便补充一下，如果屁也算一种乐器，大概可以被归入管乐。诸位妈妈延续着不满的静默，仿佛真有人在群里放了个屁。王大莲还纳闷："怎么没人说话了？都掉线了吗？"

讲到这里，小张摊了摊手。她对我说，此后几乎每一次群内讨论，王大莲都会唱上这么一出。再比如有一次谈到数学补习班，王大莲居然连"勾股定理"都搞不清楚，一个劲儿地追问"谁的沟子，谁的屁股"。此时我想，如果说到国学课，那句"渔阳鼙鼓动地来"一定又是一个坑。但小张进而说，只在群里和妈妈们闹一闹还不算什么，更要命的是，王大莲对班主任老师都敢发作——面对面。

谈起那次冲突，就要说到开学以后的第一次家长会了。博士班主任体谅到有些妈妈还要上班，便牺牲休息时间，在晚上召集大家见面。经过班主任推举，大家表决，苏雅纹担任了例会的召集人。为了履行职责，苏雅纹饭都没顾上吃，从东三环的出版社堵了一路回来，再把"斯坦利"送去课外班，然后马不停蹄地赶到学校。也真得佩服人家，饶是如此，妆容不乱。然后开会，因为是第一次，老师郑重地讲解她的教育理念，听来倒像做报告；又因为用了很多美好的大词儿，不亚于带领争奇斗艳的妈妈们进行了一场心灵瑜伽。而在这一过程中，小张就发现有一个脸红且圆的女人频频回看苏雅纹，苏雅纹也频频看向她，间或对她摆手，做个忍耐的手势。这就好像一个人想要上厕所，另一个人让他再憋会儿。

因为看过我此前拍摄的视频，小张立刻认出了王大莲。又仿佛忍无可忍，王大莲终于无视苏雅纹的劝阻，举起了手。班主任并未理会她。后者或许讲得兴发，不情愿中断那一连串儿闪闪发光的人名以及术语。但王大莲锲而不舍，胳膊越举越高，伸到了人体坐姿所能达到的顶点，王大莲的声音也霍然炸裂："老师老师——"

班主任不得不停下："这位家长，您有事吗？"

王大莲说："当然有事儿，没事儿我够灯泡呢？"

老师又不得不说："有事请讲。"

王大莲说："我听不明白呀——谁是苏格拉底？什么叫'启发式谈话法'？还有霍姆斯、尼尔和皮亚杰，这些人又是干吗的？"

老师舔了舔嘴唇："我说的都是一些历史上的著名教育家。而且我也没光举国外的例子，还有叶圣陶呢……"

王大莲说："那个叶什么陶，我也不知道。"

"孟母三迁呢？"

"好像听说过，但也记不清楚了。"

这时，妈妈们之间掠过了一片窃笑，也许她们早就料到会有这么一出了。而班主任终于沉下了脸。她又舔了舔嘴唇，嘴角僵硬。班主任也是在群里的，她见识过王大莲的威力，不过为了保持宽容的气氛，并未对那些浅薄得令人发指的提问多加干涉。但现在情况变了，这可是她这个博士首次宣讲教育理念的场合。老师的威信不只是针对孩子，这年头更要针对家长。又况且，谁知道这个王大莲是无心的还是故意的呢？

她的声音冷了下来："您自己不知道，这怪不得别人。"

此言一出，教室里的窃笑几乎变成明笑。但众人没想到，王大莲居然对老师也敢回嘴："可你要跟我都说不清楚，又哪儿能跟孩子说清楚呢？"

这就近乎挑衅了，简直是在质疑对方的教育能力。教室里的氛围忽然之间不再轻松，取而代之的是某种惊悚的气息。连苏雅纹都一改她那清冷的悠然，急着向王大莲摆手。

但为时已晚，班主任已经在话赶话了："你这又是什么意思？你把孩子送来，难道还不信任我们吗？"

王大莲立刻接上："哦，不懂的不让问，这就叫信任你们啦？"

班主任的声音也高了上去，嗓子打战："这位家长，你当然可以问，希望你们家孩子也有和你一样蓬勃的求知欲。学校呢，说到底是个教育人的地方，对于孩子要教育，对于个别欠教育——哦不，需要教育的大人——也可以教育。但既然是教育，总得有个规矩吧？没有规矩，不成方圆。我看您最该上的一课，首先就是规矩。说得具体一点，要懂得不能肆无忌惮地影响别人；说得广泛一点，这还涉及了人与人之间的尊重；说得再本质一点，这就不是知识了，而是家教。”

逻辑严密，绵里藏针。不愧是博士，将对方置于被教育的位置上并扑灭了对方的气焰，堪称一场经典的降维打击。王大莲重现了我的镜头当初所捕捉到的窘态：她的表情木讷，像一只大型食草动物。既然胜负已分，苏雅纹也有必要履行她召集人的责任了。对于失败者，苏雅纹向来不缺乏同情。她起身，走近王大莲，像抚慰孩子一样拍了拍王大莲的背：“先冷静一下，有什么事情回头再说，好吗？”

王大莲却站了起来，慢慢走出了教室。于是，王大莲便成了开学以来第一个被轰出教室的家长。但当教室里重新恢复了共识，当老师清了清嗓子准备继续开讲，教学楼的窗外忽然传来了稀里哗啦、噼里啪啦的声响。小张坐得比较靠边，从二楼探头，就望见了塑胶操场外的那棵小小的银杏树。它也许刚被移栽过来不久，根基也未扎牢，因此当一个壮硕的黑影挂在树枝上，前后上下大幅度地摇动，树就像遭了台风，岌岌可危地晃悠起来。

王大莲正在以树泄愤。她表达不满的方式，或许来自某种流传甚广的健身习惯：在公园里，总能看见有些大妈抓着树枝打摽悠儿。而老师站在讲台上，当然也看见了那一景，但这就不是她的事儿了，自会有人管。

果不其然，操场上又多了几条人影。现在学校里负责保卫的早不是传达室老头儿了，而是身高体壮的保安，还穿着制服，还戴着钢盔，还手持棍棒和钢化玻璃盾牌——但恰因为上下披挂，这些重装步兵跑得呼哧带喘的，移动缓慢。

“干吗呢，干吗呢，你吃饱了撑的呀？”他们边跑边喊。

话音未落，那黑影便闻声而逃了。她在花坛、橱窗和健身器材之间穿梭，仿佛农民在田埂上跳跃。比起当初在商场里的那次逃跑，王大莲此番撤退就要有声势得多，来到校门口，她猝然站定，回身叉腰，面向操场喊道：

“你们有什么了不起的？”

5

经我媳妇讲述，我脑中完成了王大莲的定格画面：她立马横刀，发出怒斥。又相对于小张将妈妈们分成了“我们”和“她”，王大莲则在质问“你们”——“有什么了不起的？”试想这一幕，孤独而豪壮。

关于那场冲突，我和小张还进行过一些讨论。

我问：“对了，老师说的那些东西，你听懂了没有？”

小张说：“苏格拉底和孟子他妈当然明白，但诸如霍姆斯呀皮亚杰呀，那就没听说过了。不过我想苏雅纹是知道的。”

我说：“不要说别人，你自己还不是一知半解。那么问题来了——既然你不懂，别的妈多半也不懂，那为什么你们不问呢？为什么人家一问，你们倒有意见了呢？”

对于我的问题，小张警惕起来：“你什么意思？你是站在哪头的？”

我又说：“不要急着逼人站队，如今中国人的一大毛病就是凡事都要站队，为这坏了多少交情啊。我不过是问一问嘛。”

小张便半仰着脸，想了想，然后说：“我们当然听不大懂老师在说什么，但老师呢，想必也不大指望我们能听懂。上过几天学的人都知道，那些人名啊、理论啊，往往唯一的用处就是显得高深。你别笑，你自己何尝不是如此——有时候听你忽悠投资商的话，我都浑身起鸡皮疙瘩。话说回来，既然孩子进了那么一所学校，赶上那么一位老师，总得给个面子，对不对？你看得起老师，老师才会看得起你。道理其实就是这样。”

见我媳妇如此通透，我颔首称赞：“世事洞明皆学问，人情练达即文章。”

小张翻了我一个白眼。她又说：“那个王大莲的问题，就在于看不明白这里面的道理。潜规则也是规则，她坏了规则。”

至此，话题转回王大莲。小张又指出，我们之所以窝在这套价格畸高的斗室里，还不是为了孩子吗？她可不希望任何因素影响孩子的教育。而出身于以王大莲为妈的原生家庭，她的儿子也无异于危险因素。

我说：“你这又扯到哪儿去了，我倒觉得胖子老实。”

小张就“哼”。她的态度也让我的心提了提：“这俩胖子怎么样？”

此时小张却面露烦躁：“忘了看表了，这都几点啦！”

语言交流结束，还有其他方面的交流在等着我们。但忙活完了，我的脑子又陷进了方才的话题。我也想提醒小张，最好不要戴着有色眼镜看人。当然，这也不是多么在乎王大莲的感受——饶我对女性同情心泛滥，也泛滥不到一张名牌璀璨的大饼脸上去。我考虑的还是女儿。她才多小，我可不希望她沾染上动辄拉圈子划地盘的恶习。成人的游戏已经让我们疲倦不堪，就别连累孩子了。而不得不承认，苏雅纹在这方面的确表现得比我媳妇好一点儿。尽管对那套傻白甜的“政治正确”也感到乏味，但我想，应该建议小张向她学习。

可惜小张已经睡了，我的感想无从出口。后来才知道，我对苏雅纹也想简单了。

我又成了妈妈堆儿里屈指可数的爸爸，也顺理成章地被拉进了微信群。并且不止一个群，而是两个群。妈妈们专门建了一个将王大莲排除在外的群。对于这一举措，班主任老师欣然入局，她的那些教育理念，便换到了新群里继续抒发。原来那个群呢，倒还维持着形式上的功能，只做发布通知用。老师简明地说一句，后面人便扼要地答一句“收到”，此外再无他话。就连王大莲也无话。白纸黑字，再看不懂就是纯粹的文盲了。而或许，经过了那次和班主任的“正面刚”，王大莲也有些后悔了。老群就这么荒芜了下去。

接送芽芽上下学的时候，我倒天天见到王大莲。她还是一身名牌，只是有时鞋来不及搭配，踩个趿拉板儿就出来了。傍晚时分，芽芽与“斯坦利”和“二”结伴而出，“二”的后面还跟着个“大”。“大”已经四年级了，却不与他的同学为伍，好像舍不得弟弟。虽然整日打闹，但稍加观察，又能发现“大”对“二”言听计从——“二”说句什么，“大”就接过“斯坦利”和芽芽的书包，小山似的扛在肩上；“二”又使个眼色，“大”就气喘吁吁地扎进门口小店，再举着几串糖葫芦，气喘吁吁跑出来。

芽芽眼睛一亮，但作势：“我妈说不让我吃糖，牙疼。”

她说不要，“大”和“二”就愣塞给她。我想起她说过俩胖子“奇怪”，大概这也是“奇怪”的表现之一。还是苏雅纹讲究界限，她走向王大莲，要把钱扫给对方。

此时王大莲惯常站在人群外沿，身影又有几分寂寥。对于苏雅纹的客气，她一个劲儿摆手：“别价别价——”

苏雅纹正色：“你要老这样，反而没意思了。”

但王大莲推托几下，掉头就走。当俩肉丸子也追上去，苏雅纹便清冷地低头，瞥一眼“斯坦利”。“斯坦利”正想舔一口糖葫芦，立刻缩回舌头。等到王大莲母子走远了，那根糖葫芦多半是要被扔到垃圾桶里去吧。可怜孩子还得百爪挠心地举上一会儿。

诸如以上，就是我与王大莲在很长时间里的交集了。基本倒算相安无事。

因此我还教育小张：“世间本无事，妇女自扰之。”

小张翻白眼，懒得搭理我。她闲不住，又接了新项目，开始马不停蹄地谈演员、扎投资。我们就是这样，前夜不忙后夜忙，这个不忙那个忙，这么多年也习惯了。然而没过多久，学校里又出事了。那场风波可比家长会刺激多了。

一天我去接芽芽，见她没和朋友们在一起，路上也不叽喳了，兀自耷拉着小脸。开始我以为她被老师批评了；女孩儿受宠，脸皮子薄，而我倒觉得有人说说也好。我故意装看不见，回家弄饭吃了，接着就催芽芽到楼下练跳绳。学校里要达标的。

芽芽却说：“手疼，练不了。”

我还以为她想逃避训练，威胁道：“那就抄单词了啊。”

芽芽的眼泪便下来了。问怎么了，她也不说，波浪般甩着马尾辫。这让我有点儿哭笑不得。我联想到，自己这半辈子都在猜女人心思——过去小张就这样，动辄嗔怨，无迹可循，现在当妈的可算从林黛玉变成了王熙凤，女儿又接上了班。难道她们觉得这一套很有劲吗？我对芽芽说出了对她妈不敢说的话：“用这副嘴脸博取重视——无聊。”

而芽芽还没进一步哭，电话就响了，是班主任，问“孩子怎么样”。我便生疑，问到底怎么了。听到老师的声音，芽芽益发嘎巴嘎巴抽泣起来。我想起什么，拽过她的胳膊，把袖子撸上去，果然看见右手腕子上有一圈牙印，好像给我女儿戴了块手表。

我脑子嗡一声，问芽芽：“谁咬的？属狗的呀他？”

芽芽说：“‘二’咬的。他属羊。”

我说：“为什么不跟爸爸说？”

芽芽说："太丑了，我也怕你难过。"

说得我的眼泪也快下来了，又质问老师："您怎么现在才告诉我？"

老师继续嗫嚅："我们还在研究预案。"

我脑子又嗡一声："什么预案，怎么搪塞我们的预案吗？"

我口气一冲，班主任就有点儿慌："也请您理解，现在的家长维权意识很强……所以学校建立了应急管理机制，像您女儿这件事，我先得汇报，等上面研究完再把意见传达下来，已经这么晚了。我现在还水米没打牙呢。"

"那也……辛苦您了。"我追问，"不过你们研究出什么结果了吗？"

班主任咳了咳："至于处理方法——第一，我们会迅速给您女儿进行消毒治疗，当然医务室已经这么做了；第二，我们会对咬人的孩子加强批评教育，杜绝此类现象发生；第三，也是我个人的建议，如果需要的话，可以由学校专设的心理咨询小组介入，以防您女儿出现PTSD，也就是创伤后应激障碍……"

对于那个词汇，我倒略知一二，据说空降到阿富汗的美国大兵经常患有该类心理疾病。区区小学，上出了反恐战争的效果，这又让我哑然。但这时，屋里出现了另一个声音："不行，光这样就完事儿了？"

那声音来自另一个电子设备。原来芽芽用iPad拨通小张的视频，找她妈诉起了苦。而小张正在一场剧本审读会上，看见肉手表，立刻凌乱了。她一边凌乱，与会的几位演员还在继续对台词，也相当于从他们各自的角度声援了小张——

比如有位怨妇专业户说："我心里的伤口有五十米，那是爱琴海的深度。"

还有位偶像明星插嘴："折翼的天使如何飞翔？"

相形之下，倒是一位功夫硬汉简洁得多："虽，远，必，诛！"

班主任半天没回过神来："你们家在排春节晚会吗？"

"你哭着喊着要带闺女，就带成这样？"小张却把矛头指向我，她又采纳了功夫硬汉的建议，勒令道，"到他们家去，找他们家长。"

我不免犹豫："真去呀？上门骂街？"

小张说："不去也行，那就趁早告诉闺女，你不想保护她。"

"去就去。"我说着，又转向班主任，"他们家住哪儿？"

事后想来，博士班主任大约是脑袋被搅乱了，犯了个当老师的大忌——她把王大莲家的地址告诉了我。她嘴一秃噜，这才后悔，又劝我三思："那家人可不好打交道。她不还有个大儿子吗？为了孩子的事，几年来一直跟人冲突不断，上几届的家长都怕她。"

又诉苦："也不知她怎么想的，干吗非要把二儿子转到我班上来呢？"

还后怕："当初在家长会上，我是想压一压她的锐气，现在看来还是草率了……"

而我呢，此时也被我媳妇给"将"住了，又扫一眼芽芽的肉手表，心里又愧又疼。诚如小张所言，我们家可是闺女呀，我可是爹呀。脑袋又嗡一下，我拉起芽芽，向两个电子设备宣布："走，出门。"

还踅师："跟他们没完。"

晚上不堵车，没一会儿，我拖着女儿，走在了征讨王大莲一家的路上。风萧萧兮，吹得背后商场的广告横幅猎猎飘扬，也吹得我的一头乱发犹如彗星，仿佛即将引发一场天地大冲撞。对于冲撞的后果，我不免开始展望，迷惑，心里打鼓。

打个寒战，我还想：又到吃涮羊肉的季节了。

6

那记感天动地的大嘴巴，真把我给惊着了。

说到大嘴巴之前，还要先说说怎么去的王大莲家。当天晚上停好车出来，我却在商场门口望见一个熟悉的丽影，穿件经典款的米黄色风衣，原来正是苏雅纹。她还带着"斯坦利"，大约刚在顶楼上过什么班。早就听说，苏雅纹家的课外辅导一周七天不歇。

她唤了芽芽一声，又问我："你们也准备报个夜间班吗？书法还是奥数？"

我说这点儿的不报，睡觉比较重要。苏雅纹就说我们太"佛"了，又问我们那来干吗。我便把芽芽被咬的事情说了。说起这事儿，也是为了重鼓我那"虽远必诛"的斗志，我还说："哪儿有这样的家长，孩子惹了祸，也不在群里表示一下……"

苏雅纹讶异地瞪大眼睛，鲜红的嘴唇形成一个小"O"。她先感叹一句："亏得我们当初……"又问"斯坦利"："有这样的事情？"

"斯坦利"低眉不语。这孩子总是过分沉静，不像他的年纪。

没想到，苏雅纹又主动说："那好，我陪你们去。"

这就让人不好意思了，我赶紧摆手："不必不必，跟你们没关系。"

苏雅纹却说："孩子都是一个班上的，也好有个见证。"

不得不承认，苏雅纹想得周到。恰如《水浒传》里的武松要杀潘金莲，须把街坊四邻叫来做个见证，我远征王大莲，也要有个见证。但身边多了个苏雅纹，并没让我心里有底；我们的队伍壮大起来，倒让我有种被人看戏的感觉。

来到豪宅院外，去叩人家的朱门。早已知道王大莲家住这片黄金地段上最幽静，也最戒备森严的小区，我向穿得犹如民国大元帅的保安通报了王大莲家的门牌号，并自报姓名："我叫庄博益，她儿子同学的爸爸。他们认识我。"

大元帅用步话机讲了几句，俄而敬礼："先生请。"

一个敬礼一个"请"，更加让我惴惴起来。我和苏雅纹一前一后，如在遮天蔽日的森林里穿梭，最后来到人工湖畔的一座矮楼前。这是一栋"楼王"位置的洋房，每层都有错落的露台，一楼还围出了若干个宽敞的院子。四下静谧，头上窗户幽幽闪光，唯有把角边户的一个院子灯火通明。那院子植被锦簇，花木间支了张八仙桌，一个魁伟的老头儿端坐桌前。他披件古装片里"贝勒"以上级别才穿的黄马褂，光头锃亮，近乎剔透，宛如一枚蛋形的钟乳石；他面前摞了好大一桌子菜，却不动筷子，直到有人摆上一个紫铜火锅来。

老头儿用珐琅壶给自己倒了杯酒，“吱溜”一口，然后抡起胳膊，画了个圆圈，竖起一个绿油油的大拇哥：“地道。”

也是大嗓门，震得头上飞鸟振翅。我既惊讶于这老头儿露天开涮的雅兴，也狐疑于他为什么吃个火锅都要吃出那么强的形式感。这时却见八仙桌的对面还蹲着一人——也是个老头儿，穿件停车收费员的制服，正举着一台手机，专心致志地对光头老头儿进行拍摄。哦，原来如此。咦，怎么还有几分面熟似的。

面熟的不只穿制服那位，居然还包括光头吃火锅那位。在哪儿见过他呢？

正在纳闷，光头老头儿也看见了我们：“哎哎——你们干吗的？”

倒像我们进了村，而他则是村主任。我重复，我找人，找王大莲。

光头老头儿立刻对制服老头挥手，示意“停”，然后扯着脖子往楼上喊：“大莲子，有人找大莲子——”

二楼便开了扇窗，露出来的却非王大莲，而是一个男人，剃个小寸头，挂着大金链子，大冷天的只穿一件背心。这样一条硬汉，自然少不得遍体文身，黑压压附着在盘根错节的肌肉上。他也扯着脖子往上喊：“大莲子，大莲子，见客啦——”

经过这般一传二传，三楼窗户开了，这才露出了王大莲。王大莲向楼下呵斥：“吵他妈什么吵，孩子写作业哪——”

四下人家的狗吠叫起来，还有砰砰关窗户的声音。

王大莲却一眼看见了我和苏雅纹，惊喜地说：“这不他叔他婶儿嘛。”

未几，噼里啪啦趿拉板儿响，王大莲跑下楼来，将我们迎上弧形的观景电梯。又未几，我们站在了王大莲家那宽阔、高耸、满是红木家私的客厅里——的确是“红”木，不仅桌子柜子，连门框垭口都漆成了沉甸甸的暗红色，如同刷了几层猪血，观之令人心惊。我的气势已然全消，直不棱登地看着王大莲。王大莲忙不迭地沏茶：“茉莉花你们喝得惯吗？”

我说不用了，然后拉过芽芽，撸起袖子，向王大莲展示了尚未消退的肉手表。我努力保持着冷静，向她表示，我不是来兴师问罪的，只不过有必要把事情说清楚。

王大莲就一愣，脸也沉了。她的鼻翼翕动，喘粗气的声音像拉风箱。然后她低喝一声：“‘二’，你给我出来！”

“二”便从一侧的门里出来，警惕地看着芽芽。那么这是要让孩子们对质吗？我抚了抚芽芽的肩膀，既像给芽芽又像给自己打气：“有什么就说。”

“二”却先开口：“我本来没想……”

芽芽又抽泣：“那你干吗……”

孩子还没说完，王大莲那个嘴巴就上去了，打的是“二”。一般嘴巴都是清脆的“啪”，这个嘴巴却是沉闷的“砰”。遭此重击，“二”像陀螺一样转了个圈儿，一屁股坐到地上。他蒙然，嘴巴嚅动，吐出一颗白亮的斑点，居然是牙。

王大莲指着“二”的鼻子骂了起来：“跟小姑娘动粗，还上嘴咬，你还是个带‘把’的吗你？”

又说：“别人也就算了，可这是你叔你婶儿，当初要不是人家——”

抽嘴巴时，我被吓得噤声，与苏雅纹一起捂住了芽芽和“斯坦利”的眼睛。此时反应过来，不得不劝道：“有什么好好说，别动手。”

王大莲一甩膀子，几步跑出了客厅。转眼回来，手上却拎着一根周身通红的擀面杖——大约她们家的木器都是红木的。不劝则已，一劝还动了兵刃了。于是形势就变成了老鹰捉小鸡——“二”在地上翻滚，我挡在“二”的身前，王大莲则伺机绕过我予以空袭。往返了几个回合，屋里又多了一个孩子，原来是“大”。这个大号肉丸子从另一间屋里奔出来，一头抵在他妈的肚子上，边钻边喊：

“别打我弟，别打我弟——”

挣扎之中，王大莲又顺手给了“大”两下，好像擂响了一面鼓。这时苏雅纹便开口了。此前她固然是被吓蒙了，现在暴烈程度超出了她的底线，终于喊了一句，拖出了哭腔：“你怎么能这样对待孩子——怎么能够？”

声音不大，但却比我有效，王大莲总算停了手。我们一起望向这位文静的妈妈，仿佛惨遭戕害的其实是她。我甚而担心苏雅纹会打电话，按照国外的规矩，以“虐童”为由把警察叫来。

好在她只是静立不动。“斯坦利”挂着忧郁的表情，在苏雅纹身后躲着。

而另一边，芽芽却和“二”聊起来了。她在帮“二”满地找牙，找着之后，对着灯照来照去，格物致知。芽芽问“二”疼吗，“二”瓮声瓮气说没事儿，他正换牙呢，早该掉了。芽芽又说，你要再咬人，手表上就该缺一块啦。

不知为何，我“扑哧”笑了一声。我的笑声唤醒了王大莲，她说：“他叔，对不起。”

不用他妈勒令，“二”也对芽芽说：“对不起。”

芽芽倒瞥了眼“斯坦利”，有些得意似的。“斯坦利”又垂下了眼睛。再看苏雅纹，眼神也活泛起来了，打量起了这套南北通透的复式四居室。

我自惭地回答王大莲：“多大点儿事呀……早知道我就不该来。”

至此，气氛缓和下来，但也包含着几分荒诞。好歹化干戈为玉帛，这当然是因为孩子们重归于好，但王大莲那个嘴巴也功不可没。我不禁又想，我是否以王大莲惩罚孩子的凶狠程度，来判断她道歉的真挚程度了呢？倘若如此，我又该有多么卑劣啊。而关于咬人事件，还有个疑问：闹也闹了，打也打了，可整桩事情的发端却一直没搞清楚。不仅没搞清楚，而且忘了调查。王大莲脑袋里的回路和我不在一条线上，她只为“二”咬了芽芽而理亏，但全不在意为什么咬。那么我呢？我倒是问过芽芽，可她也稀里糊涂地说不明白，只说当时“斯坦利”正在和“二”聊天，聊着聊着，“二”就抓起她的手，吭哧一口。

不过我又被另一段插曲牵扯了精神，居然一时也没想起这个茬儿。

当时我讪讪站着，苏雅纹则催着王大莲忙上忙下，用冰袋给“二”敷脸。在这个过程中，王大莲的兴致高涨起来，她端出了红颜草莓、巴西松子和智利车厘子，又邀请我和苏雅纹参观一下她家。我们推却不过，只好随王大莲转了一圈儿。这一圈儿耗时漫长，因为这栋楼里的整整两个单元，从底层到顶层，都属于王大莲的“家”。王大莲谈起房子，论的不是“平方米”，也不是论“套”，而是像屠宰场里肢解生猪一样论“扇”：“就这半扇。”

一边介绍，王大莲自然也说起了这半“扇”楼是怎么来的——并且涉及了我们这片地方的前世今生。此处方圆数十里，本是北京近郊的一个乡，以种植蔬菜闻名，后来菜也不种了，全种上了楼。又因为城市的扩张是循序渐进的，有些村子拆得早，先住进了小区，还有些拆得晚，就要在高楼环伺的城中村里再窝一些年头。而王大莲家更为特殊，她们那个村子地处边缘，本来不在动迁范围之内，政府也任其凋零——然而凋零了一大半，转机来了，有个中央钦定的研究院选址，正选在了那块地方。于是火速做工作，条件随便谈，钱不够房来凑，为的就是安置村民。

王大莲还说：“原来以为不拆迁，我们村里有路子的人都迁走了，可我们家不能走呀，我爸当过村主任，村里那些老的小的还指望他照应呢，只能站好最后一班岗……站着站着，站出半扇楼来。不止这半扇楼，外面那几个底商也是我们家的。”

又说：“因为搬家，也就牵扯到孩子上学。这边的学校原先不接纳我们，这不是看不起人吗？我爸在率先表态、动员群众这些方面可是立过功的，有这么对待功臣的吗？我们就又去找上面。还是领导水平高，不光让我们入了学，连班都随便挑——那我可不客气了，我就让‘二’进了你们这个班。”

我们叹为观止。我说：“老爷子有远见。”

王大莲却“嘘”：“可别让我爸听见，他就怕人这么说。”

还是苏雅纹讲话艺术，她悠悠道：“这多像一则寓言……简直是童话。”

按照上述说法，我又大致捋了一下：初见王大莲之时，她家想必还没拆迁，所以她只能从事城市边缘农民们的典型营生，不是保姆就是保洁。当时她家的“二”才两岁，她也想让孩子去游泳，但那个愿望带来的只有屈辱。而等一纸批文下来，豪宅里有了她家的产业，而且还是学区房，而且还是半扇楼——在我们这个时代，最难的事情莫过于改变命运，但对有的人来说，命运改变的速度却连他们自己都始料未及。

因而王大莲也感叹：“在这儿住着，早上睁眼都不知道哪儿是哪儿，还觉得躺在原来的土炕上呢……我就叫‘二’咬我一口，咬一口才琢磨过来。”

又检讨：“都怪我，我把‘二’给教坏了。”

听她忆往昔峥嵘岁月稠，我们到底遛了几套房子也糊涂了。但好在不需谁来咬一口，总算转回了地面。我表示该告辞了，而王大莲意犹未尽，又提醒我们，“来都来了，总得见见人呀”。哦对，她们家还有别的人呢。王大莲家的那口子倒不必见，“丫上不了台面儿”，但须得给前任村主任请个安。

“爸，您看哪——”带着我们兜回那套边户小院儿外面，王大莲深吸一口气，紧着往前走两步，推开栅栏，让我和苏雅纹闪亮登场，“这就是我跟您提过的那两位——她是编辑，他是……什么来着？”

我接口：“我导点儿片子。”

“对，编辑和导演。”王大莲将那两个词汇拖着长音，末了儿嘴里还吧唧，仿佛能品出甜味儿似的。

葡萄架下，八仙桌旁，先前见过的那个光头老头儿刚往嘴里塞了一筷子羊肉，才把胳膊抡了半圈儿，正要竖起一根绿油油的大拇哥。半截被打断，他嘬了下牙花子，懊丧地把手一摊：“大莲子，你又打断我——我这一晚上都吃了几盘‘鲜切’了？”

对面，那个身穿停车收费员制服的老头儿说：“回回断，找不着状态。”

光头老头儿反指他：“也怪‘三儿’，你拍得不好。”

而这时，我插嘴：“断倒不怕，把镜头剪到一块儿就行。”

俩老头儿转过头来盯着我。光头老头儿闻所未闻地说：“还有这个技术？”

我说可不么，除了有特殊的艺术追求，拍摄中极少采用“一镜到底”的。看到光头老头儿那“不明觉厉”的表情，我还顺口说：“我看过您的一些作品，内容非常精彩，情绪也很饱满……但缺乏基本的剪辑处理。”

光头老头儿的光头像灯泡一样闪烁：“这小伙子，你也认识我？”

“谁不认识您呀。”我恭维道，“‘京城道爷’嘛。”

这么说着，我和光头老头儿共同亮了个相：右手凌空画个半圆，竖起大拇哥，口称“地道”。当然，“道爷”的“地道”就要比我地道多了，不仅半圆格外饱满，大拇哥还是绿油油的，贼光四溢。那枚粗壮的翡翠扳指有如流萤，还蹭到了葡萄架上一坨黄灿灿的东西，它是一只塑料吹气小黄鸭，时隔多年，居然能叫：嘎嘎，嘎嘎。

7

说来不好意思，认出王大莲她爸“道爷”，还与我的职业有关。赋闲在家的日子里，恰好做网站的朋友推给我一个App，让我了解一下市场上的新动向。当初把我签下的那个网站正是因为要“进军短视频赛道”，才把我这种专拍长片的导演打入冷宫，从某种意义上说，恰恰是“道爷”之流抢了我的饭碗，但闲来一看，我居然陷进去了——那些短视频是如此琐碎，但又如此具有冲击力，正好可以填充无聊。经过最初的鄙夷和抗拒，我也变得像自己在公共场所里侧目的那些人一样，随时点开手机沉浸其中，全然不觉地制造着噪声。

还得小张提醒我：“你节制点儿行不行，不要低级得那么肆无忌惮。”

我固然又找借口："你看不出来吗，这些作品充满了戏谑、反讽、解构……"

这一套对我媳妇惯常是很灵的，当然，我的说法也给她同样的癖好找到了借口。但她仍然担忧："可孩子不懂呀，万一芽芽也上了瘾，那可怎么办？"

经过协商，那些视频我们只能躲在厕所或者厨房里看，与此同时，我女儿则在钢琴前面聆听巴赫的"十二平均律"。而再说回"道爷"，他在网上被冠以此名，固然是因为那记标志性的"地道"。在"播客"的分类中，他属于最常见的"吃播"，即把吃饭的过程拍摄下来，展示给众人看；又不同于那些专走高大上路线的"贩卖生活方式"，他所展示的都是些最寻常的北京吃食——炒肝、灌肠、烧饼夹肉、门钉肉饼和烙饼卷带鱼……他吃得投入、专注，洋溢着"对食物的尊重"；他的粉丝并不很多，但却自成一"范儿"。每当看见"道爷"，我似乎都意识到，生活仍然是真实的。

一则典型的"道爷"式的吃播，程序如下：开场先是一句"您猜怎么着，老北京今儿个就来这一出"，然后就吃，一镜到底地吃完整盘子整碗，然后抡胳膊画半圆，竖起大拇哥，赞道"那叫一个地道"。

对此我点评："简洁，直给，符合互联网审美。"

"道爷"附议："我这人就这样，不爱玩儿虚的。"

我又说："可这黄马褂和绿扳指略显浮夸。"

"道爷"便叹道："让小丫挺们撺掇着迷过一阵子文玩——这些东西都是假的，又舍不得扔，索性当个道具。"

我还问："对了，您是怎么玩儿上吃播的？"

"道爷"便对制服老头儿，也即王大莲所谓的"三大爷"一努嘴："北京的爷就是爷，成天除了吃就是喝。后来还是'三儿'跟我说，您别光自个儿'闷得蜜'呀，也上网让大伙儿长长见识……你别看'三儿'这个操行，时兴玩意儿从没落下过。吃饭还有人叫好？早先我都不信，后来我吃他拍，还真有点儿意思……"

对于"道爷"的表扬，"三儿"斜叼着一枚烟屁，体贴地说："这不是想着给我哥哥找点儿乐儿嘛。他前些年忙，这些年闲，老闲着心里也不痛快。"

而"道爷"毕竟是当过村主任的，懂得高屋建瓴："我主要还是为了弘扬传统文化。"

说到这里，小院儿里的局面就变成了众人围坐在八仙桌旁。紫铜火锅兀自烧着，水汽蒸腾上升，围绕在那只小黄鸭周围，使得它如在烟波浩渺中游弋。对于这只鸭子，我也捋清了头绪：想必它一直都在王大莲家。当初它晃晃悠悠地飞下顶楼，王大莲立刻跑下去追上了它——或许都不用王大莲亲自动手，早有其他楼层的勤杂工、保洁员替她收好了。而现在，王大莲都已变成了新人，这只鸭子也许是她家中唯一的旧物了吧。

察觉我看向鸭子，王大莲冲我嘿嘿一声，也不知是得意还是不好意思。

两下谈得热络。苏雅纹正在就孩子的教育对王大莲进行讲解，比如为什么一定要报课外班，当然也包括了何谓弦乐、何谓管乐之类；而我呢，则要围绕短视频这一艺术形式，与两位播客团队的成员展开业务探讨。因为"三儿"不具备拍摄与剪辑的常识，导致“道爷”在吃播事业上没少受苦——拍一条不满意，就要重新吃一盘子，循环往复，已经撑得老头儿腰都弯不下去了。我介绍了如何把断开的镜头接在一起，又请“道爷”摆个架势，向他们展示了如何切换机位，如何调光，如何将镜头处理得更有表现力。

“三儿”自惭形秽。“道爷”沉吟，握住我的手：“今儿我可算遇上真佛了。”

我反捧“道爷”：“这都是雕虫小技，最可贵的还是您那种敬业精神……比我们圈儿里的好多人强多了，他们就知道扎钱和‘戏果儿’。”

“那可不。”“道爷”用珐琅杯给我倒酒——保真的飞天茅台——碰了一杯，他雄浑地说，“北京人讲究个有里有面儿，当年种菜，好多人都爱狠用化肥农药，我说我们村不能这样。为什么？这么种出的菜，你敢吃吗？最后怎么着，我们村的菜反而打出了名气，专供部委食堂，价钱高了好几倍。现在菜是不种了，可表演吃饭是同样的道理，我要是自个儿都吃得不香，人家看得能过瘾？”

我说：“这就叫入戏，戏比天大。”

“道爷”引申：“戏的精髓，在于戏不是戏。”

复又碰杯，俨然引为知音。不觉多拖了一些时辰，等想起孩子上楼一看，芽芽和“斯坦利”和“二”已经各自占据一张红木沙发睡着了，“大”则抱出毯子给他们盖上。我和苏雅纹叫醒孩子要走，“道爷”和王大莲又执意送我们，还让“三儿”举出了一只硕大的红灯笼前头带路。大嗓门咋咋呼呼，吵得邻居开灯，南腔北调地抗议。

“道爷”做了个拿弹弓崩人家玻璃的架势：“甭理这帮外地人。”

我也有点儿高了，嘿嘿两声，却见苏雅纹的脸僵了一僵。

来在小区门口，互相又加微信。这时王大莲红着脸搓手，大嗓门低下去一些：“你们能来，我真高兴。”

又转向苏雅纹：“那咱们可说好了啊。”

在一旁，“道爷”也对我说：“那咱们可说好了啊。”

至此，我去王大莲家的征讨、欢聚才算告终。而又可知，事情仍不算完。关于王大莲和苏雅纹“说好了”什么，姑且按下不表，先得说说我和“道爷”。

此后不久，“道爷”果然联系了我，是在微信上。当时芽芽上学，小张出去开会，我又在家发呆、自怨。前不久完成的那部片子播出了，却让我陷入了窘迫的境地——网上骂声一片，主要是来自文化圈的，他们批评我手法陈旧，自我重复，更有诛心论者指出我正急不可待地渴望被“收编”。但当初，苦口婆心地劝我向商业化“适当地倾斜”的，不是同一拨儿人吗？我觉得自己就像一条两面煎的鱼，都不敢点开手机查阅评论了。

这天“咕隆”一声电子拟音，跳出来的却是“道爷”。他给我发来一串视频，说都是这阵子拍的“毛坯”，请我“过过眼”。一一看下去，拍摄地点不局限于“道爷”的小院儿，还包括了许多街边路旁的饭馆。那些主打“北京风味”的小买卖以前云集在二环路里，后来随着老居民的迁徙散落到郊外；身处棚屋陋巷，“道爷”还穿着黄马褂，戴着绿油油的翡翠扳指，俨然一位锦衣夜行的皇亲国戚，“地道”之声不绝于耳。

间或还有新词儿：“这真是，路易斯的妹妹——够意思。”

看到这里，我想起了和“道爷”的杯酒之约。当初在小院儿里，他专门敬我，并坦言了自己的心结：对于他的吃播，有网友诟病制作粗劣。顺便还挤对“三儿”：“他眼神儿不行，上炕不认识娘儿们，下炕不认识鞋。”

我则请“道爷”不必介怀——那些爆款的“播主”背后都有团队，无非外行看不出来罢了。我还说：“人家是生意，您就是个爱好，爱好怎么能敌得过生意呢?”

“道爷”却说：“可我就想，不干则已，干就得干出个样儿来。”

还说：“当初在村里种菜的时候……”

说时嘬牙花子，眼神似有几分怅然。如今他又发来了这些四处奔波、用力过猛的视频，让我进一步体悟到，老头儿对这项事业是真上了心了。记得那时我喝着飞天茅台，只是含糊了一句“有我呢”，此刻却扑哧一笑，摇了摇头。

我打开工作用的苹果台式机，对视频进行了渲染处理，并且配着一段迪曲，抓取最具代表性的几帧画面做成闪回，从而突出“道爷”吃得有多么投入、多么忘我。此类工作对于我是小儿科，但也怪了，我同样是那么投入、那么忘我。做完视频，我没给“道爷”发过去，而是传给了网站的朋友。那人点开视频，嘟囔了句“撑的吧你”，然后倒抽口凉气：“一看就是你的手笔——这次致敬的是盖·里奇吧?”

我要求他把视频上线，并适当做下“导流”。对方答应了，“等好儿吧”。没过两天，“好儿”就来了。“道爷”给我打了语音通话，激动得大嗓门都在发颤。他也不管我叫“小庄”了，而是称我为“庄导”。

“当年举着大喇叭满村喊，也就百十号人听我说话。现在这么多人给我叫好儿……这真他妈的让人受不了。”前村主任说。

在自己的圈子混了那么久，我从未见过有谁能在突如其来的万众瞩目之下保持常态的，甭管那些家伙平日里自诩多么风轻云淡。而生活如果真是一个舞台，那么幕后的灯光师就像一个精神错乱的酒鬼，谁也无法判断他下一秒钟会把追光聚焦在哪个“死跑龙套的”身上——这也许才是我们时代最别开生面的戏剧性。我一边哼哼哈哈，一边划动手机，到App上查阅了一下那则吃播的点击量。嚯，的确蔚为壮观，已经突破了十万加，川流不息的弹幕几乎把“道爷”的灯泡脑袋全遮住了。

“不就是个玩儿嘛，我也陪您玩玩儿……”我尽量淡然地说。

为了表示感谢，“道爷”提出要再宴请我一顿飞天茅台，“还让大莲子切羊肉，她在饭馆也干过，刀工比外面的可强多了”。他的喜悦冲击着我，就在这时，一个念头便冒了出来。我咂着嘴，对自己也刮目相看了起来——还有一丝难以置信。

那念头久久不休，就像厚衣服里的痒，一时挠不着，所以越发痒。等到这天晚上，哄完女儿上床睡觉，小张也回来了，我们迎来了忙里偷闲的“红酒时间”。我点燃一支香烟，把想法对她说了，还请她从职业的角度加以评估。

结果小张也挺兴奋，她和我碰杯：“你总算开窍了。”

她的态度反而令我忐忑："当然，我是想进行跨界艺术实践……"

小张打断我："得得，反正钱和人我都会替你搞定。不过要快，过了风口，猪可就飞不起来了，只能拿去炖粉条子了。"

随后她又引出了另一个议题——这天的家庭会议内容真丰富，我给了我媳妇一个意外，我媳妇也给了我一个意外。小张问我，下午接孩子的时候，苏雅纹有没有跟我提到什么。我回忆了一下，当时我们站在校门口，苏雅纹只是说："天天你来接呀，其实爸爸的陪伴对孩子是很重要的。"说时语调还是悠悠的。而我则打个哈哈："反正我闲着也是闲着。"此外再没说什么。我又问小张，这时候提她干吗？

小张便说，苏雅纹给她打电话，提议让芽芽也报几个夜间辅导班，包括奥数、自然科学和"国学"。我还没皱眉，小张又说，苏雅纹的意思，是想让芽芽和"斯坦利"结成课外小组，白天同学，晚上共读，而赶上她自己没时间的时候，希望我能代为照顾一下"斯坦利"。那么对于苏雅纹的要求，小张是怎么回答的呢？知我者莫过媳妇：

"我们家那位对报班热情不高——不过他闲着也是闲着。"

听得我"哦"了一声，感慨的却不是我媳妇，而是苏雅纹：她想怂恿芽芽报班，但又不跟我说，因为早看出我们家里管事儿的不是我；而她虽然知道我不管事儿，但又看重我的一个优点就是"闲"，可以帮她接孩子，这大概才是她拉我们入伙的原因吧。

我不免嘀咕："有什么想法就直说嘛，何必……"

小张还替苏雅纹辩解："人家就是直说了呀，跟我说了。"

嗯，苏雅纹一定还看出，小张极其看重她的意见，并且雷厉风行。而小张反过来又开导我，说的还是苏雅纹向她灌输的那一套：学校里教的东西都差不多，孩子要想领先一步，必须在课外下功夫。她还危言耸听：

"现在的'牛小'里，每个孩子都报班，老师在课上反而不会掰开揉碎了讲了。这么一来，不报班的不就完全听不懂了吗？将来不就变成文盲了吗？"

这里存在一个悖论：如果势必培养文盲，那么所谓"牛小"又"牛"在哪儿？但这个悖论我也没向小张指出，因为她已经痛快地答应了苏雅纹，而我有求于她在先，这时也就不好驳她的面子了。只是苦了芽芽，从此她就要和动画片彻底说拜拜了。想到芽芽又要和我一番好闹，我头疼起来，忽又有些索然。我从餐桌旁起身，想去看看孩子。

小张却说"慢着"，而后迟疑道："对了……到时和芽芽一起上班的不只'斯坦利'，还有王大莲家的'大'和'二'。"

我不禁又"哦"，问："他们也是苏雅纹撺掇来的？"

"哪儿呀。"小张撇嘴，"她非要参加的，拦都拦不住，苏雅纹这人脸皮子又薄。"

我却想起在王大莲家的小院儿里，苏雅纹目光灼灼地介绍着那些课程，还伸出纤瘦的手，放在王大莲的膝盖上。不过说到底，这都是人家的事儿，我答道："来就来呗，一个羊也是赶，两个羊也是放。万一我也有事儿，王大莲还可以替我的班。"

小张却说："正要提醒你呢，你最好保持全勤，尤其是苏雅纹不在的日子，别把孩子甩给王大莲。还有，课外班上要是分组学习，你就让芽芽和‘斯坦利’一组，让王大莲家的‘大’和‘二’一组，别混了。”

我一愣：“这又是为什么？”

小张说：“苏雅纹担心王大莲给孩子乱吃乱喝，也担心她的某些言论和做派会对孩子造成不良影响，还担心‘大’和‘二’进度跟不上，反而拖累了芽芽和‘斯坦利’……她担心得是有点儿多，不过好像也有道理。”

听到这些讲头，我更加敬佩苏雅纹的心细如发。而在敬佩之余，我的心思也不免细了起来，跟我媳妇矫情了两句：“你们说什么就是什么吧。不过我那个片子的尾款还没结清，一下报那么多班，手头有点儿紧——要不你就少买俩包，拿出点儿钱周转周转？”

对此，小张一挥手：“这个不急，王大莲已经交过了。”

我说：“你说什么？谁交了？”

小张说：“王大莲呀，她替我们把学费垫上了。”

我又愣了，晃晃杯子，呆看着暗红色的液体形成小小的漩涡。

8

依照我媳妇的吩咐，当然也是苏雅纹的授意，我在一把年纪时当上了孩子王。

苏雅纹果然常常不在，这也可以理解，现在的出版社都很“卷”。赶上这种时候，我便要从学校接上芽芽和“斯坦利”，再与带着“大”和“二”的王大莲会合，一起前往商场。时间紧迫，孩子们只能对付两口快餐，然后火急火燎地上楼。别看王大莲对商场的构造了如指掌，但到了顶楼，面对那些名目繁多、花样百出的辅导班，她却全无概念了。她只能嗫嚅着搓手，一时重现了当初抱着黄鸭子被人擒获时的窘态。相对于一楼的奢侈品店，商场顶楼是王大莲永远的滑铁卢。

我便说：“你去歇会儿吧，我盯着就行。”

我将孩子们带进辅导班。很多班上都是双人课桌，而“大”一定要挨着他的弟弟“二”——这倒省了我的麻烦，不必专门执行苏雅纹和小张的部署，把山羊和绵羊分开。私心想来，谁不愿意自己的孩子跟学霸搭伴儿呢？我倒有种占了便宜的感觉。

而此时，王大莲正在干什么呢？她远远地站在天井一旁，斜靠栏杆，手里拎着一大包刚买来的果冻薯片。“大”和“二”对食物的消耗量是巨大的，因此她给孩子们准备好了加餐。只要一闲下来，她的身影就显得孤寂，有时她也与以前的同事聊天，对象不是保洁员就是治安巡逻员，但此类交谈通常貌似热烈，实则短促，对方哼哈几声，随后讪讪走开。即使没有嫉妒，人家也意识到了与王大莲之间那清晰的、遥不可及的分野。王大莲便留在了孤寂里。她会远远地向我投来一瞥，又一瞥，带着大型食草动物的木讷。

相形之下，还是小朋友让人轻松。也像所有小团体一样，把孩子们放在一起，各自的脾性就越发凸显了。芽芽占了女孩儿的便宜，别人总会让着她，这助长了她的骄娇二气。而“大”和“二”是俩憨厚的肉丸子，他们又与“斯坦利”结合成了一套天体结构——“大”是卫星，围绕着“二”转动，“二”是行星，唯“斯坦利”马首是瞻。在这个小小的星系里，“斯坦利”无疑充当着恒星的位置，每当他做出一道习题或者背诵一段课文，都会激起俩肉丸子热烈鼓掌；他呢，垂着眼睛，兀自发光，倒像天经地义，神色近乎漠然。

不承想，我与“斯坦利”之间还进行过一次颇为交心的谈话。

那是入冬后的一个晚上，街上飘着头场雪。我从“国学”班上把孩子们接出来，将“大”和“二”交还给王大莲，而后一起往外走去。正下滚梯，电话响了，是苏雅纹。出版社的年底盛会出了岔子，所以她问我能不能多带带“斯坦利”，她会尽快来接。她像电影里的日本人一般，连说了几句“对不起”，而我只说：“都是小事儿。”

说完又看前面的王大莲。王大莲也回头仰望着我。每当这样的夜晚，她总会和我一起等待苏雅纹，两个女人再嘀咕一会儿方才散去。我正迟疑着是否把苏雅纹的特殊情况也告诉王大莲，不想“斯坦利”下了滚梯就对“大”和“二”挥手：“再见。”

王大莲说：“那你呢，你妈是不是——”

“斯坦利”的口吻平和而不容置疑：“我和叔叔等她就好。”

对于这个小大人的安排，我没法表示异议，也对王大莲摆手：“回吧，孩子都困了。”

我又想，“斯坦利”是否也被苏雅纹提醒过与王大莲保持距离？但事实证明，他的决定与此无关。这孩子其实是有话想跟我说。商场早已空寂下来，只有一家二十四小时咖啡馆还亮着灯，我带着芽芽和“斯坦利”进去，找个角落坐下。喝了杯热巧克力，芽芽就睁不开眼了，蜷在长条椅子上打盹。在此期间，“斯坦利”坐得笔直，一直都在翻看课本。他眼睛睁得很大，太阳穴上青筋若隐若现，他就跟不用睡觉似的。

穷极无聊，我又点开了短视频软件，欣赏起了自己剪辑的那个“作品”。网友们对“道爷”的评论经历了短暂的高潮，开始逐渐下降，不过更多的人又在“催更”了。他们还说，“道爷”，我想你呀，没你都快吃不下饭了。这种情况与我预料的大差不离，我认为，可以推进自己的计划了。事不宜迟，我给“道爷”发去一条微信。半天没回复，“道爷”八成已经吃饱喝足，酣然高卧了。而对面的“斯坦利”睫毛一颤，抬头看了我几秒钟，突然说：“叔叔，我想跟你认个错。”

我诧异：“何错之有啊你？”

“斯坦利”抿了抿嘴：“芽芽被咬，其实是因为我。”

他居然一直记着那事儿。而我只好顺着他问：“跟你又有什么关系呢？”

“斯坦利”便说了。说到“二”咬芽芽，还得说到“大”。因为年长几岁，“大”原本不在这所学校，还是拆迁以后，特批转学过来的。那时他还不是一个满身名牌的肉丸子，而是一个邋里邋遢、满脸鼻涕的肉丸子；再加上他脑子有点儿木，所以总被同学合起伙来挤对。挤对急了自然就打，王大莲也找上门去帮他打，仇就越结越深了。他们班的几个男孩儿发明了一个游戏，在人群中齐声骂他一句，然后四散而逃，让他干没辙，只能愤怒地原地转圈儿。至于骂的内容，过去是“乡巴佬”，现在就是“暴发户”。那天下操又骂，骂完“大”又转圈儿，“二”也看见了，却阴着脸躲回教室。本来也没什么，孩子们照常聊天，不过“斯坦利”发扬研究精神，问“二”：

“为什么管你哥叫‘暴发户’呢，是因为你们过去没钱，现在有钱了吗？”

还说：“你爸你妈换过工作吗？他们都是做什么的？”

还说：“我爸也换过工作，还去外地了呢……”

他刨根问底，却没留意朋友的反应：“二”的脸蛋涨得通红，嗓子眼儿吭吭唧唧，如同拉不出屎，又如同一个微缩的王大莲。可见“二”外表憨厚，其实是个敏感的肉丸子。然而“二”还是一个马虎的肉丸子，他吭唧片刻，突然发作，六亲不认，抓起课桌上的一只手就咬。那手不是“斯坦利”的，倒听见芽芽像空袭警报一样哀鸣了起来。我女儿真冤。

“斯坦利”道：“因为我多嘴，连累了芽芽，还害得‘二’被打掉了一颗牙。我心里一直很难过，后悔没说出实情……”

我问：“为什么那时没说呢？被‘二’他妈妈吓着了？”

“斯坦利”的声音更低，鼻翼抽搐：“怕我妈妈对我失望。”

看着这个几乎哭出来的男孩儿，我叹了口气，起身去买了些奶酪起酥面包，也给“斯坦利”要了一份。看出我在营造满不在乎的气氛，他的神色总算轻松了下来。书也不看了，我们有一搭没一搭地扯了点儿别的。比如我说：“你爸不在北京？”

“斯坦利”说：“自从我们搬到这里，他就没来过，到深圳创业去了。”

我说：“自己开公司吗？做什么呢？”

“斯坦利”的口气骄傲起来：“物联网，区块链，非对称加密。”

听不太懂，但我做出深受震撼的样子，又问：“你们以前不住这边吗？”

“斯坦利”说：“一开始在昌平，我妈妈说这边的学校好才搬来的。那时候我还小，以前的家什么样子都忘了。”

如上种种。又扯了会儿，连“斯坦利”也困了，蜷起臂膀趴到桌上。和平日的沉静相反，他睡得挺热闹，咯吱咯吱磨牙。角落里一灯如豆，我又想到了小津安二郎的某个镜头。过了不久，门外终于卷进一团凛冽的气息，苏雅纹赶回来了。在这长夜，她面带一丝惊惶，妆容不乱。我用手势制止了她的道歉与道谢，帮她把“斯坦利”抱上门外的“沃尔沃”，然后才反回头去抱芽芽。收拾停当，我也打了个哈欠，却见苏雅纹还站在车边。

我迎向她走了两步，想提醒她，她生了个多么早慧的孩子。有的孩子就是这样，仿佛把前世的重负带到了今生。当然，苏雅纹一人带着孩子也不易，只不过对于这个临时单身的妈妈，我就不宜表示过分关切了。

来到近前，苏雅纹却恢复了悠悠的语气："时间有点不合适，不过有件事情，我还想和你商量一下……"

原来她也有个计划，并且又涉及了我们家。但听着苏雅纹有条不紊地讲解她的构想，我却有种莫名的疏离感。仿佛她不是在对我说，仿佛我不是在听她说。我又禁不住打断她："这事儿你跟我家那位说就好了……"

对于我的卖乖，苏雅纹笑了："可是需要你来帮我们协调呀。"

我说："跟谁协调？"

苏雅纹说："王大莲那边。"

我说："王大莲还不是都听你的？"

苏雅纹说："但这又不是她一个人的事，还有她家人呢。"

我就明白了。八成小张把我的计划也透露给了苏雅纹，苏雅纹便顺势把两个计划合成了一个计划。妇女们联合起来的成本是那么低，效率还是那么高，连顿酒都不用喝。我也记得，当时我敷衍了两句就上车关门，也没让苏雅纹先走，而是打了把方向盘绕开她的车。这个行为无疑有些粗鲁，给我的感觉却像在逃跑一般。

因为下雪，我在宽敞的街道上开得很慢，只听得四下静谧。突然之间，放在储物槽里的手机响了起来，还自动连接上了车载多媒体，使得车里的十二只"博士"喇叭齐声合奏。那阵势像闹鬼了一样，芽芽从后座腾地支棱起来，惊惧四望。

我想挂断电话，却手忙脚乱地按了接听键。于是"道爷"的声音传了出来。他是在起夜之时看到了我的微信，大嗓门从音响里奔涌而出：

"我早有此意。你想到我前面去了。"

一定还画个半圆，竖起大拇哥："那叫一个地道。"

9

花开两朵，表一表我与苏雅纹各自的计划。这两朵花，又都开在王大莲家。

我的计划如下：由我拉起一支团队，加入"道爷"的吃播。根据上一次的成功经验，如果以"道爷"为基础，再经由专业摄像、录音和剪辑的加持，很有可能一跃成为"顶流"。当然这也不算稀奇，而我的真正创意在于，与此同时，再成立另一个剧组，将"道爷"的吃播生涯也拍摄下来，形成一部严肃的纪录片。"道爷"表演他的作品，他的作品又进入了我的作品；他在桥上看风景，看风景的人在楼上看他。我将其命名为"二重客体的多维呈现"，还有心将它推向欧洲某个小国的影展。国外的文化圈很吃这一套。

而说到这里，还有必要回顾一下我的导演生涯。如前所述，我曾经拍过两部片子，但随着几个巨头瓜分了媒体平台，我这种独立制作人的黄金时代早就过去了。我一度沦为了网站的雇佣兵，靠"行活"混碗饭吃倒是不难，离自己的期许却越来越远了。有如温水煮青蛙，每每只在深夜独坐之时，我才会陡然陷入绝望：激情日减，腰围频增，难道这辈子就这样了吗？这么看来，有关“道爷”的那个点子也就越发珍贵了。这年头，渴望表达的人太多，值得表达的人却日渐稀少，是“道爷”帮我找到了久违的灵感。

由此可见，当与“道爷”一拍即合，我是多么欣慰。我几乎想要抱着“道爷”的灯泡脑袋亲上一口。然而这时，偏又插进来一个苏雅纹。

记得在那个初雪飘落的寒夜，苏雅纹对我透露，她从教辅部门的同事那里听说了一个内幕消息，我们这片小学生的“培养模式”将要发生重大变化。对于一些学校动辄加码，课外机构煽风点火的现状，“上面”颇看不惯，且民愤日益增长，苏雅纹担忧，有朝一日，市面上的辅导班都将受到波及，而我们孩子上的那些课程很可能会被停掉。

“对于发通知的人来说，不就是一张纸嘛。”苏雅纹少有地流露出了怨气。

而我不答。我倒觉得，真像她说的也挺好。我唯一担忧的是，如果那种情况发生，又要迎来一轮辅导班的退费、索赔乃至卷款跑路潮。我自然还想到了报班的钱。得知王大莲垫了钱后，我心里总觉得硌着什么，于是一待制片公司结清尾款，就赶紧给她转了过去。转钱时王大莲还一个劲儿地推让，倒像理亏似的：

“不急不急，这才多点儿，苏雅纹我也没管她要。”

我引用了苏雅纹的话：“你要这样，反而没意思了。”

同时我纳闷，苏雅纹还没把钱还给王大莲吗？怎么一根糖葫芦都算得那么清楚，现在却……不过这就是别人的事儿了。

再说回苏雅纹的计划。看我不答，她一并讲了下去：“既然如此，课还要不要上？放心，当然要上。不就是停掉外面的班嘛，把班办到家里来不就行了，只不过我们需要未雨绸缪。老师这方面不用担心，资源我有，教育板块也是出版社的工作重点……但目前还有个棘手的问题，就是场所。我们两家都离学校挺远的，下学赶回去人困马乏——而我想，王大莲她们家……地方不是现成的吗？上次去她家，发现好多房间都空着呢。关于这件事情，我已经跟王大莲提了，她非常踊跃；但是问题又来了，听她的意思，她们家里的别人不太支持。正好我又发现，王大莲的爸爸很看重你……”

苏雅纹对我的这番动员既运筹帷幄，又循循善诱，旨在调动我的主观能动性。并且苏雅纹做工作的方式还是全方位、立体性的，没过多久，我媳妇也来找我说这事了。

和苏雅纹相比，小张对待我就要轻蔑得多。一天她难得在家吃饭，正在对付一块煎老了的牛排，忽然想起什么，拿出手机来让我听几段语音。那是她和一个经纪人之间的对话，谈论的正是我把“道爷”打造成网红的构想。对于“二重客体”理论，经纪人没听懂也懒得听；对于“道爷”本人更是看都不想多看，“看了牙碜”。有眼不识金镶玉，在这位仁兄眼里，大概只有像男人的女人和像女人的男人才有包装的价值。

但小张开导他：“其实草根比‘腕儿’强，强在哪儿？安全。起码屁股上没屎，有屎也没人凑上去闻。”

经纪人稍觉有理，改口说可以尝试一下。当然我明白，这是看我媳妇的面子，对方还指望着她给旗下的艺人安排角色呢。俩人便开始绕来绕去地谈条件，我听了眼前一亮。正在亮，小张就说："说完你的事儿，那就说说我们的事儿吧。"

我立刻猜到她指的是什么，又不禁眼前一黑。而小张翻了个白眼儿："你得明白，天下没有免费的午餐，也没人有义务宠着你、惯着你，尽管你装得像个艺术家。"

这话似曾相识。对，小张上次对我祭出此类言论时，是鼓动我去接拍一个画风香艳的网游广告。说服广告的女主演突破"裸露条款"时，我也原样拿这话开导过人家。人生而自由，但无时无刻不在逼迫之中，不是你逼人，就是人逼你。连孩子也未能幸免，不是你妈逼，就是他妈逼。更何况小张这次逼我，还有一个天经地义的理由，那恰恰是为了孩子啊。她进而又论述：别以为上了"牛小"就高枕无忧了，你去看看那些重点中学的招生名额，照样僧多粥少，如果孩子在任何阶段被落下，学不就白上了吗？

这种论点无疑来自苏雅纹。而我居然试图和我媳妇一辩："成绩也是相对的嘛。如果辅导班取消了，大家都没的上，不就一碗水端平了吗？"

小张立刻批判了我的幼稚："你以为你不补课，人家就不补？就像我们做项目，你不拿钱砸演员，别人就不砸？你不抢下黄金时段，别人就不抢？你不制造点儿劲爆话题，别人就不耸人听闻？再推而广之，还像……"

我索性帮她把例子举得终极一些，突破了日常的蝇营狗苟："还像冷战的时候造原子弹，你不造，别人就不造？越造越多，地球都能毁灭了。"

"真毁灭了反而轻省，没毁灭就只能陪着人家'卷'下去。"小张神色一黯，恨恨地咬着嘴唇，旋即又换成她对我掉书袋，"这就叫他人即地狱。"

概念使用得不太准确，但道理我懂。总之情况变成了：苏雅纹想征用王大莲家给孩子补课，我有求于我媳妇帮我拉赞助拍片子，所以我就得替她们去做通"道爷"的工作。这样一根链条，把不相干的事情搅成了一锅粥，这锅粥还有个题目，名叫"生活"。我只好表示就范，但又心虚："不敢保证一说就成啊……"

小张铁面无私："既要看态度，也要看结果。"

又于是，我再度造访王大莲家。而再插一句，这次登门，我还受到了非凡的礼遇。那天早上，说好要和"道爷"从长计议一番，"道爷"却问我住哪儿，我随口说了。还不到中午，一个陌生人要加我微信，称自己为"六子"。这个名字在数学上等于"三儿"的两倍，我联想到他也许和王大莲家有关，便随手加了。加了之后他也不说话，我则忙着逐帧审阅"道爷"的视频，也没理他。直到快饭点儿，"六子"才又跟我联系。

发的是语音，不是大嗓门，而是低音炮；言语也极简洁，就四个字儿："车在楼下。"

我醒过闷儿来，赶紧穿戴下楼，就见门口停了一辆"奔驰S600"轿车，犹如一条乌黑锃亮的鲸鱼。车前站了一人，也是一袭黑衣，西服和衬衫的领口敞开，露出鼓胀的胸肌和密密麻麻的文身。这就是"六子"了。那一刻，我想到了北野武的某个镜头，好像来的是个日本"极道"，正准备剁掉我的手指。上车后，我战战兢兢地说：

"何必来接？还让您等了这么久。"

“六子”仍极简洁：“大莲子她爸发话了。”

这时我才认出“六子”正是王大莲的“那口子”。近距离观摩，真人比二楼窗户里的黑影更加令人生畏，金链子捆着半条龙。一路沉默，一会儿进了王大莲家的小区。湖边的半扇楼下，“道爷”早在小院儿门口迎着了，旁边还跟着“三儿”。

“六子”先下车，小跑着给我开门，随后两手捂裆立在一旁。“道爷”与我热烈握手：“庄导，欢迎您来指导。”

又问“六子”：“叫人没有？”

“六子”嘿嘿两声。雕龙画凤的一条汉子，倒像个怯生生的小孩儿。“道爷”一摆手，连带“三儿”也捎带了进去：“他们都上不了台面儿。”

还是涮羊肉，锅子都支好了。在飞天茅台的催化下，我再度与“道爷”坐而论“地道”。我说明了将要如何对他进行打造，并尽量阐释那个黄雀在后的纪录片的用意——我的托词是，吃播视频只能针对普通网友，但要想让高端观众也懂得北京人的饮食有多么地道，就必须借助更加艺术化的形式。我还列举了《舌尖上的中国》和“李子柒”。

“道爷”的眼立刻亮了：“就是说……那些有头有脸的人也会看我？”

我说：“那可不，还有外国的艺术家呢，说希伯来语。您这是为中国文化‘走出去’作贡献。”

“看来我是不得不出山了。”“道爷”拊掌沉吟，旋即扬起大嗓门，也不知对谁吼了一嗓子，“看他妈谁还敢瞧不起我——”

吓得“六子”又捂裆站了起来。“三儿”也连声道：“瞧您说的，那不能够呀。”我趁势把合同掏了出来，但又发现，“道爷”其实已经不在听了，他“吧唧”一口菜，“嗞溜”一口酒，沉浸在自我绚丽的情绪中。一件事情便算敲定，但另一件事情，当天却没机会提起了——这是因为“道爷”兴致高涨，立刻又拽着我开始了大规模试镜活动。老头儿要是搔首弄姿起来，可比女人有过之而无不及，接下来的半天里，就连一旁伺候的“三儿”和“六子”都被搞得气喘吁吁。在小院儿里，在湖畔，在红木家具之间，各种扮相的“道爷”单臂大回环，用浑厚的、清脆的、温柔的口吻重复了无数遍“地道”。而后一一对比，问我：“哪个更地道？”

我说：“各有各的地道，不过还是一开始最地道。”

“我也这么觉得。”“道爷”说，“凡事可不都这个理儿么——不能装，装的迟早会露馅。你也只能当你自己，别人你当得了吗？”

说时口气又扬了上去，不知对谁嚷嚷。趁一走神，我却又想起了王大莲。王大莲在哪儿呢？其实也不是没见过她。吃火锅时，王大莲就在一楼的厨房里切肉，但出来也不跟人说话，撂下东西就走。王大莲怎么了？她是跟家里人闹别扭了，还是觉得我碍眼了？她不是说过我能来“真好”吗？但她似乎还不知道该怎么对亲近的、尊敬的人们表达怨怼，更没掌握含沙射影、指东打西那一类微妙的神情，因而呈现的还是食草动物般的木讷。

因而我也意识到，今天不是讨论“那件事情”的恰当时机。只是回家还要向我媳妇汇报工作，小张自然又是一通好催。我再次向她保证：“容我徐图之。”

于是心里存着个事儿，像屁股底下燎着一团火。好在小张言出必诺，当我再去拜访，身后就跟着浩浩荡荡的拍摄队伍了。他们在小院儿里架好机位，还在二楼露台上设置了一组高瓦数灯光，也幸亏半扇楼都是王大莲家的，否则非被投诉扰民不可。如此阵仗，令“道爷”非常满意，他极其享受成为焦点的感觉。我甚而发现，他有着与生俱来的演员天赋，当有邻居探头探脑地往院儿里看，“道爷”也不管人家叫“外地人”了，也不作势拿皮筋崩人家了，而是会把灯泡脑袋歪向化妆师，声称“补个妆”。

然后沉稳地解释：“咳，接受一小采访。”

一个老摄像偷偷问我：“这不是‘人来疯’吗——你从哪儿找的这么个主儿？”

我还得启发他：“是不是浑身有‘戏’？是不是自带光环？”

同时，我再度打量王大莲家的房屋构造，也越发狐疑：半扇楼里的一个单元住了人，另一个单元全空着，连租都懒得租出去，怎么就不能遂了王大莲的意，让孩子们上个课呢？“道爷”也不是个小气的人呀。我猜这对父女之间的分歧好像没那么简单。

然而该说的还得说，说时挑了个很有人情味儿的场合。那天拍摄的主题是“褡裢火烧”，“道爷”告诉过我们，他在当村主任那些年，每次给部委送完特供菜，人家食堂的师傅都会烙出一锅犒劳他。后来师傅退休，那份交情就断了。而又经剧组查访，竟发现师傅自己开了小店，主营的还是这种北京面食。睹物思人，这一天“道爷”对着镜头来了段即兴独白：

“……管后勤的干部看不起我，送个菜还呼来喝去的，只有您替我说话，说您拌馅儿离不开我种的西葫芦。您比好多人知道自己是谁。”

还说：“现在您还烙褡裢火烧，我种不了菜了。我过得不如您。”

还端杯：“多少年也没跟您喝一盅，现在咱们‘云干杯’。”

随着我喊“cut”，众人齐声叫好。可以说，这一场戏充分证明了“道爷”在镜头前的魅力，他也破天荒地对“三儿”和“六子”露出了笑模样，还意犹未尽地聊起当年种西葫芦，是谁给他挑的粪，是谁陪他看的棚。此时不说，更待何时，当“道爷”脱了黄马褂，摘了绿扳指，我就凑了过去。“道爷”眯眼看我，灯泡脑袋熠熠生辉，而我打了个干涩的哈哈：“看您高兴，想再跟您说个事儿。”

“道爷”说：“跟我说话还用挑时候——见外了不是？”

“有您这话就行。”我接着就说了。当然表述还是很委婉，只说我看出来了，半扇楼的另一个单元是预备着给“大”和“二”结婚用的，到时他们齐家团圆，三世乃至四世同堂，该有多么兴旺——只不过在此之前，让那些房子先为“大”和“二”的茁壮成长作出一点儿贡献，那又何乐而不为呢？“是不是这个理儿？”

不想，“道爷”的目光像棍子一样直捅过来：“这话，是大莲子让你说的吧？”

“那倒不是……我也有点儿私心。”我说的是实情。

更不想，“道爷”的声调又扬了起来，往四下里扩散：“长本事了？跟谁学的这套弯弯绕？有本事直接冲我来呀，接着跟我干呀？甭管怎么闹，这家还是我做主。别看钥匙别你腰上，这房子还是我从地里种出来的——”

连摄制组也停下了手里的活儿，竖耳茫然。而“道爷”甩手起身，慢吞吞地往一楼里屋走去，宽肩厚背，影子仿佛把门框都撑爆了。我半天没醒过神儿来，正想跟过去缓解尴尬，却被“六子”拦住了。这条硬汉竟令我感到了杀机。

“六子”简洁地说：“我们家事儿你少插嘴。”

还是“三儿”上前，对着“六子”的硬胳膊紧拍两下，“嘛呢嘛呢”，这才替我解了围。而被他拉到小院儿门外，我忍不住回眼一望，就见“道爷”已经在客厅里的一张红木贵妃榻上躺下了，背冲着诸人。他一手撑头，大腿压二腿，下半身忽然嗡鸣，放了个拐弯儿屁。就在这时，我还听见一楼传来一声脆响，闻之令人悚然。

那是王大莲在厨房摔了个锅。

10

“道爷”撂挑子，罢演了。一连几天，他也不接我电话，我去他家，所见皆是面朝墙的一尊卧佛。不时还会放个屁，固然是对我以示轻蔑，但那屁越来越蔫儿，让我怀疑他近日来也是茶饭不思。我却又畏缩不敢近前——门口还守着个“六子”呢。

我只好灰溜溜地回家去，对我媳妇抱怨：“你不催我也没这事儿，现在好了吧？”

小张也始料未及，翻白眼儿：“他们这些人呀——”

这话我也听苏雅纹说过。然而纵使“他们”和“我们”泾渭分明，现在却互相介入乃至互相绑定了。不仅“他们”和“我们”的孩子同窗共读，“他们”还成了“我们”工作的一部分。局面骑虎难下，我不得不盘算起了最坏的可能，即项目告吹，拉倒扯淡，那无疑将是我艺术生涯中前所未有的溃败。更荒唐的是，我至今也没搞明白自己到底怎么得罪了“道爷”。老虎屁股摸不得，但屁股在哪儿总得告诉我吧。屁股上的火苗有如蚕食败叶，终于烧到了我嘴里。我的一颗智齿发了炎，疼且不说，脸都歪了。

一天正在捂着脸焦躁，有人加我微信。原来是“三儿”，却是“六子”推过来的。三六一十八，赶紧加了好友。我也不敢摆谱了，主动拨了过去，口齿不清地叫了声“三大爷”。

电话那头说：“该叫大爷就叫大爷，不要含含糊糊。”

我想说，不是含糊，我是疼。再开口却道：“‘道爷’还好吧？”

“不好。”“三儿”堵住了我的客套，“要不是为了我哥哥，我也懒得跟你废话——来趟停车场吧。”

我开车到了商场。停车场半空着，岗亭的缝隙里白烟袅袅，乍看像失了火。我小跑过去，看到一个人影，有如雾中之花，嘴上叼着永不熄灭的烟屁。再朝窗户里打量，木板桌上除了烟灰缸，还堆满了花花绿绿的小纸条，原来都是彩票。

“三儿”正捏着其中一张，都快凑到鼻尖上了。片刻叹口气，是习以为常的失落，然后才抬头看我：“几天不见，怎么胖了？”

我说：“您再瞅瞅，两边脸胖才是胖，一边脸胖那叫肿。”

“你也不容易。”“三儿”的情商倒比眼神强，但随即又说到了我的眼神，“可你不该哪壶不开提哪壶啊——眼睛出气儿用的？”

我虚心接受，“哪儿能跟您比呀”，并作愿闻其详状。这似乎令“三儿”很满意，他用一根烟屁又续上一根烟屁，一副慢慢道来的架势。

先说的是“道爷”，用“三儿”的评价：“我哥哥这人，仁义。”

为论证“仁义”，他试举两例。一是对待村里的乡亲，原先好多人不是迁走了吗？导致拆迁时没了分房资格，这就让“道爷”吃了心，总觉得他分的房子是顶占了人家的名额。“那帮孙子也真够孙子的，瘫在床上的老娘都扔给我哥哥供养……其实我哥哥顶下那些地，只是看不得地荒了，不愿丢了‘种植先进村’的锦旗罢了。”而时至今日，只要原来的街坊家里有事儿，无论是婚丧嫁娶还是孩子上学，“道爷”必会第一个把意思尽到了，送的红包比砖头都厚。接着又说到了“三儿”自己，往事不堪回首——他也有地可供拆迁，怎么落得了今天的地步？这是因为他常年保持着陀思妥耶夫斯基的激情，过去就爱玩儿牌，等分了几套房，更是一发不可收拾，地下百家乐、香港六合彩全没错过。这种生涯的结果，自然是被吃干抹净，还是“道爷”把他从澳门赎回来的。“道爷”索性让“三儿”在家里住着，还拨了套底商的收益给“三儿”养老。

“你以为我爱当这破看车的？我是要拿出个态度，让我哥哥放心。”不过总结个人得失，“三儿”又不认为赌是万祸根苗了，而是归结为眼神问题，“……当年‘葡京’梭哈，我也就是没看清楚，把红桃认成方片了。要是拿下那局，我能把电视台包下来，让全北京看我哥哥吃褡裢火烧。”

说完“道爷”，他又说到了王大莲。用的还是那个词儿，“仁义”，并且还是试举两例。首先说到王大莲妈死得早，懂事儿也早，打小她就照顾“道爷”的饮食起居，还替“道爷”照顾村里的困难户。早年间农村烧火炕，丫头那时又瘦，钻到炕洞里掏灰，一到冬天黑得跟索马里人似的。“三儿”还记得，过去王大莲也爱读书，乡里的老师还打算把她推荐到市里去念重点中学，然而跨区上学就得住校，如此一来，谁给“道爷”做饭烧炕呀？王大莲就放弃了机会，连乡里的中学也基本等于没上。而有关王大莲“仁义”的第二个证据，就是和“六子”的婚姻了。“六子”比王大莲还惨，自小爹死娘嫁人，孤苦伶仃游荡于山野之间，因为总受人欺负，打造出了彪悍的体魄与性格，终于犯了事儿，把人打伤判了刑。偏是王大莲记得“六子”的好儿：小时掏火炕，她被坏小子们堵住洞口瓮中捉鳖，还点火拿烟熏她，正是“六子”替她出头，一掏炕就为她护法。等“六子”放出来，她求“道爷”带着“六子”种菜，日久生情，俩人就好上了。也不嫌弃“六子”吃过牢饭。

“三儿”还补充性地介绍了“六子”：“别看他凶神恶煞的，那是被人欺负怕了，必须装装样子。其实他心善着呢，拆迁以后没事儿干，买了辆‘奔驰’拉黑活，只要碰上谁没钱又有急事儿，一律白拉，有次为了送一老太太回家，愣是跑到了河北……”

而我这时牙更疼了，试图把对话引向正题：“既然他们一家子都仁义，怎么自己却闹起别扭来了呢……‘道爷’的火儿，是冲着王大莲来的吧？”

“三儿”说：“哟，你都看出来了？”

我说：“我眼神不如您，可也没瞎到那个份儿上。”

“三儿”便又紧嘬两口烟屁，从白雾中露出了迷惘：“你是没看见他们家的那些好吵……又不过，常常吵了半天，倒让人闹不明白他们为什么吵。自打我们村里拆了迁，像我这样在牌桌上‘造’干净的还算痛快呢，别的人，‘溜冰’吸粉的也不在少数。再不就是为了房子翻脸，亲哥们儿都不认了，女婿丈母娘在法院门口摞跤。可这些毛病，大莲子他们家都没有，他们向来是最能耐也最体面的一家人呀……”

“三儿”总算说到了“道爷”和王大莲的心结。我心深深处，中有千千结。“道爷”不能种菜之后闲得慌，王大莲不去上班之后闷得慌，这些苦楚“三儿”都有过亲身体会，所以他尽心地扮演了一个“弄臣”的角色——这方面“三儿”倒也称职，人家毕竟是到澳门开过眼的——他劝“道爷”满北京地去吃高级饭馆，还撺掇王大莲买衣裳买包，“可劲儿捯饬自己”。不就是花钱嘛，只要有价签就好办，皆为囊中之物。然而烈火烹油，花出的钱还真像糖水一般，再一咂吧也没什么味儿。无独有偶，王大莲和“道爷”的眼神都暗淡了下去，那是狂欢之后的落寞，是饱食终日的凄凉，却比实实在在的穷困更加噬心蚀骨。

那么接下来要讲的，就是对于那些心结的反应了。父女二人反应各不相同，这才是别扭的原因。“道爷”毕竟懂得要给自己找点儿乐子，于是又听了“三儿”的推荐，变吃喝为吃播。并且他还讲究个师出有名，所以吃播也不光是吃播，还包括了弘扬北京文化，“让那帮外地人见识见识，别来了北京还尽挑北京的毛病”。这招儿果真有效，打着大而化之的地图炮，貌似填补了精神空白。只不过又有个让他难受的地方——“道爷”发现，对于他那满腔热情的新爱好，女儿却好像虚与委蛇。过去王大莲是多么恭顺啊，简直把村主任爸爸当成了身边现成的一尊活神。可如今呢，“道爷”敏锐地感到，那恭顺之下缺了点儿什么。更让“道爷”难以忍受的是，渐渐地，王大莲连表面的恭顺都懒得装了。王大莲木讷的表情里似乎藏着浅笑，跟他说话也经常不是热络的大嗓门了，而是变得悠悠的，底下却有一层冷淡和疏离。那里面有句潜台词：我不认同您的“范儿”。

对，不认同。好不容易拿起来的“范儿”，最亲近的人却不认同。对于能耐了一辈子的老人而言，这无异于奇耻大辱。不过王大莲又实在让人指摘不出什么来：她照常履行着她的职责和义务。半扇楼和几处底商都是王大莲打理，“大”和“二”日益成长，抚育下一代的任务也落在了王大莲肩上。但恰因无可指摘，更让“道爷”一团邪火没处撒，所以经常为点儿鸡毛蒜皮和家里人动气，不只针对女儿，也殃及“三儿”和“六子”。这老头儿的形象也变了，从粗豪爽朗变成了尖酸刻薄。

而看来，在王大莲家办班的事儿，也和上述背景有关。这一想法果然得到了证实，“三儿”随后讲到了近日的那场冲突：对于王大莲所转述的苏雅纹的动议，“道爷”横挑鼻子竖挑眼，说“受不了家里人多，太吵”——这当然都是无稽之谈，“道爷”从不是个好静的人，平常还老埋怨新小区不如村里有人气儿呢。别的事儿也就罢了，这次王大莲却一反常态地坚定起来，遂与“道爷”辩论。俩大嗓门节节攀升，又演变成了对孩子教育问题的热议。

“道爷”表示，早就看不惯给“大”和“二”报那么多的班了，他算了一笔账：

“咱们家的孩子，犯得着吗？上学是为了什么？找工作。找工作是为了什么？挣工资。不就是钱的事儿吗？将来这半扇楼还不够他们‘造’的？你还真指望他们在学校里拔尖儿？就算他们上清华上北大，我话撂这儿——以后也挣不出这些房来。”

复又总结：“所以你这不是‘瞎逼作’吗？”

“道爷”这笔账暗合了网上流传的一则悖论：没有学区房，就上不了好大学，然而上了好大学，也挣不出学区房。两头堵，堵得王大莲半晌无言。但她仍不认同“瞎逼作”这一判断。正当“道爷”志得意满地呷着一杯酽茶，她才猝然回击：“这不是钱的事儿。我是怕他们将来像我、像他爸、像您一样……”

“像我们一样怎么啦？”

“被人看不起。”

这就捅漏了马蜂窝。“道爷”呛了一口，灯泡脑袋如同接入了两万伏的电流，亮得都快炸了。有效讨论戛然而止，他语无伦次、口不择言地辱骂着王大莲，还拿那只宜兴紫砂壶朝王大莲砸了过去——幸亏“六子”及时出现，忠勇地挡在媳妇和老丈人之间，但脖子上的那条龙却像皮皮虾一样被烫红了。而“道爷”还在兀自不休地暴跳着，质问王大莲：“谁敢看不起我？谁教你的这些——是不是姓苏那娘儿们？”

这次王大莲回得倒快：“有什么事儿说什么事儿，甭尽扯上别人——”

“说？”“道爷”决绝地一挥手，“我这辈子没亏欠过谁，谁也休想说我什么。从今往后，我跟你们都他妈的说、不、着。”

经此一役，父女俩陷入了冷战。也真难为了“道爷”，家中遭此巨变，还能满怀激情地投入吃播事业——他恰恰是被王大莲的那句“看不起”戳了心窝子，想以此来证明自己是能被人“看得起”的。而在这个节骨眼儿上，我还火上浇油，这就再度摧残了老头儿那颗伤痕累累的玻璃心。“道爷”还有可能把我也视为了和王大莲、苏雅纹一伙儿的。

对此，我矢口否认：“这就错怪我了。”

“三儿”追问：“那你为什么……”

我摇头苦笑，又把话岔开：“先别问我是为什么——咱们只说眼下的情况，谁也不希望他们家接着闹下去吧？再闹下去，我的片子黄了，您没准儿也没地儿去了，只能永远看车。话还是说回来，亲生的父女，何必水火不容呢？现成的房子，何必不用它换个和气呢？大家都退一步，不就好办了吗？”

“三儿”点头称是，但他又说：“然而眼下，两边的确是‘僵’上了。我哥哥那人，从不跟人低头……当年给公家供菜，对方要吃回扣，他宁可菜都烂在地里也不给。你想他这么个脾性，又是对自己女儿，怎么可能先软下去？我估摸着他没准儿已经后悔了，只等着大莲子给他一个台阶下呢，而大莲子呢，又能听进去你的话，所以不如……”

所以不如由我去从中说项。我哭笑不得：怎么又是我。更让我哭笑不得的是：大家都是中国人，怎么就好像语言不通似的，必须由一个外人充当翻译。又可见对于人类而言，巴别塔是个永恒的梦，但我却要在那虚幻的塔影上攀爬不休。

我不禁悲哀：“哥们儿毕竟是个导演，怎么都把我当成说嘴的了。”

“你们这些人，不就是比我们能说会道吗……你是一个优秀的口腔工作者。”“三儿”给我扣了个文不对题的高帽子，信赖地看着我，“这也是我来找你的目的了。”

停车场上起了风，从北部山区掠过来，裹着青草的气息。春天快到了。记得芽芽小时候，我们每年春天都会带她到山上去野餐，记得有座山顶上还立着一尊佘太君的雕像——传说在古代，那位杰出妇女就屹立于山巅，眺望着子弟兵们与异族浴血厮杀。现在这里变成了北京最繁华的科技产业园与住宅区。现在我们一家也再没有时间到山上消磨了。古人来者，天地悠悠，我竟有怆然涕下之感。但那其实只是花粉过敏，导致我在智齿之外又发作了鼻炎。而我突然问“三儿”：

“对了，今天其实是‘道爷’让您找我的吧？是他自己透出口风……”

“三儿”笑而不语，更如雾里看花。半晌他才说：

“反正你记着一条儿——只要给我哥哥解了心宽，房子还不是随便使。别说办个辅导班了，要把式卖艺也够哇。”

11

在那春暖花开之际，我又像个不厌其烦的调解员，说服的对象却从“道爷”变成了王大莲。但我又有个疑惑，恰恰是针对王大莲的了。如果说“道爷”要脾气使小性的原因，本质上是无所事事的空虚、英雄迟暮的不甘，那么王大莲又是为了什么呢？

此时反观王大莲，好像时时饱含着一股拧巴的力量。再打个不尊重的比方，王大莲让我想到楼下那些在春风里无助凄号的野猫，但猫们都明白自己的苦衷在哪儿，有了苦衷还能叫，一叫别的猫就能懂，而王大莲呢，仿佛谁都不能理解她为何如此拧巴。由此可见，王大莲还不如猫。

在学校门口，我走向她，捂着半张脸，苦不堪言地笑了笑。

王大莲却像个没事儿人，抡着她的“爱马仕”，用奔放的大嗓门招呼我。这人到底是忘性大呢，还是离开了家心情就会舒畅起来？她还对我的肿脸进行了诊断：“春天就爱上火，你得去趟口腔诊所。到地儿提我，我有贵宾卡……”

又想起那笔学费的事儿，我却宁可在公立医院排号。这时孩子们放了学，苏雅纹又加班，我们便带领这支小小的部队，马不停蹄地赶往商场。此时商场的气氛也和以往不同，各种“内部消息”风起云涌，辅导班竟有山雨欲来之势，“续费优惠”的宣传彩页不再随处发放，催缴房租的通知却赫然贴在了玻璃门上。当孩子们进了教室，王大莲又照例站在电梯旁边。遥遥望去，她那斜倚凭栏的姿态岌岌可危，不时朝我投来一瞥，又一瞥。恰好我的一侧空了出来，我拍拍长凳，示意王大莲坐过来。

她挪动身躯，头两步慢，后几步快，裹着风。坐下时递给我一杯奶茶，又将吸管戳进另一杯的塑料膜，示范一般咕噜起来。我默默地、近距离地注视着她。一个斯文败类死盯着憨厚的富婆，这很容易让人联想到图财卖色。但是怪了，王大莲保持着与我相应的沉默，那沉默里似乎也有期待。我们对视半晌，叹息般地一笑，这才抢着开口。

王大莲说：“前阵子让您见笑了。”

我说：“怪我嘴欠，给你们家添了麻烦。”

“不不，您那天是帮我说话呢，我哪儿能不识好歹。”王大莲顿了一顿，“不过今天……是我爸爸托您带话了吧？”

正如我看穿了“三儿”，我也在王大莲眼中一览无余。我被问得一惊，随即检讨：王大莲那食草动物般的木讷之下，深藏着一颗永不停转的大脑，还是那句话，谁比谁傻多少啊。于是，我越发对她报以诚恳的尊重与平视，又复述了和“三儿”的那番交谈。

我又道：“你受了不少冤枉气，可你也得体谅，老人有时候跟小孩儿似的，该哄着就得哄着。再换个角度想，你……哦不，咱们想要的是什么？不就是在家办班吗？既然如此，又何必把是非曲直掰扯得那么清楚呢？退一步海阔天空嘛。”

我说得苦口婆心，并且自以为站在了“他们”的立场上。那是一种实用主义原则：不要拘泥于理念之争，把事儿办成了才是重要的。但我正在说着，却发现王大莲那本来亮晶晶的眼睛晦暗了下去。这也导致我底气不足，仿佛正在表演一场自作多情的独角戏。王大莲已经喝完一杯奶茶，把吸管拔出来，随即将注意力转向了卡在吸管里的一颗珍珠——她费力地嘬，嘬不出来，又对着吸管吹气，却令那枚糯米弹丸破膛而出，准确地击中了斜对面一个女人正在刷着的手机。艳丽的妈妈嗷了一声，我和王大莲却早将奶茶杯子藏到凳子底下去了。

当我又憋着穷极无聊的笑，却见王大莲重新瞪住了我。这时她才开口：“庄导，我知道你是为了我们家好，我得谢谢你。”

但她又说：“不过咱们想得不一样。”

我还没来得及作聆听状，她已经说了下去：“你说的道理，其实是怎么达到目的，这我还不懂？以前我都是这么想事儿的。但是我发现眼前这事儿……不能这么想了。我倒要问你一个问题——你说我爸爸那么热衷于抛头露面，又是为了什么？”

我想说“老有所乐”，但立刻否决了这个答案。半晌我答：“恐怕还和尊重有关……涉及个人价值什么的吧。”

“对喽，还是你们会说话。按我们的说法，他一辈子就好个‘面儿’。若不是好‘面儿’，也不会当村主任，也不会非要把菜种出个名堂来。”王大莲点头，目光却又变成探寻性的了，“其实何止他，我们全家都好‘面儿’。其实何止我们家，要是没皮没脸，人不都白活了吗？可我又得问你了，你觉得我爸爸这样，能获得……尊重吗？”

这又把我问住了。我抵挡一般说：“你可不要小看了网红，多少人迷他们呢。”

王大莲的提问接踵而至：“有人看，这没问题，但怎么看却是问题。咱们说的不是尊重吗？就凭在手机里耍宝，像填鸭一样塞食，那会有人尊重吗？鸭子就算把自己撑死，金字招牌不也是挂在全聚德的门脸上，而不是挂在鸭圈里呀——对不对？”

事实上，随着此前上线的吃播视频广为流传，我们的团队也发现，网友对于“道爷”的观感分为两类：一类固然是喜闻乐见，另一类就是明显的揶揄和调侃了。后者还给“道爷”起了个外号叫“道公公”，形容的正是他那黄马褂配绿扳指的独特造型；转发“道爷”作品的时候，他们也会冠以“阉党又出奇招”之类的标题。由于担心影响“道爷”的情绪，那些评论我们尽量屏蔽，不让老头儿看见。而此时，我一边惊异于王大莲那木讷之下的敏感，一边又企图和稀泥：“网上嘴杂，大可不必在意。”

“不，‘他们’就是针对‘我们’，看不起‘我们’。”王大莲执拗地反驳我，并引申到了自己身上，“‘他们’虽不明说，可我都能感觉得到。在‘他们’眼里，我过去是个小偷，现在是个白痴——我承认我从游泳班拿过一只鸭子，但那不是情有可原吗；我承认我懂得少，分不清管乐和弦乐，但我们家‘大’和‘二’就不配和‘他们’的孩子一起上学吗？自从转学过来，我们家‘大’就没高兴过，要不是认识了芽芽和‘斯坦利’，‘二’也别想交到一个朋友。‘他们’成天把‘爱’呀‘同情’呀挂在嘴边，家里死条狗都像死了亲爹一样，怎么就学不会把‘我们’当人呀？”

说到后来，王大莲的语速前所未有地加快，噼啪爆裂。我猜这些话已经在她的头脑中酝酿多年，反复预演，现在终于找到了倾吐的对象。“他们”的罪恶罄竹难书，我听得胆战，不禁撇清：“不要一竿子打翻一船人……”

“当然啦，你和苏雅纹帮过我，你们跟‘他们’不一样。”

我又道：“我想说的是……即便如此，也没什么大不了。人字的结构固然是互相支撑，但也总是一撇压着一捺。我不也被人看不起吗？人家的爸爸都在干大事儿，只有我成天闲得蛋疼……可哥们儿的态度是爱说说去，我自岿然不动。”

王大莲的思路和语言一起加速，果决地打断我：“你不在乎，是因为你有不在乎的资格。说到底，你也是‘他们’中的一个。”

一会儿跟“他们”不一样，一会儿又被划入“他们”的阵营，我也晕了。我试图直指：“那么按照你的想法，你要怎么才能满意……才算获得了尊重呢？”

王大莲朗声道：“很简单——跟他们一样不就得了。”

我登时不晕了，但又没来由地一悚："这可有点儿难度……"

话说一半，我就后悔了。我意识到，与王大莲交谈要非常小心，我们之间存在的不只是一条界线，更有可能是一个雷区，随时都会隆隆炸响。好在这次，王大莲不以为意——她反而浮现出了兴奋的、津津乐道的表情，她的话语也保持着高速巡航，正在飞向未可知的远方："我知道那不容易，但也不是做不到。过去咱们穷，不怕你笑话，我爸爸和'三大爷'睡觉前都要把裤衩脱下来，怕磨破了还得买新的——可现在呢，'他们'住哪儿咱们也住哪儿，'他们'开什么车咱们也开什么车，而且咱们还比'他们'的强。不就是报班吗，我早就嫌跑出来上课麻烦了，让老师送货上门不省事儿吗；不就是乐器吗，有眼儿的拉线儿的咱们置办全套，成不成调先听个响。即使我爸爸变不成'他们'，我也变不成'他们'，我就不信我们家'大'和'二'也变不成'他们'。等到'大'和'二'变成了'他们'，我们就是'他们'的妈，'他们'的姥爷，'他们'还敢看不起我们吗？"

说时，她往教室里望了一眼。可惜俩肉丸子并未理解为娘的苦心，正在扭来扭去，欢乐不可名状。王大莲又照门踹了一脚，霎时令她的儿子们笔直坐好。

接着她又回头说："说到底，我也是为了孩子。"

她还说："谁让我们住在这里呢，谁让'他们'来到这里了呢？'他们'一来，这里就跟以前不一样了。没办法，我们也只能和以前不一样。这个我爸爸不懂。别的我都能顺着他，唯有这事儿，涉及了做人的根本，要想我服软儿——那不能够哇。"

她爸爸不懂，我却貌似懂了。但也正因此，我居然被王大莲封了口，辩无可辩。我又分析着形势：看来我是没法说服王大莲了，我愧对我媳妇，也愧对"道爷"。上述想法令我绝望，也令我倦怠。当课程结束，王大莲提议，我们可以一起去她家里等苏雅纹——"有你们在，我在家还舒坦点儿"——而我摇了摇头。我问"斯坦利"想怎么安排剩下的时间。"斯坦利"心照不宣地回答，在咖啡馆待着就好了，"大"和"二"困了的话，就先回家睡觉吧。客套一番，王大莲到底领着俩肉丸子走了。

出了商场大门，她扭头回望我一眼，眼里竟又有光在闪。

来到咖啡馆，我和孩子们暂时松快下来。芽芽缠着"斯坦利"，非让他陪自己画画，等画起来，却变成了"斯坦利"大显身手——早听说"斯坦利"在外面得过奖，他只用简单的线条就能勾勒事物，笔锋传神；而令芽芽一头雾水的是，"斯坦利"的画里总有一只造型可爱的鸭子，它可以出现在任何地方，在天空、在森林、在车水马龙的楼宇之间。它像一枚印章，似乎将一切都变得不真实了，有如梦境。

芽芽还问："它是什么颜色的呀？"

"斯坦利"说："黄的。小时候去游泳，我最喜欢它。那时我爸爸还没去外地，他会把我抱到鸭子背上，我们一起漂在水里……"

我想起来，芽芽在游泳班里就是"斯坦利"的同学，但她对此毫无印象，更别提一只鸭子了。本来也是，两岁的事儿，谁又记得清？倒是"斯坦利"那出奇的记忆力令人咂舌。此时在我眼中，这男孩儿几乎洋溢着妖异的色彩了。而今天总算有一件顺利的事，苏雅纹很早就结束了加班，妆容不乱地赶回来了。为了对我们表示感谢，她还给芽芽带来了出版社新上市的“宫西达也”绘本：

“只给你，‘斯坦利’就算了……他正在培养双语阅读习惯，早就不看图画了。”

我已经懒得揣测那些弦外之音了，和她各自出门。但和上次告别不同，这次我没先走，而是将车子开到和苏雅纹并排的位置停下，摇下车窗。春风兜头盖脸，令我的智齿更加肿胀了。我提纲挈领地说了我的难处。

苏雅纹凝眉思虑片刻：“听你的意思，事情的关键还在王大莲喽？”

我附和：“是呀，解铃还须系铃人。”

“那就不难解决，”苏雅纹轻松地笑了，面容越发精致，“你尽了力，但实话实说，男人和女人之间……还是不大好沟通的，有时候就像两个物种一样。而我可以站在同为母亲的立场上，再去找她谈一谈。”

听她这样说，我暗自吁了口气——我将包袱甩给了苏雅纹，从而结束了自己多方传话的尴尬局面。说来也算公道，事情的始作俑者，不正是苏雅纹吗？而苏雅纹没有推卸责任，这令我欣慰。但我又好奇，她将会如何劝说王大莲呢？

苏雅纹却不再给我讨论的机会，她踩了脚油门，“沃尔沃”从我侧面蹿了出去。面对败军之将，她用这种方式展示了自信。与此同时，我留意到一个小小的异样：她身后的“斯坦利”正趴在车窗上，用脑门撞击着玻璃。我从没见他做出过如此烦躁、无意义的举动，但正在惶惑，车子已经走远了。

12

有了苏雅纹出马，我得以腾出手来，去对付那颗恼人的智齿了。偏这时，小张介绍的经纪人也发来了通牒：鉴于“道爷”的项目止步不前，我必须接拍公司旗下一批模特的宣传片，以此来替他们止损。我被迫又和小张换班，让她照料芽芽，自己则每日穿梭于各大秀场，勤勉地追踪那些厌食症患者的平胸、细腰和大长腿。

在此期间，大形势也在变化。苏雅纹诚不我欺，当春天过去，盛夏来临，教育部门宣布了“减负”政策，即“减轻学生作业负担，减轻学生校外培训负担”。文件白纸黑字，一夜之间，教培行业哀鸿遍野，相关从业者常年都在贩卖焦虑，现在却成了最焦虑的一群人。而对我们来说，除了学费能不能退还，还有一重困境：也许新政策给大多数父母解了套，只有我们这片的居民恰恰相反。这是特殊的地理位置和历史原因决定的——如前所述，为了让孩子上个“牛小”，我们都付出了怎样卓绝的牺牲啊。像我们这种早落户的还算幸运，还有很多家庭是倾尽积蓄、穿城跨省，进行着一场有关未来的豪赌。按照教改方针，以后学校一律拉平，“牛小”不“牛”，那么我们的“鸡娃”是否应该“鸡”下去？

答案是肯定的，甚而是悲壮的。赌局已经开始，掀了桌子也得记账。倘不如此，我们的房子就白买了，我们报班的钱也白花了。而在这一方针的指引之下，此番我媳妇小张接管芽芽，就不像以前那么轻松了。

一天我在秀场拍完素材，回家已经很晚了，却看到芽芽瘫坐在地板上，猛烈抽泣。再看沙发上，小张毫不逊色，也抱着靠枕抹眼泪。此情此景，仿佛发生了什么人间惨剧，而又一问，才知道她们正在合力计算一道应用题。小明走路，每小时五公里，小红骑自行车，每小时十五公里，小明与小红之间相隔十公里，问：小红什么时候才能追上小明？芽芽不会，小张就教她，教了三遍还不会，俩人互相指责、斗嘴，乃至于像空袭警报一样鸣叫，小张就急了，拧了芽芽一把，芽芽索性满地打起滚来。都说女儿到了青春期，与母亲必有一战，因为数学题，我们家的战争提前了。而小红追了一晚上，到底也没追上小明。

我苦笑，和稀泥：“不追了。阿基里斯也追不上乌龟嘛。”

小张的悲苦却不限于一时，她又控诉，女儿这阵子越发没样儿了。诚然，学校不留作业，外面的课都停了，不把心玩野了才怪呢。可还是那个道理，快乐一时，将来上中学、上大学不还是要看成绩的？紧扣关键问题，我媳妇难得地没把矛头转向我，而是恨恨地道：“孩子都怕老师，所以班还是得上。”

但对我们而言，此时班能不能上，除了取决于“道爷”，也取决于王大莲，此外还取决于苏雅纹。这条逻辑线，同样不需要我来为她梳理——小张抄起手机进了屋，我猜是和苏雅纹共商大计去了。我呢，一边给女儿抹脸，一边又想，已经过了许久，苏雅纹怎么没动静了？她不是手拿把掐地说过“不难解决”吗？

再一想，我也有很久没见过王大莲，没见过“道爷”了。他们还在冷战吗？王大莲还在拧巴吗？“道爷”的“地道”又能与谁道来……也是怪了，此时想起“他们”，竟有一种既陌生又熟悉的感伤。不仅如此，因为想到“他们”，我还对“自己是谁”这个问题也惶惑了起来。当女儿抽抽搭搭地睡着了，我在小餐台前捧着一杯红酒，像个慎思明辨的白痴，意念飘荡。

而又巧了，如同原子间隐秘的同频共振，次日一早，“道爷”就找到了我。他找我，仍不是直接找，但这次不是让“三儿”传话，而是换作了委派“六子”前来。“六子”执行任务也照例是那么隆重而粗暴，他给我发了条语音，就四个字儿，“车在楼下”，我扒着窗户一看，“奔驰”干脆杵到单元门口的草坪上了。

下楼上车，一路无话。我本想问“六子”，之所以重新召我上门，是“道爷”想通了吗？假如“道爷”想通了的话，是因为王大莲想通了吗？但我又生生把话咽了回去——这时发现，“六子”的神色与以前不同。过去他总透出一股豪横的狠劲儿，现在却呆滞而茫然，开进小区门口时，“奔驰”还蹭到了路边的石礅子，一只轮毂轱辘着滚远。保安在身后追逐喊叫，好像民国大元帅在玩儿滚铁环，“六子”却压根儿没听见。

穿林打叶，湖水波光乍现。还是来到小院儿门前，却见小院儿变了模样——雕栏玉砌应犹在，只是多了一堵墙。在花棚与八仙桌一侧，那堵墙显得极其粗陋，红砖摞成，一人多高，连墙缝里的水泥都没刮干净。此时还要再介绍一下王大莲家的格局："半扇楼"分为两个单元，一楼都带院儿，但因为她们家人只住把边靠东的那个单元，所以里面靠西的单元全空着——按照过去的设想，西边的房子要等"大"和"二"长大成人才能派上用场。而现在，那堵墙赫然横亘于两个单元的分界线上，仿佛一把钝刀，要将"半扇楼"从中切开似的。

墙的两侧也呈现出了截然不同的景观：东边郁郁葱葱，西边空空荡荡。不过恰恰从荒凉的西边传出了动静——玻璃窗里叮叮当当地敲打着什么，身穿工装的人影出来进去。同样突兀的还有一样东西，就是原先放在东边院儿里花棚上的那只塑料鸭子，这时被扔到了墙的另一端。鸭子孤零零地斜靠墙角，像遭到了驱逐。

这一景令我恍惚，而"六子"已经下车替我开了门。他的态度却一转而硬，恢复了威胁口吻："管着你的嘴，不该说的别瞎咧咧。"

还在嘴上比画了个拉拉锁的姿势。我不禁请教："什么该说，什么不该说呀？"

"六子"歪头，半晌才答："反正不能挑唆大莲子和她爸的关系。"

我更叫屈："我哪儿有呀，从来就没有……"

"这我知道。""六子"又烦躁地甩头，"要不早废了你了。"

他面露狠色，令我肝儿颤。原来是在给我打预防针，只不过一针下去，我更困惑于他们家人的"病"在哪儿了。而三言两语间，"六子"已经将我领进了东边"道爷"的那个小院儿之内，自己却恢复了恭谨的模样，双手捂裆站在门口。我进门，就见贵妃榻上仍是一尊卧佛，"道爷"朝墙躺着，没有了屁声，连呼吸都若有若无。四下肃静，暗红的家具和阴影混同一色，倒像猪血被凝固成了血豆腐。

我往前探了两步，边走边斟酌："'道爷'，一向可好？"

"道爷"骨碌一下滚起来："庄导，别来无恙？"

我们四目相望。我的脸还肿着，"道爷"却明显瘦了，两腮都凹了进去。他的两眼还像熊猫一样，一边一团黑。这就让我真挚地心疼起来——原来多魁伟一老头儿啊。偏这时，从隔壁也就是西边那个单元里，又传来了隆隆之声。不仅敲打，都凿上墙了，震得满屋的血豆腐簌簌直晃。

我也顾不得该说不该说了，指着院儿里的那堵墙："您家这是干吗呢？"

"不提，不提。""道爷"微微挥了挥巴掌，反对我道，"我今儿请您来，是想跟您道个歉，前些日子怠慢了您，您别跟我计较。按说本该我上门去找您的，可我又想，您家里还有小闺女呢，我是糙人，别吓着孩子。"

我赶紧说："您这说的哪里话。我闺女也是您的'粉儿'。"

"道爷"眼里就一闪："那我再问个事儿……咱们的队伍还在吧？"

他问的是剧组。我意识到了什么："十几个人，七八条枪，全都待命等着您呢——

不过艺精于勤，我让他们到别地儿操练去了。”

“还能回来?”

“随时的，您一句话。”

“道爷”就一拍大腿，那一瞬间重现了豪迈之色：“还是自己人靠得住。”我又不禁讶异，我怎么倒成了“自己人”了？接下来，“道爷”便和我商量起了重启吃播的事宜。他表示，经过这一阵子的闭关，他已经调整好了状态，只等着闪亮复出呢。“梅兰芳唱戏为了什么？为了‘座儿’。那么我吃饭为了什么？为了‘粉儿’。”因此他又表示，要把有限的饭量投入到无限的为“粉儿”服务中去。金杯银杯，不如“粉儿”的口碑。但突然又叹一口气：“不怕您笑话，我心里冤得慌啊。为村里人忙活一辈子，村子没了；为家里人操心一辈子，家也快没了。幸亏还剩下这么一乐儿，要不然还真不知该怎么活了。”

但又昂扬：“好活歹活，得活出个气魄。想看我的笑话？门儿也没有哇。”

“道爷”的话高屋建瓴，语无伦次，然而余韵悲凉。嗯，人生的底色是悲凉。而我一边听着、揣测着，一边又想起了那句警告，“不该说的别瞎咧咧”。“六子”就在门口守着呢。我也只能打岔：

“既然还要吃播，那咱们先试试镜，定个型……您的黄马褂和绿扳指呢?”

“道爷”却歪头沉思，如老僧入定。灯泡一瞬熄灭，又乍然亮起。他竖起一根胡萝卜般的手指，指向院儿外那堵墙：“知道这是怎么回事儿吗?”

那一刻，我分明感到后脖颈子一扎，是“六子”的目光锋利地攮了上来。然而“道爷”虽然颓唐，余威尚在，只一瞪，就将“六子”瞪了回去。看来“道爷”把我叫来，为的可不只是说说吃播的事儿，我也越发感到荒诞：怎么自己除了要在王大莲和“道爷”之间传话，还充当了这对父女的义务听众？难道他们已经找不到可以说话的人了?

于是“不提不提”，还是得提。随着“啪”一声，“道爷”给了自个儿一嘴巴，“我也不在乎这张老脸了”，兀自说了下去。说时还是大嗓门，摇头晃脑、絮絮叨叨，同时伴随着挠痒痒和擤鼻涕——这导致他身上沾了一些黏稠的液体，被风一吹直拉丝儿。

说到那堵墙的由来，就要说到他和王大莲不久前的一次摊牌。

而说到那次摊牌，还要再对局势进行一下评估：双方看似僵持不下，实际上却是“道爷”占优——只要他不点头，家里就不能办班，但时不我待，“减负”的形势可不等人，这个他听邻居议论过。因此他动气归动气，心理上却稳坐高台，只等着王大莲来服软。再不服，耗死你，“道爷”这样想。于是一天，当王大莲又沏了一壶茉莉花，将半锅褡裢火烧端到贵妃榻前，“道爷”还拿着“范儿”呢。也正如他所期待的，王大莲再现了面对爸爸应有的神态，尊敬、平和、低眉顺眼。

只不过，那尊敬之下怎么少了点儿体贴？平和之下怎么多了些冷淡？低眉顺眼地劝他“别饿着自个儿”的时候，怎么语调却又是悠悠的，倒流露出了一丝不易察觉的嘲讽？然而“道爷”顾不得深究了，再说他也真饿了。但他享受战果的方式却是更进一步地拿“范儿”——捏起一只肥膪膪的火烧，晃了一晃，又扔回了盘子里。

接着他哼了一声："不用你来心疼我。"

爹不吃这嗟来之食。同时他斜眼看着王大莲。王大莲就浅浅一笑，又道："那天您拍吃播，我也看见了，知道您惦记着这一口儿，所以专门到食堂老师傅开的店里，又给您买了来。我还替您带好儿了呢，您的朋友也问您好。"

"道爷"的斜眼就正了，拧起的眉毛也舒展开来，仿佛灯泡上的两只蛾子分道扬镳。他又哼一声："你倒是有心。可前阵子，你怎么就那么不懂事儿呢？"

王大莲道："我错了，我惹您生气了。"

认错也接得挺紧，全不复往日的木讷。那一刻，"道爷"甚至觉得女儿变聪明了，但再一想，王大莲又何尝笨过呢：仅以对待"三儿"和"六子"为例，别人都说他俩一个赌鬼、一个青皮，留在家里是祸害。王大莲却看出他俩虽然有毛病，可也有一点好，那就是"仁义"。正是因为王大莲的眼光，如今"道爷"身边才有了这一个兄弟半个儿。识人善用，何止是小聪明啊，简直是大智慧。而王大莲绞尽脑汁，还不都是为了这个家里好？

想到这里，"道爷"又有一丝感动，郁积多日的恨意竟也消散了。但他还在拿腔拿调："甭来虚的，说说你以后怎么做？"

"以后不惹您了。"王大莲停了停，平缓地迸出俩字儿，"我走。"

噼啪一声，如同电门进水，迸出了火花。那一刻，"道爷"也飞快地哆嗦了一下，刚拿起的火烧又掉了下去。他几乎认为自己听错了："走？"

王大莲不紧不慢地重复，就剩一个字儿了："走。"

"道爷"倒吸口气："你走哪儿去呀？"

王大莲抬手，一指隔壁："就那儿，不远。"

哦，原来并不是远走高飞。然而无论是当时面对女儿，还是事后向我转述，"道爷"都没有变得轻松。相反，灯泡上的两只蛾子重又聚集，扭打在了一处。于是不光是他，连我都意识到了问题的严重性——明明是在一个家里，横竖出不了"半扇楼"，王大莲又谈何"走"呢？而接下来，不等"道爷"再问，王大莲便解释了她的构想：很简单，她要带着孩子搬到西边那个空着的单元里去。从此各过各的，谁也不要干涉谁。至于"三儿"和"六子"，他俩留在东边也行，搬到西边也行，全看各人意愿。就连后续事宜都安排好了，可见王大莲思虑周全，绝非一时冲动。

如果这是一场牌局，就相当于王大莲先叫牌了。震惊之余，"道爷"也不得不跟了一手："说走就走？你就算想搬到西边去，也得看我答应不答应啊——"

王大莲说："我这么大个人，还不能决定自己住哪儿？"

"道爷"说："脚是你自个儿的，可西边的房子让不让你住，得我说了算。"

没想到，王大莲紧跟着又说出了一番道理，这就不仅堵了"道爷"的嘴，进而戳了"道爷"的心："您这么说话没根据。您忘了吗？当初拆迁的时候，咱们家算一户人，可把地折合成房子的时候，又是俩人分着算的。东边这个单元写的是您的名，西边那个单元写的是我的名。从法律上来说，我能对我的房子行使所有权、居住权、改造权。”

这时我才知道，王大莲家的房产证——想必有厚厚一摞——原来是这样划分的。因此王大莲的逻辑的确有理有据。但“道爷”可不这么想，他一口浓痰堵了嗓子，呼哧带喘好久，才“呸”了一声，继续抢白：“你的名？房子写你的名，还不是因为有我的地？当年谁在地上种的西葫芦，是他妈我，要不是我——”

“既然这么说，那咱们就再掰扯掰扯。要不是您当初把一部分地归在了我名下，我也分不到这么些房子——您想说的是这个，对不对？但您为什么这样做呢？还不是因为迁走的人家不要那些地了，您想种，可又怕被人说成多吃多占，所以才用我的名义顶了下来。总而言之，我也有我的用处，没有我，您占不了那么多地。”王大莲直视“道爷”，嗓门却并未提高，她抛弃了旷野上的纵情呼喊，选择了城市里的轻声细语，“再说了，地虽然是您种，可我那么多年也没闲着吧？没有我做饭和掏炕，您能一身轻松地去当村主任？新闻里还说了呢，家务劳动也是劳动，折合成对家庭的贡献，比在外面干活儿一样不少。对原来那个家，我没有功劳也有苦劳吧？所以地换成了房子又写了我的名，这不能算是您对我的施舍。我用我应得的东西过我想过的日子，又有什么不对呢？”

不仅普了法，而且算了账。想必王大莲还有一个字眼儿更深地刺痛了“道爷”，那就是“原来那个家”。在她口中，一家人已成过往，现在成了两家人。“道爷”说到这里，嗓子眼儿忽然一颤：“你听明白了没有，她这是要跟我分家呀。”

“道爷”又说：“她要分？好，那就称了她的意。光搬家多不过瘾啊，我索性让人再砌上墙——从今以后低头不见，抬头也不见。”

这就是摊牌的结果了。而“道爷”虽然像鸭子一样嘴还硬着，但我看出来，他已经对王大莲无能为力，也对败局心知肚明了。恰因为此，他的狠话才放得这么虚弱，就像受了委屈的孩子声称“不跟你玩儿了”；他执意砌起的那堵墙连一点儿貌似的威严也撑不起来。到现在，他只能眼巴巴地看着我，而我忽然觉得屋里空了，全无人气儿，森森发凉。再也不会有人端出鲜切羊肉来了。与此同时，我也很想“啪”地抽自己一个嘴巴。看着“道爷”那张黏糊拉丝儿的脸，我史无前例地感到了后悔。

我后悔是因为想到了苏雅纹。对，苏雅纹。

13

后来从苏雅纹那儿，我证实了自己的猜测。王大莲如此决绝地与“道爷”分家，背后必然有其精神支持；王大莲还能将分家的依据论述得有条不紊，背后也必然有人充当智囊。而王大莲背后的人，只能是苏雅纹。

苏雅纹正是应我之邀去说服王大莲的，这就与我脱不开干系了。

所以我必须见见苏雅纹，哪怕只是为了尽到心理上的义务。和她见面，还是在商场一楼的那个咖啡馆里；约她出来，则是通过我媳妇。我对小张说，你不是非要让孩子上班吗？那么关于这事儿，得请苏雅纹拨冗面谈。寡妇门前是非多，苏雅纹虽然不是寡妇，可目前也相当于一个单亲妈妈，还是个漂亮的单亲妈妈，这点儿分寸我明白。我的刻意敞亮让小张满意，但她还是翻了个小白眼儿：

“想约自己约去呀，你们又不是没加过微信。”

弦外之音：特高兴有了个借口吧。我想要是再年轻一些，她和苏雅纹肯定属于那种既引以为荣又相互忌惮的闺蜜关系。不过小张的调笑更加令我疲倦。再岔开一句，我们的婚姻之所以还算稳固，恰恰是因为大家都进入了贼心贼胆姑且不论，只是嫌贼麻烦的阶段。一言以蔽之，青春不再。青春不再的男人还有一个特点，就是浑身充斥着坦荡的粗鄙——那个周末的下午，秋老虎正凶，我走进咖啡馆时撩起T恤衫的下摆奋力擦脸，好像在跳蒙面肚皮舞。

空调吹得我打了个寒战，这时才看见苏雅纹早就到了，侧影清冷地端坐窗边。

她的眼睛受惊一般，从我躯干中段那个白嫩的轮胎上闪开。也许在她的观念里，此类举止只该出现在“他们”身上吧。而她的淡妆当然还是一丝不乱，皱巴巴的“三宅一生”连衣裙也搭配得恰到好处……我忽然促狭地想，这个“女子”不会在看木心的文论吧，要不就是村上春树的小说？

好在都不是，桌面上除了一杯咖啡，就是几张打印纸。

我坐下，叫了杯苏打水，毫无过渡地问：“你跟王大莲都说什么了？”

听出我口气不对，苏雅纹一怔，反问：“你说哪次？我们最近常见面的。”

我说：“就是关于她和她爸爸，‘道爷’……”

苏雅纹就悠悠地“哦”了一声，然后耐心地陈述了起来。她首先更正，和王大莲“谈了谈”这不假，但却不是她主动找到王大莲，而是王大莲先找了她。王大莲向苏雅纹重申了想在家里办班的愿望，但又向苏雅纹道歉，她实在跟她爸爸“说不通”。不仅说不通，而且她也想不通：归根结底，不就是想要得到一点儿“尊重”吗？这何罪之有？怎么就连“庄导”都说得好像错在她身上似的？

唉，连我也吃了瓜落。不过我倒顾不得叫屈了，只是好奇于苏雅纹又是怎么避免了我的前车之鉴。我问苏雅纹：“那你呢，你怎么说？”

苏雅纹耸了耸肩，好像在回答一个白痴的问题：“还能怎么说，我当然要先向王大莲表示，我是站在她的立场上考虑问题的。”

苏雅纹以笃定的口吻告诉王大莲：你无罪之有。对呀，获得尊重，这是现代意义上“人”的组成要素，是马斯洛需求理论的基本内涵。任何对他人人格的践踏都是不可容忍的，也是其自身缺乏文明教养的表现。苏雅纹的表述曲折而拗口，仿佛正在宣读一份什么宪章，然而这种语式令王大莲振奋，她的脸又变得红扑扑的了。她捕捉着苏雅纹说出的每一个字，仿佛淘金者生怕漏掉河水里的珍宝。

然而苏雅纹话锋一转：“可我还有句话，不知当讲不当讲？”

王大莲道："讲，讲，我愿意听你讲。"

苏雅纹说："从我的角度看，最不尊重你的，其实是你的父亲。"

王大莲就愣了："我爸爸？"

苏雅纹反问王大莲："你想呀，你的孩子、你的家，为什么他总要横加干涉呢？"

王大莲被问住了，半晌嗫嚅："可他是我爸爸……不是别人呀。"

苏雅纹便一笑，就着"是不是别人"这个话题，又探讨起了"家"的定义。她告诉王大莲，所谓"家"，其实有着两重含义，一个是狭义的核心家庭，由夫妻和未成年子女组成；另一个则是相对广义的家族，这才包括其他血缘关系。两个概念，一个现代，一个古典；一个是工业文明的产物，一个立足于农耕社会。她这么说，王大莲就犯晕了，又像食草动物一样两眼发直。这时苏雅纹仿佛才想起来，她所面对的是一个菜农的后代、前商场保洁员，所以她又深入浅出地解释：仅就与孩子相关的事情而言，父母，也只有父母才拥有决定权，再上一辈人只有建议权。打个比方，就像一家公司，父母是股东，父母的父母则是顾问，股东可以咨询顾问的意见，但顾问不能越俎代庖地指挥股东。

估摸着股东和顾问之区别，王大莲仍是迷糊的，但令苏雅纹意外，王大莲的眼睛又一亮，接着就问："那你们家的顾问都听股东的？他们不会越……什么炮？"

苏雅纹笑：我们家的顾问离得远，在江苏呢。再说他们自己也忙，退了休还兼着客座教授，没有时间干涉别人家。她着重强调了"教授"，重又把话头转回来，说，再说现在讨论的不是你家的那位顾问吗？此刻，她便看见王大莲陷入了更加深邃的木讷，时间在红脸蛋上近乎凝滞。而当她正想轻咳一声提醒王大莲，王大莲就自己回来了，然后开始了滔滔不绝的诉说——甚而可算是控诉也不为过。王大莲历数了多年以来和"道爷"的关系。大事小情都是爸爸做主，爸爸说一就不能是二，指东就不能向西，偌大的村子都管辖得住，何况一个闺女。若让爸爸不高兴，那就谁也别想高兴。具体举例，多是鸡毛蒜皮，重要的大约只有王大莲放弃到城里上学和出面顶下无主之地这两件事。这两件事虽说都是王大莲自愿，但究其根源，还不是慑于爸爸的淫威。而也正因为此，才造就了今日之王大莲：没上学，所以分不清弦乐和管乐；顶了地，所以才有了"半扇楼"。

苏雅纹听得一时震惊，一时同情，一时悲悯。她间或点评："这不就是PUA嘛。"

而王大莲接口道："PVC我知道，一种塑料，搭建蔬菜大棚时用得上。"

苏雅纹又问："听你的意思，你家的房子……不都是你爸爸的？"

王大莲说："这么说也可以，不过原先谁也没计较，总觉得是一家人。"

又接着，她们的对话便转入了某种经典模式。作为事后听众，我可以联想到很多女性主义电影，《末路狂花》和《永不妥协》什么的，还包括文学作品里的名人名言。对于那些句子，苏雅纹更是张嘴就来。她是编辑部副主任嘛。

她对王大莲说："你是你自己的。"

她又对王大莲说："首先你是一个人，至少你要学做一个人。"

就这样，俩女的一个启蒙了另一个。启蒙如光，贯穿万古长如夜。我又想起孩子们刚上学时，由苏雅纹发起的那个“我不是××妈”运动，而现在，她贯彻同样的原则，赋予了王大莲成为新人的勇气和力量。王大莲是活生生的子君与娜拉，并且子君与娜拉可没有她那“半扇楼”里的一个单元，因此她不会伤逝，不用担心出走以后怎么办。我也终于弄懂了苏雅纹的策略：与我的劝和反其道行之，她恰恰是要王大莲鼓起斗争精神，从爸爸、从前村主任的掌控之下挣脱出去，寻求独立。

如果独立成功，在家办班的事儿，也就不用看“道爷”的脸色了。在这里，苏雅纹还抓住了问题的另一个关键，即西边那个单元的房产证上写了王大莲的名字。有了法律依据，再辅以王大莲之勇、苏雅纹之智，一切暴君不都是纸老虎嘛。

而听了苏雅纹的分析和建议，王大莲还有些犹豫，她说，这不就是闹分家吗……分了家以后，我跟我爸爸不就成外人了吗？但苏雅纹说，你爸爸把你逼成这样，你还想着他，你是斯德哥尔摩综合征吗？因为恨其不争，苏雅纹又说了个王大莲无法理解的词儿。她又道，那么你有没有替孩子想过，难道你希望他们以后也变成你爸爸那样的人吗？这个问题如此尖锐，王大莲再度木然。而这次，苏雅纹没再给她插话的机会，继续展开了励志。苏雅纹的励志并不昂扬，但板上钉钉——“我们”不能再看“他们”的脸色活着了，“他们”不能左右“我们”；“我们”要成为更好的“我们”。

终于，苏雅纹说完了。终于，王大莲沉郁地点了点头。而这些话的实际效果，我已经在“道爷”身上看到了。

只不过，我又不免替“道爷”叫屈，那老头儿怎么就成了暴君呢？我还想，王大莲的怨言究竟是有感而发，还是沿着某种既定模式的臆想成分居多呢？但这样想时，我却又无法质疑苏雅纹了。这就又要说到某些根植于“我们”这种人意识之中的原则——比如自由，平等，天赋人权。这些正确的原则一旦加诸女性身上，其正确性就会呈几何级数放大，足以将任何有意无意的冒犯者钉上耻辱柱。在我这个行当里，已经有不少搞不清形势的老炮儿吃过亏了，我认为我应该精明一些，起码不要授人以柄，被视为共犯。

而我还惊奇地注意到，在苏雅纹的语境中，使用了一个新的标准，重新划分了“他们”和“我们”——那个“他们”是爸爸、丈夫，还包括了所有男人；对我来说，她口中的“我们”却是“她们”了。新标准支撑了苏雅纹的新策略，也正如历史上那著名的对“三个世界”的划分，苏雅纹将一种对抗转化成了另一种对抗。苏雅纹纵横捭阖、运筹帷幄。上述联想令我对苏雅纹肃然起敬，甚而还有一丝胆寒。

苏雅纹随即转入了务实的层面，向我通报了另一件事情的进展。她沿着实木桌面，把面前的几张打印纸推了过来——原来是装修设计图。施工地点当然是在“半扇楼”里、王大莲名下的那个单元楼。苏雅纹介绍道，在王大莲的请求下，她找了一位设计师捉刀，不仅要将顶楼那套复式房改造成教室，还准备对下面的两套四居室也一并进行重新布置。北欧风格混搭日式元素，血豆腐一般的红木家具则可以弃如敝屣了。

“这是个大工程，好在对于王大莲，钱不是问题；我也提醒她，一定要用顶级的环保材料，即装即住的那种。”苏雅纹又悠悠吁了口气，“你也大可放心，孩子们很快就能开班了。”

她面容似水，嘴角不易察觉地微微上扬。苏雅纹的确证明了跟“她们”一比，“我们”都是泥猪狗了。而在表面上，我除了钦佩，又能表示什么呢？我也吁了口气说：“有劳你了。你不是个男的真可惜了……”

苏雅纹竖起一根指头，半真半假地作色：“注意你的说法——很不正确哟。”

这番会谈的结果，则是我心悦诚服地回家去，将苏雅纹的喜报传达给我媳妇小张。会谈的相关纪要还被写在了一张A4打印纸上，那是语文、算术、英语、书法……一系列课程的名目。苏雅纹做好了详细的时间表，精确程度可以用分钟来计算。她还给孩子们增设了“演讲”和“形体”两堂辅修课，并请小张代为延请名师。对此她解释，她是很注重“素质教育”的。

看到密密麻麻的课表，连小张都迟疑：“课有点儿太多了吧？”

我说：“去不去，你一句话……咱们都是股东，但你是大股东。”

这个说辞令小张一时迷惘。翻完白眼儿之后她说：“机会难得。再说都到这个份儿上了，谁也不能掉链子呀。”

我没再说什么，转身进了女儿房间。芽芽正在窗前摆弄一只电子手表，全然不知她的好日子就要结束了。我替她理了理马尾辫，涌上一阵心酸。我既问心无愧，又愧不能言。芽芽却转头，向我展示了她开掘的新游戏。现在的电子设备都很精巧，通过手表，她和她的朋友们还能建群聊天。群里除了她，自然还有“斯坦利”和“大”和“二”，大家正在听“斯坦利”介绍他的画。芽芽把画从手表发到了我的手机里，于是我看见了一幅近乎于日本“浮世绘”的图景。主角仍是一只无所不在的黄鸭子，正在穿越时空、环游世界。鸭子可真忙啊。而“二”在手表里问，鸭子是要干吗去呢？“大”也附和，干吗去呢？芽芽就替“斯坦利”回答，我猜鸭子正在找它的爸爸。

但“斯坦利”沉静地回答：“不，鸭子没去任何地方，它只是在自己心里旅行。”

如果“斯坦利”用图画讲了一个故事，那么这是一个孤独的故事。我揽着女儿的脑袋瓜，让她靠在我的腰上。我们看着窗外的云。

在此后，我突然感到日子快了起来。好像一眨眼，苏雅纹手里的图纸就变成了王大莲家的实景；又一眨眼，我们附近的那座商场竟然宣布停业，这是因为随着顶楼辅导班的纷纷倒闭，导致楼下的店铺更加举步维艰，连租金都快收不上来了；再一眨眼，我们这些父母却像落草为寇一样，在茂密的森林与潋滟的湖水之间行踪诡秘地出没。

去王大莲家上辅导班，其过程大致如下。首先，我和苏雅纹要在已经空空如也的商场门前会合，然后却将芽芽和“斯坦利”交给“三儿”，由他领着孩子们穿过马路，带到小区门口；“三儿”的嘴上狼烟袅袅，引出了另外几位接应者，正是率领着“大”和“二”的“六子”；后者的肌肉、文身和黑西服足以震慑保安，令民国大元帅不敢质疑孩子扎堆儿的异常现象；当这支主力部队深入战场，我和苏雅纹才会跟进到小区门口，沉着地通过岗亭，我被勒令更换了与苏雅纹相配的体面着装，和她走在一起酷似谍战戏里风度翩翩的假夫妻；几乎在同一时间，王大莲则已经暗度陈仓，将乔装打扮成水电工、小时工或按摩师傅的“金牌名师”们从小区后门接进去了。环环相扣，里应外合。而之所以采用如此烦琐的步骤，是因为苏雅纹提出了一项原则，那就是务必要保持隐蔽，不能将我们这个补习班小团伙的行踪暴露在外。悄悄地进村，打枪的不要。

至于隐蔽的原因，则又在于这次“减负”的力度空前之大，上面屡次警告，要严厉打击私下办班的乱象。也确有惨痛的教训，网上流传着几个视频，执法者踹门而入的架势和“扫黄”也差不多，只不过一锅端的不是路边的野花，而是祖国的鲜花。

苏雅纹把视频转给我们，又在新建的群里再三告诫：“不可掉以轻心。”她还让王大莲在屋里加装一层降噪设施，避免上课的声响传出去。

当我们历经艰难险阻，穿过封锁哨卡，终于会师在此行的目的地，眼前就豁然开朗了——“半扇楼”西边那个单元的顶层，挑高五米的客厅变成了主教室，配备高清投影仪和立体声扩音设备，楼上的几个房间则有的用作自习室，有的用作琴房。我们也算阅“班”无数了，但从未见过有一个培训机构修建得如此贴心。就连闹了好几天别扭的芽芽都忍不住拎起裙子，像迪士尼公主一样，在光可鉴人的地板上转了个圈儿。

苏雅纹容光焕发地欢迎孩子们。她身后站着同样容光焕发，但还有两分缩手缩脚的王大莲。这里是王大莲的家，她倒仿佛尚需一番努力才能融入其中。她的目光里充满了真挚的慈爱，我忽然又有些感动，对芽芽说：

“为你们费了多大心啊，你得谢谢阿姨。”

我还特地拉着女儿绕过苏雅纹，来到王大莲面前。女孩儿会来事儿，芽芽便对王大莲鞠了一个躬。在她的带动下，“大”和“二”也相互碰撞着滚动了过来，开口却是《红灯记》里的唱腔，“谢谢妈”。就连沉静的“斯坦利”都对王大莲仰头笑了。被孩子们簇拥着，王大莲的脸又涨红了，手揪着名贵的上衣下摆，上演了硕大无朋的扭捏。

也亏得苏雅纹瞟了她一眼，轻咳一声，王大莲这才稳住阵脚，用尚未掌握的纯熟的、悠悠的腔调说：“你们喜欢就行。都是小事儿。”

苏雅纹接过话说：“你们要拿出实际行动，用学习成绩报答阿姨。”

一个悠悠的，另一个也悠悠的，好像两个秋千同步摆动。而我又叮嘱几句芽芽，就可以去忙我自己的事儿了。那事儿就在隔壁，“半扇楼”东边的那个单元。我坐电梯下楼，绕过那堵刺眼的砖墙，走进“道爷”的小院儿。老头儿已经恭候我多时了，就连剧组也已经人马就位。与补习班隔墙呼应，吃播计划也轰轰烈烈地重启了。正如此前“道爷”所保证的，当他再度出山，便拿出了十二分的精神、十二分的卖弄，在他的感召下，每个工作人员也报以了十二分的专注、十二分的敬业。这是我梦寐以求的工作状态，我知道我得感谢“道爷”，同样也得感谢一墙之隔的王大莲。有了他们的鼎力支持，菜地换来的“半扇楼”俨然变成了伫立于北京五环路外的艺术和教育胜地。

然而这对文化赞助人却断了来往。不仅不来往，简直是互相避讳。那堵墙不仅存在于院落之间，同样存在于精神领域，它堪比著名的柏林墙，将世界分成了两半。这可苦了其他人，“三儿”和“六子”自不必说，就连我在工作与带孩子之余，也要再度充当王大莲和“道爷”之间的传声筒——比如“道爷”要吃现炸的灌肠，油烟飘过墙去呛了孩子，王大莲便会托我带话，提醒“那边”打开抽油烟机；而当孩子们上形体课乱蹦乱跳，打断了“道爷”介绍食物的思路，也要让我去找苏雅纹，给“那边”从网上下单几张泡沫瑜伽垫。

他们现在称对方为“那边”，我则如同亨利·基辛格博士，在铁幕两头来回乱窜。但此时，我已经不敢奢望自己能够真正起到什么斡旋作用了。身边还有一个苏雅纹呢，这种隔绝、对峙中的平衡，也许恰恰是她乐见其成的。说到底，我也只能认可这种平衡。而在每天课程的间隙，我就算同样暂停了拍摄，也不会凑过去跟苏雅纹聊点儿什么了。我们之间也陷入了类似的平衡。同样的平衡还存在于“三儿”和“六子”与我们这些外人之间，他们表面对我仍极客气，只不过兀自凑在墙角抽烟时，却好像总在对我侧目而视。

大平衡上摞着小平衡，构成了整体性的、多维度的平衡。然而平衡本身又是多么岌岌可危——你看过那种把若干人体和椅子叠在一起的杂技表演吗？事后回想，或许正是从那时开始，我就隐隐等待着平衡被打破的一刻了。

14

日子加速流逝，芽芽升入二年级，不再是个小豆包了。

对此她很骄傲，和王大莲一样骄傲。当然必须得指出，和我女儿那水到渠成的生长发育相比，王大莲的变化就要来得殊为不易了。

在外形上，王大莲经历了一个逐渐紧缩的过程。她原来多大分量我没好意思问过，反正假如屈尊纡贵地去坐一下地铁，很有被检票闸机卡住的危险；而如今的王大莲却呈现出了矫健、挺拔的姿态。她那圆鼓鼓的肩头变得瘦削，她的双下巴删繁就简，让人联想到，她在健身房里经历了多少个挥汗如雨的晨昏。与动感单车、普拉提、高温瑜伽相伴的，一定还有极为严苛的节食菜谱。

与形状相应，王大莲就连色泽也不复当初。她俨然完成了一次生物学上的逆向演进——从斑斓的蛾子变回了朴素的蛹。据我所知，这方面的功课又是在苏雅纹的指导下完成的。她向王大莲暗示，原先那种夸张、繁复的穿搭风格看似时髦，实则不脱村气，炫耀性地露出硕大商标的习性更会遭人不齿。相应于苏雅纹的知性装扮，两位女士因地制宜，将王大莲定位于运动风格，因此她现在变成了“露露柠檬”的忠实客户。那牌子并不贵，却在海归人群里有着大量拥趸。很遗憾，王大莲的红脸蛋根深蒂固，但这倒未尝是坏事，不知底细的人也许会把她认作一个深度户外爱好者呢。

就这样，当紧缩而褪色的王大莲出现在开学之初的家长会上，其他妈妈都快认不出她来了。而面对这个往日疏离的集体，王大莲展示了更为深刻的变化——那就是统而言之的“气质”了。她抓住了含蓄和内敛的窍门，收起大嗓门，并且不再急于对任何事情发表意见。当再讨论到什么议题而班主任刮目相看地“请”她发言时，她沉吟，颔首，悠悠开口：“这件事情，我和雅纹探讨过的。”

苏雅纹便适时地接过话头。有了苏雅纹的帮衬，王大莲的木讷也变成了高深莫测。当然，光虚张声势是不够的，上述底气还需要实际成果的支撑，对此王大莲也早有准备。在交流孩子们“假期收获”的环节，她打开教室里的投影仪，播放了一个音乐短片：“大”和“二”用“斯坦威”钢琴演奏了一段四手联弹，曲目是柴可夫斯基的《花之圆舞曲》。在这儿还得透个底：为了让“大”和“二”练成这段乐章，王大莲给音乐老师涨过两回工资，当效果仍不尽如人意，她又央求我施展偷梁换柱的剪辑技巧，将若干磕磕巴巴的小节串联起来。那趟活儿的难度堪比用几十双破袜子缝制成一件华丽的外衣。

技惊四座。当王大莲完成了儿子们的——其实是她的——汇报演出，特地又在讲台上站了片刻，亮相。她保持着谦逊的微笑，却隐藏不住灼热的目光。如果一定要给此时的王大莲配上台词，或许是这样一句话：

“也没什么了不起的，不是吗？”

苏雅纹又适时地率先鼓掌，然后是博士班主任。紧接着，妈妈们便跟上，掌声由稀疏到密集，持续了约莫半分钟吧。

对王大莲而言，这是历史性的半分钟。在家长会后，我看到有人专程和她挥手告别。同样的接纳还发生在虚拟空间。班上不是有两个家长群吗？一个包括王大莲，一个排除了王大莲，包括王大莲的冷清，排除王大莲的热闹；而现在，热闹和冷清打了个颠倒，王大莲所在的那个群又复活了，变成了“教学相长”的主要渠道。

唯一对这种状况唱反调的，似乎只剩下小张了。她评价众人：“势利眼，墙头草。”

当然，作为家庭辅导班的受益者，她的小白眼儿只能在背后翻。我还怀疑，她的失落很可能和苏雅纹有关。友谊也是要讲时间成本的，苏雅纹本来就忙，宝贵的闲暇又都用于和王大莲一起操持补习班，难免会让小张感到冷遇。我只能开导我媳妇，在“我们”的处事伦理中，人与人的相互认同，不正是以“文明”和“教养”作为首要前提吗？王大莲的加入恰恰说明了“我们”的壮大。这就是双赢。

不想，小张的口气越发酸溜溜了：“双赢嘛，我看就是王大莲赢两次——一次是有钱能使鬼推磨，还有一次是把推磨的鬼打扮成天仙儿。”

她非要这么说，我也拦不住。这也是我媳妇的可爱之处：一旦恨人有笑人无的醋劲儿上来，反而保持了心口如一的美德。而要说到这段时间我对王大莲的感触，倒是又想起了一部老电影——《窈窕淑女》。在那部歌舞片里，永恒的“缪斯”奥黛丽·赫本饰演卖花姑娘，她被改造成了一副上流腔调，征服了学者那颗寂寞的心。这部电影的母题当然又脱胎于古希腊的皮格马利翁神话。只不过我也提醒自己，我们对生活的想象早已不可能像好莱坞那样“傻、白、甜”了，王大莲跟赫本也没什么可比性。如果说“变成他们”是一个宏愿，那么当王大莲有机会将它实现之际，也就意味着关于她的故事要讲完了吗？

不不不，故事还有另外一面呢。比之于王大莲，“道爷”的变化更令人瞠目。

这老头儿彻底“红”了。运气成分也不是没有，当我们完成吃播的阶段性拍摄，恰好又赶上了一起舆论事件：久负盛名的“米其林”对北京的餐厅进行评级，结果令人大跌眼镜，本土老字号几乎全军覆没。由此引发了对北京餐饮业的反思，进而还有人追根溯源，指出这地方自古就是一个美食沙漠。上述论调让我看到了机会，我挑唆“道爷”：“他们看不起咱们，您不得出来说道两句？”

再度事关“他们”和“咱们”之争，“道爷”挑眉毛瞪眼，“谁？他们丫敢——”而这时的“他们”和“咱们”，却又变成北京的原住民和外来者了。反正“道爷”平时还一嘴一个“外地人”呢，反正“道爷”积攒下的那团邪火还一直都没处发泄呢，那么好，杀杀“他们”的锐气，顺道为北京正名。

我又给“道爷”制作了一组特别节目，趁机发到了网上。那些视频旨在驳斥“美食沙漠说”，由“道爷”论述真正的北京“吃主儿”是如何食不厌精的——“宫里”的排场就不必说了，说了怕吓着你们，只说寻常人家的讲究：羊肉氽面知道吧，须得配着春天刚抽缨的小萝卜，没有那口萝卜，宁可不吃那口面；炒肝知道吧，你们都拿勺儿吃，其实这就外行了，正确的姿势是得端着碗转圈儿吸溜，不光吸溜还得出声，跟日本人吃拉面一个道理；还有芝麻酱，北京人恨不得拿芝麻酱蘸一切这不假，可知道芝麻酱的不同蘸法吗，涮羊肉是骑马蘸，爆肚才是抄底蘸呢。这么多的门道，这么多的学问，不正说明北京人的吃食看似寻常，内有玄机吗？而你们这些外地人还敢笑话我们，这不是无知者无畏吗？正所谓心在沙漠，眼里只有沙漠；心在草原，抬头才能望见草原啊。

听到这里，我不禁拊掌：“心学，辩证法，有于丹那味儿了。”

只不过“道爷”后面还有几句骂街，考虑社会和谐，我只好删掉了。就这样，“道爷”不仅代表着吃播界的御林军，更成为本土饮食文化的原教旨主义者。又兼之我们这些人四处导流，为这场论战推波助澜，在短短的半个月里，“道爷”的人气水涨船高。而这时，我此前的心血也没有白费，越来越多的人发现，“道爷”的吃播制作精良，彰显出了与众不同的格调。他的作品登上了各种“热搜”的头条，又没过多久，经纪人告诉我，不少饭馆和连锁酒店都指名要请“道爷”拍摄“探店”广告。

我不辱使命，没有辜负“道爷”的信任。而当我呼扇着广告合同请“道爷”过目时，“道爷”还沉浸在与人论战的愤慨之中呢：

“那帮孙子抱团儿骂我，我跟丫没完。”

“多少人找骂都找不来呢。”我说，“恭喜您，破圈了。”

又汇报了他的粉丝量和点击率。这时从小院儿的栅栏外探出几个孩子的脑袋，他们像看到珍稀动物一样看着“道爷”，接着齐刷刷地跷起大拇指，比画了一个单臂大回环。

这是生动的注脚，足可见有水井处就有“地道”。“道爷”终于晃过神来，像找不着自己一样胡噜着灯泡脑袋。

半晌，“道爷”问：“你的意思是……我不是我了？”

这话也很哲学。我回答：“从某种意义上说，是这样。”

“道爷”的目光放得长远，直往天边投去：“谁也不敢看不起我了？”

我愣了愣，说：“这个从来就没有过——您是谁呀。”

“道爷”便将目光从天边收回来，经过小院儿西边的那堵墙，略停了停。又一转身，他晃晃悠悠地走进了屋里。我正在忐忑，却见他回来了，手里拎着两瓶飞天茅台。哦，原来是要庆功。我对剧组宣布停工一天，那场大酒喝得惊世骇俗，我们清空了地下室里的红木酒柜，又由“三儿”和“六子”跑到外面去买。“道爷”像推磨的驴一样周而复始地“打圈儿”，对于稍有犹豫者立刻揪着脖子硬灌，“你是不是看不起我”？到了下半场，人们纷纷逃窜，还有几位是从栅栏底下爬出去的。最后只剩下了我陪着他，“道爷”挥舞着珐琅杯，而我还呼扇着那纸合同。这时他才从我手里接过纸笔，随意划拉两个字又当胸塞给我。他还说：“甭跟我提钱，我还在乎那仨瓜俩枣？”

“那可不，我俗了。”我附和。正想也比画一个“地道”，我却看见“道爷”重又走进小院儿，站在花棚之下，腆着肚子撑着腰，昂首看向那堵墙。半晌无声，默然面壁。而再一转眼，他面向着墙轰然拍了下去，连八仙桌都带翻了。我酒醒了大半，仓皇失措地蹿出去扶“道爷”，这才发现他竟然睡着了，打呼噜了。

再看那张脸，笑意未消，却从眼角淌出了湿润的痕迹。

15

一点老泪，给狂欢画上了悲怆的句号。用个矫情的说法，这对父女都活成了“最好的自己”，但随着“我不是我了”，他们又想起了对方。割裂撕心裂肺，想念同样牵肠挂肚。然而他们之间已经隔了一堵墙，残破，粗陋，坚不可摧。因此“道爷”会在酩酊之际落泪，与之相应，王大莲又是否有过那么一时片刻的动容？

答案是肯定的。只不过比起她爸爸，王大莲的心绪涌现得更加曲折。这也说明，她已经具备了“我们”这些人面对感情波动的本能反应——作茧自缚，不正是“文明”与“教养”的副产品吗？

在“半扇楼”西边的家庭教室里，我所见的王大莲饱胀着能量。她紧缩了，褪色了，却像花儿即将绽放。头顶传来叮咚的琴声和琅琅的书声，而王大莲和苏雅纹坐在茶几两侧，面前摆放着骨瓷茶具和“偶尔放纵一下”的黄油饼干，正在讨论课程安排。没错，她们是在讨论。如今王大莲在苏雅纹面前也不纯然是一个听众了，她会保持着浅淡的笑容，在某个恰当的时机悠悠开口。苏雅纹则报以耐心的倾听，甚而是由衷的鼓励。

比如有一次，王大莲就曾指出，听说海淀黄庄的奥数竞赛班停了，那些老师的海报以前像明星一样，现在却闲得发霉，咱们正好可以乘人之危，把他们都招呼过来嘛。苏雅纹立刻表示赞同，但又隐晦地指出“乘人之危”使用得不太恰当，“人尽其才”还差不多。两位女士一拍即合，这才想起边上还坐着一个我，她们把脸转了过来，等待听取意见。

我当然只有附议的份儿，但又不得不表示忧虑：“可是孩子们的程度是有差别的……那些课程对‘斯坦利’来说不在话下，我们家芽芽就不一定跟得上了。她随她妈，唱歌跳舞灵，数理化什么的兴趣不大。”

既然开了口，难免又抱怨：“跟学霸当邻居就这点不好。就说孟母吧，我老觉得那娘们儿挺自私的，不配给圣人当妈——她光顾着让她家孩子到处拔尖儿，可从没考虑过人家村里阿猫阿狗的感受。那些孩子本来活得好好的，凭空却要被他们‘卷’，再‘卷’出个抑郁症来可怎么办呀。”

最后总结：“所以孟母三迁，是个教育的反面典型。”

我的话里带刺儿，其实是指向苏雅纹的。不知怎么搞的，我对苏雅纹总有挑衅一下的冲动。此外，我的意见也顾及了“大”和“二”。然而不等苏雅纹发言，王大莲反倒给我上了一课。她先向我指出，不要曲解“孟母三迁”，随后又宣讲：“也不要担心跟不上。孩子都是一张白纸，只要让他们在知识中保持……那个词儿怎么说来着？谢谢雅纹，我想起来了……保持浸淫的状态，他们自然会开窍。”

令我叹为观止：如此说来，对牛弹琴都是个褒义词了。牛也浸淫。

一如既往，事情又这么定下来喽。我此前饱受我媳妇和苏雅纹的教导，现在再度提醒自己，王大莲已经变成了“我们”的一员，“她们”的一员，她对我的教导当之无愧。

况且我发现，王大莲和苏雅纹之间也有有矛盾的时候。又是多么神奇，当意见不统一，王大莲居然可以教导苏雅纹了。再试举一例，就在“道爷”醉闹葡萄架的次日，我送芽芽来上课，在门外便听见客厅中回荡着女人的声音。一进屋，才发现说话的是王大莲。她站在客厅里，两臂环抱，右手还捏着一只骨瓷茶杯，正对坐在桌旁的苏雅纹滔滔不绝。苏雅纹也双臂环抱，右手捏着一只骨瓷茶杯，抬头仰视王大莲。

“你想一想呀。一时想不清楚也不要紧。慢慢地想呀。”王大莲的话语富于耐心也富于启发性，而这正是苏雅纹以前对她说话的态度。

那一瞬间，我感到了惊悚。只看阳光中的侧影，几乎像科幻片里的克隆人正在向母体宣布“我才是我，你不是我”。等我把芽芽送进楼上的教室再下来，才搞明白她们正在讨论的议题并没有那么高科技，而是简单的人情世故：不知怎么搞的，在家办班的消息传了出去，被其他妈妈知道了；现在人家踊跃报名，也想参加，到底是答应还是不答应呢？

对于这个问题，苏雅纹首先表示了疑惑：保密工作明明做得很严密，兵分几路，暗度陈仓，怎么就暴露了呢？难不成我们中间有内鬼？她这么插了句嘴，薄如蝉翼的目光扫视王大莲。但王大莲却指出，不要纠结于细枝末节，反正暴露已是既成事实，当务之急是得想想怎么答复人家。而这才是她们的分歧所在。苏雅纹认为应该拒绝，理由很明确，区区三家人的小班，保密工作就已经繁重不堪，要是规模扩大，孩子的数量从四个变成了十个八个，那不等于主动昭告天下了吗？她强调，保密，只有保密，才是办班的第一要义啊。然而王大莲的看法却相反：事到如今，人家找上门来，堵是堵不住的——自从“减负”，我们这片的家长最焦虑的是什么？就是先前已成常态、刚需的辅导班，现在却没处可上了。为此有多少人辗转反侧啊，甚而还有一些妈妈考虑辞职，要把当年的考学之路再陪孩子重走一遍呢。陪完老大陪老二，陪完老二国家还号召生老三，如此一来，相当于这妈进行完几轮繁殖又接受完几轮初等教育，这辈子也就交代了。试想在这种状况下，却发现身边有一个高水平、成建制的辅导班，妈妈们怎么可能善罢甘休？如同骆驼看见了绿洲，鲨鱼闻到了血腥，你让人家走人家就走？人家就算走了，又会不会到处传话，扩散消息，招来更多的报名者？那不是更不利于保密吗？你看你这么聪明一人，怎么把问题想简单了呢？

指出苏雅纹的“简单”之后，王大莲又进行了更加复杂的人性分析：

“而且你想没想过，如果不答应她们，她们会不会孤立我们？你是没有尝过那种滋味，我告诉你，难受极了。就算大人不怕，可孩子呢？难道你忍心让‘斯坦利’再受一遍‘大’受过的罪吗？”

随后又感叹：“她们这些人呀——”

这话似曾相识。而她们又看向我，便把我看慌了。我立刻表示，不要考虑我的意见，你们决定就是了。一句话，千万别把我当人。

我也看出来，经由一番理论，决定权已经转到了王大莲手里。王大莲环顾四周，飘出一句：“赠人玫瑰，手有余香。为了办个班，我也算付出了许多，为什么不用它去帮助更多的人呢？”嚯，都上了境界了。而这话的潜台词在于：房子是王大莲的，装修也是王大莲花的钱，就连请老师的课时费都是王大莲先垫上的，所以凡事就该王大莲说了算，旁人最好不要置喙。再插一句，别的花费也就罢了，课时费怎么说也应该一分为三，共同负担；后来我把我的那份转给了王大莲，王大莲却又推辞，“你急什么，苏雅纹我也没管她要呀”——听那意思，到如今苏雅纹是否承担了她应交的份额，这就不得而知了。

果不其然，苏雅纹适时地停止了辩论。假如沿用“股东”与“顾问”那个比方，身为辅导班的小股东甚而是空头顾问，她很懂得摆正自己的位置。当然她也只能如此。她的面色清淡如水，将骨瓷茶杯无声地放到茶几上，说她要去帮老师准备教具了。然而临上楼，她又猝然回身，像刚想起什么似的说：“对了，我总是百思不得其解——办班的事情，到底是怎么泄露出去的呢？请别怪我啰唆，但这的确值得怀疑……”

说时扫了我一眼。我忙不迭撇清：“我这人平常嘴碎，可是大节不乱。我媳妇更值得信赖……演艺圈里的烂事儿多了去了，嘴上再没个把门的，那还混不混了？”

“别紧张，我又没说你。”苏雅纹对王大莲眨眨眼，目光又飘向了楼下那堵墙。

难不成她的意思是隔墙有嘴，走漏风声的是“道爷”？而略加分析，“道爷”的确是值得怀疑的：长久以来，谁一直在跟王大莲过不去？眼下父女二人仍在冷战，是敌仇我快的关系，顺手能给王大莲制造些许麻烦，那又何乐而不为呢？这么想时，我看见王大莲也对那堵墙望了一望。经过几场雨水，墙头长出了苔藓，那只黄鸭子还靠在西边的墙根，已经变得脏兮兮、皱巴巴的了。而王大莲的目光又转向我。我吸了口气，以笃定的口吻声明：“更不可能是‘道爷’，他也不认识学校里的那些妈妈呀……他最烦‘她们’了。”

我进一步说到了人格层面：“‘道爷’是什么人？光明磊落的人。他就算看不惯咱们办班，也不屑于背后使绊儿、捅刀子啊。这不是‘道爷’的风格。”

还说：“你可以反对‘道爷’，但不可以侮辱‘道爷’。”

说得掷地有声，仿佛也沾染了几分豪气。苏雅纹却并无表态，兀自娉婷地拾阶而上了，只剩下我和王大莲站在客厅里。

又过半晌，王大莲突然说：“庄导，谢谢啊。”

她说得颇为认真，口气也不是悠悠的了，让我想起当初在商场里的那句“谢谢”。我看着王大莲把骨瓷茶杯撂到桌上，随后转到开放式厨房里去。她开火、淘米、洗洗涮涮，活儿干得既麻利又大张旗鼓，不多时，一股浓香飘了出来，王大莲盛了满满两只大号“乐扣”餐盒递给我，我一看，原来是小米粥，还放了大枣、莲子和银耳。

“我爸爸……他头天酒喝多了，第二天必得来上一锅粥，这样胃里才舒服。”王大莲低沉地说，又迟疑了一下，“他要问你这粥哪儿来的，你就说外面买的。”

我捧着两个滚烫的盒子，下楼来到东院儿。招呼了“道爷”，俩人吸吸溜溜喝粥。“道爷”喝得灯泡脑袋直冒汗，眼角似又浸出湿痕。但关于粥的来处，他却没问，就像昨天老头儿拍倒在地上，王大莲也心知肚明但却没问。喝完粥，我回去接了芽芽，拉着女儿的小手走在小区的森林里。树影蔽日遮天，一轮红日被切割成斑点，投下的光柱竟如牢笼般森然。我忽然自语：“这叫什么事儿呀。”

芽芽无辜地说：“爸爸，谁惹你啦？”

我柔声说：“跟你没关系。”

而她又站住，回头，便看见苏雅纹领着“斯坦利”从林中小道上走来了。芽芽跑向了“斯坦利”，我只好看着孩子们绕树转圈儿，同时等待苏雅纹走到自己身边。

苏雅纹站定，漫长地叹了口气。季节又近深秋，她穿了件经典款的“巴宝莉”风衣，熨得极平整，只是一束光柱投到肩膀上，照出了米色领口磨旧的毛边。这时还看见她的眼角多了一团细密的皱纹，连粉底都遮挡不住，仿佛雪白的鸡蛋裂了壳儿。朱颜辞镜花辞树。她仍不说话，我却受不了尴尬，只得没话找话起来。

说的还是关于走漏消息的事儿，我猜苏雅纹仍然纠结于此：“……其实还有一种可能性，但那恰恰说明了咱们办班的成果——这几个孩子本来就要好，学习上又都有了突出的表现，难免会让别人怀疑他们修炼了什么秘籍……”

苏雅纹这才开口，反问我：“我是警告过‘斯坦利’的，绝不能和别人说起私下上课的事——你呢？”

我再次撇清：“那当然，我们也不让孩子显摆。”

苏雅纹的目光便越发锋利：“所以你呀，想得太简单了。”

哦，原来简单的是我。我又问：“那你的意思是……”

苏雅纹轻轻吐出三个字：“王大莲。”

如果此时要给苏雅纹一个特写镜头，那么可以借鉴希区柯克的悬疑片。谁是凶手？意想不到的那个人才是凶手。而判断凶手的理由又遵循“谁犯罪谁受益”这一原则——是啊，把办班的信息透露出去，对谁最有好处呢？分明是王大莲。我们都看在眼里，同学妈妈们对王大莲的态度来了个一百八十度大转弯，过去她们一致地忽略王大莲，疏远王大莲，现在却变成簇拥王大莲、追捧王大莲了。美好的自我感觉足以令王大莲迷醉，而一旦上瘾，便会陷入欲求无度的怪圈，随之而来的必然是变本加厉的炫耀。因此她表面上虽然保持着“地位变了，谦虚谨慎的作风不能变”这一操守，却忍不住在有意无意间把话头透了出去。可以想见王大莲说到自家辅导班时的嘚瑟，她其实是在等着人家报名呢。人家一报名，王大莲便获得了被人所求的成就感。那是她真实的渴望，正中下怀。

以上是苏雅纹对内鬼王大莲的心理分析。她又一针见血：“虚荣。”

我无法反驳。女人最懂女人，苏雅纹最懂王大莲。只是对于“内鬼”这顶帽子，我稍有异议：就算出卖，王大莲出卖的无非是她自己罢了。我们这些人都是沾光的，又有什么资格阻止人家虚荣呢？而再考虑一下苏雅纹，她对这事儿如此敏感，这又是为什么呢？难不成她还想对王大莲的资源实行垄断，从而阻止竞争对手们和“斯坦利”站上一条起跑线吗？我居然不惮以这种程度的恶意来揣测苏雅纹了，这也令我稍有些震惊。我尽量劝解得委婉一些：“……何必不予人方便呢？”

苏雅纹立刻又懂了我，她真是冰雪聪明。凝视我片刻，她回答：“以‘斯坦利’的学习能力，就算多几个同学，我也不在意。对我们来说，大班小班都一样。”

说到这里，她再度叹了口气。而我只好又从更加世俗的角度来安慰她：“就算王大莲允许更多的孩子来上课，那也不一定是坏事嘛——大家分摊下来的学费也能便宜一些。虽然为了孩子不在意钱，不过能省一点儿是一点儿……”

这也证明，我已经接受了小班变大班的事实。苏雅纹摇了摇头：“也许我想多了……”

而那天，我们的讨论戛然而止，这是因为发生了一个意外情况：当我扫了一眼周边，却发现本来绕树追逐的芽芽和“斯坦利”不见了。竖起耳朵再听，孩子们叽叽喳喳的声音都没了。于是场面又变成了我和苏雅纹穿梭在树木之间，大呼小叫着芽芽和“斯坦利”的名字。不过稳了稳心思，我忽然想到什么，又叫上苏雅纹往王大莲家折了回去。在“半扇楼”下，我们果然看到了孩子们的身影，芽芽正在协助“斯坦利”钻进西边的院儿里，把那只遗弃在墙边的黄鸭子抱出来。半遮半掩之下，鸭子飘飘荡荡，仿佛悬浮于半空之中，又仿佛即将开始它在画里的流浪之旅。

我吁了口气，恐吓芽芽：“又瞎跑，等我告诉你妈，仔细你的皮。”

芽芽理直气壮：“‘斯坦利’说他想这只鸭子了，他过去和它一起游泳。我就说，那我们把鸭子带走吧，它孤零零的多可怜呀……”

我又依稀忆起，“斯坦利”每次经过小院儿时，都会眼巴巴地朝那墙根望上两眼，原来他是在找这只鸭子。而现在，男孩儿搂着脏兮兮、皱巴巴的鸭子，像和鸭子相依为命。

苏雅纹脸色僵硬，对“斯坦利”说：“这是人家的东西。”

“斯坦利”不动。苏雅纹的声音也僵硬了：“你要当小偷吗？”

这话就重了。而“斯坦利”仍不动。

眼前一晃，就见苏雅纹抢了两步过去，抬起一只手来。她似乎要给“斯坦利”一个嘴巴，但忍住了。虽然巴掌没有落下，鸭子终于还是落到地上，居然还能叫，发出嘎嘎之声。而苏雅纹抓住“斯坦利”的一条胳膊，大步往远处走去，令他一路踉跄。这场面短促而又暴烈，那一瞬间，我看见了一个从未见过的苏雅纹——陌生而熟悉，像谁呢？

我又抬头望向“半扇楼”西边那个单元顶层的落地窗。

窗帘半掩，比之方才，多了个模糊的人影。

16

家庭辅导班迎来了新同学。借用军事术语，一个加强班的配备。

人多了，但地方仍然够用，无非添几套桌椅的事儿。至于众人的报名费用，王大莲也不主动提，仿佛交不交全凭自觉。而来了就不容易，这点儿自觉性大家还能没有？于是很快凑齐，汇总给我，再托我转给王大莲。我又成了个收账的“穆仁智”，好在本来就是一笔乱账，王大莲连数目都懒得看，手机叮咚一声就罢了。

然而在对“大”和“二”的新同学的选择上，王大莲的态度就要认真得多，也严苛得多了。首先要考察家长：原先在群里带头挤对过她的不收；开家长会时对她翻过白眼撇过嘴的不收。不光要考察大人，还要考察孩子，所以在学校里管“大”和“二”叫过“乡巴佬”和“暴发户”的更是坚决不能收。当然还有一些其他细则，就连“衣品”相对落后、不认同“露露柠檬”美学风格的也要掂量掂量。王大莲对此也有解释，顺便普及了苏雅纹向她普及过的美国经验：“那些‘藤校’招生的时候，考官都是有很大的自主裁定权的，看的不光是成绩，也不是钱，有时候就是一种……感觉。”

跟着感觉走，她全做主。班上的妈妈们也很聪明，她们对王大莲的簇拥和追捧来得更热烈了，乃至于到了令旁观者肉麻的地步——每当王大莲在群里说点儿什么，都会激起一片点赞；王大莲还会在国庆节、中秋节收到鲜花和小礼物——而在以前，这可是只有博士班主任才能享受的待遇。在辅导班上课期间，王大莲更是忙得分身乏术，就像酒会过半才姗姗来迟的名媛，恨不得与人寒暄之余还得做个面部按摩才能避免笑抽了筋儿。

这么一来，倒把我和苏雅纹晾了出来。作为辅导班上的“老人儿”，我们给众人留下了偷偷占过便宜的印象，经常遭受一些不咸不淡的眼神；而我们呢，适应不了变了味儿的风气，所以看别人的眼神也是不咸不淡的。为了接待新朋友，王大莲又把楼下属于她的那片小院儿辟作了露天休息室，其景观复制了“唐顿庄园”的一角，看着“她在丛中笑”，我和苏雅纹往往也只能远远相视而笑，那笑同样是不咸不淡的。

美中不足的是那堵墙，实在有碍观瞻。而且每当这种时候，总会听见“道爷”在墙那边清嗓子，吐痰。那就咸是咸，淡是淡了。

然而必须承认，王大莲到底是个仁义的人。我们不咸不淡，她却还想着我们。一天课程结束，当别的妈妈心满意足地离开，她便示意我们两家留步，又打开双门冰箱，从里面取出一只硕大的蛋糕来。还是“凯宾斯基”烘焙房的特别定制版呢，鲜奶油上的英文字样是祝“斯坦利”生日快乐。

“‘二’告诉我的。”王大莲说。

其实对此我也知道，芽芽还准备了一只铅笔盒给“斯坦利”做生日礼物。本想出门再送，现在就趁势拿了出来。“大”和“二”的心意更加隆重，巨大的“乐高”模型，部件足有上千个。大家齐唱生日快乐歌，“斯坦利”不以物喜，面色淡然。这男孩儿如今的眼神总有些发空。而王大莲对小学霸的喜爱一如既往，她又把“斯坦利”揽到怀里，问他还想要什么礼物，“随便提，今天阿姨做主，咱们别听你妈妈的”。说时她还瞥了苏雅纹一眼，是大包大揽的亲热。苏雅纹只好对她报以一句“你瞧你”，是嗔怪的亲热。

“斯坦利”的嘴唇便颤了颤，这时芽芽却跃跃欲试。我反应过来，她知道“斯坦利”有多么牵挂那只鸭子。然而我又想到了“斯坦利”差点儿挨过的耳光，于是理了理女儿的头发，趁机捂住了她的嘴。“斯坦利”最后还是没开口，只对朋友们点头致谢。王大莲又提议让孩子们看一部“皮克斯”动画片，作为庆祝“斯坦利”生日的娱乐活动。“不过要看英文版，顺便还能练练听力，对吧？”她问苏雅纹。

苏雅纹晃了晃神：“你说得有道理，我听你的。”

商场的电影院还关着，动画片只能在家庭教室里看，不过有了高清投影仪和环绕音响，效果一点儿不差。我们这些大人则各有事做：我又靠在门口用手机拍摄孩子们，记录下他们掩面尖叫的夸张表情；苏雅纹在茶几上批批改改，检查“斯坦利”的学习成果；王大莲一会儿切了水果送进放映厅，一会儿给我和苏雅纹续上大吉岭红茶。我发觉这屋里的气氛一时变得那么日常，那么舒坦，而那舒坦却是筋疲力尽的舒坦，类似于铁人三项运动员终于躺在了沙滩上，看海也宽了，看天也高了……

而当王大莲从一间屋子里转出来，手里又多了一样东西。她走到苏雅纹面前，将它放下，是张黄灿灿的塑料皮。那只鸭子被放了气，已经洗刷干净，叠放整齐。苏雅纹一愣，与王大莲四目相交，骤然互相懂了。王大莲笑了笑，看我：

“我抢出来的东西，但是你交的钱——送给‘斯坦利’怎么样？”

我也笑，惴惴地看向苏雅纹：“旧账不提，孩子喜欢就行。”

苏雅纹也笑，但终于没说什么，只将扁平形态的鸭子装进了“斯坦利”那鼓胀的书包。这只鸭子是我们这些为人父母者友谊的开端，现在却转回了“斯坦利”身边。不必言谢，谢就多余了。水晶灯下，王大莲的脸又有点儿发红，她手往前探，盖住苏雅纹放在桌面上的手腕抚了抚，吐出几个字来：“咱们可别生分了。”

这话更令苏雅纹失神，直到动画片放完了，领着“斯坦利”往外走时都一言不发。母子两人的眼神都有些空洞，像一对瓷器玩偶。我拉着芽芽走在他们身后，好像护送他们穿越森林。好容易走出那条曲折的小路，街上的灯火霍然铺展开来。

苏雅纹站住，回身，对我吐出了几个字：“你看着吧……迟早得出事儿。”

这话乍听没来由，却如悲音，让人不知怎么辩驳。我一怔，又一悚，再看苏雅纹，已经拉着“斯坦利”飘然去了，走得脚不沾地。

也是怪了，从此以后，我倒像受到了某种心理暗示，总在隐隐等着“出事儿”似的。我也想把自己的担忧分享给王大莲，但却总也找不到机会。王大莲太忙了，忙于人前显贵，忙于人后受罪——不知从何时开始，苏雅纹索性退出了辅导班的决策层，连个挂名“顾问”也不充当了，她一切只听王大莲的安排，上完课就领着“斯坦利”离开，连茶也不喝一杯；不过她对王大莲又是那么礼貌，那么客气，令对方明明感到“生分了”却又无从抱怨——于是王大莲只好独自操持那些繁多的课程，偶尔征用“三儿”和“六子”打下手，又摇头叹气地数落他们“眼神儿不好”或“上不了台面儿”。“搞教育，难啊。”如今她总是这样对我诉苦，而我的功用一如既往，还是她宣泄情绪的垃圾桶。后来一想，我就别用那些无根无源、没头没脑的焦虑去打搅王大莲了。

况且还有一条，孩子总是要学习的。我媳妇告诉我，那些真正的有钱人除了囤积房子，囤积茅台酒，现在已经开始囤积家庭教师了。这么说来，王大莲的义举善莫大焉，正是有了她，芽芽才不至于在课外失学。唉，课外失学，这又是怎样一个悖论啊。

而事后再回想苏雅纹的那句话，我又明白了一个道理——古往今来的谶语之所以准确，恰恰是因为它们的模糊。谁知道哪块云彩会下雨，蒙上哪块是哪块。没过多久，果然“出事儿”了。事儿没出在辅导班，倒先出在了吃播剧组。

这就又要再说说“道爷”了。“道爷”固然是“红了”，而“红”可不是白“红”的。应了《蜘蛛侠》里那句名言，“能力越大，责任越大”，经纪人又揣着一摞合同来催我，说已经谈下了这么多广告，只等“道爷”担纲主演呢。

对此我却作难：“这么急着变现？”

“这年头‘红’的周期才多长？再不使就过气儿了。”对方说。

我试图搪塞：“可咱们这位爷不缺钱，得先想个辙，调动他的积极性才行。”

“我给他发俩模特过去？”对方还在催。

跟这种俗人没法儿聊，境界上有差距。我琢磨了一下，只好又从辅导班和剧组抽出时间，先去那些想做广告的店里转了一圈儿。等回来，带着几个视频，展示给“道爷”看。视频里有几位脑袋大脖子粗的壮汉，貌似不是老板就是伙夫，他们声泪俱下地哀诉酒香只怕巷子深，生意都快做不下去了；生意做不下去还是小事儿，但老祖宗的手艺要是失传了，谁也担不起这个罪过呀。看完之后，我对“道爷”说：

“人民等着您接济呢。传统文化等着您振兴呢。”

这个境界就对了“道爷”的胃口。他在贵妃榻上胡噜几下灯泡脑袋，沉吟半晌：“有这种事儿，怎么刚告诉我？庄导，你的失职。”

事不宜迟，立刻由“六子”开车，赶往拍摄地点。进了饭馆大堂，“道爷”还与夹道欢迎的工作人员热烈握手，“我来晚了”。然后坐下开吃，也都是些北京菜，只不过是我提前叮嘱那些家伙精工细作的，所以呈现到“道爷”面前，也基本上“是那个味儿”。经过品尝，“道爷”总算跷起大拇指，给了个“地道”，而后又讲解了每道菜的渊源掌故——这些也是我提前让他背下来的，“除了会吃还得会说，不能让人瞧不起咱们是不是？”其间有两家饭馆实在准备得不像样，“道爷”把脸一沉就要撂筷子，我还得弯腰附耳紧着劝：“都签了合同的，违约了咱们就得赔钱了。”

“道爷”说：“那也不能说昧心话呀，我又不在乎那俩钱儿。”

我说：“您不在乎我在乎……您权当心疼心疼我吧。”

动用交情绑架，终于将那些吃食塞进了“道爷”的嘴。就算“道爷”吃得一脸苦相，我也有信心把他剪辑成眉开眼笑。制作完毕，我交了差，再由经纪人将那些硬邦邦的软广告推送给各大平台公司还组织旗下艺人身穿奇装异服前去现场排队，当街上演了一场魑魅魍魉的视觉盛宴。线上线下联动，效果立竿见影，那段时间的美食排行榜上涌现出了一批新贵。吃水不忘挖井人，还有些饭馆把“道爷”的海报挂在了门口。

然而没过多久，事儿就来了。先是有消费者投诉那些饭馆粗制滥造、缺斤短两，后来又有其他探店达人跟进，拍摄了几则和“道爷”唱反调的吐槽视频。他们指出，这些饭馆都开在宾馆或者景点附近，专“宰”旅游团和外地客。又没想到，这当口还发生了一起恶性事件，有顾客在炖吊子里吃出了没洗干净的糊状物，投诉时店家不认账，还从后厨蹿出几条壮汉，一拥而上把顾客给打了。那个场面也被人录了视频，可比摆拍真实得多，原来那些脑袋大脖子粗的家伙不是老板也不是伙夫，而是专门雇来铲事儿的社会闲散人员。后来肇事者当然受到了处罚，不过事态就扩大化了，连“道爷”也被推到了风口浪尖上。在视频里看到饭馆门口的海报，人们不禁要问：

网红代言黑店，“道爷”究竟拿了多少好处？

不光涉及利益交换，“道爷”和黑恶势力又有何干系？

身为一名前村主任，“道爷”在既往的工作中是否有过类似行为？

连村主任这个身份都给扒出来了，这也是互联网的悖论：你自以为你不是你，但一夜之间，谁都能知道你是你。而人肉一定还会伴随着网暴，有如水漫金山，污言秽语淹没了吃播评论区。这时再去找“道爷”，看见的就是一个孱弱的、六神无主的老头儿了。

他又面朝墙躺在了红木贵妃榻上，却不再如同卧佛，而是直把脑袋往墙角里扎，好像一只横放的鸵鸟。

从何说起呢？我只能垂手站着，那架势像在给一个“社死”的人默哀。

时间凝滞，“道爷”无话，也不放屁。不知多久，他察觉到了我在旁边，这才把脑袋拔出来，对我道：“庄导来了？也没给您沏茶。”

那声调软塌塌的，像条牛皮糖，抽得我的脸啪啪作响。现在剧组的人全跑了，经纪人发来一纸解约合同就不接电话了，只剩下我面对着这场网络风暴的受害者。我又不禁自怨自艾：“我也没想到……”

“是呀，我想不通呀。”“道爷”一骨碌，却没劲儿坐起来，而是变成仰面平躺，对着房顶喃喃自语，“一辈子不想亏欠别人，怎么老被戳脊梁骨呢？”

窦娥都明白自己为何而死，“道爷”却比窦娥还冤。而我这趟来，也不是充当“口腔工作者”的，接下来，我只做了一件事：在贵妃榻上支起一个小方桌，又从门外的“三儿”和“六子”手里接过一只紫铜火锅摆了上去，还端出两只“乐扣”饭盒来。都是鲜切羊肉，最好的部位。“道爷”的事儿王大莲都知道了，她还知道“道爷”已经有日子没吃饭了，于是备好了东西让我送来。

在辅导班里，王大莲磨刀霍霍，把羊大卸八块的架势吓得几位妈妈嗷的一声，不过她也顾不得了。而我问：“干吗不自己送过去呢？道爷看见你，没准儿还能高兴点儿。”

王大莲的眼神也空洞了：“没准儿他看见我更不高兴呢？”

没准儿她是觉得，“道爷”既已塌了台，又对比墙那头欣欣向荣的辅导班，所以才会越发心里堵得慌？所以给“道爷”开开胃的任务，便又落到了我头上。我夹起两片羊肉放进锅里“七上八下”，让那浓郁的香气飘散开来。

“道爷”在床上似也眼睛一亮，问的却是：“这是……大莲子的手艺？”

我故意卖关子：“要想知道羊肉的滋味，就得亲口尝一尝。”

“道爷”居然挺了挺腰，做了个“扶我起来试试”的姿态。等托着他的灯泡脑袋，让他在方桌前坐好，“道爷”颤颤巍巍地拿起筷子，在桌上顿了顿，夹起两片肉送到嘴边。但这时，他的动作却停了，肉片在筷子尖上摇摆着，飘荡着，只是不往嘴里送。“道爷”的脸上浮现出了莫大的痛苦。

我像喂孩子一样鼓励他：“哎，张嘴，再不吃我可吃了啊——”

“道爷”终于张嘴，将肉放了进去。他的嘴唇开始嚅动，下巴开始咀嚼，但我总觉得那不是品尝，只是进行着周而复始的机械运动。运动了许久却不咽，好像嗓子眼儿里有道难以逾越的关口，甚而好像灾荒年间吃树皮、吃观音土的人正在进行自我欺骗。到最后，“道爷”终于重又张开嘴，将那块肉喷了出来。

我还没说什么，他却哀鸣：“我饿呀——”他又说：“可我吃不下饭了呀——”

那是欲哭无泪，那是生无可恋。“道爷”的哀鸣将门外的“三儿”和“六子”都引了进来，“道爷”吃不下饭了，这一事实有如山无棱，江水为竭，超越了他们对世界的基本认知。对于我这个一向被他看不上的“他们”，“六子”居然也露出了求助的神色，连称谓都变了：“哥，这可怎么办呀？”

“三儿”也问：“这都多少天了，怎么就不想吃饭了呢？”

我保持着难能可贵的冷静，回答他们：“这是医学问题了。找大夫吧。”

17

经过检查，“道爷”被诊断为厌食症。医生说，症状虽然表现在生理方面，但源头还在精神上。至于治疗方案，我们也只有先没收了“道爷”的手机，禁止他接触负面信息，同时想办法让他高兴起来。在一段时间里，“道爷”不仅丧失了胃口，而且丧失了与人交流的愿望，每天只在贵妃榻上横着，闭眼睡觉，睁眼看天，而又过了一段时间，他似乎当植物也当腻歪了，主动恢复了一定程度的机能，但又发生了时间方面的紊乱——当别人醒着，他总睡着，当别人睡着，他又睡不着了，于是在“半扇楼”的一个单元里上下走动，还会给我打电话，探讨的又是一些没头没脑的话题。

比如：“为什么我穿着衣裳，却又总觉得浑身光着呢？”

如此玄思，就不是我能解释得了的了，所以我勒令“道爷”努力睡觉。现在“道爷”的脾性倒变得很乖，让睡就睡。而在安抚、呵护“道爷”的工作中，“大”和“二”也起到了积极作用，两个肉丸子绕床弄青梅，还说您要不吃，我们也陪着您绝食。

念及孩子，“道爷”总算做出了尝试。这时的食物也变了，成了医院配置的能量棒：一拃来长，黑乎乎的也看不出是什么，连嚼都不用嚼，直接塞进嗓子即可完成吞咽。于是“道爷”把自己也变成了一样北京特产，那就是填鸭。一管下去还真灵，“道爷”貌似有了精神，又问“大”和“二”：“谁让你们来的？”

肉丸子不打诳语：“我妈。话也是我妈教的。”

“道爷”又说：“姥爷耽误你们上课了。”

“大”和“二”说：“我妈还说，课天天都能上，可姥爷只有一个。”

“道爷”露出了久违的笑，但嘴咧到一半就僵住。他又把头扭向我：“庄导，我想跟你商量个事儿，不知当讲不当讲。”

我赶紧说：“瞧您说的，您就说吧。”

“道爷”便扭头，看向了院儿外的那堵墙：“我想把它拆了，您看怎么样？”

我也看那墙，哭笑不得：“这是您家，墙是您砌的，您问我干吗？”

“道爷”却道：“您说得不准确，这不完全是我的家。”

在注视下，我懂了他的意思。王大莲上一次的普法及宣誓，迫使“道爷”承认了女儿对“半扇楼”西边那个单元拥有无可争议的主权。又经历了网暴，“道爷”终于变得豁达了，或者说是软弱了，他接受了一家两制，但总归是要一个家才好。然而恰因一家两制，凡事就由不得他说了算了，砌墙他可以任性而为，拆墙却必须得听听王大莲的意见。都说上了岁数的人固执，但在我们这个时代，被牛不喝水强按头的总是上了岁数的人。我不免又展望起了我和芽芽的关系，而我真正害怕的，却是女儿和我形同路人啊。基于这种情绪，当“道爷”臊着脸问我是否还乐意代为说项时，我义不容辞地答应了。

然后去找王大莲。我开门见山：“打断骨头连着筋，是不是这个理儿？”

又指那墙：“分久必合，是不是这个理儿？”

王大莲不语。她甚而没再问我，是不是“道爷”让我来的。她只是如锥子般盯着我，那目光里倒又像有着千言万语。千言万语不能说，一时噎住了。

我催她：“墙能不能拆，你给个话儿。”

王大莲这才轻声道：“不能够。”

我急了：“为什么？你还想让老头儿亲口跟你赔不是吗？”

王大莲说：“可我爸爸跟这事儿……已然没有关系了。”

我更加百思不得其解：“墙在你们家，那还跟谁有关系呢？”

王大莲吐出三个字：“苏雅纹。”

我就彻底晕了。而看到我云里雾里，王大莲也露出了云里雾里的表情。她的红脸蛋有如污染指数爆表时的夕阳，但透过那团雾，我却看到了真切的、纠结的痛苦。她的痛苦不仅来自于痛苦本身，还来自于对痛苦进行思索时大脑的转速不够，但她必须思索，这是王大莲从“他们”迈入“我们”的必由之路，一如亿万年前的鱼类只有长出了腿才能爬上陆地。终于，王大莲说：“我真想把苏雅纹从脑袋里删掉，可我做不到。”

也正是那天，我才得知，王大莲和苏雅纹还吵过一架。

争吵发生在不久前的一个晚上，当时孩子们都在上课，客厅里的妈妈们看手机的看手机，扯闲篇的扯闲篇，而我挂心着“道爷”，又到墙那边探望去了。苏雅纹站在窗前，王大莲走向了她，请她移步到楼下的那套平层四居室里去谈一谈，两人下楼时静悄悄的，唯恐惊扰了别人。而对争吵的过程，王大莲叙述得非常简略，她告诉我，她是想向苏雅纹通知一件事：家长会经过改选，决定由王大莲接替苏雅纹担任召集人。改选是背着苏雅纹进行的，而理由是近来苏雅纹对于职责心不在焉，连通知开会都出现过弄错时间的情况。

也可以理解，职业女性嘛，大小还是个领导，毕竟比一般人忙些。更可以理解，苏雅纹家的“斯坦利”已经是学霸，又何必在意别人家的孩子“鸡”得怎么样。所以大家需要一个来自群众，又有能力和热情为群众服务的人勇挑重担，而这个人非王大莲莫属。众望所归，就连博士班主任也没法儿反对，尽管她和王大莲以前结过梁子。只不过群众除去鸡娃，还比较鸡贼，这些话不愿自己对苏雅纹说，反让王大莲去说。现在王大莲就说了。说时还是很在意苏雅纹的感受的，她又找补：

“我也不想，是她们黄袍加身，非让我鸠占鹊巢。”

瞧，都能引经据典了。王大莲还说：“你可千万别多心……”

苏雅纹却粲然笑了，口气悠悠的："我多什么心，这么说就是你多心了。我又不是饱食终日的家庭妇女，怎么会在意一个召集人的身份。"

就算脑袋转速有限，王大莲也听出苏雅纹话里带刺儿。但她仍想维持热络："我就说嘛——这活儿你懒得干，我才替你代劳。另外你可别怪我挑不是啊，辅导班既然是咱们一起办起来的，你现在怎么成了甩手掌柜呢……"

王大莲亲热地抱怨着，还发现苏雅纹正在打量自己，仿佛真诚地刮目相看。从头看到脚，气质往下跑，从脚看到头，气质往上流。王大莲有了置身舞台的感觉。

但苏雅纹插进来一句话："你觉得你变成了我，你就满意喽?"

这话仍是悠悠的，但既冷又硬，薄而锋利。看似突兀，但再一品，意味无穷——因为你变成了我，所以你满意喽；可你只是"觉得"你变成了我，这就自以为能满意喽；你居然真的以为你能变成我，居然真的为此感到满意喽。每换一组关联词，就多了一重意思，但将所有意思汇总，又是一个意思，那就是：我还是我，你还是你。

王大莲正是这样理解的。她在向我转述的时候不仅委屈，而且愤怒。哦，事到如今，苏雅纹竟然是这样看待她的。啊，连"他们"都懂得了尊重她，偏是苏雅纹丢掉了那份尊重。哼，把苏雅纹解职的不正是"他们"自己嘛。

俩人就吵了起来，毫无征兆，没有过渡。不仅王大莲恢复了大嗓门，就连苏雅纹的声调都高了上去，打战，晃动，维持在一个前所未有的波段上。又可见芥蒂早就存在，不过引而不发，但现在突然崩裂出来，就像汽油桶见了火星。王大莲说，你什么意思?苏雅纹说，我没什么意思。王大莲说，你是不是不乐意了，怕我取代了你?苏雅纹说，我能怕你取代我?你也太高看自己了。王大莲说，怕就说呗，你就别装了。苏雅纹说：不是你一直在装吗?装得还那么费力，还让我帮你装。

你装。

你装。

吵到这一步，却又戛然而止。到底是苏雅纹，先反应过来刚才的一幕太失态了。她闭嘴，看着王大莲，王大莲也闭嘴，看着她。

怎么就到了这一步?俩人都有点儿恍惚，还有点儿不可置信。

但她们是否还感到了痛快?我带着那么丁点儿恶意揣摩。

结局则是苏雅纹走回家庭教室，王大莲跟在后面，俩人面色如常地出现在众人面前。大家都以为她们之间的问题已经解决了，甚而可以说从来就没有过问题。有心人或许会发现，从此以后王大莲与苏雅纹再没说过话，就连眼神交流也没有了，但这同样没什么可担心的，尴尬是有点儿尴尬，但毕竟是和气的嘛。

就连我都评论："是呀，要是这样跨过了'修昔底德陷阱'，那倒是件幸事……"

王大莲的求知欲仍很旺盛："这词儿什么意思?"

我说："无关的事儿咱们就别扯了。还是先说说苏雅纹和那堵墙又有什么关系吧……你们不都互相不理了嘛。"

王大莲说："其实和苏雅纹也没关系，或者说，有关系也只发生在我心里。对我而言，这堵墙是因为苏雅纹才砌起来的。她鼓励我从家里走了出来，鼓励我脱离了我爸爸的控制，如果把墙拆了，那就相当于我回到了老地方，走在了老路上，苏雅纹又会怎么看我？我知道这想法很怪，但我的确是这么想的。天哪，我是怎么了，我过去看着我爸爸的眼色活着，现在却看着苏雅纹的眼色活着了……不不，我是先变成了苏雅纹又用苏雅纹的眼色看着我……我能对我的房子、孩子做主，但到底没能做了自己的主。我从旧的我活成了新的我，但究竟哪个才是真的我？"

这么说时，她又开始揉太阳穴。而对于王大莲的这番玄思，我仍然不知如何作答。我只是惊异于王大莲父女都越来越有哲学家的气质了。

向哲学家迈进的王大莲继续困惑："我既想把苏雅纹从脑子里删掉，也真后悔跟苏雅纹闹掰了。庄导，你说我贱不贱？可我只有两个朋友，就是你和苏雅纹。没了苏雅纹，就好像一半儿的我从身上被切了下去……"

她求助地看着我。又如同此前被"道爷"注视着，我立刻明白了她想让我做些什么。也和答应"道爷"一样，我觉得自己无法拒绝。

于是又去找苏雅纹。从"道爷"到王大莲到苏雅纹，我在这几个人之间周而复始地绕圈儿。早先觉得生活是一锅粥，现在觉得生活更像一个旋涡，我们都被卷了进去，也分不清是在螺旋上升还是螺旋下降。给苏雅纹打电话时，我听出她的声音也是疲惫的。就连苏雅纹都疲惫了。商场的咖啡馆关了，我们两个疲惫的人只好约在离学校不远的一家冷饮店见面。苏雅纹还说，正好她也有事想告诉我呢。

见到苏雅纹，她正吃着一份冰激凌。冰激凌有两个球，一个球是草莓的，另一个球也是草莓的。我从没见她碰过这种高糖高热的甜食，还想起甜是抗抑郁的。

我倒保持自律，要了杯苏打水。苏雅纹恢复了清冷的神情："你说吧。"

我谦让道："还是你先说吧。"

苏雅纹就说了："再过两天，'斯坦利'就不去上辅导班了。"

苏雅纹的口气淡然，我瞠目结舌："为什么呀？辅导班不是你……"

苏雅纹说："没错，是我挑的头。不过彼一时，此一时，现在班上的孩子越来越多，又和学校有什么区别？'斯坦利'跟别人本来就不在一个程度上，他已经能背半本《古文观止》，能进行流利的英语对话，还在接触微积分，何必被耽误呢？当然你别多心，我没有看不起别人的意思，我只是觉得应该因材施教……"

这是她给我的理由。但我又想问，就算"斯坦利"势必成为下一个艾龙·马斯克，苏雅纹又要怎样因材施教呢？无论如何，那男孩儿将要面临的，必将是漫长而孤寂的童年了。我还想提醒苏雅纹，假如一个神童降生在普通人家，天知道是大幸还是大不幸。但苏雅纹两眼盈盈地浅笑了一下，似乎提醒我，只有庸人才会为别人的事情自扰。

她又低头点了点手机，我的手机呼应般地响了一下。

我划开屏幕，看见她转了一笔不多不少的钱过来。苏雅纹告诉我，一直以来王大莲替她垫的学费都在这儿了，“原来也没顾上这点儿事”，她请我代为还给王大莲。然后她又说：“再说说你的事吧，你为什么找我？”

我木讷半晌：“好像也没必要说了。”

苏雅纹点了点头。我猜，她早已知道我受谁之托、为何而来，现在结账离场，确实说也无益。于是我们不约而同地看向窗外。周末的下午，学校门口难得不堵车，街景整饬而明亮。远处还有一条贯穿北京西北部的皇家水系，金碧辉煌的游船从河上缓缓驶过。这真是一个挺好的社区，这里有一所挺好的学校。

又过了片刻，苏雅纹忽然问我：“王大莲还好吗？”

“有什么好不好的。”我说，“日子照过呗。”苏雅纹说：“她是个挺好的朋友。”

18

苏雅纹离开了，而我还得去做王大莲父女的安抚工作。“道爷”那边好对付，我对他说，我没能说通王大莲拆墙，但您千万别怪她；王大莲也有讲和的心，她无非“抹不开面儿”罢了——我的说法是有依据的，在此期间，墙那边的物资被暗通款曲地运送到了墙这边：鲜切羊肉、莲子银耳小米粥，还有新学会的褡裢火烧……青山遮不住，绿水东流去。所以我又说，要看实际行动嘛，大莲子惦记着您呢。

看着、闻着那些如假包换的王大莲的手艺，“道爷”貌似获得了些许安慰。既然已经先行软了下来，他倒放下执念，取而代之的是疲沓的随遇而安。一天，他历史性地夹起一只褡裢火烧，放到嘴里咀嚼，吞咽，然后说：“也是西葫芦馅儿的。”

然后又说：“我倔，她比我还倔。”

“三儿”感叹：“要不她是您的闺女呢。”

“六子”的眼圈儿都红了，他跑到院儿里，宣布重大喜讯：“我爸爸吃人饭了，我爸爸不当填鸭了——”

未几，墙那头也有呼应，来自“大”和“二”：

“姥爷，您可劲儿造，我们这边儿还有烧饼夹肘子哪——”

在唱和声中，“道爷”的灯泡脑袋渐渐亮了起来。于是我略微放下心来，又去对付王大莲。王大莲既然肯为她爸爸下厨，就说明她的心病的确不在“道爷”身上，而随着“斯坦利”的退班，苏雅纹昔人已去，又何苦再较劲呢？我这么开导王大莲。

我还说：“既然你如此看重苏雅纹，也不妨考虑一下苏雅纹的感受。她为什么离开？说是为了‘斯坦利’，但我觉得不全是。她走，纯是因为待得不自在了。”

王大莲说：“这我都想到了。可她说走就走，也太绝情了……”

我又说：“你还有没想到的地方。再问你一个道理，人会忌讳什么人？绝不是不如自己的人，因为那犯不着。人忌讳的都是同等的人，因此你可以把忌讳视为一种认可，一种尊重。苏雅纹心气儿高，当惯了圈子里的核心，那么她因你而走，也说明她其实已经把你看成了她——尽管嘴上不承认，但她觉得，这里有了你这个‘她’，也就容不下她这个‘她’了。我还得提醒你注意，你想要的到底是什么？是和苏雅纹的友谊还是和苏雅纹的平等？我记得你说过，你就是想变成‘他们’啊。现在恭喜你，你的愿望实现了。”

我担心自己说得有些绕，但王大莲的脑袋跟上了我的思路。同时她又困惑：“你的意思是说，在‘他们’之中，一山不容二‘她’？”

我点点头：“很遗憾也很残酷，正是这样。”

王大莲又开始转词儿了：“欲戴王冠，必承其重？”

我烦了：“人必须为自己的选择负责。”

王大莲终止了对我的发问。我也不知自己是否说服了她，但随后的表现是，她的确担负起了“我们”对她的期许。课外辅导班运转照常，欣欣向荣。通过余勇可贾的口腔劳动，我似乎实现了两个方面的既定目标：鼓励“道爷”振作，稳住王大莲的军心。说到底，这都是为了我自己。恰好这时，小张的新项目告一段落，能腾出手来顾家了，我得以把更多的时间放在了工作上。我不光晚上加班，白天也尽量挤出空暇闭门劳作。渐渐地，我留给人们的印象就不是个社会闲杂了，而是变成了我们那片爸爸们应有的样子。

这段日子我也见过苏雅纹，是在“换换脑子”去学校接孩子的时候。现在她也同妈妈们疏离，总是远远站在人群之外，纤细笔直，像画框外打了根钉子。等“斯坦利”和朋友们结伴出来，便会埋头走向她，而后这对母子踽踽走向商场的停车场。停车场是原来那座商场唯一的营业项目了，还是“三儿”把门，为我们延续着熟人的特权。又有一次，我领着芽芽去王大莲家，恰好看到苏雅纹那辆“沃尔沃”从路边驶过。车身斑驳，后门上还有一条粗大的痕迹，也不知是在哪儿剐的。

我们隔着车流相望一眼，倏然将目光移开，各走各的。

而也就是在那之后不久，又“出事儿”了。苏雅纹一语成谶。

记得那天，我把芽芽送到家庭教室，然后回了家。课一上就是一晚上，利用这段时间，我正好可以干点儿活。但正啃着三明治瞪着电脑，手机响了，是王大莲。她短促地告诉我，课上不了了。这时我还没把“事儿”太当回事，此类情况以前也发生过：或者是老师临时有事，或者是某几个孩子要参加别的地方的考级，所以妈妈们要求王大莲重新协调。王大莲还真就来回来去地打电话与人沟通，她所抱怨的“搞教育难”，多半也是难在这里。

因此我也帮着王大莲出主意：“实在不行就空一节，接着再上后面的……”

但王大莲说：“你快来一趟吧，我不知该怎么办了。”

说完她就挂了，既六神无主又讳莫如深。这就让我感到事态严重起来，进而想到了很多想也不敢想的可能性。来到“半扇楼”下，却见湖水依旧，小院儿依旧。上楼时碰到两个妈妈拉着孩子出来，挂着受惊的神情，逃也似的匆匆离开。复式房的门半掩着，我推开进去，就见客厅依旧，教室依旧。王大莲愣愣地坐在沙发上。

听见我来，她也没抬头：“他们在楼下房间里，自己玩儿呢。”

我反应过来，这时说的“他们”是指芽芽和“大”和“二”。看来“出事儿”的不是孩子，我长吁一口气，继续等着王大莲说话。

王大莲便又说：“他们来了。”

这个“他们”又是谁？我越发蒙了。王大莲面无表情，嘴唇嚅动，诉说了“他们”的构成：一名警察，一名城管，一名工商，一名居委会，一名精神文明办，一名扫黄打非办。“他们”的着装有黑，有蓝，有黄马甲，有红袖标，有大檐帽。不免让人诧异而又感到滑稽：王大莲家再怎么说也不至于涉黄吧。

“他们来干吗呢？”我问。其实已经猜到大概了。

果不其然，王大莲道：“他们不让孩子上课。”

现在彻底明白了：我们的家庭辅导班遭到了“有关部门”取缔。只不过取缔又不知道具体该由哪个部门取缔，以前毕竟缺乏这方面的工作经验；而北京又是首善之区，这里又是高级住宅，总不好像网上的视频一样，随便纠集几条壮汉破门而入——所以只好由居委会牵头，派出所召集，将可能“有关”的部门一并请来，大家来个联合执法。

执法也挺客气，一行人等小声敲门，该拍照拍照，该记录记录，倒像是来参观的。上下转了一圈儿，才由一位老片警宣布：

“下课啦。各找各妈，各回各家。”

孩子们一哄而散。尽管执法过程很文明，但仍把大家吓得够呛。直到这时，王大莲还喃喃说：“我爸爸当村主任那会儿，家里也没见来过这么多穿官衣的人呀。”

她不仅惊魂甫定，并且又显现出了大型食草动物般的木讷。自从王大莲脱离家里独立，都有多久没见过她的这副神情了？现在倒有点被打回原形的感觉，而这就是形形色色的制服的震撼力了。我也知道，王大莲叫我来，是希望有人能帮她拿拿主意。很可惜，这个人不是“道爷”，不是苏雅纹，只能是我这么块料。

我佯装镇定，试图帮她稳下心绪：“不要慌，慌没有用。你就想，毕竟也没抓人嘛，可见没把你这儿当成什么黑窝点。”

但王大莲说：“可他们还让我交代问题，说必要时会追究我的责任。”

我也被吓得一哆嗦：“怎么就到了这个份儿上？”

王大莲却又陷入了木讷，一双眼睛全没光泽，好像磨砂玻璃做成的。这又让我想起当初在商场顶楼，她被定义成“小偷”时的那一幕。而现在的王大莲又将承担怎样的罪名呢？非法办学？非法经营？非法集会？我也充满了无力感，连安慰的话都说不出来了。我坐到沙发斜对面的茶几旁，和她分据房间两角，有如一盘棋局上的残子。天更黑了，窗外树梢摇晃，荡起涛声，我们连灯都忘了开。不知何时，她的脖子咔吧一响，如同锈迹开裂，抬起头来打量着这套黯淡无光的复式房。

我还听见王大莲说："可'他们'又是怎么知道的呢？"

她自言自语，我不禁呼应："知道什么？"她说："知道我们办班呀。谁出卖了我？"

我又一声苦笑。说实话，家庭辅导班的隐蔽工作倒是一直在做，但越到后来就越有掩耳盗铃的味道了。王大莲从未像苏雅纹那样要求每位参与者保证，绝不对外提起这些秘密课程的存在，相反，她还很满足于自己在家长圈子里声名远扬。如果说有人走漏了风声，那么这个人很可能是她王大莲。

小心驶得万年船，而她这么不小心，却又怀疑别人把船捅漏了。

况且我还想提醒她，船已经漏了，再追究是谁捅的又有什么意义呢？但这时，王大莲又吐出了三个字。话如电光石火，划破了屋里的昏暗："苏雅纹。"

啊，王大莲仍没忘了苏雅纹。换句话说，她是如此需要苏雅纹，依赖苏雅纹，以至于宁可一厢情愿地将眼前现状归咎于苏雅纹，以证明自己和苏雅纹还存在着联系。"千万里我追寻着你，可是你却并不在意。Time and time again，问自己到底恨不恨你。"上述心理机制或许可以简化成"疑人偷斧"，但再一细品，又是多么地缠绕，多么地纠结。那天晚上，当王大莲恢复了行动能力，便像幽灵一样在家庭教室里游荡起来。她也不开灯，从这个房间转到那个房间，我只好跟着她游走，又怕惊扰了她。最后她转到了开放式厨房，打开巨大的双开门冰箱，从冷藏室里拽出半只羊来——没错儿，是半只羊，剥得赤条条的。她把半只羊放到案板上，手起刀落，大卸八块，又将冰冷坚硬的肉切成条状。进行着这般暴烈又细致的操作，王大莲面容板结，嘴里还在念念有词。

念叨的话是否仍和苏雅纹有关？我没敢往前凑合，也就没听清了。

等切出两大盘子肥亮的肉，她也没坐电梯，从楼梯走了下去。我像被摄了魂魄，仍蹑手蹑脚跟着她，来到小院儿里。我看见她踮脚，将盘子放在墙头，有如祭祀中的供品。

终于，墙那头也有了动静，露出一双手，将肉端到了东边去。墙硬硬的还在。

19

王大莲走向苏雅纹。她的步伐初时迟疑，后来就坚定了；而后者却像没看见她似的，顺着墙根飘去，状如滑翔。在学校的操场旁，两个女人展开了一段无声的追逐。

苏雅纹一开始没回头，但感知了王大莲的迫近。某一时刻，她蓦然站定，转身，正对着戛然而止的王大莲的脸。她们互视，皮肉像绷紧的橡胶，仿佛划个小口就会自动剥落下来。而她们的目光又是如出一辙的凛然。

上述场景发生在一次家长会后。其张力不仅存在于我这个近距离旁观者的眼中，也存在于远处妈妈们的注视之下。我的老毛病又犯了，哪怕手里没有摄像器材，也情不自禁地考虑着该用怎样一种镜头语言来记录它。而在此前的日子里，我还见证了王大莲对苏雅纹锲而不舍地寻觅——从执法人员登门的那天晚上起，她就开始打苏雅纹的电话，开了免提，让巴赫、维瓦尔第和勃拉姆斯创作的彩铃循环播放，直到冒出一个字正腔圆的电子娘们儿，宣布“无人接听”。王大莲便又开始在屋里绕圈儿，她还猝然问我：

“你看见了吧。她是怎么对我的？她到底怕我什么？”

我想说，你这个样子是人都怕。到现在我也搞不明白，她干吗非要找苏雅纹——对质吗？谴责吗？声讨吗？正好芽芽上来，睡眼惺忪地说要回家，于是我们趁机遁去。

等次日，王大莲又开始在学校门口蹲守苏雅纹。她的策略大约是跑得了和尚跑不了庙。然而直到孩子们都被接走了，那条堵塞的道路恢复了畅通，她还立在原地，一手扯着一个肉丸子。“大”和“二”一会儿喊饿，一会儿又要拉屎撒尿，得到的答复不是一声怒吼就是一记巴掌。仿佛一夜之间，王大莲的举止也恢复了原本的风格，甚而更加粗放了。“大”还好，“二”就忍不住呜呜哭了，作势还要瘫倒在地。

我已经从商场开了车，经过学校时看到他们还在，只得摇下窗户，把说过一遍的情况再度告知王大莲：

“芽芽说‘斯坦利’没来上学，不信你问‘二’。”

王大莲执拗地扬起下巴，那副样子仿佛遭受了多大的冤屈。跟这样一个人已经没什么好说的了，我便自作主张，拉开车门让“大”和“二”上来，和我们一起回家吃饭。成日里尽在王大莲家吃喝了，现在也到了投桃报李的时候。而王大莲并不推辞，看来还是信赖我的，她只在撒手时教导俩肉丸子：“还不谢谢你叔。”

谢谢叔。妈继续守株待婶儿。或许王大莲认为“斯坦利”虽然没来上学，苏雅纹也一定会找老师借用教案，亲力亲为地把今天的课重讲一遍。而回到我家，孩子们倒是度过了一段快乐时光：没有了作业，也没有了辅导班，他们看完电视又开始追跑打闹，一点儿不嫌我们的小客厅折腾不开。我又想起了自己小时候：放了学就满院子疯跑，钥匙拴在脖子上都能弄丢了，等到炊烟升起，还要和大人展开一场气急败坏的追逐战……童年的模样不是本该如此吗？也没耽误我们成长为坚忍、奋进的一代人。怎么我们的常态反而成了下一辈的奢侈？倘若如此，我们的辛苦究竟是给他们积福还是造孽呢？

我吁了口气。等闲下来，我媳妇问明“大”和“二”前来做客的缘由，除了对王大莲报以小白眼儿，却又说：

“这个苏雅纹是怎么回事儿？假都没给孩子请一个。”

她所说的正是我所疑惑的。苏雅纹向来把“斯坦利”的学习看得比天还大，现在倒好，连学都不上了。我也问过芽芽，但芽芽说，头天并没见“斯坦利”有什么不舒服呀。而这时，电话突然响了，我以为是王大莲来接孩子，再看却是个陌生号码。对方有条不紊地报出了我的工作、住址等一系列信息，还说出了我老婆的姓名，还说出了我女儿在哪儿上学。这就比亲人还要亲了。

我正错愕，他又问：“所以你是庄博益吗？我这儿是派出所。”

所以我又想起了派出所的反诈广告，脱口而出：“我是庄博益，但你就不要装逼了。”

对方欣慰地呵呵一笑：“你的警惕性很高嘛，可见我们的工作没白做。不过我们还真是派出所，有点事情想请你配合调查。你要是信不过我们也无所谓，我们可以上门出示证件——只是担心街坊的看法，吓着孩子也不好。”

这时我已经信了他。我又展开了自觉的反省，除了确认自己并无实质意义上的作奸犯科，也回忆着是否在什么场合说了不该说的话。捋了一圈儿，我试探道：“这阵子没玩微博，朋友圈发的也全是吃饭的照片……”

“虽然您是个导演，但也不要高估自己的影响力。”对方再次呵呵笑了，但又透出了公事公办的腔调，“我想说的是另一件事儿。据我们所知，您除了严于律己，对下一代的培养也很重视。这很好，不过必须得提醒您，此类行为仍然要在合法合规的前提下进行。”

原来他就是那位参与查封辅导班的老片警。他说，他是走访了班上的若干妈妈，才掌握了我的行径：从众人那里收钱，再汇总交给王大莲。他还说，这几乎可以被定性为共犯了，起码也是受人利用。他又说，即使我个人没有参与牟利，也要认识到问题的严重性，并且要将王大莲收受钱财的记录提供给他，以供日后作为证据使用。面对这个严正要求，秒尿可以说是一种本能反应——我都没挂电话，立刻切换到微信，将此前的那些钱款往来截屏，再通过短信一股脑地发给了老片警。

手机嘀嘟响完，我才又申辩：“说到底，不都是为了孩子嘛……”

老片警这时却“咳”一声：“这么多年我什么案子没见过，唯独没听说过给孩子上课也不允许。可事儿也是你们自己闹出来的呀，有办班的，就有看人家办班心里不爽的，好多家长给政府热线打电话，还联名给教育部门写信，说你们顶风作案，违反‘减负’精神——其实他们怎么想的我也知道，多半儿是自家孩子没处上课，那就索性谁都别上。群众有意见，我们只好有案必查……所以说白了吧，怪就怪你们站到群众的对立面上去了。”

我又说：“可我们也是群众啊，我们的需求也是群众的需求。”

老片警说：“你们是群众里的一小撮，只能自认倒霉喽。”

敢情是这么个逻辑：群众吃不着酸葡萄，就得替群众把葡萄架连根铲除。而至此，倒是坐实了一件事情，那就是辅导班之所以遭到查封，纯属枪打出头鸟。在我的印象里，过去这种现象只集中在单位评职称、报先进之类的事情上，如今却一发泛滥开来，打鸟的枪从精准射击变成了大规模扫射，也足见我们的生活“卷”到了怎样一个地步。我又问老片警：“那对王大莲，你们到底要怎么处理？难道还要把她控制起来吗？”

“那倒不至于……要抓早抓了。”老片警居然也含糊了，“我跟上面反映，人家毕竟没闹出恶性事件来，再说有家有业，光房子就好几套，还担心她跑了不成？因此暂时还是让她自己交代问题，再征询其他部门的意见，研究出一个处理方法来。毕竟也是新政策下的新情况，我们也得摸着石头过河嘛。当然你也得劝她不要心怀侥幸，假如最后认定行为违法，那还是得该怎么办就怎么办。归了归总一句话——情有可原，法不容情。”

说完他就挂了电话，还听见派出所里吵吵嚷嚷，大概群众又有诉求了。我却被留在了悬而未决的忐忑中。偏这时，王大莲终于来接孩子了。来了也不上楼，而是像“六子”一样，只在门洞口给我发了条语音。

我便领着俩肉丸子下楼。见了王大莲，又不禁羞惭起来：片刻之前，我刚充当了污点证人，向执法机关提供了她的罪证。这算不算是出卖呢？再看王大莲，脸还僵着，想必到了儿也没等到苏雅纹。她短促地道了谢，却让孩子们先等会儿，扭身往草坪上的小路走去。我跟了上去。几步还没走完，便见王大莲回身：“他们又给我打电话了。”

嗓子压得很低。而我当然知道“他们”是谁，假模假式地关切道：“不是把班都停了吗？难道真要追究……责任？”

王大莲缓缓点头：“他们让我写交代材料，把办班的前因后果解释清楚。庄导，如果有人管你要证据，你就立刻给他们，千万别为我连累了你。”

我的脸一发不可收拾地滚烫起来。真应了那句老话，负心多是读书人。而王大莲不是早已决定脱离屠狗辈了吗，何必仍然这样仗义。在羞惭的作用下，我感到自己必须有所表示，于是提出开车送他们回家。我家不比王大莲家，离学校还有一段路呢。

王大莲说：“不用不用，别麻烦您了。”

我越发真诚地假模假式：“见外了不是？没劲了不是？”

王大莲就不响了，拉着孩子随我走向街边的车位，而她的沉默中还包含着踟蹰。等我启动“奥迪”车，就听她的声音从后座传来：“既然这样，我想再麻烦您一趟。”

我说：“先不回家？去哪儿你说。”

王大莲沉声道：“去派出所，接‘六子’。”

在路上，我听说了今天的另一个插曲：“六子”主动上门，向执法机构投案自首了。自首当然是替王大莲去的。辅导班事发，王大莲头悬达摩克利斯之剑——警察那边只说她不能逃脱处罚，偏偏又不说到底将要如何处罚，这就比处罚本身还要令人难以忍耐了——于是她夜不能寐，也有患上和“道爷”异曲同工的厌食症的趋势，已经整整一天水米没打牙了。见此情状，“六子”心急如焚，感到自己必须挺身而出。这当然可以理解：王大莲不仅是他的“那口子”，也是他的恩人，当年正是因为王大莲和“道爷”的收留，他才免于像野狗一样流落乡间。此外还有一条，对于接受法律的制裁，他可比谁都有经验。

所以当“六子”踹灭烟头，甩上“奔驰”的车门走向派出所时，其形象是豪迈甚而悲壮的，他的黑西服与文身又让人联想到老港片里义薄云天的郑伊健和陈小春。趁手机还没被没收，他给王大莲发了条胸腔共鸣的语音：

“我是‘上不了台面儿’，可也不是完全没用呀。”

还给“三儿”发了一条：“不知何日再见，替我照顾家里。”

民警一头雾水。而他坦然伸出双手，又轻车熟路地朝派出所里的暖气管子一努嘴：“就把哥们儿铐这儿吧，裤腰带我自己解。”

但很可惜，事态的发展并不像“六子”所设想的那样。老片警问他是强奸了还是杀人了，他说，在家办了个辅导班。他还说，地方是他提供的，老师也是他找的，并且他还有前科。他又说，祸不及妻儿，这事儿跟大莲子无关。说完就真要解裤腰带。而老片警让“六子”等会儿，先是饶有兴致地研究了一下他脖子上的龙，才道：

“我外孙女也快幼升小了，正好跟你请教请教——‘剑桥少儿英语’分几个级别，什么叫‘启发性阅读’，‘多点划片’又指的是什么？”

“六子”呆若木鸡。老片警扑哧笑了：“就你，也配顶这个缸？”

但到底要把“六子”扣下，写检查。就不追究寻衅滋事和妨碍公务了，不过得让家属前去领人。王大莲去我家前，正好接到了电话。当车子靠近派出所，我又听到“二”问，妈，你冷吗？再从后视镜里打量王大莲，只见她的红脸蛋都消失了，变成了一团煞白，搂着俩肉丸子的手臂微微颤抖。她是彻底慌了。

王大莲说：“这些年都老老实实的，怎么就见了官呢？”

还掐自己：“对我要杀要剐都可以，没承想把‘六子’也饶了进去。”

进到派出所，她连话都说不清楚，还得我去跟人解释。办事大厅业务繁忙，一个年轻警察只让我们等着，我们就坐在长椅上四处张望。但没过一会儿，这个插曲的事态又升级了：只见外面呼啦拥进一群人来，大多上了岁数，肢体粗壮，黑里透红的肤色，穿着也与我们这片的居民风格迥异——明明都是“牌子货”，但怎么看怎么不协调，走的是“皮尔卡丹”配“内联升”的蛮横混搭风。还听得一阵喇叭响，一串“凯迪拉克”或“宝马”歪七扭八地横在路边，把门都堵了。我们固然是呆住了，连年轻警察也呆住了，半晌挤出一句：“你们要干吗？闹事儿吗？”

而人群呼啦散开，这才把领头的人物露了出来。原来是“道爷”。老头儿魁伟的躯干上顶着一个灯泡脑袋，照得半间屋子都亮了；也许他好久不出门，都不知道该穿什么衣裳了，居然套上了那件明晃晃的黄马褂，手上还戴着绿扳指。这个亮相就很穿越了，好像前朝的王爷策划了一场现代的暴动。

“道爷”不慌不忙，先对狼烟滚滚的“三儿”说：“你别抽了，有点儿素质。”

“三儿”应声出门掐烟。“道爷”这才抬起手来，对着人群压了压，那些五大三粗的老爷们儿令行禁止地静了下去。然后“道爷”朗声道：“这小伙子，你的话说得不对。这儿是人民的派出所，人民多了就是闹事儿？”

年轻警察继续发愣，又问：“那你们是哪路人民呀？”

“道爷”说：“我们祖祖辈辈住在这片儿，多少年前，半个北京吃的菜都是我们种的，你说我们是哪路人民？”

听他此言，人群极有气势地发一声喊。这时便很清楚，来的都是与“道爷”一同种过菜的老伙计，他们现在也还住在方圆儿里的各个小区，今天听了召唤就集体出动了。年轻警察哑口无言，又从里屋走出了一位老片警。还是老同志稳得住，反而笑了：

“就是就是，我还没调过来你们就在这儿了，这我知道。不过咱们也别掰扯大词儿了，有事儿说事儿吧。到底什么诉求呀？”

“您是个讲理的人。”“道爷”神色缓和了一些，又指了指长椅上的王大莲，“我原先是村主任，还是大莲子的爸爸，如今大莲子犯了事儿，都是我的责任。子不教，父之过嘛。况且办那个什么鸡巴辅导班的房子，虽然登记在大莲子的名下，可寻根溯源还是因为我种的地，这都有案可查。所以你们要抓就抓我好了，与孩子们没关系。”

起初他说一句，“三儿”就在旁边捧一句，“对，老村主任”，“是，亲爸爸”。但又听到“道爷”也要自首，“三儿”就急了：

“哥哥，使不得呀，‘六子’已经进去了，咱们不是来……”

“来干吗的？还能真闹事儿？”“道爷”对“三儿”横眼，撇嘴道，“再说也轮不着‘六子’负责任呀，他他妈的上不了台面儿。”

听完“道爷”的诉求，老片警又扑哧笑了：“这位爷……哦不，老同志，我也敬您是个讲理的人，咱们就把道理摆一摆。我们的宗旨是谁的行为谁负责，并不是随便拉个人就完事儿了。再瞧您家，先来一位，又来一位，这固然是大爱无疆，亲情无价，可我们也没法儿拿你们交差啊——好比您种菜，一个萝卜一个坑，萝卜没了换白菜，能是一个味儿吗？您还当过村主任，按说觉悟应该比一般人高，怎么在这事儿上却犯糊涂了呢？”

这就把“道爷”说愣了，灯泡脑袋更亮了，那是汗淌下来了：“我明白您说的道理，不过我是为孩子们着急呀。”

说时望了眼王大莲。而老片警上前拍拍他的肩膀：“我也理解您的心情，不过想帮孩子也有别的办法呀。这不，我们还真有点儿事想请您配合呢……”

说着就领“道爷”往里屋走去。“道爷”言听计从，进门前又对“三儿”甩下一句，“叫大伙儿散了，我就说来这么多人没用”。众人便散去。一场风波消于无形，其结局是“道爷”和“六子”一起写检查。后来又知道，那并不是简单的写检查，而是要将他们所见的办班过程如实描述，也算是从侧面调查取证。大厅空了下来，这时我才看向王大莲。她已经不再发抖，而是恢复了木讷的眼神；同时她的嘴唇抿起，轻轻吐气，发出不易察觉的“波”“波”的声音，这就使得她不仅如同一只食草动物，也像一只吐泡泡的鱼了。

一坐又是许久。后来老片警又把我也叫了进去，赋予我一个任务，那就是校订“道爷”和“六子”所写的材料，“错字连篇的，打字员都看不懂”。直到天快黑了，里屋的两位才被放了出来，让王大莲现场签字，完成了领人的手续。老片警却也不再提及案情，只是重申让她耐心等待，又格外看了她两眼：

“亲不亲，一家人。多少人得羡慕你们呢。”

俩肉丸子应景地扑向姥爷和爸爸，上演了一幕激情澎湃的抱大腿，我们一行人便从执法机关的大门走了出去。“道爷”和“六子”都耷拉着脑袋，看了看王大莲又躲着她的眼神，好像自知给她丢了人似的。而王大莲那张木讷的脸终于有了动静：耸动，扭曲，翻涌，眼里流下泪来，顺着平坦的面颊淌了下去。

她满面奔流，狠掐了一把“六子”的肱二头肌：“你傻呀你。”

六子“嘿嘿”，她又转头看“道爷”。这时才知道，她方才那“波”“波”的口型原来是这么两个字：“爸爸——”

“道爷”也不言语，只答应道：“哎。”

两条汉子便护卫着王大莲，在两个肉丸子的簇拥下沿街而走。看着这一家人的背影，我的脚步渐渐放慢下来，和他们隔开了越来越远的距离。但没想到，当“六子”打开“奔驰”车门，双手捂裆地伺候着“道爷”钻进后座的时候，王大莲又回身向我走了过来。她的眼泪不断，还在汩汩流着。我们在路边站了一会儿，我不语，等她说话。王大莲却抬头，扬起下巴，自顾自地远眺了一番街景。这才发现，商场已经重新装修，又开张了，顶楼没了辅导班的招牌，改换成了“盲盒”和抓娃娃机这些时新玩意儿。我们置身于光影之中，被世界第二大经济体那璀璨的灯海淹没了。王大莲的脸迷离了。

半晌她开口，既不是大嗓门，也不是悠悠的，声音既朦胧又遥远：“一直还有个感觉没跟你说——你看这街上，多亮堂，直到几年前，我都没想到自己能过上这样的日子……这真像一个梦。可我住着最好的房子，能买得起商场里最贵的东西，怎么又觉得这个梦，哦不，这个世界都与我无关呢？”

我见过愤怒的王大莲，也见过迷惘的王大莲，如今又见到了一个浪漫的王大莲。我也被王大莲感染得迷离了起来。但我给了她一个并不浪漫的建议：

“你就别找苏雅纹了……其实她也与你无关。”

又见王大莲摇了摇头，我知道自己劝不动她。所以才有了后来那一幕。

20

说回那一幕。此后的一个礼拜，“斯坦利”都没来学校，苏雅纹当然也没来。这就不仅令人生疑，而且令人担忧了，其感受大概和王大莲面对那场悬而不决的官司相仿。不仅是我，芽芽也在挂念她的朋友，但她用电子手表给“斯坦利”发信息，“斯坦利”全不回。

趁着接孩子，我也向博士班主任打探了一番。看得出来，班主任同样疑惑：“我当然联系过苏雅纹，她倒是接电话了，但只说家里有事。我又问什么事，她却支支吾吾……这太不像苏雅纹了。”

我又问：“那您没去她家看看？”

班主任说：“当然去了，可房子空着，邻居说她搬家了。”

又难不成，苏雅纹果真要上演我们时代的孟母三迁？只不过以前听“斯坦利”说过，他们本来就是从别处搬来的，而我们这片已经是北京最为炙手可热的学区房了。我继续问："搬哪儿去了？要不您告诉我，我再去找找看好了……"

"那就没说了……就是知道，我也不能告诉你了。"班主任吸取了大嘴巴事件的教训，转而又抱怨，"瞧瞧你和王大莲还有苏雅纹，给我们添了多少乱子呀。"

我也感到抱歉。班主任又告诉我说，马上还要召开一次家长会，传达精神，其中就包括了针对私自"攒班"这种乱象的措施：坚决禁止，绝不姑息。她还解释说，这是因为"攒班"不仅扰乱了正常的教学秩序，还存在着更多的隐患，比如人员聚集、消防安全等；假如涉及钱款数额巨大，定性为经济犯罪也不为过。这又让我继续担忧：这么说来，王大莲该不会已经被列为"反面典型"了吧？

也难怪妈妈们对王大莲的态度再度发生了转变。她们才接纳她没多久，现在却重新疏远了她，并且多了一种唯恐避之不及的畏惧感。王大莲便又游离于人群之外，但她也不复最初的模样，而是倨傲、冷清，乍看俨然成了苏雅纹。

这个苏雅纹在等待另一个苏雅纹。她的眼里只有苏雅纹。

而我呢，同时为两个非亲非故的女人担忧着。好在没过两天，苏雅纹出现了。

就在班主任所说的家长会上。本来苏雅纹的座位空着，但会议进行到一半，门开了，她走进来，妆容不乱。苏雅纹的到来使教室里呈现了某种奇特的间离效果，似乎一切都成了她的背景，但她本人并不在场。当我回头瞥向王大莲，便见她死盯着苏雅纹，又浮现出迷离的神色，倒好像苏雅纹是个亦幻亦真的存在。

等班主任将文件朗读完毕，家长会也就结束了。再没了阐发理念的空间，博士的功用也无非是个肉喇叭。然后众人起身离席，包括王大莲也走出了教室，唯有苏雅纹走向讲台上的班主任。我们便在门外或站定，或游荡，若无其事地拿眼瞟向她。间或也有人瞟瞟王大莲。苏雅纹低声和班主任说着什么，听不清楚，只感到她的话语绵密而悠长。她还从包里拿出一张纸来交给班主任，大概是"斯坦利"的假条吧。

然后班主任"哎"了一声，苏雅纹却兀自走了出来。

她不疾不徐地经过我们，仍然目不转睛，顷刻留下一个娉婷的背影。而人们还在等待着有事发生，王大莲日复一日地守候苏雅纹，大家都看在眼里呢。果不其然，当苏雅纹绕过教学楼走到操场一侧，便见墙角有个身形跟了上去。正是王大莲。她接近苏雅纹的态势无声而迅猛，令人想起缺乏背景音的车祸录像。

然后就是那场追逐。跟踪，迫近，戛然而止。别的妈妈们没动，我却不由自主地靠拢上去。于是只有我全过程、近距离地见证了那一幕。

先开口的是王大莲，她问苏雅纹："你是不是从一开始就在利用我？"

苏雅纹道："你觉得是就是吧。"

王大莲又问："你是不是从来就没看得起过我？"

苏雅纹道："你觉得是就是吧。"

苏雅纹的回答既凛然又疲倦，还包含了无心恋战的坦然。而王大莲竟吁了口气，倒像一块石头落了地似的。她继续开口，如同喃喃自语："你承认就好，我不怪你。现在我知道，我做不成你，我只希望我是我，你是你。”

苏雅纹说：“你到底什么意思？把话说清楚点行吗……我忙得很。”

王大莲说：“我想说的是办辅导班的事。虽然你退了班，但也应该去向他们……向警察和那些机关说明情况。毕竟最先想到那个主意的是你，出谋划策的也是你，手把手地教会我的还是你，对吧？对于承担责任，我怕归怕，但并不计较……然而我觉得，既然我们都在事情里面，那我就不能代替你，你也不能让我充当你……”

说来说去，始终无法摆脱“你我之辩”。如今在王大莲的语境里，仿佛一旦涉及“你、我、他”，那些概念就会自行运转，纠缠不清。

但苏雅纹干脆地打断了她，吐出三个字：“那、不、行。”

这就轮到王大莲听不懂了，她的眼睛撑大了一圈：“你说什么？”

苏雅纹还是干脆地说：“我说，那、不、行。”

“凭什么呀？苏雅纹，你不能不讲理啊。”王大莲的嘴唇颤抖，胸膛起伏，她那长久克制的大嗓门也重新高扬了起来，“你现在甩手不管，有那么便宜的事儿吗？还有，你敢不敢跟大家说清楚，举报辅导班的是不是你——到底是不是你？”

是不是你是不是你是不是你。说时，王大莲蓦然回身，对着我以及我身后的妈妈们猛烈地挥动着手臂。哦，时至今日，王大莲仍然怀疑——或者说是宁可相信——苏雅纹出卖了她。而我不敢作一声。而远处的妈妈们持续着沉默的观望。

而苏雅纹呢？她沉默了几秒，在憋气，在酝酿，与此同时她的头发也不知为何乱了，首如飞蓬。然后她逆着风，声嘶力竭地吼叫：“王大莲，你别再纠缠我了，你烦死了——我求求你，你爱把我想成什么样就把我想成什么样吧，只要你饶了我，行吗——”

行吗行吗行吗。声音如刀，划过旷野，令我们惊骇的，是苏雅纹居然也会这样暴烈、这样狂乱。那一瞬间，她也具有了某种动物的神形——一只被逼上绝路的尖嘴小兽。

好在苏雅纹没咬人，只是扭身就走。行至学校门口，她又转身，这次的喊叫就是朝向所有人的了：

“你们饶了我吧，行吗——”

孤独而豪壮，气势也不输王大莲在同样的位置同样的场合发出的那句宣言，“你们有什么了不起的”。再看王大莲，她木讷片刻，随后笑了。那笑容凄惨，还有一丝如愿以偿。我的心下荒凉，居然也感到了踏实：当王大莲不再是王大莲，苏雅纹也终于不是苏雅纹了。我不是你，也不是我。这下都该满意了吧？

而从其他人的角度来看，这一幕便正式宣告王大莲和苏雅纹的友谊走到了尽头。吵可以吵，掰可以掰，只可惜吵得那么失态，掰得那么难看，实在不符合我们这片居民的风范。要知道，妈妈们大多去过欧洲也实地学习过欧洲历史，尽管很少有人能搞清楚那些蓝血贵族的近亲通婚家谱，但也大多记得一则关于法国王后玛丽·安托瓦内特的传说。据说她跟随路易十六走上断头台时踩了刽子手的脚，还条件反射地说了句“对不起”呢。这就是骨子里的教养，像近亲通婚的遗传病一样根深蒂固，也是妈妈们教育孩子时最为称道的部分，仿佛大家都要为了走上断头台而未雨绸缪。再以这种高标准反观苏雅纹和王大莲，她们的表现就非常令人遗憾了。尤其是苏雅纹，怎么也跟泼妇骂街似的？

因而没过多久，大家便启动了选择性遗忘的功能，对那天的事绝口不提了。不仅绝口不提，还对苏雅纹也报以了疏远，和对待王大莲大差不离。这从表面上看，当然是因为苏雅纹自绝于群众，但我认为，除此之外也许还有一重原因，就不足为外人道了："出卖"这一罪名也让妈妈们颇有心理压力，而当她们孤立了苏雅纹，似乎就能把那个罪名摊派到她头上，从而维护了群众的清白。这是一种曲折而隐晦的集体无意识，但原则又很简单：错都在一个人身上，至于"我们"，必须在道德上保持整体性的完美无瑕。六亿神州尽舜尧嘛。于是在微信里，大家又建立了一个既排除王大莲，也排除苏雅纹的新群。

新群何其多，搞得我都不知该看哪个了。一天夜里，对着手机越刷越疲惫，我便偷偷把群都退了。

这当然又是一个自绝于群众的举动，我不知道它是否导致我也遭受了孤立。在此后的日子里，学校门口接孩子的队伍呈现了奇特的状态：妈妈们簇拥一团，而我和王大莲、苏雅纹分据人群一端，都与大部队保持着若即若离的间距，互相之间又天各一方。我们这些曾经的战友，如今就像星云之外散落的天体。该布局也影响了孩子，当他们结伴出来，便被我们的引力牵扯着，状若流星地四散而去。有时芽芽和"斯坦利"和"大"和"二"还想再嘀咕两句，但又不得不分三个方向打量我和苏雅纹、王大莲，好像怕我们催他们似的。在这个决裂成风的年代，我早习惯了与过去的朋友分道扬镳，还每每为了一点儿小事上升到"道不同不相为谋"的高度，然而目睹着孩子们的为难，我却羞愧得面红耳赤。

对了，"斯坦利"也返校了，就在家长会后。男孩儿还是那副样子，干净、俊俏，脸上无悲无喜。听芽芽说，他只字未提前些天没来上学的原因。但有一天，"斯坦利"从校门口出来，没有走向苏雅纹，而是跟着芽芽来到了我面前。

他抬头望我。还没说话，芽芽就先插嘴，说班上开始选干部了，她被委任为文艺委员，不过"斯坦利"落选了学习委员。对此她颇有些愤愤不平。

"老师没准儿是怕'斯坦利'的水平太高了，大伙儿赶不上。"我打了个马虎眼，同时猜测"斯坦利"找我可不是为了这事儿。

果不其然，"斯坦利"没接芽芽的茬儿，只低声道："叔叔，我有话想跟你说。"

说完往边上挪了两步，倒连芽芽都躲着了。芽芽撇嘴，翻了个遗传性的小白眼儿。我不由自主地跟上去，问"斯坦利"："这几天还好吧？"

"斯坦利"连我的问话都像没听见似的，自顾自道："那件事，不是我妈妈做的。"

我一愣："你说的是哪件事？"

"我妈妈没出卖过辅导班。"他郑重地说，"请你们不要怀疑她。"

我心里又一震。"出卖"这个字眼从孩子嘴里冒出来，异乎寻常地惊心动魄。我也不知道“斯坦利”是怎么得知的苏雅纹背负上了那个罪名，王大莲发出质问时，孩子们并不在场。也许是别的孩子回家听了大人的议论，再到班里学舌？

我便蹲下去，和“斯坦利”保持平视：“这我知道。我也有话想跟你说。”

“斯坦利”抿着嘴等我开口，太阳穴上浮现出浅蓝色的血管。

我直视他的眼睛，尽量轻松地说：“我知道你是个爱想事儿的孩子，这没什么不好的。但有一条，想事儿心里别存事儿。多跟你画的那只鸭子学学……你不是也说过吗，它去过那么多地方，并不是为了找什么，只是因为自己爱旅行。”

“斯坦利”点头，眼睛像水闪了闪。我相当于对他进行了一次越俎代庖的成长教育，而后起身，拉着女儿的手，目送他走向苏雅纹。人群稀疏下去，不再有遮挡，我还看到王大莲接了“二”又等来了“大”，正准备离开校门。她们匆匆而去，一东一西，就像两面镜子里分道扬镳的背影。

但事实很快证明，我向“斯坦利”倾倒的那碗鸡汤是多么寡淡。

当天已近半夜，我还在赶活儿，小张却没板过来剧组的恶习，正等着外卖送夜宵。这时她的电话响了，“喂”了两声就推门走进我的房间，惊惶之色像见了鬼一样。

我也像见了鬼一样瞪着她的五彩面膜，听见她说：“苏雅纹想让你去一趟。”

我的第一反应是莫名其妙：“去她那儿？这种要求她干吗要跟你提？”

“当然得先问我，”小张翻白眼儿，“要不你们俩成什么了？”

我旋即道貌岸然：“你可千万别瞎想啊……”

“反正我已经把你借给她了，仅限今晚。”小张露出了货真价实的焦躁，也终结了我们夫妻之间以苏雅纹为话题的低级情趣。话说回来，她一直是把苏雅纹当朋友的，这也是因为她忙，从未深入参与妈妈们的事务。随后，她一边打发我出门，一边还把苏雅纹发来的新地址转给了我。用手机查了查路线，离得倒不远，但印象里那地方没有什么像样的住宅，而是盘踞着两三个大型农贸市场。总听说会过日子的人专程去买海鲜。

因为困，我开车时敞着窗子，从高架桥下来，果然闻到了浓郁的菜味儿。当我检阅完由数百头猪组成的方阵，手机就提醒到地方了。黑暗中露出一个院子，也就是围墙圈起来几栋矮楼，下车进入一栋，才发现是那种经典的“筒子楼”——卫生间都是公用的，煤气灶干脆搭在了走廊里。这种形式的建筑出现在北京城区，多少已经有些奇迹的意味了。

当我拐上二楼，四周便充斥着鼎沸的人声，还有衣衫不整的男女奔忙着跑上跑下。经过厕所门口，撞见一个老头夹着手纸，举着一柄撑开的伞钻出来，好像他刚在雨里方便过一样——这个联想并不夸张，再往上走，只见浑浊的水流顺着楼梯奔涌，浩浩汤汤。我在几块砖头上踩着梅花桩，心里怀疑来错了地方，这时眼前多了一样东西，让我感到真是见了鬼了。那是一只明黄色的塑料鸭子，从顶楼走廊尽头一扇半掩的门里漂了出来。

它还能叫呢：嘎嘎，嘎嘎。我也顾不得脏，俯身将它打捞起来。

随后我就找到了苏雅纹和“斯坦利”，正是在鸭子漂出门的那个房间里。推门只看见背影，一片废墟之中，苏雅纹身上那件英式风衣的面料质地亮得扎眼。十几平方米的房间黑乎乎的，充斥着涂炭的痕迹。床上只剩了半条床单，连窗帘都烧了。一只方桌倒扣，杯具餐具浸在水里。还有几个男人将这对母子团团围住，正在激愤地控诉。

我抱着鸭子听了几句，得知了大概情况：苏雅纹家着火了，虽然扑救及时，但因为筒子楼设施老化，开启消防栓时导致管道迸裂，于是火灾变成了水灾。一个男人又从地上捡起一只电磁炉，质问苏雅纹：

“知不知道我们楼里不能用这个瓦数的电器？”

这也是我第一次看见苏雅纹脸上的妆乱了——她的眼影和唇膏糅成一团糟，额头上还多了两条黑道，让人想起北京山区一种名叫“五道眉”的斑斓的小动物。面对诘难，她解释说自己就想煮个面，也没人对她进行过安全方面的提示。她的说辞更激起了邻居的不满，人们又说，你怎么连这点儿常识都不懂。还说要不是看你一个娘们儿带着个孩子，早就对你不客气了。对，那些南腔北调的汉子使用了“娘们儿”这个词语。

于是也该我登场了。我捏着鸭子，让它嘎嘎叫了两声。众人转头，苏雅纹这才露出了真诚的歉意，只是对我一个人的：

“真不好意思……给你添麻烦了。”

我和被她搂在怀里的“斯坦利”对了对眼神，接下来便充当了苏雅纹的代言人，和街坊四邻交涉起来。虽然心里发虚，但我毕竟证明了自身的价值：那些菜贩、装修工和五金店老板认为只有“爷们儿”和“爷们儿”之间才好说话，面对“娘们儿”尤其是苏雅纹这种“娘们儿”就没法掰扯了。交涉的内容无非是商议赔偿，众人也都是些粗放的厚道人，只把泡坏了的衣裳和小电器作了个价。我被吵得头昏脑涨，没怎么细算就答应了。比较麻烦的是本栋楼的管理员又指出，苏雅纹这间屋子已经不能住了，然而黑灯瞎火的把个“娘们儿”还有孩子轰出去也不落忍，只好另腾一间空屋子给他们；但又然而，必须有人替他们担保才行。这也是吃一堑长一智，万一再酿出什么悲剧惨剧，他也没法儿交代呀。

该要求合情合理。我又看向苏雅纹，她却躲着我的眼睛。那一瞬间，我明白了自己被找来的原因：苏雅纹不想让单位知道她租住在这样的地方，又出了这样的事情。此外也能猜到，她在北京再没什么熟人，起码缺乏在危机中可供信赖的朋友。

要是她尚未与王大莲决裂，或许麻烦的就不是我了吧？

我接过纸笔，趴在墙上草草写了个保证书。也就是走个程序，又有人问我跟苏雅纹是什么关系，我朝“斯坦利”努了努嘴，“我是他叔”。签好字，用手机转过一笔钱去，管理员将一把钥匙交给了我。我随手递给“斯坦利”：

“别再惹祸了啊……要不连我也得吃‘瓜落’。”

说的是句玩笑话，为了缓和一下气氛。不想“斯坦利”嗓子里吭了几声，再看脸上，煞白近乎透明。空气里多了两分异样。

男孩儿嘴唇颤了颤，开口道：“叔叔，我要跟你认个错……”

他又要认个错，让我想起一个寒风乍起的夜晚。那时他告诉我，芽芽被咬出一块肉手表和“二”挨了个大嘴巴都是因为他。我还想起，自己刚对他说过“心里别存事儿”，或许他恰恰是听了我的劝？然而当屋里一静，苏雅纹却从身后紧紧搂住了“斯坦利”，一只手拢在他的嘴上。“斯坦利”被勒得咳嗽起来，在母亲的怀抱中喘息，眼里流出水光。

苏雅纹又俯下身，头在“斯坦利”耳边凑了凑，许久才结束了这番强制性的温存。等她放开，“斯坦利”便闭了嘴，神情恢复漠然。

众人也折腾困了，嘟哝着各回各屋。苏雅纹的新房间在一楼，我又好事做到底，上下跑了两趟，帮她把行李拎下去。好在他们刚搬来不久，许多细软还没来得及从旅行箱里掏出来，这倒避免了更大的损失。而等收拾停当，我独自上楼去取那只鸭子时，又重新审视着这个火灾现场：漆黑的灰烬大多攒聚在紧靠床头的小书桌旁，门口摆放厨具的柜子附近却显得干净了不少。也就是说，火其实并不是从电磁炉烧起来的，邻居们的侦破工作出现了失误。我忽然明白了什么。

再下楼，苏雅纹已经在楼道门口等我了。她把脸弄干净了，脖颈被昏黄的灯泡照出一道弧光，那孑然独立的姿态，仿佛与环境进行着坚韧的抗争。我将塑料鸭子放在地下，点了颗烟，她也伸出两指。我敬她一颗，给她点上。这时苏雅纹左手托着右肘，带有一种颓丧的艳丽，又有些像《西西里的美丽传说》中的莫妮卡·贝鲁奇了。

无声抽了两口，我说话了：“你放心……今天的事儿，我不会告诉别人。”

苏雅纹谢过我，低声道：“我都是为了孩子。”

她的话音又变成了悠悠的，但竟未激起我的抵触。我还看见火星明灭，纤长的手指挥动着，苏雅纹的面容模糊不清，仿佛卸妆时把五官都洗掉了。而既然已经表现得善解人意，那么对于她为什么搬到这个地方，恐怕就不好多问了吧。再看院儿里停着的车，尽是些脏乎乎的“五菱宏光”或者“金杯”，并没有那辆“沃尔沃”的影子。怪不得这些天她接了孩子都没再去商场的停车场。

千塌万塌台面不塌，这就是苏雅纹了。

我却想和她说点儿别的：“对了，你刚才那么做……也很有必要。”

苏雅纹挑挑眉毛，似乎不明白我指的是什么。我用脚尖踢了踢地上的塑料鸭子，让它发出嘎嘎嘎嘎的叫声，以此提醒苏雅纹不必装糊涂。

聪慧如苏雅纹，立刻知道了我知道了什么。她低声承认，“斯坦利”才是那场火灾的肇事者。今天她接了孩子，坐公交车回到出租房已经挺晚了，晚饭只能对付着煮点儿面吃；前两天刚造成过一次跳闸，便没有使用那只电磁炉，而是架起了从批发市场新买的煤油炉。刚点上火，出版社来了个电话，因为不想影响“斯坦利”复习功课，她就出门去接。走前她还特地看了眼炉子，确定火灭了，但在走廊里说了几句，就闻见烟冒出来了。等冲回去，小课桌已经被一团火球笼罩住了，而“斯坦利”握着打火机站在一旁。

这时，苏雅纹体内有什么东西垮塌了下去。她侧肩靠在砖墙上，也不在意会弄脏那件仅存的“巴宝莉”风衣了。她继续说着，嗓音悠悠的。刚才讲的是“斯坦利”纵火的过程，后面就是纵火的原因了。而我听了，居然并不吃惊，好像那个沉静的男孩儿本来就会干出这种事情似的。三言两语讲完，苏雅纹又补充道，“斯坦利”在大多数时候都是个让人省心的孩子，做出如此危险的举动也是第一次。

我当然懂了她的意思，再次保证：“这事儿我也不会告诉别人。”

苏雅纹凝视我，片刻，清晰地抽泣了一声。夜色有如琉璃，咔然作响，仿佛从内部裂开了。我不知如何面对她的眼泪，于是提出去看看“斯坦利”。新房间连张床都没有，男孩儿已经蜷在地铺一角睡着了。他本就比同龄的孩子瘦弱，此时更显得缩小了一圈儿；他的眼皮还在微微翕动，不知梦到了什么。

我用袖子把鸭子擦了擦，放在“斯坦利”枕边。

21

我相当于为苏雅纹和“斯坦利”保守着一个秘密，但又预感承诺必将落空。那滋味不好受，就像在海上遇到一艘小船，擦肩而过才发现它折断了桅杆，我只好望着天际线，希望暴风雨不要来得那么猛烈。

然而到底是来了。这次换作了芽芽把“出事儿”的消息告诉给我。一天，她跟着小张从学校回来，眼神儿恍惚不定，脸上满是惊惧。

我心里一紧，但强笑：“你妈还没做面膜呢，不要像见了鬼一样。”

小张还没翻白眼儿，芽芽就瘪瘪嘴，咬着下唇。小张又想起了肉手表，揭开她的袖子，手腕完好无损。而这时我问：“是不是……‘斯坦利’？”

芽芽点头。小张狐疑地对我眨眼，惊叹于我的未卜先知。事实上，这些天苏雅纹在一定程度上恢复了常态，接孩子时还会和她有说有笑地聊上两句呢；然而轮到我去学校时，却总提心吊胆地窥视着“斯坦利”，生怕他会做出什么匪夷所思的举动。而芽芽接着告诉我，今天“斯坦利”被医生带走了。还不是校医，是坐救护车来的“真正的医生”。

医生也不是说来就来的。按照芽芽的描述，“斯坦利”从前两天就显得不正常了。他先是会拿铅笔戳书，力透纸背，导致课本上的李白杜甫祖冲之纷纷变成了麻子，此后变本加厉，又开始撕扯教室窗台上的几盆植物。“斯坦利”这些破坏行为都发生在上课时间，老师就有点儿生气了，说你是不是仗着学习好就诚心折腾呀？“斯坦利”则说他也不知道自己刚才做了什么，好像刚从梦中醒来似的。当然总的来说，这也不算什么，男孩儿都有“狗都嫌”的时候，哪怕他是学霸。但今天，问题就严重了。

“斯坦利”不知从哪儿带来了一柄刀子，还不是裁纸刀，而是工地上的锉刀，大概是加工玻璃用的。正在上课，他就把这东西拿出来，开始划桌子。他干得满头大汗，制造出了刺耳的噪声，让人直起鸡皮疙瘩。

老师喊道，停下停下。但这次“斯坦利”置若罔闻，旁若无人。老师就拍桌子：“这还有点儿规矩没有?”

偏这时，“二”就来帮忙了。又听芽芽说，他明面儿上是帮老师，其实是在帮“斯坦利”。这几天“斯坦利”受到的批评太多了，每次过后都会消沉很久，“二”就对芽芽说，看来“斯坦利”是管不住自己了，所以他要帮助“斯坦利”管住自己。

于是“二”跳起来，伸手去抢“斯坦利”的锉刀。四只小手握住那柄利器，颤颤巍巍地悬停着。还有同学给“二”加油，说上嘴咬呀，用你的绝招。然后“斯坦利”尖厉地鸣叫了一声，振臂一甩，挣开了“二”，手中的锉刀却顺势画了条弧线，从“二”面前掠过。“二”也没出声，未几再看脸上，一汪鲜血喷了出来。

事件的性质就从破坏公物变成了持械伤人，老师随即启动了紧急预案。等班上报到年级，年级报到学校，“二”已经在医务室包扎完毕了。幸亏没伤到眼睛，然而嘴唇上裂了个不大不小的口子，裹上几层纱布，“二”的嘴就被封了个严严实实。

芽芽问“二”疼吗，“二”摇头，但又指嘴，奋笔疾书：

“者（堵）住了，我就吃不了反（饭）啦。”

错字率如此之高，令博士班主任尴尬。可见此前的辅导班也白上了。然而当务之急不是反省教学质量，而是要商议如何处理罪魁祸首“斯坦利”。在应急会议上，班主任拿出了一张诊断证明，是前一阵子苏雅纹交给她的。那上面写着，“斯坦利”被怀疑患有轻度的躁郁症，建议家长和学校加以观察。

也就是说，苏雅纹早就注意到了儿子的精神问题，她及时安排就医并与老师沟通，也是科学的处置方式。此后学校的对策就更加科学了，他们指派心理咨询老师做出了进一步评估，结论是“斯坦利”的病情有了加重的迹象。他们干脆联系了急救中心，医生到后，本来是奔着“二”去的，校方的人指着完好无损的“斯坦利”说，不是那个，是这个。来都来了，医生就把“斯坦利”拉走了。好在“斯坦利”已经度过了发作期，变得言听计从，也就不必使用约束装置了。

那么“斯坦利”应该还没回家吧。我打了苏雅纹的电话，果然也没人接。

而我担忧的还包括如下事实——此前的那个夜晚，苏雅纹在筒子楼门口向我透露了“斯坦利”的病情，当时无非你知我知，连博士班主任都在保护孩子的隐私，可现在呢，你知我知变成了尽人皆知。这事儿就大了。我已经退了家长群，但还没吃晚饭，小张就告诉我，妈妈们炸了锅。天哪，班上居然有一个“武疯子”——她们虽然不至于公开使用此类词汇，而是代之以“精神障碍”“思觉失调”等等，但其恐惧是不言自明的。这才二年级，就已经拿刀子捅人了，那以后还了得?

此外，我还必须想到自己的孩子。其实我只是心存侥幸，还有些不忍说；而现在，小张却替我说了。这也来自妈妈们之间的互相提醒。

她叮嘱芽芽：“以后别跟‘斯坦利’玩儿，离他远点儿。”

芽芽不响。她又用力摇着女儿的肩膀:“我是为你好,听见没有?”

她那母兽般的决绝把我也吓了一跳。但当芽芽求助地看向我,我只好说:“你大了,要懂得保护自己。”这么说完,我又想到了“斯坦利”那沉静的模样和水一样的眼睛。秘密不是我泄露的,但我感到自己也是一个出卖者了。

而随着时间推移,事态还在升级。“斯坦利”又有几天没来上学,却同样令妈妈们惶惶不可终日。去接孩子时,她们会警觉地四下侦察,还会对那些保安抗议:喂喂喂,你们怎么都跟没事儿人似的?保安们只好重装上阵,又披挂上了钢盔、盾牌和鱼叉状兵器。当妈妈们护卫着孩子离开校门,还会在街角聚集,你一言我一语地嘀咕很久。

实话说,这都是可以理解的。看看“二”吧,现在他的纱布还没拆呢,像个裹了一半的木乃伊。而木乃伊又要怎么吃饭?“二”倒是解开了这个千古之谜:有时在学校门口,他的哥哥“大”会帮他把纱布掀开一角,然后掏出一根黑乎乎、软塌塌的条状物,顺着那个小口塞进去。原来正是“道爷”享用过的能量棒。

一根,两根,三根。等“二”缓解了饥饿,王大莲便携着肉丸子们离开。此时,她倒成了唯一对苏雅纹漠不关心的人。然而没有了苏雅纹,我们之间的天体结构也像缺了一角似的,陷入了岌岌可危的不稳定状态。是啊,身为集体之外的零余者,我们就算互相疏离,骨子里也唇亡齿寒。

于是有一天,我走向了王大莲。我走向王大莲,是因为看到了妈妈们的倡议书。

那份文件也不知是谁起草的,不失为一篇精彩的檄文。有幸读到它,是在学校旁边的路口,我被几位妈妈堵了个正着。她们首先问我,怎么群里看不见你了,有事儿想跟你说都找不着人。我便以万能的“忙”字诀来搪塞。妈妈们将信将疑,又递给我一张打印纸,说忙也得分时候,这么大的事儿,不能装看不见哪。

我低头拜读,她们却七嘴八舌地讲解起来。按照她们的说法,“斯坦利”即将结束一个周期的检查和治疗,快要回到学校了。之所以能回学校,又是因为苏雅纹找医生开具了新的诊断,证明“斯坦利”具有接受正常教育的心智条件。她们还说:

“甭管她的诊断是怎么弄来的吧,就算真是医院开的,是不是也有误诊的可能?而这种事情一旦出错,后果可是极其严重。你就想想吧……”

我还没“想想”,她们又向我灌输了骇人的几种可能。所以她们也要向全体家长发出倡议,号召众人一起向学校施压,要求保障孩子们的安全。至于如何保障,当然是把狼和羊分开,不要再让“斯坦利”和其他学生待在一起了。只不过那样的话,又让“斯坦利”去哪儿呢?但这就不是她们考虑的问题了。

“总之,这和我们切身相关。”妈妈们苦口婆心地说,“所以这份倡议,每个人都要签字。”

而我听了,便有些含糊。一旦听从她们的要求,就相当于我同意将“斯坦利”从班上驱逐出去了,然而不签,则相当于我站到了大多数人的对立面。妈妈们却早看透了我——“知道你们家和苏雅纹关系不错,不过现在可不是讲交情的时候,在原则问题上你可得站稳立场。”她们开导着我，焕发了巨大的坚定性，对我步步紧逼。

一时间，我无路可逃，迸出一句：“这不是我一人的事儿，我们得商量商量。”

她们说：“跟谁商量，你太太吗？她就在群里，已经同意……”

而我居然说：“不，我说的是王大莲。”

她们错愕了：“这么重要的事情，你怎么能听她的？”

我却反问：“你们以前不是很听她的吗？”

说完，我抛下面面相觑的妈妈们，去接孩子了。站在学校门口，又感到一些人打量着我。这提醒我不能再首鼠两端，却也令我感到，自己的搪塞其实是很有道理的：王大莲家的“二”才是“斯坦利”事件的最大受害者，被划了嘴的又不是别人家的孩子。于是我领着女儿走向王大莲。我们在众目睽睽之下会师。当芽芽从“大”手里接过能量棒，饶有兴致地对“二”进行着填喂，我说起了倡议书的事。

刚开了个头，王大莲却道：“她们早就问过我了。”

是呀，如果能让王大莲以“血的教训”现身说法，那么对于学校的压力就毋庸置疑了。我想到了王大莲，人家也早想到了王大莲。在辅导班被查封之后，王大莲又一次变成了重要人物。而我继续问：

“那对这事儿，你又怎么看？”

问的时候，我悬着心。不要说“斯坦利”划了“二”的嘴，就是王大莲和苏雅纹之间的恩怨，到现在也还远没了结呢。这就要说回到另一串事儿上：前些天，派出所的老片警又给我打过电话，让我从群众的立场上补录一份关于“道爷”和“六子”的口供，只说他们经过批评教育，觉悟有所提高，事儿就算了了。嗯，我又代表了群众。而我趁机问，那王大莲呢，她的事儿了了吗？老警察却沉吟道，她那事儿的性质不同，已经在上面挂了号，就不是派出所能解决的了。然而上面又不说怎么解决，什么时候解决，只是让片警和居委会又去了一趟王大莲家，在家庭教室门口贴了封条，以保护“案发现场”。如此兴师动众又如此漫不经心，似乎只在提醒王大莲记住，她还是戴罪之身。

老片警也向我转述了王大莲的抱怨。她说：“不如给我个痛快的算了。”

对于这种渴望，警察也爱莫能助，他们还是那句话，你又没偷没抢，抓你干吗。但王大莲在意的却是个名分——她本来就为“我”到底是“谁”的问题而钻进了牛角尖，现在可好，更陷入了一种不确定的临界状态，非对非错，非牛非马，非生非死。这种状态类似于量子物理领域中的“薛定谔的猫”。

所以我猜，王大莲的木讷里，饱含着百爪挠心的苦楚。

所以我猜，王大莲就算把她的苦楚归咎于苏雅纹，也是理直气壮的。

然而我猜错了。对于我的问话，王大莲简洁地回答：“我呀——没签字儿。”

那一刻，我又以为王大莲没有趁机报复苏雅纹，是为了亲自报复苏雅纹。当面锣对面鼓，那才符合王大莲对于“痛快”的标准。所以我又问：“你是不是怕‘斯坦利’不来了，你和苏雅纹的那笔账也就……”

“算账?”不想，王大莲的嘴角翘了翘，“她就算来，我跟她的账也已经了了。”

措手不及之下，我却承袭了王大莲那经典的“你我之辩”：“可那样的话，你也不是你了……我是说，你不是一直想让她证明你还是你吗，否则……”

王大莲摇头，中止了我的语无伦次。她双臂一展，将两个肉丸子搂了过来，让他们旋转着、碰撞着，簇拥在自己怀里。随后她的嘴角又翘了翘，终于生长成了一个完整的微笑，也使得她那张木讷的脸形同破壳，涌出一股发光的暖流。

我被那笑熏得一软，听见王大莲说：“有的事儿啊，还是得听孩子的。我爸爸做不了我的主，我也不能做了他们的主。”

说完又搂了搂“大”和“二”，却又道：“庄导，谢谢你们。”

那天我目瞪口呆，只觉得王大莲又不是王大莲了。王大莲是如此善于脱胎换骨。我就这么浑浑噩噩地望着王大莲远去，但已经遵从了她的示范，决意不在倡议书上签字。我仍然不明就里，但身后有了个王大莲，倒像有了主心骨。

回到家，小张也在为那天的失态而后悔。不光后悔吓着了女儿，她还觉得苏雅纹求助于我们，如果我们落井下石，那就太不够朋友了。“苏雅纹也不容易。”她叹道，眼皮子又晃了晃，却伤感地垂了下去。

这个半途而废的白眼儿让我欣慰。我也看出她还有些犹豫，于是破天荒地在媳妇面前焕发出豪气：“怕什么，难道我们做错了吗?”

而等弄清王大莲是在何种契机下“想通了”，则是又过了一段日子。

那段日子可不太平，不过话说回来，自有人类伊始，哪段日子太平过?基于这般觉悟，我们也只好坐等山雨欲来。果不其然，“斯坦利”刚一回到班里，妈妈们便刻不容缓，将倡议书递交给了学校。名为倡议书，实为抗议书，甚而可以称为哀的美敦书——她们声称，“斯坦利”的存在令大家感到威胁，学校必须拿出措施来。学校呢，一方面承认妈妈们的担心很有必要，另一方面又吃不准什么措施才是妥当的，于是便又使出了个“甩”字诀，将倡议书转给了苏雅纹。这其实也怪不得他们，一边是公共安全，一边是义务教育，都是重中之重。或许他们还指望苏雅纹先妥协，也就把他们解脱出去了。

那么就看苏雅纹的了。苏雅纹自然不肯退让，她立刻向学校递交了一份抗辩书，指出既然涉及医学问题，那么一切决定应以医院的诊断作为基础，而那上面分明说过，“斯坦利”的病情可以遏制并且正在减轻，所以必须将他当作一个正常的孩子看待。

学校只好又将材料甩给了妈妈们。针对苏雅纹的上述理由，妈妈们这一次也将论点聚焦在了医学范围之内。谁还找不着几个专业人士呀?她们又拿出了一份口径相反的医学文献，内容是经过临床统计，精神病患都有一定概率的复发可能，而对这样的孩子，更应该早治疗，早干预，绝不能掩耳盗铃。这次她们又提出了一个具体的方案，建议把“斯坦利”转到某个寄宿制的特殊学校去。她们还说，过去苏雅纹不总是话里话外地显摆“斯坦利”与众不同吗?那好，这个方案也是因材施教。好一招请君入瓮。

说到这个份儿上，学校也没法儿居间传话了，博士班主任索性单开了一个群，让大家直接交涉。局面更加针锋相对。我曾领教过苏雅纹的口才，但从未想到她的意志能强硬到这个地步——即使沦为众矢之的，她也始终从容不迫地舌战群儒。来不及打字就发语音，那声音还是悠悠的：如果妈妈们想说大词儿，她就陪她们辨析“公权力的界限”；如果妈妈们诉诸感情，她也反问她们，逼迫人家母子分离，你们想出那个主意于心何忍；如果妈妈们指责她“自私”，她也请她们扪心自问，你们就无私吗？告诉你们，当妈的都自私。

苏雅纹跟她们杠上了。苏雅纹是一个孤勇者。但很惭愧，即使我没在倡议书上签字，在此期间却也一直没替苏雅纹说话。又有妈妈们发来私信，做我的工作，我只能报之以沉默。我也私信问王大莲：你呢，她们又找你了吗？

王大莲的回答仍然简洁：找了，但也没用呀，反正我不签。

我却想说，我们也够没用的。我还想问王大莲：你发现没有，苏雅纹变得越来越像你了——以前的你？昨天的王大莲无法让“二”在城市的空中游泳，今天的苏雅纹则在为“斯坦利”上学的权利而抗争。

只不过当初孩子们还小，所以妈妈是主角，而现在，连孩子也被卷了进来。

正如妈妈们孤立了苏雅纹，班上的同学也孤立了“斯坦利”。孩子嘛，都是狗鼻子，他们很快就能嗅出谁是异己分子。妈妈们指指戳戳，孩子们都看在眼里呢；妈妈们义愤填膺，孩子们也都听懂了大概。于是异样的气氛被带进了班级，又渐渐地，还有些孩子开始抱团儿欺负“斯坦利”了。孩子的世界里没有冷暴力，什么都摊在明面儿上，他们管“斯坦利”叫“神经病”就是公开的了。老师不让他们叫，他们就趁老师不在的时候叫。还学会了一个游戏，下了课间操或体育课，人群里忽然发一声喊，“神经病”，然后四散而逃。记得过去，受到这种待遇的还是“二”的哥哥“大”。而面对恶童们的侵扰，“斯坦利”无动于衷。他的反应倒是证明了苏雅纹的论点：经过治疗，病情的确得到了控制。然而那些孩子可不管这个，在初具雏形的丛林法则中，逆来顺受只意味着将迎来变本加厉的欺凌。

但“斯坦利”不说话，有人替他出头了。那天的经过是这样的——

在课间休息时，“斯坦利”又被叫了一声“神经病”，他贴着墙根低头走开。按说叫一声也就完了，不过恰好博士班主任不在教室，孩子们兴致高涨，不仅没有跑开，反而把“斯坦利”团团围住了。他们还像审判一样质问：

“你怎么还没走？你不是被开除了吗？”

“你带没带着刀子？我们要搜查你。”

“你的病会传染吗？要不我妈干吗让我躲着你？”

话语交加之下，“斯坦利”仍不作声，抱着膝盖蹲了下去。这时就有一人冲了过来，原来是“二”。他一头撞进人堆儿，横在“斯坦利”身前，脸上的纱布也弄掉了，露出他那张多灾多难的嘴——嘴里少了一颗牙，嘴唇上还结着痂——祭出这个大杀器，孩子们就一愣，说你怎么也疯啦，你又要咬人吗？“二”还没搭话，说时迟，那时快，外面又跑进来一个人，原来是“大”——同为肉丸子，“大”的体积和威慑力可比“二”大多了，唬得孩子们一时噤了声。“二”就指着“斯坦利”，喊道：

“我看谁敢欺负他——”

这也是嘴唇负伤之后，“二”说出的第一句话。此前他连请求上厕所都要依靠错字连篇的书面表达，“老帅（师），我要拉大更（便）”之类。只可惜出师未捷，自损八百，因为吼叫得过于投入，造成伤口迸裂，又流了一下巴的血。

见“二”受伤，“大”就急了，也吼叫：“我看谁敢欺负我弟——”

而在“大”和“二”的激励下，芽芽也来了劲，她几步跳过来，发出的呐喊来自于一部动画片：“代表月亮消灭你——”

我女儿是唯一把威胁变成行动的人，她顺手推了对方阵营中的一个“眼镜”一把。“眼镜”色厉内荏，坐了个屁蹲儿，哇地哭了。幸亏博士班主任急匆匆地跑进来，这才制止了局面发展成大乱战，但一怒之下，就把这些“肇事者”统统罚了站。而在芽芽和“大”和“二”走出教室前，还做了一件事——他们一同来到墙角，把仍然抱着脑袋蹲在地上的“斯坦利”扶了起来。“二”自己鼻涕血迹一团糟，却啪啪拍着“斯坦利”的肩膀，倒像替他掸灰似的。看到“斯坦利”还在瑟瑟发抖，芽芽安慰他说：“没事没事。”

“斯坦利”也跟着他们走了出去。不知是谁，咯咯笑了一声。

22

那场群架没打起来，但也使得矛盾愈演愈烈。妈妈们又将账算到了苏雅纹头上，她们痛心疾首地指出，长此以往，永无宁日啊。

班主任也给我打了电话，请我去面谈一下。同时被“请家长”的还有王大莲和苏雅纹。我让芽芽认个错，芽芽还不肯，一副大义凛然。她还说：“我们都商量好了……”

幸亏没开视频，否则老师都会遭了她的小白眼儿。而博士班主任却不以为意，转而又对我诉苦：“你不知道我们的压力——这几天我和几个老师都接到了陌生电话，有说是报纸的，有说是教育公号的，问的全是和‘斯坦利’相关的事情。为此学校还得统一口径，唯恐被人断章取义——没想到这样更招骂，网上的人又指责我们念通稿，说套话……你比我们有媒体经验，你说我们该怎么办？”

她说的事儿其实我也有所耳闻。不知谁把学校里的这场纷争捅了出去，已经变成了新闻热点。这年头的媒体在有些事情上特别不敏感，在有些事情上又特别敏感，这回总算找着了能安全下嘴的地方。其立场又分成两派，一派同情妈妈们，一派同情苏雅纹，不过标准动作则是谴责学校。帖子下面的评论就更热闹了。而对这位博士的不耻下问，我却实在不敢多嘴。“道爷”的前车之鉴才过去多久呀，就别再给人支着儿了。

我的嗫嚅也让班主任失望，她忽而叹了口气。而我又想起芽芽那句无心之言，挂了电话问：“你刚才说，你们商量好了——和谁商量，商量了些什么？”

芽芽继续大义凛然，并经受住了我以“仔细你的皮”对她的威胁。

我却笑了，给女儿剥了一颗糖：“别绷块儿了——你那点儿事儿，瞒得住谁呀。”

真被我说中了。又没过两天，便有人向我讲述了“那点儿事儿”的来龙去脉。而那人是王大莲。不过在此之前，还得再介绍一下妈妈们和苏雅纹的动向。经过老师的警告，班上的孩子倒是不再围攻“斯坦利”了，但妈妈们却受到了那一战术的启发，又开始在学校门口围攻苏雅纹。事情发生在我和王大莲、苏雅纹去找班主任的那天，也许她们专门挑了这个日子口儿，以向学校施压。这一举动也使对抗上升到了一个新高度，终于演化成了小规模群体事件，但平心而论，我们那片的居民都是体面人，现在不得不放下最后一丝矜持，也可见妈妈们实在是被逼得走投无路了。所以她们在清晨的学校门口摆开阵势之时，表情与其说是激昂的，倒不如说是苍凉的，当苏雅纹带着“斯坦利”从公交站走向学校，那堵人墙便在一瞬间七零八落，妈妈们一拥而上，将苏雅纹团团围住。

她们在声讨，在质问，还说到了更加现实也更加本质的问题：“我们买这儿的房子不就为了上学吗，被你这么一搞，学也没法安心上……钱不就白花了吗？”

而苏雅纹呢，一声不吭，木然地试图从人群之中突围。这就是死猪不怕开水烫了，因此妈妈们益发激动，又从各个方向拦截着她，阻挡着她。在左冲右突之间，苏雅纹就变得气喘吁吁了。她拖着“斯坦利”，被四面八方的人墙反复弹回，打起了踉跄。而“斯坦利”一脸漠然，只在苏雅纹险些跌倒的时候扶住他的妈妈。这一幕让过往行人无不驻足——群众或许还会以为哪个豪门正在上演当代版的宫斗风云、夺嫡大战呢。

终于，我又听到苏雅纹嘶喊了起来。苏雅纹又被逼到了极限。

“你们瞎了吗？”她拽过“斯坦利”，像对人群展示一只木偶，“看看他呀，他像有病的样子吗？像有病的样子吗？”

正是那时，一位妈妈从皮包里掏出一个信封，递给苏雅纹。苏雅纹没接，她径直将信封揣进了苏雅纹那件发黄起皱的英式风衣的口袋。而也正是那时，人群之外响起了一声尖厉的刹车，一辆黑色鲸鱼般的“奔驰”杵在了校门口。车上下来一人，不是“六子”又是谁？他的装束仍然是黑西服，脖子上露出半条龙，双手捂裆，小跑两步，打开轿车后门，又探出小臂护着门框，把王大莲和俩肉丸子接了下来。“六子”又一反身，左扒拉右扒拉，轻易迫使那些妈妈们往两旁退却，在学校门口开出一条通路来。

犹如摩西分开红海，王大莲便牵着俩肉丸子，不紧不慢地走向大门。

经过苏雅纹时，“二”拉住了“斯坦利”，而王大莲低声说了句：“跟我走。”

苏雅纹痴痴愣愣地跟她往里走去。妈妈们慑于“六子”的气势，目瞪口呆，半晌才又提心吊胆地抗议。而“六子”瓮声道：“早先的‘顽主’还讲规矩呢，天大的仇不能堵门。再瞧你们，都堵了学校的门了，这合哪条规矩呀？”

妈妈们哑口无言。身为一名刑满释放人员和黑车司机，“六子”三言两语教育了她们。看到上学的道路畅通，我也赶紧拉着芽芽小跑过去。“六子”见了我，却恢复了在派出所写检查时的谦逊，屁颠屁颠地叫了声“哥”。他小声解释：“本来不想再牛×了，可大莲子既然发了话，只好破例。”

他还说：“这么多年都牛×得不是地方——今儿个感觉还行。”

对于他的人生感悟，我只好附和：“还行还行。”然后留下“六子”断后，几步追上了王大莲和苏雅纹。行走之间，孩子们自然而然地混同一处，王大莲和苏雅纹却不约而同往两边分了分，好像中间有了个我就能缓解尴尬似的。尴尬便转移到了我头上。我没话找话，又给王大莲打预防针，说一会儿老师难免会告状，但你可别再大嘴巴抽孩子了。我还替芽芽仗义了一把，说既然是她推了人，“大”和“二”就不算主犯。

令我没想到，王大莲反而说起了另一件事。事情发生在前些天的一个晚上，当时“大”和“二”闷在房里，她推开门缝一看，就见俩肉丸子正举着电话手表，煞有介事地开视频会议呢。听了两句，又知道与会者还有芽芽和“斯坦利”，正在讨论学校里的事情。“二”嘴伤未愈，只好书面表达，再由“大”替他朗读。

虽然错字连篇，可是兄弟连心。会议纪要如下——

“斯坦利”首先对“二”道了歉，问“二”嘴还疼吗。“二”说还疼，可我不怪你，你又不是故意的。芽芽又问“斯坦利”，你怎么变成这样了呢？“斯坦利”说他心里憋得慌，一憋就想破坏东西，光用手破坏还不过瘾，就逮着什么使什么了。“二”又问，那你现在还憋得慌吗？“斯坦利”说还憋，不过他正学着管住自己，另外大家也不用害怕，以后他再也不会带着危险物品上学了，因为每天出门前，他妈妈都会搜查他的书包，到了学校老师再搜一遍，双保险。

然后芽芽说：“那‘斯坦利’就是能上学呀，别人为什么不让他上学了呢？”

“斯坦利”说：“我妈妈说，人家也有人家的理由。”

“二”说：“可他们欺负你，这就不对了。过去我哥老挨欺负，越欺负越憋得慌，看见你被欺负我们再不管，那还叫朋友吗？”

“斯坦利”不语。“大”朗读完“二”的意见，触及伤心往事，也表态：“我听我弟的，欺负你就是欺负他。”

于是在“二”的提议下，几个朋友决定要为“斯坦利”出头。这就是打架的缘起了。王大莲边走边说，复述孩子们的话时还掐着嗓子学舌，如同表演了一出儿童剧。然而等表演告一段落，她又说，旁听会议本来也让她提心吊胆——就为孩子打架，她当过多久的学校公敌啊——不过又琢磨了一下，却感到虽然都是打架，这时的打架和过去的打架不太一样。过去的打架是为了自己，现在的打架是为了别人；为了自己是本能，为了别人就是仁义了。正因为这么点儿区别，王大莲决意不在妈妈们的倡议书上签字。

她只对“大”和“二”提前布置好了战术：与人交锋不能先动手，更不能下狠手。她还替他们分析了对手的底细：越是仗着人多势众的主儿，其实骨子里就越㞞，没准儿一吓唬就软了。不过她又对我检讨：

“我光顾着俩小子了，没想到你们家丫头比他们还横。”

说到这里，王大莲便闭了嘴，咕咚咽了口唾沫。喋喋不休一路，她好像说累了。

“也是百密一疏……你的工作已经很到位了。”我恍然，又将头转向另一侧的苏雅纹，“对了，她们刚才给你的东西是什么？”

方才王大莲说话时，苏雅纹一直保持着木然，这时掏出那只信封。我们暂且驻足，凑着头观看。信封上印有一家律师事务所的名称，里面果然是封律师函，内容是假如苏雅纹拒不理会妈妈们的诉求，她们只好对她提起联名诉讼。三人看完，苏雅纹神经质地笑了一声，妆容不乱。然后我也笑了，那当然是苦笑。我想对王大莲和苏雅纹说，看看，你们不光一起被请了家长，还都吃上官司啦。在这方面，你们真是不分你我。

然后王大莲也笑了，但却笑得灿烂、没心没肺。这笑很像她第一次在学校里向我和苏雅纹进行自我介绍时的笑，不过这笑底下又好像还藏着什么似的。我一转头，就见孩子们走向了教学楼，而班主任已经在门口迎着了。她看到我们，反而先紧张：“保卫科打电话，说你们在学校门口被拦住了……她们又有什么说道？”

苏雅纹便将律师函展示给班主任。这又使班主任露出了烦躁的表情：“我再去向领导汇报一下吧。现在成天应付的全是跟教学无关的事情，就连备课都快没时间了。”

我们同情地看着班主任，却不作声，等她说话。班主任就说了下去——她说情况已经了解了，孩子们并不能算做错了什么，重要的还是家长之间的矛盾不可调和；她还说，之所以请你们来，是恳请你们再想一想，如果这样下去，对所有人不是都没好处吗？

听到这里，我不禁插嘴：“可我们也不是一伙儿的，我们……”

班主任则说：“苏雅纹就不说了，就说你和王大莲——无论是倡议书还是律师函，不是只有你们两位没签字吗？”

她打断了我的撇清，又看向苏雅纹。我则揣度起了班主任——也可能是上级的用意——或许她试图再做一下苏雅纹的工作，劝说苏雅纹放弃抗争？至于非要叫上我和王大莲，或许是希望在做工作时有个缓冲，此外我和王大莲如果转变了态度，苏雅纹也就彻底孤立无援，不得不重新“掂量掂量”了吧。但如果是那样的话，博士班主任明显高估了她自己和我们的面子，也小看了苏雅纹的决心。苏雅纹果然冷笑道：“她们人多就得听她们的，就得把‘斯坦利’撵走？这不是多数人的暴政吗？我不接受。”

博士班主任又焦急起来：“现在不是暴政不暴政的问题，而是应该怎么办的问题。”

“怎么办？”苏雅纹轻巧地说，“大不了我也找律师，告她们。”

听得我一哆嗦。围攻与反围攻，诉讼与反诉讼，这还是学校吗？而班主任越发焦急了：“苏雅纹，你不用跟我讲道理，道理我都懂；你也不用跟我辩是非，这件事里没是非。我请你暂时不要把我看成老师，而是当成……一个同样关心孩子的人吧。今天闹一场明天闹一场，‘斯坦利’这几年将要怎么度过？永远看着妈妈们为他打官司吗？他和身边人又是什么关系？大家不共戴天吗？不好意思，我又要说到教育理念了，弗洛伊德就曾指出，人生只有一次童年，童年对于成长的作用难以估量……”

说到后来，班主任还真切地动了感情。恰因动感情，苏雅纹就愣了，身子颤了一颤。而我想要说点儿什么，竟也开不了口。我从“斯坦利”想到了自己的女儿，还想到了和他们年纪相仿的所有孩子。他们是如此纤弱，值得我们不顾一切去保护，但我们经常不顾一切也无能为力。我又扫了扫身边的几个女人，却见王大莲是唯一神色轻松的。

何止神色轻松，只见她“啪”地拍了下巴掌，扬起大嗓门：“多大点儿事呀，犯得着吗?”

还没反应过来，王大莲就从我们之中离开，胡噜着几个孩子的脑袋，让他们走进教学楼。这时不仅我和苏雅纹，连博士班主任都亦步亦趋地跟在了她身后，好像她才是我们的领头羊。一干人上楼梯，顺着走廊行不几步，却见王大莲拍了下“大”，打发他去自己的班级，然后跟着芽芽和“二”和“斯坦利”走进了教室。快上课了，班里坐满孩子，她在课桌间穿梭，打开她那只特大号的“爱马仕”挎包，从里面掏出一个木头做的小马扎，摆放在“斯坦利”的座位旁边，一屁股坐了上去。

班上多了个大人，这就让孩子们交头接耳。而王大莲又带头喊：“老师好。”

大家更觉新鲜，也喊老师好。清脆的召唤令班主任也不得不走了进去，站上讲台。然后王大莲说：“关于‘斯坦利’，我有个主意。大家的妈妈们不就是担心他留在班上会造成危险吗？那好，我来看着他上课。他一个孩子又有多大能耐？就算他管不住自己，我也能管住他，所以谁也不用再怕了。也别替我心疼时间，我还闲得没事儿干呢。这么一来，班上的同学也不用分开了，好不好?”

班主任还没说话，孩子们就齐声喊“好”，就连那个“眼镜”也包括在内。孩子嘛，没有真记仇的。然后大家一起看向班主任。

班主任似在思索，半晌说：“先试试吧。”

于是那天早上，我旁听了一节别开生面的小学语文课。坐在小马扎上的王大莲对课程内容焕发了巨大的兴趣，她腰背笔直，两眼发亮，有了她的比学赶超，孩子们专心致志。“斯坦利”对这位新同学的存在也很适应，并且身边多了个大人，他似乎感到了安全。当老师带领大家读唐诗，琅琅的书声飞旋到天上，我才看了眼同样站在教室门口的苏雅纹。她的侧影单薄，隔着窗户，也不知是在看“斯坦利”，还是看“斯坦利”身边的王大莲。她的脸上仍无表情，但目光陷入了梦幻。一会儿我又犯了老毛病，掏出手机想要进行拍摄。但还没调好焦距，就听对面“嘘”了一声，苏雅纹半笑半嗔，指了指走廊天花板上的一只摄像头。摄像头正对着我，使我也被记录了下来。我再次面露羞惭。

等上完语文课，班主任制止了我们的回炉再教育，她说你们该忙忙去吧。我们不说话，一起看着她。班主任又叹了口气：

“不过你们……哦不，‘二’的妈妈的主意也不是不可行。趁着刚才，我和几位老师又商议了一下，大家决定，干脆哪个老师没课，哪个老师就陪着‘斯坦利’算了。我们都相信‘斯坦利’已经不是个危险的孩子，但就像您说的，这么做不是为了让别的家长放心嘛。麻烦也是应该的，谁让你们把孩子交给了我们呢。”

说时面朝我们三人，目光却定在王大莲脸上。但随后，她又被自己“煽”了起来，转入了作报告的腔调：“一个都不能少——要让孩子上学啊。”

说得好像这里不是北京的学区，而是哪个希望工程尚未普照的穷乡僻壤。我们便一起谢谢老师，然后又一起下楼，往学校大门走去。我仍走在王大莲和苏雅纹之间，一会儿瞟瞟这边，一会儿瞟瞟那边。王大莲与苏雅纹呢，目不斜视，彼此不看一眼。学校门口空了，妈妈们早已散去，只有“六子”和他的“奔驰”还在，“六子”敞着车门，躺在宽大的真皮沙发上，跷着的脚从窗户里伸出来。

苏雅纹拐了个弯，走向公交车站。走前对我说：“再见。”

王大莲也拐了个弯，走向“奔驰”。走前也对我说：“再见。”

事实证明王大莲的法子的确有效。有了老师们的轮班陪读，妈妈们便对孩子的安全渐渐放下心来，又渐渐地，她们也开始过意不去了。是啊，同窗一场，怎么以前就那么不容人呢？可见人就怕“杠”上，“杠”上了就乱了方寸。此外老师们主动承担了繁重的额外工作，这又是怎样的奉献与牺牲？如果她们再不依不饶，那也太不知道好歹了。于是，集体无意识中弥漫着隐隐的悔意，倡议书和律师函也变成了两份过期文献。还渐渐地，又有人在私下里对苏雅纹表示了敬佩——试想一位柔弱的母亲带着一个特殊的孩子，这是多么艰辛啊。因此当苏雅纹出现在学校门口，也开始有人若无其事地对她点点头了呢。而苏雅纹也对她们点点头，那不是既往不咎，而是敬而远之。

不仅对苏雅纹，妈妈们也对王大莲再一次另眼相看：她的办法，大家怎么早没想到呢？瞧这一大圈儿绕的，又是医学又是法律，结果都不如一只小马扎管用。但再一细想，除了王大莲，似乎别人也很难想到这个办法。

她们试图总结：“这就是逆向思维，用朴素的方法解决复杂问题的能力。”

还类比了一个教育领域的经典案例：话说六十年代，美国航天局为了研制一支能在太空的失重状态下出水的钢笔而耗费巨资，一筹莫展，结果有个小学生写信给科学家们，说直接用铅笔不就得了嘛。她们还借此与我搭话：

“你跟王大莲熟，你也说说看……她的脑回路是不是和我们都不一样？”

但当妈妈们满足于“皆大欢喜”的结局，我倒有一丝失落未能消解。再去接孩子时，我和王大莲、苏雅纹仍维持着原来的格局：各据人群一端，就像星云之外散落的天体。此后的很长一段时间，我都没有机会问问苏雅纹是否搬离了那栋筒子楼，也没打听过王大莲因为辅导班而摊上的官司是否有了个新的说法。

我们迎面相见不相识，我们眼中有景道不得。

孩子们倒是快乐得很。“减负”以后，学校开办了很多课外小组，芽芽报了舞蹈班，“斯坦利”报了画画，“大”和“二”都去了足球队，每天活动结束，他们又会凑到一起，你来我往地比画一番。“斯坦利”仍然最受瞩目，男孩儿的话比过去多了，与人追逐时还会忘乎所以地大呼小叫，但那已经不再令人感到紧张——经过一段陪读，老师们渐渐放松了对他的监管，几乎不再需要在他周围安插一个成人了。如果不是我们班上的家长，恐怕没人记得他还是个特殊的孩子。这才是值得欣慰的。

而又没过多久，“斯坦利”便离开了学校。

23

那消息是一个陌生男人带来的，时间在初冬。满街的树木又黄了，重新开张的商场正在举行儿童商品促销。女儿现在主意大了，路过数码商店，她指定要买一个新款的电子手表，这又给我添了麻烦——这玩意儿的功能太过繁多，我还得对照着说明书替她完成各种设置。我忙活得抓耳挠腮的，连手头即将收尾的工作都顾不得了。

等女儿欢天喜地地去更新她的通信录，门铃却响了。我开门，看见外面站着俩人，都和我差不多岁数。前面的足比我高了半个头，后面的那位则腆着个肚子，拎着一只皮质公文包。俩人都穿着一丝不苟的西装，好像刚去过什么重要场合似的。

当然，这种打扮也可能是房产中介。我说：“走错了门了吧？我不卖房。”

前面那男人却问我：“您是庄……是芽芽的爸爸吧？”

我说是。女儿上了两年学，我几乎没怎么见过她同学的男性直系亲属，这就让我陡然紧张起来——人家爸爸都出面了，谁知道芽芽惹出了什么祸端。我回头吆喝了两声：“又招猫逗狗了没有？”

对面那男人赶紧摆手，热忱地笑了：“不不，我是来找您的。”

又说别打搅孩子，挪步去了电梯口。他一动，后面的男人也跟上，好像担心同伴跑了似的。我便也愣头愣脑地出来，仨人站在走廊里。走廊的灯是声控的，我们必须轮流狠跺一下脚才能看清对方，忽明忽暗之间，好像在排练赵本山和范伟的小品《卖拐》。

我跺脚：“那您又是……”

高个儿男人跺脚：“我是‘斯坦利’的爸爸。”

腆着肚子的男人跺脚，不说话。在稍纵即逝的光明中，我打量高个儿男人，并以苏雅纹为参照评估了一下：别说，这对夫妻年轻时真称得上金童玉女。又想起“斯坦利”说过他爸爸是从事互联网行业的，那么我面前的就是一个非典型理工男了——他没被代码熬成秃顶和近视眼，反而保持着我们这个年纪少有的茁壮气息。

我又跺脚，说片儿汤话：“久仰久仰，‘斯坦利’和芽芽是好朋友。”

“斯坦利”的爸爸又跺脚：“我来是想谢谢您。这么长时间，您不光照顾了我儿子，还照顾了我媳妇，您受累了。”

腆着肚子的男人又跺脚，笑了一笑，大概听出了什么低级联想。我也想起我和小张以苏雅纹为题开过的玩笑，不免在这个温和的爸爸面前惭愧了一下。而“斯坦利”的爸爸又掏出手机，要把我上次在筒子楼替苏雅纹缴纳的赔偿和押金转给我。我收了款，顺嘴说既然你回了北京，以后送“斯坦利”上学就方便了。“斯坦利”的爸爸说是，不过他们已经不住那片筒子楼了，先在宾馆对付几天，找好房子就搬过去。我心里吁了口气，又顺嘴问他们搬去哪儿。这时就听他说：“搬到外地去，离开北京了。”

我一愣，又问去哪儿。他说去江苏，离苏雅纹老家不远。

灯又灭了，这次谁也没顾上跺脚，大概后脚跟都有些发麻。“斯坦利”的爸爸便在黑暗里说起了他们近年几次搬家的来龙去脉。他早先在“大厂”工作，那时收入还行，在昌平买了房子，后来又换到了我们这片学区。都是为了孩子嘛。但到“斯坦利”快上学时，“大厂”业务收缩，收入不那么行了，买学区房又背上了不小的亏空，索性一咬牙，拉了笔投资去深圳创业。都是为了孩子嘛。原想着很快能把估值做上去，但没想到风口突然又变了，上游的几家巨头在美股市场哀鸿遍野，公司转眼黄了。在此期间，苏雅纹一个人在北京带着“斯坦利”，钱最紧时把房子也卖了，租房子又都嫌贵，只好在筒子楼里凑合着。都是为了孩子嘛。好在“斯坦利”的爸爸手里毕竟有专利，所以最近总算又找到了新的投资。而这回的投资方很在意成本，提出的附加条件是公司要下沉到地县一级去。那些地方到处都是半荒废的科技园，租金也比一线城市便宜多了。

“一家人总得团聚，再考虑到‘斯坦利’的情况……还是一起去吧。”“斯坦利”的爸爸说，“都是为了孩子嘛。”

他又说：“讲这么多，也是想替‘斯坦利’解释一下。他舍不得他的朋友。”

看来“斯坦利”是怕朋友们担心他，不想让朋友们以为他又被医生带走了。我便请他爸爸转告他，我会对芽芽说明情况。小小年纪，已经要面对离别了。但说到这儿，“斯坦利”的爸爸又侧身挥了挥手，向我介绍了身后那个腆着肚子的男人，说这是法律顾问。我对法律顾问致意，还纳闷他为什么到哪儿都带着这么个角色。

“斯坦利”的爸爸继续说：“既然要走，该了的事情还是得了。听苏雅纹说，她们以前为了给孩子补课，给另一个同学的家长造成了麻烦……”

说的就是王大莲了。王大莲家门口的封条还贴着呢吧，不过那想必就是个形式上的封条。说实在的，这种办事风格也有其智慧之处：没有定论就维持原状，没准儿拖着拖着就都忘了。但我知道王大莲忘不了，因为王大莲是王大莲。

而那位“法顾”这才腆着肚子发言，口气就事论事。他首先进行了补充，说他的职责是解决项目过程中的一切法律问题，包括投资方配偶涉及的纠纷。说白了，投资方指望“斯坦利”的爸爸干活儿呢，总得替人家解决后顾之忧。此外，“法顾”的专长是经济法，他让我把从妈妈们那儿收钱的转账记录发过来。那东西以前就曾提供给了警察，我很快就在手机里找到了；“法顾”的手里则有苏雅纹留存的聘请各门任课老师的价格，他按着计算器将两笔款项的总额加了出来，然后一摊手：

“收入远远小于支出，这是个赔本买卖呀。我们甚至可以说，这压根儿就不是个买卖，因为它甚至无法证明是以营利为目的的主观意图。”

怕我听不懂，他又详尽地解释了一遍：辅导班的创办者有可能面临的最大指控是

“非法经营”，但按照相应概念以及相关规定，只有证实了“牟取巨额利润”才能追究责任。而反观此案，请老师花的钱多，从妈妈们那里收的钱少，要想挣钱，哪有这么蠢的？说是做了个慈善还差不多。可见那顶帽子并不适用。他又说，“有关部门”想来也是很清楚这一点的，所以才一直没有对谁采取实质性的处罚；不过“减负”是个重要精神，再加上的确也有一些机构因为顶风作案被查了，所以谁也不敢轻易把相关的案子放过去，干脆就再拉上个陪跑的，对于普通的妈妈们也有惩前毖后的效果。而陪跑已经陪了这么久，要想不再陪下去，则可以由这位法律顾问代表当事人发一份律师函，向相关机构提起名义上的申诉。吃官司谁都怕，单位也一样，如此反戈一击，也能敦促对方主动把事情了结。方法其实非常简单，只不过一般人想不到罢了，而这也就是专业人士的作用了。

这么说完，法律顾问便从皮包里掏出一张纸给我。我跺脚，低头一看，果然是封律师函的复印件，格式与苏雅纹曾经收到的那封大差不离，只不过她的名字从被告方转移到了原告方。苏雅纹还签上了名字，娟秀的笔迹让人想起她不乱的妆容。法律顾问还说，有了苏雅纹，其他当事人愿不愿意出面也都无所谓了。

这时我诧异：“就是说，苏雅纹把事情揽到她自己身上了？”

“斯坦利”的爸爸又开口：“她说她早有这个意思，还说事情因她而起，不该连累别人……不过那时家里事多，我在外地又焦头烂额的，她实在不敢再吃官司，怕会耽误照顾‘斯坦利’。现在我回来了，总算也能帮上忙。”

才说完，灯又灭了。法律顾问反手按了电梯，未几门开，他们走了进去。“斯坦利”的爸爸向我客气地点头。

我问：“什么时候去外地？”

“就这两天。苏雅纹今天到学校给‘斯坦利’办了手续。”他又想起什么似的说，“对了，那份材料您看了就行了，不必告诉其他家长……这也是苏雅纹的意思。”

电梯门关上了。我转身回家，看见芽芽正用新手表给“斯坦利”和“大”和“二”发信息，众人又探索出许多新的功能。在手表里，“斯坦利”有问有答，声音沉静。他到底没有亲口把搬家的消息告诉朋友们。

而我也没让王大莲看到那封律师函。这么做，仿佛是为了让苏雅纹还是苏雅纹。在此后的几天，我在学校门口只看到王大莲木讷地站着，但已经从惶然的木讷转入了安稳的木讷，就像一只食草动物摆脱了群敌环伺，走进了丰美的草场。还有些妈妈们对她招手点头，她也对人招手点头，然而转瞬便将眼睛挪开，在人群之外的某个位置寻觅着什么。那个位置已经空了。当芽芽他们出来，队列里也少了一人。现在轮到孩子们惶然了，芽芽必须习惯再没人给她讲数学作业，“大”和“二”也必须习惯再没人偷偷分享他们的零食。他们会徘徊在学校门口不愿离去，但彼此又不说话，好像学会了某个人的沉静。

那一刻，我和王大莲遥遥对视，随后便各自孤独地散了。

知道王大莲家后来的事，则是通过“道爷”。一直忘了说，我和那老头儿还保持着有一搭没一搭的联系。“吃播”计划虽然黯然收场，但我们的合作却不曾就此完结。“道爷”顺道也告诉我，有一天，警察又登了王大莲的门。上次来时乌泱乌泱一堆人，这次来的就只有一位了。那位老片警的态度很好，当“三儿”和“六子”又忙不迭地想要认错，人家却摆了摆手，说他是受了上级领导之托，专门来给王大莲落实政策的。落实政策这词儿用得有点儿大，其实连一份文书都没有，老片警只说，经过其他当事人的申诉和相关部门的调研，她们的辅导班虽然具有一定规模，“引起了重视”，但并不能认定为违法牟利行为。特此通告。老片警又教育了两句，说关心孩子学习也要在国家政策的指导下进行，不要被社会上的风气带偏了，然后就扯了复式房门上的封条。封条早干了，轻轻一摘就掉，这时老片警又好奇道：“这屋子你们真没再进去过？”

“那当然。”王大莲说，“贴是你们贴的，摘也得你们摘。”

不知是顺从还是赌气。而她的后一句话也不知是大度还是炫耀：“反正我们家房子多，不指着这一套住。”

老片警则说：“这就把心放踏实了吧。”

但当老片警坐着观景电梯下楼，却又见王大莲从楼梯追了下来。她问：“还有个事儿。您说提起申诉的是其他当事人——谁？”

老片警说他也不知道，申诉是其他机关收到的，而派出所只是代为执行。王大莲唔了一声。这时“道爷”站在小院儿的栅栏外，看见王大莲呆立于那堵墙的暗影之下，脸上的表情尽是模糊的。警察走了她都没动弹。又过了片刻，她扭头看向“道爷”，叫了声“爸”，又说：“这墙，要不咱们——”

“道爷”道：“隔开也有隔开的道理，或者给它开个门也行。”

不过那墙后来是留着，还是拆了，还是掏了个洞，我也没有亲眼看到了。再去找“道爷”，去的是另外一个所在。转眼过了冬天，我那个以“道爷”为拍摄对象的片子正式剪辑完毕，又经过好几轮送审、修改，终于拿到了公映许可。作为一部小成本的纪录片，发行公司只在网上进行了试播，此后的目标就是几个电影节了。业内评价褒贬不一，有人说我终于“沉淀了下来”，也有人认为我那个“二重客体”的套拍结构好像精神分裂患者的双重人格正在打架。这期间，我对“道爷”发出过不止一次邀请，但对各种公开亮相，“道爷”一概拒绝。他只是说忙。拖到开春，我说就算您的热乎劲儿过去了，好歹也尊重一下我的劳动成果呀，“道爷”这才让我过去一趟。

他给我发了个地址，还说让我把孩子也带上。

我便开上车，沿高速公路前行近百公里，出了北京地界才拐下去。放眼已经没有楼宇，所见皆是华北平原的苍凉、空旷。又从省道转入县道，这才在一座山下看见了人烟。那是个不大的村子，多有凋零之相，唯独路口的一个院落收拾得簇新。停车进门，不光“道爷”在，他们一家包括“三儿”都在。堂屋里已经支好了火锅等着我们，还有几张不认识的面孔走进走出。“道爷”也不穿黄马褂了，“六子”也不穿黑西服了，就连王大莲也不穿“露露柠檬”了，都换上了或灰或蓝的劳动布工装，沾了不少泥土。领着我四下参观时，“道爷”说这是他当村主任的那些年结过“对子”的一个村子，过去帮人家培育过菜种，现在他又来租下了一个院子。他又说这附近有段野长城还有个马场，孩子们来玩儿也不寂寞。

然后“道爷”指指院后的几个塑料大棚：“现在人家这边儿也不种菜了。他们不种我种——走的时候您拿点儿黄瓜西红柿，比买的强。”

他还说：“一辈子想找个乐儿，最爱的还是种菜。”

但他又说：“都说独乐乐不如众乐乐，不过我觉得正相反，众乐乐不如独乐乐。什么叫众乐乐？那就是拿你的乐儿也当了别人的乐儿，这就难免强迫别人了，不公道，倒不如各自乐和各自的。所以大莲子他们来不来都随意。”

又转上词儿了。我说透辟，我还说您在这儿，他们怎么可能不来呢？说完提议回屋看片子。堂屋里有新装的巨屏电视，我播放了高清数码版，那部片子名为《“地道”战》，其内容不光有“道爷”在吃播里那些单臂大回环的“地道”，也包括了关于“北京无美食”的论争以及那场网暴事件的记录。看见画面上的“道爷”，“三儿”和“六子”都很激动，不过“道爷”只眯着眼，在氤氲的水汽中打量着另一个自己，没看一会儿竟睡着了，拐着弯儿打起了呼噜。老头儿的热乎劲儿看来真过去了，新乐乐不如旧乐乐。

我不免索然，踱到厨房去看王大莲。王大莲正带领村里的几个妇女烙褡裢火烧，一边干活儿，人家就问，你们家孩子作业多吗？北京的课外阅读指定哪些篇目？另外也学乐器吗？大家都在县里有房，孩子也都送到城里去上学，因此也需要研究这些问题。

等人问完，王大莲才开口，腔调悠悠的：“先从什么叫弦乐，什么叫管乐说起吧……”

说时抬眼看见我，有些羞涩地一笑，又有些慌张地拿手拽衣角。我也笑了，觉得自己在这儿也碍事，便又转出院子去找芽芽。她和“大”和“二”到猪圈看了猪，到地里捉过了瓢虫，很快便对桑麻之乐丧失了兴趣，又掏出电子手表摆弄起来。他们在与远方的朋友视频通话，那一头正是“斯坦利”。我凑到几个小脑袋中间，看见了“斯坦利”的笑脸。这才没几个月，男孩儿突然长开了，眉眼间有了大小伙子的模样；不过他和芽芽他们一样咋咋呼呼的，原先的沉静都不知丢到哪儿去了。他把镜头拉开，露出精赤的上半身，再往身后看，原来是在一片游泳池旁边。他说新家这边什么都有，泳池还是五十米的标准池呢，而他妈妈换到这边上班，工作比原来闲多了，每天都能带他过来训练。“斯坦利”边说边走，我们又在游泳池一角看见了个明晃晃的黄色漂浮物，好像还在嘎嘎叫，正是那只鸭子。

芽芽和“大”和“二”便叫，鸭子鸭子。“斯坦利”说：“鸭子现在是我的陪练。我还画了一部关于它的漫画，回头发给你们看。”

我起身，插兜走上田埂。因为没人搭理我，我成了个多余的人，只好在旷野上漫步。还记得出门之前，小张让芽芽仔细观察，回去写篇题为《充实的一天》的作文，而我却想把题目改一改，就叫《平常的一天》算了。在这平常的一天，我掏出手机，拍了一段乡间景色的视频。空镜无人，时间好像静止了，凝滞成不变的画面。

书写新北京，勘验新世相
——评石一枫《逍遥仙儿》

张元珂

从新时期到新时代，北京的城市形象、市民结构和文化景观都已发生了翻天覆地的变化。这为小说家提供了丰富的创作素材和拓展表现域的崭新向度。石一枫的《逍遥仙儿》就是一部聚焦新北京，勘验新世相的代表作。这部在文体上初刊为中篇、初版为长篇的现实主义小说力作，在题材选择、形象塑造与主题表达方面均展现出了新质、新貌。它以其对新时代新北京内部若干新形象、新关系及新经验的塑造、建构与思考而成为引领“第四代”京味文学发展的新成果。

石一枫擅长讲故事。这部小说亦然。情节环环相扣、一波三折，有着上佳的可读性。具体来说，以王大莲、苏雅纹、“我”（庄博益）为中心的三个家庭三位家长围绕孩子辅导班所展开的既合作又纠纷不断的“鸡娃”教育故事，以“我”“道爷”为中心的围绕“吃播”节目所展开的既喜又悲的新市民故事，以及以“大”、“二”、芽芽、斯坦利为中心的围绕斯坦利去留所展开的儿童故事，彼此既并列演进，又交叉讲述，继而三大群体、三种关系、三个角度对新北京的新世相作了极为典型而又深触人心的勘验式描写。这种描写以及所呈现的景观，不是为全国人民所常见的首都北京庄严高大、光鲜亮丽的外部表象，而是深入新北京内部，从新时代三代市民形象的综合审视及新故事的生动讲述做起，继而呈现探察并呈现内在于其中的新世相。因此，这也是“新北京作家群”中第一部较为系统而深入地探讨和描写新时代北京新人物、新世情及新关系的中篇小说。

北京城市拆迁、教育内卷下的“鸡娃”大战，是这部小说所紧密涉及的两大背景，而揭示并展现这两大背景下老北京土著及其子女、由京外迁入北京的新居民在身份认同、教育理念及彼此关系上所展现出的人生姿态和心理景观，就成了石一枫在这部小说中所侧重表达的核心主题。作为北京土著，“道爷”和他女儿王大莲一家属于依靠城市拆迁而暴富的新市民群体，既因在吃穿用度等物质上的彻底自足而倍感幸福，但也在身份、精神或心理上有所不适。这突出表现在，他们常为不能或无法融入社会更高阶层而焦虑，或者在时代巨变面前因不懂或不熟悉新环境、新关系而力不从心。“道爷”把吃播活动当作一种“玩儿”的自娱活动并因之收获巨量粉丝，但当在广告代理中因店家无良信誉而遭受网友的无尽指斥时，他陷入了人生从未有过的身心困境——“厌食症”；王大莲为了让自己和孩子成为“他们”中的一员而不惜与父亲划开界限并以墙相隔，但她在这个圈层中的身份使其在与他人交往时常尴尬不已、遭遇非难；作为来京工作和居住的“外省人”，苏雅纹及其家人则也是融入市民阶层的新北京人，既有因知识分子身份及学识而获得的丰厚的生活资源及无限的优越感，也因家庭或工作中所屡屡出现的种种变故而深陷困境。由此，小说也就触及两大命题：一方面，因拆迁而暴富的北京土著，以及因各种原因迁入北京的“外省人”，都是新时代的“新北京人”，他们在生活中和身份上有着怎样的诉求，呈现何种风貌？另一方面，他们因各自阶层所囿或因孩子教育所逼，在精神或心理上又有着怎样的变迁，表现出何样景观？这部小说因聚焦对这两大问题的探察与书写而表现出弥足珍贵的现实主义品质。

王大莲的新市民身份及渴望成为“他们”中的一员，“道爷”的吃播活动以及所遭遇的身心波折，以及苏雅纹在孩子的精养精育方面所经受的精神创伤及对生活本身所秉承的独立而坚韧的打拼姿态，在这部小说中都有充分描写，也由此表现出作者对新北京人真实生活和心灵样态予以勘验并深描的强烈意图。然而，若再进一步深究，这部小说更对人与人之间种种关系的本质及人性风景也作了极为深刻的揭示和描写。比如，代表高知阶层的苏雅纹、代表中产阶层的创业者“我”、代表市民下层的王大莲，之所以能走到一起，不过是因为为孩子办辅导班而结成“共同体”。但其间因利益或逃脱责任而引发的一系列矛盾或纷争，亦见出人性本身的复杂性、自私性。苏雅纹与王大莲围绕辅导班办大办小以及在家长群中的身份变迁问题，彼此间一直心存芥蒂甚至针锋对峙。“我”借便从辅导班中受益，但当辅导班被查封时，“我”则毫不犹豫地“出卖”了王大莲；再比如，斯坦利因躁郁症而误伤他人后，众家长对孩子及其母亲苏雅纹无所不用的孤立甚至恐吓，以勒令其转学的自私而偏狭的言行及心理，也正是对当今所普遍发生着的“异风景”的一种象征性呈示。更耐人寻味的是，在小说后半部分，“道爷”的仗义执言及回归乡土，王大莲的出手相助以及与苏雅纹及众人的自动和解，倒也映照出以“我”和那些家长们为代表的所谓“上等人”灵魂深处的种种“小”来；而“大”、“二”、芽芽、斯坦利自动结成同盟，互帮互助，共抗家长们的“围追阻截”，也正揭示了成人世界里种种不便言说的私欲或丑陋。因此，石一枫在这部小说中所置入的反思视角与批判思维是无须赘言的。

落日珊瑚

孙　频

1

漂泊多年，我终于还是回到了这海陆交界的地方。

这里就像时空里镶嵌着的隐秘时空，被大陆放逐，又被海洋放逐，放逐到最深的梦境里，放逐到人世之外，神秘、辽阔、永恒。那些大大小小的船和我离开之前没有任何区别，静静地泊在海面上，准确地说，是沉积在那里，如时光深处的静物，岩层中的化石。这些年里，无论我漂泊在何处，这些船的影子都一直陪伴着我，从未曾离开过，以至于变成了一种可怖的安宁，一种强大的心物沉积。

在城市里漂泊的时候，我总是告诉别人，我家门口就是太平洋。话语之间有一种海客谈瀛洲的虚缈，别人只当是吹嘘，并不去当真，而事实上，眼前这道海峡确实是太平洋身上的一个小小肢体，说它的大名叫太平洋其实并不为过。

但海峡毕竟是海峡，它有它自己的计时方法，既不同于大陆，也不同于大洋，它以季风、潮汐、大雾、漂流瓶、海底植物的生长律令、船员的生死荣辱、船的更新换代为时间刻度，来计算只属于自己的时间。从海峡坐船前往大洋深处的时候，时间的密度会发生变化和折射，大洋深处的时间更古老更蛮荒，前往那里的人们会产生南柯一梦的幻觉，觉得自己只不过去了几天时间，却不料，人世间已沧海桑田，物是人非。

我坐在港口的防波堤上，回想起这道海峡的种种过往。大概是我七八岁的时候，寂静的木瓜镇忽然一夜之间就热闹了起来，很多人从北方从南方从西北从西南，从飘着大雪的东北，从小桥流水的江南，从塞外的戈壁滩，从大陆的任何一个可能的方位涌来，涌向木瓜镇的古港。因为在那一年，海南变成了经济特区，而这道海峡是大陆通往海南岛的唯一要道。那锈迹斑斑的古港自从郑和下西洋之后就再没见过这么多人，竟一时之间吓呆了。它当然不知道，木瓜镇上的渔民们也不知道，那是轰轰烈烈的十万人才下海南开始了。

这些人坐了几天几夜的绿皮火车，再坐汽车，再坐三轮车、拖拉机，甚至步行，千里迢迢来到了木瓜镇，背着被褥脸盆，浑身散发着难闻的气味，只为了能从这里坐船过海峡，去那个新鲜的海岛上创业，期望能淘到第一桶金。当时过海是必须要有边防证的，没有边防证的人只好在镇上没日没夜地等待发证，填表格的时候，因为没桌子，大片大片的人就趴在地上写，或趴在别人的背上写。我记得那时候，办边防证的队伍每天都要排几公里长，镇上的一家招待所和几家旅店早已爆满。晚上，那些外地人有的爬到树上，有的爬到屋顶上，更多的就直接在马路上铺开被褥睡觉，那些住满了人的大榕树看上去弥漫着一种妖气，好像结满了人形的果实。很多年后，每当我回想起当年，仍然觉得那幕情形悲壮到了惨烈的地步。

一时间，镇上的渔民们连鱼都不打了，渔船拴在码头，不许他们动，也不许他们出海，他们被囚禁在了浅滩上。下了船的渔民开始赚这些外地人的钱，卖开水，卖鸡蛋，卖甘蔗，卖包子，卖盒饭，无论卖什么都能在最短的时间内迅速卖光，一个鸡蛋涨到了十块钱，还是会被飞快地抢光。最后，感到恐慌的已经不只是那些外地人，连镇上的人们也开始感到恐慌了，他们觉得整个大陆都在向着这个海边小镇奔袭而来，如巨兽一般，要把小镇上一切能吃的东西，鸡鸭鹅鱼椰子木瓜杧果菠萝蜜，甚至连同整个木瓜镇都吞下去。

为了赚钱，镇上有些渔民甚至开始骗外地人偷渡过海，说不用边防证，两百块钱包送到海南岛。半夜，几个外地人上了当地人的一条小木船，准备偷渡到海南岛去。外地人和船没有交情，看不出船的痛苦，也听不懂船的语言，乖乖交钱上了船。渔民在漆黑的海面上划了半天，到达了一块陆地，在黑暗中告诉那些外地人，落船莫，到海南啊(下船吧，到海南岛了)。外地人以为自己历经千辛万苦终于到达海南岛了，终于可以在这里淘金了，等天亮之后，他们走不出多远就会发现，自己其实就在离古港不远的白沙湾。昨晚，他们只是沿海岸线兜了一个圈，之后又被船送回了木瓜镇。

就连那些真的过海峡到了海南岛的外地人，有很多后来又返回了木瓜镇，有的乘船，有的乘潮汐，有的像人鱼一样横渡海峡。用镇上人的话说："穿着长衫长裤去，穿裤规中回（穿着短裤回)。"那时候，站在木瓜镇古港的码头，时不时会看到被潮汐送过来的外地人的尸体。海上的浮尸远远就能被看到，因为他们身上都带着一种不祥的寂静，过于驯顺地被潮汐牵着走。这些外地人或死于自杀，或死于谋杀，或死于械斗，或死于饥饿，他们中的一部分，渡过海峡才没几天，就被潮汐又送回了大陆，只是，这次连船都不用坐了。

几年后，我见到了第二拨涌到木瓜镇要过海的人流，是九十年代的温州炒房团，他们涌向海南岛是为了囤积楼房。那时候，栖息在海峡上的船族已经完全被人类所驯化，繁衍出几大船家族，船队如驼队一般终日往返于海峡两岸。他们把温州炒房团驮向海岛，却也并不是空船而返，他们从海岛驮向大陆的是汽车，准确地说，是走私汽车。这些走私车漂过海峡后，将从木瓜镇再流向大陆深处。那个时候，算是木瓜镇最富有魔幻色彩的时候了，就像童话里的那些被施了魔法的孩子，一觉醒来，发现自己鼻子变长或者长出了翅膀，竟变得连自己都不认识自己了。一度，我走在镇上的时候总怀疑这并不是木瓜镇，而是一个我从未来过的陌生地方。那时候，镇上的每一个角落里都停放着走私车，包括沙滩上，包括天后宫对面的戏台上都是汽车，那可是给神唱戏的地方啊。后来实在没地方放了，人们就把菠萝地铲平，于是菠萝地里不再长菠萝，而是长满了汽车。那些汽车一度入侵并吞噬了整个小镇，成了木瓜镇上新的殖民者。

又过了几年，木瓜镇出现了第三拨过海峡的人流，是一些要去海南旅游度假的东北人。那时候，海南岛刚刚打出了旅游生态岛的旗号，东北人便闻讯从遥远的最北方赶来，从木瓜镇坐船过海峡，成群结队地在海南旅游或买房。用木瓜镇的话说“海南岛的每个石墩上都最少有沙（三）个东北尼婆人（大妈）坐过”。那时候，海峡的船族里又添新丁，火车轮渡开始过海了。听说连火车都能过海峡了，我连忙跑到港口去看，眼看着长长的绿色火车真的爬到了船上，然后被船带向了木瓜镇对面的海岛，我仍然觉得这并不真实，倒像是船在表演一个大型魔术。连船都会变魔术了，何况是人。我目送着轮渡缓缓离开古港，驮着火车横渡海峡，心里最同情的不是负重的船，而是火车里装着的那些人，过海时他们是不能下火车的，火车又被装在船舱里，感觉他们就像打包被送往海岛的礼物，外面裹了一层又一层的盒子。盒子拆到最后，海岛才发现，原来里面包裹着的，是一个个带着雪花味道的北方人。

又过了几年，我考上了大学，离开海峡，去珠三角上大学去了。毕业以后我先后在广州和深圳待了几年，后来又去北京工作了几年。作为一个从大陆最南端出发的人，我发现，无论自己朝着哪个方向走，其实都是在向北走，而我遇到的每一个人在我眼里都是北方人，我成了这世界上最孤独的一种南方人，我和我海边的家乡人构成了大陆上最隐秘最边缘的部落之一，那是被人类和文明遗忘的地方，据说精灵特别喜欢这样的地方。因为这种地方类似于昼与夜之间，类似于年与年在除夕之夜的偷换，类似于清醒与睡梦的交界线，魔幻与真实的过渡地带。

在城市里待了十二年之后，某一天，我终于做出决定，离开城市，回到南方之南，回到海陆交界之处。当时兴起了一拨新的回乡潮，我也算是受了这种潮流的影响，但更主要的原因是在城市里一直看不到扎根的希望。从农村和小镇出来的青年，通过考上大学的方式留在了城市，期望以此来改变命运，却在城市里打拼数年之后，迫于现实压力不得不再次返回家乡。人们从农村涌向城市，本是追逐现代文明而去，却始终无法真正进入城市。当我为自己在狭窄阳台上养了一盆花而得意的时候，忽然想起了故乡遍地的奇花异草，不禁一阵悲从中来。后来我渐渐想明白了，与其在城市里栖息于这样可怜的田园遐想，还不如去往文明的边缘地带，因为那些边缘地带倒还存在一些真正的乌托邦。

我的家乡就是这样一个边缘得不能再边缘的地方，大陆的最南端，海洋和陆地各占一半，那里栖息着无数植物精灵和众多神灵。只要有一条船，便可以从家门口一直到达美洲大陆，还可以穿过赤道去往澳大利亚，甚至可以绕地球一圈之后又回到家门口。有时候，越是边缘地带，越是有着一种近于魔幻的四通八达。

作为一个从城市返乡的人，刚回来还有点不适应，一看见母亲烧咸鱼就提醒她，少吃咸鱼，咸鱼会致癌的。母亲白我一眼，说，给鲁加羊牯（给你杀只公羊）？然后继续烧自己的咸鱼。显然，她对我这种无业游民的状态并不满意。我也自觉脸上无光，没有衣锦还乡不说，年纪也一把了，三十几岁的人了，确实得赶紧找个事情做做，但到底该做什么呢？一时也没有任何头绪，只好成天在镇上瞎溜达。

2

溜达了几天，发现木瓜镇还是有了一些变化。镇上有三个村庄，水井村、甜烧村、那佬村，早已连成一片，不分彼此，从前都是低矮的红砖房或珊瑚屋，如今，那佬村忽然冒出了几栋小洋楼，有的二层，有的三层，居然还有一栋四层的小洋楼鹤立鸡群。

那佬村的这些小洋楼鹤立鸡群，难免被另外两个村庄眼红，所以镇上开始出现攀比的趋势。很多人都出去打工了，赚了钱好回来盖小洋楼，依然出海的渔民则天天给妈祖烧香，盼着能打到黄花鱼，卖给温州的商人们。据说温州人买了也不吃，而是把金灿灿的黄花鱼供起来，可以保佑他们生意兴隆。那些没有力气再出海的渔民则开始日日夜夜打私彩，晚上梦到了几个数字，第二天就买这几个数字的私彩，他们会把一天当中遇到的所有事情都破译为一串数字密码，并认为是来自神的暗示。但几年下来，镇上只有一个人靠私彩发了财，从此什么都不干了，只是专心花钱，很快也就败光了。

镇上还出现了几座高楼，是专门卖给北方人的海景房。因为琼州海峡两岸的气候差不多，北岸的房价却比南岸低了一截，所以有些北方人会选择在木瓜镇买房来过冬。一到冬天，镇上就会出现一些零零星星的北方老人，但木瓜镇毕竟是个小镇，所以多数北方人只是从木瓜镇路过一下，然后从港口坐船去海南岛。据说在三亚，东北人已经完全把当地人覆盖掉了，而东北口音则淹没了当地的黎话，成功地晋级为三亚第一方言。当地人对这些北方人多有排斥，这是一种本能的对异族入侵的警惕，我对他们倒十分友好，因为我认为自己好歹也是个从文明社会返回来的人，正是这种返乡者的身份让我变得对外地人宽容，并自觉与当地纯土著拉开了距离。

木瓜镇还有一个变化，居然出现了一家珊瑚民宿，并且是我舅舅开的。以前镇上只有几家破破烂烂的小旅店，还有一家港口开的招待所，也是灰头土脸的，忽然出现了民宿这种又时髦又文艺的事物，让我觉得很是意外，同时又感到高兴，看来连大陆的最边缘也躲不开现代文明的进程。

舅舅的珊瑚民宿在水井村，在木瓜镇的几个村子里，水井村是最穷的，靠海最近，海边长有珊瑚礁，村人们自古就地取材，所以水井村的老房子基本都是用珊瑚石砌成的。在村人眼里，这些珊瑚礁与石头没有任何区别，只是要比石头轻，而且用珊瑚砌屋不需要任何黏合剂，雨水一淋，珊瑚石自然会黏在一起，坚固轻巧且会呼吸，住在里面十分凉快。镇上自从兴起建小洋楼的风尚之后，一家攀比一家，珊瑚屋早已被视为贫穷的象征，只有最穷的人家才会至今还住在珊瑚屋里。舅舅曾经是个渔民，靠打鱼为生，自从他的独子打鱼淹死在海里之后，他就再没有下海打过鱼，又没有什么经济来源，买了两年私彩没中奖，反倒欠了一屁股债，简直是穷困潦倒，于是老婆也跑了，只剩下他和我老外婆相依为命。后来听说他终日躺在吊床里睡觉，只在退潮时候去赶赶海，捡点虾蟹贝壳。不料过了几年，舅舅却忽然开起了镇上第一家珊瑚民宿，我决定去看外婆的时候也看看那民宿。

当年母亲从水井村嫁到了隔壁的甜烧村，甜烧村的得名是因为村里自古酿一种叫甜烧的米酒，每年给妈祖过年例的时候，家家户户都要酿酒，空气里弥漫着浓烈的酒香，整个村庄都像浸泡在了酒坛子里，村人进进出出都是一种微醺的状态，自带一种酒神式的狂欢。无论是甜烧村的米酒，还是水井村的珊瑚屋，几百年原封不动地保存下来，本身就起到了一种屏障的作用，把两个小渔村罩起来，隔于世外，村人们在其中怡然自得，不知有汉，无论魏晋。所以村里的老人都很长寿，光一百多岁的老人就有十几个，甚至还有一百三十岁的，这些老人已经老得不大像人类了，终日赤着足，基本上每天只吃番薯粥。常年只吃一种食物会让人变得安详洁净，更像植物。老人们大部分时间枯坐在家门口或躺在吊床上，偶尔也看电视，但因为听不懂普通话和白话，所以，除了雷剧，几乎所有的电视节目对于他们来说都是天书，他们无非就是数数电视机里一共有几个小人儿而已。

我给九十二岁的外婆带了一坛甜烧酒，因为外婆是个老酒鬼，顿顿得喝酒。一大清早起来，第一件事就是抱着酒坛子先喝两口，这一天才算正式开始了。就着咸鱼要喝酒，就着番薯粥也要喝酒，有时候一天就能喝掉二斤酒，把家里的酒都喝光了，她就跑到镇上的小饭馆里赊酒喝，喝多了之后，摇摇晃晃地走到海边，躺在沙滩上就睡着了，幸好在涨潮之前被人捡到送回来了。扎着两只小辫的外婆已不大认识人，四肢干枯如树枝，满是褶皱的皮肤也与树皮类似，随便往哪里一坐，简直就是个树人。她却认得酒，一见酒坛子，高兴得手舞足蹈，一抱过酒坛子死活不肯再撒手，生怕别人抢了去。但我很欣赏外婆如此嗜酒，人一辈子若连一丁点痴好都没有，也没什么意思。

我打量了一下舅舅家的院子，那几间珊瑚屋基本还是原来的样子，只把门窗重新油漆了一下，漆成了海蓝色。珊瑚屋多是用杯形珊瑚、柱状珊瑚、蔷薇珊瑚、多星孔珊瑚、石芝珊瑚、西沙珊瑚、澄黄滨珊瑚、扁脑珊瑚砌成的，而像鹿角珊瑚、石叶珊瑚、足柄珊瑚、厚丝珊瑚、顶枝珊瑚、刺孔珊瑚则不大会被用来砌房子，因为太过细长。这些珊瑚活着的时候是五颜六色的，死后则统一变成了惨白色，散发着一种类似于白骨的气息，荒凉中渗着一丝阴森。

小的时候，我经常和小伙伴们在珊瑚礁里潜水，那是一个庞大而华丽的水下帝国，已经在水下隐居了几千万年之久，与陆地上那些人类的城邦相映成趣，只是比人类的城邦更为古老辉煌。无论是坚固的硬珊瑚，还是妖娆的软珊瑚，无论是纤细的佳丽鹿角珊瑚，还是笨重的罗素角蜂巢珊瑚，每一种都有自己的仪态、目光和举止。它们是珊瑚虫的屋企和大厦，色彩极尽缤纷绚烂，甚至到了妖魅的地步，好像把世界上所有的颜色都捕捉到这里来了。如果隔着水面看下去，又会觉得是一个奇异的世界遗落在水底了，风枝摇曳，有一种古老渺茫的美好，同时还散发着一种隐隐的可怖。

在这些五彩斑斓的楼宇间，生活着各种鱼儿，小汽车大的石斑鱼是这里的房客，海龟也是长租客，鲨鱼是经常出没的杀手，章鱼是顶级魔术师，极善伪装，智商远高于其他鱼类，灯眼鱼头顶开着绿色的头灯，儒艮是大象的海上近亲，成天在珊瑚礁里寻觅水草。这里还是小鱼们的托儿所，因为这里的生活太过于美好了，以至于当它们长大了还是不舍得搬走。珊瑚礁里的各种生物相互依存，有的几近于相依为命，比如海蛇喜欢保护幼小的鲹鱼，它就像一列海底的火车，走到哪儿，就把小鲹鱼载到哪儿。珍珠鱼对屋企的爱好十分古怪，它喜欢藏在海参的身体里，把海参当成自己的家，还喜欢呼朋引伴，把其他珍珠鱼叫去一起分享自己的家，而海参看上去也并没有什么意见，反正它肚子里能装下很多条鱼，也不知道珍珠鱼有没有在它肚子里置办几件家具。

但是珊瑚一旦白化，就是死亡的象征。所以，珊瑚的死亡分外触目惊心，那么绚烂美丽的色彩，会在一夜之间像烟花一般湮灭，只剩下一堆堆白骨。这些死亡的珊瑚石便成了渔民们盖房子的材料。我凑近了一看，尽管一百多年的时光过去了，墙上的珊瑚花纹还是十分清晰美丽，其中还夹杂着一些彩色的贝壳和海玻璃，在阳光下闪闪发光。我把一桶水浇到墙上，珊瑚像复活了一样，顿时便恢复了昔日在海底的光泽。住在这样的屋子里，就像住在活着的珊瑚礁里，屋外被茫茫大海所包围。这样一处古老安静的巢穴，倒像是不小心钻进了大海的心脏里。

小时候觉得这些珊瑚屋和那些用火山岩、红砖、蚝壳砌起来的房子没有任何区别，相反，正是穷人家才用珊瑚砌房子，省钱嘛。现在再看，忽然惊觉出其中的美丽与独特，这简直就是从大海走到陆地上的珊瑚雕塑。可是，初中毕业的舅舅如何忽然想出了这样的主意？

我在院子里四下看了看，院子里用蚝壳铺出了一条颇有情致的小径，小径两边浓荫匝地，花梨、山竹、龙眼、紫檀、木棉、凤凰、大叶榕。那棵大菠萝蜜树还在，树干上挂着大大小小十几个菠萝蜜，最大的一个菠萝蜜如菠萝蜜中的大象，正慵懒地躺在树根处晒太阳。喝醉的外婆枕在菠萝蜜上睡着了，阳光从树叶间筛下来，温柔地盖在她身上。我看着她们，一个是最通人性的植物，一个是已经植物化的老人，都已经进入了精灵的范畴，属于同类，所以依偎在一起的时候，才会如此静谧美好吧。龙眼树下摆着一张花梨木桌和几只用荔枝木做的椅子，可以坐在这里喝茶。榕树下挂着几张吊床，轻飘飘地泊在风中，只要有吊床出现的地方，时间的熵就会发生变化，吊床周围的时间会变得缓慢宁静，还会隐身，会在时间当中隐藏起来，变成一个空缺，一个黑洞。所以人一旦躺在吊床上也会随之从时间中隐遁而去，吊床也算是一种小型的乌托邦，充满飘逸气质。

院子中间还多了一个小花园，里面种着龙船花、水石榕、红花檵木、宽叶十万错、叶下珠、罗勒、朱槿、夹竹桃、洋金凤等植物，一只大坛子倒在地上，里面流出来的不是水，而是各种颜色的贝壳。墙角那棵被台风刮歪的椰子树还在，只是在树干上多了一副秋千，使这歪脖子老树竟生出了几分稚趣。墙上和门上爬满三角梅，花叶交错间隐隐露出一块木牌，上面写着"珊瑚民宿"四个字。

我坐在龙眼树下等了一会儿，舅舅从外面回来了，原来是出去买鱼了。一番寒暄过后，我问他，舅，你这民宿有人住吗？舅舅得意地点点头，前日有，差暗（昨天）有，京（今天）没有，天归无，暗谋（晚上）也会有。说罢动手烧水，给我泡了壶茶，我们坐在龙眼树下边说话边喝茶。他问我现在外面的钱好不好赚？然后，还不等我回答就说，鲁（你）在广州时，在村下事总唔忆着（想不起来），今旦（如今）回村来，钱无好赚喽，不然鲁回来做咪个（什么）？我忙替自己申辩，老给人打工也没什么意思，一辈子就是个打工仔，还是得自己创业。他大声呷了一口茶，抠着脚丫子说，瓦无共鲁讲得过（我说不过你），鲁今年岁啦？有三十五六岁啦哪嘛，家己（自己）也得找宁咪来做喽（找事情做），两条胛头（肩膀）抬一张嘴肯定是无得食喽，日后要讨娘的（娶老婆）。我硬着头皮说，我是打算回老家创业的，就是还没选好项目。舅舅放下光脚丫，给我添了点茶，笑眯眯地说，瓦（我）这珊瑚厝显（漂亮）吧，鲁读册（读书）多，得食（能干），来给瓦帮忙喽，听闻今旦开旅馆都要上网的，客来宿都要先在网上寻，今旦唔会上网无得食啊，舅翁老喽，又无得闲，尼母头壳傻掉，伊每日啱啱加酒（不停喝酒），瓦为伊煮糜，又得熬酒，无闲啊。

自从返乡后，我每天就这么晃来晃去的，本来已经觉得有些羞于见人了，而自己创业又谈何容易。听完舅舅这番话，我忽然想到，在海边做民宿倒也是件有意思的事情，在北京公司里上班的时候，有两个女同事一天到晚想着辞职去云南大理开个民宿，种上一院子的花草，铺上蜡染的桌布，慢慢把下半生过完，我现在在家门口就帮她们把这个愿望实现了。又想到舅舅年纪也大了，文化不高，又无儿无女光人一条，确实需要有人来帮他。我便不再犹豫，干脆答应下来。

舅舅看起来也很高兴，起身烧水续茶。我忽然又想起了什么，便随口问了舅舅一句，舅，这老房子放了这么多年，你原来不是都打算拆了盖新房吗？怎么忽然想起开珊瑚民宿了？他沏好茶，摆在我面前，然后轻飘飘地说了一句，一个艺术家帮瓦开的，伊讲，用珊瑚厝开旅馆喽。我惊讶地说，有个艺术家来过这里？那人呢？他朝着大海的方向指了指，眯起眼睛望着远处说，伊旧年从北片（北方）来，悬人（高个子），头毛（头发）长长，尼官显（长得很帅），伊后来棹船过海往海南岛去喽。

3

说是让我来帮忙，其实舅舅哗一下就把整个民宿都抛给了我，他自己乐得清闲。我开始打理珊瑚民宿，先在院子里挖了一个小池塘，种上睡莲和水蕉，一个池塘相当于是摆了一面镜子，把天空里不断变幻的光线和云影捕捉到了小小的院子里，同时还能产生镜像作用，让院子里折射出一种虚幻的层层叠叠的空间。我又把在海边捡到的一只破木船拖回来放在池塘边，船泊在海面上的时候，是这世上最宁静的一种生灵，那种宁静有一种强大的魔力，可以轻易传染给别的事与物，使一切都跟随着它，堕进一种坚固的宁静里。我还养了一只大黄猫，叫阿橘，民宿里要是没有猫，就像少了灵魂一样。阿橘十分喜欢外婆，大约是因为外婆总是赤脚走路，走路的时候没有一点声音，很像一只老猫，为此，阿橘把她当成了自己的同类。外婆睡在吊床上的时候，阿橘就睡在她怀里，外婆驼着背走路的时候，它就蹲在外婆的头上，好像外婆戴了一顶毛茸茸的虎头帽。外婆喝酒的时候给阿橘也喂一点，阿橘酒量不大，稍微喝一点就醉了，经常看见老鼠比它还大，吓得只往外婆怀里钻。外婆也喝醉了，丢了酒坛子，随便往哪棵树下一盘就睡着了，有时候会像个水手一样睡到破船里，还有时候她会像鸟一样爬到大树上去睡，阿橘就躺在她身上呼呼大睡。人、树、猫之间的界限已经变得很模糊了，或者说，这三者已经长在了一起，本身就是珊瑚民宿里一道奇异的景观。事实证明，我的想法是对的，来投宿的年轻人不仅喜欢阿橘，还喜欢老外婆，他们把外婆和猫当成了一体的，一老一少两只猫，或一老一少两个酒鬼。

来投宿的客人基本都是外地人，一部分是往返于大陆和海南岛之间的生意人，另一部分是专门跑到大陆最南端来旅游或过冬的北方人，有退休的老人，恋爱中的年轻人，还有跑过来寻找浪漫的中年人。我想起小时候在木瓜镇见过的那些外地人，那些排着长队等通行证的人，打地铺睡在马路上的人，准备去海南岛淘第一桶金的人，路过木瓜镇准备去海南岛屯房的人，前来过冬的人，向往热带阳光的人，到如今这些开着房车来旅游的外地人，我像见证了一部发生在木瓜镇上的小型的沧海桑田史。早在九十年代，木瓜镇的居民就开始赚外地人的钱，如今，在大海边开民宿，其实还是在赚这些外地人的钱。所以在我看来，木瓜镇对外地人的排斥实在没有道理，其实还是一种蛮荒的象征。

冬天到了，珊瑚民宿的生意骤然好了起来，因为一到冬天，北方人像候鸟一样又来到了大陆最南方。以至于我不得不从镇上雇了两个帮工，一个做清洁，一个做饭。我自己也慢慢喜欢上了这个工作，因为它不是纯商业的，还带有一种艺术性，不仅把自然家化，还把植物诗歌化，每日看着那些来来往往的外地人，又觉得这是一种天南海北的聚会，就是在这极南之地也不至于孤独了。到了过年前后，来住宿的人更是爆满，以至于提前一周都订不到房间。

一时间，水井村的村民们纷纷仿效，但凡家中有珊瑚老屋的，都拾掇成了民宿，起的名字五花八门，什么望海民宿，听涛民宿，南极民宿，椰风民宿。有一家本来已经把珊瑚老屋卖给别人了，一看这势头，反悔了。于是全家人出动，有的拎着刀，有的拿着斧头，有的扛着铁锹，浩浩荡荡地要把珊瑚老屋再要回来。村里有一家的儿子患上了一种奇怪的夜游症，完全把日夜颠倒，一到白天就睡觉，到了晚上，他开始变得清醒，开始四处漫游，他会在半夜的时候，一个人有条不紊地炒菜做饭，一个人看电视看书，一个人去海边钓鱼，或者穿戴整齐地在外游荡，偶尔在深夜碰到一个人，他还要彬彬有礼地向对方问候，把对方吓得不轻，以为遇到鬼了。寂静的夜晚浩荡辽阔，他走到哪里都是一个人，好像地球上只剩下他一个人了。因为这种怪病，他连大学都没读完就退学了，回到家乡后也找不到事做，又因为他总是白天睡觉，村里人几乎都见不到他，偶尔晚上碰到他，又把他当成幽灵。

民宿热在木瓜镇兴起之后，男孩也提出想开民宿，但他家的珊瑚老屋早拆了，于是他的父母亲连忙贷款盖了座小洋楼做民宿。民宿建好后我还进去参观了一下，据说是木瓜镇最豪华最气派的民宿，客厅里摆着一架明亮的钢琴，投影仪正在墙上无声地放着黑白老电影。一到半夜，水井村的上空就飘荡起了钢琴声，优雅中掺杂着鬼气，是那夜游的男孩在弹琴，据说他弹钢琴的时候还穿着西服打着领结，简直有点德古拉伯爵的味道了。连这样一个幽灵般的男孩也开起了民宿，不得不说，民宿队伍可真够壮观的。

到后来，水井村几乎家家户户都开起了民宿，以至于村长打算改一下村名，把水井村堂而皇之地改成珊瑚村。但因为舅舅的珊瑚民宿是最早开的，名气最大，所以，尽管哗啦啦冒出了一大片形形色色的民宿，但毕竟辈分有别，那些民宿更像是珊瑚民宿繁衍出来的子嗣，至于那些用新盖的小洋楼做的民宿，则像是混血的孙辈了。再加上舅舅的珊瑚民宿是带动全村致富的元老，所以它在它们面前还是有种不可侵犯的威仪感，好像是它们的族长。

自从我接手民宿，舅舅就懒得再管了，大约是他心里认为我比他读书多，自然比他能干。至于那个指点舅舅开民宿的艺术家，不知道后来有没有再经过琼州海峡，我心里有时候会想，他怎么也不回来看看，好歹也是自己的作品嘛。舅舅复归逍遥，乐得自在，每日为外婆煮饭酿酒，逗猫逗菠萝蜜树，到黄昏的时候就去赶海，捡些虾蟹螺贝回来下酒。此外就是把自己兜在吊床里，像只钟摆一样慢慢晃悠，晃得久了，我觉得他就是时间，时间就是他，连钟表都省得看了。

外婆喝醉了会跑出去，随便找个缝隙，往里一插就睡着了，有时候睡在珊瑚礁上，结果涨潮了，那珊瑚礁成了大海上一座小小的孤岛，岛上就霸着外婆一人，正从容酣睡，俨然是世外的岛主。有时候钻进大榕树的树洞里，榕树的胡须护佑着她，她像个小女孩躺在了自己祖父的怀里。有时候躺在释迦林里的青苔上，头顶挂着大大小小的青色佛头，竟有几分寺庙里才有的端凝与慈悲。舅舅一睁眼，发现外婆又不见了，赶紧出去四下里寻找，再把外婆捉回来，训斥几句，不过到下一次喝醉了，外婆又不知跑到哪里逍遥去了。舅舅说得对，光是照顾这嗜酒的老小孩，就需要一个专门的人力。

民宿越开越多，已经有点失控了，水井村几乎所有的房子都被改成了民宿，珊瑚民宿的生意到底还是受到了冲击。这一晚，舅舅从海边赶海回来，正蹲在水龙头下洗螺。我走过去，有些担忧地对他说，舅，今天又新开了两家民宿，就连甜烧村和那佬村都有人开始开民宿了，再这样下去，民宿开得太多了，只怕生意没法做啊。我觉得木瓜镇的人应该给你戴朵大红花，当初要不是你最早用珊瑚老屋开民宿，那些老屋还不都被拆了？对了，给你出主意的那个艺术家呢？他怎么也不回来看看？舅舅的脸忽然在黑暗中抬了起来，水龙头没关，还在哗哗流，他紧紧盯着我的脸，似乎有些紧张。我心里正有些奇怪，忽听他用普通话说，我第一次在海边见到这珊瑚屋的时候，就知道这是艺术品，是从大海里走出来的艺术品。

我吓了一大跳，几时舅舅也开始讲普通话了？我说，舅，你说什么？他仿佛怔了一下，有些如梦方醒的样子，复又低下头去，在水龙头下一遍一遍洗着螺。过了好半天才关了水龙头，指着屋里问了我一句，尼母加未（吃了没）？我说，外婆喝了酒，早睡下了。

此后又有几次听到舅舅讲普通话，每次都是毫无征兆的，忽然有一句奇怪的普通话从他嘴里蹦出来，而且说话的时候表情庄严，甚至有些高傲，全然不似舅舅平日里散淡的神情。但很快他又会回到雷话，而且，他似乎并不知道自己刚才到底讲了些什么。这一幕让我感觉有点似曾相识，是的，在年例上我见过类似的情形，年例的时候，诸神齐聚雷州半岛，康王、冼夫人、关帝、菩萨、雷神、北帝、南极、英武、伏波将军、白马、五海、天后、土地公，游神队伍好不热闹，每支游神队伍都会抬着一个被选中的僮，僮被神灵附身后，说话的语气语调甚至眼神都变了，仿佛真的有什么神住进了他身体里一样。我倒不信什么神灵附体，我猜测，那是因为一个普通人忽然被选中被赋予神格的时候，内心里会生出一种平日里绝没有的尊严感和高贵感，以至于动作和语气都会不由得模仿神的样子，类似于演员在追光灯下过于投入，而暂时变成了另外一个角色，其实都不过是因为入戏太深。那舅舅呢？他这种奇怪的附身又是从哪里来的？

一年之后，民宿风已经浩浩荡荡地席卷了整个木瓜镇，人们见了面的打招呼方式都变了，变成："鲁介（盖起）民宿无嘞？"有的民宿开不了几天就关门了，但第二天，又有新的民宿开张了。眼前这一幕与我小时候的那些记忆重叠在了一起，竟让我产生了恍惚感，一时难以分清此时和彼时。那时候，家家户户做饭，煮鸡蛋，甚至烧开水，就是为了卖给那些排队等通行证过海的外地人。还有那次，走私车像蝗虫一样席卷了整个小镇，家家户户在走私汽车，走私车侵占了所有的角落，包括菠萝地，包括戏台，最后实在没地方放了，以至于汽车差点上了房顶。

我冷冷地注视着那些像蘑菇一样长出来的大小民宿，心中又是得意又是厌恶。得意的是，它们都不过是珊瑚民宿的复制品，厌恶的是，大众的这种盲目跟风其实从没有变过。又想到小时候的那些风潮不管多么轰轰烈烈，都已随风而逝，明白眼下这股民宿风也迟早会变成云烟和记忆，心中不免又一阵伤感。

没什么客人的时候，我会去阿梁那里坐会儿。阿梁可算是木瓜镇上的异人与清流，他是我的发小，从未出过远门，一直不肯出去打工，几年前父母都已经相继去世了，一个姐姐嫁到了雷州，如今他孤人一条，就在海边挖了个水塘，把海水引进去，靠养点虾蟹为生，大概整个木瓜镇上比他更穷的人已经不多了。他在水塘边搭了两间棚屋看守虾蟹，一间用来睡觉，一间用来喝茶，水塘前面是一片红树林，红树林里有一座废弃的灯塔，是当年法国人在这里登陆后修建的，年深日久，灯塔上的每一块石头都被青苔锈蚀，被鬼魅般的红树根缠绕吞噬，周身已经变成了阴沉的绿色，看上去阴气森森的，据说那灯塔里还闹鬼，所以没有人敢接近那里，连小孩子们也不敢去那里玩耍。穿过红树林就是大海，海边有一片柔软的白色沙滩，退潮之后，经常有人在这里赶海，舅舅也常去那里赶海。人们去往沙滩的时候，都是绕着红树林的边缘走，没有人会走进红树林里。

我回乡之后，第一次去看他的时候，很是吃了一惊。他那两间棚屋都是用山林间砍下的树木和竹子搭建起来的，又因为这里的红土地过于肥沃，阳光又很凶猛，种棵茄子都能长成茄子树，就是把一根扁担插进土里都能立刻发芽。所以，他用来搭棚屋的那些树木，插进土里之后又复活了，纷纷抽出枝条长出新叶，这些郁郁葱葱的枝叶全都交缠拥抱在了一起，使得整间棚屋都变成了绿色的，猛一看，两间棚屋不像是搭建起来的，倒像是直接从地里长出来的，两棵房屋形状的巨大植物，活的，而且还在继续生长。走进屋里，都能听见那些树木呼吸和生长的声音，从这个角度来讲，这些树屋和那些珊瑚屋倒有些像近亲，都是会呼吸有灵魂的房屋，只不过一个来自陆地，一个来自海洋。

我第一次走进那树屋一看，好嘛，地上连层砖头都没铺，直接就是沙土，屋子中央盘着一张茶几，野趣横生，是用老荔枝树的树根做成的，周围几只凳子都是用荔枝树的树干做成的。在茶几下竟长出了一棵小榕树，为了能让这小榕树长大，他居然在茶几中间挖了一个洞，让榕树从洞里穿过，继续生长，估计过不久他还要在屋顶上挖一个洞，让这榕树穿过屋顶，好长成一棵大树，而这树屋则成了榕树的摇篮或者是螺壳，护佑了它的童年。靠墙的地方摆着一只博古架，是用船木和海上的浮木拼凑成的，虽然上了岸，但还是散发着一股浓烈的海腥味。架子上摆着大大小小几只坛子，都是放茶叶的，还像古人一样摆着几筒竹简，我打开一看，是他用毛笔在上面写的诗词，好一手书法，字体苍劲飘逸。我知道他从小就喜欢书法，没想到多年不见，他居然秘密地练成了民间书法家。我不由得惊叹道，你的书法居然写得这么好？阿梁半是羞涩半是得意地笑笑，写着玩的。

他和我讲的是普通话，可能因为我是从外面回来的，他觉得讲普通话更得体。虽然多年不见了，他见了我也并没有多寒暄，只是低着头不停地抽烟，甚至都很少抬头与我对视。印象中，阿梁从小就有些羞涩内向，话一直很少，但我能隐隐感觉到，他如今的这种羞涩和从前又是不同了，里面夹杂着一点疏离，还有一点别的东西，我想了半天，应该是不安。他在我面前有些不安。我想，原因只有一个，还是因为我是从外面回来的，我代表着他没有见过的那部分世界。

我发现墙上长着很多花，却又不见花盆，凑过去仔细一看，原来是在树身上挖出了一个个小洞，再把泥土和种子塞进去，于是那些树洞里便慢慢开出花来，最后织成一张花毯挂在墙上，更重要的是，这毯子也是活的，而且随时在变换颜色。我觉得自己好像走进了一个生物的身体里，内脏里，还能清晰听到它的心跳，这种感觉又是奇妙又是恐惧。阿梁走到我旁边说，这些花是夜香木兰和胭脂掌，花期很短，但它们开花的时候，就像放一场烟花，绚丽极了。这是金盏花，在白天经历了炎热之后，它会在夜间发光，满墙的金盏花都能把屋里照亮，连电灯都省了。这是水晶兰，它自身缺乏叶绿素，所以要从树木身上补充营养，你看它浑身上下都是透明的，像不像用水晶做成的？

我一看，树干上果然开出了一朵鬼魅般的白花，每一片花瓣都是近于透明的，好像一碰就会碎掉。我说，阿梁，你这日子过得赛神仙啊。阿梁又笑笑，然后从身上掏出烟盒，递给我一根，他自己也点了一根，我们之间的气氛不似刚才那么紧张了。抽了两口烟，他用近于炫耀的谦逊指着外面说，不能和你比，我没上过大学，什么都做不了，就只好养养螃蟹种种花喽。说罢又请我坐下喝茶，他沏好茶，倒了一杯递给我，我接过一看，发现这茶杯很特别，非常轻，但又不像塑料的，再仔细一看，里面居然还封存着一只虫子，琥珀一般，便问阿梁这是什么材质的杯子。他努力掩饰着得意，微微笑着说，橡胶杯，我自己做的，做了一套，其实很简单，就是把茶杯形状的黏土模具包在橡胶树上，等树脂变硬之后，再把黏土模具敲掉，一个茶杯就做好喽。

我大惊，连茶杯都是你自己做的？

他说，你应该这样讲，连茶杯都是植物送给我的，其实它们什么都肯送人的，只要是它们有的。走，出去看看我的其他伙伴。

出了树屋，走到水塘边我才发现，水塘边上种的全是花和树，这大概就是他所说的伙伴了。阿梁把裤脚高高挽起，赤着脚，边绕着水塘走边介绍说，这是桫椤，古老的蕨类植物，这是八角金盘，这是隐翼，这是青皮，都属于被子植物。这是龙舌兰，还没有开花，它在生命的头五年，十年，甚至五十年内都不会开花，最后开花的时候都是在夜里开放的，花朵高悬如照明灯，它把自己所有的食物和水分都供养了花，一旦开花，它就会死去，所以它一生只开一次花。这是红杉，最老的红杉能活到一万多岁，比人类长寿多了，仙人柱也算长寿，但只能活到七十多岁。我这棵仙人柱已经开过一次花了，它开花的时候特别像个贵族，优雅而专注，而且只开一夜，所以被称为黑夜王后，因为不会自体受精，所以，它会把自己的美发挥到极致，它开花的时候，整个夜空里飘荡着的全是它的花香，简直美得像一个传奇。这是膏香木，它的绰号叫女总督，因为它会把周围的水资源全都据为己有，而不愿与别的植物分享。

我说，那你还种它干什么？

阿梁笑眯眯地抽了一口烟，说，把女总督种在自己的水塘边，感觉很威风，可以帮我看守水塘哦。

我过去摸了摸女总督的叶子，阿梁立刻制止道，不要摸，你摸它们的叶子时，它们是能感觉到疼痛的，而且植物对创伤和疼痛还有长期记忆，还会把这记忆遗传给下一代，它们还能记住过去的事情，但总的来说，它们忘掉的东西比它们记住的东西要多得多，植物的智力毕竟有限。

我用嘲笑的口气问了一句，那植物会睡觉吗？

阿梁点点头，认真地说，当然，植物们看到天黑就知道要睡觉了，但第二天天亮的时候，它们又会醒过来，如果你把它的叶子摘光，它就会失明，就看不到光了，你猜植物失明了会怎样？人一旦失明了，听觉就会变得灵敏，而植物失明了会拼命生长，个头会比周围的兄弟姐妹高出一截，我猜测，这可能是植物天真的一种想象，它们根据自己当种子时候的童年记忆，认为只要拼命生长，就能钻出土壤看到阳光。

阿梁的说话方式让我暗暗有些惊讶，虽然我明白这其中略带有炫耀的成分，他在急于向我展示什么。阿梁一边往前走，一边兴致勃勃地说，你过来看，这边种的都是肉食植物，是一个家族，这是食鸟树，会把小鸟捉住并吃掉，这是瓶子草，会捕蚊子和苍蝇，这是狸藻，它会从水里捕鱼，这是圆叶茅膏菜，它的胃口比较大，也不挑食，它甚至可以把一个人吃下去。

我看着眼前的肉食植物，忍不住打了个寒战，同时也暗暗惊叹阿梁拥有的这个植物世界。但阿梁已经又走到我前面了，只听他说，这种植物你见过没？我连忙跑过去，只见是一棵不起眼的植物，阿梁已经看到我心里所想了，他笑着说，看着不起眼吧，这是著名的茄参，也就是曼德拉草，传说中一听到它的叫声人就会死掉，所以古代欧洲采摘茄参的时候还会举行一些专门的仪式，要用一柄剑围绕着茄参画三个圆环，眼望着东方割下茄参，然后大家围绕着茄参跳舞，并尽可能地和茄参讲一些关于快乐和爱情的话题。不过你放心，它其实并不会叫，它的魅力全在传说里，它算是植物界的巫师吧。

他又继续往前走，折下一段树枝递给我说，这是另一个家族了，这个家族贮藏着美味的牛奶和酒，你尝尝，这是牛奶树，其实它还有一个更好听的名字，叫木牛，我更喜欢这个名字，多可爱，它枝干和树叶里藏着的汁液和牛奶的味道几乎一模一样，真像一头木牛。

我把折断的树枝放进嘴里吮吸了一下，还真是牛奶的味道。我拍拍叶子，赞叹道，好一头木牛。他又说，你看这里，这是阿福花，割开它的根块就能喝到美味的阿福花酒，它的根就是一只埋在地里的酒坛子。这是槭树，割开它的树皮能流出很甜美的糖浆，我割一点给你尝尝。

我又尝了一点，真有一种独特的甜味。我羡慕地说，植物什么都肯送给你啊，你看看，人家送给你屋子，杯子，桌椅，还送给你牛奶、糖浆和酒，就差来给你送面包了。他不动声色地指了指旁边一棵大树，说，谁说没有面包了，喏，这不是面包树吗？

我啧啧感叹，这下齐了，植物要能直接把衣服给你长出来，你就什么都不缺了。他一笑，指着不远处一棵棉花树说，听说棉花树在北方长得像草一样，绝不可能长成树，你去过北方，是不是真的？但它在我们这里却长成了树，棉花树上长出来的其实就是衣服，只是需要你自己织布罢了，树只是树，又不是商店。

他拉我进树屋，重新泡了一壶茶，刚才没顾上喝，现在喝了几口之后，便觉出茶有些苦涩，显然不是什么好茶，可见他的经济状况确实不是很好。人和植物共栖的空间虽然显得神奇浪漫，但却终究掩饰不住他经济上的拮据。母亲在数落我一直不结婚的时候，总会顺便提到阿梁，说我和阿梁成一路货色了。阿梁到现在都没有娶到老婆，母亲说他几年前谈过一个女朋友，在一起住了都有一年多了，那女的最后连个招呼都不打就跑了，大概是嫌他没钱。想到这里，我便小心翼翼地问了一句，阿梁，你这水塘养点虾蟹，收入怎么样？他啪一声，又点了一根烟，喷出一口青烟把自己藏在里面，我看不清他的表情，只听他故意用满不在乎的语气说，无所谓，我也不求什么，能挣点买烟买茶的小钱就够了。

我把半杯茶放在一边，不再喝了。他立刻敏感地朝那茶杯看了一眼，随即起身在架子上翻找着，一边嘴里说，差点忘了，我这儿还存着一盒好茶的，我给你找找。我忙制止，快不用找了不用找了，我不渴的。他的手并没有停下，最终从罐子里掏出一小包装在塑料袋里的茶叶，沏上了，又连忙把我杯子里的半杯茶倒在地上，换上了新沏的茶。我有些不忍喝，只放在鼻子下闻了闻便赶紧说，好茶好茶。说完两个人竟同时沉默下来，满屋的花香更浓烈更拥挤了，竟似站了满满一屋子的花妖看着我们。

还是我先打破了沉默，我说，阿梁啊，你怎么不出去打工呢？你看镇上的年轻人基本上都去珠三角打工了。他老练地弹了弹烟灰，看着门外笑道，出去又怎样，你出去了还不是又回来了。我有些难堪，连忙辩解道，一个人出去看看外面的世界最后又回来了，和一个从来没有离开过这里的人，你觉得能一样吗？他轻轻呷了一口茶，又抽了一口烟，还是笑着说，我属于没有一技之长的人，也没有上过大学，出去也干不了什么。再说了，外面的世界到底什么样，和我并没有多少关系，为什么一定要挤到世界的中心去呢？待在属于自己的世界里有什么不好？

我半晌无语，勉强喝了一杯茶便告辞了。

4

第二次去找他的时候，我特意给他带了盒好茶叶，他没有推辞，用陶罐煮了水，沏好了茶，却只是给我倒茶，自己并不喝，只管一根接一根地抽烟。尽管木瓜镇上的民宿已经泛滥成灾，我还是决定游说阿梁开民宿，因为我想来想去，这是唯一能让他致富的办法。其中的原因，一半是出于发小之情，从小就一起光着屁股在海里游泳，不愿意看他就这么穷下去，连老婆也娶不到，虽然我自己也还是条光棍。另一半则应该是出于我心里那点固执的优越感，我想让他知道，一个出去又回来的人和一个从来没有离开过的人是不可能一样的。

喝了两杯茶之后，我开始游说他开民宿，我说，你看看，现在木瓜镇上家家户户都在开民宿，有珊瑚老屋的开，没有珊瑚老屋的也要开，连我舅那样的人都能开民宿，你还不能开？开民宿和开酒店不一样，就是讲究个特色，你看你这树屋多有特色哪，晚上连灯都不用点，那些北方人肯定喜欢你这里，因为他们没见过啊。你没去过北方所以不知道，北方有半年都看不到一点绿色的，一下雪，哪里都是白茫茫一片，所以北方人就喜欢看见绿色。你再这么盖上两间，盖大一点，再做两张床，给客人们住，我们这里最不缺的就是树木花草，材料遍地都是，都不用花什么本钱，你说你就这么散养一点虾和青蟹，又没什么技术含量，钱挣不到几个不说，还有半年是闲着的，多挣点钱总没有坏处，起码能改善一下生活吧。

他像没听见，只是坐在荔枝木上抽烟，嘴角还微微笑着，一副满不在乎的样子。我有些生气，在这木瓜镇，我舅舅毕竟是最早开民宿的，所以在木瓜镇的民宿里，舅舅的珊瑚民宿无疑是领袖，最起码也算个乡绅，我作为珊瑚民宿新的管理者，说话也还是有点分量的，居然被这般怠慢。

后来我又去游说过他两次，他都不置可否，只管坐在荔枝木上抽烟喝茶。那棵穿过茶几身体的榕树长得飞快，身手迅捷果断，像一种动物化了的植物，没几天就手脚并用地爬到了屋顶，阿梁只得在屋顶上又帮它挖了一个洞，那榕树立刻便从洞里探出头去四下张望。我一边围着那树啧啧称奇，一边想起了阿梁说过的话，植物身处黑暗中的时候，会根据自己的那点童年记忆，坚信只要拼命生长，就能钻出土壤看到阳光。这棵榕树大概也是靠着自己的童年记忆支撑着，柔软的身躯居然变成了一把宝剑，所向披靡，竟然穿过了茶几和屋顶。

热闹了一段时间之后，民宿之间逐渐开始出现分化，一部分民宿因为没有生意而关门了，幸存下来的民宿之间的竞争则更加激烈了。我不得不又在环境上花些脑筋，找人把屋里重新装修了一遍，把旧木床换成好玩的圆床，把床单被罩全部换新，以提高竞争力。忙过那阵子，终于得了些空闲，我便又晃过去找阿梁。

等到了水塘边，我发现那里又多出了两座花屋，两座屋子都是以桉树做骨架，因为桉树是速生树种，长得飞快，且树干笔直，最适合做骨架。其中一座，桉树骨架上又镶嵌了七里香、九里香、狗牙花、鸡蛋花、木兰花、六月雪、茉莉花等各种纯白色的花树，另一座则镶嵌了三角梅、朱槿、洋金凤、火焰花、刺桐、凤凰、红缨树、红花檵木等红色系的花树，热烈得让人睁不开眼睛，两座花屋看起来一红一白，交相辉映。阿梁走了过来，向我介绍他的新作，白色那座花屋起名为月光，因为七里香和九里香都是在夜间开花，在有月光的晚上，花香袭人，若是满月，这些白色的花朵因为吸足了月光，会变成银色，整座屋子看起来都有点琼楼玉宇的感觉了。红色那座起名为日及，因为朱槿的另外一个名字就叫日及，听起来要比朱槿更古雅。这样一白一红站在一起，月光才像日及在夜晚的影子，或者像日及落在水中的倒影，这么纯洁美好的倒影，世间万物都有自己的影子，云的影子是海上的帆船，星辰的影子是海里的鱼儿，繁华城市的影子是海底的珊瑚礁，房屋的影子是地下的坟墓，日及的影子是月光。

我半天说不出话来，只觉得眼前这个人和我小时候认识的那个阿梁到底是不同了，他更像阿梁留在这世界上的一个倒影，模糊、神秘，还带有几分鬼魅的色彩。小时候的阿梁很羞涩，话很少，偶尔说出一句来，也和别人不同，他还喜欢看书，从谁家借到一本书，就是不吃饭不睡觉，也要以最快的速度看完。他还做过一件我们都望尘莫及的事情，主动向那佬村的一位老人学书法，那老人写得一手好字，在去世前教了他几年书法，他成了老人的关门弟子。如今，写得一手好书法的阿梁在这海边守着一个水塘度日，这让我心里多少有些不安。

再看他的树屋，那棵刺破屋顶的榕树在见到阳光之后，就像变魔术一样，从宝剑迅速变成了一把浓郁的树冠，看起来就像在树屋的身上长出了一只巨大的绿蘑菇。它甚至已经长出了气根，有一条气根一直拖到地上，又重新钻进了泥土里，于是，树屋以一种神奇的方式又返回了故乡，它其实已经变成了一个流动的环形，横跨在天地之间。再仔细一看，那条气根上还挂着一只旧毛绒玩具，一只脏兮兮的小猴子，见我看那只猴子，阿梁在我身后不紧不慢地说，这猴子是我捡来的，不过这道景致我也给它起了个名字，叫猴子捞月。

等到我下次再去的时候，发现水塘边又多出了两间小屋，一间是用竹篾做骨架，做成鸟笼状，又种了些攀爬类的植物攀附在竹架上，有紫藤、茑萝、山蒟、使君子、落葵，百香果和火龙果夹杂其中，同是攀爬者，百香果和火龙果的身姿却一者婀娜一者刚硬，掏出的果实也气质迥异，一者莹白如玉一者艳丽夺目，二者配合在一起竟似一种奇妙的舞蹈。另一间是用土坯搭起来的，以茅草做屋顶，但是土坯里埋有花籽，只要勤于浇水，那些花草便可发芽直至开花。我仔细辨认，都是些草药花，有罗勒、小叶冷水花、良姜、山香、五爪金龙、龙吐珠、春花、龙船花、红丝绒、夜香木兰，毛茸茸地覆盖了四面墙壁，有风吹过的时候，整座小屋摇曳生姿，药香清冽扑鼻，竟似一座药屋。

走进药屋，满屋的药香顿时让我觉得神清气爽，我忍不住赞叹道，阿梁，你都是怎么想出来的？阿梁站在我身后，并不说话，只是一边抽烟一边得意地欣赏着自己的作品。我心里忽然明白了，他其实是想向我证明点什么，证明这样的边缘之地恰恰最有精灵的气质，证明他这样一个从未出过远门的人其实并不比我差多少。

此后，一有机会，我就向那些来投宿的外地人推荐阿梁的树屋和花屋，并带他们过去参观。结果，这些外地人无不惊叹于阿梁那些奇妙的建筑，由植物，而且是活着的植物搭建而成的建筑，他们都能看到那些房屋在呼吸在生长在变幻颜色。他们对阿梁本人也充满兴趣，一个皮肤黝黑打着赤脚的乡村野夫，竟有这样玲珑奇妙的心思，还能写一手飘逸的书法，这种奇特的组合让他们充满了猎奇的欲望，他们认为自己是遇到了藏匿在大陆边缘的逸人隐士。隐士的形象中本身就凝聚着一个诗意的乌托邦，甚至有些隐士隐居在峭壁的山洞里、古墓里、树洞里，他们以野果和野菜为生，像植物一样度过了漫漫时间，到最后，已经很难分清他们到底是人还是植物了。而阿梁正具备了这样的魅力，似一个隐士，又似一个孤独的浪漫主义英雄。一时间，凡来游玩的外地人必涌向阿梁的水塘边，争相要看看现形的隐士，要体验一下那些神奇的树屋和花屋。出现这样的盛况，是连我都没有想到的。

渐渐地，阿梁在外地人当中开始名声大噪，成为传奇人物，他那水塘边简直成了木瓜镇一个新的旅游景点。他显然也受到了鼓励，能忽然被这么多外地人关注，先不说挣不挣钱，光是被人注目，就已经是一件荣耀的事情了，说到底，人不就是为一点尊严活着。于是他又造出了两座神奇的屋子，一座建在水塘上，他在水塘里种上王莲，又在王莲巨大的叶子上用香蕉叶和散尾葵搭起一座凉棚，周围点缀着大大小小的睡莲，晚上月光铺满水面，银光粼粼中沉着一轮宝石般的明月，睡莲在夜色中闭拢的动作幽静美好，王莲似船舶，又似彼岸，隐藏在现实与梦幻的交界处。另一座屋子建在一棵巨大的榄仁树上，那棵老树身上本来就有一个树洞，他把那个树洞挖大，又在上面挖了个小一点的树洞，中间以楼梯相连，竟像是上下楼结构。

来木瓜镇旅游的外地人本来就有限，需要抢客人，而阿梁的崛起使珊瑚民宿一时风光不再，至于其他那些民宿，什么望海民宿，听涛民宿，南极民宿，椰风民宿，则更是黯淡。它们本来就不是独立的存在，是从珊瑚民宿身上繁衍出来或复制出来的，从这个意义上讲，珊瑚民宿和镜子有些类似，都具有一种复制功能，能复制出比自身大得多的世界，但这个世界毕竟是镜中之像，带有梦幻感，而且一碰即碎。而阿梁的树屋则不同，它们不是从珊瑚民宿身上复制出来的，它们是独自野生出来的，又与现实世界完全分离，仿佛真的得到了丛林中的那些木精灵的帮助，天生带有一种植物才有的魅气，气质则介于花园和坟墓之间，缤纷绚烂而又诡异莫测。

那个黄昏，我独自在木瓜镇转了两圈之后，终于承认了一个事实，在这里，我真正的对手其实不是别人，而是阿梁。

舅舅赶海回来了。他每天黄昏时分出门赶海，带着吃食和水，对于这一点，我是一直觉得有些奇怪的，因为他可以在家里吃过晚饭再去赶海，但他偏要带到海边去吃，又觉得这不过是个人的习惯而已。外婆喝了酒，自己爬到吊床上睡着了，泊在晚风中的吊床安静极了，与挂在树上的菠萝蜜和龙眼成了同一物种，都散发着果实质朴的清香，都透着收获渐近的安宁与餍足。舅舅把赶海得来的螺贝虾蟹在锅里焯了，又切了一碟腌木瓜，淋上酱油，然后拿出自己泡的牡山羊酒，光着膀子，开始一个人喝小酒。

我凑过去坐下，他说，鲁加。我便也喝了两杯酒，两杯酒下肚之后，我开始发牢骚，说最近生意不是很好，又和他说起了阿梁的那些树屋花屋。舅舅一边喝酒，一边用一只手在身上搓着泥条，搓长了就从身上摘下来，从容扔掉。半瓶酒喝下去了他才说，无用理，伊厶哇古（他们都不会长久的）。我心想，和你说也是白说。

第二天晚上，赶海归来的舅舅放下水桶和斗笠，并没有急着脱掉上半身的衣服，而是在灯光下呆立了一会儿，忽然，他转过身，神情异样地看着我，用普通话说了一句，食物是大地上长出来的诗。说完他便不再言语，脱掉上衣，蹲到水龙头下，又开始清洗他带回来的那点收成。我愣了半天才小心翼翼问了一句，舅，你刚才说什么？谁讲给你的？他抬起头，有些迷惑地看着我，说，做好加得嘞，鲁幼度（年轻），方法比瓦多喽。

我越发肯定，在那一个瞬间里，舅舅的精神一定是被什么占据了，也就是民间所谓的被什么附体了，其实不一定是鬼神，有时候，执念、渴望与恐惧本身就等同于鬼神。不过，他的话倒是提醒了我，食物是大地上长出来的诗。从当地美食入手。美食本身就是很重要的地域文化，当然可以变成旅游资源。

5

我开始搜肠刮肚地罗列当地的美食。这大陆最南端本身就具有岛屿的气质，如一只带锁的匣子，可以把一些东西封存几百年甚至几千年，依然完好无损。匣子里装着散发文身的古越人、侏罗纪时代留下的动物、恐龙吃过的植物、带着唐宋遗音的黎话、长满青苔的骑楼，还有一样很重要的东西，当地吃食。因为紧靠大海，所以吃食基本都是围绕着海洋来的，很多渔民一顿都离不了鱼，离了鱼简直会疯掉，没有鱼就是没有吃到饭。但吃鱼又讲究“逢春”，正月、二月、三月逢春的是马友、西刀、马鲛、黄花，四五月品味最高的是石斑。不同的鱼好吃的部位也不同，蒙鱼是鱼鼻好，鲳鱼和马友是鱼头好，黄花最好吃的部位是鱼鳔，西刀鱼至美的则是鱼卵。且鱼的美味与大小无关，有一种小鱼叫薄脊，用小火温油煎到鱼色金黄，既可下酒，也可送粥，美味异常。此外，像煎闷马友鱼、土煲槽白、酒焗土龙、清蒸白鲳都是当地人的挚爱，还有大名鼎鼎的白切鸡，过年例的时候每个村都要摆出气势宏大的百鸡宴，每家要抬出一只大阉鸡，阉鸡嘴里还要叼一枝火焰花。做白切鸡最重要的是材质，必须用放养的走地鸡，煮到七八成熟，全熟则会失掉筋骨，吃的时候还必须有专门的蘸料，即把沙姜和蒜切碎，拌上盐和香油。除了鱼，像白灼海虾、黑山羊煲、虾汁腌薯苗、生蚝炒蛋也都是当地人的日常吃食。至于汤，那就更是千奇百怪了，白螺冬瓜汤、鲨鱼皮炖汤、木棉大骨汤、木瓜海参汤、椰子鸡汤、黄皮排骨汤。

我又搜罗了一些地方小吃，比如腌粉，正宗的腌粉定要装在公鸡碗里，吃完再配一碗甜醋。比如打葱，就是把洗净的红葱放在案板上，然后抡起沉香木棍敲打红葱，多数东西是不能打的，一打就死，有个别却在敲打中被打成了美味，打毕，再淋上泡制的酱油。做打葱有一个秘诀，必须由半老徐娘操沉香棒，使出风骚女子和相好的调情时的分寸，娇嗔着假打，力度要恰如其分，轻了不够味，重了就变成了无趣。再就是鱼露，做鱼露要选青鳞鱼最肥的二月，用粗盐把鱼搓腌，放到瓦罐中，用黄泥密封，再埋到地下发酵，三个月后就成了鱼露。鱼露也像红酒一样讲究年份，七八年的鱼露，八三年的鱼露，只是卖不出红酒的价格。另外还有像烤生蚝、炸沙虫、蟛蜞汁、腌橄榄、树叶饼、罗勒饭、益智子馅的粽子都是特色小吃。我母亲做的罗勒饭特别好吃，因为除了罗勒的嫩叶，她还会在饭里加些别的，像鹌鹑蛋、咸肉、腊肠、叉烧、芸豆。

我把客人们的晚饭就安排在院子里，因为人在星空下就餐的时候，会觉得自己正处在人类世界和非人类世界之间，自己像中介一样把星空和大地连接在了一起。我在夜香木兰树下砌了一只土灶，土灶里塞的是荔枝木，因为荔枝木在燃烧的时候没有烟，还有一种特别的清香。灶上架着一口铁锅，我让客人们自己煮饭，用朱槿花、罗勒叶和鸡肉或鱼肉煮一锅米饭，做汤则更是简单到了原始的地步，又有点像带有艺术气质的游戏，可以把材料随意搭配组合，一种组合会发明一种独特的美味。而有些食材的组合简直是上天赐予人类的礼物，比如椰子和鸡，就是天生的绝配，杀几只青椰，把椰汁倒进锅里煮开，再把一只土鸡斩块扔进去，其他什么都不放，就成了清雅的椰子鸡。或是煮些海边捡来的虾蟹贝壳，再扔一把黄皮一块姜母（当地人对姜的尊称）进去，连盐都不放。有时候正在锅里煮羊骨的时候，树上的木兰花正好掉进了锅里，索性再从地上捡一些木兰花扔进锅里，一锅汤立刻变得花香四溢，连羊骨的膻味都被盖住了，落花的美丽与哀愁竟在瞬间转化成了一种可见的食物。

这样的吃食朴素明净，又因为有了植物的参与，简单的饭食变成了一种奇异的盛宴，好像人与植物共同围绕着一堆古老的篝火坐着，院子里的菠萝蜜、杨桃、椰子、杧果、人面子、橄榄、朱槿、木兰，纷纷从树上跳下来，和人们一起坐到了篝火边。边缘之地的精灵们再次从丛林中走出来，加入了人类的生活。因为时空隐退，暂时脱离了社会属性，吃饭的人也感受到了某种稀有的轻松和愉悦，所以一时间珊瑚民宿又有了魅力，我心里很是得意。

镇上的那些民宿又赶紧仿效，纷纷在门口挂出各种特色菜，以招揽客人，却也只是依葫芦画瓢，做些简单的模仿，并没有在吃食上下功夫，所以并没有太多起色，如此一来二去，生意实在维持不下去了，于是又有一部分民宿不得不关门，另谋他路。我淡然看着那些惨遭淘汰的民宿。其实我早已料到，那些渔民最多跟风个几天，到最后还是得回到大海里打鱼去。我心里从来没有真正把他们当成过对手，真正让我从心里有些戒备和畏惧的，是阿梁。他那块水塘边的领地，即使一段时间我故意不过去，依然能感到它带着魅气正游荡在木瓜镇的上空。

这天，趁着有空闲，我决定再去阿梁的水塘边看看。一段时日没去，去了一看，只见水塘周围已经长出了一圈奇形怪状的树屋和花屋，有点像大雨过后忽然涌出来的毒蘑菇，色彩绚烂，千姿百态，带着致幻的魔力。猛地看到这些房子，简直感觉像闯进了童话世界里。走近才发现，在房前屋后，在那些大树的间隙里，还多了一些盆景，这些盆景多养在坛子里，破瓦罐里，咸菜缸里，木箱里，鱼筐里，老石臼里，估计都是他从海边或没人住的老屋里捡来的。这些盆景，个个身材矮小袖珍，却又都老态龙钟，像侏儒一般站在大树旁边，使这水塘边有了一种诙谐的戏剧感。那棵从树屋里长出来的榕树已经繁衍出众多气根，如吐丝结茧一般把整个树屋包裹了进去，看上去又温柔又阴森。果树们纷纷从囊中掏出了自己的果实，面包树和馒头果实现了把粮食长在树上的神话。菠萝蜜和百香果成熟了会自己从树上跳下去，只是体积上的悬殊太大，一起往下跳的时候如同大象和蚂蚁在做比赛。荔枝刚刚谢幕，荔枝奴紧跟着就出场了，荔枝奴是龙眼的小名，因为它总是紧跟在荔枝的后面成熟，才得了这么个绰号。

我环顾着四周，忽然有一种感觉，这里越发像一个神秘的岛屿了，远离人类社会，正滋生和繁衍着它独立的生态和秩序，而阿梁就是这个岛上的岛主或国王。

正胡乱想着，忽听有人在我身后说，有段时间没见你来了，估计你是太忙了，正好，我最近在玩盆景，来看看吧。是阿梁的声音，我扭头一看，他倒没什么变化，依然赤着脚，头发乱蓬蓬的，嘴角叼着一根烟，他很有兴致地向我介绍他那些盆景作品。这些盆景基本上都是他从山上或树林里找来的老树根，有博兰、绿梅、香兰、九里香、金蛇、山石榴、红果、红牛、五色梅、东风橘、相思、金弹子、黑骨茶、雀梅、牡荆、石画、春花、黑檀、赤楠、两面针、铁包金等树种，造型上有的险峻，有的自在，有的真有“清泉石上流”的幽静，还有的无拘无束，如酒后行草，有一枝簕杜鹃的老枝上没有一片叶子，却轰然开出了一树粉色的杜鹃花，像一个头上插满鲜花的老人，散发着一种阴沉腐朽的烂漫。

我俯身朝那杜鹃观赏了半天，说，真不错，阿梁，你怎么忽然玩起盆景来了？阿梁一边抽烟，一边微微笑着说，盆景是植物家族里的宠物嘛，宠物是可以帮助人们分忧的，好玩是好玩，但有的时候，我又觉得它们很可怜，像中国古代那些缠足的女子，为了一双小脚，受了很多苦，我想把它们从盆里赶出去，解放它们，让它们回到树林里生活，在树林里多自在哪，可是盆景盆景，已经离不了盆啦。不过养盆景的过程也很有趣，是一种家养的野趣，不是养小猫小狗的感觉，是养了一只小老虎或小狮子的感觉，你要不停地驯化它，还不能让它彻底没有了野性。但盆景也不是人人都能养得了的，你要养盆景，总要先懂些书法吧，总要会几笔水墨丹青吧，不懂书法和美术的人，估计养出的盆景也平庸。

我半天没说话，一方面是惊讶于阿梁逐渐显露出来的艺术天分，另一方面，我也听出了阿梁想告诉我什么，一个从未出过远门的人，未必比那些出去又回来的人差。没想到，看似与世无争的阿梁竟有着这般要强的心性。我有一种被挑衅了的感觉，便故意指着那些树屋问，听说现在来你这里的客人很多，但好像也没看见几个啊。阿梁笑着递给我一根烟，说，白天这么热，谁出门啊，他们一般都要到傍晚时分才来，来了不想走，就找间屋子住下，反正我这里随便住。我也笑了笑，抽了几口烟，用很不经意的语气问了一句，在你这里住一晚得多少钱？他摆摆手，无所谓地说，我没那么多要求，有点买烟买茶的钱就够了，就是白住也没关系，想住随便住。他说话的腔调让我忽然有些愤怒，我冷笑一声，说，原来木瓜镇只有你一个人是搞艺术的，我们其他人全是只知道挣钱的俗物。

阿梁拿起一把剪刀，一边修剪着手边的一盆博兰，一边云淡风轻地说，你说到艺术家，我还真见过一个艺术家，虽然我没出过远门，但别人可以过来啊，那是几年前了，有个艺术家就来过我们镇上，一住住了好几个月，那人个子高高的，长头发，有时候扎个辫子，他还来我这里喝过茶，说是喜欢这海边的珊瑚屋，想在镇上搞个珊瑚民宿，但后来这个人忽然就不见了。

不知为什么，听到这里，我心里莫名地咯噔了一下，我感觉这和舅舅说起的那个艺术家应该是同一个人。但我还是假装第一次听说这个人的样子，好奇地问，还有艺术家来我们这种偏僻的地方？他嘴角挂着一抹神秘的笑容，只是专心修剪博兰。见他不说话，我心里更加不安了，便又凑过去问道，那这人后来去哪儿了？是不是去海南了？很多人只是去海南的时候从这里经过一下，谁会在一个小镇上长待呢。

我盯着他那抹笑容，居然还挂在嘴角，分明带着示威的意思。修剪了半天，他收了剪刀，像个裁缝一样，左右打量着那棵博兰，好半天才说了一句，那谁知道呢，反正后来是不见了。

我们正说话的时候，拥进来一群人，有男有女，都是老年人，一看就是从北方过来旅游的退休老人。他们在北方的时候应该并不认识，但一到了这陌生的地方却忽然全成了兄弟姐妹，而且，他们好像连年龄也一并丢掉了，个个又蹦又跳又唱，甚至在地上打滚，好像逆着时光，不小心又回到了自己的童年。我想，原因可能是，这些用植物造成的房子与那些砖石水泥蚝壳甚至珊瑚造成的房子都不同，它们是活的，住在它们的身体里，本身就是一种童话。其实除了孩子，成年人甚至老人都是需要童话的。

回到珊瑚民宿，我呆坐了半日，心里很不是滋味。当初，是我帮着阿梁把客人们介绍过去的，可如今，我看着阿梁，就像看着自己亲手从瓶子里放出来的一个巨人，他正越长越大，越长越魔幻，我却无法再把他装回到瓶子里了。无论如何，我绝不能让自己比他差，不然我这么多年在城市里的打拼岂不是都成了云烟？连城市文明带给我的那点优越感也开始变得稀薄脆弱了，就好像，一觉醒来，发现自己其实一直就待在这个海边小镇上，从来没有离开过。

月亮升起来了，院子里的池水和树叶都闪着银光，外婆正坐在扑通树下吃饭喝酒，扑通是莲雾的小名，因为莲雾树喜欢长在水边，果实成熟的时候会掉进水里，发出扑通扑通的声音，所以当地人就叫它们扑通。外婆的晚饭就是一碗番薯粥，关键是喝酒，她开始是坐着喝，后来又爬到吊床上躺着喝，一边喝一边让我给她摇吊床，还真是会享受。摇着摇着她就睡着了，酒坛还抱在怀里，阿橘抱着外婆的头，也呼呼睡着了。它真是爱极了外婆的这颗头，一头乱蓬蓬的白发，不知道有什么好的，但阿橘就是喜欢把外婆这头乱糟糟的白发当成它的窝，白天蹲在她头上，晚上再用花白的头发给自己铺一个舒服的猫窝，趁人不注意还偷喝一点外婆的酒。

我看着眼前这酣睡的一人一猫，静谧美好，人和猫都散发着淡淡的米酒香。我忽然想到，每个地方酿出的酒都有自己的灵魂，不同的水土养育出不同的酒香，清香型，浓香型，酱香型，只有甜烧村能酿出甜烧酒，酒可算是一个地方最古老最传统的文化了，木瓜镇的土著们多喜欢喝自己泡的药酒，五光十色的药酒本身就带有梦幻色彩，对于外地人来说，应该也是新奇而陌生的。

我尝试用甜烧村最古老的方法酿酒，在米粉里掺上各种草叶，加入葛汁使米粉发酵，再把米粉团成鸡蛋大小，放在草丛阴凉处静置一段时间做成草曲，再用这草曲和糯米酿成米酒。在从前，若是家中有女儿的，女儿才几岁大时就要为女儿酿一坛酒，在冬天水塘水浅的时候，把酒坛密封埋在水塘底，直到女儿即将出嫁才挖出来，款待客人，这种酒称女儿酒，味道极好。有些水果也可以酿酒，比如用杨梅酿的梅香酎就十分珍贵，像杨桃、黄皮、木瓜、桑葚都可以酿果酒，甚至仙人掌的果实都可以酿酒，味道独特，且色泽呈玫瑰红，十分妩媚。

米酒酿好只能算半成品，还要在里面泡制各种水果花草飞禽走兽，从森林到海底，从地上跑的到天上飞的，无一不被我们当地人捉住再封到酒坛子里去。飞龙、老虎、黑熊、毒蛇、蜈蚣、野鸟、山羊、蟾蜍、蜜蜂、鲨鱼、鲎、海马、海参、海龟、龙虾、章鱼、五指毛桃、鸡血藤、木香子、海金沙、悬铃花、高良姜、相思子、青梅、苞萝、荔枝、五味子、木瓜、桑葚、杨桃。种类之齐全，使酒坛子里就能自成一个大世界。小时候，每次看见母亲泡酒的时候我都分外高兴，因为觉得带有游戏的性质。如今到了我手里，我不仅想让它像游戏，更想让这件事变得像魔法一般神奇。舅舅最爱喝的牡山羊酒是把老山羊和毛鸡放在一起泡成的酒。我做了各种尝试，把五指毛桃和朱槿泡在一起，把党参和龙吐珠泡在一起，把高良姜和土龙泡在一起。在做这些尝试的时候，感觉自己就像一个坐在地上搭积木的小孩子，所有的积木都摆在面前，可以随意搭建，城堡、大桥、飞船、花园，无所不至。后来我又想到，在这个过程中，我感到很愉悦，那么换了别人，和我的感受也差不多。于是，我决定把泡酒这件事情变成一种世外的游戏，那些来住宿的客人可以自己随心所欲地泡酒，就像随心所欲地搭一种成人积木。

一时间，院子里摆满了大大小小的酒坛子，最高兴的是外婆，好像每天都在过年例，趁我不注意就打开酒坛子偷喝两口，过一会儿再偷喝两口，恨不得能住进酒坛子里再不出来。阿橘跟外婆久了，酒瘾也越来越大，一天晚上它趴到坛子口偷酒喝，不小心掉进了坛子里。我把它从酒里拎出来一顿数落，你这是急着要泡猫酒是吧？

舅舅正坐在龙眼树下，就着生蚝喝他的牡山羊酒，见状便替阿橘解围，伊就是个猫喽，鲁无共伊讲得过，鲁过黎和瓦加两嘴酒（过来和我喝两杯酒）。正好投宿下来的一对小情侣去海边玩了，我便坐过去陪他喝酒，喝了几杯酒，便又发起牢骚，和他说起阿梁正在捣鼓盆景，我不甘心地说，这个阿梁的花样还真不少啊。他喝下去一口酒，满意地眯起了眼睛，搓了搓两只手，拿起一只生蚝撬开，一滋溜吸进了嘴里，只是细细品味，并不说话。

看着舅舅一副满足的样子，我简直有些恨铁不成钢，这时候我忽然想起那天阿梁说的话，便对舅舅说，舅，你提到过的那个艺术家，就是那个帮你开珊瑚民宿的艺术家，真的在镇上住了很久？舅舅撬生蚝的那只手忽然一抖，脸色也随之暗了一下，我怀疑是不是灯光让我产生了错觉，只见他放下生蚝，抹了抹嘴，说，唔记得，加酒啊。我端起酒杯，并没有喝下去，犹豫了片刻，还是追问了一句，舅，那人后来到底去哪儿了？舅舅忽然抬起头看了我一眼，这一眼直让我觉得脊背发凉，我本能地往后躲了躲，但他很快又低下了头，重新拿起一只蚝，一边撬，一边慢条斯理地说，海南喽，伊棹船往海南岛嘞。

但我心里到底是存了个疑惑，此后便有意无意地向村民们打听那个艺术家的消息。我发现，在小小的木瓜镇上，其实很多人都见过这个艺术家，奇怪的是，他们的口径居然很一致，都说后来不知道那人去了哪里。难道说，他忽然就从镇上消失了？难不成凭空飞走了？但后来一天，我在一个亲戚家里喝茶的时候，又意外地听到了另一个消息，那个艺术家在镇上的时候，曾和阿梁的女朋友好过，阿梁的女朋友喜欢上了那个外来的艺术家，为此要和阿梁分手。后来那艺术家忽然不见了，但阿梁女朋友也没有和阿梁再和好，据说她一个人跑到外地打工去了。

6

我又向阿梁的水塘边走去。这段时间没去，一来是因为要费尽心思地吸引客人，总想着如何在一堆民宿中出奇制胜，成为当之无愧的民宿领袖。二来是因为，我其实有点怕见到阿梁，从某种程度上讲，他已经不大像人类了，更接近于鬼魅或精灵。而他那个王国，那个水塘边的世界，更是散发着难以言说的气息，这种气息介于废墟、坟墓、荒野、花园、城市和乌托邦之间，在植物筑成的绚烂与缤纷中，总让人感觉其中还流淌着一丝恐怖的东西。

离水塘越来越近的时候，我竟然开始有点紧张，因为不知道自己又会看到什么。我便不停地提醒自己，不管阿梁又使出什么招数来，都要有风度一点，有时候，厌恶的真实原因其实是嫉妒。

阿梁从不肯轻易离开他的领地，无论我什么时候来他都在，这么一想，越发觉出了他身上的植物属性，好像他是长在这里的。我远远就看到他正打着赤脚，蹲在地上摆弄一棵什么植物。为了掩饰自己的紧张，隔着老远，我就大声向他打招呼，阿梁，你又在忙什么？我最近都没空过来，一天到晚瞎忙，今天得闲，过来找你喝茶。阿梁没说话，也没抬头看我，好像没听见，等我走近了，他才伸出一个指头嘘了一声，小声说，它正在睡眠期间，不要吵。我笑道，植物也怕吵？他认真地说，当然，我刚刚给它做过嫁接手术，刚做完手术的病人不怕吵吗？

我看着眼前这棵植物，一时认不出来，便问他，这又是什么植物？他说，苹果树。

我说，苹果树不是北方的树种吗？在这南方如何能成活？他退到旁边，点了一根烟，抽了两口，得意地说，这是我从网上买的树苗，正因为咱们这里没有苹果树，所以要给它做嫁接啊，让它能更好地在南方活下去。我说，嫁接完的苹果树能长出什么稀奇的苹果？就像早有准备一样，他立刻熟练地说，经过嫁接，苹果会出现很多神奇的变种呢。比如说，有一种苹果叫白色阿斯特拉肯，它在成熟时会变得透明，连里面的核都能看到，就像水晶苹果一样。有一种苹果叫明星苹果，会长出五个明显的棱角。黑苹果真的就是黑色的，好像巫婆给白雪公主准备的毒苹果。还有很多奇奇怪怪的苹果，比如，双生苹果结的果实是成对的，午餐苹果在刚刚结果的时候，几乎不长叶子，鸽子苹果只有四个种子室，而不像普通苹果那样有五个种子室。还有一种叫圣瓦雷瑞的苹果又叫少女苹果，它没有雄蕊或花冠，果实的中央部分很狭窄，有五个种子室，由于没有雄蕊，所以必须经过人工授粉，在圣瓦雷瑞那个地方，少女们每年都去为苹果授粉，如果使用的花粉不同，造出的果实就不同，比如，草莓味的苹果，杧果味的苹果。所以少女们每年都会制造出属于她们自己的苹果，她们每个人的苹果都是独特的，一个苹果只属于一个少女。

我故作惊讶地说，难道你去过圣瓦雷瑞？他安静地注视着我的眼睛说，只有去过才能知道吗？我自觉无趣，便又转移话题，那你这苹果将来是什么味道的？他微笑着说，这是个秘密，不过，我已经给它想好了一个好听的名字，就叫，水边的阿狄丽娜。我说，好听。

他又带我去看一株白色的草莓，说，你看，我培育出的草莓新品种，它也有个好听的名字，叫卡洛琳娜。草莓旁边的那棵醋栗，也有名字，叫“河东狮吼”，因为自从用别的花粉给它授粉之后，它的果实越长越大，像巨人一般，所以不得不给它起了这样一个霸气的名字。听到这里，我忍不住插了一句嘴，发现没？你这里的植物好像都是女性啊。

他似乎愣了一下，并没有接我的话，而是继续向我展示他最近的实验，多少带一点炫耀的意味。他在菠萝蜜树上嫁接了一枝榴莲的树枝，期待它长出榴莲菠萝蜜，在青枣树上嫁接了一枝雪梨的树枝，想让它长出南北合璧的梨枣。蔷薇开满了粉色的花朵，只有一枝树枝上忽然开出了白色的蔷薇，他说他想办法让它返祖了，它的祖先正是这样纯白色的花朵，粉色是后来进化来的。他把蓝花水仙和白花水仙的球茎各切了一半，又合在一起，结果，这株水仙开出的花有两种颜色，有的蓝色，有的白色，有的一半蓝色一半白色。他用柠檬的花粉给娘柑受精，结果结出的娘柑带有柠檬的风味和颜色。他让同一棵李子树上结出了五颜六色的果实，亮黄、翠绿、雪白、青、蓝、紫、红、黑，简直热闹得像棵圣诞树。只见一棵人参果树上挂满了各种形状的人参果，圆形、椭圆形、心形、肾形、圆柱形，居然还有手指形的人参果，着实把我吓了一跳。我叹道，是不是所有的植物都可以嫁接啊？他站在李子树下，仰头望着宝石般的李子，有些傲慢地说，你不懂，有些植物根本不能做嫁接，因为它们很讨厌刀子，比如天竺葵。

他继续往前走，我跟在他后面。很快，他又在一株不起眼的植物前停下，这植物的叶子多少有点像芋艿，他摸了摸这植物，笑着对我说，你摸摸看。我伸手一摸，又吓一跳，这植物居然有体温。阿梁介绍道，这是他种的一棵喜林芋，这种植物不但会制造热量，还会像人一样，随着外界温度的变化调解自身的体温，它产生的热量和一只睡觉的猫产生的热量差不多，所以被称为长在枝头上的猫。

我忍不住又摸了摸喜林芋带体温的叶子，心想，原来这是一只被变成了植物的动物，就像青蛙王子一样，它其实是一只猫，只是中了巫婆的魔咒。正在我发呆的工夫，阿梁又在不远处招呼我，声音响亮，听上去越发得意。我跑过去一看，倒吸了一口凉气，前方轰然站着一朵紫黑色的大花，绝对是花中巨人，看上去又彪悍又邪恶，这样的霸王花，只有恐龙才配和它生活在同一个时代，我们站在它面前就像小矮人，明显有错入时空的感觉。我说话都有点结巴了，阿梁，这，这又是什么花？阿梁抽着烟，欣赏着比房屋还要高的花朵，微微笑着说，这是我种的蒟蒻，当初还怕它活不了呢，如今终于开花了，正好请你一起赏花，有些花的盛开绝对可以算一件大事，从前的墨西哥，仙人柱开花都是要登报的。哦，你不要问我有没有去过墨西哥，去没去过并不重要，总之我就是知道。

他这点孩子气倒也不失可爱，我笑而不语，听他继续往下说，这种巨型花，霸气倒是霸气，不过授粉是个问题，花太大了，蜜蜂们累死也忙不过来，所以非洲的蒟蒻都是靠大象来传粉的。我由衷赞叹道，这花和大象倒是挺般配的。阿梁说，那是你不知道而已，其实古代的花都很大的，像远古时代的风信子、矢车菊、洋蓍草比这蒟蒻还要大，花里装几个人都不成问题，有些地方用来埋葬死人的棺材就是一整朵花。

我仰望着那朵巨型蒟蒻，心里又是快乐又是沮丧，快乐的是，来到阿梁这里真像来到一个魔幻的游乐场，植物和动物相互变形，侏罗纪时代和现在相互交错，一不小心就遇到了几百万年前的植物，面对这样古老的植物，真的应该向它们脱帽致敬。沮丧的是，阿梁摆弄这些植物几乎到了走火入魔的地步，已远离人境，而我只是个俗人，看来无论如何都不是他的对手了。只是，他这样千方百计地折腾，也并没有挣到几个钱，他的那些树屋花屋基本上都是让游人们白住白玩，他这里几乎要变成一个免费公园了。他图的又是什么？

等我回过神来，只见阿梁背对着我，又在认真欣赏着什么花。我战战兢兢地走过去一看，是一种造型很奇特的花，像极了一只彩色的鸟正停在枝头。我说，这又是什么花啊，倒好像是鸟变成的。阿梁温柔地端详着花瓣说，这叫鹤望兰，你看它多优雅啊，像不像一只鹤立在叶子上？我感叹道，这些花我以前连听说都没有听说过，阿梁你真厉害。他有点羞涩地笑了笑，说，和你不一样，我没出过远门，是没见过什么世面的人，但我信仰土地的力量，你种下去什么，就会收获什么，所以在种这棵鹤望兰的时候，我把一只死去的小鸟和它的种子埋在了一起，我相信，这样小鸟就能把自己的灵魂转移到花上。你看，正因为花有了鸟的灵魂，才能长得这般美丽。

我暗想，阿梁说的这些话看似平静，实则内里都较着劲，还是要和我一争高下。显然，就因为我是一个出去了又回来的人，而他从未离开过这里。

他伸手从竹篾上摘下一束干花，说，进去喝茶去，今天给你尝尝我新研制出的花草茶。只见他把腌橄榄、黄皮干、使君子、柑橘花苞、单枞茶、柠檬叶泡在了一起，在他泡茶的时候，我想起了今天来的另一个目的，便犹豫着问了一句，阿梁，你上次说的那个艺术家，就是那个在镇上住了好几个月的艺术家，你知道他最后去哪儿了吗？他把茶放到我面前，笑着说，你好像对这个人挺有兴趣嘛。我说，我舅舅开珊瑚民宿，最早就是他的主意，那珊瑚民宿也算他的作品吧，你说他为什么不回来再看看呢？也不知道这人后来到底去了哪里，镇上人都说不知道，只有我舅舅说他去了海南岛。

树屋里的光线被染成了绿色，有一种山洞里才有的幽静与阴凉。阿梁好像没听见我说的话，倒好茶之后，又拿出人面子做的蜜饯请我吃，我捏起一颗蜜饯，却没有送到嘴里，只是在手里把玩着，蜜饯已经腌得晶莹剔透，状如玻璃球。他也不说话，只是轻声喝茶，沉默了半天，我把那颗蜜饯放进嘴里，嚼碎了，慢慢咽了下去。做完这一系列无聊的动作，我这才抬起头看着阿梁的眼睛说，阿梁，其实你知道这人最后去了哪儿，是吗？

说这句话的时候，我那只握茶杯的手居然在微微发抖。阿梁也紧盯着我的眼睛，我迎着他的目光，只见他忽然又笑了，熟练地点上一根烟，说，你想听实话吗？我觉得这个艺术家还在我们镇上。我的手猛一抖，杯子里的茶几乎倒了出去，只见他抽了一大口烟，徐徐吐出去，然后淡淡说，刚才不和你说了吗，我信仰土地的力量，土地的神奇在于，埋进去什么就能长出什么，并且，所有长在土地里的植物都有它独特的气味，就连生活在土地上的人们也都是有气味的，因为人的根其实也在土地里，人和植物有很多相似的地方，只是植物不会走路，不会挪动地方。所以，只要一个人还生活在木瓜镇这块土地上，我就能闻到他的气味。这可能是我喜欢种花的缘故，我能轻易辨别出不同的花香，自然也能辨别出其他气味。

他顿了顿，又不紧不慢地补充了一句，在木瓜镇，我还能闻到那个艺术家的气味。

我呆呆看了他半晌才问出一句，你的意思是，他现在还在木瓜镇？他抽了一口烟，喷出几个烟圈，把自己藏在青烟后面，笑容越发诡异。我听见他说，那我就真不知道了。

7

回到珊瑚民宿的时候，夕阳已经入海，海天交界处燃烧着一大堆金红色的火烧云，半个天空被烧得通红，海水也被烧成了金色的岩浆，出海的渔船星星点点地缀在海面上，一艘汽艇快速从海面上滑过，身后拖着雪白的浪花，一个人蜻蜓一般轻盈立于船头。

舅舅提着水桶，带着吃食和水，正准备去海边，我便在他面前发了几句牢骚，说阿梁最近又培植出一些奇奇怪怪的植物，他那里简直已经成为一个旅游胜地了。说完这话，我意识到自己确实是在嫉妒阿梁了，忽然间又为自己感到羞愧，嫉妒本身就是一种无能的表现。但舅舅好像压根儿没听见我说的话，径直出了门，像往常一样朝海边走去。

我一边做晚饭一边琢磨着阿梁层出不穷的招数，我有一种感觉，他并不是简单地在种几棵花花草草，相反，我感觉他充满野心，他其实是在构造一座建筑，一座由植物筑成的奇特建筑，而且，他现在还在继续往高处建，像建塔一样，一层一层地往上垒。他的树屋、花屋、盆景、从实验中得来的异形植物、荒僻处的奇花异草、恐龙时代的孑遗物种，全是建这座塔的材料。这样一座塔，周身覆盖着珍奇繁复的植物，豪奢浪漫，简直有点近于巴洛克风格了，但如果他就这么一直建下去，一层一层地往上垒，像巴别塔一样垒到高耸入云的那天，恐怕又有点哥特式的阴森了。

不行，我不能就这么输给他，一个从文明社会返回的人输给一个从未出过远门的人？可是，接下来我又能做什么呢？一段时间的尝试之后，我已经发现，当地的美酒美食未必合北方人的口味，他们天然地对海鲜缺乏鉴赏力，一千块钱一斤的鱼和十块钱一斤的鱼对他们来说竟然没有多少区别，七成熟的白切鸡明明最是鲜美，但他们认为没煮熟，说是咬都咬不动，把当地最珍贵的牡山羊酒捧给他们，他们又惊骇地盯着瓶子里泡着的山鸡。他们更愿意吃面条，或吃那种巨大的馒头，里面还什么馅都没有。木瓜镇毕竟只是一个小镇，旅游配套设施很有限，若是打出坐船的招牌，恐怕坐一两次船也就没有兴趣了，若再遇上风浪晕船，恐怕一辈子都不想再坐船了。

因为住着一对北方来的老夫妻，又因为最近生意不景气，雇的那两个帮工也辞退了，我只得自己下厨做饭。一共做了三个菜，一个韭菜鲜蚝仔，一个香煎软唇，一个白灼海虾，煲了一个凉瓜排骨汤，又用朱槿花蒸了米饭。外婆的饭仍是一碗番薯粥，阿橘的饭则是几条小杂鱼，人和猫一起坐在菠萝蜜树下，围着桌子吃饭喝酒。我认为民宿就应该这样，主人和客人一起吃饭，才有家的感觉。吃饭的时候，一只熟透的菠萝蜜从树上落了下来，扑通一声砸在地上。那老太太吓了一跳，我说，阿姨别怕，菠萝蜜就这样，有点人来疯，一看人多就想过来凑热闹。老太太是个退休老教师，她笑道，你们这里的植物都特别有意思，听说这镇上还有一个神奇的植物园，我们过来主要是想看看这个植物园，不知道好不好找。我一听就知道她说的是阿梁的水塘边，心里顿时很不是滋味。

直到晚上十一点多，舅舅才回来，他放下水桶，忽然站直，用普通话对我庄严地说，无形之物，镜花水月。我很是诧异，正想问问他说的到底是什么，他已经脱掉上衣，光着膀子，把头伸到水龙头下冲了冲，说了一句，做乜都半日啦，鲁还唔睡觉？我说，舅，你刚才说的是什么？他有点困惑地看着我，好像听不懂我的话，又指了指水桶，说，治个蟹去，京蟹多，瓦无掠得动。

我在厨房里一边蒸螃蟹一边想着舅舅的异样。有时候，当他从海边回来的时候，我感觉他好像不是去赶海了，而是刚从一重神秘的空间里出来，但这重神秘的空间能藏在哪儿呢？我想起了吊床，在吊床周围，时间的熵会发生变化，导致吊床周围的时间会变慢，所以躺在吊床里的人会感到一种奇异的闲适和轻盈。这重神秘的空间也应该是这样，应该就隐藏在周围，看似平常，实则是其内部时间的熵发生了变化，所以变成了三维空间之外的另一维。那舅舅能去哪儿呢？莫非他游到海底，那里有一个类似于龙宫一样的水下城邦？还是他偷偷钻进了一座巨大的珊瑚礁，那里有一个隐秘的山洞，有桌子有床有古老的秘密，桌子上还点着一根前人留下的蜡烛。再或者，难道海上有一座隐形的飞来岛？退潮时出现涨潮时消失，而舅舅每次都是乘着鳐鱼去往这座飞来岛了？

然后，连我自己都笑了，这些都不过是海上童话，事实上，我明白，舅舅只有两个地方可去，要么是白沙滩，要么是海边的红树林。沙滩是裸露的，人人可以去得，红树林则不同了，那片红树林里长着各种不同品种的红树，白骨壤、海柔、桐花、秋茄、海加丁、海榄，等等，一些老红树已经有几百年了，光是错综复杂的根须就能繁衍出一个庞大的家族，越是往红树林深处走，越是藤萝纠缠，蓊郁阴森。而且红树林一般都生长在海边的沼泽里或盐水滩中，水中生活着鱼虾蟹龟还有剧毒的水蛇，一般人没事不会进去玩。况且，那片红树林里还包裹着一座可怖的灯塔，估计当年法国人建那座灯塔的时候，周围的红树还很少，自从废弃之后，便慢慢被红树林包围和吞噬了，再加上闹鬼的传说，谁没事敢往那里去？忽然，我一怔，准备揭锅盖的那只手停在了半空中，这片几乎没有人敢进去的红树林，不正是一重被包裹在空间里的空间吗？匣子里套着匣子，一层一层静静地摆放在海边。

第二天，老夫妻退了房，打听了一下方向，便朝着阿梁的水塘边走去。我洗了床单被罩，晾在院子旁边的空地上，那里有几棵椰子树，树中间架着晾衣绳，还架着几张吊床。下午去收床单的时候，忽然起风了，白色的床单被风装得满满的，变成了一个大白胖子，我连抱都抱不住。站在这床单下，竟然生出一种错觉来，觉得自己正在船上，船帆已经扬起来了，船正被风推着往前走。风势小了，床单徒然瘦了下来，我刚想把它拽下来，风势再次变大，床单又一下被吹成了一只大白气球，气球向天上飞去，几乎把我一起拽向空中。我摸着那鼓鼓的气球，感觉自己摸到了风的形状。我又想到那些掠过树梢的风，吹落一地花瓣的风，摇响古塔上风铃的风，和吊床嬉戏玩耍的风，那摇曳的树枝，那满地的落花，其实都是风的形状。

我忽然想起昨晚，舅舅赶海回来对我说的那八个字，无形之物，水月镜花。风不就是无形之物吗？海边生活着形形色色的风，风是水上之灵，晨风、夜风、清风、煦风、微风、狂风、飓风、土台风、海龙卷，还有一些从远方迁徙而来的风，像季风、信风、反信风、超级台风。海龙卷是最有趣的，有时候成群出现，真有九龙戏水的壮观，有时候就孤零零一只，悬挂于海天之间，好像要把海水统统都吸到天上去。海龙卷会吸水，自然会把鱼虾一起吸入其中，大的海龙卷还会把小船也吸进去，仰头一看，海龙卷成了一只杵在天地间的透明鱼缸，里面有鱼有虾有海龟，还有大大小小的船，甚至还有渔民和水手。

风的同类还有云、虹和闪电。在海边看云起云落也绝对是一种享受，它们升起的地方不能用遥远来形容，而是一个属于出生前和死亡后的地方。被夕阳染红的大云恢宏壮丽，如一座远古的城堡屹立在海天交界处，里面住着国王、王后和骑士。没有落日的时候，云在海上嬉戏玩耍，无拘无束，时刻变幻着颜色和形状，有时候是动物园，各种动物奔跑在天空里，有时候又成了纺织厂，全世界的棉花都赶到这里来赴约。雨前的云会变成青色，所有的云揉到一起变成长长一条，长城一般伫立在海上，而暴雨前的积雨云则漆黑似铁，如深井倒悬在头顶，里面还蛰伏着幽灵一般的红色闪电，浓积云云底则往往携带着两条海龙卷。云实在属于这世上最自在之物。

不知道雷州半岛的得名是否与此地多雷有关，这里的雷也和别处不同，很多时候它们都没有声音，只有转瞬即逝的身形和光亮。入夜，海和天不再有边界，一起被装进了一只巨大的水晶瓶里，水晶瓶里有宝石般的星光，有银色的月光，还有神秘诡异的闪电。那些闪电多生活在遥远的海面上，有的像匕首一样锋利短促，闪着寒光。有的长得足以把整个夜空撕成两半。有的闪电躲在云层背后，在它亮起的那一瞬间里，云层变成了巨型的灯笼悬挂在夜空里，又飞快地熄灭下去。有的徒然从云层里钻出来，长满金色鳞片，亮着獠牙，如史前的怪兽。有时候你正在海边坐着，对着黢黑的海面发呆，对面的天幕忽然无声被闪电点亮了，如一出盛大辉煌的歌剧即将上演，而这种辉煌，居然只有你一个人看到了，这种孤独与荣耀，成了你和天地间的一个秘密。

这海天交界处也是彩虹经常出没的地方，雷雨之后必有彩虹降临，有时候即使没有雨只有雷和闪电，彩虹居然也会如约而来，好像它们之间有什么接头暗语似的。有时候来的还不止一座，会有两座彩虹同时来到，一高一低，一雌一雄。巨大的彩桥架在陆地与海洋之间，会让人觉得，只要走上那座桥，就能从海洋走到陆地，或者从陆地走到海洋。

我明白了，带着客人们去看云听风观虹，在一个过于现实和坚硬的世界中去寻找这些渺茫的无形之物，本身就是一件浪漫的事情。至于水月镜花，那些沉在水底的古城，亚特兰蒂斯、希拉克莱奥、帕夫洛彼特里、贝亚城，还有那些水底的沉船，水底的珊瑚礁帝国，不都是吗？我曾在潜水的时候遇见过一艘水底的沉船，因为是浅海，阳光充足，适合珊瑚生长，所以那沉船已经完全被珊瑚所覆盖了，甚至桅杆上都长满珊瑚，猛一看，那简直是一座长成了船形的巨大珊瑚礁，沉船腐朽的骸骨与五光十色的珊瑚长成了一体，好像那些珊瑚是从枯骨与尸骸上开出来的花，美艳而阴森。只要船行到准确的水域，海水也足够清澈，就能看到水下的珊瑚帝国甚至沉船的影子，其实一艘沉船也是一个水下帝国。

我忽然又想到，风云雷电其实并不是彻底的无形，在它们后面，还有更深的无形，就是那些在木瓜镇已经栖息了几百年的神和精灵。从来没有人真的看到过它们，但木瓜镇上的每一个人，无论男女老少，都相信它们的存在，所以它们的庙宇无处不在，有的恢宏壮观，有的小巧如火柴盒，它们的生日就是全镇人最盛大的节日，那些古老诡谲的仪式，游神、选僮、穿令、过火山，无一不是人神之间对话的奇特方式。而木瓜镇能繁衍出这么多的神，可能与它的偏远有关，极南之地，单纯朴素的人，地域的岛屿性，蛮荒与淳朴并存，这些正是神得以产生的条件，所以那些繁华的大城市里根本不可能产生神。而这些神秘的与信仰有关的仪式也是一种场所精神吧，对外地人尤其是城里人也应该是充满吸引力的。

以前怎么没想到呢，在一个万物并存的时空里，只要有适合的条件，万物皆可复活，皆可能拥有生命。我坐在海边的礁石上，看着已堕入黑暗的大海，心中涌起一种难言的喜悦，还有一种破解了谜题之后的轻松。解谜的过程有通灵之感，似在与天地对话，只是，这谜题，究竟从何而来？舅舅到底是从哪里拾得的呢？一定是有人告诉他的。举目望去，只有大海、天空、沙滩，还有旁边的红树林。我忍不住向那片红树林望了又望，那片神秘的树林在夜晚看上去黢黑如铁，而且密不透风。那里确实适合盛放秘密。

我在珊瑚民宿的门口挂了一块日历板，每天写上不同的内容，看云，听风，看珊瑚，看晚霞，观雷电，看沉船。但一段时间之后，我发现这一招只对年轻人有些吸引力，而来木瓜镇度假的北方人基本以退休老人为主。眼看收效甚微，我决定再去看看阿梁，说是去看，不如说，实在是好奇，想知道阿梁最近又使出了什么新招，有时候他的招数奇特幽僻又炫目，有点像武林秘籍中的独孤九剑或菩提刀法。我已经明白了一个事实，阿梁也绝不想输给我，那他又为何定要和我一争高下呢？我看他对挣钱其实并没有太多的兴趣，真的如他所说，有点买烟买茶的小钱就够了。那他又是为什么呢？也许是因为，他内心里从来就是高傲的，只是从前，连他自己都不确定自己是否可以高傲。我们俩之间的较量一步步发展到今天，其实与挣不挣钱已经没有多少关系了，而是事关尊严。

在去水塘的路上，我猜测着阿梁不知又培育出了什么新的植物品种，上次已经见过蒟蒻那样巨型的花，这次会不会看到比蒟蒻还要恐怖的花？就像花中恐龙？我又怕他那些嫁接和授粉的实验会导致植物基因突变，哪天忽然长出一株外星人一般的植物，那植物长着眼睛和嘴巴，甚至还能开口说话。

正胡思乱想着，已经快走到水塘边了。我远远就闻到了一股异香，正是从阿梁的水塘边散发出来的，我心里纳罕，这又是什么可怕的花朵，简直在十里之外就能闻到它的香味。后来仔细一闻，又觉得不像是花香，倒像是香料散发出的味道。我心里不由得一紧，阿梁果然又出新招了。这么想着便快步走到了水塘边，越往里走，香味越重，而且不是单调的香味，是那种混杂的复调的熙熙攘攘的香味，简直像走进了一大片旗袍女人中间，周围摩肩接踵的全是施了脂粉洒了香水的旗袍女人，连道路都被淹没了。

阿梁正蹲在花丛中收集花瓣，看见我来，很高兴的样子，起身一把拉住我，倒好像生怕我跑了，他拉着我就走，我心里不由得一阵恐慌，感觉他像只蜘蛛一样，在这里结了网专门等我。我们走到一棵古老的蜜香树前，那棵蜜香树很是粗大，两三个人都抱不过来，在木瓜镇，过节祭祀的香材多是从这样的老蜜香树上提取。我仰脸一看，树上居然搭了一座小屋。

阿梁说，你可算来了，我一直等你来呢，你来看，这棵蜜香树多神奇哪，它的根茎和枝节的颜色各不相同，我发现它每个部位都可生出不同的香料，树心和树枝坚硬发黑的部位放到水中就会下沉，是沉香，如果是半沉不沉的，那就是鸡骨香，用它的树根可以制成黄熟香，树干可以制栈香，细枝可以制青桂香，用它那些又大又轻的根节可以制成马蹄香，用它的果实则制成鸡舌香。你看，为了和它匹配，我在树上搭了座香料屋，是用桂木和熏陆香搭起来的，有风吹过的时候，桂木就会飘出香气。屋顶是用紫藤和木香覆盖的，还有开花的丁香缠绕在紫藤上，木香闻起来像花蜜一样，紫藤的茎干放久了就是紫香，而丁香的花蕾是一种古老的香料，人睡在里面会觉得心旷神怡，连头痛脑热都治好了，我就想着等你过来了，赶紧让你上去感受一下。

望着树上那座香料屋，我心里不由得生出一股敬意，在这小镇上，阿梁才他妈是真正的艺术家，再这么和他比下去，我迟早要黔驴技穷，而他则像热带植物一样，在这红土地上越发生长得狂野妖娆，不可一世。我心里又是感动又是沮丧，想掉头回去，但阿梁哪里肯放我，他不由分说，拽着我的胳膊把我拖到树屋里，只见屋里新钉了几排架子，架子上摆满了瓶瓶罐罐。他打开一瓶，轻手轻脚取出一饼香，焚上了，微微把青烟往我鼻子底下扇了扇，得意地说，你来闻闻，这香味如何？这是我前几天刚制出来的香，叫熏华香，是把降真香的树枝切成薄片，放在坛子里，用蔷薇水浸泡，再把坛子放在炉上，用小火慢慢蒸干，就制成了熏华香，这种香味很是清扬。

怕我跑掉，他又把我摁在凳子上，打开那些瓶瓶罐罐一一向我介绍。这是荔枝香，是用荔枝的壳制成的合香，香气很是清新。这是孩儿香，专等蔷薇开花的时候，又碰巧下了雨，被雨水淋湿，花香滴到土上，再经过风干变成的土香就叫孩儿香。这个香叫瑞球香，是把白檀香、降香、马牙香、甘松、山柰、香白芷、云母石、小儿胎毛，研成细末，用白芨水调和制成。这个叫引路香，是把檀香、芸香、速香、黑香、大黄、甘松、炭末，放在一起研磨后用荔枝蜜调和。这个叫御衣香，把檀香切成片，用茶水煮过，沉香切片，用蜜水煮过，茅香用酒煮过，炒至黄色，再加入玫瑰花、木香花、茴香、丁香、白芷、藿香叶、橄榄油，一起研磨，制成香饼。这个是专门为女人们制作的香粉，叫八白香，是把白丁香、白僵蚕、白附子、白牵牛、白茯苓、白芨、白芷、白莲，一起研成粉末后再加入绿豆粉，用了可使女人们面色如玉。这是为女人们制作的唇膏，叫留兰香，是把鸡舌香、藿香、苜蓿、兰香四种香料，用棉纱包裹，放入酒中浸泡一夜，再把茶花油和猪胆放入坛中，倒入浸过香的酒，煮沸后加入浸过的香料，用文火一直煎煮到水干时分，再加入丹砂，就制成了这种留兰香，用了可以使女人们唇色红润。

他滔滔不绝地往下讲，那饼熏华香燃尽了，他又取出一饼香焚上，我分辨不出这是什么香，只觉得闻了以后有些微醺的感觉，整个人飘了起来，好像来到了一个陌生的时空里，在我的周围，飘摇着很多幽灵般的植物，我看不见它们，但是分明可以感觉到它们的存在。我忽然明白了，前几次来，我都是站在外部观看着那些植物，而这次，我是走进了它们的内部。阿梁这次不再是用种植、扦插、嫁接、授粉、转基因的方式，他舍弃了它们的形状、颜色、芬芳，改用招魂的方式把植物们的魂魄收集了起来，有些花魂放在一起时产生了奇妙的化学反应，有些花魂在经过了火烤和熏蒸的度化之后，转世投胎为另一种存在。这简直是与中世纪炼金术相似的巫术，他通过这种巫术，让植物从有形化为无形，同时却成为他那座巴别塔上最坚固最璀璨的材料。而他自己的格位，也从一个花匠、园艺师上升为巫师、魔术师。

阿梁又熏上了一炷卧香，请我品鉴这种香味如何，他自己则开始动手沏茶。看得出，他心情很好，只是在我面前强忍着，以示对我的尊重。我也不能让自己拔腿就跑，显得太没有风度了，我便干脆闭上眼睛，细细品起香来。只听阿梁在我耳边悠然地说，香与花最是相配，对花焚香是这世上最美妙的事情，我一一试过了，木樨与龙脑香最匹配，荼蘼与沉水香最为匹配，郁金香与檀香最是匹配，兰花与四绝香最是匹配，含笑与麝香最是匹配，现在焚的就是四绝香，因为今日桌上摆的是兰花。我这才发现，桌上摆的果然是一盆兰花。

我心中感慨万千，都说把无形之物变成有形之物是件艰苦卓绝的事情，这种事情一般是由发明家和科学家来完成的，而事实上，世人不知，把有形之物化为无形之物也许更为卓绝。想到这里，我心里忽然猛地跳了一下，无形之物，我们都想到了无形之物，也就是说，阿梁的招数居然和我是同步的。我们貌似走在两条不同的路上，走着走着却发现，我们竟然是朝着同一方向而去的。

8

黄昏，舅舅带上吃食和水桶，照例出去赶海。我悄悄跟在了他后面。我想看看，舅舅到底在和什么人对话，难不成，他真的是在和某种神灵对话？他并没有绕着红树林边缘向白沙滩走去，而是，走到红树林边上的时候，他忽然停住了。他朝周围看了看，看可有人注意他，然后，趁着暮色，他倏地钻进了红树林。穿过红树林也可以到达白沙滩，但很少会有人这么走。我心里又是紧张又是兴奋，果然是那片红树林，一个岛屿中的岛屿，一个最适合盛放秘密的匣子。

我也跟着进了红树林，没走两步，水就淹到了小腿肚上，因为怕发出响动，我只好轻轻把一只脚拔出来，再缓缓把另一只脚踩进水里，舅舅走得也很艰难，所以他的背影还在树枝间依稀可见。红树林里的光线要比外面幽暗得多，红树的根盘根错节，几乎全都裸露在外面，就好像它们长了无数的脚，它们是可以走路的，能从村口一直走到白沙滩，最后织成了一张巨大的蛛网，要把所有的闯入者都网罗其中并消化掉。但红树林也是无数海边动植物赖以栖息的家园，所以，红树林不能碰，一碰就会像放烟花一样，惊起无数栖息在这里的水鸟。因为树和鸟都是红树林的肢体，二者相依为命。在我经过的地方，时不时会飞起一簇水鸟，防不胜防，幸而舅舅经过的地方也是如此，头顶不时升起鸟的烟花，所以他并没有多回头张望。

舅舅并没有横穿过红树林，当他走到红树林中央的那座灯塔前的时候，再次停住了，在红树林即将被夜色淹没的那一瞬间里，我看到他从身上掏出一把钥匙，打开了灯塔下面那扇腐朽的门，然后，他推门进去了。黑暗开始降临，慢慢淹没了红树林，那座废弃的灯塔站在黑暗深处，静默不语，神秘极了。我开始往回返，我能看到的唯一光亮，是星光透过树枝落在水中的倒影，我每走一步，这倒影就会碎成一片，而在我经过的地方，银色的碎片又重新缝合于红树的脚下。

第二天上午，舅舅骑着摩托车，去县城采购东西去了。我安顿好外婆，塞给她一坛酒，让她慢慢喝去，自己则在身上带了一把钳子和一把水果刀，再次走进了那片红树林。一直走到灯塔跟前我才看清楚，这座站在水中的灯塔，已经很难辨认出原来的材质，因为，整座灯塔都被绿色的植物所覆盖，靠近水面的地方还长出一层厚厚的生蚝，盔甲一般坚硬，猛一看，都不会以为这是座灯塔，倒更像是从阿梁那个魔幻乐园里跑出来的树屋。那些树屋，会吃会喝会呼吸，还会不停地长高，真跑出来也不算稀奇。我看到门上挂着一把生锈的铁锁，但毕竟已经腐朽，我用钳子使劲一钳，那锁就坏掉了。

我推门进去，一股潮湿浓重的霉味扑面而来，借着从窗洞透进来的光线，我看到，灯塔内的墙上也长满了毛茸茸的青苔，还有蘑菇木耳类的菌子，摸上去冰凉滑腻，好像摸到了一只沉睡中的大型动物的皮毛，我不敢多加触碰，唯恐这大型动物会忽然睁开眼睛看到我。灯塔中央有一架螺旋形的梯子，也锈迹斑斑了，一直通往灯塔的顶部，上面应该是仓库或是守塔人住的寝室。我屏息听了片刻，听不到任何声音，犹豫一番之后，我最终还是下了决心，沿着楼梯盘旋而上，在楼梯的尽头，也就是在灯座的下面有间小屋，门也是锁着的。我趴在门上听了听，里面没有任何动静，我在用钳子钳掉锁的一瞬间里，使劲踹开了门。

果然是守塔人的寝室。圆形的屋里有两扇窄小的窗户，光线能透进来，可以看到，屋里有一张窄窄的单人床，一只木箱子，一把破椅子，墙角有一堆修理灯塔的工具，早已锈迹斑斑，地上还摆着两只塑料桶，站在门口都能闻到桶里散发出的难闻气味。有一个人正在屋里很缓慢地转圈，听到踹门声，居然连头都没回一下，还在慢慢地挪动。只见这个人拖着一头长长的头发，可能是很久没有洗过了，头发锈在一起，像一团杂乱的水草，身上破败的衣服和墙上的青苔融为一体，猛一看，竟以为他是这灯塔里长出来的一株人形植物。但我还是很快就明白了过来，悬人，头毛长长，尼官显，伊后来棹船过海往海南岛去了。他应该就是那个从木瓜镇忽然失踪的艺术家。

因为已经被舅舅在这里囚禁了两年，他说话有些说不利索，和我说话的时候也像是在自言自语，大概是因为，他在灯塔里的大部分时间都是靠自己和自己说话打发过来的。舅舅每天天黑前会来灯塔一趟，给他送吃的送水，给他倒便桶，但也很少和他说话，就是说也只说些关于珊瑚民宿的事，舅舅会让他帮他出主意。这也是舅舅当初把他囚禁起来的原因，他不想让他走，要他一直陪着他，可能因为他心里认定，只靠他自己，是根本无法把珊瑚民宿经营下去的。而这是留住艺术家的唯一办法。

奇怪的是，他并不和我说让我救他之类的话，而是像只钟表一样，围着圆形的房间，只是不停地转圈，一边转圈一边自言自语，珊瑚屋，珊瑚，来自大海的艺术品，从海洋走向陆地的艺术品，就是艺术，我第一眼看到珊瑚屋，就知道，它们，是艺术，艺术。

他说的是字正腔圆的普通话。我想起在那么几个瞬间里，舅舅也会操起这样字正腔圆的普通话，神秘地、诡异地，对我说几句天书一般的呓语。我忽然明白了，那些话其实出自这位艺术家之口，而舅舅只是模仿。准确地说，那并不是一个真实的舅舅，而只是一个被他自己分裂出去的人格分身。因为恐惧，还因为仰慕，还有淳朴和野蛮搅在一起时发生的剧烈的化学反应，那个分裂出去的舅舅和眼前的艺术家会忽然重叠在一起，他们会在瞬间变成一个人，继而又很快分离。

我坐在椅子上，他则一刻不停地转圈，好像他变成了我的一颗卫星。可以想象，在长达两年的幽闭式的生活当中，他每天都是沿着这样的轨道在自转，显然，他已经演化出了某种接近于天体的气质，可以无限地这样运转下去。我问他，你在镇上一共待了多长时间？他一边自转一边用梦境般的语言说，那时候，我每天去看海，海龟从南太平洋赶来，鲸鱼从南极赶来，我在看鲸，鲸也在看我，水鸟从水下起飞，海豚在捕捉沙丁鱼，珊瑚比云霞更灿烂。我又问，除了我舅舅和我，这两年你还见过谁？他一边继续转动一边说，园艺艺术家，他的花园，种了很多很多花，珍奇的花，植物的艺术，大地上的艺术，有一棵丝兰开花了，它等待着访客的到来，然而没有，没有客人来访，一个植物里的作家，孤独的作家，孤独，没有一种艺术可以脱离孤独，那些花，颜色和香味在风中摇摆，植物的诗歌，花园是很快凋零的聚会，散了，都散了。

我一听就知道，他说的园艺艺术家是阿梁。难怪我和阿梁同时想到了无形之物，可见阿梁不仅知道艺术家被囚禁在这里，甚至还可能来灯塔看过他。这时候我忽然又想到，我之所以能在这里找到被囚禁的艺术家，根本原因还是在于阿梁，现在回头想想，他其实一直在给我一些暗示，正是有了这些暗示，我才跟着舅舅一路找到了这里。可是，他为什么要给我这些暗示呢？希望我找到这个艺术家？我又想起那天在亲戚家喝茶的时候，曾听亲戚说起过，阿梁的女朋友是因为喜欢上了那个艺术家，才要和阿梁分手的。如果真是这样的话，阿梁应该恨眼前这个人才对。于是我便又试探着问，你说的那个园艺艺术家是阿梁吧，听说他女朋友爱上你了，所以才要和阿梁分手，真有这回事吗？

他还在自己的轨道上旁若无人地转动着，但说话慢慢变得流利了些，可能还是因为平时根本没有和人说话的机会，所以在正式说话之前，必须得经过一定的演习和排练。只听他说，塔希提岛上的高更，他画的《塔希提岛上的牧歌》，画得多好，只有野蛮的地方才会有牧歌性，高更在塔希提岛上的情人叫泰阿曼娜，土著少女喜欢外来的艺术家，是因为她们喜欢外面的世界，但高更不会带着泰阿曼娜去巴黎，因为他知道，去了连原始美都毁灭了。

我叹息道，你们这些搞艺术的，原来你是木瓜镇上的高更啊，我听说，在你失踪之后，那女孩和阿梁也没能复合，而是独自出去打工了，她到底还是去了外面的世界，也不知道现在在哪里。

他的自转戛然停住，他微微侧过头，似乎朝我看了一眼，然后，自转再次继续。我猜测，他必须在这个熟悉的轨道上转动的时候，他说话和思考的能力才会恢复，一旦停住，他就会化为一棵人形的植物，与这灯塔的墙上、缝隙里长出来的苔藓和蘑菇没有两样。他又转了一圈之后，忽然说了几句很诡异的话，他带我来红树林，说去看一座老灯塔，法国人建的灯塔，我来了，从此以后我就失踪了，而那女孩比我失踪得更早，那一天，我在镇上到处看不到她的身影，我就知道她失踪了。

我愣住了，一阵阴凉的感觉嗖地蹿到了头顶，我问他，你在说什么？他很笨重很干枯地笑了一声，一边转动一边说，我进来灯塔多久了？我早已经忘记了时间，我在这里已经几百年了吧，这几百年里我一直在想一个问题，什么是失踪，失踪的人是介于活人和死人之间、神灵和鬼魂之间的一种人，有时候这个人其实已经死了，别人却还可以当他活着，无限地活着，比所有的活人活得还长久，有时候，这个人本来还活着，别人却都以为他已经死了，把他的遗像挂在墙上，从此以后他就只活在了墙上，把他写进书里，从此以后他就活在书里，而那个真实的他反倒变得像鬼魂。而且，失踪的人是可以变形的，你永远不知道他会变成什么，把我藏在红树林里，我就迟早会变成一棵红树，和这周围的树木没有任何区别，如果把我埋在泥土里，我可能就会变成一颗种子，这种子有一天要是发芽了，开花了，那朵花其实还是我，就算没有人能认出我来，那也还是我，这世上不会有干干净净的失踪，只有形式间的转化。

我猛地想到了阿梁种的那些妖魅奇异的花，还有那天在水塘边阿梁对我说过的话，我信仰土地的力量，你种下去什么，就会收获什么，所以在种这棵鹤望兰的时候，我把一只死去的小鸟和它的种子埋在了一起，这样小鸟就能把自己的灵魂转移到花上，可能因为花有了鸟的灵魂，才长得这般美丽。

我带着艺术家离开了灯塔，去县里帮他理了发，换了衣服，又把他送上了去海南的船上，两年前，他的目的地其实就是海南，只是路过木瓜镇的时候被珊瑚屋吸引，便多待了几个月，结果被舅舅囚禁在了灯塔。临上船前，我给了他一笔钱，恳求他不要报案。我说，我那舅舅年龄也大了，又无儿无女，也是个可怜人，他强制性地把你留在木瓜镇，其实也是出于对你的仰慕，仰慕的方式有很多种，这是最极端的一种，他心里自卑得很，不想让你走，想把你留下来。艺术家把钱收下，一只手捋了捋被海风吹起来的头发，张了几次嘴，似乎想对我说点什么，但最后一句话都没有说，便头也不回地上了船。

9

这个黄昏，我又来到了阿梁的水塘边。

远远就看见他正低头摆弄着什么植物，但我已经不再关心他又培育出了什么惊艳的品种。我在他身后默默站了许久都不知道该说什么，这时候阿梁一抬头，看见我站在后面，便笑着招呼道，快来看，你赶上了最隆重的花事，运气真好。我走上前去一看，是一株又像牡丹又像芍药的花，长着几个珊瑚红的花蕾，有一朵半开的花却是粉色的，还有一朵已经全开的居然是无瑕的象牙白。我说，这又是你的实验？他嘘了一声，指指花蕾，不再让我说话，我们便屏息观看着那几个花蕾。

只见其中一个最大的花蕾已经慢慢张开了，开放的过程宁静优美，像一种空寂缥缈的舞蹈，又像一个梦境忽然走出了黑暗，静静地站在你面前，但你知道，它仍然是个梦，并不是真实的存在。太阳已经开始西沉，天地间的光线变得低沉柔和，而这朵花竟像一只烛台一样，把周围一圈都照亮了。更神奇的是，它的颜色像用画笔渲染的一样，一直在变化，开到一半的时候，珊瑚红变成了粉色，再开又成了淡黄色，到最后完全盛开的时候居然蜕变成了纯洁的象牙白，纤尘不染。我有一种错觉，觉得自己正站在变幻着光线的晚霞面前，每一个瞬间都转瞬即逝，却又美得惊心动魄。半晌，我才问了一句，这叫什么花？阿梁的声音飘了过来，平静到了骄傲的地步，它叫落日珊瑚。

这朵花像一个巨大的黑洞，把一切都吸附进去了，晚霞、夕照、时光、珊瑚、民宿、艺术家、舅舅、梦幻、外婆、阿橘、海天线、梦与醒的交界线，全都吸进去了，几乎优美到了邪恶的地步。站在那朵花前，我忽然想流泪，那艺术家说得不错，阿梁是能称得上园艺艺术家的，他们其实是有惺惺相惜在里面的。

阿梁凝视着那落日珊瑚说，如果你经常看着花朵盛开再凋零，你就能感觉到，花朵会让时间加快转动，花朵周围的空间是弯曲的，是有弧度的，如果把一个人长期放在这个空间里，你会发现，他老得很快，比周围的人要快得多。

在那一瞬间里，我有些想逃走，但还是忍住了。我望着海天交界处金红色的晚霞说，其实你早就知道那个艺术家被关在灯塔里，你让我找到他，只是为了让我把他救出来，对不对？

他也抬头看着晚霞，霞光铺满了整个大海，也落在了我们身上、脸上，像给我们镀上了一层古老的釉色。他嘴角还挂着那抹满不在乎的微笑，掏出一根烟来点上了，一边抽烟一边看着霞光落满大海，久久不说话。我又说，你女朋友当年就是因为喜欢上他了才要和你分手的，你不恨他？一根烟抽完了，他把烟头掐灭，两只手插在裤兜里，平静地说，他可以去做我做不成的事情。

最后一块晚霞也燃尽了，烧红的天空和大海逐渐冷却，变成了灰烬一般的炭灰色，这炭灰色又迅速变成了深青色，然后是蓝黑色，再然后便是吞噬一切的乌黑色。璀璨的繁星从黑暗最深处涌起，然而海天已经连在了一起，所以很难分清楚那些星光到底是来自夜空还是大海深处。就在我们身边，我忽然发现，有些植物在黑暗中居然是会发光的，那些明明灭灭的花朵，像星辰一样围绕在我们身边。我想到了那只和望鹤兰埋在一起的小鸟，它给了望鹤兰一个灵魂，一个属于鸟的灵魂，所以望鹤兰看上去优雅极了。而在这些花朵的下面，在它们的根部，也许还埋藏着更多秘密，这些秘密赐予它们可怕的美丽甚至是魅气。我又想到，如果一个男人失去了心爱的姑娘，她却最终化作无数美丽的花朵盛开在他的身边，不管是白天还是晚上，也不管世事和光阴如何流转，那也算一种陪伴吧。

我终于下定了决心，我在黑暗中看着他的背影，低声说，你不怕有一天警察还是会找到你这里吗？他没有任何反应，没说话，甚至也没有扭脸看我一眼，只是静静地站在一棵仙人柱面前，那仙人柱在这个夜晚开花了，它的花到天亮就会凋谢，只开一夜，所以它几乎用尽了所有的力气。我也走到仙人柱旁边，摘下了一朵黄色的花朵，我以前不知道，仙人柱的花朵在晚上居然是会发光的，一种很柔和很静穆的光，像深海的夜光螺发出来的。我把它捧在手心里，它居然把我的手心照亮了，我又把这朵花举起来，它竟把我和阿梁的脸都照亮了。在照亮的那一瞬间，我对他说出了我最后想说的话，你还是要早些为自己做好打算的，究竟该何去何从。

阿梁忽然笑了，说，你晚上从没来过我这里吧，走，跟我看看夜晚的花园，其实比白天还要美丽。

于是，我们在夜色中开始游园，原来，在夜晚发光的植物不只有仙人柱花，还有九里香、黑色郁金香、欧洛佩、迷谷、荧光草、灯笼树、月亮树、蜡烛树，还有一棵夜光树，通体闪亮，那是真正的火树银花。我惊叹道，好神奇的树啊。阿梁说，它的根部有大量磷，磷从树的身体里跑出来，一碰到氧气，就能放出一种没有热度也不能燃烧的冷光，而且树越大，发出的光就越明亮。

又是一个关于根部的秘密。邪恶而温柔。

站在那棵亮晶晶的树下，我忽然有一种错觉，好像我和阿梁又回到了童年，我们正在元宵节的夜晚逛花灯。

从种种奇花异草中穿行而过的时候，我还发现，夜晚的花香竟然比白天还要浓烈幽深，走着走着，我感觉我们已经被花香托起来了，我们像羽毛一般飘浮在了夜空中。这时候，阿梁回过头来，庄重地对我说，阿胜，谢谢你，其实我早就想好了，我哪里都不去，就在这里种花种树，我还要种更多的花，比落日珊瑚还要美的花，然后，花又生花，树又生树，当这些花和树壮丽到一定程度的时候，那就是我该去的地方。

夜色中，我恍惚又看到了阿梁建造的那座巴别塔，那座活着的不停生长的塔。这些花草树木，这些树屋、花屋，还有他制作的那些香料，它们其实都不过是他手中的建筑材料，他用它们一层一层地往上垒，他自己也随之一层一层地往上爬，到最后，在塔到达了它所能到达的极限的时候，它会变成一个城邦，或者，一个王国。而就在那塔的最顶端，阿梁像个尊贵的国王一样，消隐于自己的王国当中。

乌托邦与异托邦
——评孙频中篇小说《落日珊瑚》

崔庆蕾

孙频是近些年来涌现的优秀青年作家之一，有着突出的个人创作特点，其作品主题层面鲜明的地域特征、绵密细致的语言风格以及对人物精神的准确把握令人印象深刻。值得注意的是，在近期的创作中，孙频的小说叙事有一个地域层面的转向，即从书写北方内陆转向书写南方岛屿，地域空间发生了明显的变化。这一变化固然与作家在现实生活层面的流动有关，但在文学层面也因此打开了新的空间。因为从内陆到岛屿不仅是地理位置的位移和自然样貌的变化，同时也是文化符码、人文观念的转换。岛屿的开放性、流动性与内陆的封闭性、稳定性形成了不同的文化景观，由此所关涉的人与生活也有着巨大的差异性。

《落日珊瑚》这篇小说就是典型的岛屿小说。如此概括不仅是因为有如标题所赫然揭示的"珊瑚"这样的海洋生物标志，作品中所写的人与生活也是岛屿化、海洋化的。小说中的木瓜镇作为一个通往海南岛的门户与跳板，见证了改革开放以来源源不断"向南方"的时代潮流，也因此而形成了独属于这一地的带着鲜明海洋气息与海洋文化特征的人与故事。

木瓜镇是小说的主要叙事空间，这是一个兼具封闭与开放双重属性的空间。一方面，因为其特殊的地理位置，曾经有大量的来自四面八方、祖国各地的人汇集于此，作为前往海南岛创业或者旅游的跳板。自1988年海南设立经济特区开始的数次"向南方"的潮流，在这个小镇都留下了深刻的历史印记，以小镇作为支点，能够清晰地看到历史潮汐的涌动，这也是小镇独有的历史经验和独特位置，小镇也因此被赋予一种被动的开放性。而由返乡者"我"所展开的叙述，使小镇被置于现代性的观察视角之下，小镇封闭性和边缘性的一面被映照出来（更主要由阿梁、外婆、舅舅等几个人物来体现），历史与现实，现代与传统被交织在这个独特的空间之中，小镇因而具有了多重属性。

作品由"我"这一视角展开，既讲述历史，亦参与现实。在现实层面，在"我"的视角之下，小镇作为一个想象性的乌托邦而存在，这是经历了外部文化洗礼之后的现代主体的“我”的一种定位和判断。“我”经历了出走与返乡的过程，“我”的返乡既有被迫的成分，更有主动寻找与构建乌托邦的强烈愿望。“我”这一形象并非个体和单数，而是象征着新时期以来，在城乡之间流动的一代人的自觉选择，带有某种普遍性的意义。“我”在小镇的生活史和创业史正是经历了现代文明洗礼的一代青年人构建乌托邦的一种具体实践，带有鲜明的时代特征。由海边小镇而至广州、深圳、北京等现代都市，最后再返归小镇，这一生命轨迹内含着诸多时代信息。然而，这一乌托邦想象并未在这个海边小镇完全实现和落地，木瓜镇虽然在很大程度上具备乌托邦的自然属性，比如地理环境以及自我的乡土认同感，但因为现实的变迁以及人的异化，使这里已然成为一个乌托邦与异托邦复杂交织的多维空间。“我”的归来，既寻找到意料之中的亲近感，同时又遭遇了一种复杂的陌生感。

在小说的故事线中，自然的诗化与人的异化构成了作品的两条主线。一方面，作品借助于自然的诗化来构建乌托邦世界。作品中有大量的对于海洋景观的描述，以及由海洋元素所构建的奇异的自然景观，比如，纯自然化的风雨雷电、自然植被，以及经过人类改造的珊瑚民宿、树屋、花屋、药屋等独特景观，都是具有高度审美性的物象，络绎不绝的游客充分显示了其独特性和吸引力，成为承载小镇诗意的重要载体。然而，自然的丰盈之下是人的不断异化，对外来文明的排斥以及对经济的盲目追逐并未随着时间的流动而较以往有显著不同，而是成为当地人不断异化的重要推力。作为土著的阿梁对“我”这样的返乡者充满排斥和敌意，他以一种乡土的朴素性与艺术性在对抗现代性的挤压。舅舅以一种特殊的方式将艺术家囚禁在灯塔小屋多年，并借助于他的知识优势来改变自己的命运。舅舅、阿梁包括外婆都是完全内在于小镇文化传统的人，他们像这片土地上的植物一样，具备纯粹的本土性，但这些充满神秘感的人物无疑失去了正常的现实感和情感的温度，他们建构了自我的独特世界，也远离了一种正常的生活世界，他们如同那些令人难以琢磨的奇花异草一样，充满神秘而又妖媚的气息，带有异化特征。他们既是乡土之子，又是产生了变异的新人类。

因此，在《落日珊瑚》中，作者既建构了一个乌托邦，也建构了一个异托邦，小镇独特的自然风物构成了一个充满诗意和审美的理想之境，而由传统和现代所交织的文化孕育生长的人类则显示出一种复杂的精神面向。而这或许也正是现代性历程中，所必然会生成的复杂景观。与此同时，作品也显示了作者对于海洋文化和历史的一种深刻理解，海洋作为一种文化符码在作品中有着丰富的阐释和表达，显示了作者在叙事空间转换之后葆有的丰沛的感知能力、理解能力和创造能力。由此也可以看到，孙频的写作正在向着更为开阔的地带有力探索。

余墨

房伟

一

周六深夜，我坐最晚一班高铁，回梁城。

黑黢黢的，透过银灰色窗棂，夜闪着灯火，有无数故事和人生，都和我不相干。

梁城是北方的一个大中型城市，梁城大学是该地唯一的211重点大学。研究生毕业之后，我从未回去过。也没啥，就是不想动。

无聊数着窗外光点，一个，两个，三个，还是无法睡去。天太热，夜也不能让它冷静，我们都是焖在锅里的鱼。我央求服务员把空调弄低点，勉强昏睡过去。不一会儿，又觉得冷，刷着脸上的凉汗，顺手划开了手机。

打开抖音，粉丝们都抱怨，等我讲“大宋高粱河惨败”呢，怎能说停就停。

我打开自拍，炫了车厢昏暗的情形，再转向疲惫的脸，说，阿丹真没法，过几天补上，等不及的老铁，可去网站看付费网文，或买实体书瞧。

我是历史栏目主播，也写穿越网文，虽是中年大叔，还不是“大神”，只是有些粉丝，勉强糊口。我叫“周丹”，粉丝们都自称为“丹粉”。

网上溜了会儿，又困了，准备关机，师妹高晓菲的微信来了。她问到我哪里了，并让我一下车就赶到梁城大学招待所，先安顿下，再来导师家里。

我还是自己选地方吧，不想离学校太近。我回复说。

晓菲有些不快，过了半天，又发微信，说，随你吧，就你各色难搞，大家都住那里。你在别的地方住，票据留好，我们统一报销。晓菲强调。

我是无业游民，没法处理费用，理解师妹的好意。

高晓菲留校后，先当辅导员，又读了导师的博士，毕业后，转入教师岗。这些年下来，她成了女性史专家，教授博导。只是醉心学术，个人生活就惨淡了些，读博士时还有男生追求，她说要先评副教授。上了副教授，她又说要先评教授，不能耽误写论文与做项目。不知不觉，追求者都跑了，晓菲也已四十多岁，有些“美人迟暮”的意思了。

还有两小时到梁城。

坐夜车有种恍惚迷离的感触，好像一下子进入某种叠加的宇宙空间。所有过去现在和未来的人和事，都有可能在这里不断并置发生，不断被重演。二十年一梦，穿梭而过，窗外的灯火中，我看到多年前的同学们，谷墨，高晓菲，程济，还有慈祥的导师，他们都漂浮在我似睡非睡的记忆里……

二

二十一世纪初，我读研究生时，赶上高校扩张。我们这届研究生，招了二十多人，创下历史系建系最高峰。后来历史系与其他院系合并，成立梁大社会与历史发展学院，但历史系继续高歌猛进，也是梁大唯一入选国家重点学科的文科专业，享有盛誉。

这些成就，都与导师容焕余有着密切关系。

导师学历不高，不过专科毕业。他曾在中学教书多年，因学术优异，短暂被调入梁大，旋即被打成异己分子，下放甘肃。二十世纪七十年代末，他重回梁大，著书立说，大放异彩，几乎以一己之力，独撑起梁大中国史的学界地位。

二十年多了，依然难忘那一幕。《现代历史学研究的理论与方法》，是研究生一年级必修课。秋天的下午，天高气爽，窗外的梧桐树摇曳，教室走进一位头发花白，腰杆笔直的先生。阳光从窗子爬进，金粉般在那人肩头散去，为之笼罩上一层神秘感。他又瘦又高，整个人有“出鞘之剑”挺拔感。特别是他的眼，激情中有淡泊，理智之余又含戏谑，让人捉摸不透。后来我回想导师给我留下的第一印象，总觉得真正的历史学家，就该如此。

导师从兰克、卡尔的现代史学讲起，讲到吉本的《罗马帝国衰亡史》，再讲到布罗代尔、拉杜里等年鉴派史学家，海登·怀特的后现代史学。他还从梁启超的中国现代史观念讲起，从胡适、傅斯年讲到顾颉刚、吴晗与翦伯赞。他带有安徽的方言，我们听来吃力，但他嗓音洪亮，穿透力强，教室回荡着他慷慨激昂的声音。

我们听得入神，下课铃响了，也没人关注。大家鸦雀无声，全神贯注地听着年过半百的导师，讲治学理念和亲身感受，生怕打断了他。

历史是什么？导师打住，目光炯炯地盯着所有同学。

答案五花八门，导师摸了摸下巴，说，历史是由血、火、人类的罪行和愚蠢组成的。

底下炸了窝。大家议论纷纷，几个学生跳出来，和导师辩论。有的说历史是进步的，有的说历史是循环的，导师淡淡地说，你们还年轻，有热情，但现实和理想有差距。后来我们晓得，那句话是历史学家吉本所说，导师言来，似有无数创痛体验。

导师说，以学术为业，是一条艰难之路，没有鲜花与掌声，美女与金钱，我们更多面对的是孤独寂寞，还有就是贫穷，穷酸书生，说的就是我们这些人！

大家哄堂大笑，晓菲插话说，您可不穷酸，您是著名专家。

导师没再辩解，在黑板写下一行漂亮粉笔字，说，送给大家，诸君与我共勉。

我和谷墨是同桌。我们都非常激动。谷墨敲着桌子，瘦长的手指，紧张地发抖，我问他怎么了，他喃喃地说，学者当如是！有此师为榜样，此生足矣！

导师和蔼，如果不是课堂，也肯讲笑话。晓菲缠着导师，说讨教学问，最后却是让导师给她打高分，每次都是谷墨和程济出风头！她噘着嘴，扮着楚楚可怜，让导师无可奈何。我们不努力，他也发火，可女同学们有武器，就是泪水。只要被导师批评，晓菲就开始抽泣，最后变成“梨花带雨”的模样。导师便悻悻打住，说，这样不行的，女孩也要用功！

导师喜欢带我们爬山。小山在学校后面，不高，也不秀美，山上树木繁盛，山顶有小广场，是广场舞爱好者的圣地。登山活动，常安排在周六下午，那往往也是学术交流会。导师让我们每月上交读书笔记，也出题目让我们辩论。小广场就是辩论现场。有时导师也变得沉默而严肃。一次，他指着广场旁一个小凉亭，说，我被梁大的学生批斗，就站在这个地方。

凉亭很普通，在山的高处，有青石板，踩的人多了，光滑平整，看不出什么坑洼。

很多年过去了，我依稀记得，导师说那句话的样子。他的眼神有些荫翳，山上的树木，将层层影子投下来，遮住了台阶，也遮住了他的眼。他当时看到了历史，却不能预见未来我们各自的前程。我硕士毕业后，分配到省史志办。史志办崔主任，对我百般打压刁难。我不拍马屁，也不送礼，还给他提了不少意见。他把我看作眼中钉。2008年，我辞职到上海，报纸、出版、电视台都混过，一事无成。

2011年，我重拾当年的写作爱好，网名是“磨牙的树懒丹”。我写穿越历史网络小说，业绩一度不错。网络作家压力大，每天更新万把字，我很懒散，总断更，粉丝封我为“东厂丹公公”，有的甚至开骂。我气不忿，又做了自媒体，在抖音讲中国史。我的口才还行，文案自己写，也直接讲自己的书。七混八混，也搞到点钱，在上海买了个小房。就是整天瞎忙，婚姻耽误了，晃来晃去，也到了四十大几岁。

我不在乎，痛快就好，只是无颜面对导师和同学。

也无所谓，我只和谷墨要好，这些年了，我们一直没断了联系。

三

梁城大学招待所，早改成五星级的“昊天大酒店”。晓菲只是习惯这么叫，大学招待所叫什么“昊天”，总有些别扭。

临近毕业那段时间，赶上昊天开业。昊天就建在研究生宿舍对面。2003年初夏，我和谷墨打篮球，天快黑了，才回宿舍，走到昊天附近，憋得受不了，跑进去蹭厕所。我们鬼使神差，跑到昊天的地下三层，有个一百多平方的休息大厅，里面全是等着上钟的小姐，密密麻麻地，好几百人。我们吓傻了，小姐们也愣了，齐刷刷地盯着我俩。我们窘得摆手，表示走错了，她们才扭过头，冷冷地抽烟，剔牙，不再搭理我们。

昊天地下二层是游泳池，三层是夜总会。我和谷墨惊魂未定地逃出昊天，逃回了宿舍。宿舍在三层，靠北的阳台，可看到昊天灯火辉煌的告示牌。阳台也是我和谷墨、程济等同学论道的好去处。一壶粗茶，一个主题，扯上大半夜，通常是历史与哲学话题。晓菲师妹也参加过“阳台学术神仙会”，每当她过来，谷墨的眼睛，都亮晶晶的……

到了梁城，已是凌晨。二十年了，昊天还是老样子，微明的晨曦中，巍然屹立，外体装修抵挡不住岁月侵蚀，剥落了不少瓷片。我莫名有些感伤，让出租车停在昊天旁边的丽景酒店，档次差了点，但也能住。我自己报销，这点骨气还是有的。

吃了点东西，迷瞪了一会儿，起身赶往导师家。导师住在学校北门的专家楼，人还未到，就看到楼前扎起的灵棚，院里撒落的纸钱。都是按安徽的风俗办的。已是凌晨四点多，时间尚早，微薄的光亮下，暑气悄悄升腾，驱散了清凉。响器尚未开工，院里站满了人，戳在那里，有的抽烟，有的互相寒暄。我见到了晓菲、程济他们几个同门。

都等你呢，晓菲冲我点头，她嗓音沙哑，眼也红肿得厉害，头发干枯，下巴尖尖的，人也佝偻着，有些瘦脱了相，想来导师去世对她打击很大。

程济没和我说话，默默递上白花，又丢给我签名册。他这些年保养得不错，四十多岁，看着像三十出头，白白胖胖的脸，没啥褶子。程济和谷墨一同留校，如今是中国史方向带头人，梁大社会与历史发展学院的院长，继承了导师衣钵。程济穿着黑色短衫，脸上不断淌汗，他擦着汗，拍拍我的肩膀，说，大作家，最近没少挣钱吧。

我刚想说点啥，他又旋风般跑开，联系青青云山殡仪馆那边事宜。

晓菲拉过我，小声问，带了多少丧仪？

我说，五千吧，不知大家都拿多少？

晓菲看看四周，又说，导师生前吩咐，不收钱，可师母说，同门可以。

导师去世前，专门叮嘱过家人和亲近弟子，不开追悼会，不收礼金，骨灰埋在安徽老家翠屏山下。家属和学校领导都不同意。导师有很高的学术声望和社会影响力，陈副省长专门做了批示，要隆重纪念，学校也要组织“容焕余学术国际研讨会”等系列活动，在海内外对学校几个重点学科进行宣传。

虽说导师是知名学者，不缺钱，可师母是农村妇女，没什么文化，导师几个子女，也没什么出息。女儿留在安徽，是中学教师，儿子跟着他们在梁城，学校看在导师面子，安排在后勤处。儿媳也是导师找人安排的。导师住在学校专家楼，和师母、儿子、儿媳妇、孙女一起生活，一家人都依靠导师。如今导师不在了，家里收入自然大损，收点礼金也情有可原。导师一生维护学者尊严和形象，家属考虑问题更实际些。

导师住的专家楼，是套独栋三层别墅。导师的子女披麻戴孝，站在门口。一楼客厅门大开，师母枯坐在旁，手在颤抖，身体也在抖。灵堂已备下，前来慰问的人，先给导师遗像鞠躬，再和家属说上几句。同门们不仅鞠躬，还要跪下磕头。我也随着规矩。我将钱给了晓菲，其他同门也拿出来，让她一并代表。晓菲接过钱，刚与导师的儿子谈了几句，师母却兀自立起，冲过来，将个玻璃茶杯，摔在晓菲脚下，冷冷看着她，哑着嗓子说，钱的事，不用你管！

众人愣住了，继而低声议论。晓菲窘得满脸通红，手足无措。旁边一个秃顶男人，挡在晓菲前面，说，师母太伤心了，大家别惹她老人家生气。说着，几个同门女弟子过来，围住师母，将她劝回座位。晓菲眼圈含泪，奔出门外。秃头男叹了口气，对我说，大作家别见怪。我这才看清，这位是高我两级的孟力行师兄。他毕业后，先在某普通高校教书，后来不知何等机缘，调去某部委工作，听说也是局级干部了。

孟师兄淌着热汗，白衬衫很快湿透了。他拉着我走出房间。天已大亮，太阳刺目，血色阳光直刺灵棚。丧乐大起，闷热的空气，仿佛胶水似的，乐声也无法搅动黏稠质感。一群人黑压压的，蚂蚁般黏附在这座小院。我走到树荫下，和孟力行寒暄。我们也多年未见。他胖了，当年有着颓废哲学家气质的瘦削身材，如今发起福，只剩下白净的四方脸，秃掉的脑袋，还有那种洞穿一切的自信眼神。

换个角度看问题，孟师兄侃侃而谈地说，不要被偏狭思路限制住，遭逢大变，导师家里难免乱套，我们要多体谅。

我想说些什么，只能咽到了肚里。不一会儿，同门陆续都出来了，聚在院外聊天，不常见的，互相加微信，敬烟，谈着各种资源和不同领域见闻。消息传过来，追悼会定在明天上午，中午程济安排，在昊天酒店吃点饭。

我不在学术圈，也没啥资源，没人凑到我这里，只有孟师兄有一搭没一搭地，和我说着话。他这些年虽然当官，与学术界关系也没断，常到著名大学指导课题申请，以及博士生毕业答辩。他不和我谈官场，只谈学问，我没法和他应和。我这些年瞎搞，学问也疏懒，说起来惭愧，师兄一考校，不免张口结舌。师兄严肃地拍着我说，换个角度思考问题吧，就是创作，也要争取成为同时代人的代表，不能满足于挣几个小钱。

我说，孟师兄，从前你不那么装，如今当了领导，风格迥异，让人敬佩，现在的小孩喜欢克苏鲁和二次元风格作品，我这种贩卖历史故事的作家，勉强糊口罢了。

上午十时，人越聚越多，各级领导也赶来拜祭，少不了一番应酬。晓菲躲在灌木丛边哭了一场，又帮着张罗，也没再闹出风波。大家正商量，打车去昊天酒店吃饭，程济风风火火地跑过来，径直走向我。我正诧异，他铁青着脸，说，你不能到谷墨那里，这是原则问题！

四

我和程济、高晓菲、谷墨是同级同门。论学问水平，谷墨最高，说起家世背景、人情世故，谷墨拍马也赶不上程济。程济的爷爷是厅级干部，父母是梁城大学中层领导，叔叔和姑姑也都在事业单位担任领导。程济从小就是优秀生，本科保送梁大。程济本被家族培养当公务员，可他志向高远，想在学界出人头地。程济基础扎实，为人虽有官家子弟傲气，但处事圆滑，出去吃饭也抢着买单，在同学中人缘不错。程济曾担任梁大学生主席，论文也拿了奖，发表在核心刊物，顺利保送容老师门下，攻读硕士学位。导师也对他颇赏识。程济是梁大受瞩目的学术新星。他的目标很明确，就是留在梁大，成为继导师之后的一代优秀学者。

这一切，都被谷墨的出现打破了。

谷墨出身北方小县城。父母是杜县附近的农民。他本科学机电，原在杜县冷库当工程师。可他从小热爱史学，即便读了工科，有机会读研，还是毅然辞职，报考了历史学。他被容老师收入门下，纯属偶然，据说谷墨将研究生复试现场，变成了学术演讲台，成功引起导师的注意。

入校半年，谷墨就展现出良好学术天赋。他博览群书，过目不忘，阅读量惊人，对很多历史细节有精准记忆力。《通鉴纪事本末》等史学大部头，早读得烂熟，各类笔记野史，也涉猎极广泛，对晚清至民国的防疫制度，早有研究，入校前发表了数篇论文。他有敏锐的洞察力和问题意识，总能在新理论方法框架内发现历史秘密。他的英文不错，古文功底也好，能写古诗词，热爱明清小品，业余还将很多古文翻译成雅驯的英文，颇令人惊奇。

“冷库小子”谷墨在梁大迅速成名，广受瞩目。

我们分在一个宿舍，谷墨在我的上铺。我拎着行李进来，他正在读书，只对我略点头示意，神情冷淡。接触多了，我却被这家伙的才华和学识折服。尽管，他常翻着白眼，冷着脸讲话，可一针见血。他珍惜时间，不去看电影跳舞或找些年轻人的娱乐。他对同学们保持距离，但如需他帮忙，他总默默尽力，事后也不肯居功。他在图书馆帮人抄资料，给同学的论文提意见，还给家贫的同学捐款，女同学让他干个杂活，他也从不推辞。

给我印象深刻的，还有他的孝顺。梁大校园种满梧桐等几十种树木，土质非常好，植被长得茂盛。早上五点，谷墨拿着本英文书去操场，一边跑步，一边诵读。锻炼完了，他拿出罐子和小木铲，在操场周围搜寻蚯蚓。他说母亲偏瘫，有中医给出方子，要用蚯蚓泡酒。蚯蚓成药，在中药店价格不菲，他只能自己收集。校园洒满阳光，谷墨的汗水，顺着额角不断滑落，他扭动着瘦长身体，笨拙地在土里翻找，发现一条蠕动的黑蚯蚓，就欣喜地大笑。

我们也认识了高年级的师兄孟力行。他的做派和谷墨很像，总用电饭煲弄上一锅米粥，静静地躲在两个书架之间看书。如果你来谈学术，他非常欢迎，如果闲聊，他就指指书架上的字条："闲谈不得超过三分钟"，不再理你，全不顾访客的尴尬。孟师兄对我和谷墨是肯敷衍的，特别是谷墨。孟师兄抽着烟，眯起眼说，谷墨将来前途远大，嗯，不容易。

谷墨和程济的关系很紧张。导师的专业选修课，成了展示才华的战场。第一节课开始，程济就和谷墨较量上了，一个小问题，也唇枪舌剑，互不相让。容老师对此很宽容。程济总是败多胜少，他很快就从谷墨略带讥诮的眼神中，确认了学术之路的绊脚石。

程济约同门聚会，我依稀记得，那是一家高档酒店顶层的旋转自助餐厅。程济说着漂亮场面话，矜持得体。优雅的环境，精美的食物，都让晓菲等几个女同学眼中，充满羡慕和兴奋神色。程济介绍龙虾的出处，烤肉的切法，特别是在梁城最高酒楼顶层俯视灯火辉煌的城市的快乐。程济说，我们都是梁城的精英，会成为这个城市塔尖看风景的人。

谷墨反唇相讥，说，学问家在经济社会没啥用，风景只在个人内心。如果要取得世俗意义的成功，要经商或当官，搞学问算个屁。

谷墨有点刻薄。他很在乎程济不经意间流露的优越感，及对他的冷库工程师身份的鄙视。谷墨早婚，在冷库时陷入一个温柔女工的爱情。他不顾家庭反对，毅然和女工结婚。他考上研究生，女工很担心。谷墨身材瘦削高大，目光炯炯，充满激情和怀疑精神，才来了半年，就有不少女同学对他表示青睐。他毫不为之所动，只对师妹晓菲，似乎颇有意思。这一点，我这个对感情不太敏感的笨人，都看了出来。晓菲是"林黛玉"型骨感美人，有些"淡淡哀愁"的古典风致，符合才子对女性的想象。谷墨看着晓菲，眼睛会笑，笑声会有光，光是蓝色的，蓝色的光也会变成金色的火，烧灼着他的理智。晓菲看着谷墨，眼里也有光……

大家都看在眼里。晓菲刻意回避这份情感，态度模糊暧昧，反而激起谷墨的斗志。晓菲是师门女神，很多男同学都暗恋她。这也包括我和程济。当我发现谷墨和晓菲的暧昧关系，只是喝了场大酒，把谷墨骂了一顿。我督促他要先离婚，安排好家庭，再去追晓菲，否则就打断他的门牙，和他绝交。谷墨极少在我面前谈起那个女工，但我知道，他们并非没有感情。女工的照片，被他贴在宿舍橱柜深处。女工温婉可人，眼睛很大很亮。

谷墨被我骂得狼狈，笑着点头。这种处于家庭责任与爱情之间的矛盾撕扯，给谷墨造成了极大痛苦。程济却从没有真正表白过感情。他善于掩饰。但当谷墨和晓菲亲密交谈，程济的脸也是惨白的，白得吓人。我看在眼中，深深为谷墨表示担心。我还从程济眼中看到了深深的忌惮。这是"优秀生"的通病。优秀得太久，站在潮头太高，太冷，早已习惯居高临下的“优等生态度”和悲天悯人的情怀。他们喜欢的不是学术，只是成功。有人威胁到他的成功，“见贤思齐”这类论调，在他们身上是不适用的。程济还有良好的家庭背景，也有钱。这些东西，让程济与谷墨的斗争，变得漫长而无趣。

五

从梁大到谷墨的家，打车要一个多小时。

谷墨住在梁师大东校区旧教职工公寓——幸福里。那是学校分给教师的福利房，价格比市面低，位置较偏远。谷墨从梁大调入师大，师大只给了安家费，他贷款在这里买了房。“幸福里”说是梁师大教师公寓，如今也没住着多少梁师大的人。早年分到房的老师，趁着房价翻了几次，都把这里卖了，在更高档的小区买了房。谷墨在梁大留校时，因为是本校毕业，和学校签了苛刻条件，不能要学校的福利分房。他一直也没买房，等调入梁师大，房价又飙了起来。谷墨很知足，他没啥钱，这房是他独立供的，房贷未还完。妻子和他离婚后，带着女儿，生活在距此数百公里外的杜县。

我从未来过这里，可在谷墨发的朋友圈，见过这房。谷墨简单装修后，命名为“墨斋”，很是幸福了一阵子。

下午一点多，出租车停在“幸福里”。小区绿化还可以，房子老旧，远远望去，软绵绵地趴在那里，像一只只灰蒙蒙的，钢筋水泥的虫。谷墨住的那栋楼，就在小区偏僻角落，没有扎灵棚，只有楼道口摆着寥寥几个花圈，还有零散进出的，戴白花的人，显示这家人有白事。

这些人我都不认识。谷墨的中学和本科同学，老家杜县的亲朋好友，我都不熟悉。研究生同学，一个也没来。两个面带戚容的女生，得知我的姓名后，招呼我进去。她们是谷墨在师大的学生。她们要给我戴白花。我在导师家里的白花，正好还在，省了不少事。

谷墨的遗照，选取的是一张黑白标准照。他正傻傻地看着我笑，目光里全是戏谑，还是我二十多年前，第一次看到他的模样。灵堂前，我鞠躬施礼，一个中年妇人，扶着个泣不成声的小姑娘，给我还礼。小姑娘瘦瘦高高，眼哭得红肿，依稀看去，有不少谷墨的影子。她应是谷墨的女儿谷金子。中年妇人很冷静，戴着墨镜，从面容上还能看出是谷墨的前妻，那个我记忆中的漂亮女工，只是已发胖，白皙的下巴隆起叠加。我曾听谷墨说，她也是颇有能力的女人，离婚前，就搭上县里一个搞房地产开发的小商人，在冷库辞了职，如今她是全职太太，那商人离了婚，和她生活在一起。她旁边站着个黑胖男人，应该是她现在的丈夫。那位房地产商正忙着登记来宾姓名，帮着谷墨的学生收礼金。

你是周丹吧，女人说，谷墨说过，你是他最好的朋友，一定会来的。

我没说什么，想拿出准备好的白包，又想了想，问她，谷墨的其他亲人呢？

女人努努嘴，我这才注意，地上还蹲着个农妇打扮的人，面色黧黑，两手颤抖，拍打着地面，那双手红肿粗大，皱纹已开裂。我赶紧扶起她，轻声安慰。她是谷墨的姐姐，在家务农。她身后几个默不作声的，铸铁般黑硬的男人，大口抽着烟，是谷墨的姐夫和表哥。谷墨的父亲去世早，母亲患病卧床多年，也是无法来的。农村人见世面少，谷墨的姐姐和几个亲人，想来也是对城市里的应酬比较怯场，这才委托谷墨的前妻在前面和众人周旋。

我掏出五千元礼金，悄悄塞在谷墨姐姐的怀里，说，给谷墨母亲的心意，并让她给我写了电话和地址，等闲下来，我要去他的家乡看看。

谷墨在梁大的同事，零星来了几个，都是鞠个躬，交了钱，就离开了，并声称事太多，无法参加追悼会。谷墨在梁师大的同事和学生，倒来了不少，尽管他在梁师大，总共就待了六年。金辉院长很忙，没有过来慰问，说是明天直接去殡仪馆主持仪式。

我陪着谷墨的姐姐坐了一会儿。她讲了很多谷墨小时候的事。我安慰几句，见并没有打断她的回忆，就不再说什么。过了许久，她终于停下，茫然看看我，脸上浮现着神经质的苍白。我打起精神，表示还在听。她这才安定，继续讲谷金子的事。金子现在杜县读中学，那几年，谷墨一直和前妻争夺抚养权，刚说好了，将她转到梁师大附中读书。师大附中是梁城最好的中学之一，可惜还未办好，人已经走了，此事到底如何处理，还要看学院的意见……

我踱步出了客厅，去谷墨的书房看看。那里有谷墨生命的痕迹。我在这里坐坐，短暂留住时间一会儿。两排实木打造的黑书橱，整整齐齐地摆放着各类学术书籍。他最不能容忍学者有个凌乱的书架，读研时他就这样，书架一尘不染，谁也不让动。第二层中间，有我前几年出版的一本历史小说，扉页还留着我写给他的话——“致学术孤勇者大墨兄”。书的页面留着些污渍，我能想象到，谷墨边吃饭，边看我的小说，乐得哈哈笑，不小心留下了污渍。黑色皮椅，似乎还有谷墨的温度，好像我还能看到他手舞足蹈的样子，听到他爽朗的笑。这一切都仿佛下午阳光里折射出的尘埃，飘浮，闪亮，轻盈，羽毛般飞翔着，永远地离开了我。

我抽动鼻子，快步出去，穿过客厅，冲到楼下，在小区花坛旁边，擦了擦眼泪。我又平静了一会儿，拨通了晓菲的电话，说，别人都不来，你也该来。

晓菲沉默着，我听到电话那头的抽泣，许久，她才说，谷墨的女儿，还好吗？

我没答她，让她明天无论如何，来送谷墨最后一程。

可我要送导师，晓菲叹着气，似乎很难取舍决断。

我说，问过谷墨这边治丧的朋友，也在青云山殡仪馆，时间大概比导师晚一个小时，你在那边忙完，就过去吧。

这么巧，晓菲唏嘘着，导师走了，还忘不下谷墨，他才是导师最欣赏的学生，同日而去，又一起开追悼仪式，也是前生注定的师生缘分。

我又回到二楼，想多待会儿。此时一别，恐再无相见。谷墨也会彻底消失在我的生活里。寒碜的厨房，冰箱里全是速冻食品，侧卧开裂的玻璃，粘着一条长长胶布。他的生活就这样，全都糊弄着。那张硬板床，我使劲躺了躺，床板摇晃，发出“吱吱呀呀”响声。我翻起床垫，发现最下层垫子里有几只避孕套，一条女人的黑色蕾丝边内裤，不禁哑然失笑，看来这家伙不像我想的，一直过着“纯洁”的单身汉生活。

房地产商人过来，欲言又止，我赶紧告知他，丧仪给了谷墨的姐姐，让她捎给家乡的老人。房地产商勉强地笑了笑，又向我打听谷墨房子现在的市价。我说，梁城不是小城市，更不是杜县，这片大学城住宅，总有两万元一平方米吧。

房地产商高兴起来，找别人说话去了。

我又问了谷墨前妻他发病的情况。他是晚饭后，看着书，突然感到胸痛，强撑着打了120，被急救中心拉到最近的妇幼保健医院。到后才发现是重度心梗，不得已又转院，折腾下来，人已昏迷。曾有谷墨的学生，以为急救中心处理病人草率，肯定和那家医院有利益输送，但没啥真凭实据，事情也就不了了之。

谷墨在ICU抢救了两天，没挺过去。他的心脏问题已有几年了，他有所预感，早写下了遗书，有一段内容，叮嘱让我负责他的文稿，有机会整理发表云云。我和谷墨虽是好友，但这些年相聚也少，我在上海，他在梁城，只是频繁微信联系。谷墨太看得起我，我离开学术界好些年，看论文很吃力，就是整理发表，又能怎样？至多不过在刊物目录挣得一个“黑框”而已。学者们关心的话题，大众也不感兴趣，出版了恐也少有人问津。

我和谷墨前妻说话时，谷金子一直盯着我，我问她，有什么事。

你是周丹叔叔吧，谷金子说，爸爸说，你是个作家。

我拍拍小女孩的头，她搓着手，递上一张素白的卡片，说有一首小诗，是她写的，纪念谷墨，我眯眼看去，字是极娟秀的，上面写道：

羽毛飞上了天
没有踪迹，或声音
是谁在世上无缘无故地哭
余下点点的墨迹，或血泪
一次别离，轻柔的
为了别世的相遇。

我想起秋天的早晨，我们刚入校不久，去校园给谷墨的母亲挖蚯蚓。他捉到一条大黑蚯蚓，高高举起，快活地大叫。我仰头看去，蚯蚓不断挣扎，谷墨的黑发，被风吹动，在阳光下熠熠生辉。倏地，他扯了下头发，几条断发，被指缝夹住，又被风吹起，在金色阳光下，不断飞舞，旋转，羽毛般地飘远了……

六

硕士毕业后，谷墨和程济都升入博士，晓非留校当了辅导员。晓非痛哭过几次。她的心气很高，想当女学者。导师安慰她，让她过几年再考。

谷墨和程济的竞争关系，延续到博士阶段。程济撕烂谷墨的书，威胁要找人揍这个“冷库学者”。程济给我的印象是，机灵乖巧，温文尔雅，把他逼到这地步，可见二人水火不容。就灵慧而言，谷墨很像导师，但不如导师通达，反而有点愣头愣脑。许是饱经沧桑的阅历使然，导师虽然对学问严肃认真，深厚博大，但也热爱生活，精通很多菜肴的做法，会唱歌，跳广场舞，对待官场和学界，非常懂得处理关系，有极好的口碑和人脉。这些谷墨通通没有，反而程济这些地方更像导师。大概谷墨加上程济，这才和导师性格差不多。

导师努力协调他俩的关系，一度想将程济介绍到其他老师门下。由此可见，谷墨在导师心中的分量还是更重些。导师时常将谷墨叫到家里吃饭，让师母给他炖母鸡，有时也亲自下厨，给谷墨做拿手的炖鱼。吃完饭，就在导师的大书房，闲侃学术，师徒俩人相得益彰，有时也争得面红耳赤，过后导师还是叫谷墨吃饭，他总是给谷墨发短信，说，小墨子，有空来吃饭，要继续上次的讨论哟。

这种待遇，程济是没有的。导师对他更多是客气。程济很有危机感，更加努力学习。平心而论，程济称得上兢兢业业，专心学术，也有一定悟性，可惜在天赋上和谷墨相比，还有一定差距。谷墨家在杜县，为了学业，读博期间，很少回去。那位女工倒是懂事，没事就坐几个小时班车来看谷墨，将那个小博士房收拾得一尘不染。谷墨有心和她分手，也闹过几次，女工誓死不从，谷墨只能作罢。过了几年，谷墨临毕业，女工怀孕了，两人的关系稳定下来。世事难料，女工一直未调来梁城，独自在杜县带大谷金子。也许女工婚后发现，嫁给一个空头历史学博士，不能给她带来更多回报，两人的关系也最终走向尽头。

晓非成了谷墨和程济之间矛盾的导火索。

他们都迷恋晓非，可晓非没有任何决断，自由地与俩人交往，这也造成很多误会。她无动于衷，既不解释，也不鼓励。直到有一次，导师组织的师门聚会，谷墨那天喝高了，又说又笑，直勾勾地盯着晓非，目光全是“高温烈焰”。程济一个人呆坐角落，低头喝着闷酒。

突然间，谷墨抱住晓非，深深地亲吻起来。

祥和的酒宴现场，瞬间冷却。晓非也喝了酒，脸色绯红。她笑了笑，低下了头。程济铁青着脸，挤过去，揪住谷墨的头发，狠狠扇了一个耳光。谷墨不甘示弱，俩人战成一团，杯盘狼藉。我当时也在场，去拉架，主要是摁住程济，让谷墨在他的腮上撑了两拳。同门里与程济要好的几个人，见此也不干了，揪住我说，拉偏架真可耻。导师气得发抖，桌子拍得山响，大声呵斥。俩人最终分开，还是瞪着眼，盯着对方。

只有孟力行师兄，端坐酒桌前，悠然喝着酒，泰山压顶面不改色的大师状。几片翠绿菜叶，粘在他稀疏的头发上。三九大老，紫绶貂冠，得意哉，黄粱公案。二八佳人，翠眉蝉鬓，销魂也，白骨生涯。愚蠢的人类哟，他喃喃地说，也不知说给谁听。

这是“历史性事件”。很多历史的必然，都由不起眼的偶然事件引发，在蝴蝶效应中，变成冥冥的定数。谷墨彻底与程济决裂，俩人不再讲一句话，哪怕在一个系工作，有事也让别人传达。导师对俩人各打五十大板。我以为，导师还是偏袒谷墨。谷墨有老婆，还如此明目张胆示爱，程济连女朋友都没有，追求师妹无可厚非。不久，有多封匿名信举报谷墨行为不端，要求学校开除谷墨这个道德败坏的好色之徒。导师从中周旋，面对学校的联合调查组，做了很多工作，才最终将事态平息。

匿名信究竟出自程济之手，还是他背后的家族策划，我不得而知。导师还是把程济臭骂了一顿。他说，平生最看不起告密的男人，当年他被人揭发，在甘肃农场种田，也没出卖过人格。他对程济说，一个人做了这样的事，会终生不安！程济没承认什么，痛哭流涕了一番，才得到了导师谅解。这件事没有促成谷墨和晓菲的姻缘。谷墨的老婆知道后，大闹了一场，威胁要烧了谷墨家房子，吊死在学校办公楼。为了前途，谷墨妥协了。

谷墨这边没了下文，程济也退出了，很快和梁城文化局一个女职员谈恋爱，结婚生子，再也不谈晓菲，甚至俩人当同事，程济也不苟言笑，刻意保持距离。晓菲“剩”了下来。她在管理学院当辅导员，工作任务很重，自己坚持学外语，温习专业课，发誓要考博士。她拒绝了好几个青年教师的追求。

我对谷墨说，要不我试试？咱俩是好兄弟，肥水不流外人田。

谷墨瞪着眼说，不行！晓菲是我心目中的女神，要是好哥们，帮我一起守护她。

我说，守个屁，人家是大活人，也要谈婚论嫁好不好。

硕士毕业三年后，晓菲终于考上博士，继续跟着导师。这步棋走得及时，没过几年，辅导员不能再转教师岗，彻底与教师系统分离，成了低人一等的“教辅人员”。伴随晓菲走入学术之路，她对情感的考虑越来越淡，只是跟着导师做学问。

经过几年苦熬，谷墨和程济进步都很快，特别是谷墨，已在国内权威学术杂志发表数篇论文，获得了几个奖项，在学界产生一定影响。那年留校名额只有一个，导师的意愿是给谷墨，程济家的人脉很硬，竟从学校又要了个名额。这两个冤家，又双双扎根梁城大学，开始了新一轮人生竞争。

我至今无法忘记，谷墨毕业典礼那天的情形。临近夏天，校园刚下过一场雨，天空飘荡着莫名的，湿漉漉的甜味。校园的白色礼堂，素雅又庄重，融合中西式两种不同风格，相传是民国某建筑大师的得意之作。穿着黑袍博士服的青年学子，都聚会于此。礼堂旁的大槐树，开满乳白色小花。我踩着那条铺满光滑鹅卵石的小径，轻轻走去。谷墨在那群人中如此显眼。他个子高大，又是清瘦长方脸，黑色博士帽对他来说，恰到好处，金黄穗子垂下，又让他多了几分潇洒。他仰起头，眯着眼，看向蔚蓝天空。微醺的阳光，涂抹在脸上，显示出斑斑驳驳阴影，丝毫不影响他意气风发的状态。

导师站在身边，微笑地看着得意弟子。导师也身材高大，头发已花白稀疏。六年了，他的脸上长出不少老人斑，眼神有些浑浊，但不妨碍他将腰杆挺得笔直。导师从不言老，甚至在公交车上也从不坐，也拒绝别人让座。我走近他们，从导师看着谷墨的目光之中，看到了点点伤感。浪奔浪涌，时间无情。年青一代成长起来，老一辈学者总要面对这种时间的威胁。我给他们拍了张照片。那张合影，谷墨一直摆在客厅壁橱最显眼的位置。

我有些嫉妒谷墨。谷墨正式踏入学界，我却和主任关系紧张，面临辞职。我不是做学问的料，也能看出，谷墨有才华，有毅力，还有导师的赏识。他会成为一代青年学者的佼佼者。多年以后，我想起那个午后，那一幕如此不真实。谷墨这片高傲“羽毛”，不满足脚踏实地，他要高飞天际，自由自在，他注定和导师走上分歧道路。我只是没想到，十几年师徒缘分，最后竟分道扬镳。谷墨出走梁大，成为“师门叛徒”，加入梁师大金辉教授团队。

七

回宾馆的路上，我翻看起了谷墨的日记。

许是学历史的关系，谷墨和程济都喜欢写日记。不同的是，程济的日记，是拿来给别人看的，他记录每天发生的事，也赞美导师，赞美其他学界大佬。程济很大一部分论文和专著，都和这些“赞美”有关，比如《容焕余学术思想研究》《某某学术理论探微》之类东西，论文四平八稳，严整缜密，符合规范，借助大佬威名，也能唬些外行，发表不困难，甚至可以“学术整理”名义，拿到项目支持。圈里管这样没出息的学者，叫“玩大佬”捧家。

谷墨对这种做法嗤之以鼻。谷墨的日记，只言片语，简单记人录事，也隐晦地以代号讲些看法。导师在他笔下，就是“余老”；金辉则不客气地被称为“老金条”（金辉的脸又瘦又长）；程济的代号是“程不群”，有些刻毒；晓菲是“菲天使”，有些跪舔的姿态；我的代号是“仲连丹”（取鲁仲连的含义），好像我是见义勇为的古侠客。谷墨家庭不宽裕，我家不过也是工人家庭，研究生三年，在食堂吃饭，我们都合打一份菜。谷墨个子大，为了让他吃饱，我都省着吃，实在不够，自己花钱买榨菜解决。那年谷墨买房，我二话没说，借给他二十万元，甚至推迟了上海买房计划。谷墨都记在心里。

他的日记，也有很多工作记录，例如“凌晨三点，继续改论文，天边发亮，脑神经燃烧，不困”“上课八节，做公交回家，路上堵车，晚饭未吃，腿肿，继续阅读怀特海著作”“辅导本科生7人论文写作，耗时半天，学生素养差，气得跳高”“开学术会议后回梁城，午夜，喝点浓茶，继续写论文”。这些记录，也能看到谷墨平时生活多忙碌。他的病，完全是熬夜，抽烟，疲劳过度导致。按照学界惯例，我应将谷墨的日记整理出版，进一步写作《谷墨年谱》，似乎这样才是对英年早逝的青年学者最大肯定。

谷墨不在乎身外之物，尽管他在遗嘱中也求我帮他出版《梁城异人考》。他通过史料爬梳，记录梁城自中唐以来奇人异事，一般历史著作读者，觉得艰深，专业学者又觉得不严肃。谷墨写过不少学术著作，有名气的是《晚清杜县方志研究》《民国梁城的街道》《梁城防疫史录》《革命时代梁城的暴力与秩序》等。这些作品，有的暗藏讽喻，给出版社带来了麻烦，学界口碑也有争议，但不可否认是谷墨的代表作。《梁城异人考》就较古怪，更像心志自道。我在出租车里想了一路，也茫然没有头绪。

回宾馆不久，又接到晓菲的电话，梁城大学的领导，宴请导师在外地的弟子，以尽地主之谊。我没好气地说，人都死了，领导们还在想搞关系，想必你们这些教授学者也需要这样机会，我是闲人，就不去打扰程济兄了。

你就是酸腐，晓菲没好气地说，谷墨这点上，和你一个德行。

说到谷墨，我们一下子沉默下去。晓菲有些尴尬，没再勉强我。我落得清静。吃过饭后，在酒店房间做了一个半小时直播，慰劳粉丝相思之苦。我这期讲的是东亚强国高句丽的灭亡，及朝鲜半岛历史沿革。我讲得慷慨激昂，粉丝们也兴奋，频频刷礼物。

午夜时分，醉醺醺的孟力行师兄，乱敲我的门。他是京城干部，自然是梁城大学领导的巴结对象。孟力行读书时特立独行，有才气，喜欢说怪话，为人孤傲，心思又细密，不像谷墨那么热情朴实，因此不得导师喜欢。他后来也读了博士，不过去了一个普通省属院校教书，同学们对他较冷淡，只有我和谷墨给他壮行，请他去昊天酒店吃海鲜自助大餐。他并不气馁，冷冷地说，我辈岂是蓬蒿人，十年后再看吧。奔丧之际，他也是荣归故里，心情自然得意，喝了点酒，唱起京剧“打虎上山”片段，催促我开门，和他聊学术。

我打着哈欠，说，凌晨才到梁城，奔波一天，去了两处灵堂，内心痛苦，实无精神头儿，陪师兄挑灯夜谈学术。

房间外传出“嘿嘿”的笑声，没了下文。

第二天清晨，大巴早等在梁大校门口。去殡仪馆吊唁，可直接坐车去。车上大部分是梁大教师。白发苍苍的高教授，偏瘫刚恢复的郑教授，都是教过我的老先生，与导师也有深厚友谊，不顾年迈，也要去殡仪馆。我扶着两位老先生上车，略谈了现在的处境。高冰教授叹息着说，史志办是扎实弄资料的地方，你辞职赴沪，以自媒体谋生，浮萍于江湖，荒废学业。郑教授说，老高，老糊涂了，年轻人的职业，不是我们想象的，历史在发展变化嘛。高冰教授点头，扭头对我说，你也不年轻了，还是稳定下来为上策。

我搔着头皮，有些尴尬。古人云，近乡情更怯，梁大熟人多，多年未见，总要问这问那，有些问题，无法回答，只好保持沉默。我识趣地坐到车尾，尽量低调，还是被同学莫景瑞认了出来。他惊喜地拍了拍我，说，终于回来了。当年我和老莫关系还可以，如今见面不好装不认识。景瑞凑过来，热情地与我攀谈。他说话声音很大，还伴有兴奋笑声，一车人不时对我们侧目。我惶恐，支支吾吾。我这才发现，他头发凌乱，眼圈发黑，脸色苍白，手指有些抽动。他没和我叙旧，却喋喋不休地讲了很多他自己的事，大多是种种不如意，工资低，压力大，家庭矛盾，论文发表难，项目拿不到，等等。

他眼睛红肿，想必也是无人倾诉，我同情心又起，只能继续倾听。景瑞是隔壁宿舍的哥们儿，专业是比较文学。他勤奋用功，天不亮，就在阳台朗诵法语诗歌。他洪亮的声音已成宿舍楼“公鸡报晓”式存在。景瑞毕业后，托导师的福，留在了梁大。导师不久因病逝世，他在梁大的处境艰难，课程多，资源少，常被大学阀的弟子欺负。

早上还朗读诗歌？我抽空打断了谈话。

他的眼球转动一下，脸上显出红晕羞涩，很快又恢复严肃，说，那时年少孟浪，现在我坚持早起，背诵莎士比亚戏剧及马克思经典文论。我现在的问题是，需要上职称……景瑞语速很快，话又密，我仔细听，懂了个大概。他要上教授，缺少权威的C刊论文，让我帮着找门路。我不过是网络主播兼作家，哪有那些资源？再说他是比较文学，和我也不搭界，我有些烦闷，还装作耐心。他能找上我，可见急病乱投医。他唠叨着说，你在大上海混文化圈，总比梁城要强，总会认识些重要编辑，我现在就是缺机会。

大巴行驶在路上，路途很远，大概一个多小时，车上的人大多陷入昏睡，和漫长的人生相比，人生的最后一站，又仿佛只是一瞬间。早上略带清凉的空气，从车窗钻进，我干脆打开更大一点，让空气猛烈袭击我的脸，这才能让闷热气稍微减缓。景瑞还在顽强地诉说着，他低低的声音，犹如天外梵音，在耳边回响……

终于到达青云山殡仪馆。仪式在飞鸿厅，一个小时后举行。景瑞麻利蹿下大巴，与等候的人攀谈，我依稀认出几个学术编辑和德高望重的人物，想必这才是景瑞来此真实目的。晓菲让我帮助整理国内外著名大学、学术机构和文化名人发的唁电，活动开始前挑拣重要的公布。程济要准备省里领导的讲话稿。晓菲负责外联，孟力行师兄被梁大领导请去，和相关领导应酬。我和几个同门，带着十几个梁大博士生和硕士生，整理唁电，安置花圈和挽联等事宜。我惦记谷墨那边情况，发了微信询问，谷墨的姐姐说，人来得不多，有谷墨的几个研究生帮忙，让我不必着急，忙完再过来不迟。

时间到了，厅里却不见动静，飞鸿厅内外都站满了人，花圈与挽联摆放不开，一片白与黑的世界。程济满头大汗跑来，说，省领导秘书打电话，说领导有要事，晚来一会儿，追悼会推迟一个小时，我的心里咯噔一下，这样导师这边就和谷墨的活动撞在一起，我想了想，这里也不少我一个，我先去谷墨那边。

程济擦着汗，冷冷地说，大作家，你不能去，谷墨是师门叛徒。

我再也忍不住，扶了扶衬衫上的白花，说，人都死了，能不能宽容点？谷墨再怎么说，也是同学，学界再大，也不是武林，师门不是全真教，你也不是尹志平！

八

谷墨出走梁大的时间，是我离开梁城，到上海打拼的第三年。

谷墨和导师的治学思路，有不少分歧。导师希望谷墨能在专门史领域扎下根，长成一棵参天大树，谷墨更喜欢黄仁宇一路“大历史”观念，即使谈具体问题，也要综合来谈，同时谷墨也有古良史批评议论之风，追求现实共鸣与思想批判性，导师则希望他符合学术秩序规范，理性严谨，多研究史料，少发表个人看法。

这些分歧，也很正常。导师不强求谷墨改变，只不过对他的研究表示担忧。

谷墨很快就受到了惩戒。谷墨论文发得多，项目却拿得艰难，程济则不声不响拿了两个国家项目，顿时引起校方重视。反观谷墨，有篇文章还惹了麻烦，校领导对他就有些犯嘀咕。谷墨的文章，太有锋芒，易引发争议，得罪人也多，项目要通讯评议，说是盲审，网上查查前期成果就晓得了，拼的还是人脉和口碑。谷墨接连多次，通讯评议都过不了，不禁让人怀疑他的能力。好在导师力挺，在自己的重大项目下拨出个课题，让他做了做，算是有所交代。

程济拿到课题后，经费充足，常出去开会，拜谒学术大咖，联系圈中重要人物，也请人做讲座。程济的文章，发表刊物级别也越来越高，虽然赞美大佬的文章，依然不少，但从学术史角度考虑，大佬们的平时事迹，野史逸闻，学术公案，也要有人整理，不能说程济做得毫无价值。容导师去世后，程济立即带着门下博士生，申请校级与省级项目，将“焕余年谱”“容焕余学术传”两个方向搞起，据说还要以此为基础申请国家重大项目。

相反，由于谷墨的文章常惹麻烦，很多学术刊物编辑，慢慢将他拒之门外。以前发他的论文，有导师的面子在，可谷墨清高自傲，常得罪人，路子也越走越窄。谷墨眼见程济跑到前头，心里发急，有时难免口不择言，又被人传话给了程济。

谷墨和程济同年评上副教授，等到该评教授的年限，俩人的斗争白热化了——学院只有一个名额。评审结果，出人意料，程济顺利通过，谷墨名落孙山。谷墨得知消息，独自爬上后山，饮酒后痛哭。还有一个版本是说，程济专门羞辱了谷墨一顿，这才导致谷墨醉倒在后山。导师开导谷墨，说，早点，晚点，又何妨？人生与学术都是长跑，中途的风光，算不得什么，盖棺定论才重要，你忘记了我在第一堂课，对你们讲的了？……

导师四十多岁时，还只是讲师，评副教授就搞了四次，每次都被举报，他还戴着“白专分子”的帽子，从中学调入梁大，有人嫉妒他，将他的桌子放在走廊。导师安之若素，在熙熙攘攘的学生中，安坐于白墙之前，读书写作。后经多方交涉，他才有了办公室靠墙的小空间——那已是三年之后了。

您怎么忍过来的？谷墨禁不住问。

他强任他强，清风拂山岗，他横由他横，明月照大江，导师微笑着说。

我对谷墨讲的故事，有点怀疑，但导师兴趣广泛，喜读《倚天屠龙记》，不是不可能。我更相信谷墨讲的，导师的另一种方法，即“拼命读书”。寒冬深夜，梁大西北角那一排叫“六排房”的平房内，导师围着煤球炉子取暖，聚精会神地读书，读到忘情，常忘了时间……

对于程济的成功，也有很多传闻。有人说，他的家族做了很多工作；有的说，程济项目多，更受校方青睐；也有人说，谷墨被人举报，论文内容有“自我重复”，违反学术规范。评审结果公布后，程济居然也遭到了举报，点明“论文观点”抄袭。大家都认为是谷墨干的。我不相信，导师这次帮助了程济，让他顺利通过学校的质询程序。

职称评审的挫折，还不足以让谷墨和师门决裂。他们之间的矛盾，主要来自学科评审、评奖等一系列重要事务的冲突。20世纪90年代后期，高校迎来大扩招，各学校之间，也开始了激烈竞争。作为梁城大学领军人物，导师肩负发展学科重任，他必须把握住机遇，于是着急上马一大批项目，大量时间被用于跑学科点，举办国际性学术大会，争取重大项目资金支持，整合政府、产业与学界资源，谷墨因受到导师信任，又担任学科秘书，这些工作也大部分由他承担。这对于清高懒散的谷墨来说，无异于一次次酷刑。

那段时间我常在深夜收到谷墨的短信，都是“情绪垃圾”。有时他实在痛苦，就和他在QQ视频一会儿。我在骗人。谷墨说，他面容憔悴，眼光直直的，有点吓人。我说，老谷，成年人了，坚强一点。谷墨揪着头发，痛苦地吼着，认认真真造假，真不是人干的。你的认真，是一种催眠，它会让你在潜意识中将假的当成真的，甚至维护假的……

谷墨第一次和导师发生了正面冲突。他不愿弄假材料，拒绝为学科升级“跑点”。他对导师的印象也发生改变。“评审前的深夜，提着贵重礼物，穿梭于酒店，以至于有评委忍无可忍，实名举报”，这样的丑闻，不应发生在导师身上。导师却以“忍辱负重”为名义，呵斥谷墨沽名钓誉，“拿梁大史学几代人心血开玩笑。”这样的指责，非常严重。谷墨彻夜难眠。

程济适时顶了上去。他出色地完成导师交代的任务，获得了各方认可。导师开始疏远谷墨，长时间不和他联系，偶有见面，也呵斥有加，重要场合也不再带谷墨。导师公开赞扬程济“雅量深重如碧玉，沉稳广博似黑岩”。由于几年未评上教授，谷墨在学科也不断被边缘化，很多活动不让他参加。谷墨清闲下来，可痛苦更甚。导师在他的心目中，是“精神父亲”般的存在，如今父子却不再亲密无间。

梁城重大攻关项目“梁城文明史”，激化了谷墨与导师的矛盾。项目由导师担任总主持人，四年内出版十余本著作，整合历史、考古、文学、语言学、社会学、经济学、政治学等多个专业，担负着重新考订梁城发源时间，树立梁城“北中国第一文明城市”的重任。梁城对此非常重视，市委书记担任筹备委员会主任，宣传部等各部门全力配合导师，拨款五百余万元。

盛世修史，可谓流芳后世的大事。导师全力以赴，谷墨也循例分了一本著作。他对此并不情愿，一是那本著作不是他想写的，二是他认为，很多史学观点缺乏实证材料，仓促定义，强硬上马，易引起外界质疑。导师管不了这许多，他严令谷墨如期完成。结果是谷墨拖稿，险些耽误项目于“梁城庆祝建市千年庆典”前结项，还是程济来救场，接下谷墨未完成的稿子，用三个月顺利完成。庆功宴上，导师当众叱责谷墨。谷墨不服气，顶撞了导师。导师将酒杯扫落，晶莹玻璃杯碎了一地。谷墨泪流满面，导师则拂袖而去。

导师想将谷墨调离，让他去靠近梁城的府城市。那里有所省属理工大学，那里的历史学科，自然不怎么样，且与诸多学科合在一起，没有博士招生点，叫“文化发展学院”，院长是导师第一届的博士，也是信得过的人。导师的意思是，让谷墨反省一下，在偏远之地也能慢慢做点东西。谁料谷墨的反抗非常激烈，他投入梁师大金辉院长的团队。梁师大在史学方面的影响，与梁大难分伯仲，金辉与导师也是多年竞争的敌人。谷墨的叛逃，给了导师沉重一击，他大病一场，一个月时间好像老去了十岁。

谷墨很快领教了导师的手腕。导师向学校打报告，不允许谷墨调离，理由是“防止人才流失”，于是系里停了谷墨所有课程，办公室没收谷墨的办公桌。有好事者说，学院张秘书向谷墨出示一张物品清单，详细记载谷墨花的学科经费明细，包括出版学术著作资助，请他予以退还。张秘书还勒令谷墨归还所有学校办公用品，图书馆用书，少了一根电脑的数据线，都要亲自打几遍电话催要。

这还远远不够。同门都在微信拉黑或删除了谷墨。师门群也将他踢出来。几个年轻的师弟师妹，还在微博发帖，痛斥谷墨背叛导师的恶劣行径，甚至还有风闻他的博士论文涉及抄袭。这对谷墨造成了很大困扰。梁师大曾专门组织人调查，还是在金辉的干预下，这才作罢。郭德纲开除曹云金，回收“云”字辈分，想来也是如此路径。由此看来，曲艺与学术也是同源同构。我是大闲人，虽也收到程济发来的通知，要求与谷墨划清界限，但我不是学术界的，也不怕打击报复，就装作置之不理。

即便如此，谷墨的调动之路，依然异常艰难。他当时只是副教授，按理说，不属于啥重要人才，梁城大学是享有盛誉的211重点大学，犯不上难为个青年教师，可梁大一方面停了谷墨的工资，另一方面却迟迟不给他办调动手续，谷墨只能暂时挂在梁师大上课。他找了很多人去说情，导师只是不理。

谷墨曾在暑假期间，站在导师那栋三层小别墅下一整天，哭泣着向导师喊话。导师书房那扇窗，始终紧闭，他熟悉的，慈祥的身影，始终未曾露面。谷墨最终被晒昏在小楼之下……多年后，我依然无法想象那个场景，酷热的阳光，利剑般穿透谷墨骄傲的自尊。他摇晃着，眼前发黑，那扇窗也摇晃着，如同黑暗中最后的灯盏。学术利益永远高于学术价值？还是说，黑暗的记忆，可以传染，导师早年所受的折辱，也与谷墨所遭遇的权谋，没有太大差别？

几年后，《梁城文明史》出了问题，很多学者指出，项目史实错误多，缺乏实证，有些生硬观点实属“硬给梁城脸上贴金”。好事者甚至整理出一千多条错误。舆论甚嚣尘上，导师名誉大损。谁想这些质疑之声，不知为何，过了一阵子，又偃旗息鼓了。

程济认为，“好事者”就是谷墨。只有他了解那么多底细，这是谷墨在金辉指使下干的。愤怒之余，程济纠合容门之下十余名大学教授，写了一系列论战文章，不仅为梁大的项目辩白，且集中火力攻击金辉带头的一项重大项目。一时间，硝烟四起，学术刊物热闹了一阵，甚至引起海外史学界关注。

笔墨官司打了两年，发了一堆权威文章，事实真相慢慢被大家忘记。程济一战成名，学术声望更重，而且成功“出圈”，在各大互联网站接受了很多次采访。

谷墨却很沉寂，只有一篇短短的，替金辉辩护的文章，发在个不起眼的普通刊物上。

九

离开惊鸿厅，我快速奔到几百米外的松柏厅。谷墨的学生在帮着登记，三十来个人，散在四周，大多是谷墨老家的人。谷金子愣愣地盯着停放谷墨遗体的棺材，好像还接受不了，父亲为何躺在那里。我叮嘱她，有任何困难，都要告诉我。谷墨的姐姐，流着泪对我说，你还是来了。谷墨的前妻和那位房地产商，也略点头致意。听谷墨姐姐说，他们为了谷墨的房产，闹得厉害，说要给谷金子代管，只能过些天，找律师介入了。梁师大也来了领导，包括工会方面的。大家都在等梁师大副校长，也是历史与社会发展学院的院长金辉教授。

金辉不同于一般学界大佬，甚至不像教授。他长着张刀条脸，面容清癯，长发垂耳，长髯及胸，加之着唐装，脚蹬黑底布鞋，腕上是紫檀和绿松石手串，自有仙风道骨高人气派。金辉研究道教史，炼过丹，对养生学有心得，常给达官贵人开讲座，也开丹方，据说颇灵验。他年近七旬，是梁师大终身教授，学术繁忙，但驻颜有术，脸色红润，刚和发妻离婚，娶了三十多岁电视台女主持人。老树开新花，自有喜气。参加追悼会，他临时戴上墨镜与黑手套，依然难掩神采。谷墨如有金辉这般懂得生活，恐怕也不会英年早逝。

哀乐响起，追悼会开始。金辉摘下墨镜，闭着眼，两行泪流出。众人愕然，他缓缓走到话筒前，沉声说，墨兄驾鹤西去，此为学界之巨损失，梁师大师生的悲剧，谷墨乃由我引进梁师大，数年来，学术斐然，风采烈烈，呜呼！天妒英才，哀哉！还我挚友，还我学人！

他双手高举，声音嘶哑。大家肃然，噤声不敢打扰。许久，金辉教授睁开眼，环视四周，又戴上墨镜，缓缓退出，不复回顾。众人正吃惊，一个瘦瘦的中年眼镜男，凑上来说，金院长事务繁忙，要去云南开会，下面的活动由我主持……

眼镜男是梁师大的董副院长。活动结束，董副院长还给了谷金子一张折成三角的符纸，说是金教授给的，经过加持，能祈福免灾。

遗体告别开始。谷墨躺在那里，脸比平时胖，妆化得浓，为了掩盖头顶，还戴上了一顶黑色软帽。他再也不能和我彻夜讨论学术，也不能意气风发地爬上山顶发疯，他离开了冰冷的世界，去往了神秘的归乡。

谷金子突然失控，惨叫着奔向父亲。周围的人拉住她。哭声响彻松柏厅，渐渐凄厉，人们不安骚动，仿佛谷金子的举动，有些不合时宜。谷墨依然平静地躺着，没有反应。他太累了，心情也压抑。那段时间，他刚评上教授，金辉让他组织梁师大的重大项目攻关会，也继续担任学术秘书。谷墨非常不情愿，也只能照办。如果再离开梁师大，他还能去哪里？他经常对着导师的合影，默默流泪，抽烟，然后就是毫不顾惜自己地"拼命读书"。成果出了不少，身体越来越糟。身边也没人照顾，一天吃一顿饭，也是常有的事。有次他深夜给我发微信视频，正在啃着块硬面包。他勉强地笑着，说，心发慌，刚吃了药，好多了。他又拿着那块面包乱晃，露出里面夹着的火腿肠和卤蛋。这是我们读书时喜欢的简易吃法，省钱又方便，四十多岁了，谷墨始终没走出研究生的那段岁月……

追悼会结束，棺材被谷墨的姐姐，送往后面的火化炉。人群轰然四散，谷墨的前妻也不见了踪影。我找到匆忙摘去白花的董副院长，询问谷金子能否转入梁师大附中。董副院长为难地说，不好办哟，没有先例，附中名额也紧张。

我干笑两声，转身就走，董副院长歉意地拉住我，说，梁大程济院长过问了此事，说将谷金子转到梁大附中，梁大附中比师大附中档次更高，金子这孩子有福气。

我这才发现，松柏厅角落，摆着个花圈，挽联写着：二十载寒暑冰刀霜剑求真务实，四十年人生功过是非任他评说，署名：程不群。"程不群"是我和谷墨给程济起的外号，讽刺他像《笑傲江湖》的岳不群，是个伪君子。难道是程济送的花圈？他是为求心安，还是顾念同门友谊？还有个更大的花圈，挽联也有意思。上联是：痴人有梦学人有风爱人难无情；下联是：至人无己神人无功真人难有名；横批：来去自由。署名：江湖任我行。这可能是孟力行送的。"任我行"是当年我们封给孟的外号，形容他的狂傲做派。

晓菲始终没出现，也没有她的挽联。手机响了，是孟力行的电话，催促我过去，省领导才到，活动刚开始。我又回到飞鸿厅。厅门口已挤满人，只能踮着脚，站在外面。此时接近中午，日头正毒，空气闷热，众人的汗味，混合大厅的消毒水气味，冲得人头脑昏沉。领导讲话很慢，约莫讲了十多分钟。掌声响起，领导退场，活动改由程济主持。程济脸色憔悴，先介绍了发唁电的海内外三百多家大学、科研机构与行政部门，还有几百位各界领导与文化名人。接着他朗诵某国学大师写的悼文，声嘶力竭，几乎站立不稳。容门上下近百名弟子，无不悲声以应和，大厅内外，也哭声四起。

天色黯淡，隐隐有雷声，极目处有无数云层翻滚嬉戏，仿佛诸神盛大的告别演出。哀乐再起，我踉跄地跟着众人，鱼贯而入追悼大厅，瞻仰导师最后的遗容。景瑞排在身后，我并未察觉。他悄悄扯了下我的后衣襟，我悚然回头，景瑞低声说，C刊发论文的事，拜托兄了。

我打了个寒战，看到鲜花丛中导师的侧面。他的嘴角翘起，似有冷冷的笑容。我疑心眼花，摘下眼镜擦拭，待要看清，却被后面的人推着，远离了开去。

仪式最后，目送师母和导师的几个子女，推着棺材进入后堂。我靠在门厅前的柏树，想抽烟，胸闷得难受，正摸索口袋，头顶忽有炸雷绽放。有人惊叫，似有两条盘旋的暗金色气息，从高耸的烟囱爬出，凝聚成类乎实体，细细长长，有些鳞角。它们噬咬争斗，又相互致意，带着些许不甘，最终消失在天际。

雨落得快，眨眼间，白芒溅起，混合土腥气和风声的雨团，迷迷蒙蒙，席卷了活人的世界。众人纷纷躲避，作鸟兽散。晓菲走了过来。一场盛大的活动结束，各方都满意，她的脸色也轻松不少，忙拉住我致歉，要谷墨前妻的微信，说忙得昏了，未能送谷墨，只等活动全部结束，微信转账丧仪。

我甩开她，说，恭喜啦，都说你要当学院的副院长了。

晓菲抿着嘴唇，干笑着说，没谱的事，领导办公会都没讨论呢。

我拱拱手，说，前几年评教授，你的几篇权威论文，是谷墨弄的吧，听他谈过构思。

晓菲有些慌乱，紧抿着嘴唇，并不搭话。

你和谷墨好过一段时间？这几年也没断联系？我问。

晓菲的脸涨红，滴血似的，有羞愤之意，说我发神经，居然说昏话。

我咬了咬牙，又说，你到底喜没喜欢过谷墨？或者说，你喜欢导师？

晓菲受了刺激，转为抽噎，泪花涌动着说，现在说这些，有意思吗？

不是我要听，是替导师问你，替飘在天上，没走远的谷墨问你。我说。

别说了，你别说了，晓菲喃喃自语。

我想，这个答案，也许像很多历史神秘事件的真相，也已飘逝在了风里。

十

导师走后，梁大没有忘记他。在程济的呼吁下，学校将餐厅后的那条僻静小路，命名为“容焕余小路”。梁大的莘莘学子，吃饱喝足之余，走在这条小路上，可能会想点学术的事。程济的本意，是将导师的青铜塑像，放在学校办公楼前，或社会与历史学院大厅。校友联络办邹主任不同意，说几位校友预订了位置。他们都是大企业家，心系母校，现在重病缠身，想起与母校联系，捐助了一大笔钱，预留两处位置，只等他们去世，安放他们的塑像。梁大关心校友福祉，也要钱去海外引进高科技人才，自然不能不答应。

追悼会结束，容门弟子先参观“容焕余小路”，又在昊天酒店聚会。这许是容门最后一次大聚会了。大家格外珍惜。

我喝了不少酒，听了不少谷墨的事，有些我略知一二，有些根本不知道。谷墨离开梁大的手段，极为惨烈。谷墨每天去人事处软磨硬泡，找各级领导，都没啥用，后来索性拖了条床垫，摆在梁大人事处，躺在那里睡觉，玩直播自拍，并威胁领导，如果不放他走，就将视频放到网上。此事对梁大领导造成了压力。谷墨再接再厉，在省教育厅门口，拦阻即将开会的梁大甄校长。他当场下跪，抱住校长的腿，号哭不止。校长又羞又怒，趁着众人围观，谷墨顺势撒出传单，进一步扩大事态。谷墨被教育厅保安拘走，在拘留所关了几天。甄校长也被厅领导呵斥。最后，谷墨以违反学校规定，合同期内无故旷工为由，罚款五万元，开除出了梁大，人事关系转入人才市场，三个月后，又转入梁城师范大学。此事震撼了省学术界，自此教育厅专门下文，省内高校不能互相挖人才。

谷墨的人事关系被放走，导师没有趁势追击。按照导师在学界的地位，完全可以封杀谷墨，可导师长叹一声，不再提此事。此事源于金辉想撬导师的墙角，恰逢谷墨在梁大不得志，便许以教授职称，一笔安家费，让他跳槽。谷墨也是天真，即便离开梁大，也不该拜入金辉团队，他不过想找个不错的平台，继续做学问。金辉带着谷墨，出现在各种学术场合，每次他都神采奕奕地介绍，谷墨，青年才俊，容焕余那个老混蛋的学生，现在跟着我混……

谷墨出走后五六年，导师身体每况愈下，前年查出脑瘤。癌症摧垮了导师。几次手术后，导师迅速消瘦，变得迟钝冷漠，思维混乱，喜怒无常。他只信任晓菲，程济也得不到好脸色，甚至有传言，导师想让晓菲替代程济，出任国家级学科的学术带头人，只是导师晚年精力不济，此事才未成功。病中的导师，思绪常回到安徽老家，梦中说着难懂方言，手里模仿插秧动作。他有时也会想起下放过的甘肃某地，茫然地说，报告管教，339号已装车完毕，请指示。

有段时间，他的身体好了些，坚持下午爬山，只是不再带门下弟子，仅让晓菲陪伴。据晓菲说，导师经常呆坐着，仰头望天，一言不发。导师的办公桌，还摆着谷墨博士毕业时他俩照的合影。导师肯定想念谷墨，原谅了谷墨，甚至反思了自己的过错。只不过，他不承认，也不能承认。导师晚年还申请了一个重大项目。他的意思是，谷墨和程济、晓菲都是子课题负责人。导师很早就主持过国家八五工程重点项目，或许这只是导师的和解姿态，他希望谷墨回来。可惜的是，谷墨那边，并没有回应……

这次容门大聚会，大家都喝多了。我问程济，花圈是不是他送的，他没回答，红着眼说，不要把人想得那么蠢坏，不让大家送谷墨，自有原因。恩师离世，多少学界敌人，暗中窥视，如今要团结，才能在内卷的学界，争得一席之地。容门大旗不倒，大家有饭吃！谷墨开了不好的头，我要让其他人看看，背叛师门，要受良心诅咒，没法在学界混！

程济斜斜瞟了眼几个坐立不安的师兄弟。他们都在高校教书。据说导师死后，他们马上与金辉建立了亲密联系。

酒席宴前，一片凌乱。我的酒意上涌，奔出酒店，躲在角落大口呕吐。孟力行也跑出来，笑着说，铜臭气加酸臭气，味道不好闻吧，一起走走？

我甩开他的手，没好气地说，您也是这盛宴的贵客，还是坚持到底吧。

我离开昊天酒店，茫然地在母校游荡。孟师兄跟在我的身后。不知不觉，我们走到了后山，我有些尿急，寻了个清静之地，开始“放水”。孟力行也解开腰带，肆无忌惮地放出一线尿，事毕点起根烟，悠然地说，听说导师大限来临，最后说过一句话，不算遗嘱，但也是他的人生信条。他在给我们上的第一堂课，写在了黑板上。

我的眼前一亮，说，我们这一级上课，他也曾写过。

宁在直中取，不向曲中求！我们异口同声地喊出。

孟师兄揉揉鼻子，露出讥讽的笑容，说，口号是这样，但你们身在此山，雾里看花，全都是蠢。

这是何意？我不解地问。

孟师兄说，不论谷墨才华多高，也成不了。这根本不是导师喜欢程济还是谷墨的问题。导师还看不上程济那点家庭背景，也没那么庸俗！

那学术算什么？不是说学术乃天下公器？我说。

孟师兄嗤笑着，说，蛋糕就那么大，吃蛋糕的人越来越多，只有抱团取暖，谷墨不理解导师苦心，以为叛逃到金辉那里，会受重用？他不过是金辉打击导师的工具，贼子贰臣，从来都是利用过后，破抹布般被闲置，你们学历史出身，这道理不明白？

他又喷出一大口烟，说，程济和谷墨，不过是学术守墓人，谷墨为人激烈，也许能一鸣惊人，也许不能。程济比他沉稳，有深挖细耕的劲头，更适合当守墓人。师弟你更可怜了，不过是块丢在墓园外的碎石，进墓园的资格都没有，请原谅，我就是这样直率。

我捏着拳，恨不得在这个冷酷家伙脸上，打个开花，不知为何，却提不起力气。

哪个时代都不是学术的黄金时代，孟师兄继续说，难道导师流放边疆，想过学术能成大业？还是他在初中教了十几年书培养出了学术自信？除了时代大势，还要有坚忍不拔的毅力和卓绝的钻劲。谷墨做到了吗？他恃才傲物，心胸狭窄，且假装清高，似是不言名利，如果如此，又何必出走梁师大？

孟师兄盯着我，学生时代尖刻的“任我行”，似乎又回到他身上，满血复活。

孟师兄咂了下嘴，又说，换个角度看问题，路就宽阔了。这时代没人经得起推敲，你不行，我不行，谷墨也不行，为何要苛责导师？

我喃喃地说，换不了角度，一切不该这样，一切该有更好的结局……

孟师兄叉着腰，眼中似有泪，他推开我，跑了几步，又颓然停下，气喘吁吁，仰头向天，怒吼着，贼老天！谁想这样？我又能怎样！

雨已停歇，月至半空，好似染黄的鸽卵。天空幽蓝澄净，后山的那条小路，夏虫暗鸣，杂草丛生，野花芬芳，皆沾满雨露，在月光下闪着微光，好一个自在世界。

抬眼望去，前面赫然是那座小亭。那里虽偏僻，但我们读书时，常到此闲逛，此地清幽僻静，不失为反省人生、参悟世界的好去处。小小凉亭，是导师受批斗的伤心之处，也是师门谈笑风生，畅谈学术的欢愉之地。头顶星光灿烂，那些历史的片段，那些形形色色的人，那些震天响起的口号声，同门打闹的欢笑声，似乎搅在一起，又微尘般消散了。

孟师兄说，该给这小亭起个名字，我说，就叫“余墨”吧。

孟师兄闭目想了想，点头说，典出自《宣和书谱》?

我说，还是师兄学问大，有这层意思，纪念导师和谷墨，还有，就是我们这些“不合时宜”的家伙。

孟师兄大笑，让我给他来上一段直播，看看“网络作家”的风采，也为纪念导师和谷墨，展现这最后的演出。我苦笑说，戏总要散场，我不过是“历史说书人”，既然师兄和导师、谷墨要听，就来一段吧。我摆开架势，讲了段“史公夜探左光斗，名士气节冲霄汉”。小段子出自《左忠毅公逸事》，辅助我夸张的表演，倒也颇有气势。

月光如酒，天地微醺，时光似乎倒流，我们都回到了青春勃发的岁月。孟师兄挠着秃头，大力吸了几口烟，才打开手机，抖抖地，帮我录着视频。我化身为数百年前，提着灯，深入大牢看望恩师的明代读书人。我的音调忽高忽低，手势也不断变幻，孟师兄也不断为我喝彩。寂静的后山，回荡着两个“油腻中年人”傻兮兮的呼唤。

泪水又逃了出来。小亭的轮廓，也渐渐模糊，似有无数身影在晃动。我停下直播，发觉脚下有什么东西。踢了踢松软的泥土，借着亭下的月光，看到一条黑色的肥壮蚯蚓，奋力钻出地面，缓慢而富于热情地，沿着笔直的小路爬行而去……

大学叙事的“当代性”与“个人性”
——评房伟《余墨》

刘卫东

“大学”是现当代文学中一个独特空间，堪与“乡土”“工厂”“家庭”等并举。普遍而言，大学是培育人才、科研攻关的圣地，有象牙塔之誉，云集了大量知识分子。由此，“知识分子何为”，成为“大学叙事”独特的关注点。每个时代的大学，都与时代潮流呼应，有自己的特点，反映着一个时代知识分子的生存状况。此前现当代的“大学叙事”中，已经有《围城》（钱钟书）、《风雅颂》（阎连科）、《应物兄》（李洱）、《大学纪事》（汤吉夫）等，形成了一个系列。西方文学中，也有《赫索格》（索尔·贝娄）、《耻》（库切）、《小世界》（戴维·洛奇）等以大学生活、人物为题材的作品。上述作品都是现实主义的，从不同角度书写了大学中各类人员的众生相，也借此讨论了每位作家关注的问题，都很有力度，产生了广泛的影响，因篇幅，此处不展开。房伟的《余墨》写的是“当代”大学，涉及新世纪以来大学的变迁和学术生态，因他本身就是大学教授，所以，作品除了夫子自道，还带有自我审视的意味，是一部有特殊认识价值的作品。

《余墨》用现实主义的笔法，关注了大学教师的职称、出书、课题，儒林内外，林林总总。基本上，大学中的“那些事儿”，都或多或少有所触及。具体来说，作者对大学的叙述，借助了三类人物。一类是当代大学体制中的“成功”者，以容焕余为代表。容焕余青年时代受到过不公正政治对待，在中学任教多年，终于在形势变化后调到大学，用勤奋和努力，靠成果成为业界权威。这类形象以往小说中并不少，但大多单一化，而《余墨》处理得更为“当代”，也更生动。作者对容焕余，是带有讽刺意味的。其一是他研究的方向是“梁城文明史”，论证梁城是“北中国第一城”，这在当下的学术语境中，多少有点投机意味。其二是他热衷于跑点，虽说是为了学科建设，但其中也必然有私人诉求。其三是他虽然标榜“宁在直中取，不向曲中求”，但并未做到，反而视正直的学生谷墨为逆子，疏远打压。作品中，容焕余是多侧面的人物，他对学生前途很关心，但又有明显家长制作风。他的道路，显然是“正确”的：弟子程济、高晓菲在他的指导、荫蔽下，按部就班，发文章、晋职称、当领导，取得了优良成绩。他在大学

“规则”中游刃有余，是一位成功的学者，但对照萨义德在《知识分子》中对知识分子的定位，却有一定偏差。作为一个文科教授，容焕余取得事功方面的成就，当然没有问题，但距离令人尊敬，总是差一点。《余墨》把握住了火候，对此有所揭示，但没有置身事外的指责，而是将其看作一种“正常”，这才是更为值得思考的现状。

谷墨是作品中的另一类人物，是一位“失败者”。谷墨很有才华，但性格清高，对导师“跑点”和学科评审中的“造假”都不认同。他与导师决裂，被视为师门的“叛徒”，背负了很大的压力，后来又离婚。由此来看，他生活于自己的学术园地，“众叛亲离”，与日常生活没有达到交融。因为生活起居不够规律，突发心脏疾病，英年早逝。谷墨是以往“大学叙事”常见的一类形象，他认真正直，拒绝苟且，敢于抗争。从外界来看，他属于“不懂事”，可唯有他，保留了一些知识分子风骨。《余墨》给谷墨安排的命运，与以往的类似人物没有什么不同，这意味着，谷墨等与“规则”背离的人物，在大学没有容身之地。为什么谷墨赢得了尊敬，却只能出局？有没有另外的结果？这种模式的指向，令人思考。不过，几乎所有“大学叙事”都有余墨式人物，足以说明，这个系列有内在生命力。作品设置谷墨这个角色，显然也有树立标杆的用意，即便这个“希望”不够明亮。作者没有将谷墨概念化，也写了他性格和行事中的问题，缓和了他和“规则”的对立关系。

再一类人物可谓“旁观者”，即叙述人“我”。“我”毕业后没有在大学工作，与导师和同学若即若离，由此，获得了独特的观察视角，目前身份是历史栏目主播，同时写穿越网文。“我”与谷墨有性格相似之处，保持了一部分独立思想，当其他人视谷墨为师门“叛徒”时，“我”却与他一直保持联系。很明显，“我”对谷墨报以同情的态度。参加完谷墨的葬礼，尽管人微言轻，“我”还不忘关心谷墨女儿的出路。“我”从葬礼结束后的酒宴上退出，开始直播，讲“方苞夜探左光斗，名士气节冲霄汉”，也是对谷墨之死的一种回应。虽然“我”的态度并不激烈，也并没有明显表达，但通过事件，还是可以被清晰感知。作者对大学和人物的态度，其实隐藏在叙述者的视角中。“我”这个人物虽着墨不多，但相当有质感。“我”研究生毕业后，在梁城史志办工作，因为不去巴结送礼，被领导穿小鞋，辞职到上海闯荡，自我评价是“一事无成”。可以说，“我”就是翻版的谷墨。当然，出于各种原因，作品对“我”的批判力度释放不够。

房伟在现实主义之上，为《余墨》添加了象征色彩，使小说充满了杂糅味道。颇具“当代性”和“个人性”的“大学叙事”，也由此具有了辨识度。作品核心情节是参加梁大教授容焕余和他的学生、青年教师谷墨的葬礼，“学者之死”带有黑色意味。小说为他们立传，题目《余墨》是两位死者的姓氏；同时，“余墨”还带有“残存”的意思，隐喻着最后的凭吊。尽管如此，但作品格调并不灰暗。每个人都艰难前行，没有放弃。“一条黑色的肥壮蚯蚓，奋力钻出地面，缓慢而富于热情地，沿着笔直的小路爬行而去……”小说在这里定格，结束。这个离开了自己生存的土壤却满怀希望的蚯蚓，要去哪里，命运如何？

遭遇“王六郎”

梁晓声

一

第一次见到那孩子，大约在四年前的夏季。大约。

下午三点多，我拖着拉杆箱走在北京南站附近一条马路右侧的人行道上。很热，虽已到了下午，仍无丝毫爽意。因列车上开空调，我怕凉，穿上了薄绒衣。下车匆忙，没脱，并且连薄西服也穿上了。等候出租车的人排起了长队，调度员说我们那拨排队的人估计得等一小时。这使我甚感意外，不愿等，心想站外也许反而较快就能坐上出租，于是离了站。尽管绒衣和西服是薄型的，一到了外边，顿觉身上溽热难耐。若当街脱下两件上衣往拉杆箱里塞，我嫌麻烦。何况，拉杆箱已塞不下了，怕硬塞弄坏拉链，那岂不太糟了，便说服自己加快脚步往前走，希望能尽快拦住辆出租。不一会儿，汗流满面，内衣湿矣。马路上驶来驶去的出租车不少，一半空车，却没一辆因我在不停招手而减速。我忽然意识到，网约时代早已开始，一辆接一辆驶来驶去的空车肯定是别人所约的，它们为路边招手之人而停的时代已成历史。这可怎么办呢？我不会网约，何况手机上并没下载网约软件。

正犯难，见前方不知何时出现了一个大男孩的背，男孩戴长舌帽，身高一米七五左右，也推着拉杆箱。我断定他和我一样是从南站出来的，原因同样是不愿在站内用一个多小时等车。

这年头，像我这把岁数的人，跟着年轻人的感觉走，往往会“柳暗花明又一村”的，我的老年朋友常对我这个在新事物面前每每不知所措的顽固分子如此教诲。

于是我加快脚步，缩短和那大男孩之间的距离。他穿的是浅黄色制服短裤，有多处兜那种，短袖翻领衫则是浅蓝色的，中间有一排美观的白浪花，而脚上是一双白网球鞋。暴露的胳膊和腿都很红，显然是晒的。那么，他必定是从某海滨城市返京。也必定，几天后他的胳膊和腿都会变黑。

他一直走到一处立交桥的桥洞那儿才站住，而我已走近了他。他感觉到我在紧跟着他了，转身讶异地看我。

我笑笑，尴尬地问："这儿容易打到车吗？"

他说："怎么可能！我在这儿等家里的车来接我。在这儿等不晒，比马路边清静。"

大男孩有一张单纯又阳光的脸，气质聪慧，顿时使我联想到了《聊斋志异》中那些善良而才情内敛的小书生，他们是蒲松龄笔下追求起美好爱情来不管不顾的狐仙魅妹喜欢的类型。

我识人的经验告诉我，向这样一个大男孩寻求帮助是会被耐心对待的，便又问："如果我让家人帮我约车，应该告诉家人这里是什么地方呢？"

他反问："您自己不会？"

我不好意思地说："是啊，落伍了。"

他笑道："许多老同志都不会，这是你们不必在乎的短板。但您不能将自己定位在这儿，咱俩不同，我刚才说了，我是在这儿等自己家的车，我家里的人不止一次在这儿接我了。没有准确名称的地方，网约车的导航器是导不过来的……"

他说时，眉目间一直呈现着笑意。分明地，助人对他是件愉快的事。他的口吻和脸上的表情，使他看起来像一位负有监护责任的大人在向一个不谙世事的孩子做解释。

在立交桥的阴影下，他的脸看上去似乎更阳光了。

"那……"

虽然我特受用他对我的善待，内心里却不免焦躁。

他左看看，右看看，指着一处有明显的拱形大门的小区说："告诉您的家人，让网约车到那儿接您。"

于是我与儿子通手机，之后谢过大男孩，与他聊起来。

我以为他是初三生，他说他已经高二了。我猜他是偏文科的学生，他说恰恰相反，他的理科成绩更优些，考大学也会选择理科专业，只有在高考特别失利的情况下才考虑选文科的哪一专业。

他的话使我这个在大学教了十五六年中文的人颇窘。

他看出来了，笑问："您是大学老师？"

我说："曾经是，教中文的，退休了。"

"哈，请原谅，希望没伤害到您的尊严！"

他笑出了声。一种开心的笑，其声不高，却爽朗。

我受他那笑的感染，也笑了。

这时我的手机响了，是儿子打来的，说只提供一个小区的名称约不到车，还需提供什么街或什么路。

我不知南站属于什么区，而我站在什么街或什么路的立交桥下，大男孩竟也不知道。

"老师别急，我立刻就能替您查到，分分钟的事儿。您穿得也太多了啊，起码可以将西服脱下搭手臂上吧？您这样，我看着心疼！”

他掏出一包纸巾递向我，我擦汗脱西服那会儿，他快速地在手机上查出我们所处的位置。我因为遇到了他，庆幸不已。

儿子用短信告知我，已替我约好车了。

大男孩说：“您应该转移到小区大门那儿去，您儿子替您定的准确位置肯定是那里。”

我说：“不急，还有五六分钟呢，陪你说会儿话，你怎么对我‘您、您’的？”

他笑道：“您是长辈嘛。”

我说：“可你还开始叫我老师了。”

他说：“您曾是大学教授，我是高二学生，称您老师太应该了呀。”

脱下西服后我身上不那么热了，约好了车心里也不焦躁了，于是我们之间进行了以下愉快的对话。看得出，有个人陪他说话，也正符合他的心愿。

“你根据什么认为我是教授？”

“您自己说您曾在大学教书嘛。到了您这种年龄，普遍而言，退休前都会熬成教授了。”

“熬”字由一个大男孩口中说出，使我脸上有点儿挂不住。

他看出了我的窘态，立刻道歉：“对不起，用词不当，应该怎么说好？‘修成’，还是‘进步成’？”

我也看出，他那种一本正经的虚心请教的样子是装的。那会儿，这阳光大男孩表现出了他调皮的一面。

我没正面回答他的话，而是问：“一个陌生人对你自称曾是教授，你一点儿都不怀疑？从小到大，没人告诫你别和陌生人说话吗？”

他郑重地回答：“您问的是两个问题，我先回答第一个。小时候，我爸妈都告诫过我，千万别和陌生人说话。小时候姑且不论，现在我已经长大了。朗朗乾坤，光明世界，一名高二男生居然不敢和陌生人说话，他将来的人生还有什么出息呢？如果中国这样的青年越来越多，中国的将来岂不堪忧了？再回答第二个问题。我是很有一些识人经验的，我对自己的经验也很自信。从面相学来看，您绝不会是一个可能对他人构成危害的人。”

我也笑了，如同当面受表扬。我虽老了，对于表扬还是挺开心的。

和这个路遇的阳光大男孩闲聊，的确使我愉快，遂又问：“你对我一直‘您、您’的，而我却一直‘你、你’的，你没有任何不平等的感觉吗？”

他的表情又郑重起来，像大学生毕业前经历论文答辩似的，以一种胸有成竹的口吻回答：“这是一个伪命题，也可以说是一个陷阱问题。古今中外，一概如此，早已成为人类关系中约定俗成的一般礼貌现象，又一般又普遍。如果在咱俩之间居然反了过来，那么……”

“那么怎样？”

“那么只能是以下情况，我为主，您为仆，而主仆关系是人类封建关系之一种，封建关系才会使人产生不平等的感觉。不过，值得思考的倒是，究竟是一种什么样的内在动力，使全人类在您、你的称呼方面，形成了完全一致的共识。老师，您怎么看？”

他期待地注视着我，那时他脸上有种求知若渴的表情，我任教时偶尔能从学子脸上见到的表情——偶尔。

和这样一个大男孩说话，不但愉快，简直还十分有趣，我享受。

然而他的手机响了。他接时，我听到一个女人的声音说她开的车快到了。

大男孩通完话，向我伸出了一只手：“那么……”

倏忽间，我觉得我已喜欢上了他，竟有点儿不愿握过手一走了之。

“先别……我的意思是，咱俩加上微信怎么样？”

我这么说时，脸红了。自从我也开通了微信，还是第一次向人提出这种请求。

他收回手，意外地张大了嘴，用略显夸张的表情无声地说：“有必要吗？多此一举了吧？”

“我希望交你这个小朋友……”

我自己都觉得我的话几近于倚老卖老。但话既出口，倘遭拒绝，岂不是太没面子了吗？为了顾全自己的老脸，我冲他耳边小声说出了自己的名字。怕他还是对我一无所知，又厚脸皮地说出了我的几部代表作。

“哈，哈，太像小说了吧？让您高兴一下，我看过您的作品！”

他的上身旋转了一下，那是许多人高兴时的肢体语言。

该我说“那么”了，趁热打铁地掏出了手机。

“我加您吧，会快些。要是让我妈看到我和陌生人如此亲密的样子，肯定大吃一惊的……阿牛？您的网名太好记了！”

我见自己的手机上显示他的网名是“王六郎”，不禁再问：“《聊斋》中那个王六郎？”

他说：“对！我特喜欢那一篇。《聊斋》中关于男人之间的情义故事很少，《王六郎》那篇可视为佳作！不多说了，您约的车也该到了，您快到马路那边去吧！要走斑马线，老师别闯红灯哈！”

结果我俩并没握一下手。

当我站在马路那边的人行道上，转身回望时，他妈妈开的一辆宝马X5已停在他跟前。

“阿牛再见！”

他朝我摆摆手，坐入宝马了。

但我后来并没通过微信与“王六郎”交流过，一次也没有。我既无这种习惯，也找不到什么可与一名高二男生交流的话题。再说高二正是高考前发奋苦读的冲刺阶段，我不忍打扰他。但我承认，有那么几次，在较闲而又心情好时（人在闲适之时心情大抵是好的），受好奇心促使，我点开过他的微信。他的朋友圈内容甚少，仅有几段读书心得。

给我留下印象的却不是他的读书心得，而是他开出的一份歌单，列出了他喜欢听的一些歌——《黄土高坡》《信天游》《天边》《鸿雁》《草原之夜》《乌苏里船歌》《沧海一声笑》《涛声依旧》《这世界那么多人》，等等。

除了莫文蔚所唱的《这世界那么多人》，他爱听的那些歌，也是我爱听了多年的歌。

受他影响，我听了《这世界那么多人》，同样爱听，并且成了“莫粉”，后来听了她不少歌，都爱。

至于“六郎”关注过我的微信没有，我就不知道了。即使点开过也等于白点，因为我的微信朋友圈如同一张白纸，我从没往上头发过任何文字，也从没转发过别人的任何内容——至今仍是白纸一张。

然而我每每回忆起认识“六郎”的那一个夏季的下午——那条北京南站附近并不太宽的马路，那处小区的拱形院门，那座立交桥下车辆可转弯处的阴凉，都给我留下较深的印象。

每当我忆起时，耳边就会同时响起莫文蔚的歌声：

这世界有那么多人，
人群里敞着一扇门……

二

第二次见到“六郎”，也在夏季的一个下午，也在三点多的时候。与第一次不同的是在我家里，他坐在双人沙发上，旁边坐着他母亲，一位五十几岁，容颜保养得极好的女士。特别是她那双手，白皙如瓷，看去给人一种不真实的感觉，肯定连家务活都许久没干过了。她穿着得体，上衣啦，裙子啦，鞋啦，包啦，显然并非从一般商店买的。她给我的熏过香的名片上写着她是室内家装设计公司的总经理。我随口问了一句她那公司有多少人，她矜持又低调地说不多，才二十几人，是由她丈夫任董事长的什么医疗器械经营公司分出来的一个子公司，由她全面负责而已。我觉得两类公司风马牛不相及，却没说出我的困惑来。

“我的公司人虽不多，在京城的业内还是有些名气的，某些影视明星和歌星的豪宅都是我的公司装修的，今后您和您的朋友如果有需要……”

她说以上话时坐得更端正了，脸上也流露出了几许成功女性的优越感。

“妈，别说这些行吗?”

她的儿子低声打断了她的话。那时，“六郎”刚喝了一口矿泉水。他们母子无须我待茶，“六郎”带来大半瓶矿泉水，而他母亲带的是保温杯。他打断母亲的话时并没看她，打断后也没看，并且，语气分明是不满的，尽管他那短短的话是低声说的。在他母亲略露愠意，一时怔住之际，他开始翻一厚沓用夹子夹住的A4纸，那些纸上印着他写的诗。

那女士虽是“六郎”的母亲，我却怎么也对她热情不起来。我不喜欢她身上那股子高人一等似的优越劲儿。尽管我是主人，她是客人，而且是坐在我家的沙发上，即使在她不说话时，在她默默打量我的简单装修，家具不但都很一般，而且都已很旧的家时，她内心里早已习惯成自然的那股子优越感也还是难以隐藏。特别是，当她不说“我们公司”而说“我的公司”，不说“北京”而说“京城”后，我感觉自己对她的不佳印象难以改变了。如果我和“六郎”几年前没有过那么一种“交情”，我是不太欢迎这么一位女士成为我家的客人的。是的，我不但将自己和“六郎”几年前在一处立交桥的阴影之下愉快地交谈过十几分钟那件事视为大千世界中的一种老少缘，还一向视为一种交情。当然啰，他们母子成了我家的客人，乃因我与另外几个人的交情在起作用——他们母子是我的朋友的朋友的朋友的什么亲戚！所谓“人际”，往往便是如此——两个人一旦成了朋友，不但各自的朋友不久也成了朋友，而且连“朋友的朋友”们之间，后来也往往会成为朋友，甚至可能比起初的两个朋友之间的关系处得还亲密。几天前，我的朋友的朋友与我通话，说他的朋友的亲戚的儿子是位青年诗人，希望当面得到我的鼓励和指导。

我问：“专业的还是业余的？”

他反问：“现而今还有专业的诗人吗？”

我说：“已经没有了。”

他说：“你问得多余嘛！”

我又问：“什么样的青年？是高校的学生，还是已经参加工作了？”

他又反问：“有区别吗？跟诗有直接关系吗？”

我一时不知说什么好了。

他承认他也不清楚，但不愿在中间传话了，只能由我当面问了。

我说：“我是写小说的，对诗是外行。”

他说：“在我们真正的外行看来，你们都是文学那个界的人，总比我们内行吧？这事儿你必须认真对待，而且要表现好点儿。别忘了，不一定哪一天，你也许又会求到人家！”

他说的“人家”也就是他的朋友，是北医三院的一位内科主治医生。北医三院不但离我家最近，还是我就医的定点医院。对于他的提醒，我缺乏不认真对待的底气。

于是“王六郎”母子就出现在我家里，坐在我对面，而我以招待上宾的礼节招待之了。

起初我并没认出“六郎”来。毕竟，我与他立交桥下匆匆一别后，已时隔三四年没再见过了。他仍穿制服短裤和T恤衫，但脚上却随随便便穿了双拖鞋，还剃过光头，刚长出极密的一层黑黑的发楂。他坐得也特端正、特安静，不主动说话。他为自己那些打印在A4纸上的诗定名为《无聊集》，三个黑体大字下边是他的网名“王六郎”，括弧内打印的五个字是“真名王任之”。下边一行字的字体与集名的字体相比，小得反差分明。

“王六郎！”

顿时，我连对他母亲也有了亲近感。

“六郎，居然是你？太使我意外了！”

我有点儿激动。

他困惑地定睛看我，仿佛不明白我何出此言。

我启发他回忆：“忘了？三四年前，在离南站不远的地方，一座立交桥下……”

他竟摇头，仍定睛看我，困惑漫出双眼，氤氲在他脸上。

我大惑不解了——他临行前，不可能不知道将去谁家嘛！

“阿牛，想起来没有？”

他又摇了一下头。

这我就无可奈何了，并且没法从他的表情得出结论——他究竟是成心装出从没见过我的样子，还是真的完全不记得了？

“梁老师您……以前认识我儿子？”他母亲也困惑了——她脸上的表情证明她内心里充满了疑惑。

“妈！你问的有必要吗？”他又对他的母亲不满了。这次说话时，他扭头瞪了母亲一眼，他母亲被这一瞪，显然生气了，笑笑，拿起保温杯喝了口水。我从她的眼里洞见了一股隐怒。

我只得讪讪地说：“是我认错人了。老了，记忆常出差错。”

说完，向“六郎”要过诗集，戴上老花镜，低头看了起来。按说，他或他的母亲应先将诗集寄给我，待我全部看完再约见我，可他们母子并没这样（也许都是急性子吧），并且已经成了我家的客人，已经端坐在我对面了，我就半点儿挑理的意思也没流露。好在不是小说而是诗，并且多数是古体，七律、五绝之类，翻几页看几首，讲几句勉励的话，指出某方面还有待进步，这么做了也算完成朋友交给的“任务”了。

第一页第一首诗仅两行，题为《自嘲》：

螳螂误入琴工手，
鹦鹉虚传鼓吏名。

“六郎，啊不，王任之，‘无聊’二字你过谦了，是不是已经有些名气了呀？”

我嘴上这么说着，内心却欣赏起来。古体诗强调赋比兴。而兴嘛，又强调境界之高远。这两句诗在“兴”上虽显格局不大，但在“比”这方面，还是挺有意趣的。

“王六郎”，也就是王任之，少女般腼腆地说，名还是有了点儿的，不过其名体现在网上。

“我写诗，主要是为悦己，如果同时也能悦人，对我而言就不无意义了。我胸无大志，有点儿意义又符合个人兴趣的事，我在进行的过程中就感到愉快。人生苦短，愉快又挺少，比起自寻烦恼来，悦己亦欲悦人的生活态度，也算是一种挺积极的态度吧?”

自从进入我家的门，端坐在我对面的沙发上后，“六郎”第一次开口说了那么多话。这番话他说得极畅快，我觉得是他的心里话。

我抬头看他，他母亲忧郁地看我。我郑重地说：“完全同意!”

“六郎”微笑了，他母亲也笑了。

第二首诗头两句将我震住了：

半截云藏峰顶塔，
两来船断雨中桥。
人在西园山翠里，
斜风细雨度清明。
湖上雾隐巫山脊，
江山对君凝愁容。
一身做客同张俭，
四海何人是孔融。

“哎呀，哎呀，六郎……不，王任之啊，你的诗呢，对不起，请你们允许我吸支烟哈……”

我摘下眼镜，用目光四处找烟，却没发现。

他母亲惴惴不安地说：“如果孩子写得实在太差，您只管往直里说。他不会生气的，我更不会。”

“六郎”却说：“吸我的吧。”

我接过他递给我的一支烟，他按着了打火机。

我深吸一口之后批评地问：“年纪轻轻就开始吸烟了？这可不好。”

他惭愧地说：“正打算戒。”

他妈却说：“如果你想陪老师吸一支，就吸吧，妈批准了，不必非忍着。”

我说：“我也批准了。”

他笑道：“不了，没那么大瘾。”

我朝“六郎”竖起了拇指。

他母亲说：“老师表扬你了，那你就干脆戒了!”

我说：“能这样最好。但我这会儿最想肯定的是——王六郎，不，王任之，你这首诗我写不出来！你天生有一颗诗心！这首诗写得很棒，江湖山海居然都写到了，第二句和最后一句尤其好！总而言之，王六郎，王任之，如果你能持之以恒，在诗歌创作方面是很有前途的!”

我夹烟的手发抖，年纪老了，什么毛病都有了，稍一激动手就抖。那时的我，仿佛伯乐意外地发现了千里马。

“谢谢老师肯定，我不过就是写着玩写出来的一首诗，在苏杭旅游时触景生情……”

“六郎”那时的表情相当平静，只不过脸上闪过了一丝具有嘲讽意味的微笑。那是一两秒内的事。我捕捉到了，但没往心里去。

“这是什么话！儿子有你这么说话的吗？找打！老师您别计较，我儿子一点儿人情世故都不懂，他情商太低，您千万别把他的话当真！”

他母亲显得颇为激动。

我接着说，希望能看完全部的诗，之后再约一个日子，用更从容也更充分的时间，与“六郎”详详细细地谈他的诗。只有这样，才不枉他们母子登门讨教的诚意。

那时，他对我这个门外汉而言，似乎是“诗圣”“诗仙”了。

如果我没说那番话就好了，后来种种令我烦恼的事就可避免，与我完全无关了——起码对我是好的。好为人师往往会自我打脸，正所谓尴尬人难免尴尬事。

我送母子二人出门时，那母亲有意让儿子走在前边。当她的儿子已在门外了，她在门内小声对我说：“我太不喜欢他的网名，王六郎，听起来多古怪啊，希望您能劝他改改。”

我笑道：“的确，古怪的网名多了去了，他的网名其实挺有文化内涵的。但既然您当妈的难以接受，我会相机行事的。”

当我家只有我自己了，我拿起“六郎”的诗集坐下，将诗集放膝上，又吸着一支烟，低头看着“无聊集”三个字，不由自主地陷入了沉思。

那个“王六郎”王任之，他究竟是成心装出根本不认识我的样子呢，还是的确忘了我俩怎么认识的了？我俩明明加了微信，他的确将我忘了，分明不可能。

那么他又为什么非装出根本不认识我的样子呢？

左思右想，推测不出个所以然来。还有，我明明是在夸他的诗，那时他脸上闪过的具有嘲意的微笑，究竟又所为何由呢？

也是越想越违背情理。

索性不想那么多了，反正日后还会见到他，疑惑总能释然的。

三

第二天上午，“六郎”的母亲与我通了次手机，恳切地希望我下午再单独“接见”她一次。

我不解地说：“您太急了吧？您儿子那么厚的诗集，我还没来得及再翻翻啊！”

她说：“和诗没太大关系，所以我得单独见您，有些情况不得不预先告诉您了！”

“和诗没太大关系？另外还有什么情况啊？”

我之疑惑更大了。

她说：“三言两语讲不清的。我儿子已经去过您家了，我怕他单独再去。他那么大人了，我也看不住呀。何况我还有公司里一大摊子事儿，也不能整天把自己牵他身上啊。如果您没有足够的心理准备，我怕您再见到他后，会发生什么对您不好的事。我不是说肯定会发生，但是万一呢？”

我听得身上一阵阵发冷，如置身于空调的出风口。她既已把话说到这份儿上了，除了及时见她，还能有什么办法呢？

“王任之，我儿子他……我可怜的儿子，他大三还没上完就辍学了……他……他已经住过一次精神病院了……”

“六郎”的母亲说完以上话，低下头，掏出手绢，捂住脸嘤嘤哭了。

我顿时僵住，陷入无语之渊。除了吸烟，不知如何是好。

这女士告诉我，她儿子大三时摊上了几桩自尊心受到严重伤害的事，曾有企图跳楼的举动，精神上也开始显出异常来，这使她和丈夫极度不安。在不得已的情况下，他们将儿子送往回龙观精神病院，接受了三个多月的治疗。他刚出院不久，有些诗其实是在精神病院写的……

“院方怎么诊断的呢？”

吸完一支烟，我终于镇定了，也能够问出我想了解的话了。

“结论是初期精神分裂。医生说只要以后别再受刺激，或许能好。”

我说：“会那样的，我们都该相信医生的话。”

其实我说得特违心。我的亲哥二十二岁初入精神病院时，资深而善良的医生也是这么说的。当年我哥大一没读完，相比而言，“六郎”比我哥幸运。但我哥如今已八十了，仍在精神病疗养院里。我认为常住精神病院大抵也会是“六郎”的命运归宿，但我哪里忍心将我知晓的普遍规律告诉他的母亲呢？有时候，直率近于伤天害理啊！

我又问：“究竟是些什么事，严重地刺激了你儿子呢？”

她说首先因为这么一件事，与她儿子同宿舍的一名同学新买的折叠手机丢了，不知怎么，她儿子成了怀疑对象。但这件事很快就水落石出——公安机关调看了多处监控录像的资料，最终发现是那名同学自己忘在食堂的餐桌上后，被别的专业的同学“捡”去了。第二件事是因为失恋——她给自己的儿子介绍了一个对象，是一位影视明星的女儿，已上过几部电视剧了，虽然演的都是可有可无的小角色，但人家女孩的父亲也算是圈内大佬，母亲出身于老革命干部家庭。她作为母亲认为，从长远来看，人家女孩在演艺界会红起来的。她儿子也答应了处处看。可第一件事发生才几天后，俩人闹掰了，她儿子接连数日变得像个哑巴。第三件事就是，前两件事发生后，紧接着期末考试了，她儿子竟有三科不及格，名字上了告诫书。而她儿子那所大学，虽不是“双一流”也不是“985”，却老早就是“211”了。专业也不错，应用物理。她儿子在班上虽然不是最拔尖的学生，但总体成绩一向在前十名内……

“那，您认为，哪件事对您儿子的负面影响最大呢？”

“当然是第二件事啰！我上次来您家说过的，我儿子智商不错，情商不行。那么好的姻缘，结果让他给谈崩了。别的不论，我那二十几个人的公司，平均下来，一年也就挣个几百万。可人家女孩子，有一年连上戏带接广告，轻轻松松就挣了一千多万！还是税后！如果我们两口子有这么一个儿媳妇，将来省多大心啊，连孙儿孙女的人生都不必考虑了！这又是我儿子多大的福分啊！唉，可惜了，太可惜了！命里没那福，可惜也挽救不了啦，既成事实嘛！我可不愿提这事儿了，什么时候提什么时候觉得窝囊！至于手机那事儿，我和他爸当时就没太当回事儿！两万来元的一部手机，对于我们这样的家庭，算什么呀！只要儿子特别喜欢，即使一开口就要十部，我们当爸妈的，眼都不眨一下就会给买！独生子嘛，不当宝那也是宝啊！可我儿子不赶这种时髦！为第一件事，我和他爸一起去了一次学校。老师和校领导听了我们的话，认为我们说得在理，所以才请公安介入了，为的就是早点儿还我儿子个清白嘛！清者自清，事实证明了这一点嘛！第三件事就更不是个事儿了！补考就补考呗！事出有因，加把劲儿，用学习实力证明自己不是一败涂地就行了嘛！”

这女士打开了话匣子，滔滔不绝竹筒倒豆子般说了这一大番话。看得出来，这些话憋在她心里很久了。

“主要是第二件事！人家女孩子和他分手后，转身就跟一位导演好上了！以现而今的成功人士的概念看，拍过两三部长剧的导演肯定就是成功人士了嘛，哪位不是起码八位数的身价呢？”

“八位数是多少？”

我一时算不过这账来。

“过千万甚至几千万啊！相比之下，我们这样的家庭半点儿优势也没有了。我儿子就更不值一提了，等于还处在一无所有的时期嘛！一无所有再加上情商低，既不会好好哄人家，更不肯放低自尊顺着人家，人家姑娘干吗非跟你处下去呀？老师，毫无疑问，正是这件事，将我儿子的精神体系轰垮了！”

我以为她的话已经说完了，不料她又格外强调、重点分析地做了两番补充。她第一次成为我家的客人时，自然而然话里话外所流露的是难以掩饰的优越感。第二次坐在我对面时，由于谈到了她儿子那无可挽救的恋爱，她竟表现出了强烈的自卑，仿佛她的儿子及她的家庭错失了被册封为贵族的良机，因而也错失了大宗财富似的。她内心里不但对儿子大失所望，其实也存在幽怨了——可怜天下父母心！虽然她并没说出这种话，但她的表情没骗过我的眼睛。

我十分诧异。

除了默默吸烟，不复有话可说。而一个男人面对自己家的客人（特别是一位女客）无话可说的情形，乃是十分尴尬的处境。对双方都是这样。

“梁老师，我……我觉得自己作为母亲有责任使您知道的事，都毫无保留地告诉您了。虽说家丑不可外扬，但我顾不上那么多了。您要是还有什么想了解的，只管问吧……”

她打破沉默的话，使我不得不开口了。

我感谢她特意来我家一趟，没拿我当外人，告诉我那么多不宜对外人道的事。我说的是真心话，被信任是一种好感觉。我说我暂时没什么还想了解的了，并且保证，即使她没陪着，她儿子独自来我家，我也不会将她儿子当成危险人物。对于我，她儿子不但一点儿不危险，而且还曾留下特良好的印象。

于是我向她讲了三四年前我与她儿子认识的经过。

“还互加了微信？哎呀，哎呀，你们爷儿俩这不是有缘吗？我说你们爷儿俩，您不介意吧？”

她又有点儿激动了。由于新话题的产生，我和她终于都从尴尬中解脱了。

我说：“有什么介意的呢？本来就是缘分嘛，按岁数论，我俩也确是爷儿俩的关系啊！”

我说的还是真心话。到那时为止，“六郎”曾给我留下的良好印象仍没受到任何损坏。我内心里除了对他所遭遇的三件事抱有同情的态度，除了对他居然退学了、居然还住了一次精神病院深感惋惜，并无别的什么负面看法。

“这孩子，从没对我提过，我对天发誓，他可一个字都没对我提过！我回去一定审问他，数落他！”

当母亲的又生儿子的气了。

我赶紧说：“千万别！何必呢？不论什么原因，都没有认真的必要。如果我想知道，以后慢慢会知道的。那么，您不是也知道了？”

“您认为，诗……我的意思是，写诗这件事，能使我儿子的病逐渐好起来吗？”

在泪翳后边，她眼里闪出希冀的光。

我略一犹豫，含糊地说：“对于他，目前有事做总比无事可做好，爱写诗是对任何人都大有裨益的事。我觉得，也许……不，我差不多可以肯定，诗会使奇迹发生的。”

我说违心话了。

“跟您聊了聊，心情好多了，太感谢您了！如果我儿子将来能成为诗人，我们夫妇会接受那样的现实的！反正我们就这么一个儿子，以我们的经济能力养得起他。儿子成了诗人，那也不是多么丢人的事，对吧？”

她终于站了起来。

我肯定地说：“对。不是不是。”

“您刚才说，您儿子的精神体系……据您所知，究竟是怎样的体系？”

在我家门口，在玄关灯下，我忍不住问了一个问题——这是我唯一主动说的话，也是最想问的问题。

“啊，是啊是啊，我是那么说过，我儿子自己经常那么说，可他说的是思想体系还是精神体系，我记不大清了。反正精神也罢，思想也罢，在我这儿都是一回事儿。也许他那时就有点儿精神不正常了，精神不正常的人还不都是由于思想出了问题？要不才二十几岁的人，会自以为有什么体系？”

“对不起啊，我的话也许问得太冒昧，您和您丈夫，双方的家族有没有精神病史呢？”

她的话促使我问了另一个问题。

她说医生也这么问过，绝对没有。

送走她，我又独自吸了支烟——一边吸烟一边与朋友的朋友通了次视频。朋友的朋友的脸刚一出现，我就不留情面地将他斥责了一通。他被训了一会儿才明白，我是因为他没告诉我“爱写诗的孩子”住过一次精神病院而生气。

他一脸无辜地替自己辩解，他的朋友也没告诉他，若非听我说，他也不知道！

朋友的朋友一脸慈悲地说：“那么这事儿你更得认真对待了，帮人帮到底，不许当一般事儿来应付！”

四

“阿牛老师，拙诗您又看了一部分没有？”

“全拜读了！”

“那，肯再赐教否？”

“欢迎光临，时间你定。”

“那，如果我单独去呢？”

“同样欢迎。”

我和“王六郎”终于进行微信联系了。对于我，像互用代号的单线联系方式开始启用，感觉古怪，颇神秘似的。

两天后他又出现在我家，还是那一身，脚上穿的仍是拖鞋。这次他倒特随便，居然替我清洗了烟灰缸，之后坐下，大大方方地吸烟。

我说：“经我允许了吗？”

他笑道：“谁跟谁啊，在您家连这点儿自由还不给？”

我严肃地说：“只批准你吸一支。”

“此时此刻，一支足矣。君子言笃，我戒烟那话仍算数。”

他也表情庄重起来，怕烟灰落茶几上，将烟灰缸向自己挪近了些。

他一这样，我反而因自己装严肃不好意思了，笑问：“买不起鞋了？穿双拖鞋到处走很有派？”

他又笑了，亦庄亦谐地说：“有派当然谈不上，一不小心成了诗人，不是想体会体会诗人那种落拓的范儿是什么感受嘛。”

“上次在我家，为什么装作从不认识我？”

“制造点儿悬念，好玩呗。生活中要是连点儿戏剧性的情节都没有，岂不是太无趣了？”

“动机如此单纯？”

“单纯的人，无复杂之念。人一患了精神病，想不单纯都不能了。”

在我心中形成大困惑的事，经他这么一说，仿佛是我自寻烦恼了。偏偏，他又诚恳地加了一句：“对不起，害您想多了。”

“我没往多了想。你……果然学了理工科？”

我愣了愣，一时搞不清他的话究竟是荒腔走板的疯话，还是正常人的正常话，于是明智地转移话题。

他却说：“您已经向我连发四问了，能否容我插一句，也问问您呢？”

我又一愣，只得说：“好吧，请问。”

“我妈也来过了？或者，与您通过话？”

“没有，绝对没有。你想多了。”

我不假思索就立刻否定，连自己也不明白为什么要否定得那么干脆，还否定得那么快，没过脑子似的。

“这就不对了。上次我们并没谈过我的专业，如果我妈没来过，您也没跟她通过话，您怎么知道我学的是理工科呢？”

他注视着我又问，几近无邪的眼睛像看着主人的狗宝宝的眼睛。

我不但发愣，简直还有点儿羞耻了。

“六郎啊，别忘了你是为什么来的。你应该理解，我的时间是宝贵的，咱俩你一句我一句逗闷子似的聊些不着调的话，这算怎么回事？有意思吗？”

我又一次试图转移话题，就转移到关于诗的方面。

“那么好吧，当我没问，咱们开始谈诗吧。我必须向您声明，您上次特别欣赏的那首诗，不是我写的，是别人写的。”

“别……人？”

“对，古人。具体说，是清代诗人们写的。”

“诗人……们？”

“对，我从四位清代诗人的诗中各抄两句，组成了那首七律。”

“你……为什么？”

“起初是因为喜欢纳兰性德的诗。也不是多么喜欢，我们那所理工大学有老师开了那么一门选修课，为的是提升学生的人文素养。不知怎么一来，许多女生都喜欢上了。后来我认为，纳兰氏的诗并非多么好，浮丽缠绵而已。女生们喜欢的更多是他的豪门身世，还有他的样貌，据说他的样貌像小鲜肉……”

“别扯远了，谈重点。”

“重点就是……”

据他说，恰恰由于对纳兰性德的诗不以为然，促使他想了解一下中国古诗到了有清一代，究竟还有怎样的气象可言，于是在图书馆发现了一部书叫《雪桥诗话》，之后成了枕边书，每每爱不释手……

我边听边在百度上查，还真查到了那么一本书。严格地说不属于诗集汇编，而是一部关于清代诗人以及他们诗事掌故的小百科书。

“六郎”交代，在他的诗集中，大约入我法眼的，都是他从《雪桥诗话》中东抄一句西抄一句拼凑成的。

“还是没说到重点，究竟为什么？”

“说了呀，您没注意听吧？”

“我一直在注意听，你说的是关注清诗的起因，并没说你为什么要骗我，一句都没说！”

“您恼羞成怒了？”

我确实有几分恼羞成怒。他这句话点醒了我，使我立刻意识到，对于一名住过精神病院的青年，一名曾给我留下深刻而良好之印象的青年，一名求知欲挺强的青年，我既已邀人家来了，若不能善待他，那么我的表现也太糟糕了。

“我有吗？怎么会！六郎，你应该明白，咱们爷儿俩肯定是有缘的，我很在意这份缘。所以，我们之间的谈话，都没必要兜什么弯子，更没必要互相挑理、抬杠，你说对吗？”

我做出和颜悦色的表情，希望接下来的交谈气氛不再令我神经绷紧。

“百分之百同意。我想在我妈先于我又来了一次之后，您最想知道的肯定是，主要由于什么原因，使我住进了一次精神病院是吧？”

我万没料到他竟如此单刀直入，然而却已点头。

“我妈肯定已对您说过，她认为主要是失恋原因，医生、护士也是那么认为的。我住院不久，从医生到护士到患者，就都私下说‘又住进一个失恋的’！唉，这世界怎么那么多自以为是的人？”

“如果不是……”

“当然不是！我才没那么玻璃心！我爱的姑娘，第一她要爱护小动物，以及一切无害的弱小的生命，第二她要爱花，第三她要爱听歌。我在沉浸地听一首好歌时，如果一时感动眼眶湿了，她要能理解，而不是认为我神经出了问题。那小妖姬与以上三点都不沾边，我王六郎怎么会因为她不爱我就疯了呢？心性不同，岂能成为同床共枕之人？”

“你当面叫过她‘小妖姬’？”

“没有。绝对没有！当面我叫她全名，只在内心里将她看成小妖姬。”

“为什么当面叫她全名呢？普遍情况是，恋爱中的青年互相都叫昵称嘛。”

“问题是我对她根本没有过动心的时候！您设想一下，假如我是皮埃尔而她是海伦……”

“容我打断一下，既然你读过《战争与和平》，那么你就得承认，皮埃尔起初对海伦也是大动凡心的。”

“可如果皮埃尔不是由于继承了爵位，成了贵族中的富豪，他起初会爱上高傲、本质上又极其俗气并且水性杨花的海伦吗？在《战争与和平》中，他俩不久之后不是就闹离婚了吗？我与那小妖姬交往，纯粹是由于经不住我妈的絮叨。所以，她转而跟一位导演好上了，正中我下怀！不论她将来多么发达，我也毫不后悔！根本不一样的人成了夫妻，那结果不肯定是同床异梦吗？补考更不是个事儿了，连个坎儿都算不上！稍微加把劲儿，名次也许还往前跃了呢。使我当时想不开而精神失常的，是胡鸿志！”

我忍不住又打断他：“六郎，你承认自己精神失常吗？”

他立刻纠正：“失常过。这一点已经成为事实，我当然承认啰！精神病也不过就是一种病，医院给出了权威性诊断，我也住过一次院了，为什么要否认呢？不过现在我出院了，证明我好了。”

“你这么想我太高兴了。胡鸿志是谁？”

我在心里说：“谢天谢地！”——倘患过精神病的人承认自己曾患过此病，奇迹便有发生的可能。

“胡鸿志是睡我下铺的同学。通常情况是，先报到的同学优先选择铺位。我比他早报到一天，选择了下铺。他最后一个报到，只剩我的上铺还空着了。他是典型的胖子，以后每天不知要上上下下多少次，那对他多不方便啊。所以呢，我主动将自己的下铺让给了他。后来我们的关系就越处越好了，好到什么程度呢，我认为可以用‘虽非手足，情同手足’来形容。他家经济状况一般般，母亲开杂货店，父亲常年在外地打工。可他却是各方面都极要强的学生，除了体育。连在同宿舍的六名同学中，他也要暗争谁的影响力最大……”

“要强得不过分的话，并非缺点。”

“是吗？”

“我的话没毛病。”

“可在两方面他争不过我。一是学习，无论他怎么努力，名次总是排在我后边。我承认，我不允许情况反过来，他有多努力，我就比他更努力……”

“你们这是成心内卷。”

“也不能这么说，学校虽然不搞排名那一套了，但同学间还暗中排名呢！我的成绩如果落在了他后边，我就守不住前十的红线了。另一方面他也没法跟我争，我是我们六名同学中的主心骨，是核心人物、结账者。看电影、看戏剧、聚餐、周末郊游，我一向是出钱的主。我心甘情愿，他们心安理得。我爸妈给我的生活费很充足，甚至可以说太充足了，我自己花不完，让同学们沾沾我的光不是挺应该的吗？您知道拉法特这个人物吗？”

我想了想，照实说不知道。

“在《战争与和平》中，草婴译的那版，第一卷第九页，由虚伪又贪财的华西里公爵的口引出过这么一位人物，注解中注明他是瑞士作家，著过《相面术》一书……”

“跑题了，别掉书袋。”

然而我不禁暗自惊讶他读书之细、记忆力之强。同时，内心里又生出大的惋惜。

“《战争与和平》使我第一次了解到，世上竟有《相面术》一类书，这引起了我极大的阅读兴趣，可不论在校图书馆还是市图书馆，以及国图，都没找到这本书，也许根本不曾译过来。在此过程中，我翻阅了几本咱们中国的同类书。所有这些书中，无一例外地记载，体胖而眉修目细者，是谓佛相，敦厚有善根，胡鸿志基本就长这样。受面相学的影响，我俩之间虽然也形成了内卷，但我仍将他当成好同学，同学中的好朋友。我们这一代独生子，其实内心里特别渴望真友情。有一个假期，他还在我家住了十几天。我给他买的机票，因为他没坐过飞机。临走时，我们母子二人一起将他送到了机场……可……可我怎么也想不到，害我者，鸿志也！”

“六郎”掏出烟盒，又叼上了烟。他的手指发抖，唇也抖。由于唇抖，一边的面颊抽搐了几次。

我说：“六郎，咱不激动。事情已经过去了，不管多么严重，都不可能对你造成二次伤害了！”

他却说：“那样的疼，一次就够记一辈子了！”

按“六郎”的说法是，在食堂里，人已经很少时，有一名往外走的学生经过了他们六名同宿舍的同学坐过的餐桌。只剩胡鸿志还坐在那里，被遗忘的手机显眼地摆在他对面。

那位外专业的同学被手机吸引了，看着胡鸿志说：“肯定不是你的呗。”

胡鸿志的表情没做任何反应。

外专业的同学又说：“那我替主人保管了，是谁的你让他来找我，反正咱们以后还会在食堂见到的。”

对方说完，拿起手机匆匆走了。

“如果食堂的那个地方没有监控，如果虽有却坏了，那么我跳进黄河洗不清了。因为我曾对那手机表现出了喜欢，还开玩笑地说过：‘哪天丢了，别往我身上怀疑啊！’正因为有监控，找到那名外专业的同学易如反掌，而那名外专业的同学振振有词地自辩，自己只不过是替手机的主人保管，如果不是自己当时拿走了，也许还真丢了呢！并且，后来他也确实碰见了胡鸿志几次，倒是胡鸿志反而装作不认识他。监控显示，他分分明明对胡鸿志说过几句话。胡鸿志无法否认，一时也来不及胡乱编，只得承认对方是那么说了。结果呢，公安的同志为难了，无法以‘偷’定罪啊。但公安的同志也很困惑，问胡鸿志为什么不告诉手机的主人。您猜他怎么回答？他说忘了！公安的同志又问他：

‘你后来多次见到过拿走手机的人，他没能使你想起什么吗？’他说自己脸盲……”

“别吸了！都快吸到过滤嘴了……”

在我的制止下，“六郎”才将烟头按入烟灰缸，随即站了起来。

我又一次制止：“坐下！否则我不听你讲了……”

他这才坐下，眼里充满愤恨。

“嗑会儿瓜子。”

我将盛瓜子的小碟推向他。

他服从地抓起几颗瓜子，由于手抖，唇也抖，竟嗑不成。

“那，含块糖吧。”

我剥了一块糖递向他。

“含着糖我还怎么说话？”

他没接，拿起带来的矿泉水，一口气喝了小半瓶。招待“王六郎”这样的客人是很省事的。精神病患者通常要靠安眠药才能保证睡眠质量，所以往往医嘱他们勿饮咖啡或茶，这一点我懂，看来他自己也清楚，并且遵守得挺自觉。

我问：“那些细节，你又是怎么知道的？”

他说公安方面既不能定那个外专业的学生什么罪名，也不能定胡鸿志的罪。他一口咬定自己“忘了”“脸盲”，任何一条法律都拿他没办法。公安的同志只得留下讯问材料，由学校自行处理。学校也拿他俩没辙，批评教育了一番，也就将这件事按下了。而学生们在各类“群”里亢奋了多日，各种看法都有，一些细节不知怎么就曝了出来。

“不可全信吧？”

“如果并不属实，校方怎么不出面澄清？胡鸿志又为什么不抗议？不少同学认为，胡鸿志的本念是，想趁食堂里人再少的时候将手机占为己有，被别人抢先拿走了是他没想到的！可谁理解我的感受？在真相还没大白的那几天里，我蒙受了出生以来的奇耻大辱！胡鸿志，我的好同学，好同学中的好朋友，由于他‘忘了’，他‘脸盲’，使我成了重点怀疑对象，身背偷名百口莫辩！他怎么能这样对我！我俩可是‘虽非手足，情同手足’的关系啊！有些日子，他往上铺蹬的时候，我恨不得抓住他腿将他拽下来，摔他个仰面朝天！然后骑他身上，掐住他！”

“六郎”的双手做出将人往死里掐的手势，同时咬紧他的牙，这时他两腮的肌肉绷硬了，颈部的血管也凸显了。

我起身找来一把折扇递给他。

“我王六郎为什么会受到朋友如此卑鄙的陷害？”

他接过扇子，没扇，啪地在茶几上击打了一下。

我说：“别发那么大火，冷静冷静。还是刚才那句话，事情已经过去了，不会对你造成二次伤害了。”

“一次还不够受的吗？这种耻辱我终生难忘！”

他又用扇子击打了一下茶几。

我强装一笑，不以为然地说："如果那种事发生在书中的王六郎身上，你觉得他会像你现在这样吗？"

"好，好，很好，我正想请教请教您对蒲松龄和王六郎的看法呢！既然您先引起话头，那咱俩掰开了揉碎了细说端详吧！您认为，如果蒲松龄是王六郎那个少年溺亡鬼，他会因为大发慈悲而放弃千载难逢的投生机会吗？那机会可是众神出于对他的爱怜，按照冥界合法程序恩赐给他的，对不对？"

"对。"

"如果错失了机会，下次不知要再等多久了，对不对？"

"对。也许几年、十几年后，也许几百年、逾千年后——蒲松龄是那么写的。"

"那是编的！一个女人怀抱一个孩子投河，这是那女人的错！也是那孩子的命，与王六郎并不相干！并非他自己用了什么不道德的方式，要以别人的命换自己一次投生的机会，是上苍那么安排的，对不对？"

"对。你到底要说什么？"

"还是那句话，如果蒲松龄就是王六郎，他会放弃吗？"

"这……这你叫我如何回答？"

"正面回答！"

他终于展开了扇子，在胸前忽嗒忽嗒地扇，仿佛他是良知拷问者，而我是被审判者。

"你的问题谁都没法回答！如果蒲松龄还活着，我们倒可以问问他，但他已经……"

我有些不耐烦了。

"那么您就当您是王六郎，我们假设哈，您会错过那么一次投生的机会吗？那可是千载难逢的机会，想好了再回答！作家应该是诚实的人，别一张嘴就胡咧咧！"

他手中的扇子忽嗒得更来劲儿了，一下紧接一下，速度很快。看上去不像是在扇风，倒像是表演手技。

我更烦了，耐着性子说："我嘛，大约是做不到的，我没有那么高尚的品格。我想，我想蒲松龄大约也是做不到的。因为他毕竟不是圣人，圣人是人类的一种想象，但……"

"哈！哈！"他手中的扇子不忽嗒了，一甩之下唰地收拢，接着不断敲击另一只手的手心，脸上浮现精神胜利者蔑视论敌的冷笑。

我愕住，气不打一处来。

"你！"他用扇子朝我一指，"还有蒲松龄！你们都是一路货！明明自己做不到，为什么还要编出那么多烂故事骗人？虚伪啊虚伪！难怪鲁迅说……"

"别搬出鲁迅！最看不惯你这号年轻人！读了几页鲁迅的书，仿佛就是人性专家了！蒲松龄创作出王六郎这一人物，体现的是他对人性的理想！人性是在理想的熏陶之下一点点进步的！没有理想的熏陶，人类也许至今仍吃人呢！你仅凭自己读那点儿书，一味在我面前掉书袋，恰恰证明你的肤浅！老实告诉你，我忍你多时了！你既然已经开始贬损蒲松龄了，为什么网名还叫王六郎？干脆叫王六鬼算了！”

我失控了，边说边站了起来，挥舞手臂，在他面前踱来踱去，顺手将扇子从他手中夺了过来，用扇子朝他一指：“你！你受那点儿冤枉算什么？‘玻璃心’指的就是你这类青年！疼了一下怎么了？世界上一生从没受过伤害的人很多很多吗？刚被伤害一次就好像把世界看透了？古今中外，这世界上还有不少普罗米修斯式的人呢，你的话明摆着是对他们的大不敬！如果你以后还这样，好人会躲你远远的，你这样下去，根本不值得好人在任何情况下挺身而出保护你！”

谢天谢地，我的手机那时响了。响得可真及时啊！否则，不知我还会对他训斥出什么话来！而那会使我倍感罪过的。终究，他是一个曾住过精神病院的青年啊！

是一次关于采访的通话。我在别的房间通话完，重新出现在他面前时，见他复坐得端端正正的，两只手放在膝上，一点儿都不抖了。表情也近于平静，只不过双颊淌下汗来，脸色有点儿苍白。

对于精神病人，有时大加训斥也会使他们平静下来——这不仅是我的经验，而且是被事实证明了的。在精神病院，这一招往往挺奏效，特别是女护士训男患者，那真叫一物降一物！有的男患者见女护士要生气了，还没被训呢就开始变乖了。不过，得像“六郎”这种轻患者才管用。

我虽对自己的失控心生惭愧，但完成义托的初衷却已荡然无存。这第二次单独见面，我除了由诗受辱，就根本没谈几句诗嘛！而若不谈他的诗，我又何苦非要陪一个精神不正常的人谈下去呢？

“那什么，对不起，一会儿有人来采访，只得请你告辞了。”

我因索然而撒谎。

那时我的确是虚伪的。即使他没看出来，我之虚伪也是事实。

“骗我。您那么大声说的话，我隔着房门全听到了，您和对方约定的时间是明天上午。”

耳听之实，有时比眼见之实更是事实。

我张口结舌。

“其实，您根本不必撒谎，太损害您在我心目中的良好形象了。如果您已经烦我了，直说最好，我这种住过精神病院的人，使别人烦很正常。”

他说时，自卑地笑了。他的话明明是在刻薄地嘲讽我，却还要装出自卑的样子——在我看来他分明是装的，因而我认为那时的他也很虚伪，这使我的惭愧减少了，却同时让我大为光火。

我曾以为精神病人大抵会因病而变得思维简单，不再有虚伪可言，那会儿“王六郎”的表现颠覆了我的认知。

“你给我站起来！”

他服从地缓缓站起。

我朝房门一指，低声却严厉地说：“出去！”

他没动，小声说：“您恼羞成怒？”

是的，我之一怒，因羞因恼。

我又说：“立刻给我出去！”

他便朝门外走去，两步后转身说：“如果我冒犯了您，向您道歉，请您原谅。”

他深鞠一躬。

而我走到他跟前，将双手搭他肩上，似乎是在亲昵地往外送他，实际上是在往外推他。

门一开，我愣住，他也愣住——他母亲居然站在门外，眼有泪花。

她说：“请别见怪，我儿子单独来见您，我不是……不放心嘛……”

可怜天下父母心，可怜天下父母心啊！

“六郎”说：“妈，搂搂我……”

他母亲就搂抱住了他，并说：“又受伤了吧？谁叫你说那么多惹老师生气的话呢？这下，没脸再来了吧？还不向老师赔礼道歉！”

他说：“道过歉了，也鞠了一躬。”

他说完哭了。

我一转身，背朝那母子，心里难受。

事情居然变得如此别扭，实非我愿。

“梁老师，太给您添麻烦了，谢谢啊，我们今后不会再来打扰了！”

她的话使我不得不向她转过身去。

“我也给您鞠躬了。”

那女士也朝我深鞠一躬。

我不知所措，立刻还以一鞠躬，口中说了些什么，自己都记不清了。

我将他们母子送到了电梯口那儿，邻家的丈夫恰巧在等电梯。他与我很熟，每见必打招呼，但“六郎”母子都哭过的样子使他十分诧异，打招呼不是，不打招呼也不是，往后退让两步，低头看手机。

当天晚上，我主动与“六郎”的母亲通话。

她代表她丈夫再次感谢我，说她丈夫也因儿子惹我生气了向我道歉，请我原谅。她说自从儿子病了以后，她丈夫的一头浓发一下子白了一半，整天唉声叹气。

她说着说着，小声哭了。

而我再度撒谎，说事情绝非她在门外听到的那样，往往亲耳听到也不能据以为实——我的解释是，我成心那样，为的是一旦装出严厉的样子，他们的儿子就怕我。

“他显然是不怕你的，估计也不怕他父亲。还是的，我猜对了嘛！像他目前这种情况，没个怕的人是不行的，你们当爸当妈的，他不怕你们符合普遍规律。而我，虽然非亲非故，却是他希望经常见到的人。你们的儿子，从本质上讲也是读书种子，文学青年嘛！而我是老作家，名气嘛大小也还是有些的。所以，没个人和你们的儿子谈读书、谈文学，他会憋闷得受不了。目前，我是他唯一的人选。可如果我在应该使他怕我一下的时候没那么做，他再见我也就没什么意义了。我今天成心对他发脾气，正是要使自己在他心里成为这么一个人——既是知音而又有点儿怕的人，也就是诤友！所以呢，希望你们当父母的，能正确理解我的一番苦心……”

我真正的苦心，是极力想要修补自己在一位无助的母亲心目中的形象。那一刻，我既同情“王六郎”，也很同情他的父母。甚至，对他父母的同情还多点儿。连我自己也分不清，我口中所说的话，哪几句是由衷的，哪几句只不过是变相的自辩。

“哎呀，哎呀，梁老师太好了，多谢您为我们和我们的儿子考虑得这么细，太令我感动了！那什么，我没理解错的话，您的意思是……我儿子以后还是可以再去见您的?”

“嗯……在我空闲的时候……当然，那当然，您并没理解错……”

我嘴上这么说，内心里也开始同情自己了。

显然，她丈夫正在她旁边，一直在听我和她通话。

这时，与我通话的就换成了她丈夫。他也照例说了些感激又感动的话，并说他们的儿子回到家里后一直挺懊丧，希望我跟他儿子也说几句话……

“儿子！儿子！梁老师要跟你说几句话……”不待我同意，他已高声大嗓喊起他的儿子来。

我赶紧制止他，说“六郎”也许正在消化我对他的劝导，来日方长，我俩加着微信呢，我会主动通过微信与“六郎”交流的……

结束通话，我呆坐沉思，逐渐形成了一种颇能安慰自己的逻辑——所谓虚伪，当指通过心口不一、口是心非的话语，蒙骗别人上当，或对别人居心叵测、图谋不轨……

我没这些目的。

这么一想，心情好点儿了。

五

我并没主动给“王六郎”发微信，是他主动的。三天后我才关注到是一篇学诗心得。他的心得没题目也没称呼，起句就谈诗。他认为中国古代诗词除了赋、比、兴三大要义，还有两种美感尚未被充分评论，便是画面感和时空切换之得心应手。他举“大漠孤烟直，长河落日圆”强调画面的宏阔感；举“小荷才露尖尖角，早有蜻蜓立上头”来证明画面的细微感；也举了“有时三点两点雨，到处十枝五枝花”证明画面感的“趣”。至于时空切换，举例尤多，如“道由白云尽，春与青溪长”“绝壁垂樵径，春泥陷虎踪”“残雪暗随冰笋滴，新春偷向柳梢归”，等等。所极赞者，当数张继之《枫桥夜泊》，认为四句诗中体现了极现代的运用自如的电影语言——中远景、俯仰摄、声色同步等镜头转变方式浑然一体，使人如在看电影。他将以上两点心得归结为动态描写之经验与诗句“剪辑”之精当，统称为古代景象观赏之“四维本能”。而“兴”者，时空三维之外所生主观思想耳。

我一不“小心”又被惊着了。

古今名士讲诗析词的我看过不少，但以上“心得”，却闻所未闻，见所未见。

“胡鸿志，胡鸿志，你罪过啊罪过！该死啊该死！”

我内心不禁发出了诅咒。

听“六郎”讲胡鸿志时，我虽得出了“小人”印象，却并没怎么恨得起来。毕竟，他那类“小人”并未直接危害到我，难以站在“六郎”的立场换位思考。可这时刻，我感同身受了，并产生了一种由京剧念白引起的喟叹：“上苍上苍，既生王任之，何生胡鸿志！”

“六郎”认为，对中国古典诗词的优长继承得好的，与其说是当代诗歌，莫如说是当代歌词。他认为中国当代歌词旖旎多彩的新页，得益于二十世纪八十年代伊始流行歌词的正面影响。其举《黄土高坡》《命运不是辘轳》《沧海一声笑》《天边》《这世界那么多人》等流行歌曲为例，分析了它们是如何从古代诗词中汲取营养的……

他的“心得”内容丰富扎实，如一篇角度新颖独特的小论文。倘我是导师，定会给出高分。

在“心得”最下方，仅以这样一行字结束——期待指正。

他还真够高傲的！换了另外任何一个青年，大抵都会写“请梁老师指正”的，他却连“梁老师”三个字都懒得稍动一下手指打上去，好像他忘了，“老师”二字是他当年主动叫的。难不成他认为那是他当年赐我的叫法，在我伤了他一次之后，决定收回啦？

然而他这篇“小论文”写得多么好哇！好到我根本不可能无动于衷不做反应的程度——起码在我看来是这样。

于是我回复了几百字拜读“心得”的心得，恭称他为“兄台”，赞赏他的“心得”为“奇丽慧文”——三分“奉承”，七分真话。

对于我的反应，他做出了极快的反应。

“啊……哈哈哈哈！您可真会开玩笑，承受不起、承受不起，大大地承受不起呀！但我现在非常需要表扬的话，全盘收下了！又，我喜欢阁下称我‘兄台’，以后我称您阁下，您称我兄台，就这样一直戏称下去可好？我现在也极需要生活中有点儿乐子！”

他的表达三分嘻哈，七分认真。有一点可以肯定，他不再生我气了。也可以认为，虽然他进过精神病院，本质上却还是当年那个内心阳光的大男孩。只有内心阳光的人，会愿意抛弃前嫌而不至于耿耿于怀，积恨成仇。

自这日后，我俩通过微信交流得多了，却也不是太频繁。他理解我各种应酬不断，仅希望我有空就关注一下他，有指导意见就回复一下，没有则算了，不必非得次次回复。

实际上我的做法也只能那样。

他的理解颇令我为他高兴——能替别人考虑是正常人的表现，我真心祝愿他早日成为一个正常人。

我俩主要在谈诗了。与其说是我在指导他写诗，莫如说他在促使我这个门外汉一步步入门。原来他从中学时期就开始写诗了，新旧作加起来近百首。他表示要一一认真修改，该淘汰的淘汰，精选出自己满意的，打算出一本诗集。

我支持他的计划。

事情在向好的方面发展。

他父亲也与我通了一次话，说他家在云南什么地方有幢别墅，也可以认为是一处小庄园，极利于休养身心，平常只有一对中年夫妇作为公司员工在那儿看管、打理。他们两口子因为工作忙，一年去不上几次，每次住不了几天，而他们的儿子去的次数更少。他们已对各自公司的工作做了较长期的部署、交代，决定带儿子去那里住一段日子……

这我更支持了，同时替“六郎”感到庆幸。据说现而今患精神疾病的年轻人渐增，绝大多数背后没有“六郎”这样的父母和家庭。

人比人，羡煞人啊！

几天后，他们一家三口起程去往云南了。

又几天后，“六郎”自云南发来三首写景感怀的诗和词。诗皆古体，不若词佳，却也都拿得出手。他强调，绝无抄袭组合之句，但自知欠斟酌，并不打算收录集中。

这三首诗和词说明他情绪颇佳，我认为这一点比他的诗和词写得如何更重要、更可嘉。

我也就未加点评，只回复了一句话——“祝兄台在滇天天快乐！”

不料半月后，他给我发来一句话：“我要结婚啦！”

字是红色的，镶金边，背景是他家的别墅。院内树形美观，阶旁花团锦簇，喷泉散银珠，鱼儿溪中游，左右两面墙几乎被蔷薇完全遮蔽，盛开的花朵绚烂多彩。分明还有一对孔雀，看去像真的。放大细看，不但是真的，还是活的。放大时，电脑贴图的喜鹊上下翻飞，并有爆竹无声炸开。

端的是好去处！我不但替许多别家的与“六郎”同病的青年羡慕，连自己也心向往之，顿生占有的妒念。

然而我并未当即祝贺，因不知所谓“结婚”之说是精神不正常状态下的想象，还是果如其言。

隔日，“六郎”的母亲与我通话，证实“六郎”向我发布的喜讯属实。她说对方是当地农家女，年方二十，清纯，有姿色，聪慧。儿子挺喜欢这女孩，他们夫妇也认可，临时决定将一件以前从没想过也不敢想的事顺应天意给办了，可谓不虚云南之行。

我问怎么就是顺应天意了。

她说他们一家三口是在离庄园不远的一个村里闲逛时偶遇这女孩的，“六郎”初见之下目不转睛，一步三回头。他们夫妇就托人去打听，女孩尚未处朋友。再托人试探地商议，女孩父母喜出望外，女孩自己也十分愿意。

“如果没来云南，这良机就不存在不是吗？如果人家女孩已经处对象了，我们也不能硬插一杠子啊！这不是老天有意成全此事，单看我们开窍不开窍吗？当然啰，前提是我们毕竟是不一般的家庭，我们的儿子一表人才，否则人家姑娘和人家爸妈也不肯迈出这么一步……”

我吞吞吐吐地又问：“那，准备在哪儿举办婚礼呢？是云南，还是北京？”紧接着补充了一句，“若在北京，我一定参加！”

她说：“又不是明媒正娶，就不回北京办了。一旦回北京办，一传俩、俩传仨的，想不搞出动静都难。而知道消息的人一旦多了，想不办得有排场些也难，过几天，悄没声地为他俩合了房，就算大功告成了……”

“可……怎么……又不是……”

“您想象贾宝玉和袭人的关系就是我儿子和那女孩的关系就对了。如果他俩一块儿生活后，任之的病彻底好了，那是我们一家三口的大幸！白养着他们小两口，我们夫妇也无怨无悔。反正养一个也是养，养两个也是养，我们有这经济实力，养得起。我们夫妇也做了另一种考虑，不瞒您说，我又怀上了。万一事不遂人愿，他们小两口根本过不长，那我们也有思想准备，理性对待，赔偿人家姑娘一笔钱就是了。谁也没长前后眼，走一步看一步呗。即使不遂人愿，那也不是我们的错，而是老天爷成心耍我们！老天爷耍了谁，谁都只能受着……”

我只得说，他们夫妇考虑得还是挺周全的。另有一句话到了嘴边，被我咽回去了。确切地说也不是一句话，而是一种想法。因为不愿直问，所以如鲠在喉般没问。

这想法是，我觉得他们夫妇考虑再周全，似乎忘了还有一个道德与否的问题——对那女孩。结束通话后，转而一想，又觉自己未免迂腐——她已说了，女孩父母喜出望外，女孩自己也十分愿意，钱可摆平他们的得失，谈何道德不道德呢？还好并没问出口，若问了，多讨厌啊！岂非世上本无事，庸人自扰之？

排除了头脑中的胡思乱想，心绪顿时开朗、敞亮，替“六郎”谢天谢地也！趁着高兴，给“六郎”发了一条特有温度、真情满满的祝福。

“六郎”回得也很快：“最先的祝福必定来自最关心自己的那个人，我愿阁下分享我的喜悦！”

我又想，他既喜悦，果有上帝的话，那么连上帝也会替他高兴的吧？

处于蜜月中的青年，往往认为世上除了爱，再就没什么事儿还算个事儿了！大抵如此。以后一个月里，“六郎”除了给我发些照片大秀他和那女孩儿之间的亲昵，再无新诗发来。而那些照片，多数是他俩自拍的，也有别人替他俩拍的。至于别人是何人，我猜不是他妈便是他爸。

爱本身即最好最美的诗——这是许多诗人的逻辑。“六郎”显然在身心完全投入地验证这一逻辑，无暇顾及其他了。他不但是有诗为证的诗人，而且是年轻的、此前从没爱过的诗人啊！从照片上看，女孩果然秀丽、清纯，双眸晶亮，她的眼神也果然聪慧。

她的美是原生态的。

倘奇迹果然发生，那么将为精神病医学提供一条宝贵经验——男欢女爱具有意想不到的疗效。

我这么思忖时，便不禁为“六郎”虔诚祈祷。

六

我大大地想错了！

不久，也就是八月中旬的时候，“王六郎”全家回到了北京。全家的意思是，包括那女孩。正如袭人实际上是“宝哥哥”的人，那女孩名分上也是王家的儿媳了。

“六郎”并没被爱冲昏头脑。对爱与诗，他居然做到了两不误，兼顾得不容置疑。他带回了自己编选的、每一句都产生于自己头脑中的诗集，并为自己的诗集暂定名为《拾穗集》——分为古体与自由体两部分。

他们一家四口都成了我家的客人。我第一次见到“六郎”的父亲：一位头发已经稀少，但显得处事干练的父亲。

他父亲决心已定地说，要为儿子出版这诗集。

由于他的同时出现，“六郎”的母亲甘居配角地位了，但连连点头，对丈夫的话及时附和。“六郎”却郑重地说，出与不出，集名改或不改，哪些诗可以不收录集中，他完全听从我的意见。

那女孩几乎不说话，端庄地坐在“六郎”旁边，一只手轻挽着“六郎”的胳膊。我看她时，她便一笑，偶尔，另一只手拿起待客的零食吃。

我首先肯定了集名很好，无须改。

“六郎”对他爸妈笑道：“怎么样？我的话没错吧？”

他母亲也笑道：“任之预见您肯定喜欢这集名。可就是，我觉得用真名好，或另起一个笔名，‘王六郎’这个笔名不怎么样。”

“六郎”坚持道：“妈，我连终身大事都听你们的了，出诗集这事儿你就别瞎掺和了。要出我就用‘王六郎’这个笔名，否则在我这儿通不过，宁可不出。”

他的话虽然说得特平静，一点儿也不情绪化，但也有他父亲说话时的那么一股子坚决劲儿。基因真厉害，他的精神一变正常了，连说话的语气都像其父了。是的，我认为他的精神的确恢复正常了，眼神不再发直，笑得自然了。

爱也很厉害。

我说：“‘王六郎’这个笔名不但有出处，而且耐人寻味，在此点上我站在你们的儿子一边。”

“六郎”笑了，并说：“向老师汇报，我又喜欢蒲松龄了，我的妻子就是我的婴宁。”

女孩也笑了，将头一偏，轻轻靠他肩上。

“正因为有出处，我知道了那出处以后，反而更不喜欢了……”

他母亲仍欲坚持。

“得了，你少说两句吧。笔名不过是笔名，并非多么重要的事……”

当爸的制止当妈的继续坚持己见，紧接着将自己和儿子之间的分歧摊在了我面前——他不但力主要由北京的大出版社出儿子的诗集，而且要出得精美，像珍藏本那样，就是出成豪华版也不计成本；另外，还要开一场较高规格的研讨会。总之，当爸的一心要使儿子出诗集这事在京城（他和妻子一样也将北京叫京城）办得风风光光的。“六郎”却相反，主张低调。他说自己已经适应了云南的气候，生活在庄园觉得很幸福，而云南也有几位优秀的诗人，所以他宁愿在云南的出版社出诗集，宁愿在当地开一次小型研讨会，认识认识云南的诗人们。对于自己以后的人生，他作出了长远规划——更多的时候生活在云南，有诗有爱，享受幸福。

“生活在远离市区的地方，有什么幸福的？”

“生活在那么好的环境里，还不幸福吗？古代的府邸也就这样吧？还得多好才算好？”

“你靠写诗能养活自己吗？”

“写诗当然挣不到钱，纯粹是爱好。以后我还会尝试创作小说、电影或电视剧本。总之我自信以后完全可以靠创作养活我俩，逐渐就不必再花你们的钱了。”

“六郎”这么说时，女孩脉脉含情地看他，目光中满是信任和依赖。

“我提到钱了吗？你老爸说一个‘钱’字了吗？儿子，根本不是钱的问题。咱家是那种差钱的人家吗？儿子，好儿子，老爸实际上是这么想的，正因为你有这种打算，所以老爸得帮你在京城产生影响，从而打开局面！功夫往往在诗外，这个道理你也应该懂嘛！你只有日后成功了，是京城的一个人物了，才是对那几个当初伤害你的小子最强有力的反击！”

当爸的略显激动地那么说时，“六郎”起初还挺耐心地听，及至后来，显得不耐烦了，将头一扭，生气地说：“不爱听，那一页在我这儿已翻篇儿了！”

“你看你这孩子！我……”

当爸的向我耸肩、摊手，并使眼色，意思是让我帮着劝。

当妈的终于逮着机会插话了。

她说：“儿子，你也得理解理解我们父母的心情啊！你俩的事，爸妈没怎么替你们办，爸妈不是一直觉得对不起你嘛！所以，你爸那么坚持，也是要弥补一下遗憾，替我们自己找补回心理的平衡。儿子，这你得学着理解点儿哈！”她也向我使眼色，眼色中有与她丈夫同样的意思。她显出特别委屈的样子，泪汪汪的了。

这一对夫妇与儿子的关系似乎有点儿奇怪——当自己的儿子精神被诊断出问题后，他们唯恐对儿子没做到百依百顺，仿佛奴婢侍奉主人；一旦他们觉得儿子的精神恢复正常了，情形似乎又反过来了，竟在一些无关紧要的问题上据理力争了！

听着他们之间的对话，我内心里产生了不解。而当他们陷入沉默的僵局时，我又想通了——大多数父母与他们的“六郎”这样的儿子之间，基本如此啊！而这，也是父母所以可怜的方面。

我不表态也得表态了。

我知我不可以选边站，便和稀泥。

我说：“这样行不，两天后我将诗集读过再议。如果我觉得水平上乘，那么任之你就听你父亲的安排。明明值得，为什么偏不呢？如果水平居中，那么我认为你们做父母的也要面对现实，明明不值得往影响大了办，非弄出太大的动静，不见得是好事。”

“六郎”立刻说：“这话我爱听，同意！”

他爸欲言又止，他妈用胳膊肘拐了他爸一下，连说：“行，行！”

第二天下午我就将诗集读完了。看来“六郎”是有自知之明的，而我十分赞成他的主张。

但晚上，“六郎”的父亲提前打来了电话。

当父亲的直白地说：“梁先生，梁老师，咱们都明白，文学嘛，诗嘛，还不是仁者见仁，智者见智嘛！我们夫妇的愿望，全靠您的结论成全啦！”

显然，手机被他妻子夺去了。

“梁老师，您更得理解我们，我们两口子都是很顾面子的人！在我们的圈子，面子就是人设，人设就是面子，有时得像顾命那么顾！自从儿子出事后，我们当父母的‘压力山大’！所以，现在我们非把面子找回来不可！此时不找，更待何时呢？”

我听到了抽泣声。

手机复归她丈夫了。

那当爸的说：“请您千万别见怪，我们真没拿您当外人，因为您从前是我们儿子唯一的成人朋友，而现在是他唯一的朋友！我们的意思，您懂的……”

他们的意思我确实懂，也不难懂。

于是关于“六郎”的诗集，我只能说违心话了。

我用“仁者见仁，智者见智”来宽解自己对自己的不满。“六郎”是年轻人，“鼓励后人”四字使我违心得不无底气。何况，总体看来，诗集还是达到了出版水平的。

于是，接下来一切进展顺利且快。

钱在大多数人那儿只不过是钱，在某些人那儿叫“资本”。“资本”出马，事事容易。

仅月余，诗集问世，果然印制精美。

研讨会如期召开，地点选在五星级酒店，参加的人颇多，名士不少。我的朋友的朋友也到场了，还有他们的朋友的朋友，所有人看去都是高高兴兴来站台的。

我问朋友：“感受如何？”

他说：“好大的一次广告！”

我说："这不是六郎的本意。"

他小声说："我指的是他父母，那儿呢。"

我循朋友的目光看去，见"六郎"的父母应接不暇，笑容可掬，如沐春风。

我终于发现了"六郎"，他孤独地呆坐在一个角落，只有那女孩陪他坐着。他父母先后用声音找他，他仿佛根本没听到。女孩推他，他也不往起站。

然而研讨会开得很成功。每一位发言者都对"六郎"的诗给予了热情洋溢的肯定，也对他本人在诗创作方面寄予厚望。

我自然也发言了，没谈"六郎"的诗，只讲了怎么与他认识的事，会议气氛由于我的发言而暖意融融。我看出，来宾中除了我及少数几人，大多数人并不知道他进过精神病院。

我也看出，在倾听大家的发言时，"六郎"表现得很正常，时而记，时而对发言者的肯定报以感激又腼腆的微笑。一个精神正常之人，在这样的场合这么一种氛围中，肯定也就表现得这般了。彼时的"六郎"谦虚而又温文尔雅，如好学生聆听导师们的点评。

会间穿插了几次伴乐诗朗诵，由专业乐队和专业人士进行，朗诵的是"六郎"自己的诗作，他预先选定的。

众人次次报以掌声，效果甚佳。

气氛从始至终洋溢着鼓励后人的善意和诗意。

会后是聚餐，人人都给足了面子，没有借故离去者。可用以举办婚礼的大餐厅里，七八桌座无虚席。酒水自然都是高级的，菜肴丰盛而美味。

结束时，我又问我的朋友的朋友："感觉如何？"

不待他开口，他的朋友的朋友从旁接言："就诗的研讨会而言，可谓盛况空前，盛况空前！"

对方已微醉。

我的朋友和他的朋友以及他的朋友的朋友一致附和：

"完全同意！"

"那是那是！"

"印象深刻！"

不经意间，朋友们都聚了过来。

其实我问的是"六郎"的表现。

我因也喝了点儿酒，到家已十点多了，洗洗倒头便睡。翌晨被手机扰醒，斯时近九点矣。

"惨啦惨啦，想不到会这样，研讨会上'头条'啦！"

我的朋友一说完，就将手机挂了。

我赶紧刷"头条"，见研讨会被抹黑成了"闹剧"。"六郎"进过精神病院的事也被曝光了，精神失常的原因被言之凿凿地说成是失恋。跟帖极多，十之八九，以逞讽刺、挖苦、攻讦、辱骂、借题发挥为能事。偶有同情帖，淹没矣！

胡鸿志在网上集合成了胡鸿志们。我心如速冻，全身寒彻。

七

一年后，我去精神病院探视老哥时，忍了几忍没忍住，试探地问：“有个叫王任之的青年，据说也在这里住院？”

老哥立刻说：“还叫王六郎对吧？爱写诗？”

我说：“对。”

老哥说：“这孩子有文才，诗写得不错，和我在同一个病区，大家伙都挺尊敬他，是我们病区的模范病友。”

我说：“你别叫他王六郎，还是叫他本名好。”

老哥说：“他喜欢我们叫他王六郎，对住院也挺适应的。”

在回家的路上，朋友的朋友发来一条短信，说“六郎”的小弟弟过“百日”了，他爸妈为二胎向朋友们征集文化含量高的好名字……

人心不古与青年的精神创伤
——评梁晓声《遭遇“王六郎”》

王春林

面对梁晓声的中篇小说《遭遇“王六郎”》，我们所首先要区分的，就是两个“王六郎”。一个王六郎，是蒲松龄短篇小说集《聊斋志异》中《王六郎》一篇的主人公。说一位许姓的打鱼人因为每晚都向水中敬酒而感动了那个名叫王六郎的水鬼，两人便成为无话不谈的朋友。在交谈的过程中，打鱼人了解到，王六郎是一位喝酒后不幸失足身亡的醉鬼。或一日，由于业报已满，王六郎告诉打鱼人，因为明天将会有人来顶替自己做鬼，他将获得一次难得的投胎转世机会。没想到，只是王六郎对那位怀抱婴儿的女子心生同情的缘故，他竟然主动放弃了这唯一的一次投胎转世机会。肯定是出于对王六郎这一有情有义的酒鬼的强烈认同，梁晓声小说中的那位青年才会把自己的网名设定为“王六郎”。事实上，也正因为内心里对《聊斋志异》中的王六郎有着强烈的认同，所以，小说中的“王六郎”也即王任之（为了区别于前一个王六郎，我们干脆把后一个王六郎称作王任之）才会和身兼第一人称叙述者的“我”也即那位梁老师围绕如何理解评价王六郎而发生激烈的论争。

然而，对那位有情有义的王六郎满怀向往之情的王任之，却根本就不可能料想到，在自己的青春岁月里，竟然会先后两次遭遇到不应有的功利主义思想的算计和严重伤害。第一次的被算计和伤害，来自于那位名叫胡鸿志的大学同窗好友。因为考虑到胡鸿志的身体比较肥胖，王任之主动把下铺让给了他。因为了解到胡鸿志的家境比较一般，出生于富有家庭的王任之，就在日常生活的很多个方面主动给予他积极的帮助。关键的问题是，尽管如此，到头来，正是因为胡鸿志一种不作声的“出卖”，王任之竟然一度被诬指为贼。那一次，“与她儿子（即王任之）同宿舍的一名同学新买的折叠手机丢了，不知怎么，她儿子成了怀疑对象。但这件事很快就水落石出——公安机关调看了多处监控录像的资料，最终发现是那名同学自己忘在食堂的餐桌上后，被别的专业的同学‘捡’去了。”自己的满腔情义就这样被一个恩将仇报的同学彻底辜负，正因为身为当事人的王任之实在无法理解并接受这样一种人心不古的灰暗现实，所以精神饱受刺激的他，才会不仅精神病发作，而且还被送往回龙观精神病院，接受了长达三个多月之久的治疗。

但王任之无论如何都不可能料想到，自己所遭受的第二次功利性伤害，竟然来自于他那一对表面上看上去特别爱他的生身父母。那是在王任之因为在云南意外结识了一位愿意和他结婚的农家姑娘而致使精神病明显好转的时候。围绕王任之那部被命名为《拾穗集》的诗集到底应该在北京还是在云南出版，以及随后的研讨会到底应该在北京高调举行还是在云南低调举行这两个彼此相关的问题，王任之和自己的父母发生了堪称尖锐激烈的矛盾冲突："当爸的制止当妈的继续坚持己见，紧接着将自己和儿子之间的分歧摊在了我面前——他不但力主要由北京的大出版社出儿子的诗集，而且要出得精美，像珍藏本那样，就是出成豪华版也不计成本；另外，还要开一场较高规格的研讨会。总之，当爸的一心要使儿子出诗集这事在京城（他和妻子一样也将北京叫京城）办得风风光光的。'六郎'却相反，主张低调。他说自己已经适应了云南的气候，生活在庄园觉得很幸福，而云南也有几位优秀的诗人，所以他宁愿在云南的出版社出诗集，宁愿在当地开一次小型研讨会，认识认识云南的诗人们。对于自己以后的人生，他作出了长远规划——更多的时候生活在云南，有诗有爱，享受幸福。"具体来说，他的父母之所以一定要坚持在北京出书，同时也必须在北京开一个较高规格的研讨会，主要还是考虑到了自己的面子问题："梁老师，您更得理解我们，我们两口子都是很顾面子的人！在我们的圈子，面子就是人设，人设就是面子，有时得像顾命那么顾！自从儿子出事后，我们当父母的'压力山大'！所以，现在我们非把面子找回来不可！此时不找，更待何时呢？"

问题的关键处在于，王任之的父母只是考虑到了自己的面子问题，却没有预料到如此这般地高规格折腾，将很可能会给儿子早已是极端脆弱的心灵世界带来什么样的连带性后果。即使是连同叙述者"我"也即那位梁老师在内，也都没有预料到，诗集的高调出版以及研讨会的高规格召开，竟然很快就被推上头条，而且还惨遭非常严重的网暴："我赶紧刷'头条'，见研讨会被抹黑成了'闹剧'。'六郎'进过精神病院的事也被曝光了，精神失常的原因被言之凿凿地说成是失恋。跟帖极多，十之八九，以逞讽刺、挖苦、攻讦、辱骂、借题发挥为能事。偶有同情帖，淹没矣！"就这样，"胡鸿志在网上集合成了胡鸿志们。我心如速冻，全身寒彻。"

最后的严重结果自然可想而知，由于再度受到强烈刺激，王任之只能够重新回到精神病院。不管怎么说都应该充分肯定的一点是，到了小说结尾处，梁晓声竟然给出了极具反讽意味的一笔："在回家的路上，朋友的朋友发来一条短信，说'六郎'的小弟弟过'百日'了，他爸妈为二胎向朋友们征集文化含量高的好名字……"人都说"亲戚或余悲，他人亦已歌"，到了梁晓声这里，竟然不无惨烈地变成了连同自己的父母都"亦已歌"了。

裸露的山体

娜仁高娃

沙窝地的“酒客”走了。走的那天早晨，沙窝地晴朗，春日暖阳徐徐升起，徐徐飘移，只是没人站到屋前远眺。到了傍晚，无人远眺的夕阳报复似的烧成殷红的火球，可人们依旧没有好好远眺。他们都在忙碌。忙着卸下窗棂将“酒客”的遗体送出屋。忙着捡柴燃火堆。忙着相互递烟，用语言来描摹他们所熟悉的那个醉醺醺的男人模样。忙着叹气。他们三五成群地走到野地，用铁锹掘出深三尺的土穴，然后离开那里，任晚间凝滞的云霞和缥缈的天光勾勒出他们影影绰绰的身影。其中一个说，好空旷。另一个说，是啊，好空旷。另一个脱下帽子，用前臂撩了一下额头，说，是安静。第一个说，嗯，的确是很安静。第二个突然用力吼一声。三人顿住，相互看看，大笑起来。第一个说，你那不像。大声吼的那一个摇摇头，说，我知道。这时另一个绷紧浑身肌肉，重重地吼了一声：嗨，来呀，我在这里，来决斗啊。三人愣怔片刻，继而再次发出爆笑。末了其中一个说，咱的“酒客”走了，咱的沙窝地就此沉寂。

是的。

萨拉站在屋前，目光向夜幕下的野地投去。他听到了吼声，也听到了那句“就此沉寂”。他猛地吸口烟，又将烟闷在口腔内，慢慢地吐出一缕缕白烟。一抹光从临时搭起的帆布篷缝隙落到他鼻梁上，那是一种近乎银白的光。他那卷曲的头发塌下来，遮住眼眶，使一双天生阴郁的眼睛藏在一团阴影下。

“酒客”走后的第四十九日早晨，萨拉发现供桌上长明灯灯芯结了莲花。这是他所期盼的。沙窝地乡俗，长明灯结了莲花，亡者便能摆脱三界六道轮回之苦。现在，“酒客”遗像前的酥油灯结了莲花。那么，“酒客”将永久地摆脱寻常日子，彻底归于僻静的沙窝地。

“终于结束了。”萨拉说。

“嗯，莲花成型了，呃——如你所说的终于黯然收场了。”

娜拉说完哧哧地打喷嚏，又嗝嗝地打嗝儿。在过去的三个小时内，她身上的响动真多。她不停地来回走动。高跟鞋咔咔地踩着地板，像个正在演小丑的蹩脚演员。她的眼里还噙着泪，嘴角一扯一扯的，仿佛随时会号啕恸哭。

“谁都会黯然收场。”

“不一定。”

“他的确很英俊，是不是?”萨拉盯着遗像说。

“别这么冷漠，他可是你的父亲。”

娜拉讥讽地咬着牙说。她强忍着打嗝，嘴唇凸起，喉咙一滚一滚的。萨拉忽地冲着妹妹的后背抡了一巴掌。呃哦，娜拉张嘴发蒙似的吐气，一行泪萧瑟地滑下腮帮。萨拉蹙起眉看了看娜拉，又看了看遗像，诡异地撇撇嘴，扭身歪倒在沙发上。娜拉清了清嗓子，刚要说什么，被一连串的嗝嗝替代了。一只土蜂从窗户那边扯出烦闷的嗡嗡声，飞过来，萨拉截路扇巴掌，一阵急促的嗡嗡，土蜂跌至地上，打转，抓挠，飞起，斜斜地扑向窗户，啪地撞在玻璃上。

“让它飞得了，它又没有蜇你。”

它黑黑的，圆鼓鼓的，在娜拉眼里它是一颗逸飞的眼珠——从“酒客”眼眶漏掉的，黑黑的，正在一分一秒地散尽光芒的眼珠。

“瞬间来临的死亡从来都不会有痛苦。”

萨拉语调满是漫不经心。他将身子敞开，四仰八叉，像是要把自己卸了架。

“父亲生前遭受了太多折磨，这点你比我清楚。”

“我指的死亡本身。”

萨拉缄默片刻，见娜拉近乎恼怒地盯着自己，说:“我指的是土蜂。”

一条黑影从走廊那边移来，像只丧失藏身之地的野兽般黯然地站着，悄无声息。娜拉咻咻地揉搓红肿的鼻子，对着黑影说:“哥，水果都发霉了，甜点也长毛了。”

乌拉安静地看了看遗像前的供物哦了一声，然后说:“萨拉，你到街上捯饬捯饬你那胡子和头发吧。”

“又没有长到你脑袋上。”

萨拉说着用女人似的干瘦而白净的手捋起下巴处的胡须，轻轻扽了扽。

“喃，这就是父亲留给我们的日子。”

娜拉嘟哝着。萨拉没应声，身子一拧，将背甩给他俩。有几分钟，三人谁都没再说话。

酒柜一侧堆满装有“酒客”物什的编织袋、塑料袋、纸袋，一双咖色皮鞋撑破了纸袋，露出磨破了的鞋尖。几粒止痛片散落在地上，娜拉半蹲着一粒一粒地捡。呃——嗝儿，她皱起眉，屏住呼吸，好让打嗝停止。她很胖，圆墩墩的身体，裹在花裙里，视觉上像是一筐碎花布。

“呃，这些个谁要?”

娜拉摊开两张泛黄的旧年画说。两幅年画，一幅印有寺庙风景，另一幅印着山岗上怒吼的老虎，虎当背折痕开裂，视觉上老虎正因脊背处的疼痛而回首怒视、咆哮。

“烧掉吧。”

乌拉瓮声瓮气地说。他有一张牛脸似的结实、轮廓鲜明、略显呆板的脸。他身着一袭黑色长款风衣，袖口露出两片大大的茶色手背。风衣是“酒客”的，不过最早是萨拉的，“酒客”患脑梗后，有一次送医路上给他穿了，那之后萨拉便将风衣送给了“酒客”。

“那个呢?”娜拉指了指酒柜上的座钟。

“死了的钟。”

萨拉插了一句，舌头在口腔里咔嗒咔嗒地响。

“这点没人会怀疑。”娜拉说。

“柜子里的半瓶金骆驼，那可是我的。”萨拉说。

“1968年的，如果我没记错的话。”乌拉说。

“你没记错。”

乌拉抽出插进塑料袋的手杖，把着弯曲的手柄，咔咔地敲着来回踱步。娜拉撤出几步，默然地盯着乌拉。她的眼睛亮亮的，眼睑绛红绛红的。

“哥，您越来越像父亲了。”

“我也是这么觉得的，你看我这身，非常像吧。”

乌拉丢开手杖坐到矮凳上，从装有木碗、马钱串、小坛、生锈马镫、套装蒙古文版《毛主席语录》的纸盒内，找来几枚马钱放到茶几上，一枚一枚地摆开。他全神贯注，像是与谁摆棋。

娜拉进了卧室，一会儿出来，手里拿着一本红皮日记簿。她翻开日记簿，结结巴巴地念：“产妇产褥热会有以下现象：头晕、高烧、脖颈酸疼、口干、耳鸣、胸痛，灌服拉达——呃，拉达热顿汤。孕妇忌口野味、猪肝、猪血；分娩后——呃，会酸痛，捣碎敷阿尔，呃，什么意思嘛，阿尔哈木泽呼——哎哟，好拗口。”

“给我。”

萨拉猛地坐起，脸上凶凶的，话音也狠狠的，一头乱发倒向一边，又弹回去。没等娜拉反应过来，他早已夺去日记簿。他快速翻着纸页，片刻后说：“还有歌词，呵——阳光爬上了山巅来哦。”他哼着曲，唰唰地翻着，突然敛住哼哼，将脸近乎埋入日记簿。

“唉!”

娜拉长长地叹口气。

“嘘——1979年元月1日，今天在四大队开会；12月28日报到，公社布日瓦、宝音、巴图青克乐、53、杨万代、柴虎等人参加。柴虎说，有一次我揪了53弟弟的耳朵，揪出一小口子。流血了。”

“柴虎——会不会是柴虎舅舅?”娜拉问。

乌拉抬起头看着萨拉，说：“应该是。”

“你俩听着，1979年元月5日，今日会议上主要了解了逝者的事情。丹巴巴拉吉古尔死前双手端着大碗在路旁站过，还钻过旺齐格的胯裆。他欠大队红薯钱两百元整。6日，色木央能否恢复工作?乌力吉巴雅尔想外出看关节病。林花的儿子是否能分配到工作？巴图吉日嘎拉在生活和别的所有事件上没有意见。由布日瓦作会议总结。会议总共持续了十三日。”

萨拉的语速很快，读毕，沉着脸一言不发。几张浸过水渍的纸张滑落，娜拉把它们捡起。萨拉翻出一页插图，认真地看。插图上有座铁索桥，桥上站着四个人，个个面露喜色仰视对面高架桥上的火车，火车顶端云雾缭绕。插图下端印着四个字：铁索桥畔。

“这种日记簿我也有过。”娜拉说。

“塑料笔记本、北京市陶然亭制本厂印装、70克2号书写纸50开101页、1974年10月制。”翻到最后一页，萨拉提高嗓门读罢，将日记簿揣进衣兜，说：“这个归我。”

乌拉捏起一枚马钱，咔地掉在茶几上，捏起，放开，又一声咔，紧接着一声沉闷的声响，只见萨拉用手掌扣合马钱，说：“见字，算我的。”他嘴角上扬，满眼的与他年龄极不相符的顽皮。

“都归你。”

“我指的不是这个。”萨拉脸上的笑瞬间烟消云散，变成略带怒意的严肃。

嗡嗡——那只早已被三人遗忘的土蜂离开窗户，贴着屋顶绕圈，撞到灯罩，飞远，绕圈，踅回去，伏在灯罩上，算是偃旗息鼓。娜拉仰起脸看了看土蜂，又看看两个哥哥。见两人摽着劲儿似的相互凝视，她用食指和大拇指捏起一条白色毛巾，凑近鼻口，又抖开，咻咻地吸气，那样子像只刚出洞的鼹鼠在嗅空气。毛巾是“酒客”用来擦脸的。空气里隐隐地漫开汗液、唾液、药汁酿出的淡淡气味。那是“酒客”最后的痕迹。

嗝嗝——娜拉厌恶似的揉搓鼻子，好让打嗝彻底停止。

“我会吞掉的。”乌拉说。

萨拉听了，压实的手掌快速握紧，将那枚马钱抓在手心里，装进裤兜，同时发出难以抑制的大笑，不过眼神已经从哥哥脸上挪开。

“苍天大地——我真的是受够了，简直没法说。”

娜拉起身进了卧室。这里有张20世纪90年代的单人床，木头做的，没有床头柜。床上被褥已被她用床单包起来放到椅子上。床板落满灰尘，灰白的木板肋骨似的挤到一起，像是抗议被毫无遮掩地窥视。挨着床脚，壁上有暗红色斑点。那是“酒客”在某个夜晚醉酒后呕吐所留下的。娜拉按着胸，像个深感疲倦的老妇人似的站着。她的腰腹和臀一前一后地顶起，使裙摆完全撑开，空荡荡地罩在两条细腿上。用她丈夫生气后的话来讲，她是个活脱脱的肉陀螺。

隐隐地，类似救护车鸣笛，抑或是受虐的狗叫，从外面飘进来。娜拉走到卫生间，放开水龙头，任水流哗哗地响满整个房间。

“娜拉，你把卫生间里的东西也都装袋吧。”

“洗衣机里有双老人鞋，哦！”娜拉从甩干桶拎出半瓶酒，高高地举着晃动，瓶盖噗地飞去，酒液溅到她手背上。她把手凑近鼻子闻了闻，向走廊那边瞟了一眼，匆匆咽了一口。咳咳，她忍不住咳嗽起来。余光里一抹黑影靠近，再靠近，堵到门口，卫生间的光线立刻暗了许多。

“呃——”

“我家‘酒窖’终于后继有人了。”

“没人赞赏你的嘲讽。”

娜拉盯着乌拉，下巴稍微地仰起，鼻孔一翕一张，仿佛正在酝酿一场前所未有的爆发。乌拉眉头聚拢，拢出一个硬硬的肉包，他那双公羊眼——娜拉曾这么形容过——正疑惑地盯着妹妹。在他眼里，妹妹越来越焦躁、咄咄逼人，与他熟悉的小妹判若两人。她小时候是多么乖巧，比一个温顺的小羊羔还黏人。可是后来呢，在她还是十七八岁时，他发现她开始变了，变得令人“瞠目结舌”。是的，她的变化太大了。有那么几次他从小镇舞厅找到她。那时，她留着男孩的发型，走路咻咻地吹口哨，手腕缠个花手帕，含胸驼背，不认识的人还以为她是个男娃。他要她好好读书，好好在学校待着。她却三番五次逃离学校。过了几年，刚年满二十二岁的她突然宣布要嫁人。在一个天气非常糟糕的午后，她带着一个木匠出身的画家到了沙窝地。那个所谓的画家又是个什么货色呢，在乌拉眼里活像一把长出胳膊腿的木刷，整个人精瘦精瘦的，尤其是他那张脸，简直就是个蛋壳，瞅着一干二净，敷着透明的一层肉皮，只有笑起来才会有那么一点意思。

等到举行婚礼时，乌拉得知这个精瘦的家伙为新娘准备的礼物竟然是新娘的裸体画——苍天保佑他的魂灵——他震惊到怀疑这个人是否真实存在。

那是一个怎样的情景呢？哦，他真希望所有脑细胞能铲除、遗忘关于那场婚礼的记忆。

那种情景才是真正的嘲讽。

乌拉烦躁地从娜拉脸上移开视线，思绪却被那天的情景所占满。

人们先是一愣，所有人都不出声，整个婚礼现场顿时陷入一种凝固的寂静。寂静持续了十秒。有人嘘嘘地低语，有人张嘴嗬嗬地吐气，有人咳嗽，有人离开桌椅，好多个脑袋拥到一起。扑哧——终于有人忍不住发出爆笑。继而是水喷溅似的噗噗声，风吹过屋檐似的沙沙声，噢嘿嘿，哈哈——乌拉离开座位向门口走去，他看见无数个晃动的胳膊腿，前俯后仰的身躯，桌椅嘎吱嘎吱地战栗、摇摆，酒液顺着桌沿滴答，筷子弹飞，杯盘碗碟哐当坠落，碎掉。

一张单人床那么大的画框里，斜斜地躺着一个赤身裸体的女人，一条胳膊勾到后脑勺，另一条胳膊慵懒地放在腹部，眼睛睁着，直直地与每一个看自己的人对视。

那个有着蛋壳脑袋——乌拉想捏碎的脑袋——的人，他才不理会人们的哄堂大笑。他持着话筒，用一种激情澎湃的语调向人介绍《裸体新娘》的艺术含量。他说，这是艺术，只有用最干净的眼睛、最淳朴的心灵才能读懂的艺术。

他滔滔不绝。她呢，站在他一旁，一脸甜蜜的笑容。

她竟然没有丝毫的害臊！整个小镇都找不出第二个像她那么傻的女孩。不，不是傻，是完全置自己于无路可退的“猎物”。

现在，这个“猎物”就在眼前，早已不是画面上的妙龄女孩，也不是那个脸上洋溢着甜美笑容的新娘。

“回收旧家电，旧电视机、旧电冰箱、旧空调、旧电脑、旧洗衣机、旧手机、旧电动车——”女性黏糊糊的嗓门通过小喇叭从楼下飘进来。娜拉走到卧室阳台轰地关掉了窗户。乌拉走到客厅，找把木椅坐下，有些落寞伤感地低着头，一言不发。木椅是“酒客”用来泡脚、吸烟、看电视和撒酒疯的。“酒客”离开沙窝地之后的七八年间，一直住在这间小平层里。七八年里，他患了三次脑梗，前两次治愈，等到第三次一条腿失去知觉，他不得不使用拐杖。这令他懊丧不已，心情坏到极点，常常用拐杖捶打自己。在他陷入昏迷前的某一天，他叫来娜拉——那之前，“酒客”从不期待三个孩子出现在他眼前——跟她讲，再有几日我就会走，你得让你大哥来接我，我要回到沙窝地。

“瞧瞧这个——”萨拉嘘地冲着捏在食指和拇指之间的银圆吹了口气，凑近耳朵，听了听，夸张地用他那惯有的舞台腔调说：“哟呵，袁大头，真正的老件儿，差不了。”

“你留着吧。”

乌拉抬起胳膊搓了搓脸。他的手掌很阔，像是一对儿粗糙的脚蹼，几乎裹住了整个脑袋。

“这种东西得传下去，不是吗？”

萨拉晃着手里的酒瓶，举高，故意摆出很怜惜的样子，然后咕咚咕咚地喝下了几口。

气氛再次陷入一种令人窒息而又无法消弭的死寂。多少年来，类似突然而来的“死寂”总是梦魇一样混在他们生活中。比如，在遥远的某个黄昏，三人在屋里坐着，谁都不说话。屋门敞开，能望见暮霭下变得昏暗的草地、老榆树、依拉拜河惨白的水流。其实，他们刚刚还吵吵嚷嚷的，只是三人同时听到一声声忽高忽低的呼喊从河那边飘来。那是他们的父亲，那个被沙窝地人唤作“酒客”的男人独有的咒骂声、呼声、喊声、歌声。暮霭的微光下，树木、水流、草地越来越模糊，粗哑的咒骂声、呼声、喊声却逐渐靠近，越来越清晰，汇聚成隐形的怪物扑在门前。没人点灯，没人动弹，甚至没有大声呼吸。安安静静的，虫叫、蛙鸣此起彼伏，像是在草丛间不停地生长。还有牛叫声，圆浑，冗长。偶尔还有羔羊的叫声，尖尖的，怯怯的。等到树木、水流、草地完全隐匿，门框那边变得漆黑时，一个长长的黑影，楚楚地从黑里凸显。

三人嗖地起身，萨拉第一个冲出屋，闪过屋角，不见。娜拉追过去，循着脚步声，消失在更黑的黑里。乌拉则一动不动杵在屋里。

屋里屋外，两个僵硬的黑影。

“厨房阳台上的佛龛怎么办，总不能拆了吧。”娜拉打破了沉默。

“没人想过要拆那玩意儿，请回沙窝地得了。”乌拉说。

佛龛里供着一尊丹真佛帛画像，是很久以前“酒客”的父亲从塔尔寺请回来的。

“最好送到庙上，别问我理由，没得谈。”

萨拉说着，突然展开双臂，身子后仰，一边舞蹈，一边大声地说：“美丽的杜鹃，哦，它原本是个英俊的王子，嗒嗒——”他用舌头哒哒哒地打拍子，继而，“在月亮高照的夜晚，你们听，它在凄然地咕咕咕，它在哀悼什么？哒哒哒，它飞不出那片森林，它没有迷路，但是它飞不出去。它要为飞禽走兽讲述天堂与地狱的盛宴。哦，盛宴。它没有退路。它变成了一只哀鸣的杜鹃。不，它不哀鸣。它在歌唱，布咕咕咕——”

萨拉用他那舞台上形成的腔调，旁若无人地吟诵着。他曾用一年时间编排了改编自十八世纪蒙古族宫廷舞剧的蒙古剧《银翼杜鹃的传说》。

“哎呀，你又来了，依我说吧，王子应该啄去那个坏心佞臣的眼珠，而不是咕咕叫。”娜拉说。

“不，你根本不理解，王子可不是你这等斗筲之辈。”萨拉说着大大地喝了口酒，浓浓的酒香灌满小屋。

“嗬，连自己的魂灵都保护不了的王子算什么英雄，真是可怜可悲，唉，简直就是愚蠢。”

“你真的是越来越庸俗了，说真的，你们女人啊，一旦过了三十岁总是变，呃，你们的影子就叫庸俗。”

萨拉冷冷地说道。他面颊酡红，一头染过咖色的鬈发软塌塌地伏在颅顶上。见娜拉不吭声，他猛地转身，恰好与“酒客”的遗像来了个面对面。他立在那里一动不动。长明灯灯苗被他转身扫过去的风掀得左一下右一下地摇摆。

噗，莲花掉落，灯芯抻长身子吱吱地狂叫。

娜拉扭身进了里间，将门虚掩。

萨拉笑笑，躺回沙发。他粗粗地喘气，眼睛直直地盯着屋顶，仿佛在找那只土蜂。

卧室那边传来的抽泣声，擤鼻涕的嘶嘶声。

“撕掉吧，统统地撕掉，该死的面具，一个懦弱的人才需要它。这世界上再没有比这更愚蠢、更令人厌恶的。撕掉，统统地撕掉，毫无用处的面具——眼泪。”

萨拉默念着台词，一遍遍地，几乎要喊出声来。他厌恶眼泪。从他十二岁那年春季的那天开始，之后二十六年时间里，他未落过一滴泪。他痛恨那一天、那件事。即便那个遥远午后发生的事，像个潜伏期很久的肿瘤一样慢慢地在他躯体内很隐蔽的角落不断增大，使他在无数个夜里痛苦地睁着眼，他都不肯释放出一滴泪。眼泪是最没用的道具。即便是他母亲的眼泪，也只会在他心中滋生恐惧与鄙夷。同时，这种恐惧与鄙夷，耗掉了他全部的激情。那个陪了他八个月的女孩，那个漂亮的马头琴手，也是因为总是泪眼婆娑地盯着他，使他浑身刺痛——是的，刺痛，他真想冲她大吼。还有那个温柔而多情的女孩，那个被他吻了一遍又一遍的女孩，也是因为莫名其妙地悄然流泪，才叫他绝情地离开的。

他容不得任何一个人在他面前落泪。

谁都不可以。就算是在葬礼上，瞅着那些哭肿的眼睑，他心下都会感到莫大的烦躁。该死的眼泪，是“悲伤”的外套，“悲伤”的心脏早已死掉。可他们竟然在太阳底下，毫无遮掩、恬不知耻地晾晒外套。

荒诞至极。

不过，有几回，他也的确感觉到鼻腔酸酸的。一次是在沙窝地，一匹很老了的马竟然毫不畏惧地靠近他，并将硬撅撅的、皮包骨头的脑袋戳进他怀里，在他推开马脑袋的瞬间手指触到了湿漉漉的马眼睛。那一刻，他有种哽咽的感觉。还有一次，是邻居家五十出头的宝日呼给他唱了首《桑吉德玛》。那天，他要宝日呼唱首歌。宝日呼是个智障人，肤色黝黑发亮，颧骨高凸，双腮又奇异地干瘪，大概是后槽牙都脱落了。宝日呼唱得很认真，身子斜斜地靠着马桩，垂下的胳膊勾住马桩，低头瞅着脚尖，仿佛陷入某种回忆。唱罢，宝日呼嘿嘿地咧嘴笑，说了句，我唱得可比你好。也是那天，当宝日呼跨上马，肩头怪异地拧巴着远去时，他明显感到眼角暖烘烘的。不过，他还是忍住了，冲着风吹口哨。

“咱是继续在这里相互怄气，还是要快点出发？”

乌拉推开卧室的门，有些拖泥带水地说。

“我知道我很愚蠢。”娜拉有些疲倦地说。

“他只是在演戏，你又不是不知道。”

“他没有。他的所有嘲讽都是真实的。”

“如果鬼魂脾气和他一样暴躁，早给他一巴掌了。”

娜拉听了慵懒地吐口气，说：“我讨厌死亡。”

“没人喜欢。”

“母亲喜欢。”娜拉直直地盯着乌拉说。

“死亡没什么恐怖的，你就当藏在地窖里。”

萨拉提高嗓门说。很显然，他一直在听其余二人的对话。萨拉的这句“你就当藏在地窖”，使娜拉脑海里闪进早已变得模糊，却又在瞬间非常清晰的画面。

潮乎乎的地窖，她和萨拉挨着地窖土壁蹲坐着。两人脚跟前的虚土里，有几只草蛙探出脑袋，眨巴着眼。空气里的气味很复杂，有刺鼻的土腥味，草蛙散发的臊味，刨坑的黑虫散发的腐味，还有风从地窖口吹进来的阳光的味道。那是一个荫蔽的，白天里难遇的幽静的小世界。听见乌拉在喊他俩，娜拉刚要回应，萨拉用巴掌盖住她的嘴，压低嗓门说，母亲要升天了，不要喊。怎么升天？娜拉问。母亲的魂灵会飞走。我们能看见吗？萨拉摇摇头。娜拉大概明白了什么，泪汪汪地仰着脸看地窖口的木板。薄薄的，灰色的木板那边不断传来人的低声交谈，女人的低泣、呻吟，还有马的嘶叫，水桶的哐当，门板的嘎吱。两人在那小世界里待了好久。等到传来海螺狼嚎般的轰鸣，两人才爬出地窖。

太阳已经下去了。空中蚊虫成团飘浮，像是稀薄的黑云。黑云下一顶帆布篷。篷下的油灯昏暗，像个枯败的黄色花朵在风里摇曳。三个喇嘛在一旁念经。等到天际晚霞消散，两人到了河边。那年有雨，水流扯出很长的身子。他俩站在河边。河水潺湲流去，声响很低。娜拉想哭，萨拉掐着她的手腕说，不要哭，哭了母亲的魂灵就会跌进冰海。娜拉想象不出冰海的模样。她说，她想看看母亲的脸。萨拉说，他也想看。于是两人回到帆布篷外。只见“酒客”坐在矮凳上，一言不发。整整一夜，他就那样坐着。等到第二天清早，他仍旧坐在矮凳上。只是腮帮变得黑黑的，那是夜里长了新的胡须。

那年，娜拉六岁。

那时，“酒客”不叫“酒客”。

“有完没完，到底走不走？”

萨拉站起，压抑着满腔怒火似的说。

卧室那边先是一阵短暂的安静，紧接着门扇砰地被撞开，娜拉跨步而来，走到萨拉跟前，说：“请你不要对着我吼。”

萨拉发怔似的盯着妹妹，仿佛头一回撞见眼前这位眼睑肿胀、嘴唇发抖的女人。

“别老这样子，唉，你会毁掉你自己。”

娜拉咬紧嘴唇，愤愤地说：“我愿意。”

“你愿意——呃，你就是整个悲剧的主角。”

萨拉摆开双臂，万般无奈似的长吁一口气。连日的醉酒使他脸色苍白，浑身无力，他摇晃着走过去，随手抄起编织袋走向门口。

乌拉用黑布包起遗像。

“我们好像忘了什么。”萨拉守在门口说。

“都在这里。”乌拉看了看打包的一堆说。

“一定还有。”

“他是指他那该死的杜鹃。”娜拉讥讽道。

“差不多，不过我指的是人们口中的那个女人。”萨拉诡异地撇撇嘴。

“别瞎说。”乌拉推开门，走下步梯。

“娜拉，你说呢？”

“我想她正忙着找下家。”娜拉面无表情地说着，提起圆鼓鼓的布袋走了出去。

“也是，她又不会老。”

一个时辰后，三人已经到了沙窝地。途中三人谁都没有说话。萨拉坐在副驾驶座，一路昏睡。娜拉坐在他后面，眼睛一直在看着窗外。

一小片盐碱地，干裂，踩过去嘎巴脆响。盐碱地北侧一株旱柳，树腿刷过白灰，那是为了防止起虫。乌拉执意要这棵树活着。树北侧，向阳的缓坡下端有两丘黄土。右边的是“酒客”，左边的是“酒客”的妻子。三人鱼贯走到那里。“酒客”坟头印有六字真言的石片斜斜地插进土里。乌拉把它摆正，又用袖口擦去尘土。萨拉看了看乌拉，拧开一瓶橘子罐头，喝了口糖水，放到坟前。娜拉把另一瓶放到“母亲”那边。北方很远的天空已经聚集了雨飑，乌黑的云头正从隐约望见的高压线上空翻滚而来。娜拉搂来一捆柴点燃，蹲下身，拆开粗麻纸裁剪的冥币往火堆上放。乌拉在一旁用另外一堆火烧掉“酒客”的衣物。萨拉站着，看他俩。他什么都不做，吧吧地吸着烟。

一会儿三人再次踩着嘎巴脆响的盐碱地往回走。

乌拉抬起胳膊，手掌遮着额头，看看南边的天空，又回头看看北边的天空，说：“今年恐怕又是个大旱年。”

“天黑前一定会下雨的。”娜拉说。

“云都走了。”

娜拉顿足，回过头望。果真是，在寥廓的皓空，云团像个虫蛀的巨型旧棉絮，凌乱、稀薄。

“驴生的，他们又把云打跑了。”娜拉骂人的话在寂静的原野地显得很突兀。

“受伤的云啊，喷出你凝固的血液吧，不要禁锢你那圣洁的灵魂。”

萨拉夸张地吟诵着，脑袋向后使劲儿仰，双臂向空中伸着，十指颤抖，仿佛就要一命呜呼。

娜拉双手左右地提起裙摆，免得裙摆被骆驼刺、沙蒿等勾住，她匆匆走出不远距离，回头看，才发现乌拉就在她身后。她喘着气，眼睛里闪烁着不安的光芒，仿佛头一回发现乌拉走路是如此轻。

“怎么了？”乌拉问。

“他会不会变得和父亲一样？”

“不会的。”乌拉回头看了看萨拉说。萨拉弯腰拾起什么，而后又奋力掷出去。

“现在，死亡就在前方，一眼望见，是吗？”娜拉说。

“什么？”

“没有父母为我们堵在前方。”

乌拉点点头，他也站了片刻，从娜拉一旁走过去。依旧是无声无息，像个直立行步的野兽。

“醉在阳光下——”萨拉把这句即兴配了曲调大声哼唱着。

娜拉继续极快地迈起步，她没法像乌拉一样从枯草上跨过去，于是不得不在草丛里左左右右地绕行，宽松的裙摆掀起、落下，她恨不得疾跑着离开这里。

傍晚，乌拉给一只母羊做了个“开颅手术”，用注射器从颅腔内吸出一包裹着米粒大小寄生虫卵的“虫窝”。染了这种蛲虫病的羊会不停地在原地打转。同时他还给几只羊套上了三角形木枷，那是为了防止钻围栏。

夜里，等到天完全黑了，三人点了九盏长明灯。这是沙窝地一种风俗，在逝者离开第四十九日为逝者守阳间最后一夜。据说这一夜，逝者亡灵将彻底离开人间，前往永生净土。

仍旧是熟悉的死寂。

三人的舌头好似被粘在口腔里，谁都不言语。乌拉进进出出，好几次走到酥油灯前，看是不是需要添加酥油。娜拉斜躺在土砖炕头。一排酥油灯在她右侧靠墙的柜上，墙壁上散开金色伞形光，她久久地盯着那里。这房子与乌拉同岁。正房里外两间，两侧的耳房，一间用来当灶房，另一间是“佛堂”。当地人称为凉房的仓房在屋东南侧，门朝西。凉房门檐很低，檐下吊着“酒客”给鸽子当窝的簸箕。偶尔，从外面传来混浊的咕咕声。一两只野鸟扑在窗棂、烟囱上，抖动翅膀的声响。好多蚊子，发出尖细的鸣叫绕来绕去。这让娜拉不由联想到那只逸飞的“眼珠”——那只土蜂——它应该趁他们装车的时候逃出去了吧。

应该逃出去了，那里可什么都没有了。

“你说，她是什么样的人?”娜拉问。

“谁?”

“那个——呃，父亲的情人。”

“女酒鬼一个。”萨拉懒懒地横躺在弹簧已经失效的沙发上，双腿交叉地枕着沙发扶手。

“我从来都不信。”

“我知道。”

“你信吗?”

萨拉不吭声。

“酒客”年轻时候滴酒不沾，这点沙窝地年长的人都能证明。“酒客”是从他四十三岁开始酗酒的。对于他突然的变化，有人说是在一次老乡婚礼上，“酒客”跟另一个酒鬼聊天时，酒鬼的情人——一个谁都看不见的女人——看上了他，然后就是一刻不离地黏着他。对于这种传言，起初谁都当成笑话。然而，随着“酒客”逐渐不分昼夜地嗜酒，成天醉醺醺的样子，这句话也甩去空穴来风的嫌疑。

真没准，不然，好端端的一个人怎么可能突然就变了。

他一个人喝酒时还叨叨个不停，怪不怪?

醉了就喜欢走夜路。

边走边狂笑。

还吼叫。

骂嘴。

手也乱比画。

根本不是谣传。

被女酒鬼缠上喽，没办法。

娜拉从来都不信。父亲成为沙窝地人们口中的“酒客”时，她刚满十岁。可一个十岁女孩的想象力，使她不由得把人们口中的“女酒鬼”模样与离世的母亲混为一体。一张布着斑点的面颊，一双浅灰色眼睛——每每想起母亲，她脑海里浮荡的只有浅灰色的眼珠，米粒大的斑点。混沌的记忆，拼贴不出一个完整的母亲。同时，想象中的幻影里还混入一张僵硬而冰冷的面颊，一双迷离的眼，一个醉酒后变得极其难看的女人脸。

“你记得吗，父亲骑着额古勒过河的那一次。”

“忘了。”

“你才不会忘了呢。”

“过了今夜，我会忘记一切。”萨拉说。

“包括父亲？”

“包括。”

娜拉走到外面，向那条早已干涸的玛囊图河走去。夏夜的风，凉凉的，视觉上北方天空的星辰比南方的更密更亮。空气清爽，没有草香，没有牲畜粪便的味道。她站着，望着四周黑黢黢的野地。黝黑中，她把这一刻恢复成她十岁时的时空。那次，她和萨拉在河边等着父亲回来。雨已经下了好几天，而且仍在下。云层纠缠在一起，形成浮动的巨影。他俩的衣服湿透了。河道上奶茶色水流喷涌，水身发出呻吟般的轰鸣。

哦，哥哥，你看。

对岸，“酒客”跨骑着他的额古勒——是那匹骒马的名字——从河对面向两个孩子招手。马蹄踩进水里，水花喷溅。渐渐地，水没过马膝盖，额古勒弓起脖颈，甩着尾巴。但它一点都不畏惧混浊的水流。“酒客”挥起鞭子，鞭梢在他上空旋起圆圈。他还哕哕地喊着。马腹部已经浸在水里了，它还不停地甩着脑袋，牙齿咔咔地嚼着铁嚼子。陡地，马身猛地战栗，脑袋怪异地后仰，湿漉漉的后臀在水里闪一下，不见了。同时不见的还有“酒客”。不过，下一秒“酒客”的头颅从水面凸起，下去，马的头颅也不见了。一个黑点在水面上摇摆。那是“酒客”的帽子。帽子不远处，另一个黑点凸起，那是“酒客”的脑袋。紧接着是额古勒的脑袋。娜拉惊恐地喊着。萨拉也一样。“酒客”的脑袋和马的脑袋相互有了距离。额古勒不停地扑腾着，前蹄划开水面，露出闪着光的前胸。“酒客”却哈哈大笑，双臂摇摆着靠近马，在水里跨骑到马背上。马再次扑腾，水面起了无数个皱褶，缓缓地向四面散开。娜拉看了看萨拉的脸，他眼睛湿湿的，面颊也是，但在湿湿的脸庞上，竟然浮出笑容。这笑鼓舞了娜拉。她几乎要踏进水里扑向父亲。马直直地向两个小孩奔来，它甩动着脑袋、鬃毛、尾巴，密密麻麻的水珠四溅，像是水里诞生的巨型怪物冲出水。“酒客”仍在笑。马蹄重重地踩到河岸上，“酒客”的手伸过来，揪起娜拉的衣领，娜拉嗷嗷叫着，肚皮在空中一晃，人就在父亲怀里了。马用涤荡着水的瘦长脸颊凑近萨拉。萨拉撤了几步，“酒客”把手伸向萨拉，萨拉却转身逃去。“酒客”一愣，随即将缰绳一扯，嘚嘚嘚，马载着父女离去。

娜拉回头看，萨拉孤零零地站在草丛里。娜拉挥挥手，仿佛在提醒萨拉追过去。萨拉一动不动。灰白的雨帘中，萨拉的身影越来越模糊，直到完全看不清。那之后，娜拉隐约觉得，萨拉对父亲的疏离越来越明显。后来，萨拉考入小城歌舞团当舞蹈演员。这对于他来讲显然是一种天赐机遇，他终于冠冕堂皇地将自己完全从沙窝地剥离，再也不用找各种借口避开与父亲的照面。即便是逢年过节，也有充足的理由不去见父亲。

你究竟为什么那么抗拒父亲？

娜拉有几次想要问萨拉，可每次话到嘴边她又咽了回去。她觉得萨拉会很厌恶回答这类问题。

沙窝地人口不多，八十余户，近四百户籍人口。“酒客”离世没几日，娜拉和萨拉前往管辖沙窝地的小镇办理注销户口一事，办事员是个中年男人，等办完了，男人说，二位的父亲是我父亲的朋友，他老人家很幽默。娜拉听了，说，是的。男人又说，还很会调教马，如今会调教烈马的人越来越少了。娜拉沉默了片刻，说，是的。

“他老人家还会用银针给牛畜治病。”男人说着，双手叠在一起，歪着脑袋，用力地摁着钢印。

“是的。”

“歌也唱得好。”

“你们办事时舌头必须忙着吗？”萨拉说。

“什么？”男人手里举着钢印，奇怪地盯着萨拉反问。

“没有其他表格需要填写了吧。”娜拉打岔道。

“我说错什么了吗？”男人的眼神仍直勾勾地瞅着萨拉。

“别让我再看到你这张公羊脸。”

男人愣了片刻，眼神从萨拉那边挪到娜拉那里，又看看手里的钢印，低头看看刚戳下的印脚，再次抬头，脸色比原先变得苍白。

“滚！”男人的嘴唇哆嗦着。

娜拉向东走了一里地左右，又往回走。柔美的蓝色夜光衬得河道鹅卵石仿佛蒙在薄薄的苍色光芒下。这一片滩地，尽是牛畜吃剩的芨芨草草墩，视觉上像是一群受惊的野兽突然停止前行，集体蛰伏于野地。回头望，却望不见小屋轮廓，只有一抹光在黑里吊着。光那边是浓稠的夜，更远则是布着星辰的夜空。在她记忆里，夏季夜晚不该是如此死寂。

该是什么样子？

该有夜虫此起彼伏的聒噪。

该有野风的低吟。

该有“酒客”的呼声、喊声、歌声、咒骂声、笑声。

没有“酒客”的沙窝地少了几分沧桑。

看啊，“酒客”一手挥着生牛皮做的马鞭，一手拽着缰绳，催马疾驰，像个剪影似的穿梭在幽冥夜色下。

他还唱歌。

野鸟霍霍地扑扇着翅膀逃遁。他大笑。奋力地甩着鞭子，造出啪的巨响。有时候，他会从马背上摔下来。摔得找不见帽子，他破口大骂。他那沙哑的嗓门几乎要开裂。偶尔，他的马会丢下他到野地去吃草。于是，他只得走一段很长的路把马牵回来。有时候他也不去找，徒步走回家。那种时候，他的踏步声很重，仿佛他正扛起了整个夜晚，举步维艰。

他不知道，永远也不会知道，当他在醺然一醉的翌日早晨，四肢痉挛着用马勺从水瓮里舀水喝时，萨拉用冷冷的眼光盯着他，对娜拉说，到了十八岁我就要离开这里。

他的声音很低，犹如一股气流从紧闭的嘴唇缝隙间滑出来。

你要去哪里？

我不知道。

你都不知道你要去哪里，你怎么离开？

我就是要离开。

你要去哪里？

我不知道。

你都不知道——

我知道。

“亘古之前，有一位年轻的王子，生活在他那富饶美丽的国家。他有一个很好的朋友，是他父皇的忠臣。这位朋友的名字叫拉嘎亚纳。有一天，他俩的师尊教会他俩一个异常神奇的魔法。”

“很神奇的魔法。”娜拉重复道。她盘腿坐在毛毡上，眼睛里闪着光，仿佛她已经感受到了“神奇魔法”的威力。她对面坐着乌拉，他双臂环抱腿，下巴抵在膝盖上，等着萨拉继续讲下去。

“把自己的灵魂转移出去的魔法。”

萨拉压低嗓门，抬头看着阴暗的夜色，仿佛正在担心有什么突然从那里出现，打断他的讲述。

“谁的灵魂？”娜拉问。

“所有人的。”

“我的吗？”

“你太小了，你的灵魂还在昏睡，人得长到十八岁灵魂才会睁开眼。”萨拉停顿，嚼着不知从哪儿捡来的一截草茎，扭头啐口唾沫，说，“有一次，王子和拉嘎亚纳在河边遇到两只死去的杜鹃。”

“那是什么东西？”

“哎呀，就是布谷鸟，你到底听不听？”

萨拉的视线再次瞟向黝黯的野地。

“王子和朋友把灵魂移至杜鹃尸体。”

“他们要变成布谷鸟了。”娜拉几乎是尖叫道。

“嗯，他们飞到河对面，那里有一大片森林，森林里有各种飞禽走兽。”

“那他们还讲人类的话吗?”

“应该是——哎呀，你连个故事都不会听。萨格萨爷爷跟我讲的时候，我可一句话都不说。”

“啾啾啾，他们应该这么说话。”

“嘘!”乌拉用食指示意娜拉不要插嘴。

“我跟你们讲啊，那个拉嘎亚纳是个大坏蛋。他丢开王子，偷偷地飞回来，把自己的躯体投进河里，然后把自己的灵魂移至王子躯体。”

“他就是个大坏蛋。”娜拉激动不已。

“可是萨格萨爷爷说，他不是坏蛋。”萨拉若有所思地蹙紧眉头。他的眼睛看着远处，那里亮闪闪的，那些是羊畜眼球上的反光。

“他选择了当一个坏蛋。”乌拉说。

“萨格萨爷爷说，那是因为他俩有前世恩怨，前世结了恩怨的人，今世一定会相遇。”

“什么叫前世?”娜拉问。

“就是你没来的时候。”

“来哪儿?”娜拉抓挠着胳膊上好几个包，那是蚊子的盛宴所留下的残羹。

“就是母亲诞下你之前。”乌拉说。

“那之前我在哪里?”

“蠢蛋，我怎么知道你在哪里!”萨拉扭头啐了口唾沫。

其实，对于那个遥远的夜晚，那个在仲夏夜坐在屋前听萨拉讲《银翼杜鹃》故事的夜晚，娜拉脑海里只存留着模糊片段。那夜，很闷热。蚊虫四起，空气里弥漫着牲畜粪便的气味。月亮是薄薄的一钩弯刀。但有一点很确定，那便是从那之后，很多个夜晚，尤其是隆冬寒夜，兄妹三人都是在萨拉口中很多“奇异的”传说中度过的。往往那一刻，萨拉那双褐色眼睛里泛着愉悦而骄傲的光芒。为了故事更离奇、更神秘，防止娜拉提前猜出结局，他会拖长语调，神秘兮兮地说，在一个黑漆漆的山洞里，居住着一个十首六臂的妖怪，或者是下雨天，一个比马桩还要高的黑影，偷偷地来到一户牧人家，抑或是每一口枯井里都藏着魑魅等等，吓得娜拉大气都不敢出，同时还时不时向黑幽幽的窗户那边瞟一眼。那瞬间她会不由自主地联想到，在冬季冰冻的黑里，有个长螺旋角的、拖着尾巴的怪物正飞速地逃遁。以及，在依拉拜河吱吱裂开的冰面上，一个毛茸茸的什么嗖地疾跑。满空星辰，在晃动。

一棵树咔嚓裂开。

一只狐狸凄然嚎叫。

一个男人浑厚的嗓门发出低沉的呼声。

一个独臂独眼的老鼠似的幼兽正慢慢地挪步。

一个毡偶活了过来——嘎吱——

娜拉发现自己走在河道上，脚底踩出脆响。她从梦境中醒过来似的站在那里，向四下看了看，匆匆往回走。

一种莫名其妙的恐惧占据着她，她从来都不怕走夜路，可是，此刻她竟如此迫切地渴望一步踏进屋内。

门被掀开，风幽幽地灌进来。酥油灯灯苗向一边倒去，又缓慢地立起。乌拉进来，拎起暖水瓶出去。就在推门出去的瞬间，他看了看娜拉，见她脸色苍白，又踅回来，低声问她："你刚才去了哪里?"

"哪儿都没去。"

"今晚最好不要再出去。"

娜拉点点头，忍着莫名其妙要哭出声来的冲动。乌拉走了出去，砰地轻声关了门。屋内很快恢复原先的死寂。萨拉躺在沙发上。娜拉觉得过去的几个时辰里他都没动一下。娜拉双腿垂下坐在炕沿上，看着萨拉。

这是一张什么样的脸呢?

娜拉觉得自己从未如此仔细、专注地端详过萨拉的脸。这是一张熬过众多惶惶不安的夜晚后，时刻准备着僵化变成一副面具的、一张试图摆脱自身又未能找到完美"躯壳"的脸。这张脸时刻在等待"若用美酒灌注僵尸，灵魂也能再返躯壳"的机遇。娜拉记起萨拉曾说过的这句话。连续三四日的酒液浸泡，使得这张脸略显苍白、憔悴、病态。眼睑浮肿，面颊泛红。某种程度上，它早已不是娜拉所熟悉的面孔。关于它的最初记忆，是在一个梦幻似的午后，一个赤着上半身，裤子皱皱巴巴，腮帮脏兮兮的光头男孩突然站在家门口，久久不说话，噗噗地吸鼻涕。一双褐色的眼珠——在沙窝地有的野鸟蛋壳是这种颜色——缓慢地移动，移到她这边，又滑过去。视线的起点至终点的痕迹，能画出一个不规则的菱形。娜拉应该是在那瞬间"认出"男孩是她的哥哥。

也许是感觉到娜拉一直在盯着自己，萨拉坐起身，双臂交叉抱着怀，埋首，含胸，然后一动不动，仿佛就要坐着入眠了。

"酒客"的坐姿也是这样的。

娜拉忽然有种错觉，觉得眼前的人不是别人，而是她的父亲，那个不醉酒的时候一脸冷峻，莫名地怒视四下的男人。他坐在那里，迟迟不动，仿佛在缄默中酝酿新的人生。

"我从野地捡回来的骷髅在哪儿?"萨拉问。

"早捣碎灌了牛了。"

"谁弄的?"

"父亲。"

萨拉抬起头，向门那边望去。

在萨拉七八岁年纪，有一次他跨骑着木棍——那是他的马——去找萨格萨老人。那次刚好是大年初一，他斜挎着一个绿色帆布包，里面塞着给老人拜年的烟酒。天气很冷，还下过雪。他一路颠跑，身后扯出歪斜的长线。回来时，腰上别着一把老人送他的木枪，胳膊上勾着一个骷髅。他用一条胳膊从骷髅下端插进，从一只眼眶里探出来。他叉腰站着，胳膊上的骷髅仿佛是悬空的脑袋正欲一口一口地吞噬他。

接下来的几天里，萨拉走路都一拧一拐的。那是母亲用柳条抽他腿肚子的结果。不过，那次“酒客”并没有责怪他，也没有把那骷髅埋掉，而是用一根麻绳吊起挂到仓屋土墙上。

“我有多久没回来了？”

“从你离开后。”

屋里的闷热散去，但她仍感觉很热，不断擦去脖颈周围的汗渍。

“那是什么时候？”

“你十八岁那年夏天。”

“那年下过雨吗？”

“没有。”

“后来呢？”

“什么？”

“他提起过我吗？”

萨拉回过头看着妹妹。灯光在她面颊上蒙了一层古铜色。她斜斜地靠在枕头上，绸缎料裙子向一侧垂下，瞅上去她整个人像是奶油似的在慢慢融化。

“谁都没提。”

“最后几日呢？”

“也没有。”

“那几日你每次都给他喝二两酒？”

“有时候是三两。”萨拉挪了挪胳膊肘，好让自己舒服些。

“他会喝醉吗？”

“会。”

“醉后会从轮椅上摔下来吗？”

“会。”

“头朝下？”

“是的。”

萨拉站起身，来回踱着步，忽而陡地停住，说：“我的模样是不是越来越像他了？”

“从侧面看，几乎一模一样。”

“高鼻梁，前突的下巴，还有隆起的眉骨，是不是？”

“是的。”

“胡子呢?”

“他不喜欢留胡须。”

“这我知道。”

萨拉揉了揉面庞，坐回沙发，双臂摊开放在靠背上，眼睛看着屋顶。

“到最后那几日，他的轮廓大变，几乎认不出来了。”娜拉说。

许久，谁都没再说话。两人不看彼此，也不特意看什么，只是睁着眼，安安静静地坐着。

“有那么一次，他问过你。”

“呃——”

“问你结婚了没有。”

“他的原话是怎么讲的?”

“你二哥结婚了没有?”

“就这么简单?”

“是的。”

“也好。”萨拉长长地吐口气。

娜拉坐直身，左一下右一下地拧着脖子，说:“你和曲子姐会不会结婚?”

“会。”

“什么时候?”

“随时。”

四十多天之后的一个大清早，曲子敲开了娜拉家的门。她套着宽松的上衣，头发在颅顶绾成小疙瘩，没有涂眼影的眼睛显得无神。当娜拉推开防盗门门扇的瞬间，首先看到的是曲子十根戴着假指甲的手指。它们刚才一直在门板上咔咔地敲着。她摁过门铃，只是她不知道门铃坏了好多天。

“就你一个在家?”

“是的，进来吧。”

曲子迈进屋里，娜拉发现她穿着一双男人的黑皮鞋。鞋底鞋脸都沾了泥。进去了，曲子从鞋口抽出光脚，然后径直走过去坐在软椅上。娜拉拉开窗帘，看着青幽幽的晨色，打开窗户，任风吹进来。曲子将绾发拆开，头发垂散开来，衬得面颊越发瘦小。

“你着急不?”娜拉问。

“不。”曲子摇摇头。

“那我冲个澡。”娜拉进了卫生间，一会儿又从门缝探出脑袋说，“冰箱里有面包、酸奶什么的，不用客气。”

曲子没吭声。她将腿勾回压在身下，双臂抱着抱枕，发呆似的坐着。对面墙涂了深绿色硅藻泥，挂着七八个瓷盘，每个瓷盘里都绘着裸体的女人。墙角立着用树根雕刻而成的裸体女人，女人的一条胳膊紧贴着腹部，仿佛正在抚摸腹中的胎儿。女人的乳房很大，很光滑，圆鼓鼓的，仿佛戳一下便会溢出乳汁来。

“你还好吧？”

娜拉披着浴巾出来，问过了这句话又进了卧室，一会儿穿着一身黑色低领长裙走出来。

“你哥他完蛋了。”曲子看着娜拉说。

“又是入戏太深了？”

“不是，我指的不是这个，我很清楚不管他在舞台上演什么，那些都不会影响他。”

“哦，那他怎么了？”

“喝酒。”

“喝酒？没稀奇的，他经常喝酒，过去也是。来，喝杯柠檬水。你是一个人从市里来的？”

“他也在小镇，我们来了都半个多月了。他在这边有活儿。”

两人坐到餐桌前，曲子依旧抱着抱枕。

“这回我全信了，真的，而且我也是不得不信。”

“你在薅羊毛吗？东扯一下西扯一下的。”娜拉坐在曲子对面，抓了抓自己肉嘟嘟的胳膊说。

“她缠上你哥了。”

说完，曲子一动不动地盯着娜拉，等着她的反应。

“谁？”

“你父亲的情人啊，那个看不见的女人。”

两人面面相觑，仿佛曲子的这句话是讲给屋里第三者的。娜拉发怔似的盯着曲子，须臾嘴角怪异地抽动，紧接着呵呵地笑，不过这笑只是延续了几秒。

“娜拉，我可没瞎说，也就是昨夜，你哥竟然独自喝了半瓶酒。白酒啊，不是啤酒，而且还不停地说话，不停地叨叨，好像跟前真的有个人。”

曲子瞪圆眼睛，仿佛又看见了夜里的一幕。

“他那是完全醉了。”

“不不，我见过他大醉，过去不是那样的。过去喝醉了他总会喊我的名字，眼睛也会看着我。但是，昨晚可不是，他好像忘了我是谁，而且还叫我滚出去。”

曲子说着说着泪哗哗地下来。她用纸擦去，泪又下来，她继续擦去，擦得鼻尖发红，面颊湿漉漉的。她上衣的领口很低，娜拉发现她没戴胸罩。扁扁的胸，扁扁的腹部，仿佛整个人在夜里缩了一大圈。

“那今早呢？”

“他还在睡觉。”

曲子开始大口大口地喝水，喝完一杯水，有些疲倦地将下巴搁在抱枕上。

“你俩会不会结婚？”

曲子抬起头，诧异地盯着娜拉，仿佛她心里从未想过这个问题。

“我的意思是，你俩会不会一直在一起。”

“会啊，不过他现在有情人了。”曲子自嘲似的说。

“问题是他不信。”

“他信。”

“他不信，这点你不用怀疑。”

“那我怎么办？”

“我不知道。”

“我可再也不想看到他一个人喝酒了，太恐怖了。”

“这些都不是问题。”娜拉说。

“那问题的关键是什么？”

“是我们从来都搞不清他们为何要喝酒。”

“哦。”

“我父亲是从他四十三岁那年开始贪杯的，那之后他度过了浑浑噩噩的二十五年。这点萨拉跟你讲过吧。”

“没有，他从来都不跟我提起你们的父亲。”

“父亲也是，他都不希望我们出现在他眼前。”

“天啊，你们可真奇怪。”

“这没什么。”

“你是在劝我离开你哥吗？”曲子问。

“我只是如实相告。”

“那你跟我讲句实话，你信吗？”

“过去我不信，但是，现在我信了。”

“你真的认为会有一个看不见的鬼影缠着活人不放？”

“我们称其为魂灵。”

“哦，苍天，在荒野长大的人是不是都信这种说法？”曲子揉起眉宇，五根尖细的指甲在额头上聚拢到一起。

“也许吧。”娜拉看着曲子的假指甲说。

“那我究竟该怎么办？你知道我不会离开你哥的。”

“我不知道。”

“他会不会怕什么？”

“什么？”

“我的意思是找个能辟邪的什么物件叫你哥戴上。”

娜拉先是一愣，进而用手掌盖着脸大笑，视觉上一对儿圆鼓鼓的手背像一对儿高凸的腮帮。

曲子也跟着笑起来。

“你哥会打断我的腿。”曲子抹去眼角的泪滴。

娜拉抽过纸揩了一圈嘴唇。

“那个——呃，那个瘦猴子呢?”须臾，曲子看了看屋内，平静地问。

“什么?”

“你爱人，他呢?”

“瘦猴子——啃。”

“你不会是生气了吧?”

娜拉撇撇嘴，沉默着举起水杯，眼神长久地落在水里漂浮的柠檬片上。

“在玩失踪。”

“什么?”

“其实吧，不是在玩，而是认真的。”

“我没有冒犯你吧，你可以不讲的。”

娜拉放下水杯，小孩似的嘟了嘟嘴唇，伸出三根指头，说：“他失踪过三回，估计还会有第四回、第五回……随他吧，没什么可惋惜的。”

娜拉淡然地说着，不过，声音越来越黯然，她可不想让曲子听出她话音中的哭腔。

“你还爱他吗?”

娜拉点点头，又摇了摇头，眼神掠过曲子的眼睛说：“我不知道。”

曲子再次抬起胳膊，用指甲扫了扫眉毛，欲言又止。

“第二次我从他老家找到了他，回来的路上他把车开得极快。灯光在前面摇晃，我以为我会被摔成肉末。”

“他已经不爱你了，呃，原谅我把话说得太直白。”

“没什么，一切都是注定的，我俩举行婚礼的那天，他被狗咬了。”娜拉淡然一笑，不等曲子问下去，继续说，“一条黑毛土狗，用铁链拴在垃圾桶旁。他往厕所走，那狗扑上来。”

“出血了吗?”

“出了。”

“哦。”

“见他腿上流血了，我还哭了，很愚蠢的，对吧?”

曲子没吭声，两人沉默着对视片刻，曲子说：“听你哥讲那天他还把你的裸体画拿到婚礼上?”

“是的。”

“他是个疯子。”

“他自己不那么认为。”

曲子提起水杯，等娜拉重新添了水，她说：“他对你动过粗，是吧？”

“是的。”

曲子放下水杯，站起身，双臂交叉，手掌扣在肩头，弓着背，来回走了几步，顿住，说：“他忘了你还有两个哥哥。”

“是我忘记了。”

曲子放开双臂，按着腹部，好似那里很痛。

“我还忘了我有个父亲。”

“真叫人无法理解。”

“现在父亲也带走了他的拳头。”

娜拉到了小镇群艺馆一楼大厅，她身后旋转门缓缓地转个不停，她才发现自己推门时用力过猛了。楼梯口一侧墙壁上嵌着一面镜子，她冲镜中的自己瞥了一眼。黑色束腰裙，黑色敞口平底鞋，藏蓝色挎包，她觉着有些砢碜，不过她不在意。她踏上步梯，大口喘气，又缓慢地舒气，慢慢地抬脚，免得叫人撞见她气喘吁吁的笨拙样。这里，到处是各种器乐弹奏出来的声响，越往上走越明显。两个瘦得蚂蚱似的长腿细胳膊的女孩在楼梯拐角处闪一下不见了，她们身穿紫色圆领舞蹈服的模样却莫名地在娜拉脑海里不断浮现。

娜拉在走廊尽头的小房间里找到了萨拉。他坐在一张宽大的桌前，桌上摆着弧形的、足足有一米长的显示屏，显示屏后面墙上有个小窗户，透过那里能看见三个人的脑袋。显示屏上浮动着像心率似的彩线。萨拉戴着耳机，嘴上叼着烟，吞云吐雾。

“自己找个凳子坐吧。”萨拉头也不回地说。

娜拉坐到靠墙的粉色塑料凳子上。屋里满是烟雾，烟丝浮在半空，静止不动，一会儿又水浪似的滚动，消散。

“感觉不错吧？”萨拉脚尖一拧，转动了椅子，面对着娜拉。

“什么？”

“我的临时工作室。”

“是很不错。”

“好了，下午继续吧。”萨拉对着话筒说。窗户那边的几个人不见了，娜拉猜不出那边的门在哪里。

“你的墨镜不错。”

娜拉将墨镜推上去，架在额头上。

“周五你有空吗？”娜拉问。

“说不准。”萨拉眨眨发红发肿的眼睛，慵懒地舒口气。

“周五八点，我去找你们。”

“我们？”

“你和曲子姐。”

“哦。”

萨拉站起身伸伸腰，又坐下，拧过椅背，斜对着妹妹。

“那我走了。”

“好的。”

“对了，父亲的小屋租出去了。”

“就算没有租出去，我也不会去住那里。”

“就这样？”娜拉说。

“好的。”

娜拉站起，看了看萨拉，萨拉刚好点烟，眉头怪异地皱着。她没等萨拉把刚吸进去的烟吐出来，便推门走了出去。她在一楼大厅照了照镜子，放下墨镜，又转过身看了看自己的后背。

周五早上，娜拉依旧穿着那一身黑裙步行到了萨拉住的宾馆门口。她刚冲过澡，头发还没有干透。风舌柔柔地撩开发梢，她觉得后脑勺凉凉的。她等了十分钟，在这十分钟里她一直在观察周围。煎饼摊上男人打鸡蛋的时候，总要咬一下嘴唇。超市透明门帘掀开，一个小男孩冲出来，后面追出来大一点的男孩，两人一前一后绕过几辆电动车，跑回超市。树荫下，五六个老人围成小圈，有节奏地甩臂、击掌。一只花猫左右看着快速穿过马路。两个男人站在车前不停地说着什么。一个空空的白色塑料袋陡地被风卷起，在空中飞一圈，落到路中央。

“向左还是向右？”萨拉看着后视镜问。

“向右。”

车离开国道，下路基，向西北方向驶入一条乡间小道。路两侧无树，无庄稼，赤条条的沙砾地。车开始不断颠晃，座椅间藏匿的尘土被颠出来，转眼填满车内空间。正午的太阳使宽阔的沙砾地泛着刺眼的白光。曲子睡醒了，抓着头发，降下车窗玻璃，皱起眉头望着窗外，说：“好刺眼。”

野风灌进车内，娜拉觉得很凉爽。

“那是山吗？”

邈远，湛蓝天空下横着褐色山脊。

“是雅布赖山。”娜拉说。

“不远了，对吗？”曲子问。

“差不多。”

“差不多是什么意思？娜拉。”

“就是差不多。”

萨拉一手把着方向盘，一手握紧保温杯，插进双腿间，拧开杯盖。在过去的几个小时内他始终一言未发。

“让我来嘛。”曲子有些嗔怪似的说。

萨拉执意自己弄。

“我帮你嘛，司机师傅。”

“你看风景吧。”

“哪有什么风景?”

“戈壁啊。”萨拉吹起口哨，他将车速放慢了。

“好荒凉，看到这种满目的荒芜你是不是特别有感触?”曲子问。

萨拉摇晃着脑袋，提高了口哨声。

“你呢?”曲子回过头问娜拉。

“我头一次来这里。”

“以前没来过?”

“是的。”

曲子匆匆向萨拉瞥了一眼，狡黠地冲娜拉龇牙，示意等他知道了真相一定会暴跳如雷。

“那边有条土路。”娜拉将身子前倾，肩膀卡在前排座位中间说。

“进山的路?”曲子说。

“是的。”

“你怎么知道的，那边还有人家?”曲子说。

“我在画册上看到过。”娜拉说。

“但愿你的记忆不要出差错。”

曲子关闭了车窗。娜拉伸手去探后座冷风口，徐徐的一丝冷风滑过指尖。

“现在呢?”萨拉问。

车停在交叉的路口。

娜拉下了车。现在她得仰起脖颈才能看到山顶。午阳炙烤，她很快觉得身上热乎乎的。车离山太近了，几乎就在山脚下。山壁垂直，山脚沿着斜坡躺着众多牛犊大小的黑色滚石。更远，裸露的岩石，瘦骨嶙峋地突起，在阳光下，背阴处竟然泛着青幽幽的光芒。

“我们得进山。”

“山口在哪里?”曲子从车窗里探出脑袋说。

“就在这附近。”

“刚才我们不是朝着山口走的吗?”曲子说。

没人搭腔。

残缺的篱笆横七竖八地插在岩缝上，娜拉看了看篱笆，又向身后看去。萨拉摁响了喇叭，示意娜拉上车。

“这里会不会有狼?”曲子问。

“有。”萨拉说。

“野性十足的那种?”

“嗯。”

“你怎么知道的?”

“我就是知道。”

车沿着攀附山体的路行驶了五六里地，在一个一面山壁陡峭的地段急转弯，继而下坡，驶入长有灌木的山沟。三人都能听见带刺的植物划破车身的咔嚓声。

“已经没有路了。”曲子说。

“我知道。”萨拉盯着前方说。

曲子扭头看了看娜拉，娜拉扑在玻璃上，手指在额头与玻璃之间搭了架。车轮子越过什么，整个车猛地摇晃，紧接着重重地落下，娜拉的脸戳到玻璃上。

“你先停下来吧。”

“到了地儿我自然会停。”萨拉绷着脸，左手把方向盘，向曲子伸去右手，按在她肩头，示意她不要挡右侧后视镜。车正从窄长的峡谷间穿过。车底盘时不时触到什么，传出沉闷的撞击声。

“你慢点。”曲子几乎是尖叫道。紧挨着车窗，铁灰色山壁风一样闪过。

“这可不由我。”

娜拉双手按在胸前，埋着头，一言不发。等她感觉到车身不再摇晃，速度也缓下来后，睁开眼。她看到前方一片山连山的峰巅上，喷涌着白灿灿的云朵。

车沿着碎石地艰难地前行。

“好了，下车吧，没法再往前走了。”

萨拉抽出车钥匙，下车，绕着车走了一圈，然后走到一旁的山丘上，站在那里，点根烟。

“我可什么都没有跟他讲。”曲子低声说。

“我知道。”

“你确定咱没迷路吧?”

“他知道怎么走。”娜拉伸直双腿像滑滑梯似的下了车。

曲子走到萨拉跟前，顺着他的视线望去。萨拉向北望着，那里视野开阔，足足能望见百里之外的灰白色地平线。他们的东侧，约三里地之远有一片连绵的锥形秃山，山体黝黑，那些都是亿万年前的火山喷发而形成的裸岩。向西望去，山势逐渐爬高，乱石巉岩聚集到一起，在午后阳光斜射下拖出各种奇形怪状的影子。

娜拉没有走到他俩跟前，沿着模糊的小径，向东北方向走去。萨拉扔掉了烟蒂，凝视妹妹的背影。

“我喜欢这种感觉。”曲子依着萨拉的肩膀说。

“什么样的感觉?”

“空旷、寥廓、雄浑，还有沧桑，感觉一切都离我好遥远。”

“包括你自己?”

“包括。”

两人站了许久。萨拉牵起曲子的手，说:“走吧。”

“等等。”曲子仰起脸双目充满爱恋地看着萨拉。

“怎么了?”

“你不会生气吧?”

“为什么?”

“我和娜拉带你来到这里。”

萨拉扭过头看着别处，说:“一切总得有个了结，是不是?走吧。”

风儿掠过斜坡，从沟底缓缓拂面而来。娜拉的背影在一小片花期早过的扁桃丛中忽隐忽现。两人继续沿着犹如俯卧的巨型石兽的脊背走到耸立的褐色风蚀岩下。娜拉走在沟坎下的平地上，崖壁挡去了阳光，两侧石墙陡立，前行几十米，石墙相互靠拢，石泉将这里形成凉飕飕的峡谷。这里幽静，榆树和山杨树从石缝里跻身而立，有的长在山体裸岩上，怪异地拧着身子，从半空里俯瞰山谷。越往前越逼仄，两侧的峭谷凹壁挂有裹着碎石的蓝色哈达。那些是人们抛上去的，祈求山神的保护。

“这里真的不会有狼吗?”曲子低声问。

“有大头羊。”

“什么?”

“盘羊。”

前方，两侧的石壁会合而形成五六米高的山洞。娜拉正吃力地攀着在雨水的冲刷下变得光滑的岩石。她跪伏着，两臂一高一低地慢慢挪动，很显然，只要稍微一放松，整个人便会滑下来。曲子脚底左右踩着光秃的山石，靠近娜拉，从她腰处用力托住。

“哦，你快过来啊。”

萨拉却站住，仿佛在说，任你们自己折腾得了。也许过于猛力，娜拉刚爬上一小段，整个人便向前倾倒在半米深的石坑里。而她前方则是椭圆形的洞穴口。从萨拉站的位置是看不到穴口的。娜拉站起，向曲子伸手。曲子从石壁上找了个小坑用脚蹬着，用肩膀抵住山壁，很轻松地攀上去了。萨拉抬头看了看上方曲折的裂缝，天险般的峭壁悬崖上端有条窄长青灰色的天空。

“哦，老天，这就是母宫洞?”曲子挨近娜拉问。

娜拉点点头，她喘着气，用手臂擦去额上的汗渍。

“我们要钻过去吗？”

“嗯。”

曲子靠近穴口，探身看去，洞深约有五六米，穿过尾端条状穴口能望见远处空旷的荒原。

“不会有蛇吧？”

“也许有。”

娜拉将额头抵在洞口一侧的岩壁上，双手合掌，闭着眼。曲子回头看，萨拉仍旧站在原地，仰头望着某处，嘴里叼着烟。曲子向上空看去，四周怪石嶙峋，阴影下山体呈铁青色，在她头顶垂直处巨型石檐挡住了视线。她觉得她被囚禁于阴森森的石坑内。娜拉放下手，看了看洞穴，弯腰钻了进去。

“等等，他还没上来呢，哦，小心点。”

眼前黑乎乎的，曲子几乎什么都看不清，只听见咔嚓咔嚓的踩踏声，以及衣物在石壁上的摩擦声。

“呃！”

“怎么了？”

曲子焦急地问。娜拉不吭声，也不动弹，像是被卡在那里。

“你说话啊。”曲子回头望，却看不见萨拉。

“呃——”洞穴里传来娜拉焦躁的喘气。

“怎么了嘛！”

“我的腿卡住了。”

“那你赶紧撤回来啊。”

娜拉屏声息气，一言不发。曲子小心地向前蹭了几步，发现娜拉的躯体塞满了窄小的洞穴。一条赤腿从裙摆下露出一大截，战栗地滑上滑下。曲子看不到娜拉的头。

“来，把手伸过来。”曲子本想拉一下娜拉的手，可娜拉的胳膊卡在她身前，她只好拽住娜拉的裙摆。

“你向后用力。”曲子说。

“我知道。”

娜拉不停地晃动着肩膀。

“哦！”

曲子咬紧嘴唇，她突然想笑，但又极力忍着。

终于，娜拉发出轻微的哎哟，跌落在曲子看不到的位置。曲子望见洞口那边的野地。那里白晃晃的。娜拉站起身，蹒跚着，从狭长的洞口走出去。曲子只觉身上凉飕飕的，她惊慌地踩踏着看不清的碎石，几乎是跳跃着走出洞口。曲子回头望，穴口两侧粗糙，岩壁上布满圆坑、洞眼，野鸟从那里飞进飞出。娜拉跪坐在一旁，旁若无人地点燃香料。一缕缕青烟，掠过她的面颊，向上空升腾。

“哦，娜拉，疼不疼啊，你的腿在流血。”

“我知道。”

曲子再次向洞穴那边望去，却迟迟不见萨拉。

“喂，萨拉，你怎么还不过来?”曲子喊。

“我在这儿呢。”

曲子回头看，萨拉竟然站在她俩身后。

“我来过这地方。”萨拉说。但他并不看她俩，而是望着峭壁，断裂的山体。这边，山体呈弧形。三人的位置大约在弧形正中央。

娜拉攥着一小块碎石摁在伤口处。她不吭声，双颊红通通的，颈部的汗渍与尘土混在一起，瞅着脏兮兮的。裙子也是，沾满灰尘。她坐在斜下去的缓坡顶端，鞋尖插着碎石，仿佛一不小心就会滚下去。

“这算是完成了一次重生，是吗?”

萨拉问，他站在一旁的高处，眼睛近乎斜视似的盯着妹妹。

“是的。”

“好糟糕啊，血还在流，得用布条或者别的什么绑起来。”曲子蹲坐在娜拉身旁小声说。

“你别烦她。”萨拉说。

曲子闻声疑惑地看了看萨拉，又看看绷着脸不理会自己的娜拉，有些尴尬地走到一旁。

娜拉始终没有抬头看一眼萨拉，也没有看四周，像个沉浸在一堆玩具中的孩子一样，一会儿用裙摆擦拭伤口，一会儿又用石头摁着不动。

“哦，我的指甲开裂了。”曲子说。

无人应腔。

“你还记得那只由王子变成的杜鹃说过的话吗?”萨拉走到娜拉跟前，蹲下身，脸几乎凑近妹妹的额头，他的声音很低，低到只有他俩才能听见。

“你从来都没讲过。”娜拉吐口热气，平静地说。

“我讲过。”

“没有。”

“是你忘了。”

娜拉抓把沙子敷在手背上的划伤处。

“它说，一个高贵的魂灵即便是被囚禁在卑微的躯体内，也不会忘记唱出最动听的歌。”

娜拉猛地扭身，整个人与哥哥扯出一小段距离，以近乎愠怒而冷漠的口吻说：“我没有被什么囚禁。”

“我们都是被囚禁者。”萨拉说完站直身，凝视着洞口。

“娜拉，最近你有没有梦见母亲?”须臾，萨拉问。

“没有。”

“父亲呢?”

“没有。”

“母亲离世后，父亲有了其他女人。”萨拉干巴巴地说，他的嘴唇微微颤抖，但他极力装作平静。

“父亲完全可以有女人，他没有背叛任何一个人。”

“那个女人有丈夫。”

娜拉没有立刻回答，用手掌撩开碎石，抓把沙子敷在伤口上。一会儿她自言自语：“你说的一切没什么可稀罕的。你就是为了要给我讲这些，才一直站在这里?”

萨拉将双手插进裤兜，坐到一旁的裸石上，看着娜拉。

“剪羊毛的大口剪刀，很锋利的那种，那个男人拿在手上，不停地开阖，嘎吱嘎吱，很刺耳。”

娜拉低头揉搓伤口处的血渍。

“男人让父亲跪着，冲着他跪着，剪刀就在父亲的头顶上，不停地咔嚓，地上净是父亲的头发。他还把牙齿咬得脆响。”

娜拉停止揉搓，仰起脸看着萨拉。萨拉脸色变得很难看，仿佛整个面孔上的毛囊内瞬间生出无数颗肉粒，蒙着一层死人般的蜡黄。褐色双目变得殷红，一波稠糊糊的泪花在那里泛着光。他的嘴唇痉挛似的抽搐，喉结滚上滑下。很快，豆大的泪滴跌出眼眶。

“那你当时在什么地方?”

“门外，门大开着，我去找父亲，我看见额古勒在那家人的马桩上。”

“你看见父亲跪着?”

“是的，该死的，他跪在那里，一动不动。”

娜拉听到萨拉喉咙里发出咔咔的怪异声响。虽然那声响很低，但她还是很清晰地听到了。

“他看见你了?”

“没有。”

“我是指父亲。”

“是的，他看见了我。”

萨拉抬头抹去脸上的泪，冲着一旁用力地啐口唾沫。

“那年我几岁?”

“八九岁。”

“你十一岁。”

“不，我十二岁。”

萨拉用巴掌扣住脸，胳膊肘抵住膝盖，像是强忍着某种疼痛。他的肩膀在抖动，他将牙咬得嘎吱响，指缝间溢出透明的泪液。

“你跟大哥讲过没有？”

“你是我的第一个听众。”

娜拉显得格外平静，平静得自己都有些诧异。她纹丝不动，双臂放在腿上，看着一股血水顺着小腿肚很迟缓地滑下去。

“那个女人呢，她也跪着吗？”

“没有。”

娜拉一动不动地坐着，望向荒芜而寥廓的戈壁，仿佛看到了神话传说中的神秘境域。

“后来呢？”

“什么？”萨拉甩开双臂，露出发肿似的涨红的脸问。在甩双臂的瞬间，他整个人差点向一侧倾倒。

“那个女人最后怎么样了？”

“上吊了。”

须臾，萨拉一言不发地向着山那边走去，等他攀上一旁的山岩，曲子才走了过来。她蹲坐在娜拉身旁，手搭在她肩头，又有些不置可否地缩回去。

“你看，那朵云，像不像老太太的发髻。”娜拉看着天空说。

“他怎么哭了？”

“哦，好了，都结束了。”娜拉握紧拳头抵在碎石上，摇晃着站起身，长裙一侧开了口，麻花状的血渍刚好从那口子凸显。

“走吧。”她说。

“娜拉，究竟发生了什么？”

“没什么。”

走出一小段距离，曲子停住，回过头看着娜拉。娜拉步履慵懒，像是一个刚熬过分娩疼痛的女人。

“我们得绕过去吗？”曲子扭头看向山头说。

“是的。”

“整座山？”

“是的，整座山。”

落日余晖下，一座座暗褐色山体疲倦不堪地横卧在荒芜的戈壁野地上。两人沿着窄长的山沟走去。前方，大片薄雾从山沟徐徐升腾。

“我要离开他。”

听娜拉这么说，曲子走到娜拉一侧，沉默地陪着走了一段，随后问：“是那个瘦猴子吧？”

“嗯。”

“太阳下去了，这里阴森森的。”

“是的。”

娜拉身子前倾，在曲子惊叹的目光中快速攀上山腰。

“早该离开了，是不是?”

娜拉叉腰喘着气，像个黑塔似的站在裸岩一侧的小径上，俯瞰着曲子说。

“也许，我觉得没必要守住一个已经不爱你的人。”

“他说，女人的裸体是这世间最美的杰作，是上帝的安排。他要我给他当裸体模特，我答应了。毫不犹豫——那时，我很瘦——他说在我柔嫩的——啧，很美妙的几个字，对吧，他说在我柔美的肌肤下，掩藏着一颗勇猛而野性的心灵。说我是雌雄同体的尤物。他要把这一切展示给世人。”

“艺术家的话都很古怪的。”

“他可不是艺术家。”

“怎么可能?”

“我也是刚刚发现的，就在今天，他不是。”

两人沿着小径，穿过稀薄的灌木丛，在拐角处望见远处停泊的车。暮霭深沉，视觉上山崖比白天高出很大一截。

“娜拉，我老感觉身后有什么尾随着我们。”曲子的声调莫名地夹着颤音。

“你的感觉是对的。”

“很可恶的感觉。”

“有那么三四年，他眼里全是我，他给我画了好多个素描、油彩、蜡笔裸体。”

“最起码他曾经爱过你。”

“不，他爱的是我的身体，一个躯壳，而不是真正的我。”

“哦，你把这一切看得很糟糕。”

“我是说，他没看到我的魂灵。”

“呃——”曲子轻叹着，随后说，“娜拉，这点你和你哥简直一模一样，你们永远活在一种虚无缥缈的概念中，或者是一种虚幻中。”

“不是虚幻。”

“那是什么?”

“生命的尊严。”娜拉说着用额头抵住岩石，微闭起眼。

“我觉得他只想看到一个丰腴的你，或者是一个更真实的你。”

娜拉依旧保持着祈祷似的姿势。曾经，“光洁、柔美、丰腴、妖娆、妩媚”等字眼组合成她丈夫口中的“生命的本质”，缓缓渗入她的心灵深处，为了变成丈夫眼中的那个“丰满的生命载体”，她怀着一种沮丧、彷徨的心情度过了很多天。那种日子，简直就是一场灾难。从他贪婪、冷酷而令人不可捉摸的眼神中，没有谁能读出他真实的想法。在她眼里，他仿佛是一个封闭自我的巨型雕塑，从高处俯视着她。

"咱快点走吧，我有点受不了，山色都变暗了。"

两人一前一后走向山中土路。娜拉走得极快，曲子几乎是小跑着跟在后面。她时不时向四周警惕地看看，同时在嘴里低声默念着什么。到了车跟前，却没发现萨拉。天色完全黑了，山脊高高地耸立在半空，星辰像是青黑色天幕被烫伤的无数个窟窿眼。

"他怎么不在啊，会不会是迷路了？"

娜拉不吭声，脸上露出镇定而沉着的神色，仿佛在刚才的疾走中完美地完成了一次旁人无法察觉的蜕变。

"他不会是自己一个人离开了吧。"

"会回来的。"

两人依着车前盖站着。四野悄寂，电流一般若有若无的声响忽而从某个角落持久地扩散。

"好压抑。"

"嗯。"

"感觉全世界就剩你和我了。"曲子压低了嗓门说。

"嗯。"

许久，两人没再说话，都沉默着，向幽深、浓稠的夜色凝视。

"很多人，呃，我是说，很多香客来过这里，是吧。"曲子问。

"是的。"

"来求子？"

"还有祈福，禳灾。"

"很灵的，对吗？"

"也许吧。"

"我觉得很灵。"

曲子扭头看娜拉，但没能看清娜拉的眼睛。

"你害怕不？"

"不。"

"我是说你离开他之后——"

"是的。"

娜拉转过身，双臂勾回来，抵在车盖上，说："你小时候怕不怕黑，怕不怕一个人在夜里走路？"

"现在也怕。"

"其实没什么可怕的，不是黑夜把我们拖进一个我们看不见的世界，而是我们把自己当成了被囚禁者。"

曲子听了，叹口气走过去，又踅回来，再次走过去，然后站在那里。忽地，山谷那边隐约传来类似冬季雪地上的风声，抑或是羔羊在黄昏里发出的惊惧的叫声。

“你听。”曲子的嗓音近乎震颤。

“刚才我就听到了。”

“是萨拉。”

“嗯。”

“他在唱歌。”

“是的。”

“萨拉——萨拉，你在哪里?”曲子喊着，喊完了又纹丝不动地听着。她以为会有回音，可山谷里静悄悄的，仿佛四周的一切早已陷入绝对静止的幽冥。

“苍天，我快坚持不住了，他为什么会在这种地方唱歌呢?”曲子带着哭腔说。

“他跟你讲过关于王子和杜鹃的故事吗?”

“没有。”

“等你听了那个故事，你就会明白他为什么会唱。”

“娜拉，”曲子顿住，有些感伤地看着前方，说，“有时候我觉得我从未走进你哥的内心深处。”

“等你走进了，你会得到一种力量。”

曲子缄默着坐到石头上，双腿耷拉着，仰起头望向星空。娜拉来回踱步，一会儿走出一小段距离，大声地说：“你来一下。”

娜拉屈身站在几块光滑的山石旁，耳朵贴着石头。曲子见状随即俯身，将半张脸贴近石头。

“干吗?”

“听!”

“什么也听不到啊。”

“嘘!”

“嗬，吱吱的，像是虫子在叫，哦，是萨拉，他在吹口哨。”

“嘘——”

“酒客”早年时当过两年的马夫。有一匹名叫“野风”的黑马是他从泥沼里救出来的。后来，马主人将这匹马送给了“酒客”。据说，即便是十里地之外，只要听见“酒客”的口哨声，它便能循着声音找到主人。娜拉没见过那匹马，也没从父亲口中听到过任何关于这匹马的故事。只是隐约记得，在“酒客”葬礼那天，有人好像说过这么一句：咱的沙窝地再也听不到他那种好听的口哨声喽。

“越来越清晰了。”

曲子向着山坡跑去，随着她脚底的声音越变越弱，娜拉很快看不到她的人影了。四下越发漆黑，除了隐约能辨别横亘的山影，以及星辰下的山脊，什么都看不清。然而，从她痴痴地望过去的方向不断传来清冽的口哨声，以及女人欢呼的喊声。

娜拉坐进车里，拧开了车灯，两道烟囱似的光柱扑向黑暗。一会儿，她将车灯关闭。车里立刻变得黝黯，仿佛外面的黑瞬间灌满她周身狭小的空间。她将身子前倾，胳膊肘抵住方向盘，透过车前玻璃凝视着前方。刚才车灯照过的地方，以及更远处，是夜里渐渐清晰的山脉。

娜拉突然想起一句民歌歌词：裸露的山体，年迈的父亲。

身体的囚禁与心灵的敞开
——评《裸露的山体》

李　莉

蒙古族女作家娜仁高娃《裸露的山体》是一部集边地风光、民族风情、民间风俗和心智哲思于一体的中篇小说。文本叙述一个家庭两代人的婚姻情感故事，乍看是日常絮叨，细品却深藏玄奥。

小说运用明暗两条线索处理淡淡的故事情节。以沙窝地“酒客”的死亡及其遗物处理为明线，展示“当下”与“过去”各类事件中情感的聚积、身体的囚禁、心灵的敞开过程；王子和杜鹃的传说为暗线，揭示人生哲理——高贵的灵魂即便囚禁于卑微的躯体，依然可以唱出美丽的歌声。

作者运用跳跃式叙述方法，以及大量曲笔，将现实与历史、男人与女人、真实与想象勾连，将“酒客”演绎的男人形象、父亲形象、丈夫形象连缀其间。“酒客”的故事是一个家庭故事，也是“沙窝地”的地方故事。由此，“酒客”父亲、大儿子乌拉、二儿子萨拉、女儿娜拉的婚恋情感亦徐徐铺开。子女处理父亲遗物时的相关风俗随之展示：葬礼—祭祀—长明灯结莲花—焚烧逝者衣物等。“酒客”离开人世，带走了沙窝地浪荡的呼声、歌声、咒骂声，寂静回归。

“死亡”过程是能量损耗甚至消灭过程，也是历史建构过程，作者以回忆、追溯的方式交代。比如，“酒客”妻子——孩子母亲死亡时，年少的萨拉和妹妹躲藏在地窖不敢去现场为母亲送终；萨拉目睹父亲被情人丈夫羞辱打骂时不敢反抗只能把痛苦埋藏心底；萨拉被迫放弃初恋女孩的痛苦（害怕眼泪）也被深深掩藏……这些生命的死亡和情感的死亡发生在“过去”，兄妹借对话慢慢回忆，或是叙述者以旁白、交代某个“时间”的形式显示。“重生”的过程则是彼此交流、心扉敞开、能量释放与心智生长的过程，借“现在”的交往或是“将来”的预示呈现。萨拉18岁离家，直到26年后父亲死亡才回家。他对父亲的了解停留在“过去”，对父亲的“原谅”则是“现在”，与女友曲子稳定关系则在“未来”。

萨拉多次同妹妹讨论王子和杜鹃的故事，是文本的精神红线。王子得到魔法，将自己的灵魂置于死去的杜鹃，仍会唱出“布谷布谷”之歌。同去的大臣却违背诺言将自己的灵魂置于王子躯体，表面忠诚的人骨子里暗藏卑鄙。萨拉感动于王子的高贵；娜拉也领悟到这个传说的含义，明白自己的婚姻并没有本质上的活力，必须下定决心果断处理，并积极寻找未来的方向。

作者叙述技巧的高妙突出在三个方面。

一是文本运用跳跃时间打破“自始至终”的顺叙模式，即采用故事片段的形式连缀一个完整的大故事，人物形象和性格在故事片段中逐渐拼接直至完整。作者采取草蛇灰线法伏脉，在下一段叙述中显明时间信息衔接上一段内容。这类叙述如果不认真细读，容易产生碎片感。比如，乌拉看到眼前的妹妹，就想起她婚礼上遭遇的尴尬 。三兄妹在安静的枯坐中回忆父亲酒醉回家的情形，暗示母亲逝去后父亲性情的变化。萨拉则回忆给妹妹讲述各种故事的场景，传承民间文化的同时也汲取了民间故事的精神力量。娜拉不明白哥哥萨拉抗拒父亲的原因。根据文本前后透露的细节知道：父子对抗是情感对抗，也是尊严维护。一方面父亲放荡不羁的行为让萨拉不满，却又无可奈何；另一方面父亲被情人丈夫羞辱的那一幕给萨拉留下了严重的心理阴影。直到陪伴妹妹和女友曲子去母宫洞，萨拉才意识到应该给自己的过去、给父亲的过去做一个“了断”，才择机告诉妹妹埋藏内心多年的痛苦。诉说完毕，这个厌恶眼泪的男人竟然在妹妹面前流下泪水，沉积多年的“怨恨”伴随着眼泪的流出终于得到释放。眼泪，让这个外表坚硬的汉子变得柔软。

二是小说巧妙运用大量拟声词增加文本语词的音乐感与色彩感。小说描摹了各种声音：动物叫声、户外风声、沙子声音、水流声音、人物动作声音等，既烘托边地场景之“热闹”与“寂静”，又说明特定情景中人物关系与心理方面的“此在性”。例如，娜拉婚礼上人们看见新郎给新娘准备的礼物居然是新娘裸体画，其场景“混乱”非常逼真：

婚礼现场……寂静持续了十秒……扑哧——终于有人忍不住发出爆笑。继而是水喷溅似的噗噗声，风吹过屋檐似的沙沙声，噢嘿嘿，哈哈……桌椅嘎吱嘎吱地战栗、摇摆，酒液顺着桌沿滴答，筷子弹飞，杯盘碗碟哐当坠落，碎掉。

叠词、拟声词、语气词交替使用，增加了和声感与画面感，也给读者带来现场感、惊异感。

三是通过对话疏通人物情感。对话促进交流，能将过去之事与眼前之事联结起来，使人物关系得以重建。如果说文本前半部分的对话侧重讲述萨拉兄妹与父亲的故事，讲述父子间的隔膜；后半部分的对话则侧重于曲子与萨拉兄妹的故事，如何让萨拉摆脱“酒鬼”情人的泥淖，规劝娜拉离开“瘦猴”丈夫。三人驱车进山，爬行母宫洞后思想认识获得重生。

经历艰难跋涉与生死考验，年青一代终于明白：父与子、夫与妻、男与女间的心灵曾被囚禁于某些可见和不可见事物上，是大自然和民间传说让他们悟出人生道理：即使躯体被囚禁，心灵也必须敞开。敞开心扉才会获得躯体解放，心理动能才有释放渠道，生命的光辉才会绽放。至此，“裸露的山体”之隐喻意义进一步彰显——裸露即敞开，敞开即重获新生。

去云那边

须一瓜

……当我撑大我那风造帐篷上的裂缝，
直到宁静的江湖海洋，
仿佛是穿过我落下的一片片天空，
都嵌上这些星星和月亮。
我用燃烧的缎带缠裹太阳的宝座，
用珠光束腰环抱月亮；
……
我是大地与水的女儿，
也是天空的养子，
我往来于海洋、陆地的一切孔隙——
我变化，但是不死。
……

——雪莱《云》

一

一辆白色的SUV正准备下高速，它已经奔波了三个多小时。年轻的女人开着车，带着五岁的男孩。男孩一路在看云。在高速公路上，年轻的女人反对小男孩躺着，她要求他坐在配备安全带的儿童专用增高坐垫上，但是，小男孩一下子就放弃了。他还是躺着看车顶大天窗外的云，追云不便时，他就解开安全带，站起来。他只专注于云的变化，似乎在编导云的剧情。这趟行程，路有多远，云的故事就有多远。因为小男孩一会儿坐直，一会儿躺下，一会儿系上安全带，一会儿又解开安全带，女人不得不放慢车速。

女人不时瞟后视镜，并通过耳朵，去捕捉后座的动静。除了云，小男孩对所有的人、事，都心不在焉。三岁前没有开过口，家里的老人根据经验，都怀疑他是哑巴，但后来证明医生的判断没错，他会说话，只是不想说话。父亲平时忙、陪伴少，跟他说话，他以点头摇头回应。当爹的有一次大怒："不许摇头点头！眼睛看着我！用嘴说话！"小男孩就吓得小便失禁了。对那些非要撬开他的嘴巴、动手动脚的热情客人，小男孩眼神排斥，有一次竟然哭了，令家人、客人都颇为难堪。总之，他能不开口就不开口，比如，给他食物，他张嘴，就表示接受；拒绝，就是走开；甚至要去洗手间拿遗忘的玩具，里面的人连问他要什么，他只踢门不作答；那些学龄前儿童视听教材，他一律视而不见、听而不闻。偶尔，小男孩发出清晰的单词，或回应了人，犹如钻石光芒，让綦家金碧辉煌，这证明了他的听、说能力，都是正常的。但不能否认的事实是，他几个月的说话量，不及正常孩子的一天。他似乎活在自己的世界里。

有个懒惰的、嘴甜的保姆被长期雇用了，因为她能给小男孩指认各种云。他们一起去顶楼天台看云，遇上了好云，小男孩会容光满面地回来，又比又画，转达他刚刚经历的一场盛大相遇。比如，满天螺蛳云、棉花罐打翻云、茶垄云、散掉的香菇云、老头撒尿云、老鼠偷油吃的云，还有树根云、吐血云、金片片云、猪奶头云……这个准文盲保姆，用云的想象力，激荡了小男孩云世界的生机勃勃。

有时，保姆洗菜洗一半，或者拖地进行中，突然一声高喊："哇，看天！天烧起来啦！快看！"

小男孩就连忙牵着她去阳台观赏，或者他们直接就奔向顶楼天台——他们家就在顶楼错层里。高天阔地，小男孩软软的头发，像丝绸旗帜一样飞舞。他会张开胳膊，像十字架一样，仰天旋转，然后拥抱自己的云。保姆倒没那么喜欢云，但她从来没有忘记自己"读云者"的天职，她一边解读云彩，一边玩手机。公平地说，她对看云的孩子有无限耐心。看到天空暗沉，云们归途隐匿，他们就心满意足地一起下天台回家。

旅途中，无数车辆掠过这辆白色SUV。两个半小时的路程，他们已经走了三个多小时。因为车里的云孩子，女人只能尽量以平缓的速度来护佑后座上的看云人。孩子的父亲正在这两个半小时车程的锦天城开会，今天是他的生日。女人决定给丈夫一个意外惊喜，她要带着孩子"从天而降"，给他特别的生日祝福。小男孩对这个建议无感，因为爸爸无论是否出差，都经常不在家。但是，妈妈说："哎呀，锦天就是出七彩祥云的地方啊！"

小男孩睁大了眼睛，看着妈妈。

"五颜六色！"妈妈加大诱惑力度，"满天！红的、绿的、黄的、湖蓝的、金棕的、蓝紫……"

"各种颜色？"小男孩归纳了一下。

"对啊，"妈妈说，"前几天电视新闻不都说了？锦天这个季节彩云最多。"

小男孩并没有看到电视，因为外婆大喊他来看云的时候，新闻画面已经闪过了。

妈妈继续煽动："所以要赶紧！到时我的手机还借你拍照。"

小男孩没有吭声。他把一本云童话绘本放进自己的双肩包，又把一只麂皮象宝宝玩具放进去。这是他出门必带的助眠玩具，他必须捻着象宝宝左耳朵的尖尖才能入睡。女人暗暗得意。一路上，男孩的自言自语表明了她的确拿捏准了他的小七寸。

小男孩说："棉花糖的云，都是加颜色变的。"

妈妈很聪明，说："那是假云嘛。真的云，什么颜色都是自己长的。电视上说了，只有特别的地形地貌，才会邀请到天上各种颜色的云——全世界只有锦天最多!"

"它要不来呢?"

"给电视台打电话呀。"

"怎么说?"

"你就说，喂，你们不是说，这几天都有彩云吗?"

男孩笑了，但他说："我不。"

车行了一两公里后，小男孩说："你打。"

年轻的女人愣了一下，反应过来，说："嗯，让爸爸打！他说，喂！我们全家来锦天过生日哪！说好的七彩祥云呢?!"

男孩无声地笑了，看起来很有信心。

二

出高速收费站，SUV女司机把车靠边，接起一个重复打进的电话。后座上的小男孩，又解开了安全带。他手里有两张嘎嘎响的玻璃纸，一张香槟色，一张宝蓝色，他轮流透过玻璃纸看天。通话中，女人不断回头看后座的小男孩，她语调亢奋，有点急躁，她说：

"还要二十七分钟，估计我会比预计时间再慢点。"

"孩子饿了，我会先带他吃点东西。"

"不不，不去酒店吃。给他惊喜！这饭点人多，万一被他看到就不好玩啦。"

"你把他房卡放总台，交代好就行。估计我们吃好进去你们要开会了。"

"知道，你发的流程我看了。下午我出去办点事，最晚五点到酒店给他庆生，不耽误他晚上八点的活动。"

"不用不用！他不吃蛋糕，小生日而已。谢谢谢谢。"

"不不！小事！就是买些有机菜种——我自己开车导航很方便。"

"保密啊！这会让我们綦小朋友开心的!"

"当然当然，你们綦总可能都忘了自己生日。对了，你的房卡也留总台一张，到时我可能需要打理一下。"

三

龙帝温泉大酒店从空中鸟瞰，是个拉长的“S”形，尾梢犹如巨幅飘带，飘了七八百米，其实，它模仿的是巨龙飞天的造型。起降锦天的飞机，最容易看到的就是，巨龙在绿树掩映中腾起的龙脊摆动线条。说是龙脊，其实是平的。整个酒店不高，昂起的龙头才十多层，龙尾一层多高；“S”形的屋顶天台，就是斜上的平展龙脊，上面的“龙鳞”——半圆片式的扁平阶梯，缓缓升高，间或又穿插着一方方如茵绿草。龙脊中线，从龙头到龙尾巴都是艺术灯柱，仿佛是“S”形的龙脊在晶莹发光。夜色里，巨大的“龙脊飘带”上，银白的星光小灯，会在草地上满天星般闪烁，如银河在人间的倒影。所以，当地人都叫它“那个星光龙酒店”。

女人的车开进龙帝温泉大酒店差不多是下午两点了。进了大堂，一手牵着孩子、单肩挂着双肩包的女人，一眼看到了唐秘。唐秘却没有认出低扎马尾、穿着牛仔裤平底鞋的老板娘。看到笑着走向自己的女人，小秘书还算机灵，立刻春花绽放地迎了上去。“姐姐真是越来越漂亮了！比年会时更年轻啦！我都没敢认呢！”唐秘说，“我正要给綦总送资料，那都给姐姐吧。这是他的房卡，918。”

等候电梯的时候，唐秘压低嗓音说：“这次订晚了，没订到大床房，被綦总骂了。是我们秘书组的失误。”唐秘做着鬼脸，从小包里掏出了一个黑蓝色的丝绒小盒，托着递给女人：“祝老板生日快乐！——只是小领带夹，弥补一下我们的工作过失。”女人竖起食指，“嘘”了一声，谨防泄密的样子。小男孩伸手抓过小盒子，女人接过秘书手里的材料，说：“你开会去吧，我自己上去。”

女人上了九层。酒店的扭曲结构让她有点蒙。一名保洁阿姨路过，鞠躬问候，说：“星光自助餐厅往那边，出玻璃门下楼梯就是。”女人更为困惑，阅人无数的保洁阿姨不再掩饰轻慢：“很多阿姨都会走错。小孩爸妈在里面是吗？我带你去。”

女人有点明白自己被误认为保姆了，她倒不生气，只亮了一下手里阿拉伯数字很大的房卡。保洁阿姨说：“噢，918。往那边，拐弯第一间，你碰一下门就开。”

地毯很厚，小男孩跑向自动玻璃门，又跑下楼梯，他看到了自助餐厅。俩服务生想摸他的大脑袋，小男孩立刻原路回转。好在这些都没有被妈妈注意到，她站在918房门前，门把上，挂着“请勿打扰”的纸牌。女人“吱”地碰卡开门，就在门要自动关上前，小男孩进来了。他没有注意到，他的妈妈站在玄关，呆若木鸡。

标房里的两张小床，已经被拼成一张大床。綦总个子大，拼大床也可以理解，但是，女人看到了床前两双凌乱的拖鞋，是用过的拖鞋：珠粉缎面的是小码，深灰缎面的是大码。

女人蹲在地上，缓了缓困难的呼吸。她心跳如鼓击，口干舌燥。小男孩看到她在深呼吸，便自己爬到窗前的沙发上。他把黑蓝色的小盒打开，拿出领带夹研究着，还咬了一下，很快失去兴趣，便把它夹在小象宝宝的大耳朵上，然后去卫生间尿尿。

女人绕床而行，如她所想，床头柜上，她看到了安全套盒。她不想碰它。男孩从卫生间出来，塞给妈妈一样东西。女人没有心思看，把小男孩的手推开。她被枕头上一根栗色的直长发吸引。小男孩把从卫生间里拿出来的东西，再次夹到了小象宝宝耳朵上，一边一个，他觉得满意。

女人去了卫生间。卫生间乱堆的浴巾里，她再次看到了一根栗色直长发。女人感到自己上嘴唇异样，就像几只蚂蚁在爬。是，上嘴唇在发抖。她按住颤抖的上唇，但手指一拿开，它还是在微微颤抖。她想，它如果靠近键盘都能打出字来了。女人看向镜子里的自己，没有涂口红的嘴唇发灰，彻底的素颜，让这张情绪风暴中的脸，就像冰箱里过了保质期的冻肉，红得发灰，白得也发灰。她本来有一头天然微鬈的浓密长发，因为劳作不方便，习惯随手一扎，头发被皮筋常年控制得紧贴头皮。她觉得自己就像一个出土的兵马俑，真丑啊。难怪那个保洁阿姨态度轻慢，当她是一个带孩子去餐厅与父母会合的迷路保姆。

女人目露凶光地走出卫生间，拎起背包，一把拉起沙发上的男孩往门口走。小男孩不想走，女人粗暴地抱起他，男孩双腿乱甩，以示反对。女人语气凶恶："要干什么你?!"小男孩沉默。女人大吼："说啊!"小男孩沉默。女人胸腔一阵剧痛，她觉得自己的心脏要炸开，她狠狠掼下小男孩，死死瞪着他。男孩看着疯狂的女人，退着走到沙发边，拿起小象宝宝，紧紧抱在怀里，眼睛里已经有了泪光。

女人心里一颤，扑过去，搂紧孩子。

她是到总台取车钥匙时，才忽然意识到儿子的象宝宝耳朵上的领带夹。她暗吃一惊：首饰盒子还在918的沙发里；更重要的是，她注意到小象另一只耳朵上的水钻发夹——当然是粉色拖鞋主人的。女人低声问："你是在卫生间拿到的吗?"小男孩没回答。她取下小象耳朵上的水钻发夹。

女人让门童看护一下儿子，她奔向电梯，按了九楼。她再次进了918房间。不知为什么，她的上嘴唇又开始颤抖，她一口咬住上唇。她把扔在沙发上的黑蓝首饰盒拿起，把水钻发卡扔在洗手台边。然后，她退出了房间。她听到了电梯有人出来的声音，走廊空空无处藏身，丈夫回房间的可能性很小，但是她还是做贼一样心虚紧张。厚地毯无声无息，她却感到有人在袅袅走近。她选择了面对915房间，假装找房卡开门。一个苗条的女人走过，她视线的余光里，看到了一袭珠灰洇紫的长裙。随后，身后有门禁"吱"地响了。她顿时浑身暴汗，上嘴唇不可控制地又抖动起来。她努力克制住回头看的念头，但最终，她还是侧脸猛地回瞟了一眼。走廊里已没有人了，一切又回到静谧无人的状态。珠灰洇紫的长裙进了哪个房间？918？她搜索视觉记忆的残余，觉得自己看到了那个女人进918房间的背影。栗色的直发被时尚发簪斜绾，垂落的发丝随意而风情，肩型有致，然后是——918的门沉重而缓慢地闭拢。看错了吗？一时之间，她膝盖僵硬、胸口虚空，不知道自己刚才那一眼是想象，是事实，还是整个都是幻觉。

保洁阿姨推着保洁车过来，还是之前那个，和之前一样，有优越感地礼貌：

“需要我帮您开门吗?”

四

今天，对这个叫刘博的男人来说，是个非常可恶的日子。不只今天，这几天都是他妈的可恶的日子。今天的肝火，是昨天的堆积；昨天的肝火，是前天的堆积；前天的肝火是大前天造的孽！他粗算了一下，已经近五十个小时没睡觉了。肝火如野火，烧得他一直口腔溃疡牙龈出血。一个人，年近半百，又老又傲，他和世界就更加互不妥协了。这样的人，他不口腔溃疡谁溃疡呢？他悻悻地想。

人们尊称他刘博，那是对他学识的尊敬，实际上，很多人看他一个光头，心里就会怀疑他的学问。现在，他不仅光头，还加上三天没刮的灰黑胡子浓密拉碴，再加上一副被透明胶临时补缀起来的眼镜，看起来社会评价更低。这眼镜是今天上午被一个浑蛋打飞的，还好他闪得快，不然以那个家伙的劲道，可能会连眼镜一起打进刘博的眼窝里。更可恶的是那个老实的年轻护士，那浑蛋第一脚就把她踹翻了，当时她蹲在病床前为病孩脚腕处扎针。进针两次失败，小孩在哭叫。儿科病房，患儿哭闹是正常的音响。带着几名实习医生查房的刘博正遇见了劲爆瞬间。不是他一把推开了那个浑蛋，护士少不了挨第二脚。但是年轻护士一骨碌爬起来，连滚带爬地扑向病床给孩子拔针，她怕伤着孩子。孩子母亲趁机一巴掌扇在护士脸上，护士帽飞越病床。刘博一把揪提那女人的马尾辫，提摔开她，自然是下了重手。在女人、孩子的尖声鬼叫中，浑蛋男人一拳当头打来。刘博躲避，眼镜飞了。两个男学生扑上去死死拧住那浑蛋。

医务科过来处理了，后来，分管领导也来了。浑蛋夫妻拒不道歉，大喊大叫：“护士不会打针！医生很会打人！”刘博让学生报警，分管领导要他冷静，而那护士擦干眼泪就表态说她理解患儿家属的心情，她原谅了患儿父母，弄得院领导比患儿家属还感动。院领导也希望叫刘博的那个男人，能忍辱负重，向患者家属道个歉。刘博转身继续查房去了。

查完房，刘博回到办公室，年轻护士进来，说：“主任别生我的气，我知道您在帮我……”刘博懒得说话，他摘下学生替他用透明胶带临时黏住的眼镜，在手里晃荡。护士低声说：“我就是觉得以大局为重比较好。”

刘博说：“大局你跟院领导谈。”

护士回避他嘲讽的恶毒眼神，眼看窗外，语调更加怯懦：“……对不起，我真的没多想，就觉得……”

刘博说：“之前你护着患儿很善良，但之后，你装神弄鬼干什么！”

护士泪光闪闪不承认。

刘博摔门而出。

这一天，是好天。蓝色的高空，卷云如丝，天边积云像白塔。但对于刘博来说，这个倒霉日子，才刚刚拉开序幕。大前天，同寝室的大学好友从四川过来开个专业学术会，但这三天他们都还没见上面。第一天，他代二线医生值班，碰到一个笨蛋的住院医生，一夜不断求救，害他整夜“仰卧起坐”，根本睡不好。次日是他的门诊日，一百多号病人，看得他滴水未沾、滴尿未撒，精疲力竭才收摊。到院食堂才打了饭，城东儿童医院急呼他过去会诊。会诊结束后，他披星戴月回家，刚洗完澡，又因一个肠套叠的高危娃，被紧急叫回医院实施急诊手术。手术到凌晨四点，回家再洗洗睡，已经快五点。两个半小时后，也就是第三天，是他自己的手术日，早上七点半到医院，一直忙到下半夜，完成了九台手术，最后一台手术结束于凌晨四点多。他到办公室拉开午休床，才休息了一会儿，床还没焐热，就听到走廊外面人声鼎沸，该死的“马大哈”助手竟然忘记告诉病人家属，手术顺利，结果傻等在手术室外的病人家属悬心到天亮。一询问，得知手术早已完成，病人已被送去ICU（重症监护室），立刻举家暴怒了，六七名家属，各个怒喊要投诉。这个叫刘博的倒霉蛋，自然没法睡了，只好起来安抚家属，汇报手术顺利的情况并致歉，然后，查房。本来查房流程结束，他终于可以回家睡大觉了，但是在最后时刻，他的眼镜被人打飞了，而且家属要投诉他“像黑社会老大一样，领着学生打人”。这事看起来尾巴长，院办让他先回去睡觉。

可是，老同学下午就要飞离锦天了，中午告别餐，他必须过去，哪怕一刻钟也是礼貌的。他心里打算的是，见半小时就回家睡觉。

五

这个被称为刘博的光头男人，驱车往吃饭地点“棕榈人家”而去。

医院过去有七八公里，但从棕榈人家到他家，倒是很近，两公里不到。多年未见的上铺兄弟，小个子，宽肩膀，和过去一样，还是习惯含胸驼背，却动辄发出声如洪钟的哈哈大笑声，睥睨生死得很。事实上，他也确实胆大，因此，他赢得了班花的青睐。二十年过去了，他已是西南医界翘楚。一见面，大家就被光头的胶带破眼镜逗乐了。都是同行，天南地北各自的医院都有同样的故事，所以说着说着，就骂着粗话一杯杯喝酒解怒。光头倒没喝。两周前，他们院骨科医生，喝了两杯啤酒，酒驾被刑拘了。但是，最后临别，他还是喝了一小口白的。因为老同学说自己和班花离婚了：“婚姻就是一口锅——把两棵小白菜煮烂——”老同学说的时候，高举酒杯，独孤求败，又难掩感伤惆怅。光头告诉他，今天也是自己离婚冷静期的最后一天。话音未落，举桌喧腾：“小白菜呀，地里黄……”

老同学拿起手机，模拟采访话筒，问他感言。光头男人说："如果不是冷静期，今天我没回去，她能打我二十个电话，并要求视频为证。她觉得我能出轨全世界。所以——两棵小白菜都煮烂了……"

举桌再次沸腾。老同学提议为婚姻之暖锅干杯，于是光头男人喝下了一杯，之后代驾来电说两分钟到，他又主动敬了大家一杯，然后和老同学拥别。

那个叫刘博的男人，独自下楼到门口。约好的代驾，却迟迟未到，再催促，才明白那家伙因为听错地址，到了岛外一个连锁店。男人倦怠不堪，跌坐在店外石阶上。女老板过来说："拐个弯，都能看到你们小区的白蘑菇顶了。算了，一站多路，我送你吧。"他们才一上车，女老板没有放手刹就猛踩油门，"唔"的一声，把光头男人睡意吓没了，紧跟着是猛烈倒车，车撞到右侧棕榈树上，男人的头撞到副驾驶座窗框上。女老板跳下车察看剐掉的红漆："不好意思！不好意思！你以后别停在这有树的位置，很多人……"

疲惫至极的男人，懒得察看剐伤位置，他揉着被撞的包，无力地挥手让她靠边。女老板贴心地喊："一杯啤酒也会抓啊……"

头其实被撞得很痛，而且眼镜的鼻托位置更痛。这个叫刘博的男人从后视镜里，看到了自己右边鼻梁透出点紫青。"我操！"他恨恨地咒骂着。

已经能看到自家小区前的公交站了，只要过这个十字路口，右转进辅道就能直接开进茂盛花木夹道的小区地库口。但是，这个该死的红灯特别慢，横向路早都没车了，它还红着。这路口的红绿灯，简直是不负责任的浑蛋操作。

今天是他倒霉的日子，倒霉的高潮马上就要开启。

六

法院路和主干道湖西一路是个大丁字路口，白色的SUV在"丁"字下竖位置的法院路，它要右拐到横在路口前的湖西一路。SUV要右拐，无须看信号灯，只要没有直行车就行。当时，SUV女司机眼睛里就是没有直行车的。她内心犹如乱坟岗，戳心堵肺地痛，以至于她都忘了叮嘱小男孩系好安全带。但是，好像就是刚右转，身子还没有正过来，车子左后部就被什么重重地撞了，她听到男孩吃惊的叫声，与此同时，她也踩死了刹车。SUV很稳地停住了，只见车前路面，掉落了一地的车零件，分尸式的痕迹绵延十几米，痕迹最前段，靠边停着一辆旧的暗红色车。女人被吓到了，连忙出了驾驶室。

她的车，左后轮上，一块花盆大的凹陷，有撞痕，但白漆基本还在，就是一地的车灯、塑料片、保险杠之类的零碎，拉拉杂杂地撒了一路，显然都是那辆暗红色破车的，它们把事故现场渲染得很吓人。女司机的心怦怦直跳。一辆黑车打着双闪停在两车间，一个打深色领带、白领模样的短眉细眼的男人，怒不可遏地出来，他直接对前车下来的光头男人发难：“你他妈奔命啊！这么快的速度变道超车，你差点撞了我你知道吗！”

光头男人在察看自己破红车的伤情。

SUV的女司机看着一地狼藉，十分心虚，说：“我拐……真没看到你的车……我才……”

这个叫刘博的光头男人，一听就暴怒挥手：“拐弯让直行！你他妈的新手上路吗！”

“超速！”白领男说，“限速六十迈，你起码八十迈！要不是我反应快，你得先和我撞！”

那副胶带粘连的破眼镜，都掩饰不了光头男人拧着眉头的凶狠眼神。

看红车肢解似的惨状，SUV女司机还是惶恐：“……超速，那我们……各一半责任……”

白领男突然高叫起来：“还酒驾！你报警！他全责！”

白领男手机一通拍。女司机还有点迟疑，白领男训斥：“你也拍！正面、侧面、撞击点，包括两车的全景照！”

光头男人用杀人的眼神阴沉地盯着白领男。

白领男很轻蔑地冷笑：“绝对酒驾！绝对超速！危险驾驶罪！”

白领男塞给女司机一张名片：“我为你做证，也可为你提供任何法律援助。”

女人麻木地接过名片，她的眼睛直勾勾看向自己的车。不知何时自己下车的小男孩，摇摇晃晃地向她走来，他脸色发紫，两只小手抓着自己的脖子。女人丢了名片，尖叫一声，扑向孩子。光头男人也奔了过去，他推开女人，从背后抱住小男孩。他的两臂围过小男孩胸腹，使劲往上提，一下，一下，又一下，小男孩有时被他提离地面，但终于，小男孩“噗”地吐出了一颗开心果仁。

女人一把抱住小男孩，急得乱摸他喉咙：“还有没有?!”

小男孩在思考。重新恢复的呼吸，大概让他舒服，他仰头看着光头。

女人有点歇斯底里：“说话呀！还有没有！”

光头男人说：“怎么可能?”

小男孩一脸新奇和疑惑，他指指自己的喉咙，对着光头男人说：“一震，就吸进了……”

女人起身，把光头男猛推一趔趄：“都你撞的！”

女人蹲下，上下摸索孩子，果然，她发现孩子额头发际处有个发红的、微微鼓起的山核桃大小的包。女人按压着，小男孩躲闪，说：“壳子……”

女人大惊：“果壳？也呛进去啦?!”

光头男人说：“怎么可能！”

男孩又摸自己的头。女人喊：“很痛?!”

小男孩只摸不说话，他走两步，蹲下来看自己吐出来的开心果，又仰脸看光头。

女人站起来，捡起名片，然后掏手机。光头男人一看她按110，连忙把她按住：

“别！私了吧，我帮你修车。我的车我也自己负责。”

——那小孩呢?！女人凶神恶煞，和刚才的惶恐迟疑截然不同，她的面目变得十分凶悍。

男人深吸一口气，蹲下，仔细检查了一下男孩。男孩始终眼神清澈地看着他：“想吐吗?”男孩摇头。男人站起来，说：“他没事。”

“没事?！你说没事就没事?！去医院拍片！”

“他真没事。你相信我。”

“放屁！我信你一个酒鬼！”

“我告诉你，以我的酒量，两小杯只是消毒口腔！”

“酒气都喷我脸上了！你哈口气，鸟都掉下来！”

“你以为你是酒精检测仪啊！”男人被她骂得有点想笑，但他的心情太糟，依然铁青着脸。女司机环顾四周，这才发现，刚才那个路见不平的白领男人突然不见了，黑车也开走了。女人再次掏出手机，又骂了一句粗话：“行，浑蛋，就让警察测！”

“——好了好了！我他妈都赔你！我全责！我带小家伙去医院——检查检查检查！”男人怒气冲冲。

“去大医院！协和！我必须下午五点前回到龙帝大酒店！”

“协和起码九公里，周六病人多，你回来来不及的。去儿童医院吧，三公里多。不信你自己导航。”女人掏手机导航，男人说，“现在下午两点四十分，这样好不好，你先回酒店休息，也让我休息半小时——我三天没睡——就半小时！然后我去酒店接你们去医院，保证五点让你们回到酒店！”

女人怒眼圆睁：“你他妈当女司机都弱智？酒驾逃逸，罪加一等！”

光头男人咬紧牙关，他掏出驾照，给女人看：“我不逃。算我求你了，我真的四五十个小时没睡觉，现在，我头昏脑涨。”

女人劈手夺过驾照：“先去医院！人没事你就滚！”

男人咬牙切齿。他给车行朋友打了电话，把车钥匙交给路边银行里的保安。

光头男人上了她的车。他估计这辆该死的进口SUV，够他赔一两万元了。他的那辆黑色车，归即将离去的老婆了。如果今天它们对撞，应该不会像红色的老车那么狼狈，但可能就他妈的得赔更多银子了。

七

这个叫刘博的倒霉男人，他也没想到，去儿童医院的路，突然被修路围挡，车得绕行。女人猛拍方向盘，摁出了七八拍的恐怖长喇叭音。工地上的工人，全部直身在看她。光头男人狠狠抓住了她疯狂的手：“全市禁鸣你不懂吗?!”

“松手！”女人左手突然有了一个黑色喷筒，并用它对准了光头。光头猜那是防狼喷雾。他怒吼着：“神经病！禁鸣多少年了，你他妈开惯了乡下土路吗！把交警按来了，就让交警给你儿子做体检吧！”

女人反唇相讥：“来呀，我看他是先测你还是测我儿子?！”

“行，你摁！什么颅脑血肿、颅底出血你耽误得起，你就继续摁！”

女人老实了。男人恶损了人，自己还是心肺闷痛。操他妈的，今天就是见鬼了！离家一步之遥，偏偏被一个神经病缠上。女人拉着黑脸按他指导的新路开，一脸不信任的叵测表情，明显是提防再遇围挡阴谋，但她又不得不隐忍着，因为小男孩在侧。小男孩在后排，则不时发出零碎的小声音。光头男人觉得，那也是一个小神经病。

开出龙帝温泉大酒店大门后，女人脑子还是一片空白。满腔油泼似的怒火，让她像一支熊熊火炬。开始她只是模糊觉得，今晚绝不在酒店过了，太恶心！现在她需要购买一批有机种子，尤其是儿子指定需要的紫色花椰菜。买了，她连夜回家，让他妈的生日快乐通通见鬼去吧！多一分钟她也待不住了，回去她就着手离婚。但很快，她觉得不对。复仇！她必须先复仇，必须狠狠地复仇！这是狗男女对她的家庭、她的生活最严重的侵犯。这个家，她付出了太多！

得让小三死无葬身之地！得让浑蛋的背叛者无地自容！

五点，她必须赶回酒店，回到战场。开过第二个天桥，她就把车靠边了。她已经厘清了思路。熄了火，她开始打电话。第一个电话，打给大綦的秘书小唐，先确认大綦晚上的会议大概几点结束。唐秘说：“綦总好像不太想参加了，说肠胃有点不舒服，想早点回房休息，让曹副总去。”看不到老板娘脸色的小秘书自作聪明地说：“嘻嘻，说不定綦总想给自己过生日吧。”第二个电话，她打给蛋糕店，定制了一个生日蛋糕。她加价，要求下午五点务必送到酒店总台。第三个电话又打给唐秘，说如果晚上有空，多找几个小伙伴，来918房间吃蛋糕。不过，准确时间待定，只要确定人在酒店就可以。还有，最重要的——请大家一律严守秘密。

唐秘兴奋得嗷嗷叫。

计划严密，没想到才布置完不久，就撞了车——这该死的酒驾！

绕路显然远了很多，女人因为路况，不断指桑骂槐地撒野泄愤。光头也阴沉着臭脸，不时回击她咎由自取，是孩子不系安全带的结果。车里的愤懑对峙情绪，张力十足。直到后排的小男孩呼叫：“一条！一条！一条！”前排的两个大人都没有反应，小男孩拍了光头男人的椅背，想引起他的注意。光头男人潦草地转了转头，他明白小男孩是看到了辐辏云条。他刚才就看到了，那折扇骨一样的辐辏云，其实很淡，不是爱云人，不是专业观察者，很多人都会忽略。

显然，小男孩很想让陌生人关注到自己的发现。车到湖边，小男孩再次夸张惊呼：“线！云线！”

小男孩猛踢椅背。

光头男人回了一句："那叫航迹云，飞机干的。"

小男孩又踢了一脚椅背。光头男人说："是飞机尾气形成的凝结痕迹，不算云。"

男孩眼睛闪闪发亮，很快地，他喊："这边，马！小马！"

光头男人偏头看了，说："那叫碎积云。"

"还有！大大花菜云！妈妈要种紫色的花菜！"

光头男人说："都谁教你的！那叫高积云云塔。这些都是很普通的云，分数很低的。"

小男孩完全兴奋了，他撅着屁股，半站着，不是趴在光头男人的椅背上，就是反转身子看天窗，满天找宝一样指云。保姆解读的云，都被陌生而了不起的名字改变了。这个叫刘博的光头男人，终于被童心点燃，也多少是想摆脱无聊，他不仅有问必答，后来还摇下车窗，伸臂竖起三个指头，用指测法，教男孩区别了一片云是层积云还是高积云。

越来越崇拜他的小男孩，要求停车，他要下车。女人的腮帮在连续鼓起，金鱼一样吐气。捉奸的核弹引爆在即，时间已经太紧了，可是她也不明白，这个自闭症一样的孩子，莫名其妙地和这个面目可憎的光头男亲近。她不得不承认，孩子的这个状态是让她舒心的。

停车熄火，但她不下车，就在驾驶室，她看着一大一小两个男人，在湖边的草地上，伸长手臂，竖起三根手指，对着天上，做着直臂测云动作。两人重新上车，受小男孩的邀请，光头男人也坐到了后座。小男孩的问题非常多，这样的健谈，让前面的女司机暗暗吃惊。光头对孩子的语气，越来越温和，女人不觉得是男人对付孩子有一套，而是觉得自己的孩子原来这么聪明讨人爱。男人介绍了云的三大家族，描绘了低云族、中云族、高云族在天上的高度和变种。他还让小男孩知道了：雷暴云有多狂暴雄壮、为什么积雨云又叫"云彩之王"、高层云为什么无聊得像塑料膜。

女人为了表示领情，参与话题说："没想到成年人也会对虚妄的东西感兴趣啊。"

光头指着一片像风过沙漠涟漪般的云片，把男孩脑袋拨过去看："收集云彩，不是要抓住云，我们只是看它、爱它、记住它，这就足够了。云知道的。"

男孩一直点头，还击鼓似的同步抖击小拳头。女人感到被男人排斥在话题之外。他还是对她窝火。女人觉得自己更恼火，但她为儿子的意外快乐而宽容，所以她又厚着脸皮问了一句："你气象站的？"男人说："我母亲曾是。"女人说："你在哪儿上班？"男人说："……维修厂。""修什么？""看人家需要吧。反正钳子、夹子、刀子、电锯、锉刀、锤子，我都顺手。"

"所以，你的车可以自己修？"女人忍不住悻悻地说了一句。

到了儿童医院急诊室，女人又怒火暗起。首先，急诊并不是你一挂号就给你看，还得排队。候诊长椅上已经坐等了八九个人，还有不断来去的人，不知是否也是候诊人；其次，总共就两个急诊医生。导医小姐说，一辆小学参加区运动会的车被撞了，一下子送来六七个孩子，已经在调度加派医生。而两个值班急诊医生和护士，在几个急救间之间奔忙，小学生的家长正陆续冲进来，大呼小叫，还有哭哭啼啼的；剩下一个轮转见习医生，满头大汗地接待普通急诊。只能排队干等。

女司机站起又坐下，坐下又跺脚，焦躁得不行。

“喂，”光头男人说，“你看不出来吗？这么长时间了，他没呕吐，神志清楚——他没事！”

“闭嘴！”女人说，“我同学，被摩托车撞了，全身哪儿都不疼，他也感觉没事。回家到晚上才发现鼻子、耳朵有一点出血。幸好他女朋友坚持去医院，结果你猜怎么样？什么左颞骨右颞骨，血肿骨折骨裂，脑袋里被撞得像打散的蛋，差点完蛋！——医学的事，你最好闭嘴！”

“行行，我去个洗手间。”

“你可别想溜！酒驾的人证、物证，我齐了！”

光头男人转身走了。女人掏出他的驾驶证，又把那个路见不平的好心人名片仔细夹在里面。这时她才发现，名片上写的是律师。律师？这下子，女人心更安了。

八

叫刘博的光头倒不想溜，但是他太想打个盹儿了。候诊时，那个精力旺盛的小破孩，根本不让他闭眼。他知道门诊二楼有个咖啡座，从洗手间出来，他转上自动扶梯，但是刚要到二楼，就看见咖啡座玻璃墙里，有个熟悉的同行的脸。他不想让人发现他麻烦缠身，只好又掉头而下。他郁闷烦躁至极。

回到急诊大厅，他座位边多了一对夫妻，妻子抱着一个五六岁的男孩，看那腿脚，应该和那个爱云娃差不多大。光头一走近，就听到丈夫在低声斥责：“我们小时候，谁把被蜜蜂蜇了当回事！我告诉你，他是男人，你再这样宠他，就是废了他！”

光头这才注意到，那个被蜂蜇的男孩，手腕红肿，头脸似乎也有点肿，松弛无力的嘴巴张着，露出虫蛀的小门牙。爱云的小男孩，也是个方圆脸，眼睛旁的太阳穴特别饱满宽展，加上光洁的大额头、软软肉肉的有型下巴，看起来还真比一般孩子漂亮。一看光头回来，小男孩收回对蜂蜇男孩的傻看，马上挨到他身边，还掏出了两张玻璃纸。

他又开始和光头谈起了云。男孩想用两张彩色玻璃纸制造彩云。那个蜂蜇男孩，在看他们。女司机在看手机，但心思都在儿子这边。

……

“我还见过这样的！”小男孩把食指和拇指弯成半个圆圈，“天上，就一个小门，姐姐说，是鸡笼门。因为，那么小，只有天上的鸡才能进出……”

光头男人比画了一个弯月手势，小男孩热切点头。男人心不在焉地“哇呜”了一声，说：“那是马蹄涡！非常非常稀罕的云，最多持续一分钟就蒸发了。看见它的人有好运！太厉害了你。”

“那它多少分？”

“四十分吧？也许五十分。”男人说。他开始为身边的蜂蜇男孩分心。蜂蜇男孩闭着眼睛，他的头脸越来越肿，但那对夫妻依然专注于指责对方，他们一直在压抑性地攻击对方，父亲的语气像说黑话：“蜂来富！燕来贵！你的笨蛋儿子说不定就从此转运变聪明了！”孩子的母亲四两拨千斤：“你经常被蜂蜇，是蜇出了科长还是局长？你爸连马蜂都蜇不死他，怎么还是全村最穷的人？我们结婚他……”

那个做丈夫的“腾”地站起，急赤白脸，胳膊拧起又放下，他狠狠瞪了一眼正看着他的光头男和女司机，硬生生收了抡掌动作，然后怒出候诊大厅。被瞪的路人甲和路人乙，第一次互相看了对方一眼，眼神都是默契的悻悻与无辜，还不约而同耸了耸肩。蜂蜇男孩的妈妈，把脸贴着疲倦昏沉的男孩，一边张望着就诊通知屏幕，一边掏出手机。她在电话里，不知对谁，历数丈夫的种种自私、懒惰与不靠谱，声音越来越大。

“那最最多分的云，什么样？”小男孩说。

光头看着这个孩子，他不明白，他为什么不能安静一会儿呢？

男人仰头闭上眼睛。小男孩用力推他。男人说：

“开尔文-亥姆霍兹波，它就像一排排整齐的海浪，卷起的花边……”闭着眼睛的男人，听到了异常的吸气性喉鸣音，他睁眼看蜂蜇男孩，并站了起来。那个年轻母亲还在失望控诉。蜂蜇男孩的脸肿得厉害起来，他额发湿透，面色青紫，呼吸有明显的喉鸣音，手腕伤口周围，出现了一大片明显的疹子。他妈妈在伴有泪水的控诉中，已经谈到离婚事宜。

爱云小男孩坚持要牵光头的手，要他坐下。

光头男人漫应着：“开尔文……也只有一两分钟，看到它的人，所向无敌……”

光头男人突然重拍蜂蜇男孩的妈妈，一手抱孩子一手拿手机通话的女人也跳起来，她也看到了自己孩子的异常。光头男人冲进了诊室，那个见习医生跟着出来。

“喉头水肿！”见习医生让孩子母亲抱娃进了抢救大厅，他要护士过来测孩子血压，并准备静脉输液。光头男人看着几近昏迷的男孩，语气粗暴：“立刻！环甲膜穿刺！马上！”

见习医生显然不买光头的账，因为他自己看起来就是打架打输的急诊脸。但是，见习医生又被光头的霸道气势镇住了。看孩子的样子，也的确像高危的喉头水肿，所以他一扭头，就向急诊大厅另一角落，高喊一个急诊医生的名字。光头厉声大喊：“快！再慢，就来不及了！”

一名护士奔回来，拿出环甲膜穿刺盒。但是躺在急救台上的男孩，因为呼吸受阻，越来越挣扎，穿刺术变得非常困难。没有经验的见习医生无措地又想去搬救兵，光头忍无可忍，戴上手套就拿起穿刺器械，说：“别动！就一下！我是医生！”

孩子的环甲膜穿刺本来就很不容易，何况一个想摆脱窒息的小孩，但光头男人出手利索准确。男孩气道通了。见习医生差点跪了下来，是感激，是后怕，也是松弛。年轻的见习医生知道，若插管延迟，患者可能在半小时内病情恶化，而那时气管插管及环甲膜穿刺都非常困难。一句话，过敏性急性喉头水肿，一耽误就是致命的。

生死一线间，女人感受到了紧张。她在大门外，隐约看到光头忙碌的身影。她和爱云孩，两次企图混进抢救大厅，都被护士赶出去。第二次又被赶出来的她，翻出了扣留的光头驾驶证，没错，上面没有单位信息，名字叫刘旗云。照片上头发颇多，看起来还蛮讲道理的脸，和眼前凶狠不耐烦的光头不太像。女人想了想，决定给那个路见不平的人打个电话。

电话通了。先是一个女声，问明需求，然后那个白领男的声音就出现了。没想到他第一句话是："女士，算了，冤家宜解不宜结。"女人说："我是外地人，马上要离开锦天，还想请您处理善后呢，您这是……"

律师咳嗽了两声，说："直说吧，这人不坏，他救过我儿子，手术到下半夜，完了还丢出了红包。我认出他来了，所以，我走了。"

"他是医生？"

"对，非常有名的医生，只是老了很多，胡子都花白了——如果我没有认错人的话，就是他。但不管怎样，冤家宜解不宜结，退一步，天地两宽。就算是律师给你的人生忠告吧。"

"万一他不是呢？"女人说。

"那，"律师喘出一口粗气，"如果赔偿合理，你还是放他一马吧。总之，一个好医生，他也不知道会在哪里收获回报，甚至长得像他的人也跟着有福了，OK？"

九

离开医院的白色SUV，往龙帝温泉大酒店而去，时间是下午四点二十一分。

在光头阴郁郑重的恐吓下，女司机终于放弃了等候。周六本来病人就多，再加上校车出事，那些随后闻讯赶来的爷爷奶奶、外公外婆、姑姑舅舅等，把候诊厅吵得像春运火车站。女司机烦躁不堪，她明白，五点钟是不可能赶回酒店了。女人说："行。晚上八点后再来。"

光头男人拒绝再上车，女司机砸了两拳车喇叭。

"言而有信，你是男人吧？"

那个叫刘博的倒霉蛋说："我不是。你要体检吗？"

"上来！"女司机说，"没时间了。请——上车！"

光头男人不动，他坚持说女人八点的活动结束，他一定在儿童医院恭候——虽然男孩绝对没有问题——对此，他愿意打赌两万块。

女人喝令他上车："信不信，我现在报警，警察还能测出你酒驾！"

男人转身而去。他在医院大门外的超市，买了一瓶矿泉水，大喝几口，想想，他又买了两瓶。

女司机赶上来说："你也知道法网难逃啊，风筝线拽在我手上呢。"

光头男人说："我告诉你，驾照补办很简单，我徒弟一天就能搞定。至于酒驾，你他妈爱举报就举报吧。老子非常非常需要睡觉！如果杀了你才能让我睡一会儿，我可以切开你的气管！"他往副驾驶座重重扔下两瓶水，转身而去。

机动车道上，SUV发了一会儿呆，又追了上去。她狂按喇叭，光头男人一转身，小男孩立刻手舞足蹈，大喊：

"——爸爸！来！"

光头男人简直七窍生烟。那个额头宽广的小男孩，对他打出了马蹄涡云的手势。光头男人胸口温热，几个沉重的深呼吸，都没有化解掉那个暖和感。他还是走回了SUV车。

"我不是你爸爸！"男人还是没好气。

女人咆哮："他也没当你是真爸爸！只是因为你救了他，他习惯把帮他的人都叫爸爸，他还叫过一个十五岁的中学生爸爸——这是他的礼貌——你以为你是什么东西！"

男人阴郁地说："你说呢?"

女司机口气忽然转暖："算你帮我一个忙吧，求你了。"

男人虽然上车，但冷着脸。小男孩把他的手打开，把自己的小手，像豌豆粒一样放在他手心里；另一只小手，示意大手掌把里面的手，豆荚一样包裹起来。

女司机说："酒店的活动，也许少儿不宜，我需要你陪陪他。如果他耳朵、鼻子开始出血，你最知道怎么办。再说善始善终，是做人的基本责任，对吧?"

男人还是冷漠无言。女人一路无言地开了一会儿车，小男孩趴在男人身上睡着了。沉默有令人厌烦的尴尬，女人打破尴尬，声调亲和得有点低三下四：

"喂，我是不是很像保姆?"

"不像。"

"那你，第一眼觉得我像什么?"

"像被欠薪的保姆。"

女人抄起车门边的喷雾。

男人说："彩带喷筒。你下车的时候，我看了。"

女人音量猛提，看不出是玩笑还是愤怒："我保姆?！你他妈还像个人贩子！我今天才知道什么叫遇人不淑！"

男人说："是，我就是懒得拐精神病的人贩子。"

"你的破眼镜和紫鼻梁，怎么回事?"

"被人打了。"

"你打输了?"

“对。我们没有正当防卫的资格。”

“明白了，你们被人捉奸在床了。”

“恐怕比那更糟。”

女人语气再次低伏下来：“谢谢你！我儿子今天说了比一年还多的话。”

男人没有回应。

女人说：“看得出来吗？他自闭。”

男人没有回应。

“你看不出来吗？”

女人在后视镜里，看到男人闭着眼但微微摇头。

女人说：“其实我非常苦恼。已经在约心理医生了，说先试一个疗程，五次一疗程。”

“他没自闭。”

“他爸说，他四个同学的孩子都自……”

“他没自闭！”

“专家说，现在有很多自闭症的孩子……”

“能目光对视，能食指指物，能正确表达，没有重复古怪动作——他很正常！”

“他这么看云，不古怪吗？”

“很多人爱云。我母亲去世的时候，正好看到窗外的虹彩云，她笑了，都忘了说遗言。”

“你妈是专业……”

男人高声说：“——他、不、自、闭！钱多你就约去。”

“……呃，还有，我儿子……”

“你他妈能不能让我打个小瞌睡？对，你不是欠薪保姆，你他妈就是欠薪保姆中的女流氓！”

女人笑了。男人闭着眼，没有看见她的笑。

十

酒店大堂的世界各地时钟中，中国时间下午四点四十一分。女司机一路接了三个电话，可能怕光头再发火，她都是压低嗓音通话的，但光头还是听了个大概。一是那个活动要延迟一刻钟左右，上个会议推迟了；二是有人送来的什么，女人让他交给门童，让门童放在总台；三是703房间可以休息。这些零碎的信息，让光头以为他可以到703房间休息一会儿，没想到，女人把他们领到咖啡座，随后服务员送来了糕点和咖啡。女人说：“我带他上去一下，你先吃点东西。”

小男孩甩开了女人的手。他不走，不仅不走，还试图和光头男人挤坐一个沙发座。

男人退到双人座上，男孩立刻也坐过去。女人看着光头。咖啡、曲奇饼干、坚果和布朗尼蛋糕，女人把咖啡杯推移到男人面前，男人无动于衷。

“你喝点提神，我很快。”她走了两步又回头，耳语般说，“天网恢恢。人贩子，我儿子信任你，我也想信任你。”

男人看着她，抄起精致的咖啡杯连托碟，重重蹾放到了隔壁空桌上，咖啡汁荡漾弹溅到乳白的桌面。这是直截了当的拒绝，他们互相瞪视着。

小男孩大口吃蛋糕，给牛奶加了很多糖。女人往电梯方向而去，还不断回头看。

光头男人从手包里拿出纸和笔，开始画云。小男孩果然上钩，要求自己画。他在自己的双肩包里掏出了一本云绘本和一盒彩色蜡笔。男人去总台要了三张A4纸和一条捆扎用的彩色纤维捆扎绳。男人说：“我们说过的辐辏云，就是天街的那种，条条大路通罗马，对不对？看起来是连到天上车站的。天上的车站！你把它画出来，还有两张纸，你再画你看过的最喜欢的云。画满三张，我马上睡着，谁也不许讲话。你画得好，我就能梦见你画的云，只要我俩的脚用绳子连接好——不能断开。到时候我醒来就能告诉你，你画了什么云。”小男孩兴奋得两手直压自己的脸颊。

光头男人终于让自己躺下了，他侧蜷在双人靠背沙发里，小男孩跪坐在他身边的单人沙发上，他小心保持绳子的连接，他一点也不想吵醒光头。小男孩全神贯注，在和光头男人的梦云比赛。二十分钟左右，一个穿黑色西服的苗条挺拔的女人过来了。

男人在酣睡，小男孩在酣画。女主管一眼就认出了这个男人，尽管他侧脸灰暗、胡子拉碴，胶带缠住的眼镜更是邋遢狼狈。但女主管为了确认没有认错人，特意绕着观察了两圈，然后，她轻轻在小男孩脑袋边耳语：

“画得这么好呀？”

小男孩置若罔闻，专注上色。

女主管说：“他是谁？”

小男孩依然在画。

女主管拿起了桌上的小象，小男孩一把按住。

女主管说：“你要不要吃软心巧克力？”

小男孩不睬。

女主管说：“他是谁？”

小男孩依然上色。

女主管厚着脸皮：“哎哟，你是画前天来的七彩祥云？”

男孩这才抬头看她，点头。

女主管微笑：“他是谁？”

“爸爸。”小男孩边画边说。

女主管发蒙，怀疑自己听错了。她再问男孩他是谁，小男孩一把推开了她。

女主管回到总台，示意大家不要打扰咖啡座的人。她自己走出酒店大堂，开始拨打电话。

SUV女司机下楼了，她边走边接电话，出了电梯往咖啡座而来。时间是下午五点三十分。

咖啡厅奶棕色的地毯完全吸音，光头男人在沙发上侧身蜷睡。女司机重新叫来热咖啡和糕点。服务生离去后，女人看了看时间。她不准备马上叫醒他，她拿起手机，为蜷睡的男人和作画的小孩拍了合照。相连的彩色纤维绳，得到了细节突出。女司机脸上浮起笑意。

男人微微睁眼，又闭上了。桌边流光溢彩的身影，令他有点迷惑，揉了揉鼻根他坐直了，瞌睡的眼睛还是非常生涩。揉捏鼻根的动作，让受伤的鼻梁钝痛，他清醒了。戴上破眼镜，他明白都不是梦境：那个休闲邋遢的虎狼女司机，已经判若两人。她坐在他右侧、面对大堂的单人沙发上。女人的头发洗吹之后，干净轻盈、丰茂微鬈；一身紧致垂悬的黑裙，被她的二郎腿勾勒出漂亮的腰臀曲线；黑色的高领下，是一片倒扇形的白皙裸露；没有任何首饰，也许自信，也许忘了戴。以光头男人的眼光，如果她再丰满一点，肯定更令人窒息。但显然这女人不在乎，二郎腿上跷着的那条腿的脚尖，挂荡着考究的黑高跟鞋；她的锁骨和挺直的平整颈背，倒散发着知性的美与果敢。光头男人伸了下懒腰，感觉自己就像走出了通宵鏖战的手术室，完成了一个复杂的高危手术，终于回到清新的满天星光下。这是他从深夜的手术室出来，经常有的舒服感觉。

女人好像都是魔术师啊，到底有多少女人会来这一手：一放任，就鹰头雀脑；一收拾，就貌若天仙？

但男人看到了她端咖啡的手，他几乎顿起反感。那只拿咖啡杯的手，无名指的指甲缝里，有着明显的灰线；另一只放在手机上的手，食指和大拇指指甲缝里，也一样有细细污线。男人恶心至极，转开视线。女人看起来在悠闲地喝咖啡，实际上她的眼睛越过咖啡杯，一直盯着大堂里进来的人。女人很敏感，她还是感受到了男人的反应，立刻把手机上的手，藏到桌下。

光头男人站起来，女人不看他，但一把拽他坐下。他顺着她的视线看，大堂那边，一个高大的白衬衫男人走向总台，他取回了自己的房卡。手搭棕色外套的“白衬衫”，身高体厚，气宇不凡，他一路低头看着手机。他身后几步远，一个栗色斜发髻的紫灰长裙女人跨进大堂。她双手拿着手机，边走边双手按键，在回复着什么；从她的侧脸看，十分甜蜜可人。

光头男人不明就里，他还是想离桌活动一下筋骨。女人却死死拽住他，一边在回应打进来的电话。男人嫌弃地看着她拽着他衣服的手，既厌恶那条指甲灰线，又忍不住被那些污线吸引，这让他情绪更加恶劣。他甩开女人的手。

“你的重要活动，就是鬼鬼祟祟喝咖啡吗？”

女人收起电话，看着男人。

她似乎也有点不知所措。她的眼神黯淡飘忽，有点像病房里濒临死亡的病孩眼睛——他们还不认识生，就要接受死亡了，那双眼睛困惑大于恐惧。这个叫刘博的男人，不想回应这样莫名其妙的无助眼神，他转开眼睛。

女人开口了，嗓子很哑，就是近乎失声的沙哑，她说："我在捉奸。"

男人心里一震，低头看她。女人幻灭的眼神，挫败而自卑，和她强劲高贵的黑裙，形成显著的反差，这不由令他恻隐。他又坐了下来。小男孩还在画云，那是创造者的入迷状态。女人深深垂下头，男人有点害怕女人哭泣，但只是数秒后，她一甩长发，又侧仰起了脸。这张脸是俊美光洁的。刚才被她的曼妙身形席卷的男人，这才注意到她额角宽广饱满又线条清晰的脸。小男孩很像她。原先秋茄子一样的嘴唇，因为用了车厘子色的亚光口红，比丝绒黑玫瑰的花蕾还性感；之前，他也不记得女司机是什么形状的眉毛，现在，他看到一对流动蓬勃的帅气眉毛；但随着脸一仰，这张脸又出现了倔强和不羁，男人不由得联想到斗兽场。作为男人，他还隐约虚荣地觉得，她需要他。他回应了她。

十一

女人手机信息提示音响了一下，她一看马上站了起来。随后，她嗅了嗅儿子的头发，又意义不明地拍了拍光头男人的肩，快步离开。男人看了一眼总台的时间墙，总台的中国时间指向晚上六点十四分。男人无聊地看着那个匆促的黑色背影拐进电梯通道。收回目光后，他又百无聊赖地直身，想看看小男孩的画作。小男孩立刻用手遮挡，并用小象挡出隔离线，表示拒绝。男人便重重后仰，闭着眼休息。

唐秘与三个小伙伴，和老板娘在等候电梯的大通道胜利会师了。有人提着从总台取的漂亮蛋糕，有人捧着大束鲜花，有人拿着彩带喷筒，一行人兴奋得叽叽喳喳。这些干练的行政员、市场推广的灵巧人，激动亢奋中，没有忘记给老板娘以密集的惊为天人级别的热烈夸赞，夸得女人忍不住一直偷瞄电梯镜子里自己的样子。她并不喜欢这类富贵感的衣裙，但是她确实看到自己的美。这是一个相当正面的激励。女人抿嘴看着摩拳擦掌的"捉奸小分队"，唐秘还神气活现地晃了晃手里的文件夹，用她的话说，一切精准到位！

一出九层电梯，一行人就互相嘘噤声食指，其实，通道里的厚地毯完全吸音，但他们就像鬼魅一样，诡秘夸张地飘行到了918房前。看年轻人狂喜亢奋的乐活表情，女人也有过闪念，是不是急刹车，不要就这么昭告天下，但是年轻人眼神默契地最后互相确认"准备好了"的信号时，她也不由得点了头。

唐秘镇定地敲了敲门。笃笃。里面鸦雀无声。

笃！笃！唐秘再次敲了门，这次敲门声更重了。

又隔了几秒钟，唐秘正要再次敲，里面传来含糊的男声："谁?"

这个声音，女人太熟了。她感到自己口干气短，脑门发凉。

唐秘语调沉稳："是我，綦总，小唐。"

"什么事?"

"锦天市政府发来一份传真急件，曹副总请您签字。"

"什么内容?"

"不知道，可能跟晚上会谈有关。"

"我肠胃不适，晚上我不去。"

"曹副总说得您签发，走个流程。"

又过了十来秒。

制造惊喜并期待惊喜效果的年轻人，简直快被他们预想的高潮憋疯了，他们彼此扭曲着身子，互相做着鬼脸，故作僵直地摇摆长臂，缓释着临爆的压力。

门，终于开了，但是开得很小，綦总伸手拿文件夹。

一束花重重压在他手上，门差点被推大，但高大的綦总控制住了。与此同时，楼道里爆发出突击式的恐怖欢腾，彩带乱喷，"生日快乐"的狂欢呼啸中，市场部的那个奔放女孩，把指头放在嘴里，吹出了足球场上的那种尖厉呼哨。綦总立刻拧起眉头，他借这个疯狂的呼哨，表达了不悦。其实，他一眼就看见了他的妻子，她笑盈盈的脸，莫名地令他极度愤怒。

没有惊喜。门里的男人，表情复杂，他对手下拱了拱手，脸色冷峻。但年轻人都以正常的想象力，把这个表情解读为"老板彻底反应不过来"，这个傻傻的小分队反而更亢奋了，他们试图奋勇进屋切蛋糕。綦总一声沉喝："谢了！我需要休息。敢把我从马桶上骗开门，也算是心意吧。谢谢大家，我发冷，我很难受。"

女人把蛋糕交给唐秘，顺水推舟："綦总肠胃不行，你们就拿去分了吃吧。"

女人手上黑色的彩带喷筒并没有交出，但突然的急刹车，让年轻人面面相觑。这么有趣的事，一下子就冷场了？是继续热心热闹走完庆生流程，还是包容理解老板病痛立马暂停？彷徨迟疑中，就在这个时间点，远处电梯门开了，一个呼喊而近的嘹亮童声，在通道里云雀一样高叫。

女人急速挥手，示意年轻人快走。

十二

光头仰靠在沙发上，消失的睡意再也蓄不回。他不时微眯眼看专心作画的小男孩，大部分时间就闭目养神。他没有注意到，更想不到，那位黑西装主管，若无其事地再次无声地来到他们桌子边，掩饰着用手机给他和孩子都拍了照。

男人的电话响了。就在他低头掏手机的时候，女主管立刻转身离去，但光头还是大致辨认出她的背影来。来电是院办负责人："那个泼妇，被你揪头发的那位，说腰被你甩得让病床撞断了骨头，越来越痛，要求拍片。"

光头说："拍去！有问题，费用我出；没问题，她自理!"

"孙院的意思是，你休息好了还是马上回来，别让事情发酵。反正也是你的病人家属，就说点软话，哄哄绝对能摆平。"

光头说："让我道歉?!"

"不是，道歉的话，护士长和我们院办都说了一箩筐了。闹事的夫妻，还是怕你。"

"怕我?！我他妈眼镜还没修呢！他们赔吗?!"

"院长的意思是，大事化小小事化了。不然，他们乱发微信朋友圈什么的，很损坏医院形——"

小男孩是突然站起来的，他手指着大玻璃墙外的天空，两眼发直，直瞪着外面的天空，张口结舌。光头男人被男孩的石化动作惊到，他"嗯嗯"回应着电话，顺势看向酒店外面。露天停车场那边的天空，已是一大片的粉绿、深蓝、浅紫，如明丽的丝缎飘展在高空。他不是因为惊讶不再回应电话里的声音，而是小男孩拔腿就跑，而孩子忘了自己和光头脚上相连的绳子，绳子一绊，小男孩一个狗啃屎跌了出去，男人也一个趔趄，手机摔飞了。

小家伙一骨碌起来，因为解不开绳子，像青蛙一样，双腿乱蹬。光头男人赶紧按住他的腿，为他解绳。男孩急得捶地。"别急，"光头男人说，"它至少会持续二十分钟。"小男孩已经激动得面红耳赤，呼吸急促，他一摆脱绳子，就向电梯通道飞跑。这个不擅奔跑的男孩，跑姿有点跌跌撞撞。男人顾不得解开自己这头的绳子，从另一个桌子的沙发下捞出手机，也猛追。小男孩的奔跑已经无人关注，因为很多服务生和客人，都往大堂门口而去，在各色人等的大呼小叫、赞叹和跳跃中，人们纷纷掏手机拍照。

没错，虹彩云来了。

男人很怕小男孩跑丢，他边追边喊："你去哪儿?"

这个沉默是金的小家伙居然大声回应："918!"

男人差点再次摔倒，他被遗留在脚上的一段纤维绳绊倒，往前冲了好几步才平衡了身子，但他还是用另一架电梯追上了九楼。

小男孩冲向918房间。

抱着大蛋糕、闹生日未遂的年轻人的讪讪队形，被一往无前的小男孩穿越而过。918房间门口，夫妻俩互相对视，男人的深沉冷峻，对抗着女人的莫测巧笑。"我来得不是时候?"稳操胜券的女人，显然想做出一个温柔的眼风，但是她的表情不够圆润。丈夫看穿了女人的心机与叵测的妩媚，他按抚着自己的腹部，一只手潦草地拥抱了女人。

也许丈夫在等闹生日的年轻人走得更远，也许妻子在等待小男孩走得更近。夫妻俩沉默而潦草地拥抱着，间隙不是亲吻，是泰山压顶的对视。

这活火山一样的拥抱，同样被一往无前的小男孩穿越。

小男孩冲进房间，一把拉开窗帘，同时踮脚跳叫：“看！看！”

夫妻俩呆怔的瞬间，临时监护人也随之闯进，他在小男孩开辟的通道里，直奔窗前，他帮助孩子彻底拉开了沉重的双层遮光大窗帘。

做丈夫的男人的反应比妻子快，他一把搂转女人，把她连拥带推，搂送到窗边。此时，他们一家三口都站在了看得到虹彩云的窗前。大衣柜在他们的身后，因为角度不理想，丈夫把妻子推向贴窗位置，他简直要抱起妻子，而不是矮小的儿子。而光头男人早已后退避让，他看到了大衣柜下露出的紫灰色长裙的一角。

光头踩上去一拧脚尖，裙子机灵地缩回衣柜。

酒店窗子只能推一条不大的缝隙，但即使开窗有限、角度有限，窗框还是显示了云彩后半部的传奇异彩，它已经超尘脱俗、美轮美奂。小男孩发出原始人或者兽类的尖叫。那个做父亲的，脸贴着妻子，呼应着儿子，也发出原始人一样的夸张号叫。

光头男人再次回头，衣柜内置灯亮着。他知道那个女人顺利逃亡了。

与此同时，小男孩突然急推父母，掉头就往房门口跑。光头迟疑了一下，他当然明白那对夫妻斗兽场般的血腥对视，休战只为儿子的虹彩云。光头男人不得不重拾责任追了出去。小男孩一路直奔九楼转下半个楼梯的自助餐厅，来时他就看到餐厅另一头连接的千米大天台，那是天高地远的“龙脊”所在。而光头多次在那儿用餐，也在那银河星光长廊里散过步，小男孩一往那个方向跑，他就明白了。

大地暮色渐起，天上的云彩，却明丽如新日发轫。这一份与人类不般配的世外美丽，使天地都虚幻起来，而虹彩云是活体，它在呼吸、在舒展，它迤逦曼妙，令人呆怔。

只有心事如铁的人，才不会被它点燃。918房间内，女人看到了大衣柜灯由亮转暗的灭灯一瞬。这明灭交替感转瞬即逝，就像不曾存在过。被武力搂抱着推向窗边的女人，其实第一眼就看到了午间合并的大双人床已一分为二，又恢复为原来的标房小床。是的，那双一次性的拖鞋彻底消失了。女人看着虹彩云瑰丽奇幻，再看看一脸发青的冷峻男人，她的大脑，有一种类似缺氧性困顿：他们身手真快啊，半分钟不到。

门虚掩着，但楼道悄无声息。男人过去把门开得更大，碰死。

门开再大有用吗，谁能跑得掉？女人嘴角一直保留着齁人的甜蜜，男人看透了这份齁人的笑意而进入更严酷的防卫模式。七彩祥云在天，窗里的人，只感到看不见的剑影刀光。女人端详着丈夫：理亏而不妥协的气盛，说明了什么？说明了女人的价值已经损耗到不值得维护了，不是吗？女人夸张笑容里的诱惑和无知感，是山河破碎的自我抵抗，却令做丈夫的男人格外恼怒。他太清楚这个女人的聪明，而柜子对他而言，是个致命的悬念。他咬着嘴唇，回避她的注目，拿出电话打，他要对方给他马上买点肠胃药送来。女人在大衣柜边踱步，轻声慢语犹如对当年热恋的嘲讽：

“一日不见，如隔三揪——揪不是秋啊。但我是想给你惊喜的，没想到惹你这么不高兴。”

“我只是肠胃难受没心情。你来我高兴啊。”丈夫坐在沙发上，一手按摩着腹部，

“一阵阵抽痛恶心，我可能发烧了。晚上七点多还要开会，做男人很累。”

女人坐在男人身边，歪头看男人。男人伸手搭了一下她的肩，又开始按摩自己的腹部。

“你一直没有正眼看我啊。这黑裙，你说好看，我就买了，八九千元呢，值得吗?”

“喜欢就值得。”男人看着窗外，说，“晚上我可能回来比较晚——那些官员你知道，都是一场两场连三场。”

“既然这么难受，就让曹副总去好啦。”

“涉及投资转移，我不去，他不敢拍板。”

“哟，你在出汗，痛得很厉害吗?”女人抚摸男人额头。男人偏开脑袋，说：“一阵阵的。吃点药就好。”

“真没事?”女人笑，“那运动一下?以前你总叫它祖传偏方百病消。”

“别逗了。孩子和药，马上就进来。”

女人以妖娆甜糯之姿，重重地坐进男人怀里。她开始拉拉链。

男人一把推开她，站了起来。

女人不为所动，依然保持夸张的燕语莺声：“当年柳下惠……”

在大衣柜面前，男人愤怒焦躁得几乎崩溃，但他只能还以温柔：“快去看看你宝贝儿子吧。”

女人起身走动，她手拿黑色的喷筒，扶风摆柳地在衣柜前来回走，突然，她对着大衣柜门喷射，深蓝色的玉米粉，纵横交错喷在柜门上，整个房间立刻蓝雾腾腾。丈夫目瞪口呆，随之他弹起身子，像要保护柜门，但他马上意识到没有意义，因此他站直了，干瞪着女人。女人哂笑：“綦志伟！你别再紧张出汗了，也许里面是空的。”

男人的困惑表情很到位。这个表情是真实的，他是希望柜子里的女人趁乱出去，但他心里没底，她是否身手敏捷，抓得住这闪电般的天助机会?同样地，他之前一直寄望于妻子没有发现柜子异样，现在，显然，一切都证明妻子的表情内涵复杂而阴暗。

女人却引而不发。她不开柜门，但她的手在柜门上的蓝色粉末中，来回游走，像是弹钢琴。男人几乎窒息，他感到柜子里的人，会被这样的弹奏弄休克。

“说吧，怎么回事?”

“你疯了?!你看不出我病了?你以前从不这样!”

“对，以前！以前我会做三十七种男人所需的滋补靓汤；以前，你一不舒服，我就帮你艾灸、精油按摩、送药；你和儿子，就是我全部幸福生活的人质。只要你好他好，我赴汤蹈火，零落成泥碾作尘，甚至成粪土也心甘情愿。”

“唉，我都知道，但你今天好好地发神经干吗?我是病人啊!”

“对，今天来了虹彩云。”女人对窗外挥手，满面嘲讽感的夸张春色，让男人想狠狠揍她，女人说，“你现在装病晚了！下午两点，我就站在这个位置。请问綦总，你们自己搬运的双人床，会比大床房更好做‘体操’吗?”

“这房间从来都是标房！小唐没有订到大床房，还被我骂了。不信你去问！”

“两双穿过的性感拖鞋，女款的也不见了哦，可能连腿还藏在衣柜里——你要不要亲自开门看看？”

“吃错药了你！”男人爆出了吼声，但他很快稳定了语气，“别发疯了，我很难受，一直反胃想吐，我要上卫生间。你去管儿子吧，我们再谈吧。”

“有人看护着呢。綦志伟，说真话吧，我想听一句实话。”

“这就是实话。我不知道服务员是不是给你开错了房间。这样吧，我们都冷静一下，你去看儿子，我去趟洗手间，我上吐下泻……”

女人挡住了他。

“你以为那个物理系的高才生是白读的吗？中午一进来，她就拍了精彩床照。卫生间里，那女人落下的两样东西，她也拍了——其实，她不是傻，是给你个说实话的机会。很遗憾，你没有通过。”

男人两只手捧着腹部，仿佛胃痛难忍。

女人猛地拉开柜门，柜里空洞明亮。

女人略微一震，也有奇怪的轻松感，但她一笑而出，并摔上了房门。

十三

天空蓝得有点发紫。在人们看不见的深空，一定有清泉水在一遍遍荡涤，只为那个时刻，那个丝缎般时刻的到来。也许它不是神祇过境、仙女西行，它只是让有的人，看到自己在天上的美的倒影；只是让有的人，看到自己真正的老家。

龙帝温泉大酒店“S”形的千米龙脊，已经被镀上香槟色的薄薄夕晖。西二郭湖整个水面，金箔闪烁。光头男人站在星光餐厅通往龙脊长廊的玻璃大门口。近千米长的宽展龙脊，的确是最好的观云地了，但因为饭点时刻，那飘带式的超长平台上人影寥寥，更显得那个五岁的孩子，在天地之间的细小孤单。自助餐厅里的食客，没有人发现大玻璃墙外，旷世的奇云，在高天招展；大餐厅内，灯光美食的香氛氤氲里，人们穿梭于一盆盆新鲜的佳肴美味间。在人间，美食就是许多人最美的天。不习惯看天的人很多，一辈子不抬头看天的人也不少，人们低头在地面奔忙、饕餮、追逐、获得而心满意足。

小男孩面向西天，细小的双臂张大到极限，十个指头，也大张如某种带吸盘的小动物。小小的身影，在用力拥抱，他似乎要把天上的各色云彩，全部揽抱到他瘦小的怀里。他可能是意识到了云太大太大，颓然垂下了小手，看起来像认输的云俘虏。

多次邂逅虹彩云的光头男人，也被今天这浩大的云天画面震撼到了。太磅礴了。

天边，西二郭湖的水面由金转棕，水库边的树梢和山峦，颜色黑棕庄重。大地的肃穆，更映衬出西天高空上，流丽万端的虹彩云。宝蓝一泻的天幕上，兀自绵延气象万千的那抹宝石般的瑰丽，因为过分超然与靡丽，有了收摄魂魄的迷幻感。光头男人觉得，这是他见过的最磅礴飘逸的虹彩云，它简直就是高天里横过人间的仙锦魔缎，在天空自由飘扬。

也只有到了龙脊，天高地远，才能看清今天虹彩云的全貌。它就像一前一后两扇迎风而飞的天鹅翅膀，后面这扇漫天巨翅，从翅膀根的紧实到翅膀末飞羽的轻扬，颜色阶梯，在流丽渐变。翅膀根上，可能云层太厚，只有薄的边缘，被透着橙光的金绿色勾勒了轮廓，然后整个飘飞的羽翅，在湖蓝、湛蓝、果绿、淡黄、粉紫、紫蓝、柠檬黄、金棕中，晕染魔变，逆风飞翔，又犹如仙丝柔道在高空梦幻翻转。大翅膀渐渐拉长，但始终在色变中保持明丽的绚烂，有时候是天蓝、粉绿缠绞着淡紫罗兰；有时候，整个底部陡然灰红又翻出清新的灰紫蓝，随后是柠檬黄转淡绿浅粉，最后，翅膀的亮度开始渐渐散淡。就在光头男人以为虹彩云就要谢幕之际，天空的巨翅从中间开始，就像高光核爆，腾涌出耀目的白金色，以它的亮黄金色为中点，金粉绿、金橙、金黄、金红次第铺展开，天空瞬间光亮沸腾，越来越炫目。这才是真正的高潮，它就像一种浩瀚的呼唤，正普天而降。

小男孩仰天呆立，就像电击过的小布偶。光头男人走到了他身边，孩子已经泪流满面。光头把手搭在孩子小小的肩上，搂着他的小肩头。小男孩没有回头看光头男人，他的眼里只有天上的虹彩云，就像在谛听云的呼唤。

餐厅的自动大玻璃门又开了，黑衣女人站在门口。

犹如一个天人之约，她看到了万里长天上，最绚烂的绝世云彩。

她扔掉了手臂上的风衣，向他们走来。虹彩云照亮了她的微笑，天上地上，各自明丽万千。她就像走在T台上的模特，蓬松的发卷，随着弹性的步伐在脸边自信跳荡。当小男孩和她一对视，女人立刻俯身，平伸双臂，对高空的虹彩云，做了很不模特的大波浪身形。一脸泪痕的小男孩，因为激动，因为有了生命中最为重要的见证人而再次泪如泉涌。他哭出了声。

女人奔过去，与小男孩贴脸，并把自己的手机递给他。

光头男人有点困惑，他一时不能理解这个捉奸的暴虐复仇者，怎么忽然如此若无其事、意气风发，918房间里发生过什么？是丈夫成功地摆平了妻子？还是另一场恶战，正在酝酿中？本来，光头男人以为女人没空赏云的，现在看起来，容光焕发的女人，没有错过虹彩云的云约。她看起来似乎正在滋长恢复自我、修复破绽的能力。

光头男人退往身后的长椅，坐了下来。小男孩亢奋于各种拍照中。

女人绕着草坪走到光头身边："看到了吗？我走过的这一块儿，和我家天台上种植的菜地差不多大。之前，人家告诉我，一家人，只要有席梦思那么大的一块儿菜地，就吃不完了。我不信，我一口气种了两张半席梦思那么大的菜地。"

光头男人点头。

"地大，品种节奏能更好掌控。完全不用去市场买菜，我儿子、先生吃到了最新鲜、最安全的有机蔬菜。因为吃不完，我每周开车二十多公里，把新摘的蔬菜，送到我公公婆婆家，顺道送到我小姑子家。再多，我就送给左邻右舍，送给物业。”

光头男人隐约感到了沉重，他凝视着若无其事的女人。

女人则望着开始暗淡的天空。他才意识到，她平静正常的声音，其实很悦耳。

“他两三岁都不说话，我决定放弃工作。医学研究证实，农药与自闭症密切相关。我信任有机食品的治愈力，我信任食品是人类与大自然最深刻的连接。我没有种过菜，但是，我从头学。我去水源最干净的农村菜地，买了三万块钱的泥土，拜了三位老菜农为师。我知道怎么清洁土壤，每次使用后，又怎么修复它们；我知道用鱼粪、厨余垃圾、灰烬，自堆有机肥；我去购买加工处理过的鸡粪、牛粪；每天两三个小时，我在天台上浇水、施肥、捉虫；周六周日，除了陪伴儿子，我都在打理天台的绿色菜园。每个季节我的菜园都生机勃勃，芥菜、青椒、空心菜、油菜、莴苣、芫荽、西红柿、秋葵、丝瓜、豆角，还有迷迭香、薄荷、芝麻菜……”

女人声腔里有清美的齿音，渐渐失色的虹彩云余光，依然让她的微笑柔暖和善。

“有一次，我公婆因为我送菜耽误了他们的门球比赛而劝我，不要种那么多。我丈夫说，你们就知足吧，你媳妇是可以把火箭送上天的人，这样的人来给你们种菜送菜，你们是上辈子修了高速公路还是造了跨海大桥？”

女人一直笑着，就像说别人的段子，可是，光头男人感到了寒意。她春风明媚的脸上，第一颗泪珠越过睫毛后，其他的便一颗连一颗地掉了下来。她依然努力微笑：“我儿子爱吃我种的菜——不过，现在，他爸爸已经觉得农药与自闭症的关系，是专家扯淡。”

女人对着光头张开她的十指，手心，然后是手背。这个叫刘博的男人，看到了这双手，手指修长，但手心粗糙，至少有三个指头的指缝发黑。光头男人的恶心感略减，但还是不舒服。

“你该戴手套。”

女人说：“两三天就要拔草。最难根除的是酢浆草和天胡荽。酢浆草看起来茎细好拔，但根系下面却留着透明大颗粒，在土壤深处，手指得插下去才能摸索到，才能清除；天胡荽的根，也是环绕纠缠。你只能铲起泥土，掰松，像清理蜘蛛网一样，才能拔除。戴了手套，手指就不再灵活。插入指甲缝的土，可以剔出，但被污染的弧线是清洗不掉的。如果场合需要，我会腾出时间去美甲，把它们遮掩住。不过，这些年，已经没有什么需要我的重要场合了。”

女人始终微笑着，隐约露出洁白的牙齿，莫名令人酸楚。那些流淌的泪水，荒谬得像是别人在流泪。

光头男人很想安抚这个女人，就像拥抱那个小男孩；但是，女人的微笑又令他迟疑。他干咳了几声，说：“呃，呃，我不是说你，而是，那个，很多女人，为了一个男人，把全世界关在门外，很蠢。就等于把自己关在牢里，男人回家，她就像被探监一样高兴。她不知道虹彩云，也不知道人间的紫灰裙子。”

女人一下瞪大眼睛。

“你看到啦?!”

光头男人摇头。

“——你看到了!”

光头男人耸了耸肩：“我一定懂你的意思，但我和他，”男人一指小男孩，“我们两个男人都认为，地上的任何裙子，都没有天上的虹彩云美。你愿意让你儿子，看到哪一样?”

女人终于言行一致地哭泣了。她放声痛哭。

光头也终于感到了女人的脆弱无依。咖啡厅的那个眼神，那个溺死患儿般无辜绝望的眼神，是孤苦真实的。女人哭得呛咳，她跪在地上咳着哭。

小男孩听到了妈妈的哭声，他急忙往回跑，他站在两个大人跟前，轮流审视着他们，眼光里有愤怒又有点狐疑。女人看出了孩子的担心，她把双手平伸给光头，这个叫刘博的男人，把自己的手覆盖上去，他们互相牵住了对方的手。小男孩羞怯地笑了，他扔下手机，把自己的小手也叠放上去。

女人说：“我知道封闭体系里的熵增与死亡，我更知道，抓住了胃就抓住了男人是个愚蠢笑话。我也知道所有的爱情，都会被操持家务磨损……”

玻璃门那边，那位黑西装女主管身边，还站着一位着套装的短发女子。她们是亲姐妹，她们都拿着手机，在给三个彼此握手的人拍照。

虹彩云已经全部转灰。

十四

白色SUV开出了龙帝温泉大酒店的林荫道，时间是晚上八点二十分。

光头说：“你确定不去儿童医院了?”

“嗯。”

女司机说：“在儿童医院候诊的时候，我就知道我儿子没问题了。”

“那好，你按我的导航开吧。”

女司机点头。小男孩不怎么看星空，他还是喜欢云天，他问：“明天，它还来不来?”

两个大人都没有回答他，他就打了一下男人的手臂，这个动作，把问题归属了。男人说：“可能还来。”小男孩一指驾驶者，说：“她有一条很多颜色的裙子。”

男人说：“噢。”

“那么多颜色从哪里来?”

也只有男人接得住孩子跳跃的思维，他说：“穿过薄云的太阳光发生了衍射，薄云里有均匀的细水珠——均匀的冰晶也可能——小冰晶的云是贝母云，我们说过的，它是高云族——反正它们都是均匀的小水珠或小冰晶，把太阳光藏着的赤橙黄绿青蓝紫都散出来了。只要云很薄、很均匀、很自由……”

小男孩说：“妈妈的裙子，风吹到天上，也是虹彩云。”

“当然。所有的妈妈都是虹彩云。她下来给你种菜做饭，就变成雨水；她要做她自己，就又会飞上天变成虹彩云。只是呢，很多妈妈忘记自己是虹彩云，所以，就变成天天下雨的雨水了。”

二十分钟后的夜街头，就能看到超过杧果行道树很高的协和医院鲜红的大招牌。导航说，过红绿灯就进辅道。女人一看到协和医院的大招牌，就扭脸看光头。这个叫刘博的男人，在低头看新进来的微信，随之黯然一笑。

女司机说：“彩票中大奖了？”

男人念：“一、重婚罪，指在有合法配偶的情况下又与他人结婚或建立事实婚姻所构成的犯罪；二、离婚冷静期，过错方和非过错方，照样可以调整财产分割五五比例。过错方拿小头。”

女司机说：“法律课？”

男人说：“对，最后一课。再过三个小时，有个女人也要变回虹彩云了。”

女司机忽然感到失落，自问自答般：“有多少虹彩云为别人变成了雨水？”

男人摇头：“水云选择，不在婚姻，也不在男人，全由女人自己决定。女人都是天空大地的养子。你儿子都知道，只有最轻盈、最自由的云，才可能变成虹彩云。”

协和医院大门口，车子靠边，这个叫刘博的男人下车。车子启动而去。

行驶了十几米，车子停了。男人疑惑着走过去。

女人把一本驾照还给男人。男人接过，再次挥手让行。他看着白色车在杧果行道树的斑驳光影下远去，但是二十米不到，车又靠边停下了，打着双闪灯。这个叫刘博的光头男人，跑了过去。

女人降下玻璃窗，说：“他还有事。”

后排玻璃窗也降下，男人看着孩子。

小男孩说：“我的书，什么时候给我？”

男人有点忘了。

“给云打分的。”男孩说。

“噢，《云彩手册》。让她把地址发我，买好了，我寄给你。”

“她刚刚不高兴了。”小男孩说，“还嗷了一声。”

女人扭身敲打小男孩的头。

光头走到驾驶座那边。过往的车灯里，女司机脸上的泪痕在暗亮着，她僵直地看着远方迷离的灯光车流。男人伸手，拍了拍她的头顶：“别连夜往回赶了，拐弯不让直行的人，夜里更危险，还带着孩子。”

女人点头，声音暗哑：“其实，夜间开车我眼睛很花，但我，不知道去哪里好……”

女人又说："你现在去哪儿?"

男人说："去找一个该死的人道歉——你别回去了。"

男人又说："到家都半夜了。"

每一辆过往的车的灯，都让女人的新泪汩汩暗亮。

男人说："真的，别回去了。"

女人说："我在想，我是不是该去找我儿子最喜欢叫爸爸的那个人?"

男人倾身拍了拍车窗框："喂，小伙子，你有几个好爸爸?"

后座的小男孩伸长两只手臂并拢后，双剑合璧般，直直指向车外的光头男人。

这个叫刘博的男人，忍不住笑了。

他对着女司机说："别回去了。听话。"

他声音很轻，后排的小男孩听不清他说了什么。

重建人间的信仰

——评须一瓜《去云那边》

金春平

通常认为，在文学的叙事装置当中，“情节”构成了叙事空间的纵向坐标，其传奇耦合、起伏跌宕或悬念丛生，生成文学的“事件动能”，支配着文学叙事的速度与趣味；与此同时，“细节”则构成了叙事空间的横向坐标，其逼真描摹、象征特写或精微雕刻，生成文学的“空间质感”，支配着文学叙事的真实感与隐喻性。尽管在卢卡契（《叙述与描写》）看来，情节和细节往往呈现彼此对立的关系，但情节与细节的独立，同样可以蕴含叙事的不同意义指向——虽然细节的密集可能掣肘着情节的速度，但它同样可以在丰富情节宽度的同时，赋予人物、事件和情节等的奇崛转换以生活合理性或逻辑合法性；同时，情节的速度虽然可能遮蔽某些细节的质感，但它却始终保持着对隶属于情节叙事装置的细节的挑剔或筛选的热情，从而为人物、事件和情节的特定细节凸显深度赋意。这是一种艺术本体的辩证法，更是一个艺术创作的魔咒。须一瓜的中篇小说《去云那边》（《收获》2023年第5期）展示出作者对文学叙事的这一装置难题的高超平衡术。小说借助于“人的诗性”这一聚焦筹码，来调节“情节”与“细节”的辩证组织，设置出诸多对位性的空间镜像——女人与男人（刘博）、成人与孩童、复仇与逃离、斗争与和解、牺牲与背叛、决绝与妥协、善良与苟且等，即超越世俗的“云端”与烟火气息的“人间”。至为重要的是，正是因为小说所探幽的“人的诗性”的叙事轴心，小说当中的诸多并置、对位甚至抵牾、分裂，并未只是停留于现代主义或后现代主义的“人的荒原化”的存在呈现，也未将当代都市人演绎为虚空化或意念化的模糊符号，而是借助于文学的“细节”及其“关系”，重新赋予人以本体化、精神化和社会化的结构观照，重新凝望或审视当代个体的人性本真、精神能动、生命悖反，在“情节”的行进当中蠡测当代人渐趋清晰的行动抉择、意义凸显和生命澄澈，敏锐捕捉到在当代都市化语境当中，个体依托“人的诗性”（人性之善、人心之正、人道之爱）所开启的积极而浪漫的个体启蒙与自我救赎，形塑出小说将诗意的人性与故事的传奇、情节的悬念、细节的丰沛、意蕴的张力进行统摄式与同心式的组构化艺术表达。

第一，信念的囚禁与存在的荒诞。小说当中无论是女人（物理学高才生）放弃作为知识女性的独立性而甘当一位家庭主妇，抑或是男人（刘博）每天承受繁重而劳累的医疗工作压力，他们所共同隐喻的是当代都市人“工具化”的普遍生存境况，即个体的自主与角色的赋形之间的深刻分裂；同时，这种分裂所表征的是当代都市“加速社会”文化所形塑出的传统装置的权威与森严，它以温柔甚至幸福的姿态，实施着对人的隐秘囚禁，运行着对个体之人的社会规约，在单调甚至残酷的角色生活限定当中，不仅消解着人的身体自由、精神飞扬和人性肌理，而且逐步抽离了个人对之反抗或逃离的热望、激情与积极，“无奈甚至满足的蜷缩”成为当代个体最为惬意的生命姿态。同时，作者在对人的羸弱存在进行某种共情展览之后，所深刻洞悉到的是这种蜷缩或羸弱所隐藏的巨大危机，并在小说当中持续赋予人的个体选择或角色囚禁的“稳定感”以残忍的“消解”：女人丈夫的背叛，宣告了自我角色选择的无效；刘博保护女护士却反遭多重指责，宣谕出信守人道规则的失效。艰辛的社会角色囚禁与强大的社会规则戏谑之间的反差，勾勒出当代个体之人生存本相的荒诞质感，揭示当代个体之人所普遍面临的存在之厄。这是作者对个体之人幽暗存在境遇的发现，更是作者对人所身处的当代都市文化当中“封建性”装置的文学呈现。

第二，风景的拯救与人性的澄澈。作者在充满耦合动能和戏剧巧合的精妙叙事当中，一方面展示当代都市人普遍性的“囚禁”“困厄”“荒诞”的现代主义生存境遇，以及由此所反衬出的现代都市文化所形塑的装置传统的隐秘运作方式；另一方面，作者始终葆有着对“人”的信任与信仰，即对人的现代主义境遇能动超越的信心，于是，积极的救赎消解着人的生命存在的晦暗。在小说当中，“云景”以及爱云的男孩，不仅是情节的装置，更是细节的象征，他们承载着勘验母爱永恒的镜像（女人）、验证人性不堪的镜像（綦志伟）、捕捉人性至善的镜像（刘博），更是“至美”（云景）与“至真”（男孩）的形象载体。如果说男孩是云景的生活化延伸与象征，那么云景以其壮美、浩阔、惊艳，与凡俗、庸常、芜杂的人间都市构成了“风景的反差”。在小说当中，那些无限接近象征至美的云景或至真的男孩的情感、心绪与行动，譬如刘博与男孩的“谈云”、刘博对危重病人的挺身而出、白领律师对刘博的评价等，逐渐让女人的愤怒释然，而女人自述人生经历时所展示出的牺牲、慈爱、隐忍、优雅等“虹彩云”之美，同样让刘博的愤世消殆，这些小说当中的对话、肖像、行动、情感、心绪等细节所构筑的情节流转，无不昭示出风景（云端与儿童）所展开的个体对自我囚禁的拯救、对人性乖戾的澄明、对精神自由的捍卫、对人性高贵的信仰的有效与坚定。

第三，自我的重建与存在的和解。《去云那边》包含着对女性在性别关系、家庭关系、社会关系当中确立性别角色自洽与定位的反思与构建，而女人是虹彩云抑或雨水的“水云选择”的二难悖论，实则是一场关于“美”（自由）与“善”（责任）的哲学式自辩与性别话语重构。小说尽管是以女人选择对儿子的“善”与“爱”所隐喻的“利他主义”（“他两三岁都不会说话，我决定放弃工作”“我儿子爱吃我种的菜”）的荒诞（丈夫的背叛），来传达女性对自我主体性弃绝的无效与警惕；同时，刘博与女人之间的“裙子与虹彩云”的暗语启蒙式对话，重新点燃女人对自我之“美”、个体之“尊”、女性之“立”的回望、守护与捍卫的自觉与主动——情节的主导逐步显影出作为女性不应放弃对个体性、现代性和主体性的人格追求，昭示出女性唯有回归个体本位的自由才能真正实现自我的性别解放——“地上的任何裙子，都没有天上的虹彩云美——你愿意让你儿子——看到哪一样?”“再过三小时，有个女人也要变回虹彩云了”“女人都是天空大地的养子”“你儿子都知道，只有最轻盈、最自由的云，才可能变成虹彩云”等；但小说的诸多细节又对这一主导性的意义指向进行了隐秘的反驳——“我也知道所有的爱情，都会被操持家务磨损”——被启蒙者是存在主义般的主动选择而非启蒙阙如的被动式禁锢。可以说，作者一方面为男女主人公设置了以“个体解放”“生命自由”“性别尊严”为表征的抵达“存在之美”的温暖团圆结局，但另一方面，女人生活经验当中“明知如此，仍仗剑直行”的对“存在之善”的主动抉择姿态，则呈现女性难以超越性别角色困境的存在悲凉，并以“人性、人情、人心之爱”完成了一场“美”与“善”、“自由”与“责任”、“个体”与“角色”悖论处境的和解与调适。

入 瓷

葛 亮

外寇入侵，国破家亡，出身于广彩世家的千金小姐辗转颠沛，最后做了“自梳女”。但她不忘祖传技艺，以画入瓷，以胎作纸，令岭南画派近百年演变史跃然于方寸之间，人情世态也皆为瓷上风景。广彩之美，在于出俗而入雅。今人观之，华彩耀动之处，既是衮衮人间故事，又是历历岁月迁延。

东樵山下的岳善堂，是百年斋堂。

跨入坚实的趟栊门，迎门神堂，供着观音菩萨像。大慈大悲的观音菩萨，男生女相。手中有净瓶，低眉看她。厅堂昏暗，阿云看不清楚菩萨的脸。只有点点香烛，一闪一闪，忽明忽暗。烟雾袅袅，有一股子味道，在她鼻腔里荡一荡。

她的名字从此写在岳善堂的道友册上。

泡在柏叶、黄皮叶煮水而成的“香汤”里，她想为父母守孝，许久没有好好洗上一个澡。这回洗了，从此不靠谁、不念谁，无家无口，情却念断。水泡着泡着，便凉了。凉了便有些涩，又有一丝腥气。她从水底捻起一片叶子，已经被泡得发了黄。她撕扯着叶子，三两下，就撕得只剩下了叶脉，是丑陋的棕黑色。她将脸浸在水里头，许久，再抬起来，大口地喘息，觉得眼底模糊起来，水在脸颊上一道道地流，是滚热的。

天蒙蒙亮时，在菩萨跟前摆上三牲祭品、松羔、熟鲮鱼，祭天祭地祭祖宗。对观音菩萨起誓。这回看清了菩萨的脸，原也不是如此慈悲。瞳仁太小，用一种尖利的神情，看着她。鞭炮一响，诸邪回避。浓重的硫黄味道，熏得她眼睛有些睁不开。朦胧间，她看见廊檐底下，画着刘海戏金蟾。她想，这颜色用错了，看着不庄重。

到底拆开了发辫，要自己拆。她留了十几年，做女学生时，兴“五四”头，别人剪，她不剪，舍不得。扎紧了，垂下来一条，黑亮的乌梢蛇似的。拆了，又是松松的一蓬。阿云接过递过来的木梳，要自己梳，一边梳，旁边堂里的姐妹一边念：“一梳福，二梳寿，三梳自在，四梳清白，五梳坚心，六梳金兰姐妹相爱，七梳大吉大利，八梳无灾无难。”阿姐顺德口音，她听着，唱一样。

梳完了，要让她自己盘上，易辫为髻。盘好了，她对镜子看自己。人还是一个人，又不是一个人。姐妹赞叹，说陪人自梳十几年，从未见过这样的好头发。

梳完了，穿上新衣服，黑色的香云纱，宽袍大袖，是堂里姐妹自己染的。她们说，往后啊，这身上穿、口中食，都要靠自己。

然后要酒担回门，谢爷娘。她说，这就免了，我无父无母，无处回，早就靠自己。

阿云便在这里住下，整座斋堂两层楼。姐妹们一人一间，共用一个厨房。到了她，还有背阴的一间小屋。堂主便说她运气好，说一位年老的姐妹，前年升了仙，这才空了出来。她在床上坐下来，屋子里头有淡淡的霉味。帐子也是旧的，但是很干净，有一处大约是破的，给补上，绣成了一朵广玉兰。原先主人，大约是个朴素细心的人。

夕阳光透过那满洲窗的窗棂子，洒到床上，只有一星半点。她便打开窗子，空气涌进来，也是湿漉漉的。原来离山是这样地近，可以望见半山腰的泉水。虽然是冬天，还有细细一流，潺潺的，裹在郁郁葱葱的常绿的树木里头。

夜里头，她躺在床上，那流水声倒也静了些。外头还有些声响，试探地叫几声，像是野猫，又像是扛冻的鸣虫。这声音并未被暗夜吞噬，在她耳畔更近了些。这让她心里踏实，觉得有些喜欢这里了。

广州湾这地方，不靠桑基鱼塘，也不如顺德，有大的缫丝厂，原无自梳土壤。但民国二十一年时，这里开了一个叫“裕大”的布厂。厂主是坊间称“麻斜王”的张明西。这布厂大，有一百多台织机。岳善堂里的姐妹，倒有一多半在这里做工人，多半是来自坡头、吴川、赤坎、廉江的。剩下的一些年老的，堂里自有一块田地，给她们耕种。闲时也做针黹女红，贴补生活。

阿云来时，布厂刚刚请了一批女工，不再聘人。堂主就派了她与那帮老姐妹一起，在田间干活。可自小，她并没有农作的经验，虽不致五谷不分，但眼见着到了田里，手都不知该如何摆放。学得又慢，没几天便得了一个诨号，叫“西关小姐”。她并未有一天住过西关，这自然是带了嘲意。一来是因为她广州口音的格格不入，二来自然是说她肩不能挑、手不能提。

阿云在心里叹一口气，只当没有听见。到了做饭时，堂里是各顾各的。一个灶，轮流用。她勉强生了火，煮饭水却放少了，烧出米饭是夹生的。其他姐妹又看了笑。她愣愣的，旁边一个阿姐，一把将那煮饭的陶瓯端下来，将她拉到身边，说道，这可怎么进肚，吃我的。

在阿姐的屋里头，阿云吃了这顿饭。菜是一个咸鱼肉饼，鸡头白用虾酱炒的，是阿姐自己晒的酱。饭热乎乎、软和和的。阿云吃着，吞咽下去，心里却有酸楚涌上来。前几日，她是咬了牙，忍一忍，也不觉得有什么。这会儿倒周身难扛起来。

阿姐见她蹙了眉头，便也放下碗，看着她。看了半晌，并没有安慰，只是往她碗里夹了一筷子菜，说道，一看你，就是富养过来的。别往心里去，这堂里的姐妹，有几个好命的？你有半程的命好，都是往后日子的本钱。

阿云见阿姐瘦棱棱的脸庞，眼睛却清亮得很，看着她。她也觉得心里定了。

以后，阿姐便对阿云照料多了些。阿姐姓钟，叫桂容。脸相年轻，可人人都唤她作桂姐。桂姐在布厂里做工，原是廉江安铺人，安铺自同治年便为粤西的纺织重镇。桂姐初来时，就是织布的好把式，梭子在她手里舞似的，见过的都服气。她便找了工头说情，将阿云收下了。织布机上，手把手地教。不知怎么的，田里的活不行，织布阿云倒学得飞快，没几天已经上了手。桂姐就赞道，好一双巧手！谁再说你笨，我用扫把去堵她的嘴。这活儿有高低，跟着见识走。乡下婆怎么懂得呢？

处久了，自然慢慢亲近，话也就多了些。蹦蹦碎碎，阿云便也将自己的事情告诉了桂姐。不当说的，略去了一些，只说是父母都没了，以往读过中学，现在要自己讨生活了。

桂姐听了，沉默了一会儿，说，我果然没有看走眼，瞧你说话做事，都像是读过洋书的人。怕是遇上了大的难。这广州湾，离广州千里地。你一个人能过来，也是大能耐。不知是遭了多少罪。

阿云说，就是一个念头。念头有了，总有法子来。

桂姐说，我们廉江有句土话："命好吃命，命歉吃睡兄。"既然来了，就总有活下去的办法。我倒是爷娘双全，不如没有。我被他们卖了两回。没嫁出男人死了一个，又卖一回。苦吃尽了，就逃出来了。

这世道乱了，虾蟹各有路。你别看堂里的姐妹，也有三六九等，都带着过去的来路。人厚道的有，不平和的也有。我是喜欢你硬生生的样子。可如今，你这脾气，若是娘胎里带来的没法子。若是养出来的，还得收着些。

阿云听她这么说，有些感激。但也没言语，只轻轻点点头。

到了初五，做完工了，女工们便结伴往赤坎去。大通街到海边街的海道上，摆了市集，能寻到平日买不到的好东西。

这时节，便多了许多逃难的人，操着岭粤各地的方言，蹲在路边，叫卖随身带来的家当。害羞些的，只摆在骑楼底下，也不说话，只默然注视着过往的人。有多看了一眼的，他们才出来引你过去。依然不说话，你便看到有古玩、玉器、字画、钟表，也有旧衣杂物。问价钱，只说看着给，能买米粮就行。这都是从前有身份的人。他们自己卖，总觉得比拿到典当铺要妥当些，但又舍不下脸。阿云看见一个女人，怀里抱着一个婴孩，身旁的担子里还有一个。身上穿的粗布，扁担上搭着几件衣物，却是上好的料子。阿云捻一捻一件藕色锦缎的旗袍。那女人马上站起来说，妹妹仔，啱晒你，这是我结婚那年在"和祥"定做的，正合你身型。

偏僻的四邑口音，细巧地说出来。她展开那旗袍，做工十分细致。每只盘扣底下都是一朵祥云。阿云见她脸色是颓唐的青灰，手却十分细白。没待她再开口，却被桂姐打断，说，唔该你带眼识人，我们是自梳的，哪里穿得了你的靓衫。

桂姐的眼睛，却在地上摆的一副翡翠耳坠上流连，掂起来，问那女人。女人想想，伸出一个手指，是一个银圆的意思。桂姐从怀中掏出手绢，草草抽出几张西贡纸给她。女人接过来，欲言又止，却也收下了。

两个人走远了，阿云回头，看那女人遥遥地望。她想，这耳坠大概是心爱之物。桂姐就说，别看了，你现时可怜她，可你看她一只手，倒三个指上有未褪净的戒指印，谁又能帮得了她。今天她卖这些，明日就能卖自己的孩子。

走了几步，真有卖人的。是个小女仔，低眉顺眼。面前摆了一张纸，只说是跟家人走散了，卖自己。

桂姐催她快走，说，别看，惹是非。哪里是卖自己，多半是过海来的，后面有蛇头跟着呢。

阿云这才知道，自己过来时，跋涉是吃了不少苦，原来还算平顺的。

广州湾，这巴掌大的一块地，此时正吞吐着两广和海南的难民。无论是珠三角通来的陆路，还是港澳、海南通来的水路，处处人头攒动。西营码头的海面泊满千百船艇。雷州半岛的泥尘滚滚中，奔涌而来的人，携着妇孺童叟，拎着沉甸甸的皮箱、藤箧，带着惊恐与焦虑，正奔向这个法属租借地匆匆造就的方舟。

桂姐叹一口气，说，以往没觉得这里好，到处都是鬼。在中国的地界上，却要用别人的银纸。如今，整个广府上的人都来了。好不好，谁说的算呢？

阿云却停下了步子。她看到街边一个货郎，在树下心不在焉地站着抽烟，面前摆着一只草筐。这筐里，装着瓷器。见她过来，货郎将烟斗磕一磕，殷勤招呼，说，小阿姐，看你识货。可是景德镇的青花瓷。贱年贱卖，回个运费本钱。

阿云在那筐里翻一翻，问，有没有白胎？

见那货郎茫然，她就加一句，只上釉，无花的。

货郎想一想，“哦”一声，从筐里掏出来一摞白瓷盘，脸上却是为难神色，说，小本生意，有花无花一个价。

阿云摩挲了一下那瓷盘，滑腻的凉。她眼亮一亮，给我拿六只。

旁边的桂姐听了急急拦她，说，买这么多，要摆九大簋吗？一家独口的，屋里的碗盏，不够用？

阿云却已经掏出钱来，对货郎说，给我包好，扎结实些。

夜里头，阿云在灯底下端详那瓷盘，有久违的喜悦。她的手指，沿那瓷盘的边缘划一圈，用布擦净了，便端正地摆在桌子上。自己洗了手，将包裹在行李深处的家什拿出来。

她愣一愣，看那小小的乌木枕箱，箱盖深深镌着“司徒”两个字。抚摸，凸凸凹凹，一刀一痕。这是阿爸传给她的，又是她阿爷司徒章，传给阿爸的。没上过漆，只是上了桐油。阿爸说，隔些年就上一道，隔几年再上一道。绘彩时不慎沾上的五颜六色，就给这桐油封在了里头。看得见，却抹不去。

她慢慢地调了颜料，拿出一支幼细的狼毫。举起盘子，手竟微微有些颤抖。她屏住了呼吸，下了笔，却只画出了一道圆弧，便不知再怎么继续了。

放下笔，呆呆坐着。她听到门边有窸窸窣窣的声音，看过去，是一只毛茸茸的爪子。她笑一笑，轻轻唤一声，阿四。

阿四是堂里养的猫。她睡在堂里的第一夜，便没有听错，确是猫的叫声。说是养，其实也很松散，没当正经的。平时它便在外头游荡，饿了，便回到堂里来，逢到哪个姐妹做饭，便乞一餐。吃完了，便又出去游逛，没有恋家的意思，倒好像是吃百家饭的野孩子。

所以也瘦得很，身形倒很精干。阿四将门拨开，便悄没声地走进来，围着阿云的脚头绕一圈，蹭一蹭。阿云便将晚上没吃完的馒头掰开，蘸一点虾酱喂它吃。阿四吃几口，便看看她，细细叫一声，又接着吃。吃饱了，也不走，偎在她脚边。她便俯下身子，摸一摸它。它便软软地躺下，将身体团起来，团成了一个圆，渐渐睡着了。阿四是一只虎斑猫，正是皮毛丰盛的季节，身上斑斓的花纹随它的呼吸，起伏翕张，竟然很好看。

阿云忽然心里动一下。她坐回了桌上，看着阿四，便开始在盘上描画，须臾便画出了它的身形，是团圆的。她想一想，便在猫身上勾勒出花纹的形状，竟是大朵的层叠的牡丹，再是雏菊、百合、广东玫瑰，渐渐将那身形填满了，是金底万花的图案。她想一想，又密密地镶了一道瓜果边，四角间各画上一只彩蝶，阿四便好像栖息在丰收的田间了。

她画上最后一笔，吁一口气，看这只彩盘上的颜色，堆叠着，倒无声地喊了一声，将幽深的夜晚也喊醒了。她觉得自己也很清醒了似的，人也精神起来。她将盘子举起，给阿四看一看。阿四对着盘子半晌，闻一闻，然后伸出小小的舌头，舔一舔她的手。她感到一阵潮湿的、细微的暖意，从指尖一点点地，传到她的心里去了。

阿云醒过来，天蒙蒙亮，看见桂姐笑吟吟地坐在床头看着她。

桂姐只说，不早了，看你没起来，过来叫你翻工。

然后却将那盘子执起来，说，画得真好。我可看得出是阿四，灵似活现的。以往只知你读过书，没想到，还有这么大的本事。

旁边进来一个姐妹，也是准备要上工的，工帽开线了，过来跟阿云借顶针。一看也赞说，真系叻女。又问阿云，你画不画鸡公碗?

阿云摇摇头。

她便有些失望，说，这也不当个活计，怎么贴补堂里头。

见她走了，桂姐说，别听她的。鸡公碗会画的人且多，你这个手艺，千里挑一，给他们十年也练不会。

以后，阿云便定下心来画，画好了，自然是没有人烧，便都搁着。也不拘，看到什么、想到什么就画什么。自己的斗室，打开窗，窗外就是活生生一幅景。在盘上，开个斗方便画。有青山、有绿水、有飞鸟。收工经过赤坎的海傍，港口里停满了航船。记住了，回来便也画。姐妹们就说，海那边是香港、是澳门、是海南，再远些是什么地方，就在她们的见识之外了。

她临过的御窑彩瓷，却画不出，也不舍得画。夜里一闭眼，却满脑子都是，好像印在了经络里头，却上了把锁。

每逢初五，她便去寻那市集上的货郎，买瓷盘。买得多，久了，货郎也狐疑，怯怯问，小阿姐，你们家里，是人口多，还是盘子摔得勤?

清明，阿云画了岳善堂，用了寿字花心。这斋堂外墙上本有凤鸟纹与草花纹，阿云便照样描了，用来做边饰，竟然也十分清丽。给桂姐见了，大为赞叹，自作主张，便摆在观音堂，说要堂里的人都看看，见一见世面。

堂主倒没说什么，还顺势题了堂名在那盘子上。往后，谁来拜观音，就都要对着那盘子拜一拜。就有人说话不咸不淡，说，这怎好。没来几天，就有“契相知”撑了腰。

四月时，盘子渐渐竟然码成了一小摞。仍是无人烧，阿云便想起了一个人。那时她画，这少年便为她烧，烧得好。可也烧坏了一只。她想着，就回忆那烧坏的盘子，慢慢便又画了出来，盘上是嫣红的扶桑花，缠绕着。斗方里是两个少女，坐在陶墩上，似在耳语。后面有远山、有湖水。是春天的景致，盎然的。

桂姐这回见了，不赞了，也不说话。只默然，愣愣看许久，喃喃说，你看这两个女仔，多好，倒好像要好上一辈子了。

一天收工回来，桂姐兴头头地，拿了份广告，说，阿云，你快看看。前些天，我对你说，西营有个华侨回国赈灾救护队，我在里头做过看护。现今他们有人为难民新建了个小学，在霞山。正请老师，我替你报了名。

阿云连连摆手道，我学过的那点东西，都还给学校了，教不了人。

桂姐道，没人把你当翰林。教小学，一个秀才可也够用了。又轻叹道，你这双手，织一世的布可废惜了。

阿云去了才知道，学校是天主教总会，和爱周募捐委员会合办的，白天要帮忙安置难民，都是在晚上上课。

还正经地面试了她。面试的先生，有两个是中国人，还有一个外国人，倒也说一口很好的中国话。不过不是广东话，是国语。

问阿云能教什么。

她想一想说，画画。

那洋先生点点头，说，很好。我们正缺美术科的老师。

从此，阿云白天在布厂，晚上就去霞山上课。

学生们多是两广流落而来，年龄参差，也没严格地按年级分班，只囫囵做了安排。有些孩子早已开蒙，知道上学规矩。自然也有些未懂事的，大约来自乡野，活泼得不像话。

可在阿云的课上，都十分安静。大约他们并猜不透这个一袭青衫的阿姐是什么来历。其他的老师，无论是西人，还是华人，气质多半是现代和时髦的。但司徒云重，青白的脸上，有一种和她年龄不很相称的肃然，倒是和脑后丰盛的发髻，是相合的。她的口音，让他们觉得好听，是恰到好处的广府话。没有潮汕的张扬，也不及四邑的中古诘屈，从她口中平静地流淌出来。此外，她在课上从不说自己，只上课。并没有当这些学生是孩子，不哄着他们，也不训斥他们，只讲她该讲的。

有一两个闲极生事的孩子，挑衅了一番，见她不动声色，多半自己觉得无趣，也便老实了。

孩子们都叫她司徒老师。教务主任，那个洋先生来巡视。便说，在我们法国，课堂上都叫老师的名字，亲和些。不介意的话，就叫您云老师吧。

阿云说好。

这个大胡子先生，反身，便在黑板上信手用粉笔画了一朵云，对孩子们说，记住了，这是你们的老师。

孩子们喜欢阿云。

她并未上过一天教育的课程，不知那些理念和方法，她能做的，只是带领。

其实是十分老式的教法。在她手中，画了一朵花，便停下来，静静地等孩子们跟着画。孩子们画好了，她便再画一片叶，又停下来，等孩子们画完。

她自然没有意识到，孩子们喜欢她，是因为她所惯常的绘画，恰是孩子们去模仿世界的方式。广彩天然的缤丽，大红大绿，浓墨重彩，与孩子们对这世界想象的复现，不谋而合。那些似乎违反常识的审美，那些变形的、失去现实参照的比例，才是孩子心目中的真理。

尤其是，阿云的绘画，有她一以贯之的信马由缰。这和她早年临画图谱时的经历相关。这么多年，她并未在心里建立起看取事物的顺序原则。她画阿四，会从一只爪子画起；画一条鱼，会从尾部画起；画一个女仔，会从她颈项上的珠链起笔。永远让她的学生感到出其不意，充满了新鲜感。

她无声地鼓励他们。去表达，肆无忌惮地挥霍他们幼小的想象。这与她肃然的样子，大相径庭。

她收上来的功课，孩子们画的太阳，是蓝色的、橙色的，甚至黑色的。她浅浅地笑着说好，并不会激赏或批评哪一个，这便让她显得有教无类。面对她，孩子们不会争宠，如同小动物在别的老师跟前那样。但他们珍视她的评价，因为他们将她视为自己人。

当阿云回去斋堂时，已经很晚了。桂姐没睡，往往煲了老火汤等她，有时是一小锅菜脯粥。熬得又黏又稠，盛出来。

自己不吃，看着她喝。

阿云呢，便一边吃，一边跟她说在学校的见闻，说那些孩子闹的笑话。她认真地听，然后笑，笑得很温存。一边看着她，说，到底洋学堂好，有规矩，教得文明。放在我们镇上的私塾，这些小把戏，早就叫戒尺打老实了。

阿云便也笑，她把孩子们的功课拿出来，给桂姐看。桂姐一张张地翻，看得仔细，时而评点几句，说这个雀仔，画得像；那只唐狗怎么只画了三只脚。翻完了，轻轻叹一声，说，好啊，这些细路的爷娘有福气，给日本人撵到这儿来，还能遇上云老师。

阿云听到这儿，在心里动一动。她想起那个外国人，也教孩子这样叫她。

他的声音很浑厚，用轻巧的卷舌音。

吃完了，桂姐收拾了锅碗，嘱她早点睡。临走阖上门，却又回转了身，灯光薄薄地铺在她脸上，暖黄的。她说，云啊，你的天地愈来愈大了。

到了圣灵降临日，广州湾便随法国本土放假。

因为难民还在源源不断地拥来，天主教总会便联合广府、潮州、高州等地的会馆，在英勇路、大德路一带搭起竹棚，设难民营，以安置难民，并在赤坎、西营向难民派粥，发送生活用品与药物。因为这一天没课，便也发动了老师们来帮忙。

阿云被派了做文书，登记难民的乡籍。她登着登着，发现近来多了许多的广州人，终于忍不住，问一个相貌体面的老妇。妇人叹一口气，说，如今香港、澳门也给日本人占了，还有什么去处？有一分办法，谁想跑到这法国人的地界上来。

于是，阿云心里闪了一个念头，隐隐地担心。但也就一下而已。

因为一日奔波于两地，到傍晚，大家都很疲惫，胡乱吃一点东西，走过赤坎的海道，便索性停下来，坐码头上休息。

有些男同事开了局打纸牌，姑娘们依偎在一起，絮絮地说话。阿云看到海上很静。只是点点的光，闪动着，是远近航船上的渔火。扑通一声，水面上泛起涟漪，夜游的鱼忽然跳跃。月亮也升起来了，无声的、白煞煞的一轮。这一刻，她觉得心里安定。

这时候，他们都听到了歌声。她也因此被吸引，抬起头来。声音的底是雄浑的，但是旋律却温柔，很简单的，在回环吟唱。他们便都不再说话，静静地听。是一种她所陌生的语言，远远地传过来，她却觉得自己听懂了。再听听，原来这歌声就在近旁。是那个洋先生，他在唱。他手里夹着一个纸烟卷，另一只手，手指在膝盖上弹动着，打拍子。这个大胡子的法国人，是他们的教务主任。她现在知道，他有一个中文名字，姓陆，叫陆白逸。

这学期将近结束。到了美术科的考试，阿云带了一只白瓷碟。

她将白瓷碟覆在考卷上，给每个学生画了一个圆。她说，你们就在这个圆里头画，画什么都可以，但不要画到圆外头。

她看到，孩子们第一次感到为难。他们有的抓耳挠腮，有的呆呆坐着，无处下笔，抬起头来，看着阿云。

阿云说，以前老师让你们画的，是你们自己想画的。这回让你们画的，是你们能画的。老话说，没有规矩，不成方圆。你们毕了业，就长大了。长大了，这个圆，就是规矩了。

每年六月十九，观音成道，在斋堂是大日子。姐妹们早早地都备好衣裳，要结伴去佛香山的观音寺上香。这古寺建在廉江，桂姐是廉江安铺人，这于她就是要回家乡了。虽脸上淡淡的，心里却是喜气得很。早早就备下了香，金银衣纸，长圆禄马，五斋。她新做了套香云纱，宽袍大袖，是光绪年就从顺德传下来的自梳女的祭服样式。做工很细，衣襟上密密地缝着回字纹。她照样给阿云做了一套。阿云穿着，看看镜子里。衣服大了些，显得她的头脸格外地小。桂姐说，大点好，一兜福，二兜寿。我们姐妹同心，就要穿一式一样的。

桂姐给阿云细细地盘了髻，也与以往不同，分外地丰满。撑满的帆一样，叫妈祖髻。她又打开手帕，取出了一副翡翠的耳坠。阿云认出来，正是那日在市集上买的，在晨光里头，通透地绿。桂姐就要给她戴上，她一闪身。桂姐按住她，说，别动，你后生，戴着好看。我戴自己看不见，你戴着，我就时时都能看见。

戴好了，她又将阿云对着镜子，口中赞，我阿云啊，往后是有福的，生了观音相。

阿云也看自己，觉得是有些不一样了。耳垂上那两颗翠，莹莹的光，像是就要落下的两滴水。

下山的时候，是晌午了。天气晴好，又刚刚吃了寺里的斋饭。姐妹们的心情都很满足。就有人问桂姐，刚刚许了什么愿？桂姐笑说，不说！那人便又转身问阿云。桂姐忙一掩阿云的口，道，可别说！说出来就不灵了。我的愿里有你的一份。

谈话间，又有人说，今天可是礼拜六。阿云忽而恍然，总觉得忘了什么事，原来是这一届学生毕业典礼的日子，就在圣维尔多堂。她可是答应了孩子们，要在礼拜堂后面的空地上合影。这样紧赶慢赶，不知还来不来得及回到霞山。这是她教的第一届学生。这样一想，心里不禁焦灼起来。

经过安铺时，桂姐犹豫了一下，对她耳语说，想回家看看爹娘。自梳以后，一直硬颈，就没回去过，现在心里很没有底，问阿云能不能陪她回去。

阿云心里也装着事，不假思索，就对桂姐说，今天是学生毕业礼，要赶回学校去。

桂姐的眼睛暗了一下，嘴唇抿一抿，对她说，好，那你快些，别让人家都等着。

阿云乘坐人力车，赶到了教堂，太阳已西斜。

她在四周走了一圈，没看到一个人，心里不禁一阵空。她看到礼拜堂的草地上，挂了一条横幅，上面写着“霞山小学第一期毕业典礼”，散落了几把椅子还没有收拾，可能就是拍照的地方。

礼拜堂里也是空的。她站了一站，待气息匀了，才慢慢穿过礼拜堂，却又觉得一阵乏力，于是找一个角落坐了下来。

和她一起，拢在很大一片暗影子里的，是圣母像。圣母抱着婴儿耶稣，看着她，是忧郁的神情。一个打扫卫生的阿婆，这时走过来，愣一愣。阿云想，大概是因为她的衣着，便说自己是霞山的老师，问她可看见了小学校的师生。阿婆摇摇头，便弯下腰扫地。光柱透过珐琅窗照射在地板上，里面有灰尘在飞舞。

坐了一会儿，听到有人唤云老师。

她抬起头，却听到咔嚓一声，眼前一闪。她用手遮一下眼睛，这才看见对面一个人。是个高大的洋人，手里端着一台照相机，正笑盈盈地看她。她侧过身，站起来，想躲闪这个陌生人。可又觉得这声音很熟悉，再仔细一认，竟然是陆白逸。

的确是陆白逸，他的一口大胡子刮掉了，脸相竟然是很年轻的。这让阿云意外。

陆白逸笑着耸一耸肩，说，你来晚了一步，学生们已经散了。

她于是知道，教务主任兼任了毕业礼的摄影师。

看到她抱歉的神情，陆白逸又说，草地上的横幅还在，要不我给你单独拍一张，可以送给同学们作纪念。

阿云叹一口气，说，不用了，这不是我的毕业礼。

这话里没有好声气。沉默间，两个人都感觉到了彼此隐隐的打量。阿云不禁低下头，拉了拉衣服的下摆，说，今天和姐妹们去廉江拜观音，所以迟了，真是对不住。

陆白逸将相机从颈子上取下来，放进了一个皮套里，说，不要紧。下一届毕业礼，旧生们回来看你，再和他们拍。

阿云想，这所为难民的孩子办的学校，学生都是流离的人，谁又能知道以后的事。但她知道，这安慰的话是出自善意。

陆白逸搔了搔头发，又一摸下巴，说，倒是我应该说声对不住，刚才好像惊扰了你。看你的神情，是被我的新样子吓着了。是这样的，每一届学生毕业，我都要把胡子刮了，代表下一届要从头开始。你们中国话，怎么说，叫辞旧迎新。

阿云听着这个外国人，用标准的国语，一本正经地咬文嚼字，终于笑了。

陆白逸便说，云老师，为了弥补你的遗憾，也为了赔礼，请你看话剧怎么样？香港的艺联剧团，最近移师到广州湾来了。昨天他们张团长对我说，今天有一出新排的《明末遗恨》。我记得面试的时候，你说中学时还参加过剧社？应该会感兴趣。

阿云心里一惊，想，他竟然记得这个。在她琢磨该如何推辞时，陆白逸说，也是时运不济，萧竹筠竟然也跑到广州湾来了。这个戏是她担纲的。

萧竹筠。这个名字，在阿云的记忆深处击打了一下。萧竹筠是上海南下香港的话剧明星。阿云还记得，她跟着谭胜龙，看她巡演《茶花女》，那样美得不可方物。也是因为这出戏，阿云参加了学校剧社。这么多年过去了，她居然也来了广州湾。

法国大马路上的文化大剧院，是阿云每天回家要经过的地方，但这是第一次走进去。她走得很小心，跟在陆白逸身后，似乎希望高大的身形，可以遮挡她。不知为何，她会为自己的衣着，或头上的发髻，而感到不安。

终于，她看到了萧竹筠，但已不是记忆中的。尽管化着浓妆，在强烈的灯光底下，她还是看出了她的老态和疲惫。尽管，她的声音依然甜美，但此时却显得做作。阿云忽然想，她不是茶花女了，她只不过也是个逃难的中国女人，讨生活来了。

这样想着，她觉得有一种东西在碎裂。她几乎可以听到碎裂的声音，这让她喘不过气来。她忽然站起来，快步走出去，长长地吸了一口气。

外面的空气是清冽的，带着泥土味。她这才发现，外面已经下起雨来。她定定站着。看见陆白逸也走出来，对门房说了一句话，借出了一把伞。

她走进了雨里。她感到有一把伞，追到她身后，遮住她。雨大了，她侧一下眼，看到陆白逸身子都在雨里面，紧紧跟着她。

她不知可以说什么，走得更加快。两个人默然地在雨里走。她觉得自己的心跳也快了。在远远看到岳善堂的轮廓时，她忽然对陆白逸欠一欠身，就跑进了雨中。她奔跑着，雨沿着她的眼睛和脸颊流淌下来。但是她看见斋堂灯光的光晕，越来越亮。她跑得更快，让自己跑进这光晕里。

阿云悄悄走上楼，脚底的楼梯咯吱作响。发髻落满了雨水，沉重得让她的头不自然地后倾，颈子也有些发酸。

她经过了桂姐的房间，门忽然打开了。她看见了桂姐凄惶的脸。

她把阿云拉进了房间，愣愣地看她。她说，阿云。

阿云躲开她的眼睛。桂姐说，云，我阿妈她，我老母死了。死了半年，竟没有人告诉我。他们已经不认我是钟家的女了。

桂姐开始哭泣，她忽然伏在了云重的肩头，开始无声地哭。她有些瘦削的下巴，戳得阿云有些疼。阿云承受着这哭泣的震颤。她不禁慢慢地伸出手，抱住了桂姐。她觉得自己肩头的热，和雨水的冰冷，一起渗进了她的身体里。

这时，她听到桂姐模糊的声音，阿云，我只有你了。

司徒云重，当晚发起了高烧。

急得桂姐连夜找了大夫来看。看了说是没什么大碍，大概因为雨中受了寒，将养几日，便会好。

桂姐还是不放心，照看了她整两日，也没有去布厂上工。阿云让她快去，省得监工多话。桂姐说，我怕她做什么。以往我心心念念地要挣钱攒钱，是每个月要朝家里头寄。我是逃出来的，到底心里头还是不落忍，能多贴补点也心安。如今是家里不要我了。我想通了，也落了一个松快，不着急了。我倒想着，细水长流地，将来钱攒够了，待我们老了，就自己搬出去住。你是不喜和人打交道的，又何必看人脸色呢。

阿云听到这里，将手里的粥碗搁下，说，你还是去吧。厂里的姐妹也惦念，我一个人能行。

这时候阿四拨开门，施施然走进来，晃着尾巴，腾的一下，跳到床上，偎到阿云身边，侧身躺下。阿云说，你看看，有阿四陪我，你放心去吧。

桂姐千叮咛万嘱咐后才去了。阿云呆呆坐了一会儿，觉得有些闷气，便伸手打开窗子。听到外面有潺潺的水声，清冽的风也进来了。她觉得舒爽了许多，于是披上了衣服，慢慢起了身，忆起骑楼上还挂了一串鱼干，想取来喂阿四，便走出去。看到外头的景致竟好像也清新了，被连日的雨荡涤干净了似的。对面平房上的黑瓦，洗得乌亮。墙头上生的野苇子，青生生的，似乎又冒高了一些。阿四绕着她的脚，喵呜喵呜地叫。她便搬了个板凳，站在上面，要取那鱼干儿。

这时候，忽然听到底下有人喊，云老师！

她一看，底下站着两个小女孩，仰着脸对她笑。原来正是班上的学生，刚毕业了的。

阿云便冲她们招招手。两个小孩子便上来，都是欢欢喜喜的，好奇地四处望。阿云问她们，怎么找到这里来？她们说，听说您抱病来不了开会，是教务长叫我们来，给老师送毕业照。说着，便递给她一个纸包。

阿云便把桌上的水果给她们吃，她们也不接。其中一个潮汕口音的小姑娘，忽然挨近了，悄悄问她说，老师，听我阿妈说，住这个大屋的女仔，都是不嫁人的。是吗？

阿云愣一愣，胡乱点一下头。

她便接着又问，那你呢？我们都说老师生得这样靓丽，将来也不嫁人吗？

阿云心里微颤一下。旁边的女孩就斥她的同伴，说，赵银女，看你口水多过茶。

问话的孩子，便吐一吐舌头。两个学生便对着阿云鞠一躬，匆匆地走了。

纸包里有一个信封，打开来有张纸，是下个学期的聘书，里头裹着毕业照。阿云看那合照，个个喜气盈腮，独缺了她，也觉得空落落的。

再一翻，却还有一张照片。上面竟是她一个人，穿着宽袍大袖，坐在暗影里。她想起来，是陆白逸唤她一声，抬头的一刹那拍的，是失神间的猛然一醒。姿态竟然还是端正的。裙挂太宽大，堆叠在她膝头，深漆漆，也融进了黑暗中去。但恰有一道光，打在她脸上，一半的面色便格外地白，眼神间有些慌。嘴角也绷得紧紧的，耳垂上的那一点翠，却格外夺目。因略略失焦，她看上去，面目有些陌生，倒像是个前朝的人。

她这才想起了拍照的人。再仔细看那毕业照，倒真也缺了陆白逸。他是摄影师，自己入不了镜的。

那纸包里还裹着本书。十分残旧，上面写《芥子园画谱三集》，金阊书业堂刻本。她揭一下，纸已经发了脆。小心翻开来，里头倒是工笔勾了琳琅的花卉与雀鸟。再仔细看，原是教人如何绘画，有极详细的文字图解。一只鸟，从头到脚、到背肩、到梢翎、到尾，竟是一点一滴地教人画了。若是并聚，又有白头偕老、燕尔同栖、和鸣、聚宿四则。后面大概是以往字画里的精妙，也都一一列了出来，给人拆解临摹。另有设色诸法一十六则。她囫囵翻着，天竟然渐渐暗了下来。翻到了末页，见有一行小字，写着“己亥春琉璃厂”。

她将书阖上，却不留神书中掉出了一张小画，一棵树绿成了一片，枝叶繁盛，长在水上。昏黄的天空下，水也是昏黄的。倒有一条船，两个小人儿，一个撑船，一个拉网在打鱼。阿云闻到了新鲜的水草的味道，湿漉漉的，荡过来。

到新学期开学时，学生竟比上一届多了许多。开学典礼上，奏了法国国歌，却又奏了三民主义歌。听起来，有些前言不搭后语。但因为大家都很昂奋，便并不很在意。

典礼结束了，同事们又聚了餐，用的是西方的自助式。散了场，司徒云重走了半程，却想起什么来，就回头到了学校里。

她望见在礼拜堂后头，陆白逸独自一人在布置一个布告栏，正将上学期受嘉奖的功课贴在上面。布告栏要照顾东方人的身形，陆白逸体量高大，动作起来，便需要弯着腰，叉开了腿，看上去有些拙。阿云倒看见，其中有一张，是期末考试她布置给学生的功课，判了高分的。那孩子画了一上一下、各咬头尾的两条红鲤鱼，边界上画了菱形的水藻。

她轻轻唤一声，陆主任。

陆白逸听了回过头，见是她，忙直起身体，叩一叩自己的腰，倒像个上年纪的人。阿云看到，他的脸上起了浅浅的胡楂，苍青了不少，又不复夏天时的少年样子了。

他看看阿云，笑一笑，说，云老师，我还担心你这个学期不来了。

阿云顿一顿，说，夏天的事，实在唐突。我是专程来谢谢您。

陆白逸擦一擦手，从怀里抽出一支纸烟，问她，介意不？

阿云摇摇头。他便点上，吸一口，烟袅袅地从口中游出来。他问，谢我什么，是那张照片？

阿云从包里翻出那本《芥子园画传》。他好像有些失望似的，说，我以为是谢我照片拍得好。我在中国拍了许多照片，这张是真不错。

阿云没有接她的话，只将书递过去，说，我看完了，还给您。

陆白逸接过来，翻开，将那张小画取出来，说，还在里面。这是我临了一幅柯罗。

阿云问，柯罗是谁？

陆白逸说，我们法国的一个风景画家。我父亲说，生病的人看了柯罗的画，很快都会好。

阿云笑了，说，原来是个偏方，像中国的符。

陆白逸也笑，说，其实我很羡慕你，可以教孩子们画画。我也爱画几笔。可是来了这个学校，缺法文老师，又缺自然科的老师，我都得兼着。你们广东人说这叫什么“万金油”。

他将书又递给了阿云，说，书你留着，这学期可以当教材用。

阿云挡一下，说，这倒不用，我上个学期都教下来了。

陆白逸说，你教得是不错。只是，你的老师没把你教好。

阿云心里一愣，一时间疑心听错了。但又不好问，她便让自己愣在那里。

陆白逸将烟蒂投掷到地上，踬一踬，说，云老师，当初我在旧书店买了这本画谱。书店老板说，芥子虽小，内有须弥。你们中国人学东西讲师古人、师造化。都是经验之谈，照着教，没错的。

阿云回过神来，咬一咬唇，望一望布告栏，说，那又何苦把这份功课贴出来。

陆白逸摇摇头说，你还是没听懂。你教出来的学生是好的，这是你的本事。只是你当初学画的路数，有些可惜了。我听了你两回课，我一直看不透你的章法。后来你给学生考试，画了一个圆，我才明白过来。

阿云抬起头，看着他，说，你明白了，我不过是个画广彩的？

阿云将“不过”两个字，念得特别重。她觉得自己心里一块东西，忽然灭了。这东西是什么，她想不起。只是这时，忽然灭了。

陆白逸听出来，想一想，说，我没别的意思，只想帮你。我很佩服中国的匠人。一个规矩，代代相传，雷打不动的，是要守得住。照你说，齐白石也不过是个匠人，当年靠半本画谱，就成了。你们的老话，万变不离其宗。中国人学艺术，不是从写生和素描学起，就靠这个“宗”。

阿云冷笑道，这回我听懂了。你是嫌广彩浅陋拘泥，怕我误人子弟。好，我倒问一句，这画谱里头，有没有规矩，这规矩误不误人？谁说一只雀仔非要从嘴画起，我若从脚，就是不对了？

陆白逸说：“画山水必先画树，树必先干，干立加点则成茂林，增枝则为枯树。”这就是我说的“宗”。“宗”怎么来，是古人跟自然学，今人又跟古人学。是为要让人开蒙后，能举一反三。“宗”是大的，规矩是小的，你不要让规矩给拴住了。

阿云望向他，慢慢地说，我不懂什么艺术，我只有手艺。这手艺，立得住，能传下来，都是靠那么点子规矩。石榴几粒籽，花头几个瓣，公仔七情上面怎么描，这是我们的“宗”。

陆白逸没料想，这女人柔弱的身体，此时挺挺地立着，眼睛里头有一种灼人的力量。他沉默了，半晌终于说，第一个立规矩的人，之前也并没有规矩。

阿云笑一笑，说，当年我爷爷，因为不守行内规矩，被师父赶了出来。后来成了立规矩的人，别人就要守他的规矩。到头来，谁又逃得过？

司徒云重，晚上回到家里头，定定坐着，天色暗了也不觉。

又过了好些时候，她才点了灯，打开箱子，将从广州带来的一沓宣纸取出来。她把纸铺在桌上，用镇纸压平。洗了笔，磨好了墨。又阖上眼睛，屏息敛气，久后才张开，落下了笔。

她以为自己忘记了，然而没有。她只是不想触碰，将它们折叠、夯实，压在了记忆的箱底，上了锁。她于是用了很多时间，试了几把钥匙，才将这把锁打开。发现它们都在，整整齐齐，毫发无伤。

她没有犹豫，笔走龙蛇，将镌在她脑中的图样复写出来。那些干隆御窑线稿，繁复而曲折的花纹，每一个斗方中的远山近水、才子佳人，纤毫毕见。她如同被另一只手推动着，没有思索，无所踌躇，就这样接连不断地画下去。待她连续画了九幅，才觉出累了。手肘有些发僵，可指间的经络，却还悸动着，微微颤抖。

她放下了笔，听到身后有声音，是桂姐。

桂姐悄没声地走过来，将一碗银耳羹放在桌上，轻轻说，看你回来，就着了魔似的画，饭都不吃，我也不敢进来扰你。

阿云笑一笑。这一笑，才觉出了蚀心地饿。

桂姐小心翼翼，翻看那些线稿。阿云听到她深深地吸一口气，问，云啊，这都是你刚才画的？

阿云点点头，问她好不好。

桂姐举起来，对着灯光。那宣纸上的画，线条如同镀了一层金。她说，这，该怎么说呢，不是我刚才看着你，还以为是神仙画的。一口气画了这么多，像是神仙上了身。你是怎么想出来的？莫不成真是观音帮忙？

阿云放下碗，沉吟一下，说，这不是我想出来的。但以后就是我的了。

司徒云重走进了学校办公室，把一封辞职信递给了陆白逸。

陆白逸没有接，身子向后一仰，说，云老师，是什么原因呢？

阿云说，上不了台面，教不好。

陆白逸愣一愣，没说话，却笑了。他看着面前的人，冷白的脸，微蹙着眉。他便等她接着说，是饶有兴致的神色。

阿云见他不说话，倒有些没底了。她想一想，从书包里掏出了一沓纸，摆在了陆白逸的面前，说，我就是个画广彩的人，这是我们的“宗”。

陆白逸微笑，接了过来。阿云看到，他脸上的笑容渐渐凝固，继而冷却了。这个男人的神情，忽然变得严肃。他戴上了眼镜，开始一张张仔细地看。眼睛离这些线稿，越来越近，似乎不放心错过任何一个细节。司徒云重，看见了眼镜片后遮挡不住的微光。她不动声色，却为此感到轻松。

她想，自己终于可以有一个体面的离开。

陆白逸终于放下了宣纸，取下眼镜，用拇指与食指按压着自己的眉心，很久没有出声。他抬起头，对阿云说，这封信，你先留着。

阿云再次将信封推到了他的面前。

陆白逸看着她的眼睛，说，我想带你去见一个人。

司徒云重，在这一年的中秋翌日，见到了尚先生。

尚聿山的居所在赤坎中兴街上。中兴街毗邻法国大马路，繁华热闹，临街有许多酒店，像是“六国”“宝石”“南华”，都是广州湾时髦人的所在。宝石酒店是许爱周的产业，富丽得很，也有个颇为气派的花园。花园由骑楼式走廊环绕，环境雅致，后街便是“中兴街”。

这条街于是横跨了几条街道。福建街段称新街头，靠大马路段称新街尾。在这儿，路就这么忽然一荡，自成了一街，就连路上的喧嚣热闹，也涤荡清了，倏然就安静下来，里头多半都是民居。街两旁都是连体式的骑楼，楼上住人，楼下做商铺。跨出街面可遮阳挡雨。骑楼上的雕花栏杆，层层卷曲着叶片，是中西合璧的洋气。大概也经历了年月，外墙斑驳脱落，甚至还有红砖露在外头。

对这一带，司徒云重并不陌生。他们布厂的晒布场，离这儿不远。后来布厂的老板关了场，在这里建了一爿酒店。桂姐带她来看过，但因为时局不稳，便总是盖不好，到如今，还只有一截荒芜的外墙。但这条街，竟然很少进来。司徒云重跟着陆白逸，长长的青石板路，怎么都走不完似的。

从雷公牌菜种店斜插进去，竟然有条木桁条隧道。阿云这时才看见，这森森的巷弄里头，竟像凭空竖起了两根罗马柱，正门长廊的天顶弯拱花棚铺满盛开的大红炮仗花和喇叭花，撑着一道石头的门楣，上头写着“止园”。

上了二楼，未进门，倒先有膏腴的香气。再听见刺啦一声响，是油锅里的动静。陆白逸倒也不敲门，熟门熟路地拉开一道门帘，就招呼阿云进去。一进去，就见一个人顶着锃亮的光头迎出来，一面用毛巾擦着汗，一面对他们说，你们先坐，还有一个鱼就得。

阿云看着他的背影，风风火火地一拉帘子，就进去了。

两人于是坐下来。她见桌上已经摆了好几道菜，竟然还放好了三副碗筷。菜是丰盛的，足见礼数的足够。但阿云心里还是忍不住说，这尚先生好大的派头，自己不出来，倒叫个厨子来招呼客人。

听到厨房里头，叮叮当当的是装盘的声音。做菜的人出来了，端着一个盘子，里面是一条大鱼，上面浓浓的酱汁，冒着热气。

他摘下围裙，然后笑着拱了个手，说，这一身臭汗，尚某失礼了。二位稍坐，我进去换身衣服。

阿云这一听，倒慌了神，眼睛看向陆白逸。陆白逸微笑道，没错，这就是尚先生。

他看着一桌的琳琅，说，真难为他，这时节还能寻到这么大的黄鱼。

阿云想，难不成陆白逸口中的尚先生，真的就是个厨子。她望着面前一盘烤乳鸽、一盘香煎牛仔骨，都是活色生香的样子，想，虽说广州湾算是乱世浮余，这也未免太铺张了。

陆白逸像是看懂了她的心事，说，尚先生其实平日很节省，但是好客。不过真的很少见他这样大张旗鼓，当你是贵客了。

阿云心里奇怪，想，素昧平生，何德何能，自己到这广州湾也还算是个新客。这时，尚先生出来，穿了一身黑绸衫袢，手里执了一柄蒲扇，坐下来说，我这人不讲究，这衫子算是我出客的衣服。不穿呢，像个厨子；穿了，又像个打手。见笑了。

这话说得可乐，气氛一时间松快起来。阿云看他，却看不出年纪，更看不出来历。却觉得他的广东话，有外乡口音。

这时，尚先生拿出一只瓷酒壶，将他们面前的杯都满上，说，十五的月亮十六圆，我们算过个小中秋。这花雕还是去年托人从杭州捎来的，今天应景。

阿云问道，先生是江南人？

尚先生说，我是地道广府人。年轻时在杭州读书，说好听叫入乡随俗。在哪儿待过，这口音就好像粘在了舌头上，改不回来喽。

陆白逸就说，尚先生少时先是拜在任薰门下，后来回广东来，又师从居廉。

尚聿山说，我是个古怪脾气。那时候海上画时髦，少年任气。后来自己又觉得轻浅了。就跟我师父学，老东西倒也没丢掉，就好像我的口音，东拉西扯的。哈哈。

他说完，忙让他们吃菜。味道竟然十分好，只是阿云吃了觉得味道浓重。他说，我爱吃，也爱做。我是广东人，却好本帮的浓油赤酱。所以啊，我请客，总是要在最后来个“鼎湖上素”，给岭南客们清清胃。

吃完了。尚聿山竟海端上来一盘月饼，说，好端端的阴天了，无月可赏。月饼倒是少不了。

他指指说，这莲蓉五仁的广式，还有这酥皮掉渣的苏式火腿，都尝尝。

陆白逸就说，这苏式、广式，都说自己是天下第一。到您这儿，成一家了。

尚聿山边吃边用手指抖那胡子上的月饼渣，说，哈哈，什么天下第一，就是个关公战秦琼的事儿。

阿云听他跟着陆白逸说上了国语，还带着京腔，心里也笑了。再偷眼朝窗户外头望，果然没有月亮。只有一层霾倒是薄的，依稀笼住了月光，像一匹银灰的缎。那云霾下面，倒十分璀璨。阿云认出，是宝石酒店楼顶的女儿墙，给霓虹灯勾出了异彩的轮廓。

这时候，听见尚聿山问她道，白逸说，您也是广州人？

阿云这才回过神，点点头。

尚先生说，这姓不多见，祖上是台山吧。

阿云又点点头。

尚先生笑了，说，听说你画了些广彩线稿，可否借我看一看？

阿云这才想起了登门的来意，忙从包里翻出来，递给他。

尚先生只翻开一张，手倒停住了。阿云见他抬起眼睛，举起了这张纸，问道："司徒章，是您的什么人？"

阿云听到了，只是一惊，却依然安静地答他，阿爷。

司徒云重……你当真是司徒家的后人？尚先生看着阿云，难掩激动。白逸向我说起你，我将信将疑。漫说司徒家里出了大事，人丁飘零。只说司徒老揽头，当年立下的规矩，这手艺怎能传给一个女仔？

你爷爷总说，我阿云，若是个男仔，我们司徒家就香火有继了。

尚聿山的手指，轻轻在那线稿上描摹，口中道，我第一次见这"湖水绿地菊提雀"，是在义顺隆，你阿爷神神秘秘，在库房里待了半晌，才拿出一只方瓶，一句话不多说。我看了问他，这是失传的御窑，怎么会在你手里？

他说，这是我仿的。

我不信，又仔细查看，纹样、瓷胎、款式，就连那经了年月的色泽变化，都看不出破绽。

我问，当真是你仿的？

他点点头，说，你不信我，总该信我们家的老鹤春。

是啊，你们司徒家的老鹤春。经了年月，别的颜色发了暗，褪了白，但鹤春只会越来越绿、越来越透。除了司徒章，又有谁能做得出？

你阿爷说，我自己中意，照样做出来，可不想流出去。到了市面上，混于鱼龙，就是大罪过了。可我想传下去，让司徒家的后人，知道咱们家里人的本事。

阿云听到这里，只觉得手心冒出了密密的汗，脸色也有些发白。尚先生叹一口气，说，你阿爸的事，我听说了，到底没落在日本人手里。老司徒的心愿，算了了一半。命不该绝，这本事长在了身上，你竟然还绘得出来。

阿云看这个身形壮大的老人，本是陌生的，她甚至不知他的来历。但此时，有一种她道不明的东西，在他们之间，默然地生长。她看他原本喜庆的面庞，此时变得肃穆而庄重。这一刻击打了她，令她昏眩。她面前出现了一张脸，是阿爷的，但是模糊，又叠合了父亲，在空洞而晦暗的夜里浮现出来。又有一点灯火，忽明忽暗，一些绚丽而斑驳的纹路，缠绕住了她，像绳索一般收紧，在她感到窒息的一瞬，倏然松开了。

尚聿山一张张地看着那些线稿，时而停下来，如同陆白逸，似乎生怕错过任何细节。当他看完了最后一张，阿云发现这老人眼中星点的泪光。

他问阿云，当年你阿爷仿的瓷，你记得多少？

司徒云重想了一下，回答他，全部。

她看着这老人的眼睛，对他说，尚先生，阿爷还对您说过什么？

尚聿山将那些画稿展平，郑重地放好，用桌上一只佛手的把件压住。空气中飘荡着风干的、若有若无的清凛香气，氤氲秋夜。他坐下来，也看着阿云，说，好。

与你阿爷认识，是因为我师兄高剑父。

因为居廉师父去世得早，我和他又同拜于年长同门伍德彝，住进了伍家“万松园”。伍家世代行商，好金石，书画珍藏更不计其数。我和师兄算是大开眼界，得以遍览粤中名收藏家之藏品，“窥尽宋元各家杰作之奥秘”。高师兄是个勤奋的人，不似我懒散，甘于在伍家做门客。他经常对我说的一句话是，看得越多，越懂得了国画的好，就越是想改革国画。我就问他，你想怎么改？他便也不说话了。后来，先是跟法国传教士麦拉学素描，又认识了当时在广州任教的日本画家山本梅崖。我隐约听人说，他办了一本《时事画报》，在鼓吹革命。我说，我知道，我师兄要革国画的命。那人说可不是，恐怕想革的，是大清的命。

后来，高师兄去日本学画，我也离开了伍家，云游山水。两年后，他回来了，在广州办了新国画展。我去看他，说，恭喜师兄，改革成功。他摇摇头，说，要改的事情太多，秀才一支笔，远靠不上。我就问，那还要靠什么？他看看我，手从袖子里掏出来，悄悄做了个枪的手势。

我先是一吓，也当他玩笑。但很快他来找我，说组织了广东同盟会，问我要不要参加。我摇摇头说，师兄，你是鸿鹄，我就是个雀仔。让我逍遥来、逍遥去吧。

后来我知道，他办了许多大事，桩桩触目惊心。在香港成立了“支那暗杀团”，杀凤山，又要北上杀摄政载沣。我师兄给我看他画的“骷髅头”，说是入会者必看。那阴森森的，看得人直哆嗦。他大笑，以后逢人说，我这个师弟啊，人不坏，信得过，但“不堪重用”。

黄花岗失败后，他把黄兴送去香港，回到广州来，在河南宝岗开了间瓷社。我想，他大概是灰了心。这事我知道，他从日本回来那年，就开了广州博物商会，是个彩瓷厂。他倒是修身养性了，可还是闲不住，说要“改良工艺”，“知实业必源于美术”，研制新瓷。他频叫我去瓷社，我却懒得动。他就差人带话来，说，老七，那你来给我们做菜下酒。这“老七”呢，是因为师兄有兄弟六人，老五奇峰、老六剑僧都是学画的。他们当我手足，便行七了。这可搔到了我心中痒处，我好吃，又喜欢做。这是成心要我技痒啊。

那天我施展拳脚，给他们做了一桌好菜。正自得，高奇峰一看，眼睛瞪得老大，我以为他要赞我手艺好。结果他说，坏了坏了，老七把绘瓷的瓷胎装了菜，等会儿怎么办？我这才想起了，厨房里的碟子不够大，我见作坊里有一摞大盘子，信手拿来用了。

师兄倒慢条斯理，说，急什么，司徒家的江西胎，多的是。

吃到多半，见一个黑脸汉子进来，走路虎生生的，手里拎着个蒲包，对我师兄说，高先生，要多少，管够。

这人，就是你阿爷。

他又从随身的布袋里取出一只大盘，说，五先生，这盘子给你烧好了，你看看。

奇峰忙接过来。我一看，上头绘了七只麻雀，错落地栖于雪竹枝上，枝头上是一轮新月。麻雀毛茸茸的，煞是有趣。

师兄看一眼说，阿章，这烧得真好。釉上彩是好愈好，坏愈坏。这盘子，将这雀仔的神气都烧出来了。老七你看看，好得意，像不像咱们七兄弟。

我嘻嘻笑说，我看来看去啊，都是七个我。你们一个个，志向都大着呢，怎会甘心当雀仔。

那是我第一次看人绘瓷。怎么说呢？以前只当师兄是个玩儿，当是雕虫小技。看下来才明白，师兄是要将我师父岭南“二居”的精气，注入这瓷盘上的方寸。你们画广彩的人是懂的，这“方寸”，其实是绘彩的魂，难就难在这“方寸”。国画洋洋洒洒铺展惯了，这绘瓷就成了考验，巴掌大的一块，考验的是构图的心智，也是手眼的控制。

我看了技痒，也想画，一下笔就露了怯，厚实实一摊墨，狼狈得很。师兄几个人只管笑。倒是阿章师傅，在旁边说，小先生，墨蘸得太多了。这瓷胎不比宣纸，不吸墨，和你抗着劲呢。你得留几分力气，敬它几分。悠着它的劲，它才听你的话。

我到现在都记得你阿爷的话，说，绘彩，要“敬它几分”。下笔便更郑重，居然真的须臾就上了手。那天我们画得好不酣畅，十几个盘子画完了，还剩下最后一只，师兄说，不如我们合作一只。

奇峰说，上次和潘冷残、陈树人画这只冷月栖篁，说要各自入境，迁就彼此。哥，这次我们换个法子，在这盘子上斗一斗。

师兄就说，瞎闹，这怎么斗？你一言我一语，九不搭八。

阿章师傅在一边听了，笑一笑，说，有办法。

只见他将盘子拿到一边，坐下便画，不一会儿拿过来，原来已拓好若干花头，回纹密密织边，好一幅绚丽锦绣的“满地开光”。他不多言，只说，斗方开好了，你们只管各画各的。

高师兄说，这些年，我总记得居师父的“十香园”。还记得刚跟他学画，他总将我们赶到院子里，先坐上一个时辰，说，将这些花先看够了，闻饱了，再动笔。我现在闭上眼睛，满都是那园子的味道。我们就以花卉为题吧。

他便先动了笔，寥寥数笔，便是一丛夜来香。孤零零的，开在崖壁上。

奇峰说，四哥画的，好是好，未免太冷清。他便饱蘸了矾红，画了数朵怒放的芍药，却无枝无叶，是倚地红芍，火一般地要溢出斗方。

到我，想一想，居师父爱画清供。想画水仙，又觉得太素，想起《采花归》，画山茶，又撞了芍药。踌躇之下，就画了一枝梅，枝条要跟着斗方走，未免就弯折了。

高师兄说，老七这枝梅，不是凌寒之势，婀娜了一些。

我说，我一起势，就知道输了。在这斗方里，是螺蛳壳里做道场，难死我。

还剩下一方，高师父说，阿章，你也来一笔吧。

阿章师父连连摆手说，你们画，我看看就好。上不得台面，要把这个盘子败坏了。

高师兄说，哪里的话，就是图个乐。

阿章沉吟一会儿，用笔蘸了西红，大概是要照例拓一朵西洋玫瑰。我窃窃想，我画得虽不济，还不至于垫底。

但他一落笔，却只轻轻点了三瓣，然后用瓷黑拉出笔直一茎，枯笔勾出一只垂挂的莲蓬。底下用浓绿只稍事铺衍，便成一汪静水。

奇峰道，好一个“留得残荷听雨声”。

我说，这湖绿真是点睛。

师兄说，这不是普通的湖绿，是司徒传家的“鹤春”。阿章，你这手势，可不是广彩的老法子啊。

我当时望着这枝荷，也有些呆了。要说，人不露相。你阿爷用笔，简素到极，哪里挨得上广彩惯常的浓墨重彩呢。

我还记得，那时候，他只是看着我们，笑一笑。

这是我第一次，也是最后一次，见你阿爷这样绘瓷。

以后，他总是静静地站在一边，看我们画。画好了，就带回去烧。

我问他，你画得这样好，为什么不画？

他摇摇头，说，我看你们画，也喜爱你们的东西。可这不是我的本分。

后来，一直到凤山遇刺，我才知道，高师兄与你阿爷的交情，不是绘瓷那么简单。博物商会，表面是个彩瓷工厂，白天拿陶瓷绘画掩护，晚上为同盟会配制弹药枪械。宝岗大街上的创绘瓷社，是同盟会的据点。你祖父是奔波岭粤的联络员。那一只只瓷盘上，笔墨之间，藏着许多不为人知的情报。

“支那暗杀团”几次行动准备的炸弹，都藏在你们家“义顺隆”的地窖里。后来的事情，你都知道了。日本人来的时候，这地窖在你阿爸手里，又派上了用场，也因此见了天日。没错，就是货仓里的密室。

我从来未进入那间密室。有次我问你阿爷，你一个广彩揽头，做那些事，怕不怕？

你猜他怎么说？他说，怕，怎么不怕。但男人在世，总要做点男人的事情。我看出来，这时代要变了。我们手艺人，见识浅。但我敬高先生，信他。他说什么，我便做什么。

高师兄教我画瓷，你阿爷教我识瓷、赏瓷。这样许多年，他仿的御窑，我多半见过。他一五一十，说给我听。哪里好，什么胎用什么彩，什么年份，相头如何开。

有次啊，我看他呆呆坐在那里，对着一只方瓶，不出声。我问他。他叹一声，说，可惜我阿云，不是个男仔。

我想想，对他说，你讲时代要变。如今早已经变了，你自己的心思，也要跟着变。

他看看我，转过脸去，硬生生说，我们有我们行内的规矩。就像这些瓶，是我要守住的东西，不能改。

往后，这些瓶，他做一只，便给我看一只，直到最后那一只“描金开窗大凤梅瓶”。那天我记得，他上上下下摸着那只瓶，过了半晌，对我说，好了，我可以闭眼了。我为我阿云攒下的嫁妆，齐了。

讲到这里，尚先生没有继续，因为他看见司徒云重深深埋下了头。再抬起来，眼里噙满了泪。她想说什么，但终究没说。她的肩头，忽然不可克制地抖动。她再次低下头，终于让自己痛哭起来。这几年，她似乎已没有这样好好哭过了。于是她，没有再忍下，哭了很久很久。

回去的路上，走到中兴街已经很安静了。没有什么人，远远地看见两个法籍警察，带着一队安南兵在巡逻。路灯的光将街边一棵很大的榕树，投下了深重的影。那树上的枝节与藤蔓，交缠悬挂。影子更是密密地织起来，只有微小的缝隙，看得见几星光亮，挣扎着。些许的风，那光就被遮盖住了，就是深不见底的黑。阿云望着，感到一阵窒息。她往前走着，突然拐到街边去，想躲开这棵树的影子，却不小心撞在了陆白逸的身上。两个人，随即弹开。但沉默，却显得尴尬了。

陆白逸开了口。他说，我原先，也不知道这些。我和尚先生，以往是“益智学校”的同事。“止园”是“广州湾商会”会长穆静止的产业，他也是学校的校董。穆会长惜才，家里房子大，就给学校里的老师住。后来穆会长去世了，学校也解散了，老师们陆续也搬走了，独留下尚先生一个人。他说没地方去，就由他一直住着。

这时候，两个人都觉得脚下的路亮了一些。抬起头，原来天上的霾散了，月亮竟然游了出来。真是很大、很圆的。他们就抬起头看，呆呆地，看了许久。待陆白逸又要开口，司徒云重忽然回转了身，定定地看着，说，我要跟他学画瓷。

尚聿山教画时，话很少。

说是教，其实是让云重临画。他在旁边看着，不说话。但他口却又不闲着，手边常放一盘口果，或是荔枝，或是花生，边剥边吃。久了，忽然到一处，他停下了剥壳的声音。云重便也停下来。他信手拿起笔，在旁的空白处写上几笔。云重看一眼，接着画。剥壳的声音便又噼里啪啦地响起，四周格外空与静。

临的先是恽南田、徐崇嗣、黄之格，再就是宋光宝、孟觐乙。云重终于明白，这是缘着二居师父的师承脉络。她只埋头临，临一张，心中便有一张。恽南田的没骨花卉，何其熟悉，与她年少时不以为意的拓花头手法相似。那大朵西红玫瑰，原以为生于乡野，未曾想有如此渊源。“不用笔墨，直以彩色图之。”尚聿山不讲，云重亦不问。只像是茫茫夜中两个人，一人牵着另一个，往前走。都不说话，后面的人，却在夜的轮廓中觉察出曾经的路过，稍事停顿，看得清楚些。原来是曲折小径，与通衢大路上的一点汇聚。她便继续往前走，走得更笃定，脚步也更有力些。走着走着，依稀也看见光了。

终于有一天，尚聿山拿来了一只瓷碟，放在云重面前。云重不假思索，信手便在四围密密先滚上一道福禄边。尚师父摇摇头，说，接着临。过几日，再拿只碟放在她面前，云重踌躇，手却牵着眼睛，满地开光，笔下便是整齐的“斗方”。尚师父又摇摇头，笑说，不急。

又临几日，面前又是一只碟。云重抬抬手，停住，重新饱饱蘸了墨，笔落在瓷上，却是一团晕黑。尚师父手里，原把着一把老朱泥壶，吸咂有声，这时却登时安静了，定定看着她的手。云重再想想，将那团墨细细晕开了。稍事点染，便是一块石。再画，墨不够了。在石后皴了几笔，便有嶙峋之意。又蘸了绿，扯出几茎长叶，便搁下笔。

尚师父问，好了？

云重点点头。尚师父问，不开斗方，不滚边？

云重想想，拿起笔，再放下，说，嗯。

尚师父又问，不开相头，不画人？这石前没有长行人物，叫得广彩？

云重说，没有人。

尚师父说，让你临了半年的没骨花鸟，从恽寿平到二居，你倒是不补一笔莺莺燕燕？

云重说，居师公的花鸟，都在阿云心里，那都是师公的。可这块石，是阿云自己的。

尚师父终于愣住，良久后，忽而哈哈大笑，道，云女啊，你可知道，扬州旧有画谣：“金脸银花卉，要讨饭，画山水。”这块石，将来便是只乞儿的钵仔啊。

云重说，师父让我临了半年，不就是为了让阿云忘掉往日吃饭的手艺？

这回，轮到尚聿山说不出话了。他想，走到这块石头，看似一步之遥，云重用去了半年。许多人，一世都走不到。

这一日，尚聿山郑重端出了一副瓷板。板上却是一幅水墨，远处是清蒙山色，近处是如烟弱柳，但见一两点茅舍，间或其中。山下有渔舟远棹，在烟波浩渺上。颜色无外乎青赭，因为烧过，却在釉间闪现变幻不定的色泽。

云重眼睛亮一亮，说，原来早有人在瓷上画了整幅的山水？

尚聿山说，这是景德镇的绛彩瓷。

云重看那瓷上还落有题款，默默念：宵来雨气多，遍染湖山泾。独有捕鱼人，轻舟时出入。丁丑春抄，新安程门写。

云重问，程门是谁？

尚聿山说，是个匠人。

云重喃喃，匠人。

尚聿山说，嗯，景德镇的绛彩瓷匠，出入御窑，隐于民生。

云重说，原来匠人也可留名吗？

她想起了自家“灵思堂”挂单的艺人，哪怕如发叔画得再好，画了几十年，画了成千上万的盘子和碗盏，何曾留过一次自己的名字？哪怕是揽头，他的爷爷司徒章、父亲司徒央，又何曾留过？

尚聿山认真看她，点一点头。

浅绛彩瓷器，以南派山水为宗，师“元四家”、黄公望、明末董其昌。多用水墨线条勾树石，再填浅赭、青绿等淡彩，最后一抹赭石、天青画远山，极尽一个“淡”字。尚聿山对云重说，云女，你要学得更早些，便给他看张僧繇、杨升的没骨山水。画纸上一片苍茫，不见墨线，不外乎还是一片青绿、赭、白诸色，堆染成山石云水树木。尚聿山问云重看到了什么不同？云重说，看到了一个“艳”字。

尚师父心里一惊，想这孩子，还真是无师自通。他便说，你练了没骨已经有时日了，倒将这“艳”字画给我看。

云重提笔便画，浓墨积彩，叠染、晕染，覆覆重重。画到一半，自己先摇摇头，停下了笔。尚师父看了，不禁哈哈大笑，说，这是一座“呆山”。

云重自己看，倒也服气。

尚师父说，瓷面不同纸绢，没有洇染。用居师父撞水法，是行不通的。这个“艳”字，不可靠“堆”，倒靠一个“托”。

云重说，怎么个托法？

尚师父说，你先看看杨升这幅《翠岫飞泉》，再想想你们广彩的“挞花头”。

云重想，挞花头，一个熟练的广彩师父，一天可以挞一千个花头。

她闭上眼睛，想起阿发叔手中的三支笔，夹在指缝间，错落翻飞，一支黑，一支红，一支白。

瓷上写白，白上加白。她猛地睁开眼睛，拿起了笔，先在瓷片上铺上一层茫茫的白，疏忽上彩，慢慢晕染。

尚师父点点头，你懂了，白是无形。倒是要有一种无形，才能托得有形。你看不到它，它却成就了你。

云重此时，端地畅快。她想，原来一个花头里藏着的道理，如今才通了。她说，师父，我想用鹤春。

尚聿山说，用。

有了这层白作底，一抹鹤春，深深浅浅，皴擦山石，点染树木。绿有五彩，笔底全是逸气。

尚聿山颔首道，我云女落笔好在胆识。大胆落墨，细心收拾。

忽然他又道，慢着。他指着一处问，这是什么？

云重愣住，说，水。湖水之绿，用鹤春再好不过。

尚聿山说，方才是白解救了你。再想想，是什么托住了这层白？

云重略一思忖，顿悟。她将那湖水细细擦去了。再想一想，又擦去了峦上的重重雾霭。远峰峻险，近枝虬曲，上下留白。瓷白为彩。天高云淡，万水悠长。

云重轻叹，前十年，滚边开光，我学的都是“满”；如今，师父教我的，都是“空”。

尚聿山说：“疏可跑马，密不透风。”一圆一天地，且都得记住。

他提起支纤细狼毫，蘸一点瓷黑，在空白处题下一句：“云重复重云，万白皆为绿。”他把笔递到云重手里，说，孩子，在盘上留个名吧。

云重心里悸动了一下。她定了心神，换一支笔，蘸了鹤春，在那句尾的天际尽头，画上了一朵青绿的流云。

这是司徒云重留名的第一只广彩盘，一直未有烧制。半个世纪后，已有些褪色，绿也不再鲜亮。

发现它的，是陆白逸的孙女。它被藏在一只樟木箱的底部。祖父留着许多从中国带来的东西，战后，陆续被运到了里昂。几次搬迁，陆白逸一件都不肯丢弃。

这时，阁楼的顶窗，穿过了一线阳光。这年轻女孩看阳光落在了盘上，那盘上的绿，忽而变得通透，折射出艳异的色泽。她惊奇了一下，直到那阳光移开，那抹青绿重又暗淡下去。她这才默默地，将盘子又放回箱底去了。

传统与现代的交响

——评葛亮《入瓷》

陈培浩

在关于葛亮的《燕食记》中，我曾经写道：“他不仅以饮食见文化、见人心，还出虚入实、以食见史，厨技之传承和厨人之修炼镶嵌于岭南跌宕起伏的近现代史。此外，燕食之命名，也暗含着食与礼，厨食之事在此也成了仁义之事、修身之事。由饮食而承载并缝合了抒情话语、家国话语和礼义话语，实在包含了饮食与义理、古典与现代、个体与共同体的多重空间。”观察《燕食记》之前的《飞发》和之后的《入瓷》，会发现葛亮自觉为传统的工匠精神作传。厨师、理发师和陶瓷工艺师，莫不如是。他写大匠之事，追问的是传统的精神在当代的流转和续传。

作为当代华语文学界的重要作家，以其深厚的文化底蕴和独特的叙事风格著称。《入瓷》在《万松浦》2023年第1期的首发，不仅延续了作者对传统文化的深情致敬，更在艺术表现上展现了新的探索与突破。本文从主要情节、艺术特点及葛亮写作的变化三个方面对《入瓷》略作分析。

《入瓷》以瓷器艺术为背景，讲述了一个关于传统手工艺与现代生活碰撞的故事。小说通过主人公——一位瓷器匠人的视角，展现了传统瓷器制作技艺的精细与匠人精神的坚守。随着现代化进程的加快，传统手工艺面临着被边缘化的命运，主人公在维护传统与适应现代之间经历了内心的挣扎与抉择。

小说的情节跌宕起伏，不仅描绘了匠人与瓷器之间的情感纽带，还通过瓷器的流转，串联起不同人物的命运，折射出社会的变迁。《入瓷》不仅仅是对传统工艺的赞美，更是对匠人精神在现代社会中价值的一次深刻探讨。

葛亮在《入瓷》中对瓷器文化的描写极尽细腻，从选料、制胎到上釉、烧制，每一道工序都蕴含着深厚的文化意义，体现了作者对传统文化的尊重与传承。小说中的人物形象鲜活丰满，匠人的坚守与执着，收藏家的利益与情感，以及普通人对传统的态度，共同构成了对传统手工艺生存现状的多维展现。

小说在叙事上采用了多视角、多时空的叙事结构，使得小说具有了丰富的层次感和时空跨度，增强了作品的艺术张力。葛亮的小说语言一贯颇具古典韵致，《入瓷》也不例外。小说语言古朴典雅，与瓷器艺术的精致相得益彰，同时也不失现代感，展现了作者在语言运用上的功力。

瓷器在小说中不仅是文化符号，也是情感与记忆的载体，其易碎而又坚韧的特性，象征着传统文化在现代社会中的脆弱与顽强。

与葛亮以往的作品相比，《入瓷》既承旧韵，也有新质。小说将瓷器文化与现代生活紧密结合，展现了文化传承与现代价值的对话，这是对作者以往作品中文化主题的深化。《入瓷》在情感描写上更为细腻，匠人对瓷器的情感投入，不仅是对工艺的热爱，更是对生命态度的体现。小说对传统手工艺的困境进行了深刻的思考，反映了作者对社会现实的深切关怀和对文化传承的责任感。通过对瓷器“入土千年不朽”特性的描写，小说融入了对时间、记忆与永恒的哲学思考，提升了作品的思想深度。

《入瓷》是葛亮对传统文化的又一次深情致敬，同时也是他在文学创作上的一次新尝试。小说以其深厚的文化内涵、精致的艺术表现和对现代社会的深刻洞察，成为当下作品难得的佳作。葛亮以其独特的文学追求，不断探索传统与现代的交融之道，为读者呈现了一个个丰富多彩的文化世界。

后　海

阿　占

楔子

潮汐起落，绕岛而行，南来的叫前海，北去的归后海。前海后海都是海，却又是不一样的海，至少在老家伙的掌故里，分明如泾渭。

这一天，老家伙们照常晒太阳。三五一撮儿，七八成堆儿，嵌于明丽处。

凡能出来晒太阳的，任他古稀耄耋，腿脚都还稳扎着。有的沿栈道挪步倒行，似乎想让时间回车。有的把钓鱼这件事也一并做了，尽管钓上来的是蓝色水滴。

晒太阳有讲究，腹为阴，背为阳，静脉和穴位都在后背上。老家伙们将背脊冲阳，眯着眼，不耽误吹牛侃山。人来癫疯的，竟将衣服撩起，露出老年斑、肉赘、瘊子，露出时间的褶痕和锈迹。不好看也要露出，为的是晒晒命门和肾枢，这俩穴位在腰背正中，晒了补肾气，肾气一足百病除。

却也终究是老了，肾再好，又能好到哪里去？一边晒太阳一边指点天下，才最要紧。从国际到国家，从四面至八方，从古延今，老家伙的心要操碎了。有道是老而慈悲为怀，可争论起来那互不相让的劲儿，就好像肾气从未丢失过一样。老烟嗓、老枪嗓、老风嗓、老牛嗓，管他什么嗓，都是嗡嗡的，声带里装满回音。

也会说到身边事，说前海后海之差异。早些年，前海的姑娘绝不肯嫁到后海去。这些年，前海的房价要翻出后海好几倍。前海打造旅游码头和CBD，到处有网红打卡地，城市封面都在前海。后海适合拆迁安置，建的是港口和工业区。

栈道不远可见小型浴场，一弯月牙滩上，沙细如粉，色泽泛金。放风筝的、打旁练的、露营的、卖贝壳的，闹哄哄都在那里。逢天文大潮，浪头怒撺到更衣室前，沙滩不见了，人声才能消停。这种时候，栈道上亦不敢待，浪头有魔性，每年都会卷走人，眨眼就是生死。通常在天文大潮过后的第三天，相安无事了，老家伙们重新回到晒太阳的地方，指指眼前的海——

一个说，除去天文大潮，每月农历的初一、十五以后，两三天内，都会有一次大满潮。

另一个说，涨潮时间每天都不同，十五天一个轮回，回到原处。

再一个说，总是这样的，一天会有两次满潮两次低潮，满潮低潮之间隔六小时。

还有一个说，满潮也好低潮也罢，涨得再高落得再低，还是得有平潮期，绝了，大海呆住，不涨不退，一动不动。

是日处暑已过，燥意渐退，风干松起来，任谁的腰腿肩颈都轻快不少。等初阳染红海面，老家伙们已进入吹牛皮时间，忽地，沙滩上热闹开了，咋呼声骤起，过鱼般密集。

那边怎么回事？

好像拖上来一只海蜇。

几问几答过后，老家伙们并未丢下自己的事。老了就要笃定些，还有什么没见过的世面？海蜇而已，这季节漂在浅水区不足为奇，正忙产卵呢，性狂爱蜇人罢了。

那边，海蜇被抬上岸，众人围拢，性格外向的即刻呼喊出口，尚能稳住的亦言表惊诧。众人打起赌，关于海蜇的重量和尺寸。

赌十斤散啤，赌两盒好烟，赌一顿烧烤。

赌着赌着，脸红了，脖子也粗了，原来都是当真的。

几公里外，常年有早集，好事者油门一踩，跟撬裤脚的借来软尺，跟鱼贩子借来秤。经现场测量，海蜇直径超一米五，重逾一百六十斤。咋呼声再次猛烈起来。赢了散啤的，输了好烟的，最后约定当晚烧烤店不见不散，不醉不归。

这当刻，海蜇瘫泄于沙滩，眼见着缩水。不知哪个“脸基尼”大姨在喊：快切了吧！分分，回家拌着吃。

众人一致赞同。

好事者折回早集，还软尺还秤，再借西瓜摊的刀。

最后，谷子被捧在中心，像寿星过生日切蛋糕一样，将海蜇大卸无数块。见者有份，又是一阵咋呼，终被潮浪声盖过。

谷子与海蜇成了宇宙中心。快递小哥、钓客、酒鬼、剪头发的托尼、饺子馆的老板娘，各色人等将这奇闻不断转发，一份前海独有的生活秀，在秋日里持续发酵，很是杀口开胃。

等到打听明白，老家伙们就再也稳不住了。一个说，谷子果真厉害，竟毒过了海蜇。另一个说，个头儿巨大，蜇住要害能损命哪。再一个说，谷子到底怎么拖上岸的？还有一个说，后海长大的就是野，不服不行。

说着，神情皆复杂起来，明明是在夸谷子功能特异，却又难掩不屑。

在海边，人混脸熟，名字可记可不记。

谷子倒是容易被记住。

谷子玩海，三百六十五天几无缺席，零下九摄氏度的寒潮来了，他也要下海浸上几分钟——如此这般，谁会不记得他的大名呢？

当日，天堪堪放亮，谷子已在栈道上，压腿、绕膝、沉肩，给出漂亮空飞。栈道与海面落差三米余，谷子的腾空足够舒展，腰腹是紧绷的，却又不会一紧到底。留有余地，方能找到良好的入水角度，这个他最懂。入了水，屏一口气，再潜二十米，浮出水面，志得意满。

此跳法名曰“大飞燕”，非高手不能为。几个“脸基尼”齐齐叫好，谷子挥挥手，与老娘们交换了友谊。原打算再蝶泳几番的，不远处突然漂来大堆透明物，经验告诉谷子，是海蜇。等到了近前，这海蜇的大，完全超出所料。毕竟是浅海，少见哪。

海蜇不笨，感觉动静异常，转身就往深处走。

谷子扎个猛子潜下去，使出一把劲，想抓住，可这货太滑。眼见要溜，谷子急了，右手猛地插到蜇头里面，用力将其钩住，比榫卯还结实。

海蜇逃不掉了，谷子一边划水一边往岸边拖。

海水浮力大，借浪涌推送，尚能拖动。一出水面，谷子才意识到单人根本对付不了。赶紧叫来四个常年游泳的壮汉，使出合力，才把海蜇抬上岸。仅是搭把手的工夫，壮汉们的手上胳膊上——凡碰触过海蜇的地方，瞬间就起了麻密红疹。谷子与海蜇搏斗半天，竟毫发无损。

谷子也纳闷，难道这层皮和别人的不一样？小蜇无感，就算哪次蜇狠了，上岸抓把沙，擦掉沾在表皮的毒液，基本就无事了。

坊间传言，谷子能以毒攻毒。也有知根底的，说谷子在后海野滩长大，打小生吞糠虾屎蟹，体内早就生成抗体了。这说法与老家伙们一致，复杂的神情也相同，明明是在夸谷子功能特异，却又难掩不屑。

谷子不介意。这么多年，他已甘心接受自己在许多时候成为一个笑料，当然他也会成为奇谈。

由谷子说到后海，老家伙们就再也控制不住自己了。

后海乃糙野之地。是处风野，浪野，滩野，人野。祖孙三辈住前海的也难逃俗戾，可一旦说起后海，就忽然变得像个世家子弟，一副家有老钱的样子，好像祖上读书都读出了名堂似的。

从前，后海根本就不算海，哪有什么阳光沙滩，全是大雾，冬天冻死人，呜呜西北风能把重物刮跑。后来有了工厂，后海就更不是海，废水一排，成了烂泥滩，麻麻癞癞的。大烟囱直冒黑烟，街上走一趟，衬衫领鼻孔眼都黑了。前海呢，皮鞋一个礼拜不擦还能照见人影。

后海的若在旁，就会顶真起来。别看人老了，玩后海的永远口音硬、脾气冲，体格精瘦。少年的他们在海里扎猛子讨生活，老年的他们在岸边垂钓抬死杠，沧桑深刻于法令纹，那强硬的走势，仍在表明内心的不服。他们说，海是双面的，前海是面子，后海是里子，一个也不能少！当年若无那些制造业撑着，海再蓝也不能用来过日子，哼！没有后海，岛城长不大。

偶有透辟于俗世的老家伙，实在听得不耐烦，清清嗓子开始断案。吵个屁，也不怕年轻人笑话。岛城建置才一百三十年，往前翻，都是移民。你爷爷跟前海没关系，你爷爷的爷爷连前海什么名堂都搞不明白哪。

众人怔了怔，透辟的老家伙继续清嗓子断案。明洪武到永乐年间，为当朝守卫所的官兵，携了家眷，来到鳌山卫、浮山所、灵山卫，算是第一拨移民。一八九七年，德国人强行闯入，修铁路建码头，第二拨移民就扑了过来，卖劳力拼脑子，扎下根，娶妻生子。

众人安静下来。透辟的老家伙，嘴角已积起白沫，越说越来劲——第二次世界大战，小日本入侵，战火不断，岛城在大陆尽头，比中枢要道好活命，移民再起，几个县的流亡政府、流亡中学都来了，省流亡政府也来了。这么说吧，从一八九七年到一九四九年中华人民共和国成立，一拨拨的移民，就像海里的浪头，一个接着一个，一个高过一个，单单市区人口就从十万猛增到八十万……

众人偃旗息鼓，开始打听彼此祖籍，何时来的，为何来的，怎么来的。一来二去三回四转，竟找出一些或平行或重叠的家族轨迹，熟谙的越加熟谙，陌生的亦不再陌生，气氛异常松动。

不出所料地，最后都归到了洋流和鱼群。这个时候，众人皆温柔，眼里浮动着光。原本就该如此的，在前海后海交接之地，环岛海流带动起海底沙泥，水质混浊才能鱼种纷繁，鱼群的穿梭不停就像岸上的喧嚷不息。

“还是后海好啊，早年吃不饱，后海泥滩里的虾虎又肥又多，捞一盆可以当干粮了。”一个说。

“管他前海后海，海边的人总归有吃的，海货就是粮食。”另一个说。

“海里的东西挖不光也捞不完，下次涨潮又送来了新的。”还有一个说。

1

老家伙们没说错。

二十世纪七十年代中期，后海岸上一片灰蒙厂区，视觉相当枯燥。大风卷起机油的味道，在厂区之间形成旋涡。少年谷子只恨自己生错了地方，为此，连自己的父母也一起恨了。

这个冯家老三，自小野于滩涂，肚里有虫，脸上长癣。翻过纺织厂宿舍北墙，便是后海滩，数条污水在此汇入，滩泥又臭又肥。屎蟹、泥蛤、糠虾，肉身傻大外加味道鲜亮，谷子用它们当零食，搬开石头，抓住就往嘴里塞，像现在的熊孩子吃辣条一样。

一九五五年国庆节，冯家长子出生，十大元帅授勋刚结束，冯父认为儿子的名字里应该有“元”。二子一九五八年出生，冯父认为儿子的名字里得有“跃”。老三一九六一年出生，自然灾害不少，粮食比天大啊，冯父便在儿子的名字里加了一个“谷”。老四一九六三年出生，全国人民学雷锋，“学”字正当其时。老五一九七〇年出生，属意外之喜，繁衍之事该收尾了，“季”字等在那里。

冯父同时认为，日子变来变去，海永远不会变，海能让人活命，于是便有了元海、跃海、谷海、学海、季海。

大名起好，冯家父母却叫不惯，平日里只喊大元、二跃、谷子、四学、小季，邻里亲朋乃至后来的同学同事，也跟着这样叫开了。

冯父毕生的讲究，似乎都用在了给儿子起名这件事上，除此之外，他是一个没有耐心的父亲，一个夏顶烈日、冬吹寒风的铁路巡道工，每天八小时，二十公里，雪雨无耽搁，体能和意志被极大地考验着，下班回家不嗞溜二两老白干，难以将息。可一嗞溜，暴脾气就上来了。五个儿子，至少有四个饭量惊人，且顽劣，且不爱读书，都没少挨打。

冯母跟冯父一样暴躁。纺织挡车工，三班倒，常年淹没于噪声里，在纱锭车之间小跑，加上孕生之苦，体能和意志也被极大地考验着。儿子们吃饭时才会出现，大多数时间是找不到的，对此她已疲于应对。晚上临睡前，数一数，五个，不少，关灯，一天便过去了。

唯独赶海的日子，儿子不嫌多。

赶海通常发生在大风骤停的第二天。原本满涨的海水，只一顿饭工夫，就不知跑到哪里去了。

岩礁和砾石裸露出来，虾兵蟹将、鱼贝海藻，数百米内外都是它们。

众人从大杂院奔出，轰隆隆地往海边去。推小车有之，挑扁担有之，挎篓子拎钩子，妇孺皆不走空。

须知道，在后海人家的认知体系里，赶海水平高低与生存能力强弱，二者关系是等同的。选女婿，兹事体大，亦从赶海下手。谁家姑娘追求者众，那就一人丢过去一只藤条篓子，让他们下海挖蛤蜊。能干又会过日子的，上来时不仅篓子满满，还额外多了两小“麻袋”。原来，为摘得花魁，尔等灵机一动，裤子脱下，裤脚口扎紧实，里面塞满蛤蜊。

幸好那些年都穿粗布裤头，肥肥大大，若是现今的紧身三角，沾水即贴身，伤风败俗，这样的女婿也是没人敢要的。

海货的叫法，是后海自己的叫法，前海人若来了，恐怕听不懂。辣游、花游、鸡鼎、海青、海黄、牛毛、骆驼毛、海麻线、海紫儿、谷穗菜……多到不可思议。众人手忙脚乱，却也乱中有序，笑声、骂声、啸叫声、打屁声，嘈杂而洪烈。

一旦涨潮，分贝便也达到了最高值。找儿子的，喊爸爸的，叫姐姐的，骂老婆的。只是内容指向再复杂，总有统一的后缀——涨潮啦，回家啦。

冯家齐上阵，一筐筐的海货背回了家，众人都是羡慕的眼光，儿子多，管用，好收成啊！

那个时候，谈论海货，就像在谈论粮食。

也有说话败兴的，比如收成再多也经不住大饭量，比如日后娶媳妇的钱哪里来，等等。

赶完海，虾子做虾酱，鱼杂做鱼酱。上讲的黑头挑出洗净，铁丝穿鼻，风里甜晒，兴许要到年关才能吃。海螺海蛎子直接倒入大锅，点火开煮。海菜梳理清洗，去泥沙杂质。有点闲工夫，冯母会包顿地瓜面海菜包子，多数时候图省事，加一把苞米面做了疙瘩汤。

谷子偷溜进厨房，扢一勺猪油藏碗底，凝脂雪白瞬间融于热汤，浮起一片油花儿。

日子有所改善，是大元二跃就业以后。

就在后海的重型机械铸造厂，大元当了翻砂工，二跃当了钳工，都属重劳力，尤以翻砂车间环境恶劣，壮汉也撑不了多久，有门路的都在托关系换岗。大元乐于现状，只因那里五班倒，时间充裕，可以干点副业。

什么副业？

每天大潮退尽，到齐腰深的水域挖蛤蜊，俗称“下大抓”。

工具说简单也简单，说精到也精到，拢共两件。一件，轮胎改造的保险圈，上捆渔网；另一件，长杆铁网抓，可以理解为焊着铁杆的笊篱。

遇好潮水、好运气，一挖一麻袋，不是空话段子。

上岸后，或去集市卖鲜，或回家大锅蒸煮，扒肉晒干，不日再换钱，帮衬家境，又可攒钱，早日娶上媳妇，搂着睡觉。

赶海不分昼夜。夜里配一个嘎斯灯，其原理跟工厂的气焊大同小异，乙炔燃烧形成一道火焰，亮如白炽。

大元二跃配备齐整，逢大潮退尽，提灯顺“海道”向深处走。“海道”是后海奇特的自然现象，潮落时，随“潮脚”显现。也怪，同是从岸边去海，四周滩涂泥泞不堪，一腿一腿地下陷，唯独“海道”坚硬异常，铁锨都铲不动。

大元二跃干上了瘾，等到各自攒下三百元，瘾头就更大了。当时人均工资三十五元，多数家庭都是透支的，临发工资那几日须借钱聊度，三百元已接近天文数字，兄弟俩半夜都能笑醒。

厂里工种熬人，每天丢失大量体液和电解质，下了班原应该补觉养神的，否则长此以往必致内耗。哥俩终归太年轻，被荷尔蒙顶得上蹿下跳，气盛得很，偶有心率加快、胸闷气短，也是不管不顾的。他们说，不打紧，精血满着哩，有的是气力。

那段时间，冯家正在走上坡路。大元二跃挣外快，高兴。谷子凭游泳特长进了区少年体校，也高兴。教练说，这孩子有点意思。

所谓有点意思，是指谷子腰长有力，身体呈流线型，天生游泳的料，扔到体校苦练几番，定能一力胜十巧。

教练没看走眼。不出一年，谷子就在全市的少年游泳比赛中得了冠军。可他顽劣不改，沉不下心，每天应付完教练规定的内容，便偷懒耍滑，追女生打群架，再也不出成绩，不久被退了回来。

糊弄完初中，谷子揣着烟盒般大小的毕业证，走出校门。接下来，他不再是学生，也成不了工人，只能四处游荡，做临时工。谷子却不知愁，在心里庆祝这份自由，并跟父母许诺，像哥哥那样“下大抓”贴补家计。最拮据的日子已经过去，谷子还是孩子，挣钱与否，冯家父母并没当真。

毕竟进过专业队，谷子擅深潜，而深潜是可以摸到鲍参和大螺的，这些海货值钱，一次就顶哥哥三次的利润。谷子交给父母一半，自己偷偷留一半，跑去上街的老字号吃将起来。

上街有饭店、照相馆、电影院……其繁华程度不输前海，后海几代人对于美好生活的追求都留在了这短短几百米。三盛楼的羊肉蒸饺灌汤，现蒸热卖。与蒸饺最搭的是羊杂汤，料放得足，大块羊血肉碎浮于汤面。谷子呼呼下肚，第一屉顾不上品味，第二屉才知肉香膻浓。以此类推，他还吃过美林烤鸡和老沧口糕点。

气血两旺之际，吃饱了不发散，攒出邪劲就麻烦了。好在，除贪吃，谷子亦爱游走，从上街拐到下街，那里有十余家纺织厂，谷子逐个兜转，碰上严肃的门卫，亦能想办法从眼皮底下溜进去。

游走的内驱力究竟来自哪里，谷子不明所以。或许想去远方，可远方太远；匍匐于生活，老老实实，他又不甘。站在厂房与厂房之间的凹口，风像皮鞭一样抽打过来。与此同时，他的胡子钻出了皮囊，一天比一天坚硬。

厂区里气味复杂，煤油味、柴油味、未洗净动物纤维的臊味、工业香料味……有时极其微弱，不易察觉；有时直呛鼻咽，让呼吸肌快速收缩，肺内产生高压，声门突然开放，气体由气道暴发性呼出，令他咳嗽不止。

厂区附近有一座桥，众人将其称为火车站桥。过了桥，就是化工厂，谷子曾和发小逾墙而入，到废料堆里寻找铅丝或碎铁，用来制作火药枪，或者只是卖到废品收购站去。后海人家仇恨化工厂，西北风一刮，整条街都是刺鼻的，家家户户门窗紧闭。东南风更糟糕，住下风口的半夜会被怪味呛醒。

从那座桥往西三五百米就是火车站，谷子听见火车进出时的鸣笛，接近凄厉的嘶叫。

2

冯母所在的纺织五厂，谷子闭着眼也不会迷路。

厂门分南北，南门为正。广场垂直线上一排日式厂房。沿藤萝花廊往北，直通食堂。食堂外墙上都是黑板报，两米长方，少说也有三十块。食堂门口有个篮球场。篮球场旁边是大礼堂，公休时间免费放电影。大礼堂再过去就是澡堂。

总之这片区域谷子最喜欢。他曾在里面洗过澡，看过电影，吃过食堂——曾掩护漂亮班花混进来共享以上福利。班花的家靠近化工厂，若不洗澡，长辫子会被熏臭，谷子于心不忍。每次看到班花从澡堂出来，嫩白粉红的脸，谷子就想上去亲一口，摸摸她胸前正在鼓起的小丘。

澡堂往北是织布车间，往东是粗纱、梳棉车间，再往东是细纱车间，往南是后纺和前纺车间。谷子很少往车间方向走。车间里噪声很大，说话靠喊，冯母的狮吼应该是在里边练成的。到了夏天，车间温度高达五十摄氏度，热浪外涌，似能将周围空气点燃。

与谷子游走的平行时间，冯母或许在机器喧嚣、毛絮纷飞的车间奔忙，或许下了夜班在家补觉，昏沉不拔。谷子从来不能确切地知道她正在做什么。做什么也都不足为奇。纺织厂动辄四五千人，女工占去五分之四，做什么或不做什么，冯母与其他女工不会不同。

制冷车间靠近北门，旁有水塔矗立。几乎每个厂区都有水塔，它们来自二十世纪三十年代，无论从哪个角度望过去，这些巨物都在傲视整个后海。塔高二十余米，下宽上窄呈梯形，四周用立柱支撑，钢筋混凝土结构，顶端设方形储水槽，靠高度差形成自然引力，将水送往工厂各处。

再就是高耸的烟囱，比水塔还要高。粉尘从里面冒出，四处飘散。如果落日正沿烟囱下沉，会像一个被刺破的血胎。与此同时，海上飘起了化肥船的臭味。

当然，一切会在秋天变好。

秋天，风来自云端，带着纯正的清新感，绝不是那些盘错于工厂之间的低矮又黏稠的风。黄昏一旦霞彩漫天，后海便扑了胭脂，坚硬的东西都模糊下去。

谷子站在岔路口，听见轰鸣声骤然响起。起初是犹疑的，渐至清晰、锋利——下班的人流从各个工厂汇聚过来，形成人潮，溢出自行车道，气派地往前推进着。

当时每个工厂都配备澡堂。下班前脱下工装，工人们把自己洗得干干净净，轻松地跳上自行车，说起粗鲁的笑话。常有男青工忽然停下，单腿点地，眉头微蹙，全神贯注地点燃一根烟，整个过程帅气十足，谷子便叹服了，恨不得一夜变成二十岁。

某次，谷子看见一男青工，浑身兜满了风，臀部已离开车座，身体大幅度摇摆，平衡感极好地左冲右突，终于追上目标，用二八大金鹿车头别住了另一辆车头。两个男青工将各自的自行车当街推倒，随即对打起来。

整个过程没说一句话。

未及谷子回过神儿，双方的鼻子已经血流如注。

夕阳遍洒，将这刻雕镂如金，女青工的尖叫响彻整个后海……谷子方才意识到，被追上的那辆自行车的后座上，原本有一个女青工。她刚刚洗过的长发还没有干，湿答答地贴在红色连衣裙上。

谷子站在当街，被新鲜的血腥气和潮湿的香气同时击中了。

女青工玉琢般的脸，说不清在哪个位置——对于她，谷子的记忆始终是恍惚的、虚化的，以至于不能确定究竟在嘴角、眉心还是眼梢，有颗美人痣。

看热闹的人围了个水泄不通，形成梗阻，像死疙瘩。

女青工脸色惨白，眼神破碎。

谷子生出一种愿望，比同情还要重一些，应该是心疼。他想冲上前去安慰她，解救她。

后来，谷子一直想再次遇见她。因不知她在哪个厂上班，谷子开始寻找，游走成了一件不知疲惫的事情。直到秋风变冷变硬，女青工仍没出现。

又一个无所事事的下午，谷子看了场电影，惊觉于女主角和那女青工的相似度，眉眼间有媚气，亦结愁绪，黑色大波浪长至腰间——那是一副马蜂才有的细腰。

电影没看完，谷子便离开了电影院。他已经被某种虐心的情感俘获。站在灰突突的街道，如孤行的小狼，毛发俊逸，眼中泛起忧伤的蓝光。忽见路边邮局的书架上正售卖电影杂志，不出所料，里面一整版的女演员剧照，他迅速买下，向厂区跑去。中途稍作停顿，再买一盒大前门烟，同时编好了说辞。

我表姐和这个演员长得一模一样，就在你们厂，大叔你可有印象？

谷子先敬烟，接着把剧照送到门卫面前。碰到老实的门卫，会想一想，摇摇头，说没有这样的女青工，太漂亮了，不可能有。碰到混不吝的门卫，会一把抢过烟，同时送出一脚，笑骂起来：小流氓，别在这里耍聪明，花花肠子想骗我，没门儿！或者，小流氓有这么漂亮的表姐，干脆别叫我叔，叫我表姐夫得喽。

入冬以后，谷子依然没能找到那个女青工，他感到失落。找到了要做什么？谷子不会有勇气上前打招呼的。可一想起那天她惊慌无助的样子，谷子的保护欲就满格了——此欲念愈强，自责和自卑愈重，他知道自己根本没有能力为她做什么。

直到北风上岸。

北风上岸，一路砍伐，人人肩膀内兜，脊背拱耸。棉衣扩充出臃肿感，下班的人流更加庞大了，骑行速度也慢下来。突然，摩托引擎声轰鸣，谷子应声望去，见车手戴头盔，穿长款皮衣，装备很完美。后座女人搂着他的腰，装备同样完美，褐色长靴几乎闻所未闻，只在电影里出现过。

自行车流分岔，让出通道。有人开始起哄，有人甚至摘下手套，把手指放进嘴里打出响亮的口哨。摩托车呼啸而去。有人唾骂，真是个骚货。有人大喊，看啊，后海第一辆摩托！

谷子确定，就是那个女青工。即使戴着头盔，面目不清。喂——谷子脱口而出。这一声极其虚弱，即刻被嘈杂声覆盖了。

等到谷子终于搞清她在橡胶厂工作时，她已因旷工被除名，与人南下做生意去了。所与之人是男友还是暧昧不伦的人，说法很多。

谷子拼凑的碎片信息还包括：她是橡胶厂舞蹈队的台柱子，多次报考专业团体，每每告败。她就此恨上了命运，言谈举止越发叛逆。

美貌在当年是个错误，地痞流氓对她围追堵截。她不断地恋爱或许是为了找到保护自己的人。男人们为她争来抢去。到头来，坏名声却成了她的。她决定找个“老大”镇住。“老大”却把她做礼物送给了更大的“老大”……她好似进入了恶性循环，再也清白不起来。

她叫曲小莉。

男工们说黄色笑话时频频提及。

谷子站在外围，手指攥得嘎嘣作响，脖颈暴起青筋。

男工们都是重劳力，头发粗硬，疙瘩肉似铁，惹不起的角色。然而，几天后，说话最下流的那两个，还是被人扎破了自行车车胎。

这以后，谷子决定学点真本事。

少年们在后海打群架，做大哥或做小弟，一见面就炫耀新伤疤，这些都让谷子提不起兴趣。谷子进过游泳专业队，拿过冠军，一个猛子能潜出二十米，自认为本事比尔等大多了。谷子想，他们不过是倒卖录像带和走私表，用酒瓶子爆头，马路上堵女孩，在手臂上烫一圈烟疤——没正经能耐！

谷子崇拜的，是一个叫大漠的拳击手。后海的传说中，此人天才早成，从省田径队入选拳击队，不久以拳击队队长的身份赴上海，参训“华东地区拳击班”。眼看要出成绩了，因运动员意外死亡事件，一九五九年拳击项目从全运会取消，省拳击队解散，大漠被调到省跳水队。不承想，高台跳水时耳鼓膜破裂，伤愈后又调到了省马术队。就在这命运起伏之中，大漠集结多项所长，爆发力、柔韧性与节奏感，引而申之。

二十世纪七十年代，大漠回到后海，将沙袋挂在自家窄院，嘭嘭声响起。从那以后，不断有人慕名前往。大漠收徒弟讲眼缘，练拳先练心，他秉承古训，“短德者不可与之学，丧理者不可与之教。”几年下来，后海无人不知，大漠身怀绝技，徒弟亦身手不凡，一人制服五六个不在话下。

奇遇大漠是在公交车上。谷子很少坐公交，他无急事，不赶时间，瞎晃荡看光景，游走是最好的方式。但那天中午他的确跳上了一辆公交车，两站刚过，一莽汉与一男子在狭窄的车厢里发生了龃龉。

莽汉自恃壮如黑山，完全不把白净男子放眼里。那男子刚说了句“不该与妇女抢座位”，莽汉已挥出拳头，男子倏地闪过，提出下车后较量。公交车到钢厂时，莽汉揪住男子下车，不少看热闹的也跟着下了车，谷子在其中。

男子脱掉棉衣，轻捷地划了几步，只几拳过去，莽汉便应声倒地。

围观的众人齐声喝彩。忽有喊声，是大漠啊！未及众人反应过来，男子已消失在路口。

谷子事后得知，被击倒的莽汉乃钢厂周边一霸，无人敢招惹，这一回劫数难逃，大漠三两拳击中穴位，让莽汉在床上躺了好几天。

谷子是带上游泳奖状去拜师的。这个举动日后再看难免幼稚，但在当时，谷子想不出还有什么资本可以让大漠收下自己，他只想表达虔诚。除奖状，他还买了一只美林烤鸡，响当当的后海老字号。

大漠目光深邃，走路架势沉稳，透着与身份不对等的文气。他告诉谷子，若无迅猛进攻，无缜密防守，竞争者将遭到拳的羞辱和惩罚——但是，大漠又说，学拳击不为逞凶，只为制止逞凶，这规矩不能破，你能做到吗？谷子赶紧点头。

大漠又说，做人做事要江湖，不逾越我刚才所说的规矩，就是最基本的江湖道义。谷子继续点头。

作为选手，那年代未给大漠展示才华的机会；作为教练，他的人格魅力影响了几代人，成为后海佳话。

从十七岁到十九岁，因跟在大漠身边，谷子远离了荒诞。而他的同龄人，停课辍学后纠集成群，走在街上自带痞气，满嘴脏话，烟不离手，留着脏兮兮的长发，也有的剃成光头，把流氓习性当英雄气概，堕入歧途的有之，犯下重罪的有之，搭上性命的亦有之。

包括冯家老四，夏夜里与几个同学从录像厅出来，衬衣和铁棍都拎在手上，露出单薄青涩的肚皮和胸膛，瘦蟹一样横行。谷子见后回家告状，当时冯父已喝红了眼，一脚把四学踹在地上，吼叫道，让你学雷锋，不是学流氓，看你再敢没正经！

那天冯母在纺织厂上夜班，邻居已睡下，又被吵醒，动静太大，他们怕出人命，纷纷上门劝阻。冯父当众说，养他这么大，与其在外瞎混让别人砸死，不如死在亲爹手上。

天亮后，冯父右手肿胀明显，疼痛钻心，去医院拍片，显示两根掌骨骨折错位。酒醒后的冯父方才想起，昨夜四学跑得快，自己有两巴掌拍在了门框上。

四学离家出走，一周未回。谷子去录像厅找，混混们都说不知道。不是被他爸打死了吗？说完一阵哄笑。

谷子懒得一般见识，扭头便走。最后是在火车桥洞子找到四学的。四学又饿又脏，脸上瘀青仍可见，咬着牙，冷咻咻地喘气。

谷子说，你有恨，想打赢我，那就先去学点真本事。

3

谷子顶替母亲就业不久，冯家的好运气就用完了，厄害突至，似乎要将他们一一击倒。

那年谷子二十岁，挺拔的身形已成，头发茂密乌亮，鼻子高贯丰隆，忽略半脸青春痘不计的话，应该算帅哥了。许是胸大肌厚实的缘故，海魂衫穿在他身上，胸口那里似有一抹浪在涌动。

冯母病退，谷子顶替进纺织厂做了换纬工。工种自是繁重的，可年轻，日子有念想，也就不觉辛苦。

下班后洗完澡走在厂区，他常常吹起口哨，都是电影音乐，《叶塞尼亚》和《追捕》，还有《卡桑德拉大桥》《爱情的故事》。他甚至能吹出加强音、抑扬音、断音、颤音，颇有种风去风留的自在。

班组长一张黑皮，头顶谢、个子矮，孔武有力，说话没正经，总在坏笑。他说，谷子洗这么干净，当心被“母狼”叼走，撕巴了下酒！哈哈哈。

谷子知道“黑皮”在嘲讽那些纺织女工，她们泼辣能干，却也不拘小节，行为方式过于大咧，似乎只有这样才能消解繁重劳作之苦。

午休时段，黑皮玩笑开得咸湿，动作辣眼，女工们嗔骂怒笑，一波又一波，似能将纺织厂掀翻。

仲秋夜逢退大潮，女工几人结伴，顺着常走的海道，到滩涂深处挖蛤蜊。滩涂离岸几百米，尿急的只有就地解决。第二天，黑皮非说自己昨夜也在现场，月亮明晃晃的，照见好几个大白腚。肥燕，我看像你的。肥燕耍赖，不是我，是胖萍。胖萍恼羞成怒。最后只好锁定崔贵妃。

黑皮偶有正经，小眼聚光，是跟谷子说起纺织厂历史的时候——从二十世纪二三十年代开始，后海纺织业就出名了。先是德国人瞅准这个好地方，开了第一家，等到第一次世界大战，日本人来抢地盘，把德国人打跑了。说起来也真扯淡，俩土匪跑到别人家打架，太嚣张。日本人后来一口气开了九家纱厂，赚大发了，我妈当年就是童工，我姑也是。一九四五年，日本投降，纱厂就全归咱喽，“上青天”的排序知道吧？嘿，没有人不知道，上海有三十几家，青岛有九家，天津有七家。

黑皮还说悔不该当初没学维修，掌握一门过硬技术的话就可以干“保全”了。金保全，银保养，知道吗？纺织厂上下数他们牛掰，不但娶走了厂花，还能娶到厂医和纺织小学的老师。他们只上长白班，没有生产指标压在头上，每天干上三四个小时就基本完事了，其他时间看报、吹牛皮、干私活，没人管，真是个肥差。

谷子很快发现，黑皮只说对了一半。出于好奇，谷子曾特意跑过几次“油房间”，就是保全工放工具、换衣服以及休息的地方，里面光线昏暗，机油味直冲脑门。隔壁还有一个巨大的风机，风机运转时的噪声好比飓风过境，轰鸣之下无法正常对话。保全工们油污满身，尽显疲态。纺织厂的机器长时间处于高湿和雾尘状态，且连轴超负荷运转，保养维修若跟不上，会出大问题，干保全哪来什么清闲。

有一老保全，瘦得像匹老马，胸前挂花镜，眉头锁着，总想要设计出更合理的零件。可机械设计制造是有门槛的，初中文化限制了他的创造力，发明一次次无疾而终，他成了厂里的笑柄。

谷子却禁不住内心的钦佩，见面敬根烟，也是故意做给那些嘲笑的人看的。

冯家五子，三个进大工厂；四学运气最好，参了军；老五小季读初中，是块学习的好料——冯家父母松了口气，感觉日子快要熬出头了。

人人尽知大元的婚期定在元旦。未婚妻是食品厂的，样貌虽普通，为人处世倒妥帖，订婚之后不断地给冯家送实惠。食品厂内部处理下脚料，散鸡蛋黄冰冻成形，蛋糕那般厚实，送至冯家，冯母用来炒大葱炒韭菜，满口货，过瘾。海捕对虾的虾头也是下脚料，送至冯家，炖白菜炖豆腐，漂着一层红虾油。还有猪下货、鸭头鸡头之类，大元订婚后，冯家每周都能吃上一锅大料酱炖的好卤货。

大元的帅气，远近闻名，一说像高仓健，一说像佐罗。听上去有点分裂，毕竟两位明星隔得太远，但这恰恰说明大元综合了东西方美男子特征。大元人品也周正，厂里干活从不计得失，年年都是先进。众人开玩笑，冯家父母偏心，最好的种子和土壤都给了大元。

为置办一个新家，大元使出了蛮荒之力，得空就去海里“下大抓”，从潮水里捞钱。婚期前半年，大元连轴转，三头六臂也不过如此。厂里五班倒，他满负荷，从未偷懒，要知道那些年国企统购统销，人浮于事混大锅饭的不在少数。

下了班，若潮水不合适，他便收拾婚房。一间狭窄的筒子楼宿舍，被大元装修一新，还置办了电视机和缝纫机，打好成套家具。书柜样式尤其时髦，榉木的，五层。

“我儿子以后得上名牌大学，当医生，当老师。”大元曾这样跟未婚妻说。

“你怎么知道是儿子？”未婚妻娇笑。

“必须是儿子。”大元目光热切而坚定。

就这样好端端的，却也不知何故，事情忽然朝着反方向发力，且携带了最毒的暗器，直至夺命之刀。那是中秋节后第三天，午夜大潮退尽，滩涂裸露在月亮底下，像一幅史前图画。大元下中班回家，垫几口剩饭，就装戴齐整地赶海去了。二跃那天没去，上夜班。

从十六岁到二十六岁，只要潮水合适，后海野滩就是大元的乐土和梦乡，别人捞上来的是海货，充其量叫作欢喜，他捞上来的是未来——直到那夜，他捞上来死亡，将潮汐变作了墓志铭。

谷子平生第一次经历生离死别。原来死亡是灭绝，也是变造，将他变造成有难的人，有憾的人，有恨的人。从此看云不仅仅是云，听风不仅仅是风，谷子的人生再也单纯不起来，就这么不明不白地沧桑掉了。然而一切才刚刚开始。

在这之前，死也不是多么特别的事，后海人时常挂嘴上。街痞们的口头禅是“找死啊”。大人打孩子时会说“打死你”。冯母骂冯父“怎么喝不死”，冯父骂冯母“死老娘们”。每场台风过后，都会传来有人淹死的消息。就在刚刚过去的夏天，纺织厂有个女工热死了。去年曾有人卧轨，曾有人打野兔摔下山崖，几天后才被发现，尸体已经发臭。忘记是哪个冬天了，邻居老孙全家一氧化碳中毒而死，好在都面容安详……

可是这一次，死的是大元。

在惊惧、恸哭、疯呆的间隙，冯家开始还原事情的经过：凌晨两点，大元已经把滩涂上的蛤蜊挖尽，绑上“高腿子”，类似于踩高跷，往潮水的深远处走去了。也有一种说法，大元是想把滩涂上的好位置留给别人。

“高腿子”两根，约一米长，分绑左右腿。都说富贵险中求，想一抓一抓地上钱，得用“高腿子”。好的时候是真好，可一旦踩入恶泥拔不出来，就会越挣扎越危险，终致栽倒溺毙。

大元就属于这种情况。

当时正在涨潮，滩涂上的人们开始回撤。涨潮了，回家喽。

这应该是大元在人世听见的最后的呼唤。

以大元的水性和经验不该出现这种情况。大元是不是长期过劳而突发什么不应的？就像人们猜测的那样，常年体力透支，埋下了隐患。

谷子再也无法得到答案了。

那夜月光奇美，大元被潮水吞没之前，一定披上了银缕。

大元离世之后，暴躁的冯家父母忽然软弱下去、沉郁起来，刮南风的返潮天，他们双双躺倒，不是胃痛就是头痛，甚或并不知道究竟哪里在痛。

尤其冯母，一病不起。办病退的时候，多是为了成全谷子就业，她的身体无大碍。大元的死，太突然了，冯母瞬间坍塌。灰发人送黑发人，任谁听了都不忍接受如此惨烈的现实，何况这个身在其中的母亲。

一只鱼鹰在后海上空孤旋，叫得瘆怪。众人安静下来的时候，总能听得见。紧接着，朔风开始横扫，都说天气冷得过早，霜降刚过就冷了。冯母时常哭泣，谷子上前擦拭，竟摸到一脸冰凉，不禁心头大惊，难道不应该是热泪吗？

体重从一百二十斤降到七十多斤，冯母只用了两个月。她自尊心很强，打定主意不出门，不让人看见，不联系同事和邻居，把自己封闭起来。她原以为大元的人生会如中秋月一样圆满，以为日子将这样下去，以为会在大元的婚礼上穿新衣拍全家福，并很快成为祖母。

又过去一个月，冯母开始绝食，连翻身之类简单的动作都做不成了。冯家急着送医，冯母死志已存，气若游丝地说，不去了，我要早点和大元见面。

大元未婚妻在殡仪馆哭晕后，再没露面。她甚至不曾探望冯母。大元尸骨未寒，就传言她谈了新男友。冯家不敢相信。从前殷勤是装的？谁都知道，凭大元堂堂的仪表和品行，应该娶个厂长闺女，再不济未来岳丈也得是个厂办主任。

当初这女子倒追，情商颇高，除了送来食品厂的下脚料，还帮冯母拆洗被褥，为冯父织毛衣。久而久之人们才改了口，漂亮不能当饭吃，啧啧，还是大元找的实惠。

对于她的后续表现，谷子曾表不满，说这样也好，她心硬，不讲情义，我们家倒解脱了。冯母却道，她还年轻，忘记冯家才有出路。

在大元本该结婚的日子，也就是一九八三年元旦，冯母离开了人世。这一天，从此成为另一种形式的纪念日。

头七刚过，二跃发生工伤，右手被电锯截去两根手指头。养伤期间，他用那只好手把家里砸了个稀里哗啦。

二跃几乎和大元一样帅气。独独小儿麻痹症让他左腿微跛，走起路来有顿挫感。这一顿一挫，似在暗示性情的不稳定，今天自卑明天自负，常年自私，且敏感多疑。冯母在世的时候，五个儿子里面最迁就二跃，总觉得那只跛脚是为娘犯下的错。因担心条件相当的城里姑娘苛刻二跃，曾托人从渔村介绍对象，二跃心气高，一口回绝，冯母愈加不安起来。

家境突变让冯父在酒鬼的路上狂奔。以前喝酒或为排解工作劳苦，这之后，喝酒只为对抗命运的叵测。等到谷子经历了父亲的年龄，他才恍悟，父亲当年被吓傻了、击垮了，只是在儿子们那里、在众人面前不肯承认，又无更好的掩体，唯借酒壮胆、装疯、逞凶，在迷幻恍惚之中，活下去。

也是从那个时候，冯父开始将铁路上的一些废弃物拿回家。冯母的床已空，冯父将废弃物堆放其上，小至生锈的煤油信号灯，大至一块废弃枕木。

一开始，谷子以为这是要攒废品换钱，冯父却说，人也好物也罢，哪一样不是说没了就没了，说朽了就朽了，眼前的能留则留吧。

冯父难得这样平静说话。话里深幽，竟像个读过书的人。一时间将谷子震慑住了。

4

谷子忽然被推到最前面，成了冯家的顶梁柱、精神支撑者，同时兼顾做饭洗衣、买煤买粮、储备过冬菜蔬之类，事无巨细。

冯父被酒精浸泡着、麻痹着，消瘦，不洗澡，眼角总在发炎，状如老狗，只有越来越糟。

二跃搬去了厂宿舍，半月回家一次，情绪低迷。二跃已经不再赶海“下大抓”，并且总是将右手放口袋里，包括夏天。

四学在福建海岛当雷达兵，刚去的时候会往家写信，收信人是冯母或大元。大元出殡，他请假回来过一次。冯母出殡，他又请假回来一次。之后的探亲假都没再回来，信也几乎不写了。

小季功课紧，已戴上近视镜，他看不惯冯父，瞧不起这个家，叛逆期早早地来了，变得沉默寡言，经常露出孤僻神色。

这个家似乎真的不对劲儿。究竟哪里不对劲儿，谷子却又说不清。

明眼人一语中的，缺女人。纺织厂那些大姐，开始热心地给谷子介绍对象，小伙儿长得多精神，又没歪歪毛病，谁嫁就是谁的福。

谷子推托不想那么快成家，诸事都没理顺，乱糟糟的，别拐带人家姑娘下水。

大姐们文化底子薄，却经了社会历练，眼尖嘴利，一旦看出谷子不同俗常，她们的热心便搁置了。

繁重劳力之余，工友们甩扑克喝大酒吹牛皮，脱光膀子吆喝破了天，谷子却皱起眉头，瞧不上这些平庸。那个时候，厂区之外，新鲜事物欻欻地往外冒，电大、夜校、倒爷、下海、万元户、迪斯科、拉达轿车……突然间，一些人的生活状态大变。

谷子内心也燃起了火，不想再重复日子。可真要做出什么改变，又难如千山万水。所谓心中有志，现实无着。谷子想上电大，翻两天技术员的考试材料，便气馁了。谷子打算摆地摊，托人搞来厂家内部处理的日用品，卖了半月就歇菜。无商业差异性，一味拼价格，谈何利润呢？除非开出长期病假，去南方跑单帮，倒腾尖货，谷子又做不到。

倒是二跃，他的决绝很有毁灭性。这个自负又自卑的二跃，这个命运不周的二跃，这个薄有小才的二跃，干了一件众叛亲离的事——与机械厂的厂医私奔了。

厂医比二跃大了整整十岁，是个白净女人。五官淡淡的，举止轻轻的，特别之处是那一把乌黑长发，用手绢绑在脑后，散发出淡淡的木香气。

据说她祖上在诸城开有几处大药房，曾是出了名的富庶人家。她读过正经医科，因家庭成分之类，毕业后进不了大医院，只能做厂医。

她丈夫是工宣队队长出身。厂医一来就被他盯上了。而厂医只求能在陌生的城市安稳下来。婚后厂医生了两个女儿，婆家不满，丈夫家暴。厂医其实一直过着与平静外表不对等的糟乱生活……

私奔发生，众人有了谈资，似乎只有说出来，才能各自安抚巨大的惊诧。据说二人去了广东。彼时私人诊所刚兴起，他们要自立门户，开始新生活。几年前，厂医娘家曾偷偷地寄给她一笔钱。这笔钱的风声婆家半点没有得到。有了钱，厂医就更决绝了。甚至对两个女儿也无留恋，只因她们长得与父亲一模一样。

三十六计走为上。厂医了解婆家德行，没什么好交涉的，打了草惊了蛇，一辈子都不会再有未来。二跃也决定认领不归路，因为他非常明白，留在原来的生活中，他的爱情是不会得到准许与祝福的。

事发后，那丈夫带壮汉找上了门，气势汹汹。谷子从小有体育专长，又练过拳击，纵来者不善，也不是他的对手——但二跃有错，谷子铁定了心，不还手。

左脸挨一巴掌，谷子笑笑说要不要把右脸也给你。右脸又挨一巴掌，那帮人还没有消停的意思，出于防御本能，谷子拉开了架势。

冯父一直坐在桌前，头顶有盏低瓦数灯，昏光笼罩，让他看起来格外阴沉。

谷子拉开架势，冯父便知不好，任谁的一巴掌打在谷子的铁拳上都会骨折，到时候，事态就变了。冯父赶忙制止：给我放下！

来者未必敢动真格，嘴上却骂得难听。目的只一个，激怒谷子。

忽然间，冯父拿起桌上的老白干，迎头砸了自己。

由于无可指摘的准确，酒瓶肚子在坚硬的额骨右上方碎裂，玻璃碴子纷飞。冯父登时血流满面，血腥气伴随着劣质酒香气四散开来。冯父沧桑之声仿佛后海海面上低吼的北风：教子无方，老脸不要也罢！

众人全都傻了眼。

围观者越来越多，邻居们都站在冯家这边。有的说，老冯有个三长两短，你跑了老婆还得再坐牢。有的说，自家事管不好，冲着别人耍什么横。有的说，还不赶快送医……

寻衅报仇者见势不妙，骂咧咧地走了。

谷子找来一条毛巾给冯父包扎。小季下晚自习回来，被狼藉场面惊呆。谷子说，愣着干什么？随后二人架起冯父就往医院去。

一路上冯父都在叨念，可惜了我的酒，可惜了我的酒。

冯父缝了七针，外加轻微脑震荡。医嘱卧床休息一周。

父子三人，再回到家，已半夜。小季沉默不语，冯父唉声叹气。

谷子催促他们睡下，自己却睡意全无，胸口堵得难受，心发焦。收拾完玻璃碴子，顺势做起大扫除，想赶走晦气。他钻到犄角旮旯把陈年老灰都扫净了，又将几件家具擦拭得木筋清晰。冯母的空床上，谷子发现，与铁路有关的废弃物件又被冯父塞满了两麻袋。

不知不觉已凌晨四点，再过一个小时，就要上早班去，索性不睡了，枯坐窗前，看天光渐渐放亮，各种声音细碎密匝，无远无近地团卷，终于一片混沌。

谷子知道，二跃是个读书的料，却没赶上好时候。去年二跃考电大，把复习材料过一遍，就考上了。不像谷子，见铅字头痛，从课本、书籍到车间设备手册，都远远躲着。

二跃还写一手好字，画画属无师自通，小学五年级就能把《西游记》小人书临摹到八成像。就业一年后，二跃才华渐显，开始参与厂里的黑板报。当时传媒不发达，报纸有限，工人们要看新鲜事，主要靠黑板报。加之领导也重视，各厂的黑板报是文化门面，市里经常组织比赛。

二跃与两个工会干事各有分工。哪一期特别好看，工人们不看署名，便知出自冯跃海之手。他曾将舒婷的《致橡树》抄写在黑板报上，楷书俊逸，配图生动，班前工后轰动一时。

二跃梦想着能从车间调到工会。却又谈何容易。个中微妙关系，不是短时间能打通的。工会主席看好二跃，想让他参与厂报筹备，最后却是副厂长把亲戚塞过来，顶了二跃的位置。

二跃为此愤懑，生产线上走神，最终丢掉两根手指头。

谷子感觉自己把事情的来龙去脉理顺了——二跃发生工伤，与厂医的接触多起来。起初只是医患关系，后来就起了微妙变化。二人原本都是自负又自卑的，惺惺相惜，一日千里，不是没有可能。

关于二跃私奔一事，谷子没有写信告诉四学。谷子想，既然四学和这个家疏远，那就疏远吧，这个家的确不是那么让人爱。

没拆线冯父就喝上了，谷子劝也没用。冯母都没管好的事情，做儿子的更无把握。不过，谷子知道，冯父应该是被思念所困。有好几次，冯父捧着冯母的照片偷哭，甲胄之下竟也藏着温柔。

谷子佯装不见，内心却对婚姻多了一层理解。谷子想，把父母终生连接在一起的，是某种比爱情更牢固的关系，这种关系的稳定替代了爱情的安慰。

冯父身体每况愈下，尽管这是冯父不肯承认的现实。“熬到六十岁退休没有问题。”冯父说。每当出现不适症状，气短、胸闷、背痛、手麻，冯父都会这么说。

冯父五十七岁生日当天，谷子用蛤蜊芸豆鸡蛋做卤，拍了蒜泥黄瓜，炸了花生米，买了只美林烤鸡。家里只剩冯父、谷子和小季，三人坐定，冯父忽然苦笑一声，说这张桌子再也不嫌挤。谷子听了心里难受。哪怕是最亲的人，走着走着就走散了，只是没想到这么快。这几句话，谷子咽了回去。说出口的是，爸，喝酒。

谷子特意买了瓶老白干。冯父平时多打散酒，只过年过节才舍得喝瓶装。小季吃完饭去学校上晚自习，剩下谷子和父亲，一斤装的老白干很快见底。出了一遭遭事，父子间的关系倒是在极大地好转，甚至可以坐下来说说话了。

冯父讲了冯家的过去，他的父亲，谷子的祖父。这一晚的冯父，话锋之密集，能盖过一生。

谷子觉得祖父并没有死。这或许跟父亲活着有关，谷子想。父亲在喝酒，就像是父亲的父亲在喝酒。父亲醉意泛起，仿佛祖父正醺醺然。后来父亲的声音越来越小，终于醉倒了，这个时候谷子才觉得祖父真正死去了。

通过讲述，谷子才第一次串起父亲与铁路之间的缘分。冯父说，一九四二年春天，我刚满十六，随族亲闯码头，通过一个日本翻译介绍，花四十块“袁大头”买了一张试卷，考进了日本人占领的胶济铁路。从擦火车做起，凭年轻力壮干活儿踏实，一年后开始看锅炉，再一年便考上了司炉。

“一个装上水的蒸汽机头足有两百吨，驾驶着这么个大家伙，嘿，那感觉。”

冯父眯起眼，脸上浮动的表情，并非得意，而是一种羡慕，好似整晚讲的都是别人的故事。

谷子由此得知，司机、副司机、司炉三人合一，相互配合，在火车头上缺一不可。汽笛长鸣处，白色蒸汽带来的画面感壮观而神秘，冯父当年也曾勇猛无比。

可是，冯父后来还是做了巡道工。“到底因为什么？”谷子问。放到以前，谷子是不敢问的。这件事情家里没人敢提起。

“说起来话就长了。中华人民共和国成立前你爷爷做过保长。其实都是为了养家糊口。你爷爷可从没干昧良心的事，不打人，清清白白，但后来还是进了学习班，没三个月高血压爆了管子，脑梗死了。我去理论，动了手，受了处分，最后调离‘火车头’。

“事已至此，窝囊也没用，你们一个个地出生了，我也得养家糊口啊……当年，我在暴雨中巡道，巡着巡着，发现前有塌方，铁路线被埋，十万火急！我向火车来的方向跑，跌倒爬起来再跑，流血了也不知道……最后火车紧急制停，我挽救了国家财产和百姓生命，得到上面嘉奖，工资加一档，嘿嘿。”

冯父生命中的最后半年，记忆力开始丢失，几乎忘记了那些不幸和遗憾。忘记是从忘记一颗废弃道钉或一块残缺的标识板开始的。冯父抚摸着那些宝贝废弃物，再也记不起它们的专业名称。

最后，冯父同样死于脑梗，他熬到了退休，也熬完了人生。

在殡仪馆，冯父已完全变样——与谷子童少时代，视网膜最初留下的可靠记忆中的冯父，千差万别。最初的冯父，块头很大，肩膀又宽又厚，身体结实如牛，脸色紫红紫红的，眉毛很浓，不是两道，是两丛。

都说孩子悬在父母头上，一个孩子一把刀。大元死，带走了冯母；二跃跑，带走了冯父。谷子害怕起来，挡土墙和防浪堤倒了，生死之间变得了了然。

有时候，谷子又觉得他们都活着。

因为有人想念便可以活着。

谷子始终记得，八月的晚风吹过拦浪堤，空气温热而黏稠。后海的夏夜总是百无聊赖。男人们光着膀子，在路灯下打扑克。冯父也在里面，已经杀红了眼。冯母衣衫不整，穿着四分五裂的塑料拖鞋，正在百米开外的西瓜摊上讨价还价。

5

进入二十世纪九十年代，后海工厂开始大面积停产，焦虑的气息笼罩下来，低低地压着。

谷子本想在三十岁生日这天好好哭一场的。三十岁只能让他感到害怕。后海坊间有句话，“男怕三十，女怕十八”，家没成，业没立，怎会不怕？谷子想好了，把自己灌醉再哭，借酒浇愁或借酒发疯，都不至失去成年人应有的尊严。

裂变之痛很快将这些淹没了，就像潮浪淹没每一滴水珠。人人都在着急，都在自觉或不自觉地滑向充满着困惑、混乱与无限可能的市场之海。

厂里有头面的，张口谈论的必是什么体制改革、企业改制，什么薪资减半、停薪留职。工人们越发不安，都说饭碗变了，铁的变成瓷的。这当口，中年人最局促，他们五十天命，父母或许拖延于病榻，叛逆的儿子或许正光着膀子露出文身。新行业在崛起，却苦于学历、技能、年龄的限制，都是抓不住的机会。

有人疲于奔波，有人潦倒惨淡，大部分人能做的就是摆摊、卖菜、维修，推着流动早餐车立于北风中……前后左右这么一看，谷子觉得自己没权利怕，痛也不行，得想办法。

一九九一年春天，谷子停薪留职离开后海，投奔的是当年少体校游泳队的“刺鲅”。刺鲅这个外号至少说明了两重意思，一来游泳速度快，二来行事有个性。谷子被少体校淘汰，刺鲅则一路苦练，过关斩将，直练进国家青年队，在全国锦标赛上拿下金牌，退役后到航校做了教练。当然，刺鲅不甘心只做教练，搞了条二手快艇，托关系办下营运，以谷子的名义做起海上观光旅游。刺鲅跟谷子说，你来管理，赚了钱三七分。

所谓管理，其实是谷子自己管自己，既要揽生意，又要载客游览，日常维护也都在日程上。快艇泊浴场周边，无现成码头，谷子经常背客上下，十足辛苦。

日晒风吹倒也罢了，最狼狈的是雨天，别人都往屋里跑，谷子得往海边跑——那个年代的快艇没有排水阀，需人工排水，否则就会下沉。

谷子自知无退路了，唯苦中作乐，如此，倒也真的乐和许多。

当快艇疾驰，剪开海面，无尽的蓝像绸缎一样包裹上来，谷子腋下就生出了翅膀。风里总是清新，夹杂着不知名的花香，绝无后海的化工味道。谷子喜欢把快艇开到飞起，听女游客夸张地尖叫，任水幕斜挂，在阳光下幻出七彩，像一道道彩虹雾障。

五月到十月都是旺季，谷子持续暴露户外，晒到黑里冒油，被大自然腌制了一般。刺鲅在浴场借了半间更衣室，供谷子暂住，实为满足游客看海上日出日落之愿望，不然每天前海后海往返，谷子要在公交车上耗去两三个小时，也是耽误赚钱的。

游客天南地北，口音芜杂，南方人说话尤其难懂，谷子却无端地生出好感。他与他们聊南方的天气，还有日常习俗，越是听不懂越要聊，只因心里牵挂着陌生的南方——四学在福建当兵，小季在南京上大学，偶有书信往来；二跃走得不光彩，一去不返，也不知在广东过得怎样。

冬至以后，生意进入休眠期。谷子将快艇拖上岸，打专用蜡、刷防污漆，等开春再战。回到后海的家，灰尘已落了几层，蛛网结在墙角，都是久不住人所致。

谷子蓦地伤感起来。

从前那个拥挤的家，那个混合着汗臭与脚臭的家，混合着劣质酒气的家，混合着后海特有的锈铁味道的家，已空空荡荡。

赶在小季放寒假之前，谷子决定收拾收拾，有个家的样子。他刷墙，漆地板。窗帘也换了，床单、被罩都是新的。搞海上观光旅游比在工厂上班多赚不少，谷子想让小季高兴，又给他买了件时兴的面包服、一个新款拉杆行李箱。

小季回到家，大叫什么情况，笑得很夸张。谷子带他去老字号，逐个吃将起来。小季调侃谷子发财了，谷子说以后会的。

小季没干过体力活儿，肱二头肌不发达，性格也内向。但他从小读书好，闷声不响，自有主张，让人不敢小看。

现在，小季已长出斯文气质，健谈开朗，眼神像被点亮了一样。小季打算考研。谷子说，你只要能考上，我就能供下来。小季认为可以半工半读，加上补贴，谷子不用再寄生活费了。

兄弟二人忽生相依为命之感——这感觉，到了除夕尤为强烈。

除夕大早，二人出门，给父母和大元上坟，拔草添土，请回家。路上铺着白霜，好像昨夜被人细细地撒过盐。那些大烟囱都静默了，在高处挂几朵愁云，似也积着泪。

下午包饺子，小季打下手。谷子包得不好看，馅料却讲究，猪肉白菜木耳和韭菜虾仁鸡蛋，荤素齐全，就像冯母在世时那样。

天黑前，放两挂小钢炮，摆供上香。兄弟二人端起酒杯。谷子祝小季心想事成，小季要谷子早日给他找个嫂子。谷子一怔，随即点头称是。

二人一起守岁。炉火上烤着花生和栗子，毕剥作响。谷子沏了壶茉莉花茶，并嘲笑自己老了，以前这可是父亲的专利。

后来他们说到四学。“大年初一，雷达站会举行升国旗仪式。”谷子说。“不知道四哥下次什么时候回来。”小季说。

当兵三年，四学请假回来三次，都是出殡。送走冯父的第二天，四学就返程了。半月后寄来一封信，信中说自己已转为技术兵种，将继续驻守海岛，复员转业遥遥无期。之后，四学便把探亲假让给其他战友了，一连五六年没回来。

四学参军那年十九岁，到东海舰队当雷达兵，驻守的小岛只有零点三平方公里，四周都是潮水声，夜里吵得睡不着。即使在后海边长大，四学仍难以适应。岛上没有自来水，用水全部来自降雨和地表渗水。岛上各处放着储水的塑料桶，遇上旱季，很长时间才能接满一桶……四学曾在信中说，小岛孤悬海上，日子是重复的。

后来小季睡着了。谷子听见窗外的爆竹声零零星星，响到天亮。

一九九三年夏天，三个台风先后过境岛城外围，带来疾风骤雨和大浪。快艇游览全部叫停，浴场关闭。警戒线始终没有撤下。旺季赚大钱的计划落了空。刺鲅将烟屁股狠狠地摔在地上，嘴里骂着鬼天气，丧门星。

谁也没料到，更猛烈的秋台风正在路上。

秋台风都是狠角色。大海好像忽然被某种邪恶力量控制了，黑浪如铁般坚硬，一次比一次更用力地砍向陆地，将防浪堤冲垮，将观光亭卷走。废墟上堆起肮脏的灰色泡沫，似数只怪兽在不停呕吐。黑浪甚至涌进了更衣室，谷子栖身之处一片狼藉。快艇总算是安全的，提早搬去了高地。

七月八月连续不进账，谷子焦躁不安。幸好，小季暑期在南京打三份零工，赚出了下半年生活费，不然谷子得跟刺鲅借钱汇去。

小季好，谷子就好，守着大海能活命——台风将各种小海货打上岸，谷子躬身逆风，连滚带爬地，捡来蒸了当饭吃。他自是经验丰富，台风天不能顺着风向，否则极易被吹到海里去。

谷子甚至不忘挑出大个头虾蟹，给刺鲅送去一盆。刺鲅揶揄，行，兄弟，老天爷爱你，饿不死。

刺鲅有所不知，对于谷子来说，比胃囊更饿的是内心——内心总有空落感。

回更衣室的路上，谷子好像又被打回了原形，那个在后海厂区游走的少年，风雨中越加仓皇，火车进出时的凄厉嘶叫再次响起。除此之外，急雨砸在脸上身上，眼睛生疼睁不开，他全无知觉。

谷子很想念大漠。几乎在他离开后海的同一时间，大漠被省拳击队请去做了编外教练。谷子给大漠饯行，徒弟几个轮番敬酒，说感激的话。场面热络之时，谷子心里却不好受。大漠一走，后海就没有亲人了。

这些年，大漠亦兄亦父，更是精神上的导师。大漠曾经送给谷子几本俄罗斯文学名著，嘱工余时间多读书，谷子哪里看得进去。大漠并未强求，只是说，你不喜看书，也罢，记住“万事归于善”便好。

道理谷子都懂。大漠所说的“善”，更含着“忍”。心字头上一把刀。从眼前讲，谷子须忍过这场凶猛的台风。向四周望，他得忍过计划经济向市场经济过渡的盲痛；往远处看，不知以后遇到什么，只要活着，该受的屈儿，都得忍。

风在撕碎一切。云头似兽，分明露出了獠牙和血口。谷子却不躲不避，歪歪斜斜地任其抽打。他似乎想明白了，又似乎只管豁出去，要亲身体验一下最坏的结果，直到内心升起某种悲壮。

秋台风过后，市政部门忙于清理和重建，赶在国庆节前夕，终于平复如初。

谷子就近加入施工队，给人家扛活儿，做满一个月，赚来的钱买回二手材料，自己焊接了烧烤炉子和架子，打算白日做完海上游览生意，晚上摆摊儿卖小吃。

众人谈论起台风仍唏嘘不已。一边为震山撼岳之势后怕，一边为那些殒命的人摇头叹息。还好的是，节日来了。

节庆气氛能掩饰伤痛。阳光金子般响亮。老天爷或许在为不久前的坏脾气道歉，一早一晚会送来胭脂彩霞。气温始终维持在十八九摄氏度，小风温柔。持续到十一月中旬，都是这样。好天气就意味着游客不断，旺季延长，海边的生意人高兴坏了。

那个时候，围绕着浴场周边，做快艇游览生意的共有三家。谷子先来的。半年后已晒成一尊黑炭。加之体格壮硕，水性奇好，另两家一打听，只道是后海人野，混不吝，惹不起。

没承想，谷子主动递烟，并乐于分享经验，诸事搭把手，一副侠肠道义。只是末了，话都夯在实处。各位弟兄，咱们看天吃饭，价格都是公开的，谁也别哄抬。宰客更要不得，名声坏了，谁也不会好过。

当然当然，另两家点头称是。如此这般，便友好相处起来，从未出现过抢客现象。

刺鲅听说后，很不高兴，见了谷子直摇头："有病吧你？买卖不竞争还叫买卖？你是开山鼻祖，有定价权，他们得听你的。再者，你是专业队出身，快艇翻了能把人救上来，就凭这点也应该提价百分之二十。"

"他们的快艇翻了，我照样会去救！"

谷子一句话把刺鲅噎住了。"我在说价钱！"刺鲅吼。

"我也在说价钱。"谷子不弱，"能救人不算优势。我能救自己的游客，也能救他们的。谁会见死不救呢？所以，没法提价。"

刺鲅甩掉烟屁股，气哼哼地走了。走出去没几步，又扔回来一句话："总之钱不能少挣，我等着分。"谷子回："少不了你的。"

除去快艇生意，浴场周边还有卖吃食的，比如卖苞米的女人。从农村嫁到城里，没有工作，嫁的又是残疾人或鳏夫，总得想办法贴补家计。

凌晨四五点，她们先到农贸市场批发一麻袋苞米，回家煮熟，等到九点钟沙滩上客了，开始兜售。

运气好，下午三点卖完，她们高高兴兴回家。运气不好，天快黑了还剩一半，她们便哭丧着脸，坐在路灯下，啃苞米，彼此诉苦。最倒霉的是碰到叫作"浴场管理处"的男人，会没收她们的苞米和箱子，凶巴巴地驱赶。

卖贝壳的女人与卖苞米的命运相似，除了年轻些。脖子上挂着几十条项链，两只手腕也挂满了，卖贝壳的女人好像移动展台。有一个化浓妆的，嘴唇猩红、眼圈荧绿，用东北口音垮垮地叫卖："贝壳项链，旅游纪念。"

"浴场管理处"不会驱赶她。不但不驱赶，还时常打情骂俏。人人都看在眼里。谷子听说，他俩有奸情，在沙滩上野合。那些传言把细节抠得很细，说他们专找月黑风高之夜，大满潮，沙滩无人，东北女随着风声潮声浪叫。

6

谷子也卖起了吃食。食材无成本，都是捞上来的当流海货。

住在更衣室，低头抬头都是大海，而大海可以提供什么，谷子再清楚不过。他追着“潮脚”挖蛤蜊和蛏，用鸡肠子钓螃蟹，钓鳗鳞鱼。等收了快艇生意，天擦黑，现烤现卖。

游客从快艇上下来，与谷子的关系已经被海风催熟，再围坐于折叠小桌前，都是自然而然的事情——他们发现这个小老板着实热情、爽快，值得信赖。

谷子烤各种贝类。贝类肉质细腻爽滑，闭壳肌部分颇有咬劲。配料有麻辣、蒜蓉两种，融于贝类本身的汤汁，一个“鲜”字几乎要把黑夜照亮，众人咋嘬到忘了身家。

烤着烤着，谷子会有所恍惚，多年前在后海野滩上，他和大元二趼赶完夜海，常用燃烧的乙炔烤海货，焦香之气弥漫了整个后海。

春秋两汛，谷子穿着帅气的水胶裤，踏着没过大腿的潮水，打出旋网，青板鱼就扑扑棱棱地来了。这鱼永远长不大，一般体长二十至四十厘米。或者说，还没等长大已落入鲅鱼腹——作为鲅鱼的上好食物，青板鱼来了，鲅鱼也会追打着来。

秋天的青板丰腴多脂，却也多细刺，不适宜红烧清炖白蒸，用来烧烤再合适不过。逢大汛，每天能捞上五六十斤，谷子就甜晒保存。

风越来越大，越来越剔透，两天就能把鱼吹晒成半干。烤时，全程无油，也能滋滋冒油泡，烘至焦褐，外表内里一酥到底。

倒也奇，谷子自制的简易烤炉和烤架，烤什么都入味。带着炭气的焦香飘出许远，任谁闻见都是欲罢不能。循味而来的，亦常有。日子一久，竟多出几分神秘色彩。都说浴场有个谷子，会玩会吃，人品也正，一副热心肠。

谷子的好生意，让“杀街”那帮人眼红，拉起了仇恨。

那帮人亦是浴场周边卖吃食起家。帐篷底下，支开桌子，卖原汁蛤蜊和海凉粉，卖鱼丸汤和馄饨。幕后老板都是妄想暴富的聪明人，骑着大摩托来去如风。守店的有混混，也有监狱释放人员，脸上带疤，臂上文青龙。“浴场管理处”向来睁一只眼闭一只眼，他是欺软怕硬的孬种。

随着摊位不断扩充，吃食的花样也在增多，很快气候渐成，升级为小吃街。当时海边几无饭店，外地人要的是潮水味，本地人要的是某种体面，生意因此红火起来。

没承想，只半年工夫，小吃街因宰客忒狠，成了“杀街”。一条活鱼，动辄一两百元，比普通人的月平均工资还高。海货只标注“时价”二字，为的是看人下菜碟儿。欺生尤烈。外地人吃着吃着，忽觉有诈，却为时已晚，看店的多凶相，人生地不熟，谁想给自己找麻烦？吃下哑巴亏，过后骂娘解解恨而已。

唯独谷子的烧烤炉上，价格实诚，场面祥和。烤出来的面包鱼比杀街便宜七成。贝类就更便宜了，相比之下，跟不要钱似的。这些消息很快传到了杀街。幕后老板跟手下说，去看看，那个迷汉到底会不会算账？

话音落地，五个混混就来了，皆膀大腰圆。

谷子不想打架。一则他不想给刺鲅添麻烦；二则他想好生赚钱，格外珍惜在前海谋生的机会。可混混说话难听，让谷子滚回后海，不然就打断腿。

谷子强压着火："诸位有话好好说。我卖得便宜，不是为了挤对谁，只因成本低，利润也少。我自己捕、自己烤，小打小闹，小毛小利，不贪心，也就不亏心。"

"少废话！滚还是不滚？"混混们上来就砸烧烤用具。

谷子说且慢，诸位应该也是走江湖的，砸烂我家当，砸断我的腿，你们名声不好听。要不咱们比画比画，若能让我告饶，立马滚蛋。

混混们不知深浅，胡乱大笑，只道天底下还有人乐意找打。

在夜色笼罩的沙滩上，谷子潇洒地滑步，似踏着咚咚鼓点。左直拳用于引诱及扰乱，紧接着右直拳重创，几组散打拳击，将混混们逐个打翻。

混混们爬起来，单挑不行，就一窝蜂往上冲。谷子仍潇洒地滑步，脚下鼓点密集许多，只见直拳迅猛，防守巧妙，绊摔利落。精彩的细节莫过于以左脚为轴，右后转体一百八十度，右脚上步至对方两脚后，呈马步，左手变立掌推右拳，用右肘猛击对方后腰，趁对方身体后仰之机，谷子以右手锁喉。

也不过五六个回合，混混们全都躺在沙滩上起不来了。

谷子自是有数的，倒了就倒了，不会出事。谷子想要的结果是制服，而非打伤。整个过程，他眼前浮动的，竟都是多年前大漠在后海钢厂教训莽汉的画面。

谷子对自己的表现很满意。

明的不行，他们只能来阴的。杀街上道号深，谁人不知。

翌日傍晚，谷子刚收了快艇，刺鲅就出现在更衣室，黑着脸。

谷子便知事情不简单。

原来领导找刺鲅谈过话。外面有传，刺鲅与人合伙搞海上观光游览。领导说公职人员做生意，轻则处分，重则开除。领导还暗示刺鲅已列入培养梯队，应加倍努力才是。

谷子点点头："听懂了，杀街的杂碎背后捅你刀子。"

刺鲅闷声低吼道："千万咬死，快艇是你一个人的生意。就你一个人！另外，从今往后，收起那些破烂烧烤，不然他们会弄死我。"

谷子无任何犹疑——行，照你说的办。

依谷子个性，定会杠到底。但现在必须保全刺鲅。刺鲅上有老母下有小儿，蓄妻养子的当口，顶真不起。况且刺鲅正等提拔，要进步。

临走，刺鲅又啰唆了几句：知道谁干的吗？就是那个开桑塔纳的官少爷，仗着老子权势，在杀街捂下好几个门面，把生猛海货养在玻璃缸里，鱼虾王八，上下游动，号称小水族馆……这贼子太嚣张！

一切算是消停下来。就着晚日的血色，谷子一个人在沙滩上，谁也不看，静静的像一块石头。

好潮水来了，谷子便会忘掉这些肮脏事。他在更衣室顶上晒鱼，时间一到，拿去集市卖掉。人人夸鱼晒得好，他会毫不吝啬地分享经验——晒到七成，拿到海里透一透，再接着晒，才会口感哏悠，不至干硬发死。

春也去，秋也去，冬天便来了，又是一年将尽。谷子把快艇抬上岸，保养妥当。小季信中说，春节不回家了，留校复习，正月初八研究生开考。谷子给小季寄去一大包干海货，电汇了一千块钱。

原本决定大雪节气过了回后海。结果，大雪这天发生的事情，参与构建了谷子的后半生。

大雪无雪。天从早晨开始就阴沉着，云层越来越厚。海也是灰的。

到了下午，北风升级，白浪翻卷着撞向拦浪堤。谷子爬上更衣室平顶，收起最后一批晒鱼，呆望着前海湾。再来就是明年春天了，他摇摇头，时间太快，不扛混。

风声潮声混响之时，整个世界都是空的。可是，有个“红点”闯进了谷子的视线，正在拦浪堤上移动。

细看，应是个穿红色面包服的女人。谷子不能相信自己的眼睛。疯了吗？“红点”根本不躲浪头。

“红点”简直就是不要命了。谷子喊破嗓子也无反应。正打算去把这个死活没数的拽走，谁承想，一排大浪过来，水沫飞溅处，“红点”已经不见了。

离岸二三十米的地方，“红点”起起伏伏，再来浪峰，肯定就吞了。谷子从更衣室顶跳下，拎起救生圈，飞奔而去，同时大喊救命啊，来人啊。

到了拦浪堤，谷子将救生圈狠狠掷出，一猛子扎进去之前，先用十秒钟脱掉了衣服和鞋——穿衣服下水，等于全身绑满沙袋。

“红点”已被浪头打晕，某种意义上降低了救生难度。最怕徒然挣扎的，会把救人的一起拖入海底，这种事情不是没发生过。

谷子曾在游泳队学过专业救护，侧游拖带和反蛙泳拖带交替使用，拼全力让“红点”的口鼻露出水面。救生圈也帮了大忙。岸上闻声赶来的两人，一起拖曳着他们，最后总算上了岸。

十二月的海水不至刺骨，人被浸泡后，却经不住岸上的北风，直吹得牙齿打战，瞬间失温。谷子顾不得这些，给“红点”做起紧急处理，排除肺部积水，清理口中异物，口对口进行人工呼吸。

当时“110”刚创立半年，市民心中还没形成概念。移动通信更无从谈起。在找到公用电话亭报警和直接去医院之间，谷子毫不犹豫地选择了后者——后者抢时间，救命要紧。

垫付了医疗费，“红点”被推进急诊室，谷子这才想起打电话报警。

警察来了，让说说情况。谷子说，姑娘掉海里，我把她捞了上来。她应该不想自杀，只是在岸边溜达溜达，可浪太大，一下子卷了进去。

警察让谷子去所里做笔录。

谷子说，把她一个人扔在这里不合适吧？等她醒来，问清楚了，通知家属，我再跟你走，行不行？

警察看谷子浑身透湿，脸色都变了，便提醒谷子通知家人，送件衣服过来。

谷子不想节外生枝，说些孤家寡人之类的话，只好给刺鲅打了个电话。刺鲅说要等到下班以后。

“红点”苏醒，发起了高烧，确诊吸入性肺炎。天黑之前，她的父亲和姐姐张皇地来了。看上去，应该是个知识分子家庭——父亲瘦嶙嶙的，戴黑框眼镜，礼貌和气，却也有种不易接近的清高；姐姐在极力克制情绪，压低声音说话。

谷子呆立一旁。在海里拼命的时候，他恍然看见了另一张脸，只因情况紧急，容不得多想。现在，他终于可以确定，并且为此惊异，“红点”五官简直就是曲小莉的复刻——只不过，曲小莉多出的妩媚，到她这里变成了清雅。

似有一股暖风，吹过脊背、脖颈和后脑，直吹进谷子的心魂，湿衣贴身的寒凉，一并消失了。少年谷子所不解的，现在，老青年谷子终于弄明白了，曲小莉在他心里既不对接欲望，也非暗恋，而是一种温柔，带着忧伤的温柔。

这个时候，刺鲅来送衣服，一脸不解与不耐烦。谷子懒得解释，匆匆换上，跟着警察走了。

第二天上午，“红点”姐姐从派出所打听到更衣室位置，找谷子还医药费，同时带了礼品。她自称姓叶，在电业局工作。见谷子手上缠着纱布，脸上也有伤痕，歉意更重了。

谷子说，我皮糙肉厚，不打紧。你妹妹好些了吗？

“红点”姐姐说要住院一周。自家妹妹任性惯了，刚说两句，又不落痕迹地收住了，话题再次回到感谢上。

谷子转身装了一袋子甜晒鱼。姐姐当然推辞。谷子说，你的我收下，我的你也应该收下，都不见外……哦，我叫冯谷海，后海人士。

姐姐笑了笑，在派出所已得知。

谷子是在两天以后去医院看望“红点”的。

那是冬日里独有的晴好天气，干燥、清冽、开阔。天空一蓝到底。梧桐树的秃枝上挂着一些梧桐果，已失去了水分，点点缀缀，荡荡悠悠，颇有童话感。

轻推开病房的门，谷子看见冬阳漫洒于西窗，到处都白得耀眼。她的病床在靠窗位置。谷子逆着光走过去，她正好在光圈里，似有一种绝望气息，严密地包裹着她。

谷子迅速扫了一眼床头卡上的信息——姓名叶简兮，年龄二十六岁。

开口之前，谷子越加局促和紧张。

“你好小叶。感觉好点了吗?”

病房里很静，还有几个病人在休息，谷子不敢大声。

叶简兮缓缓回头，看了一眼谷子，面无表情，又转向窗外，好似不识眼前的救命恩人。

谷子不知该如何自处了，备好的宽慰话已经忘记。他尴尬地笑着，将礼物摆上床头柜。时兴的黄桃罐头，还有红宝石一样的苹果，大小均匀，带着浓郁甜香，显然是精挑细选的。

最后，谷子拿出一只硕大的海螺壳，足有巴掌那么大，里面植了佛甲草，密而齐整，莹绿如翠。谷子说，佛甲草特别好养，不怕冷不怕热，水多水少都无所谓，到了春天就能开花呢，是黄色的小花儿。

谷子还想解释大海螺是自己深潜时的意外收获，又觉多说不妥。只道小叶放心，很快会好的，需要我做什么，让你姐招呼一声。

这个时候，叶简兮才缓缓转过头，声音极其虚弱，语气却极其坚定：“你为什么要多管闲事?”

谷子一时语塞，支吾着：“这个问题以后回答……现在……好好休息，早日康复。”

出了病房的门，谷子在走廊里坐了一会儿。救人的时候，他并不知道叶简兮与曲小莉长得像。这些年他没忘记曲小莉，但也不再想起。离开后海之前，当年的班花曾来找过他，伊嫁人又离婚，似乎都在匆忙之间，饶是如此，少妇风姿仍具有侵略性。那晚月色如洗，二人赤诚相对，谷子抚摸着她的美妙胴体，像抚摸着一去不返的青少时光。

班花希望谷子可以接盘。谷子对班花亦有好感，愿意在其生活里扮演不可缺少的男性角色，分担着帮衬着。但谷子自觉前程未卜，尚无养家糊口之能力，就说先去前海干几年，有了眉目也不迟。

班花还是急了。这可以理解。女人的花好月圆就那么几年，班花得将自己及时出手，只怕时日一长，打了折扣。追求者不少，花心的小老板、油腻的小领导，班花都看不上，只爱谷子的帅气和正气。可谷子又让她恨。她不傻，找谷子哭闹两场，就此作别。

谷子变成了老青年。刺鲅嘲讽他高不成低不就，谷子没争辩。有什么好争辩的，事实如此。曾有一个在浴场卖玉米的小媳妇，模样俊俏，见谷子常年住更衣室，卖完玉米会来聊几句，喝口热水，后来主动帮谷子洗了几次衣服。谷子不想欠情，包下她卖不掉的玉米，连吃了三天。小媳妇欢喜，说自家妹妹二十岁，水灵灵的，高中毕业在镇邮局工作，你若娶来，咱们就成亲戚了。

谷子哈哈尬笑，说自己只有初中毕业，这把年纪了仍一无所成，岂不是害了人家小姑娘？

诸如此类的事情还有好几件，在此不必赘述。总之，直到救下叶简兮，谷子方才明白，他一直在寻找内心的温柔，就像寻找月亮抖落的锦缎。都怪曲小莉，让他开张没开好。其实又怪不得，人家根本不知道他的存在。要怪就怪心性至此，无奈何。

走出医院大门，迎头碰见了叶家姐姐，她锁着眉，疲态尽显，手上拎着大包小包。谷子问过才知，她公公也在这里住院，癌症晚期。

谷子说，小叶出院时我可以来帮忙。

叶家姐姐打量着谷子，不动声色。谷子高大、周正，有气力，尤其对妹妹的事这么上心——当然，她已经看出来，不是上心那么简单。

叶家姐姐早已分身乏术。丈夫是远洋船员，一年有大半年不知漂在哪个大洋。孩子幼小。母亲病逝。父亲孤冷。公公绝症。婆婆一直住在省城女儿家里，身体也不好。妹妹不食人间烟火。她真的累了。于是，她悠悠出口："三天后出院，家离这里不远，五站路。"

谷子和叶家姐姐约好，三天后，上午十点来帮忙办理出院手续，并留下了BP机号码。"有事随时呼我。"他说。

7

叶家住在一条倾斜的老路上。

老路不宽，从南往北渐渐抬升。两趟刺槐沿地势生长，树身粗壮，虬枝交错，一看便知是上了年纪的。违章搭建把那些老洋楼的立面结构弄丢了，只有蒙砂红瓦和山墙上的装饰，仍保留着某种身份象征。

诸如此类都在谷子的成长经验之外。后海马路上最常见的是铁路道口。早年没有高架桥和隧道，道路与铁路平面交叉形成了铁路道口。值守人站在那里，火车即将通过时，挥动红旗或红灯，提醒车辆行人离开轨道。后来有了手动栏杆，值守人也是不能少的，捡煤核的妇女好像都不怕死，拉煤车隆隆地过去了，她们跟在后面小跑。

关于铁路桥洞，谷子亦记忆深刻。桥洞底下经常积水。雨季，海水顶托加周边汇水，地势低洼处能没到胸口。雨水箅子都是打开的，有一年警示护栏被冲倒，有个孩子掉了进去，寻到尸体时，已在五公里外的排水口。

前海没有这些。因处丘陵地带，有的路围着山腰，有的路开了山谷，最常见的是长而陡峭的石阶，也有盘旋上升的小胡同。凋敝感自是难逃，却也不可小觑，刺鲅早就说过，都是有故事的。

以叶家所在的院落为例——当然，这是日后谷子做了叶家女婿才获知的，房子建于一九一三年，最早是一个德国船舶机械师的花园别墅，“二战”后被买办资本家购入，送给了三姨太。叶家祖辈曾是三姨太的账房先生，也就传下来几间房。

两间房子在一楼，连着小院。小院七八平方米，有一株丁香树，亦是上了年纪的。树下散放着陶泥花盆，菊已开到败处。角落里垒着煤池子，上面还有几只花盆，盛着初冬的寂寥。

叶父退休前在黄海研究所工作，专攻海洋生物，骨子里有科学家的孤僻清高，加之经过被动或主动地改造，已经看不出喜怒。

叶简兮完成了物理意义上的康复。灵魂却是死的。她面无表情，不接话，不与任何人对接眼神。

前前后后，只叶家姐姐在张罗着动静。

谷子说，姐，需要我做什么，不必客气。

谷子已得知叶简兮的姐姐叫叶纯兮。说是姐姐，其实比谷子小，三十岁刚过。

叶纯兮笑了笑：“怎么好意思麻烦你呢，冯师傅，没什么事的。”说罢，自觉不自觉地朝煤池子瞅了瞅：“煤都是花钱找人送，真的没什么事，冯师傅。”

谷子马上明白了，叶家未买冬储煤。

二十世纪九十年代，全民烧煤，家家户户揣着购煤证，拉着地排车，去煤店排队购买。在这件事情上，前海后海没有区别。煤店方圆一里，黑色车辙清晰可见，众人跟赶大集似的，有的甚至全家出动。

买煤是个体力活，就像赶海一样，儿子永远不嫌多。从煤店拉回来，没个把力气是不行的。谷子记得后海当年，大元曾做了一个钢铃车——用四个轴承做轮子，固定在长方形木板上，前边有一根绳子方便拽拉。兄弟几个轮流上阵，手上都勒出了紫红杠子。

那天下午，谷子一个人拉着叶家的冬储煤，上坡下坡之间，躬身前倾与倒身后仰交替行进，他不断地调整力矩以寻找平衡。

等谷子将煤搬入煤池子，弯着腰一块块码整齐，天色已完全黑尽。他热气腾腾地站在丁香树下，浑然不觉冷寒，直到叶纯兮招呼吃晚饭。

谷子婉拒。理由是浑身太脏，赶着回去换洗。

第二天傍晚，谷子又出现在叶家，背来一麻袋冬储大白菜，几条晒好的海鲈。

叶父终于放下手中的《参考消息》，抬起头，摘下老花镜，他觉得有必要仔细打量打量这位冯师傅。

谷子被请进屋里喝杯茶。是红茶，白瓷的茶盏。绝不是冯父用搪瓷缸喝了一辈子的茉莉花茶。谷子从中品出了松烟香和干果香。

这个时候，叶家的结构已经了然。进门是狭长过道，两个房间东西并置。厨房和卫生间在走廊尽头，那里有扇北窗。叶父住西间。叶简兮住东间，门一直紧紧地关闭着。

过道墙上，挂着三幅画，类属印象派油画风景写生。谷子当然不会知道这个专业术语，他只觉好看，有梦幻感，好像到了遥远的地方。画面右下角，有两幅落款“简1988”，另一幅是“白1986”。

叶父房间陈设简单。书桌、床和衣橱，老旧里仍见匠工精细。沿墙一排书柜，存书，也存生锈的器件。细看，有罗盘、老船灯、水浮司南、船用雾号……谷子瞬间想起了自己的父亲，以及父亲留在家里的几麻袋铁路废弃旧物，不免心头一凛。

除此之外就是海洋生物标本了。镶在框室里的，泡在福尔马林里的。甚至还有标本填充体——铅丝制成的鱼体纵剖面骨架，支撑起鱼皮，让鱼鳍舒展，口部微张，牙齿显现，眼珠替代品亦逼真。

谷子乐：叶叔好手艺！不知我那些海鲈算不算标本？

话题很自然地打开了。原来他们都是赶海人，只不过，一个物质主义，一个理想主义——同一件事，没文化和有文化，差别还是蛮大的。

叶父淡泊人间，却痴迷科普，一直想把这些标本捐给水族馆。对方不要，嫌观赏性不足。没关系，不会降低他作为编外顾问的热情，继续帮着水族馆写展品条目。

是晚，聊到开怀处，叶父和谷子恨不得连夜就去海边。他们从海鲈说到了石鲽。仲冬，北风三级，海面上波平浪轻，石鲽正侧躺在海底。

“小样儿，”叶父眯着眼，忽然一脸疼爱，似在提及某个相熟的幼童，“小样儿喜欢冬天，冬天水质清澈见底。冯啊，石鲽作为典型的底栖海洋鱼类，潜伏于泥沙，无大群集结和远途迁徙习性，仅在深浅水域之间做适温洄游。”

“对，对，叶叔，这货藏沙里不动弹，只露两只眼，我们后海叫它沙板儿。”

“小样儿，两只眼都长在右侧，体色随环境变化，等猎物，也可避天敌，都是生物进化自然选择的结果。”

“对，对，叶叔，我们后海还管这货叫‘斗鸡眼’。”

谷子和叶父，你一言我一语，说着同一回事，却完全不在一个频道，奇怪的是，他们照样能说下去。

叶父说：“脊椎动物中，身体左右完全不平衡的只有鲽形目鱼类。此类里有个比目鱼，来头很大，你知道吧？”

“知道，叶叔，我们后海管它叫偏口。”

接下来，叶父开始往高深里说：“比目鱼一词，现存的古书中，最早见于《尔雅》。《尔雅》是中国第一部按义类编排的综合性辞书，训诂学的始祖。里面的《释地篇》就说到了比目鱼，原话是‘东方有比目鱼焉，不比不行，其名谓之鲽’。”

谷子频频点头，内心却在偷笑。相较于比目鱼的来头，谷子更愿意研究煎炸火候。这货肉质洁白，味美而肥腴，口感很是独特。

但此刻叶父需要一个忠实的听众，谷子必须做好。

叶父继续高深着：“《释地篇》同时提及了五方怪异之物，包括东方比目鱼、南方比翼鸟、西方比肩兽、北方比肩民、中央枳首蛇。后人研究发现大多为传说，并非实有其物，除了比目鱼。因为缺乏科学依据，研究比目鱼的长相费了古人不少心思，有的比目鱼眼睛在左，有的在右，古人认定二者必为雌雄，可相互结伴，彼此贴合，有眼的一侧都朝向外部世界，以解决游动不便的问题，故而有‘两片相合乃得行’之说。”

叶父仍在高深着：“比目鱼‘合而后行’，古人认定是夫妻和睦恩爱的象征，开始为它们作诗，什么‘凤凰双栖鱼比目’，什么‘得成比目何辞死’……哦，对了，清代戏剧家李渔还借此寓意写了一部才子佳人的爱情故事，剧名就叫《比目鱼》。”

后面这些话，谷子着实听了进去。

寒冬料峭，沙滩表层冻结，礁石亦如雪山白头。

谷子和叶父出现在海边。叶父理论专业，谷子实战丰富，二者互补，生趣猛然增多起来。尤其是沙滩与礁群接壤地带，暗礁环抱的小片泥沙地，大面积沙滩包围的孤礁周边，以及带状礁岩的间隙，让他们很少遭遇劳而无功。

叶纯兮有点吃惊，她没想到父亲这么快就接纳了谷子。父亲半生沉迷自我世界，不问多余事，怎的忽然待见起“粗人”了？叶纯兮不反感谷子，只是按照叶家一贯的认知，无论如何，谷子都会被划为没有文化的“粗人”。

谷子对妹妹叶简兮有意思——很有意思，叶纯兮早就看出来了。妹妹的清高孤冷比父亲有过之无不及，为了爱情可以赴死，恐怕死了也不会忘记那个赵既白。

“粗人”自不量力，叶纯兮内心有个声音在偷偷地鄙夷着。

可眼下，这个“粗人”又是叶纯兮所急需的。娘家婆家，早已让她分身乏术。若抛去文化水平和后海出身不谈，其他方面，谷子也算百里挑一的好男人。相貌、心地、人品、能耐，可谓样样出众。有谷子，叶家就有好帮手，自己甚至可以全身而退了，叶纯兮盘算着，是不是要帮助谷子去闯叶简兮那一关。

不日北风渐停，气温大幅回升。午后，叶简兮那扇紧闭的门终于打开了。她似乎是从里面飘出来的，冬阳照过去，她苍白薄软如纸片。

叶父、叶纯兮和叶纯兮的幼子，正在厨房里吃午饭。幼子四岁，名叫归航，以此呼应他那常年漂在远海的父亲。

石鲽鱼炖白菜豆腐，汤色奶白，热气蒸腾，里面放了粉丝，白胡椒提味。旁边有一碟冬腌的豆豉咸菜，一碟油炸花生米。主食是叶纯兮蒸的馒头。叶父饭桌上历来讲究，日子再穷他也要求有个样子，一顿饭总要凑齐三个盘子，哪怕半块腐乳算一盘，一根酱瓜算一盘。叶家姐妹耳濡目染，亦是如此的。谷子则从小吃相野蛮，后海人习惯于当街扒饭，声响大得很。

“小简，好些了吗？快吃饭吧。今天的鱼真新鲜，冯师傅和爸一起钓的。”

很显然，叶纯兮试图将一切淡而化之。叶家从未承认叶简兮自杀。他们咬定那天浪头太大，被卷了进去。谷子跟警察也是这么说的。这或许是叶家最感激谷子的地方。当然，感激也不会说破，彼此心照不宣，便是了。

出院半个月，叶简兮第一次好好吃饭。饭桌上的气氛有些不自然。叶父小心翼翼。叶纯兮故作镇静，说学校那边已去过两次，马上期末考了，校长同意你寒假结束再上班。

叶简兮是一所重点中学的美术老师。学校靠文理科提高升学率，美术作为副科只限于初中部。很多时候，叶简兮像一个杂工，就像现在的美术老师要负责公众号美编、摄影、电子屏等工程一样，九十年代的美术老师，负责校园文化环境，包括黑板报、美术字、宣传画的制作，开会布置主席台，文艺会演做布景等。

叶简兮毕业于师范学院美术系专科，因早恋而放弃了成为文科本科生的可能。

早恋的对象就是赵既白。

赵既白属天才早成，也具备天才的所有缺点——自私、冷血，敏感且多疑，同时野心勃勃。五岁他便能临摹徐悲鸿的马。初一开始画大卫石膏像，光影塑造感把控之精准，令老师目瞪口呆。十六岁，赵既白几乎把自己长成了大卫，高鼻深目，形体挺拔，头发自然卷曲，墨云般浓密。加之天然忧郁，以及沉默带来的神秘感，赵既白无疑是前海老城里最靓的仔。

赵既白没有父亲。据传他是遗腹子。也有不好听的声音，说他是个野种。他住在德式老宅的阁楼上，是他外公留下的房产。他母亲在前海唯一的涉外饭店做西点厨师。公私合营之前，那家饭店是他外公创办的……种种虚实不定的说法，只能让赵既白更像一个出离的带伤的王子。

十六岁那年初秋，赵既白和叶简兮考取了同一所高中，分属不同班级。赵既白深得美术老师喜爱，下午课后可以去美术教研室画画。美术老师跟校长保证，只要允许成立美术小组，定会为高考升学率出力，怎么说每年也要考上两三个。校长信以为真，或者说，校长认为在无须投入的前提下，允许几个学生到美术教研室画画，至少不是坏事情。

因为画画，赵既白拥有了某种特权：头发明显地长过那些男生，海风一吹，小烈马般不羁；衣服经常蹭满颜料，气息却是洁净的，不像那些满身汗臭脚臭的男生。他的眼神坚定，总是望向某个地方。如果循着那眼神寻找，似乎是一片鱼鳞云、一个红屋顶，又似乎什么都不是。

无数少女的心被俘获了，包括叶简兮。

那个时候，叶简兮脑后吊着马尾，脖颈颀长，嘴角倔强。

很多人的五官要等到二十岁才渐至清朗，叶简兮不是，她没有婴儿肥的过程，一早便玲珑剔透。与少年赵既白一样，少女叶简兮亦难掩骄傲。若细看，不过一袭寻常衫裙，甚至只着旧衣裳，却不知为何，当她走过那趟老洋槐，若恰在五月，花期便融入了她的身体。

赵既白放学后在美术组画画，女生们皆知。唯独叶简兮敢去探个究竟。结果被美术老师喊住，请她做头像模特，让赵既白和另外两个同学围其左右，画速写画素描。就这样，赵既白在写生的过程中迷上了叶简兮——叶简兮则同时迷上了赵既白和画画。

叶简兮跟美术老师说，我可以来做模特，前提是我也要来学画画。

美术老师不同意。离高考只有两年半的时间，她缺乏基础，万一弄不好，美术类没戏，文化课也误了，岂不鸡飞蛋打？

这个时候，赵既白悠悠地说，我可以帮她。

美术老师为难了。他不能确定叶简兮有没有美术天分，但他完全可以确定叶简兮是个优异的模特。那张脸天生有故事——有故事的脸画起来才过瘾。另外，赵既白是美术老师押下的宝，作为美术组首届高考生，两年半后，赵既白的成绩就是最好的说明书。美术老师是过来人，少年少女那点情思看得明明白白，他怕赵既白分心。

一切还是不可阻挡地发生了。

叶简兮课余来美术组画画，天分不亚于赵既白。基础虽弱，造型写实欠功力，却能旁开一路，画出天真和梦幻，被美术老师赞有夏迦尔之风。她的色彩感觉极好，每一笔颜色安放在哪里，似能得到神谕。

起初叶家父母极力反对。叶简兮功课不错，日后参加文科高考胜券在握，女孩子学个文史哲，会有好出路。学画画当艺考生，只有高考无望的学渣才选此下策，这在当时是共识。

叶家父母不给钱买画具，叶简兮就赌气不吃饭，局面越来越僵，直至某晚离家出走。适逢天文大潮，大浪哗哗轰响着，叶家疯找到天亮，筋疲力尽，后来被邻居发现叶简兮独坐岬角尽头，浑身透湿。

那个时候，叶母的风湿性心脏病越发严重，正准备办住院手续，叶父已顾不上这许多，打算妥协。叶纯兮给父亲找台阶下，说小简有灵气，学画不失为选择。叶父点头：怪只怪我从小太宠她。

青春年少样样好，说的就是叶简兮和赵既白。从此他们做伴，户外写生，背着画架行于当街，像两个世外的少侠。每当赵既白拉开架势，或潇洒地用排刷铺色，或谨慎地用小号笔刻画，其时其地其人，半脸不屑，满心虔诚，叶简兮的崇拜就会从心底轰隆隆地升起。

二人并未被荷尔蒙控制，表白也没有过早发生。都是内心清高之人，想做出个样子来，考上梦想中的美院，去艺术殿堂朝圣。非浙美不上，几乎成了赵既白的口头禅。还有，什么浙江美院的雕塑系是国内老大，什么要到那里做中国的罗丹——口出狂言时，赵既白尚不知梦想通常是用来破碎的。

浙美雕塑系每年只招收八名新生，过程比闯独木桥还困难。是年赵既白没能考取，但兑现了自己的承诺，他曾跟叶简兮赌气地说，如果考不上浙美，去哪里都不重要了。不如你去哪儿，我去哪儿。

他们最终被省城的艺术学院录取。叶简兮读专科，赵既白读本科。美术老师旗开得胜，校长二话不说就辟出一间独立画室，美术小组从此有了专属领地，赵既白叶简兮成为后来者的美谈。

赵既白没有表现出更多失落。整个夏天他几乎都在商业街画广告牌，长时间暴露于户外，晒到黑瘦。叶简兮负责打下手，每每抬头，看见攀爬在高处的赵既白，被太阳的光晕围绕，拿画笔的右手和拎油漆桶的左手都连带着透明羽翼，好像古希腊的爱神。

禁果藏在赵家阁楼。那个八月的下午，赵母或许正在西点案台前熬制焦糖巧克力，或许正在造型普雷结面包。她穿白色工装，面无表情。平行的时空里，阁楼窗户都打开着，银杏叶的绿意探了进来，带着一种明亮如水的光线，尘絮像海藻和海草一样满屋子飘荡，燥热的风正穿过他们的身体。

叶简兮的连衣裙也是白色。赵既白用了很长时间才打开拉链。后来回忆起来，那个过程似乎有一生那么长。叶简兮闭上眼睛，致幻于甜奶油的气味——这也是当初第一次来赵家时所辨别出来的独特气味。

“你们家怎么甜兮兮的?”

“不奇怪。我妈每天下班总要偷几块蛋糕回来。”

8

叶纯兮提供给谷子的版本，当然是含糊其词的，避重就轻的。

叶纯兮说，叶家起初非常排斥赵既白，那孩子面相太冷，带着入骨的傲气。后来之所以松口，一是考虑到他和小简同读一所大学，寒暑假去去回回有个照应；二是叶母久卧病榻，叶纯兮面临毕业忙于实习分配，也就没人顾得上小简了。

赵既白毕业回来，在大学谋职，顺风顺水的事情，别人羡慕还来不及呢，他却总别扭着，说难忍周围俗戾之气，决意要考浙美雕塑系研究生，离开此地。小简当然不愿意，她想结婚。

叶纯兮停了停，望向窗外，吞下了后面的话。后面的话是——因为那个时候，小简怀孕了。

窗外冬阳煦暖，光斑跳荡。这是一九九四年的第二天。谷子和叶父再一次完成了潮间带探宝。叶父正在丁香树下制作当年的第一批海洋生物标本。福尔马林的味道从窗户缝隙飘了进来，与蜂窝煤的味道、豆腐炖鱼的味道混合在一起。

叶简兮把自己关进房间，好像不存在一样。

叶纯兮和谷子在厨房准备午饭。说话的时候，他们坐于餐桌前，间或起身压压火，让炖鱼这件事变得缓慢一些。

叶纯兮决定帮谷子接近妹妹。既如此，就得让谷子知晓，妹妹迈不过去的那道坎儿是什么。当叶纯兮拿捏着分寸，道出了赵既白，谷子忽觉失重感，他极力却也乏力地掩饰着，同时想起走廊里那幅油画的落款，“白 1986”。

“为何分手?”谷子问。

“赵既白考上研究生，再没回来过。放假在那边搞创作，准备冲击国家级大奖。也有传言说他在追求院长女儿，为日后留校。小简去了趟杭州，回来就……后面的事情你都知道了。”

叶简兮肯为这个男人去死，已令谷子悲情漫漶难以自控，至于细节，叶纯兮即便愿意讲，谷子也是没勇气听的——而多说无益，叶纯兮不会不懂。

一切忽然安静下来。鱼汤翻滚，水汽作响，成了最大的声音。

事实上，叶纯兮也只掌握故事的梗概，细节属于当事人。当初为说服叶简兮打胎，赵既白哭了。他说自己离开艺术活不成，难以成为一个好丈夫好父亲。

阁楼上，甜奶油的气息已经褪去，叶简兮坐在他们无数次承欢的床上，赵既白半跪下来，抱住了叶简兮的腰腹。

赵母刚刚嫁给一个退休处长，七十岁的老头子，仍保留着喝下午茶的习惯。赵母擅烘焙，人也苗条，符合对方诉求。

赵既白很庆幸这件事的发生。小学二年级，他渐渐听懂了流言，便视母亲为羞耻。当他第一次被骂野种，天就暗了下来。慕强正是源于这份自卑。他一路攀爬，信奉顶峰相见，也是为了摆脱自童年埋下的荫翳。每次问及父亲，母亲都不接话，转身从橱柜里端出一块奶油蛋糕，上面有时撒满樱桃，有时是碎果仁和蜂蜜。

赵既白抱住叶简兮的腰腹，头埋下去，哭湿了她的半条裙子。

叶简兮环顾四周，到处都是架子和泥巴，成品半成品几乎将阁楼堆满。他没日没夜地画稿子，对待艺术如动物嗜血一般，她的心便软了下来。那以后他们开始怀着敌意在一起，她咬他发咸味的嘴唇，像她已不再是她自己那样行事。

赵既白收到研究生通知书的时候，叶简兮见他眼露凶光，只是她更愿意相信那是因喜悦过度而发生的变形。叶简兮拿出积蓄，买来两个最新款行李箱，又置办了整整两箱行李，春夏秋冬都装了进去。

读研之后，赵既白也做兼职，可他要买原版画册，要北上南下追展览，做着到巴黎朝拜罗丹的梦，钱总是不够的。叶简兮按月给他汇款，通常是发下工资的第二天。长途电话也花费不少。

赵既白一直没有回来，叶简兮便去了杭州。她穿着米色风衣，却忘记带伞。一出火车站就在下雨，离开时也没有停——她全无知觉。

赵既白提出分手，理由是我怕毁了你后半生。

回来以后叶简兮就病了。若挺过这一关，叶简兮会发现，失去谁都没什么。只可惜一念之愚，翻山越岭，她过不去的，不是爱情，而是自己。

她拖着病体去阁楼，把能砸的都砸了。阁楼钥匙她一直都有，之前，会定期去开窗通风。

一周后，她跳入大海。没死成。

谷子竟去了杭州。先坐火车，一天一夜抵沪，又转长途车，再半天。

快艇生意要到明春开工，谷子属闲人，整个冬天不是陪叶父捕捞海洋生物，就是帮叶纯兮打理日常。赵既白有形无形地出现了，谷子恼火，不安，只有找到那家伙，当面较量，才解气。事情绝非替叶简兮报仇那么简单，谷子也需要过自己这一关。

颠沛不必多说。火车轰响着掠过大地，站在车厢与车厢衔接处，谷子想起纺织厂当年放过的电影，画面颗粒粗糙，也满布新奇。谷子觉得自己是该出一趟远门了。南方的二跃、四学和小季，都比自己走得远，他留在原地，真没出息。

浙美不难找，江南地界谁人不知？令谷子惊讶的是，放寒假了，校园里仍人来人往。有备考的学生，有做梦的艺术家，有慕名的参观者，男长发女寸头，奇形怪状，谷子恍然来到了另一个世界。他向装扮不是那么怪异的人打听，雕塑系往哪儿走。对方倒也热情，跟我来吧。

就这样，过了一片竹林，又过一片芭蕉，还过了几株黄蜡梅，空气清冽沁人，香是冷凝的，谷子的火气被浇灭了一半。

“放假了也不回家?”谷子问。

“搞艺术哪有假，陷在里面就出不来了。”带路人答。

说话间，带路人手一指：“拐过弯儿，白色小楼就是。”

谷子谢了再谢，又经过一些叫不出名字的树，皆有茂绿稠密的树冠，与北方的干枯虬枝完全不同。冬天的样子差别如此之大，谷子算是开了眼。

小白楼比普通二层高出许多，灰瓦片片，连着灰色天际，藤本植物爬满墙体，叶子是落了，茎秆密匝如经络。白楼门前堆放着各种真人大小的雕塑，看材质，有陶、木、石、铸铜、锈铁。造型抽象的，把谷子看到发蒙；造型逼真的，把谷子看到脸红。难道艺术就是不穿衣服吗?

“雕塑系”三个字凿在半方老船木上，凿出了筋力，挂在入门右手。

谷子走进去，见走廊很长，角落里仍是各种雕塑。没有人，教室都上着锁。墙上几个巨幅相框，里面镶着人体素描作品，有男女青年，也有老妪老汉。作品大多写实，光影明暗带来体积感，皮肤的光泽或褶皱似触手可及，谷子再次脸红了。忽然，一个落款刺痛了他的眼睛，“白 1993”，与叶家走廊上的那幅油画落款一致，只时间不同。

一瞬间，谷子血往上涌。呼吸、心跳，进入非典型状态。他噌噌往二楼跑，赵既白似正守在楼梯口，手里握有长剑。

至二楼，谷子忽被某种力量震慑住了，不得不放慢动作，逐渐冷静下来。

二楼结构和纺织厂的一组单体车间相似，挑高极好，天窗上映着云影，天棚呈几何状。这种结构有点像教堂，也有点像寺庙，只接受仰望——而一旦仰起头，人间琐屑就无声地脱落了。

教室门口有提示牌，“闲人止步”。谷子犹疑片刻，侧身而入，不带起丝毫响动。里面不下二十人，背对入口，望同一方向，双手在雕塑台和画架上，做泥塑画素描，就像老农在田野里劳作，专注异常。

越过重重的头颅和肩膀，谷子随他们一起张望，这才发现中心位置有竖立的背景板，上搭麻质衬布，前面有方凳，男子坐其上，弯着腰、屈着膝，右手托着下颌——除了胯下一条兜裆布，他应该是全裸的。

裸男目光沉郁，隐在暗影之中。即便是折叠收缩的坐姿，也不能掩盖肢体的健美。小腿肌腱的伸张与收缩，紧扣地面的脚趾，皆是表面沉静而隐藏于内的力量。

谷子当然不会知道，这是一次致敬法国雕塑家罗丹的写生课。裸男动态仿照于罗丹名作《沉思者》。在相关艺术文献里，一八六六年间的某一天，罗丹是孤独的，一个人迷恋着一块大理石，对着它细细揣摩、盘算，静静地度过了大半天，直到从石料中幻视出《沉思者》的形象才动手——这些，谷子或许永远都不会知道。

当时当刻，谷子只感到一种震撼。谷子不是没见过别人的身体，在那个缺少私人空间的年代，大家都是公共洗浴，常常裸身相见。只不过，在这之前，他从未发觉身体竟然是美的，而且美到不可思议。

谷子确信，这就是赵既白。

在确信裸男是赵既白以后，谷子悄声离开教室，到小白楼对面站定，一根接一根地抽烟。

两个小时过去了，写生人群陆续走出小白楼。赵既白是最后出来的，谷子刚好抽掉一盒烟。喊赵既白的名字时，谷子发现自己嗓子已经哑了。

或许乡音久违，赵既白友好地笑了笑。只是，这笑容很快僵在半空，因为他听见谷子说，我是叶简兮的表哥。

从十六岁到二十六岁，赵既白和叶简兮谈了十年恋爱，当然知道她没有表哥。

赵既白抬头瞅瞅灰色的天，又扭头看看身边的雕塑，接着拍拍衣服，捋捋头发——借助一系列的动作，他恢复平静，重拾傲慢，望向谷子，淡淡地说，事情不是你想象的那样。

“我练过多年拳击。”谷子再也忍不住了。

“做雕塑也是要抡大锤的。”赵既白并不示弱。

“给个理由，我今天不揍你。”

“有些人不适合婚姻，只是不敢承认，我敢。”

“王八蛋，早干吗了？”

“活明白，是需要时间的。”

“你小子是想给院长当女婿吧？”

“院长千金对我有意，但是，我只爱过……小简。”

“放屁，不准再说她的名字，你害惨了她。”

“我知道。”

“你怎么谢罪？”

“我死了她也活不成。”

“她已经死过一回。”

“这跟我死过一回没有区别。”

……

谷子不想绕下去了，将棉衣掼在地上，左右开弓，两拳打过去，赵既白脸上见了血。这家伙仍笑着说话，一字一顿，声音低沉：打死我也是徒劳。

到浙美读研后，赵既白越发决绝，他终于弄明白了，投身艺术，专心一意而无其他念头。另外，长痛用作短痛，总比和小简生下孩子再不管不顾要好。他诵读一样，仰起头、闭着眼，把这层意思表达完毕。之后，才看向谷子，补充道，你未必会懂——不，你肯定不懂。我说出来，只是对过往的尊重。

“艺术真是个破烂玩意儿。”谷子把牙齿咬得咯嘣响。

“艺术是我的磐石和盾牌，是我的避难所。”赵既白也把牙齿咬得咯嘣响。

“滚！我回去告诉小简，你只有你自己，不值得！”

“爱就是不问值不值得。”说完，赵既白转身走了，脸上血迹未干。

时间已中午。小白楼离食堂不远，空气中飘来梅干菜烧肉的味道。谷子穿起棉衣，在那些人体雕塑前发了个长呆。比起刚见的时候，他已看出不一样的东西——除了没穿衣服，有的肢体扭曲，有的表情抽搐，有的痴傻空茫。

再次来到叶家，已是一周后。谷子将礼物呈上，给叶父龙井茶，给叶家姐妹真丝方巾，另有西湖藕粉、山核桃、天目笋干。

叶父和叶纯兮笑得不太自然。看见杭州特产，便知谷子去面晤赵既白了。

叶父历来逃避问题，这是他此生作为父亲最大的缺点。叶纯兮则要问到底，她将谷子拽到厨房说话。

或为找回面子，谷子说自己把赵既白打到满地找牙。

“他没还手？”叶纯兮问。

谷子摇头。

叶纯兮说赵既白也是学过功夫的，早年赵家母子受欺负，他就跑到大庙山跟人学了几年拳脚。

此番话让谷子吃惊不小。赵既白高大挺拔，却文人相，看不出会武，至少在小白楼对峙时，谷子没看出来。

叶纯兮把礼物放到了叶简兮面前。她知道这个步骤将有力地推进事态。果然，叶简兮脸色大变，强忍着激动，说要找谷子谈一谈。叶简兮说，冯师傅明天和父亲去海边，之后过来吃晚饭。

是日腊月二十三，农历小年，海水温度已近零摄氏度，鱼龙远遁。但谷子与叶父深谙鱼性，经过大半天联合作战，共收获了沙光鱼、鳕鱼、石鲽等冷温性鱼种，甚至在岬角深水处钓到了六线鱼。他们兴兴头头地回来了。叶纯兮正在择菜和面，为包饺子做准备。

谷子说，我来！鲜鱼糜、肥肉膘、白菜心，再切点韭菜末子，嘿，这顿饺子能鲜掉眉毛。

叶父急了："给我留两条做标本。"

谷子笑："放心吧叔，模样吓人的黑头给你。"

叶纯兮也笑，又别过头去喊，小简，小简，快出来看看，要不要挑几条好看的盛在青花瓷盘里，画写生啊？名字我都替你想好了，就叫《小年儿》。

日后若盘点谷子的婚恋史，小年这个节点是具有历史意义的。

谷子和叶纯兮忙于灶台，叶父制作标本，叶简兮油画写生，归航跑来跑去，通报外公和小姨的进度。下饺子之前，《小年儿》完成，大笔触大块面，有种一气呵成的神韵，且色调明透带着潮水汽，落款是"简 1994"。后来，这幅画挂在走廊，替下了那幅落款"白 1986"的风景写生。

鱼饺子好吃到令人叹息，腊八蒜、饺子汤，也都齐全，一如每个幸福家庭所拥有的那样。叶父和叶简兮的做派，带来了某种精神意义，一时间，让叶家离地三尺，烟火之上。

饭后，叶纯兮急着去医院探公公，拽上归航就走。

叶父醉心他的标本，钻进了自己房间。

厨房里只剩谷子和叶简兮，气氛忽然变得不自然起来。

各种声音先后响起——洗碗的水声，桌椅归位时与地面的摩擦声，窗外零星的鞭炮声。谷子背对着叶简兮，擦拭灶台，他听见叶简兮的声音好像从遥远的地方传了过来。

"你不该救我。比死更难的事情，就是活着。"

"他不值得你这样做。"谷子没转身，手上动作也未停，语速极快。

"爱没有值不值得！"叶简兮本想这么说，最后谷子听到的却是——很多事，都禁不起推敲。

"其实也怪不得别人。"谷子说，"自己不想，谁能毁了你？"

"我没怪谁，只是不相信，连美都不信了。"

"那么，你信我会护着你、帮着你，也会哄叶叔开心……会为……过日子出力吗？"说完这番话，谷子已满头挂汗。

叶简兮打量着谷子，在现实生活里，这个男人学历不高、工作不稳、家境薄浅，除了善良、勤快，再加上帅气，其他的乏善可陈。可是，赵既白的帅带着阴云，眼前这个男人，则如阳光倾洒一般。被他从冷海托起的时候，她在虚幻之境，似要去山谷，那里幼草茵茵，溪水长流，不远处黛色山峦如伞，正是她想找却一直没能找到的写生佳地。而他有张好看的脸，戴着七彩花环，俯下身体，越来越近，加入了她的呼吸……直到抢救过来，高烧退去，虚幻才消失。

“我相信。”叶简兮语气决绝，面无表情，“但是不会有那么一天的，因为你知道得太多了。”

叶简兮很清楚，曾经的经历对于一个女人意味着什么。倘若真有未来，她担心自己在谷子面前永远抬不起头。

谷子无计可施了，站在那儿，手里摆弄着抹布。

就在这个时候，叶父那边传来动静：“小简，冯啊……”

事情好像不太对头。谷子拔腿就冲，比叶简兮早两步冲进了叶父房间。但见叶父斜靠椅背，手捂胸口，脸色苍白，大汗淋漓。叶简兮害怕起来，嘴里喊着爸、爸，却也不知所措。

谷子将叶父抱起，异常谨慎，平放在床上。在这个短短的过程中，叶父竟已后背透湿。谷子对叶简兮说，怕是心梗了，得赶快去医院。

叶简兮不相信：我爸平时没有心脏病。谷子则是有经验的，他嘱咐叶简兮先安抚着，自己到马路上拦出租车。

北风在斜坡上打出哨音，除此之外，路上没有人更没有什么出租车。谷子急得直跺脚，时间在流逝，对叶父不利。没办法，只能顶着风跑到主干道，因出来得急，棉衣都没顾上穿。

就这么一路小跑找车，最后在离叶家两公里外的旅馆门口，找到了趴活儿的出租车。司机说老规矩不打表。谷子应声，行，赶快!

果不其然，叶父急性心梗，幸亏就医及时，挽救了坏死心肌，减少了心梗面积。二人在医院守到天亮。上午才给叶纯兮打电话。叶纯兮从单位赶来，对谷子不胜感激。接下来就是陪床、送饭，离不开人。

同病房的都羡慕，你这个儿子真孝顺。叶父说，不是儿子啊。同病房的更加羡慕，哦，女婿啊，你这老泰山真有福气。叶父没气力解释，脸上浮起一种满足。

跟叶简兮表白之前，谷子先知会了叶父。叶父对鱼友变身女婿这一事实，本能地有种莫名火气，可是，他终究没有爆发力了。

9

一九九五年春节，谷子大婚。按照坊间界定，从后海来到前海，新房又是女方家，就算做了上门女婿。

谷子攒下零碎时间，一个人打造了全套家具，就像大元当年那样。床，樟松木，气味清香舒心。电视柜、茶几、餐桌用杉木，木头纹理质感恬静。书柜是榉木。墙壁翻新、粉刷，厨房、卫生间也都砸掉重来。

结婚前一年，快艇生意空前顺遂。老天爷给面子，一次台风也没刮。谷子没白没黑地干，自造噱头推出“日出游”和“星月游”。刷好的白板上，叶简兮帮忙写的美术字，杵在更衣室门前，像模像样。晒鱼亦有了名号，“后海谷子”被印上塑料袋。

刺鲅不解：“你明明是在前海捞鱼。”

谷子就拧：“捞鱼者乃后海人士。”

“可你做了前海女婿。”

“那就更不能忘本了。”

刺鲅还是很够哥们儿的，谷子借钱办婚事，他慷慨相助，一半借，日后要还；另一半算份子钱。

叶简兮有过短暂的婚前恐惧症。谷子的疼爱激怒了她，觉得他在可怜自己。几次深吻之后，虚幻之境又出现了，她眼神迷离，问谷子是不是要带她去山谷，那里幼草茵茵，溪水长流，不远处黛色山峦如伞……只是画具太沉，除了谷子，没人扛得动。

谷子都由着她。

婚宴摆在叶家。两桌。叶家不喜闹腾，本地也没什么亲戚。

四学和小季风尘仆仆地赶回来，帮忙筹备婚礼，拜见叶家和嫂子，礼数皆周全。兄弟三人又一起扫墓，一起跪在坟前流泪，一起默默于心中涌起某种壮志，或清晰，或模糊。

回到老屋，饭桌还是那张饭桌。奇怪的是，从前可以挤下一家七口，现在被三个大男人轻易地制造出拥挤感。桌上摆着后海名吃，都是年幼时吃不到的。酒也斟满，特意选了冯父当年最馋的瓶装老白干。

四学说初中曾与人合伙偷过美林烤鸡，无一次成功。

谷子说曾偷了母亲的钱去三盛楼，服务员脑子进水，算错账倒找钱，羊肉蒸饺白吃不说，还小赚一把。

忆此类糗事，兄弟三个大笑，可笑着笑着就哭了——再也不会像小时候那样，哭着哭着便笑了。

他们曾恨不得一夜长大，好像长大就可以说了算似的。长大后才发现，所谓说了算，不过是重重压力之下的责任与担当。不消说殷实家境，冯家甚至连家底都是漏的，诸事只能靠自己。

他们提及二跃。杳杳的音信，是他和厂医先到的佛山，又辗转去了广州。

四学渐渐变成老兵，一个明显的特征，就是患上了风湿病。小岛高盐高湿，夏天热到空气黏稠，行李长满霉斑。冬天又冷得像个冰窟。台风季能把一切撕碎。有一次营房房顶整个被掀走了。补给船靠不了岸，岛上断粮，只能喝雨水、吃黄豆、捡海菜，最长的时间就这么熬了二十八天。

谷子听了愈加自责，拍拍四学肩膀：哥关心得不够。可你为何一直不休假？信也不回，莫非记恨我当年告你的状？

四学无奈地摇头：家里的变故一个接一个，我没勇气回来承受。咬咬牙，守海岛，学本事，忘记糟心的事。雷达设备的各种专业知识，什么设定参数、天线旋转、目标选择与甄别，我都是零基础，只能拼上——拼上才能忘记糟心的事啊。

四学的手，锉刀般粗糙。谷子料定，这是加工维修精细配件所致。

“修了雷达才知道，爹娘给了一双巧手，遇上元件损坏又没有备份件，我能在电路板上用焊笔连续飞线……这不，多年都是优秀雷达兵。”四学为自夸难为情，亦掩饰不住高兴。

谷子端起酒杯一口干了：哥敬你，部队到底锻炼人，你是冯家的骄傲。

四学摆摆手：日后若能做个雷达兵王，那才叫大牛。现在，咱冯家的骄傲应该是小季，大研究生！文化人！

小季不胜酒力，脸色通红。十八岁之前，他是讨厌这张饭桌的。父亲的酒鬼形象，哥哥们的叛逆，母亲的疲惫与暴躁，还有莫名的谩骂、动粗，都围绕着饭桌发生。

哥哥们有虎气、野气甚至匪气，宽肩长腿，体格壮实。潮湿的南风或者凶猛的北风，从海面吹往陆地，依次吹醒了他们的荷尔蒙，吹硬了他们的胡楂儿。他们不再发出清脆童声，进入含混的变声期，按照自己的方式长大，或者按照意想不到的方式戛然而止——而小季，从小文气内向，身体单薄，遇事放不下，适应能力欠佳。

小季总算长大了。长大后的小季，将这张饭桌视为冯家本身，游子的爱与思念，借助饭桌获得物化和具体。腿脚不稳，纹理残缺，这真是一张让人心疼的饭桌啊。

两个哥哥劝小季不要喝了。小季说，那我就给你们讲点糗事吧，权当下酒菜——

接到大学录取通知书的时候，小季曾在心里发誓永不回头。填志愿，他只求越远越好，浪迹天涯，专业不重要。“跑那么远干吗，路费不是钱?”冯母一脸不高兴。小季以好男儿志在四方应付，这句话是早就想好的。

现实却很打脸。南京鬼热，甫出梅雨季，日子就上了蒸屉，随后又被送进了烤箱。人生中的第一个别处之夏完全把小季吓住了，而此前的全部夏天，他是唯清凉海风再也不识人间的。

小季抑制不住地想家，倒数着放假的日子。末考复习也心不在焉。当初离家时赌气立下的誓言全部作废了，他只想吃一碗母亲做的手擀面。母亲喜欢在夏天做手擀面，用蛤蜊芸豆鸡蛋打卤，整个过程都在抱怨，因为风湿病又复发了。可记忆中那碗面的筋道与鲜亮，足以让小季忘记所有不快。

四学和谷子听不下去了，面露尴尬。作为哥哥，疏忽了小季的成长。

小季说，你们别煽情，重点在后面——

学生宿舍条件差得离谱，偷偷吹个小风扇，熄灯断电之后也会立马停摆。放下帐子像堵了座山，收起帐子蚊子嗡嗡声密集不绝，巴掌噼啪地往自己脸上身上甩，竟掌掌不虚。

好不容易迷糊一阵，又很快热醒，只能端起脸盆去盥洗室，接满水兜头浇下，再浇下，回到床上迷糊一阵。如此一夜折腾三四次，饶是气血两旺，熬上个把礼拜也黑瘦下去了。

还是热得受不了，只能卷凉席到楼顶平台露宿。晚八点，先去泼几桶水——当然，这几桶水势必会在一分钟内蒸发掉，地上就像没有水来过一样痕迹了无。晚十点，再去泼几桶水，平台上的热气逐渐被压制下去，终于可以躺下了，男生们光着膀子，点上蚊香，有人甚至褪去了裤衩。

夜渐至深静，气息仍然燥热，没有一丝风。小季穿着国棉五厂处理的零头布制作的大裤衩，直挺挺地躺在那里，意兴低落。

有人在讲黄段子，各种上了色的传闻。不知谁带了个望远镜，趴在围栏上偷窥女生宿舍，引起一阵围堵。女生宿舍早已熄灯，什么也看不见。有人却故意压着嗓子说，我×，裸体啊！几声坏笑响起，搅动的都是热浪。

好不容易睡着了，凌晨大雨急来，众人从梦中惊醒，轰然四散如受惊的鸟雀……

小季说完哈哈大笑。谷子和四学却怎么也笑不出来，愧疚不已，连干三杯。

能娶到前海美人，当上门女婿也不亏，好好过吧，早生贵子。

带着四学和小季的赞美与祝福，谷子开始了新生活。婚后二年，叶简兮生下儿子，取名叶亦冯。

到底叫叶亦冯还是冯亦叶，儿子过了百岁才定下。这之前，叶简兮模棱两可，叶父态度中立。叶纯兮十分坚定，必须叫叶亦冯。

谷子内心不快。冯家的第一个孙子，却随了他姓，自觉做人没出息，对不起父母。跟叶纯兮商量的时候，谷子语气里有恳求成分，又顾及面子，便佯装幽默，说甘愿下辈子为叶家做牛马——实际上这辈子他已经这么做了——那么，儿子能不能姓冯？

叶纯兮说，小简的样貌、学历、职业，样样百里挑一，你是知道的。这两年，外面难听的闲话不少，我就不转告了。总之，筑巢引凤，巢是叶家的，凤是叶家的，生下孩子自然也是叶家的。姓叶，没毛病。

谷子觉得有些反常。叶纯兮固然计较得失，藏有心机，书卷温婉总还没丢，平日说话通常留余地，也会控制情绪，这回是怎么了？

远洋船员丈夫刚结束环球航行，正在休假。分离八个月，夫妻重逢，叶纯兮应该高兴，那天却当着全家人体罚归航，小屁股都打肿了，芝麻粒的事，放在平时没人认真。

谷子去问叶简兮：姐怎么火气噌噌的？

“和姐夫吵架了。”

叶简兮正在喂奶，带着一种产后的充盈感，通身乳香气，浓郁绵软。谷子闻见，心宽了些许。

据叶简兮讲，船停荷兰阿姆斯特丹港，姐夫和几个船员去红灯区看“橱窗女郎”——姐夫说只是看看，但这件事被姐知道了。

谷子哦了一声："怪不得。"

那个年代无出境游，远洋船员是人人羡慕的职业，可以带回花花绿绿的外国尖货，可以跑遍全世界，在印尼巽他海峡看火山喷发，在南非好望角偶遇漫天晚霞……人人只见光彩的一面，却忘了远海的孤独与凶险。

作为连襟，远洋船员一度鄙视谷子。后因其父病危和殡葬，谷子出过大力，平日对叶纯兮母子也多有照顾，男人之间的默契就渐渐达成了。

二人喝酒聊天时，远洋船员说起舱面作业的酷暑和严寒，机舱的噪声与高温，说起爬大桅、下深舱，哪一样都是极限考验。远洋船员甚至说，风平浪静时，万里无云，会让人觉得害怕，到了天国似的！这时若有一朵云飘过，都是令人开心的事。

谷子摇摇头：姐夫也不容易。

叶简兮不同意：姐容易吗？

"大家都不容易。"谷子说。

真正让谷子放下执念的，还是大漠。婚后谷子曾给大漠寄去一张结婚照、两盒喜糖、一斤绿茶。信中该说的都说明白了，电话号码也留好。两天后，大漠打过来。听见师父声音，谷子百感交集，一时眼眶尽湿，却也不忘遮掩，怕叶简兮看见。

自离开后海工厂，愧于无着无落的人生，谷子许久没与大漠联系了。思念是因为孤独，委屈也是因为孤独——如此这般，大漠都懂。

关于儿子姓氏，谷子也想给大漠打个电话，几次号码拨到一半，又放弃了。打电话无非诉诉苦，依谷子对大漠的了解，大漠一定会说，儿子跟谁姓不重要，谁来教导他，如何教导他，才是最重要的。

站在叶家小院里，丁香树已打起花苞，仲春独有的散淡气息覆盖下来。谷子下意识地打出一套组合拳，生疏是生疏了，却有豁然开朗之感。

很多话，大漠很早便说过。时间到了，才会从记忆里弹出；时间不到，就是暗藏的玄机。一波未平一波又起，这便是人生，大漠似乎也说过吧？

这时儿子哭声骤起，谷子转身往屋里去，心里默念，叶亦冯就叶亦冯吧。

接下来都是好辰光。谷子，当然也是叶家，经历了天伦之乐、舐犊之情、隔辈之亲，不一而足。

叶亦冯三岁，谷子做了一匹小木马，叶简兮画上图案，叶亦冯摇呀摇，好像摇到了月亮上。叶亦冯五岁，谷子做了一间小木屋，叶简兮画上图案，叶亦冯藏在里面，以为是全世界。

日后回忆起来，那是他们最美好的一段，有十年那么长。十年间，冯家兄弟也都在实现人生进阶。四学晋升为三级军士长，与福州本地姑娘结婚生子。姑娘在区图书馆工作，婚前把守海岛想象得很浪漫，婚后则疲于分居之苦。一个人带孩子，一个人面对生活巨细，任谁都要抱怨的。小季研究生毕业，申请到留德奖学金，在慕尼黑工业大学攻读机械博士学位，被德国姑娘倒追，已经沦陷。二跃也有了消息，在广州主城区开了五家药房，厂医做董事长，他是总经理。结婚与否，消息不确切。

婚后第三年，叶父跟谷子说，有间汽车屋子，祖辈留下的，年久失修，一直闲置。现在都兴汽车屋子改门头做生意，你得空也收拾一下，看看做什么好。

当时，杀街已拆除。各种投诉令管理部门头痛。如此沉疴有损城市形象，借新一轮规划实施，杀街往事便在推土机的轰响中烟尘散去了。

谷子重新干起烧烤。间断四五年，已不可同日而语。自费旅游的多过公款出差的，吃客年轻化了，谈吐更率性。谷子强烈地感受到时机已到，火车头一样疾驶而来。谷子跟叶父说，开个烧烤店吧，正经八百干起来，比在更衣室门前打游击要好。

叶家的汽车屋子是那条街上最敞亮的，面积大，三十平方米，横切也宽，能改造出落地窗。手续办了下来，名号还叫“后海谷子”。这次质疑的不是刺鲅，而是叶纯兮。

“你明明是在前海开店。”

“开店者乃后海人士。”

“可你做了前海女婿。”

“那就更不能忘本了。”

叶纯兮讪笑两声：“祝你生意兴隆。”

谷子找来一块老船木，异形的，满布雷电风痕，再拓印上叶简兮的字，门头一挂，个性十足。叶简兮揶揄，谷子老板眼光艺术得很呢。谷子嘿嘿直笑，他是受了浙美“雕塑系”那块门牌的启发，但他不说。

与杀街拆除的同一时间，旅游管理办颁布新规，整顿海上秩序，联合审验不再是走走过场的事情。二〇〇〇年，快艇更新换代，设计、构造升级，包括恼人的排水问题，都不再是问题。

刺鲅决定成立旅游观光公司，抢占先机。他让谷子入股，说海上观光乃朝阳产业，带出几个徒弟，日后你就是大老板了。

谷子犹豫不定。叶父已老，叶亦冯将读小学，烧烤店整装待发，他无精力再投旅游观光公司。一旦成立了公司，就不能像之前干半年休半年，新项目得开发，以保持续运转。谷子把这层意思告诉了刺鲅。

刺鲅点一根烟，猛吸几口，半支成了灰烬。“也好，”刺鲅说，“你赚钱太死心眼儿，规规矩矩，缩手缩脚。咳，本以为后海出身的不含糊，可你就是野不起来，没出息！”

刺鲅，聪明人，庙堂江湖皆混得开。这不，刚提拔了正处。

谷子说，处座，“后海谷子”随时恭迎啊！

二人好聚好散，谁也不耽搁谁。谷子心里是存了感激的。仓皇时，刺鲅拉了他一把，直接拉入了经济大潮中，从后海到前海，由地缘到姻缘……缘真是奇妙的东西，来了，走了，一时，一世。莫须有的一个“缘”字，让人生像极了拼图，任谁都在拿着自己的那块，去寻找另一块。

时间来到二〇〇五年。“后海谷子”已经火了。夏天的傍晚，店里坐不下，门口支几张小桌，摆一圈儿马扎。谷子生怕吵到邻居，极力控制着时间，生意再好，也是十点打烊。

亦冯已经读小学三年级，英英武武的，五官像极叶简兮。为给儿子营造一个学画氛围，也为了赚点外快，叶简兮收下四五个学生，一起做伴画画。

叶父希望亦冯传下衣钵，这样，那些海洋标本就有去处了。亦冯却不感兴趣。倒是在去过后海老屋，见了架子上生锈的铁路老物件后，他开始不停地问这问那。谷子告诉亦冯，都是祖父留下的。

“祖父会开火车吗?”

“当然!”

“哇，祖父一定很勇敢，就像奥特曼能打败怪兽。”

架子还是前年四学回来探亲时，兄弟俩用两天时间一起完成的。他们将冯父所留之物逐一摆放，整个过程谨慎并且沉默。四学说，爸有远见，这都是历史见证。我们军区建雷达博物馆时，曾到处征集相关的退役老物件。

是年秋天，叶父最后一次心梗发作，搭上了性命。当时身边没有人——这几乎是不可思议的。谷子就在家门口开店，天天守着叶父。唯独那个周日上午，谷子去参加拆迁补偿联席会了。后海纺织厂宿舍拆迁在即，这显然是个重要的会。亦冯馋后海老字号，也跟着去了。叶简兮在学校加班，为绘画比赛当评委。叶纯兮送归航上网球课。而远洋船员正经过白令海峡。

叶父走时孤独，未留下一句话，这对于活着的人是个沉重打击。叶家姐妹难以接受，后悔和内疚将她们久久缠绕。谷子张罗所有后事，按照叶父所期许的那样，最终以海为墓。

叶简兮不停地问，爸爸真的不在了吗?

谷子泪流满面。他也曾这样无数次地问过自己。大元走的时候，他问过。冯母走的时候，他问过。冯父走的时候，他问过。他只有抱紧叶简兮，才像抱住了所有生的希望。

半年后，叶简兮开始腰酸背痛，浑身使不上劲儿。谷子以为她是身心所累——素质教育提上台面，美术老师忙得像陀螺。另外，她还没有走出丧父的悲伤。

谷子揽下所有家务，将“小简你去躺一会儿”挂在嘴上。可巨大的乏力感一直没有离开叶简兮。

谷子陪叶简兮去挂专家号。检查结果出来后，专家表情凝重地告知，叶简兮患的是“肌萎缩侧索硬化”。

谷子看不懂这个拗口的名字，仍以为是疲劳过度。可专家接下来的话，将谷子一下子扔到了史前旷野，谷子脊背拔凉，汗毛倒竖，被孤独和绝望打蒙了。专家把他叫到一边，低声说，这种俗称“渐冻症”的病，几乎百分之百致死率，最多活两年。

回家的路上，谷子眼前竟浮现出一个画面——十六岁的雨夜，后海鲜见“下大抓”的人，他在齐腰海水处挖得正欢。突然，海水猛涨，瞬间及胸。少时，海水便没到了脖子。谷子脚下骤急，一口气向岸边挪出二三十步。没承想，潮水比他的脚步还快，直接盖了顶。大雨纷披，海面上雾气弥漫，埋住了岸边的灯光，海面一片漆黑，已经没有任何标识物。谷子完全失去了方向，巨大的恐惧控制了他。

雨，下得越来越狠。抹一把脸，再抹一把脸。才十六岁啊，真的就这么去喂鱼了？绝望中，他随波逐流，听天由命。不知过了多久，海浪终于将他推到近岸的浅水区。他并不能完全确定岸的位置，忽然，半空中出现了微弱的灯火——火车站货场。那刻，那盏灯，等同生命的呼唤。他开始放声大喊，泪水、雨水、海水，被一口一口吞下。他终于找到了方向，他没死！

对！叶简兮不会死！不能听信专家的。

叶简兮办了长期病休。从那时起，谷子就在烧烤店门上挂了块牌子：“请提前一天预约”，后面是手机号码。

病情发展得很快。三年后，叶简兮已翻身无力。担心久躺生褥疮，谷子定好闹钟，每隔两小时给她翻一次身。白天还好，到了半夜，谷子仍不敢睡实落，时刻留意叶简兮的动静。

家庭的变故让亦冯早熟，眼神里多出一些意味，这是谷子最不希望看到的。叶纯兮不失为好姨妈，寒暑假带亦冯和归航去旅行，平日带他们看电影、看展览、逛美食城……尽力弥补叶简兮的缺席。

生病久了，叶简兮性情大变，动不动就朝谷子和亦冯发火。亦冯正在叛逆期，嗓子变声，脾气顶牛。谷子私下里会安慰儿子，或者像两个男人那样对话，让着点我的人。

值得安慰的是，亦冯功课从不用大人操心。高中时，大多数同学狂奔在各种辅导班之间，亦冯气定神闲，坐在叶父用过的书桌前，省下了一大笔补习费，最后被北京交通大学铁路机械专业录取。按亦冯的成绩，完全可以报考热门的计算机、土木工程、电子信息工程之类，可是，亦冯对会开火车的从未谋面的祖父有种情感认同，从小志在于此。

第九年，谷子给叶简兮擦洗身体，把叶简兮抱起来，放到马桶上，并且一直扶着她。第十年，谷子给叶简兮削水果，捣成泥，一勺一勺喂到嘴里。叶简兮脖子上围着块布，像婴儿。

第十一年，叶简兮被困在冻住的身体里，全身上下只有十个手指能动。那手指仍然细长、纤美，只是布满了岁月的陈斑。谷子想，小简一定想画画啊。这么一想，谷子的心就很痛，很痛。

专家口中的两年存活期，靠着谷子的悉心照顾，硬生生延长到十二年。叶简兮走得很安静。谷子握着她的手，亲吻她的额头和脸颊——就像第一次那样。

而他有张好看的脸，戴着七彩花环，俯下身体，越来越近，这是叶简兮关于人世的最后一眼。叶简兮曾经说过，不想海葬，大海太冷了，她想葬在山谷，那里幼草茵茵，溪水长流，不远处黛色山峦如伞。

谷子时常把自己关在房间，抚摸着叶简兮的遗照，很久不出来。有时候一待就是一天。谷子始终记得，叶简兮离去当晚，月色清清亮亮，不染半点尘埃。

谷子和叶简兮之间，最初相隔着前海后海的距离，好比相隔着两个王朝的狭窄缝隙。后来他们相隔着一次救赎，一场谈话，一个亲吻。而现在，他们相隔着一个月亮的距离，天上，人间。

后记

回到谷子拿下海蜇王那天。

那天，劳者多得，五分之一的海蜇归了谷子。从海边到他的烧烤店，隔三条马路，近是近，拎了重物，无形中就远出去许多。他在秋阳里急走，很快一身汗。

落了脚，紧着处理起战利品。鲜海蜇必得腌渍三次才能入口。食用盐加明矾，前后二十日，俗称“三矾”。谷子一阵忙活，完成初矾，毒液杀出，海蜇入瓷缸，置于阴凉通风处，等到功德圆满之时，取出，凉拌热炒，都是招牌菜。

“后海谷子”成了网红店，寻味而至的人们，会喊一声谷子——谷子，蛤蜊多加些辣椒，爆炒；谷子，毛蛤过遍水就行，再给弄碟辣根。

谷子那经过多次改良的灶台，一边煮馄饨，一边烧烤。除了烤鱼，也烤骨髓、烤茄子、烤土豆、烤板筋。钉螺、醉蟹更是一绝，现做，竟也能迅速入味儿。

逢春秋两汛，谷子会卖上半个月的鱼馅馄饨。每日特供二十份。吃了第一碗，不许再点第二碗，给多少钱也不许。鱼馅馄饨，赔本生意，谷子执意要卖，为的是给生活来点仪式感。选肥硕雌鱼，剔刺留肉，加油膘、蛋清和姜汁上劲成馅，煮出来，不仅馅白，而且汤白。新老吃客，一碗下肚，便知春夏秋冬。

远洋船员已退休，带着他那闻见罐头就想吐的胃，带着关节炎和听力障碍——当然还有一颗见过天下而宽大的心，永远地站在了陆地上。

远洋船员每喝必醉，摇摇晃晃，好像在刻意捕捉船行大海的感觉。有一年，远洋船员说，我们到巴黎红灯区看“橱窗女郎”，走过一个小广场，几个穷画家正在给游客画肖像。有个中国画家生意最好，因为他画得实在是又快又像。我上去跟他聊天，他只讲法语和英语。可不知为什么，我觉得他就是小简从前的男朋友……远洋船员猛然意识到说错了话，赶忙打哈哈：我骗你的，哪敢去看“橱窗女郎”，叶纯兮是千里眼顺风耳，什么都瞒不过她。

赵既白后来去了巴黎，谷子是知道的。至于到底去了巴黎的殿堂还是街头，已经不重要了。谷子拍拍连襟的肩膀：活着都不容易。

世间事，哪有什么容易。深处都是逆行的风物。

后海用三十年的时间，完成了大面积填海和棚户区改造。滩涂上，长起钢筋丛林。从性价比来看，这比长蛤蜊值钱得多，没有理由不高兴。

可谷子就是不高兴。他一边赞叹，一边又莫名地担心——担心自己回不去了。所谓回不去，是回不去他的青春气象，以及青春气象里的纺织厂、火车站、野泥滩。

高楼与高楼之间，偶尔露出一片海。有人仍然会捞上海货，摆在拦浪坝外围的马路上叫卖。早八点，一切必须结束，城管巡查得很严。识货的后海人已经早早地等在那里，带着一脸的不高兴。他们应该是从纺织厂、橡胶厂、化工厂退休的，如果还有别的，不外乎碱厂和机车厂。

回迁后，冯家老屋变成三室一厅，精装修交房，宽敞明亮远超出前海叶家。拿到钥匙，本该留在新家添添人气，谷子偏去防浪堤坐着，真是贱骨头。

那晚无星月，稠墨一样黑。抽掉半盒烟，海面上有了层层白浪翻卷，便知是涨潮。他放开喉咙，野野地喊，“我回来了——”却卡在喉咙口喊不出去。天亮时分，他感到饿，想起小时候怀里揣了玉米饼子，以利石砸开岩壁上的海蛎，一口鲜汁吸下去，整个喉咙都被打开了，一口饼子一口鲜蛎肉，最是对味。现在不会这么做了，他已习惯将海蛎蒸熟，掰开有力的闭壳肌，旁边是一碟姜末醋。

当然，也不全是不高兴。纺织五厂的厂区被保存下来，成为博物馆。年轻人慕名来打卡，会听见讲解，这里是近代工业缩影，是不可移动的文物。

第一次去，谷子很好奇，跟在年轻人后面做旁观者。那片庞大坚固的厂房，他终于知道了其专业名称——包豪斯风格单体车间，始建于一九三四年，也是国内现存面积最大的。不过，讲解员总是过于呆板，没有感情，她干巴巴地说，设计风格注重简洁实用，形式跟随功能，去除干扰和装饰，是包豪斯设计理念的核心思想……

幸好还有一个公益讲解员群体，由纺织厂退休职工组成。第二次去，谷子便碰见了黑皮。当时谷子正贴近玻璃看图片展，忽然一个熟悉又陌生的声音穿透而来。

“听我老舅讲，日本人当年在后海沿岸建厂，是动了脑子的。一来沿海地带属日本守备军的警戒区域，容易控制，没有治安隐患；二来铁路线就在附近，甚至可以铺设铁路专用线，原料输入、成品输出都便利；三来厂址在海边，建立发电厂可就近利用海水作为冷却用水……”

黑皮！是他！声音没变，尽管他在极力克制讲下流笑话时的滑腻感。谷子远远地望过去，那是一个挂橙色胸牌、戴棒球帽、通体休闲装扮的黑皮，瘦了，更黑了，叠皱的松皮之间，小眼依然聚光。

故人相见，难免激动。谷子以前不待见黑皮，眼下只觉他亲切、可爱。午饭在厂区里吃——他们还是不习惯叫博物馆。原来除了博物馆，另有三分之一休闲区，以更好地吸引年轻人。

饭间黑皮说到二跃：“听说冯家二跃赚了好几个亿，让他回来干点事吧。也该回来了。五厂没有大拆大建，算是保存下来了，建筑风貌啊，纺织文化啊，都没走样。政府正在植入新业态，什么原创集合店、集装箱艺术空间、主题咖啡，日后有看头也有玩头哩……”

谷子瞄一眼黑皮，心想，公益讲解员这个角色还真锻炼口才。

流光暗转，屈指堪惊。

二跃回来时，带着比他小三十岁的娇妻。厂医晚年到美国投奔女儿，带走了属于她的那部分财产。

一回来，二跃就在后海最昂贵的楼盘购入最昂贵户型，二百七十度观海景，波涛汹涌。尽人皆知他富可敌城，掩不住地奉承与谄媚，当年的私奔也几成英雄事件。

谷子发现，三十年没见，文艺青年二跃，只剩一张瘦脸，满布刀斫斧劈般的纹理。亿万富翁的霸气只偶现于双目一横，眉峰微蹙。比如谷子质问当年为何一走了之时，二跃便现出此类神情。谷子马上道，好，二哥，我不想知道答案了，那是你自己的事。

因为谷子已得知，二跃早期肺癌，肺叶做了根治性切除，刚刚稳定下来。

这听上去像个笑话，开药房的最终得了肺癌。黑皮嘴贱的毛病是改不了的，只是不妨碍他热心地将二跃引荐给园区总经理。总经理很激动，电子屏上立刻打出“欢迎民营企业家冯跃海先生荣归故里”。

“有个两千平方米的破损车间，外修复、内装修要花钱，数目不小，至今没人敢应承，冯老板若有兴趣，我给您免一年租金。”

二跃说，三年！

“好，冯老板心系后海，有情有义，三年就三年！”

破损车间属双坡顶砖木结构，某次失火，一半成灰烬，一半被青藤爬满，站在那里，像个溃败的武士。二跃看过现场，格局立出，且唏嘘不断：“多么难得，这分明是时间的艺术品。”

花了一年工夫，破损车间使用了钢框架加固，熏黑的砖木被保留下来，那些破窗门也只换内层，二跃需要修旧如旧。里面则采用了包豪斯装修风格，放大结构本身的形式美，反对多余装饰，尊重材料的性能，辅以不对称构图手法，让整个空间相互交替，相互融合。

至于用来干什么，众人商量了一年。众人包括二跃、谷子、光荣退役的“雷达兵王”四学、从德国拖家带口回来省亲的小季，还有黑皮、亦冯、远洋船员、二跃娇妻。

一层用以展示私人工业记忆。冯父所留的铁路老物件，终于堂而皇之起来。旁边是放大了的展品提供者肖像与生平。照片里的冯父，站在火车机头前，穿连体工装，手里攥着工作帽，两鬓是铲青的，头顶黑发厚密，他在笑，竟帅过了冯家所有儿子。照片右下角有时间，一九五〇年九月。

大多数人对于展品是漠然的。偶有行家，看见那些哑光的物件，会献上惊叹。为此，谷子整理了一些背后故事——这一小截儿是退役的钢轨，每年打一遍核桃油，摸上去像丝缎。收藏者做了一辈子巡道工，眼见着钢枕换成了木枕和混凝土枕。当年胶济铁路上的德国钢枕超过三百公里，全国独一份！

叶父所留也有相当位置。退役的船舵、船钟、船锚、螺旋桨，海水常年浸泡氧化，锈斑如文身，早就成了精，雷电、风暴、巨浪、海怪，哪样没见过？那些海洋生物标本在独立区域，兼做中小学生公益研学基地。远洋船员负责讲解，他免不了要炫耀那些风浪，那些码头。

二层是拳击馆。谷子最得意之处，莫过将大漠请了回来。大漠让众人忘记了年纪，他走路腰板笔挺，肌肉发达，和他掰腕子，众人皆是败将。

大漠戴着手靶给学员做陪练的时候，谷子便湿了眼，恍如昔日重来。

沙包、擂台、拳套……设施装备齐全。按照大漠的要求，四处放置了镜子，便于演练者四面起势，摆正“拳架”，观察“手眼身法步”是否端正。谷子看见镜中的自己，着黑汗衫；双手缠深色绷带，足有三米长；外面再戴一副拳击专用手套——万事俱备，他却失去了爆发力和体力。

大漠走过来，带着多年前的风声：谷子，不必拼体能，这个年纪练的是思维和反应，一种预判能力。

“挫其锐，解其纷，和其光，同其尘。谷子，记住。”

为了和大漠在一起，谷子打算把“后海谷子”烧烤店搬到后海，如此一来，便名副其实了。

谷子知道，再过几年，就真的老了。到时候，他会明显地腿沉，看东西离不开花镜，每一颗槽牙都被补过窟窿。老了的身体如同陈年旧屋，椽头腐朽，四处漏雨。不出意外地，他也成了老家伙。一起成为老家伙的，还有二跃、四学、黑皮、远洋船员等若干——大漠则成了透辟的老家伙，他仍然是后海的传说，寄托着几代人的侠义情结。

老家伙们应该会经常来“后海谷子”，聚一聚，喝几杯。天气好的时候，还可以做伴出去晒太阳。海边立有一块石碑，上题“后海浴场旧址”，不远处是新兴火车站，从那里出发的动车时速已达四百多公里。

老家伙手握拐杖，歪歪扭扭地站着。一开口，就说错了话——这也难免，毕竟是越老越糊涂了。

年轻人奇怪地看着老家伙们。

年轻人不知前海后海之分，只道这是自己的海，还要一厢情愿地放上定语或副词：我家窗外的海，十七岁的海，爱情海，母亲海，一杯沧海，镶着银箔的海。

在情感与历史的周旋中
——评阿占《后海》

王金胜

自20世纪90年代以来，城市作为一个重要的现代文化空间得到了作家的广泛关注。池莉、方方的武汉，王安忆、金宇澄的上海，迟子建的哈尔滨想象，贾平凹的西安，叶兆言、葛亮的南京书写，邓一光、吴君的深圳描摹，是其中尤为显著者。阿占同样执着于自己生长于斯的城市的表现，中篇小说《后海》便是其青岛城市叙事新作。

总体上看，《后海》对青岛城市地域形象和气质的刻画，主要不是通过描述众所周知的房屋街道建筑等外在景观实现的。作家由市井风物习俗的铺展入手，深入对城市内在气质和市民心灵的内在把握和细致解读。基于此，小说从日常生活情境，城、市与人等维度，勾画青岛城市和青岛居民的内在世界，包括他们对生命和生命的体验、感悟，他们对时代、历史和现实生活的直观感受和深切思考。

《后海》中的城市意象是作为一个由各种风俗习惯和历史文化融合而成的整体而存在的。而作为整体意象的城市之中，各种习俗及其中包含并作为传统和信念沿袭、流传下来的那些思想和情感，是阿占塑造的城市意象的内核，它们赋予有形的城市以生命和神韵。因此，《后海》中的城市毋宁说呈现为一种心理状态、情感状态，小说与其说是对青岛城市的写实型反应性书写，不如说是一种对城市的内在建构；与其说小说形塑了一个栩栩如生的城市形象，不如说营造了一个生动饱满的城市意象。

《后海》描绘的城市与海直接相关。"海"作为一个重要的文学意象，不仅建构了青岛城市独特的地理环境、地域色彩，也塑造了小说人物独特的生活方式和言谈举止。小说注重以情感视角切入城市人的生活状态和心灵世界。主人公谷子学历不高，工作不稳，家境薄浅，但他善良、热情、勤快、爽利，古道热肠，做快艇生意和海货烧烤生意不哄抬物价，不宰客不抢客，价格实诚，值得信赖。"相貌、心地、人品、能耐，可谓样样出众。"他敢于同仗着老子权势横行霸道的"杀街"宰客势力斗争，但为保全刺鲅却又听从后者安排，收起了烧烤摊子。他从冬日冰冷的海水中救了因恋爱受挫而轻生的叶简兮，将其送医院急救、垫付医疗费；替叶简兮打抱不平，远赴杭州找始乱终弃的赵既白……小说通过谷子的行状、行迹，勾连其与父母、兄弟之间的家庭伦理情感；通过其与叶家一家人的相处，描画融入其中的天伦之乐、舐犊之情和隔辈之亲；通过其与拳击教练大漠相处写出亦师亦友亦兄亦父的师徒之情。谷子与生意伙伴刺鲅互相帮扶也相互理解，尽管做事风格不同、经营理念有异，却也好聚好散，互不耽误。20世纪90年代谷子从后海到前海，做了叶家的上门女婿，却不忘本。经营环境变好时，谷子在前海重营“后海谷子”烧烤店，却又坚持其“后海人士”的身份和规矩本分的经营理念。如果说，大漠是寄托着几代人侠义情结的“后海的传说”，谷子又何尝不是？

此外，《后海》还写到大元与未婚妻即将举行婚礼时猝然而至的悲剧性死亡，叶简兮、赵既白充满曲折和悲情色彩的爱情故事，叶纯兮、海员一家的婚姻情感生活，二跃与女厂医为爱私奔却又萍聚萍散的情感经历，小季与德国姑娘的异国之恋，谷子对橡胶厂女青工曲小莉的单恋以及与厂花无奈而短暂的情感。这些都为城市文学书写融入了饱满的情感维度和情谊厚度。

“后海”是小说叙事的重心，是被浓墨重彩表现的“本体性”存在，小说主人公谷子被称为“后海谷子”，其一家便生息于斯，歌哭哀乐于斯。这里的“后海”既是一个地方，一个区域，正如青岛是一个地方性概念，但它所连接所辐射的却不是一个孤立的静止的所在，它通向一个更广阔的空间，一个生活、情感和生命的空间，它是跌宕起伏的历史进程和色彩纷呈的时代光影的一个独特的组成部分。

“后海”更关联沉重而又不乏辉煌的记忆。“后海”有被殖民被掠夺的屈辱历史，有被贫困折磨的岁月，也有建设和发展的光荣岁月。更重要的，“后海”不仅是过往的历史，而是塑造了城市整体的不可或缺的有机部分，是这座城市的现实和未来。谷子由游走于后海厂区的少年而到前海谋生终又回归后海的中年，构成小说的叙事主线，由此“谷子”便成了一个连接前海与后海、20世纪60年代和20世纪90年代这一不同时空的“桥梁”和“纽带”。小说借此描写了1950年至1970年计划经济时代人们的生活，1980年改革开放时代的气息，20世纪90年代由计划经济向市场经济转型的阵痛，进入21世纪人们生活的新质新貌。

《后海》有着鲜明的历史意识和未来向度。小说所有人事均与主人公直接或间接相关，故事开端结局来路去向均有交代，算是线索清晰有头有尾，具有较高的叙事自足性。退休的黑皮成了纺织博物馆的公益讲解员；远洋船员回归陆地，成了依托冯父海洋生物标本建立的中小学生公益研学基地的讲解员；大漠师父也被谷子请回做了拳击馆的陪练；曾与厂医私奔的二跃心系后海，荣归故里；“雷达兵王”四学光荣退役；留学德国且与德国姑娘成家的小季拖家带口归来省亲。

同时，作家又将人与事放在时代性、历史性和前瞻性的开阔视野中，以容纳更为丰富的人生经验和生命体验，从而形成一种新的城市小说叙事格局和文学气质。《后海》不在为谷子一波未平一波又起的人生作传，也非要写一部后海冯家兄弟“人生进阶”的家族罗曼史，它以具体的个人和家庭为叙事根基和线索，讲述一个更大的关于人、城与时代、历史的故事，从而展现出“寻根”气质。

“根”在这里不是抽象的笼统的，而是具体的跟每个城市人生活和生命密切相关的。谷子回后海是叶落归根，他请回师父大漠是侠义之根的寄托，其幼子叶亦冯对素未谋面的会开火车的祖父的情感认同何尝不带有某种“寻根”意味？“后海”不仅有火车站、野泥滩，遍布纺织厂、化工厂、橡胶厂，也有谷子们的青春记忆，更是近现代和当代历史的缩影和见证。纺织五厂的厂区被作为近代工业的缩影和“不可移动的文物”保存下来，成为博物馆和网红打卡地。破损的车间被作为“时间的艺术品”保留下来并改造为“展示私人工业记忆”之所。冯父生前收集的铁路老物件，叶父所留的退役船舶物件，作为历史记忆的见证被精心留存。前海是面子，后海是里子，阿占写谷子由后海而前海却又对后海念兹在兹；《后海》写后海而前海而“全海”“爱情海”“母亲海”何尝不是在寻找城市的根脉——历史依据和伦理情谊底蕴？

辟提艾斯蒂

秦　岭

人类心灵深处，有许多沉睡的力量。

——心理学家澳瑞森·梅伦

引子

“一定要谨防胥慧芸以任何方式自杀，她的PTSD症状不同于别人。”

10年，绝不是弹指一挥间的事儿。甄晓峰的耳畔仍然回响着当年刘铭奎盯着他的眼睛发出的充满警示意味的嘱咐，但他当时认为刘铭奎的预判或多或少有点小题大做、耸人听闻。胥慧芸的精神状态和许多失独的女性一样，情绪和心理反应确是异常了些，但不至于裹挟她抵达生死临界点。但是，后来发生的一件事，却完全颠覆了甄晓峰的认知。那件事发生在谜一样的夜色里。有个中年女人拎着一瓶酒，在河边晃悠了几个来回。女人曾几次尝试拧开酒瓶盖儿，这是她把生命麻醉之后交给死神的前奏，但她最终放弃了以纵身一扑的方式对接死亡。叹息一声，转身回来了。她就是胥慧芸。

胥慧芸后来对甄晓峰说：“河水不够深，我担心遗体被捞上来，那就太狼狈了。”她特别补充，“我可没有那个辟啥子？对了！辟提艾斯蒂。”

所谓辟提艾斯蒂，也就是英文字母PTSD。

1

甄晓峰不愧学过纪录片制作，他给我讲起胥慧芸的PTSD症状，首先从胥慧芸那次未遂的自杀故事开始。胥慧芸手里拎的那瓶酒，后来被她丈夫袁昌炳一口咂了个底朝天。一斤酒发酵了袁昌炳的脾气，他朝胥慧芸怒吼一声：“还是我死吧。咱A城四面环山，不缺悬崖峭壁，一跳的事儿，我可不怕人们看到我的死相。”胥慧芸慌忙拽住丈夫，幽幽地说：“其实，那晚，我身不由己，管不住自己。”

胥慧芸并不知道，她那晚的异常行踪被A城心理援助工作站社区分站站长刘铭奎委派的心理援助志愿者信息员“侦查”得滴水不漏。这活儿本来是要委派给甄晓峰的，但刘铭奎犹豫了一下还是委派了别人。那个夜晚的胥慧芸穿着蓝底小白花连衣裙。发型整洁素雅，脸上分明是化了淡妆的。她之所以从救灾获捐的衣物中翻出这件连衣裙，是因为女儿袁苑生前曾夸过她：“妈妈，您这身材，穿连衣裙才好看呢。”雨后狂躁了老半天的河水已经显得精疲力竭，那种如招魂一样凶险湍急的样子已经不复存在，河面像抽筋似的退缩到了河床中央，也像招魂幡上飘飞的一条白色丝带，一副垂头丧气的样子。河是喜怒无常的季节河，性子急，来得猛，去得也猛。有时雨并不大甚至是大晴天，河却也是巨浪滔天的样子，那一定是上游所在地区发生了大暴雨。这脾性像极了心理疾病患者——患狂躁症或者抑郁症的那种。胥慧芸来到河边的时候，岸边全是烂泥和匍匐的衰草，几丈开外的河面在月光下显得有点惨白，如她惨白的脸。

甄晓峰获知这个信息时，是地震后的第七天晚上。

也就是说，在失去女儿袁苑的第七天，胥慧芸最终还是选择结束自己。在这之前的七天时间里，胥慧芸的情绪可以划分为两个截然不同的阶段：第一个阶段，也就是前三天，她拄着半截树枝，失魂落魄地在A城一中的残垣断壁中、在灾民临时安置点、在临时帐篷医院寻找袁苑，她两手哆哆嗦嗦地向救援人员比比画画：“见没见过……一个女的，她叫苑苑——袁苑，18岁……漂亮，大眼睛，双眼皮……她是高三（6）班的学生……对了，她是我的女儿。”第二个阶段，也就是后四天，胥慧芸表现出了当时在甄晓峰看来非常令人欣慰的一面，她表情淡定，像普通志愿者那样，从临时救助站那里打好开水，然后一手拎着装满纸杯的塑料袋，一手拄着树枝，沿着一间间救灾临时板房，把一杯杯热茶送给安置在那里的灾民：一天，一天，又一天……

一般而言，地震救援的最佳有效时间也就三天，这段时间被称为“黄金救援72小时”。当然，有时也会有超越三天的奇迹出现，假如废墟下的被困者正好身体无损，也正好可以通过饮用、食用自身尿液、粪便等补充体能，生命体征就有可能勉强支撑到第七天，但这种概率极小。对废墟外的更多灾民而言，时间像刀子，也像绷紧的弦，这是恐惧与绝望不断叠加、切割、交织的时间段，当被困者在属于自己的时间末梢撒手人寰，PTSD就会像从天而降、由地而生的幽灵向灾民发起洪水猛兽般的进攻……

从理论上讲，灾后PTSD症状人员是死亡和失踪人员的60倍。

甄晓峰为了能给我讲清楚PTSD的波及面，他以胥慧芸的女儿为例：“胥慧芸的女儿在地震中死亡，至少会导致60人出现不同程度的PTSD症状，其中包括家属、亲戚、好朋友、欣赏她的老师、关系密切的同学、有可能的暗恋者（中学生早恋现象）、得到她帮助过的人、对她印象深刻的相识者……”

但在当年的一些具有PTSD症状的人员看来，PTSD和心理工作者似乎更像一对无中生有的冒犯者。一些灾民朝心理专家、心理志愿者发出怒吼：

“四个洋字母和我有关吗？啥子鼻涕爱丝带、屁得挨四刀、皮剔碍死的，恶心死了！面对亲人的死亡，我只是情绪不好罢了。”

“干预？你凭啥子干我？我凭啥子让你干？”

“……”

趋利避害，因势利导。心理工作者尽量回避PTSD或创伤后应激障碍这样的敏感字眼，普遍使用PTSD的汉语发音形式：辟提艾斯蒂。一如人们习惯了接受阿司匹林却排斥乙酰水杨酸，实际上是一码事儿。换个叫法儿，果然容易被接受。灾区所有的心理干预工作站也易名心理援助工作站，心理干预志愿者易名心理援助志愿者。心理干预这个概念只在理论、技术、操作层面使用。

假如胥慧芸知道自己心理世界的主导者、占有者、操控者是PTSD，后来的事情就没那么复杂了。

2

神秘，诡异，恐怖。甄晓峰的讲述仅仅是大幕的开启，但PTSD在我的眼里仿佛是扑面而来的另一个世界，望不尽的峰峦叠嶂和烟雨苍茫。“您如果不适应采访，现在退却也来得及。”甄晓峰的表情里蓄满了关心和尊重。

都说话丑理端，可话丑也可以理不端的。我得用非常态思维应对心理工作者的语境了。话是实话，含有善意的劝勉，完全是为我负责为我着想的意思。但他如此遣词造句的本意难道出于偶然？“不适应”便是不胜其任，说明执行力不够，非合适人选；“退却”毫无疑问意味着不战而溃、望风而逃、偃旗息鼓。“您这话，是友情层面的怜悯，还是心理学层面的激将？”我本来想这样应对的，但担心被认为“好心当驴肝肺”，干脆把皮球踢了出去：“您说呢？”

甄晓峰欠着身子微微笑了笑，但没笑出声来。这谦恭的姿态无声胜有声，分明是在为刚才的劝勉表示歉意，那深刻的意味反过来就是我自认为不仅能够“适应”且多么勇猛刚强了，等于自断后路。太厉害了！我算学了一招。

我本次南下A城采访，是为了创作一部与PTSD有关的长篇纪实文学。这是我第一次了解PTSD这个讳莫如深的心理学概念。PTSD即英文“Post-traumatic stress disorder”的缩写，翻译成中文就是创伤后应激障碍，指人经历、目睹或遭遇到一个或多个涉及自身或他人的实际死亡，或受到死亡的威胁、严重的受伤、躯体完整性受到威胁后，延迟出现和持续存在的精神障碍。中国人对PTSD的全面关注，恰恰始于2008年5月12日汶川特大地震之后。中国心理学界面向灾民紧急启动的心理治疗技术与心理健康志愿服务，其主要内容是对包括PTSD患者在内的有心理问题人员实施心理干预、协助地方建立心理卫生服务体系、为地方培养心理咨询师等，也因此，2008年被称为中国心理援助的“元年”。

按照常理，介入生活的前提是观察和体验生活，既然PTSD看不见、摸不着，谈何观察和体验？曾有论者于报头追问：“抢险救灾是救人建‘屋’，心理援助是救人建‘心’，但文学往往关注前者而疏忽后者，为何？”刘铭奎似乎看透了我的心思，他说：“我理解那些踌躇满志而来，鸣金收兵而去的作家。PTSD不仅不像他们平时认为的‘生活’，而且作家本人的情绪容易受到被采访者心理状态的影响。您能介入这个领域，我们是感谢的……”这又是另外一种语境。刘铭奎把“那些”作家称作“他们”而不是“你们”，意味着对我网开一面。

尽管刘铭奎和甄晓峰一样给足了我面子，但这种明显带有警示和安抚意味的口气仍然让我感到些许不爽。隔行如隔山。我只能感谢他：“谢谢你们对我的信任！来灾区之前，我也做了心理学方面的‘功课’。”刘铭奎并未接这个话茬，反而转移了话题：“实际上，有些心理工作者在给心理疾病患者实施干预时，自己也出现了PTSD症状，有的甚至患上了抑郁症，反过来成为心理干预的对象。”

“心理工作者在灾区也会出现心理问题？”我十分惊讶。

“因为，他们和作家一样，也是人。”

我似乎反应过来了。他在给我打“预防针”的基础上，同时利用“举例降压法”“类型疏导法”帮助我构筑属于我自己的心理防线。

刘铭奎笑着说：“该言归正传了。”他告诉我，自己作为A城“土著”，亲历并感受了地震发生的全过程，这使他在第一时间便能发现并确认心理援助对象。他同时认为，大多数外地心理工作者是灾后第四天，也就是抢险救灾“绿色通道”打通后才陆续抵达A城的，尽管他们没有亲历地震的过程，但通过现代心理测试、计量和评估技术，照样可以“亲历”灾民从地震发生到接受心理援助这段时间内的认知、行为和情感变化。

甄晓峰就是个很好的例子，他灾后第四天抵达A城，当天就对灾后三天内胥慧芸的情况了如指掌，如同亲眼所见。但是，恰恰在那个时候，甄晓峰差点一手酿成心理援助启动以来的一出悲剧。

3

在悲剧的“剧幕”拉开前，当时的甄晓峰认为，胥慧芸在短短三天内能够把心态调整到正常的状态，非常吻合美国现代心理学大师、新行为主义代表阿尔伯特·班杜拉提出的著名观点：自我效能感，即“活出有用的感觉”。胥慧芸身上体现出来的坚强意志、广阔胸怀和传统伦理，也吻合中国妇女的传统美德。这种强大的自我调节能力非常值得推广宣传，对于引导、激发灾民对生命、生活的热爱无疑有着示范作用。甄晓峰按捺不住内心的兴奋，直接给A城媒体打了电话。不到一小时，A城官方网站便发布了快讯："……灾后第四天，死者张玲（化名）的母亲胥女士就从失去亲人的痛苦中走出来。她不但情绪稳定，而且主动为受灾群众热忱服务，表现出了一位母亲的冷静、大义和情怀，为很多失去亲人的家属做出了表率。"

仿佛一记重锤，砸晕了刘铭奎，也砸醒了刘铭奎。

刘铭奎紧急召开志愿者碰头会，并特意要求甄晓峰参加。刘铭奎分析认为，胥慧芸从灾后第四天开始表现出来的"情绪稳定"恰恰是反常的、是有悖人性的、是不合情理的、是不符合人类普遍性情感特征的。所谓"情绪稳定"说明她在用意志的泡沫构筑心理汛期的堤坝，进而掩盖了内心世界的险象环生和刀光剑影，如果继续用"情绪稳定"来定义胥慧芸的心理状态，就是对心理援助工作正当性的严重损害。刘铭奎强调："心理学不光是学科，还是科学。"

吹毛求疵、不自量力、少见多怪、煞有介事——甄晓峰的脑海里冒出了一连串针对性成语。他注意到，刘铭奎作为偏远地区A城大学的心理学教授和本土学者，对他这位来自北方大都会T市985大学心理学专业硕士高才生的身份还是有所忌惮的。刘铭奎并未对初来乍到的他施以炮火般的严厉批评，但从刘铭奎分析和论证的话里话外，甄晓峰听出了绵里藏针和旁敲侧击。

"一定要谨防胥慧芸以任何方式自杀，她的PTSD症状不同于别人。"这句话就是刘铭奎当时提出来的。他非常严肃地叮嘱甄晓峰："从现在开始，对胥慧芸跟踪做好心理援助，并做好全程拍摄记录。"甄晓峰不便再争论。他可以理解甚至体谅刘铭奎的偏执性固化思维，但无法容忍一只井底之蛙的瞎决策和瞎指挥。

灾后第五天，趁刘铭奎前往心理援助指挥部汇报工作的机会，甄晓峰肩扛摄像机决然改变了跟踪目标，离开了胥慧芸。他的改弦易辙当天晚上就被匆匆返回的刘铭奎发现了。甄晓峰索性不再隐瞒自己的观点："我就直说了吧，如果针对胥慧芸这样的女强人实施心理援助，那就会犯南辕北辙的方向性错误，简直就是浪费心理援助资源……"

"你已经给我们的工作造成了巨大风险，后果会很严重……"

那一刻，甄晓峰觉得自尊和人格受到巨大的挑战。志愿服务协议签订的时限是三个月，他恨不得马上离开A城，飞到女友身边。

让甄晓峰差点惊掉下巴的，便是胥慧芸自杀未遂的消息。

强烈的窘迫感和挫败感让甄晓峰再度怀疑人生，仰望灾区的星空，仿佛每一颗流星都能箭矢般穿越A城空寂而冷峭的夜空，惩罚性地洞穿他青春的肉体，而折翅的灵魂，仿佛一时找不到疗伤的栖息之地。他唯一为自己庆幸的，是未曾向刘铭奎吐露过远赴美国深造读博的愿望。

我从甄晓峰保留的工作日志中看到了当时的反思性文字：如果河水足够大，如果胥大姐自杀成功，我就是所有志愿者中最失败的那位，没有之一。

4

甄晓峰又一次没想到，从河边返回的——震后第八天的——从生命临界点上必将更加倾向于自杀的胥慧芸，却继续“反其道而行之”，一如既往地奔波于临时板房区，并且延伸了服务范围，把茶水送给麻将、象棋、围棋、扑克摊位上的人们。甄晓峰完全蒙了。

所谓摊位，其实是临时社区按照工作站的建议，为灾后幸存者缓解心理压力的一种刻意“安排”，这也是刘铭奎的主意，他认为，从形式上“顺延”日常生活的样态，既可以有效“阻断”灾民对灾难的反刍式、循环式回忆，同时可以转移注意力，减少PTSD兴风作浪的机会。一开始，光顾摊位的灾民并不多，但引来方方面面的非议倒是不少。“看出什么叫‘砖家’了，真是哪壶不开提哪壶。都啥子时候了，谁还有心思打麻将、玩扑克?”人们并不知道，每增设一个摊位，客观上也增加了工作站的一个心理援助观察点，重点观察灾民群体或个体的行为方式、交往频次、对话特征、情绪反应、面部表情、肢体动作等等。为了避免引起胥慧芸不适，甄晓峰没有拎摄像机，而是“学”着胥慧芸的样子，手拎一个茶壶，“自然而然”地和胥慧芸组成服务“搭档”，并看似“顺其自然”地以“聊天”形式对她实施心理干预。“聊天”指向包括心理探视、情绪检测、心灵抚慰，以及相关心理数据收集等。

“昨晚证实了，我女儿还活着。”胥慧芸说。

甄晓峰的额头冒出了一层冷汗。从理论和技术上讲，此刻和心理干预对象的“聊天”角度和方式至少有上百种。但那一刻，他既不能沿着她的思路追根问底，也不能表示庆幸和祝贺。他只好说：“也许，废墟中的孩子正好和一堆食品在一起。”胥慧芸居然幸福地笑了：“对！这次，您和我想到一起去了。”

一种可怕的罪恶感捆缚了甄晓峰高悬的心，他紧张地意识到，自己以帮凶的角色携手死神助推胥慧芸完成了一个可怕的幻想，这种饮鸩止渴的方法短期内对于安抚心灵有益，但最终的结果却是致命的。如果把胥慧芸今天的表现拍摄下来，无疑有着特殊的研究价值。甄晓峰未敢轻举妄动，时刻等待拍摄时机。

中午的总结分析座谈会上，甄晓峰和胥慧芸的“聊天”主题、内容成为重点讨论议题。刘铭奎认为，胥慧芸的思维系统里一定接收到了新信息，这个信息一定是虚无的，但她宁可当真，也不愿意认假。如果说灾后第四天到第七天之间她的表现是为了“反证”，那么，第八天后的表现则是为了服从某个“验证”后的结果。甄晓峰主动提出：“我想办法去胥慧芸的板房观察一下，随时做好心理干预，并伺机为拍摄创造条件。”

刘铭奎的判断是准确的。板房区常有一些和尚、道士且驻且行，把小佛像或平安符送给灾民。对这种“扰乱社会治安”的行为，临时治安队曾纳入了整顿计划，但被刘铭奎在指挥部会议上否决，并强调要认清“特殊背景下心理需求、精神寄托的现实价值”。甄晓峰果然发现，胥慧芸的板房里多了一尊佛像。佛像对一些人有抚慰心灵的作用，但胥慧芸却在子夜时分双膝跪地，高举燃烧的紫香对着佛像祈梦。

胥慧芸的梦，“验证”了女儿的“存在”。

5

甄晓峰本科读的是影视摄影与制作专业，主攻纪录片创作。他善于发现、关注、分析扑朔迷离的社会热点。某次，T市发生一起离奇车祸，肇事者驾车故意在繁华地段连撞多人，直至车熄火后服毒自杀。甄晓峰闻讯立即赶往血淋淋的现场，并很快了解到，肇事者是一家濒临倒闭的民营企业的老板，无辜的死难者和肇事者没有任何关系。为了探寻切入问题的全新视角，他连续几个晚上不睡觉。

很多师生至今记得他作为校园“观察与呈现”纪录片大赛冠军得主的一段发言：“其实就是拼理念，拼胆识，拼技术，拼身体……”

大三那年秋风萧瑟的一个晚上，惨白的月光映照出宿舍楼顶一个瘦削的、青春的剪影……在后来的甄晓峰看来，如果说迅速赶来的救援队用消防救生气垫挽救了他差点陨落的生命，那么，是一位心理学专业的女生让他捡回了走失的魂灵。那是他了解心理学的开始，也是第一次理性地走进自己的内心世界。女生是经辅导员推荐对他实施心理干预的校园志愿者。他这才知道，自己早在大一时就在高度关注“热点”时被“热点”所“关注”，严重失眠、焦虑、迷茫的背后，原来是PTSD在和他过不去。而社会上，现代人就业、工作、生活、养老压力大，各种心理、精神疾病更是层出不穷，不同方式的自杀现象屡见不鲜，由此，T市如雨后春笋般冒出了成百上千的心理咨询机构，主营心理咨询、疏导、安抚、减压、预防等业务。他“回归”正常心理后，女生在与他“聊天”时就开始说一些可爱的俏皮话：“你在不知不觉中完成了从PTSD走向抑郁症的过程，最后登高望远，哇，下面的救世主原来是个漂亮迷人的女生，不死啦！坚决不死啦！”

心理干预和被干预反而让二人“心心相印”，女生成了他的女友。女生保研后，他也一个华丽转身跨行考取了心理学专业研究生，和女友携手同行。研究生毕业后，T市毫无悬念地多了一家心理咨询机构：勿忘我心理咨询工作室。工作室的设计理念彰显了心的回归和爱的呼唤，寓意这里是心理问题人员的“安心驿站”。主墙面上点缀着勿忘我永不凋谢的淡蓝色花瓣，窗前的几盆勿忘我则生机盎然，弥散着一抹幽香。虚实兼容的美丽，映衬出一种神奇瑰丽的氛围。女友比他更具市场意识，能审时度势地让效益水涨船高。两年后，他俩就拿到了位于市中心黄金地段一套花园别墅的钥匙，这将是他俩爱情未来的栖息地。

“现在，我的心理世界一片混沌。勿忘我，我，到底是谁？”甄晓峰对女友说。女友冷静地盯着他：“是消费心理患者给你带来的可耻心理，冒犯了你的自尊吗？”甄晓峰轻轻摇摇头："太抽象了，我现在只能认同我的个体心理。"女友把目光投向窗外："你发现了没有，在这个百舸争流、鱼龙混杂的行业，心理师越是高收费，患者反而越是认同你的专业能力；如果低收费，患者反而以为你缺乏专业底气；如果你免费搞公益，患者干脆对你避而远之，这就是荒诞而又典型的社会心理，你和我，谁也没有能力阻挡社会心理的洪水猛兽。社会留给我们的心理，唯有趋之若鹜的从众心理。"

"趋之若鹜？从众？"这反而"诱发"了甄晓峰读本科时专注于"观察与呈现"时的独立追求，有两个"野心"在他的内心世界像地壳板块撞击一样在最混沌的区域高高隆起：一是发挥专长，结合这些年从事心理咨询的实践，拍摄一部以PTSD为主题的纪录片，以心理科普为先导，引导全社会关注PTSD和心理卫生；二是跳出现实，前往大洋彼岸的美国读博深造，继续攻读应用心理学。学校也选择好了，是美国著名的W大学，导师是心理干预专家威廉姆斯。

第一个"野心"很快就熄灭了。所有的难题他并不是没有想到过，比如以心理干预为主题的纪录片必然要跨过个人隐私的铁门槛，这意味着即便拥有海量的心理咨询案例资源，镜头却无法探入其中任何一例。问题的关键还在于，很多观众主观上也不情愿面对PTSD世界，就像风华正茂的人明知韶华易逝，却宁可拒绝掌握必将老去的所有信息和规律。这是大众的另一种心理，而且极具普遍性。关于第二个"野心"，威廉姆斯在电子邮件中直言："心理干预是人类最神圣的救赎活动，我招收博士生的基本条件是考生至少有三个月的心理公益实践经历。"

就在这时，千里之外的大地，突然地动山摇……

6

关于甄晓峰来A城之前的经历，他的介绍只是个粗线条。他反复叮嘱我："这段经历请不要写到书里去。也不要对任何人提起，因为我经受不了追问和质疑。"我答应了他，但质疑却是无法封存的，比如，威廉姆斯对他提出的"公益"条件只要求三个月，可甄晓峰却在灾区"公益"了10年。一开始，我理所当然地认为甄晓峰在10年中有三年是在美国的校园里度过的，难道他只在灾区志愿服务了7年？我还掌握了一个信息：甄晓峰至今未婚。也就是说，女友辛辛苦苦等了他10年。我于是萌生了一个强烈的愿望：从灾区采访归来以后，一定要见见他的女友。

"早已订了婚，婚期定在今年。"甄晓峰说，"女友，如今是未婚妻了。"

2008年的一对恋人延迟至2018年才准备结婚，我非常清醒这个时间段对甄晓峰意味着什么。甄晓峰让我看了未婚妻的照片。未婚妻很漂亮，面如满月，大眼睛，皮肤白皙，有一种成熟女性独特的魅力。我说："你俩作为研究生同学，按理说年龄也差不多，可她的模样真的比你显年轻呢。"夸一个男人的未婚妻，其实就是反过来夸男人的能耐、魅力和幸运，这是俗套语境的妙处。

“您是搞文学创作的，所有的答案，首先得从生活中寻找，咱还是直奔主题，去见胥慧芸大姐吧，她已经在家中等咱了。”甄晓峰说。我仍然忍不住问：“你未婚妻叫什么名字？”甄晓峰答非所问：“如果不是我这些年的努力，您见到的胥慧芸，只是一个自然人，而不是PTSD的大世界。”我说：“咱俩的对话信息总是不对等啊！”甄晓峰直言：“您不就想打听所谓‘一个事业型男人背后的故事’吗？这也是我果断拒绝某些所谓记者、作家的原因。个人感情是心灵世界的事儿，和心理世界完全不是一个概念。”

那天晚上，甄晓峰说要给我讲一段重要的亲身经历。我以为他终于要考虑照顾我的面子讲述感情生活。他说：“这段经历，也许对您下一步采访胥慧芸有参考价值。”结果他讲的既不是女友，也不是胥慧芸。

大致情节是这样的：有一位姓杨的大哥，在地震中失去了妻子、儿子和年迈的父母。之前儿子尚在一所中学读初中，为了找到儿子的遗体，他发疯似的用一双手在废墟上扒拉，半天下来，10个指头有6个指甲不翼而飞，他仍然玩命地扒拉。他见到了20多具孩子血肉模糊的遗体，唯独没有找到儿子的。尽管如此，他依然参与到了搜救其他遇难者的队伍中。几天后的一次搜救中，当他撬起一块沉重的预制板，一股腐烂的异味扑面而来，五六个学生的遗体闯入他的眼帘。大风吹过，罹难孩子的头发顿时像柳絮一样漫天飞舞，不少头发飘到了他的脸上、肩上……他当场晕了过去，不久，严重的PTSD症状击倒了他。面对甄晓峰伸出的援手，他大吼：“滚开！”甄晓峰把矿泉水递过去，杨大哥却把矿泉水瓶子像手榴弹一样高高举起，大骂：“你这个浑蛋再不走，我就砸死你！”后来，杨大哥上吊自杀了。

“您讲……讲完了？”我的发音在哆嗦。甄晓峰说：“讲完了。”

经历讲完了，他又来了一段分析：“从心理学上讲，废墟现场的惨烈记忆在杨大哥的大脑中不断复制、复制，再复制，最终导致了悲剧。胥慧芸有关废墟的记忆也是复制型的。你我都没有机会走进杨大哥的心理世界，但有机会走进胥慧芸的心理世界。记得有位名人说过，作家是人类灵魂的工程师。希望您和胥慧芸相处的时候，时刻能想到杨大哥灵魂世界的秘密。换句话就是，您见到的胥慧芸，是活着的杨大哥。您理解我的意思吗？”

我当时并未意识到，甄晓峰在采用“同型参照法”为我打通进入胥慧芸心理世界的通道，同时对我实施预防性心理援助。

7

如今的胥慧芸早已搬进了异地重建后的新城新居。新城仍然叫A城，但人们习惯把新城叫新A城，把过去的A城叫老A城。两城相距20多公里。而10年前新A城所在地还是一大片农田，如今的老A城，建成了供游人参观、凭吊的“地震博物馆”。工作站也搬进了新A城。10年来，在工作站服务的志愿者根据服务协议，有到期离开的，也有新来的，只有甄晓峰雷打不动。

在甄晓峰看来，在胥慧芸大脑中复制的惨痛记忆，像幻灯片一样，一片是一片，片片清晰如镜面，轻薄如蝉翼，这一点我在采访胥慧芸时得到验证。胥慧芸对我说："对有些辟提艾斯蒂患者而言，最怕回忆，回忆一次就会受伤一次，可我现在无所谓了，更何况，您是刘铭奎和甄晓峰老师的朋友。您有问，我必答。"

幻灯片是需要幻灯机播放的，胥慧芸的大脑就像一个神奇的幻灯机，你根本无法预估播放量有多大。我每引出一个话题，她就能认认真真讲半天。她的讲述重细节，重感受，重描述，具有"情景再现"式的逼真效果，给人身临其境之感。

"咱下楼吸支烟吧！"甄晓峰突然对我使个眼色，口气有隐隐的强制意味。我马上意识到，我对胥慧芸的提问也许又不符合甄晓峰的要求了。楼下，香烟还未点燃，甄晓峰就对我"循循善诱"："这种所谓'情景再现'的效果，对大多数人的心理世界而言是一把'双刃剑'，但对长期接受心理援助的胥大姐而言，记忆具有固定符号的意味，就像给剑刃涂上了一层保护膜，客观上大大减轻了自伤的概率。但这种保护膜毕竟不是铜墙铁壁，您只听她讲述就可以了，万勿追根究底，否则会形成另一种强力干预，或者叫干涉，无异于对一个伤痕累累的人穷追猛打，一旦这层保护膜被破坏……好了，咱赶紧回楼上吧。"

"可我……并没看出她对我提出的问题有什么不适啊。"

"那是您没看到您此刻的心。"

我当然看不到我的心，但我知道在胥慧芸的讲述中，我的心始终是悬着的，我大脑的屏幕能随时回放她讲述的一个个画面……第一次地震波过后，她这才发现腿部鲜血直流，疼痛难忍……校园面目皆非，到处是挥汗如雨的搜救人员和从废墟中抬出来的一具具师生遗体——他们当中没有自己的女儿，她当场昏死过去……接踵而来的大雨淋醒了她……那三天里，在外地务工的丈夫袁昌炳始终在翻山越岭的返乡路上。沿途山体、道路塌方严重，他有时拦截顺道的抢险车辆，有时步行——那不是步行，是跑，一路跌跌撞撞。沿途见到不少被山石砸死的行人，他至少把20多具死者的遗体拖到了路边，暂时用树枝和茅草苫了。夫妻俩见面的时候，一开始，两人都一言不发，最后还是胥慧芸忍不住轻轻地开了腔："苑苑，还没找到。"袁昌炳并不像胥慧芸想象的那样疯疯癫癫直扑A城一中废墟，而是一口气喝了半斤酒，在帐篷里昏睡过去。酒醒后，他才像一枚干枯的树叶，飘出了帐篷，飘向A城一中废墟。

亲爱的读者，考虑到讲述角度的需要，让我们继续把时空定格到灾后的第八天——那时郊区的灾民临时安置点已经由板房替代了帐篷。甄晓峰每次返回工作站，都要把拍摄的资料输入电脑，供大家一起分析胥慧芸的心理状态，然后有针对性地设计下一步对胥慧芸实施心理援助的方案。

其实胥慧芸已经发现甄晓峰对准她的镜头了。来灾区的记者很多，很多记者都肩扛摄像机。都是一张张陌生的面孔，记不住的，但胥慧芸记住了曾和她一起志愿“服务”并到她的板房和她“聊天”过的甄晓峰。“如果是单单拍我，我敢把你的摄像机砸了。”胥慧芸态度强硬，但口气却显得有气无力，表情像冻结的泥巴，把所有松软绝望的气息都凝固在其中，这是PTSD患者特有的外在反应之一。随风扬起的几缕白发和黑发形成鲜明对比，说明是短短几天内变的色。

胥慧芸转身的时候步态有些踉跄，甄晓峰从肩包里取出一根折叠式拐杖，打开，给她。“我是……志愿者，我可以和您一起找女儿。”他只表明自己的身份是志愿者，但没有暴露是心理援助志愿者。灾区的志愿者种类很多，有抢险志愿者、出租车志愿者、临时社区志愿者、交通引导志愿者、搬运遗体志愿者、医疗卫生志愿者……不一而足。

“您还真是一个好人。”胥慧芸说，“这拐杖，我啥时候还给您呢?”

“我需要时，去您板房中取回就是了。”

各个板房区都有大量志愿者，主要负责给灾民定时发放救灾生活必需品。为了接近胥慧芸，经工作站联系协调，甄晓峰替换了为胥慧芸家发放生活必需品的志愿者。每次前往胥慧芸家的板房，甄晓峰都只是拎着生活必需品，没有带摄像机。

胥慧芸果然不再戒备。

8

那些天，40公里外的B机构办公区内，尚有不少遇难者遗体的照片正在等待家属的确认。为了避免对家属造成二度心理创伤，照片均进行了翻拍并做了技术性“美化”处理。出于疫情防控的需要，遗体已经全部进行了技术性掩埋或火化。工作人员告诉甄晓峰：“A城一中高三（6）班的同学全部遇难，其中袁苑的遗体破损程度非常严重。有些遗体照片至今没人前来确认，估计遇难者的亲属也……”甄晓峰很清醒，这里是断定亲人是否在世的最后一站。

可胥慧芸就是不愿接受这“最后一站”，拒绝去B机构。既然不愿意，就索性让她“顺其自然”。从心理学的角度讲，工作站在给胥慧芸提供一个心理缓冲期和感官适应期。甄晓峰注意到，袁昌炳从未主动提出去B机构，说明他要比胥慧芸清醒一些，但他的想法实际上和妻子的“愿望”完全是两码事儿。他不是不愿去，而是不愿违背妻子的“愿望”。

“你……还是去B机构找找吧。”灾民劝胥慧芸。“找什么找?”胥慧芸瞪了对方一眼。

甄晓峰一刻也没闲着，他巧妙地用镜头记录下了胥慧芸在板房区匆匆的身影、表情和语言。晚上，他照样去胥慧芸家“聊天”。大约在灾后第十天，胥慧芸终于对甄晓峰说：“我想去B机构看看，您，有时间吗?”甄晓峰立即表示愿意陪同。在众多遇难师生的遗体照片中，苑苑的照片赫然出现在胥慧芸的视野里。袁昌炳并未在现场，他醉卧在板房里不省人事。胥慧芸临出发前狠狠骂了他：“你个不中用的东西，啥子男人啊！明知要去见苑苑了，偏偏喝了酒。”照片中的苑苑像是睡着了，尽管面部表情稍有些模糊，但那发型，那校服……一切对胥慧芸来说都是熟悉的，苑苑胸前多了一个小小的牌子，上面写着一行阿拉伯数字：10819。胥慧芸并没有哭，这是适应了死亡的PTSD患者特有的心理状态，这是情绪的积郁，也是情绪的断层，它的可怕性在于会加剧PTSD症状。

“我只知道‘10819’是个编号，但为什么叫‘10819’呢？”胥慧芸问甄晓峰。“这可能是专业数据吧，我也不知道。”甄晓峰故意说。

甄晓峰后来告诉我：“我怎能不知道呢？‘10819’是A城及周边地区从搜救开始截至袁苑的遇难者人数。”限于现实条件、技术和有可能出现的疫情等原因，尚有不少遇难者的遗体并不适宜挖掘，至今在废墟下长眠。

“我女儿的衣服干干净净，身上也没啥伤，估计是在废墟下面憋死的。”胥慧芸对甄晓峰说，“我在搜救现场见过很多同学的身子，有些是不全的。”甄晓峰赶紧点点头，连连说：“真是太幸运了！孩子走得也……体面。”“我有一张女儿生前的照片就好了。地震后，苑苑啥也没有留下。她卧室的墙上有一张照片，是她被评为市级‘三好学生’时的纪念照，有镜框的。”

在这里，请允许我介绍一下本人当时的心理反应。深入了解B机构和“10819”之后，我无心进食，连续两个晚上失眠，大脑里始终驻留着那些恐怖的画面。我不得不悄悄服用了安眠药，这也是我第一次依赖安眠药维持睡眠。我没好意思把这些情况告诉工作站的成员，我真担心他们会认为我过于矫情了。甄晓峰突然对我说：“杨大哥的那个悲剧，还记得吧？”

我倏然一愣，顿觉阴霾密布的大脑中有了一道罅隙，似有微风袭来。“您这是对我实施心理干预吗？”这句话只在我嗓子眼打了个旋儿，就悄悄吞进肚子里。

9

当年的工作站开设了一系列的心理辅导课，其中就有针对“失独”家庭的，为了避免拍摄“嫌疑”，工作站没有让甄晓峰直接通知胥慧芸，而是让另一个志愿者登门通知，可胥慧芸拒绝参加，她说：“什么破课啊！你们搞辟提艾斯蒂的，站着说话不腰疼。”话，够刺耳了。灾区的所有心理工作者都习惯并适应了这种口气。往往是这样的口气中，富含可供捕捉、研究、判断的心理信息。

各个心理干预工作站刚刚换牌为心理援助工作站的时候，同样遇到了尴尬：门可罗雀，鲜有问津。偶尔，有灾民探进头问：

“治心脏病吗？”

“到底是理发还是预报天气呢？”

“都疯传呢，一种叫辟提艾斯蒂的魔障来了，还不快跑？”

“……”

甄晓峰跟我解释，在心理科学知识的普及与推广普遍滞后的情况下，灾民对心理援助的排斥心理是可以理解的，但值得深思的是，社会性的心理援助本身存在的问题和弊端也不容忽视。甄晓峰给我讲了几个故事：

有位灾民失去了相濡以沫的妻子，心情非常郁闷，有明显的PTSD症状，可偏偏有个所谓的女志愿者找上门来，开门见山提出要给他进行心理援助。灾民说：“如今，人家的小鸟成双对，我的小鸟打瞌睡。”“您说错啦！在黄梅戏里，叫‘树上的鸟儿成双对’。”“去吧去吧！我说的是生殖器。”“您……要文明啊！”女志愿者满脸通红。女志愿者的第一个错误在于当面“肯定”了对方存在心理问题的事实，第二个错误在于“摆事实讲道理”，第三个错误在于“言传身教”，这些都是心理援助的大忌。碰了钉子的女志愿者，不久怅然返回原籍。

有位叫小阎的志愿者来自南方一个大城市，当时风华正茂的小阎尚在某省高校读大三，还是个班干部。小阎一到灾区就怀抱吉他深入临时安置点，用所谓“动人的歌声和旋律”寻找“心灵的共鸣”，结果几个灾民一拥而上把他的吉他给砸了。小阎不仅不认为自己的方法不对，反而庆幸给灾民创造了宣泄的“出口”，于是又以“启迪”的方式引导对方，口口声声“灾区不相信眼泪”“面朝大海，春暖花开”“失去的永不再来，但可从头再来，因为我们拥有美好的未来”……这样的结果是，小阎被灾民啐了一脸唾沫。

我说：“也许，洗过脸之后的小阎才明白，他单纯却不失真诚、无知却不失善良、愚蠢却不失恒心的所谓援助，已经给对方带来了第二次伤害。”

没想到甄晓峰这样回应我：“事情没这么简单。不久，纠结万般的小阎自己反而出现了PTSD症状，一开始比较轻，后来越来越严重。作为一名志在必得、前途似锦的当代大学生，他不相信失败，可事实是彻底失败了。失败击毁了他的尊严，他无颜返校面对师生的期待，在焦虑和迷茫中，顺理成章地成为PTSD的俘虏。”甄晓峰自嘲地笑了笑，又说，“小阎身上，其实也有我当年读大学时的影子。”

金发碧眼，隆额高鼻，异国语言。灾区还陆续出现了不少来自欧洲、美洲地区的心理治疗技术和心理健康志愿服务人员，他们在这片土地上完全不具备“隐蔽性”，身不由己地和灾民形成了被动的“对峙”。有位来自意大利的志愿者对甄晓峰诉苦：“中国有句老话叫‘外来的和尚会念经’，可我们的‘心理经’，在这里根本不管用。这是一个新课题，非常值得研究。”

在灾区，曾赫然出现过这样的标语：防火、防盗、防心理咨询。

“万众一心”的人文精神人所共知，但“万众”在心理学意义上是不可能“一心”

的，那种违背心理科学的、用热情替代技术的一窝蜂式的“驰援”曾一度让心理援助工作陷入被动，严重影响了心理科学的普及和灾民对心理科学的信任。

甄晓峰对我说：“您将来写书时，这些情况务必写进去，这里有社会对PTSD的认识盲区和死角，有心理科学在实践应用中的尴尬和难度。”从甄晓峰给我提供的资料中，我发现，为了从根本上扭转这一被动局面，心理援助指挥部花了整整三年时间，终于协助灾区建立了较为科学的心理卫生服务体系。实际上，在很多发达国家和地区，心理干预作为心理卫生服务体系的重点，早在半个世纪前就和人们的日常生活做到了无缝对接，人们自我检测、自我预防PTSD和接受心理干预的机制早已常态化、生活化、行为化。

“一场巨大的灾难，如此迟到地、艰难地唤醒了一些人的PTSD意识，您不觉得更需要反思吗？”甄晓峰说，“假如没有这场残酷的灾难呢？”

这一问，振聋发聩，我久久未回过神来。

10

灾后大概半个月的那天晚上，刘铭奎动情地拍了拍甄晓峰的肩膀，说：“你该回T市看看女友了。”当时正好胥慧芸在场，她突然冲甄晓峰吼：“两情若是久长时，又岂在朝朝暮暮？只要真情在，女友是跑不了的。可我们这里，一天都离不开您。您如果走了，我这满肚子的话，找谁说去？”

“您放心！我过些日子再去。”

胥慧芸仍然未察觉甄晓峰每次和她“聊家常”的所有主题，其实都在对她实施心理援助。胥慧芸几乎每天都要匆匆从板房出来，到A城一中的废墟那里去。偌大的废墟周围，常常有一些遇难学生的家长守候在那里，眼睛死死盯着残垣断壁一动不动，高危处的书包、点名簿、作业本、鞋子、发卡仍然清晰可见。

眼泪早就流光了，嗓子早就哭哑了，有些PTSD患者就对着废墟说说话：

“女儿，告诉妈妈，你压在下面，疼吗？”

“儿子，爸爸再也不打你骂你了，你能回来吗？”

“孙子，爷爷给你带来了新篮球。”

“……”

而胥慧芸的道白却是这样的：“苑苑，母亲节那天，你还说要补送礼物给我呢，可妈妈没福分收到你的礼物……家没了，我们全家的所有照片，全没了。我只在B机构见过一张你的照片，你的身体好好的，你就安心上路吧，妈妈每天来这里看你。”胥慧芸居然唱起了一支儿歌：“小燕子，穿花衣，年年春天来这里，我问燕子你为啥来？燕子说，这里的春天最美丽……”

胥慧芸的歌声犹如狂风中骤然降落的冰雹，砸准了每个人心灵的软肋。所有的人号啕大哭。这是嘶哑的号啕，像落叶在秋风中翻卷的声音。有位老人突然朝胥慧芸怒吼："你他妈的，滚！"

袁昌炳只去过A城一中废墟两三次。他对甄晓峰说："我不敢再去那里，并不意味着我不想去。我每去一次，身体就垮一次。为了妻子，我得撑着。"袁昌炳还告诉甄晓峰，他那次去了A城一中的废墟，一抬头，结果发现苑苑的身体紧紧地卡在混凝土块和钢筋之间。她圆睁双眼，发出了一声怒吼："爸爸，我恨你！妈妈去河边了，你却醉生梦死不晓得……"这是他第一次感受到幻觉的滋味儿。太真切了。他既渴望，又害怕。

"你一定得少喝酒，很伤身体的。"甄晓峰换了个话题。"我满脑子都是苑苑，如果断了酒，我连觉也睡不好哇。""听说，您返回家乡的途中，还做过许多好事，是吧？"甄晓峰继续换话题。在半小时的"聊天"中，甄晓峰敏锐地意识到，袁昌炳的PTSD症状不亚于妻子，区别在于胥慧芸属于释放型，而袁昌炳属于压抑型和封闭型，对袁昌炳实施心理援助同样迫在眉睫。

终于，胥慧芸对甄晓峰不间断的拍摄发出了最后的警告："姓甄的，你以为我真的傻啊！考虑到你和我聊这聊那的，我就没有勉强，你晓不晓得，你已经挑战到了我的尊严。"甄晓峰赶紧向她道歉，跟踪拍摄被迫中断。

11

甄晓峰终于能够扛着摄像机走进胥慧芸的家庭，这被认为使工作站的工作向前迈出了一大步。A城早已成为一座空城，除了几条街道可供专业抢险人员行走，对于尚未完全坍塌的危楼危房，四周都拉起了警戒线，严禁闲杂人员入内，但胥慧芸却多次趁着夜黑偷偷摸进空城，在丽景小区的废墟前徘徊。地震前，胥慧芸一家就住在丽景小区6号楼2单元402室。6号楼属于框架结构，总共7层。整个楼房尽管没有完全坍塌，但倾斜、损毁十分严重，曾造成近百人罹难。据志愿者信息员讲，胥慧芸每次摸进县城，主要是为了寻找苑苑的照片。

"为了创造持续拍摄的机会，我瞒着工作站，冒了一次险。"甄晓峰给我讲述了他冒险的全过程。那天晚上，他在胥慧芸的陪同和引领下，拎着手电筒，偷偷摸进了丽景小区。一寸寸，一尺尺……他俩终于沿着楼梯攀上四楼，摸进了402室。在苑苑生前所在卧室的位置，胥慧芸的手电筒发出的光束聚焦在了一个镜框上，镜框上的玻璃早已被震碎掉落，灰尘掩盖了照片的真实面目，只隐约可见照片的大致轮廓。"苑苑。"胥慧芸轻轻地唤了一声，居然"嘿嘿嘿"地笑出了声。她不顾一切地抢上前去，脚下的地板发出"咔嚓咔嚓"的哀鸣。甄晓峰一手紧紧攥着一根从墙体中探出来的钢筋，另一手扶住了她。

胥慧芸摘下镜框，捂在胸前擦了擦，赶紧把镜框捧到眼前，苑苑的照片赫然扑入她的眼帘。甄晓峰腾出手，再次打开了摄像机……

返回的路上，甄晓峰说：“其实，我是心理援助志愿者，和其他志愿者不一样。”胥慧芸瞥了甄晓峰一眼，说：“我早就看出来了，不就搞辟提艾斯蒂的嘛。你们这些人，就晓得搞啥子辟提艾斯蒂，我可不是啥子辟提艾斯蒂。”“我从没认为您有辟提艾斯蒂，只是想和您聊聊天，同时拍摄一些资料，供研究使用，对外绝不公开。我们通过影像分析研究，制订心理援助方案，好让我们大家一起相陪相伴走过。也就这些。”胥慧芸突然吼起来：“我心里想啥，能告诉你这个外人吗？我都快爆炸了你晓得不？”她又冷静下来，“抱歉！我真不该冲您发火，我……我……我咋会这样呢？我可能真的成辟提艾斯蒂了。您晓得不，很多人把辟提艾斯蒂叫成鼻涕爱死的。”

因了那次冒险，甄晓峰毫无悬念地挨了批。工作站专门召开纪律教育整顿会议，会议由刘铭奎主持，甄晓峰做了深刻检讨。会后，刘铭奎送了他一条烟，啥话也没多说。

甄晓峰至今心有余悸：“那是一次冒险，但也值了，从此，胥慧芸不再忌讳我的拍摄。”他同时叹口气，“那天晚上，我发现从一楼到四楼都有翻动过的迹象，显然被偷过。灾难真的是一面镜子，什么都照得出来。”后来公安机关曾破获过几起盗窃犯罪案件，经心理专家介入测试，结果显示多名嫌疑人也存在PTSD症状。据一名嫌疑人交代，妻子遇难后，他成天精神恍惚，唯有盗窃让他感知到一种神奇的存在感。他坚决否认自己这是趁火打劫。

甄晓峰针对胥慧芸一家的拍摄基本自由了，他既可以自主拍摄，也可以安放摄像机定位拍摄。胥慧芸还劝慰其他PTSD患者：“不要躲甄老师的镜头，放心！没人能晓得咱有辟提艾斯蒂。”

胥慧芸把苑苑的照片重新装裱，挂在板房的墙上。这又是个让甄晓峰头疼的问题。照片某种程度上让胥慧芸得到了心灵的安慰，但她对待照片的态度反过来直接影响到她的生活状态，无疑又加剧了她的PTSD症状。我看过甄晓峰当年拍摄的一组镜头——胥慧芸高高举起茶杯，朝照片中的苑苑怒吼：“你个小浑蛋，你为啥要走？说，为啥？”镜头中传来甄晓峰的声音：“不要砸，苑苑会疼的。”胥慧芸赶紧收起了茶杯，却砸向自己的前额，顿时鲜血直流。镜头中的袁昌炳像一头沉默的闷牛，只是又多喝了一口酒。

志愿服务快一个月的时候，甄晓峰曾返回T市一次。临走前，胥慧芸送了甄晓峰一斤腊肉：“这是娘家那边送我的，咱这里的特产呢，让您的女朋友尝尝。您还是放心走吧，我不想死了。”后来甄晓峰两个月返回一次T市，再后来是三四个月一次。对此，我曾问过甄晓峰：“抱歉，我得问一个也许世俗的问题，您和女友牺牲了很多很多，是为了不负‘志愿者’这个神圣的称号吗？”

“假如回答了，到底算新闻呢，还是纪实？”

12

我反复看过甄晓峰未经剪辑的一些镜头，镜头中的内容经由刘铭奎直接主持的课题组进行专业化、理论化、比照化梳理后会及时复制并分发给各兄弟工作站，便于各站针对PTSD患者个体或群体制订干预方案，取得了事半功倍的效果。从灾后第三年开始，课题组先后在美国、加拿大、日本等国家的国际学术期刊上发表了多篇论文，这些论文以前沿性、指导性、地域性、针对性、独特性的优势，受到国际心理学界的热切关注。时过经年，仍有一些国家的心理专家陆陆续续前来新A城，探寻刘铭奎团队实施心理援助的“秘籍”。

那些论文的执笔人之一，就是甄晓峰。

镜头，也定格了岁月和时光。10年前镜头里的胥慧芸41岁，10年后镜头里的胥慧芸已经51岁。当我的目光也像镜头一样一次次对准胥慧芸时，她始终显得落落大方，她说：“当年，有一位叫威廉姆斯的美国人也加了我的微信。”

威廉姆斯？这是个容易拨动我敏感神经的名字。在新A城，外国心理干预志愿者和PTSD患者互加微信并不是什么新鲜事儿。美国人叫威廉姆斯的很多，但因了甄晓峰曾提供过的“私密”信息，我的思绪陡然飞翔了起来。为了一探究竟，我绕开甄晓峰，直接找到了刘铭奎……

但刘铭奎更像是给我简述了一大堆信息：2011年，他应邀参加了在美国W大学召开的国际心理学大会。这是大会组委会第一次把橄榄枝伸向中国偏远地区的高等院校。他出国前，甄晓峰突然提出要报考他的博士研究生，这让他大感意外。这是新A城大学历史上第一次有985大学硕士放低“身段”报考博士研究生。他问：“你为什么这个时候提出这个愿望呢？”甄晓峰说：“我担心如果将来某一天提出来，您反而会误解我的。”回国前的宴会上，威廉姆斯朝他举起了酒杯：“您的学术报告对我启发很大，我深刻认识到，应用心理学只有沉到最低处，才能在最高处发光。”威廉姆斯突然若有所思，说：“您和合作者发表的论文中，有位署名甄晓峰的，这使我想起三年前的一件小事，当时报考我博士生的考生中，也有一位中国青年叫甄晓峰，他俩会不会是同一个人呢？当然，中国同名同姓的人很多，也许我想多了。那个甄晓峰好像从此消失了。”刘铭奎当即给甄晓峰打了越洋电话。甄晓峰的反馈是：我从未有赴美深造的想法。不久，甄晓峰报考博士成功，成为刘铭奎的博士研究生。甄晓峰在读博期间主要做两件事：定期前往新A城大学上课或考试、在工作站从事心理援助工作。那年秋天，威廉姆斯带领他的博士生团队不远万里来到新A城，启动为期三个月的志愿服务。威廉姆斯的灾区之行还促成了两件事：聘请刘铭奎为W大学的客座教授，邀请甄晓峰为W大学的访问学者，访问时限为一年。从此，刘铭奎每年都要赴美一次，每次在美国待半个月。

刘铭奎告诉我，很多人都记得威廉姆斯离开灾区前的那句话：“当年，魔鬼莫名其妙地带走了一个甄晓峰，如今上帝又还我另一个甄晓峰。”

绵密、厚实、新鲜。这样的信息量简直搞得我有点消化不良，几乎每一个细节都挑战到我的好奇心。

我找到一个问题的切入口：“甄晓峰从未跟我谈起他赴美当访问学者的情况，仿佛一年的访问学者经历根本不存在似的。”刘铭奎说：“事实上，他并未能成行，将来时机成熟时，我也会支持他去的，毕竟，那是国际交流。”他特别补充：“他没告诉您的，您也不用好奇，更不要去追根问底。您一定记得，您采访之初，我也对您说过类似的话。”刘铭奎盯着我期待的眼神，说：“现在，您是不是仍然希望我继续讲下去呢？”“您说呢？”我听出了他的弦外之音，索性反问。“人性本来是复杂的、多元的、不确定的。意志和心理世界可以兼容，也可以分离；可以同频共振，也可以分道扬镳，但在一些作家笔下，却往往千篇一律。当然，我没有否定甄晓峰的意思，我非常欣赏他。”

我终于还是忍不住了：“把本来应该十分明朗的事情，搞得神神秘秘，有这个必要吗？假如你们一个个面对作家都闪烁其词，作家能探入问题的实质吗？”“实质？”刘铭奎顿了一下，“您来新A城采访都一个多月了，我们竭尽全力地、想方设法地、全方位地给您提供PTSD的大世界，可您的思维有时候恰恰在和PTSD的‘实质’打擦边球。”我说：“那……我就想知道，甄晓峰为什么放弃美国W大学而选择在新A城大学读博？为什么和女友天各一方相守10年不结婚呢？”

刘铭奎显得无奈：“您如果过早知道这些，距离PTSD的大世界反而远了。假如我把理解当成答案提供给您，我也就不配当您的采访对象了。”

我好无语。好在，我似乎明白了甄晓峰往返T市频次减少的原因：既要读博又要志愿服务，一个人的精力毕竟是有限的，而千里之外的女友一定付出了更多。想到这里，我眼前仿佛呈现出一片盛开着勿忘我的原野，一朵，又一朵，朵朵散发着宝石般的光芒。

13

胥慧芸习惯用掰手指头的方式历数、对接往日的回忆。她对我说：“我这10年，就是掰着手指头算过来的。”她真的掰起了手指头，认认真真地算起来：“用一年的日子乘以10，等于3650天……一加一等于二，那么一加二呢？有可能反而等于零，因为其中的任何一天，我可能就不再算了。”还好，胥慧芸把手指头掰到了第十个年头，也就是2018年。她告诉我：“至少，我要为我的娃儿活着，为刘铭奎、甄晓峰这样的人活着。”

胥慧芸说的娃儿，是一个年仅5岁的小女孩，叫袁婧，是抱养的。

我提出去幼儿园看看袁婧，但胥慧芸却说："我还是领你们看看苑苑吧，你们一定更关心她，是吧？"甄晓峰立即大大方方地拎起了摄像机。那是2018年11月的一个下午，大地安静，云低风轻，胥慧芸领我们到了老A城一中所在地。当年偌大的废墟如今变成了一大片高高隆起的特殊"草坪"——实际上是老A城一中的师生公墓。胥慧芸领我靠近"草坪"边缘的一个位置，说："大概就在这里。"那一刻的胥慧芸表情平静，思路清晰如镜。

甄晓峰悄悄告诉我："继袁苑之后，小袁婧已经是胥大姐的第三个孩子了。""那……第二个孩子是谁？"我暗吃一惊。"袁苑遇难后，工作站曾动员胥大姐夫妇再生一个孩子，袁昌炳倒是完全同意，但胥慧芸坚决不答应。"当时胥慧芸给出的理由是：苑苑是18岁时离开的，离开前活蹦乱跳，是一个大活人。如果再生一个，肚子里突然来了个肉疙瘩，还得一岁一岁地慢慢长，从1岁长到18岁，又得18年，这样的18年，他们夫妇和苑苑一起早就经历过了，何况，如果重新经历一个18年，与苑苑一起走过的18年肯定是不一样的，她忍受不了这样的不一样。工作站经过研判，决定由甄晓峰给胥慧芸做思想工作：抱养一个。

胥慧芸失去了女儿，可她自己也是父亲的女儿。2010年，由胥慧芸远在C城的父亲做主，把自己的亲孙女——胥慧芸弟弟的女儿——当时已经17岁的胥妍冰过继给了胥慧芸，同时转学到了新A城一中读高三。也就是说，当初的姑侄，变成了名义上的母女。冰冰的爷爷告诉甄晓峰："该舍的舍，不该舍的也得舍。冰冰也是独生女啊！俗话说'同胞亲，爹妈亲，最亲还是爹妈亲'，如若不是我仗着老脸亲自出面给儿子儿媳张口，唉……"

按照两家约定，胥妍冰从此易名袁胥妍冰，也就是在胥妍冰三个字的前面加了一个"袁"姓。胥慧芸两口子仍然亲昵地称袁胥妍冰为冰冰。

甄晓峰提前对袁胥妍冰做了心理辅导。那天的冰冰泪流满面，很长时间一句话都说不出来。甄晓峰敏锐地意识到，冰冰也有PTSD症状。冰冰说："我如果把别人叫爸爸妈妈，感觉把亲爸亲妈抛弃了，这比灾难要更可怕。"

冰冰的想法对于胥慧芸夫妻来说无疑是致命的。甄晓峰就称呼问题提前给胥慧芸做了思想工作。胥慧芸说："我和她，一个好好学着重新做妈妈，一个好好学着重新做女儿，慢慢地，她一定就能叫我妈妈了。"

冰冰是擦干眼泪走进胥慧芸家的，满脸都是装出来的笑。她也知道，她的身后跟着甄晓峰和甄晓峰对准她的镜头。冰冰果然没有叫胥慧芸妈，也没有叫袁昌炳爸。当然，也没有叫姑姑和姑父。

胥慧芸家的墙上，袁苑的照片没了。

14

胥慧芸一家的日子终于有了一抹亮色。在甄晓峰的动员下，胥慧芸很愉快地参加了工作站新成立的一个心理辅导班，这个辅导班中的所有成员大都是失独家庭中的女性，多数有PTSD症状，心理和行为表现各异。胥慧芸突然问甄晓峰："我这样的人，也能当一名心理援助志愿者吗？""哈哈。实际上，您早就是了啊。"甄晓峰并未强调心理援助志愿者和其他志愿者的区别。"我这个辟提艾斯蒂泥菩萨过河自身难保，当一名心理援助志愿者，找点事儿干，女儿冰冰心里也就踏实了。"胥慧芸说。

甄晓峰立即给工作站提议，有必要"扩编"心理援助志愿者队伍，对胥慧芸这样的人"量身"定制除心理干预之外的服务平台，便于从"心理重塑"角度增强PTSD患者的自信心和自豪感。建议很快付诸实践，并在灾区各站推广开来。

胥慧芸果然说到做到，并主动参与到麻将比赛、合唱团、朗诵会等各类活动的服务中来。辅导班增设了踢毽子活动后，胥慧芸率先上场："姐妹们，来来来！毽子，咱小时候都踢过的，基本功还在呢。"胥慧芸踢得不错。先是她一个人踢，慢慢地，又有几个人加入了踢毽子队伍。伴随着欢快的音乐，沉寂已久的广场舞也在新A城得以重现，胥慧芸发挥了带动作用，并被推举为所在社区舞蹈队的队长。在胥慧芸的感召下，越来越多的丧子妇女加入了广场舞队伍。华灯初上，月高星稀，晚风轻拂。夜色下的各个新社区渐渐有了属于夜晚的活力和生机，神奇的音乐驱赶着笼罩在灾民心头的阴霾，舞姿让每一颗心开始了另一种跳动。不远处的一隅，架着甄晓峰的摄像机。

胥慧芸被评为灾区第一批心理援助志愿者优秀个人。她格外看重这个荣誉。"苑苑走后，我一直以为日子完了，如今发现，日子还没完呢。"

但甄晓峰很快发现，十几天过后，舞蹈队队员迅速减少。胥慧芸紧张地告诉甄晓峰，舞蹈队中有一位叫赵丽萍的大姐，跳舞时总是像和谁说话似的。一开始，舞伴们以为她在喃喃自语，加上音乐流水般的遮掩，谁也没太在意，但后来惊异地发现这完全是两种不同的声音，一种是赵丽萍发出来的，另一种似乎是另一个人发出来的。后来大家注意到，她在和死去的女儿说话。赵丽萍的女儿生前是大学舞蹈队的，那年女儿请假返乡看望病中的父亲时，正好赶上了地震……

赵丽萍与"女儿"的"对话"，让舞伴们毛骨悚然。

"我也不敢跳了，感觉我女儿——我指苑苑，也回来了。"胥慧芸说。甄晓峰赶紧把这一现象给工作站做了汇报。大家分析认为，受女儿生前的影响，赵丽萍平时喜欢唱歌跳舞，地震前曾参加过一个社区合唱团，学过几个月的发声和用气。"女儿"发出的声音，就是赵丽萍本人调节腹腔、喉咙气流对女儿生前声音的模仿，这种发声方法，类似于口技师们的那种"腹语"。

为了确保广场舞继续进行，工作站“利用”人们对腹语的好奇心，“顺势而为”招募了一名熟悉腹语的志愿者在辅导班给大家普及、讲解腹语知识，一方面借此转移PTSD患者的注意力，另一方面化解所谓“人鬼对话”的神秘性。甄晓峰鼓励胥慧芸：“相信您能再一次把姐妹们拢起来。”

月儿在林梢，广场上灯光如昼。甄晓峰亲自上场，和为数不多的几个妇女扭了起来。扭着扭着，他听到了这样的“对话”：

“宝贝，你喜欢妈妈开心吗？”

“当然啦！只有您开心，我才会放心啦。”

“好宝贝，妈妈谢谢你！”

“不用谢！妈妈，您如果不开心，我会死不瞑目的。”

“……”

这是胥慧芸和“女儿”的对话。胥慧芸泪流满面，甄晓峰泪流满面，所有的舞伴都泪流满面。“慧芸，我们都懂你！我们也懂得了自己，懂得了那边的孩子们。”舞伴们跳着，哭着；哭着，跳着。像一次情绪的排解，更像一次心灵的释放。舞伴越来越多，又恢复了最初的阵容。后来的几个夜晚，妈妈们不再和“孩子”对话，每个人的笑容渐渐从泪水和汗水中浮泛上来，先是浅浅的，后来都笑得深了。胥慧芸的成就感溢于言表：“哈，心理学有啥神奇的，咱也算心理工作者呢。”

我后来从甄晓峰的镜头里看到了一个震撼人心的场面——妇女们一边跳舞，一边齐声呼喊，不！不是呼喊，是呐喊：

“孩子们！你们都好吗？”

“我们都很好！妈妈们，你们好吗？”

“我们也很好！孩子们，你们都是我们的好孩子。”

“你们也是我们的好妈妈。”

……

其中，有胥慧芸，也有赵丽萍。

这样的镜头看得我心潮澎湃，泪如滂沱。甄晓峰说：“您此刻流泪，我是理解的，假如您当时在现场，必须‘开怀大笑’，必须‘热烈鼓掌’。”

15

但是，在时光和四季的交织中，胥慧芸和冰冰的相处却并不顺利。据甄晓峰讲，胥慧芸和冰冰的“蜜月期”刚过，“冷战”就开始了。胥慧芸潜意识里始终把苑苑当作衡量冰冰的标尺，包括性格、生活习惯、学习、爱好、行为举止……她总是告诉冰冰：你应该这样，不应该那样；你应该那样，不应该这样。所谓这样或那样、那样或这样，实际上就是苑苑生前的这样和那样，或者，苑苑生前的那样或这样。

胥慧芸在接受我采访时说，当年苑苑中考时，成绩很优异，超过了市重点中学的录取线，她完全可以到市里去读高中，但当时的A城一中还是说服苑苑留了下来。理由是苑苑在A城一中是“鸡头”，具有当A城一中高考状元的机会，去了市里可能只是一个名不见经传的“凤尾”，不会得到像A城一中那样的重视。“人真是没有前后眼啊！那次地震，市里的损失不是太大，如果苑苑当初去市里上学……”胥慧芸说。地震前的5月11日，女儿专门打来电话说：“妈妈，今天是母亲节，我没有时间给您买礼物了，下次回家，一定给您补上。”这是女儿在人间最后的声音，也是留给妈妈的声音。而这一切，冰冰无法给她这个妈妈。

有一次，甄晓峰登门给胥慧芸送“心理援助志愿者优秀个人”证书，正好撞上胥慧芸和冰冰吵架：“你就没把我这个长辈放在眼里，哪像一个高中生的样子？”“你不懂怎样呵护晚辈！”“我们一家难道对你不好吗？”“我难道对你们有二心吗？”“我们失去了苑苑……你难道就不理解吗？”“我的学习成绩都受到了影响，您知道吗？”……

胥慧芸接过“心理援助志愿者优秀个人”证书，颇有仪式感地摆放在桌子正中央，那样子分明是给冰冰看的，其意不言自明：连工作站都在肯定我，你个黄毛丫头还有何话说？冰冰扭头进了卧室，痛哭失声。甄晓峰跟了进去：“学习成绩受到影响，没关系的，我给你辅导功课。”“我不让您辅导，我不想考大学了。当初，还不如地震时被压死了好。”“哈哈，这话还真不像你说的呢。”冰冰止住了哭泣：“甄老师，如果说我的心理状态有所调整，完全归功于您的在场。再如果，将来真的能考上大学，也归功于您的在场。如果没有您，我一个中学生，只能向命运认输。”

早先，也就是冰冰尚未过继之前，胥慧芸和老家来往走动频繁。胥慧芸从老A城到C城，那是回娘家；冰冰从C城到老A城，那是看姑姑和姑父。胥慧芸和冰冰成为母女关系之后，这样的走动反而少了。其实大家心照不宣，在胥慧芸的父亲看来，适当的“疏远”，是为了让孙女融入胥慧芸家；在胥慧芸看来，适当的“疏远”，是为了让冰冰明确新家的概念，可这样的“假疏远”让所有的人心都疼。冰冰告诉过甄晓峰：“好像是三口之家，可我太孤独了，我不但找不到当女儿的感觉，早先当侄女的感觉也被伤害了。很多人也劝我叫她妈，现在越发叫不出口。”

胥慧芸甚至多次当着冰冰的面，要求冰冰立即返回老家，弄得冰冰进退两难。煎熬与痛苦让冰冰常常整夜失眠，体重下降了五六斤。清明节那天，胥慧芸要去老A城一中旧址给苑苑烧纸，冰冰因身体不适婉拒前往，可胥慧芸认为冰冰在为自己找借口，立即火冒三丈，高高举起了巴掌。

冰冰冷冷地问：“你要打谁？”“打你。”“我是谁？”“你……你要是苑苑，我就打死你。”“幸亏苑苑已经死了，你没有机会朝她下手了，你也没资格打死我。你要打，再生一个打去吧。”

甄晓峰闻讯赶过去，争吵这才暂时平息。甄晓峰发现袁昌炳脸色铁青，一言不发。

甄晓峰立即架好摄像机。袁昌炳朝甄晓峰示意：“这些家丑，您就别拍了吧。”可胥慧芸却说：“拍拍拍，我同意拍，把所有搞科研的镜头发布到全世界去！把我们一家的脸丢到联合国去！”第二天一早，胥慧芸匆匆忙忙追到了工作站，向甄晓峰道歉：“我一气之下真是胡言乱语了，甭说全世界和联合国，就连邻居我也不想让他们知道。我是辟提艾斯蒂犯了，你千万不要相信辟提艾斯蒂患者的话。”临走，她说：“这孩子是祸根，是来害我们的。”

袁昌炳私下对甄晓峰说：“老婆的性格更古怪了，好在她一直当志愿者，如果待在家里，我也没法活了。”

16

在我和甄晓峰朝夕相处的日子，有那么几次，冰冰几乎占据了甄晓峰讲述内容的主角。这使我一次次想起镜头中的冰冰。冰冰的脸和身子一样显瘦，一对大酒窝显得有些空洞。甄晓峰说：“冰冰本来是一张小圆脸的，到胥慧芸家不到两个月，那张脸用A城人的话说都变成干豆荚了。前后判若两人。”我突然想起，冰冰的“上镜率”好像不是太高，就说：“冰冰的镜头，怎么那么少呢？”

“假如您是高考复习阶段的高三学生，愿意旁边老是架着一台摄像机？您太藐视我拍摄的时机、分寸和智慧了。”

我只好讪讪地笑了。我这个问题真是蠢到了极点。

甄晓峰继续给我讲七年前的高三学生冰冰。那时候，工作站几乎每周都要分析一次冰冰的心理状态。高考的钟声即将敲响，大家心悬一线。如此关键时期，冰冰却向甄晓峰请教了一个问题：“清清白白的一个人，在什么情况下会成为祸根？”她脸色煞白，双目无神，“祸根，必须要死的。”甄晓峰暗吃一惊，故意说：“你是指我吗？”冰冰瞬间被逗乐了：“天哪！我怎么会指您呢？”甄晓峰换了一种口气：“我还真像祸根，人家早就认为‘还不如地震时被压死了好’，既然死了比活着有趣些，我何苦劝勉人家好好活着，我这不是害人吗？害人的人如若不是祸根，又该是何物？如今人家又说‘祸根，必须要死的’，这不是诅咒我必当死吗？”甄晓峰知道冰冰熟读过《红楼梦》，有意借用红楼中人的对话语境，同时暗含对冰冰的心理干预。他把冰冰用“人家”替代。

冰冰惊愕地睁大了眼睛，突然伸出右手堵住了甄晓峰的嘴，旋即又触电似的把手缩了回去，一时泪如雨下：“我如果真的死了，希望您把镜头中的我全部删掉，我不希望我的所谓‘音容笑貌’被你们研究来分析去。我希望像一滴水一样挥发掉，而不是以影像的形式遗臭万年。”甄晓峰说：“你如果真死了，我们这些心理工作者就太失败了。”冰冰用手背拭了一下眼角：“没那么严重吧，对您而言，只不过少了区区一个研究对象和干预对象而已。在灾区，像我这样的辟提艾斯蒂患者有好几百万呢。”

终于，胥慧芸下决心和冰冰解除母女关系。胥慧芸之所以争取主动赶冰冰走，是担心有朝一日让冰冰抢了主动，那这是一件非常没面子的事儿。2011年5月，胥慧芸的弟弟——冰冰的生父、弟媳——冰冰的生母来到胥慧芸家接走了冰冰。甄晓峰全程陪同。冰冰像一枚干枯的落叶一样飘进了自己家的楼门，但胥慧芸的父亲——冰冰的爷爷却把自己关在卧室里，避而不见。冰冰在门外长跪不起，爷爷仍然无动于衷。

冰冰的户口重新迁往C城。至此，胥慧芸夫妻又一次失去了一个“女儿”，冰冰又成了胥慧芸的侄女，胥慧芸又成了冰冰的姑姑。返回C城的冰冰，姓名前面没有了“袁”字，成了原汁原味的胥妍冰。冰冰离开袁家的年龄，刚好18岁，这是一个让胥慧芸夫妻最忌讳的年龄。胥慧芸对甄晓峰说：“冰冰长了一岁，成了18岁，可我的苑苑，永远停在了18岁。说句心里话，我不希望冰冰考上大学，您如果再给她辅导功课，我就彻底拒绝您来我家，不给您任何拍摄的机会。”

胥慧芸和冰冰不再来往，这种亲情关系的撕裂也在宗亲内部发生了连锁反应，胥慧芸和娘家那边的全体成员由“假疏远”变成了真疏远，形同歧路上的陌生人。不久，冰冰的爷爷一病不起。袁昌炳要去C城看望老岳丈，横遭胥慧芸阻拦：“那是我的娘家，我都不当回事了，你又是哪根葱啊！”

袁昌炳每天的酒量由半斤增到了六七两。袁昌炳告诉甄晓峰：“冰冰其实比苑苑还要优秀，好端端一个孩子，被我们害了。”

17

甄晓峰告诉我一个细节：冰冰离开胥慧芸家前，把一根细绳子偷偷掖进肩包里。当时，他故作轻松地对冰冰调侃：“借你这条绳子用一用。工作站每次给社区分发心理辅导资料时，缺的就是扎绑用的绳子呢。那些资料与其说是帮助心理创伤人员走出困境的，毋宁说是救命的。”冰冰并不避讳：“甄老师，我懂你，你是不想让我死。”“哈哈哈哈……”甄晓峰夸张地笑起来，“你真的想丢下我们这些人自我解脱？看来，对你而言，我更是个局外人。”“不！您不是局外人，您是我的好哥哥。”“你也是我的好妹妹啊。”

冰冰顿时泪流满面：“我这样离开姑姑家，社会舆论一定认为我薄情寡义，至少认为我不懂事。我真不希望这样活着，但我不想死了，我现在并非一无所有，人间还有一个好哥哥呢。哥哥，您能给妹妹一个拥抱吗?”甄晓峰拥抱了她。他能感到她的激动和战栗。冰冰说：“在您的怀里，我好像又把我找回来了一点点。”甄晓峰故意笑了：“才一点点啊！可我好像把我找回来了十点点。”冰冰破涕为笑：“研究辟提艾斯蒂的人太幽默了，好像您也走失过似的。对！您肯定走失过，否则，我怎么老觉得，一见到您，就觉得您从什么地方回来了。”

关于甄晓峰给冰冰持续辅导功课的情况，甄晓峰并未给我聊多少，我只知道甄晓峰每个双休日都要到新A城一中女生宿舍为冰冰补课，而且不能让胥慧芸察觉蛛丝马迹。补课，成为对冰冰实施心理干预的最直接的引擎。这一有效形式也很快在一些中小学推广开来，很多心理援助志愿者以这种形式和被援助对象结成了“对子”。

有一天，我从胥慧芸家返回工作站，意外发现甄晓峰正在端详手机里的一张女性照片，猜想他准是思念未婚妻了。他警觉地把手机塞进裤兜里，对我开了个玩笑：“秦老师走路无声无息，学猫步啊！”我说：“是有人太投入啦。”

我把这个小插曲当段子一样讲给刘铭奎听。刘铭奎说：“有时候，爱情是彼此的一种救赎。”他说：“这些日子，关于PTSD的世界，您一定有了深切的感受。我现在给您提供一个信息，也许时机算是合适的。甄晓峰在灾区第三年就出现了较为严重的PTSD症状，多年来，他在为别人实施心理干预，可他自己，也是我实施心理干预的对象。”

我目瞪口呆，半晌回不过神来：“那……他发现您在对他实施心理干预了吗？”

“如果让他发现，那我就不是心理专家了。如果不是师徒关系这个理想的干预平台，我对他的干预就无法精准实施，而后果将十分严重。我不知道他是否告诉过您，他读大学时曾有过PTSD和抑郁症，假如他告诉过您，至少说明他在提醒您面对他本人的方式。”我都结巴了：“那……他一个PTSD患者，怎么会有动力一边读博一边为别人实施心理干预呢？”刘铭奎说：“除了我对他实施心理干预的效果，还有爱情的力量。他的爱情也在开展心理援助的路上。PTSD患者的感情生活，一直是我们的重要研究课题。”

“您怎么不早告诉我呢？”话一出口，连我自己都意识到有可能问错了。

刘铭奎果然没有正面回答，他话锋一转：“您自己难道真没意识到，您从走进新A城的第一天起，实际上已成为我们心理学意义上的观察对象了吗？您在观察PTSD，我们也在观察您。假如一开始所有的信息都对等，那么，您的所谓采访可能不到半天就结束了，如果真的那样，您未来提供给读者的书，读者从中能了解、感悟到什么呢？”

18

冰冰后来考上了一所位于成都的重点大学。最初填报志愿时，甄晓峰和冰冰一起商量了好几个可供选择的专业，但让甄晓峰没想到的是，冰冰最终居然自作主张选择了传媒专业。她说：“这世上，我最佩服和感恩的就是您和未来的嫂子了，你们异地相守这么多年，天涯海角，不离不弃，我将来要拍摄一部以辟提艾斯蒂为主题的纪录片，让全社会来了解、认识辟提艾斯蒂。您和我未来的嫂子是片中的主角，我甘当一个小小的配角。到时候，您用于心理科研的所有镜头就是最佳素材库。”

甄晓峰心头一颤：“你不是说过，你最担心自己‘遗臭万年’吗?”冰冰说：“我不那么理解了。”甄晓峰说：“你作为当事人能同意出镜，才是真正的主角。我早期也有过和你同样的梦想，但很快就……”甄晓峰猛然意识到这种消极的表达不合时宜，赶紧把话题拉向现实，“比如，我拍摄的镜头里，你妈妈——你姑姑占了相当多的内容，未经她允许，镜头是绝对不能示人的……当然，你这个想法非常好。”冰冰嗫嚅着：“……我明白的。也许，我这想法真有点天方夜谭了，可能与我没有完全走出辟提艾斯蒂有关吧。”

冰冰去大学报到前，胥慧芸没有现身。冰冰的父母提出送冰冰去报到，却遭到冰冰拒绝。父亲说：“你上大学，是咱全家的好事、喜事，为啥不让送呢?”

“如果你们以家长的名义送我，会让我的心情更糟。”冰冰说，“爷爷早先那么疼我，可我偏偏把爷爷气病了。我走后，但愿爷爷能够下床，站起来。”

实际上，我始终没有见过冰冰，我见到的只是小袁婧，也就是进入胥慧芸家庭的第三个女孩。甄晓峰告诉我：“2013年袁婧到胥慧芸身边时，只是一个刚刚离开襁褓的婴儿。”

胥慧芸把所有的爱都给了小袁婧，她就像小袁婧的影子，小袁婧就像她的梦。袁婧牙牙学语时，胥慧芸教给她的第一个词就是“妈妈”。胥慧芸常常目不转睛地注视着小袁婧的大眼睛，说：“我的娃儿，叫我妈妈！快叫一声妈妈！”

终于有一天，小袁婧叫了一声：“妈……妈——”

“天哪！”那一刻的胥慧芸如逢甘霖。孩子尽管吐字不清，尽管奶里奶气，尽管语不成调，胥慧芸仍然忙不迭地回应：“唉——唉——唉——”胥慧芸一边回应，一边泣不成声。

小袁婧一天天在长大。胥慧芸每次带小袁婧下楼玩儿，最忌讳和新来的邻居寒暄。小区属于灾民重点安置区之一，时不时会有新邻居搬进来。新邻居毫无例外有失去亲人的情况，彼此见面寒暄，一般不会触及“家里几口人”“您过去是哪里的”“孩子多大了”等敏感话题。但面相显得苍老的胥慧芸领着袁婧现身，对方的客气就仿佛天生拆掉了防线，容易冒出看似“合理”的问候：

“孙女真可爱啊！”

“孙女上幼儿园了吧。”

“奶奶孙女在一起，真亲呀！”

……

胥慧芸就冷冷地顶了回去：“这是我女儿好不好。”一句话就封了对方的口。这一现象，也让工作站每一位成员的神经紧绷了起来。工作站立即延伸了服务范围，以各个社区的心理援助志愿者为主要力量，加大了对社区居民日常“语境”“问候语”的“秘密”培训。

19

与胥慧芸不同，袁昌炳每次听到袁婧喊他“爸爸”，心头仿佛有滚雷蹚过。表面上，他和颜悦色地应和着袁婧，但能感觉自己脸上日渐松弛的肌肉在抖动。他有一种无法排解的潜意识，总觉得袁婧是替冰冰喊他“爸爸”。

这是袁昌炳卧床不起的开始，他悄悄告诉甄晓峰：“每天看着无忧无虑的袁婧，我心里既高兴又难受。冰冰那样好的孩子，我这个大男人都拢不住，我丢人啊。我思念冰冰啊！”不久，袁昌炳撒手人寰，死不瞑目。胥慧芸愤愤地对甄晓峰说：“我丈夫，纯粹是被冰冰逼死了。他在世的时候，我经常听见他梦里喊冰冰。那个祸根，是我一辈子的仇人。”

小袁婧问胥慧芸：“爸爸去哪儿了？”那一年，有一档节目叫《爸爸去哪儿》。胥慧芸不知道女儿的提问是否受到节目的影响，当时她的回答连自己都大吃一惊：“去找你姐姐去了。”小袁婧睁大眼睛问：“找哪个姐姐去了呢？”“姐姐只有一个，叫苑苑。”“可我听邻居阿姨说，我还有个姐姐，叫冰冰。”“……冰冰不是你姐姐，她早就死了。”“也是地震的时候死的吗？”“不！她是作孽作死的。”

最让甄晓峰头疼的是，胥慧芸多次跟他嘀咕：“袁婧的性格好像有点任性，她长大后，会和苑苑一样听话吗？”针对胥慧芸的这种心态，甄晓峰不得不尝试采取了“动力沟通法”，这种心理干预的方法是把对方的心理承受力像弹簧一样压缩到极限，再突然松手让其反弹归位。“动力沟通法”的实施难度在于时机、分寸、火候不好拿捏，存在巨大风险，弄不好会适得其反。他“不屑”地单刀直入：“其实，即便您失去袁婧，也是无所谓的事儿。”“……您说啥？您再说一遍！”甄晓峰特意加重语气重复了一遍。胥慧芸突然目瞪口呆，表情像是结了厚厚的一层霜。几秒钟后，她突然大吼：“不！不不不！我爱袁婧，我爱我的袁婧，我不能失去她。如果袁婧没了，就剩下我一个人了。”“其实，您更适合一个人独居。”“不！”胥慧芸有点歇斯底里，“我一个人，不如死了。”

从此，胥慧芸不再拿袁婧和苑苑做比较。她说：“早知道抱养袁婧的好处，当初真不该让冰冰过继过来，这一下子，耽搁了我好些日子。”甄晓峰说：“您得感谢冰冰呢。”“为啥？”“冰冰如果不离开，袁婧能来吗？”“可是，冰冰如果不来，我早就抱养了。”“抱养？抱养谁？”“袁婧啊！”“那时袁婧来到人间了吗？”胥慧芸突然乐了：“看我这辟提艾斯蒂脑子，一下子又糊涂了。除了袁婧，我谁也不抱养。”

20

甄晓峰的镜头里有许多手机微信聊天的画面，手机界面像一个小银幕，所有聊天信息自下而上缓缓移动。有的是群聊，有的是私聊。群友们全是虚拟的头像。甄晓峰的所有发问和解答，都举重若轻地、不留痕迹地释放着心理干预的信号。微信群至少有三四十个，每个群的群友基本在400人左右，有的群则达到了极限——500人。每个群里或公开或“潜伏”着其他几位心理工作者，他们有的是多年从事心理研究的心理专家，有的是大学心理系的实习生。群主基本是甄晓峰。群友们多以昵称示众，比如“栀子”“在水一方”“屋檐下”“菩提”“娃他娘”“笨笨”“守望”什么的。

群名同样颇具诗情画意。那个叫“同一轮月”的群，群友多是失去父母的孤儿，如今，那些孤儿有的已经上了大学，有的已经参加了工作，有的结婚生子，有的在外打工；那个叫“长亭外”的群，群友基本是失独的家长，如今，有的家长有了试管婴儿，有的抱养了孩子，有的至今拒绝抱养；那个叫“驿路梨花”的群，群友基本是失去配偶者，如今，他们中的有些人已经再婚，有些人再婚后又离婚，而有些人始终不愿意再婚……

胥慧芸就在“长亭外”那个群里，而冰冰所在的群叫“彼岸有我”，群友大多是和冰冰有类似经历的女大学生，有些同学的PTSD症状与冰冰在胥慧芸家生活时的心理状态比较相似，只不过身份有别，有的过继给了姑姑，有的过继给了姨妈，有的过继给了堂叔，有的过继给了舅舅……她们尽管上了大学，但有的同学直至毕业仍未能走出心理阴影。

我注意到，在“彼岸有我”群里，甄晓峰和冰冰的互动并不多，也就彼此偶尔送上一杯“咖啡”、一个“抱拳”表示礼节性问候或祝福。甄晓峰告诉我，冰冰读大一的第二学期，爷爷就去世了。他担心这个噩耗会给冰冰造成严重打击，还专门制订了针对性的心理干预方案，但冰冰却表态：“哥哥，您放心！我都是成年人了，丰富多彩的大学生活本身也在改变我、塑造我、影响我。该放下的，我都放下了，我会一门心思上学的。”这种痛痛快快的姿态反而让他大感意外，一时竟难以适应，但回头一想，倒也觉得合乎情理。

甄晓峰仍然不放心：“平时，心里有什么解不开的疙瘩，可以随时联系我。”

冰冰又一次很痛快地说：“不！您是心理工作者，需要您帮助的人很多，我再占用哥哥宝贵的时间，就有点不懂事了。我的心理世界在您这里，‘毕业’啦！”

后来有一天，冰冰突然给他推荐了一个昵称叫暖暖的女大学生，并建议他加了暖暖的微信。冰冰在微信中说：“地震过去这么多年，暖暖仍然没有走出辟提艾斯蒂，她的经历和我太像了。她不愿意提供真实姓名和家庭信息，我也不知道她是哪所大学的。暖暖悲观厌世的心理明显，哥哥能像帮助我一样帮助她吗？她实在太可怜了。对了！也许新A城有她的亲友吧，她对你们工作站的情况了如指掌。”

甄晓峰当场表态：“我会帮助她的，对了！我俩一起帮她，你用你的亲身经历也可以影响她。”

“可我担心的是，我不但影响不了她，反而被她所影响。”

21

这是甄晓峰和暖暖微信“聊天”的开始。暖暖的语言比冰冰更率真、明朗一些，但自尊心比冰冰要强，音色也是通过聊天软件处理过的，因而显得柔和、细腻而温婉，像吟唱古典而高雅的歌谣才有的发声。这是来自成年女性灵魂深处的清泉，却又像是被云彩、雾岚笼罩着，时隐时现着花季少女才有的神秘、矜持和含蓄。

暖暖告诉甄晓峰，她总觉得，是她害死了自己的姨父。表哥遇难后，姨妈和姨父均有明显的辟提艾斯蒂症状。她过继到姨妈家后，姨父对她非常关心照顾，但姨妈却常常盯着她发呆。作为准女儿，暖暖知道她这个外甥女永远替代不了表哥生前的地位，因此尽量把自己做得像个女儿，可姨妈就是适应不了她这个女儿。暖暖认为，在老家时，她是父母的掌上明珠，可到了姨妈这边，她就像食之无味弃之可惜的鸡肋，一点尊严感都没有。她返回老家那天，姨妈居然当着她的面说：“暖暖，这下咱俩都解脱了。”暖暖是姨父亲自开车送回老家的。姨父告诉她：“如果不是担心影响你的学习，我说啥也不想让你离开的，你这一走，我家也没啥指望了。你就好好学习吧，不要惦记这边。”不久，姨父的辟提艾斯蒂症状发展成了严重的抑郁症。暖暖考上大学的第二年，姨父走了。

暖暖的讲述主题鲜明，视角多元，人物之间的情感裂变、是非因果十分清晰，就像一个电影剧本的梗概。电影是虚构的艺术，但暖暖的“剧本”梗概却是生活本身。深深打动甄晓峰的是，从暖暖这里，他感受到了一位成熟女性对家庭、亲情卓尔不群的洞察力和伦理观。暖暖和冰冰不是同一个人，但暖暖对姨父死因的抱愧、内疚和痛惜，让他理所当然地想起袁昌炳临死前对冰冰这个晚辈深深的自责和忏悔。假如把暖暖和冰冰做一个角色互换，那么，算是冰冰懂得袁昌炳这位“父亲”了，袁昌炳也完全可以死而无憾了。在情感的链条上，他潜意识里把过去的冰冰和现在的暖暖统一了起来，像当初面对冰冰那样面对暖暖。他情不自禁地夸赞：“冰冰，你的情怀和境界，真是一枝独秀的。”

“甄老师，我是暖暖啊！”

“哎呀！抱歉。”甄晓峰道出了发自肺腑的话，“你俩如果是同一个人，就更完美了。”暖暖开心地笑了：“我如果像冰冰那样优秀，就不会被辟提艾斯蒂追得无处可逃了。还好，我逃到了您这里。”

甄晓峰把暖暖的情况给工作站做了详细汇报，并研究制订了线上心理援助方案。基本的形式是：由甄晓峰每周至少和暖暖“聊天”两到三次，每次20分钟到半小时，“聊天”主题按照因势利导、随机应变的原则，密切联系暖暖的主观情绪临时确定。甄晓峰无论身处新A城还是在老家T市，只要手机在手，就能随时和暖暖“聊”起来。

22

有关冰冰的点点滴滴，胥慧芸比感应器还要灵敏。她始终未放松对甄晓峰“聊天”对象的高度戒备。有一天，甄晓峰和胥慧芸本人“聊”完天，趁胥慧芸洗衣服的时间，他对着手机发语音：“……现在是课间时间吗？好的。走出教室，选取花坛边最安静的地方，坐好，放松，对啦！闭上眼睛，全神贯注地倾听自己的呼吸……好的，一分钟时间到啦，睁开眼睛，调整呼吸三到四次……好的，再闭眼，继续关注呼吸……两分钟时间到啦，睁开眼睛，起身，专心致志地数一数花坛中翩翩起舞的蝴蝶……哈，是九只吗？好的，你再数一遍……哈，还是九只，准确！现在用两三秒钟的时间观察一下操场上生龙活虎的场面，收回目光，转身……好的，把大脑复制的操场记忆回放一遍，好的，用一分钟时间放松，同时适应环境……好！很好！！等待下一节课的铃声……”

“对面，是冰冰吧。”胥慧芸凑了过来，两手不断猛甩，水珠四溅，“我听出来了，您用的是正念减压疗法，这法子我在心理辅导班上学过。”甄晓峰从胥慧芸的目光中看到了愤怒、仇恨和怨气。“哈，您想多啦。”甄晓峰说，“冰冰上大学后一切正常，还用得着我进行心理援助吗?”“敢让我看手机界面吗?”甄晓峰故意说：“不可以，这可是个人隐私呢。”

“哼！心虚。”恼羞成怒的胥慧芸吼了起来，“信不信，我敢把您的手机摔了。冰冰那个祸根，我这辈子……”

甄晓峰让她看了手机界面，暖暖的名字和虚拟头像立即扑入胥慧芸的眼帘。她一时窘得面红耳赤，嗫嚅着：“哎呀！我这人……唉！我这个辟提艾斯蒂。”她突然又恍然大悟似的昂起头，口气又硬了起来，“不对！暖暖说不定是冰冰的昵称哩。我也换过几个昵称，‘暮雪’‘蒹葭’‘安妮’啥的。请把她的语音留言打开。马上！如果是冰冰的声音，我……我就……”

语音留言打开了，胥慧芸这才承认自己彻底失败了。她连连向甄晓峰道歉，却是一副如释重负、精神焕发的样子。她似有所悟：“您这是在干预我吧？我心情舒畅多了。”甄晓峰做出沮丧的样子：“您心情舒畅了，我可受委屈了，郁闷了。”胥慧芸的喜庆之色溢于言表：“大小伙子有啥子郁闷的。我也教您一招，闭眼，放松，想想那个千里之外的女友。进入记忆，回放她当年的笑脸……”

“好好好好，很好!!”甄晓峰说，“我该回工作站吃午饭了。”

人们爱说什么岁月如梭、时光如电，时光在甄晓峰和暖暖的岁月里，像是散步，或者徜徉。时光像涓涓细流，一点点涤荡着暖暖的心理世界，渐渐地，PTSD在暖暖心理世界的投影被阳光替代。有一次，暖暖说：“甄老师，如果通过手机视频看到您的真容，我才会感觉到时光是存在的，心里也会踏实些，您同意吗?”

“对！我们都在时光里。”甄晓峰打开了手机视频，可暖暖那边却是隐身的。甄晓峰故意发出责备：“视频聊天得公平啊，一个在‘明处’，另一个在‘暗处’，这不公平啊!”

“我长得不好看，怕您笑话。”

23

冰冰和暖暖，像极了一场命运搏击PTSD的接力赛。冰冰顺利传棒后退出跑道，暖暖完成接棒后迅速续跑。甄晓峰没见过暖暖，但他能想象到击败PTSD后的暖暖紧握接力棒像小鹿一样奔跑的样子。

暖暖的表达越来越出人意料：“冰冰在您这里‘毕业’后，你俩联系少了，这是由您的职业决定的，而我至少两个月前业已‘毕业’，可是，我们好像都没有彼此放飞的意思。不是吗?”甄晓峰一时语塞，脸，肯定是通红了的。他想迅速关掉视频让自己瞬间消失，但终觉不妥。他只好放声大笑：“哈哈哈哈……”

“您那边笑了，我这边哭了。”暖暖说，“我现在看明白了，这世上，有些好人的内心其实是孤独的。您是好人，所以您容易孤独。假如您去美国读博而不是选择师从刘铭奎教授，假如您和女友早早结婚而不是选择来灾区，您就永远孤独下去了。也就是说，是我们这些岌岌可危的生命，消解了您的一部分孤独。难道不是吗?”甄晓峰的大脑中陡然一片空白，仿佛被暖暖的语言清扫过一遍。“咯咯咯咯。”暖暖乐了，“您也有无言以对的时候呀！平时，话语的主导权始终在您那里。今天，主导权是不是有一种被剥夺的感觉呢？那么，我要告诉您，我走出辟提艾斯蒂的动力，就是让您在灾区的分分秒秒里永远拒绝孤独……”

甄晓峰说：“我怎么觉着，你是在给我这个心理工作者做心理援助呢?”

“嘻嘻，您承认啦!”暖暖说，“您也曾对我戏言，走出辟提艾斯蒂的人会成为半个心理专家，我算半个吗？至少算三分之一个吧。”

甄晓峰有一种彻底被戳穿的感觉，一种巨大的迷失感重重叠叠合围了他。这种感觉之前曾有过一次，那就是当年勿忘我心理咨询工作室最辉煌的时刻。两次迷失感横跨时光流年的两端，像两条无法相交的平行线。他像是陷入了久久的昏睡状态，而醒过来的第一句却是：“孤独当然是有的，好在，我有一份爱情。”暖暖却说：“您在用最虚假的存在做最无谓的自我对抗，您在用最残酷的谎言自我安慰。如果这谎言是刀子，被捅的是您自己，但流血的除了您，还有我呢。您一定要明白，您现在面对的是一位已经走出辟提艾斯蒂的女性。您的所谓爱情，至少在地震后的三四年间，就像花儿一样凋谢了。”

“啊?！你的根据是什么?”甄晓峰睁大了眼睛。“根据就是我自己在辟提艾斯蒂时期的观察和反刍式回忆，当我走出辟提艾斯蒂，那些回忆成全了我的判断。”“我平时重点对接的辟提艾斯蒂患者也就十几个，你难道是其中的一个?”“不！我只是辟提艾斯蒂的一道影子，影子里，您一直都在。”“你在作诗啊。”“比诗还浪漫呢。”暖暖说，“我只要您以心理工作者的名义，在心灵的最高处诚实地回答我。”

甄晓峰彻底妥协了，他沉默了足有三分钟，才说：“我，认同你的判断。”

24

那年夏天，工作站对大学毕业生做心理健康调查时，甄晓峰在成都见到久违的冰冰，冰冰已经在一家知名文化公司担任纪录片的策划和编剧。那天的咖啡屋窗明几净，冰冰在他对面落座。冰冰变化很大，身材高挑而健美，丰润、光洁、白皙的脸颊让甄晓峰联想到只有中秋时节才有的圆月。一对酒窝早已不再空洞，宛如盛满了馥郁的佳酿。眼睛大而明亮，恰似夜空中蓄满星星的一潭湖水。甄晓峰反而显得有些拘谨，下意识地把目光移向窗外，却正好和窗前盛开的勿忘我蓝色的光芒相撞，他的心头顿时一阵战栗。冰冰的目光也投向了勿忘我，她歪着头：“哥哥，您能给我讲讲勿忘我的故事吗?”甄晓峰微微一愣：“我……不懂花。”冰冰说：“您不讲，那我自己讲啦!”

冰冰娓娓道来：“多年前的多年前，在欧洲，有一位骑士带着心爱的姑娘去海边玩。姑娘看到海滩上有一丛小花，就想采来让骑士插戴在她的头上。姑娘踩着沙子去采，结果被汹涌而来的海潮卷入大海，危急关头，姑娘把那丛花用力抛到岸上，大声喊道‘不要忘了我’。后来，人们就把这种花叫‘勿忘我’……”

一丝难言的苦涩袭上甄晓峰的眉头，他只是低头品着咖啡，或者，一个人嗑瓜子。冰冰似乎并未意识到她的故事严重干扰了他的情绪，浅浅地微笑着，瞄一眼手机，然后给他的杯子里添了咖啡：“我讲的故事，对吗?”“对。”“说明您根本没用心听。”冰冰说，“我不小心把男女主人公的角色搞颠倒了。”

而暖暖的微信就是这个时候发给甄晓峰的：“你俩在聊啥呢?”

那一刻，小提琴演奏的旋律像窗外柔和、细腻而温婉的阳光，就像暖暖的音色，但她这次发来的是文字信息。甄晓峰不便用语音，也用文字回复：“刚听完冰冰讲的一个故事。”暖暖回复：“您光说是一个故事，却懒得报故事的名字。一定是个古老的故事吧，但凡古老的故事，往往也是新的。”

对面的冰冰提醒他：“哥哥，我发现您的思绪好像飞远了。”甄晓峰说：“是的，我想到了暖暖。”冰冰显得好奇：“难道……暖暖好久没和您联系了吗？”“不！我们每天都在微信联系，此刻，一秒钟前吧，我们还在联系呢。她也在成都工作。我本来想联络咱三人一起见面的，但她却建议我先见你，还美其名曰：‘哥哥应该先去见妹妹’。”冰冰说：“我太羡慕您和暖暖了，一个男的，一个女的，在这个世界上拥有那么多弥足珍贵的时光。我更羡慕暖暖，就这一会儿的工夫，她就被您想了。”

甄晓峰竟一时红了脸：“妹妹俏皮啦。”

冰冰注视着他的眼睛：“暖是热，冰是凉，哥哥没想过二者都代表温度吗？”

暖暖，其实就是冰冰；冰冰，其实就是暖暖。

并非尾声

我的采访本里记录了太多的内容，却像一支时空交错的无主题变奏曲，很难梳理出一条相对清晰明朗的主线，这在我多年的采访经历中从未有过。后续就要创作长篇纪实文学了，我压力重重。甄晓峰说：“您知道，我们一直有个梦想，将来拍一部与PTSD有关的纪录片，那一天也许会非常遥远，也许会很近。冰冰是一位优秀的编剧，将来如果您授权同意，她会把您的作品改编成剧本的。”我一时忐忑不安：“可是……连我自己也不知道，采访是否结束。”

我即将启程离开新A城，刘铭奎却挽留了我：“晓峰就要在新A城举办婚礼了，仪式就在我们工作站。我是二位新人的证婚人，希望您参加完婚礼再出发。”我好像习惯了太多的突然，说：“我到现在还没见到新娘子呢。”“她已经启程了。”“是从T市吗？”“不！从成都。”

甄晓峰第二次让我看了未婚妻的照片。我这才知道，照片里的主人公，是冰冰。工作站针对胥慧芸的心理援助方案有了重要调整，其中一个环节是二位新人携手前往胥慧芸家，同声喊一声胥慧芸“妈”。

“她会答应吗？”我本来想这样问的，但还是忍住了。

在创伤中叙事
——评秦岭《辟提艾斯蒂》

李国平

“辟提艾斯蒂”如果不是特别的职业，如果不是特殊的群体，大概不会知道它的确切含义。按照秦岭这篇小说所说，它是英文缩写的汉语念法，它的全称全译叫作创伤后应激障碍。也是按照小说中的叙事，应该是心理干预或心理援助工作者工作过程中的工作用语，大约在专业领域有约定俗成，简单明了之意。秦岭为什么用这个词汇作为小说的篇名，并非制造悬念，设置障碍，相反，他应该思考的是小说叙事的规定性，如何使主题更鲜明，如何使艺术创作更能警示人心，更能温暖人心这类问题。什么叫创伤后应激障碍？生活中发生的事情远比科学术语来得激烈得多，具体到个体，精神，心理，情感所遭遇的痛疾恐怕文字再怎么描述也显得无力，而挣扎、克服、拯救、新生的过程，也远远超出了人们柔弱善良的想象力。

一场毁灭性的灾难之后，比如不期而至的地震、疫情、洪涝……亲友们被死神吞噬之后，会带来什么样的负面效应，秦岭在这篇小说中说，以胥慧芸的女儿为例，胥慧芸的女儿在地震中死亡，至少会导致六十人出现不同程度的创伤后应激障碍症状。秦岭是一位优秀的作家，优秀作家的标志之一就是对社会心理、社会情绪的敏感和洞察；但是在社会心理援助、支持领域，他也是一位合格的专家，合格的专家不仅要有专业的知识，更重要的是要介入现场，和特殊的群体建立互信共情关系。秦岭借助小说中的心理援助志愿者如此描述灾难之后创伤性应激障碍负面的漫延效应，一定有心理援助方面实践的依据。但是，这只是量的归纳和统计。心理创伤后的应激障碍发生于具体的个体身上，会发生什么事情？孤独、脆弱、恐惧、绝望、敌意，我是什么、我的意义，爱什么，害怕什么，恨什么，希望什么，毁灭性力量和建设性力量的角力，黑暗之力和光明之力的搏斗，生之光和死之渊的拉锯，都会发生。

秦岭的《辟提艾斯蒂》描述了创伤后应激障碍个体和群体的种种情形，拒绝承认，愤怒的反应，不是知识问题，而是心理问题，拒绝的背后反映出对外界的敌意和对自我的否定。小说中细致描写、着力塑造的胥慧芸是创伤后应激障碍症状的典型案例，她在地震灾难之后痛失女儿，麻醉自己，陷入幻觉，在虚幻的世界里寻找寄托，对世界发出敌意的反应，千丝万缕的感情纠葛和对亲情的撕裂交替进行，用暴露和伪装宣泄和压抑心理，生的挣扎和死亡召唤同时发生，在这个人物身上，典型地反映出心理应激障碍患者心理世界的险象环生和刀光剑影。秦岭这篇小说的题记引用了心理学家澳瑞森·梅伦的话："人类心灵深处，有许多沉睡的力量。"沉睡的力量，澳瑞森·梅伦着眼于正面的意思，要人们唤醒可以唤醒的潜能，以迎接生活、命运的挑战。在这篇描写特定心理领域的小说里，沉睡的力量还有正面的反面，还有黑暗，还有破坏，还有光明和阴影的争斗，还有深不可测，救赎艰难的心理难题。

小说始终，胥慧芸虽然明显缓释，有了走出阴影，向上的精神状态，但又处于自我克服和外力支持的过程之中，这是秦岭对人之心理、人的情感世界理解的深度，也是小说的深度。有一位论者在评论秦岭《走出"心震"带》时也引用了《鲁滨孙漂流记》的作者丹尼尔·笛福的话："害怕危险的心理比危险本身还要可怕一万倍。"笛福所说的就是灾难之后人们的心理反应和精神状态，是心灵的创伤。特定的题材、特定的描写对象规定了秦岭这篇小说的叙事方式，这便是在创伤中叙事，小说中还有一个典型案例，这便是过继给胥慧芸做女儿的她的亲侄女，后来发生冲突时又回归自己家庭，再后来又经过心理援助志愿者们的帮助，走向高校，走向社会的冰冰。冰冰是创伤叙事另一例，是创伤成长之一例，在冰冰的经历中，人们不仅能读出创伤，还能读出疗救创伤的过程，在关于她的叙事中，人们能读出创伤后疗救的背景和原因，也能读出结果，在走出封闭的心理，走向更广阔的社会生活中，冰冰的案例揭示了小说积极的主题，人不能告别过去，但人能战胜自我，如何面对灾难之后的自己，如何获得自我效能感和人生意义感的提升，这应该是秦岭介入特殊领域所获得的积极体验，也是这篇小说在穿越复杂曲折，晦暗不明的心理世界之后给出的暖意和光明。

文学，如何洞察人的内心世界，如何体味人的悲伤与欢乐，秦岭借助小说的叙事，引用了人们的发问："抢险救灾是救人建屋，心理援助是救人建心，但文学往往关注前者而疏忽后者，为何?"在这篇小说中，秦岭深入悲苦挣扎的人群，用向心灵深处的探寻，用积极乐观的态度，回答了自我之问。

海边的向日葵

肖　勤

一

那天凌晨的事情其实很简单，就是一个干瘦的修车仔抱着个婴儿来看急诊，说换尿布着了凉，幺幺咳了一整天，刚睡着，他怕半夜醒了再咳，抱来让青玉给开点药。

不咳的药就行。满身机油渍的修车仔表情焦灼不安，说到幺幺刚睡着时，下垂的眼皮不停抖动，他伸出手抹了抹眼角，那是一双与他年龄完全不相符的手，异常干瘦、骨节突出、指甲漆黑，指缝中也全是黑色的机油渍。青玉有些心痛，但她还是带着职业性的不满询问——白天就咳为什么半夜才送来？宝贝妈妈呢？

他妈……跑了，我白天忙修车。修车仔说着眼圈红了，抱紧怀里毯子裹着的婴儿，毯子很旧，已经洗得半掉毛，上面的粉色猪小胖图案脏得不行，像极了一只被人遗弃的小脏猪。

那时候青玉压根没想到这个生病的婴儿有问题，她只觉得眼前是个可怜的打工娃，没承想遇到的会是狼。还好职业使然，她绝不可能不看病人情况就乱开药——必定是要看一眼孩子的。

你把毯子揭开我看看。她搓了搓手，让即将接触婴儿的手指变得温暖些，春夜的诊室有点寒凉。

修车仔却慌乱挪开，哀求说不看了吧，一动他就醒，又得咳，下午咳得都吐奶了，奶粉贵。

青玉心头一软。

她和于合结婚快十年了，还没有孩子，于合说不急。可每次看到软软糯糯的奶娃她总会心颤。

于是她用羽毛般细柔的声音说，还是要看看的，我动作轻一点。

不看了，你就开点药吧。修车仔坚持，开点止咳糖浆什么的，幺幺不娇气，喝点糖水就好了。

青玉温和地笑了，说，你大半夜跑来看急诊就为了开一瓶止咳糖浆？什么止咳糖浆管用？你要自己会开方子还来医院做什么，对吧？说话间，修车仔紧张的表情和他那头枯黄的头发让青玉的脑子莫名响起警报，心头没来由地咯噔一下，总觉得有什么不对劲。

于是，趁修车仔不注意，她迅捷伸出手，一把掀开虚掩在婴儿脸上的毯子，手指不经意间触摸到一片冰凉。

只瞥了一眼，青玉顿时全身发麻。

那是个死婴，面色乌青。

之后的事青玉记不太全了，她当时实在吓坏了，满脑子都是小婴儿，恍惚间那小婴儿竟睁开眼，死死盯着她，小眼睛血红……再一转那血红的眼珠又变成了修车仔的，他像一匹顶着秋天草垛的疯狂的狼，眼里长出獠牙，死死咬着她，然后大声狂吼——害死人了！医生害死人了！

午夜时分的医院顿时像涨潮的海水一样翻涌起来，杂乱紧张的脚步声纷至沓来，医院这种地方向来是不缺人的，不到两分钟，整个走廊和大厅便挤满了，连送外卖的小哥也丢下摩托不甘落后地挤到人群前面来。人人皆媒体的时代，无须提醒，有人录像有人拍照，兴奋成一团。

惨白的灯光下，年轻人抱着死婴在大厅里狂声嘶吼——就是她！就是她！大半夜的，我来了一个多小时，她却在睡觉！就是她耽搁时间，害死了我娃！

青玉无辜茫然地呆站在大厅导诊台前，完全傻了，眼前白晃晃全是手机，都对准着她，她下意识挡了一下脸，但这个动作让她显得很心虚，混乱中她大脑一片空白麻木，又仿佛塞满了东西，婴儿死亡的气息和那青紫色的嘴唇，像福尔马林液体一样湿答答包裹着她，人们在说什么、吼叫什么、对着她照什么，她完全不知道……她只看到院办张主任和院纪检室的李主任急火三丈冲将进来，铁青着脸，他们没有跟她说话，甚至青黑的眼眶和白冷的眼仁中还带着划清界限的生冷和戒备。

查监控。主任皱着眉，冷静地控制住局面。

青玉长长松了口气，回头间却看到满脸泪水的修车仔站在人群中，嘴角闪过一丝不易察觉却又如释重负的表情。青玉来不及思考，只觉得很快事情就会水落石出。

电脑屏幕上，凌晨一点二十一分，修车仔抱着婴儿冲进大厅，步伐零乱，他挂了急诊，然后跑到她诊室门口。画面里，修车仔伸出手，明显有敲门的动作，然后他停下来，探了探头，缓缓坐到旁边的候诊椅上，过了一会儿，他又抱着婴儿到门口停顿张望，再次敲门，最后又退回来坐下。直到凌晨两点二十九分，他才再次走到门前，推门而入……

她值夜班睡着了，就是她耽搁了我家幺幺，幺幺才八个月啊！修车仔紧抱着死婴，动作夸张地跪在地上，号啕大哭。

青玉怔怔地看着屏幕。

现在她全身是嘴也说不清。

她哪里睡觉了？算算她已经失眠好几天了，修车仔只是做了个敲门的假动作——他知道医院有监控，他的敲门和等待都是圈套，婴儿早在来医院前就死了，否则半夜三更来挂急诊的，谁会老老实实抱着病娃坐在那里等一个多钟头？

但她说不清楚，场面太混乱，死婴又明明白白摆在那儿，惨白的小脸，灰白的小嘴唇，细得像小猫爪一样的小手指，它们无助地卷曲着，像要抓住什么，让人不忍目睹。

尸检！尸检可以查出死亡时间和这婴儿的死因……青玉步伐零乱，追着一言不发的李主任匆匆走出监控室，在拥堵的人群中挣扎出一句。

尸检？人群立即炸开了锅。

青玉忘记了，筑城是一个有着诸多独特风俗的西南边地，比如放在山洞里不埋不弃的棺材、比如幼儿出门必须系在衣襟的剪刀……这个充满现代工业气息的城市，内里依然是神秘古老的纹理，有些习惯是天长日久不容更改的，在这里，惊扰年幼死亡的孩子是最大的忌讳，就连安葬和悼念也必须秘而不宣。

朴素的人群显然被激怒了，他们义愤填膺七嘴八舌地凑上来。

当保安把青玉从挤攘推打中解救出来时，青玉的眼镜已经被打没了，马尾散落，白大褂还被扯掉了扣子，这些都不算，不知挨了谁的耳光，脸上火辣辣一片。

快走啊！保安狼狈地躲避着挥舞的拳头，狠推了她一把——你快走。

青玉这才回过神来，惊魂甫定地逃出急诊大楼，跑上平安大街，失去扣子牵绊的白大褂像一对白色的蝴蝶翅膀，悲凉地颤动羽翼。一辆辆夜车从她身边拐着弯惊险万分地驶过，她一边狼狈不堪地闪躲，一边回望身后那闪着巨大红十字光芒的急诊大楼。

卖甜酒汤圆的女摊主愕然地看着她，手里的勺子高高举起，在青玉看来，这女人也是要攻击她的，全世界都在攻击她。

她慌张惧怕地看着微胖的女人，往后退了两步，差点被马路牙子绊倒，仓皇间，什么东西从她眼里淌下来，滚烫。她抹一把湿痛的脸，胡乱脱掉白大褂，摔在湿漉漉的地上，转身跑向车流。

二

青玉并不喜欢这座城市，四面都是山，又常不见太阳。连绵的群山间，巨大的银色输送管将矿石从山上运到城里，像一条盘在天地间的贪吃蛇，城里到处是巨大的烟囱，它们向城市输送着复杂的气体，除了这令人呛咳的气体，街上到处充斥着汽车尾气、火锅、烧烤和烈酒的味道，混浊混乱。不像家乡那座临江的小县城，四季温润，干净得像幅画，春雨季节，雾雨笼着青葱的茶山连绵入云端，不是江南胜似江南。可是她有什么办法呢？这座野蛮生长的城市里有于合，这是她执着地留在这儿的全部勇气和理由。

雨丝细柔如绒毛，夜半的城市灯火迷离，她的照片在医院门口的宣传栏里闪着朦胧的光芒——那是个知性又冷静的女人，位居筑城十佳最美医生榜首，她目光安然，正对着诗和远方微笑。

然而此时此刻，和那张照片同样面孔的女人却成了一只惊慌失措的过街老鼠，只能且必须在一盏盏窥探的夜灯下扑向滚滚车流。

紧急刹车的出租车司机没有生气，这是医院门口，半夜从医院里飞奔出来的都是需要天使拯救的人。

需要帮什么忙？人到中年锋芒过去，司机声音温和如天使。

她说不出话，握着车门把手的手不停发抖，眼泪成串滴落。

司机收回眼神，缓缓把车驶出平安大街，到了红绿灯才问，去哪儿？

煤……煤矿村。青玉好不容易说出三个字，喉咙里有温热的液体淌过，是的，煤矿村，那里是她的家，她和于合的家。

出租车绕行而上，爬上筑城唯一的城中山，这里是老矿区，曾经繁华喧闹，是筑城最热闹的所在，如今黯淡在岁月的褶皱里。

青玉在半山腰五道拐下车。

司机看一眼黑茫茫的楼栋，突然问她，家里有人吗？

刚逃出劫难的青玉全身一抖，赶紧答，有啊、有。然后跳下车飞奔向院门。

其实家里根本没人，怎么会有人呢？于合已经离家多日不归。

打开门，一股寒湿扑面而来，这个春天总是阴雨不断，墙壁是冰的，空气也是。青玉没开灯，蜷缩进沙发，目光呆滞，脑子里放电影一样不断闪回医院的一幕幕。

从小到大，她一直是个温纯老实的好孩子，成绩好，但不够机灵，所以当不了班长，永远当学习委员。高中班主任常说，这孩子就是太老实，以后成事成在这个上，败事也要败在这个上。这话今天是应验了——现在回想起来，她在候诊大厅里失控地大喊尸检，简直就是作死。

挂钟已指向凌晨四点，于合又不回来了吧？自从她在他手机里翻到那些照片后，于合便避而不见，这在以往的生活中是不曾有的，他是一只洒脱顽皮的金毛，阳光大男孩哪。又有点像拉布拉多，见到陌生人比见到亲妈还亲，总之从来就会沉默倔强的类型，一个人突然间变成这样，情况显然比青玉想象中严峻。想到这里青玉有些惊慌，什么东西正在迅捷地从她手心消失，她即将一无所有——在这个她抛弃全世界换来的城市。

那些鬼照片眼下完全不重要，重要的是于合回来，这城市除了于合她什么也没有。

青玉摸出手机，翻看于合数日前发过来的旧信息——那个纪录片快播了，改片、加班、不回。

青玉不知道“那个”纪录片到底是“哪个”，仔细想来，这些年两个人各自忙着，在一起说话的时间并不多。她在急诊，每天看得最多的除了鲜血就是濒危病人，这样的事回来不想说也不便说，吃饭时不行，睡觉时更不行，那就是没时间了。于合则是忙拍片子，经常一出门就是个把月。二人一个经常上夜班，一个整天不是出了门就是准备要出门，要凑一起吃个饭都有点难。因为作息时间不同，不到三十五岁他俩已经分房睡了，偶尔于合会半夜摸过来，轻车熟路却又匆匆了事，青玉高兴又生气，觉得他不像是来亲热，倒像是半夜起床上厕所，这话说出来恶心的到底是自己，只有不说，但情绪憋着，久而久之她就不愿意了，于合只好黑着脸又钻回他那边睡去。

除非咱们要个孩子。早晨起来，有时青玉会主动撒娇以示妥协。

于合不买账，才华横溢的他对他们现在的房子及其位置、车子都不太满意，尤其是房子，这是他父母当年房改时买的厂区房，三十年河东，三十年河西，以前最热闹最俏式的地方，现在成了筑城最旧最老的，在山上不说，住的人还鱼龙混杂。

我要让宝宝住在观山湖看风景。于合骄傲地梳理着他桀骜不驯的鬈发，亲爱的，革命尚未成功，咱们还须努力。

没想到革命道路走到一半，宝宝还没要成，于合却把初心弄丢了。那啥，就像科里组织学习时大家哄笑成一团的段子，说老王死了一条狗，他伤心得不行，想给它留个坟，于是跑到山上生了堆火想先把它火化，结果烧着烧着味儿挺香，最后老王忍不住，就把狗肉给吃了。主任老鼎慢条斯理说完，环视了会场一周严肃地说，你们不要笑，这个段子是告诉你们，“不忘初心”四个字说出来容易，要坚持下去是很难的，很多人走着走着，就把初心给丢了。

老鼎就是个乌鸦嘴。

握在手里的手机从未如此灼热过，犯错的是于合，可他至今都没有主动打过一个电话，她确定要打过去吗？告诉他她需要他。

需要他——这样脆弱又卑怜的话青玉说不出口。自尊心卡着她的喉咙，最终她选择了放弃。

微雨不知何时已停，天快亮时，山顶墨色的树梢影间竟然升起半弯残月，是上弦。月光透过窗帘浅浅淌满屋，如忧郁行走的挽歌，她看着那缕月华，鬼使神差地缓步走上阳台——后来想起这一刻，就跟撞了邪似的。

从七楼向下望，弯曲向上的盘山水泥路像古老致幻的魔法符号，一束车灯沿着它诡异地驶上山，最后绕进楼下的院子，那是一辆白色宝马，它小心翼翼驶过寂静的夜，如划过水波的幽灵，无声地停在单元楼下。

天都快亮了啊，原来世上还有这么多人，和她一样煎熬在所有人都安然沉睡的夜里。

一个高大的身影从副驾驶位走出来，洒脱地甩了甩鬈发，带点慵懒、带点狂放，正是令她沉醉多年的模样。

是于合。

青玉的心漏跳了半拍后，然后剧烈地跳动起来，像当年初恋时一样，她快乐得变成一只鸽子，伸开白色的翅膀扑棱扑棱想要飞下阳台去。可她还没来得及探出身子欢声低唤他的名字，紧接着又一个纤细的穿超短裙的人从驾驶位钻出来，追上前紧扑向于合。

于合被她扑得急退了两步才停住，他有点紧张地左右张望，拿手去掰那双手。

那双手却肆无忌惮地紧箍着不放。

青玉愕然张大嘴，仿佛被箍的不是于合，而是她，窒息的感觉一浪接一浪朝她打过来，她紧张的喉咙发出临近死亡的人才会发出的喑哑的嚯嚯声。

好半天，于合转回头用力地推了超短裙一把，好像是生气了、拒绝了，然后眨眼间他又突然把她搂回来，就像歌剧里的演出，生离死别的两个爱人，推开抱紧，诉尽万般离别苦、破除万般世间障，最后生死相许——于合最后决定返回去，打开车门那一刻，他下意识抬头朝楼上望了望，青玉吓了一跳，赶紧缩回脖子，把自己潜藏在黑暗里，心脏咚咚乱跳着，好像偷情的人是自己。

……

上午十点多，青玉在清脆的鸟鸣声中昏昏沉沉醒来，正是红嘴蓝鹊喂育幼鸟的季节，煤矿村后山树林里的鸟鸣声一天比一天嘈杂。

她从沙发上挣扎起身，蓬头垢面地走向卧室。

卧室空荡荡的，没人。

客房、卫生间、书房都没有人，她神经质地翻找床脚，甚至打开所有的抽屉，都没有人。

滞后的记忆终于苏醒过来，于合并没有上楼，他被超短裙牵回了车里。

“大师兄，师父被妖怪捉走了。”不合时宜地，她脑子里突然冒出这么一句话。

咯咯咯，她被自己逗笑了，声音沙哑，鬼似的，仿佛不见的真是唐僧。

青玉边笑边打开水龙头，捧起水胡乱泼洒，湿答答的头发贴在惨白的脸上。镜子里有个女人在说话——于合，你不回来，我本来想跟你讲的，我看到了一个死婴，好吓人。

屋子沉静如深海，除了涓细的水流声，无人回答，也无人安慰。

老鼎来电话。

院里的意思，你先在家休息，等网上风头过了再说。老鼎闷声闷气地说。

哭了一早上的青玉这才意识到昨晚的事没完，也就是说，昨天晚上她的天塌了两次，然而这并不是最糟的——最糟的是现在她还被压在废墟里，却无人营救。青玉颓然打开手机微博，果然在网上看到了陌生的自己，表情惊恐狰狞，下面的跟帖铺天盖地，问候全家的、祝早升极乐的、送她癌细胞免费三件套的……青玉按捺着性子往下翻，到最后实在看不下去，手指哆嗦，眼前发黑，胸口越来越紧硬。凭着医生的本能，青玉强迫自己放下手机镇静下来，走进厨房，她得吃点东西才能撑住。打开冰箱，拿出几个鸡蛋，她想煎荷包蛋，结果接连打四个蛋都掉到了地上。青玉索性将空碗狠摔到地上，胡乱披了件开衫下楼去吃东西——网友都在咒她死，可她要死也得当个饱死鬼。

煤矿村听起来是村，其实是座矿山，20世纪80年代，筑城最老最早的一批厂区房就建在这里，顺着狭窄的山路从山脚到山顶，一路蜿蜒向上全是房子，后来矿没了，厂也没了，煤矿村成了三不管地带，到处是农民、工厂职工和外来务工人员乱搭的违建房，密密麻麻的鸽子房和厂区房交错在一起，彼此见缝插针、如同天作之合，容纳三教九流，于是整座山成了一个混乱怪诞又充满烟火气的所在，有租房的有吸粉的，有正经开美术音乐培训班的，也有卖臭豆腐卤菜的，当然，还有贩假货和搞手机贴膜批发生意的。

于合不愿意要孩子的原因，是担心这里环境不好——孟母三迁那是亡羊补牢，我们先完成硬件条件这叫未雨绸缪。

厂区房值班室斜坡上有棵经年的老槐树，树皮斑驳，枝条如魔。楼下的老青砖围墙被包装厂的老保卫科长抠开了个洞，一对来自乌江渡的中年夫妻从他手里租过来，螺蛳壳里做道场，竟在小小的洞子里支了个棚架卖起了早餐和油条。

熟悉的香气扑面而来，热腾腾的大油锅刺刺刺发出面条膨胀满足的响声。一旁的长条案板上，一大竹筛油条金黄灿烂地围绕摆放着，像朵喜庆的葵花。再往边上是个小铁炉，上面烧着锅豆浆，汤浓，香气浓郁。

这对夫妇青玉已经很熟了，去年疫情防控期间两口子没抢到口罩，青玉还把家里仅有的一包口罩分了他们一半。

老槐树花期刚至，垂下累累白玉籽般将开未开的花串，在阳光下闪着晶莹光泽，见有人走过来，树下的女人笑得和花一样香甜，美女，几根油条？

她摘下脸上的口罩，清了清干涩的嗓子，说，一根油条、切四刀，一杯豆浆、不加糖。

好脾气的老板娘看清是她，笑容顿时僵在脸上，舔了舔细薄的上唇，尴尬地扭过头，动作飞快地夹了根油条，敷衍了事切了四刀麻利地装进袋子，然后有意无意半勾着滑润的手指。

袋子便缓缓滑坠在常年浸满油的木案上。

青玉伸出的手在空气中尴尬地停留了半秒，最后，她缓缓拾起油条袋，沉默地转身。

还出来晃啥子嘛，身后传来女人压低嗓子的嘀咕声，换成我就不出来了。

谁？咋个了？坐在油条摊旁剥毛豆的老奶立马凑上来。

那个医生，昨天半夜把一个奶娃耽搁死了不认账，还嚷嚷要尸检，唉，巴掌大个娃，尸检这样的话她也敢讲！老板娘叹气，平时看上去多好的人，去年还送口罩给我家。

喊，送个口罩就是好人？老奶故意提高嗓门说，现在的医院和医生惹不起，我屋头老汉住个院，就花了不少冤枉钱。

没完了是吧？青玉愤然回过头，身后的声音戛然而止，再看几张脸，各看一边，仿佛刚才的聒噪根本不存在，只有脸上冷然的笑意和不屑在太阳的斜光中显得十分真切。

记住，你给我装孙子。老鼎的忠告响起在耳边，不要去跟帖、不要去辩解，要懂策略，一定要降热度，你一个人吵不赢全世界。更何况他们根本不在乎真相，他们只相信他们认定的东西。

老鼎说得对，青玉强忍怒火，把油条和豆浆扔进身旁的绿色垃圾桶，大步流星地走了。

一整天青玉没有吃东西，阳光照进屋又退出去，云朵在窗外的天空飞逝，最后归于夜色，她还是没开灯，房间里只有笔记本电脑在漆黑中闪着诡异的蓝光，魔鬼一样吐出一条又一条跟帖，句句是利剑，条条都诛心。

二十四小时过去，她已经成了网络红人。呵呵，人生何其有幸，她居然以这样的方式“名满江湖”。

门锁咔嗒一声响，于合进屋来，齐肩的鬈发有点乱，神情也是。

青玉一阵狂喜，于合是特意赶回来安慰她的吧。青玉按捺着激动的心情，佯装镇静地扣上笔记本电脑，端坐在沙发上，身体却微微发颤。

然而于合径直去了卫生间，青玉听见里面响起懒散的刷牙声、水声，然后洗衣机嗡嗡响起来……不知过了多久，于合打着哈欠，提着昨晚和女妖怪离去时穿的那件风衣走向阳台。

他沉默地穿过客厅，仿佛她是个透明体，他完全看不见。

但她却看得见，她看到他跟往常一样，仗着人高马大，懒得用晾衣竿，踮起脚去够晾衣竿，没想到脚下一个趔趄差点摔倒，他吓得不轻，狼狈万分地抓住洗衣机边框轻骂了一句我操。

以往这种时候，她肯定会扑哧一声笑起来。但现在青玉笑不出来，她感觉自己正一寸寸淹没在无边的海水中，委屈、绝望，统统涌上来，她挣扎着试探——你没看热搜？

于合停下脚步，表情有点愕然，也许他已经做好了犯忌桃花被兴师问罪的准备，不想青玉另起一行，问的话也无头无脑，搞得他脑子一时转不过来，略显迟滞地反问，忙片子，什么热搜？

没什么，青玉彻底失望——照片的事，你不准备解释点什么吗？

于合歪歪头，无情且残酷地展开一个洒脱的笑容，道，青玉，我们都是骄傲的人，不是吗？

青玉听不明白，她骄傲过吗？她一心都是他和工作。

你是挺骄傲，也很辛苦，不是在拍片就是在拍片的路上，或者说，不是在某些人床上就是在去往床上的路上。青玉冷冷说完，转头看向阳台。

阳台上，那件卡其色风衣正刺眼地高高悬挂着，像战袍、像盔甲、像插到她阵地上的胜利旗帜，还好老天有眼，此时无风，否则它一定会猎猎飘扬给她看。

哪儿来的？青玉故作平静。

于合回头看一眼，不自然地说，自己买的。

你从头到脚连袜子都是我买，什么时候自己买过衣服？青玉冷笑。

那你还问什么？你觉得这样子有意思吗？于合取了根棉签掏耳朵，嘴角扬起，带点痞味，一股破罐子破摔的味道。

青玉难以置信地看着眼前这个男人，她正身陷沼泽、一点点被吞噬，他却无视她的生死，甚至还要补上一脚。青玉咬紧牙关，进行最后妥协和争取——于合，我们聊聊好吗？我遇到……

于合霍然起身，声音冰冷，打断她说，我累了，想休息。

三

于合意外坠楼的位置正好是被女妖怪箍住时站的那一块地砖的位置。

那块砖挺倒霉，它和其他砖不一样，因为以前坏过，物业重新安装时找不到同款，只好随便用了一块灰黑色的代替，像死神的路引。现在这块砖很快又将被物业换掉，不是因为它坏了，而是因为上面有血。

宿醉乍醒的青玉一路狂奔到楼下，看到那一摊红红白白的零碎和冷润，青玉顿时瘫跪在地。

于合。她把残破的于合抱在怀里，用大腿撑起他绵软得怪异的脖子——于合。

人群围上来，米粉裹卷一样层层叠叠，有人打电话给社区，有人打110和120。

青玉放下按在于合颈动脉的手，抬起头用死鱼样的眼神看向人群——不用打了，他走了。

你怎么能确定他……那个了？人们急切地追问，万一能救活呢？

我是医生，网上那个急诊科医生。她看向众人，神情古怪，你们这几天不都在骂吗？

众人你看我我看你，窘然不语。群体的清算也好，隐秘的进攻也罢，一旦面对面相向，难免让人尴尬。

一滴泪水滴落在于合尚有余温的脸上，她迟钝地低下头，亲吻于合的脸颊，又将他纤长的手臂归拢在胸前，让他显得像安详入睡的过客，抑或是一个虔诚的教徒。可她这一动，于合的血便又从破碎的脑后涌出，红红白白糊了她一身，再洇漫到地面。

有谁看到什么情况没？匆匆赶来的女社区主任拨开人群挤进来，又差点吓退回去，强忍着胃里的翻腾慌乱发问。

我看到了。香樟树下、远离人群的地方，一个水滴般的声音回答——我住对面楼，这个人在阳台上踮脚取衣服，没站稳，就摔下来了。

那是个二十出头的年轻人，长得像电视剧《知否知否应是绿肥红瘦》里头那个小公爷，温润清秀，也许因为是第一目击者，他边说话边喘息，紧张得满额头冒汗。

死亡对事不关己的人来说根本无关悲伤，只添热闹。

不到半个钟头，楼前的空地和楼梯间里便塞满了人，警车一来，亢奋的人群像潮水一样分开。车上先下来两个警察，一胖一瘦，都长着一张国字脸，像两个葫芦娃，看着里三层外三层密密麻麻的老头老太太小媳妇大爷们，二人顿时露出一脸生无可恋的表情。紧接着车上又下来两个，皱起眉头二话不说直接开始拉警戒线。

你俩楼下，我和匡容楼上，瘦警察一边安排一边左右张望着什么，然后朝胖警察挥手示意。

于是人群又随着两个葫芦娃警察哗啦啦合涌奔流而上到七楼701室，有的站在门口窃窃私语，有的自来熟地钻进卫生间端来热水帮失魂落魄的青玉洗去满手血迹，有的显然见过世面正来回踱步焦急地打电话联系殡仪馆——尸体还在下面用白布单盖着，瘆人得慌。

有什么好看的？一点常识都没有，现场全被破坏了，现在又都堵人家里来。胖警察抱怨，又十分专业地高声问——目击者在哪儿？

人们左右张望，不见那个小公爷。

刚才还在呢。有人好奇地说，接着有人趴在灰尘遍布的过道窗户大声往下喊——喂，树下那个谁，叫你呢。

让人都先散了吧，瘦警察比较精干，皱着眉交代社区主任——下去尽量不要再接近现场，都绕开点。

主任忙不迭地摆着手说贺警官你不用那么紧张啥子现场不现场，有人看到了是意外，请你们来就是完成个手续，得开死亡证明，不然送不去殡仪馆，这么摆楼下再耽搁下去拍视频的一来网上一发，咱煤矿村要出大名。

瘦警察叹口气说我知道，你先疏散人，再下去把目击者叫上来吧。

小公爷像是只蜗牛，楼道里安静得完全听不到声响了，他才出现在701门口，神色苍白，眼神忧伤。

也许是嫌他来得太慢，瘦警察沉着脸瞪了他一眼，凶巴巴说，你看到的？

小公爷有点惧怕地往后缩了缩，点点头。

瘦警察本来还想说两句，见他那发蔫的样子，打住了，胖警察打岔说你把你看到的情况再说一遍。

小公爷站在门口，指着阳台说——那个人去取衣服，就是那件卡其色的，太高，他跳了一下没够着，然后好像脚滑一下，一歪身子就跌下去了。

胖警察飞快记录完，如释重负地扣上本子。还好是意外，否则又没得闲。

瘦警察显然是个心眼子多的，他眯着眼转头看向青玉，你说说。

青玉摊着湿答答的手，呆滞地看着他。

你说说。瘦警察重复。

说……什么？青玉茫然地眨眼。

你喝酒了？

啊。青玉木然地点点头，指指茶几上散乱的酒瓶和酒杯。

好家伙。瘦警察皱眉，这是开酒吧还是怎么着，雪花啤酒、百草香、珍十五、汾酒、梦之蓝……牌子真不少，天南地北的，喝遍长城内外了都。

为什么喝酒？喝了多少酒？在哪儿喝的酒？瘦警察一句紧接一句。

青玉有点蒙，就在这里喝啊。她脑子昏沉，说，还能去哪儿？上个街人人喊打……突然，青玉像是想到了什么，惊惧地瞪大眼，霍然转身看向阳台，面色发青。

怎么了？瘦警察敏感地盯住她。

他摔下去了。青玉目光乱闪，指着阳台叫，快，他摔下去了！

你们是不是吵架了？瘦警察不管，继续追根问底。

好脾气的胖警察一把抓住情绪混乱的青玉，又侧过身凑在瘦警察耳朵边嘀咕了几句。

瘦警察眼神锐利，边听边上下打量歇斯底里的青玉，网暴？难怪喝成这样。

但总有什么东西不太对劲，瘦警察沉思片刻，问，他坠楼时你在做什么？

小公爷的声音清脆地插进来——她在喝酒。

正巧青玉打了个酒嗝，喷在胖警察脸上，胖警察顿时脸都绿了。

青玉晃晃沉重的脑袋。是的，她在喝酒，从昨晚喝到天亮，醉了醒，醒了又醉。

屋子变得很安静，看着她的几双目光都充满了无声的悲悯，青玉咧嘴想笑，眼泪却滚落下来，她转过头，失神地看向阳台，明亮的光束从晾晒的衣服间射进来，像电影里去往天堂的光，那件卡其色风衣正在光影中轻轻摇晃。

年轻人不自然地咳嗽了一下，瘦警察看他一眼，又顺着他的眼神看向青玉的脚——她没穿鞋。

给她找双鞋。瘦警察叹口气，叮嘱刚从楼下处理事务回来的社区主任——120先出个死亡证明，我们这边才能出。说完顿了顿，不满地说，阳台隐患，不是一直让你们社区组织整改吗？

你帮帮忙！这里是煤矿村。主任忙进忙出还讨批评，火气上来没控制住——这么个小山包塞了整整一万多人，破房子今天这个住明天那个住，我找谁收费搞整改？上面年年都说纳入棚户区改造，五六年了，可只见楼梯响，不见人下来。再说了，你们派出所管流动人口要是抵事，煤矿村能乱成这样子？

瘦警察语塞，两人正大眼对小眼要杠上，楼下有人兴奋大喊——车来了！

社区主任弹簧一样跳起来，也不抬杠了，搀扶着青玉出门，快快快，殡仪馆的车到了。

她才不想再配合警察调查些啥子鬼呢，只要确定不是凶杀她就心安，不然年终社会治安综合考核又要扣分，再说了，所有人都希望是意外，都觉得当务之急是把楼下的尸体运走，然后让物业抓紧清扫现场，那些红红白白的……社区主任也不敢细想，头皮直发麻。

走吧走吧，下楼吧。她回头催促着警察还有门口的年轻人。

小公爷回过头，犹豫地朝屋子里望了望，深嗅了一口气。

正是万物生长的季节，穿堂风吹过客厅，传来隐约的青草香和花树香，煤矿村的后山是一片茂密的树林，正盛开各种野花。此刻，春天和死亡两种截然不同的气味充溢了这个不寻常的清晨。

晚上，于合的同事和朋友陆续来到殡仪馆，青玉呆坐在灵堂前，盯着那具冰棺，她有点困惑——生和死到底哪个更好？于合死了，可大家都陪着他念叨着他，她明明还活着，却在网上被一刀刀凌迟，无人管无人问。

于合躲了她半个月，现在总算如愿以偿，再不用面对她的质问或控诉，他是个骄傲的人，骄傲到既不跟她讲道德，也不讲责任，只一意孤行。现在好了，把自己孤行到冰棺里。真有意思。

走路带风的女副台长走过来，淡定地提醒青玉，要不单位安排个人回去找张于合的照片？挽联中间还空着呢。

青玉缓缓抬头，这才发现冰棺上面的黑边相框还空着。

也……行，她转动酸涩的眼睛，看向副台长背后那个面色发青的女子，正是掳走唐僧的女妖怪，于是青玉朝她扬扬下巴，你跑一趟吧。

女妖怪挂着两行泪，失魂落魄却没忘撇清关系——我……也不知道你们家在哪儿啊。

你怎么会不知道？青玉意味深长地笑，目光像在挑逗一只走投无路的小老鼠，半夜你不还送于合回家了吗？去取照片时，记得把阳台上那件风衣拿来给他烧过去，他就是取风衣时摔下楼的，有意思吧？

副台长明显咀嚼出某种味道，脸上乌云渐起，正是风雨欲来的架势。这时灵堂的灯突然炸出一股青烟，熄了，厅里漆黑一片，短暂的惊诧后，一抹暗蓝的月色从玻璃窗外透进来，隐约映着灵堂白色的纸花和飘飞的挽带，还有森冷的冰棺，气氛显得有点诡异，灵堂里的人一个个吓得汗毛直竖、不敢动弹，有稍微大胆的轻声嘀咕了一句，日了鬼了，什么年头，居然还有灯会坏，是不是人走得冤？

青玉的声音突兀响起——看咯嘛，是于合在催，他想穿的衣服没穿上。青玉说完将钥匙朝女妖怪站立的方向递过去，眼底浮起一丝不易察觉的笑意，狰狞、决绝。

谁心里没一把刀子呢？善不善良而已，递不递出来而已。

从火葬场出来，骄傲的于合变成了一罐子沉寂的骨灰。

青玉没有给他下葬，凭什么给一个负心汉买墓地？墓地那么贵，每平方米比于合打算在观山湖买房子的价还要高。青玉抱着罐子回了家——有些事不是一死就能了之的，这是她和他的家，他不想回也得回，哪怕将两个人的灵魂都囚禁在这里，总归是在一起。

彪悍肥胖的女楼长堵在楼门口，两道文过的眉毛紧揪在一起，你哪个能把这个东西拿回来呢？她焦躁不安，这哪个行？

青玉面无表情。

妹子，你何必嘛，我晓得你最近不太好过，我是大姐，理解的，但是现在网上那么多说你坏话的人，你何苦再把一栋楼一个院子一座山的人都得罪进来？这日子总还是要过的，抬头不见低头见。

谁稀罕见？青玉身体里有一团炸药被徐徐点燃，眼前的女人不打自招，就算参与网暴和跟帖的人里面没有她，但天天兴趣盎然盯着守着等待更新的必然有她，不然能知道得这么详细？

嗐！怎么说你呢妹子，你一个女子家性格也太……不然人家也不会专门攻击你，你放那……那啥子在屋头，终归是不好的嘛，莫非你就不害怕？

医院里那么多大体老师我都不怕，一罐骨灰我怕什么？青玉长长地吸一口气，把冒着烟的火气压下去，恶作剧地、慢吞吞地答。

女楼长有点蒙，她不知道大体老师是什么老师。

大体老师是教什么的？她问。

遗体捐赠者，就是你们说的尸体。青玉痛快地吐出一句话。

天爷！女楼长发出一声高亢浑厚的惨叫，你疯了吗？

青玉毫不客气地推开她，啪一声关上门。

骨灰罐子让青玉成了众矢之的，楼下几个老奶一大早买完菜就坐在楼下院子里，边择菜边骂个不停，晚上，不下雨的夜，她们也凑在院子里抱怨个不停。青玉听完楼下的骂声又接着看网上的骂帖，二十四小时倒一点都不寂寞。

这天夜里，老奶们又搬了小板凳坐在树下愤愤不平地唠叨——楼道灯老坏，以前不坏的，都是楼上闹妖，吓人不是。正细数各种异常，社区主任过来了，把几个老奶教育了一顿，从移风易俗讲到个人人权，从选择自由讲到人民群众内部矛盾，再讲到民主团结法治，毋庸置疑，社区主任讲话还是很有格局的，大格局一摆，老奶们的格局就显得小了，声音也小下去。

人家工作上的事，官网上没定论，大家不要传谣信谣！骨灰盒的事呢，我觉得大家要换个角度想。社区主任故意把声音提得很响亮，让楼上楼下阳台上支棱着耳朵的人们听到——要是咱们哪天走了，子女愿意把骨灰放在家里，你想想美不美？不用在荒郊野外淋雨受冻，子女吃糖醋排骨，你能闻到香，家里添子添孙，你能看到他们换尿布，多好的事。

老奶们埋头不说话，人少常提死，因为不怕死，人老不敢提，因为怕离别，社区主任这一说，个个觉得楼上那个摔死的男人真是福气，一番叹息后，老奶们各自提着小板凳散了。

夜终于安静下来，青玉想，社区主任还真是有心，今天是于合头七，她过来先挡一挡，是帮青玉清理障碍，让她有工夫下楼找个地方烧纸。一个多星期过去，青玉到底看到了一丝暖阳。可这温暖来得太迟，迟到很多东西已经无法挽回，比如现在，青玉除了无所谓，还是无所谓，看一眼于合的遗像，青玉上了三炷香，算是把头七敬了。按民间的说法，头七过后于合的三魂七魄就真的散了。可散不散的，青玉还是无所谓，人间已如此狰狞，一捧骨灰、一个于合完全不足为惧。

点完香，青玉换了身暗紫色的瑜伽服，戴了黑色棒球帽和口罩，把自己缩成一个影子静悄悄出门下了楼。

冰箱空了，面也没了，她总不能让自己就这么不明不白饿死，尽管网上那些人巴不得她死掉，但青玉单薄的身体里倔强地生长起一根森白的骨头，细长尖瘦、狰狞锋利，以刺痛维持生的意志。

路灯从山脚亮到山上，像一串绵延入天宫的宫灯，那个经常来卖棉花糖的小摊贩站在一盏路灯下，独自踩着自行车转轮，摇出一束膨胀又虚无、一抿即逝却又可捕捉的巨大的棉花糖，然后自己对着路灯昏黄的光，伸出舌头一口一口快乐地舔……这么一个春风沉醉的夜晚，却和青玉无关。

青玉把自己隐身在香椿树影下，撑着和棉花糖一样不太真实存在的双腿往前挪——网上的攻击让她吐了整整七天，森白的骨头撑起了心脏，撑不起虚弱的胃。

四道拐二十四小时超市门口竖着一把红色大遮阳伞，伞下嘤嘤嗡嗡飞满了蠓子和飞蛾，它们义无反顾地扑向黄色的灯光，发出细小又凄美的吱吱声，青玉觉得自己就是那些蛾子。进了店，老板胖子用探究和狐疑的目光盯着她，青玉只顺手抓了两瓶酒、几盒方便面便匆匆离开。

寂静的深夜，半山腰偶尔传来几声狗吠，青玉沿着墙根树影一路跑回院子上到七楼，一抬头，人便呆了。

出门时她没注意，这会儿才发现，门上贴着张照片，正是她评选最美医生那一张，被翻拍成黑白照，脸上用红笔打了个叉，眼珠被戳穿，下面粗暴地写着两个字——去死。

黑暗里，穿越楼道的风如同飞机的轰鸣声掠过，震撼、猛烈。青玉在巨大的声响中缓缓晕厥在地。不知道过了多久，恍惚中有人说话和拾级而上的声音，青玉苏醒过来，惊慌失措地撑起身子，小偷一样无声打开门，迅速逃回屋子。

那晚以后青玉基本上就不出门了，每天，清晨镜子中的女人都在消瘦变样，越来越像行走人间的女鬼。

方便面吃到最后一盒时，不吃狗肉的老鼎终于来了，青玉蓬头垢面地看着老鼎，鼻子一酸——干脆晚来几天，收尸算了。

闻着满屋子的酒味，老鼎也心酸，这个温顺又爱干净的女徒弟，莫说酒，连科里开会有点烟味她都受不了，谁想到现在竟在家里憋屈成了个不修边幅的女酒鬼。老鼎嘴拙，不知说什么安慰的话才好，只有推开阳台玻璃门，扯开厚重的窗帘。

蓬勃的光线和空气顿时清新地扑进来。

青玉举起布满青筋的手挡住阳光，眯着眼嚷嚷，关上。

老鼎这才看仔细青玉瘦得皮包骨的模样。要死咯，他忧心忡忡地看她一眼，从随行的大包里一一拿出葡萄糖、诺氟沙星、复合维生素片、火腿肠、茶叶、曲奇饼干、巧克力，甚至还有一瓶阿道夫洗发液和玉兰油沐浴乳。

看着老鼎变魔术似的掏出一大堆东西，像是探监，青玉终于忍不住，双手捂着脸，不肯让老鼎看到她哭。

我知道你不愿出门……再忍忍就过去了。老鼎想半天，终于说出一句颇有诗意的话——互联网就像一条鱼，只有七秒的记忆。新的一来，旧的就冲下去了。

所以你是来告诉我，七秒已经过去了，是吧？青玉抹掉眼泪，吸吸鼻子问。

那个……迟早会过去的嘛。老鼎顿了顿，困难地表述——小婴儿还在医院太平间存着。那个修车仔不肯火化也不肯尸检。网上舆情又凶，市里要求医院必须拿个态度出来。昨天院里开了个会，院里的意思，公家出十万元，你个人承担两万元——也不是叫你现在拿钱出来，只是到年底从年终绩效里扣就行，也不是真扣，就是说法上要这么过，其实是从我们科里扣。另外，要压住网上的事，院里还得有个正面回应，所以——出了个通告。

说完，老鼎带着被逼良为娼的表情，慢腾腾地从包里拿出来份文件，言不由衷地劝，青玉，干急诊被打被骂都习惯了，你也别往心里去，我挨过处分，也挨过踹，你都看到的。

老鼎卖惨青玉没话说，前年老鼎被踹破了脾脏。

青玉拿起文件，薄薄一页，却沉如陨石——

“筑城市云月区人民医院关于对我院医生青玉医患矛盾调查处理的通告：2022年4月7日凌晨两点半左右，我院急诊科医生青玉与病人家属秦长命发生医疗纠纷，我院高度重视，第一时间成立调查组对此事进行调查处理。经初步调查，当值医生青玉当天夜班接班后，一直在诊室内未外出，其间，病人家属秦长命于凌晨一点二十一分抱着患儿（秦安、八个月）跑入急诊大楼，挂号后到青玉诊室门口候诊。据秦长命陈述，他敲诊室门后，未听到室内有医生回应，等候十几分钟后，未见有病人进出，便再次走到诊室门口，见医生趴在桌上睡觉，秦长命担心叫醒医生会激怒医生，从而导致医生不给孩子好好看病，便一直等到凌晨二时二十九分左右，这才推门而入，其时患者秦安已经去世。凌晨二时三十七分，医生青玉与秦长命发生激烈争执并纠扯到大厅，双方对婴儿死因各执一词，医生青玉在情绪失控的情况下，要求对死亡病儿秦命进行尸检，激起现场围观群众不满。

"因秦长命及其家人拒绝尸检，婴儿死因至今无法查明。然而事情经过被网民在网络发布后，引起了社会广泛关注，并造成了一定的不良影响，对此我们深表歉意。现经医院专题会议研究决定：暂停青玉处方权及临床诊疗行为，待进一步调查核实后，我院将及时向社会公布调查结果。欢迎广大群众和广大网民监督。"

这什么意思？青玉晃动文件，纸张发出生硬的声响。

老鼎垂着头，尴尬地搓搓鼻尖，就那意思。

就那意思是什么意思？真相呢？不查了？凭什么停我的处方权？

现在哪有真相？只有满世界的火药！老鼎愁眉紧锁，再说了，你还要什么处方权？先躲着吧！照片都贴到门口了。现在你叫尸检那段视频传得到处都是，院里很为难。

我那句话说错了吗？青玉感觉自己像只等待宰杀的困兽，绝望而无助——那个婴儿来医院前就死了，老鼎，咱们学过的！人体死亡身体变化——死亡一到四小时，肌肉僵硬，死亡四到六小时，尸僵扩散、血液凝结！那个婴儿在来之前就死了，而且至少死了半天，那个人是故意的！他深更半夜抱着孩子来医院就是想讹钱！

可是谁会相信一个做爹的会抱着死去的孩子到医院去讹人？天打五雷轰的事。老鼎说，没人信。

天打五雷轰的事我们在急诊科见得还少吗？让公安查那个人啊！青玉感觉自己要爆炸了——他是不是很缺钱？是不是吸毒？是不是赌博？人为财死，鸟为食亡，只要有动机就可以解释。还有尸检，只要尸检什么都清楚了，当时如果有法医来，不用开肠破肚也能基本判断死亡时间，可是你们一上来就只知道查我有没有睡觉！要知道这根本就不是睡觉的问题！

是的是的，不是睡觉的问题，我完全相信你，你就算睡觉也容易惊醒，你是个负责任的医生。老鼎心痛地看着这个他一手带出来的徒弟。

惊醒？青玉彻底爆发了，她霍地从沙发里蹦起来，嘶吼——我没有睡觉！还要说多少遍我没有睡觉！他也没有敲门，他只是做了个动作！这个人太可怕，他一切都是计划好的！那天晚上我怎么可能睡得着？那之前我就已经好多天没睡好觉了，于合外头有了人，他手机里有照片！我看到了，你说，我怎么可能睡得着。

吼完两人都愣住了。老的愕然看着发疯般的小的，小的冤屈地看着悲天悯地的老的。

他们到底还要怎样？要逼死几个才肯罢休？青玉哭起来，回头指着洒满阳光的阳台——要是没有那晚的事，于合就不会从那里摔下去。

老式水磨石地板在阳光下灼灼反射着光，耀眼而刺目。

为什么？老鼎捕捉住什么，沉声问。

祸不单行、福无双至。青玉抹一把眼泪，咬牙切齿地说，不是吗？我不出事，于合就不会出事。

四

晚归的商陆打开房门便瘫倒在地，汗水像泉水一样涌出来，进门镜里，那张比小公爷还要俊秀的脸惨白如纸。他强撑着走到沙发边，又再次跌倒，阿戈美拉汀片和其他药就放在茶几上，他颤抖着手想去够，却够不着。

他没想到夜深人静的巷子里会突然冒出个人来，当她凑到他面前将一张照片摔在他脸上时，他差点晕了过去——除了表哥他已经很久没有和人有身体上的接触了，在画室教画他也只是一对一单带，不上大课。

表哥的电话打了进来，高亢的语音中带着烟火与鲜腾，那是他向往却永不会有的气息——交给你个神圣的任务，没事帮我留意下你对面那个女医生，最近网上骂得凶，我怕出事，再摔死一个就芭比Q了。

嗯。汗水贴在身上，商陆打了个冷战。

怎么了？表哥听出异常，紧张起来，干吗了？

没。商陆再次支起身子去够药，上完课有点累。

这段时间你给我注意点，煤矿村住的人太复杂。还有，那天你去凑什么热闹？一个死人有什么好看的，你看你那天出一身的汗。表哥声音凶巴巴的——好不容易救活你一回，莫给我又整出事来。药吃没？

就吃。商陆温顺地答，心里却说，怎么可能不去，是她啊，是她的事。

回来住行不行？别在煤矿村租房，留点钱养病要紧。表哥碎碎念，我这操心的命……好好来了来了就来了。后面半句已经离话筒远了。

表哥是个好警察，可惜摊到煤矿村这个片区，整天没得闲。煤矿村社情太复杂，它夹杂在新老城区之间，是这个城市最大的一块补丁，因为改造成本太大，政府不敢动，四处寻找便宜租房的打工人家更不想它动，老年月的老树老房老营生便几十年如一日容颜不改地停驻在这个山包上，从没有谁碍着谁，也没有谁瞧不起谁。

商陆租住在煤矿村，是因为山下左侧曾是筑城大学的美术学院，至今仍有不少画室开在山脚，他任教的画室在二道拐，每天朝十晚十，正好避开上下班的人群，方便他独自来去。他不住表哥家的另一个原因，是他发现自己越来越没有活着的勇气，既然如此，他就不能将消极的阴影留在表哥和姨妈家里。

何况这里有他的药，支撑他活下去的药。

端午到了，雨水又多起来。窗外，雨又开始下，细，像雾，把整个煤矿村笼罩得像一部黑白老电影。

二十二岁的商陆裹着薄毯躺在沙发上，失神地看着对面的楼栋。虽然两栋楼各在山路两侧、相隔十来米，中间还夹杂着巨大的香樟树、林立的电线杆和乱七八糟的网线，但这并不妨碍他的视线。

对面七楼的窗户依然一片漆黑，但他知道，她在家。

两个多星期了，漂亮的女医生一直没上班，白天她通常呆坐在客厅靠左的沙发上，斜倚着扶手，木偶一样。晚上商陆看不到她在做什么，因为她从不开灯，但屋里会若有若无地映出隐约的蓝色荧光，他想她一定在上网。

网上骂她和声讨她的那些成千上万的留言，她一定都看到了。

她其实不该看的，那些东西太可怕，是人都受不了。每每想到这里商陆心里就生出一阵疼痛。

时间一点点流逝，守着一个不开灯的房间到底是枯燥的，吃了药，商陆不知不觉睡了过去，直到从噩梦中惊醒，梦里他正游向茫茫大海，无边无岸，他累了，渐渐沉下去……醒来的商陆惊魂甫定，他剧烈喘息着，痛苦地望向对面。

山上山下都是万家灯火，只有701依然黑洞洞一片，商陆一颗心不停地往下沉，就像在梦中一样，沉向深不见底的恐惧的海沟，那里有无边无际的黑和寂静，然后那些无边的寂静又变成巨大的可怕的吞咽声，从遥远的脑海深处游来，世界变成一张巨大的嘴，黑森森的，他像一条无助的小鱼，眼睁睁看着自己游进那张嘴里……

对面那么黑，他什么也看不到；世界那么黑，他什么光亮都看不到，以前对面那盏灯是他活着的意义，现在这灯却熄了。记忆里，她的手机号像印记一样刻在他脑海里，可这个号码注定打不出去，对她来说，他完全是一个陌生人。

衣服口袋里有什么东西硌痛了腰，他掏出来，是那张照片。商陆失神地看着照片里那片通红的天空，许久，他放下照片，起身打开门朝楼顶走去。

就在他关上门的那一刻，701的灯亮了。

五

突然忘了挥别的手，含着笑的两行泪，像一个绝望的孩子，独自站在悬崖边……

听着电台音乐，青玉眼湿了，无边的黑夜，是谁站在悬崖边唱挽歌？

路灯的灯光从蓝色天鹅绒窗帘边上泻进来一道鹅黄——于合死后，她一直不愿意打开门窗，这套房子到处弥漫着于合的气息，她恐惧这气息，又无比依恋它，她怕开了窗，风吹进来，把于合的气味吹散。

这些日子她总感到口渴，总觉得屋子里有一种甘美带甜却又恐怖的气味，像寒风中的铁锈味，这气味在死婴事件那天夜里就开始有了，她只有拼命喝酒，因为每喝一口酒，那气味就冲淡一点，于合去世后它变得越发强烈，它一缕缕一丝丝地从于合的骨灰罐子里生发出来，无处不在地包裹住她，蛇一样越缠越紧。

山下指月街上远远又传来救护车的鸣笛声，是谁又去往往生之地了？或者说是极乐之地？这也许是一件美好的事，爱憎痛、怨恨痴，统统一了百了。

白天她回医院去闹了一趟，没错，是闹。趁着酒劲砸了副院长办公桌上所有的东西，包括他闺女的相框。副院长气急败坏叫来老鼎，五十七岁的老鼎垂着头，一句话也没有讲，望着老鼎颓然无力的双肩，青玉满腔的怒火瞬间被浇灭。都是豆，相煎何太急？副院长真是个狠人。

青玉走出院办、走出大门，最后回过头，看到巨大的玻璃门里映出一个身着黑衣的女人。

不是白大褂，她的白大褂在办公室里。

青玉呆呆地看着那道黑色的影子，说不出话。

老鼎站在大厅里，玻璃上，他的白大褂和她黑色的影子重叠在一起，仿佛前世今生，然后，小老头伤感地隔着玻璃朝她挥挥手，意思是回去吧。

回去？

她徐徐转身，向前走。回不去了。

一切都回不去了。青玉摇了摇茶几上的酒瓶，空的，再摇一瓶还是空的，她踉跄几步，打开灯，然后用力推开阳台门。

刹那间，昏黄灿烂的路灯光芒如同饱满的花洒一样倾洒而来，将她温柔包裹，像于合初恋拥抱她时的温度。她笑了，抬头迎向夜风，风是湿润的，像爱人的吻。

我爱谁，跨不过，从来也不觉得错。自以为，抓着痛，就能往回忆里躲。她抓着栏杆，昂起头摇摇晃晃地哼唱。

风中有什么声音在呼应着她，令她亢奋——是于合，说不定黄泉路上于合和死婴都在等着她，等着就好，做人时大家没能算的账，做了鬼慢慢算……想想那情形，三人行，彼此是因互相是果，到时候有冤报冤有仇报仇，多痛快！

睡裙口袋里的手机响了。

她不接，都要死了，还接个屁。青玉抬起左脚，醉醺醺骑坐在栏杆上，任风吹动睡裙——我身骑白马啊，走三关，我改换素衣哟，回中原。放下西凉啊，无人管……

手机还在固执地响。

也好，接个电话留个遗言，青玉晃晃悠悠掏出手机。

那边响起一个年轻干净好听却又寂绝的声音——你说，一个人在世上的最后一秒，最想做的事是什么？

她有点晕——既然……是活在世上的最后一秒，最想做的事当然是死。

刚说完，医生的职业惯性突然在她身体深处挣脱出来，将她涣散的意识强烈地聚拢，尽管她神志不清，尽管她想寻死，但骨子里她依然是个好医生——这人要自杀，她得管。

青玉跳回阳台地面，喷着满嘴酒精对着阑珊夜色严肃认真地追问，你是谁？在哪里？

我？对方迟疑了一下，你会在乎一个陌生人吗？

开玩笑，我他妈当了十年急诊科医生，救的都是陌生人，老娘是最好的医生，最好的，没有之一！那些骂我的都不是东西！他们知道个屁。她看着眼前摇晃变形的一切，破口大骂。

你喝酒了？那边说。

你管我，我问你在哪里？她凶巴巴的。

我在楼顶。

哪个楼顶？

全世界所有的楼顶。对方说完，居然笑了。

你要跳楼？

是想，还没准备好跳还是不跳。

呼呼呼的风声从手机里传过来，听得人腿脚发软。青玉按着疼痛的头，哄对方道，好巧，我也正想跳楼，要不，咱们先见一面再跳？

你开玩笑吧？哪有那么巧，你也要跳楼，你不是说你是医生吗？

医生就不是人？就不能跳楼？你爱信不信。她索性坐在冰凉的地砖上，胡乱挥舞着手，口齿不清地说，要不是因为这是我在人间的最后一通电话，你觉得我会接一个陌生电话？我管你是人是鬼。

好吧，我信了，姐，我不是陌生人，也不是鬼，我叫商陆。对方轻声说，现在你知道我名字了。

商陆，青玉昏沉沉念叨，你别死，别死。

这话她一直想说给于合听，你别死，你别……作死……

不会死了，我刚刚跟自己打了个赌，在我跳楼之前，如果陌生人愿意接我的电话，我就继续活下去，要是不接我就跳。

接电话和自杀有什么关系？青玉听到这里突然奓毛了，你想死干吗非要把锅拿给陌生人背？要是我不接你就是因为我死的对吧？然后警察拿着你的手机来找我，录口供、铐手铐，警笛呜啦呜啦把我拉走，再然后全世界都来唾骂我害死了人是吧？

商陆没有生气，也没有辩解，声音轻柔委屈，姐，我错了。

你错个屁！青玉意犹未尽，满嘴喷火。

我真错了，我好好活着，你也好好活着，行不？

不行！青玉气恼地答，你死你的，我死我的。

商陆突然笑起来，姐，你这语气，像跟人谈恋爱赌气一样。

要流氓是吧？要死了都要先耍一把流氓是不是？青玉骂。

我没有。商陆好脾气地答，姐，我才二十二，没谈过恋爱，但我偷偷喜欢一个女生，她大我十岁，我喜欢她五年了，可她不知道。

青玉听到这儿卡住了，这个百来万人口的城市，说大不大说小不小，两个想自杀的人，居然以百万分之一的概率通上电话，夜这么深，还刮着风、下着雨，山上的树都被吹得东摇西晃，但凡商陆打来的信号被吹偏一点点、被夜色吞噬一点点，或者拨错一个号码，她和他都碰不上。

就这样子碰上了，他居然和她谈爱情。

姐，我能不能把你当成她？我不敢说给她的话，都说给你听。

我当你个毛线！青玉刚生出的怜惜消散不见——老娘最不想谈的就是感情。

商陆笑声清朗——姐，我真想见你一面，你撒泼的样子一定很好看。

青玉有些羞愤，这破小孩哪里是寻死的样子，分明句句话都在撩她好不好？她没好气地骂过去说，你不是要死吗？笑成这个样子做什么？

不死了，姐，有你骂我，我不想死。商陆停顿了几秒，突然用充满磁性的低沉声音说，我爱你。

青玉一愣，她明白商陆嘴里说的是她，心里是另外的人，但这魅惑又年轻的声音却是实实在在对着她讲出“我爱你”来。一时间，青玉麻木冰凉已久的躯体像有一道热腾腾的暖流流淌而过，从头到脚，从额头到四肢到每一个细胞，全都沐浴在那份温暖里。

一句陌生人的“我爱你”。

她终于活了过来。

六

互联网七秒的记忆，终于被一个拿着假绿码的人成功覆盖，一位四十九岁的马拉松健将，为了给女友过生日，竟然穿越疫情防控区长跑三天，跑到了筑城来。一夜之间，筑城所有的街道和小区到处是忙碌的基层工作人员和提着小喇叭吆喝的大妈大爷。骂青玉的那些键盘侠终于找到了新对象，马蜂一样嗡嗡嗡飞到另一边去了。

商陆打电话来，让青玉注意安全，这段时间，青玉已经习惯了这个“熟悉的陌生人”，习惯了听他泉水一样轻细却清澈的声音。

青玉以酒当水，不在乎地答，死就死呗，那晚不接电话咱俩都早死透了。

商陆笑，说情字不灭、命不该绝，姐不可以死。

这孩子总拿谈恋爱的事情跟她开玩笑，年轻人嘴真皮。放下电话，青玉看一眼墙上于合的照片，于合的笑容仿佛显得有点怨怼，青玉表情冷硬，挑衅地再倒杯酒朝于合致敬，然后一饮而尽。

这张照片青玉手机、电脑里都没有，那个女妖怪从哪里弄来的她不知道，也不想知道。

是你欠我的。青玉盯着墙上的于合，目光狂野。

周三一大早，院里急火三丈地来电话通知青玉上班，美其名曰是事情处理完毕了，其实是缺人手。青玉也不戳穿，放下酒杯发了个信息告诉商陆，要上战场了。

商陆快乐地提醒，你要打扮得漂漂亮亮地去哦，姐。

白大褂一穿上谁管你是男是女？还打扮，辛苦一天全是汗，老娘就是个倒霉鬼。青玉闻了闻自己身上，皱眉，酒味很重。

哪里，你是最善良最美丽的天使。

我不善良，也不想善良。青玉抬头望一眼墙上的于合，冷冷答。

为什么？

这个世界已经坏掉了，爱情、道德，还有人心，都坏了，每个人脸上都戴着一副面具，好像全世界最高的道德标准就在他们那里，暗地里他们却以阉割和摧残别人为乐，他们面对比自己强大的人，总是抱怨什么世界不公平啥啥啥，然后鹦鹉学舌地说什么石头和鸡蛋他选择站在鸡蛋一边。但是你一旦给他机会让他当石头时，他们砸起鸡蛋来比谁都狠。所以，永远不要做善良的人，那等于把石头交到他们手上。

姐……商陆的声音有点难过。

每个善良的人都是可怜的鸡蛋。青玉沉沉说，缓缓打开于合的骨灰罐盖子，从罐里捏了一小撮骨灰在手指间，抿了又抿。

仿佛那只是一捧灰色的面粉，或是时光燃尽的烟灰。

才不是呢，商陆深情款款，你是花。

好吧，我是铁线莲。青玉凄然冷笑。

世事无常，二十多天前，她还是一名尽职尽责的好医生，穿着浆洗后直挺挺的白大褂，在每一个匆忙又紧张的晨昏和同事们一起，救人于死神之手。

今天她却只能捧着于合的骨灰生死相依。

如果没有那个婴儿、那个女妖怪和风衣，她的人生该是多么完美。

七

青玉一到医院，南京路的一起车祸就送来五个伤病人，几个小护士急着腾床位做创面处理，小李几个则赶紧打电话约骨科……

都忙着，青玉却摘下口罩跑到一边干呕去了。护士长胖姐小跑着忙进忙出，没头没脑甩下一句不知是劝慰还是补刀的话——是不是怀孕了？遗腹子？

青玉恶狠狠横了眼过去，于合每次都上措施，她哪儿来的孩子？要有也在别人肚子里。青玉直起腰抹抹嘴，洗手换了口罩做好防护，这才再次走进治疗室。

病床前的地面上淌了一大摊血，伤者伤口还在往外渗。青玉看着那红彤彤一片，脑子一阵眩晕，转身跑出去又是一趟猛吐。

惊险万状地折腾完一上午，众人都发现了一个严峻的问题——青玉见不得血。

是不是因为于合？护士长暗中拐了拐老鼎。

在一旁吐得面如纸色的青玉突然止住，她转头四顾，眼珠血红，如同从地狱归来。

原来是这样。

她咧嘴一笑，眼泪淌下来。

那她以后再也当不成医生了是吧？难怪于合那么安静，连个梦都不来，原来在这儿等着呢。

青玉在老鼎和同事惊诧的目光中庄重又缓慢地脱下白大褂，再仔细叠好放在桌子上，像在向遗体进行告别仪式。

这是她一个月来第二次脱下它——她曾视若珍宝的身份和荣誉。

我辞职。青玉郑重地望向急诊室里一张张关切又困惑的熟悉面孔，语气淡定——救死扶伤，我不配，全世界不都是这么骂的吗？我配不上这身白大褂。

走出医院已是正午，一股热浪扑面而来，白花花的太阳照耀着白花花的大马路，青玉已经许久不曾在阳光下行走，耀眼的光线晃得她迟疑又胆怯，她像个初涉人世的小女孩，站在斑马线旁半天不敢移动。马路对面，炫目的阳光中，一个戴浅色口罩、身着白色衬衣的高个子男孩静静地注视着她。

人潮汹涌，切割着视线，她看不清他的脸，但她知道，他一定就是商陆。

商陆站在人群中，强忍着那熟悉的可怕的窒息感，人太多，世界太闷，空气越来越稀薄，让他无法呼吸，但他没有退却，他牢牢地、牢牢地将自己钉在人海中，勇敢地望向青玉。

八

患抑郁症这么多年，商陆是第一次能够站在熙熙攘攘的人群中而没有晕倒。

和青玉不同，甚至比她更早，商陆的不幸是从童年就开始的，十岁那年他眼睁睁看着最要好的小姐姐英夏从酱醋厂家属院六楼屋顶掉下去，水泥地上到处是血。

没人知道十二岁的英夏是怎么跌下去的，那天有罕见的火烧云，老县城半个天空都烧红了，老人们都躲在屋里不出来，说要躲凶焰。

公安来了，没查出什么问题，十来岁的孩子正是皮的时候，天花板上都能蹬出脚板印，上房爬树下河洗澡，县城里一年总要死上十来个，大家也都习惯了，何况楼顶本就是孩子们玩耍的乐园。

那以后，我就得了这个病。商陆回忆起来，身体依然微微颤抖。

恁胆小。她坐在水泥楼梯上，一口一口抿着酒说，有什么好怕的，死人就只比活人少口气而已。

姐，你好傻，我都说了，我是眼睁睁看着她掉下去的，不是掉下来的。商陆叹息，把“去”和“来”字咬得很重。

她全身的血液顿时凝固，商陆……他，杀过人？

他告诉她这些做什么？而且是坠楼，难道他知道些什么？

她警惕地瞪着他，微抬下巴，全身戒备。

煤矿村山腰这片林地，以前属于筑城大学美术学院雕塑系，筑城大学搬到大学城去后，这里便荒芜了，他俩身后是废弃的库房和手工制作大棚，四周的树林里，几乎每棵树下都有两三组石膏断臂断脚断脑袋，胆小的人很少来这里，因为这些废弃的艺术品像旧时光一样矗立在林子里，实在过于诡异，当然，也令青玉充满莫名的刺激和亢奋。正是草木茂盛的春末，枝条细小的野山茶树、青冈和女贞子，还有巨大的香樟都在尽情生长，树下有绞股蓝、蛇参、千里瓜的细藤盘绕，除了她和商陆坐的这一片静隅明显是经过商陆长期清扫打理而显得干净整洁神圣之外，整个油绿色的丛林像一个巨大的怪兽，所有长满青苔的石膏眼珠、鼻子、嘴仿佛正窥探并滋养着一个不可告人的秘密。

商陆也看着她，他好看的双眼像春雨后的沼泽，微湿，露着青色的细芒，他一直没有取下口罩，这细芒便有点隐蔽的气息。

不错，青玉想，认得又不认得，以后出什么事，也好撇清，无论是对她还是对他。

我听不懂你在说什么。青玉语气冰冷。

那天英夏姐姐把我叫到楼顶看火烧云，云把她的脸映得红通通的，她抿着嘴不说话，我看着英夏姐姐，觉得她好好看，心怦怦跳个不停，我想那是我的初恋吧？尽管我才十岁。当时她转过头，长长的马尾扫过我的脸，还没等我闻出是什么洗发水的味道，她却开口说，她喜欢上了她班上的体育委员。我看着她的笑，还有她比火烧云还红的脸，突然就很想哭，我也不知道自己怎么了，就呛了她一句，说人家跑得那么快，沙坑跳能跳一米八，你追都追不上。英夏姐姐顿时就生气了，说她的沙坑跳也很厉害，她能跳到对面楼顶上去——我也相信她能跳过去，那两栋楼隔得不远，我偷偷跳过，我能行，英夏姐姐比我大两岁，当然更行。但那时候我们都小，忘记了那会儿正是春天。

春天怎么了？青玉不明白。

春天雨水多啊，沉沉春昼斜飞雨，寂寂闲门乱点苔，那楼檐上有青苔……商陆的目光在一只长满青苔的石膏断臂上停顿数秒，才缓缓吐出四个字——她脚滑了。

青玉半个身子顿时麻了，就像那夜掀开毯子看到死婴时一样。

楼下全是尖叫声，我趁大人们都跑到楼下去，飞快逃回家里，吓得全身打摆子，我妈特聪明，她正要出门看热闹，见我那样子脸刷就白了，然后她一声不吭，端了把椅子守在门口，不让我出去。我看到火烧云的红光从窗外照在她脸上，她就像被火烧着似的，汗水浸湿了她的裙子、浸透了她的头发，我也是……天黑了，她不去开灯、不去做饭，也不上厕所，我们就那样呆呆对坐着。

后来我们就搬了家，搬到了市里来，住在姨妈家，我妈帮着姨妈在市西路做批发，我高二那年，我妈心肌梗死走了——逃到市里来后，她每天都在担心英夏的爸妈会突然冒出来，走了也好……我也是，一直害怕——就在我给你打电话那天晚上，英夏姐姐的妈妈秀云阿姨果然找来了，她把我堵在山下黑乎乎的豆腐巷，像个幽灵一样，掐住我脖子说，是我害死了英夏。

她怎么知道？青玉听到这里手一抖，啤酒瓶倒了，泡沫洒了一地。

有个老摄影家在省美术馆办了个个人摄影展，叫“弹指一挥间”。火烧云那天，他爬到我们县城百货公司楼顶选镜头，正好对准酱醋厂——我们厂房都是火砖砌的，不要说火烧云，就是夕阳照在上面，房子红彤彤一片都像着了火，抢眼。然后……他的照片里有我，还有正摔出去的英夏姐姐。其实我们在镜头里小得像蚂蚁，但是秀云阿姨认得出两只小蚂蚁是谁，因为她记得英夏姐姐死去那天的火烧云，还有她蓝色的衣裳。

就算看出了英夏，可另一只蚂蚁那么小，怎么就能判定是你？青玉抢白，仿佛迫切需要辩解和澄清的人不是商陆，而是她。

这世上没有真正的秘密，蛛丝马迹，只要有心，总能找得到。商陆的语气里，莫名带点天知地知的意味深长。

青玉再次警惕起来，商陆这话是什么意思？嘴里继续抢白，你又没推她，是她自己摔下去的。

心有魔障，如何自清？商陆轻轻摇头，明明如阳光般清朗的年纪，说起话来却老态龙钟，看来读了不少不该读的书。你知道英夏姐姐起跳的时候我在想什么吗？我希望她跳不过去……所以秀云阿姨拿着那张照片说，我伸出手正在推英夏姐姐，我没有辩解。

你是想拉她吧。青玉叹息。

推和拉有什么区别？所以打你电话那天晚上，我真是想一了百了，十多年，像活了一百年，每天晚上我都梦见英夏姐姐，我不敢睡觉，醒着是煎熬，睡着了更是，我经常想，不如也像英夏姐姐那样飞下去算了。姐，那种感觉你能体会吗？

她没吱声。

她岂止是体会，她简直就是感同身受，死去的人不会说话，但他会让风来邀请、让夜来诱惑，说，跟我走吧。

浅黄的夕阳正从那棵长满藤蔓的乌桕树梢落下去，林子突然跌入昏暗，一阵无边的沉默后，半山上，层层叠叠的违建老木房深处传来寥落的吉他声，是生涩的单弦，《爱的罗曼史》。

姐。商陆的声音干净细软，像夜晚小心吹奏的短笛。

什么？青玉防备地抱紧双臂。

你爱他吗？商陆微转过头，看向青玉。

青玉咧嘴笑，她有点醉了，今天真是遇到鬼了，竟然和一个电话相识的大男孩来到这么个阴森的林子里，坐在一堆石膏人体断肢中间，谈论死亡和爱情。

她确定要和这个突然撞入的陌生人讨论吗？

爱。青玉伸出手，抚摸身旁石膏头像那张性感厚实又巨大的唇，喃喃道，很爱。

唉……商陆将头靠在墙上，眼神邈远，你说，爱是毁灭，还是重生？

青玉的手轻微抖了一下，夜色一寸寸从林子外面爬进来，很缓慢，时间也爬得很缓慢，许久，青玉才徐徐说，不是你想的那样子。

什么样子？商陆问。

青玉没有回答这个问题，只是牢牢盯着他那双睫毛长长的大眼睛——我想起你是谁了，好几年前——时间我不记得了，我在急诊室给一个高中生输过血，他是B型，当时割腕自杀、失血过多，他有一双和你一样好看的大眼睛。

商陆脸红了，不安地低下头。

青玉又说，你在我家对面山坡租房子住对吗？经常在阳台上画画那个人是你。

商陆抬起头，眼睛好看地弯起来，闪着快乐的星星，姐，你看到我了？

青玉却不快乐，她眯起眼，充满敌意地盯着他，你故意告诉我这些，是觉得于合死时，我和当年的你一样，也在心里想着要他摔下去，对吗？你在阳台上画画，其实是在盯我梢对不对？青玉一句接一句追问着，不再有醉意，端坐的样子似一尊冰冷的石膏像。

商陆怔住了，笑容消失，他明明不是这个意思，他只是想让她知道，爱可以困住他们，也可以拯救他们。他想说他比她更悲惨，但他都在努力活着，姐也可以。

你把口罩摘下来吧，我都想起来了，于合出事那天，看到他的人就是你，真是要谢谢你，要不是你老盯着我家看，于合的死亡证明都开不了。那天你在我家好像闻出什么香味了对吧？青玉的眼睛迸出一丝细小的光芒，像小蛇的芯子。

春天了，你家屋子里有野花香。商陆毫不犹豫地答。

青玉昂头喝干半瓶啤酒，幽幽答，不，不是野花香，那是我家洗衣液的味道——我把它倒在那件风衣下面的位置，如果于合不去取风衣，就什么事都没有。但是他偏偏要去取，头天洗，第二天皱巴巴的都要穿，你说，这算报应还是谋杀？我心里的魔障，跟你心里的，是一样的对吗？

商陆愕然看着青玉，眼神闪烁不安。

你都看到了是不是？你说你喜欢了五年的那个人就是我吧？

商陆噎住了，白净的脸再次变得通红，连耳朵也红了，他没想到温柔的女人一旦锐利精明起来，竟然发起这样咄咄逼人的攻势。

是的，他喜欢她，英夏死去后，他整日活在梦魇里，每晚入睡前脑子里都是英夏跌落下去的情形，像朵蓝色的花飘在血红的天空。他患了严重的抑郁症，妈妈下葬后第二天半夜他选择了自杀，一直盯着他的表哥砸门进来救了他，到医院时他已经快不行了，是她二话不说献血给了他，他记得他揪住她白大褂的衣角失声痛哭，她心痛地伏下身子，将他拥抱在怀里，那个温暖的拥抱让他冰凉到海底的心活了过来，他感受到了她胸脯的温软，听到了她有力的心跳声，那温软像母亲、像情人、像姐姐，是世间最恬静的港湾，那有力的心跳声则是支撑着他活到今天最好的药。

因为抑郁，他无法再回到学校，无法和多人共享同一个空间，人一多他就会恐惧出汗，直至晕厥。失去学业后他选择了自修油画，只为了画她。

他的每张油画里永远有一个身着白衣的姑娘，却没有面孔。

表哥不止一次劝他，把她画出来吧，或许画出来病就好了——表哥以为他画的是英夏。

他不敢，这畸形又隐秘的爱情让他卑微到尘埃里，他渴望被她再次拥抱在怀里，感受她胸脯的温度，可这愿望藏在心里叫美好，说出来就是耍流氓，他只有绝望地把她珍藏在心底，直到设法问到她的号码、找到她的家，然后住到她家对面来，他才有了继续活下去的意愿，每天早晚看她一眼，就是最好的药。

既然都看到了，那就叫人来抓我吧。青玉站起身，摊开手，慷慨就义的样子——黄泉有路、早迟皆往，于合在前我在后，挺好。

商陆抬起头，看着亭亭玉立的青玉，她好看的胸、纤细的腰、白皙的脸。他跟着站起来，突兀地拥抱住她，当年他是个孩子，现在他已成年，高她整整一个头，他紧紧抱住她，拼命摇头，我不知道你在说什么。

你费这么大劲绕那么大弯接近我，不就是想要我自首吗？青玉靠在他肩上，轻声回答。不知为什么，她没有推开他，商陆的身体带着树叶的清香，好闻的味道，那是再也回不去的青葱岁月，她的、于合的。

不、不是，什么倒洗衣液，我没看见，你只是喝醉了，把心里想的事当成了真。商陆用力地拥抱着她，头埋进她的脖颈，那里有一段美丽的弧线，属于她、属于他的梦境——姐，你没谋害谁，我找你是因为那天晚上要是没有我你就死了，没有你我也死了。世界那么大，没有人能懂我们，姐，我们在一起好吗？没有你，世界对我来说没有意义。

青玉惨然一笑，眼泪流下来，来不及了，全都来不及了。一念成魔，她本是个好医生好妻子，谁料到一个死去的小婴儿，将她的人生逼到悬崖边，谁又料到这世界有那么多人，站在悬崖旁，等着推着叫嚣着逼着她跳下去……从于合半夜归家又离去开始，她就失去了理智，全身只剩下冰凉，行尸走肉游走了这么久，直到现在，商陆年轻的怀抱才终于让她感受到温暖，像长眠如死的公主，在王子的亲吻中苏醒。

可是城堡不见了，人生不能重来。

洗衣液的味道是铁线莲香，那香是死亡的魂引，带走了于合。从此，她所有完美的爱情和美好的人生也再不会回来。

她谋杀了于合。

九

月华如洗，青玉和商陆并排躺在出租房的小床上，像两条濒死的鱼。青玉收治的病人，患抑郁症的并不多，和商陆在一起，她才知道抑郁症有多可怕，它会让商陆四肢剧烈疼痛、失眠亢奋，拒绝和人接触，商陆每次都很努力地和青玉拥抱，但他的身体会冒汗，像是从水里捞出来一样。看着他撑得脸色发青、不断颤抖却又咬牙坚持的样子，青玉的心碎裂开来，有些东西与爱情无关，却在情感最隐秘的地方开出一朵花，绽放的每一瓣都像是用刀锋割裂出来的。

她是商陆唯一可以亲近的人。

数日来，她和他像恋人一样住在一起，做饭、洗碗、拥抱、哼唱、打闹。青玉感觉自己像个魔鬼，又像是天使，这之前她做这一切到底是在帮商陆战胜病魔还是引他去更黑暗的深渊?

她在商陆年轻、绝望又喜悦的目光中看到了自己的结局——声名狼藉、锒铛入狱。

但她已经成了一只扑火的飞蛾，义无反顾。

姐，商陆伸出手捞一把虚无的月光，说，我们结婚好吗?

夜风吹拂着商陆柔软青黑的头发，这真是个好看的大男孩。

想清楚哦。她笑，拍拍他的脑袋，我老你十岁。

商陆不肯示小，拉下她的手反手拥抱她，她没有拒绝，温和地依偎在他怀里——很快她就要进监狱了，这之前放纵一点又如何，世界欠她一个交代，她欠商陆一场恋爱。只是她并不想让商陆知道，所谓恋爱只是她与人世间的道别，与真正的爱情无关。

商量个事，她在他怀里，轻声说，我们找个海岛，我想出去散散心。

然后呢? 商陆忧伤地问。

青玉愣了，原来这聪明的孩子全知道，知道她这些日子所做的一切，都是告别前的放纵。

然后……再说吧。她闭上眼，轻拍商陆的背。

从筑城去海岛意味着一路往南，无论如何出行，他们都不可能避开人群，不管是飞机、高铁还是轮船。这其实也是青玉的目的，商陆的广场恐惧症很严重，他不敢到商场和所有人群拥挤的地方，通过这些日子的相处，商陆已经可以和她牵手、拥抱，还成功地在人流最多的中午到半山腰超市帮她买回了酱油，那天商陆举着酱油瓶开心地站在门口冲她笑时，她觉得心都融化了。

这是个身体里流着自己血的年轻人，也将是自己医生生涯救治的最后一个病人。如果她在自首前能帮助商陆走出来，是不是最大的福报?

一路向南，这是万山渔场远离陆地的一个小海岛，相比其他岛屿来说，这里显得冷清寂寥，没有喧闹的游人、没有灯红酒绿的酒吧，只有沉默的钓鱼人、勤劳出海又安然归来的渔船，还有山顶上茂密生长的芦苇和杂草。岛上有百来户人家，早出晚归都在海上忙，只有他俩是悠闲的。每天清晨，青玉和商陆像世间所有的情人一样手牵着手漫步在海岛边，听海浪拍打海岸，噗噗噗……海风会卷来一阵阵隐约的海腥味，蓬勃而生动。每次海浪涌来时，商陆都会更紧地握着她的手心，紧张又内疚地朝她笑。傍晚，为了挽回男子汉的气质，他又会故作洒脱地带她去港口的小酒馆吃饭，商陆的丙烯画画得很棒，酒馆那个皮肤黝黑的中年老板索性放弃了自己一手蹩脚的创作，把三面墙都交给了商陆，商陆画出第一面墙时，老板沉默了许久，那是一片幽蓝色的天空，在遥远的角落闪烁着一星微光，远看是宁静安详的，近看每一抹天空的色带都不尽相同，如同撕裂的锦帛。

加棵向日葵吧。沉思半天，男人指着天空下面的正中央仿佛透着一丝曙光的位置——这儿。

商陆眨眨眼，开心地笑了，青玉从未见过商陆这么单纯又敞亮的笑容，有点看呆了。

男人白她一眼，说，笨啊，你就是那株向日葵！

这是个五十出头的男人，有着帅气的五官和慵懒的气质，一看就不是本地人。每天傍晚，他把并不热闹的两三桌简餐上完，就会一个人坐在馆子外面蓝色条纹的遮阳棚下，抱一把吉他弹唱。海岛上人并不多，偶尔经过一两个，也是提着渔具或骑着小电驴，听他弹唱的狗们显得比人还要真诚热情，趴在他脚下，时不时抬头发出一声赞美的长调，他便懒洋洋地笑，露出洁白的牙。

青玉同样慵懒地拖了把椅子坐到他身边，跟着他有一搭没一搭地唱。调弦的时候，他转头看一眼在店里认真描画的商陆，朝青玉神秘地眨巴眼，说，这是你拐来的小情人吧？青玉放肆地笑起来，海风吹乱了她的长发，也吹起了她的裙子，我可没祸祸他！她认真表白，声音清朗、眼神圣洁。

那可惜了。男人哈哈大笑，你骨相很好，是个好人，祸祸了他他也不亏。说完，男人高声弹唱起来——姑娘姑娘，漂亮漂亮，警察警察，你拿着手枪……

青玉的笑声戛然而止，她拢一把纷乱的头发，回过头目光灼然地盯着男人，用比海浪更大的声音问，喂，你相信我们的眼睛吗？

男人老神在在地歪歪头，在唱歌间隙回答，你愿意信就信。

我不信。青玉说，世间所有的眼睛，都只看到自己愿意看到的，人们并不在乎真相。

男人有片刻的迟疑，显然他并不懂青玉要表达的是什么，于是他接着唱他的歌。人类的悲欢并不相通，这话谁说的？青玉无声浅笑，看夕阳洒满海面，海像是醉了，绯红一片。

男人弹唱片刻，举起啤酒瓶，问青玉，来一口？

我戒了。青玉神色端庄地看向酒瓶，夕阳映在她脸上，像撒了一层金粉，四大皆空。

是的，她早该戒，倘若那些天没喝那么多酒，于合不会死。

男人率性干掉半瓶啤酒，转头冲商陆喊，《往后余生》献给你们。

商陆在酒馆里举起画笔表示接受，他好看的笑容是青春的模样。

嗯哼，青玉懒散地将身子往椅子里靠了靠，往后余生，她已没有，且听听吧。

在没风的地方找太阳，在你冷的地方做暖阳，人事纷纷，你总是太天真……往后余生，风雪是你……目光所至，也是你……歌声飘扬到海里，从小小的海岛望出去，玫瑰色的海面上，有晚归的渔船远远驶入夕阳与海平面之间，像一枚安静的剑，无声出鞘——

警察警察，你拿着手枪……

十

尽管已近四十，青玉依然保持着良好的体态，坐在宝蓝色的椅子上，她的头始终保持着微微向上倾斜的姿态，修长的脖子由此显得更加庄肃、不可冒犯。但她的眼神出卖了她的镇静，那黑色的瞳孔里写满慌乱和恐惧，还有痛，比黑色还要深的痛。

于合摔下去是因为我在他取衣服的地方倒了洗衣液。青玉面无表情地陈述完，伸出手——抓我吧。

瘦警察贺云舒不动，默默看着青玉，他不知道该对这女医生说什么。他一直觉得辖区那桩坠楼事件有些古怪，毕竟是在女医生被网暴期间出的事，他有理由怀疑和担心女医生因心理失常做出什么过激的行为，如果不是表弟商陆目睹那场意外，他不会轻易做出死者是意外坠楼的结论。

商陆……是我小表弟。贺云舒换了个姿势，深长地叹了口气，只觉得头大如斗，女医生倒是投案自首了，他和同事还有若干程序等着呢，没准还包括处分。这些不是大事，大事是商陆，这家伙现在正爱得死去活来，女医生要是进了牢房，他还活得下去？

青玉心虚地转过脸，这警察和她年纪差不多，小表弟却被她这个女犯人拐走了恋爱，他要不要一巴掌打死她？

贺云舒的确想搞死她——这事早翻篇了，再说于合自己不过去拿衣服也摔不着他，女医生只要自己闭嘴，谁会知道其中真相？既然都和商陆恋爱了，干吗又要来自首，丢下商陆怎么办？害死个老男人不够，还要害死个小的。

商陆前些日子打电话说是去什么万山渔场，他不信，商陆活到现在从没出过远门，他有广场恐惧症。结果谁知道还真走了，害得贺云舒整天提心吊胆，手机一响就担心是谁谁谁通知他商陆在哪里自杀了如何如何……还好商陆第二天就发来了微信照片，照片里有个女人，他认出来了，就是女医生青玉。

要命，表弟爱的人为什么偏偏是她。

这下贺云舒总算明白为什么商陆一回来就病倒了，反复发烧，不吃不喝，是心病——一个谋杀亲夫的女医生，加上一个突然冒出来的英夏妈妈，他该拿什么拯救表弟？

前面就是家。贺云舒在楼下已经抽了半包烟，嘴巴都抽木了。他实在不想上楼，天天看着老妈哭肿的眼，他不知该怎么劝。下午在所里他起了好几回念头，想撕掉笔录，劝女医生忘掉这次谈话放弃自首，反正只有他和她知道，反正于合也已经死了。只要她不进监狱，他不介意这个女人和表弟在一起，有她，表弟就能在她的鼓励和陪伴下活下去。若不是警服在身，他真不想管这事——没有那些网暴，女医生就不会失控醉酒、蓄意杀人。

打开门照样是老妈哽咽的声音——大姐，他真没推英夏，他就是太善良太内疚，然后得了抑郁症，自杀过多少回，才刚刚好两年，你拿着张照片就来兴师问罪，这照片上他是在拉英夏啊，不是推！

又来了，英夏妈妈一天来一趟，商陆在医院躺着，她非要去见，是逼人死呢？

昏暗的客厅里，老妈和英夏妈妈相对而坐，像一对老桩，茶几上摆着厚厚一摞笔记本，那是表弟的日记。

贺云舒把钥匙扔桌上，心头烦躁得不行，这日子没法过了。

你说是拉，我看到的明明是推！善良？谁信？他没推英夏会严重到得抑郁症？日记有什么用，也许你们从一开始就编造它，不管你们怎么说，这张照片，铁证如山！英夏妈妈声音沙哑。

铁证如山？女医生的事不就是被"铁证如山"冤枉的吗，那个在网上传疯了的视频、不断被剪辑放大的敲门细节……若非她投案自首向他倾诉，贺云舒也以为那就是真相。听完女医生平静决然的陈述后，他有些冲动，很想也在微博上发发帖，问问那些跟帖愤骂的人，知不知道他们惹下的滔天大祸，他们断送了一个叫于合的人，也断送了一名优秀的女医生。

现在表弟也要冤死在一张所谓真相的照片上。

满世界的人都在自作聪明地当判官，他实在不知道自己穿着这一身警服到底该怎样匡扶正义。

按你的意思，我弟弟的善良反而成了你判他死罪的理由是吗？贺云舒戳在屋子中央，看着英夏妈妈。心情复杂，不知该冲她发火还是恳求，说到底她也是个可怜人。

我不知道，我只知道我姑娘没了！英夏妈妈失神地看着眼前俊朗高大的贺云舒，目光空洞。她想起了女儿英夏，英夏从小喜欢体育，她说长大了要当女警察……英夏妈妈想着，缓缓抬起右手，伸向头顶取下假发，露出光溜溜的头。

英夏没了，我的头发全脱光了。她低下头，看一眼茶几上堆得高高的日记本，声音如深井传来的微响——我就是恨，这孩子，哪怕他跟我说一声。

贺云舒沉默了。

说一声有用吗？每个人心里都住着魔鬼，他们选择自己喜欢的经纬和细节，编织出自己喜欢的真相。

十一

站在病房门口，贺云舒再次陷入纠结，不管是家还是病房，他都不想进去，可他是唯一无法回避的人，因为他是警察、是哥哥。

他就要结婚了，虽然单身狗当得有点久，同事的孩子都会打酱油了，但这并不妨碍他从恋爱到现在所享有的幸福和甜蜜，从小到大，在学校他是好班长，在警校他是优秀毕业生，在派出所他是基层先进工作者，一路顺风顺水，要说这世间唯一的烦恼就只有表弟商陆。商陆从十岁起就跟他住一个屋子，瘦削胆小的商陆每个夜晚都要拉着他的胳膊才能入睡，有时候他很烦商陆，因为商陆太黏人，可每当他想甩开商陆时，商陆那张苍白的小脸和深凹的大眼睛就会巴巴看着他，像受伤的小狗，看得他心痛。这么多年，他眼睁睁看着表弟不断在自杀和活着之间挣扎，在病痛和理智之间挣扎。现在终于像正常人一样打工恋爱了，遇到的却是个谋杀亲夫的罪犯。

商陆的高烧一直退不下去，他心里藏着事，惊天动地的大事，这是一桩命案，和英夏当年的坠楼不同，女医生不是想了，而是做了。

为什么天底下所有倒霉事都摊在商陆身上。爱情是最好的药，它能治好商陆的病，能让商陆穿越人海坐上飞机和轮船去遥远的海岛。可现在女医生自首了，药没了，商陆以后怎么办？

推开门，病床上的商陆正眼巴巴看着他，贺云舒的心顿时碎了一地。

从小到大商陆就是这个样子，他晚自习回家，商陆就这样守在门口，他洗完脸回房间，商陆也这样守在床边。

哥，商陆烧得嘴唇开裂，看到他，渴望的笑容像花儿一样怯然绽放，商陆躬起身子，凑近他耳朵，语气神秘紧张——我一直等你，我跟你说，出租房我安了摄像头……对着701，你帮我取下来，不能让人知道。

床旁的监测仪突然嘀嘀嘀炸响，贺云舒吓得不行，手忙脚乱，又是按铃又是叫医生。

先听我说！商陆不知哪儿来的力气，一把揪住他，额头青筋直冒——那个房子……我可能……回不去了。商陆瞪大眼，喘息声沉重。

贺云舒哽咽骂他，放什么屁，什么叫回不去，很快我们就回家。

不！商陆眼神发直，用细小的声音催促他，快去取摄像头，删掉电脑里所有的数据，哥，你帮帮我们……删掉，就没有证据。

可是……贺云舒犯难。

见他不应，商陆绝望地狂叫起来，疯狂扯下输液针，血顿时飙了一线。

好好好，我去。贺云舒按住针眼忙不迭地大叫，你他妈疯了吗？我去我去！

贺云舒气喘吁吁赶到煤矿村，冲进出租房，毫无悬念地在正对女医生家阳台的客厅角落找到了摄像头。

打开商陆的电脑，贺云舒坐立不安——表弟不是警察，但他是，他到底是帮商陆完成心愿，删掉女医生倒洗衣液那段摄像记录还是保留证据？如果删掉，没了证据，可以说是女医生喝醉酒意识不清，将幻觉当成了事实。这样女医生不用坐牢，商陆的病还有的救。如果不删，女医生一坐牢，商陆肯定就完了。

放在鼠标上的右手沉如千斤，汗水从贺云舒背上浸出来，他从未觉得人生的选择如此艰难过。

时间像只背着重壳的蜗牛，艰难痛苦地一秒秒流逝，画面则在快进中不断往前推送，突然，电脑中的一幕让贺云舒愣住了。

那是喝得酩酊大醉的青玉一步一晃往阳台上倒了洗衣液四个多小时后的画面，凌晨三点多，就着路灯的灯光清晰可见——画面里，青玉又出现了，这一回她拿的是毛巾，照样是酒醉的样子，只见她从客厅跌跌撞撞扑到阳台，蹲下去，在她早先倾倒洗衣液的位置埋头擦拭着，然后站起身又跌跌撞撞回到屋里，提了拖把出来反反复复拖着阳台，最后她干脆扔掉拖把，胡乱脱下睡衣，上身只剩下一件蕾丝内衣，蹲下去继续搓擦着地面……

我操！贺云舒兴奋得骂出声，一拳头捶在书桌上，又痛得甩手原地直转圈。就说嘛！就说嘛！那么个端庄沉静的女医生怎么可能是杀人犯？喝断片的女医生只记得自己倒过洗衣液的事，却完全不知道自己又擦拭过。善良的人啊，就算心因为受伤而蜷缩躲藏在了最深处，却依然在最关键的时刻绽放出微光。

只是世间就有那么巧的事，商陆和青玉都遇到了——本来只是心有所想，却没料到一念天堂、一念地狱。英夏掉下去了，于合也掉下去了。

商陆这傻瓜，他一定没有查看过半夜的视频，所以才一直背负着沉重的包袱，这个善良的小可怜，他连英夏的死都能自责到今天，女医生谋害丈夫的事他怎么可能视若无睹？痛苦在他心里翻涌绞杀、发酵沸腾，他不高烧才怪呢。

贺云舒拿出手机和商陆通视频——你确定要我全部删掉吗？

我……商陆像犯错的孩子，低下头。

所有监控画面你都看了吗？

大多数……都看了。商陆咳嗽两声，不好意思地答，画室期间没看到的，回来我会补看。

她没有杀人，你知道吗？贺云舒不再绕弯。

你轻点……商陆吓坏了，环顾左右，然后突然怔住——你说什么？

贺云舒开心坏了，笑骂，你这个鬼娃！尽干些丢人的事，居然租了个房子安摄像头偷窥人家。

哥，你刚才说什么杀不杀的……商陆紧张地捂住手机话筒，嘴巴凑到镜头前——你是不是都删了？

删什么删！怎么可能删？现在有图又有真相。贺云舒笑声清朗，他踩着美好的月光往山下走，车也不要了，今晚的月色真好，风也刚刚好。

商陆那边哑了，好半天才出声，那声音像从井底传来，遥远、绝望而哀伤，我就知道，你是警察，你不会帮我们的。

你个猪脑袋。贺云舒停下脚步，将手机对着月亮和星空说，好好养病，快点出院，世界这么美好，赶紧出来好好谈一场恋爱，你的女神没谋杀人，我看到了，那天半夜她又跑到阳台上，把洗衣液全部擦干净了，拿毛巾擦、拿拖把擦，脱了衣服擦，脱得只剩下胸罩，不不不，她差点把胸罩也脱了，你要不要看那一段？

贺云舒你给我闭嘴！商陆在那边气急败坏地吼叫起来，流氓，你闭嘴！臭嘴。

贺云舒开心地奔跑在山路上，仿佛山脚下有他就要迎娶的新娘——骂吧，我就喜欢看你想搞我又搞不死我的样子。

十二

天晴了，喝饱水的山野一片青绿，青玉独自站在墓园，风很大，刮过她的脸，但并不冰冷。夏季已到，山下的石榴园火红一片，是生命蓬勃的气息。

她面前有两个墓碑，一个写着于合的名字，一个名字那个位置用白胶纸蒙着，是她为自己选的生墓和生碑。不过，只有她和那个警察知道，生墓旁的树下已经埋下了一个小小的空罐子，那是商陆的，她答应他，哪一天他死了，要和姐姐埋在一起，不为爱情，只为孤独和善良。

青玉将商陆写给她的诗烧成灰，放在了罐子里。

姐姐今夜我不在德令哈
也不在天涯
我在172病房想你
今夜没有画家也没有最后一片叶子
空气是死神般的钢琴师在弹奏
生命薄如蝉翼

很多年前

姐姐你在朝东的窗前为我忧郁
你的拥抱如同繁盛的季节花香遍地
我看到窗外群山饱满阳光圣洁
我突然渴望吃糖
并且怀想我的墓地必然就是这样饱满的山丘
我必然将自己埋成两座坟墓
一座用来想你
另一座也用来想你

姐姐今夜我不在德令哈
我在天涯
我看着大海
想念那朝东的窗朝东的你

商陆走得很意外，没有跟任何人告别。

那天夜里她离开医院之前，商陆要她像五年前那样拥他在怀里，她笑着同意了，商陆也笑，半躺在她怀里抱怨说，姐，你笑得像姐，不像女朋友。

青玉有些尴尬，这孩子啊，他什么都知道。

我比你老嘛。青玉厚着脸皮哄他，太像女朋友，人家要笑的。

嗯，商陆不反驳，微笑着闭上眼睛，说，终于可以安心睡觉了，你知道吗？姐，现在我睡觉，梦里没有英夏了，只有你。

青玉听得心都揪紧了，日日噩梦，十多年，商陆到底是怎么扛过来的？

姐，商陆像是入睡前的呢喃，声音轻柔沙哑。

什么？她低下头，用下巴轻轻抵住他的额头。

出院了，我想去万山渔场，那里有你和向日葵。

好呀，我陪你，我们再去一次万山渔场。

你不用去，我一个人去。商陆轻笑起来，带点忧郁、带点宽容——姐，我知道，你只是在帮我治病。

青玉顿住了，心思被揭穿，到底是件难堪的事，商陆是真的在爱，她却不是。

我走了，你要听话，要放下。商陆的声音越来越低，均匀的呼吸伴着轻微的鼾声，他是真睡了，没有用药，自然入睡。

看着商陆年轻的脸庞，青玉感动地微笑，窗外新月如钩、星河灿烂，恍若她青春年少时所见所拥，没想到多少年过去，居然还会有人在如此迷人的夜里对她说，你要听话。

好，我听话。青玉深情地吻了吻他的额头，像真正的恋人。想着许多年后，病愈后的商陆和妻子一起在某个街头与她邂逅时，她和他该是怎样的美好和尴尬。

时间是个神奇的东西，以为过不去的坎、活不下去的日子，渐渐却被它抚平了。互联网只有七秒记忆——今天的人们已经忘记了那个一周前被警方抓获的黄头发吸毒仔正是两个多月前抱着死婴去医院讹钱的秦长命，他们更不知道，他们在键盘上随意打出的文字是一把把抛向尘世的尖刀，多少鲜活的理想和美好成了无辜的亡魂。

喝一口普洱，老鼎苦哈着脸说，回来吧，于合的事弄清楚了，你也不晕血了，都放下吧。

青玉苦笑，哪有那么多放下？要是可以，或许于合也不会死。

于合自己走错了路。老鼎替她打抱不平，种什么因，结什么果。

种什么因，结什么果，青玉想起了万山渔场的商陆，他在小酒馆里画下的那株向日葵会结出什么样的果呢？替老鼎倒掉普洱，青玉重新换了一泡蜜兰香的单丛，她要在离开前给师父泡一壶口感更香的茶，不要苦的，这老头都苦一辈子了。都是善良的人，都吃了那么多苦。

不许走，跟我回去。老鼎凶巴巴地说。

回不去了，我是不晕血了，但我还是不能再当医生，医生是度人的，我却想着要杀人。青玉坦然地答。

那你以后怎么办？

回老家。青玉望向茶室外缥缈入云的山色，轻声答，老家有一块地，我想在那里种一片向日葵，还有商陆。商陆发给她的最后一条信息还在手机里——住到你家对面后，我到派出所改了名字，叫商陆，那是一种植物，别名夜呼。

青玉泪流满面，每个人心里都藏着一个有所期待的夜晚，还好，茫茫大海，茫茫人间，还有一株向日葵向上生长。

“寻找一株温暖的向日葵”
——评肖勤《海边的向日葵》

刘　畅

肖勤的小说常带有很强的时代感，如讲述脱贫攻坚故事的《棉絮堆里的心事》、关于农村空心化问题的《暖》等，而《海边的向日葵》同样保持了对当下生活的高度关注，将视线聚焦于医患纠纷、网络暴力、心理疾病等热点话题，导引人们正视这些特殊的时代症候。

小说以一场突如其来的“冤案”作为引子，把女医生青玉猛然抛进人生旋涡，让她在短时间内不得不面对两重困境：丈夫的背叛与意外坠楼、公众对“无良医生”的口诛笔伐。应该说，作者对青玉这一处境的刻画，是颇为震动人心的。由青玉的遭遇，我们看到了人性的阴森可怖：丈夫于合隔岸观火，医院领导明哲保身，曾受惠于青玉的早点摊老板娘则像躲避瘟疫一样躲避着她；而“键盘侠”们并不在意真相究竟如何，只是把这个女医生当作发泄其心中戾气的出口，“问候全家的、祝早升极乐的、送她癌细胞免费三件套的……”“句句是利剑，条条都诛心”，甚至用恐吓照片彻底击碎了青玉反击的勇气。于是，在舆论暴力的驱迫下，这个曾经大有前途的医生酗酒自闭，“越来越像行走人间的女鬼”。

但有意思的是，正当我们同情地注视着这个饱受精神摧残的女性时，作者却笔锋突转，以“命案”这一元素引出了青玉和商陆这两个人物各自心底的秘密。正因如此，小说跳出了“网络暴力—心理创伤”这一问题域，在网暴、命案、爱情、疾病等多种元素的穿插下，指向了更加复杂深邃的精神世界。对青玉来说，击垮自己的不仅是汹涌而来的网络暴力和丈夫的突然死亡，同时还有“谋杀”于合所带来的负罪感，“总觉得屋子里有一种甘美带甜却又恐怖的气味……它一缕缕一丝丝地从于合的骨灰罐子里生发出来，无处不在地包裹住她。”在绝望颓唐的状态下，与青玉同病相怜的男青年商陆却成为她的慰藉和拯救。与青玉相似，横亘在商陆内心的创伤同样来自一起坠楼事件，因10岁时的一次无心之失导致小女孩英夏坠亡，商陆蒙受巨大的心理阴影，成为一个被轻生念头所折磨的抑郁症患者，并在一次自杀之后获得青玉的输血，从此对这个女医生产生了强烈的情感，“他的每张油画里永远有一个身着白衣的姑娘，却没有面孔。”出于这个原因，商陆向警察隐瞒了青玉在阳台倾倒洗衣液致使于合滑倒坠亡的“真相”，又以其对青玉的爱和陪伴让她有了直面自身的勇气。

在这个故事里，“坠楼”是萦绕在青玉和商陆生活中挥之不去的阴影。英夏的坠楼，让少年时代的商陆过早地背负起沉重的心理枷锁，也让他把对青玉的爱当作“能抓住的唯一一块浮木”。而于合的坠楼，则让青玉因想象中的谋杀而陷入苦海，也让读者由最初的同情转向对这一人物的重新审视——究竟是不是一个被遗弃的女人展开了一场绝望的复仇呢？但是，当所有真相都被揭穿，我们看到醉酒的青玉如何凭着善良本性擦拭掉阳台上的洗衣液，也看到她在自身已伤痕累累的情况下却执着地要“在自首前能帮助商陆走出来”，人性的光芒从未在黑暗里消退，“就算心因为受伤而蜷缩躲藏在了最深处，却依然在最关键的时刻绽放出微光”。正是这道光，青玉和商陆才有了彼此治愈的可能。所以，在创作谈里，作者写道：“爱和善良是最温暖、最有力量的翅膀，它可以带着女医生青玉穿越茫茫人海，与商陆相遇，然后越过大海，在海边寻找到最温暖的那一株向日葵。”

从人性的扭曲开始，却结束于“爱和善良”，作者用一个温情又伤感的结局结束了这篇小说，在并不圆满的故事里探求心灵的救赎之路。商陆的离去是令人遗憾的，可正是因为这种遗憾，才让生命有了更加丰富的滋味。作者说，商陆是一种药名，别称“夜呼”，这或许意味着，在阴晦的夜色里人们可以呼唤爱和善良的救赎。

长篇小说评论

序 言

“密涅瓦的猫头鹰总在黄昏起飞”

宋 嵩

“密涅瓦的猫头鹰总在黄昏起飞。”黑格尔的这句名言，启迪我们要以一种回顾的眼光去审视历史进程。作为智慧和理性的象征，“密涅瓦的猫头鹰”揭示了哲学的本质是一种“深沉的反思”。对于文学而言，这种回顾与反思同样重要，但它未必一定发生在文明进程的“晚期”；相较于哲学的滞重，文学家们往往会灵活地截取历史长河中的一个时间段，一个断面，甚至是刚刚发生不久、人们还记忆犹新的事件，以虚构或非虚构的形式，借助笔下生动的形象去让昨日重现，并将对往事的思考蕴于深情的回望之中，以期洞察并理解世态与人心。几乎所有的叙事文学，都可以用赫尔岑那部名著的书名——《往事与随想》来概括。时间是唯一的智者，长篇小说是关于“时间”的艺术，同时也是致力于“叙述时间”的艺术，是长时段回顾与反思的理想载体。登上中国小说学会2023年度好小说榜单的五部长篇小说，无一例外地呈现出一种回溯生活河流的热情。作者们放飞“密涅瓦的猫头鹰”，以小说的形式记录下离读者最近的“历史”，并在其阅读的过程中不断：你们也是这一历史的参与者和缔造者。

不知是否受了“密涅瓦的猫头鹰”的影响，陈彦的《星空与半棵树》中也有一只金色的猫头鹰。但它很难说是智慧和理性的化身，而是身兼先知与旁观者的双重身份，冷眼观望着秦岭南麓一个偏僻小村、一个经济上总拖全县后腿的小镇上发生的人间悲喜剧。小说聚焦于上访“专业户”温如风十余年间的数次上访以及随之而来的乡镇干部安北斗的“截访”历程，其间伴随着历届镇、县领导在发展理念和发展道路上的不同决策。在十余年间，不断变化的是领导们从“点亮工程”到甘蔗酿酒再到无条件配合高铁、高速公路建设的“施政理念”，还有从这一系列变动中保持着敏锐嗅觉、寻觅商机终成巨富的孙铁锤及其无限膨胀的权力欲望，不变的是温如风为了维护卑微的个体尊严而屡屡“鸡蛋碰石头”式上访的悲壮举动、安北斗对探索宇宙无尽奥秘的痴心不改，以及派出所所长何首魁对法律尊严和正义不容变通的坚守。与“星空”明显的理想主义色彩相比，看似“百无一用”的“半棵树”既象征着人的尊严，又是维系着人类社会的契约精神的代表，总之，它联系着人类“心中崇高的道德律”。温、安二人上/截访的十年史，也是山乡（村）于动荡中发展的十年史，还是乡（村）民乃至全体人民心态变迁的十年史。在洋洋四十五万言之中，在种种的“变”与“不变”之间，人心自现。

从空间上看，贾平凹《河山传》与陈彦《星空与半棵树》所涉及的几乎是同一地域，都是西安（省城）和秦岭山中（双鼓坳“花房子”）；《河山传》结尾写两个老板为建“康养山庄”而炸崖，《星空与半棵树》里也有孙铁锤主导的“洞室松动控制大爆破”，并成为整部小说情节的转捩点。而从时间上看，《河山传》的跨度更大，贾平凹以一种近似“编年史”的方式，借一个小人物洗河的经历反映了从1978年到2020年，长达42年的时代变迁。两位主人公罗山和洗河，一为巨富一为帮闲，身上带着《金瓶梅》人物的影子，同样是写巨变年代里人心在商品经济大潮中的沉浮，写“人”在此过程中如何蜕变为“人物”，而“人物”又终究无法摆脱“人”的命运。作为他们的背景，城乡“二元”，相互拮抗，乡村却又不可逆地被城市“收编”。如果说，2022年的《秦岭记》是以“笔记小说”而成“长篇”，结构上尚略显随意，2023年的《河山传》则是以“笔记”为骨而以“长篇”为筋肉，为作者若干年来孜孜以求的“海风山骨”赋予了崭新的样貌。

类似“编年史”的写法，在周瑄璞的《芬芳》中亦可见到。《芬芳》被纳入“新时代山乡巨变创作计划”，却呈现与此前的同计划作品大相径庭的风貌。它不是“正面强攻”式的脱贫攻坚书写，亦非擘画乡村振兴的美好蓝图，而是扎扎实实地将笔触指向豫中平原一个普通村庄，指向这个村庄里一个成员众多、支系繁茂而社会关系复杂的大家族杨家，通过对家族成员（特别是女性成员）从20世纪70年代（甚至更为久远）直至当下的生存状况近乎写真式的摹写，反映出占中国人口绝大多数的农民是如何在与自然、与生活的抗争中扼住命运的咽喉，由饥饿走向温饱直至走向小康的艰辛历程。包产到户、计划生育、高考复读、南下打工等经历，或是在“新时期文学”中被讲述了无数遍的故事，在《芬芳》中再次上演，却并不令人感到厌烦。烈芳、烈芹、引章、小蝶以及他们的父母辈的经历，共同描绘出一个“平凡的世界”，它与路遥笔下的石圪节公社和双水村虽然在地理上相隔千万里，但精神上却相通——那就是为了有个美好的明天，人们必须凭借自己的双手，实干、奋斗。而这，也正是实现“山乡巨变”无比强大的精神原动力。

与以上几部作品动辄十年甚至几十年的时间跨度不同，毕飞宇的《欢迎来到人间》和陈仓的《浮生》，无论“人间”还是“浮生”，背后都是长得不能再长的时间，但作者的目光所向却是短时段，或者说是时间点。两位作者都在用力触碰时代与社会的痛点，或者中医所说的“阿是穴”，强大的张力就在这“长”与“短”的拮抗之间呼之欲出。《欢迎来到人间》的故事发生在“非典”结束后短短的几天里，危及人类健康与命运的大劫难刚刚过去，人类心灵和社会所面临的危机却随之浮现。现代人所饱受的压抑与焦虑之苦、“我们时代的神经症人格”，在主人公傅睿身上突然爆发。当他发现自己身为医生却无力挽回生命的消亡，便转而去试图拯救“堕落”的灵魂，并期待在此过程中完成自我救赎。小说中的每一个人都是病人，“人间”则是一座大病房，来到人间，就意味着被传染成为病人的一员。《浮生》的主题，则是这个时代的社会沉疴——买房。小说写一对在上海打拼的年轻人与属于自己的房子的故事，上部“亲爱的房子”写贷款买房，下部“亲爱的家”则是写房产维权。“房子”几乎成了他们生活的全部。小说写的是短短两三年里发生的故事，同时却又是近二三十年来社会主潮的一个缩影。

精神高蹈与现实关怀

——评《星空与半棵树》

段守新

陈彦的《星空与半棵树》，皇皇五十多万字，是一部拥有着多重性意涵、多样性创作方法和艺术调性的长篇小说。

无疑，它首先是一部现实主义力作，呈现了对于当前乡土社会现实的深切关怀。小说从秦岭南麓北斗村一桩盗树案件起笔，写温如风十余年间，执着地一次次出走、上访，从乡镇到县市、省城，直至北京，不过是要为自己讨一个说法。吊诡的是，这个提出问题的人，虽然一路走来，惊动和牵扯了那么多大大小小的领导、干部卷入这个案子，但直到小说结尾，他的问题似乎都没有真正解决，而他自己倒差点成了被解决的人——小说第87节（望星空），就写到县公安局已准备把温如风关进精神病院，只是在安北斗的力争下，才答应放了他。事实上，作为主要被告方的孙铁锤，自始至终也都没有给过温如风任何“说法”，哪怕一个道歉。这个村霸最后虽然死了，但他的死是因为劫持了花如屏上山欲行不轨，被闻讯赶来的何首魁持枪击毙，与温如风的案子并没有直接关系。同样吊诡的是，何首魁这个坚持依法办案的警察，最终却也是不得不以个人牺牲的方式为民除害，而不是按部就班遵循法律的程序伸张正义，这不能不说具有相当的荒诞和讽刺意味。当然，围绕着上述故事主线，小说也时有回溯、后延以及辐射，可以说，20世纪改革开放以降，尤其是21世纪以来相当多的社会问题——比如为了政绩，为了“发展经济”，历任官员们急功近利的乱作为，对民生、自然的损害，比如复杂的一言难尽的官场生态和日常工作，比如孙铁锤式的“当代英雄”的应运而生和横行不法，甚至也包括民众对资本的臣服、谄媚和狂热追随等，泥沙俱下，枝叶纷披，都被纳入《星空与半棵树》对转型期乡土世界的观察视野中，并获得了强有力的表现。

其次，小说在全面又细致的社会写实之外，同样包含着浓郁的浪漫主义、理想主义的风采神韵。作为小说实际上的主人公，安北斗在一地鸡毛的公务和生活之余，最大的爱好就是观测头顶之上的璀璨星空。他是连通小说中天空与大地的媒介，借助他的（目光的和心理的）视角，我们得以经常抬起头来，仰观博大庄严的星空，并借此构成俯察纷纷扰扰的人间恩怨是非和社会发展的一个至关重要的参照。我们不难发现，小说里但凡涉及星空的描绘，甚至于只是纯粹的天文知识介绍，都莫不具有绚丽浪漫的抒情诗色彩。作为小说里的核心意象之一，星空的浩瀚、神秘、无限、永恒，在映照着人间的有限和微末。正是这构成了安北斗据以抵抗、疏解尘世生活种种不如意——无论是个人仕进上的艰难，基层工作的繁重，还是周围人的嘲笑，乃至妻女的离弃——的精神之源，每当深陷困苦和无力的时候，他总能在星空下获得某种精神开悟，至少是些许抚慰。

不断有论者指出，小说中的三个主要人物身上都具有一定的理想主义气质。如果说安北斗是将理想遥寄于广远的宇宙太空，并企望从中获得面对现实的智慧和胸襟的话，那么温如风的理想主义的一面，则体现为他近乎以蚂蚁搬山之力，多年以来一直在对抗孙铁锤及其背后强大颟顸的权力系统，此外，还要承受来自村民、家人的不解和嫌憎，以致落到了四面楚歌孤家寡人的地步，却仍然不止不休。他之所以如此一而再再而三地上访，最后几乎是抛家舍业，在村中被完全孤立和排挤，显然不是为了那点有限的物质补偿，而是出于对个人权利的维护，对公平正义的追求和坚信。安北斗的来自星空的精神启示固然不无道理，但如果它无法有效地应对具体的切近的现实问题，可能就未免过于高蹈，像是空中楼阁。因此，温如风类似的质问，“天上哪怕有再多金星、银星、钻石星、玉石星，都没有我那半棵树、一院房子具体实在。我得养家糊口，我得吃喝拉撒呀”就显得掷地有声。尽管形而上的精神启悟如何应用于形而下的现实问题，对安北斗而言始终是一个难题（他本人就被搞得内外交困、进退失据），小说中也没有提供多少可供言说的思路或方案，但是，在对待温如风上访的问题上，他从以往的不理解、愤怒，到同情、共情，再到成为温如风心照不宣的支持者的心灵轨迹，还是我们看到了作者试图弥合精神/世俗之割裂的某种努力和意向。

同样的转变其实也发生在他们共同的老师草泽明的身上，这个固守着他理想中的“道”，并对世风日颓大道不行而深感无力的“卧龙”式的人物，此前对山下的世道之不公和人心之败坏，一直采取冷眼旁观、超然处之的态度，但自我膨胀至极的孙铁锤，要在北斗村竖立起一尊以自己祖孙三代形象为原型，高达99米的佛像，终于触碰到了他的底线，因为在他看来，这关涉到北斗村“形而上的恒常大道与经久赓续”，所以他不再坚持“屈死不告状”“此生不出山”的人生信条，毅然走上上访之路，并最终与安北斗、温如风一起扳倒了嚣张跋扈气焰熏天的孙铁锤。

最后，如上所述，《星空与半棵树》既有着“史”的开阔和厚实，又有着“诗”的灵动和超逸，整体上呈现一种史诗相融的独特光彩。同时，在叙事上，它又将小说与戏剧两种不同的文体穿插交织，从而产生出虚实相生、庄谐杂陈、人生如戏、戏如人生的综合艺术效果。其中，小说的“序幕”和第98节“《四体》”本身就是两个独幕剧，分别涉及故事的缘起、主要人物及其矛盾的由来，以及故事的结局。猫头鹰作为剧中角色之一，主要是一个旁观者的形象，对场景、事件、人物等予以说明和评价。而小说的

第38节、第76节、第89节以及尾声，这四节则发展成为专门一整节的猫头鹰第一人称独白（“猫头鹰说”），但仔细推究，它与小说叙事的关系仍然类同于它在戏剧叙事中的位置和功能，即都是负责提供一个有别于人类的高级智慧视角。

这只猫头鹰既是一只凡鸟，与人类一样要生老病死，同时却又具有神通，能言语，能思考，甚至能预知灾难和死亡，它所拥有的知识和智慧也显然远远超过一般人类。一方面，它具有“串场”的功用，类似于中西传统戏剧中常见的丑角，插科打诨，装疯卖傻，以此连缀场景、提示情节、与观众（读者）互动，营造气氛；另一方面，更重要的是，由它引入了另一种审视人类生活的可能性。像安北斗式的眺望星空固然可以获得精神启示，但天地有大美而无言，这种启示又主要依赖于个体的主观感悟。作者设计的猫头鹰这个角色，显然给我们在人类自我的视角之外，又提供了一个灵性视角来构成对我们自身的审视，借助它的嬉笑怒骂、冷嘲热讽，我们看到了人类的渺小和自大、愚蠢和疯狂，总之，迷失在一个自我中心主义的幻象里却毫不自知，着实可气可笑，可悲可叹。因此，如何破除迷思，调整观念，重建人类与天地自然万物众生的和谐关系，这种生态主义的忧思和呼吁，同样构成了小说多维性意涵中的又一重要维度。

而《星空与半棵树》意涵以及美学上的复杂性又何止这些？上面所提到的，不过是其明显可见的几条主脉，尚有好些问题来不及从容讨论。比如小说与戏剧的交互，除了上述最直观的文体置入，还有善恶二元对立的伦理观，大量戏名、戏文与小说形成的互文关系，猫头鹰这一视角所带来的荒诞性、喜剧性乃至后现代主义性质的解构性，以及它在戏剧和小说中的频频穿越所导致的“戏如人生”或“人生如戏”的镜像感等，实在是不胜枚举。事实上，《星空与半棵树》是如此独特如此繁复的一个文本，像星空一样令人目眩，也像森林一样令人容易神迷，它值得我们不断探索、不断思考。

故事梗概

秦岭南麓，北斗村，一个风雪之夜，原长在村民温如风、村主任孙铁锤两家地畔，为两家所共有的一棵百年大槐树被偷。温如风后来从蒋存驴口中得知，偷树者即孙铁锤本人，于是向北斗镇派出所所长何首魁举报，但不料蒋存驴当场又矢口否认此事。此后温如风陆续受到孙铁锤的凌辱、殴打，因不满于何首魁的处理态度和结果，他开始一次次踏上上访之路，由县城到省城，直至北京。

安北斗是镇政府的一个公务员，也是一个天文爱好者，业余时间酷爱观看星空。镇长兼书记南归雁醉心于勺把山的“点亮工程”，而把监视和截堵温如风上访的苦差事，交给安北斗专门负责。妻子杨桂梅嫌弃他活得“窝囊”，两人的感情逐渐破裂，最终，她嫁给前来挂职的副县长储有粮，带女儿去了省城生活。

“点亮工程”虽然劳民伤财又破坏生态，但很受县委书记武东风的肯定，南归雁转任县旅游开发办主任兼政府办副主任，继续筹划更大的全县域的“点亮工程”。镇长蓝一方又开始大搞甘蔗酒产业，结果又成了一个烂摊子。接着，永平县迎来了大规模铁路建设的时代，而孙铁锤应时而起，通过他的远房亲戚、省府某处长孙仕廉的关系，承包了若干标段的沙石供应，迅速发家致富。整个北斗村也在他的带领和鼓动下，疯狂投入砸石子挖河沙的劳动中。温如风在老鳖滩的家被挖成了孤岛，后来在暴雨中又几乎坍塌。尽管县里一再嘱咐要做好温如风的工作，协调好他与孙铁锤的矛盾，但因为种种复杂情况，成效不大。温如风继续上访，依然无果。

孙铁锤为了获得更多的石料来源，从省城请来专家实施“洞室松动大爆破”。北斗村发生特大爆炸事故，“炸死五人，重伤二十七人，轻伤近百人”。孙铁锤虽然被关了几天，但在孙仕廉的庇护下，很快出狱。这种强烈的不公平也使得安北斗在温如风上访的问题上，从以前的反对态度转为理解和支持，他们成为心照不宣的合作者。

孙铁锤无限自我膨胀，在阴阳先生的怂恿下，修建了一尊高达99米，面容酷似孙家父子的佛像。这使得一向超然尘世、独善其身的乡贤草泽明忍无可忍，愤而出山，继温如风之后，也走上了上访之路。

孙铁锤生意越做越大，敛财手段也越来越狠，聚赌放贷，欺男霸女，已经成为黑恶势力。他绑架了觊觎已久的花如屏，抬上山来欲行不轨，被闻讯赶来的何首魁开枪击毙，但何首魁也被孙刺死。

南归雁成了永平县新的县委书记，他改变作风，不再折腾，而是脚踏实地，大力恢复生态，积极造福百姓。草泽明去世，留下了一份未完成的《北斗村生息契约》。安北斗看后加上了保护自然的内容，他认为，这是北斗村人赖以生存的万事根本。

直面当代人的精神困境
——评毕飞宇《欢迎来到人间》

张堂会

暌违十五年，毕飞宇推出了他的长篇新作《欢迎来到人间》，塑造了一个折翼的天使形象傅睿，来正面强攻当代人的精神世界，给人们带来了异样的阅读体验，从而在当下众多小说中占有一席之地。在这部小说中，毕飞宇延续他以往的写作主题，关注人们内心隐秘的疼痛。他肆意地挥舞手中寒光凛凛的小说手术刀，以非理性的方式对当代人溃如废墟的内心世界进行了精准锐利的解剖。

《欢迎来到人间》为当代文学画廊贡献了一个独特的人物形象，医生傅睿代表了当下众多中国人的精神面貌，在光鲜亮丽的外表之下掩饰不住的是千疮百孔的内心。傅睿既是一个白衣天使，也是一名对自己病情毫无所知的患者，更是一名自诩拯救他人的狂人。作为第一医院泌尿科肾移植的一把刀，是护士们膜拜的实力派偶像，举止优雅，家境优渥，父亲傅博是医院的前党委书记。在妻子敏鹿的眼中，傅睿目光像玻璃一般干净剔透。他处处都显得鹤立鸡群，虽然生在人间，却又不谙人间烟火，犹如一个天使般的存在。他清心寡欲，不喜欢社交，不贪慕钱财与权力。犹如实验室的器皿闪亮安稳，但也需要小心轻放，一旦遇到磕碰便容易出现裂痕。“非典”之后的几个月，泌尿外科接连出现六例肺移植死亡病例，给一向追求完美的傅睿造成巨大的心理阴影。十五岁少女田菲的死亡对于傅睿更是一个巨大的打击，给他造成了严重的心理创伤。傅睿无法从田菲死亡的阴影中走出来，他毫无意识地穿着蓝大褂、架着涂满碘酒的胳膊回到家。一遍一遍地回忆手术的过程，想要搞清楚田菲死亡的原因。明明手术的所有步骤都很完美，肾源没有问题，缝合没有问题，病人最终还是因为肺动脉栓塞而死亡。他对妻子敏鹿失去了性趣，又因敏鹿摇曳柳枝的身影与田菲相似而大怒流泪。傅睿陷入焦虑不能自拔，深夜两点还去探访肾移植后处于康复期的病人老赵。“老赵日记”让他成为医院的后备干部人选，被派去参加骨干培训班学习。学习期间，由于他每天夜游拖地而被表彰。一场又一场荒诞错位的表扬将其内心的脆弱与隐秘公之于众，他感觉自己的脸皮被当众剥掉，由此走向内心的癫狂。

小说打破了现实主义叙事手法限制，聚焦人的非理性世界，把人们不易察觉的人性异化与内心癫狂呈现出来。不同于以往中外文学景观中的谵妄人物，《欢迎来到人间》中人物的谵妄状态是普遍而且常态化的，是非理性的泛滥。每个人对生命、性爱、权力、金钱等都怀有狂热的欲望，为之失去理智而疯癫。非理性的生存状态和精神状况不仅体现在某一个体人物身上，还幻化为一种集体化的生存常态。傅睿安然地接受老赵的叩首膜拜，如同神祇降临人间，对着所有建筑物高喊："我保证你们都能活下来!"在观自在会馆偶遇小蔡，目睹了她与房地产老板的荒唐婚礼，傅睿认为小蔡的灵魂已经堕落，决意去拯救她。他设计出了一个癫狂的治疗方案，开着帕萨特轿车载着小蔡疯狂飞驰，利用汽车的速度和离心力催吐小蔡内心的肮脏。在地下室里，傅睿在光头男的催笑暗示下，彻底放松了自我，变形为羊、狗、蛇等动物，疯狂地爬行吼叫，最后像蚕一样吐净自己，睡在自己织就的蚕茧里。毕飞宇以精准绵密的语言创造了一个强大的叙述主体，颠覆人们对现实主义小说的认知，以非理性的方式寻求精神的慰藉与救赎，挑战以往小说对理性的膜拜，或许这种非理性的方式更能体现当代人精神世界的真实与荒诞。病人家属送钱贿赂医生、护士，不收钱财反倒让他们放心不下。小蔡自然地收下了胡海的卡，在看到那骇人的数字后立刻就明白这个价钱的意义。在一个物欲横流的社会里，一切都可以成为交易，金钱主导下的人性沉沦显得稀松平常，道德、理想等美好事物被现代都市生活碾为齑粉。郭鼎荣对傅睿的奉承讨好并非个例，整个官场的作风几乎都是如此。傅睿关心病人的事迹登上晚报被雷书记盛赞，傅睿凌晨夜游拖地的行为被中心主任讴歌，"他的口吻与行腔和第一医院的雷书记很像，和傅睿的父亲很像，应该是传承有序的。"面对无法控制的局面，在小会议室的讨论会上，傅睿再不能忍受，用烟灰缸甩砸领导的行为似真似幻，却也是权力使人异化的最好表征。

不论是早期带有强烈先锋色彩的重述历史小说，还是后期转向写实的乡土题材作品，毕飞宇对中国问题和人生困境的追问从未停止。每一位作家都是时代的感受器，作为一名当代作家更应该有体验当代、概括当代、表达当代的能力。小说故事虽由医患矛盾开篇，却并未聚焦于医患纠纷的过程和结果，而是深入开掘人物的内心世界。貌似确定的生活开始向内坍塌，这种困境在现实中迅速蔓延，毕飞宇敏锐地发觉这一精神病变，通过近乎溺水般的写作刻画出时代的精神症候，这是当代文学少有触及的一面。

历经十五年的沉淀积蓄和对现实生活的深度思考，毕飞宇将笔触深入当代人的精神世界，在《欢迎来到人间》中展现了中国人超越性的现实与常态。书中的各色人物在精神和身体震荡的危急时刻，或凭借惯性过渡或进行精神突围，以各种不同方式完成灵魂的超越，种种看似完美无缺的生活表象之下都包蕴着习焉不察的病态。小说通过傅睿周边人物与环境描写，交代了完美人设走向精神狂乱背后的复杂因素。作者用莫名其妙的身体之"痒"建构了一个绝佳的社会隐喻，对当下个体生命以及时代变迁进行了深邃的思考，理解和把握这种带有形而上哲思的小说或许还需要一定的时间。

故事梗概

2003年“非典”结束之际，南方某市第一医院的泌尿外科接连出现了六例死亡病例，全部来自肾移植手术。作为第一医院肾移植手术的权威专家，傅睿感到压力山大。随后，他接诊了一个从偏僻乡镇来的初三学生田菲。田菲的父亲把女儿的性命寄托在傅睿身上，把一堆卷有零钱的人民币硬塞进傅睿办公桌的抽屉里，确信傅睿能够全力救治女儿。傅睿许诺会治好田菲，可事与愿违，田菲最终因肾脏移植的术后并发症去世。田菲父亲抢过护士手中的盘子袭击傅睿，护士小蔡扑过来适时地保护了他。傅睿想不通田菲为什么会死，没日没夜地去回忆手术过程。由于过分担忧病人的健康情况，他对身边的妻子敏鹿无动于衷，凌晨两点去探访肾移植后康复期的病人老赵。老赵是一家报社退休领导，被傅睿的行为所感动，安排报社报道了傅睿的感人事迹。由于报纸传媒的作用，傅睿成为社会名人，第一医院领导派他参加骨干培训。培训期间，傅睿还没有摆脱医疗死亡的精神困扰，失眠夜游，每天五点起来在楼道拖地板。由于一桩失窃案，一个保安在翻看监控记录时发现了傅睿的这些举动，傅睿又被作为做好事不留名的先进典型受到表彰。他看着自己的隐私被公之于众，感觉自己被剥了脸皮，背部发生莫名的瘙痒，打电话请小蔡为自己挠痒。妻子敏鹿发现傅睿后背的抓痕，误以为傅睿出轨。培训班的同学郭鼎荣拉傅睿参加朋友的酒宴，偶然遇到了给房地产开发商做情人的护士小蔡。傅睿认为小蔡灵魂已经“堕落”，一心想要拯救小蔡。他开车载着小蔡在培训中心足球操场上横冲直撞，最后撞向了球场边的小树林。傅睿望着呕吐不止、魂不守舍的小蔡，相信小蔡的灵魂得到了拯救。他决定离开培训中心回到医院，并告诉小蔡隔天去医院门诊找他。归途中，傅睿在上岛咖啡厅遇见了一位光头男人，跟随他来到了一个地下室。在光头男人的暗示下，傅睿彻底放下了自我，像蚕一样吐净了自己，安详地睡了一觉，醒来后空无所依地坐在地下室等待光头男人的归来。

推移与抒情
——评贾平凹《河山传》

杨　辉

此“河山”非彼河山。河是洗河，山是罗山。洗河出自农村，是进城务工人员，是创业的“城一代”，是跟班、助理、管家；罗山久居城市，是事业大成的老板，是社会贤达。人事兴衰倏忽，其间阴阳交替、寒暑易代，造化运转不息，人事迁转无定，演出了多少兴衰、起落、成败、得丧、荣辱、进退甚或死生的生命故事，遂成这一部表层风轻云淡，内里波澜万丈的《河山传》。洗河在基层，其行像水，多阴多柔，四十年间随物赋形，与时推移，终究也得以圆满；罗山在上端，其状如山，一味刚猛，四十年间左冲右突，努力精进，孰料却不幸殒命，壮志未酬，身死名灭，一切转头成空，叫人不由得生出如读《水浒传》由“惊天动地”到“寂天寞地”之感。

传统小说的作者，时常感怀身世，情不能已，而借小说的写作做“自我的舒解”，也自然生发“人间的关怀”。其作“直接取材于人间，亦将造成的后果还诸人间”。《河山传》中人事、情境、意义亦庶几近之，而以“世情”二字总括全书，意在说明此书虽以某种意义上的编年体为纵向结构。《河山传》起自1978年，终结于2020年，若干重要事件虽不乏原型，却仅求大略，得其神似可也，或曰以神写形，琐末细节不必深究，世态人情约略勾画。其要在“直指当下人间、凡俗庶民俯仰其中的生命舞台，既非遥遥远古，亦非殊方异域”，而“描摹世态百象、人情万端的丰富内涵”。此属“世情”一词要义所在，亦为《河山传》着力用心之处。然世情小说笔墨重心虽在描摹世情，却自有对生活世界作“全幅的观照”的用心。其“大多以婚姻、家庭为情节描述轴心，扩及点染世态人情，并进一步将关怀的层面延伸至家国兴亡”。一言以蔽之，“儿女婚恋、家庭伦常、世情百态、国祚兴衰为其普遍关切的对象”，多种题材也“往往形成网状的结构脉络”，诸条线索纠绕牵缠，遂开“纷繁多元的生命图景”。

文丑良这个人物，虽有作者的影子，其思其想却不能简单视作作者的夫子自道。然而他也确是浓缩了《腊月·正月》《浮躁》《秦腔》《高兴》以及《带灯》等作品中关于城乡关系的阶段性思考的有意味的人物。世运推移，人事迁转，文章兴替，变中有常，常中亦含变，文丑良观察、思考、写作，一旦目光从浩渺天地转向芸芸众生，笔下难免生出朝乾夕惕、黾勉苦辛之叹。然而书中如唐传奇一般“内在地探索到整个人生与宇宙的关系”，约略也“点出人世的虚幻无常”，却并不将之归结为生命意义的“短暂空洞”，而是在洞悉浩大的“虚无之悲”后，勉力朝向一种极富创造性的生命的精进状态。历史如一条长河，个人则似河中浪花，既被规约，亦得成就。如罗山、兰久奎、熊启盘，若非能感应时代风气，迎难而上，也未必能够成就一番功业。然相较于罗山、兰久奎这般拨弄风云的精英人物，洗河不过是配角，但他的故事，绵延漫长，甚至越过了罗山。他是普通人，是小人物，但他是大多数。他们的故事，是时代不可或缺的重要部分，也是《河山传》的起点和最终的落脚处。如此，一条洗河，一座罗山，足以幻化为滔滔江河与连绵群山，以及它们所能指称和表征的广大世界。虽非用意于“复调”，《河山传》中仍有多种声音，彼此混杂，嘈嘈切切。罗山观念是一种；洗河观念是一种；兰久奎、文丑良亦各有其所见。甚至呈红，也有她用世的方法。然而相较于有限生命的世界感觉，天地无言，万物生生，又看惯和蕴藏着多少故事？

写人，记事，亦必要状物。托物喻人或以物观我，为贾平凹常用的笔法。人事波动不已，四时运转如常。罗山去后，兰久奎和洗河这一日枯坐于亭子里，“睁着眼看着黑暗，听南梁上瀑布宕荡的声音，听东西梁上的风行和鸟啼”，其时“水池里有鱼偶尔跃出水面，山高月小，满天的星星”。但罗山不在，物是人非，洗河几欲大放悲声。水流元在海，月落不离天。罗山未逝，他还在某一处，双眼如星星一般，看着人世的风景。此亦属“悟境”，乃点睛之笔，就中“推移的悲哀”，朗然如在目前。悲喜、荣辱、得丧，已然难以自主；死生事大，更是无从把捉。此境并不单一，既含阿多诺、萨伊德论“晚期风格”时所言之“灾难”和“不和谐的、非静穆的紧张”，亦有看淡世情起落、众生来去而天行有常的“圆融”与“通会”。其理如论者所言，可说与不可说，可见与不可见所呈现的“种种未竟”之处，“更让人深切领会并如实面对艺术与生命中的衰老、无奈、不圆满与无可奈何”，既无从逃遁，也难以扭转，索性“坦然接受，将缺憾还诸天地”。《河山传》中“天地”仍在，且是人事起落无言而永在的背景，具足大化流衍、运转不息的理趣，亦照见人事微茫、生生不已的韵致。

《河山传》其形若水，苍茫而来，又浑然而去。时或清澈见底，游鱼细石可直视无碍；偶尔大水走泥，惊涛裂岸，浑然茫然，莫辨涯涘。1978年至2020年四十余年历史巨变为河床、为崖岸。然则是河流造就了河床，而非河床为河流预设。所谓的规矩、章法，皆属后设。何况河流永在，碧水长流，后之来者改弦更张亦非难事。《河山传》写的是四十年间的生活，在此期间“社会剧烈转型，什么事情都在发生着，如一条大河而下，汹涌澎湃，堤岸在崩溃，屋舍在倒塌，但又改变着两岸，滋润了更多土地”。文法既如流水，可以随意挥洒，自然变化无端。1994年11月的某日晚间，洗河、马西来、曾五、邓家先去时在乡间任教的文丑良屋里闲谝。这闲谝并无主题，“常常是从谁的毡帽说到另一个人在集上买到了假酒，又从假酒说到村长和镇长，说到西安，甚至就争执联合国是个什么国”，其间话题如何“过渡的、转换的，全不理会，似乎像河水一样，自自然然便流过来了”。此可视为《河山传》纵向章法。“屋外一棵大树，从窗子里望出去，就是一堆绿。这绿浑厚，有疏有密，或浓或淡，每股枝条的伸出，枝条上每片叶子的生成，都组织得那么合理，风怀其中。”这却可解作《河山传》横向笔意。

概言之，一部《河山传》，核心人物有原型，重要情节有本事，材料庞杂，事件繁多，却自有章法，自成格调。造化运转不息，人事迁转无定，意之所至，境因之生。推移的悲感、世情的起落，生命的咏叹与创造的进境，浩浩乎汇于其中。

故事梗概

《河山传》以时间为经，世情为纬，通过洗河和罗山两个核心人物的命运，展现了中国从1978年到2020年四十余年间的社会变迁，塑造了具有时代意义的人物群像。洗河本是崖底村的农民，父母去世后，来到西安走街串巷卖爆米花，因缘际会与事业小成的商人罗山相识，凭借勤奋与机敏成为助理，帮助罗山巧妙处理诸多事业难题，随后又照料罗山父亲。罗山与兰久奎在秦岭祥峪搭建别墅“花房子”，而洗河也成为花房子的管家，并与保姆梅青相爱生下女儿鸽子。花房子是远离城市喧嚣的闲逸之地，吸引着双鼓坳的原住民前往务工，却也引起村民的混乱，花房子亦是罗山、兰久奎与政商各界暗中进行钱权交易的纸醉金迷之处。“河山”之外，贾平凹亦勾勒了众生相，小学教师文丑良坚守知识分子的责任，书写农民工的现实生活困境，不料自身却陷入舆论旋涡；呈红周旋于“成功”男性之中，积累财富后也不择手段利用媒体博取“曝光度”；梅青质朴善良，经历花房子的奢靡仍保持单纯；兰久奎好读书，通文墨，表面风轻云淡，胸中实有丘壑。面对焦三辈之死、《山石花卉图》风波、花房子工人的意外，种种遭际罗山、洗河都顺利化解，虽然处理“东凤酒”包装事件、贿赂教育局局长时也仍有失误，但罗山的商业版图仍呈现不断扩张的态势，在政界也崭露头角，然而事业即将达到顶峰之际，人事吊诡，为爱跳楼自杀的骆晓婷却使罗山命丧黄泉，而罗山的儿子回国后与鸽子相恋，洗河成为白房子的主人。一时间，“保安”与“保姆”的流言四起，而洗河也承受着言语的压力。罗山与洗河的传奇落幕，物是人非，身份对调，造化运转不息，人事迁转无定。

无机结构的“有机性”

——评陈仓《浮生》

周新民

按照西方长篇小说的标准，中国素无长篇小说，即使存在长篇叙事文本，对其评价也普遍较低。鲁迅、胡适、茅盾等认为，中国古代长篇小说在思想和艺术上并无太大价值。之所以如此，是因为按照西方长篇小说的标准来衡量，《官场现形记》等长篇小说的结构上属于“连缀”，偏重于故事“长编”，而难以形成有机结构。这种无机结构的长篇小说一直被批评家和小说家所诟病。虽然，中国现当代文学史上出现了诸如《子夜》《红旗谱》《青春之歌》等有影响力的长篇小说。但是，对于这些小说的评价常常用“史诗”等概念来比附、评价，而真正意义上的长篇小说规范，其实一直没有形成。长篇小说文体焦虑症一直困扰着中国的小说家和批评家。我们从新时期以来花样翻新的长篇小说文体实验就可以看得出来，长篇小说文体焦虑症对于长篇小说写作的影响有多么大。如果说新时期之初，长篇小说的文体实验还和中短篇小说保持着相对平衡的态势，长篇小说文体实验资源和中短篇小说相比没有太大的不同。长篇小说文体实验基本上就是在结构上做些调整，借鉴意识流的方法来结构长篇小说而已。然而，到了九十年代，长篇小说的文体探索就要复杂得多。复调结构、词典体、方志体、注释体等，纷纷涌现。当然，积极探索长篇小说文体形式，本身值得提倡。不过，值得注意的是，如过江之鲫的长篇小说文体探索，其实质是中国长篇小说文体不成熟的焦虑，也是中国长篇小说文体集体突围的尝试。

现代西方长篇小说标准是建立在成长小说的基础之上的，有机机构是其最为根本性的诉求。人物性格的发展、情节的演绎都统摄于事件与事件之间的有机联系上。

其实，中国古典长篇小说不乏有机结构，只不过这种有机机构并不是西方长篇小说的那个样子而已。中国古典长篇小说正文之前大都有一个楔子。楔子交代的是上天或者是神魔界的事情。这些事情又是长篇小说正文所叙写的人间事的开端，也预示了人间事最终结局。表面上看，这样的长篇小说正文是无机结构，仅仅是事件和事件的连缀。但是，如果把楔子联系起来，整体把握楔子和正文的话，我们就会发现这些长篇小说从根上讲述了一个“天人合一”“天道循环”的哲理。楔子和正文构成了整部长篇小说的有机组成部分，并不是漫无目的地堆砌故事。

《浮生》并没有在长篇小说文体上做出激进的探索。它是一部很“老实”的作品，老老实实地讲故事。整个《浮生》分为两个部分，一部分是买房的故事，一部分是为房子维权的故事。前一部分命名为“亲爱的房子”，后一部分命名为“亲爱的家”。“亲爱的房子”和“亲爱的家”这两部分之间除了时间上的关联，并无小说叙述所要求的因果关系。因此，从一定意义上讲，两部分之间的关系，从叙述的逻辑来看，并无有机联系。再进一步分析两部分，我们就可以发现，它们各自都由一个个小故事构成。例如，“亲爱的房子”由选房、筹款、还贷、搬家等故事构成，这些故事之间也缺乏必要的有机关系，而是由自然时间串联在一起。因此，自然时间串联构成了《浮生》结构故事与故事的基本方式。

如果这样来看，《浮生》显然是一部长篇故事而不是一部长篇小说了。其实，我们在仔细阅读中发现，《浮生》的自然时间串联的结构只是表面，而深层次来看，《浮生》有着内在的深层结构。这个结构是由巫叔形象的塑造来实现的。

巫叔来历不详，职业不明，疯疯癫癫。他以捡拾空玻璃瓶为乐，喜好敲打玻璃瓶，演奏各种曲目。他为人仗义，热心快肠，能未卜先知。如果仅仅如此，巫叔也就是小说塑造的一个普通的人物形象了。这样的人物形象本身也并没有太大的审美价值和意义。关键点在于，《浮生》把巫叔刻画为独立世界中的一个人物。在他所处的世界里，他不知道世间万物，不通世间恩怨。但是，对于人世间的是是非非了解得非常清楚，对于事情的是非曲直了然在胸，并且能做出自己的判断。例如，他在陈小元出路艰难之时，主动把一些对陈小元有用的材料交给他。陈小元被开发商诬告而关押，胥小曼四处寻找他。为此，她在楼盘的售楼部高唱《国际歌》。巫叔也来到现场，敲击玻璃瓶，演奏《国际歌》，以此支持胥小曼。

但是，如果《浮生》只是停留在这样一个层次来叙述巫叔，那就只是把他看作一个普通的人物形象来刻画。《浮生》的巧妙构思在于，它以玻璃瓶来比喻房子："房子是什么呢?不就是瓶子吗?没有了瓶子，拿什么去装水呢?水不装在瓶子里，那不就四处动荡了吗?水只有装在瓶子里才会是风平浪静的。人世间多数的悲喜剧都是因着瓶子，不对，是房子，是因着房子而起的。没有房子你等于一无所有，有了房子，家，爱情，浪漫，潇洒，自由，安宁，那种优越感，甚至是功名利禄和千里江山，你就什么都有了。”（陈仓：《浮生》，江苏凤凰文艺出版社，2024年版，第5页。）于是，我们看到，在陈小元和胥小曼为房子而焦虑、痛苦、高兴的世俗人生之外，高悬了一个象征的世界。这个世界是以巫叔为代表的灵魂，他清醒、睿智、超脱。这个具有彼岸价值的世界和现实的世俗世界之间形成了张力，从一定程度上提升了《浮生》的思想深度和艺术厚度。我们可以在小说的结尾看到，陈小元终归认识到，为房子奋斗的苍生，无非就是一只只青蛙，也终归是城市的异乡人。《浮生》对于陈小元夫妇购房命运的书写，也因此超越了具象的现实社会生活，具有了迈向彼岸价值探索的可能性。

故事梗概

记者陈小元和护士胥小曼相恋，二人准备在上海买房结婚。经过多方考察，决定了所购房屋。陈小元和胥小曼都是农村来上海打拼的青年人，经过多方筹款，终于凑齐了房屋的首付。然而，每月还贷给陈小元、胥小曼带来了沉重的经济压力。陈小元是普通记者，虽然故意把一名陈姓领导的名字写成“陈腐”而在记者圈享有一定的声誉，但是，还是避免不了游走在待岗、下岗的边缘之命运。胥小曼也仅仅是一家医院名不见经传的护士，也两度遭遇到待岗、下岗的危机。婚后不久，胥小曼怀孕。多雨的季节陈小元、胥小曼发现他们好不容易购买的住房却长期渗水。不得已，二人开始走上了维权的道路。维权过程极其艰难，陈小元有一段时间曾起到过带头作用，也曾表现出坚决为广大居民维护权益的勇气。此后，陈小元也经历了金钱、美色、职位的诱惑，但是，面对妻儿的安危，他最终退缩了，甚至有过跳楼自杀的念头。胥小曼也遭受了各种打击。但是，无论是陈小元还是胥小曼都始终保持着积极、乐观的心态，与各种势力周旋。小区的同一栋房子倒塌，为这对年轻人的维权带来了新的契机和曙光。

回望艰难岁月，细嗅泥土芬芳
——评周瑄璞《芬芳》

徐　刚

擅长描绘勾勒人物群像，而非聚焦某个单一角色，一直是周瑄璞文学创作的重要原则。长篇新作《芬芳》同样没有按照典型人物的集中原则展开叙述。在此，主人公杨烈芳虽然着墨较多，却并不占据叙事的焦点位置。小说似乎依然在延续非虚构的“散漫”节奏，不经意间呈现出一种“散点透视”的叙述结构。毋宁说，作者试图以更大的艺术野心囊括起整个“前杨村”，书写更大范围内的家族历史，乃至中国乡村近半个世纪的历史变迁。

如小说所呈现的，在杨烈芳之外，《芬芳》更多关注的是前杨村“这条过道里十几个姊妹”。小说力求通过展现人物群像，去呈现大时代的广阔面貌。通过开枝散叶的杨氏家族，从整体上描摹乡村的历史图景，这是作者早在写作《多湾》时就已认定的小说创作方法。正源于此，在季瓷和章西芳之外，《多湾》还描述了一些性格不同、命运各异的女性群体，“她们是大地上的花朵，顽强绽放，默默凋零，结出酸的、甜的、苦的各样果实，这正像是自然万物的样态”。（陈忠实：《〈多湾〉：曲折流淌，水到渠成》，《江西日报》2016年1月15日，第B3版。）

如此看来，《芬芳》里的众多女性人物，又何尝不是陈忠实先生所说的“大地上的花朵”？她们卑微、隐忍，乃至惨烈的生命图景，不正显现出自然万物的样态吗？小说中，从母亲白氏开始，生活的贫穷悲苦就一直挥之不去。在她那里，常年的匮乏使得“除了引章上学用钱是正事，耽搁不得，其他的钱都可以省下不花”。于是，当无力购买一个新鏊子，只能委派大烈去借鏊子时，她自然会“趁住她的鏊子，多烙一点多吃几天”。这种占点便宜的“小农心态”，毋宁说正是贫穷中催逼出来的生活智慧。然而，让人想不到的是，由此引来了一场啼笑皆非的“鏊子大战”，最终不得已花钱给金环赔了一个新鏊子。如此卑微挣扎的小人物，也终究没能挺过那艰难的岁月。小说最惨烈的情景当数白氏在绝望中的自杀，她倒在了家庭生活改善的前一年，留给子女永远的遗憾。在白氏之外，春棉的命运更是令人唏嘘感叹，生活的种种变故让她对自己一头扎进的命运产生了根本的怀疑。小说中的她，在绝望中欲寻短见，所幸被自己的孩子无意间救下。这个孩子正是此后被外面世界所吸引的小烈（杨烈芹）。尚未成年的小烈，她所有的思念，其实并不是对某个具体的人，而是为了远方，离开颍河，离开前杨，离开这苦难的生活……

作为被“寻来”的闺女，杨烈芳曾感到世界的无情、命运的残酷，上天将她安排在农村，走进贫穷的家里，也不给她一张好看些的脸蛋。然而，恰恰是她，在这艰难的生活和不公的命运中，时时展现出坚韧、仗义和朴实，以及内心的良善。小说从她辍学回家编娃娃筐，供哥哥引章上学开始，其人性的光芒便不断闪烁。最精彩的段落当数她在九道街卖红薯的经历，由此证明穷人孩子早当家的朴素伦理。

在这些人物之外，小说也在不断展现传统乡村的独特面貌。这显然包括在今天的读者看来，已然成为奇观的各类民俗。为了生存和繁衍，古老的乡村总会流行一些奇风异俗，比如“换亲”。如小说中所见，无论是更为直接的两家换，还是略显复杂的三家转，不管怎么换怎么转，都是要让闺女做出一定的牺牲。这是因为，世上只有娶不上妻的男子，从没有嫁不出去的闺女。“换亲”之中，也会包含着更加隐秘，更加奇诡的乡村秘闻。比如，春棉命运的悲剧就是始于换亲。

从历史背景来看，整部《芬芳》从20世纪70年代中期开始写起，那个物质匮乏的年代，我们已然相当陌生。此后到80年代初期的改革开放，一切才有了起色，但也依然凝聚着在如今的人们看来无法理解的艰难岁月。目送时光缓慢而坚定地走过，直至世纪末国企倒闭，21世纪以来大量农民进城，城乡信息逐步打通，新事物涌入农村……小说囊括了乡村世界半个世纪以来的历史变迁，包含着从平凡的日常生活中捕捉的史诗意味。小说用大量篇幅描绘乡村社会中人们的生存状态，以及如河水一般无尽流淌的日常生活。当然，小说很多情节也有着以人写事的“嫌疑”，比如为了引出计划生育，展开了杨引庆和张爱香的故事。金环的“超生游击队”生涯，更是特定时代氛围的证明。素芬的离婚故事，证明了木锨王那个男人对于婚姻的功利态度。后者急于拿到离婚证，要尽快以一个城里人的形象重新生活，他显然不能“叫一个农村女人把自己绊住”。在这个“一张县城商品粮证书，竟然能改变人的感情，指导人的情欲”的时代里，如此负心的男人其实并不鲜见。

这些年来，周瑄璞的小说一直对女性的进城方式情有独钟。之前的《日近长安远》便讲述了罗锦衣和甄宝珠这两个镜像式的女性人物，也顺势回应了如何处理传统女性和现代女性的关系问题。《芬芳》同样关乎进城的问题，但在小说中的杨烈芳这里，她既没有用身体开疆拓土，一路高歌，也没有一味持守平凡，甘做普通劳动者。烈芳的生活与成长轨迹，让人万分感慨，也包含着别样的励志意义。如小说所展现的，在熬过最艰难的乡村岁月后，她终于开始迎来生活的馈赠。抓住机遇到编织袋厂做工人，获得了县城户口，以略显狡黠的方式和“远见”解决了文凭问题。通过推销家具，获得平生第一笔巨款，彻底结束了哥哥上学借钱、结婚借钱的卑微历史。31岁时，她去西安玩具商的库房工作，五年之后，为了拒绝“没有信任”的生活，果断结束与玩具商“无厘头”式的婚姻。其实我们每个人都是这样，一次次的选择，构成了命运本身。

小说最后，结束打工生涯的杨烈芳索性做起了玉石生意，后来干脆把门店交给堂妹杨烈芹，又兴致勃勃地弄起了“烈芳说”美食视频，这无疑是更符合今天这个媒介时代的时髦生活，由此也最能让人看清她从遥远年代一路走来的时代变化与成长轨迹。对烈芳来说，这是个新生事物，不知结果会是怎样，但她要做一件事，就会全力以赴去干。一位心怀良善而又奋斗不止的人，总会赢得生活的回馈。在这个意义上，小说借助“烈芳说”讲出的人生感触，正是作者试图传达的真正的人生慨叹，也是她写给我们每个人的励志格言:“很多时候，我们常常自怨生活的艰辛，现在想想，每个人都有过艰难的岁月。如果能挺过来，那些岁月会变成生命中最精彩的日子。用最美的心情，走最好的人生，发现生活的意义，创造最美丽的自己。”这或许正是这部《芬芳》带领我们回望艰难岁月，细嗅泥土芬芳的意义所在。

故事梗概

长篇小说《芬芳》以杨烈芳兄妹的成长经历为叙事主线，以杨姓家族十多位人物的命运为辅线，通过这种“人物群像”的展现，去竭力捕捉时代变化，打捞乡村记忆，也由此热情讴歌面对艰难岁月永不服输，向着美好生活顽强进发的精神品质。

作为被“寻来”的闺女，主人公杨烈芳曾感到世界的无情、命运的残酷，上天将她安排在农村，走进贫穷的家里，也不给她一张好看些的脸。然而，在这艰难的生活和不公的命运中，她时时展现出坚韧、仗义和朴实，以及内心的良善。小说从她辍学回家编娃娃筐，供哥哥引章上学开始，其人性的光芒便不断闪烁。在杨烈芳之外，《芬芳》更多关注的是前杨村“这条过道里十几个姊妹”。小说力求通过展现人物群像，去呈现大时代的广阔面貌，通过开枝散叶的杨氏家族，从整体上描摹乡村的历史图景。前杨的女性如此，前杨的男性也毫不逊色。杨引章实现梦想上了大学，民办教师杨引庆上访途中发现机遇改变一家的命运，就连“二混子”杨引运也最终醒悟，到西安实现了自己的梦想。他们用坚忍顽强、不屈奋进的精神改变自身的命运，用这种精神改变家庭生活，实现山乡巨变，进而也用这种精神推动了社会的进步。

在这些人物之外，小说也在不断展现传统乡村的独特面貌。这显然包括在今天的读者看来，已然成为奇观的各类民俗。当然，小说更关注的还是乡村记忆和时代之变。作者以鲜活的细节再现了从20世纪70年代直至当下的乡村历史变迁，写出了对故乡的热爱与眷恋，对生活的乐观和向往。小说最后借“烈芳说”讲出的人生感触，正是作者试图传达的人生感慨，也是她写给我们每个人的励志格言：“很多时候，我们常常自怨生活的艰辛，现在想想，每个人都有过艰难的岁月。如果能挺过来，那些岁月会变成生命中最精彩的日子。用最美的心情，走最好的人生，发现生活的意义，创造最美丽的自己。”

网络小说评论

序言

激情讲述中国故事

肖惊鸿

作为新时代文学的排头兵，网络小说在2023年度表现抢眼，以昂扬奋发的姿态，激情讲述中国故事。网络作家在网络文学的发展进程中壮大自我，得以成长，他们对时代、对国家、对世界的看法在网络小说中诉诸了生动的文学表达，推动了网络小说文体的成熟和内容的进步。

入选中国小说学会2023年度好小说的10部网络小说，体现了国家立场，突出了人民情怀，不因循守旧，不故步自封，努力探索创新艺术手法，传承弘扬中华优秀传统文化，积极表现新时代的伟大成就与历史性变革，勇于承担新时代的文化使命，多维度展现了网络小说年度创作佳绩，反映了年度网络小说创作的整体风貌和特征，成为网络文学高质量发展的佐证。

一是吹响"新时代山乡巨变"号角。现实题材创作如同一片充满希望的田野，盛开着五彩缤纷的鲜花。银月光华的《大国蓝途》讲述三代科研人的忘我奉献，反映了中国式现代化的探索实践，全方位展现出当代中国发展图景。20世纪下半叶，以康承业为代表的一代科学家抓住机遇，主导了第一代水下机器人、AGV自动导向车等一系列基础研发；20世纪末，以谢向明为代表的第二代科学家提出产研分开，一方面抢占市场份额，另一方面解决科研人员待遇低的问题；到了21世纪，机器人已直面市场，以谢贝迪为代表的三代科研人员乘着"一带一路"的东风向更广阔的未来前进。妖怪快放了我爷爷的《拥抱星星的天使》，讲述了医疗战线的温暖大爱。锦城大学附属医院儿保科有一支特殊团队，称作"拥抱星星的天使"，这是一群由医生、护士、心理咨询师、康复治疗师组成的专业团队，针对自闭症谱系障碍（ASD）儿童患者进行有效干预，以缓解病情。女主角吴迪倩就是其中一名年轻的康复治疗师。小说深情塑造了白衣天使，用温暖和爱去拥抱那些来自星星的孩子。何常在的《向上》开门见山，反映雄安新区建设的"山乡巨变"，描绘城乡风貌的巨大变迁，书写这一新时代的伟大壮举。在雄安三县出生的几个“70后”“80后”和“90后”，通过考学、经商改变了自己的命运，从农村走向了城市。雄安新区成立后，他们又从城市回到家乡，积极投身于新区建设，在时代熔炉中得到了历练，见证了历史性的社会变革，也铸就了属于自己的荣光。以上作品，多维度、多角度地塑造了时代新人形象，深情书写了平凡劳动者的故事，展现了充满希冀的新时代图卷，描绘了人民追求美好新生活的奋斗，体现了网络文学现实题材的价值。

二是创新传承中华优秀传统文化。狐尾的笔的《道诡异仙》，在现实与幻象中书写了一个奇幻故事。因为意外吃下邪药，主人公李火旺发现自己进入了一个真假难辨的世界。他决心带着人们逃离，探寻世界的真相，寻找自身的秘密。作品通过主角在路途上的见闻，将克苏鲁题材融合在中国式古典仙侠、传统民俗文化中，刻画出诡异世界里的众生相。辰东的《深空彼岸》描绘了未来世界新旧对抗的格局，蕴含了对科技进步的思辨，以及对人类自身的思考和探索。因为对旧术情有独钟，王煊选择进入“旧术实验班”修习先秦根法。学成毕业时被人暗中阻止进入“新星”，他转而加入探险组织，越来越多的内景地被发现。王煊最终来到新星，见到了大幕后的世界。希行的《洛九针》讲述了墨门掌门为弘扬墨学、重回正统，想铸造神兵器献给皇帝，以博得信任和荣耀。晋王、太子得知神兵器，起攫取之心，双方争执残杀。墨门掌门的女儿七星重整墨门，寻求真相。墨门积攒的巨大财富引起朝廷和同门中人的觊觎，围绕着墨门掌门之位，展开了生死搏斗。羽轩W的《星际第一造梦师》在不同造梦主题的直播比赛中展现瑰丽的华夏文明。民俗学研究生洛昭在田野调查时意外穿越星际时代。洛昭坚信故乡地球与华夏都未曾消失，在造梦比赛结束后继续学习，探索未来。小说充盈着神话传说、古典诗词、成语典故等传统文化内容，将悠远的文明呈现在未来世界。这一类作品赓续中华文脉，弘扬中华文明，彰显中国精神，贡献中国智慧。作家以巨大想象力和深刻的思辨力站在新时代文学的前沿，畅想未来世界，重构中华文化主体性。

三是人类过去与未来的多样性表达。我会修空调的《我的治愈系游戏》描绘了不得志的喜剧演员韩非，因病丢失了自己的笑容，在VR游戏《完美人生》发布前夕，韩非阴错阳差获得测试资格，并发现了游戏中的两层世界：表层充满了人间美好，深层世界却无比冰冷，人性的贪婪、恐惧被放大。误入深层世界后，韩非发现了其中的真相。知白的《全军列阵》虽为架空题材，作家却以唯物主义观点和立场讲述了中原历史故事。大玉王朝立国百年后，权臣把持朝政，各大家族穷尽心思中饱私囊。天子虽有察觉，却被权臣毒害，其子谢拂为求自保，表面极尽荒唐之事，暗中搜罗人才，主角林叶最终文治武功，天下无双，中原江山再现繁华。三九音域的《我在精神病院学斩神》将都市脑洞文发挥到新高度。林七夜从一个失明的普通高中生，阴错阳差地成为保护国家不受侵犯的守夜人，借由炽天使的助力创造出虚假城市，成立特殊小队，不断接触并清剿出现在现代社会的神话生物，踏上斩神之路。这些作品在历史与未来的多重维度中进行多样性探索，聚焦人类命运，叩问人类价值，在文学叙述中弘扬科学精神，体现出网络文学开放包容的中国气象。

迷惘是心之壁

——评狐尾的笔《道诡异仙》

刘西竹　夏　烈

在《道诡异仙》之前，狐尾的笔写过武侠、网游、西幻类型的小说，但都是网络作家比较常见的探索时期，他们在诸种类型间寻寻觅觅，如果“扑”了再改个赛道东山再起。而《道诡异仙》的出现，却不是简单的所谓“赛道”了，狐尾的笔通过这部作品为中国网络文学的金字塔贡献的是一块浑然厚实的巨砖，是经典塔中的不易之栋梁。

这部小说在狐尾的笔的创作史中是第四部长篇。东方玄幻类，216万余字。2021年12月上架，2023年5月完结。

若要谈论《道诡异仙》，我们恐怕会从故事的结局讲起。

在我们看来，《道诡异仙》的结局是整个故事最恰如其分的浓缩与概括。经历了之前一千多章的曲曲折折，它或许称不上苦尽甘来，却已足够发人深省。

迷惘了一千多章的李火旺，最终成为迷惘之神，这当然在情理之中；可意料之外的是，他居然真的用“迷惘”拯救了世界。李火旺用整个世界的迷惘构建了阻挡福生天——“恐惧”的化身的墙壁。这令人联想到《EVA》（《新世纪福音战士》）中的“绝对领域”。所谓“绝对领域”，可视作一种具象化的灵魂磁场，既是物理上阻挡刀枪剑戟的盾墙，也是心理上维系自我认知的边界。但最重要的是，很多时候，它直接与主人公们的负面情绪——冷漠、愤怒、哀伤，尤其是迷茫——紧密相连。《EVA》旧剧场版《真心为你》中，碇真嗣拒绝了“人类补完”，选择以普通人的姿态孤独地存活在万物皆亡的世界尽头。某种程度上，李火旺的结局也与之有着某种微妙且难言的遥相呼应之感。从本质上说，他们都是古希腊悲剧式的人物，在懵懂无知的状态下被不可抗拒的命运捉弄，最终活成一个自我实现的预言。俄狄浦斯王不想弑父娶母，但他得知真相时已经晚了，于是他疯了。同样，在少数难得“不发病”的场景下，李火旺其实很善良，也很坚强。作为清风观师兄弟中无可置疑的主心骨，他总是竭尽全力对身边的每个人伸出援手、负起责任。唯有如此，他在诡异世界遭遇的一切痛苦与执着、谎言与背叛，才成为一种不该承受却又难以摆脱的诅咒。而这样的结局，也由此变得既出人意料地合情合理，又令人不由得百感交集。

事实上，《道诡异仙》与《EVA》的相似之处还不止于此。比起明面上主人公的刻画与世界观的描述所呈现的癫狂与绝望，二者所折射出的相似却又不尽相同的时代面貌与大众审美，似乎更值得深思。东浩纪曾将从《宇宙战舰大和号》《机动战士高达》到《EVA》的变化视作日本ACG亚文化领域“宏大叙事”破灭、“大型非叙事”抬头的标志。彼时的日本正值泡沫经济破裂后“迷失的十年”，人们不再相信自己、相信他人、相信未来，于是，这部原本为青少年“御宅族”制作的动画片意外引发了全社会的强烈共鸣。无独有偶，倘若将《道诡异仙》与《凡人修仙传》等大众刻板印象中的“仙侠”或“修真”小说进行对比，便很容易发现《道诡异仙》中对“修行”的认知也已然和“前辈”们大不相同。具体来说，李火旺追求的终极目标不是对秩序的叛逆与颠覆，不是对强者的征服与胜利，也不是对欲望的满足与享受，只是让自己变得“正常”且“平凡”。在这一思想基础上，与传统“爽文”一脉相承的游戏化的“任务机制”被彻底解构，故事主线变成了一场毫无目的的漫游。一方面，这种“漫游”式的写法让故事的节奏变得时而紧张时而沉闷，继而让习惯了传统网文节奏的读者有些猝不及防、“水土不服”；另一方面，这样的改变也无疑是近年来国内集体心理变化的真实写照：曾几何时，我们都想也都能靠自己改变世界、创造未来；而现在，能有质量、有尊严地活着，本身就是一种奢侈。

从《诡秘之主》到《道诡异仙》的三年间，“克苏鲁”日益成为国内网文界炙手可热的人气标签。很多人说，《道诡异仙》比《诡秘之主》更“克”，我们认为，光是“克苏鲁”概念在国内作者笔下的演绎，便已足够耐人寻味。曾有人将“克苏鲁之父”洛夫克拉夫特的核心美学概括为“宇宙恐怖”，即恐惧的根源来自客观世界的不可知性。然而，正如康德所说，人类内心的思想有时与头顶的星空一样深不可测、遥不可及。因此，国人创作的“克系”网文中，主角不得不面对的恐惧、不得不解决的问题，往往并非“不以人的意志为转移”的客观实在，而是人类自身种种不确定性的具象化。《诡秘之主》中，亚当以对抗远在天边的“旧日”为由，为成神挑拨众神矛盾，引发世界大战，令无数普通人“生不知为何,死不知因谁”，象征着“刑不可知，威不可测”的霸权、强权对日常生活的威胁。而《道诡异仙》则更进一步，将整个诡异世界想象为“大傩”这一巨型生物的“脑内”，而白玉京中的“司命”则是其思想与情绪的化身。这不但令人想起“缸中之脑”的经典哲学命题，也让整个故事的结局显得愈加意味深长、妙不可言：从心理创伤中解脱的关键，从来不是消除外界加诸自身的不可抗力，而是改变看待世界、他人与自我的看法。“我与我周旋久，宁做我。”

此外，还有一条贯穿全书的线索也同样值得一提：这个世界本来没有鬼，也没有阴曹地府。人死后，构成灵魂的“十情八苦”会直接被对应的司命吞食。“地府”的概念最初源自囚禁在心浊幻境中的心素们的想象，在那里，他们希望有鬼，于是就有了鬼。这种想法也影响了同样身为心素的李火旺，他成为大司命后，终于将阴曹地府变成了真实的存在。看到这里，令人无端地想到《故乡》中“我”与祥林嫂的对话。她问，人死后究竟有没有灵魂。“我”说，不知道。为何不知道？因为不相信。《道诡异仙》中的“天灾”不是单纯物理性的自然现象，而是大傩的情绪变化导致的灵异事件。比起单纯的“杀人”，它们更容易颠覆人对世界的认知。有一次，“死亡”的概念从世上消失，哪怕一个人被烧成了灰，那灰烬也能继续感觉到痛。鲁迅笔下的世界也同样充满了超越认知的恐怖，什么都在吃人，什么都会吃人。然而鲁迅不相信有“鬼”，他似乎什么都不信：从传统文化与民族精神，到亲戚、爱情甚至自我本身。有人说，在其他人都在思考“敌人是谁”时，他想的却是“我是谁”。鬼者，归也。也许，从不知有没有死后世界，到主动地造出阴曹地府，本身就象征着一种时代精神的周而复始，一次集体创伤的自我痊愈。

福柯说，有文明就有疯癫，因为总有人无法被文明完全规训。荣格说，每个人内心都有阴影，倘若一味地压抑，只会造成更多的问题。曾几何时，我们的世界天翻地覆，我们的生活天天向上，我们阅读的故事也不厌其烦地讲述着勇气的胜利、努力的回报、成功的期许。可不知从何说起，这一切仿佛都成了梦幻泡影：付出未必有收获，哪怕拼尽全力，也可能白费力气。于是，《道诡异仙》横空出世，它告诉我们，那些以往被忽略、被拒绝的负面情绪，有时也有值得被接纳、被肯定的意义。正如这故事的结局：在无法逃避又无力解决的恐怖面前，“迷惘”反倒成了保护心灵的壁垒。

故事梗概

不知从何时起，原本平凡的高中生李火旺患上了一种诡异的“精神病”：他的意识总是不由自主地“穿越”到另一个世界。在那里，他与许多身有残疾的男男女女一起被囚禁在一座道观中，随时面临被观主丹阳子抓去炼丹的风险。李火旺设计杀死了丹阳子，带着“药人”们逃出了道观，却不曾想，本该死去的丹阳子竟化成恐怖的怪物附在他身上。为了彻底解决丹阳子，李火旺先后拜访了正德寺、安慈庵、袄景教等门派，发现其信仰的神灵无一不是奇形怪状，修炼方式也令人毛骨悚然。而像他一样游走在两个世界的存在则被称为“心素”，在各派修士眼中有着堪比唐僧肉的吸引力。经过一番周折后，李火旺趁丹阳子“羽化登仙”之际给了他致命一击，却也由此看到了神灵居住的“白玉京”，从而得知了一个天大的秘密：这个世界也疯了，甚至比自己病得更重。

在与丹阳子斗智斗勇的过程中，李火旺经历了许多奇遇，功力大增。朝中掌管能人异士的司天监看中了他的潜力，朝他抛出橄榄枝，希望借他之手剿灭自己的宿敌、以欺骗众生为乐的“坐忘道”。在与坐忘道斗争的过程中，李火旺惊讶地发现，对方居然也有和自己一样的心素。一次任务中，李火旺救下了“说书人”诸葛渊，在身为“心蟠”的诸葛渊指点下，他了解到心素的本质是“变假成真”。不久后，坐忘道打算召唤其信仰之神“斗姆”下凡。这场灾难最终被司天监阻止，李火旺也如愿以偿，从坐忘道手中得到了“修真”功法，但诸葛渊却为了救他而牺牲。

坐忘道肃清后，由于白玉京的异变，各种不可名状的天灾频频发生，民间也出现了崇拜天灾的“法教”。在剿灭法教的过程中，李火旺发现一切天灾的根由乃是名为“福生天”的异世界神灵，它是恐惧的化身，直接导致了白玉京之主“大傩”的疯狂。随着众司命与福生天的矛盾日益激化，人间的局势也变得动荡不安，大梁皇帝甚至主动要求司天监帮自己清君侧，以集中力量镇压法教、稳固民心。为了保护同门的兄弟姐妹，李火旺借助心素的力量发下宏愿，让未来的自己成为掌管“迷惘”的司命。同时，在李火旺原本生活的现实世界，也有一系列稀奇古怪的精神病人找上他，要他帮忙解决各种问题。令李火旺始料未及的是，他们居然都和白玉京的司命存在微妙的对应关系。最终，成为司命的李火旺用迷惘之力包裹了整个世界，将大傩与福生天永久隔绝。于是，现实世界的李火旺成功治好了精神病，而诡异世界的他则彻底疯魔，成了一个默默无闻的守村人。

深空之旅下的超越与哲思
——评辰东《深空彼岸》

周志雄　刘双喜

《深空彼岸》是起点白金大神辰东继《遮天》三部曲后的又一力作。作为一部未来科幻题材作品，小说主要讲述在旧术没落、新术崛起的后人类背景下，主角王煊砥砺自我，通过不断战斗变得强大，同时探索人类精神世界，寻找最终答案的故事。辰东大开大合的玄幻叙事谱系和洒脱不羁的文风契合了广大读者的心理欲求，拥有极好的粉丝基础，其作品也历来好评如潮。然而，一个有意思的现象是，《深空彼岸》在网络评论区呈现明显的叫好、拍砖这一两极化现象。读者出于各自的期待视野和阅读偏好对作品做出不同评价乃常有之事，甚至一定程度上有利于文学生态的多元发展，尤其于如今深陷资本逻辑的网络文学而言。

事实上，网友的不同评价更多出于观照视角的不同而非作品本身的质量。《完美世界》《神墓》珠玉在前，心怀较高预期的读者会自觉不自觉地将《深空彼岸》与前作进行比较。从人物设定、剧情推进、爽点设置、升级模式等网络文本惯用评价体系来看，尽管该作品在合理继承既往成功经验的同时作了一定程度上的类型融合，但部分老粉还是会认为此书新瓶装旧酒，在叙事层次、场景描写等方面表现不佳，且高开低走。例如，在五百余万字的鸿篇巨制中，我们几乎感受不到主角王煊的个性成长，而只有机械空洞的场面堆积和几乎断裂的故事逻辑。从阅读感受出发，小说确实谈不上惊艳，网友的评价是中肯的。好看的故事是网络小说的第一要义，这决定了作品能否在卷帙浩繁的赛博世界里被发现继而获得更大关注。问题在于，且不说巨大的体量造成的审美疲劳，流媒体时代越发新奇、刺激、烧脑的网络文本也在不断提高读者的感受阈限。这种“感受通胀”一方面成为网络文学自我创生的潜在动力，另一方面却导致读者对先在作品形成“复古滤镜”，因此一定意义上削弱了《深空彼岸》这一后发作品自身的独特意义。

如果说融合科幻、玄幻、修真、都市、超能等元素，展现作者大胆丰富的想象力是作品“常”的一面，那么《深空彼岸》中对看似无足轻重的旧术、大道、星空彼岸等这些形而上概念的演绎，则集中体现了作者对人类所从来和所去往的深层思考，是作品

“变”的一面。恰是这一点的不同，让一部深空探险爽文升格为带有哲学思考，引人深思的作品。从悠远神秘的创世神话到至奇之文《天问》，从科幻史诗《飞向人马座》到硬核科幻《三体》，人类从没停止对未知的思索与想象。这种脚踏厚土，仰望星空的不屈及超越态度在历史长河中涤荡、积淀成我们的文化基因与精神符码，既汇集了不同历史时空的宝贵信息，更象征着人们对未来的新的可能性的永恒探索。

《深空彼岸》的哲思之途通过主角王煊的进阶之路展开。在一个科技文明无比发达的时代，经历大战后的人们抛弃旧土而向往象征着新生和高文明的新星。作为在新术狂潮中失去前往新星的机会，却立志向“旧术”巅峰攀登的一员，王煊从中国传统的佛道文化中萃取精神资源，修炼内景地，探索大幕，寻求超凡，最终到达归真之地，寻得大道。小说由“纪”“超凡中心”等时空概念编织出庞大浩渺且能自由延展的宇宙体系，颠覆了传统叙事话语“自盘古开天辟地以来”的一维线性讲述体系。在小说里，先秦神话、基因技术、赛博机甲、星际穿越等古今元素被巧妙地糅合在一起，这种网络文学独有的夸张形式其实重新回答了“我们是谁，我们从哪里来，我们将去往何方”这一哲学命题。从世俗出发，超越世俗溯流而上穷达生命的源头的精神探索同人类学倡导的大历史、大传统理念不谋而合。网络时代泛玄幻文的喷薄表明中国人对修仙文学的追求已经攀升到了一个无法衡量的高度。恰如小说引语所言：浩瀚的宇宙中，一片星系的生灭，也不过是刹那的斑驳流光。家国，文明火光，地球，都不过是深空中的一粒尘埃。星空一瞬，人间千年。虫鸣一世不过秋。人固然不能拽着自己的头发离开地球，但物质极大丰富之后超现实乃至超精神的“往来天地间”未尝不是对自我价值及灵魂的再寻找和再确认。

小说的未来之思是借由“新星与旧土、新术与旧术”的对比来具体展开的。古今之思寓于未来之思的嵌套式结构使得作品意蕴丰厚、独具匠心，也让我们看到了不同文化和文明的碰撞和融合。在那个时代，新星代表着高科技、新思维和新文化，而旧土则代表着传统文化和文明。在以各大财阀为代表的大多数人普遍唱衰旧术时，王煊则坚守自己的道，在师友的帮助下潜心修炼，此过程既有来自新术的冲击，也有旧术带来的困扰。最终王煊发现新术与旧术并非完全对立，而是可以相互融合，共同作用。“新”与“旧”的内涵在小说中得到了很好的体现。当前正值建设中华民族现代文明的新阶段，新旧文化、中西文明是每一位文艺工作者需要处理的辩证法，《深空彼岸》以新奇的视角和精巧的构思为我们提供了一个极富生命力和感染力的网络范本。

不经反思的故事只是无用的陈述。透过打斗升级的叙事文本我们不难发现，“逆了苍天，踏遍碧落黄泉”的超时空之旅和现实有着隐秘而切实的勾连。剥离故事后剩下的东西才是小说想要传递的核心价值。如同莫泊桑所说：“小说家想要给我们的是一幅确切的生活图画。他的目的不是仅用讲故事来娱乐我们或打动我们，而是要迫使我们去思考和理解那更深的、隐藏在事件中的社会意义。”

故事梗概

《深空彼岸》讲述了一代旧术奇才王煊在新术狂潮中逆风翻盘的故事。科技高度发达的地球爆发战争后沦为了废土，人类普遍追求新术并前往新星。坚守旧术的王煊因人阻挠失去前往新星的机会被迫留在旧土，在参与神秘组织后深入旧土各处，逐步揭开许多不为人知的秘密，为自己后来的修炼之路奠定了基础。

在一次新旧术阵营激烈对战之际，同事陈永杰寡不敌众，命悬一线，为拯救老陈，王煊将他接引进入内景地。两人在内景地修炼，先后遇见鬼僧、女剑仙、“大猫”、红衣女妖仙，经历了一系列惊险离奇之事。随后王煊继续探索新世界，在新月目睹了神话般的景象，见证了大幕后的世界远去。为探寻密地，抵达超凡，王煊告别故友，前往新星。

来到新星的王煊在密地积极探索，经历重重危险，收获众多修行法宝，实力迅速提升，激烈蜕变后成功踏足超凡领域。与此同时，列仙走向没落，大幕熄灭，无数列仙开始进入现世，现世一片惨象。而后，众列仙为了追逐不灭的超凡之光，利用各种方法进入超凡中心世界。母宇宙的一行人也通过超凡光海的缝隙进入了超凡中心。

王煊在踏足超凡中心后开启了新的征程，在地狱以六破真仙的实力，一战天下知；勇闯三十六重天和旧圣世界，结识超凡中心顶级战力无、有、古今、守等人。同时，王煊也面临着来自彼岸和其他领域不速之客的威胁与攻击，战力提升的他不断清理收服真圣、异人、超绝世乃至真仙这些元神圣物。而后，超凡中心经历和母宇宙同样的超凡退潮，永寂之伞落下，一切生灵沉眠，六大超凡中心分别迁徙到新的地方。超凡中心更迭后的王煊通过比拼成功晋级异人领域。

王煊不断游走于各大超凡中心，一路比拼升级，吸收道韵，底蕴足够后渡劫成真圣。在彼岸宇宙时，王煊点燃石灯，开启了归真驿站这一通往真实之地的秘路。归真路上的王煊不断突破自身极限，继续横推无敌并渡劫成为现世灾主，成功抵达真实之地，寻得自己一心追逐坚守的大道。

在勇闯夺命连环的阴间游戏中治愈自我与世界
——评我会修空调《我的治愈系游戏》

吴金梅

我会修空调的悬疑惊悚类网络小说《我的治愈系游戏》以300余万字的篇幅，在环环相扣、险象丛生的阴间游戏中，讲述一个个治愈救赎故事。男主韩非在一个个不完美甚至充满遗憾、怨恨等情绪的厉鬼世界中，为了“活下去”，不断救赎和治愈人性和自我心灵。小说以外部世界他人之间和谐关系的重建与个体自我心灵世界治愈重构的双声合奏，呈现出一部扣人心弦、爽点不断的悬疑惊悚爽文，讲述一个关于人生人性的治愈系好故事。

作为一部网络小说，《我的治愈系游戏》语言明白晓畅，作者的情感表达与故事讲述清晰明了，使读者瞬间进入小说故事情节中，代入感极强。另外，虽然通俗易懂，但其语言却又常蕴含着深刻的思想内涵与象征意味，星罗棋布于字里行间。如开篇第一句“你说你一个喜剧演员，怎么天天愁眉苦脸的？你得支棱起来啊！”寥寥数语，画面感极强，悬念也随之而来。“现在的年轻人要面对各种压力，一款好的治愈系游戏能够放松神经、温暖身心，我觉得你可以体验一下。”契合真实的现实境遇而又富有诱惑力的话语，极易共情，而游戏名称“《完美人生》”，更让人欲罢不能。“你为他们带来了光亮，他们还在等着追随你前行，所以你最好不要在原地停留太久。”这些简单的话语，读来明白晓畅，是一种现实的表达，更隐含着深刻的哲理意味，是在说给韩非，也是在说给每个读者听。

作为悬疑惊悚文，《我的治愈系游戏》故事性极强，名为“治愈”“完美”，却处处不完美，险象丛生。读者每次跟随韩非进入游戏世界，总是会惊心动魄，其故事情节环环相扣、曲折跌宕，使其堪称一部深度爽文。在不断出现的一个个夺命险境中，男主韩非一次次为了“活下去”而不得不拼尽全力，但又持守善良正义，绝不妥协，“一个人想走得更加长远，还需要一颗坚定不移的心，那颗心里要藏着最后的光亮和作为人的底线”。其心性和意志也在一次次与各种怨鬼、恨鬼等邪恶、残暴人性的缠斗中得到磨炼。为了救赎一个个心怀怨念、恨意的恶鬼，韩非与各种邪恶残暴斗智斗勇，越挫越勇。在一场场恶斗中，不断治愈他人，也治愈自我。“无聊”“社恐”“遗憾”“不可言说”等负面甚至邪恶的情绪被一一治愈，韩非在对厉鬼的救赎中，越来越多赢得生死与共、同仇敌忾的朋友，怨鬼、恨鬼等走出执念，韩非也不再“无聊”“社恐”，使命感和责任感不断增强，正义的信念和善意以及自身能力也不断强大。正如小说结尾所呈现的，人生漫漫，求索永无止境，“我仍不知道这黑盒最深处藏着什么？它到底代表着绝望？还是希望？又或者它本身并没有什么特殊的意义?”“应该是希望吧?”“因为它，我们才能遇见你，所以它应该代表着希望。”长街上拥挤的鬼影，抑或是人心，使韩非的世界此刻不再只是自己一个人。每个人都需要治愈，每个人都可以是自己的治愈者，也可以是世界的治愈者，只要你愿意，并且勇敢、善良。

《我的治愈系游戏》还处处呈现出哲思意味和象征特质，其每个故事都直抵人心人性，启迪思考。尤其关于亲情的故事，使这部网文具有了深层的文化意味和独特的艺术品质。韩非是一个“演员”，这个职业使人想到可以在他人世界中袒露真实自我的难能可贵和不易。韩非作“喜剧”演员是为了让别人笑，他自己却不会笑，因为他是孤儿院长大的孤儿。小说虽然没有细致讲述韩非的成长故事，但在抽丝剥茧中读者能够明晰其成长并不快乐，他的深层情感世界深藏着孤独、冷漠甚至邪恶，那些怨恨与不可言说的厉鬼在游戏中经常就是韩非自己，但保持自我清醒，坚持良知正义，是韩非在深层世界应对厉鬼的最有力武器。在这款游戏的阴间世界中，韩非一次次出生入死救赎厉鬼，也治愈自我。这些治愈故事先后发生在“幸福小区”“益民便利店”“益民私立学院”“畜牲巷”“益民保安公司”“死楼”“百货商场”“整形医院”“乐园”“黑雨区域”“现实世界”中，每个场景都意味深长。“幸福”“益民”“乐园”等词汇极具反讽意味，看似美好却深藏着不计其数的怨恨和恐惧，而“畜牲巷”“死楼”又直指人性与命运。如在堪称典型的“益民私立学院”中，女初中生初夏被伪善的马老师强暴，她“满是裂痕的皮肤下面，隐藏着混乱、恐惧和自卑，而在种种情绪包裹之中，在她内心的最深处，插着一把散发着强烈恨意的剪刀。支离破碎的身体，无力跳动的心脏，以及一把锋利的代表着恨的剪刀”。资历最老上了年纪的女教师李静梅“嘴唇和眼皮被很细的金线缝住，耳朵里则被塞进了一些漆黑的血污”。学生们则是“没有长耳朵”“眼眶里满是血污，没有眼珠”“在欢快地唱着歌”，也因此听不进预警，成为帮凶。“马满江没有眼睛，他的眼眶那里长着两张嘴巴，他的‘目光’就仿佛是要吃人一样。”“每一间教室的门和窗户随时都会打开，无数条手臂在后面等待，它们想要粗暴地将金生拽回教室当中，它们想要弄瞎金生的眼睛，扎穿金生的耳朵，把金生变得和他们一样。在金生的记忆世界当中，合群这简简单单两个字可能需要付出血淋淋的代价。”

《我的治愈系游戏》，韩非用一次次死亡和重生为治愈争取时间，“触摸灵魂深处的秘密！”韩非将继续获得“天赋”，勇敢无畏地走向深层世界的黑夜。

故事梗概

《我的治愈系游戏》是一部从2021年到2023年连载于起点中文网的悬疑惊悚类网络小说，作者我会修空调。男主孤儿韩非，有些忧郁、严重社恐，一个每天都在想办法逗别人笑自己却笑不出来的无名喜剧演员。虽然觉得世界对自己并不温柔，但韩非却很喜欢听别人笑，那种开心、快乐的感觉会温柔治愈他孤独的灵魂。韩非刚被公司辞退就得到一款名为《完美人生》的治愈系游戏。这款融合科技与生物，由航天、人工智能、通信行业巨头深空科技和生物基因技术、人体神经工程巨无霸永生制药联合推出的深度沉浸式虚拟现实游戏，将韩非带入一场场恐怖缠斗中。在这个以“和睦的邻里关系是完美人生的第一步”为指南的深层游戏世界中，韩非为了拯救深陷遗憾、怨念、恨意、不可言说等不同执念的鬼魂，也为了自己能“活下去”，勇敢地对抗邪恶残暴，最终赢得了鬼“邻居”们的信任和支持，成为“幸福小区”楼长、益民便利店店长、益民私立学院巡查教师和怪谈挑战者、最后的午夜屠夫，以及益民街道保护神等，也成为第一位通关死楼的不死者和拥有爱憎分明、见义勇为、父亲、美食家、欺诈师、恨意收集者称号的治愈者。韩非从为了治愈自己的“无聊”到全力摆脱恶鬼的“夺命”，再到一次次进入游戏深层世界，对抗恐惧、伤痛，击败人性人心中的恶魔，救赎一个个心怀执念的鬼魂，越挫越勇。为了对抗各种恶魔般怨念鬼魂，韩非开始认真学习犯罪心理学、防身术、生存教学等各种本领技能，使自己变得强大。韩非最终彻悟：“原来自己遭遇的那些不公平在厉鬼和变态面前是那么的微不足道。”《完美人生》游戏中似乎“没有一段人生是完美的”，但这个阴间游戏却给了韩非“一双发现美丽和爱的眼睛”，寻找“世界的最深处、脑海的最深处、人心的最深处”装满“人世间的遗憾、怨念、仇恨、不幸和恶意”的“黑盒”，以生死和时间连接阴森可怖的游戏阴间和温暖现实，以勇敢、希望、真实救赎怨鬼，“别怕，我来陪你。”“没有那么容易被击倒，我还要带你们去更远的地方，看更多的风景。”“别再做演员了，就做你自己。”探索未知，治愈自我。

“诙谐幽默”中的“成长”
——评知白《全军出列》

于经纬　夏　烈

《全军出列》是纵横中文网签约作家知白的第六部小说，连载起于2020年3月，2023年年末完结，全书429万字，篇幅较长。《全军出列》获得纵横中文网2022年3月、4月、10月月票冠军，也是2022年度纵横最受欢迎的男频小说前十名。这本作品延续了他之前《争霸天下》《大逆之门》《长宁帝君》《大唐无双之天下大势》《不让江山》五部作品一贯的风格，属于架空历史的无双热血流军事题材小说。

知白在《全军出列》的“后记之后”里如是写道：“《全军列阵》是一个有野心而没能力的故事，这是这本书完结之后我自己做出的总结。今年五六月份的时候其实我就已经无法坚持下去了，那时候被心理和身体上的各种不适折磨着。究其根本原因，其实就是我没有写好这个故事，我是一个很纠结的人，很执拗的人。”从中不难看出作者对于“讲故事”，尤其是“讲好一个故事”的自我要求与执着程度，以至于对自己作出了“纠结的人”“很执拗的人”的评价。事实上，尽管《全军出列》的确存在一些较为明显的缺陷，但从整体上看，同样也存在不少可圈可点之处。小说既表现出“小白文”“种田文”的鲜明风格，又在此之中传递出一些“讲故事”乃至“讲好一个故事”的基本素养、技巧乃至策略。这其中最值得注意的是，小说以“去场景化”的语言风格完成了对主人公林叶成长经历的讲述。

（一）“去场景化”的语言风格

《全军出列》的故事底色并不轻松，小说围绕着大玉王朝天子的一盘惊天大棋展开。天下攘攘，纷乱无序。江湖与庙堂上，权谋、争霸、仇恨、战争各种势力复杂纠缠，而大玉天子谢拂为的最终目标则正是铲除所有这些阻碍太平盛世的势力，缔造一个他心目中理想的、能够让百姓安乐的净土。然而，尽管主题是如此的沉重，知白在讲故事的时候却并没有用与主题相宜的笔调来进一步凸显其庄严与伟岸，而是选择了近乎于“反差萌”式的文字在近乎于“戏谑”之中把天下之事轻松活泼地描摹写出，总体呈现出一种“去场景化”的风格。小说中，即使是最肃穆正式的场合，也时常会出现十分俏皮乃至插科打诨的对话，如以下主角林叶与大玉天子谢拂为：

> 天子：“我赐你个屁。”
>
> 林叶：“谢陛下赐马和屁。”
>
> 万贵妃是真的没忍住，扑哧一下子笑出了声。
>
> 天子瞪着她：“笑个什么！”
>
> 万贵妃道：“臣妾只是替陛下觉得为难，这两样东西，陛下都不好给，一个是不舍得，一个是来不了。”

屁当然不值钱，但屁比照夜麒麟更难给的地方在于，不是马上就能有的，况且，天子赏屁，林叶真敢要，天子也真不敢放，尤其是当众。

此时故事中的场景乃林叶在朝廷之上向天子讨马。如此场合下，知白这般笔调的行文已足可在某种程度上解构庙堂本该有的威严肃穆，从而将整个小说的风格引向一种游移于“权谋争霸”与“轻松活泼”之间的不定与变幻。需要注意的是，知白在此的插科打诨并不是单纯为了塑造人物角色而使用的技巧，因为无论是大玉天子还是林叶，他们本身的“人设”都并非烂漫无羁之人，相反，甚至可以说二者都是心思深沉的乱世之雄。因此，唯一的解释就是，作者是刻意将叙事语言进行了趣味性调整，采用了一种“去场景化”的策略。在此过程中，钩心斗角与尔虞我诈的沉重被消解，兵荒马乱与逐鹿天下也不再沉重，由此，作品给读者带来了一种较为轻松的观看体验，从而成就了知白《全军出列》的独特风格。

“去场景化”的语言不仅体现在大量插科打诨的桥段中，也体现在小说对现代口语与表达方式的挪用上。故事中的人物在对话时，诸如“!!!!”“????”“……”等以纯符号描摹心态表情的段落比比皆是。尽管这种近乎于戏拟式的对现代书写和表达的挪用是禁不住文学意义上的推敲的，但它却能在最大限度上突出人物的情绪，并把它们精准地传递给拥有“现代经验”的读者。久而久之，小说的读者会被这种语言剥离出原本的接受场景，忘却某种“文学”的东西，转而将注意力完全集中到故事上，产生共情。应该说，同样属于架空历史的热血流军事题材小说，与天使奥斯卡的《盛唐风华》一比，《全军列阵》语言的“去场景化”风格表现得十分突出，这也造就了《全军列阵》独特的阅读体验。

（二）以“成长”为线索的故事结构

《全军列阵》的另一处亮点在于作者并没有无限制地串联看似繁复但内核单调的故事，而是着重描写了主人公林叶的成长，并以此为线索形成了结构闭环。中国传统的通俗小说，很容易出现的一个问题就是，开头写得好，却不知道如何结尾。究其原因，主要是传统的通俗小说往往以“故事”为主线，是由诸多“故事”串联起来的庞大综合体。既然是“故事中心”，那么何时完结就是一个十分棘手的事情，因为在理论上故事可以永远发展下去。所以，处理结尾，处理结构，是中国传统通俗小说始终面临的一个难题。网络小说作为通俗小说在网络时代的延续，也无法完全避免这一问题，以至于“烂尾”“太监”等现象频发。这一点上，《全军列阵》可以说在一定程度上摆脱了传统通俗小说和网络小说的这一弊端。尽管篇幅很长，但《全军列阵》的故事线索是紧紧围绕林叶成长而展开的。故事起于刘疾弓的夫人“婆婆”（菩萨）的去世，由此引出被她收养此刻又孤苦无依的“幺儿”林叶。随后小说始终不离林叶的成长，拜严洗牛为师、通过选拔成为契兵、剿匪立功崭露头角、对战娄樊人立下战功、出冬泊国参与大事、面见大玉天子……一步一步，小说的这些故事实际上都在服务于林叶的变化。在击败拓跋烈后，林叶更是在一次次的事件中走向成熟，终于成为手握大玉天下重兵的大将军，乃至大玉王朝的天子。

兴许是有意，兴许是无心，其实作者知白在作品内外为林叶设计了“双成长”模式。在故事中，林叶的一切经历一切成长都是大玉天子谢拂为其精心安排设计的，为的就是在铲除威胁大玉的敌人的过程中将皇子林叶逐渐引导成为号令天下的新皇帝，进而缔造新的时代，这本身就是一种“成长”。而在大玉天子之外，作者也通过自己对故事的剪裁拼贴，以叙事者的角度对林叶从懵懂少年到大玉天子的过程进行了呈现。换句话说，大玉天子对林叶的“成长指导”也是作者在文本层面服务于林叶成长的一个环节。在文本内外“双成长”模式的统摄与引导下，知白较为成功地完成了小说故事的收束，有效避免了冗长累赘的往复式叙述，继而使《全军列阵》的结构表现得较为完整。

整体而言，小说《全军列阵》在“讲故事”的层面表现出较为鲜明的风格。一方面，小说通过“去场景化”的语言把天下争霸、阴谋权斗的沉重与阴郁写得活泼诙谐，给予了读者异样的阅读体验和强烈的代入感；另一方面，作者以“双成长”的模式完成了对主人公林叶的塑造，克制地收束了故事，避免了冗赘的连缀，表现出较为完整自足的结构，让作品跳出了某些通俗小说和网络小说的窠臼。

故事梗概

大玉王朝很大，大到有天下三十六州，一千诸侯一百王。这一天，大玉王朝三十六州之一的云州城中死了一位“菩萨”。“菩萨”姓林，丈夫是已故的前莽怯军大将刘疾弓，所以大家都叫“菩萨”是刘婆婆或林婆婆。林婆婆生前收养了五个孩子，前四个都死在了战场，唯有一个“幺儿”留在身边活了下来。林婆婆死后，“幺儿”失去依靠，几经辗转后拜入云州武师严洗牛门下学武，改名林叶。每年一度，云州城北野王拓跋烈组织招募契兵，林叶因早与拓跋烈的妹妹拓跋云溪相识，所以顺利通过选拔，并依靠实力成为契兵的一个小头领。随着剿匪、比武等军事活动的进行，林叶不断取得战功，地位也逐渐攀升，影响力日益扩大。在经历了冬泊国的事件后，林叶获得了面见大玉天子的机会。大玉天子对林叶也非常赏识，他的提拔来得更是十分慷慨。在与尚武院的军事推演中取得胜利后，林叶的契兵营正式被册封“武陵卫”，从雇佣兵的角色变成了正规军。一面是大玉天子的扶持，一面是林叶屡建奇功，这个十五岁的少年一步步成为了大玉王朝手握重兵、炙手可热的将领。

大玉天子为什么如此重用林叶？原来，所有的一切都是大玉天子谢拂为的一盘棋局。早在登基之初，谢拂为就发现自己所面对的是一个岌岌可危、千疮百孔的局面：朝内贵族勋臣的势力犬牙交错，边疆的各方诸侯拥兵自重，外有娄樊国虎视眈眈。面对如此情况，他下定决心要一步步铲除这些势力，缔造一个太平天下。为此，他首先要打倒的就是与娄樊人有勾结的边疆大将拓跋烈。为了实现这一目标，他将自己的皇子，也就是林叶送到了拓跋烈的势力范围云州，让刘疾弓的夫人林婆婆收养。之后谢拂为又设计，让拓跋烈出手害死了刘疾弓和其手下的一众莽怯军，让林叶与拓跋烈之间产生仇恨。在扶持林叶成长的过程中，大玉天子一步步引导林叶，让他知晓自己与拓跋烈之间的恩怨，最终以林叶之手消灭拓跋烈，清理了他最大的心头之患。

在肃清拓跋烈时，林叶并不知道自己就是大玉王朝的皇子，他认为自己的父亲就是刘疾弓，这是为父报仇。随着他的地位实力一步步增强，直到几乎成为可以凭一己之力撼动大玉王朝的大将军时，才终于得知自己就是大玉王朝的皇子。大玉天子谢拂为为了能铲除天下的异己势力，也为了能够顺理成章地扶持他登上王位，这才导演了这一出出令人匪夷所思的故事。得知真相后，林叶坦然接受了自己的新身份，并以皇子大将军的身份为国征伐娄樊。故事最后，林叶留下一封书信让出了皇位，携着妻儿遁世隐逸。

隐秘而伟大
——评三九音域《我在精神病院学斩神》

王　颖

截至目前三九音域的《我在精神病院学斩神》在番茄小说依然荣列9.8分的高分，有二百万人正在阅读，两千多章的庞大体量，一百二十五万人参与点评，不仅拥有好人气，还收获了高口碑，是关于都市异能成绩非常突出的一部网文。作者三九音域的创作历史并不长，却快速晋级为大神，1999年出生的他，2020年开始创作第一部作品《超能：我有一面复刻镜》，《我在精神病院学斩神》是其第二部作品，江山代有才人出，网文界的大神频出也让我们看到了它作为我们这个时代之文学的活力与朝气。

作为文学的新类型与新样式，谈论网络文学始终无法绕开它的生成机制，而番茄小说恰恰可能是这一波网络文学生成机制新变的起点。这几年依靠字节跳动的推荐算法、广告系统和资本扶持，番茄小说一跃成为最大的免费阅读平台，同时也是用户数最多的网络文学平台。它不仅成为业内新贵，也逐渐完成了从小白到老白，从照搬到原创，从数量到质量的变化。如果说以前免费阅读平台常被人诟病多是无脑爽文，这部小说则在设定、结构、情节、语言等方面都可圈可点。

小说的亮点是以神话元素为大背景，尤其是“克苏鲁神话”的中国化，而“精神病院”“斩神”，这两点也带出新颖的题材，明快的节奏，由这些合奏出动人的旋律。作品有创新，又尊重了网文的经典套路，“爽”。也就是男频经常说的，干就完了。这“爽”的内涵当然不是简单的而是丰厚的，包括想象力、创造力、执行力等，网文自从体系化之后，确实有它的套路，不管是玄幻还是现实题材，网文的“爽”是不能丢的，这是网文之所以区别于其他文学类型的独特性，它凭此自发地吸引读者不断地追更，不断地保持热度、话题和流量。但这“爽”时至今日，也包含了严谨而烧脑的智性。不同于其他神话故事，“克苏鲁神话”并非来自上古，它起源于美国作家洛夫克拉夫特在20世纪20年代创作的《外神》(*The Other Gods*)、《不可名状》(*The Unnamable*)和《克苏鲁的呼唤》(*The Call of Cthulhu*)等一批以恐怖为主题的小说，由此首创了属于他的宇宙构想，他将人类内心恐惧的源头转移到了宇宙的未知与不确定。

就像爱德华·霍普的绘画是对时代超前的映射一般，某种程度上洛夫克拉夫特的作品也成了对当下时代与社会的预示与警醒，因此引发广大读者的深深共鸣。近年来，网络文学对“克苏鲁”多有涉猎，而这一现代神话资源在网络书写的迭代中被不断改造、丰富和本土化。这部作品聚焦于男主人公的灵气复苏，作者透过庞大的世界观创造了一个属于他的次元，同时也创造了一些名场面与名台词，如“前方大夏，神明禁行”的宣告令人热血沸腾，“小子看好了，这一刀会很帅”则很网络文学，很“中二”。这些台词都很燃，朗朗上口，很有传播性，令这部作品成功破圈，火爆全网，一时间，它成了网文爱好者之间的通关暗语。

在其中，我更关注的是作者创新地以“精神病院”为主题与空间，令人不禁联想到去年由余华作品成功改编的电影《河边的错误》，也触及了类似指涉，其实在这方面学术界已有大量前人研究成果，例如福柯的《疯癫与文明》以及苏珊桑塔格的《疾病与隐喻》等，文明社会的构成，人类命运共同体的建构，疾病带来的有关现实与死亡的巨大而幽深的隐喻，都成为当下的符号与象征。这部作品的思想价值和审美价值也由此体现，建筑家矶崎新说过，建筑并不是你眼前的那个东西，而是它背后蕴含的人类情感与文化。人类的艺术是相通的，我从《我在精神病院学斩神》里看到作者试图打通经验现实与艺术现实的愿望，而他的新作也证明了他的眼界与方向可以更深邃阔大，不只书写我们的现实、历史和想象，还有人类所有美好而深刻的情感与文化。

当然，作为年轻作者《我在精神病院学斩神》还有进步空间，例如主角面对强大对手时显得过于顺利。网文的“爽”和开“金手指”，究竟能爽到何种程度，开到无限天际，成为被网友质疑的“无敌文”，还是需遵守一定的规则？这部作品作为已经成功的范文，也给了我们思考和启示。

近年来下沉市场对网络文学的影响无疑是巨大的，一方面网文大力弘扬现实，另一方面仙侠、神魔、玄幻、志怪等幻想类题材依然是类型中的主流。然而，随着对习近平总书记《在文化传承发展座谈会上的讲话》的深入学习，后者蕴含的中华传统文化精神，值得我们不断挖掘与发扬光大，上下五千年，华夏文明的巨大宝藏取之不尽，用之不竭。更深层次地看，现实与幻想二者其实也是对立统一的。虽然后者看似汪洋恣肆如天马行空，但其精神内核依然根源于现实。无论在何时何地，现实始终是文学创作的广袤基础。即便网文中常有的恢宏幻想，也处处充斥着现实细节的投影。现实是过去，是现在，是未来。网络文学与传统文学同样来源于生活，取材于生活，并且是现实生活的超越与升华。归根结底，无论哪种题材或类型，都是时代的产物，不可能脱离时代存在。也因此，就算轻盈翱翔的网络文学，同样也能力透纸背，如这部作品蕴含了深沉的家国情怀，对惩恶扬善、公平正义的热烈向往，通过人与命运不屈抗争，主人公们的牺牲与奉献，展现了在灾难与巨变面前对人类的守护与救赎，这守护隐秘而伟大，掷地而有声。

故事梗概

一百年前，神秘的迷雾自南极洲向全球蔓延。迷雾吞噬诸国，致死的毒素将包括人类在内的一切生物扼杀，只有大夏出于某种神秘原因，从迷雾中幸存，在这片被迷雾笼罩的死寂世界中，大夏成为唯一的生命孤岛。

1922年9月，也就是迷雾出现的后一年，大夏派出的某一支迷雾探测队，在马里亚海沟观测到了一只缓慢飞行在天空中的超大型巨龙，那是人类历史上第一次观测到神话生物。

经研究考证，那条龙是《圣经》中的混沌之龙，利维坦，传说是上帝制造的生灵，这条巨龙的发现直接颠覆了整个大夏高层的认知，他们意识到，从这场大雾开始，世界已经与曾经截然不同。

当时迷雾刚刚出现，整个大夏都陷入了恐慌，高层为了国家稳定，隐瞒了这次探测的结果。而混沌之龙利维坦作为人类观测到的第一个神话生物，大夏高层将其代号编为001，后续的探测过程中，又陆续发现了部分神话生物，便继续向下编号。1928年3月，一束金色剑芒从月球发出，穿过宇宙，将北美的一座大火山夷为平地，大夏发现了位于月亮上的炽天使米迦勒，将其编号003。

一百年后，一个叫林七夜的少年被炽天使选中，目光穿越宇宙与天使对视，从此继承了序列003的神墟“凡尘神域”，在具备精神力感知的同时，拥有了缔造“奇迹”的能力。

由于炽天使的神力太过强大，林七夜失明十年。十年后，他在自己的脑海中发现一座神秘的“诸神精神病院”。随着他实力的提升，病院中的病房一间间开启，因子女死亡而患有妄想症的黑夜女神倪克斯，因追寻真理而精神分裂的魔法之神梅林，因迷雾降临而双魂一体的音乐与诗歌之神布拉基，因好友战死而抑郁沉默的齐天大圣孙悟空……

在一起突如其来的“神秘”入侵事件中，林七夜无意间接触到了暗中守护大夏的超能者组织，守夜人。在一位前辈战死后，林七夜选择加入守夜人。此后，林七夜在大夏各地不断处理各种“神秘”入侵事件，并着手组建起一支名为“夜幕”的特殊小队。他不断地医治病院中的神明，获取他们的能力。随着实力的增长与小队的壮大，一步步走出大夏，探寻迷雾的真相，参与世界诸国的神明战争，最终挥刀斩神。

独立天地间，清风洒兰雪
——评希行《洛九针》

张馨伊　许苗苗

热门网络古代言情小说《洛九针》是有“言情天后”之称的女作家希行转型新作，讲述前墨门掌门之女洛九针魂魄借用妹妹七星肉身重生，联络散落江湖的帮派高手，洗刷冤屈、重振门派的故事。故事里的女主角拥有双重身份，一是作为身体的“七星”，小说主要情节在这一名下展开；二是作为魂魄的九针，即本文标题“洛九针”。小说虽然被划入古代言情类，但希行并没有因此局限于罗曼蒂克之中，而是赋予角色自由选择的权力，让女主游走于江湖与庙堂之间，书写出属于自己的精彩人生。

事业线上的兼爱与霸道

故事发生在架空时代，老皇帝弥留之际，晋王伙同北海军兵变，时任太子被江湖门派墨门所杀，老皇帝忧愤而死。太子胞弟被迫继任，墨门惨遭灭门。为稳固新政权，新皇设置了一个类似锦衣卫的都察司作为自己的耳目，无孔不入地监视着朝堂内外的一举一动。在这样的高压政治环境下，七星作为新一代墨门掌门，并没有安于现状，仍坚定地选择将真相昭然于世间，洗刷墨门冤屈。

“墨门”设定依托于先秦诸子百家中墨家的主张，小说中的墨者精通各种机械制造，“以裘褐为衣，以跂蹻为服”，纪律严明。与强调高度集权的“霸道”不同，墨家强调“兼爱”，小说中七星的选择便体现了这一点。在故事的尾声，七星潜入皇宫，设局挟持皇帝，让皇帝看清当年真相。七星能够挟持皇帝，说明她有能力取代皇帝，但希行并没有按一般的女频爽文套路让七星“女帝登基”。七星没有取代皇帝，在“霸道”与“非攻”之间，七星选择了极具墨门精神的“非攻”，避免战争带来的生灵涂炭，既达到了重振墨门的目的，也实现了真正的“兼爱”。同时，在一定程度上避免了一般女帝文常陷入的“嫁人”和“继承”等常常被读者们判定为“爱男”的陷阱。可以说，《洛九针》展现出的家国观念并非一味地悬浮于庙堂之上，而是展现出处江湖之远仍忧其“民”的侠义精神，足可见小说格局之大。但美中不足的是，前期设置的悬念虽然能激起读者看下去的欲望，但铺陈过于冗长，导致节奏缓慢，部分读者可能会觉得故弄玄虚，丧失阅读欲望。

命运线中的自我与她者

小说最独特的地方在于，七星胞姐九针被痴迷于铸剑的父亲祭剑成为剑灵，所附身的剑也因此被命名为“九针”。机缘巧合之下，剑灵九针的魂魄进入双胞胎妹妹七星的身体，两相结合后，新的七星不仅同时拥有两世记忆，性格也与以往大相径庭。小说中的七星从小被寄养在陆家，她的“嫁妆”也使陆家发迹。然而，七星却没有得到相应回报，不仅日日遭受刁难，连所谓的未婚夫也只希望她能甘心做妾，为自己的前途让路。此时的七星身上体现出的是传统女性的温柔和任劳任怨，这种懦弱憋屈也成为她遭退婚的根源。她对未婚夫的感情，与其说是爱慕，不如说是执念。因“陆家儿媳”这个虚无缥缈的身份，所以她才一心认定这门婚事，讨好夫家，以至于在遭退婚后精神重创，性命垂危。

较之于妹妹的逆来顺受，“剑灵”九针更多的是快意恩仇。在姊妹结合之后，新的七星以其人之道还治其人之身，让富甲一方的陆家最终散尽家财。她洞明世事，快意恩仇，读者也跟着角色“出了口恶气”，满足了“惩恶”的正义感，获得情绪的畅快。

故事最后，九针选择将肉身还给妹妹“原本的七星”；而当七星看到姐姐所作所为后，则放下执念将身体让给九针，让姐姐继续将墨门大义撒播于世间。此时，七星的肉体与九针的灵魂合二为一，真正的七星就此诞生。这对双生子解开了被命运缠绕的枷锁，七星不仅延续了妹妹的生命，更替妹妹活出和以前截然不同的自由人生。值得一提的是，身份置换的过程，在小说大部分篇幅中都未曾明言。只是七星前后行事和气质上的不同，才让读者在不断猜测中看到端倪。

爱情线上的女主与男性

读者的喜好或多或少地投射出当代社会关系，当代网文读者生活在性别平等的社会环境中，因此，当下女频网络小说更多地体现出女性不依附于婚姻而是凭借自身能力获得成就的特点。在《洛九针》中，性缘关系边缘化，事业线大于感情线，小说以女主角复兴墨门为主体。女主角七星独立、强大，具有一种双性特质，不仅擅长刺绣女红，也擅长制造器械；武功超群；用自己的实力获得墨徒们的尊重，成为掌门。

小说中，也有“多男追一女”的设定，甚至可能需要读者去猜测究竟谁才是男主角，不仅激发读者的阅读动力，也强化了女主角的主体地位。小说对男主角霍莲的着墨并不多，他和另一位爱慕七星的高小六一样，都是被七星作为一个强大独立的个体的魅力吸引。他与七星，是“双强”的设定，跳脱了大女主设定常陷入“依靠男性”的怪圈，既有自己的魅力，但没有盖过女主角的风头，让女性成为附属品，而是形成一个平等的关系。

七星是“反恋爱脑”的，在与霍莲这段平等的关系中，七星可以做出她自由的选择，尽管感受到了霍莲的感情，但她没有自私地沉溺其中。洗刷墨门冤屈后，她选择正视自己的宿命，将原本的身体还给自己的妹妹。尽管大业已成，她仍清醒地意识到自己只是占据妹妹身体的一缕幽魂。通过事关命运的选择，七星散发出宝贵的人性光辉，在短暂的人生中找到存在的意义。

总之，《洛九针》是一部引人入胜、面貌新颖的优秀网络小说，“剑灵”与重生的设定使金手指开得恰到好处，既没有过分浮夸，也能让读者在阅读过程中体验到“爽感”，实现小说的娱乐功能；群像的刻画依旧出彩，并没有单纯地成为属性资料库；权谋方面并没有局限于朝堂之上，主人公在江湖中仍心系百姓，“忠君”是为了“非攻”而实现“兼爱”。当然，作为女频小说，《洛九针》的出彩之处就在于没有拘泥于宅斗宫斗，而将女主角置于更广阔的“天下”，赋予女性角色更多选择的权力，独立于广阔的天地之间。

故事梗概

2022年9月，由希行创作的古代言情小说《洛九针》在起点女生网开始连载，并于2023年8月完结。被誉为“言情天后”的希行是起点中文网古言代表作家之一，橙瓜见证·网络文学20年百强大神作家，中国作家协会会员，代表作品有《娇娘医经》《大帝姬》《君九龄》《诛砂》《楚后》等。其中《娇娘医经》和《君九龄》已出售影视版权，进一步扩大了希行作品的影响力。希行的作品以女性为主，探讨女性在古代如何通过自己的努力和智慧去改变自己和周围人的命运。她的作品风格独特，情感表达细腻，深受读者喜爱。

小说《洛九针》是希行的转型新作，入选2023年中国作家协会网络文学重点作品扶持。故事围绕身为墨门传人的七星遭遇退婚后，集结高手、洗刷墨门冤屈、振兴门派展开。孤女七星被外祖父托孤给陆家，并许下婚约，谁知陆家却在发迹后悔婚。七星逃回家乡途中病倒昏迷、性命垂危。醒来后，她性情大变，不仅擅长刺绣、会打猎、会各类器械机关术，还拥有了高超的武功。究竟是刻意隐藏实力，还是心灰意冷，痛改前非，抑或是被人夺舍？小说在一开头就设下一个悬念。

醒来的七星声称自己是墨门传人。墨门本是江湖中赫赫有名的门派，却因牵涉到晋王谋反案被打为贼寇，从此，墨门销声匿迹，门徒隐姓埋名。七星决心光复墨门，洗刷墨门冤屈。为此，她获得西墨的信任，成为掌门，召集散落在江湖各处的墨门高手，利用绣娘身份从许城走向京城，逐渐盘活墨门处境。在一步步地靠近真相的过程中，七星与当年平叛晋王谋反，斩下义父头颅的督察司都督霍莲相遇，让围绕着墨门、北海军与晋王案之间的云谲波诡开始暗流涌动。

然而，这其中是否另有隐情？墨门究竟有没有支持晋王谋逆？墨门内部是否出现叛徒？看似阴毒无比的霍莲真的是杀死养父进而邀功的无耻之徒吗？当年的真相究竟是什么？命运的齿轮开始转动，故事的大幕才刚刚拉开，纷纷疑云等待着读者的拨开……

虚拟世界，缘何造梦？
——评羽轩W《星际第一造梦师》

张春梅

羽轩W的《星际第一造梦师》是一本完全建构在虚拟空间中的网络小说。以往我们常见的穿越或者网游小说，包括快穿类的文本，往往都是营造一个想象中的世界，但主人公的生活会有一个设定，方便他/她与现实世界有个通连，现实世界而来的想象也就成了安放自我的所在。《星际第一造梦师》则在我们熟悉的空间迁移中，再加设一个游戏世界，这个游戏世界充当了角色的主要活动空间。如此一来，整个故事就在多个空间展开，有穿越前学习民俗学专业的学生洛昭，穿越而至的垃圾星，星际的各个星群，造梦直播站的比赛空间，《山海经》故事的复制和再造景观，这样一层层延宕下来，所谓安放真实肉身的世界就被后置到遥远的一端，占据主要视野的是虚构的世界中的梦境。问题在于，既然已经是一个虚构空间了，为何还要造梦？这样的“造梦”行为，其背后流动的关于生活和人的理解和认知是何种内涵？它将以什么作为吸引读者的内核呢？

穿越，是这部小说的开端行为。穿书，是作者有意设定的梗。这当然也并不新奇，比如对《红楼》的同人创作，就有很多个版本。很多经典都成为网络作家们选择的地基。羽轩W并没有直接选择某部经典来打开她的故事之门。她编纂了一个故事名称和大纲，在既定大纲的边线上开始重写，这就像《斗罗大陆》《凡人修仙传》《我欲封天》《诛仙》的屌丝逆袭。一切都有大纲，这构成了故事的起点：这是一本名叫《星际之甜婚》的星际背景甜爽文。她，洛昭，是那个与女主同出垃圾星，空有S级精神力却无法造梦，一轮比赛淘汰出局，被人抽取精神力凄惨死亡的炮灰女配。其中的关键点大概有这么几个：甜爽文——意味着拥有世俗价值的男女情恋的美好人生；垃圾星的出身——意味着这个星际的等级阶序粗暴而明晰；精神力——决定等级阶序的关键；造梦——精神力比拼的文化场域。这些关键词，决定整部作品发生发展的情境和内容。而穿书主题也在这个过程中指示了方向：洛昭这个人物在书中存在的唯一意义，就是用她的不幸遭遇来凸显女主遇上男主的幸运。

带有地球现代灵魂的洛昭进入这样一个大纲确定的“书本空间”，赋予了“书”的现实文化秩序的对话框架。什么样的秩序呢，大概可以描述为：明晃晃的贫富差距、不同星际空间的种族优劣共识、以精神力为竞赛法则。作为穿书人士的洛昭要靠什么生存于世，作者给她设定了两大保障：一是洛昭的学术出身，“从年少时对神话，风俗，技艺种种感兴趣开始，到知晓这一切名为民俗，考入大学，进入研究组，洛昭沉浸其中，沉醉不已。十年间，身边人纷至沓来，有承受不住长期田野作业的师弟退出，有患上精神疾病的同人黯淡离去。洛昭始终知道，这是她要坚定一辈子的事业。关于所热爱的一切，镌刻在灵魂之中，一世不完，还有下一世。”这是女主携带的文化基因，或许也可视为作者羽轩W的身份意识和文化认同。这决定了洛昭穿书生存的倚靠，具体体现在第二大保障：《山海经》——造梦的文化来源。来自地球的洛昭带着民俗学尤其《山海经》的记忆，这就好比穿越带着唐诗，或者带着数据库，但集中把《山海经》作为故事开展的张本，还是有所不同。《山海经》在许多文本中都有提到，但多数是借鉴其中的某个形象，如青丘九尾狐，重点并不在此。《星际》如此繁复地使用《山海经》的形象并将之图像化和活化，显出作者对这部古代神话文本的熟悉和喜爱。游戏，成为凸显《山海经》的有效形式。如文本这样描述：“至于蜃兽，大蛤曰蜃，属于海洋生物，洛昭虽然能够以记忆造梦而出，但它无法在雾气中移动，只能够暂时留在这里。”这就不仅仅是借用某个术语，造梦者与梦境互为支撑：洛昭消耗精神力造梦而成了饕餮与蜃兽。这些活态的文化形象打破了星球固有的想象套路，此套路来自图书馆或博物馆的现有积累或者规则，“陌生化”成为文化竞争的法宝。

一般认为，文化是强调差异的，而文明是体现人类普遍性和共性的人类进程。在《星际》这部小说，“文明”一词被多次使用，被用的情境多在种族，比如“梦族，是这个世界多个种族的大敌。如今的星海，无论是联邦还是帝国治下都是多种族共存，人族，妖族，虫族，各种血肉种族，洛昭前世没有的能量种族，小众族群生活在一起。星海历史上，那些被梦族吞噬，席卷而过，确认毁灭的文明，被称为毁灭文明。那些被梦族入侵占领疆域，再无声息，不知生死存亡的文明，被视作遗失文明”。“星海的运行法则打破了人类的界域，人类与各种族群共居在这样一个星球，”“能量是种族共存和区分的标尺”。人类在这里被称为“最低级的碳基人族”。这具体在全文的游戏空间得到展示，而路径在于“精神力考核”。显然，这是来自现实的洛昭和书写者羽轩W所携带的日常生活经验印记。造梦师是这个社会的精英，是这个星际世界的特殊职业：“造梦师们以强大的精神力来具现造物，构造梦境，架构世界，与梦兽战斗厮杀，最受推崇敬仰。”梦境直播站为不同星域、不同星区、不同种族、不同年龄的造梦师们碰撞着精神力比拼，同时选拔出当代出色的造梦师。

这是我在题目中提出“虚拟世界，缘何造梦”的原因。毕竟，《星际》是作为科幻作品出现在类性标识之中的，当“造梦”成为“虚拟”的另一重“虚拟”，反而使“梦”具有了“现实意义”。这里的考核、竞赛，和我们所说的“卷”或者功绩社会如出一辙。如今的虚拟仿真技术成为羽轩W的技术支持，比如只要精神力能够链接星网，通过头盔、智脑、意识仓等意识接入，就能在星网中构造与现实完全相同的躯体与精神力，虚拟与现实通感，从而与全星海的精英较量。关于洛昭穿书的故事就是在这样的基础上一路闯关，最终完成人类关于未来星际空间的文化想象。

故事梗概

羽轩W的《星际第一造梦师》是一个融合了多种类性的网络小说。女主洛昭从民俗研究的现场，突然从地球穿越到一本名曰《星际之甜婚》的书里，成为这本书设定的甜宠剧情发展的副线，是主角故事的炮灰。这决定《星际第一造梦师》首先是一本穿越小说，因为是在一本书里更换故事和空间，并不依托现实逻辑，这决定它同时又是打破固定文本设定的集科幻、异能、玄幻、爱情、游戏等于一体的故事集合，将其定为快穿小说也不为过。《山海经》是这部作品营造故事情境最主要的依托，从最初的造兽开始，这部中国神话传统荟萃的形象逐渐从书本中活化起来，展开一个个奇情异彩的故事。穿越者洛昭用她来自地球的民俗学学识，改变了虚拟的星际空间对人类的偏见，以超强的精神力（文化储备）在困境重重的星际社会奋力拼杀，终改变了所穿之书的命运牢笼，走出了自己不平凡的人生。

光有勇气还是不够的。穿越而来的洛昭除了带有《山海经》的记忆，剩下的就是用尽一切办法寻求在星际的生存。由于是所穿书中男女主爱情的牺牲品，她的穿越境遇注定要从底层做起。改变贫穷的现实，打破固化的阶级现状，实现《山海经》的宏大世界，成为她在这个异世界最大的事业。单凭自己的能力，很难在一个陌生的地域改变现实，朋友、小群体的共同战斗，星际对精神力的推崇，这一切，带动着剧情朝丰富的方向延伸开去。

而特别值得关注的是，《星际第一造梦师》的情节与造梦师的“造梦”密切联系，情节的推进源于造梦师虚设的梦境和星际人对“梦境”的疯狂追逐。从女主洛昭坠入星际造梦师比赛现场开始，精彩而激烈的竞技游戏就拉开了序幕。

在硬核“工业流”中抒写家国情怀

——评银月光华《大国蓝途》

杪　椤

网络文学现实题材走热被称作“崛起”，暗指从前的低迷状态。后者的原因有市场的选择，即读者更喜欢在繁忙的工作和生活压力下在想象世界里徜徉，所以幻想类作品大行其道；也有作者的原因，即现实题材写作不易。说不易不是说比写玄幻难度更大，而在于不容易写“真”。古人讲“画鬼容易画人难”，幻想类作品虽然仍建立在人类的经验和知识基础上，但毕竟头脑才是加工厂、想象是主要生产法。但现实题材作品不同，有现实世界的比照，人人天天所在的日常如何抽象为小说中的情节而又能令人信服，考验着作者的功力；再加上传统文学（五四以来的新文学）诞生了现实题材小说的无数座高峰，后人难以企及更难说让网络文学去超越。所以，当面对现实题材的时候，网络文学多采用“田忌赛马”的招数重新建立故事世界，去一板一眼、正面强攻的不多。网络现实题材写作不易，但总有不畏难的人写出优秀之作，银月光华的《大国蓝途》就是一例。

《大国蓝图》有着坚实的现实经验支撑，这让人物和故事有了在大地上生根的稳固感。小说赖以生成的背景是中国机器人技术从无到有的发展史，作品结尾部分列出的历史事实，像“进度条”一样标记出中国在这一领域的技术研发过程，与小说的情节形成了互文关系，也为叙事提供了根据。看得出来，作者在两方面有着强烈的、执念式的叙事抱负，既要展现改革开放后以沈州自动化研究所为代表的中国科技进步的历程，同时也在这一过程中讴歌了邹文林、康承业、常新远、张思源等广大科技人员的爱国心和民族情。缘于目标，小说仍然采用了宏大叙事的手法，尽管未能如经典现实主义那样通过典型环境塑造典型人物，而是采用了类型小说的方法，但总之是在历史总体性的基础上推进情节并为人物行动赋予了意义。

康承业接手研究所时，正值改革开放前夕，政治运动的风波仍未停息。康承业以知识分子的责任担当和敏锐嗅觉，意识到机器人研发的极端重要性。作者对时代背景做了极为充分的交代，负责研究所工作的副所长左红升被塑造为“反派”角色，其动辄上纲上线扣帽子的做法标记了当时的政治风气。在改革开放大潮的推动下，康承业成为研究所的领导，开始带领团队光明正大地从事科研工作。但他发展机器人的理论同时面临着不被理解的困难。从角色的行动目标上来看，小说的主线很明晰，就是不断提升我国的机器人技术水平。在推进任务的过程中，作者遵循网络文学的创作原理，合理运用“打怪升级”的人物成长规律，即不断为科技研发设置障碍。这其中既有技术自身的限制，例如深潜器和焊接机器人研发中的技术瓶颈问题；也有观念问题，例如坚持故步自封、从零起步研发，还是可以借鉴外国技术，消化吸收后为我所用。年青一代的科学家谢向明、张思源等人最终解决了这些问题。这些情节的设定，从表面上看是为了增强故事性，但从深层次看又符合人的成长和事物运动的规律，保持了矛盾双方叙事力量的平衡，这构成了小说艺术真实性的重要层面。

从类型上看，《大国蓝途》可以归为“工业流”的作品，小说中涉及的科技知识为叙事提供了“硬核”支撑。作者不仅对世界机器人发展史有着全面的了解，小说对于诸如机器人技术原理及其涉及的动力和控制系统，以及国际技术贸易政策等都有着专业化的知识传递。看得出来，作者在创作前进行了充分的准备。尽管如此，当大量的技术术语、数据等遍布其中时，呈现的效果却并不令人感觉枯燥，是因为作者将这些技术之物进行了意义化再造，化“物”为“象”，使之承载了人的情感和作品的主题。一方面是用有烟火气的日常生活冲淡机械感，例如关于康承业家庭生活的描写；另一方面，更重要的则是充盈在作品中的以工业强国、技术报国为主要表现形式的爱国主义精神，这也是该部作品核心的思想追求和价值表达。

小说中，邹文林、张良工、康承业以及身在美国、给予中国机器人研究很大帮助的顾自成教授等都怀有强烈的爱国情怀和民族精神，这成为推动科技进步的主体性力量。邹文林、张良工是第一代自动化控制专家，新中国成立后矢志回国参加社会主义建设，前者身在科研领域高层职位上，后者则是康承业在东南大学的老师，这些对祖国怀有赤胆忠心的老科学家成为康承业科研团队最重要的技术后盾。研究所开展海洋深潜器的研究，直接受到了外国公司在南海勘探、攫取我国石油资源，而我们由于缺乏技术却束手无策的刺激。此外，在与国外合作和技术贸易中，也处处体现出对国家利益的维护。可以说，《大国蓝途》是一曲展现我国科技人员爱祖国、爱人民的激情壮歌。

在叙事风格上，小说另有两点值得注意。一是宽阔的叙事视角，作者在处理题材、把握时代和塑造人物时具有整体性和世界性视野，善于将具体事件和行动放置在时代大背景下加以观察处理，从而写出了改革开放以来中国社会昂扬向上、进步发展的时代精神。故事涉及了党的十一届三中全会召开、拨乱反正、苏联解体、香港回归等重大历史事件；在关于技术进步的描写不局限于国内，而是放眼世界，既反映了现实的情况，也拓展了小说的叙事空间。二是小说大量运用对话描写，例如左红升的政治化语言、谢向明的数理化语言，以及关鹏、路佐等的社会化语言等，有效增强了人物的生动性和辨识度，通过不同人物的话语风格突出角色的特征。

故事梗概

党的十一届三中全会召开前夕，位于东北工业重镇的沈州自动化研究所里，毕业于东南交大、在政治运动中被免去副所长的康承业从事着工业机器人研究。他向老工人牛师傅询问委托他制作的机械臂腕部构件的进展程度，却被揶揄机器人就像永动机一样不靠谱；而研究所的副所长左红升则是一个处处把政治放在第一位的领导。但康承业意识到工业自动化在未来国家发展中的重大作用，不因环境而感到气馁，同学兼伴侣石兰也十分支持他的工作。随着形势变化，康承业重被任命为所长。他率领谢向明等人到日本等发达国家考察，一方面为对方先进的技术所震惊，另一方面为我国幅员辽阔的海洋国土资源不断遭受外国势力侵蚀而愤慨，这更加坚定了他加快研发水下机器人的信心和决心。他顶住压力，毅然决定“弯道超车”，直接上马“海人2号”6000米水下自动机器人项目，并吸引了江道源、张思源、许美琴、蒋驰雨等归国技术人员加入。在深潜设备和AGV（自动导引运输车）攻坚过程中，谢向明告别新婚妻子外出留学，副所长常新远积劳成疾为自动化事业献出了生命。面对国外技术对国内市场的进攻，是固守一切从零做起的老路，还是可以借鉴国外先进技术提升自我，成了一道必须作答的选择题。张思源提出购买并改进国外设备和技术的方案获得了康承业的支持，他们想方设法得到了日本、苏联、德国的技术用于国内消化。留学归来的谢向明调整了设计思路，并提出走产研结合的路子，但困难接踵而来，经过国产化改造的机器人救活了车企，但冲击了工人就业而被误解；水下深潜器CR-01海试遭遇失败。但研究所在机器人领域的研发实力让中国在国际高级机器人计划协会大会上的话语权。而就在深潜器第二次海试前夕，康承业病逝，谢向明以设计图纸为老师覆棺，海试实验最终获得成功。三年后深蓝机器人自动化股份有限公司成立，在张思源、谢向明等人的带领下，研究所再度上马为大国重器“天鲲号”研制了配套设备“探索者号”，并在重大工程招标中中标。经过40年的努力，康承业、谢向明等几代科研工作者为中国在世界机器人领域争得了尊严和荣誉。

有温度的行业文

——评妖怪快放了我爷爷《拥抱星星的天使》

王玉王

掌阅签约作者妖怪快放了我爷爷的小说《拥抱星星的天使》，以初入职场的康复治疗师吴迪倩的视角，讲述了锦城大学附属医院儿保科针对ASD（自闭症谱系障碍）和MR（精神发育迟滞）的康复治疗小组“拥抱星星的天使”全力治疗自闭症儿童、与自闭症谱系障碍不懈斗争的故事。作为一篇医疗行业文，《拥抱星星的天使》最先吸引读者的，就是它的专业性。作品几乎可以被当作对自闭症谱系障碍的科普作品来看待。自闭症谱系障碍是大众往往听说过，但又不甚了解，甚至充满误解的一类疾病。而《拥抱星星的天使》对于自闭症谱系障碍的分类、可能的致病因素、病患常见症状、确诊方式、常见并发症、康复治疗手段、社会保障政策等，都有清晰易懂而又准确的科普介绍。特别是关于社会大众对自闭症谱系障碍的一些常见误解，作者也借故事中的医生与康复治疗师向患者家属进行说明的机会反复强调，比如，儿童自闭症虽然也叫作儿童孤独症，但并不是指儿童感到孤独、只需家长陪伴即可痊愈；自闭症儿童的语言发育障碍并不是“贵人语迟”，不会随着年龄增长自然痊愈；自闭症并不能彻底治愈，它不是可以战胜的“病魔”，而是必须被关进盒子里的“魔鬼”，对自闭症儿童进行及时有效的干预，可以帮助他们把自闭症关进盒子，甚至让他们有可能融入社会、像其他人一样生活，但也始终有可能因为外部刺激等原因而复发；等等。除自闭症之外，康复治疗师这个职业本身也是社会大众认知较为模糊的，康复治疗师的工作内容是什么，他与医生、护士是如何分工，这一职业在国内的发展现状及其重要意义等，也都在故事中得到了生动的展现。由于男主人公白驰尔是肛肠科医生，所以作品还带入了一些肛肠科的医学常识——比如痔疮在不同发展阶段的形态与颜色差异，以及肛肠科医生的日常工作细节。作者显然对她所书写的行业有着深入的了解，甚至一些医学生和医疗人员内部的“黑话”和“段子”也都讲得生动有趣。知识性、专业性与行业揭秘，成为阅读《拥抱星星的天使》时的重要乐趣所在。

难能可贵的是，《拥抱星星的天使》不仅是一篇有专业性的行业文，还是一篇有温度的行业文，作品中的人物与故事，渗透着作者对于围绕儿童自闭症而发生的种种社会现象的观察与思考，也体现出作者对自闭症儿童及家属的理解与关怀。对于“拥抱星星的天使”ASD和MR康复治疗小组的成员们而言，诊断、治疗与研究已经是相当繁重的任务，但这并非他们工作的全部，甚至并非他们工作中最困难的部分。与家属的沟通、联络，劝说患儿家属尽早带孩子到医院诊断、治疗，教授家属在家干预的正确方法，说服治疗中迟迟不见成效或经济困难的家长坚持治疗……凡此种种与家属打交道的工作才最让人头疼。吴迪倩在“拥抱星星的天使”小组中快速成长起来，从一个遭遇医闹就吓得想辞职的新人菜鸟，逐渐变成可以软硬兼施、有效安抚家属情绪的成熟医疗工作者。吴迪倩与同事们一遍遍电话联络、家访，被拉黑、被拒之门外，甚至被辱骂和殴打，但他们从未放弃努力，只希望能够让哪怕多一个患儿可以尽早接受治疗、顺利回归社会。

抚养一个自闭症儿童无疑是一项艰巨的任务，高昂的治疗费用与看护成本可能使一个普通家庭遭受灭顶之灾，而社会大众对自闭症的误解乃至歧视，更加剧了患儿与家属的痛苦。陈兰为了女儿林娇放弃了事业，与丈夫两地分居，全职照顾女儿；小辉的父亲刘强生在妻子为帮小辉“驱邪”而导致火灾后不得不放弃了海员的工作与梦想，留在锦城照顾小辉；薛奶奶的儿子齐峰已经年届四十，却因为离婚刺激而自闭症复发，薛奶奶为了齐峰，决定放弃治疗自己的癌症，却又担心自己死后，齐峰无人照料……借由医生乔梦之口，作品提到，其实患儿家属的心理问题，也应算作自闭症谱系障碍的并发症，承受自闭症带来的痛苦的不仅仅是患者个人，更是整个家庭，相应地，“拥抱星星的天使”小组想要尽力救治的，也就不仅仅是患者本身，而是这一个个濒临绝境的家庭。

更残忍的是，并不是每一个家庭都愿意承受巨大的牺牲，给予患儿无私的保护与照料。以“一个大号练废了就疯狂练小号”的心态，连生三个自闭症谱系障碍的孩子，却又要了第四胎的愚昧而又毫不负责任的父母同样出现在故事之中；还有因为重男轻女而选择只给儿子治疗、不给女儿治疗的父母；有因为不想让孩子被当成残疾人，于是拒绝领取残疾证和国家补助，以至于放弃治疗的父母。故事中涉及的众多患者家庭，构成一幅社会众生相，生而不养、重男轻女、封建迷信、歧视霸凌、催婚催生等社会问题，都透过这些家庭的具体经历折射出来，种种复杂因素的扭结叠加，使吴迪倩与同事们的工作步履维艰。

但作品并未止于批判，它更强调希望、理想与人间温情。正如拥抱星星的吴迪倩也会被星星所温暖，医疗工作者们的努力终究能够得到回报，而这种努力，不仅仅是在帮助每一个具体的患者及其家庭，也在推动整个社会增进对自闭症谱系障碍的理解，建立健全社会保障机制。吴迪倩的愿望也是作者指向现实社会的愿望，希望每一个人都能够坦然面对自己的病痛——无论是自闭症还是痔疮，不必自卑、不被嘲笑，积极寻求帮助，并能得到温暖的回应。

故事梗概

吴迪倩年少时曾与患有自闭症谱系障碍的女孩熙熙成为朋友，但熙熙的病情在当时不为人所知，反而被人疏远、嘲笑。对熙熙的处境无能为力的吴迪倩长大后成为锦城大学附属医院儿保科的一名康复治疗师，为许许多多像曾经的熙熙一样的自闭症谱系儿童进行康复治疗。初入职场的吴迪倩就遭遇到《中华人民共和国职业分类大典（2022年版）》将康复治疗师归为服务人员而非医疗卫生技术人员的噩耗，一度想要辞职的她终究因为对患儿的牵挂和对职业的热爱而留了下来。针对ASD和MR的康复治疗小组“拥抱星星的天使”成立后，吴迪倩主动加入小组，并成为小组负责人，在忙碌的工作中，吴迪倩迅速成长起来，与同事们通力合作，尽己所能帮助每一个自闭症儿童。

以因便秘而去本院肛肠科问诊为契机，吴迪倩结识了高冷帅气的肛肠科医生白驰尔，两人相互吸引，最终结成眷侣。吴迪倩在与白驰尔的相处中克服了因被渣男“PUA”而留下的心理阴影，白驰尔也向吴迪倩敞开心扉，坦陈他幼年时曾误诊自闭症的经历。两人相互支持、相互陪伴、共同成长。

以吴迪倩和白驰尔为中心，很多人物故事被代入作品，比如吴迪倩的前辈、领导康健、聂小宝夫妇，都以巨大的热忱投入儿童自闭症谱系障碍的治疗与研究中，在坚持丁克的同时，将爱与希望带给了许许多多的孩子；自闭症患者林娇的母亲陈兰，为了女儿成为全职母亲，在想方设法让林娇得到最好的治疗的同时，成立“自闭症患者母亲联盟”，资助其他与林娇一样患有自闭症谱系障碍的孩子的家庭。

在小说结尾处，吴迪倩找到了失联多年的熙熙，并开始为她进行康复治疗。治疗颇有成效，熙熙已经做好准备，成为母亲，进入人生的新阶段。吴迪倩的童年夙愿终于得以实现，但她的康复治疗师之路还会一直继续下去；新版《中华人民共和国职业分类大典》重新将康复治疗师归到医疗卫生技术人员类别，但康复治疗师这个职业的制度建设与规范化培养也还有很长的路要走。

向上而生：书写新时代山乡巨变

——评何常在《向上》

李伶思

新时代以来，网络文学现实题材创作得到越来越多的重视，创作势头越来越旺盛，优秀作品可圈可点。乡村振兴题材、传统文化题材层出不穷，时代新人、人间烟火成为网络文学现实题材表现的主要内容。文章合为时而著，欣欣向荣、日新月异的当代中国，为网络文学作家提供了取之不尽、用之不竭的创作源泉。选材多样、手法出新，现实题材创作质量进一步提高，出现了值得关注的优秀作品，《向上》是其中的代表作品。

《向上》以雄安新区成立为大背景，讲述三个不同年龄阶段的人，从华北平原的三个县城出发，在分别从技校、中专、大学毕业后，在新时代来临时于北京认识，雄安新区成立时他们又回到家乡，相聚雄安新区，在最好的青春年华与雄安一起成长的故事。同时，也在一定高度上艺术地再现了新时代山乡巨变的宏大主题，为网络文学留下了观照现实的时代表达。

一、观照现实、努力锻造“文化自觉”

从新时代以来，网络文学现实题材创作始终在探索中前行。大多作品基本面向好，不仅以真实具体、真挚炽热的情感引发读者共鸣，成为反映社会生活和时代风貌的艺术呈现，更是以网络为载体的当代中国故事的全方位、立体化展现。阿耐的《大江大河》、齐橙的《何日请长缨》、匪迦的《北斗星辰》、麦苏的《生命之巅》、卓牧闲的《老兵新警》等作品都让人耳目一新。到了《向上》，网络作家从关注自己到观照现实，对国家发展、民族复兴和人类命运等重大问题倾注更多关注和思索，成为一种显性的“文化自觉”。作家借助作品，清醒地、努力地为当代文学呈现更为丰富的中国式现代化文化样本。

《向上》作为现实题材佳作，娴熟运用了网络文学的多线叙事手法，将小说中人物的发展与国家民族复兴的进程关联起来，以雄安新区建设为背景，将主人公的职业发展与时代变迁相结合，在作品中全面反映社会经济建设突飞猛进的时代风貌，具有很强可读性和代入感。谈及创作初衷，何常在认为，当前网络小说已经具备了较强的社会影响力，在这种前提下，网络小说在娱乐读者的同时更应发挥教化和引导作用。所以，在新时代网络作家要为时代立言、为人民讴歌，立足现实，提升高度，以寓教于乐、融学于趣为认知，以文化复兴和文化自信为方向，努力迈出舒适圈，承担起更大的历史使命。正如《向上》的立意一样，人间一趟，积极向上。

何常在从2008年开始发表网络文学作品。从仙侠到职场商战再到如今的现实题材创作，作家经历了曲折的心路历程。从《浩荡》起，何常在试图将网络文学特质与传统现实主义创作手法相融合，以网络文学作家的敏锐度和现实感，准确把握风云激荡的时代脉搏，在网络文学创作道路上不断探索。何常在努力让自己的创作与中国网络文学的发展合拍。从最先创作时源自对文学的热爱，用文学表达自己内心的声音，但发现很难与读者产生高度共鸣，随着时代发展以及思想和写作的日趋成熟，何常在在创作过程中体悟到，现实题材作品不仅能与当下普通人的生活和情感共振共鸣，也可以挖掘和思考社会问题，让网络文学承载更丰富的时代精神与文化内涵。从《浩荡》开始，到如今《向上》入选新时代山乡巨变创作计划，在现实题材创作过程中何常在完成了从关注自我到观照现实的自我蜕变，将观照现实作为网络作家的文化自觉。

二、深入生活、精心塑造“奋斗者”形象

何常在的现实题材创作一大突出特点在于人物塑造。他笔下的人物形象真实立体，他们的性格、经历、情感都得到了充分的描绘和展现，非常接地气，又有着独特的人物魅力，能够让读者印象深刻。尤其是主角，寄托了作者和读者的热爱与向往，能够让读者产生强烈代入感。在《向上》中，我们看到了主人公夏向上在青年时期努力学习，凭借自己的努力考上了985大学，成为小头村有史以来第一位大学生。创业时期的夏向上有着敏锐的头脑、果断的执行力、强大的自信心以及与人为善的做人做事原则。他的人格魅力，吸引了齐吴宁、谢远兮、温任简、方一糖等诸多朋友，甚至改变了张大志、林海中等敌对势力，加入了他的团队。细节生动，凸显了主人公十分鲜明的个人辨识度。

何常在长于描写和强调关于人物之间的矛盾、反差和冲突。比如，李继业的出场，与夏向上等人发生冲突，到后来李继业和夏成为挚友，共同创业，再到不满足于此，走上了歪路。另一个有意思的角色是齐吴宁，“青梅竹马”“富二代”的人设，从被掌控的人生到活出自我，逐渐被夏向上影响，最终和夏向上一起投入雄安新区发展的滚滚浪潮中。本应产生冲突的双方，随着剧情的深入却发生反转。夏向上与张大志等人的化敌为

友也是如此，给了读者意料之外的阅读感受。与此相对应，夏向上的同学易晨则经历了逆向反转的过程。一向内向低调的易晨成为第一个离开公司的人，与大学同学孙宜形成对比。小说主要人物感情线虽然复杂，但脉络清晰，表现了作者将故事与人物完美组合的高超的塑造能力。

《向上》为我们展现了以夏向上为代表的自信向上的奋斗者形象，书写了充满生机与活力的群体，记录他们拼搏奋斗的生活。书中写道："不管是哪一代人，都有敢为天下先者，都有一心冲锋向前的引领者。如果说五六十年代出生的人是开荒者，七八十年代出生的人是开拓者，那么九十年代以后出生的人，是拓疆者。先辈们从没有路的地方走出了道路，是开荒。在有路的地方建起了城市，是开拓。而我们，会在农村更广阔的天地掀起一场天翻地覆的巨变，会拓展城市的界限和农村的边疆，所以，我们是拓疆者。"夏向上及其伙伴们不断成长蜕变，在最好的青春年华与雄安一起成长，他们书写的平凡故事是新山乡巨变中一幅壮美的画卷，正是人间一趟，积极向上的真实写照。

三、勇于担当、深情书写"山乡巨变"

"新时代山乡巨变创作计划"以原创长篇小说形式聚焦新时代中国山乡天翻地覆的史诗性变革，多角度展现乡村时代变迁，生动讲述感天动地的山乡故事，塑造有血有肉的人民典型，为人民捧出带着晶莹露珠、散发泥土芳香的新时代文学精品，以文学力量激发新时代乡村振兴的昂扬斗志与坚定信念。网络文学作为新时代文学的重要组成部分，网络作家作为新时代文学的生力军，面对城乡发生的历史性变革，何常在以家乡情怀自觉投入用文学记录雄安新区建设当中，为行进中的乡村振兴留下网络文学记录。

《向上》的主角夏向上在现实情境中，始终不渝地拓展"向上"的空间。读者看到夏向上在面对困难、面对问题时的立场、态度与思考，如何剥茧抽丝，一环套一环地去解决矛盾，解开矛盾冲突上的每一个结，从而推动情节向纵深发展，通过主要人物的拼搏努力取得成功，实现愿望，推动矛盾冲突解决，激励读者产生向上之心，从而获得强烈的愉悦感和成就感。由此，网络文学实现了思想的引领作用。

新时代给网络作家提供了前所未有的机遇。记录时代、书写时代，网络文学现实题材创作大有可为。正如《向上》中写道："错过了深圳、错过了浦东，千万不能又错过了雄安。"网络文学如何书写新时代山乡巨变，《向上》给出了一个"破题"思路，提供了可资借鉴的蓝本。

故事梗概

《向上》是新时代网络文学现实题材创作中具有标志性意义的作品，作家将视野投向雄安新区建设，发挥了网络文学现实题材创作的优势，更真实、更快速，从创作到阅读到传播三位一体，一经推出反响热烈，并于2023年7月入选“新时代山乡巨变创作计划”第二批重点推进作品。

《向上》讲述的是从小在华北平原容城、安新和雄县长大的夏向上、温任简和李继业三人，分别都考上了大学、中专和技校。因上学而改变命运的三人，在毕业后，夏向上留在北京工作，后来辞职创业。李继业去了深圳开了一家电子产品维修店，温任简回到雄县的县城教书。工作两年的夏向上因想做一番事业而从国企辞职，在北京创业。同年，在经历过下注BP机、小灵通接连惨败的李继业也回到家乡，开始转型做工程。在家乡的温任简，通过自考拿到了本科学历，到上海浦东教学，并且还进修了在职研究生，已经是一名优秀教师了。三人在北京的一个同乡会上相识，相见恨晚，目睹了家乡近年来的变化后，都萌生了回到家乡创业的念头。夏向上最后回到容城，成立了以咨询服务为主的向上集团。雄安新区成立，夏向上很庆幸他先一步回到了家乡，与志同道合的人们一道投身新区建设，见证新区成长。

《向上》巧妙地将雄写新区的建设与脱贫攻坚、乡村振兴融合一体，以此来反映不同时代人的命运变化，雄安新区成为人物命运改变的基本依据。不用时代的人物，因雄安这个新的舞台，冲突与融合并存，疏密相间，错综复杂，用富有烟火气的细节演绎出波澜壮阔的时代画卷。何常在擅长用“小人物”去展现“大主题”，通过大量的细节描写关注人的内心和成长，从夏向上等人的立志出乡到反哺家乡，他们听从内心召唤，在时代的浪潮之下顺势而为，既见证了一个伟大奇迹的诞生，也成就了属于自己的荣光。

然而，幸存的人类，还是原来的人类吗?